U0601363

國家社會科學基金重大項目
"詞體聲律研究與詞譜重修"(15ZDB072)
河北省國學傳承與發展協同創新中心資助出版

北宋詞譜

上 册

田玉琪 編著

中華書局

圖書在版編目（CIP）數據

北宋詞譜/田玉琪編著. —北京：中華書局，2018. 5（2019. 7 重印）

ISBN 978 – 7 – 101 – 12924 – 3

Ⅰ. 北… Ⅱ. 田… Ⅲ. 詞譜 – 中國 – 北宋 Ⅳ. I207. 23

中國版本圖書館 CIP 數據核字（2017）第 276548 號

書　　　名	北宋詞譜（全三冊）
編 著 者	田玉琪
責任編輯	李碧玉
出版發行	中華書局
	（北京市豐臺區太平橋西里 38 號　100073）
	http：//www. zhbc. com. cn
	E – mail：zhbc@ zhbc. com. cn
印　　　刷	北京市白帆印務有限公司
版　　　次	2018 年 5 月北京第 1 版
	2019 年 7 月北京第 2 次印刷
規　　　格	開本/920 × 1250 毫米　1/32
	印張 63⅝　插頁 6　字數 1590 千字
印　　　數	1501 – 3000 冊
國際書號	ISBN 978 – 7 – 101 – 12924 – 3
定　　　價	298. 00 元

目　録

序一 ……………………………………………… 陸　堅 1

序二 ……………………………………………… 謝桃坊 5

凡例 …………………………………………………… 1

和峴三調 ……………………………………………… 1

　導引 ………………………………………………… 1

　六州 ………………………………………………… 8

　十二時 …………………………………………… 21

蘇易簡一調 ………………………………………… 30

　越江吟 …………………………………………… 30

寇準三調 …………………………………………… 34

　甘草子 …………………………………………… 34

　踏莎行 …………………………………………… 37

　陽關引 …………………………………………… 39

潘閬一調 …………………………………………… 42

　掃市舞 …………………………………………… 42

林逋一調 …………………………………………… 44

　霜天曉角 ………………………………………… 44

楊億一調 …………………………………………… 53

　少年游 …………………………………………… 53

聶冠卿一調 ················· 62

　多麗 ····················· 62

李遵勖二調 ················· 73

　望(憶)漢月 ··············· 73

　滴滴金 ··················· 77

柳永一百二十五調 ··········· 82

　玉女搖仙佩 ··············· 83

　洞仙歌 ··················· 86

　尾犯(正宮) ··············· 93

　夢還京 ··················· 96

　雨霖鈴 ··················· 97

　慢卷紬 ·················· 105

　傾杯(水調) ············· 107

　駐馬聽 ·················· 109

　引駕行(中吕調) ········· 110

　夜半樂 ·················· 113

　滿江紅 ·················· 116

　憶帝京 ·················· 128

　安公子(般涉調) ········· 131

　傾杯(大石調) ··········· 138

　傾杯(散水調) ··········· 139

　鬬百花(近拍) ··········· 141

　晝夜樂 ·················· 145

　笛家弄 ·················· 148

　傾杯樂(大石調) ········· 151

　鳳銜杯 ·················· 152

　歸朝歡 ·················· 155

　法曲獻仙音 ·············· 159

西平樂 ……………………………………………… 162

浪淘沙慢 …………………………………………… 165

陽臺路 ……………………………………………… 170

錦堂春 ……………………………………………… 171

定風波（林鐘商） ………………………………… 177

留客住 ……………………………………………… 180

望遠行 ……………………………………………… 183

祭天神（中吕調） ………………………………… 188

玉蝴蝶 ……………………………………………… 189

八聲甘州 …………………………………………… 194

竹馬子 ……………………………………………… 200

迷神引 ……………………………………………… 202

六幺令 ……………………………………………… 206

女冠子（仙吕調） ………………………………… 212

臨江仙引 …………………………………………… 213

塞孤 ………………………………………………… 215

傾杯（樂）（黄鐘羽） …………………………… 216

鶴沖天 ……………………………………………… 218

兩同心 ……………………………………………… 222

鵲橋仙（歇指調） ………………………………… 227

離別難 ……………………………………………… 228

安公子（中吕調） ………………………………… 231

小鎮西犯 …………………………………………… 232

木蘭花慢 …………………………………………… 233

送征衣 ……………………………………………… 246

如魚水 ……………………………………………… 247

柳初新 ……………………………………………… 250

紅窗聽 ……………………………………………… 252

古傾杯 ……………………………………………… 253

玉山枕 ……………………………………………… 254

過澗歇（近） ……………………………………… 256

透碧霄 ……………………………………………… 258

滿朝歡 ……………………………………………… 262

御街行 ……………………………………………… 263

永遇樂 ……………………………………………… 270

破陣樂 ……………………………………………… 277

合歡帶 ……………………………………………… 279

長相思（慢） ……………………………………… 281

西施 ………………………………………………… 285

傾杯樂（仙呂宮） ………………………………… 287

醉蓬萊 ……………………………………………… 289

鳳歸雲（林鐘商） ………………………………… 295

戚氏 ………………………………………………… 297

殢人嬌 ……………………………………………… 302

曲玉管 ……………………………………………… 307

采蓮令 ……………………………………………… 308

雪梅香 ……………………………………………… 311

一寸金 ……………………………………………… 314

輪臺子（中呂調“一枕清宵”） ………………… 320

輪臺子（中呂調“霧斂澄江”） ………………… 321

引駕行（仙呂調） ………………………………… 323

定風波（雙調） …………………………………… 324

雙聲子 ……………………………………………… 326

鳳歸雲（仙呂調） ………………………………… 327

彩雲歸 ……………………………………………… 328

瑞鷓鴣（南呂調） ………………………………… 330

早梅芳（慢）……………………………………………… 332

思歸樂……………………………………………………… 333

黄鶯兒……………………………………………………… 334

柳腰輕……………………………………………………… 339

傾杯（大石調）…………………………………………… 340

迎新春……………………………………………………… 342

受恩深……………………………………………………… 343

看花回……………………………………………………… 344

女冠子（大石調）………………………………………… 346

金蕉葉……………………………………………………… 347

惜春郎……………………………………………………… 348

傳花枝……………………………………………………… 349

尉遲杯……………………………………………………… 351

征部樂……………………………………………………… 360

佳人醉……………………………………………………… 361

迷仙引……………………………………………………… 363

婆羅門令…………………………………………………… 365

秋蕊香引…………………………………………………… 366

夏雲峰……………………………………………………… 367

荔枝香（近）……………………………………………… 373

二郎神……………………………………………………… 381

宣清………………………………………………………… 387

訴衷情近…………………………………………………… 389

隔簾聽……………………………………………………… 391

抛球樂……………………………………………………… 392

應天長……………………………………………………… 397

尾犯（林鐘商）…………………………………………… 405

擊梧桐……………………………………………………… 408

歸去來 …………………………………… 410

長壽樂 …………………………………… 412

臨江仙 …………………………………… 415

小鎮西 …………………………………… 417

促拍滿路花 ……………………………… 419

甘州令 …………………………………… 432

郭郎兒近拍 ……………………………… 433

瑞鷓鴣（般涉調）………………………… 435

祭天神（歇指調）………………………… 437

鷓鴣天 …………………………………… 438

梁（涼）州令 ……………………………… 441

爪茉莉 …………………………………… 447

女冠子（中呂調）………………………… 449

十二時 …………………………………… 454

紅窗迥 …………………………………… 458

鳳凰閣 …………………………………… 460

剔銀燈 …………………………………… 462

迎春樂 …………………………………… 468

減字木蘭花 ……………………………… 475

張先三十九調 …………………………… 477

塞垣春 …………………………………… 477

碧牡丹 …………………………………… 482

玉聯環（一落索）………………………… 485

山亭宴慢 ………………………………… 493

喜朝天 …………………………………… 495

醉垂鞭 …………………………………… 498

好事近 …………………………………… 499

熙州慢 …………………………………… 503

泛清苕 …………………………………… 505

離亭宴 …………………………………… 506

菊花新 …………………………………… 510

傾杯樂 …………………………………… 512

慶金枝（令） …………………………… 513

師師令 …………………………………… 516

謝池春慢 ………………………………… 517

惜雙雙 …………………………………… 519

八寶裝 …………………………………… 525

一叢花令 ………………………………… 526

宴（燕）春臺（夏初臨） ……………… 529

恨春遲 …………………………………… 533

慶佳節 …………………………………… 535

百媚娘 …………………………………… 536

夢仙鄉 …………………………………… 538

夜厭厭（夜行船） ……………………… 539

雙燕兒 …………………………………… 545

醉紅妝 …………………………………… 546

千秋歲 …………………………………… 547

慶春澤 …………………………………… 554

雙韻子 …………………………………… 556

少年游慢 ………………………………… 557

剪牡丹 …………………………………… 558

畫堂春 …………………………………… 560

行香子 …………………………………… 565

惜瓊花 …………………………………… 573

漢宮春 …………………………………… 574

青門引 …………………………………… 583

　　卜算子 ································· 585

　　武陵春 ································· 593

　　于飛樂令 ······························ 597

晏殊十二調 ································· 603

　　訴衷情（令） ·························· 603

　　山亭柳 ································· 607

　　燕歸梁 ································· 612

　　雨中花令 ······························ 618

　　望仙門 ································· 626

　　長生樂 ································· 627

　　拂霓裳 ································· 629

　　秋蕊香 ································· 632

　　睿恩新 ································· 633

　　玉堂春 ································· 634

　　撼（感）庭秋 ·························· 637

　　胡搗練 ································· 639

關詠一調 ··································· 642

　　迷仙引 ································· 642

劉潛一調 ··································· 644

　　水調歌頭 ······························ 644

李冠二調 ··································· 657

　　六州歌頭 ······························ 657

　　千秋歲引 ······························ 672

吳感一調 ··································· 679

　　折紅梅 ································· 679

歐陽修二十二調 ····························· 684

　　清商怨 ································· 684

　　朝中措 ································· 689

惜芳時 …………………………………………… 692

驀山溪 …………………………………………… 696

御帶花 …………………………………………… 704

憶秦娥 …………………………………………… 705

越溪春 …………………………………………… 706

洞天春 …………………………………………… 708

摸魚兒 …………………………………………… 709

鼓笛慢（水龍吟）……………………………… 721

看花回 …………………………………………… 736

洞仙歌令 ………………………………………… 742

品令 ……………………………………………… 760

錦香囊 …………………………………………… 766

怨春郎 …………………………………………… 766

鹽角兒 …………………………………………… 767

踏莎行慢 ………………………………………… 770

宴瑤池 …………………………………………… 771

解仙佩 …………………………………………… 772

好女兒（令）…………………………………… 773

鵲橋仙 …………………………………………… 775

桃源憶故人 ……………………………………… 783

解昉一調 …………………………………………… 785

陽臺夢 …………………………………………… 785

沈唐四調 …………………………………………… 787

霜葉飛 …………………………………………… 787

望海潮 …………………………………………… 794

念奴嬌 …………………………………………… 802

望南雲慢 ………………………………………… 813

杜安世八調 ………………………………………… 815

玉闌干 …………………………………… 815

惜春令 …………………………………… 817

端正好 …………………………………… 818

山亭柳 …………………………………… 820

杜韋娘 …………………………………… 821

更漏子 …………………………………… 824

采明珠 …………………………………… 826

朝玉階 …………………………………… 827

趙抃一調 ………………………………… 830

折新荷引（新荷葉） …………………… 830

元絳一調 ………………………………… 835

映山紅慢 ………………………………… 835

劉述一調 ………………………………… 837

家山好 …………………………………… 837

趙禎一調 ………………………………… 839

合宮歌 …………………………………… 839

蔡挺一調 ………………………………… 845

喜遷鶯 …………………………………… 845

王益柔一調 ……………………………… 858

喜長新 …………………………………… 858

曾鞏二調 ………………………………… 860

賞南枝 …………………………………… 860

沁園春 …………………………………… 861

韓縝一調 ………………………………… 875

鳳簫吟（芳草） ………………………… 875

阮逸女一調 ……………………………… 880

花心動（慢） …………………………… 880

劉几五調 ………………………………… 888

梅花曲 ································· 888

梅花曲 ································· 889

梅花曲 ································· 890

花發狀元紅慢 ······················ 891

解愁（無愁可解） ··················· 893

王安石二調 ······························ 898

桂枝香 ································· 898

甘露歌 ································· 903

吴師孟一調 ······························ 905

蠟（臘）梅香 ························ 905

楊繪一調 ································· 909

勸金船 ································· 909

蒲宗孟一調 ······························ 912

望梅花 ································· 912

張才翁一調 ······························ 914

雨中花慢 ······························ 914

章粢一調 ································· 928

聲聲令 ································· 928

方資一調 ································· 931

黄鶴引 ································· 931

晏幾道十調 ······························ 933

泛清波摘遍 ·························· 933

歸田樂（引） ························ 935

留春令 ································· 938

風入松 ································· 942

鳳孤飛 ································· 949

憶悶令 ································· 950

喜團圓 ································· 951

　滿庭芳 ·· 953

　撲蝴蝶（近） ·································· 964

　解佩令 ·· 968

王觀六調 ··· 973

　憶黃梅 ·· 973

　天香 ··· 974

　慶清朝（慢） ································· 980

　高陽臺 ·· 984

　江城梅花引 ······································ 988

　紅芍藥 ·· 996

王安禮二調 ··· 999

　萬年歡 ·· 999

　瀟湘逢故人慢 ······························· 1011

王詵六調 ··· 1013

　憶故人（燭影搖紅） ··················· 1013

　落梅花 ·· 1018

　踏青遊 ·· 1020

　人月圓 ·· 1025

　花發沁園春 ······································ 1028

　撼庭竹 ·· 1032

蘇軾十二調 ··· 1035

　占春芳 ·· 1035

　華清引 ·· 1036

　荷華媚 ·· 1038

　昭君怨 ·· 1039

　陽關曲 ·· 1042

　醉翁操 ·· 1043

　哨遍 ··· 1047

　　皂羅特髻 ……………………………………… 1057

　　賀新涼（郎） ………………………………… 1059

　　三部樂 …………………………………………… 1073

　　翻香令 …………………………………………… 1077

　　祝英臺近 ………………………………………… 1078

許將一調 ……………………………………………… 1087

　　惜黄花 …………………………………………… 1087

舒亶二調 ……………………………………………… 1092

　　散天花 …………………………………………… 1092

　　醉花陰 …………………………………………… 1093

范祖禹二調 …………………………………………… 1097

　　十二時 …………………………………………… 1097

　　虞神（主）歌 ………………………………… 1100

丁仙現一調 …………………………………………… 1104

　　絳都春 …………………………………………… 1104

太尉夫人一調 ………………………………………… 1113

　　極相思（令） ………………………………… 1113

黄裳三調 ……………………………………………… 1116

　　宴瓊林 …………………………………………… 1116

　　瑶池（臺）月 ………………………………… 1118

　　青門引（飲） ………………………………… 1124

王雱一調 ……………………………………………… 1128

　　倦尋芳慢 ………………………………………… 1128

張景修一調 …………………………………………… 1133

　　選冠子（過秦樓） …………………………… 1133

黄大臨一調 …………………………………………… 1142

　　七娘子 …………………………………………… 1142

黄庭堅十五調 ………………………………………… 1146

步蟾宮 …………………………………………………………… 1146

逍遥樂 …………………………………………………………… 1150

歸田樂令 ………………………………………………………… 1151

喝火令 …………………………………………………………… 1153

雪花飛 …………………………………………………………… 1154

下水船 …………………………………………………………… 1155

望江東 …………………………………………………………… 1159

惜餘歡 …………………………………………………………… 1160

品令 ……………………………………………………………… 1161

望遠行 …………………………………………………………… 1167

鼓笛令 …………………………………………………………… 1172

好女兒 …………………………………………………………… 1175

轉調醜奴兒（攤破南鄉子）…………………………………… 1176

瑞鶴仙 …………………………………………………………… 1179

調笑令 …………………………………………………………… 1191

僧仲殊四調 ……………………………………………………… 1195

楚宮春 …………………………………………………………… 1195

奪錦標 …………………………………………………………… 1197

柳梢青 …………………………………………………………… 1200

柳垂金 …………………………………………………………… 1208

晁端禮十七調 …………………………………………………… 1210

上林春 …………………………………………………………… 1210

玉樓宴 …………………………………………………………… 1212

金人捧露盤 ……………………………………………………… 1213

金盞倒垂蓮 ……………………………………………………… 1218

百寶裝（妝）…………………………………………………… 1222

金盞子 …………………………………………………………… 1226

慶壽光 …………………………………………………………… 1232

黄鸝繞碧樹 …………………………………… 1233

春晴 ………………………………………… 1235

脱銀袍 ……………………………………… 1236

玉葉重黄 …………………………………… 1237

並蒂芙蓉 …………………………………… 1238

壽星明 ……………………………………… 1239

黄河清 ……………………………………… 1241

舜韶新 ……………………………………… 1243

吴音子 ……………………………………… 1245

遍地花（錦）………………………………… 1247

李元膺一調 …………………………………… 1249

茶瓶兒 ……………………………………… 1249

趙頊一調 ……………………………………… 1253

瑶臺第一層 ………………………………… 1253

丁注一調 ……………………………………… 1259

無悶 ………………………………………… 1259

劉弇四調 ……………………………………… 1264

内家嬌 ……………………………………… 1264

寶鼎現 ……………………………………… 1266

金明春（池）………………………………… 1273

安平樂慢 …………………………………… 1276

秦觀三調 ……………………………………… 1280

夢揚州 ……………………………………… 1280

夜遊宮 ……………………………………… 1281

添春色（醉鄉春）…………………………… 1285

李甲七調 ……………………………………… 1287

過秦樓 ……………………………………… 1287

望雲涯引 …………………………………… 1289

吊嚴陵 ··· 1290

夢玉人引 ··· 1291

帝臺春 ··· 1296

望春回 ··· 1297

擊梧桐 ··· 1298

米芾一調 ··· 1300

醉太平 ··· 1300

賀鑄二十四調 ·· 1302

簇水近 ··· 1302

琴調相思引 ··· 1304

石州引(慢) ··· 1306

風流子 ··· 1312

玉京秋 ··· 1320

怨三三 ··· 1321

兀令 ··· 1323

海月謠 ··· 1325

侍香金童 ··· 1326

吳音子 ··· 1330

金鳳鈎 ··· 1331

厭金杯 ··· 1333

感皇恩 ··· 1335

勝勝(聲聲)慢 ·· 1344

蕙清風 ··· 1355

青玉案 ··· 1356

惜奴嬌 ··· 1370

梅花引(小梅花) ·· 1375

天門謠 ··· 1381

銅人捧露盤引(金人捧露盤) ································· 1382

定情曲　…………………………………………… 1387

醉春風　…………………………………………… 1388

望湘人　…………………………………………… 1389

薄幸　……………………………………………… 1391

王仲甫一調　……………………………………… 1394

滿朝歡　…………………………………………… 1394

晁補之七調　……………………………………… 1396

歸田樂　…………………………………………… 1396

鳳凰臺上憶吹簫　………………………………… 1397

夜合花　…………………………………………… 1402

紫玉簫　…………………………………………… 1408

鬭百草　…………………………………………… 1409

憶少年　…………………………………………… 1411

少年游　…………………………………………… 1414

周邦彥五十三調　………………………………… 1415

丁香結　…………………………………………… 1416

早梅芳　…………………………………………… 1417

四(西)園竹　……………………………………… 1420

慶春宮　…………………………………………… 1422

解蹀躞　…………………………………………… 1427

蕙蘭芳引　………………………………………… 1431

齊天樂　…………………………………………… 1435

鳳來朝　…………………………………………… 1442

意難忘　…………………………………………… 1443

解連環　…………………………………………… 1445

南浦　……………………………………………… 1449

宴清都　…………………………………………… 1455

倒犯　……………………………………………… 1463

隔浦蓮 ……………………………………………………… 1465

玉燭新 ……………………………………………………… 1468

西河 ………………………………………………………… 1471

紅林檎近 …………………………………………………… 1477

花犯 ………………………………………………………… 1479

瑞龍吟 ……………………………………………………… 1482

解語花 ……………………………………………………… 1486

垂絲釣 ……………………………………………………… 1491

側犯 ………………………………………………………… 1495

綺寮怨 ……………………………………………………… 1498

拜星月（慢） ……………………………………………… 1501

掃花遊 ……………………………………………………… 1504

繞佛閣 ……………………………………………………… 1507

瑣窗寒（月下笛） ………………………………………… 1509

還京樂 ……………………………………………………… 1516

渡江雲 ……………………………………………………… 1519

六醜 ………………………………………………………… 1523

玲瓏四犯 …………………………………………………… 1526

夜飛鵲（慢） ……………………………………………… 1532

氐州第一 …………………………………………………… 1535

華胥引 ……………………………………………………… 1536

西平樂 ……………………………………………………… 1540

法曲獻仙音 ………………………………………………… 1543

丹鳳吟 ……………………………………………………… 1547

憶舊遊 ……………………………………………………… 1549

塞翁吟 ……………………………………………………… 1556

大酺 ………………………………………………………… 1558

蘭陵王 ……………………………………………………… 1562

紅羅襖 …………………………………………… 1568

玉團兒 …………………………………………… 1570

粉蝶兒慢 ………………………………………… 1571

紅窗迥 …………………………………………… 1573

琴調相思引 ……………………………………… 1576

一剪梅 …………………………………………… 1578

雙頭蓮 …………………………………………… 1585

大有 ……………………………………………… 1586

萬里春 …………………………………………… 1589

浣溪沙慢 ………………………………………… 1590

芳草渡 …………………………………………… 1592

品令 ……………………………………………… 1593

孔夷一調 ………………………………………… 1595

南浦 ……………………………………………… 1595

晁沖之一調 ……………………………………… 1597

傳言玉女 ………………………………………… 1597

毛滂四調 ………………………………………… 1601

上林春令 ………………………………………… 1601

八節長歡 ………………………………………… 1602

粉蝶兒 …………………………………………… 1603

最高樓 …………………………………………… 1607

劉燾一調 ………………………………………… 1617

八寶妝 …………………………………………… 1617

韓嘉彥一調 ……………………………………… 1620

玉漏遲 …………………………………………… 1620

潘汾二調 ………………………………………… 1627

醜奴兒慢 ………………………………………… 1627

孟家蟬 …………………………………………… 1633

李重元一調 ………………………………………… 1635

　憶王孫 …………………………………………… 1635

曾紆一調 …………………………………………… 1637

　秋霽 ……………………………………………… 1637

吳則禮二調 ………………………………………… 1642

　江樓令 …………………………………………… 1642

　紅樓慢 …………………………………………… 1643

王安中一調 ………………………………………… 1645

　徵招調中腔 ……………………………………… 1645

張繼先三調 ………………………………………… 1648

　雪夜漁舟 ………………………………………… 1648

　春從天上來 ……………………………………… 1649

　度清霄 …………………………………………… 1655

李德載一調 ………………………………………… 1658

　眼兒媚 …………………………………………… 1658

江緯一調 …………………………………………… 1662

　向湖邊 …………………………………………… 1662

劉一止二調 ………………………………………… 1664

　望明河 …………………………………………… 1664

　夢橫塘 …………………………………………… 1665

曹組四調 …………………………………………… 1667

　相思會（千年調）………………………………… 1667

　憶瑤姬 …………………………………………… 1670

　婆羅門引 ………………………………………… 1672

　脫銀袍 …………………………………………… 1677

万俟詠十一調 ……………………………………… 1679

　雪明鳷鵲夜慢 …………………………………… 1679

　鳳凰枝令 ………………………………………… 1681

明月照高樓慢 ……………………… 1682

鈿帶長中腔 ………………………… 1683

春草碧 ……………………………… 1684

三臺 ………………………………… 1685

戀芳春慢 …………………………… 1688

卓牌兒 ……………………………… 1689

快活年近拍 ………………………… 1691

芰荷香 ……………………………… 1692

別瑤姬慢 …………………………… 1697

徐伸一調 …………………………… 1701

轉調二郎神 ………………………… 1701

田爲五調 …………………………… 1707

探春 ………………………………… 1707

惜黄花慢 …………………………… 1712

江神(城)子慢 …………………… 1716

黑漆弩 ……………………………… 1719

卓牌子慢 …………………………… 1724

王庭珪一調 ………………………… 1725

寰海清 ……………………………… 1725

朱敦復一調 ………………………… 1727

雙雁兒 ……………………………… 1727

朱敦儒七調 ………………………… 1730

聒龍謡 ……………………………… 1730

踏歌 ………………………………… 1732

杏花天 ……………………………… 1735

春曉曲 ……………………………… 1739

沙塞子 ……………………………… 1741

雙鸂鶒 ……………………………… 1742

　　戀繡衾 ··· 1743

周紫芝二調 ··· 1749

　　沙塞子 ··· 1749

　　西地錦 ··· 1752

趙佶三調 ··· 1755

　　金蓮繞鳳樓 ··· 1755

　　探春令 ··· 1756

　　燕（宴）山亭 ··· 1764

陳東一調 ··· 1769

　　秦刷子 ··· 1769

李持正一調 ··· 1771

　　明月逐人來 ··· 1771

江致和一調 ··· 1773

　　五福降中天 ··· 1773

袁綯一調 ··· 1775

　　撒金錢 ··· 1775

趙耆孫一調 ··· 1777

　　遠朝歸 ··· 1777

權無染一調 ··· 1779

　　孤館深沉 ··· 1779

蔡伸四調 ··· 1781

　　飛雪滿群山 ··· 1781

　　上陽春 ··· 1784

　　蒼梧謠（歸字謠、十六字令） ················· 1785

　　歸田樂 ··· 1786

王灼一調 ··· 1787

　　恨來遲 ··· 1787

花仲胤妻一調 ··· 1790

伊川令 …………………………………………………… 1790

劉澤一調 ………………………………………………… 1792

　期夜月 ………………………………………………… 1792

呂渭老七調 ……………………………………………… 1794

　情久長 ………………………………………………… 1794

　握金釵 ………………………………………………… 1795

　百宜嬌 ………………………………………………… 1797

　醉思仙 ………………………………………………… 1798

　傾杯令 ………………………………………………… 1802

　西江月慢 ……………………………………………… 1803

　戀香衾 ………………………………………………… 1804

林季仲一調 ……………………………………………… 1806

　滿庭芳 ………………………………………………… 1806

王之道二調 ……………………………………………… 1808

　折丹桂 ………………………………………………… 1808

　憶東坡 ………………………………………………… 1810

關注一調 ………………………………………………… 1812

　桂華明 ………………………………………………… 1812

江衍一調 ………………………………………………… 1814

　錦纏絆（道）………………………………………… 1814

無名氏七十二調 ………………………………………… 1817

　奉禮歌 ………………………………………………… 1817

　降仙臺 ………………………………………………… 1824

　十二時 ………………………………………………… 1827

　導引 …………………………………………………… 1829

　袚陵歌 ………………………………………………… 1830

　六州 …………………………………………………… 1831

　十二時 ………………………………………………… 1835

永裕陵歌 …………………………………………… 1836

獻天壽 ……………………………………………… 1837

獻天壽令 …………………………………………… 1838

金盞子 ……………………………………………… 1839

瑞鷓鴣慢㗘子 ……………………………………… 1840

壽延長破字令 ……………………………………… 1841

步虛子令 …………………………………………… 1842

五羊仙破字令 ……………………………………… 1843

折花令 ……………………………………………… 1843

清平令破子 ………………………………………… 1844

萬年歡 ……………………………………………… 1845

萬年歡 ……………………………………………… 1846

萬年歡 ……………………………………………… 1847

月華清 ……………………………………………… 1848

醉太平 ……………………………………………… 1850

慶春澤 ……………………………………………… 1851

愛月夜眠遲慢 ……………………………………… 1852

風中柳令 …………………………………………… 1855

荔子丹 ……………………………………………… 1858

太平年（慢） ……………………………………… 1859

金殿樂慢 …………………………………………… 1860

安平樂 ……………………………………………… 1861

行香子慢 …………………………………………… 1861

遊月宮令 …………………………………………… 1862

惜花春起早 ………………………………………… 1863

水龍吟慢 …………………………………………… 1864

西江月慢 …………………………………………… 1865

魚游春水 …………………………………………… 1867

轉調賀聖朝 …………………………………… 1870

古陽關 ………………………………………… 1873

檐前鐵 ………………………………………… 1875

嬌木笪 ………………………………………… 1876

林鐘商小品 …………………………………… 1877

林鐘商小品 …………………………………… 1877

花前飲 ………………………………………… 1878

傾杯序 ………………………………………… 1879

十月梅 ………………………………………… 1881

泛蘭舟 ………………………………………… 1883

真珠髻 ………………………………………… 1886

玉梅香慢 ……………………………………… 1887

胃馬索 ………………………………………… 1888

落梅風 ………………………………………… 1889

早梅香 ………………………………………… 1890

馬家春慢 ……………………………………… 1891

春雪間早梅 …………………………………… 1892

枕屏兒 ………………………………………… 1893

掃地舞 ………………………………………… 1894

玉樓人 ………………………………………… 1895

相思引 ………………………………………… 1896

輭紅 …………………………………………… 1897

鬢邊華 ………………………………………… 1898

二色宮桃 ……………………………………… 1899

東風第一枝 …………………………………… 1900

夏日宴黌堂 …………………………………… 1908

瀟湘静 ………………………………………… 1910

九張機 ………………………………………… 1912

江亭怨（荊州亭）………………………………………… 1915

攤芳詞（惜分釵、釵頭鳳）………………………………… 1916

大聖樂 ……………………………………………………… 1922

誤桃源 ……………………………………………………… 1927

賀聖朝 ……………………………………………………… 1928

一萼紅 ……………………………………………………… 1929

白苧 ………………………………………………………… 1934

滿朝歡 ……………………………………………………… 1938

慶清朝 ……………………………………………………… 1939

詞調索引 …………………………………………………… 1941

人名索引 …………………………………………………… 1953

後記 ………………………………………………………… 1977

序 一

　　詞是音樂語言與文學語言緊密結合的一種特殊藝術形式。它承於詩，衍爲曲，但又不是詩，也異於曲。詞由詩演化而來，但它是合樂的歌詞。詞與曲相互依存，"詞以文言，曲以聲言"。因此，詞以協音爲先。作詞須按音譜而定，爾後配以歌詞，故稱"填詞"。填詞所依之譜，分音譜和詞譜。音譜，是曲譜或歌譜，以樂音符號而記錄曲調，是樂師伶工依樂律而製作的聲樂譜。詞譜，是指各詞調的字數、句讀平仄、音韻安排等的格式，是一種聲調譜。

　　由於古代曲譜樂律多已失傳，詞的音譜也多隨之亡佚，留存下來的也僅是一些相關的文字記載資料。現存姜夔的十七首俗字譜，是宋代詞樂的完整資料。其有譜有詞，前者用以協律，就是音譜；後者用以製詞，就是詞譜。但其具體曲調和歌法，則難以準確破譯和知曉。因此，在一個曲調的音譜、歌法失傳之後，按譜填詞，其實是以詞調譜取代音律，即舍音譜而取詞譜，亦即依前人所創作的詞調的文字聲律作詞。

　　這種按譜填詞，初看似比寫作近體詩更多約束，但因句式長短不一，句法靈活，韻位多變，則有其更爲解放、更加接近語言的自然狀態，更易表達細膩感情，在韻文發展過程中，這當是一種進步。按譜填詞的詞譜，是在規矩中發揮自由、在自由中遵循規則的一種示人以法的格律。它有益於詞人盡情而言，滿心而發，精巧翻新，窮極變化，在詞史上，自有其不可低估的積極作用，使詩歌藝術與音樂藝術成功地融爲一體，使藝術百花園中長開經久不衰的異卉

奇葩。

　　詞的音譜、歌法失傳後，前人詞作則以文字聲律定型下來，獨立流傳。辛棄疾《唐河傳》(春水，千里)詞題爲"效《花間集》"，實際是仿效顧敻《河傳》(棹擧，舟去)一詞而填寫，也就是以顧敻詞爲譜。唐五代詞的詞調，至宋代多已不可歌唱，宋人依花間詞人的詞體填詞，也無異把《花間集》視爲唐五代詞的詞譜總集。宋代有的名家詞集曾起過詞譜作用。朱雍《塞孤》、《西平樂》、《笛家弄》等調，皆注明"用耆卿韻"，這表明其依柳永詞爲譜。南宋末年，方千里有《和清真詞》九十三首，楊澤民有《和清真詞》九十二首，他們謹守周詞句讀字聲，把《清真集》視爲詞調的定譜。以詞爲譜，或以名家詞集代詞譜，這在當時是較爲普遍的現象。現存較早的詞譜專書，是明代張綖於萬曆二十二年刊行的《詩餘圖譜》。此譜分列詞調，旁注平仄，以白圈表平，黑圈表仄，半白半黑表可平可仄。其雖有草創之功，但失於考證。後經謝天瑞加以增廣，徐師曾去圖而著譜，至程明善又合爲一部，刊入《嘯餘譜》(內附《詞譜》)，但錯誤依舊不少。清初賴以邠又作《填詞圖譜》，圖仿《詩餘圖譜》，譜依《嘯餘譜》，考稽既疏，舛誤仍多。直到康熙二十六年萬樹在張綖《詩餘圖譜》的基礎上，用較精密的歸納法，總結出唐宋以來各個詞調的格律句式，編成《詞律》，這才算有了一部較爲完善的詞譜。收詞六百六十調，一千一百八十餘體。其後，徐本立作《詞律拾遺》，補詞一百六十五調，四百九十五體。杜文瀾作《詞律校勘記》，又補詞五十調。對原書皆有訂正。康熙五十四年，王奕清等合編《欽定詞譜》，收詞八百二十六調，二千三百零六體(平均每調幾乎有三體)。並仿《詩餘圖譜》，旁注平仄，在每一詞調下又注出調名的來源，句法的異同。但無論《詞律》或是《欽定詞譜》，都還應增補修訂，方趨完備。道光、咸豐年間，秦巘以《詞律》爲藍本，參考《詞譜》，撰成《詞繫》，爲《詞律》拾遺補缺，糾訛駁謬，且體例多所創新，專以時代爲序，突出詞的源流演變。收詞一千零二十

九調,二千二百餘體,是一部空前的大型詞譜。夏承燾先生對之評價較高,云其有"大勝《詞律》"之處。

田君玉琪在吸取前人成功經驗的基礎上編著的《北宋詞譜》,是一部可喜之作。勤奮的學者往往不只是一位刻苦的繼承者,更是一位勇於開拓的創新者。初讀洋洋百餘萬字的《北宋詞譜》,即感觸到字裏行間都透露出玉琪執著鑽研的苦心和務實求新的銳氣。尤其明顯的,至少似有以下數端。其一,編著立題新。前此詞譜,多是以歷代詞作爲例詞作詞調譜,即使曾被視爲基本啓蒙讀物的《白香詞譜》,雖只選收九十九首詞(九十九種詞調),也是從李白選到黄之雋,從唐、五代、北宋、南宋、金、元、明、清歷代詞人詞作中選相關作品爲例詞。而《北宋詞譜》則是截取中國詞創作黄金時段北宋的詞調爲對象,重點攻克,尋幽探勝。這不僅爲詞譜家族增添了別具一格的新成員,更有助於促進詞譜、詞體研究的深入和發展。其二,編排體例新。前此詞譜,對詞調的編排,或以内容類別爲序,或以字數多少排列,或以用韻方式不同區分,雖各有特點,但時代、作者常易混雜,很難看出詞調、詞體變化的順序,《北宋詞譜》則以詞調首創或首見之作者時代先後爲序,突出時間因素。不是静止、孤立地爲詞調作譜,而是作詞調在變化過程中的動態的譜式,體現了一種辨證發展的、與時俱進的歷史觀。其三,例詞體式新。前此詞譜,選擇詞調例詞時,多易沿用《詞律》、《欽定詞譜》等書的先例。《北宋詞譜》卻不苟熟套,首先對前人詞作進行全面考察,從其創作實際出發而擇定作品。如編著者所云,每調先列始詞或今見較早詞作,若其字、句、韻、聲,協和無差,後人又競相仿效,便爲正體;否則,雖是始詞,即使大家名作,也不列爲正體。別體,亦不隨意確定,仍是依時間順序,好中選優,以期體現詞調演進變化的規律。這種不囿陳説,實事求是,務必精當的學術追求,難能可貴。其四,吸納觀點新。前此詞譜,對於詞調聲情之説,極少言及。詞是音樂文學,其音譜雖失,而聲情猶在。上世紀三十年代,

有人開始詞調的聲調學研究,認爲詞調的長短參差的句法和錯綜不定的韻律,與作者感情的起伏變化是相適應的。一調當有一調的聲情,在句法和韻位上構成了一個統一體。這不同於傳統的詞譜考證,而具有現代詞學聲調之學的意義,爲現代詞譜研究開拓了新的發展方向。《北宋詞譜》充分吸納了這一新的觀點。對每一詞調的聲情、題材等皆作說明,根據調名、宮調、聲韻、句法、題材等諸多方面情況判斷聲情特徵,突破了傳統研究拘泥於詞譜、詞韻的局限。這一新的突破,爲進而探討詞體聲情與文情的關係,對詞體藝術特徵的深入把握,大有助益。玉琪《北宋詞譜》儘管廣泛吸取前人和今人的研究成果,或許有讓人初覺似曾相識之處,但更多是脱離舊蹤之貌;儘管不無可商和有待進一步完善之處,但更多是給人耳目一新之感。

　　玉琪與我交遊有年,其於學頗自奮,於詩多妙語,於人篤厚樂善。常有啟我之論,喜我之作,感我之行。新作《北宋詞譜》將成,玉琪曾囑我爲序。自覺識見有限,難出中肯之言,又恐囿於學友之誼,所言易失偏頗,故遲遲未能動筆。近聞《北宋詞譜》即將問梓,不得不匆匆伏案。問學素陋,筆墨荒傖,綴拾蕪言,拉雜成篇,不知有當於萬一否? 非敢云序。

　　　　　　　　陸　　堅
　　　2017 年秋丹桂飄香之時於杭州西溪河畔

序　二

　　河北大學的詹鍈先生和漆俠先生是我尊崇的兩位前輩學者。
我在西南師範學院中文系學習時，於 1958 年讀到詹鍈的《李白詩
文繫年》，於 1959 年讀到漆俠的《王安石變法》。此兩書皆是經典
之作，讀後極受教益。1980 年劉崇德先生爲詹鍈的碩士研究生。
1987 年詹鍈任河北大學古籍整理研究所所長。1998 年詹先生逝
世後，此所由劉崇德先生主持並繼續招收博士生。劉先生的三位
高徒——孫光鈞、龍建國和鮑恒，皆是我詞學界的好友。2002 年
天津師範大學藝術學院舉辦九宮大成學研討會暨劉崇德主編的
《新定九宮大成南北詞宮譜校譯》發行會，在此會上我終與神交已
久的劉崇德先生相識。先生於中國燕樂有精深研究，因而對詞曲
音樂的整理與考釋作出了巨大的貢獻。田玉琪先生於 2005 年進
入河北大學文學院古籍研究所從學於劉崇德先生即選擇了詞調史
研究爲課題，其《詞調史研究》於 2012 年由人民出版社出版。此著
以翔實的資料和實證的方法論述了自南北朝和隋唐迄於清代的詞
調發展的歷史，並對歷代的詞調進行分期與考析，可謂詞調研究集
大成之著。我最初讀了此著極爲欣喜，它預示着詞調研究這個現
代詞學最薄弱的環節將成爲詞學研究的重點了。自清代初年萬樹
的《詞律》和王奕清等的《詞譜》問世之後，標誌着詞體格律的整理
以詞譜的形式得以完成。三百餘年來詞學界凡言詞調及詞體格律
皆以《詞譜》爲標準，然而它還存在不少的問題，而這些問題長期
爲詞學界所忽略了。詞調究竟有多少，詞體應怎樣建立規範，詞體

與聲詩、元曲、雜言詩、大曲的根本區別是什麽,這等等的問題在現代詞學中並未真正解決,因此嚴重地制約了現代詞學的發展。田玉琪先生的《詞調史研究》爲現代詞學詞體格律規範的建立提供歷史和資料的依據,爲其進一步研究詞體奠定了堅實的基礎。2014年中國散曲學術研討會在成都舉行,我有幸與田先生認識。2016年田先生邀請我到河北大學講學,我們交流了關於詞體規範建立的若干意見,同時我還參觀了由漆俠先生創建的宋史研究中心。當時田先生已言及關於編著宋代詞譜的宏大計劃,其《北宋詞譜》的巨編現在已經完成。

詞譜編訂的目的是爲詞體確立格律規範,並具指導詞體創作的意義。《詞律》和《詞譜》皆以詞調字數之多少爲準從字數小者至大者依次排列,說明體制,選定詞例並注圖譜;這是詞譜制訂的傳統形式。我於2012年出版的《唐宋詞譜校正》即是采取此種形式的,因條件的限制僅選編五百個詞調,以確定正體爲主,大量簡化別體,雖有實用價值,但却極不完備,爲重新建立詞體規範略作嘗試而已。

清代咸豐時期(1851—1861)秦巘的《詞繫》完稿,關於詞譜的整理有了新的方式。此著收1029調,約列2200體,以詞調出現之時代爲序進行編排。秦巘認爲:

> 詞本樂府之變體。自唐李白、温、韋諸人創立詞格,沿及五季,代啟新聲。至宋晏、歐、張、柳、周、姜輩出,製腔造譜,被諸管弦。所著皆刻羽引商,均齊節奏,幾經研煉而成,足爲模楷。與其取法於後人,莫若追蹤於作者,故本譜以自度原調爲經。其後字數增減,叶韻多寡,體格參差,調名異同者,皆列又一體爲緯。不以字數爲等差,仍以時代爲次序,蓋添字可以居後,減字焉得居前。

秦巘爲詞學家秦恩復之子,《詞繫》稿本爲北京師範大學圖書館藏,久不傳世,至1996年始爲詞學家鄧魁英整理,由北京師範大

學出版社出版。此著實爲詞譜，但它並非爲填詞者之格律範本，而旨在對詞調規範之形成進行歷史的考察，爲詞調研究提供歷史事實的依據。秦巘很重視詞調與詞樂的關係，力圖探究每一詞調的詞樂淵源，因而主張宮調不同之詞調不能混爲一體，例如《傾杯樂》各宮調不同之詞皆單列爲一調。然而因詞樂的散佚，有部分詞的宮調可考，而大多數詞調之宮調則缺失，以致不可能將此種原則貫徹始終。因其以宮調不同之詞單列爲調，而又於每調詳列別體，於是《詞繫》與《詞譜》相比較，則調與體之數目大量增加，以達於繁瑣之境地。雖然如此，但它因全備而足供研究者之查核，自有其獨特的學術價值。田玉琪先生的《北宋詞譜》之體例基本上取自《詞繫》，而於詞調來源及其音樂特性作了詳明的考證，對於正體之確定，別體之詳列，分段、分句、字聲平仄及用韻等情況皆作了精審的辨析。此著之凡例是重建詞體格律規範的理論探究，詞學界自應引爲重視。在《詞調史研究》中，田玉琪先生考訂北宋詞調589個，南宋212個，宋代詞調共801個。今《北宋詞譜》歷數年之考究終於完成，必將有助於現代詞體規範之建立，並推動現代詞學之發展。我甚盼望不久的將來《南宋詞譜》亦繼續問世，以使二者合爲完璧。

謝桃坊

2017 年 7 月 15 日酷暑於奭齋

凡　例

　　一、"詞譜"之作，由來已久，宋人亦有"詞譜"，或以樂曲、或以前人詞作爲"譜"。詞樂失傳之後，以前人詞作之字、句、韻、聲爲創作依據爲"譜"便成必然。明清以字、句、韻、聲爲據之文字譜著述即相當盛行。詞譜之編撰，首先當考慮如何處理詞調的排序。以往詞譜對詞調編排，或以内容類編，如《詩餘圖譜》（明人張綖編，萬曆刻本），或以字之多少排列，如《詞律》（清人萬樹編撰，上海古籍出版社 1984 年影印）《欽定詞譜》（清人陳廷敬、王奕清等編撰，中國書店 1983 年影印，後文一律直稱《詞譜》）諸書，今人或又以用韻方式不同排列，等等，雖各有特點，但時代、作者往往混雜，不見詞調、詞體發生變化之順序。惟清人秦巘《詞繫》（北京師範大學出版社 1996 年版）依時代、作者編列，而該書缺失尚多。今依秦氏《詞繫》之例，依時代、作者之序，編撰北宋詞調之譜。以詞調首創或首見之作者時代先後爲序，主要以拙著《詞調史研究》（人民出版社 2012 年版）後列"北宋詞調"相關考述爲前期基礎，編列該調正體與别體（又一體），詞人所隸詞調首列有編年可考者，次列無編年者。編年主要參考夏承燾《唐宋詞人年譜》（《夏承燾集》第一册，浙江古籍出版社、浙江教育出版社 1997 年版）、吴熊和主編《唐宋詞彙評》（浙江教育出版社 2004 年版）及時賢整理之兩宋詞集校注編年等書（見後列）並於正文中注明。詞調首創或首見之作者附小傳，扼要介紹其生平（主要參考王兆鵬、劉尊明主編《宋詞大辭典》，鳳凰出版社 2003 年版，正文不另注）特别是創

調、用調的基本情況。本書名《北宋詞譜》，因詞調創作今首見於北宋（個別詞調作品已佚），而其正體、別體（又一體）則參照兩宋金元現存全部詞作而編撰，所列體式試圖對兩宋金元全部創作給予説明，展示每一詞調體式發生、發展的基本軌迹。部分孤調於斷句、用韻略參明清詞人一二詞作，但只於注釋中説明聲韻、句拍情況，調式中不再標注可平可仄。

　　二、作者小傳之後，每一詞調，有"調釋"、"體略"、"圖譜"、"注釋"四個部分。"調釋"只於每一詞調之首作一總體説明，主要對該調來源、宮調、句法特徵及聲情、題材、代表詞人等情況進行辨析説明。"體略"簡明指出該調體式的宮調、字數、句拍和用韻情況。"圖譜"有例詞和平仄符號標注，凡正體皆注明可平可仄之處，"又一體"則只於特別句法中注明，他處通常不再標注可平可仄。"注釋"部分對詞調的正體、又一體字句、聲韻等方面進行辨析説明。凡"正體"皆詳注，"又一體"視情況或詳或略。前人詞譜特別是《詞律》、《詞譜》、《詞繫》，今人詞譜如《中華詞律辭典》（潘慎、秋楓總編撰，吉林人民出版社 2005 年版，正文一律省稱《詞律辭典》）、《詞牌格律》（羊基廣編撰，巴蜀書社 2008 年版）及詞集聲韻校勘之作如《大鶴山人詞話》（鄭文焯著，孫克強、楊傳慶輯校，南開大學出版社 2009 年版）等，亦於注釋部分略加引用辨析，以供參考。而如《詞律》等書議論分析較多的詞作異文問題，乃由於其采詞之版本非善本，於詞律無涉，本書通常不再涉及。

　　三、詞調如非孤調或僅存數首者，通常皆有"正體"、"別體"（又一體）。所謂"正體"就是在同調衆多體式當中，作者使用最多也即最流行的詞調體式，"又一體"則是與"正體"相比在字數、句拍、聲韻等方面大同小異的詞調體式。"正體"與"又一體"是明清詞人在詞譜編撰中總結出來的詞調體式概念，基本符合唐宋詞人的創作情況。本書所列詞調體式，無論"正體"、"又一體"，雖參校《詞律》、《詞譜》等書，但均在對現存兩宋金元詞人創作全面比對、

核校下完成。所選例詞往往與《詞律》、《詞譜》不同，非有意不同，實據詞人創作具體情況而定。於每調先列始詞或今見較早詞作，如果該詞於字句、聲韻、聲情已經協和無差，後人競相仿效，便爲正體，反之，則雖爲始詞亦不爲正體。如《喜遷鶯》最早見蔡挺詞，《賀新郎》最早見蘇軾詞，然二人詞作聲律與後人創作多有差異，不作正體。若該調始詞或早期詞作不爲正體，則正體之例詞亦按時代先後順序選擇較早完善之詞作。如《祝英臺近》詞調，依《全宋詞》順序作者依次是：王琪、蘇軾、吳淑姬、張元幹、呂渭老、曹勛、曾協、趙彥端……綜合多個方面，曾協詞最爲聲律齊整，聲情題材亦無差病，後之宋人詞作，與曾協相同者最多，故此調以此詞爲正體。同樣，“又一體”亦按作者先後順序排列，庶見詞調體式發展演進之變化規律。如《絳都春》調，以丁仙現詞爲正體，又依時代順序分別以毛滂詞、《梅苑》無名氏詞、劉鎮詞、長筌子詞和陳允平詞爲五個“又一體”，且扼要説明不同體式間的差異與聯繫。若某調不能確定爲首創或首見於某作者，即又見於同時代不同作者，則通常以《全宋詞》的作品排列爲序，但同時必説明該調又見於同時代某某。凡僅見於無名氏的新詞調，如《高麗史·樂志》、《梅苑》等書所載，則一律列於最後，統一介紹辨析。“正體”與“又一體”又往往有因用韻或句拍不同而區別者，爲不致混亂，仍依《詞譜》體例，類列而依時代順序説明。如《水龍吟》正體依據起句六字或七字分爲二體，爲不致混亂，起句六字者先統一列出，後者再統一列出。再如《聲聲慢》詞調，有平韻、仄韻兩體，亦分別按時代順序列出。需要説明的是，本書所列詞調體式，同一詞調有繁有簡。本書共收北宋詞調594調，共列“正體”與別體（“又一體”）1584體。然本書並不以體式多寡與前人詞譜相校，而試圖全面客觀科學地展示詞體變化影響軌跡，其中自當包含同一詞調因體式的變化體現出的音樂形式的細微變化。

　　四、詞調有同名異調，有異名同調。以往詞譜如《詞律》對同

名異調的編排，大致以類列法處理，即凡同名者編爲一處，不論是否同調，用萬樹之語爲"無重名誤認、前後翻檢之勞"。《詞譜》雖於《詞律》略有變化，但大體相同，如柳永《祭天神》二調，一爲八十四字中呂調，一爲八十五字歇指調，迥然不同，但"因調名同，故爲類列"。今人詞譜如《中華詞律辭典》、《詞牌格律》諸書亦多沿用此法。而對異名同調的編排，則主要有兩種：一是用歸納法置於一處，如《詞律》、《詞譜》，特別是《詞譜》兼考異名緣由，值得參考；二是凡調名不同者，即使爲同調，亦分列，並分別予以解釋分析，如《中華詞律辭典》、《詞牌格律》諸書。以上編排各有特點、優長。今既以詞調繫詞人，凡同名異調者皆不類列，而以時代作者之先後排列，同一作者之同名異調亦分條編撰；而對異名同調者，則依從《詞律》、《詞譜》等書編排方式，置於一處。而爲查檢便利，凡同名異調於本書目録、索引中或注宮調或標作者以示區別。

　　五、詞調聲情之論，由來已久。現代龍榆生創聲調之學，詞調聲情研究於今尚方興未艾。歷代詞譜極少考察詞調聲情、題材等情況，今對每一詞調聲情、題材等皆作説明。依調名、宮調、聲韻、句法、題材等諸多方面判斷聲情特徵。對流行詞調則就其聲情、題材的發展變化以及代表詞人扼要説明。以題材、聲情本色者爲本調，非本色者爲變調。詞調正體例詞除考量字聲、句拍和用韻外，亦考量聲情。如《念奴嬌》調，沈唐詞爲早，且於字聲、句拍、用韻已協和無差，但聲情與後來作者多有不同，仍以隨後東坡詞爲正體。關於詞調聲情，兼采龍榆生《龍榆生詞學論文集》（上海古籍出版社 1997 年版）、《詞學十講》（北京出版社 2005 年版）、吳熊和《唐宋詞通論》（浙江古籍出版社 1989 年版）、謝桃坊《唐宋詞譜校正》（上海古籍出版社 2012 年版，正文一律省稱《校正》）及今人相關研究成果，以供參考。與詞調聲情相關者，詞調宮調所屬相當重要。《中原音韻》所言宮調聲情，基本適用唐宋詞調，爲學界共識，今日詞調宮調雖多有不可確考者，然不可不論。本書所録宮調，主

要以兩宋金元文獻記載爲依憑,然如《明集禮》"九奏樂歌"、"十二律樂歌"所載,亦兼采之。而對唐宋詞調所屬宮調,《詞譜》所釋多誤。唐宋詞宮調名稱以政和四年(1114)大晟樂改制教坊樂爲界,明顯分爲前後兩期。前期通常皆稱俗名,後期時稱律名,時稱俗名,亦時有兼稱者。《詞譜》等書往往將前後兩期名稱相混,以致錯亂。下面是改制前後律名與俗名變化對照表(參考劉崇德《燕樂新説》編制,黃山書社2011年版),可相參看:

均	改制前	太簇均			夾鐘均	仲呂均			林鐘均			南呂均			無射均			黃鐘均		
	改制後	黃鐘均			大呂均	夾鐘均			仲呂均			林鐘均			夷則均			無射均		
改制後俗名與律名	俗名	正宮	大石調	般涉調	高宮	中呂宮	雙調	中呂調	道宮	小石調	平調	南呂宮	歇指調	高平調	仙呂宮	商調	仙呂調	黃鐘宮	越調	羽調
	律名	黃鐘宮	黃鐘商	黃鐘羽	大呂宮	夾鐘宮	夾鐘商	夾鐘羽	仲呂宮	仲呂商	仲呂羽	林鐘宮	林鐘商	林鐘羽	夷則宮	夷則商	夷則羽	無射宮	無射商	無射羽

　　六、以往詞譜言詞調結構多以雙調、單調等名之,此説始自《詩餘圖譜》,《詞律》、《詞譜》諸書沿用,影響甚廣。宋人言詞體結構無單調、雙調之名,雙調者,本唐宋宮調之語。王灼《碧雞漫志》言"今雙調《雨淋鈴》"、"今雙調《鹽角兒令》"皆爲宮調之名,言詞體結構,則以"段"、"遍"稱之,清代詞人撰譜不論宮調,竟以雙調、單調言詞體,殊不可取。本書於"體略"皆以"片"稱之。於詞調通篇結構而言,又有重頭、換頭、添頭等。所謂重頭,即上下片全同者,換頭即上下片僅首句不同者,添頭則下片與上片相校僅添一句者。於上下片內部結構而論,也更多有前後一致者,《詞律》於此發明甚多,本書亦略引之。

　　七、詞調體式中,除分片外,字、句、韻、聲四者尤爲關鍵,四者雖爲有機整體,不能截然分開,但每項內容都關乎譜式之確定,正體、別體之分列。分論之,字數自當爲首。每一詞調,有比較

固定的字數,此與詞調倚聲相關,文字與樂音一一對應。雖然於歌唱時,某字音可延長或可升高、降低等等,但"一字一音"爲唐宋詞文字與音樂配合之基本規律,這直接決定了詞人同調創作在字數上的"千人一面"。不過,不同詞人創作同一詞調於字數上又會有一些細微變化,有添字、減字、移字等情況。《詞律》以詞體無襯字,凡有襯字者,皆置之不論,《詞譜》則以詞體有襯字,凡有襯字者多列"又一體"。今於詞調別體詳加考析,確爲襯字偶用者,於注釋中説明,不再另列別體,若字數已確有變化,非偶然運用襯字,則依然列出"又一體"。至於因詞作傳播版本不同,詞作字數有脱漏或增衍,亦通常於"正體"注釋中給予説明,不再另列。

　　八、詞之句法,參差錯綜,與古體詩相比,尤爲變化多端。詞調之句,當名句拍。結合唐宋相關音樂文獻、詞人具體論述與創作,唐宋詞調句拍基本特徵,約略如下:1.句拍與音樂句拍基本吻合,文句之拍應對樂句之拍。2.每一句拍有固定字數,一般不輕易變化。3.三字句如不用韻,常與後者構成折腰句法而爲一拍。4.句拍通常從二三字句至七八字句不等,沒有超過九字以上的句拍。5.句拍不以句意完整與否而定,不可人爲地以文意斷句而分句拍。6.領字後的兩個或三個四字句爲兩拍、三拍。以《詞律》、《詞譜》爲代表的詞譜著作雖然在詞調句法分析上多有精彩論斷,却都不具備清晰的詞調句拍觀念,於句拍分析往往混亂。《詞律》通常以韻斷而句斷模糊,《詞譜》雖有句斷但通常以文意斷句,諸多錯誤相沿至今。分析詞調句拍,文意固然重要,但由於倚聲填詞,詞調句拍有限,詞人文意無窮,不能人爲地因句意變化而無原則地析分詞調體式,使"又一體"層出不窮。今從詞調固定句拍角度而非句意的角度對《詞譜》等書所列"又一體"予以合并,且於注釋中扼要説明,而對《詞律》以韻爲單位的句法理念給予糾正。

　　九、詞調句拍雖然較爲固定,亦允許有一定變化,這主要可分

兩種情況。有的與詞人對樂譜節拍的理解不同有關，如《惜黄花》令詞第二韻，許將上下片分別作“正一枝開，風前看，月下見”、“恁素英濃，芳心細，意何限”，而史達祖則分別作“尚依稀，是來時，夢中行路”、“美人兮，美人兮，未知何處”。有的則是樂譜本身發生了一定的變化，如大量的添字、減字、移字之體等，如周密《采緑吟》與張先《塞垣春》，本爲同調，樂音發生變化，以成別體。另外還有轉調、攤破、促拍之類，亦多關乎句拍之變化。諸如此等情況，自當分列別體，即“又一體”（當然，如果變化過大，則視爲別調）。《詞譜》一書，對句拍多有分析，正確者自當依從，不過錯訛甚多，今於“注釋”中進行辨析。其中又多有詞人並未改變句拍，而後人誤解句拍變化者，如蘇軾《念奴嬌》中“小喬初嫁，了雄姿英發”兩句，諸書均將“了”字屬上句，惟賴以邠《填詞圖譜》屬下句。對此字屬上屬下問題，萬樹於《詞律》還發表了宏篇大論。此字實應屬下，《詞律》、《詞譜》諸書皆誤。

十、詞調有特殊句拍，其中關乎體式者，以折腰句法爲最。所謂折腰句，就是六、七、八、九字句在語意停頓上與通常停頓不一樣的句子。如六字句通常爲二二二式，三三組合便成折腰，七字句通常爲四三式，三四組合便爲折腰，等等。折腰句並非詞體獨有，折腰句的提法也出現很早。不過，詩中的折腰句較爲特殊，爲詩人偶用，而詞中折腰句，爲詞人大量使用，乃詞調通行之句式，充分體現了“詞之爲體，要眇宜修”在語文形式上的優美特徵。在詞譜編纂中，從《詞學筌蹄》到《詩餘圖譜》，句法上均未標注折腰句。最早標注者，爲萬樹《詞律》，其後《詞譜》等書，均沿用了這種斷句方式。然而，由於宋人創作具體情況十分複雜，更由於以往詞譜編撰者句拍觀念模糊，在分析詞體折腰句法方面，無論是《詞律》還是《詞譜》都存在大量的錯漏，經常出現同一詞調同一句法或折腰或不折腰、或於不同位置折腰等等混亂情況。如蘇軾《哨遍》“爲米折腰”詞有大量的七字句、八字句，皆應斷作折腰句法，揆之宋人他

作,無不如此,而《詞譜》大多未斷爲折腰句,在分析該詞調及其同調作品時竟言多用散文句法,殊爲不妥。一句一旦爲折腰句法,字聲也往往出現明顯變化,一般前三字多可平可仄,後者則多爲律句,不能以通常句法衡量全句字聲。關於詞調折腰句法,明代宫廷樂譜《魏氏樂譜》(劉崇德譯譜,河北大學出版社 2011 年出版)收唐宋詞調一百餘個,且多爲流行詞調,不僅句拍注明,很多折腰句法亦清晰標示,可作輔助參考,本書亦作説明。

　　十一、詞之韻書,戈載《詞林正韻》雖然多可依從,但與宋人詞作亦多有不合之處。以入聲韻部爲例,戈氏分“質陌錫職緝”一部,又分“物月曷黠屑葉”一部,然兩部中宋人多有混用者,其中“質”、“物”與“職”、“月”等合用者甚多。宋人創作不可以《詞林正韻》相衡。關於宋人詞作具體用韻,前人詞譜已做了大量工作,但依然有不少錯漏。如蘇軾《哨遍》“爲米折腰”詞上片第四、五句:“歸去來。誰不遣君歸。”“來”、“歸”用韻,《詞律》、《詞譜》以“來”字爲未用韻,以致《詞譜》關於此句的諸多比較分析,全成誤説。今於詞調用韻,必逐一核校同調作品,既參考《詞林正韻》,亦參考《廣韻》、《集韻》甚至《中原音韻》諸書,以兩宋金元詞人實際創作爲準的。詞之韻位,更爲節拍之關鍵,爲前人共識,張炎《詞源》所云“大頓小頓當韻住”是也。然於“句中韻”,如《詞譜》諸書,或斷或不斷,多不一致。今詳察詞調具體體式,如確爲詞人有意用短韻者,便皆以韻斷爲之。如《惜雙雙》調,晁補之“山水光中”一首,上下片結句《詞譜》分別斷作“會人深意留人住”、“斷腸千古苕溪路”,然晁詞“意”、“古”皆有意用韻,此二句當皆斷作四字一韻、三字一韻兩拍。

　　十二、詞曲同源,詞調與曲牌,同中有異,異中有同,以後世詞曲之分而論,差異畢竟很大,終當有確定之標準辨明。以往詞譜對詞曲的分辨多有含混,標準不一,莫衷一是,以致詞中多收曲體。今以三聲通協(含入派三聲)用韻與否作爲詞曲辨別之根本,將

《全宋詞》中所收兩宋三聲通協者，如大曲《法曲》（曹勛）、《水調歌頭》（曾布）、《薄媚》（董穎）、《惜奴嬌曲破》（無名氏）、《采蓮》（史浩）、《野庵曲》（沈瀛）、《歸去來兮引》（楊萬里）等，隻曲如《換遍歌頭》（王詵）、《鼓笛令》、《醉鄉曲》、《駐馬聽》、《風入松》（沈瀛）等，皆歸入曲體。不過，此標準亦非絕對，如《西江月》、《哨遍》等調，雖三聲通協，仍以詞體論，然此等創作終非詞體之正，於注釋中一一説明。而如《戚氏》慢詞下片藏兩仄韻，《江城梅花引》換頭用數仄韻等，則與三聲通協無關。再如張孝祥《柳梢青》以“鎖”字協平韻、陳允平《絳都春》以“懶”字協平韻者，於詞調本身無關，亦於詞調作品中百不有一，爲詞人偶用誤用，更無關乎通協者也。而詞調與曲牌常常同名，有的體式相同、相近，有的迥異，諸多情況，亦於“調釋”中扼要辨之。

十三、詞之用韻，有平有仄，仄韻又分上去和入聲兩類，大體遵古體詩之例。以往詞譜，於仄聲韻中往往不分入聲與上去聲韻，多統稱仄韻。今於兩宋金元詞詳加考析，若某調既可用入聲又可用上去聲，則統稱仄聲，若當用或宜用入聲，則標入聲，若當用或宜用上去聲，則標上去聲。如《醉落魄》之調，宋人詞作一百三十餘首，僅有不足十首押上去聲，其他均押入聲，自當以入聲爲宜，且張侃《拙軒詞話》引郭泃語：“詞中仄字上去二聲，可用平聲，惟入聲不可用上三聲，用之則不協律。近體如《好事近》、《醉落魄》，只許押入聲韻。”此等情況，亦於調釋或注釋中説明。

十四、詞譜之編纂，句中平仄字聲猶須多加考量。詞調正體形成，字聲尤爲重要。詞調平仄字聲的歸納，在明清至今的詞譜編纂中已經形成一套行之有效的基本方法，就是將同調作品進行比對分析。這其中的難題是：同一詞調衆多作品的平仄字聲在一些特定位置常常迥異，具體應該如何處理。《詞譜》採用了三種方式：一是相互參校，以可平可仄的方式列入“正體”譜中；二是認爲作者“偶誤”，不參校，也不列“又一體”；三是不與正體參校，而列“又

一體”。應該説,若將這三種方法科學合理地運用到每一詞調每一首作品的分析中,能夠得出比較可信的詞調“正體”。但是一方面由於同調作品往往數量巨大,另一方面由於編撰者的疏忽,或一部詞譜編者衆多,不同編者觀念不同,結果還是錯漏百出。即如《詞譜》一書,有時辨別偶用誤用,有時又完全不予辨析,以致所定字聲往往混亂。如《七娘子》一詞,《詞譜》以晚出的毛滂詞爲譜,且據毛滂詞上片最後一句“這番一日涼一日”中“涼一日”之“一”字用仄聲,而定此字本仄可平,尤爲不妥,遍檢宋人詞,此字再無用仄聲者。本書對兩宋金元全部作品仔細考察,凡偶用、誤用皆作具體説明。

　　十五、無論正體還是別體,從平仄字聲的角度看往往有律句體和拗句體之分,特別是流行詞調。所謂律句,主要是四、五、六、七字句的句中字聲,在二、四、六字位置符合平仄交替規則的句子,拗句即不講平仄交替規則者。同調不同作品往往有律句、拗句的不同現象,二者通常不能混校而定譜。如《賀新郎》詞調,律句正體當以王之道詞爲譜,上下片第四、七句皆用律句,拗句正體當以毛開詞爲譜,上下片第四、七句皆用拗句,兩體宋人填者均很多。而詞調別體即“又一體”亦有律句體與拗句體之分,如《喜遷鶯》慢詞調,正體爲康與之律句體,別體既有蔡挺的拗句體,也有姜夔的拗句體,姜夔的拗句體爲南宋後期的流行體。而僅從律句的角度看,唐宋詞人同一詞調同一句法也常使用不同律句,亦當視情況分列別體。如《卜算子》詞調,正體爲蘇軾“缺月掛疏桐”詞,上下片首句皆用仄起平收律句,但宋人亦有平起平收或仄起仄收的情況,應分列又一體。這一方面《詞律》、《詞譜》及今人羊基廣《詞牌格律》等書,雖然已做了不少工作,但由於同一詞調不同詞人創作往往字聲參差,仍有很多詞調體式需要從不同律句的角度區分辨析,不能混填而亂字聲。不過,某些詞調,因創作數量較少,或早期詞人創作的不嚴謹,也確有某調某句兩宋金元詞人用何種句型互有不同

者,即使同一位詞人也發生混亂。如《雨中花慢》詞調,上片第二、八句,宋人句型各有參差,無法統一,此種情況,於字聲上實未定型,亦只能用《詞譜》所注均可平可仄之體例,但於注釋中必説明相關律句類型,供填者參考。

十六、詞調字聲之平仄,《詞律》、《詞譜》、《詞繫》等書,多有"以入代平"之論。"以入代平"於宋詞用韻或句法中,確有偶然爲之,但終非正宗,詞人若如此使用,只能看作是偶用或誤用。不然,詞譜編纂所定字聲於入聲和平聲之間將無標準可言。此種情況,亦於注釋中一一説明。詞人偶然以入代平若於"正體"中出現,則於譜中直接注平聲,不注仄聲。如《迷神引》調以柳永"紅板橋頭"詞爲正體,此調上下片結句相同,均爲三字句,雖然此調兩宋金元僅存五詞,然檢此調上下片結句十處,九處均爲仄平仄,惟柳永此詞作"記得否","得"字必以入作平,此種情況,"得"字不注仄聲,於注釋中再作説明。

十七、詞調字聲,清代以來時有"平分陰陽"説、"四聲體"論。宋詞平聲,實未分陰陽,檢宋人同調作品,無論就用韻還是内部字聲而言,平聲的陰陽分配皆無必然規律,宋詞"平分陰陽"實爲訛説,本書概不以陰陽而論。而"四聲體",即字聲嚴格按照平上去入四聲填詞,近代以來詞人論説及創作,時時有之,然觀兩宋金元人創作,字聲多以平仄而論,有部分詞調個別字聲宜用上去者,若平上去入四聲完全同某人某調,宋金元詞人實未之有也,即使楊澤民、陳允平、方千里和周詞,亦均無平上去入全合者,"四聲體"實爲後人誤説。今於句中字聲,通常僅分平仄,另於部分詞調個別字聲須用上去聲者,則特别標示。至於宋人某些孤調,《詞譜》言無他詞可校,平仄皆須一一遵之,此説亦未必,就後來明清詞人創作而參,大體遵循律句規則可也,然本書圖譜僅參兩宋金元詞,故譜中不標可平可仄。

十八、唐宋詞人具體創作所用字聲,其中一字多音者甚多,需

細緻辨析校定。例詞前人已校對無誤者，自當依從。前人偶有誤者，亦更正之。字音主要依四種校法而定：一是同調詞作相校，二是詞作上下片相校，三是以律句或拗句特徵相校，四是依同調和詞相校。通常四種校法綜合使用。以《萬年歡》爲例，張綱“歲晚寒凝”詞，上片第二、三句作“正驀舒四葉，梅吐孤芳”，下片第二、三句作“算有誰能兼，福壽康强”，檢此調平韻詞，下片第二句“兼”字多用仄聲，罕有用平聲者，再結合張綱上片第二句“葉”字亦用仄聲，則“兼”字當讀仄聲；同詞上下片結句分別爲“應時歡宴何妨”、“要看蘭桂成行”，“時”爲平聲，“看”字自當亦以平聲論。又如晁補之同調“心憶春歸”詞上片第五句作“因甚早知消息”，下片第五句作“何郎舊曾相識”，前後對應，皆作拗句，前句“甚”字亦當作平聲論，《詞譜》作仄聲則誤。依和詞而校者，如《三部樂》詞調以周邦彦詞爲正體，方千里、楊澤民、吳文英等或和周詞，或遵周詞字聲，通常不會出現律句不同，或律拗不同的情況，周詞上片第八句“凍蕊初發”，吳文英作“句清敲玉”，周詞“蕊”字仄聲，吳詞“清”字有平仄兩讀，當讀仄聲，《詞譜》定平聲則誤；再如換頭一句周詞作“回文近傳錦字”，作拗句，方千里作“悠悠音信易隔”，《詞譜》將此句定爲律句，以“信”字仄聲，亦誤，按“信”字亦有平去兩讀，此處自當讀作平聲爲宜。

　　十九、詞譜所采例詞之版本，無論“正體”與“又一體”例詞，不可不慎，一字之訛，或與律乖，或成誤説。本書例詞主要采自《全宋詞》（唐圭璋編，中華書局 1965 年版）、《全金元詞》（唐圭璋編，中華書局 1979 年版），同時參之吳訥《百家詞》（天津古籍出版社 1989 年影印本）、毛晋《宋六十名家詞》（商務印書館 1933 年版）、萬樹《詞律》、陳廷敬《詞譜》、《御選歷代詩餘》（沈辰垣等編，浙江古籍出版社 1998 年版，書中一律省稱《歷代詩餘》）及《景刊宋金元明本詞》（吳昌綬、陶湘編，中國書店 2011 年版）、《宋元名家詞七十種》（中國國家圖書館出版社 2014 年版）、《四印齋所刻詞》

（王鵬運輯,上海古籍出版社 1989 年版）、《彊邨叢書》（朱孝臧輯校,廣陵書社 2005 年版）及今人所著如《樂章集校注》（薛瑞生校注,中華書局 2012 年版）、《歐陽修詞校注》（胡可先、徐邁校注,上海古籍出版 2015 年版）、《張先集編年校注》（吳熊和、沈松勤校注,浙江古籍出版社 1996 年版）、《蘇軾詞編年校注》（鄒同慶、王宗堂校注,中華書局 2002 年版）、《東山詞》（鍾振振校注,上海古籍出版社 1989 年版,本書爲不引起歧義起見,一律稱作《東山詞》校注本）、《清真集箋注》（羅忼烈箋注,上海古籍出版社 2008 年版）、《清真集校注》（孫虹校注,中華書局 2007 年第 2 版）、《李清照集箋注》（徐培均箋注,上海古籍出版社 2002 年版）、《樵歌校注》（鄧子勉校注,上海古籍出版社 2010 年版）、《稼軒詞編年箋注》（鄧廣銘箋注,上海古籍出版社 1993 年版）、《張孝祥詞箋校》（宛敏灝箋校,黃山書社 1993 年版）等等。例詞中有與其他版本不同者,特別是於聲律相關者,皆於注釋中説明;若於聲律無關,如雖爲異文但又同爲平聲或同爲仄聲,則通常略之不注。例詞之校勘,或擇善而從,或依律辨析。其與用韻關係密切者,尤當注意。如王觀《天香》詞,下片第五句《全宋詞》作“已被金尊勸倒”,《詞譜》則作“已被金尊勸酒”,詞意既不同,且“倒”字用韻,“酒”字不用韻,而宋人此調絶大部分詞作於此處皆用韻,和王觀詞體相同,故《詞譜》所采之詞誤,以至對衆多體式的分析,也多成誤解。有與字聲關係密切者,如《七娘子》一調,上片第三句《梅苑》原作“溪邊畔清蕊”,《全宋詞》據《永樂大典》作“溪邊畔,輕蕊”,《詞譜》則作“溪畔清蕊”,以“邊”爲衍字。按此調爲重頭曲,下片第三句作“壽陽妝鑒”,“邊”、“畔”二字必有一衍字,與“壽陽妝鑒”相校,則衍字當爲“畔”字,此句應作“溪邊清蕊”,《詞譜》亦誤。在宋人詞集衆多版本中,吳訥《百家詞》中所存詞集往往最早,雖然傳抄多有錯漏,但於聲律關鍵處往往較其他版本更爲可信。需要説明的是,本書所采例詞（包括“注釋”中所舉例詞）爲方便起見,仍多用《全宋

詞》、《全金元詞》,然有異文或句逗與《全宋詞》、《全金元詞》不同者,通常於注釋中説明。

二十、所采例詞標點只用三種符號,以表示“韻”、“句”、“逗”。凡韻處包括短韻用句號“。”標示,句處用逗號“,”標示,一句中折腰處用頓號“、”標示。例詞每字下對應排列字聲平仄符號,○代平聲,●代仄聲,⊙代本平可仄,◎代本仄可平,▼代仄聲中宜用去聲,▲代仄聲中宜用上聲。

二十一、注釋部分“正體”以韻爲單位,用[一][二][三]等符號形式標示,對例詞平仄字聲、句拍、用韻等情況进行説明。對字聲説明時,凡可平可仄者,皆舉他人詞作一例,如《踏莎行》以寇準詞爲正體,首句“春”字本平可仄,舉晏殊詞作“細”字説明,舉一例説明而已。又詞人同一詞調有多首者,舉例時標出首句(六字句以上者均只標前四字)以與別首區別,如《朝中措》詞調以歐陽修詞爲正體,此調李之儀有五首詞,歐詞第二句“山色有無中”,“山”字可平可仄,舉李之儀詞爲例説明時,舉出所用詞之首句,如“臘窮天際”詞作“密”,此亦《詞譜》之體例,然《詞譜》往往將全句舉出,較爲煩瑣。詞作首句之後通常有“詞”、“一首”字樣,有時亦省略,以不引起歧義爲限。又凡字聲孤例、偶用不參校,必有所説明。孤例即現存詞中僅此一例,偶用即爲數甚少,遍檢宋金元詞作不足十分之一二者。偶用除字聲外亦有句法偶變及添字、減字等,均於注釋中説明。對於正體句拍、不同版本異文等也均於相關韻位进行注釋辨析。若某調詞作數量很少且字聲、句拍差異不大者,爲省簡起見,通常用一個總的注釋來説明,不再使用[一][二][三]等符號。若某調某韻無需注釋或可注內容很少時,則將數韻合併作注,視具體情況略作調整。

二十二、本書參考文獻除上面已提及者,另主要有《唐聲詩》(任半塘著,上海古籍出版社 1982 年版)、《詞林正韻》(戈載撰,上海古籍出版社 1981 年版)、《詞學全書》(查繼超輯,吳熊和點校,

書目文獻出版社 1986 年版）、《詞名索引》（增補本，吳藕汀編著，中華書局 2006 年版）、《詞話叢編》（唐圭璋編，中華書局 1986 年版）、《康熙曲譜》（王奕清主編，岳麓書社 2000 年版）、《大晟府及其樂詞通考》（張春義著，中國社會科學出版社 2017 年版）、《兩宋鼓吹歌曲考述》（李馴之著，《樂府學》第四輯，學苑出版社 2009 年版）、《全明詞》（饒宗頤初纂、張璋總纂，中華書局 2004 年版）、《全明詞補編》（周明初、葉曄補編，浙江大學出版社 2007 年版）、《全清詞（順康卷）》（南京大學中國語言文學系《全清詞》編纂研究室編，中華書局 2002 年版）、《全清詞（雍乾卷）》（張宏生主編，南京大學出版社 2012 年版）、《中國古典戲曲論著集成》（中國戲曲研究院編，中國戲劇出版社 1959 版）、《花草粹編》（上下）（陳耀文輯，龍建國等點校，河北大學出版社 2007 年版）、《宋元筆記小説大觀》（上海古籍出版社 2007 年版）、《古代曲學名著疏證》（八種，劉崇德等主編，江西教育出版社 2015 年版）等。其他未列文獻，於文中隨引隨注，古籍（包括現代人整理的常見古籍）通常只標注卷數，現當代人著作通常標注頁碼。

和峴三調

　　和峴（933—988），字晦仁，開封浚儀（今河南開封）人。其父和凝，後晉宰相，花間集詞人。建隆初，爲太常博士。太平興國二年（977），爲京東轉運使，坐事削籍。端拱元年（988），主客郎中，判太常寺兼禮儀院事。峴洞曉音律，其《導引》、《六州》、《十二時》三調爲北宋今存最早之調，皆爲鼓吹曲詞，《全宋詞》據《宋史·樂志》及《文獻通考》輯録。

導　引

【調釋】

　　宮廷鼓吹曲調。兩宋及金鼓吹曲用教坊樂律，作品皆爲詞體。《宋會要輯稿·輿服三》：“鼓吹四曲悉用教坊新聲，車駕出入奏《導引》及《降仙臺》，警嚴奏《六州》、《十二時》，皆隨月用宮。”此調往往與《六州》、《十二時》等組合使用。亦可單獨使用。因用途差異，又往往使用不同宮調。《宋史·樂志》（卷一百四十）：“自天聖已來，帝郊祀、躬耕籍田、皇太后恭謝宗廟，悉用正宮《降仙臺》、《導引》、《六州》、《十二時》，凡四曲……凡山陵導引靈駕，章獻、章懿皇后用正平調，仁宗用黃鐘羽，增《昭陵歌》。”此調有題材、聲情迥異的兩種作品：郊祀、籍田、明堂之作，風格雍容典雅，歡樂祥和，北宋多用正宮，金、南宋又用無射宮、高宮、中吕宮；發引之曲，淒歡

悲傷,北宋仁宗時用正平調,後又用雙調、中呂。此調《宋史·樂志》、《宋會要輯稿》及《詞譜》皆有百字之體,《全宋詞》所載《導引》詞亦然。今人李馴之《兩宋鼓吹歌曲考述》以《導引》分"來時《導引》和去時《導引》",百字體皆當分作兩首方是,此說當從。又《法駕導引》與此調不同,應爲《憶江南》之別名,於宮廷鼓吹曲無關。又《宋史·樂志》載無名氏"元豐二年慈聖光獻皇后發引"《導引》詞,與此同名異調。

【體略】

雙片五十字,上片二十六字五句三平韻,下片二十四字四句三平韻,和峴。

【圖譜】

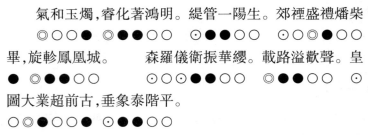

氣和玉燭,睿化著鴻明。緹管一陽生。郊禋盛禮燔柴

畢,旋軫鳳凰城。　　森羅儀衛振華緌。載路溢歡聲。皇

圖大業超前古,垂象泰階平。

(《全宋詞》1頁)

【注釋】

此調兩宋及金現存詞一百一十餘首,其中金七首。和峴此詞及其《六州》、《十二時》作於開寶元年(968),爲現存北宋最早詞調。和峴詞全用律句,字句韻嚴謹,後來兩宋及金人依此創作者最多,爲此調正體。和峴詞所用宮調不詳(或即正宮)。此調仁宗時明確用正宮,金人邢具瞻天眷三年(1140)詞用無射宮,字句韻及聲情與此同,又南宋周必大詞亦用無射宮(自注"舊黃鐘宮"),又

用高宮。又，和峴詞《宋史》、《宋會要輯稿》皆未署作者，《全宋詞》
據《文獻通考》卷一百四十三樂十六作和峴作，當從。此詞原與
"歲時豐衍"一首合爲一首，作雙片一百字，今分作兩首。此爲換
頭曲，上片自"緹管"以下，與下片自"載路"以下相同。上片首句
"氣"蘇軾"經文緯武"詞作"經"。第五句"旋"蘇軾"帝城父老"詞
作"腸"。下片首句"森"無名氏"歲華婉娩"詞作"壽"，"儀"無名
氏"鳳簫聲斷"詞作"鬱"。第三句"皇"、"大"無名氏"深仁厚德"
詞作"帝"、"猶"。句中可平可仄即俱見下列別體句法相同者。
又，真宗時無名氏"天書導引"七首之"我皇纘位"及"靈臺偃武"詞
結句分別作"邁八九爲君"、"見反樸還淳"，偶用上一下四句法，注
出不另列。

又一體

【體略】

　　雙片五十字，上片二十六字五句三平韻，下片二十四字四句三
平韻，和峴。

【圖譜】

　　　歲時豐衍，九土樂升平。睹寰海澄清。道高堯舜垂衣
　　　●○○●　○●●○○　●●●○○　　●○○●○○
　　　治，日月並文明。　　　嘉禾甘露登歌薦，雲物煥祥經。兢兢
　　　●　●●○○　　　　　○○○●○○●　○●●○○　○○
　　　惕惕持謙德，未許禪云亭。
　　　●●○○●　●●○○○

【注釋】

《宋史·樂志》、《宋會要輯稿》、《全宋詞》等皆將此詞與“氣
和玉燭”一首合爲一首,今分列。此與“氣和玉燭”詞相校,上片第
三句作上一下四句法、下片首句不用韻作平起仄收律句異。真宗
時無名氏“穹旻錫祐”詞、“皇穹錫瑞”詞、“民康俗阜”詞正與此同。
按和峴此詞上片第三句句法與“氣和玉燭”一首雖異,但字聲實
同,“寰”字必讀去聲,遍檢兩宋及金人詞作,此字亦無用平聲者。

和峴二詞,玩味詞意,“氣和玉燭”一首云“郊禋盛禮燔柴畢,
旋軫鳳凰城”,當爲郊祀完畢回朝《導引》詞;“歲時豐衍”一首云
“嘉禾甘露登歌薦,雲物煥祥經”,或爲出行時《導引》詞。

又一體

【體略】

雙片四十九字,上片二十五字五句三平韻,下片二十四字四句
二平韻,《宋史·樂志》無名氏。

【圖譜】

龍馳駕,玉輅儼宸威。天仗下端闈。華旌翠羽籠黃道,
○○●　●●○○　○●●○○　○○●●○○

赫奕照晨暉。　　大哉仁孝踰堯舜,圭瓚罄虔祗。神靈肸
●●●○○　　●○○●○○●　○●●○○　○○●

蠁來歆答,萬壽保純禧。
●○○●　●●●○○

【注釋】

此爲嘉祐元年（1056）"恭謝《導引》"詞。此與"歲時豐衍"詞相校，首句減一字異，其他均同。按首句減字並非脫漏，後來兩宋此調多有首句作三字者。

又《宋會要輯稿》"樂八"載無名氏嘉祐四年（1059）祫享太廟《導引》曲，與此詞相校，惟首二句減一字作七字一句："天儀安豫洽無爲。"遍檢宋金詞作，再無此體，"儀"後當有脫漏，不另列。

又一體（正體）

【體略】

正平調，雙片五十字，上片二十六字五句三平韻，下片二十四字四句三平韻，王珪。

【圖譜】

上林春晚，曾是奉宸遊。水殿戲龍舟。玉簫吹斷催仙馭，一去隔千秋。　遊人重到曲江頭。事往涕難收。空餘御幄傳觴處，依舊水東流。

（《全宋詞》202 頁）

【注釋】

《唐宋詞彙評》考此詞及王詞別首"玉宸朝晚"皆作於嘉祐八年（1063）（280 頁）。此詞《全宋詞》錄自《類說》卷十六，共兩

首,題爲"平調發引",此平調即正平調,爲林鐘均之羽調曲。字句韻與"氣和玉燭"詞同,但聲情悲戚,宮調不同,聲情亦異,故另列別體。范祖禹詞又入雙調、中吕,分別爲夾鐘均之商調、羽調。蘇軾有兩首"奉安神宗皇帝御容赴西京會聖宮應天禪院奉安《導引》歌詞",當亦即正平調。又,王珪別首"憶玉清景"詞,"玉"字用仄聲,偶用不參校。又,《宋會要輯稿》"樂八"載嘉祐六年(1061)無名氏"明德章德皇后御容赴普安禪院奉安"導引詞"母儀天寓"一首早於此詞,因脱漏第三句,注出不另列。又,《宋史·樂志》載無名氏"虞主祔廟儀仗内《導引》"之"輕輿小輦"詞亦與此同,惟上片第四句、下片第三句偶作折腰句法,分別作"傷心處、獸香散盡"、"誰知道、桂華今夜",注出不另列。

又一體

【體略】

　　雙片五十字,上片二十六字五句三平韻,下片二十四字四句三平韻,《宋史·樂志》無名氏。

【圖譜】

　　　　金殿晚,注目望宮車。忽聽受遺書。白雲縹緲帝鄉去,
　　　　○●● ●●●○ ●●●○ ●●○○●●

抱弓空慕龍湖。　　　瑤津風物勝蓬壺。春色至、望雕輿。
●○○●○○　　　○○○●●○○ ○●● ●○○

花飛人寂寂,淒涼一夢清都。
○○○●● ○○●●○○

(《全宋詞》3723頁)

【注釋】

此詞題"八年神宗靈駕發引","八年"即元豐八年(1085)。此與
"上林春晚"相校,上片第一句減一字作三字一句,第五句添一字作
六字一句;下片第二句添一字作六字折腰句,第三句減兩字作五字
一句,第四句添一字作六字一句。此詞用移字之法,句拍變化較大。

又 一 體

【體略】

雙片五十二字,上片二十七字五句三平韻,下片二十五字四句
三平韻,《宋史·樂志》無名氏。

【圖譜】

長樂晚,綵戲萊衣。奄忽夢、報仙期。帝鄉渺渺乘鸞去,
○●● ●○○ ○●● ●○○ ●○●●○○

啼紅嬪御不勝悲。 蒼梧煙水杳難追。 腸斷處、過江時。
○○●●●○○ ○○●●●○○ ○●● ●○○

銀濤千萬疊,不知何處是瑤池。
○○○●● ●○○●●○○

(《全宋詞》3728頁)

【注釋】

此題"顯仁皇后上仙發引",《兩宋鼓吹歌曲考述》以作於紹興
二十七年(1157)。此與"上林春晚"一首相校,上片第一、二句減
二字作三字一句、四字一句,第三句添一字作六字一句,第五句添
二字作七字一句;下片第二句添一字作六字折腰句,第三句減二字

作五字一句,第四句添二字作七字一句。此亦用移字法改變句拍
(又與"金殿晚"詞不同)。

又 一 體

【體略】

　　黃鐘羽,雙片五十二字,上片二十七字五句三平韻,下片二十
五字四句三平韻,《宋史·樂志》無名氏。

【圖譜】

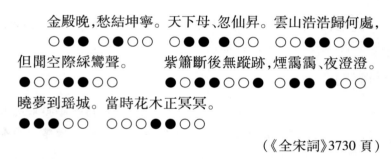

　　　　金殿晚,愁結坤寧。天下母、忽仙昇。雲山浩浩歸何處,
但聞空際綵鸞聲。　　　紫簫斷後無蹤跡,煙靄靄、夜澄澄。
曉夢到瑤城。當時花木正冥冥。

(《全宋詞》3730 頁)

【注釋】

　　黃鐘羽即般涉調。此詞題"安恭皇后上仙發引",《兩宋鼓吹
歌曲考述》以爲作於乾道三年(1167)。此即"長樂晚"詞體,與之
相校,下片第一句不用韻,第三句用韻異。

六　州

【調釋】

　　調名當源於唐大曲《陸州歌》。郭茂倩《樂府詩集·近代曲

辭》(卷七十九)有大曲《陸州歌》第一、第二、第三,排遍第一、第二、第三、第四,另有《簇拍陸州》,皆采唐人絶句爲歌詞。楊慎《詞品》卷一:"六州得名,蓋唐人西邊之州,伊州、梁州、甘州、石州、渭州、氐州也。"沈雄《古今詞話·詞話上卷》:"《樂府衍義》曰:'岑參《六州歌頭》云:"西去輪臺萬里餘。也知音信日應疏。隴山鸚鵡能言語,爲報家人數寄書。"注云:"六州,伊、渭、梁、氐、甘、涼也。一作伊、梁、甘、石、胡渭、氐州。"'"宋代作軍樂鼓吹曲,爲教坊新聲。此調用平聲韻,重頭曲,多用三字短句,多叙邊警及頌聖,聲情華貴威嚴。按此調《詞譜》卷九載無名氏"良夜永"一首,並云:"此調只有此詞,無別首可校。"顯誤。《詞律辭典》載此調體式甚多,共二十體,然獨漏和峴此體。此調與和峴《導引》、《十二時》均作於開寶元年(968),而《詞譜》所引"良夜永"一首爲真宗封禪四首之一,從用韻和用詞等方面看,實爲模仿和峴詞而創作。《宋史·樂志》及《宋會要輯稿》中以《六州》名調者,同名異調者有三,因宮調題材不同,聲情多有差異。

【體略】

　　雙片一百二十九字,上片六十四字十四句七平韻,下片六十五字十四句八平韻,和峴。

【圖譜】

嚴夜警,銅蓮漏遲遲。清禁肅,森陛戟,羽衛儼皇闈。
○●●　○○●○○　○●●　○●●　●●●○○

角聲勵、鉦鼓攸宜。金管成雅奏,逐吹逶迤。薦蒼璧、郊祀
●○●　○●○○　○●○●●　●○○○　○○●　○●

神祇。屬景運純禧。京坻豐衍,群材樂育,諸侯述職,盛德
○○　●●●○○　○○○●　○○●●　○○●●　●●

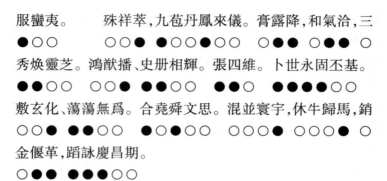

服蠻夷。　　殊祥萃，九苞丹鳳來儀。膏露降，和氣洽，三
●○○　　　　○○●　●○○●○○　　○●●　○●●　○

秀煥靈芝。鴻猷播、史册相輝。張四維。卜世永固丕基。
●●○○　○○●●　●●○○　●●○　●●●●○○

敷玄化、蕩蕩無爲。合堯舜文思。混並寰宇，休牛歸馬，銷
○○●　●●○○　●○●○○　○○○●　○○○●　○

金偃革，蹈詠慶昌期。
○●●　●●●○○

　　　　　　　　　　　　　　　　　　　　（《全宋詞》1頁）

【注釋】

　　此調兩宋現存近二十首（金元無存詞），字句多有差異。此調
雖以此詞爲最早，也奠定此調字句聲韻基本規模，且字詞後人亦多
有模仿。然如上片第七句"金管成雅奏"、下片第八句"卜世永固
丕基"皆用拗句，宋人罕有與之同者，又上下片第十句"屬景運純
禧"、"合堯舜文思"皆作上一下四句法，雖然前後一致，宋人亦無
與之全同者，不作正體。

正　　　體

【體略】

　　雙片一百二十九字，上片六十四字十四句七平韻，下片六十五
字十四句八平韻，《宋史·樂志》無名氏。

【圖譜】

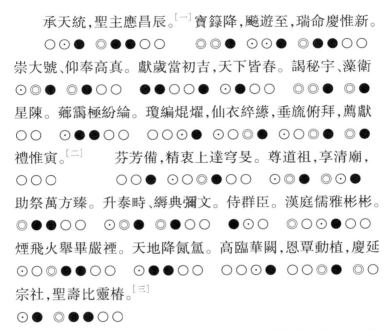

　　　承天統,聖主應昌辰。[一]寶籙降,飈遊至,瑞命慶惟新。

崇大號、仰奉高真。獻歲當初吉,天下皆春。謁秘宇、藻衛

星陳。薌靄極紛綸。瓊編焜燿,仙衣綷縩,垂旒俯拜,薦獻

禮惟寅。[二]　　　芬芳備,精衷上達穹旻。尊道祖,享清廟,

助祭萬方臻。升泰時、縟典彌文。侍群臣。漢庭儒雅彬彬。

煙飛火舉畢嚴禋。天地降氤氳。高臨華闕,恩覃動植,慶延

宗社,聖壽比靈椿。[三]

(《全宋詞》3707 頁)

【注釋】

　　[一]據《中興禮書》卷一百六十四,此爲真宗天禧元年(1017)
曲。此即和峴詞之改進體,與之相較,四字句以上皆用律句,上下
片第十一句皆用普通五字句,後之宋人詞與此同者最多,當爲正
體。句中可平可仄除注明外,俱見所列別體句法相同者。

　　[二]“飈”無名氏“承皇統”詞作“建”,“瑞”無名氏“皇撫極”
詞作“輝”。

　　[三]下片第九句“煙飛火舉畢嚴禋”作七字一句,和峴作上三
下四式七字折腰句。此句拍或折腰或不折腰,可不拘,然不能斷作

兩句拍。

<h1>又一體</h1>

【體略】

　　雙片一百二十三字，上片六十三字十四句七平韻，下片六十字十二句七平韻，《宋會要輯稿》無名氏。

【圖譜】

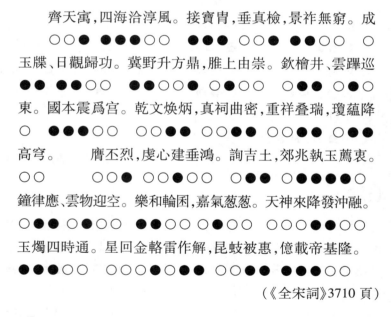

　　齊天寓，四海洽淳風。接寶胄，垂真檢，景祚無窮。成
　　○○●　●●●○　○○●　○○●　●●○○　○
　　玉牒、日觀歸功。冀野升方鼎，膹上由崇。欽檜井、雲蹕巡
　　●●　●●○○　●●○○●　○●○○　○○●　○●○
　　東。國本震爲宮。乾文煥炳，真祠曲密，重祥叠瑞，瓊蘊降
　　○　●●●○○　○○●●　○○●●　○○●●　○●●
　　高穹。　　膺丕烈，虔心建垂鴻。詢吉土，郊兆執玉薦衷。
　　○○　　　○○●　○○●○○　○●●　○●●●●○
　　鐘律應、雲物迎空。樂和輪囷，嘉氣葱葱。天神來降發沖融。
　　○●●　○●○○　●○○●　○●○○　○○○●●○○
　　玉燭四時通。星回金輅雷作解，昆蚑被惠，億載帝基隆。
　　●●●○○　○○○●○●●　○○●●　●●●○○

　　　　　　　　　　　　　　　　　　（《全宋詞》3710頁）

【注釋】

　　此爲天禧三年（1019）宋仁宗南郊鼓吹曲。此與“承天統”詞相校，上片惟第五句減一字作四字一句，下片自“鐘律應”以下字

句多有差異,當爲音樂有少許變化。按天聖二年（1024）無名氏
"承皇統,天地洽清寧"詞正承"承天統"及"齊天寓"詞體,然僅一
百十四字,多有脱漏,注出不另列。

又一體

【體略】

雙片一百二十六字,上片六十三字十四句八平韻,下片六十三
字十四句八平韻,《宋會要輯稿》無名氏。

【圖譜】

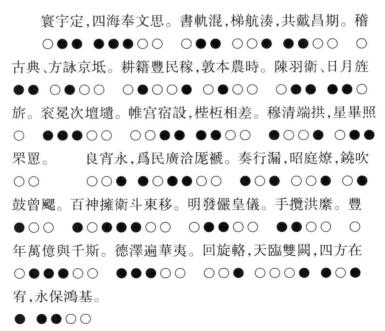

（《全宋詞》3712 頁）

【注釋】

此爲明道二年（1033）宋仁宗籍田曲。此與無名氏"承天統"詞相校，上片第五句減一字作四字一句，第十二句押韻，下片第六句作七字一句，第七句添二字作五字一句，第八句減二字作四字一句，第十一句減一字作三字一句，結句減一字作四字一句異。按下片第二、三、四句《全宋詞》斷作"爲民廣洽，厖禩奏、行漏昭庭燎"，不妥，"禩"字押韻，當依正體斷句。又，高宗時無名氏"昭聖武"詞正與此同。

又一體

【體略】

雙片一百二十七字，上片六十三字十四句九平韻，下片六十四字十四句八平韻，《宋會要輯稿》無名氏。

【圖譜】

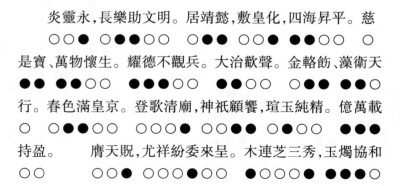

　　　　炎靈永，長樂助文明。居靖懿，敷皇化，四海昇平。慈
　　　　○○●　○●●○○　○○●　○○●　●●○○　　○
是寶、萬物懷生。耀德不覯兵。大治歡聲。金輅飾、藻衛天
●●　●●○○　●●●●○　●●○○　○●●　●●○
行。春色滿皇京。登歌清廟，神祇顧饗，瑄玉純精。億萬載
○　○●●○○　○○○●　○○●●　○●○○　●●●
持盈。　　　膺天眖，尤祥紛委來呈。木連芝三秀，玉燭協和
○○　　　　○○●　○○○●○○　●○○○●　●●●○

平。仲春月、萬杏初榮。整羽衛葱衡。親款神明。九韶疊
○　●○●　●○○　　●●○○　　○●○○　　●○●

奏罄簫笙。上以繼咸英。黃流玉瓚,殊庭胙饗,宸儀回復,
●●○○　　●●○○○　　○○●●　○○○●　○○○●

景祐遍寰瀛。
●●●○○

(《全宋詞》3713 頁)

【注釋】

　　此爲明道二年(1033)莊獻明肅皇后恭謝太廟曲。此與無名
氏"寰宇定"詞相校,上片第七、十三句均押韻,第十二句不押韻,
下片第三、四句減一字作五字一句,結句仍作五字一句異。

又一體

【體略】

　　雙片一百二十七字,上片六十二字十四句七平韻,下片六十五
字十五句八平韻,《宋會要輯稿》無名氏。

【圖譜】

崇嚴配,衢室饗中宸。尋漢禮,崇唐典,襲映情文。方
○○●　○●●○○　○●●　○○●　●●○○　　○

寶輅、羽衛星陳。藻繡填馳路,昭爛如雲。靈顧諟、德升聞。
●●　●●○○　●●○○●　○●○○　○●●　●○○

曠瑞集紛綸。承平嘉靖,收成和熟,萬方歌舞,喜氣滿青
●●●○○　○○○●　○○○●　●○○●　●●●○

旻。　　　　成熙事,宣和興物惟新。展宮寢,疑廟室,饗帝極
〇　　　　　〇〇●　〇〇〇●〇〇　●〇●　〇●●　●〇●

尊親。馨宸慮,四海駢臻。肅簪紳。齋明際浹人神。乾元
〇〇　●●●　〇〇〇〇　●〇〇　〇〇〇〇●●　〇〇

盛則屬茲辰。皇業協華勳。房心正位,端居報政,三年美薦,
●●●〇〇　〇〇●〇〇　〇〇●●　〇〇●●　〇〇●●

廣孝福吾民。
●●●〇〇

(《全宋詞》3714 頁)

【注釋】

　　此爲仁宗皇祐二年(1050)"明堂"詞,上片第五句減一字與
"寰宇定"詞相同,第九句減一字作六字折腰句,其他皆同"承天
統"詞。按下片第一、二句《全宋詞》斷作"成熙事、宣和興物惟
新",第九句斷作"齋明際,浹人神",今皆依正體斷句。

又 一 體

【體略】

　　單片六十二字十四句七平韻,《宋會要輯稿》無名氏。

【圖譜】

　　　　嚴太寢,容禮繹前經。仰蒼粹,欽厚順,式報生成。至
　　　　〇●●　〇●●〇〇　●〇●　〇〇●　●●〇〇　●

信洽、上格神靈。太和凝氣象,霄宇澄清。圭幣列、鼓鐘鏗。
●●　●●〇〇　〇〇〇●●　〇●〇〇　〇●●　●〇〇

群品薦豐盈。熙事既備，大儀交舉，百嘉允集，萬福來迎。
○ ● ● ● ○ ○　　○ ● ● ● ○　● ○ ○ ○　● ○ ○ ○　● ● ○ ○

（《全宋詞》3716 頁）

【注釋】

此爲嘉祐元年（1056）"恭謝"詞。此爲單片詞，即用"崇嚴配"詞之上片，惟結句爲四字一句異。此詞結尾原有"和聲"，或原詞本爲雙片，下片脱漏，今姑列一體。又嘉祐四年"祫享太廟"詞"深仁化"一首，正與此同，惟第六句作普通七字一句、第九句添一字作七字一句異，注出不另列。

又一體

【體略】

雙片一百二十七字，上片六十二字十五句八平韻，下片六十五字十四句八平韻，《宋會要輯稿》無名氏。

【圖譜】

承景運，天子奉明堂。玉燭應，金飈動，萬寶盈箱。嚴
○ ● ●　○ ● ● ○ ○　● ● ○　○ ● ●　● ● ○ ○　○
法駕，天路龍驤。采仗迎祥。日色動扶桑。款清廟、我誠
● ●　○ ● ○ ○　● ● ○ ○　● ● ● ○ ○　● ○ ● ● ○
將。回御八鸞鏘。於皇仁孝，祖宗來顧，熙于四極，令問載
○　○ ● ● ○ ○　○ ○ ○ ●　● ○ ○ ●　○ ○ ● ●　● ● ●
無疆。　　躬嚴配，笙鏞奏鳳來翔。瑞煙起，浮帝衮，玉步
○ ○　　　○ ○ ●　○ ○ ● ● ○ ○　● ○ ●　○ ● ●　● ●

間天香。升重宇，璧玉華光。桂流觴。神虞夕照熉黄。九
●○○ ○○● ●●○○ ●○○ ○○●●○○ ●
霄鳴佩下清厢。齊拱太微傍。群心同願，長臨路寢，三年講
○○●●○○ ○●●○○ ○○○● ○○●● ○○●
禮，顯祀文王。
● ●●○○

（《全宋詞》3718 頁）

【注釋】

此爲嘉祐七年（1062）“明堂”曲。此與“崇嚴配”詞相校，上片第七句減一字作四字一句且添一韻，第八句添一字作五字一句，結句作四字一句。

又一體

【體略】

雙片一百二十九字，上片六十四字十四句七平韻，下片六十五字十六句九平韻，《宋會要輯稿》無名氏。

【圖譜】

垂炎運，真主嗣瑶圖。海波晏，卿雲爛，日月麗皇都。
○○● ○●●○○ ●○● ○○● ●●●○○
年屢稔、萬寶山儲。廣莫風生律，一氣潛嘘。陳法駕、翠羽
○●● ●●○○ ●●○○● ●●○○ ○●● ●●
裝輿。清蹕下天衢。金匏六變，欻然靈顧，來車風馬，拜貺
○○ ○●●○○ ○○●● ●○○● ○○○● ●●

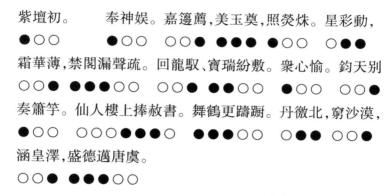

紫壇初。　　　奉神娛。嘉籩薦，美玉奠，照熒煉。星彩動，
●○○　　　　●○○　　○○●　●○●　○●●　○●●，

霜華薄，禁閣漏聲疏。回龍馭、寶瑞紛敷。衆心愉。鈞天別
○○●，●●●○○　○○●、●●○○　●○○　○○●

奏簫竽。仙人樓上捧赦書。舞鶴更躊躕。丹徼北，窮沙漠，
●○○　○○○●●●○　●●●○○　○●●，○○●，

涵皇澤，盛德邁唐虞。
○○●　●●●○○。

（《全宋詞》3719頁）

【注釋】

此爲治平二年（1065）南郊鼓吹歌曲。此與“承天統”詞相校，惟下片第一、二句添三字作四個三字句且添一韻，結韻減三字作三字三句、五字一句異。無名氏“皇撫極”詞與此詞同。按無名氏“皇撫極”詞上片第八句“壇”和下片起句“閣”《全宋詞》皆未注韻，不當。

又一體

【體略】

雙片一百三十字，上片六十四字十四句七平韻，下片六十六字十六句九平韻，《宋史·樂志》無名氏。

【圖譜】

雙鳳落，佳氣藹龍山。澄江左，清湖右，日夜海潮翻。

○●●　○●●○○　○○●　○○●　●●●○○

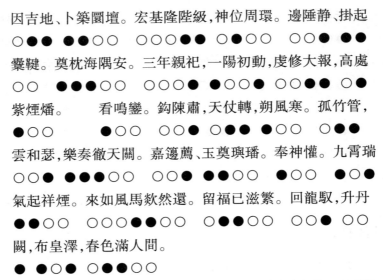

因吉地、卜築圜壇。宏基隆陛級，神位周環。邊陲静、掛起
○●● ●●○○　○○○●● ○○○○　○○●、●●

蠹鞬。奠枕海隅安。三年親祀，一陽初動，虔修大報，高處
●○。●●●○○。○○○● ●○○● ○○●● ○●

紫煙燔。　　　看鳴鑾。鈎陳蕭，天仗轉，朔風寒。孤竹管，
●○○。　　　●○○。○○●、○●●、●○○。○●●、

雲和瑟，樂奏徹天關。嘉籩薦、玉奠璵璠。奉神懽。九霄瑞
○○●、●●●○○。○○○、●●○○。●○○。●○●

氣起祥煙。來如風馬欻然還。留福已滋繁。回龍馭，升丹
●●○○。○○○●●○○。○●●○○。○○●、○○

闕，布皇澤，春色滿人間。
●、●●●、○○●○○。

（《全宋詞》3726 頁）

【注釋】

此據《中興禮書》爲紹興十三年（1143）學士院撰曲，《宋史・樂志》注"高宗郊祀"。此詞上片與無名氏"承天統"詞相同，下片與"垂炎運"詞相校，第十句添一字作七字一句，其他均同。按下片起句"鑾"《全宋詞》未注韻，不當。按下片第十一、十二句《全宋詞》原斷作："來如風馬欻然。還留福，已滋繁。"誤，當依正體斷句。

又一體

【體略】

雙片一百二十六字，上片六十二字十三句七平韻，下片六十四字十四句八平韻，崔敦詩。

【圖譜】

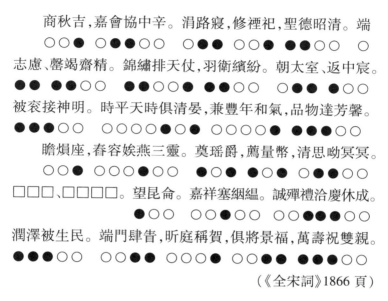

（《全宋詞》1866 頁）

【注釋】

　　此即"承景運"詞之變體，與之相校，上片結韻作七字一句、五字兩句異，下片"望昆侖"上缺七字兩句，今補作空格。第八句減一字作五字一句異。結二句《全宋詞》斷作"俱將景福萬壽、祝雙親"，不當。下片第九句《續文獻通考》卷一百十二作"輸嘉祥塞絪緼"，仍爲六字，於語意可斷爲折腰句。

十二時

【調釋】

　　曲名源於隋代。宋宮廷鼓吹曲調，教坊新聲。平聲韻，郊祠歌

詞,聲情雍容典雅。和峴此詞爲祝頌之調,或用正宮,宋人創作依此最多。此調名又有哀曲,用正平調、大石調等,與和詞同名異調。《宋史・樂志》中載多首《十二時》詞,其中同名異調者有六。柳永中呂調《十二時》與《宋史・樂志》所載又皆不相同。

【體略】

雙片一百二十五字,上片六十二字十四句十一平韻,下片六十三字十四句九平韻,和峴。

【圖譜】

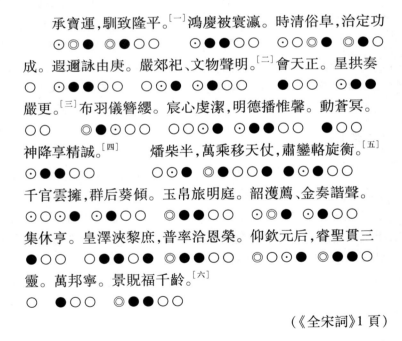

承寶運,馴致隆平。[一]鴻慶被寰瀛。時清俗阜,治定功成。遐邇詠由庚。嚴郊祀、文物聲明。[二]會天正。星拱奏嚴更。[三]布羽儀簪纓。宸心虔潔,明德播惟馨。動蒼冥。神降享精誠。[四]　　燔柴半,萬乘移天仗,肅鑾輅旋衡。[五]千官雲擁,群后葵傾。玉帛旅明庭。韶濩薦、金奏諧聲。集休亨。皇澤浹黎庶,普率洽恩榮。仰欽元后,睿聖貫三靈。萬邦寧。景貺福千齡。[六]

(《全宋詞》1頁)

【注釋】

[一]此調兩宋現存近二十首,以此詞爲最早,且字聲諧穩,後

之宋人詞作與之相同者最多，當爲正體。此詞上片自"時清"以下，與下片"千官"以下相同。《詞譜》卷三十七以此調名《十二時慢》，以無名氏"聖明代"詞爲別體，不當。無名氏"聖明代"詞正與此同。按天禧三年無名氏"雕戈偃"一首，首韻二句《全宋詞》斷作七字一句，不當。句中可平可仄除注明外，俱見所列別體句法相同者。

〔二〕"遐"無名氏"雕戈偃"詞作"岱"。"由"惟無名氏"金徒箭"詞作"永"，偶用仄聲不參校。"嚴郊祀、文物聲明"《全宋詞》斷作"嚴郊祀，文物聲明"，宜斷作上三下四式折腰句。

〔三〕此二韻爲三字一韻、五字一韻。"嚴"惟無名氏"金徒箭"詞作"百"，偶用不參校。按此二韻《全宋詞》斷作"會天正、星拱奏嚴更"，不當，此處"正"當讀平聲，爲韻字。按明道二年（1033）莊獻明肅皇后恭謝太廟詞"母儀下"一首，此二韻《宋會要輯稿》、《全宋詞》作"祥并保佑洽由庚"七字一句，此調並無此體，必有脫漏，依律當爲："□祥并。保佑洽由庚。"不另列。

〔四〕"宸心虔潔"作律句，惟崔敦詩詞作"雍肅顯相"、無名氏"母儀下"詞作"柔遠能邇"，用拗句，不參校。

〔五〕此韻第二句惟無名氏"千年運"詞作拗句，無名氏"日將旦"詞和無名氏"臨寰宇"詞作平起仄收律句，餘詞皆作仄起仄收律句。此韻第三句"蕭鑾輅旋衡"，無名氏"聖明代"詞、無名氏"乾坤泰"詞、無名氏"雕戈偃"詞作上一下四句法，餘詞作仄起平收律句，填者任選一種可也。按無名氏"千年運"詞此韻第二、三句《全宋詞》斷作"當陽定，天位來助見人情"，當依正體斷作五字兩句。

〔六〕"群后葵傾"作仄起平收律句，惟無名氏"母儀下"詞作"頓綱搜英"拗句，不參校。"皇澤浹黎庶"一句作仄起仄收律句，無名氏"君天下"詞作平起仄收律句，填者任選一種可也。無名氏"承平世"詞作"清風動闔闉"拗句，偶用不參校。又天禧三年（1019）無名氏"雕戈偃"一詞，下片第十三句"保嘉亨"，《宋會要輯

稿》原作"保嘉享",《全宋詞》亦然,"享"顯爲"亨"之誤,爲韻字,當改正。又下片第八、九句明道二年(1033)莊獻明肅皇后恭謝太廟詞"母儀下"一首,《全宋詞》斷作"俗懷生動,修文考制",亦誤,當爲"俗懷生。動修文考制"。又南宋崔敦詩"勛華並"詞下片第十三句偶添一字作"醇化無爲",注出不另列別體。崔詞下片首韻《全宋詞》斷作"神安坐、景氣澄虛。極光餤、燭長麗",亦當依正體斷句。

又一體

【體略】

雙片一百二十四字,上片六十一字十四句十一平韻,下片六十三字十四句九平韻,《宋會要輯稿》無名氏。

【圖譜】

君天下,萬國來王。玉帛湊梯航。五風十雨,品物蕃
○○●　●●○○　●●○○　○○●●　●●○
昌。棲壠有餘糧。躬千畝、天步龍翔。化重光。舉祖彝章。
○　○●●○○　●○●　○●○○　●○○　●●○○
驗晨正農祥。東郊如砥,黛耜御遊場。薦芬芳。稼穡佇豐
●○●○○　○○○●　●●●○○　●○○　●●●○
穰。　　成耤禮,三事並卿尹,執耒有經常。此儀曠絶,行
○　　　○●●　○●●○●　●●●○○　●○●●　○
自吾皇。玉振復金相。睹九色、流衍倉箱。洽歡康。蟲魚
●○○　●●●○○　●●●　○●○○　●○○　○○

皆茂育,戈役永韜藏。兩閫至聖,輔以股肱良。祚延長。壽
○●● ○●●○○ ●○●● ●●●○○ ●○○ ●

嶽保無疆。
●●○○

（《全宋詞》3712 頁）

【注釋】

此爲明道二年（1033）"籍田"詞。此詞與和詞相校,惟上片第
九句減一字作四字一句異。初疑上片第九句脫漏一字,然嘉泰二
年（1202）無名氏"臨寰宇"詞正與此同。

<h1 align="center">又 一 體</h1>

【體略】

雙片一百二十五字,上片六十二字十四句十平韻,下片六十三
字十四句九平韻,《宋會要輯稿》無名氏。

【圖譜】

恢皇統,宵旰勤考,正朔宣同規。留談經幄,來諫書帷。
○○● ○●●○ ●●●○○ ○○●● ○●○○

稽古極文思。尊耀魄、寶秩神祇。禮從宜。顯相協欽祇。
○●●○○ ○●●●○○ ●○○ ●●●○○

顥氣結華滋。西成獻瑞,百穀滿京坻。化無爲。斯萬卜年
●●●○○ ○○●● ●●●○○ ●○○ ○●●○

期。　　　隆昌運,大報同姬成,文武紹重熙。歷朝缺典,自
○　　　○○● ●●○○○ ○●●○○ ●●●● ●

我親祠。容采炳葳蕤。嘉能事、秀錯多儀。太平時。清風
●○○　○●●○○　○○●　●●○○　●○○　○○

涵溥惠，浩露浹深慈。群方昭泰，保定宅華夷。擁靈禧。萬
○●●　●●●○○　○○○●　●●●○○　●○○　●

葉累鴻基。
●●○○

（《全宋詞》3715 頁）

【注釋】

此爲皇祐二年（1050）"明堂"詞。此與和詞相校，惟上片第二句不押韻異。按此詞《全宋詞》未分片，今依正體於"隆昌運"前分片。下片第五句"祠"《全宋詞》未注韻不當。按此詞第二句未用韻，宋人無有同者，或有訛誤，暫備一體。

又 一 體

【體略】

單片六十二字十四句十一平韻，《中興禮書》無名氏。

【圖譜】

金徒箭，曉漏延長。霄極爛星芒。珠旒絢采，黼袞交
○○●　●●○○　○●●○○　○○●●　●●○

章。宸表寢永昂。上交合、莫邕流香。燎揚光。神錫以百
○　○●●○○　●○●　●○○○　●○○　○●●●

祥。壽延於無疆。三時告稔，萬億滿倉箱。思邊防。蠻貊
○　●●○○○　○○●●　●●●○○　●○○　○●

盡來王。

●○○

（《全宋詞》3716 頁）

【注釋】

此爲嘉祐元年（1056）仁宗時曲。此與和詞相校，惟缺下片。此詞結句處原有“和聲”二字。此調或如《導引》、《六州》，亦有單片之體。《宋會要輯稿》嘉祐四年（1059）無名氏“明昌世”詞與此詞同，按此詞上片首二句《全宋詞》斷作“金徒箭、曉漏延長”，第七句《全宋詞》作七字一句，今皆依正體斷句。

又一體

【體略】

雙片一百二十三字，上片六十二字十四句十平韻，下片六十一字十四句十平韻，《宋會要輯稿》無名氏。

【圖譜】

承平世，嘉祐壬寅。九月上旬辛。酒醴香旨，穀實豐
○○●　●○●○　●●○○　●○○●　●●○

珍。宗祀敞中宸。賓延上帝五方神。以嚴親。誠心通杳
○　　○●●○○　○○●●●○○　●○○　○○○●

杳，文物盛彬彬。金聲玉色，和奏翕鏗純。蕩無垠。天地一
●　○●●○○　○○●●　○●●○○　●○○　○●●

洪鈞。　明天子，至化深仁。壹意奉精禋。感時怵惕，即
○○　　○○●　●●○○　●●●○○　●○●●　●

事恭黂。用孝教斯民。多儀舉、大恩溢。福來臻。清風動
●○○　　●●●○○　　○○●　●○●　　●○○　　○○●

閶闔，皓氣下天津。幣誠玉腆，朱燎焜樞薪。積謹欣。皇曆
○●　●●●○○　　●○●●　○●○○○　　●○○　　○●

萬斯春。
●○○

（《全宋詞》3718 頁）

【注釋】

此爲嘉祐七年（1062）詞。與和詞相校，上片第七句作普通七字一句，第九句不押韻，下片第二句減一字作四字一句且押韻，第七句減一字作六字折腰句異。按此詞《全宋詞》未分片，今依正體於“明天子”前分片。又下片首二句《全宋詞》斷作“明天子、至化深仁”，第七句斷作“多儀舉，大恩溢”，今皆依正體斷句。

又一體

【體略】

雙片一百二十五字，上片六十二字十四句十平韻，下片六十三字十四句七平韻，《宋會要輯稿》無名氏。

【圖譜】

日將旦，陰曀潛消。天宇扇祥飇。邊陲静謐，夜熄鳴
●○●　○●○○　　○●●○○　　○○●●　●●○

刁。文教普旁昭。興太學、多士舒翹。奉宗祧。新廟榜宸
○　○●●○○　　○●●　○●○○　　●○○　　○●●

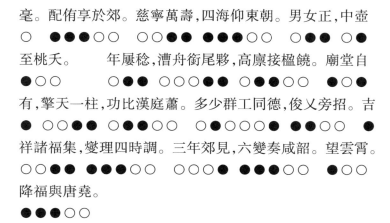

（《全宋詞》3726 頁）

【注釋】

　　此爲高宗紹興十三年（1143）學士院撰曲。此與和詞相校，惟上片第十三句，下片第五、七句均不押韻，下片第七句減一字作六字一句，第八句添一字作四字一句異。按此詞《全宋詞》未分片，今從正體於"年屢稔"前分片。又此詞上片首二句《全宋詞》斷作"日將旦、陰曀潛消"，下片第四、五句斷作"廟堂自有、擎天一柱"，今皆依正體斷句。

蘇易簡一調

蘇易簡(958—997),字太簡,梓州銅山(今屬四川)人。宋太宗太平興國五年(980)狀元及第。曾拜參知政事,以文章名著於世,有《文房四譜》、《續翰林志》及文集二十卷傳世,與蘇舜欽、蘇舜元並稱"銅山三蘇",今存詞僅《越江吟》一首。

越江吟

【調釋】

琴曲,隋賀若弼製。釋文瑩《續湘山野録》云:"太宗嘗酷愛宫詞中十小調子,乃隋賀若弼撰。其聲……命近臣十人各探一調撰一辭,蘇翰林易簡探得《越江吟》。"此説又見胡仔《苕溪漁隱叢話》前集卷十六所引《冷齋夜話》。按此調賀鑄更名《秋風歎》(又作《燕瑶池》),而歐陽修《宴瑶池》非即賀鑄之《燕瑶池》,奚滅之《宴瑶池》又與歐詞同名異調。此調句式以三字短句爲主,間以二、四、六字句,用上去韻,聲情婉轉柔美。

【體略】

雙片四十九字,上片二十三字五句五上去韻,下片二十六字六句六上去韻,蘇易簡。

【圖譜】

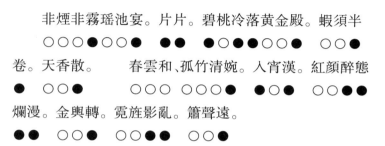

非煙非霧瑤池宴。片片。碧桃冷落黄金殿。蝦須半
○○○○○●　●●　●○○●●○●　○○●
卷。天香散。　　春雲和、孤竹清婉。入宵漢。紅顔醉態
●　○○●　　　　○○○　○●○●　○○●　○○●●
爛漫。金輿轉。霓旌影亂。簫聲遠。
●●　○○●　○○●●　○○●

（《花草粹編》卷四）

【注釋】

《唐宋詞彙評》考此詞作於雍熙三年（986）至淳化四年（993）間（5頁）。此調兩宋金元共存詞三首。此詞四十九字，與蘇軾、賀鑄詞均不同，且首句"非煙非霧瑤池宴"作七字一句，不作正體。

按蘇易簡詞《全宋詞》用《續湘山野錄》所載單片三十二字，而蘇軾、賀鑄詞，皆雙片五十一字，《苕溪漁隱叢話》前集卷十所引《冷齋夜話》正有蘇易簡雙片五十一字，當從後者。《冷齋夜話》所載又見周必大《文忠集》卷十五："少游所書《瑤池宴》，蘇易簡詞也，事載《冷齋夜話》。"

按《花草粹編》所載正與《苕溪漁隱叢話》所載全同。《詞譜》卷九言據《花草粹編》訂定，然上片第三句無端加上"誰見"二字，以與蘇軾、賀鑄詞體相同，不從。

又《詞律》卷五杜文瀾按："《花草粹編》第二句作'片片碧桃冷落誰見'，第二'片'字、'見'字均叶，萬氏以'桃'字爲句，落'誰見'二字，以'桃'字爲句，而以'冷落'二字屬下句，均誤。又'青雲和、孤竹清婉'，考《周禮‧大司樂》云：'孤竹之管，雲和之琴瑟，冬日至奏之。'則'青'字恐'奏'字之誤。又按《詞譜》'青雲'作'奏

雲’，又‘爛熳’之‘熳’字注叶，又‘影斷’作‘影亂’，應遵改。”

正　體

【體略】

　　雙片五十一字，上片二十五字七句七上去韻，下片二十六字六句六上去韻，蘇軾。

【圖譜】

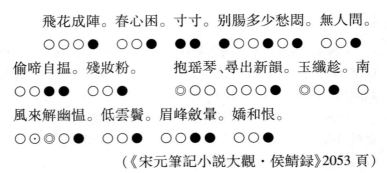

　　飛花成陣。春心困。寸寸。別腸多少愁悶。無人問。

　　偷啼自揾。殘妝粉。　　抱瑤琴、尋出新韻。玉纖趁。南

　　風來解幽愠。低雲鬢。眉峰斂暈。嬌和恨。

（《宋元筆記小説大觀·侯鯖録》2053頁）

【注釋】

　　此詞《樂府雅詞拾遺》上作廖明略詞，明略即廖正一之字。趙令畤《侯鯖録》卷三云：“東坡云：琴曲有《瑤池燕》，其詞不協，而聲亦怨咽。變其詞作《閨怨》，寄陳季常去。此曲奇妙，勿妄與人云。”《東坡題跋》卷六“變其詞作《閨怨》”作“或改其詞作《閨怨》”。此詞《花草粹編》、《古今詞統》作無名氏，毛晉《東坡詞》、《詞律》、《詞譜》作蘇軾詞。《全宋詞》一作蘇軾，一作廖正一。今作蘇軾詞（蘇軾若將他人之作寄與陳季常，亦爲可疑）。

　　此調以此詞爲正體，賀鑄“瓊鈎褰幔”一首正與此同。句中平

仄與賀詞相校僅數處不同，下片“玉纖趁”賀鑄詞作“商歌彈”，“尋出新韻”賀鑄詞作“金徽重按”，“南風來解幽愠”賀鑄詞作拗句“依稀廣陵清散”。全調當以律句爲佳，蘇詞“尋出新韻”之“出”字以入代平，蘇易簡“竹”字亦然，不注仄聲。

寇準三調

寇準(961—1023)，字平仲。華州下邽(今陝西渭南)人。太平興國五年(980)進士，授大理評事，知巴東縣。累遷樞密院直學士，判吏部東銓。有《寇萊公集》七卷，《全宋詞》輯存其詞四首，《全宋詞補輯》另輯錄一首。胡仔《苕溪漁隱叢話後集》卷九稱其《陽關引》"語豪壯，送別之曲，當爲第一"。

甘草子

【調釋】

甘草，又名蜜草，豆科，可入藥，《淮南子·覽冥》："夫地黃主屬骨，而甘草主生肉之藥也。"又《唐語林》卷八："豆有紅而圓長其首烏者，舉世呼爲相思子，非也，乃甘草子也。"《湘山野錄》卷下："公因早春宴客，自撰樂府詞，俾工歌之……"詞云："堪惜流年謝芳草。"亦關本意，聲情清俊灑脱。此調《樂章集》注正宮，《中原音韻》："正宮惆悵雄壯。"金馬鈺詞賦道情，更名《天道無親》。

【體略】

雙片四十七字，上片二十一字五句四上去韻，下片二十六字四句四上去韻，寇準。

【圖譜】

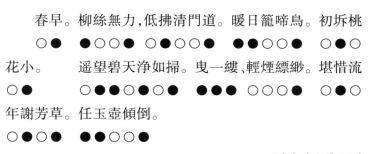

　　　春早。柳絲無力，低拂清門道。暖日籠啼鳥。初坼桃
　　　○●　●○○●　○●○○●　●●○○●　　○●○
　　花小。　　遙望碧天淨如掃。曳一縷、輕煙縹緲。堪惜流
　　○●　　　○●●○○●●　●○●　○○●●　　○●○
　　年謝芳草。任玉壺傾倒。
　　○●○●　●●○○●

（《全宋詞》3 頁）

【注釋】

　　《唐宋詞彙評》：“據《北宋經撫年表》卷二，寇準於大中祥符元
年（1008）十二月，知天雄軍（大名），兼駐泊都部署，六年（1013）
罷。此詞即在大名時作。”（8 頁）

　　此調兩宋存詞四首，金馬鈺存詞二詞。他首上片第四句均未
用韻，且此詞上片第二句字聲與他詞皆不合，不作正體。

正　　　體

【體略】

　　正宮，雙片四十七字，上片二十一字五句三上去韻，下片二十
六字四句四上去韻，柳永。

【圖譜】

　　　秋暮。亂灑衰荷，顆顆真珠雨。雨過月華生，冷徹鴛鴦
　　　○●　●●○○　●●○○●　●●●○○　◎●○○

浦。[一]　　　池上憑闌愁無侶。奈此箇、單棲情緒。却傍金
●　　　　　　○●●○○●　　●●● ⊙○○●　　◎●○

籠共鸚鵡。念粉郎言語。[二]
○○⊙●　　●●○○●

（《全宋詞》14 頁）

【注釋】

［一］《樂章集校注》繫此詞於慶曆四年（1044）（268 頁）。《詞律》卷四、《詞譜》卷六皆以此詞爲譜，當從。"亂灑衰荷"作仄起律句，柳永別首及楊无咎詞均同。寇準詞作"柳絲無力"平起仄收，不參校。句中可平可仄除注明外，俱見所列別體句法相同者。

［二］"此"《詞譜》以柳永別首用"羅"字作本仄可平，不當，《百家詞》、《花草粹編》、《全宋詞》諸本皆作"翠"，當從後者。"池上憑闌愁無侶"，"侶"《詞律》誤作"似"，以非韻，誤。又，《詞律》："'憑'字音'並'，不可誤讀平聲。""念粉郎言語"例用上一下四句法，柳永別首"聚兩眉離恨"、楊无咎"盡醉眠秋雨"及馬鈺詞皆然。

又 一 體

【體略】

雙片四十七字，上片二十一字五句三上去韻，下片二十六字四句四上去韻，馬鈺。

【圖譜】

唯願想像莊周，夢蝶飛輕粉。悟徹本無親，天道堪憑
○●●●○○　　●●○●●　　●●●○○　　○●●○

信。　　一志寂寥修行緊。便莫惜、假軀嬌嫩。捐棄家緣
●　　　●●●○○○●　●●●●●○○●　　○●○○

須陡頓。任女男妻恨。
○●●　●●●○○●

(《全金元詞》385 頁)

【注釋】

　　此與柳永"秋暮"詞相校,惟上片一二句作六字一句且減一韻
異,馬鈺別首正與此同。

踏莎行

【調釋】

　　唐陳羽《過櫟陽山溪》詩:"衆草穿沙芳色齊,踏莎行草過春
溪。"《于湖詞》注中呂調。《詞譜》卷十三:"金詞注中呂調,曹冠詞
名《喜朝天》,趙長卿詞名《柳長春》,《鳴鶴餘音》詞名《踏雪
行》……"按《詞譜》所注宮調往往言"金詞"如何,"金詞"實指金
代董解元《西廂記諸宮調》,該書所録宮調與兩宋詞調所屬宮調多
同,正可參照。又賀鑄此調詞別名甚多,有《惜餘春》、《題醉袖》、
《平陽興》、《芳心苦》、《思牛女》等。此調爲重頭曲,用上去韻,爲
兩宋金元流行詞調,内容以寫離情别緒爲主,多與春草相關。除上
下片起二句爲四字句外,其他均爲七字句,上去韻的使用使此調抒
情雖多寫傷感,但並不纖弱,屬健筆寫柔情之類。兩宋代表作者有
晏殊、歐陽修、晏幾道等。《張子野詞》注中呂宮。《校正》:"此調
適應之題材廣泛,可抒情、寫景、叙事、詠物、祝頌、議論,但仍以抒
情與寫景爲主。"(193 頁)《魏氏樂譜》卷四以吕本中"雪似梅花"
詞爲譜。曾覿"翠幄成陰"一首名《踏莎行》者與此同名異調。

【體略】

雙片五十八字，上下片各二十九字五句三上去韻，寇準。

【圖譜】

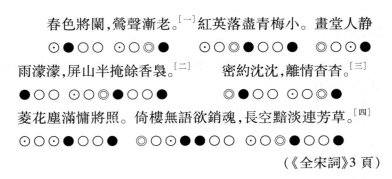

春色將闌，鶯聲漸老。^[一]紅英落盡青梅小。畫堂人靜

⊙●○○　⊙○○●　　　⊙○○◎○○●　　◎○⊙●

雨濛濛，屏山半掩餘香裊。^[二]　　密約沈沈，離情杳杳。^[三]

●○○　⊙○○◎○○●　　　◎●○○　⊙○◎●

菱花塵滿慵將照。倚樓無語欲銷魂，長空黯淡連芳草。^[四]

⊙○○●○○●　　◎○○●●○○　⊙○◎●○○●

（《全宋詞》3 頁）

【注釋】

[一]此調兩宋金元有近三百首詞，爲極流行詞調。此調體式僅
此一體，兩宋金元諸家俱依此填。《詞律》卷八以吳文英"潤玉籠綃"
詞爲正體，頗爲隨意。《詞譜》以晏殊詞爲正體："此調以此詞爲正
體，若曾詞、陳詞之添字、攤破句法、轉換宮調，皆變體也。"《詞譜》以
曾、陳詞爲變體不當，今以曾、陳詞爲《轉調踏莎行》，與此同名異調。
此調四、七字句皆用律句，兩宋金元諸家句法皆同。"春"晏殊"細草
愁煙"詞作"細"，"鶯"、"漸"歐陽修"碧蘚回廊"詞作"綠"、"深"。
此調上下片首二句宜用對仗。《詞律》："前後同。楊炎（正）於第二
句不起韻，第三句方起韻，諸家無此體。"楊炎正詞不另列。

[二]"紅"、"落"歐陽修"候館梅殘"詞作"草"、"風"。"畫"、
"人"歐陽修"候館梅殘"詞作"離"、"漸"，"屏"、"半"歐陽修"雨
霽風光"詞作"玉"、"鸚"。

[三]"密"晏幾道"宿雨收塵"詞作"斜"，"離"、"杳"杜安世

“閑院秋千”詞作“怎”、“煩”。《詞律》：“蔡伸後起云：‘一切見聞，不可思議。’‘見’、‘可’二字仄聲，係偶用禪家成語，亦無此體，俱不可學。”

〔四〕“菱”、“塵”晏幾道“緑徑穿花”詞作“一”、“總”。“倚”、“無”晏幾道“雪盡寒輕”詞作“傷”、“最”，“長”、“黯”蘇軾“這個禿奴”詞作“這”、“還”。

陽關引

【調釋】

《詞譜》卷十八：“此調始自宋寇準詞，本欒括王維《陽關曲》而作，故名。晁補之詞名《古陽關》。”用入聲韻，句法跌宕錯落，聲情激越，胡仔言其“豪壯”。宋詞中僅晁補之名《古陽關》者與之同。蘇軾《陽關曲》、柴望《陽關三疊》、無名氏《古陽關》，與此皆不相同。

【體略】

雙片七十八字，上片四十字八句五入聲韻，下片三十八字八句四入聲韻，寇準。

【圖譜】

塞草煙光闊。渭水波聲咽。春朝雨霽，輕塵斂、征鞍發。
●●○○● ●●○○● ○○●● ○○● ○○●

指青青楊柳，又是輕攀折。動黯然，知有後會甚時節。
●○○○● ●●○○● ○⊙○ ○●●○●○●

更盡一杯酒，歌一闋。歎人生裏，難歡聚、易離別。且莫辭
◎●○○● ○○● ○○●● ○○● ●○● ●●○

沉醉,聽取陽關徹。念故人,千里自此共明月。

⊙●　●●○○●　●●　○●●●●○●

(《花草粹編》卷八)

【注釋】

《唐宋詞彙評》:"大中祥符九年(1016)二月,寇準自知河南府改判永興軍。天禧三年(1019)六月還朝,爲中書侍郎兼吏部尚書平章事。此詞隱括王維《送元二使安西》詩,疑即作於長安。"(9頁)此調僅有晁詞可校,句中可平可仄悉見晁詞句法相同者。

上下片第五句"指"、"且"皆用領字,且均用上聲,晁詞亦然。上下片結韻《詞譜》均作上三下七式十字折腰句,今皆作三字一句、七字一句。上片第四句"輕塵斂",《全宋詞》作"輕塵歇",今從《花草粹編》、《古今詞統》、《詞譜》諸本。

又一體

【體略】

雙片七十八字,上片四十字八句五入聲韻,下片三十八字八句四入聲韻,晁補之。

【圖譜】

暮草蛩吟噎。暗柳螢飛滅。空庭雨過,西風緊、飄黃葉。

●●○○●　●●○○●　○○●●　○○●、○○●

卷書帷寂静,對此傷離別。重感歎,中秋數日又圓月。

●○○●●　●●○○●　○●●　○○●●●○●

沙觜檣杆上,淮水闊。有飛鳧客,詞珠玉、氣冰雪。且莫教

○●○○●　○●●　●○○●　○○●、●○●　●●○

皓月，照影驚華髮。問幾時，清尊夜景共佳節。

●● ●●○○● ●●○ ○○●●●○●

（《全宋詞》563 頁）

【注釋】

此即用寇詞韻作。《唐宋詞彙評》考此詞於紹聖三年（1096）作（818 頁）。此名《古陽關》，此與寇詞相校，字句韻皆同，惟上下片結句皆用律句，亦爲詞人有意爲之。此詞上片第三、四句《全宋詞》斷作七字一句、三字一句，今依正體斷作四字一句、六字折腰一句。

潘閬一調

潘閬(？—1009年)，字夢空，一說字逍遥，號逍遥子，大名(今屬河北)人。爲人疏狂放蕩，一生頗富傳奇色彩。有《逍遥集》、《逍遥詞》各一卷，詞以《酒泉子》十首聞名。

掃市舞

【調釋】

曲名見《教坊記》，詞見《夢溪筆談》卷二十五："復爲'掃市舞'詞(略)，以此爲士人不齒，放棄終身。"用上聲韻，市井俗調，聲情詼諧潑辣。與《掃地舞》不同。

【體略】

單片十六字，四句三上去韻，潘閬。

【圖譜】

出砒霜，價錢可。贏得撥灰兼弄火。暢殺我。
●○○　●○●　○●●●○●●　●●●

(《全宋詞》6頁)

【注釋】

　　此調《詞律》、《詞譜》均未收録，無別詞可校。

林逋一調

　　林逋（967—1028），字君復，後稱和靖先生，錢塘人（今浙江杭州）。早年游於江淮等地，後隱於西湖孤山，終身不仕不娶，與梅花、仙鶴作伴，稱"梅妻鶴子"。《全宋詞》收其詞三首，王國維《人間詞話》贊其《點絳唇》爲"詠春草絶調"，其《霜天曉角》詠梅，清雅脱俗，體式風格均對後世影響極大。

霜天曉角

【調釋】

　　此爲兩宋流行詞調，最早見林逋詞。唐人鄭巢詩："寒江浸霧月，曉角滿城霜。"此調林逋詞云："甚處玉龍三弄，聲搖動、枝頭月。"郭應祥云："從他吹急管。"韓元吉云："酒醒聞塞笛。"楊冠卿云："蘄竹奏新曲。"黄機云："却怕魚龍驚動，且莫要、夜吹笛。"王奕云："耳風腔轉笛。"《唐宋詞通論》："韓元吉《霜天曉角》詞序：'夜飲武將家，有歌《霜天曉角》者，聲調凄婉。'按《霜天曉角》也當是笛曲。"（127頁）此調用入聲韻爲本色，題材詠物、言情皆宜。篇幅雖小，聲情激越。亦偶用上去韻及平聲韻，聲情略有差異。此調兩宋代表詞人除林逋外，有程垓、吳潛、吳文英等。《于湖詞》注越調。《全元散曲》收張可久詞九首，名《霜角》，亦注越調，與詞體全

同,當視爲詞體。《校正》:"前後段結尾兩句須語意連貫,結一句爲六字句但作折腰式,爲此調顯著之句式特點。調式流轉活潑,因用仄聲韻故多宣洩煩亂抑鬱之情。"(53頁)《詞譜》卷四:"元高拭詞注越調。張輯詞有'一片月當窗白'句,名《月當窗》,程垓詞有"須共踏夜深月"句,名《踏月》,吳體之詞有'長橋月'句,名《長橋月》。"《魏氏樂譜》卷三以蔣捷平韻詞爲譜。此調又爲南戲、傳奇中流行曲牌,用韻三聲通叶,與詞體不同。

【體略】

雙片四十三字,上片二十一字四句三入聲韻,下片二十二字五句四入聲韻,林逋。

【圖譜】

（《全宋詞》7頁）

【注釋】

[一]此調兩宋今存九十餘首,金元存詞十餘首。從用韻看有入聲韻和平韻二體,其中平韻者不足十首。《詞律》卷三以辛棄疾"吳頭楚尾"詞爲正體,《詞譜》以林逋詞爲正體,當從後者,然《詞譜》所定字聲多有不當。《詞譜》云:"此詞押仄韻者,以林詞、辛詞爲正體,若趙詞、葛詞之多押兩韻,程詞、吳詞之添字,皆變格也。"

遍檢宋人詞，此調用上去韻者僅六七首詞，宜用入聲韻。此體上片自"甚處"以下，與下片自"要卷"以下相同。"霜"高觀國"春雲粉色"詞作"粉"。句中可平可仄除注明外，俱見所列仄韻體句法相同者。

　　[二]"昨夜梅花發"句當用仄起仄收律句。程垓詞作"素蟾光似雪"，劉過詞作"夢回滋味惡"，屬偶用。《詞譜》以"夜"、"花"二字可平可仄，不當。"聲"張孝祥詞作"楚"。

　　[三]"夢絕"用二字短韻，亦有不用韻者。"夢"趙長卿"香來不歇"詞作"清"。

　　[四]"金獸"楊冠卿詞作"奏新"。"曉寒蘭燼滅"句《詞譜》以"滅"字前四字均可平可仄，不當。此句宋人用律句有兩種，一爲平起仄收，一爲仄起仄收，不當混校。林逋用平起仄收，僅一三字可平可仄。"曉"高觀國"春雲粉色"詞作"蘭"。

　　[五]"要"、"珠"范成大"晚晴風歇"詞作"惟"、"兩"，"清"張孝祥詞作"不"。"前"趙長卿詞作"夜"。

又一體（正體）

【體略】

　　雙片四十三字，上片二十一字，下片二十二字，各四句三入聲韻，辛棄疾。

【圖譜】

暮山層碧。掠岸西風急。一葉軟紅深處，應不是、利名
●○○● ●●○○● ●●●○○● ○●● ●○

客。　　　玉人還佇立。綠窗生怨泣。萬里衡陽歸恨，先倩
● 　　　◎○○●● ●○○●● ●●○○○● ○●

雁、寄消息。
●　●○●

(《全宋詞》1971 頁)

【注釋】

鄧廣銘《稼軒詞編年箋注》考此詞乃淳熙六年或七年(1179 或 1180)作(76 頁)。此詞亦爲正體,與林逋詞相校,換頭不用二字短韻異。句中可平可仄參見程垓詞。辛棄疾此調三首,《詞律》以辛棄疾"吳頭楚尾"詞押上去韻者爲譜,不當。

<h1 align="center">又一體</h1>

【體略】

雙片四十四字,上下片各二十二字四句三入聲韻,程垓。

【圖譜】

玉清冰樣潔。幾夜相思切。誰料濃雲遮擁,同心帶、甚
●○○●●　●●○●　○●○○●●　○○●　●

時結。　　忽忽休惜別。還有來時節。記取江陰歸路,須
○●　　　○○●●●　○●○○●　●●○○●●　○

共踏、夜深月。
●●　●○●

(《全宋詞》2000 頁)

【注釋】

此與林逋、辛棄疾詞相校,上片首句添一字異,下片首句不用

短韻與辛詞相同。又下片"還有來時節"用仄起仄收律句,南宋詞人此句多有如此用者,正與上片"幾夜相思切"句式相同。按程垓此詞上下片作重頭之曲,字句及聲韻前後一致,頗可效仿,但宋人與此體全同者甚少。

又一體

【體略】

雙片四十四字,上片二十二字四句三入聲韻,下片二十二字五句四入聲韻,吳文英。

【圖譜】

香莓幽徑滑。縈繞秋曲折。簾額紅搖波影,魚驚墜、暗
〇〇〇●●　　〇●〇〇●　　〇●〇〇〇●　〇〇●　●

吹沫。　　浪闊。輕棹撥。武陵曾話別。一點煙紅春小,
〇●　　　●●　〇●●　　●〇〇〇●　●〇〇●〇〇

桃花夢、半林月。
〇〇●　●〇●

(《全宋詞》2938 頁)

【注釋】

此與程垓詞相校,首句作五字句相同,換頭用短韻、第三句作平起仄收律句又異,而與林逋詞相同。

又一體

【體略】

雙片四十三字，上片二十一字，下片二十二字，各四句四上去韻，趙師俠。

【圖譜】

雨餘風勁。霧重千山暝。茅舍寒林相映。分明是、圖
●○● ●●○● ○●○○● ○○● ○
畫景。　　去程何日定。天遠長安近。喚起新愁無盡。全
●● ●○○● ○○○●● ●●○○● ○
沒個、故園信。
●● ●○●

（《全宋詞》2903 頁）

【注釋】

《詞譜》："此詞前後段第三句俱用韻，與各家不同。"按葛長庚"五羊安在"詞亦用上去韻："五羊安在。城市何曾改。十萬人家圜闠，東亦海、西亦海。　　年年蒲澗會。地接蓬萊界。老樹知他一劍，千山外、萬山外。"但上下片第三句均不用韻，上下片結句用疊韻，偶用，注出不另列。

正體（平韻）

【體略】

雙片四十三字，上片二十一字，下片二十二字，各四句三平韻，曹冠。

【圖譜】

　　　　浦溆凝煙。誰家女采蓮。手撚荷花微笑,傳雅令、侑清
　　　　◎●○○　　○○○●○　　◎●○⊙○●　⊙○○　●○

歡。[一]　　　　擘葉勸金船。[二]香風襲綺筵。最後慇懃一瓣,
○　　　　　○●●○○　　○○○●○　　◎●⊙○○●

分付與、酒中仙。[三]
⊙●●　●○○

(《全宋詞》1533 頁)

【注釋】

　　[一]此調平韻者以此詞爲正體,《詞律》、《詞譜》以黃機詞爲正體不當。上片第三句“手”樓槃“月淡風輕”詞作“吟”,第四句“傳”黃機“玉粲冰寒”詞作“爲”。句中可平可仄除注明外,俱見所列平韻詞句法相同者。

　　[二]此句曹詞用仄起平收律句,其別首作“浴鷺水溶溶”正同。此句亦可用平起平收律句,樓槃“月淡風輕”詞作“曉鐘天未明”,陳允平“月樹風枝”詞作“陽和遲自遲”等,大抵兩種律句皆可。譜中前四字雖皆可平可仄,仍須以律句爲之。

　　[三]“最”黃機“玉粲冰寒”詞作“消”。按“最後慇懃一瓣”黃機詞作“消得個、溫存處”,於文意句法小異,注出不另列(亦可不斷作折腰句)。“分”陳允平“月樹風枝”詞作“有”。

又 一 體

【體略】

　　雙片四十四字,上片二十二字,下片二十二字,各四句三平韻,

趙長卿。

【圖譜】

　　　　閣兒幽静處，圍爐面小窗。好是闢頭兒坐，梅煙炷、返
　　　　●○○●● 　○○●●○ 　●●●○○● 　○○● 　●

魂香。　　　對火怯夜冷，猛飲消漏長。飲罷且收拾睡，斜
○○ 　　　●●●●● 　●●○○● 　●●●○○● 　○

月照、滿簾霜。
●● 　●○○

（《全宋詞》1802 頁）

【注釋】

　　《詞譜》："此詞亦押平韻者，但前後段起句皆五字，又各不用
韻。"按下片首句連用五仄，亦屬偶用，不可效法。

又一體

【體略】

　　雙片四十三字，上片二十一字四句三平韻，下片二十二字四句
四平韻，蔣捷。

【圖譜】

　　　　人影窗紗。是誰來折花。折則從他折去，知折去、向誰
　　　　○●○○ 　●○○●○ 　●●○○●● 　○●● 　●○

家。　　　檐牙。枝最佳。折時高折些。説與折花人道，須
○ 　　　○○ 　○●● 　●○○●● 　●●●○○● 　○

插向、鬢邊斜。

●●　●○○

（《全宋詞》3450 頁）

【注釋】

　　此與曹詞相校,換頭惟用二字短韻異,用短韻乃仿入聲韻詞體,非偶用。

楊億一調

楊億(974—1020)，字大年，建州浦城（今屬福建浦城縣）人。"西昆體"代表詩人。淳化中賜進士，曾爲翰林學士兼史館修撰，官至工部侍郎。有《武夷新集》二十卷。《全宋詞》據《梅苑》卷十録其詞《少年游》一首。

少年游

【調釋】

《詞譜》卷八以晏殊詞云"長似少年時"，而以此調始見晏殊，當誤。按"少年游"乃人生尋常本事，如唐人王建云"白馬少年游"（《采桑》），張喬云"莫滯少年游"（《送蜀客》），等等，名稱自不始於晏殊。按以《少年游》名調者，楊億詞與柳永詞爲同調異體，一爲四字起，一爲七字起，變化較多。晏殊四首《少年游》，兩首四字起，兩首七字起。此調多賦調名本意，常寫風流倜儻之事，時有悲傷哀怨之情，代表詞人有晏殊、晏幾道、蘇軾等。《校正》："此調奇句與偶句配置和諧，後段韻稀，有流暢婉約之特點。"（120頁）晁補之《少年游》"當年携手"詞與之同名異調，又《全宋詞》載孫道絢《少年游》一詞，乃《憶少年》之調。

【體略】

雙片五十二字,上片二十六字六句二平韻,下片二十六字五句三平韻,楊億。

【圖譜】

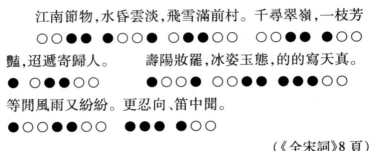

　　　江南節物,水昏雲淡,飛雪滿前村。千尋翠嶺,一枝芳
　　　〇〇●●　●〇〇●　〇●●〇〇　〇〇●●　●〇〇

豔,迢遞寄歸人。　　　壽陽妝罷,冰姿玉態,的的寫天真。
●　〇●●〇〇　　　　●〇〇●　〇〇●●　●●●〇〇

等閒風雨又紛紛。更忍向、笛中聞。
●〇〇●●〇〇　　●●●　●〇〇

（《全宋詞》8頁）

【注釋】

此調兩宋及金存詞八十餘首,以此詞爲早,但非正體,宋金全同此體者無。按下片結句"更忍向、笛中聞","更"字或爲襯字。

正體(首句四字起)

【體略】

雙片五十一字,上片二十六字六句二平韻,下片二十五字五句三平韻,晏殊。

【圖譜】

重陽過後，西風漸緊，庭樹葉紛紛。朱闌向曉，芙蓉妖
艷，特地鬬芳新。[一]　　　霜前月下，斜紅淡蕊，明媚欲回春。
莫將瓊莩等閒分。留贈意中人。[二]

（《全宋詞》94 頁）

【注釋】

　　[一]此調《詞律》卷五及《拾遺》共列十四體，前後多倒錯混
亂，《詞譜》列十五體，大多又相沿《詞律》，《詞繫》亦列十五體。今
依時代順序分列，包含楊億詞體，共八體。此調以四字或七字起句
分體，四字起者以此詞爲正體，有晏詞別首及晏幾道多詞相校。
“庭”向子諲詞作“健”。句中可平可仄除注明外，俱見所列別體句
法相同者。按上片兩韻均作四四五句式，且律句形式相同。
　　[二]“斜”、“淡”晏幾道“離多最是”詞作“薄”、“雲”。“莫”
晏幾道“西樓別後”詞作“金”。按下片首韻三句與上片首韻三句
律句形式相同，結二句七字一韻、五字一韻，與上片不同。

又一體

【體略】

　　雙片五十二字，上下片各二十六字六句二平韻，晏幾道。

【圖譜】

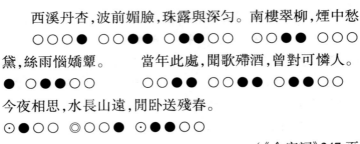

西溪丹杏，波前媚臉，珠露與深勻。南樓翠柳，煙中愁
〇〇〇●　〇〇〇●　〇〇●〇〇　　〇〇〇●　〇〇〇

黛，絲雨惱嬌顰。　　　當年此處，聞歌㵼酒，曾對可憐人。
●　〇〇●〇〇　　　〇〇〇●　〇〇〇●　〇〇●〇〇

今夜相思，水長山遠，閒臥送殘春。
⊙●〇〇　◎〇〇●　⊙●●〇〇

（《全宋詞》247 頁）

【注釋】

　　此與晏殊詞相校，結二韻作四四五句式且減一韻異，前後句拍
相同。按此雖前後句拍相同，但下片第四句“今夜相思”作仄起平
收律句，不與“西溪丹杏”、“南樓翠柳”、“當年此處”句法相同，顯
爲詞人有意爲之。晏幾道《少年游》詞五首，“西樓別後”和“雕梁
燕去”二首全同晏殊詞，別首“綠勾闌畔”、“離多最是”則與“西溪
丹杏”詞同。“水”楊澤民詞作“閒”。句中可平可仄除注明外，俱
見所列別體句法相同者。

<h1 style="text-align:center">又一體</h1>

【體略】

　　雙片五十一字，上片二十六字六句二平韻，下片二十五字四句
二平韻，蘇軾。

【圖譜】

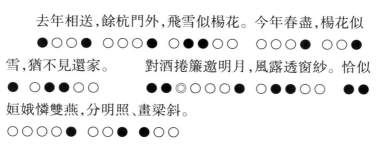

去年相送，餘杭門外，飛雪似楊花。今年春盡，楊花似
●○○● ○○○● ○●●○○ ○○○● ○○●

雪，猶不見還家。　　　對酒捲簾邀明月，風露透窗紗。恰似
● ○●●○○ ●●◎○○●● ○○●○○ ●●

姮娥憐雙燕，分明照、畫梁斜。
○○○●● ○○●○ ●○○

（《全宋詞》288 頁）

【注釋】

　　孔凡禮《蘇軾年譜》考此詞作於熙寧七年（1074）四月（274
頁）。此與楊億詞相校，下片第一、二句減一字作七字一句，且作仄
起仄收拗句，第四句又作仄起仄收拗句異。晁補之"前時相見"詞
與之全同。"捲"晁補之詞作"吳"。按向子諲詞下片首句作"舊曲
重歌傾別酒"，第三句作"章水能長湘水遠"，皆用律句，其他與蘇
詞全同，注出不另列別體。

<h2 align="center">又一體（正體）</h2>

【體略】

　　雙片五十一字，上片二十六字六句二平韻，下片二十五字五句
二平韻，周邦彥。

【圖譜】

并刀如水，吳鹽勝雪，纖手破新橙。錦幄初温，獸煙不
○○○● ○○●● ●●●○○ ●●○○ ●○●

斷,相對坐調笙。　　　低聲問向誰行宿,城上已三更。馬滑
●　○●●○○　　　○○●●○○●　○●●○○　　●●

霜濃,不如休去,直是少人行。
○○　●○○●　●●●○○

　　　　　　　　　　　　　　　　　　　（《全宋詞》606 頁）

【注釋】

　　《清真集校注》以此詞元豐五年（1082）元祐三年（1088）之間
寫於汴京。此詞爲換頭之曲,爲吸收晏幾道、蘇軾詞體的變化之
體,聲律協美,亦爲正體。上片"錦幄"以下三句與下片"馬滑"以
下三句相同,與晏幾道詞小異。換頭一句用平起仄收律句,又與蘇
軾詞異。按姜夔"雙螺未合"、楊澤民"鸞胎麟角"、陳允平"蘭屏香
暖"等詞正與此同。《詞譜》以姜夔詞爲譜,不當。

　　按姜夔"雙螺未合"一首,下片首韻《全宋詞》作三句十三字:
"扁舟載了,匆匆歸去,今夜泊前溪。"宋人無十三字者,當從《詞
譜》作:"扁舟載了匆匆去,今夜泊前溪。"

正體（首句七字起）

【體略】

　　雙片五十字,上片二十五字五句三平韻,下片二十五字五句二
平韻,柳永。

【圖譜】

長安古道馬遲遲。高柳亂蟬棲。夕陽島外,秋風原上,
⊙○◎●●○○　　○●●○○　　●○●●　○○○●

目斷四天垂。　　　　歸雲一去無蹤跡,何處是前期。狎興生

●●●○○　　　　○○●●○○●　●●●○○　　●●○

疏,酒徒蕭索,不似去年時。

○　●○○●　●●●○○

（《全宋詞》32 頁）

【注釋】

《樂章集校注》繫此詞於慶曆三年（1043）（245 頁）。此調七
字起句者以此詞及晁端禮詞爲正體,上片第二、三、四、五句與上列
晏殊詞體第三、四、五、六句相同,下片周邦彥詞體正與之同。柳永
現存十首《少年游》,其中三首與此體全同,另七首下片第二句添
一字作六字折腰句法。晏殊別首"芙蓉花發"、"謝家庭檻"及李甲
等人詞與此體同。

又一體

【體略】

雙片五十一字,上片二十五字五句三平韻,下片二十六字五句
二平韻,柳永。

【圖譜】

日高花榭懶梳頭。無語倚妝樓。修眉斂黛,遥山橫翠,

●○○●●○○　○●●○○　○○●●　○○○●

相對結春愁。　　　　王孫走馬長楸陌,貪迷戀、少年游。似恁

○●●○○　　　　○○●●○○●　⊙●○●　●○○　　●●

疏狂，費人拘管，爭似不風流。
○○　●○○● ○●●○○

【注釋】

此與"長安古道"詞相校，下片第二句添一字作六字折腰句異。柳永另六詞及歐陽修"去年秋晚"、"肉紅圓樣"詞等與此同。"貪迷"柳永"層波澂黵遠"詞作"不準"。按張先"紅葉黃花"詞亦與此同，惟首句不押韻，注出不另列。

又一體

【體略】

雙片五十一字，上片二十五字五句三平韻，下片二十六字五句三平韻，歐陽修。

【圖譜】

闌干十二獨憑春。晴碧遠連雲。千里萬里，二月三月，
○○●●●○○ ○●●○○ ●●●● ●●●●

行色苦愁人。　　謝家池上，江淹浦畔，吟魄與離魂。那堪
○○●○○ 　　●○○● ○○●● ○●●○○ 　●○

疏雨滴黃昏。更特地、憶王孫。
○●●○○ ●●●、●○○

【注釋】

此與柳永"長安古道"相校，下片首韻添一字攤破作四字兩

句、五字一句,結韻三句攤破作七字一句添一韻、六字折腰一句異。杜安世"小樓歸燕"詞正與之同。

正　體

【體略】

雙片五十字,上片二十五字五句三平韻,下片二十五字五句二平韻,晁端禮。

【圖譜】

建溪靈草已先嘗。歡意尚難忘。未放笙歌,暫留簪珮。
●○○●●○○　○●●○○　◎●○○　○○○●

猶有紫芝湯。　　醉中纖手慇懃捧,欲去斷人腸。絳蠟迎
○○●○○　　　●○○●○○●　●●●○○　●●○

歸,繡鞍扶下,笑語盡聞香。
○　●○○●　○●●○○

(《全宋詞》434 頁)

【注釋】

宋人《少年游》名調者,以此體創作爲多,最是正體。此與柳永"長安古道"詞相校,惟上片第三句用仄起平收律句,從而全詞上下片構成嚴謹的重頭之體。"未"陳允平"光風懷抱"詞作"香"。

聶冠卿一調

聶冠卿(988—1042),字長孺,歙州新安(今安徽省歙縣)人。大中祥符五年(1012)進士,慶曆元年(1041)以兵部郎中知制誥拜翰林學士,召試學士院,校勘館閣書籍。遷大理寺丞。預修《景祐廣樂記》,特遷刑部郎中。有《蘄春集》十卷,不傳。今存詞僅《多麗》一首。

多　麗

【調釋】

《詞譜》卷三十七:"一名《鴨頭綠》,周格非詞名《隴頭泉》。此調有平韻仄韻兩體。"按《綠頭鴨》曲名出自《教坊記》,此或出於唐曲,《詞譜》云"鴨頭綠",當屬誤記。聶詞云:"想人生,美景良辰堪惜。"亦賦本意。此調兩宋後來詞人除曹勛一首用上去韻外,均用平聲韻。《于湖詞》注中吕調。此調多詠調名本意,賦美麗景色,抒愉悅心情,篇長韻疏,格調嫵媚明快。

【體略】

雙片一百四十字,上片七十五字十四句六入聲韻,下片六十五字十一句五入聲韻,聶冠卿。

【圖譜】

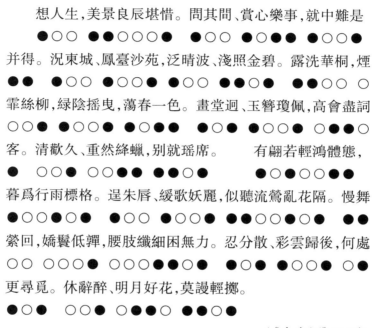

想人生，美景良辰堪惜。問其間、賞心樂事，就中難是
并得。況東城、鳳臺沙苑，泛晴波、淺照金碧。露洗華桐，煙
霏絲柳，綠陰搖曳，蕩春一色。畫堂迥、玉簪瓊佩，高會盡詞
客。清歡久、重然絳蠟，別就瑤席。　　有翩若輕鴻體態，
暮爲行雨標格。逞朱唇、緩歌妖麗，似聽流鶯亂花隔。慢舞
縈回，嬌鬟低嚲，腰肢纖細困無力。忍分散、彩雲歸後，何處
更尋覓。休辭醉、明月好花，莫謾輕擲。

（《全宋詞》10頁）

【注釋】

　　此詞題"李良定公席上賦"，吳曾《能改齋詞話》卷一載"翰林
學士聶冠卿，嘗於李良定公席上賦《多麗》"，《唐宋詞彙評》考此詞
作於至和三年（1056）春（29—30頁）。此詞及以下曹勛詞，一用入
聲韻，一用上去韻，皆非正體。《填詞名解》卷三以名《多麗》者用
仄聲，名《綠頭鴨》者用平聲，誤。

　　《詞律》卷二十以聶冠卿"想人生"詞爲"又一體"："用仄韻，
與前異……凡詞之平仄可兩用者，其調本同，但叶字用仄耳。如
《聲聲慢》、《絳都春》之類甚多可證。即今南曲中《畫眉序》、《高

陽臺》等曲亦然，雖韻不同，而中間字句則合，即此理也。‘綠陰’句該七字，愚謂‘一’字乃誤多者，且‘蕩春一色’亦難解，其爲七字句無疑。原調平聲者一百三十九字，此仄聲者今作一百四十字，恰是誤多此一字也，自來選家譜家從未留心體察耳……”

又一體

【體略】

雙片一百四十一字，上片七十六字十六句七上去韻，下片六十五字十三句六上去韻，曹勛。

【圖譜】

喜雨薰泛景，翠雲低柳。正涼生殿閣，梅潤曉天，暑風
●●○●●　●○○●　○○○●●　○●●○　●○

時候。應乘乾、彩虹流渚，驚電繞、璇霄樞斗。大業輝光，益
○●　○○○　●○○●　○●●　○○○●　●●○○　●

建火德，梯航四海盡奔走。六府煥修，多方平定，寰宇歌元
●●●　○○●●●○●　●●●○　○○○●　○●○○

首。凝九有。三辰拱北，萬邦孚佑。　　　對祥煙、霽色清
●　○●●　○○●●　●○○●　　　　●○○　●●○

和，鳳韶九成儀晝。聽山聲、響傳呼舞，騰紫府、香濃金獸。
○　●●○○○●　○○○　●○○●　○●●　○○○●

禁籞升平，慈闈燕適，褘衣共上玉觴酒。齊奉舜圖，南山同
●●○○　○○●●　○○●●●○●　○●●○　○○○

永，合殿備金奏。祝聖壽。聖壽無疆，兩儀並久。
●　●●●○●　●●●　○●○○　●○●●

（《全宋詞》1212 頁）

【注釋】

《詞譜》：“此詞添押兩韻，前後段句讀，亦多與聶詞不同。”按上片“有”，下片“壽”用韻，句拍亦變。

又一體（平韻）

【體略】

雙片一百三十七字，上片七十三字十三句六平韻，下片六十四字十一句五平韻，賀鑄。

【圖譜】

玉人家，畫樓珠箔臨津。託微風、彩簫流怨，斷腸馬上
●○○　●○○○●○○　　○●○○●　●○●●

曾聞。燕堂開、豔妝叢裏，調琴思、認歌顰。麝蠟煙濃，玉蓮
○○　●○○　●○○●　○○●　●○○　●●○○　●○

漏短，更衣不待酒初醺。繡屏掩、枕鴛相就，香氣漸暾暾。
●●　○○●●●○○　●○●　●○○●　○●●○○

回廊影、疏鐘淡月，幾許銷魂。　　翠釵分、銀牋封淚，舞鞋
○○●　○○●●　●●○○　　　●○○　○○○●　●○

從此生塵。住蘭舟、載將離恨，轉南浦、背西曛。記取明年，
○●○○　●○○　●○○●　●○●　●○○　●●○○

薔薇謝後，佳期應未誤行雲。鳳城遠、楚梅香嫩，先寄一枝
○○●●　○○○●●○○　●○●　●○○●　○●●○

春。青門外、祇憑芳草，尋訪郎君。
○　○○●　●○○●　○●○○

【注釋】

　　《東山詞》校注本繫此詞於神宗元豐五年（1082）之後（382頁）。平韻以賀詞爲早，然上片第六句、下片第四句皆作六字折腰句，與他詞不同，不作正體。

<h2 style="text-align:center">正　　體</h2>

【體略】

　　雙片一百三十九字，上片七十四字十三句六平韻，下片六十五字十一句五平韻，李清照。

【圖譜】

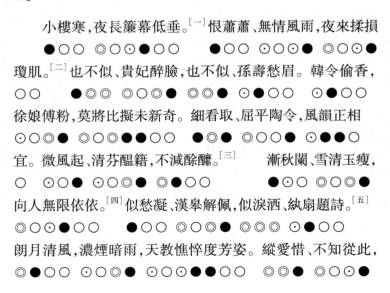

小樓寒，夜長簾幕低垂。[一]恨蕭蕭、無情風雨，夜來揉損瓊肌。[二]也不似、貴妃醉臉，也不似、孫壽愁眉。韓令偷香，徐娘傅粉，莫將比擬未新奇。細看取、屈平陶令，風韻正相宜。微風起、清芬醞籍，不減酴醾。[三]　　漸秋闌、雪清玉瘦，向人無限依依。[四]似愁凝、漢皋解佩，似淚洒、紈扇題詩。[五]朗月清風，濃煙暗雨，天教憔悴度芳姿。縱愛惜、不知從此，

留得幾多時。人情好、何須更憶，澤畔東籬。[六]
⊙●●○○　　⊙⊙●　⊙○○●　◎●●○○

【注釋】

　　［一］此詞題"詠白菊"，《李清照集箋注》以此詞作於大觀元年（1107）九月（38 頁）。此調兩宋存詞三十餘首，金元存詞近二十首。《詞律》卷二十以元人張翥詞爲正體，《詞譜》以晁端禮"晚雲收"詞爲正體，皆不妥。晁端禮二詞多用拗句，《詞譜》所定字聲多不當。此調當以李詞爲正體。按此詞爲換頭曲，聲律謹嚴，兩宋詞人多照此填。句中可平可仄除注明外，俱見所列平韻別體句法相同者。

　　［二］"夜"詹玉詞作"西"。按"夜來揉損瓊肌"晁端禮"晚雲收"詞作"皓色千里澄輝"，偶用不參校。

　　［三］"貴"富修仲詞作"微"。"孫"侯寘詞作"錦"。"微"詹玉詞作"夜"，"清"詹玉詞作"幾"，"醞"王安中詞作"方"。按"清芬醞籍"晁端禮詞作"依稀向人"拗句，偶用不參校。

　　［四］"秋"張元幹詞作"向"。按"向人無限依依"一句，晁端禮"晚雲收"詞作拗句"對此應解相思"，偶用不參校。

　　［五］"愁"晁端禮"錦堂深"詞作"漫"，《詞譜》據之定爲可平可仄，不當，按"漫"晁詞亦當作平聲。"漢"侯寘詞作"雲"。"似"張綱"愛家山"詞作"開"，"淚洒"富修仲詞作"徐方"。"紈"張綱"愛家山"詞作"且"。按"紈扇題詩"張元幹詞作拗句"西山忘言"，偶用不參校，《詞譜》以"扇"字可平可仄，不當。又張孝祥此韻《詞譜》、《全宋詞》等皆斷作"拄笏朝來多爽氣，秉燭夜永足清遊"，仍當依正體斷句，無需另列別體。

　　［六］"濃"嚴仁詞作"賞"，"天"富修仲詞作"指"。"縱"張綱"愛家山"詞作"君"，"留"富修仲詞作"不"。"情"侯寘詞作"指"。按"何須更憶"，晁端禮"錦堂深"詞作"身世恍然"，律句不同，偶用

不參校,《詞譜》以四字皆可平可仄,不當。

又一體

【體略】

　　雙片一百三十九字,上片七十四字十三句六平韻,下片六十五字十一句五平韻,晁補之。

【圖譜】

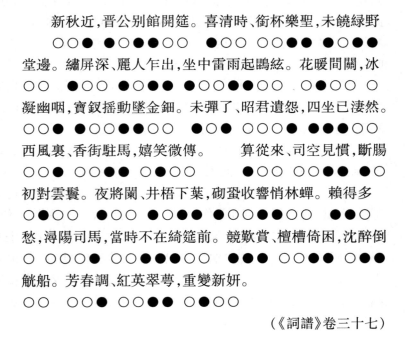

新秋近,晋公別館開筵。喜清時、銜杯樂聖,未饒綠野
○○●　●○●●○○　　●○○　○○●●　●●●●

堂邊。繡屏深、麗人乍出,坐中雷雨起鷗絃。花暖間關,冰
○○　　●○○　○●●●　●○○●○○　　○●●○　○

凝幽咽,寶釵搖動墜金鈿。未彈了、昭君遺怨,四坐已凄然。
○○●　●○○●●○○　　●○●　○○○●　●●●○○

西風裏、香街駐馬,嬉笑微傳。　　算從來、司空見慣,斷腸
○○●　○○●●　○○○○　　　　●○○　○○●●　●○

初對雲鬟。夜將闌、井梧下葉,砌蛩收響悄林蟬。賴得多
○●○○　●●○○　●○●●　●○○●●○○　　●○○

愁,潯陽司馬,當時不在綺筵前。競歡賞、檀槽倚困,沈醉倒
○　○○○○　●○○●●○○　　●●●　○○●●　○●●

舠船。芳春調、紅英翠萼,重變新妍。
○○　　○○●　○○●●　○●○○

(《詞譜》卷三十七)

【注釋】

　　《唐宋詞彙評》考此詞於建中靖國元年(1101)作(830頁)。

此與李詞相校,上片第六句、下片第四句均作七字一句異。按換頭
"司空見慣",影宋本及《全宋詞》作"司空慣",此句宋人無三字者,
當脫漏"見"字,今依《詞譜》。又首句"新秋近","近"字仄聲,宋
人此字無用仄聲者,不可效仿。按上片第八句"冰"《詞譜》原作
"水",從諸本改。

　　《詞律》:"起三字用仄,與前調(按前調指張翥詞)不同,'坐
中'句、'砌蛩'句雖亦七字而用上四下三與七言詩句同,比前調兩
句相對者。"

又一體

【體略】

　　雙片一百三十九字,上片七十四字十三句七平韻,下片六十五
字十一句五平韻,辛棄疾。

【圖譜】

　　　　歎飄零。離多會少堪驚。又爭如、天人有信,不同浮世
　　　　●○○　　○○●●○　　●○○　○○●●　●○○●
難憑。占秋初、桂花散采,向夜久、銀漢無聲。鳳駕催雲,紅
○○　●○○　●○●●　●●●　○●○○　●●○○　○
帷卷月,泠泠一水會雙星。素杼冷、臨風休織,深訴隔年誠。
○●●　○○●●●○○　●●●　○○○●　○○●○○
飛光淺、青童語款,丹鵲橋平。　　　看人間、爭求新巧,紛紛
○○●　○○●●　○●○○　　　　●○○　○○○●　○○
女伴歡迎。避燈時、綵絲未整,拜月處、蛛網先成。誰念監
●●○○　●○○　●○●●　●●●　○●○○　○○●

州，蕭條官舍，燭搖秋扇坐中庭。笑此夕、金釵無據，遺恨滿
○　　○○○●　●○○○●○○　　●●●　○○○●　○●●

蓬瀛。欹高枕、梧桐聽雨，如是天明。
○○。　○○●　○○●●　○○●○

（《全宋詞》1976 頁）

【注釋】

此詞與李清照相校，惟首句用韻異。張綱二詞及盧炳詞正與
之同。《詞譜》此體以張耒詞爲譜，不妥。李子申"好人人"詞正與
此同，惟上片第六句減一字異（與賀鑄詞同，但下片第四句又作七
字句），注出不另列。李子申詞下片第五句《全宋詞》作"帳衾寒"，
《歷代詩餘》卷九十八作"帳冷衾寒"，當從後者。

又一體

【體略】

雙片一百四十一字，上片七十五字十三句七平韻，下片六十六
字十一句五平韻，王吉昌。

【圖譜】

道風清。武簾交互經營。聚三天、合和兩地，斡元宮、
●○○　●○○●○○。　●○○　●○●●　●○○

真氣流行。變剛柔、游龍牝馬，應七十、二候生成。走玉飛
○●○○。　●○○　○○●●　●○●　●○○。　●●○

金，噴煙吸霧，相交水火迅當鳴。六陰散、三陽鼎聚，丹品秀
○　○○●●　○○●●●○○。　●○●　○○●●　○●●

華英。香風襯、金光透體，幾縷霞明。　　頓開基、頭頭性
〇〇　〇〇●　〇〇●●　●●〇〇　　●〇〇　〇〇●

顯，徹大千、沙界縱橫。拉輕吹、徘徊踴躍，步雲霄、體段峥
●　●●〇　〇〇〇〇　〇〇〇　〇〇●●　〇〇〇　〇〇〇

嶸。非色非空，不增不減，海珍如意吐真晶。罄內外、光華
〇　〇〇〇●　●〇●●　●〇〇●●〇〇　●●●　〇〇

無礙，神用六通迎。先天貌、功成蕩蕩，無復能名。
〇●　〇●●〇〇　〇〇●　〇〇●●　〇●〇〇

（《全金元詞》564 頁）

【注釋】

此與辛詞相校，惟上片第四句、下片第二句各添一字作七字折
腰句異。王吉昌別二首正與之同。按王吉昌"混融成"詞上片第
四句作"慧風通、虛谷傳神"，與此同，而下片第二句作"罄劫一段
光榮"，又同辛詞，注出不另列。又長筌子詞亦同此體，惟上片首句
不押韻異。

<h1 align="center">又一體</h1>

【體略】

雙片一百三十九字，上片七十四字十三句八平韻，下片六十五
字十二句七平韻，傅按察。

【圖譜】

静中看。循環興廢無端。記昔日、淮山隱隱，宛若虎踞
●〇〇　〇〇〇●〇〇　●●●　〇〇●●　●●●●

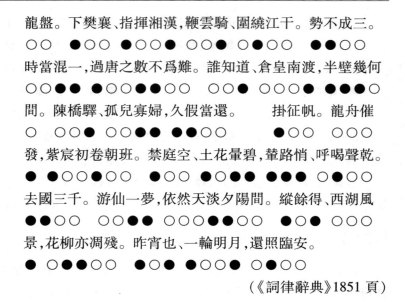

龍盤。下樊襄、指揮湘漢，鞭雲騎、圍繞江干。勢不成三。
○○　●○○　●○○●　○○●　○●○○　　●●○○

時當混一，過唐之數不爲難。誰知道、倉皇南渡，半壁幾何
○○●●　●○○●○○　　○○●　○○●●　●●○○

間。陳橋驛、孤兒寡婦，久假當還。　　　掛征帆。龍舟催
○　○○●　○○●●　●●○○　　　　●○○　　○○●

發，紫宸初卷朝班。禁庭空、土花暈碧，輦路悄、呼喝聲乾。
●　○○○●○○　●○○　●○○●　●●●　○○○○

去國三千。游仙一夢，依然天淡夕陽間。縱餘得、西湖風
●●○○　○○●●　○○○●●○○　　●○●　○○○

景，花柳亦凋殘。昨宵也、一輪明月，還照臨安。
●　○○●●○　●○●　●○○●　○●○○

（《詞律辭典》1851 頁）

【注釋】

　　此詞從《詞律辭典》補齊脱文，並正順序。此與辛詞相校，下片首句亦用韻，且上片第七句、下片第六句各添一韻，其他均同。

李遵勖二調

李遵勖（988—1038），潞州上黨（今山西長治）人，初名
勖，因娶宋真宗趙恒妹萬壽公主，而加"遵"字爲"遵勖"。精
於佛學，與和尚楚圓共同撰《偈頌》，已佚。《全宋詞》據《能改
齋漫録》録其《望漢月》、《滴滴金》二詞。

望（憶）漢月

【調釋】

此調歐陽修、杜安世名《憶漢月》，"憶漢月"本唐教坊曲名，此
調名源於唐曲。任二北《唐聲詩》："（憶漢月）唐教坊曲名，玄宗
開、天間人作……自對於'漢月'有兩種意象，一乃詠昭君和戎之
途中情緒，以漢月胡塵興感。如梁文帝《明君詞》'秋簥照漢月，愁
帳入胡風'，駱賓王《王昭君》'金鈿明漢月，玉筋染胡塵'等皆是。
一乃關山行役，去國日遠之情，説與胡塵對興。如徐陵《出自薊北
門行》云'漢月帶胡秋'，庾信《怨歌行》云'胡塵幾日應盡？漢月何
時更圓'等皆是。本調始義……乃盛唐邊人久戍不歸，思鄉懷人之
歟，'憶漢月'正與'怨胡天'對興……"（446—447頁）唐李紳有
《憶漢月》絶句，與本意無關。此調詞體今首見宋人創作。《樂章
集》注正平調。此調既可用入聲亦可用上去韻，句法以六七字句爲
主，且多折腰句法，聲情幽怨纏綿。

【體略】

　　雙片五十二字,上下片各二十六字四句三仄韻,李遵勖。

【圖譜】

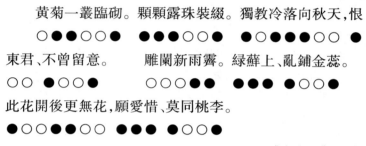

　　　　　　　　黃菊一叢臨砌。顆顆露珠裝綴。獨教冷落向秋天,恨
　　　　　　　　○●●○○● 　●●●○○● 　●○●●●○○ ●

東君、不曾留意。　　　雕闌新雨霽。綠蘚上、亂鋪金蕊。
○○ ●○○● 　　　○○○● 　●○○●●○○

此花開後更無花,願愛惜、莫同桃李。
●○○●●○○ ●●● ●○○●

　　　　　　　　　　　　　　　　　　　(《全宋詞》10 頁)

【注釋】

　　《唐宋詞彙評》:“詞作於澶州。蓋明道景祐間耳。”(31 頁)此
調兩宋今存詞僅五首,金元無詞。此詞下片首句用韻,宋人詞無與
之相同者,不作正體。

又一體

【體略】

　　正平調,雙片五十字,上下片各二十五字四句三仄韻,柳永。

【圖譜】

　　　　　　　　明月明月明月。爭奈乍圓還缺。恰如年少洞房人,歡
　　　　　　　　○●○●○● 　○●●○○● 　●○○●●○○ ○

會依前離別。　　　小樓憑檻處，正是去年時節。千里清光
●〇〇〇●　　　●〇〇●〇　●〇●●〇〇●　〇●〇〇
又依舊，奈夜永、厭厭人絕。
●〇〇　●〇●　〇〇〇●

（《百家詞·樂章集》）

【注釋】

《樂章集校注》繫此詞於景德元年（1004）（99頁）。此與李詞
相校，上片第四句減一字作六字一句，換頭不用韻，第二句減一字
作六字一句異，宋人亦無填此體者。按《全宋詞》上片第四句作
"暫歡會、依前離別"，今依《百家詞》及《詞譜》。

《詞律》卷五："起六字乃巧句，非有此定格也。蓋月字入聲可借用
耳。前段與前詞（按"前詞"指歐陽修"紅豔幾枝"詞）同，後段略異。"

正　　體

【體略】

雙片五十二字，上下片各二十六字四句三仄韻，晏殊。

【圖譜】

千縷萬條堪結。占斷好風良月。謝娘春晚先多愁，更
〇●●〇〇●　◎●●〇〇●　〇〇⊙●〇⊙〇〇　●
撩亂、絮飛如雪。　　　短亭相送處，長憶得、醉中攀折。年
〇◎　●〇〇●　　　◎〇〇●●　⊙●●　●〇〇●　〇
年歲歲好時節。怎奈尚、有人離別。
〇●●〇〇●　●◎◎　●〇〇●

（《全宋詞》108頁）

【注釋】

　　此調《詞律》以歐陽修詞爲譜,《詞譜》以杜安世詞爲譜,今以晏詞爲正體。杜安世"紅杏一枝"一首正與此同。上片第三句"謝"杜安世詞作"吹",下片第四句"奈尚"杜詞作"凋零"。其他可平可仄見所列李、歐、柳詞句法相同者。按此詞《詞譜》上下片結句均作六字一句,今依《全宋詞》作七字折腰句。又按下片第三句杜安世詞作"直擬移來向深院"字聲迥異,偶用不參校,亦不另列別體,《詞譜》以前四字均可平可仄,不當。

又一體

【體略】

　　雙片五十字,上片二十五字四句三仄韻,下片二十五字四句二仄韻,歐陽修。

【圖譜】

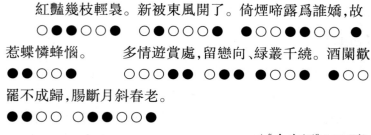

紅豔幾枝輕裊。新被東風開了。倚煙啼露爲誰嬌,故
惹蝶憐蜂惱。　　多情遊賞處,留戀向、綠叢千繞。酒闌歡
罷不成歸,腸斷月斜春老。

（《全宋詞》146 頁）

【注釋】

　　此與晏詞相校,上下片結句各減一字作六字一句異。

滴滴金

【調釋】

史鑄《百菊集譜》卷二:"滴滴金,夏菊也。花頭巧小,或有折二大者,蓋所産之地不同也。花瓣最細,凡二三層,明黄色,心乃深黄,中有一點微緑,自六月開至八月。俗説遍地生苗者,由花梢頭露水滴而出也,故名滴滴金。予嘗與好事者斫地驗其根,其根即無聯屬,方知此説不妄。"吴曾《能改齋詞話》卷二:"李附馬正月十九日所撰《滴滴金》詞也。京師上元,國初放燈,止三夕。時錢氏納士進錢買兩夜,其後十七、十八兩夜燈,因錢氏而添,故詞云五夜。"《唐宋詞彙評》:"朱翌《猗覺齋雜記》:乾德五年,上元放燈,詔謂時和歲豐,增十七、十八兩夕。事見《太祖實録》、《三朝國史》、《國史會要》。錢氏納士買兩夜,乃爲世俗妄傳。"(32頁)此調本爲詠物之調,李遵勖詞云:"大家同約探春行,問甚花先發。"亦爲本調。此調入聲韻、上去韻均可,重頭之曲,題材探春、傷春、懷人皆宜,主要用五、六、七字句,七字句爲律句,六字句爲折腰句,五字句爲上一下四句法,聲情清麗婉轉。

【體略】

雙片五十字,上下片各二十五字四句三仄韻,李遵勖。

【圖譜】

帝城五夜宴遊歇。殘燈外、看殘月。都人猶在醉鄉中,
●○●●○○●　○○●、●○●　○○○○●○○

聽更漏初徹。　　　行樂已成閒話説。如春夢、覺時節。大
●○●○●　　　　　○●●○○●●　○○●、●○●　●

家同約探春行,問甚花先發。

○○●●○○　●●○○●

(《全宋詞》10 頁)

【注釋】

　　此調兩宋現存十餘首詞,金人馬鈺一首。《詞律》、《詞譜》以此詞爲正體,不妥。《詞律》卷六:"前後字句同,而換頭平仄各異。'漏'字仄,'花'字平,亦不同。"此詞換頭一句"行樂已成閑話説"作仄起仄收律句,僅無名氏一詞與之相同,不作正體。

正　　體

【體略】

　　雙片五十字,上下片各二十五字四句四仄韻,晏殊。

【圖譜】

梅花漏泄春消息。[一] 柳絲長、草芽碧。不覺星霜鬢邊

⊙○◎●⊙○■　　◎⊙○　●○●　●●○○◎○

白。念時光堪惜。[二] 　　蘭堂把酒留嘉客。對離筵、駐行

●　●○○●　　　　⊙○●●○○●　　◎○⊙　●○

色。千里音塵便疏隔。合有人相憶。[三]

●　⊙●○●○●　●◎○○●

(《全宋詞》106 頁)

【注釋】

　　[一]此調以此詞爲正體,上下片字句韻及字聲相同。句中可

平可仄除注明外,俱見所列別體句法相同者。

　　[二]"絲"孫道絢作"策"。"不覺星霜鬢邊白"作拗句,與下片"千里音塵便疏隔"相同。王質詞上下片第三句分別作"荒林只見夕陽入"、"風剛浪猛早收拾",均用平起仄收律句,又楊无咎詞上片第三句作"表裏冰清誰與比",馬鈺詞上片第三句作"嬰姹從此認知識"律句不同,不相參校。"念時光堪惜"與下片結句"合有人相憶"均當作一四句法。王質詞上下片結句作普通五字一句,偶用。

　　[三]"蘭"孫道絢詞作"等","把"王質詞作"猶"。"有"趙彥端詞作"殷"。楊无咎詞及馬詞下片第三句均不押韻,注出不另列。

又一體

【體略】

　　雙片四十六字,上下片各二十三字四句三仄韻,歐陽修。

【圖譜】

　　　尊前一把橫波溜。彼此心兒有。曲屏深幌解香羅,花
　　　○○●●○○● 　　●●○○● 　　●○○●●○○　○
　燈微透。　　　偎人欲語眉先皺。紅玉困春酒。爲問鴛衾這
　○○● 　　　　○○●●○○● 　　○●●○● 　　●●○○○
回後。幾時重又。
●● 　●○○●

　　　　　　　　　　　　　　　　　　　　(《全宋詞》153 頁)

【注釋】

　　此爲減字之體,上下片第二、四句各減一字作五字一句、四字

一句,且上片第三句不押韻。按歐詞上片第三句律句形式正與李詞相同,而換頭一句、下片第三句字聲則與晏詞相同。

又一體

【體略】

　　雙片四十七字,上片二十三字,下片二十四字,各四句四仄韻,晁端禮。

【圖譜】

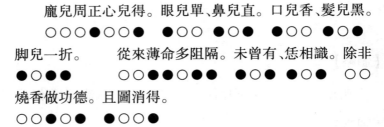

龐兒周正心兒得。眼兒單、鼻兒直。口兒香、髮兒黑。
○○○●○○● ●○○ ●○● ●○○ ●○●
脚兒一折。　　從來薄命多阻隔。未曾有、恁相識。除非
●○○● 　　○○●●○○● ●○○ ●○● ○○
燒香做功德。且圖消得。
○○●●○● ●○○●

（《全宋詞》443 頁）

【注釋】

　　此與晏詞相校,上片第三句減一字作六字折腰句,上下片結句均減一字作四字一句,又與歐詞相同。

又一體

【體略】

　　雙片五十字,上下片各二十五字四句三仄韻,李彌遜。

【圖譜】

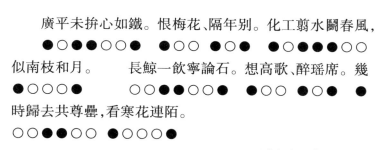

廣平未拚心如鐵。恨梅花、隔年別。化工翦水鬭春風，

似南枝和月。　　　長鯨一飲寧論石。想高歌、醉瑶席。幾

時歸去共尊罍，看寒花連陌。

（《全宋詞》1058 頁）

【注釋】

　　此與晏詞相校，上下片第三句用平起平收律句且不押韻異，與李遵勖詞同（僅換頭字聲不同），趙彥端、陳亮二詞上下片第三句均不押韻正與之同，然趙、陳二詞上下片第三句均作拗句，注出不另列。

　　按楊无咎“相逢未盡”一首，上片第三句與晏詞同，下片第三句與李詞同，注出不另列。又無名氏“當初親下求言詔”一首，上片第二句作“引得都來胡道”，不作折腰句，下片第二句減一字《全宋詞》作五字一句“都一時閑了”，《花草粹編》作“都教一時閑了”，不作折腰句，又孫道絢詞下片第二句添一字《全宋詞》作“只有江梅伴幽獨”，均注出不另列。

柳永一百二十五調

　　柳永(987？—1053？)，字耆卿，本名三變，字景莊，後改名永，排行第七，又稱柳七。福建崇安(今福建省武夷山市)人。景祐元年(1034)進士，官屯田員外郎，世稱柳屯田。自稱"奉旨填詞柳三變"，以"白衣卿相"自詡。其詞多描繪城市風光和歌妓生活，尤長於抒寫羈旅行役之情，創作慢詞獨多。鋪叙刻畫，情景交融，語言通俗，音律諧婉，人稱"凡有井水飲處，皆能歌柳詞"，有詞集《樂章集》三卷、續添曲子一卷。有明鈔吳訥《百家詞》本，清人毛扆校本，朱祖謀録入《彊邨叢書》並附校記，《全宋詞》以《彊邨叢書》本入録，補六首，共二百十二首。所用宮調十七、詞調一百四十八，其中可確定創調者一百一十餘個。柳永所用宮調，據《百家詞·樂章集》並參《燕樂新説》，具體爲：太簇均(大晟樂改制前律)三調：正宮、大石調、般涉調；仲呂均三調：中呂宮、雙調、中呂調；林鐘均二調：小石調、平調(又名大呂調)；南呂均三調：南呂宮、歇指調、南呂調；無射均三調：仙呂宮、商調(又名林鐘商、散水調、水調)、仙呂調；黃鐘均三調：黃鐘宮、越調、黃鐘羽。柳永爲兩宋用調、創調最多之詞人，在慢詞調體制的探索與定型方面做出了傑出貢獻，其中句法方面領字句、折腰句的運用，用韻方面二字短韻的使用，字聲上拗句及上、去、入聲等方面的運用都對後來創作產生了深遠的影響，爲宋代慢詞體制的基本定型做出了無與倫比的貢獻。

玉女搖仙佩

【調釋】

調名用鄭交甫遇仙女解佩事,《文選》李善注引《神仙傳》:鄭交甫於江邊遇仙女,"目而挑之,女遂解佩與之。交甫行數步,空懷無佩,女亦不見"。柳詞云:"飛瓊伴侶,偶別珠宮,未返神仙行綴。"《樂章集》注正宮。按《樂章集》之《百家詞》與《宋六十名家詞》本皆注宮調,今主要依照前者標注,兼參後者。以歌妓比仙女。用上去韻,句長韻疏,聲情風流嫵媚。宋人繼作甚少,僅晁端禮、朱雍有詞,晁端禮以此調詠歎神仙之事,又別具灑脱清俊之姿,金代王喆、馬鈺等人用入聲韻,賦道情。

【體略】

正宮,雙片一百三十九字,上片七十字十五句六仄韻,下片六十九字十四句七仄韻,柳永。

【圖譜】

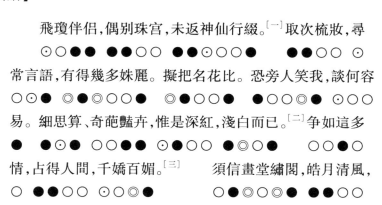

忍把光陰輕棄。自古及今，佳人才子，少得當年雙美。且恁
●●○○●　　　●●○◎○　○○○⊙●　●●○○○●　　○●

相偎倚。未消得憐我，多才多藝。^[四]願奶奶、蘭心蕙性，枕
○○●　　◎○○⊙●　○○○●　　　　　●●●　○○●●　●

前言下，表余深意。爲盟誓。今生斷不孤鴛被。^[五]
○○●　◎○○●　○○●　⊙○○◎●○○●

（《全宋詞》13 頁）

【注釋】

　　[一]《樂章集校注》繫此詞於咸平四年至咸平六年（1001—
1003）（14 頁）。此調兩宋存三詞，金元存四詞（王喆“終南一遇”
一首《全金元詞》分別於 165 頁、257 頁兩見），《詞譜》僅參校朱雍
詞（《辭律詞典》亦同），而參校朱詞，《詞譜》所定字聲亦多誤。按
晁端禮詞《全宋詞》又作黄庭堅詞。《詞律》卷二十：“‘偶别’至
‘而已’，與後‘皓月’至‘深意’同。但‘枕前言下’四字，平仄與
‘惟是深紅’不同。”按此調柳永、晁端禮、朱雍皆用上去韻，王喆、
馬鈺用入聲韻。“飛”馬鈺詞作“我”。“神”張玉孃詞作“人”。又
此韻馬鈺爲和王喆詞，王喆詞句拍與柳詞全同，馬鈺詞《全金元
詞》斷作：“我今得遇，把氣財并酒色，心中常滌。”不當，當依柳詞
斷句，其中“并”字當讀平聲。句中可平可仄除注明外，悉見所列
别體句法相同者。
　　[二]“尋”張玉孃詞作“夢”，“有”、“幾”晁端禮詞作“當”、
“來”。“擬”晁端禮詞作“車”。“恐旁人笑我”作上一下四句法，
“談”朱雍詞作“却”，“思”晁端禮詞作“好”。“惟”張玉孃詞作
“總”，“白”朱雍詞作“重”。“惟是深紅，淺白而已”兩句，《詞律》
斷作八字折腰句，《詞譜》、《全宋詞》均斷作一句。
　　[三]“千”、“百”朱雍詞作“雪”、“駕”。此韻晁端禮詞《全宋
詞》斷作“爐煙裊。高堂半捲珠簾，神仙飄紗”，以“裊”作韻，按晁

詞斷作“爐煙裊高堂，半捲珠簾，神仙飄緲”當更妥，與柳詞並無異。朱雍詞此韻《全宋詞》斷作：“誰知道，春歸院落，繽紛雪飛鴛甃。”馬鈺詞《全金元詞》斷作：“憑師教，通關節，要功夫、勤勤妙闑。”亦皆不當，均當依柳詞斷句。

　　[四]“繡”晁端禮詞作“蔭”。“及”晁端禮詞作“重”。“才”晁端禮詞作“再”。“未”朱雍詞作“臨”，“得”晁端禮詞作“臣”，“憐”朱雍詞作“一”。按“未消得”兩句《詞譜》、《全宋詞》等書斷作：“未消得、憐我多才多藝。”不當，當依《詞律》斷句，此韻王喆詞作八字，亦作兩個四字句拍。

　　[五]“表”晁端禮詞作“陰”。“爲盟誓”作三字短韻，做平平仄，爲此調通例。“今”姬翼詞作“碧”，“斷”張玉孃詞作“京”。《詞律拾遺》卷六：“葉本‘願奶奶’作‘但願取’，‘不負鴛被’作‘不孤鴛被’，宜從。”

又一體

【體略】

　　雙片一百三十八字，上片七十字十五句七仄韻，下片六十八字十四句六仄韻，王喆。

【圖譜】

終南一遇，醴邑相逢，兩次凡心蒙滌。便話修持，重談
○○●●　●●○○　●●○○○●　●●○○　○○
調攝，莫使暗魔偷適。養氣全神寂。稟逍遥自在，閑閑遊
○●　●●●○○●　●●○○●　●○○●●　○○○
歷。覽清净、常行穴迪。應用刀圭，節要開劈。三田會明
●　●○●　○○●●　○●○○　●●○●　○○●○

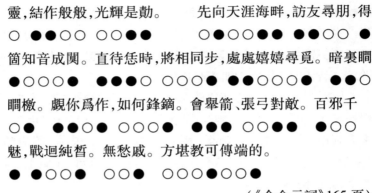

靈，結作般般，光輝是勣。　　先向天涯海畔，訪友尋朋，得
箇知音成闃。直待恁時，將相同步，處處嬉嬉尋覓。暗裏瞤
瞤橄。覷你爲作，如何鋒鏑。會擧箭、張弓對敵。百邪千
魅，戰迴純晢。無愁戚。方堪教可傳端的。

（《全金元詞》165頁）

【注釋】

此即柳永詞體，與柳詞相校，上片第十句添一韻，下片第八句減一字作四字一句，其他均同。按王喆詞並未脱字，馬鈺和詞正與之同，惟下片第八句作“烹鍊三丹”，字聲小異。

洞仙歌

【調釋】

《樂章集》三首，宮調分別爲般涉調、中呂調、仙呂調，皆用上去韻，聲情跌宕轉折，且字句韻多有相同之處，《詞譜》卷二十視爲同調異體，當從。按柳永《洞仙歌》與歐陽修、蘇軾所作《洞仙歌》不同，後者又名《洞仙歌令》。《洞仙歌》本唐教坊曲名，後蜀有詞，今佚。洞仙，即洞中仙也。《宋史·樂志》有歇指調《洞仙歌》，又有林鐘商《洞中仙》曲，《詞譜》以《洞中仙》即《洞仙歌》之別名，或是。曲牌有《洞仙歌》，南戲《琵琶記》中《洞仙歌》用三聲通叶，爲南正宮過曲，與詞體迥異。

【體略】

　　般涉調，雙片一百一十八字，上片四十七字十一句六仄韻，下片七十一字十三句八仄韻，柳永。

【圖譜】

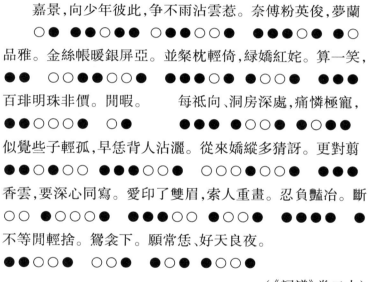

　　嘉景，向少年彼此，爭不雨沾雲惹。奈傳粉英俊，夢蘭品雅。金絲帳暖銀屏亞。並粲枕輕倚，綠嬌紅姹。算一笑，百琲明珠非價。閒暇。　　每祇向、洞房深處，痛憐極寵，似覺些子輕孤，早恁背人沾灑。從來嬌縱多猜訝。更對翦香雲，要深心同寫。愛印了雙眉，索人重畫。忍負豔冶。斷不等閒輕捨。鴛衾下。願常恁、好天良夜。

（《詞譜》卷二十）

【注釋】

　　《中原音韻》："般涉拾掇坑塹。"《樂章集校注》繫此詞於咸平四年至咸平六年（1001—1003）（11頁）。《詞譜》："按柳永詞三首，亦名《洞仙歌》，實慢詞也。《樂章集》各注宮調，雖字句參差，而音節仿佛，蓋般涉調爲黃鐘之羽聲，仙呂調爲夷則之羽聲，中呂調爲夾鐘之羽聲，同爲羽聲，故其聲亦不甚相遠也。但所注宮調，既不相同，字句平仄，自不容相混，填此調者審之。此調慢

詞,柳詞共三體,晁詞二首,即仙呂調體之一,因句讀小異,故不參校平仄。"

　　按上片第七句"並粲枕輕倚"《全宋詞》作"並粲枕、輕偎輕倚",下片第七句"要深心"《全宋詞》作"須要深心",第十句"負"《百家詞》、《全宋詞》作"孤"。

　　又,上片結句二字短韻"閒暇",《詞譜》、《全宋詞》皆屬下片,《詞律》屬上片。今檢吳訥《百家詞》,柳永三首二字短韻皆屬上片,而影宋本晁補之詞二字短韻亦屬上片。《全宋詞》於柳詞屬下片,於晁詞屬上片,前後不一,今據影宋本及《百家詞》將此調二字短韻皆屬上片。

又一體

【體略】

　　中呂調,雙片一百二十六字,上片五十字十一句八仄韻,下片七十六字十四句八仄韻,柳永。

【圖譜】

　　　佳景留心慣。況少年彼此,風情非淺。有笙歌巷陌,綺
　　　○●○○● 　●○○●● 　○○○● 　●○○● 　●

　　　羅庭院。傾城巧笑如花面。恣雅態、明眸回美盼。同心綰。
　　　○○● 　○○●●○○● 　●●● 　○○○●● 　○○●

　　　算國豔仙材,翻恨相逢晚。繾綣。　　　洞房悄悄,繡被重
　　　●●●○○ 　○●○○● 　○● 　　　●○●● 　●●○

　　　重,夜永歡餘,共有海約山盟,記得翠雲偷翦。和鳴彩鳳于
　　　○ 　●●○○ 　●●●●○○ 　●●●○○● 　○○●●○

飛燕。間柳徑花陰携手遍。情眷戀。向其間,密約輕憐事
○● ●●●○○○●● ○●● ●○○ ●●○○●
何限。忍聚散。況已結深深願。願人間天上,暮雲朝雨長
○● ●●● ●●●○○● ●○○●● ●○○●○
相見。
○●

(《全宋詞》36 頁)

【注釋】

《詞譜》:"此與'嘉景'詞校,惟前段起句添三字,第三句減二字,第七、八句添二字、攤破句法,作八字一句、三字一句,多押一韻,第九、十句添一字,作五字兩句,後段第二句(按當爲第一句,以下依次類推)添一字,作四字兩句,第七、八句添一字、攤破句法,作八字一句、三字一句,多押一韻,第九、十句添一字,作三字一句、七字一句;第十一句減一字;第十三句添二字。餘皆同。"

又一體

【體略】

仙呂調,雙片一百二十三字,上片四十九字十二句五仄韻,下片七十四字十三句七仄韻,柳永。

【圖譜】

乘興,閑泛蘭舟,渺渺煙波東去。淑氣散幽香,滿蕙蘭
○● ○●○○ ●●○○● ●●●○○ ●●○

汀渚。綠蕪平畹,和風輕暖,曲岸垂楊,隱隱隔、桃花圃。芳
○●　　●○○●　○○○●　●●○○　●●●　○○●　　○

樹外,閃閃酒旗遥舉。羈旅。　　　漸入三吳風景,水村漁
●●　●●●○○●　○●　　　　　●●○○○●　●○○

市。閑思更遠神京,抛擲幽會小歡何處。不堪獨倚危檣,凝
●　○○●●○○　○●○●●○○●　●○●●○○　○

情西望日邊,繁華地、歸程阻。空自歎當時,言約無據。傷
○○●●●○　○○●　○○●　○●●○○　○●○●　○

心最苦。竚立對、碧雲將暮。關河遠,怎奈向、此時情緒。
○●●　●●●　●○○●　○○●　●●●　●○○●

（《全宋詞》42 頁）

【注釋】

　　《樂章集校注》繫此詞於慶曆六年（1046）（291 頁）。《詞譜》:
"此與'嘉景'詞校,惟前段第二句減一字,第五句添一字;第六、
七、八句添二字、攤破句法,作四字三句、六字一句,少押一韻,後段
第二句（按當爲第一句,以下依次類推）減一字,第五句添二字,第
六、七、八句添一字、攤破句法,作六字三句,少押一韻,第十二句添
一字。餘皆同。"

又一體

【體略】

　　雙片一百二十三字,上片四十九字十二句五仄韻,下片七十四
字十五句七仄韻,晁補之。

【圖譜】

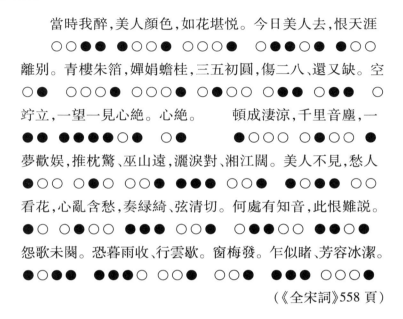

當時我醉，美人顏色，如花堪悦。今日美人去，恨天涯
○○●● ●○○● ○○○● ●○●○● ●○○
離別。青樓朱箔，嬋娟蟾桂，三五初圓，傷二八、還又缺。空
○● ○○○● ○○○● ●○○○ ○●● ●●○ ○
竚立，一望一見心絶。心絶。　頓成淒涼，千里音塵，一
●●● ●●●●○● ○● ●○○○ ○●○○ ●
夢歡娛，推枕驚、巫山遠，灑淚對、湘江闊。美人不見，愁人
●○○ ○●○ ○○● ●●● ○○● ●○●● ○○
看花，心亂含愁，奏綠綺、弦清切。何處有知音，此恨難説。
●○ ○●○○ ●●● ○○● ○●●○○ ●●○●
怨歌未闋。恐暮雨收、行雲歇。窗梅發。乍似睹、芳容冰潔。
●○●● ●●●○ ○○● ○○● ●●● ○○○●

（《全宋詞》558 頁）

【注釋】

《詞譜》：“此與柳永‘乘興，閑泛蘭舟’詞，大同小異，句讀較爲整齊，可以爲法。”

《詞律辭典》：“此體與柳永‘乘興’詞相近。惟上片起首一、二、三句作四字三句，下片句式參差較大，換頭短韻，疊上片結句韻，第二句（按當爲第一句，以下依次類推）減二字，第三句減一韻，第四句減二字，作四字句，第五句減二字，作折腰六字句。第六句六字亦作折腰式，並減一韻。第七句添六字，作四字三句。第九句五字不作上一下四句式。第十二句作一字、六字折腰式，當句藏三字對偶。第十三句添一韻。”（1140 頁）下片第四、五句《詞譜》、《全宋詞》皆作六字一句，今從《詞律辭典》斷作六字折腰句。

又一體

【體略】

　　雙片一百二十四字,上片五十字十二句六仄韻,下片七十四字
十七句八仄韻,晁補之。

【圖譜】

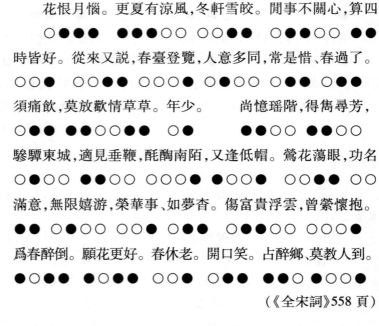

　　　　花恨月惱。更夏有涼風,冬軒雪皎。閒事不關心,算四
　　　　○●●　　●●●●○　○●●●　　○●●●○　●●
時皆好。從來又説,春臺登覽,人意多同,常是惜、春過了。
○○●　　○○●●　○○●●　　○●○○　　○●●、○●●
須痛飲,莫放歡情草草。年少。　　　尚憶瑤階,得雋尋芳,
○●●　●●○●○●　○●　　　　●●○○　●●○○
駸駸東城,適見垂鞭,酡醺南陌,又逢低帽。鶯花蕩眼,功名
○●○○　●●○○　○○○●　●○○●　　○○●●　○○
滿意,無限嬉游,榮華事、如夢杳。傷富貴浮雲,曾縈懷抱。
●●　○●○○　○○●、○●●　　○●●○○　○○○●
爲春醉倒。願花更好。春休老。開口笑。占醉郷、莫教人到。
●○●●　●○●●　○○●　○●●　●●○、●●○●

　　　　　　　　　　　　　　　　　　　（《全宋詞》558 頁）

【注釋】

　　此與“當時我醉”詞相校,上片第二句添一字,下片第四、五句
作四字三句,第十三句多押一韻異。

尾　犯

【調釋】

此調以音樂特徵名調。"犯"即犯調,或宮調相犯,或曲調相犯,此當宮調相犯。《樂章集》注正宮,《夢窗詞》亦同。《詞繋》卷七:"此調名《尾犯》,定是結尾句別調,與《淒涼犯》尾句差同,但不知所犯何耳。"柳詞用入聲韻,聲情勁健激蕩。此調題材以寫戀情相思爲主,句法方面上下片各有兩處連用七字折腰句,錯落有致,於勁健中不失婉轉。趙以夫、仇遠詞用上去韻。《詞譜》卷二十三:"秦觀詞名《碧芙蓉》。"《全宋詞》考《碧芙蓉》實爲明人張綖作。柳永另有林鐘商《尾犯》,與此同名異調。

【體略】

正宮,雙片九十五字,上片四十九字十句四仄韻,下片四十六字八句四仄韻,柳永。

【圖譜】

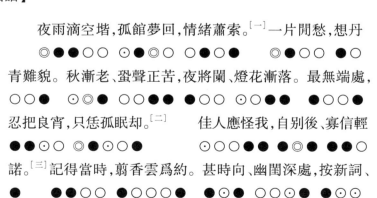

流霞共酌。^[四]再同歡笑，肯把金玉珠珍博。^[五]

○○●●　　●○○●　●●○●○○●

（《歷代詩餘》卷五十九）

【注釋】

　　[一]《樂章集校注》繫此詞於咸平六年（1003）（36頁）。此調兩宋存近十首詞，金人王喆存一詞。《詞律》卷十四以吳文英"翠被落紅妝"詞爲正體。《詞譜》卷二十三以柳永此詞爲正體："秦觀、吳文英、趙以夫諸詞，俱如此填。若蔣詞之後段第二句添一字、結句句法不同，乃變體也。"按《詞譜》錄秦觀此調乃張綖詞，不參校。又柳永詞《詞譜》、《全宋詞》下片第二句作"別後寡信輕諾"，今檢宋人詞，皆當作七字折腰一句，柳永此詞明刻本誤作夢窗詞，即爲七字折腰句，今從《歷代詩餘》。此調仄韻僅此一體，並無另體。"夜"趙以夫詞作"長"。"孤"仇遠詞作"不"，"夢"王喆詞作"財"。

　　[二]"一"吳文英"紺海掣微雲"詞作"何"。"想丹青難貌"作上一下四句式，吳文英別首作"冷霜波成縱"，偶用不可學。"秋漸"趙以夫詞作"引光"，"燈"趙以夫詞作"舊"。"秋漸"以下兩句由兩個七字折腰句組成，爲此調定格。"良"、"只"、"孤"吳文英"紺海掣微雲"詞作"夜"、"簾"、"照"。

　　[三]"佳"吳文英"紺海掣微雲"詞作"竹"，"別"吳文英"翠被落紅妝"詞作"偷"。仇遠詞此韻第二句諸本皆作"鈞天舊夢難省"，"天"後當脫漏一字，當爲"鈞天□、舊夢難省"，結合前句"霓裳空楚楚"，疑脫"罷"字。又王喆此韻第二句作五字一句："體爛怎追却。"也必有脫漏，注出不另列。

　　[四]"記"字不依《詞譜》作本仄可平，宋人無用平聲者。"時"吳文英"紺海掣微雲"詞作"十"，"深"王喆詞作"禍"，"新詞"吳文英"紺海掣微雲"詞作"不認"。此韻與上片第六、七句相同。

　　[五]結句柳永作拗句，宋人中，仇遠詞作"夜永誰問相如病"，

字聲與柳詞相同,然宋人其他詞作,此句字聲與柳詞多有參差。趙以夫詞作平起律句:"殷勤更把茱萸看。"吳文英二詞,"翠被落紅妝"一首作律句:"遠夢越來谿畔月。""紺海掣微雲"一首作拗句,但又與柳詞不同:"滿地桂陰無人惜。"而蔣捷作:"我逢著、梅花便説。"《詞譜》云:"沈伯時《樂府指迷》論此詞結句'金'字,應用去聲,按吳文英'紺海掣微雲'詞:'滿地桂陰無人惜。'趙義夫詞:'殷勤更把茱萸囑。''桂'字、'更'字去聲。但吳詞'陰'字平聲,趙詞'殷勤'二字平聲,吳詞別首,'遠夢越來溪上月','上'字仄聲,則又與此詞不同。今以'滿地桂陰'句爲定格,蓋'陰'字平聲,可以'玉'字入聲替也。"按"玉"字入聲,《中原音韻》派入去聲,不可以代平聲。又王喆詞結句作"只被得利名榮華縛","得"當爲襯字,注出不另列。《大鶴山人詞話》:"《樂府指迷》'金'字當用去聲,謂古語亦有拗音也。"(21頁)

又一體

【體略】

　　雙片九十三字,上片四十八字十句五平韻,下片四十五字八句四平韻,張炎。

【圖譜】

　　　　一白受春知。獨愛老來,疏瘦偏宜。古月黃昏,許松竹
　　　　●●●○○　　●●●○　●○●○　●●○○　●○●

相依。暈蘚枯槎半折,影浮波、渴龍倒窺。歲華凋謝,水邊
○○　●●○○●●　●○○、●○●○　●○○●　●○

籬落,雪後忽橫枝。　　　百花頭上立,且休問、向北開遲。
○●　●●●○○　　　●○○●●　●○●、●●○○

老了何郎，不成便無詩。惟只有、西州倦客，怕説著、西湖舊
●●○○　●●○○　○●●　○○○●　●●●　○○●

時。難忘處，放鶴山空人未歸。
○　　○●●　●●○○○●○

（《全宋詞》3522 頁）

【注釋】

此爲平韻體，兩宋金元僅見張炎詞。此與柳詞字句、韻位相
校，上片首句用韻，第六句減一字作六字一句，下片第七句減一字
作三字一句。

夢還京

【調釋】

此調當爲柳永創調，憶京都情事，賦本意。《樂章集》注大石
調，上去韻，多用三字短韻，聲情怨歎感傷、風流蘊藉。

【體略】

大石調，雙片七十九字，上片三十二字七句三上去韻，下片四
十七字九句六上去韻，柳永。

【圖譜】

夜來怱怱飲散，敧枕背燈睡。酒力全輕，醉魂易醒，風
●○○○●●　○●●○●　●●○○　●○●●　○

揭簾櫳，夢斷披衣重起。悄無寐。　　追悔當初，繡閣話別
●○○　●●○○○●　●○●　　　　○●○○　●●●●

太容易。日許時、猶阻歸計。甚況味。旅館虛度殘歲。想
●○●　●●○　○●○●　●●●　●●○●○●　●
嬌媚。那裏獨守鴛幃静，永漏迢迢，也應暗同此意。
○●　●●●●○●　●●○○　●○●○●●

（《全宋詞》17 頁）

【注釋】

《樂章集校注》繫此詞於咸平六年（1003）（45 頁）。此兩宋金
元孤調，無他詞可校。按《詞譜》此調作三段，於下片之"甚況味"
處分段，注云："《樂章集》及《花草粹編》，俱作兩段，今依《詞緯》
訂定。"《詞繫》卷九以"悄無寐"處分段："此調不應分三疊，或當於
'容易'句分段，惜無他作可證。"《樂章集校注》以"歸計"處分段。
今從《百家詞》、《詞繫》及《全宋詞》。下片第六、七句，《詞牌格
律》斷作"想嬌媚那裏，獨守鴛幃静"（1527 頁），以"裏"字爲韻。

雨霖鈴

【調釋】

曲名見《教坊記》，本事見《明皇雜録》補遺及《楊妃外傳》，本
作"雨淋鈴"。此曲爲唐玄宗所製，張野狐吹奏，王灼《碧雞漫志》
卷五考說甚詳："《明皇雜録》及《楊妃外傳》云：'帝幸蜀，初入斜
谷，霖雨彌旬。棧道中聞鈴聲，帝方悼念貴妃，采其聲爲《雨淋鈴》
曲以寄恨。時梨園弟子惟張野狐一人善篳篥，因吹之，遂傳於世。'
予考史及諸家説，明皇自陳倉入散關，出河池，初不由斜谷路。今
劍州梓桐縣地名上亭，有古今詩刻記明皇聞鈴之地，庶幾是也。羅
隱詩云：'細雨霏微宿上亭，雨中因感雨淋鈴。貴爲天子猶魂斷，窮
著荷衣好涕零。劍水多端何處去，巴猿無賴不堪聽。少年辛苦今

飄蕩,空媿先生教聚螢。'世傳明皇宿上亭,雨中聞牛鐸聲,悵然而
起。問黃幡綽:'鈴作何語?'曰:'謂陛下特郎當!'特郎當,俗稱
'不整治'也。明皇一笑,遂作此曲。《楊妃外傳》又載上皇還京
後,復幸華清,從宮嬪御多非舊人。於望京樓下,命張野狐奏《雨淋
鈴》曲。上四顧淒然。自是聖懷耿耿,但吟:'刻木牽絲作老翁,雞
皮鶴髮與真同。須臾弄罷寂無事,還似人生一世中。'杜牧之詩云:
'零葉翻紅萬樹霜,玉連開蕊暖泉香。行雲不下朝元閣,一曲淋鈴
淚數行。'張祜詩云:'雨淋鈴夜却歸秦,猶是張徽一曲新。長說上
皇和淚教,月明南內更無人。'張徽即張野狐也。或謂祜詩言上皇
出蜀時曲,與《明皇雜録》、《楊妃外傳》不同。祜意明皇入蜀時作
此曲,至雨淋鈴夜,却又歸秦,猶是張野狐向來新曲,非異説也。元
微之《琵琶歌》云:'淚垂捍撥朱弦濕,冰泉鳴咽流鶯澀。因茲彈作
《雨淋鈴》,風雨蕭條鬼神泣。'今雙調《雨淋鈴慢》,頗極哀怨,真本
曲遺聲。"《樂章集》注雙調,用入聲韻,賦相思離別。《中原音韻》
言"雙調健捷激嫋"("嫋"或爲"裊"之誤),柳詞聲情怨抑激切,屬
健筆寫柔情之類。柳永此調傳播甚廣,元燕南芝庵《唱論》大樂十
曲中即有此調。《校正》:"柳詞抒寫離情別緒,詞情哀怨,與調情
相符。此調爲換頭曲,前後段句式組合全異。前段起三個四字句,
繼一個六字句,兩個四字句,故迂緩沉滯,結句爲兩個七字句,而使
調勢流暢;後段起一個七字句,繼一個八字句,一個六字句,一個七
字句,故調勢在過變後呈奔放之態,但兩結句則又有所收斂。柳詞
之詞意發展,恰與調勢相合,故爲宋詞名篇。此調當以柳詞爲式,
宜表述離情別緒。"(534頁)

【體略】

雙調,雙片一百三字,上片五十一字十句五仄韻,下片五十二
字九句五仄韻,柳永。

【圖譜】

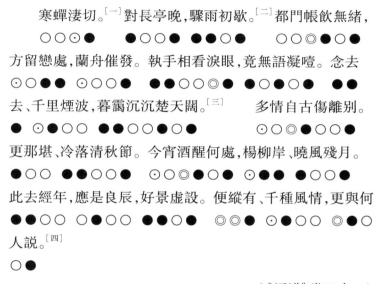

　　寒蟬淒切。[一]對長亭晚，驟雨初歇。[二]都門帳飲無緒，

方留戀處，蘭舟催發。執手相看淚眼，竟無語凝噎。念去

去、千里煙波，暮靄沉沉楚天闊。[三]　　　　多情自古傷離別。

更那堪、冷落清秋節。今宵酒醒何處，楊柳岸、曉風殘月。

此去經年，應是良辰，好景虛設。便縱有、千種風情，更與何

人說。[四]

（《詞譜》卷三十一）

【注釋】

　　[一]《樂章集校注》繫此詞於咸平六年（1003）（18頁）。此調兩宋現存五詞，金元存七詞，上去、入聲韻均可，此調當以柳詞爲正體，晁端禮詞減字，李綱、王喆詞增字皆爲變體。句中可平可仄除注明外，俱見所列別體句法相同者。

　　[二]“對長亭晚，驟雨初歇”作兩個四字句拍，《詞律》卷十八以黃裳詞爲譜，作八字一句，不當。此韻二句《詞譜》以王庭珪詞作“滿人寰、似海邊洲渚”而列又一體，《全宋詞》將黃裳詞斷作“甚而今、却送君南國”，皆不當，皆應如柳詞斷句。

　　[三]“方留戀處”句《全宋詞》無“方”字。檢宋金作品，此句或作四字、或作三字，則柳詞或有兩種不同文本傳播。《大鶴山

人詞話》：“宋本無‘方’字，真一字千金譜也。‘留戀處’句正與
下闋‘楊柳岸’同律，增一字便差，此未見宋本之誤，諸刻並有
‘方’字，和柳詞者亦未之精審音拍耳。”（25 頁）此論似未當，聊
錄供參考。“執手”以下兩句作六字一句、五字一句兩拍，“竟”
爲領字，黃裳詞《詞譜》、《全宋詞》此兩句等書斷作：“秣馬脂車，
去即去、多少人惜。”不當，仍當依柳詞斷作：“秣馬脂車去即，去
多少人惜。”其中“去”仍爲領字。“暮靄沉沉楚天闊”例用拗句。

[四]《詞律》以黃詞換頭句當斷作七字折腰句，不當，黃詞句
拍與柳詞並無差異。“今宵酒醒何處”用拗句，此句惟王安石作
“貪他眼花陽豔”，“花”字平聲，偶用不參校。“好景虛設”例用拗
句。“此去”以下三句王庭珪詞《全宋詞》作六字兩句：“暗想當年
賓從，毫端有驚人句。”亦當如柳詞斷句。又，“應是”以下兩句《詞
繫》作八字一句。“更”梁寅詞作“聊”。

又一體

【體略】

雙片一百字，上片四十八字十句五仄韻，下片五十二字九句五
仄韻，晁端禮。

【圖譜】

槐陰添緑。雨餘花落，酒病相續。閒尋雙杏凝佇，池塘
〇〇〇● 〇●〇● ●●〇● 〇〇〇●〇● 〇〇
暖，鴛鴦浴。却向窗晝臥，正春睡難足。歎好夢、一一無憑，
● 〇〇● ●●〇〇● ●〇●〇● ●●● ●●〇〇
帳掩金花座凝目。　　當時共賞移紅燭。向花間、小飲盃
●●〇〇●〇● 　　〇〇●●〇〇● ●〇〇 ●●〇

盤促。薔薇花下曾記,雙鳳帶、索題詩曲。別後厭厭,應是
○●　　○○○●○●　○●○　●○○●　　●●○○　○●
香肌,瘦減羅幅。問燕子、不肯傳情,甚入華堂宿。
○○　●●○●　　●●○　●●○○　●●○○●

（《全宋詞》436 頁）

【注釋】

此與柳詞相校,上片第五、六句各減一字作三字兩句,第七句
減一字作五字一句異。此體無他詞可校。

又一體

【體略】

雙片一百四字,上片五十二字十句五仄韻,下片五十二字九句
五仄韻,李綱。

【圖譜】

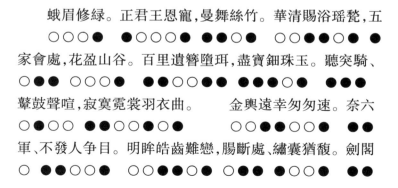

蛾眉修綠。正君王恩寵,曼舞絲竹。華清賜浴瑤甃,五
○○○●　●○○○●　●●○●　　○○●○●○　●
家會處,花盈山谷。百里遺簪墮珥,盡寶鈿珠玉。聽突騎、
○●●　○○○●　●●○○●●　●●○○●　○●●
鼙鼓聲喧,寂寞霓裳羽衣曲。　　金輿遠幸匆匆速。奈六
○●○　●●○○●○●　　○○●●○○●　●●
軍、不發人爭目。明眸皓齒難戀,腸斷處、繡囊猶馥。劍閣
○　●●○○●　○○●●○●　○●●　●○○●　●●

峥嶸,何況鈴聲,帶雨相續。謾留與、千古傷神,盡入生綃幅。
○○　○●○○　●●○○　●○●　○●○○　●●○○●

(《全宋詞》901 頁)

【注釋】

此與柳詞相校,上片第二句添一字作五字一句異。按王吉昌
二詞上片第二句皆用五字句,正與李詞相同。

又一體

【體略】

雙片一百四字,上片五十二字九句五仄韻,下片五十二字九句
五仄韻,王喆。

【圖譜】

東方甲乙。見青芽吐,早應時律。南陽正現紅焰,初將
○●●●　●○○●　●○○●　○○○●○●　○○

熾、炎炎濃密。西動金風颯颯,致清爽、往來飄逸。北氣候、
●　○○○●　●●○○●●　●○●　○○○●　●○●

祁寒嚴凝,聚結成冰瑞中吉。　　　肝心肺腎勿令失。四門
○○○●　●●○○●○●　　　○○●●●○●　●○

開、瑩徹都歸一。金丹轅在空外,明耀顯、五光齊出。上透
○　●●○○●　○○○●○●　○●●　●○○●　●●

青霄,唯占逍遙,自在寧謐。到此際、還得無爲,永永綿綿畢。
○○　○●○○　●●○●　●●●　○○○●　●●○○●

(《全金元詞》214 頁)

【注釋】

　　此與柳詞相校,上片第五、六句減一字作七字折腰一句,第八句添二字作上三下四七字折腰句。又上片第八句"祁寒嚴凝",律句形式與柳詞不同,偶用。

又一體

【體略】

　　雙片一百五字,上片五十二字十句五仄韻,下片五十三字九句五仄韻,宋德方。

【圖譜】

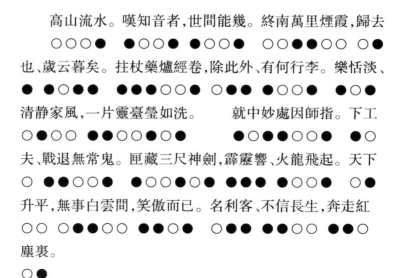

　　　高山流水。嘆知音者,世間能幾。終南萬里煙霞,歸去
　　　○○○●　●○○●　○●○●　　○○●●○○　○●
　　也、歲云暮矣。拄杖藥爐經卷,除此外、有何行李。樂恬淡、
　　●　●○●●　●●○○○●　○○●　●○○●　●○●
　　清静家風,一片靈臺瑩如洗。　　　　就中妙處因師指。下工
　　○●○○　●●○○●○●　　　　　●○●●○○●　●○
　　夫、戰退無常鬼。匣藏三尺神劍,霹靂響、火龍飛起。天下
　　○　●●○○●　●○○●○●　○●●　●○○●　○●
　　升平,無事白雲間,笑傲而已。名利客、不信長生,奔走紅
　　○○　○●●○○　●●○●　○●●　●●○○　○●○
　　塵裏。
　　○●

【注釋】

此與王喆詞相校,下片第六句添一字作五字一句異。按《全金元詞》此詞下片第五、六、七句斷作兩句拍:"天下升平無事,白雲間、笑傲而已。"不當。

又一體

【體略】

雙片一百一字,上片五十字九句四平韻,下片五十一字八句兩仄韻三平韻,杜龍沙。

【圖譜】

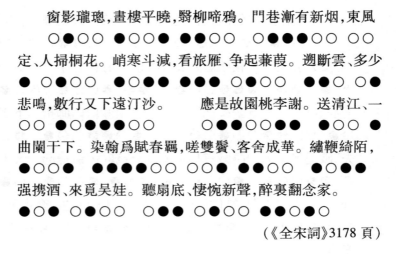

窗影瓏璁,畫樓平曉,翳柳啼鴉。門巷漸有新烟,東風
○●○○　　●○○●　　●●○○　　○○●●○○　　○○
定、人掃桐花。峭寒斗減,看旅雁、爭起蒹葭。遐斷雲、多少
●　○●○○　　●○●●　　●●●　○●○○　　○●○　○●
悲鳴,數行又下遠汀沙。　　　應是故園桃李謝。送清江、一
○○　●○●●●○○　　　　　●●●○○●●　●○○　●
曲闌干下。染翰爲賦春羈,嗟雙鬢、客舍成華。繡鞭綺陌,
●○○●　　●○○●○○　　○○●　●●○○　　●○●●
强携酒、來覓吳娃。聽扇底、悽惋新聲,醉裏翻念家。
●○●　○●○○　　●●●　○●○○　　●●○○●

(《全宋詞》3178 頁)

【注釋】

此用平韻,兩宋金元惟此詞。字句與柳詞相校,上片第五、六

句減一字作七字折腰句,第七、八句作四字一句、七字折腰一句,下片第五、六、七句減一字作四字一句、七字折腰一句。按此詞下片換兩仄韻,仄韻與仄韻通押,非平仄通叶也。

慢卷紬

【調釋】

《樂章集》注雙調,用上去韻。柳詞賦戀情,亦屬本調,聲情纏綿感傷。此調宋金元除柳永外,李甲有詞,名《慢卷綢》,題材、聲情與柳詞同。《詞繫》卷九調名《幔卷綢》。

【體略】

雙調,雙片一百一十一字,上片五十六字十三句四上去韻,下片五十五字十一句五上去韻,柳永。

【圖譜】

閒窗燭暗,孤幃夜永,敧枕難成寐。細屈指尋思,舊事
○○●● ○○●● ●○○●● ●●●○○ ●●

前歡,都來未盡,平生深意。到得如今,萬般追悔,空只添憔
○○ ○○●● ○○○● ●●○○ ●○○● ○●○○

悴。對好景良辰,皺著眉兒,成甚滋味。　　　紅茵翠被。當
● ●●●○○ ○●○○ ○●○●　　　○○●● ○

時事、一一堪垂淚。怎生得依前,似恁偎香倚暖,抱著日高
○● ●●○○● ●○●○○ ●●○○●● ●●●○

猶睡。算得伊家,也應隨分,煩惱心兒裏。又爭似從前,淡
○● ●●○○ ●○○● ○●○○● ●○●○○ ●

淡相看，免恁牽繫。
●○○　●●○●

（《全宋詞》21 頁）

【注釋】

《樂章集校注》繫此詞於咸平六年（1003）（30 頁）。《詞律》卷
十九："‘細屈指’下與後‘怎生得’下同，但‘似恁’句該六字，‘抱
著’句該六字，而‘舊事’至‘都來’不成句，‘都來’二字平聲，必有
誤耳。按題名‘卷紬’無義理，‘紬’字恐是‘袖’字之訛。"《詞繫》：
"‘幔’字是幬幔之幔……且‘紬’字是俗寫，應作‘綢’。"

又一體

【體略】

雙片一百一十一字，上片五十六字十三句四上去韻，下片五十
五字十二句五上去韻，李甲。

【圖譜】

絕羽沈鱗，埋花葬玉，杳杳悲前事。對一盞寒燈，數點
●●○○　○○●●　◎●○●●　●●●○○　●●

流螢，悄悄畫屏，巫山十二。孿臉星眸，蕙情蘭性，一旦成流
○○　●●●○　○○◎●　●●○○　●●○●　◎●○○

水。便縱有甘泉，妙手洪都，方士何濟。　　香閨寶砌。臨
●　●●●○○　●●○○　○●○●　　　　○○●●　○

妝處、迤邐苔痕翠。更不忍看伊，繡殘鴛侶，而今尚有，啼紅
○●●、●●○○●　●●●○○　●◎●○○　○○●●　○○

粉漬。好夢不來，斷雲飛去，黯黯情無際。謾飲盡香醪，奈

●●　　●●◎○　●○○●　◎●○○●　　●◎●○●　●

向愁腸，消遣無計。

●○○　⊙●●○

(《全宋詞》490 頁)

【注釋】

　　此詞上片自"對一"以下，與下片"更不"以下相同，前後齊整。然上片"數點流螢，悄悄畫屏"與下片"繡殘鴛侶，而今尚有"，字聲又迥異，亦不嚴謹。句中可平可仄即參柳詞句法相同者。填者當以此詞句法爲準，字聲前後一致爲佳。

傾　杯

【調釋】

　　"傾杯樂"曲名見《教坊記》，然唐宋此曲同名異調者甚多。《詞譜》卷三十二："教坊曲名，《樂府雜録》云：《傾杯樂》，宣宗喜吹蘆管，自製此曲。見《宋史‧樂志》者二十七宮調。柳永《樂章集》注宮調七。一名《古傾杯》，亦名《傾杯》。"《填詞名解》卷三："《宋樂志》云：置教坊，凡四部，每春秋聖節三大宴，其第一，皇帝昇坐，賜群臣酒，皆就坐，宰相飲，作《傾杯樂》。按《詞譜》：唐太宗宴長孫無忌，造《傾杯曲》。鄭樵《樂略》云：《傾杯樂》，宮調，太宗內宴，詔長孫無忌作之。與《詞譜》小異，疑是郭誤。《唐書》謂玄宗嘗以馬舞《傾杯》數十曲。又《樂府雜録》云：宣宗喜歡蘆管，自製《傾杯樂》，知此名起自唐代遠矣。唐南卓《羯鼓録》載《傾杯樂》，屬太簇商云。"

　　《百家詞‧樂章集》目錄注"水調"，毛晉《宋六十名家詞》本注

林鐘商。水調當即林鐘商之俗稱,《百家詞·樂章集》又有"散水調",當即"水調"之簡稱。從用水調、散水調名稱來看,《百家詞》所抄底本亦必爲宋本。《中原音韻》:"商調悽愴怨慕。"《全宋詞》注云"按調名原與上首(按即《古傾杯》)同,據毛校《樂章集》改",此與"凍水消痕"一首字數相同,但句拍、用韻不同,非爲同調。

【體略】

水調,雙片一百一十字,上片五十八字十一句四上去韻,下片五十二字十句五上去韻,柳永。

【圖譜】

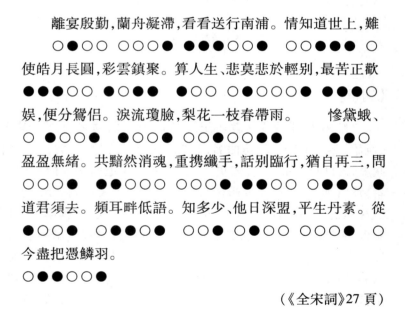

離宴殷勤,蘭舟凝滯,看看送行南浦。情知道世上,難
○●○○　○○○●　●●●○○●　　○○●●　○

使皓月長圓,彩雲鎮聚。算人生、悲莫悲於輕別,最苦正歡
●●●○○　●●●●　　●○○、○●○○○●　●●●○

娛,便分鴛侶。淚流瓊臉,梨花一枝春帶雨。　　慘黛蛾、
○　●○○●　●○○●　○○●○○●●　　　　●●○、

盈盈無緒。共黯然消魂,重携纖手,話別臨行,猶自再三,問
○○○●　●●○○●　○○○●　●●○○　○●○　●

道君須去。頻耳畔低語。知多少、他日深盟,平生丹素。從
●○○●　○●●○●　○○●、○●○○　○○○●　○

今盡把憑鱗羽。
○●●○○●

（《全宋詞》27頁）

【注釋】

《樂章集校注》繫此詞於咸平六年(1003)(23頁)。下片

第五、六句《詞譜》無"猶自"二字，作"再三問道君須去"，《全宋詞》作上四下五式九字折腰句。上片第四句"世上"毛晋刻本作"世人"，第五句"長圓"作"長畫"，下片結句"從今"作"從此"。

駐馬聽

【調釋】

《樂章集》注林鐘商。柳詞平聲韻，寫羈旅相思，亦屬本調，聲情風流嫵媚。除柳氏詞外，沈瀛詞名《駐馬聽》者，三聲通叶，視爲曲體，與柳詞不同。曲牌《駐馬聽》，《中原音韻》作雙調，元白樸等人有詞，亦與詞體迥異。

【體略】

林鐘商，雙片九十四字，上片四十九字十句六平韻，下片四十五字九句四平韻，柳永。

【圖譜】

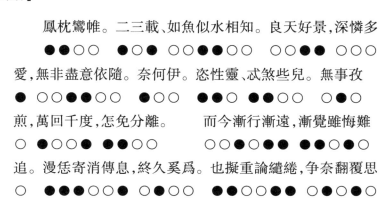

鳳枕鸞帷。二三載、如魚似水相知。良天好景，深憐多
●●○○　●○●　○○●●○○　○○●●　○○○

愛，無非盡意依隨。奈何伊。恣性靈、忒煞些兒。無事孜
●　○○●●○○　●○○　●●○○●●○○　○●○

煎，萬回千度，怎免分離。　　而今漸行漸遠，漸覺雖悔難
○　●○○●　○●○○　　　　○○●○●●　●●○●○

追。漫恁寄消傳息，終久奚爲。也擬重論繾綣，爭奈翻覆思
○　●●●○○●　○●○○　●●○○●●　○●○●○

維。縱再會，秖恐恩情，難似當時。
○　　●●●　●●○○　○●○○

（《詞譜》卷二十三）

【注釋】

《樂章集校注》繫此詞於咸平六年（1003）（38 頁）。此調兩宋金元惟有此詞，無他首可校。下片第三句"漫恁寄消傳息"，《全宋詞》作"漫寄消寄息"，《百家詞》同《詞譜》。按清錢芳標有此調，題"用柳屯田韻"，下片第一、二句《全清詞（順康卷）》斷作："新來對花對月對酒，纖悉堪追。"第三句作五字一句"縱把斷腸句"，結韻少一字作"漫自遣，算蘭舟、猶未迎時"（7586 頁）。

引駕行

【調釋】

"引駕"，皇帝、皇后等出行時引導前行的車駕。《樂章集》注中呂調。柳詞用上去韻，內容雖非賦本意，但與出行相關。此調上下片及換頭處皆有二字短韻，增聲情之婉轉嫵媚。此調晁補之有二詞。柳永另有仙呂調《引駕行》，用平韻，與此同名異調。

【體略】

中呂調，雙片一百字，上片五十字九句六上去韻，下片五十字十一句六上去韻，柳永。

【圖譜】

虹收殘雨。蟬嘶敗柳長堤暮。背都門、動消黯，西風片
○○○●　　○○●●○○○●　　●○○　●○●　○⊙●

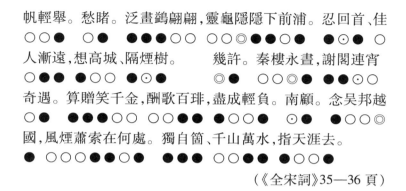

帆輕舉。愁睹。泛畫鷁翩翩，靈黿隱隱下前浦。忍回首、佳
人漸遠，想高城、隔煙樹。　　幾許。秦樓永晝，謝閣連宵
奇遇。算贈笑千金，酬歌百琲，盡成輕負。南顧。念吳邦越
國，風煙蕭索在何處。獨自箇、千山萬水，指天涯去。

（《全宋詞》35—36頁）

【注釋】

《樂章集校注》繫此詞於咸平六年（1003）（26頁）。此調兩宋金元僅存柳詞及晁補之二詞。上片第七句“隱”晁補之“春雲輕鎖”詞作“香”，第八句“回”作“駿”，第九句“煙”作“窈”，下片第一句“幾”作“多”，第七句“南”作“縹”，第八句“越”作“深”。下片第四句“算”爲領字，“贈笑千金”作仄起平收，晁補之“春雲輕鎖”詞作“孟光齊眉”，用拗句，不參校。句中其他可平可仄俱見晁補之“梅梢瓊綻”詞。

按“幾許”二字短韻，《百家詞》、《詞律》、《詞譜》皆屬上片，影宋本《晁氏琴趣外篇》、《詞繫》、《全宋詞》屬下片。今從後者。又，柳詞首句用韻，晁詞二首皆未用韻。

《詞繫》卷七：“‘幾許’二字，《詞律》屬上段，誤，觀晁作自應如是。‘天涯’二字宜相連，勿誤。”

又一體

【體略】

雙片九十九字，上片五十字十句七上去韻，下片四十九字十二

句七上去韻,晁補之。

【圖譜】

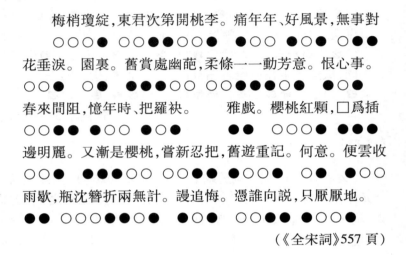

梅梢瓊綻,東君次第開桃李。痛年年、好風景,無事對
〇〇〇● 〇〇〇●〇● ●〇〇 ●〇● 〇●●

花垂淚。園裏。舊賞處幽葩,柔條一一動芳意。恨心事。
〇〇●● 〇● ●●〇〇 〇〇●●〇● ●〇●

春來間阻,憶年時、把羅袂。　　雅戲。櫻桃紅顆,□爲插
〇〇●● 〇〇● 〇●● ●● 〇〇●● 〇●●

邊明麗。又漸是櫻桃,嘗新忍把,舊遊重記。何意。便雲收
〇〇● ●〇●〇〇 〇〇●● ●〇〇● 〇● ●〇〇

雨歇,瓶沈簪折兩無計。謾追悔。憑誰向說,只厭厭地。
●● 〇〇●●●● 〇〇● 〇〇●● ●〇●

(《全宋詞》557頁)

【注釋】

　　此與柳詞相校,上片首句不押韻,第八句、下片第十句多押一
韻。按晁詞"春雲輕鎖"上片第三、四句《詞譜》斷作:"掃華堂、正
桃李芳時,誕辰還到。"不當,當依柳詞斷句。又下片第四、五、六
句,《全宋詞》原斷作:"又漸是。櫻桃嘗新,忍把舊遊重記。"仍當
依柳詞斷句。

　　按《詞律》卷七以此詞爲正體,但僅收詞一半(最後兩字爲"雅
戲"):"愚謂此五十二字與柳之前半適同,恐此只《引駕行》之半
曲耳。"

夜半樂

【調釋】

《樂章集》注中呂調。柳詞用上去韻,賦離別相思,聲情幽怨感傷。《碧雞漫志》卷四:"唐史云:'民間以明皇自潞州還京師,夜半舉兵,誅韋皇后,製《夜半樂》、《還京樂》二曲。'《樂府雜錄》云:'明皇自潞州入平內難,半夜斬長樂門關,領兵入宮。後撰《夜半樂》曲。'今黃鐘宮有《三臺夜半樂》,中呂調有慢、有近拍、有序,不知何者爲正。"《詞譜》卷三十八:"唐教坊曲名。柳永《樂章集》注中呂調。蓋借舊曲名,另倚新聲也。"

【體略】

中呂調,三片一百四十四字,上片五十字十句五上去韻,中片四十九字九句四上去韻,下片四十五字八句五上去韻,柳永。

【圖譜】

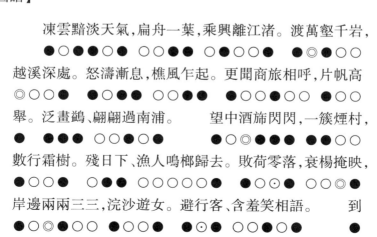

凍雲黯淡天氣,扁舟一葉,乘興離江渚。渡萬壑千岩,
越溪深處。怒濤漸息,樵風乍起。更聞商旅相呼,片帆高
舉。泛畫鷁、翩翩過南浦。　　望中酒斾閃閃,一簇煙村,
數行霜樹。殘日下、漁人鳴榔歸去。敗荷零落,衰楊掩映,
岸邊兩兩三三,浣沙遊女。避行客、含羞笑相語。　　到

此因念，繡閣輕抛，浪萍難駐。歎後約、丁寧竟何據。慘離
●○● ●●○● ○○○● ●●● ○○●○● ●○

懷空恨，歲晚歸期阻。凝淚眼、杳杳神京路。斷鴻聲遠長
○○● ●●○○● ○●● ◎●○○● ●○○●○

天暮。
○●

（《全宋詞》37 頁）

【注釋】

《樂章集校注》繫此詞於咸平六年（1003）（46 頁）。此調兩宋金元僅存柳永二詞，句中可平可仄俱見柳詞別首句法相同者。

《詞律》卷十二"此調三迭，首段'渡萬壑'以下與中段'殘日'以下同。雖'渡萬壑'二句上五下四，'殘日'句應三字豆，然語氣一貫，不拘也。中段起亦六字，《圖》於'旆'字分句誤，'閃閃'而動，正言'酒旆'，不可指'煙村'。中段尾'笑相語'正對首段尾'過南浦'，同仄平仄，而各刻俱作'相笑語'，誤甚，不特失調，而'笑相語'比'相笑語'用字遒俊，豈淺人所知。後段'杳杳神京路'是叶韻，後詞亦用'暮'字，《圖》以'斷'字連上，而下'鴻聲遠長天暮'作三字兩句，誤。"

按下片第五、六句《詞律》、《詞譜》諸書斷作上三下七式十字折腰句，今作五字兩句。

又一體

【體略】

中呂調，三片一百四十五字，上片五十字十句四上去韻，中片四十九字九句五上去韻，下片四十六字八句五上去韻，柳永。

【圖譜】

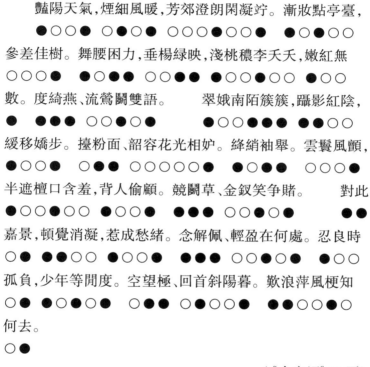

豔陽天氣，煙細風暖，芳郊澄朗閑凝竚。漸妝點亭臺，
●○○● ○●○● ○○○●○●○ ●○●○○

參差佳樹。舞腰困力，垂楊綠映，淺桃穠李夭夭，嫩紅無
○○○● ○○●● ○○●● ●○○●○○ ●○○

數。度綺燕、流鶯鬭雙語。　　　翠娥南陌簇簇，躍影紅陰，
● ●●● ○○●● ●○○●●● ●●○○

緩移嬌步。擫粉面、韶容花光相妒。絳綃袖舉。雲鬟風顫，
●○○● ○●● ○○○●○● ●○●● ○○○●

半遮檀口含羞，背人偷顧。競鬭草、金釵笑爭賭。　　對此
●○○●○○ ●○○● ●●● ○○●○● ●●

嘉景，頓覺消凝，惹成愁緒。念解佩、輕盈在何處。忍良時
○● ●●○○ ●○○● ●●● ○○●○● ●○○

孤負，少年等閒度。空望極、回首斜陽暮。歎浪萍風梗知
○● ●○●●● ○○● ○●○○ ●●○○○

何去。
○●

【注釋】

　　《樂章集校注》繫此詞於景德元年（1004）（59 頁）。此詞與
"凍雲黯淡"相校，上片首韻句法不同，字聲亦異，下片結韻多一
字，作八字一句，頗疑"歎"爲襯字。又，上片第七句不押韻，下片
第六句"少年等閒度"字聲亦與前首異。按中片第一句"翠娥南陌
簇簇"、第四句"擫粉面、韶容花光相妒"及下片第一句"對此嘉景"
皆用拗句，又正與前首全同。

上片第三句《詞譜》作"芳草郊汀閑凝佇",第八、九句作"淺桃穠李,小白嫩紅無數"。中片結句"金釵"毛晋刻本作"金斂"。

滿江紅

【調釋】

《填詞名解》卷三:"《滿江紅》,唐《冥音録》載曲名《上江虹》,後轉易二字,得今名。"此曲或爲迎送神之曲。《湘山野録》卷中云:"范文正公謫睦州,過嚴陵祠下,會吳俗歲祀,里巫迎神,但歌《滿江紅》,有'湘江好,烟漠漠。波似染,山如削。繞嚴陵灘畔,鷺飛魚躍'之句。公云:'吾不善音律,撰一絶送神。'曰:'漢包六合綱英豪,一個冥鴻惜羽毛。世祖功臣三十六,雲臺争似釣臺高。'吳俗至今歌之。"又姜夔詞序云:"《滿江紅》舊調用仄韻,多不協律,如末句云'無心撲'三字,歌者將'心'字融入去聲,方諧音律。予欲以平韻爲之,久不能成。因泛巢湖,聞遠岸簫彭聲,問之,舟師云:'居人爲此湖神姥壽也。'予因祝曰:'得一席風,徑至居巢,當以平韻《滿江紅》爲迎送神曲。'言訖,風與筆俱駛,頃刻而成。末句云'聞佩環',則協律矣。"

《樂章集》注仙吕調,《于湖詞》亦同。此調柳永四詞,既押入聲,又押上去韻。同期張先、范仲淹有詞。柳永一詞寫歸隱情懷,情調高亢,聲情激越,另三首賦戀情,亦屬健筆寫柔情。蘇軾此調創作五首,皆用入聲,清曠灑脱,與柳永"暮雨初收"格調相近,將《滿江紅》聲情初步定型,使此調成爲後來豪放詞人代表詞調。南宋姜夔改押平聲,由其序知姜夔平韻詞所依樂譜與前代仄韻詞並無不同。然姜夔平韻詞用仙吕宫,相校仄韻詞聲情明快流美。《夢窗詞》平韻詞亦作仙吕宫。《校正》:"柳永四詞,兩首俗詞表達市民婦女的情感,另兩首爲羈旅行役之詞,它們都屬仙吕調,即夷則

宮,其基音甚高,故有激越之感。此調有三個四字句,一個五字句,兩個靈活的八字句,四個可以對偶的七字句,六個三字句。其基本句式爲奇句,三字句與七字句的配合,造成奔放與急促的聲情;又由於有三個平聲句脚與仄聲句脚相配,形成拗怒的聲情;四字句、八字句及對偶的穿插,又使此調和婉而多變化。因而此調之表情頗爲豐富,可表達清新綿邈之情,亦可表達悲壯激越之情。"(366頁)此調又入曲牌,元明南戲、傳奇中頗流行,爲南吕宮引子,多用單片,字句韻與詞體基本相同。

【體略】

雙片九十七字,上片四十九字八句五仄韻,下片四十八字十句六仄韻,柳永。

【圖譜】

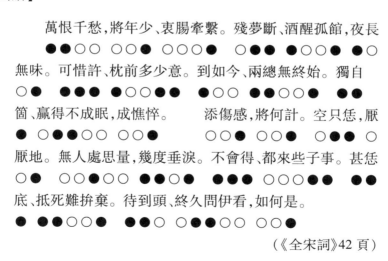

(《全宋詞》42頁)

【注釋】

《樂章集校注》繫此詞於咸平六年(1003)(42頁)。此調或以

此詞最早。此詞上片第五、六句,下片第七、八句皆作上三下五式八
字折腰句法,又"意"字、"事"字皆押韻,此體上下片句法謹嚴,但後
人效法者罕見,不作正體。按《詞譜》以上片第五、六句,下片第七、
八句皆添字不妥。又下片第八句《全宋詞》原無"抵"字,今從《詞
譜》補。又趙鼎詞下片第七、八句作"須信道、消憂除是酒,奈酒行、
有極情無極"句法正與柳同,但上片句法又皆用七字句。又蘇軾"東
武南城"詞下片第七句作"君不見、蘭亭修禊事",李昂英"薄冷催霜"
詞下片第八句"望遠峰、夕照頻西顧",皆偶用,注出不另列。

正　體

【體略】

　　雙片九十三字,上片四十七字八句四仄韻,下片四十六字十句
五仄韻,柳永。

【圖譜】

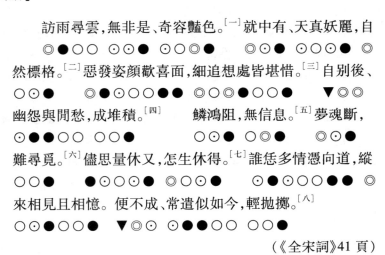

訪雨尋雲,無非是、奇容豔色。[一]就中有、天真妖麗,自
◎●○○　⊙○●　○○◎● 　　○◎● ⊙○○● ◎

然標格。[二]惡發姿顏歡喜面,細追想處皆堪惜。[三]自別後、
○⊙● 　◎●○○○●● ○○⊙●○○● 　▼○○

幽怨與閒愁,成堆積。[四]　　鱗鴻阻,無信息。[五]夢魂斷,
○●●○○ ○○● 　　○⊙● ○○● 　◎○○

難尋覓。[六]儘思量休又,怎生休得。[七]誰恁多情憑向道,縱
○○● 　●○○⊙● ◎◎⊙● 　⊙●⊙○○● ◎

來相見且相憶。便不成、常遣似如今,輕拋擲。[八]
○⊙●●○○ ○●○○ ●○○● ○○●

【注釋】

　　[一]《唐宋詞彙評》："柳永於景祐元年登進士第,即授睦州團練推官。景祐二年知州呂蔚舉薦未成,仍留原任。《滿江紅》詞即在睦州作,爲桐君祠送神之曲。"此調兩宋金元存七百餘首,有仄韻、平韻二體,而以仄韻詞爲主。仄韻詞當以此詞字句韻及字聲爲正體,題材寫戀情,但並不柔弱,秦觀、賀鑄亦寫戀情,聲情與柳詞相近。此調代表題材爲隱逸、詠史懷古等内容,聲情宜豪邁剛健,或清曠灑脱。《詞律》卷十三以呂渭老"晚浴新涼"詞爲正體,較爲隨意,《詞譜》卷二十二以柳永"暮雨初收"詞爲譜,所定字聲多有訛錯,且"暮雨初收"詞上片第六句作拗句,宋人創作多用律句。今以"訪雨尋雲"詞爲譜,其與"暮雨初收"詞相校,下片結韻首句"便不成"之"便"字用去聲,爲宋人通例,而"暮雨初收"詞作"歸去來",字聲亦不嚴謹。此體上片自"天真"以下,與下片自"思量"以下相同,聲律對稱齊整,填者識之。"無"楊炎正"春入臺門"詞作"又","無非是、奇容豔色"作上三下四句法,爲宋人定體。按張昇詞此韻作"無利無名,無榮無辱,無煩無惱",《詞譜》(作杜衍詞):"此詞見《花草粹編》,采之《言行録》,即柳詞九十三字體,惟前段第一句平仄不同,第二句添一襯字、作四字兩句,若減去襯字,則'無榮辱、無煩無惱',仍是上三下四句法,便合調矣。"按張昇詞上片首句《詞譜》作"無名無利",當從《全宋詞》。張昇詞注出不另列。句中可平可仄除注明外,俱見所列仄韻體句法相同者。

　　[二]"有"宋人有偶用平聲者,此字當用仄聲,《詞譜》作可平可仄不當。"妖"趙彦端"賜被薰爐"詞作"疊","自"范成大詞作"先","標"張昇詞作"獨"。按辛棄疾"點火櫻桃"詞此韻第上句作"春正好、見龍孫穿破","見"爲襯字,偶用,注出不另列。

　　[三]此韻兩個七字句,一仄起仄收,一平起仄收,皆用律句。宋人有偶用拗句者,如晁端禮詞作"倒影芙蓉明鏡底,更折花嗅西

風裏”,不相參校,亦不列別體。按此二句詞性可作對偶亦可不對。
“惡”、“姿”吳泳“風約湖船”詞作“荷”、“尚”,“細”、“想”王質“慘
澹輕陰”詞作“嬌”、“分”。

　　〔四〕“自”字與下片“便”字宜用去聲振起,觀宋人詞十之八九
用去聲。“別後”范成大“山繞西湖”詞作“荒園”。

　　〔五〕按此韻兩個三個字句字聲相同。葉夢得“一朵黃花”一
首,此韻按文意當作“回首去年時節”,偶用,於歌無妨,注出不
另列。

　　〔六〕此韻“難尋覓”與前三句不同,必用平平仄,宋人“難”字
亦有偶用仄聲者,不可效仿。

　　〔七〕“儘思量休又”之“儘”宜作領字,“思量休又,怎生休得”
正與上片“天真妖麗,自然標格”字聲相同。《詞譜》以“儘思量休
又”五字皆可平可仄,將不同句法字聲混校,不當。“休”楊炎正
“春入臺門”詞作“一”,“怎”、“休”王質“慘澹輕陰”詞作“遊”、
“嘖”。按“儘思量休又”柳永別首又作“無人處思量”句法不同,字
聲亦異。蘇軾四詞亦皆不作一四句法,分別作“文君壻知否”、“空
洲對鸚鵡”、“相將泛曲水”、“相看怳如昨”、“何辭更一醉”,皆不
可效仿。按《滿江紅》調僅就兩宋存五百餘首詞來看,此句絕大部
分作上一下四句法,後四字作平起仄收律句,填者識之。

　　〔八〕“誰”、“多”晁補之“月上西窗”詞作“正”、“少”,“縱”、
“相”陸游“疏蕊幽香”詞作“飄”、“已”。“不”秦觀詞作“從”,
“成”蔡伸詞作“是”。

又一體

【體略】

　　雙片九十三字,上片四十七字八句四仄韻,下片四十六字十句

六仄韻,晁補之。

【圖譜】

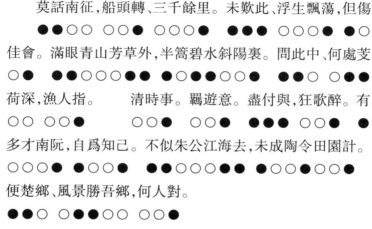

莫話南征,船頭轉、三千餘里。未歎此、浮生飄蕩,但傷
佳會。滿眼青山芳草外,半篙碧水斜陽裏。問此中、何處芰
荷深,漁人指。　　　清時事。羈遊意。盡付與,狂歌醉。有
多才南阮,自爲知己。不似朱公江海去,未成陶令田園計。
便楚鄉、風景勝吾鄉,何人對。

（《全宋詞》563 頁）

【詞譜】

　　此與柳永"訪雨尋雲"詞相校,惟下片換頭添一韻異,晁端禮、
向子諲、趙磻老、戴復古等人詞正與此同,不以晁端禮詞爲譜者,其
上片第六句用拗句,與諸家不同。此體《詞譜》以戴復古詞爲譜
不當。

又一體

【體略】

　　雙片九十三字,上片四十七字八句五仄韻,下片四十六字十句
六仄韻,張元幹。

【圖譜】

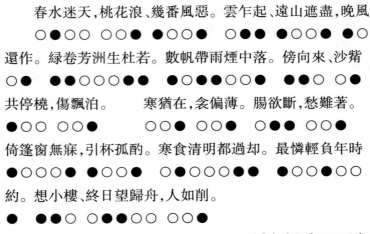

春水迷天，桃花浪、幾番風惡。雲乍起、遠山遮盡，晚風
〇●〇〇　〇〇●　●〇〇●　　〇〇●　●〇〇●　〇●

還作。綠卷芳洲生杜若。數帆帶雨煙中落。傍向來、沙觜
〇●　●〇〇●〇●　●〇〇●〇〇●　●●〇〇　〇●

共停橈，傷飄泊。　　　寒猶在，衾偏薄。腸欲斷，愁難著。
●〇〇　〇〇●　　　〇〇●　〇〇●　〇〇●　〇〇●

倚篷窗無寐，引杯孤酌。寒食清明都過却。最憐輕負年時
●〇〇〇●　〇〇〇●　〇●〇〇〇●●　●〇〇〇●

約。想小樓、終日望歸舟，人如削。
●　●●〇　〇●●〇〇　〇〇●

（《全宋詞》1073 頁）

【注釋】

《唐宋詞彙評》考此詞作於宣和二年（1120）（1630 頁）；《蘆川
詞箋注》以此詞作於宣和元年（1119）（10 頁）。此與“訪雨尋雲”
詞相校，字句相同，惟上片第五句、下片七句用韻異。按兩句增韻
又正與柳永“萬恨千愁”詞同。《詞譜》：“程珌‘頗恨登臨’詞，前
段第五、六句‘當日臥龍商略處。秦淮王氣真何許’，後段第七、八
句‘可笑唐人無意度。却言此虎淩波去’，正與此同。”

又一體

【體略】

雙片九十五字，上片四十七字八句四仄韻，下片四十八字十句

五仄韻，趙彥端。

【圖譜】

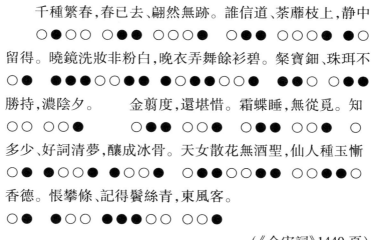

　　　　千種繁春，春已去、翩然無跡。誰信道、荼蘼枝上，静中
　　　　○●○○　○●●　○○○●　　○●●　○○○●　●○
　　　　留得。曉鏡洗妝非粉白，晚衣弄舞餘衫碧。粲寶鈿、珠珥不
　　　　○●　●●●○○●●　●○●●○○●　　●●○　○○●
　　　　勝持，濃陰夕。　　　金翦度，還堪惜。霜蝶睡，無從覓。知
　　　　○○　○○●　　　○●●　○○●　○●●　○○●　○
　　　　多少、好詞清夢，醸成冰骨。天女散花無酒聖，仙人種玉慚
　　　　○●　●○○●　○●○●　○●●○○●●　○○●●○
　　　　香德。悵攀條、記得鬢絲青，東風客。
　　　　○●　●●○○　●●●○○　○○●

　　　　　　　　　　　　　　　　　　　　（《全宋詞》1440頁）

【注釋】

　　此與“訪雨尋雲”詞相校，下片第五句添二字，作上三下四式
七字折腰句，與上片第三句句法聲律相同。全詞句法聲律亦十分
對稱齊整。按呂勝己“憶昔西來”詞，吳淵“秋後鍾山”、“投老未
歸”詞，李曾伯“蝶夢驚殘”、“春日何來”詞等，正與此同。

<h1 style="text-align:center">又一體</h1>

【體略】

　　雙片九十一字，上片四十五字八句四仄韻，下片四十六字十句
五仄韻，呂渭老。

【圖譜】

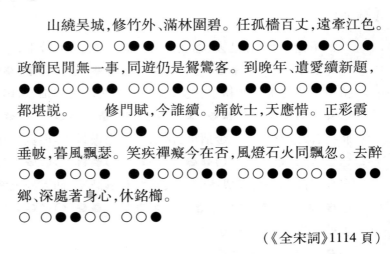

山繞吳城,修竹外、滿林圍碧。任孤檣百丈,遠牽江色。
○●○○　○●●　●○○●　　●○○●●　●○○●

政簡民閒無一事,同遊仍是鴛鸞客。到晚年、遺愛續新題,
●●○○○●●　○○○●○○●　　●●○　○●●○○

都堪説。　　修門賦,今誰續。痛飲士,天應惜。正彩霞
○○●　　　○○●　○○●　●○●　○○●　●○○

垂帔,暮風飄瑟。笑疾禪癡今在否,風燈石火同飄忽。去醉
○●　●○○●　●○○○○●●　○○●●○○●　●●

鄉、深處著身心,休銘櫛。
○　○●●○○　○○●

（《全宋詞》1114 頁）

【注釋】

　　此與“訪雨尋雲”詞相校,上片第三句減二字作五字一句異。
此體上片自“任孤檣”以下至結韻,與下片自“正彩霞”以下至結韻
相同,聲律對稱協美。上片第三句、下片第五句皆宜作上一下四句
法。呂渭老別首“燕拂危牆”詞、姜特立“聽説梅山”詞、李洪“梅雨
成霖”詞、呂勝己“慘慘枯梢”詞等正與此同。按此體亦創自柳永,
柳永“匹馬驅驅”一首九十一字,上片第三句作五字一句“望斜日
西照”,惜“斜日西照”作拗句。

又一體

【體略】

　　雙片八十九字,上片四十三字七句四仄韻,下片四十六字十句

五仄韻，呂渭老。

【圖譜】

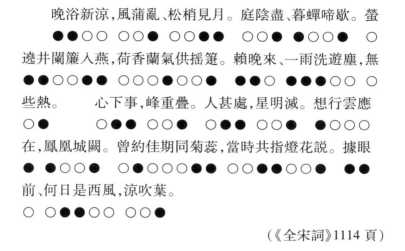

晚浴新涼，風蒲亂、松梢見月。庭陰盡、暮蟬啼歇。螢
●●○○　　○○●　○○●●　　○○●　●○○●　　　○
遠井闌簾入燕，荷香蘭氣供搖箑。賴晚來、一雨洗遊塵，無
●●○○●●○　○○○●○○●　　●○○　●●●○○　○
些熱。　　心下事，峰重疊。人甚處，星明滅。想行雲應
○●　　　　○●●　○○●　　○○●　○○●　　●○○○
在，鳳凰城闕。曾約佳期同菊蕊，當時共指燈花說。據眼
●　●○○●　　○○●○○●●　　○○●●○○●　　●●
前、何日是西風，涼吹葉。
○　○●●○○　○○●

(《全宋詞》1114 頁)

【注釋】

《詞譜》："此亦柳詞體，惟前段第三句減四字。按呂詞別首
'笑語移時'詞："鮮明是、晚來妝飾。'正與此同。"

又 一 體

【體略】

雙片九十二字，上片四十七字八句五仄韻，下片四十五字九句
七仄韻，王之道。

【圖譜】

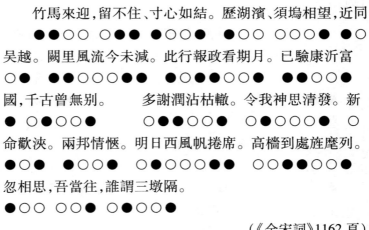

竹馬來迎，留不住、寸心如結。歷湖濱、須塢相望，近同
●●○○　○●●、●○○●　　●○○　○○○●　●○

吳越。闕里風流今未減。此行報政看期月。已驗康沂富
○●　●●○○●○●　　●○○●●○●　　●●○○●

國，千古曾無別。　　　多謝潤沾枯轍。令我神思清發。新
●　○○○○●　　　　○●●○○●　　○●○○○●　　○

命歡浹。兩邦情愜。明日西風帆捲席。高檣到處旌麾列。
●○●　●○○●　○●○○○●●　　○○●●○○●

忽相思，吾當往，誰謂三墩隔。
●○○　○○●　○●○●○●

（《全宋詞》1162 頁）

【注釋】

《詞譜》："此詞前後段兩結及換頭句，句讀與諸家全異，譜中
采入，以備一格。"

<h1 align="center">又一體（平韻正體）</h1>

【體略】

仙吕宮，雙片九十三字，上片四十七字八句四平韻，下片四十
六字十句五平韻，姜夔。

【圖譜】

仙姥來時，正一望、千頃翠瀾。旌旗共、亂雲俱下，依約
⊙●○○　●●●、○●●○　○⊙●、○○○●　⊙●

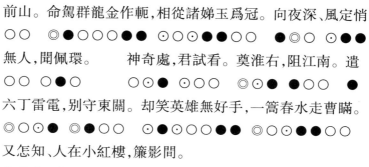

前山。命駕群龍金作軛,相從諸娣玉爲冠。向夜深、風定悄

無人,聞佩環。　　神奇處,君試看。奠淮右,阻江南。遣

六丁雷電,別守東關。却笑英雄無好手,一篙春水走曹瞞。

又怎知、人在小紅樓,簾影間。

(《全宋詞》2176 頁)

【注釋】

《唐宋詞彙評》考此詞作於光宗紹熙二年(1191)(2753 頁)。此平韻詞,樂譜與柳詞無異,調高無變化,調式有變,用宮調式,聲情有異。

《詞譜》:“此調押平聲韻者,祇有此體,句讀與仄韻詞同……此詞兩結三字句,並用平仄平,吳文英、彭元遜、彭芳遠、李琳諸詞皆然。按吳詞,前段第一、二句‘竹下門敲,又呼起、蝴蝶夢清’,‘竹’字仄聲,‘呼’字平聲,又一首‘雲氣樓臺,分一派、滄浪翠蓬’,‘分’字、‘浪’字俱平聲;第三、四句‘閒裏看、鄰牆梅子,幾度生仁’(按“生仁”應爲“仁生”),‘裏’字仄聲、‘鄰’字平聲、‘幾’字仄聲。彭詞‘西樓外、天低水湧,龍挾秋吟’,‘水’字仄聲。吳詞第五、六句‘風送流花時過岸,浪搖晴棟欲飛空’,‘風’字平聲、‘浪’字仄聲,彭詞‘銜盡吳花成鹿苑,人間不恨雨和風’,‘不’字仄聲。吳詞第七句‘算鮫宮、祇隔一紅塵’,‘鮫’字平聲、‘祇’字仄聲。彭詞後段第一、二、三、四句‘山霧濕,倚熏籠,垂匋葉,鬢酥融’,‘霧’字、‘倚’字俱仄聲,‘熏’字、‘垂’字俱平聲、‘匋’字仄聲,第五、六句‘恨宮雲一朵,飛過空同’,‘宮’字平聲、‘一’字仄聲、‘飛’字平聲。

吴詞第七句‘秋色未教飛盡雁’,‘未’字仄聲。李詞‘佛界三千籠日月’,‘佛’字仄聲,第八句‘仙樓十二掛星辰’,‘仙’字平聲、‘十’字仄聲。吴詞第九句‘看高鴻、飛上碧雲中’,‘高’字平聲,彭詞‘問故人、忍更負東風’,‘忍’字仄聲。譜内可平可仄據此。”

憶帝京

【調釋】

《填詞名解》卷二:“《憶帝京》,采唐人詩:‘際曉穿巴峽,乘春憶帝京。’”《樂章集》注南吕調。柳詞用上去韻,賦離別之情,亦屬本調,聲情頓挫感傷。黄庭堅、朱敦儒有詞,字句小異,屬同調異體。

【體略】

雙片七十二字,上片三十三字六句四上去韻,下片三十九字七句四上去韻,柳永。

【圖譜】

薄衾小枕涼天氣。乍覺別離滋味。展轉數寒更,起了
◎○●●○○● 　●○◎○●● 　◎●●○● ●●

還重睡。畢竟不成眠,一夜長如歲。　　也擬待、却回征
○○● 　●●●○○ 　●●○○● 　　　●●● ◎○○

轡。又争奈、已成行計。萬種思量,多方開解,只恁寂寞厭
● 　●⊙◎ 　◎○○● 　●●○○ 　○○●● ●●●●○

厭地。繫我一生心,負你千行涙。
○● 　●●●○○ 　●●○○●

【注釋】

《樂章集校注》繫此詞於咸平六年(1003)(29 頁)。此調兩宋五詞,其中黄庭堅三首,金元無存詞。此調《詞譜》卷十六以此詞爲正體,當從。詞中可平可仄據黄庭堅及朱敦儒詞句法相同者參校。下片第二句“已”黄庭堅“薄妝小靨”詞作“明”,第四句“開”黄庭堅“薄妝小靨”詞作“片”。第五句“只恁寂寞”四仄連用,黄庭堅“鳴鳩乳燕”詞同。

又一體

【體略】

雙片七十七字,上片三十五字六句四上去韻,下片四十二字七句七上去韻,黄庭堅。

【圖譜】

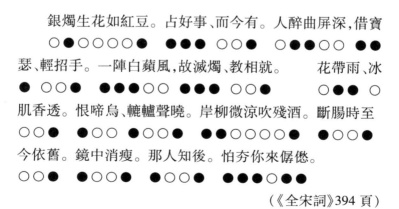

銀燭生花如紅豆。占好事、而今有。人醉曲屏深,借寶
○●○○○○● ●●● ○○● ○●●○○ ●●
瑟、輕招手。一陣白蘋風,故滅燭、教相就。 花帶雨、冰
● ○○● ●●●○○ ●●● ○○● ○●● ○
肌香透。恨啼烏、轆轤聲曉。岸柳微涼吹殘酒。斷腸時至
○○● ●○○ ●○○● ●●○○○○● ●○○●
今依舊。鏡中消瘦。那人知後。怕夯你來僝僽。
○○● ●○○● ●○○● ●●●○●●

(《全宋詞》394 頁)

【注釋】

　　此與"薄衾小枕"詞相校，多有添字。上片第四、六句皆添一字作六字折腰句，下片第三、四句減一字作七字一句且添一韻，第六、七句添四字作四字兩句、六字一句且添二韻。字句雖多異，仍爲同調。

　　下片"斷腸"以下，《詞譜》作："斷腸人，依舊鏡中銷瘦。恐那人知後。鎮把你、來僝僽。"

　　此詞《全宋詞》又別作秦觀詞，字句稍異。

又一體

【體略】

　　雙片七十二字，上片三十三字六句四上去韻，下片三十九字六句四上去韻，朱敦儒。

【圖譜】

　　　元來老子曾垂教。挫鋭和光爲妙。因甚不聽他，强要
　　　○○●●○○●　　●●○○●●　　○●●○●　●●

争工巧。只爲忔惺惺，惹盡閒煩惱。　　　你但莫、多愁早
○○●　　●●●○○　●●○○●　　　　　●●●　○○●

老。你但且、不分不曉。第一隨風便倒拖，第二君言亦大
●　●●●　●○●●　　●●○○●●○　●●○○●●

好。管取没人嫌，便總道、先生俏。
●　●●●○○　●●●　○○●

（《全宋詞》852頁）

【注釋】

此與"薄衾小枕"詞相校,總字數相同,字位有異。下片第三、四句減一字作七字一句,結句添一字作六字折腰句。用移字法變改句拍。

安公子

【調釋】

《安公子》原本隋曲,又見《教坊記》。《碧雞漫志》卷四:"《安公子》,《通典》及《樂府雜録》稱:煬帝將幸江都,樂工王令言者,妙達音律,其子彈胡琵琶,作《安公子》曲,令言驚問:'那得此?'對曰:'宮中新翻。'令言流涕曰:'慎毋從行。宮,君也。宮聲往而不返,大駕不復回矣。'據《理道要訣》,唐時《安公子》在太簇角,今已不傳。其見於世者,中吕調有近,般涉調有令,然尾聲皆無所歸宿,亦異矣。"《樂章集》注般涉調,與中吕調《安公子》不同。宋人杜安世、晁端禮等人詞與之同調。多用長句,用上去韻,聲情怨欷悲傷。

【體略】

般涉調,雙片一百六字,上下片各五十三字九句六上去韻,柳永。

【圖譜】

遠岸收殘雨。雨殘稍覺江天暮。拾翠汀洲人寂静,立

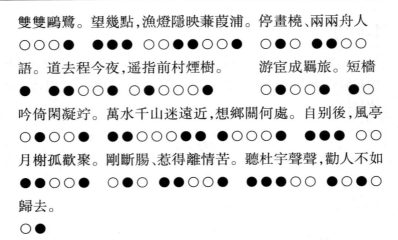

雙雙鷗鷺。望幾點，漁燈隱映蒹葭浦。停畫橈、兩兩舟人
○○○●　　●●●　　○○●●○○●　　○●●　●●○○

語。道去程今夜，遙指前村煙樹。　　　游宦成羈旅。短檣
●　●●○○●　○●○○●　　　　　　○○○●●　　●○

吟倚閑凝竚。萬水千山迷遠近，想鄉關何處。自別後，風亭
○●○○●　●●○○○●●　●○○○●　●●●　○○

月榭孤歡聚。剛斷腸、惹得離情苦。聽杜宇聲聲，勸人不如
●●○○●　○●○　●●○○●　○●●○○　●○●○

歸去。
○●

（《全宋詞》50 頁）

【注釋】

《樂章集校注》繫此詞於慶曆五年（1045）（277 頁）。此調兩宋存詞近十首，雖始自柳永，然此首結韻“聽杜宇聲聲，勸人不如歸去”字聲既與上片結韻不同，亦與宋代他首不同（包括柳永“夢覺清宵半”一首），字聲尚未謹嚴，不作正體。《詞譜》卷十九以柳永此詞爲正體，所定字聲多誤。按上下片第五、六句《詞譜》、《全宋詞》等書斷作上三下七式折腰一句，今作三字一句、七字一句。《詞牌格律》斷作兩個五字句（1009 頁）。

又一體

【體略】

般涉調，雙片一百五字，上片五十二字，下片五十三字，各九句六上去韻，柳永。

【圖譜】

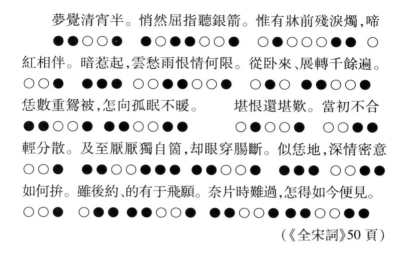

夢覺清宵半。悄然屈指聽銀箭。惟有牀前殘淚燭，啼
●●○○● 　●●●●○○● 　○●○●○○● 　○

紅相伴。暗惹起，雲愁雨恨情何限。從卧來、展轉千餘遍。
○○● 　●●● 　○○●●○○● 　○○○、●●○○●

恁數重鴛被，怎向孤眠不暖。　　　堪恨還堪歎。當初不合
●●○○● 　●●○○●● 　　　○●○○● 　○○●●

輕分散。及至厭厭獨自箇，却眼穿腸斷。似恁地，深情密意
○○● 　●●○○●●● 　●●○○● 　●●● 　○○●●

如何拚。雖後約、的有于飛願。奈片時難過，怎得如今便見。
○○● 　○●● 、●●○○● 　●●○○●● 　●●○○●●

（《全宋詞》50 頁）

【注釋】

　　《樂章集校注》繫此詞於咸平六年（1003）（32 頁）。此與柳永
"遠岸"一首相校，上片第四句無領字，下片結二句字聲不同。按
此調當爲重頭曲，上片第四句無領字，下片第四句却有領字"却"，
初以爲上片第四句缺字，然杜安世、晁補之、陸游詞上下片皆無領
字，此調確有上下片第四句無領字一體，當由柳永此體之變化而
生。此首雖然結韻字聲與宋人他首相同，然上下片第四句領字不
統一，不作正體。

又 一 體

【體略】

　　雙片一百六字，上下片各五十三字十句七上去韻，杜安世。

【圖譜】

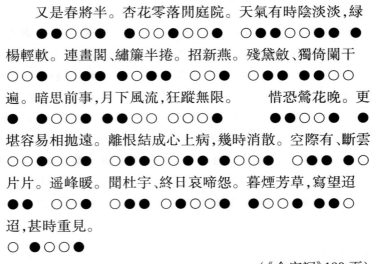

又是春將半。杏花零落閒庭院。天氣有時陰淡淡，綠

●●○○●　●○○●○○●　○○●○○●●　●

楊輕軟。連畫閣、繡簾半捲。招新燕。殘黛斂、獨倚闌干

○○●　○●●　○○●　○○●　○●●　●●○○

遍。暗思前事，月下風流，狂蹤無限。　　惜恐鶯花晚。更

●　●○○●　●●○○　○○○●　　●●○○●　●

堪容易相拋遠。離恨結成心上病，幾時消散。空際有、斷雲

○○●○○●　○●●○○●●　●○○●　○●●　●○

片片。遙峰暖。聞杜宇、終日哀啼怨。暮煙芳草，寫望迢

●●　○○●　○●●　○●○○●　●○○●　●●○

迢，甚時重見。

○　●○○●

（《全宋詞》180 頁）

【注釋】

此與柳永"遠岸"詞相校，字句上多有差異：上下片第四句各
減一領字作四字一句，第五、六句作上三下四式七字一句、三字一
句且多押一韻，兩結韻各添一字作四字三句。按此體上下片字句
及聲韻十分對稱，聲律嚴謹。然宋人詞中無有與之全同者，不作
正體。

正　　體

【體略】

雙片一百六字，上片五十三字，下片五十三字，各九句六上去

韻,晁端禮。

【圖譜】

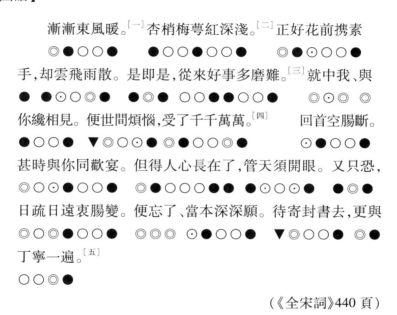

漸漸東風暖。[一]杏梢梅萼紅深淺。[二]正好花前携素
◎●○○●　　●○○●○●　　◎●⊙○○●

手,却雲飛雨散。是即是,從來好事多磨難。[三]就中我、與
●　●⊙○◎●　　●○●　○○◎○○○●　　◎◎⊙○　◎

你纔相見。便世間煩惱,受了千千萬萬。[四]　　　回首空腸斷。
●○○●　▼○○●●　◎●○○●●　　　　⊙●○○●

甚時與你同歡宴。但得人心長在了,管天須開眼。又只恐,
◎○⊙●○○●　　◎○○○○●●　⊙○○○●　　●○●

日疏日遠衷腸變。便忘了、當本深深願。待寄封書去,更與
◎○○●○○●　　◎○○　⊙●○○●　　▼○○○●　◎●

丁寧一遍。[五]
○○○◎●

(《全宋詞》440 頁)

【注釋】

　　[一]此詞《詞律》、《詞譜》不載。此調此體字聲最爲純正,當
爲正體。句中可平可仄除注明外,俱見所列別體詞句法相同者。

　　[二]此韻《詞譜》以前四字均可平可仄(《詞譜》以柳永詞作
正體),不當。按晁端禮別首作"又對短髮來吹帽",晁補之"少日
狂游好"詞作"閬苑花間同低帽",拗句,字聲又有差異,偶用不
參校。

　　[三]"雲"袁去華作"一"。"却雲飛雨散"與下片"管天須開
眼"皆作上一下四句法。"是即是"以下兩句晁端禮別首《全宋詞》
作"暗憶當年,伴侶同傾倒",減一字作四字一句、五字一句。按此

調無此句拍,晁詞必脫漏一字,應爲"□暗憶,當年伴侶同傾倒"。
又此二句袁去華詞《詞譜》斷作"問燕子來時,緑水橋邊路",亦應
斷作三字一句、七字一句(下片亦然),袁詞無需另列別體。

　　[四]"就中我"一句作八字折腰句,《全宋詞》作八字一句不
當。"便世間煩惱","便"與下片"待"皆爲領字,宜用去聲。《詞
譜》以"世間煩惱"四字均可仄可平,不當。此句袁去華作"料静掩
雲窗",律句不同,不參校。"世"晁端禮別首作"如"。

　　[五]"首"晁補之"柳老荷花盡"詞作"番",平聲,偶用不參
校。《詞譜》以"人"、"長"二字本平可仄,不當,按"人"惟杜安世
作"結","長"惟柳永別首作"獨",皆以入代平。"開"晁端禮"帝
里重陽好"詞作"悄","本"晁端禮"帝里重陽好"詞作"邊",偶用
不參校。"更"袁去華詞作"殘"。

又一體

【體略】

　　雙片一百二字,上下片各五十一字九句六上去韻,晁補之。

【圖譜】

　　　　柳老荷花盡。夜來霜落平湖净。征雁横天鷗舞亂,魚
　　　　●●○○● 　●○○○●● 　○●○○○●● 　○
遊清鏡。又還是,當年我向江南興。移畫船、深渚兼葭映。
○○● 　●●● 　○○●●○○● 　○●○ 　○●○○●
對半篙碧水,滿眼青山魂凝。　　一番傷華鬢。放歌狂飲
●●○○● 　●●○○○○　　　　●○○○● 　○○○●
猶堪逞。水驛孤帆明夜事,此歡重省。夢回處,詩塘春草愁
○○● 　●●○○○●● 　●○○●　●○● 　○○○●○

難整。官情與、歸期終朝競。記它年相訪,認取斜川三逕。
○●　　○○●　○●○○●　　●○○○●　●●○○○●

【注釋】

　　此與晁端禮詞相校,上下片第四句均無領字作四字一句異,按
上下片第四句作四字一句正與杜安世詞同。

又一體

【體略】

　　雙片一百二字,上下片各五十一字九句六上去韻,陸游。

【圖譜】

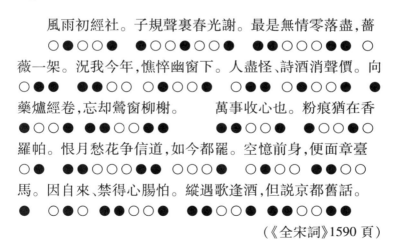

風雨初經社。子規聲裏春光謝。最是無情零落盡,薔
○●○○●　●○○●○○●　　●●○○○●●　○

薇一架。況我今年,憔悴幽窗下。人盡怪、詩酒消聲價。向
○●●　●●○○　○●○○●　○●●、○●○○●　●

藥爐經卷,忘却鶯窗柳榭。　　　萬事收心也。粉痕猶在香
●○○●　●●○○●●　　　●●○○●　●○○●○

羅帕。恨月愁花争信道,如今都罷。空憶前身,便面章臺
○●　●●○○○●●　○○○●　○●○○　●●○○

馬。因自來、禁得心腸怕。縱遇歌逢酒,但説京都舊話。
●　○●○、○●○○●　●●○○●　●●○○●●

【注釋】

　　此與晁端禮詞相校,上下片四句均減一字作四字一句,第五、

六句均減一字,作四字一句、五字一句,前後句拍、字聲亦十分謹
嚴,爲詞人有意爲之。《詞譜》將上下片第三、四句斷作四字一句、
上三下四七字折腰一句,不當,應依正體斷句。

傾　杯

【調釋】

《樂章集》注大石調,大石調即正宮之商調,兩宋使用甚多,
《中原音韻》言"風流蘊藉"。柳詞用上去韻,非賦本意,聲情怨歎
感傷。

【體略】

大石調,雙片一百八字,上片五十五字十句五上去韻,下片五
十三字十句五上去韻,柳永。

【圖譜】

　　金風淡蕩,漸秋光老、清宵永。小院新晴天氣,輕煙乍
　　○○●● 　○○○●、○○● 　●●○○○● 　○○●

斂,皓月當軒練净。對千里寒光,念幽期阻、當殘景。早是
● 　●●○○●● 　●○●○○ 　○○●、○○● 　●●

多情多病。那堪細把,舊約前歡重省。　　　　最苦碧雲信斷,
○○○● 　●○●● 　●●○○○● 　　　　●●●○○●

仙鄉路杳,歸鴻難倩。每高歌、强遣離懷,奈慘咽、翻成心耿
○○●● 　○○○● 　●○○、○●○○ 　●●● 、○○○●

耿。漏殘露冷。空贏得、悄悄無言,愁緒終難整。又是立
● 　●○●● 　○○● 、●●○○ 　○●○○● 　●●●

盡,梧桐碎影。

● ○○●●

(《百家詞·樂章集》)

【注釋】

《樂章集校注》繫此詞於咸平六年(1003)(34頁)。此調無別詞可校。《詞律》卷七:"按'金風'至'練净'似是一段,'對千里'至'重省'似是一段。蓋兩段相比,而'對'字爲換頭領句,且'漸秋光老'句法正與'念幽期阻'同,是則此詞應分三段,然'天氣'不叶韻,亦不敢確以爲然也。"

按下片第五句"奈慘咽"《詞譜》作"空慘咽",《全宋詞》作"慘咽"。結句"碎影"《詞律》作"清影"、《詞譜》作"秋影"。

傾　杯

【調釋】

《樂章集》注散水調,散水調即林鐘商。柳詞用入聲韻,賦旅情,非關本意,聲情激越感傷。

【體略】

雙片一百四字,上片五十二字十句四入聲韻,下片五十二字十一句六入聲韻,柳永。

【圖譜】

樓鎖輕煙,水横斜照,遥山半隱愁碧。片帆岸遠,行客
⊙●○句　●●○○句　○○●●●句　●○●●句　⊙●

路杳，簇一天寒色。楚梅映雪數枝豔，報青春消息。年華夢
●●　●●○○●　　◎○●●○●　●○○○●　　○○●

促，音信斷、聲遠飛鴻南北。　　　算伊別來無緒，翠消紅減，
●　○●●　⊙●○○●　　　　　●○●●○●　●○○●

雙帶長拋擲。但淚眼沈迷，看朱成碧。惹閒愁堆積。雨意
○●○○●　●●●○○　○○○●　●○○○●　●●

雲情，酒心花態，孤負高陽客。夢難極。和夢也、多時間隔。
○○　◎○○●　○●○○●　●○●　○●●　⊙○◎●

（《全宋詞》52 頁）

【注釋】

　　《樂章集校注》繫此詞於景德元年（1004）（117 頁）。此調有
柳詞別首可校，句中可平可仄俱見下列句法相同者。上下片第六
句"簇"、"惹"皆作領字。

又 一 體

【體略】

　　散水調，雙片一百四字，上片五十二字十句五入聲韻，下片五
十二字十二句六入聲韻，柳永。

【圖譜】

鶩落霜洲，雁橫煙渚，分明畫出秋色。暮雨乍歇。小楫
●●○○　●○○●　○○●●○●　●●●●　●●

夜泊，宿葦村山驛。何人月下臨風處，起一聲羌笛。離愁萬
●●　●●○○●　○○●●○○●　●●○○●　○○●

緒,聞岸草、切切蛩吟如織。　　爲憶。芳容別後,水遥山
遠,何計憑鱗翼。想繡閣深沈,爭知憔悴,損天涯行客。楚
峽雲歸,高陽人散,寂寞狂蹤跡。望京國。空目斷、遠峰
凝碧。

（《全宋詞》51頁）

【注釋】

　　《樂章集校注》繫此詞於慶曆四年(1044)(269頁)。按下片
第六、七句《詞譜》、《全宋詞》斷作"爭知憔悴損,天涯行客",當從
《詞律》斷句。《詞律》卷七:"'爭知'二句,人皆讀上五下四,不知
此與前'看朱'二句相同,乃上四下五。'損天涯行客',正如'惹閒
愁堆積',是以'惹'字、'損'字領句也。"此與"樓鎖輕煙"詞相校,
上片第四句添一韻,換頭添一短韻,下片第五句不押韻異。

鬪百花（近拍）

【調釋】

　　《填詞名解》卷二:"《鬪百花》,唐天寶時,鬪花以奇者爲勝,詞
取以名之。亦名《夏州》。"《樂章集》注正宮。柳詞賦春景,詞云:
"春困厭厭,抛擲鬪草工夫,冷落踏青心緒。"柳永此調三詞,聲情
相近,晁補之詞名《夏州》,聲情亦同柳詞。《校正》:"此調以六字
句爲主,前段起四句即是六字句,故有滯緩之感,調式過於平緩,缺

乏變化,但適於描叙。"(308頁)此調兩宋僅柳、晁二人有詞。楊守齋《作詞五要》:"第一要擇腔,腔不韻則勿作。如《塞翁吟》之衰颯,《帝臺春》之不順,《隔浦蓮》之寄煞,《鬭百花》之無味是也。"《全宋詞補輯》仲殊詞名《鬭百花近拍》。《魏氏樂譜》卷四以柳詞爲譜。

【體略】

　　正宮,雙片八十一字,上片四十五字八句五上去韻,下片三十六字七句三上去韻,柳永。

【圖譜】

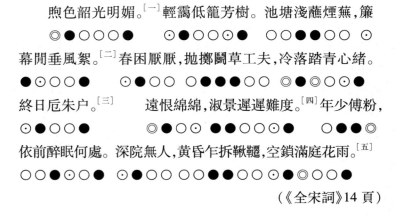

　　　　　　　　　　　　　　　　　　　　　(《全宋詞》14頁)

【注釋】

　　[一]《樂章集校注》繫此詞於景德元年(1004)(5頁)。此調兩宋今存柳永、晁補之各三詞,仲殊一詞。各詞句拍基本相同,但字聲多有差異,今以句法相同者參校。《詞譜》卷十九:"此調以此詞爲正體,柳永'滿搦宮腰'詞,晁補之'小小盈盈'詞,又'臉色朝霞'詞,正與此同。若柳詞別首之少押兩韻,晁詞別首之多押一韻,

皆變格也。"按此詞正體從字聲上看或當以"滿搦宮腰"一首爲妥，但該詞較爲俚俗，今仍從《詞譜》。句中可平可仄除注明外，俱見下列別體句法相同者。

〔二〕"芳"晁補之"小小盈盈"詞作"眼"。第三韻兩句柳永作對仗，均用律句，前句平起平收，後句仄起仄收。柳永"颯颯霜飄"詞作"長門深鎖悄悄，滿庭秋色將晚"，皆用平起仄收；"滿搦宮腰"詞作"剛被風流沾惹，與合垂楊雙髻"，皆用仄起仄收。晁補之三詞皆用仄起仄收律句。"間"仲殊作"綺"。

〔三〕"春困厭厭"，柳永"颯颯霜飄"詞作"眼看菊蕊"，律句不同。"拋擲鬭草工夫"作拗句，此句其他詞皆作律句，當以律句爲宜。"終"晁詞"小小盈盈"一首作"轉"。

〔四〕"遠恨綿綿"一句，柳永"颯颯霜飄"詞作"無限幽恨"，晁補之除"斜日東風"詞，另二首亦皆用拗句，填者任先一種可也。"淑景遲遲難度"一句，柳詞別首作"寄情空殢紈扇"，律句不同。

〔五〕"年少傅粉"句作拗句，柳永"滿搦宮腰"、"颯颯霜飄"二詞，晁補之"斜日東風"、"臉色朝霞"二詞皆作仄起平收律句，宜用仄起平收律句。按"依前醉眠何處"作拗句，檢宋人六詞，又多有不同，然前二字用平聲當爲通例，"前"惟柳永"滿搦宮腰"詞作"肯"，不參校。"空鎖滿庭花雨"用律句，惟柳永"滿搦宮腰"詞作"卻道你但先睡"，用拗句。

又一體

【體略】

雙片八十一字，上片四十五字八句三上去韻，下片三十六字七句三上去韻，柳永。

【圖譜】

颯颯霜飄鴛瓦，翠幕輕寒微透，長門深鎖悄悄，滿庭秋
●●○○●●　●●○○○●　○○○●●　●○○

色將晚。眼看菊蕊，重陽淚落如珠，長是淹殘粉面。鶯鉻音
●●●　○○●●　○○●●○○　○●○○●●　　○○●

塵遠。　　　無限幽恨，寄情空殢紈扇。應是帝王，當初怪妾
○●　　　○●○●　●○○●○●　○●●○　○○●●

辭輦。陡頓今來，宮中第一妖嬈，却道昭陽飛燕。
○●　●●○○　○○●●○○　●●○○○●

（《全宋詞》14 頁）

【注釋】

《樂章集校注》繫此詞於慶曆七年至八年（1047—1048）（307
頁）。此首與“煦色韶光明媚”一首相校，上片首二句皆未用韻，其
他字聲亦多有差異。

又一體

【體略】

雙片八十一字，上片四十五字八句六上去韻，下片三十六字七
句三上去韻，晁補之。

【圖譜】

斜日東風深院。繡幕低迷歸燕。瀟灑小屏嬌面。鬓髼
○●○○○●　●●○○○●　○○●○○●　　●●

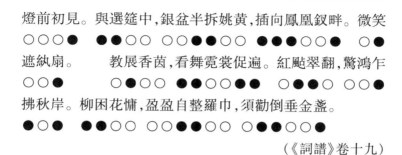

燈前初見。與選筵中，銀盆半拆姚黃，插向鳳凰釵畔。微笑
○○○●　　●●○○　○○○●○　●●○○○●　　○●

遮紈扇。　　教展香茵，看舞霓裳促遍。紅颭翠翻，驚鴻乍
○○●　　　　○●○○　●●○○●●　○●●○　○○●

拂秋岸。柳困花慵，盈盈自整羅巾，須勸倒垂金盞。
●○●　●●○○　○○●●○○　○○●○○●

（《詞譜》卷十九）

【注釋】

此首與“煦色韶光”詞相校除下片第四句外皆作律句，又上片
第三句多押一韻異。此首結句《全宋詞》作“須勸倒金盞”五字
一句。

按晁詞別首“小小盈盈珠翠”詞，正與此同，其下片第二、三、
四句《全宋詞》斷作：“簸錢時節，記微笑，但把纖腰，向人嬌倚。”
誤，應依正體斷作：“簸錢時節記，微笑但把，纖腰向人嬌倚。”而
“簸錢時節記”之“記”字前脫漏一“應”字（《聽秋聲館詞話》卷十
三）。又《全宋詞補輯》載仲殊“九鳳嘯歌”一首亦與此同，惟上片
第三句作“彩衣朱綬”四字一句，《詞牌格律》以脫漏二字（1119
頁），當是，但字聲仍與晁詞小異，注出不另列。

畫夜樂

【調釋】

此調以詞中“這歡娛、漸入嘉景。猶自怨鄰雞，道秋宵不永”
名調。《樂章集》注中呂宮，《中原音韻》云“中呂宮高下閃賺”。此
調除柳永二詞外兩宋尚有黃庭堅和無名氏二詞。用上去韻，多用
長句和折腰句法，聲情轉折跌宕。曲牌有《畫夜樂》，屬另作新聲。

《中原音韻》作黃鐘宮,《全元散曲》録趙顯宏四詞《晝夜樂》,與詞體迥異。

【體略】

雙片九十八字,上片四十九字八句六仄韻,下片四十九字八句五仄韻,柳永。

【圖譜】

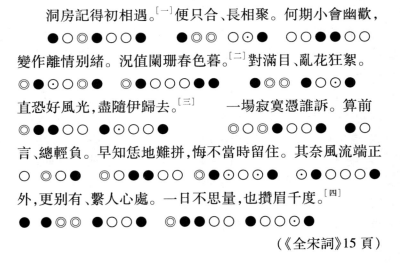

洞房記得初相遇。[一]便只合、長相聚。何期小會幽歡,
●○○●○○●　　●○◎、○⊙●　　○○●●○○

變作離情別緒。況值闌珊春色暮。[二]對滿目、亂花狂絮。
◎●⊙○●●　　○●○○○●　　●○○、●○○●

直恐好風光,盡隨伊歸去。[三]　　一場寂寞憑誰訴。算前
◎●●○○　●⊙○○●　　　　◎○●●○○　●○

言、總輕負。早知恁地難拼,悔不當時留住。其奈風流端正
○、●○●　　●○●●○○　●●○○○●　　○●○○○○

外,更別有、繫人心處。一日不思量,也攢眉千度。[四]
●,●○●、●○○●　　◎●●○○　●○○⊙●

（《全宋詞》15 頁）

【注釋】

[一]《樂章集校注》繫此詞於景德元年(1004)(84 頁)。此調兩宋除柳永二詞外,另有黃庭堅和無名氏詞,皆用上去韻,金人王喆一詞用入聲韻。《詞律》、《詞譜》皆以此詞爲正體。《詞律》卷十五:"前後段同,'暮'字叶,'外'字不叶。山谷一首亦然。而柳別作則前後皆叶,作者自當皆叶爲妥。"句中可平可仄除注明外,俱見柳詞別首句法相同者。按王喆詞雖然上下片多有減字,但爲"藏

頭"之體,與柳詞並無不同,不另列。

　　[二]"相"無名氏詞作"木"。"變"無名氏詞作"嘉","離"、
"別"黃詞作"與"、"分"。"況"黃詞作"其"。"況值闌珊春色暮"
一句無名氏詞作"曉來風送清香杳",律句不同,不參校。《詞律》:
"'色'字別作用平,甚拗,或誤,不必從。""離情別緒"《百家詞》作
"別離情緒"。

　　[三]"狂"黃詞作"雨"。"隨"黃詞作"不"。《詞律》:"兩結
各五字二句,須知上句如五言詩,下句上一下四,此二句正如《石州
慢》之結耳。"《詞繫》卷七:"兩結句是一領四字句法,與《石州慢》
相似,勿誤認。"結句"盡隨伊歸去"無名氏詞作"似姑射容貌",
"射"字仄聲,偶用不參校。

　　[四]"一"黃詞作"元","寂"無名氏詞作"開"。"悔"、"留"
無名氏詞作"樓"、"鬭"。"其"黃詞作"直"。"其奈風流端正外"
一句無名氏作"對景乘興傾芳酒",用拗句,不參校。"繫人心處"
柳永別首作"漸入嘉景",用拗句,不參校。

又一體

【體略】

　　雙片九十八字,上下片各四十九字八句六上去韻,柳永。

【圖譜】

　　　秀香家住桃花徑。算神仙、纔堪並。層波細翦明眸,膩
　　　●○○●○○●　　●○○　○○●　　○○●●○○　●

　　玉圓搓素頸。愛把歌喉當筵逞。遏天邊、亂雲愁凝。言語
　　●○○●●○　　●●○○○○●　　●○○　●○○●　○●

似嬌鶯，一聲聲堪聽。　　　　洞房飲散簾幃静。擁香衾、歡心
●○○　●○○○●　　　　●○●●○○●　●○○　○○

稱。金爐麝嫋青煙，鳳帳燭摇紅影。無限狂心乘酒興。這
●　　○○●●○○　●●○○●●　○○○○●●　●

歡娛、漸入嘉景。猶自怨鄰雞，道秋宵不永。
○○　●●○●　　○●○○　●○○●●

（《全宋詞》15 頁）

【注釋】

此詞《詞譜》以俗俚不録。此與"洞房記得"詞相校，下片"無
限狂心乘酒興"多用一韻，"漸入嘉景"作拗句。按此詞前後字句、
用韻一致，《梅苑》無名氏詞正與柳永此詞句拍、用韻一致。《詞
譜》以無名氏下片首句"友"、第五句"酒"皆用韻，"蕭尤同押，用古
韻"，當從。

笛家弄

【調釋】

此調因聽笛曲而作，故名。柳詞云："豈知秦樓，玉簫聲斷，前
事難重偶。"朱雍和詞云："忍聽高樓，笛聲凄斷，樂事人非偶。"《樂
章集》注仙吕宫，《中原音韻》言"仙吕宫清新綿邈"。此調多用四
字句法，輕快流美。

【體略】

仙吕宫，雙片一百二十一字，上片六十字十三句五上去韻，下
片六十一字十四句五上去韻，柳永。

【圖譜】

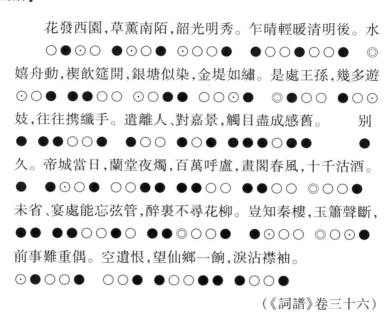

花發西園,草薰南陌,韶光明秀。乍晴輕暖清明後。水
嬉舟動,禊飲筵開,銀塘似染,金堤如繡。是處王孫,幾多遊
妓,往往携纖手。遣離人、對嘉景,觸目盡成感舊。　　別
久。帝城當日,蘭堂夜燭,百萬呼盧,畫閣春風,十千沽酒。
未省、宴處能忘弦管,醉裏不尋花柳。豈知秦樓,玉簫聲斷,
前事難重偶。空遺恨,望仙鄉一餉,淚沾襟袖。

(《詞譜》卷三十六)

【注釋】

　　《樂章集校注》繫此詞於景德元年(1004)(81頁)。此調兩宋
有王質、朱雍詞,金元無存詞。按上片第五句"嬉"朱詞作"瘦",第
七句"銀"作"雪",下片第二句"城"作"苑",第六句"十"作"千",
第八句"不"作"何",第十一句"前"作"樂",其他可平可仄參見下
列王質詞句法相同者。

　　又下片第七句《詞律》、《詞譜》皆斷作"未省、宴處能忘管弦",
以"未省"爲領字,當從。又此詞結韻《詞譜》斷作"空遺恨,望仙
鄉,一餉淚沾襟袖",而將朱雍詞斷作"空餘恨,惹幽香不滅,尚沾
春袖",今皆斷作三字一句、五字一句、四字一句。又上片第三句
"秀"原作"媚",今從《花草粹編》改。朱雍用柳詞韻,亦作"秀",

王質詞亦於此處用韻。

又 一 體

【體略】

　　雙片一百二十字，上片六十一字十五句七仄韻二叶韻，下片六十一字十三句十仄韻，王質。

【圖譜】

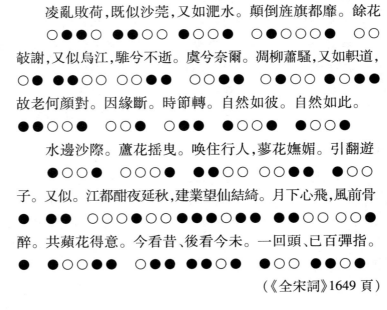

（《全宋詞》1649 頁）

【注釋】

　　此與柳詞相校，上片第七句用韻，第四句減一字作六字一句（或有脱漏），第十二、十三句"斷"、"轉"用句中短韻，字聲亦與柳

詞小異,結句添一字作四字兩句且添一韻。下片換頭少二字短韻,
“際”、“曳”、“媚”、“似”、“醉”均用韻,結二韻均作七字折腰句式,
也與柳詞句拍不同。

傾杯樂

【調釋】

　　《樂章集》注大石調。柳用上去韻,非賦本意,賦戀情相思。
按柳永兩首大石調《傾杯樂》,字句不同,並非同調。

【體略】

　　大石調,雙片一百十六字,上片五十九字十句六上去韻,下片
五十七字九句四上去韻,柳永。

【圖譜】

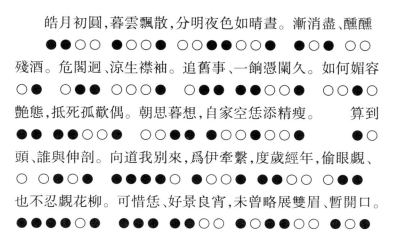

問甚時與你，深憐痛惜還依舊。
●●○●● 　○○●●○○●

（《全宋詞》16 頁）

【注釋】

《樂章集校注》繫此詞於景德元年（1004）（107 頁）。此兩宋金元孤調，無他詞可校。下片第七句《詞譜》、《全宋詞》等作泛九字一句，今作上六下三式折腰句。

鳳銜杯

【調釋】

"鳳銜杯"當爲酒器之名。《樂章集》注大石調。柳永此調有二詞，同期晏殊、杜安世有詞，均寫戀情。調用上去韻或平韻，多用六七字句，風流嫵媚。

【體略】

大石調，雙片六十三字，上片三十二字五句四上去韻，下片三十一字六句四上去韻，柳永。

【圖譜】

有美瑤卿能染翰。千里寄、小詩長簡。想初擘苔牋，旋
◎●○○○● 　○◎● 　○○● 　●○◎● 　○

揮翠管紅窗畔。漸玉箸、銀鈎滿。　　錦囊收，犀軸卷。常
○○◎●○○● 　◎●● 　○○● 　　●○○ 　⊙◎● 　○

珍重、小齋吟玩。更寶若珠璣，置之懷袖時時看。似頻見、
⊙● 　●○○● 　●◎○○○ 　●○○●○○● 　　●●

千嬌面。

○○●

（《全宋詞》18頁）

【注釋】

　　《樂章集校注》繫此詞於景德元年（1004）（71頁）。此調兩宋存詞不足十首，金元無存詞，有上去韻和平韻二體，上去韻有柳詞別首和晏殊詞可校。上片第二句"里"柳詞別首作"年"，第三句"初"柳詞別首作"越"，第四句"翠"作"如"，下片第四句"寶"柳詞別首作"時"。句中其他可平可仄，俱見下列晏殊仄韻體句法相同者。

　　按下片結句"頻"《詞譜》、《花草粹編》作"頓"，柳詞別首作"爭"，"頻"字當不誤，於上文"時時"文意亦照應。

又一體

【體略】

　　雙片五十六字，上片二十九字四句四上去韻，下片二十七字五句四上去韻，晏殊。

【圖譜】

青蘋昨夜秋風起。無限個、露蓮相倚。獨憑朱闌愁望、
○○●●●○●　　○●●、●○○●　　●○○○○●

晴天際。空目斷、遙山翠。　　彩箋長，錦書細。誰信道、
○○●　○●●　○○●　　　●○○　●○●　　○●●

兩情難寄。可惜良辰好景、歡娛地。只恁空憔悴。

●○○●　　●●○○●●　○○●　　●●○○●

（《全宋詞》91 頁）

【注釋】

此與柳詞相校,上片第三、四句和下片第四、五句均減三字作上六下三式九字折腰一句。

按《詞譜》上片第三句,下片第四句皆斷作上四下五式折腰句,參晏殊另兩首平韻詞及杜安世平韻詞體,斷作上六下三更妥。又按此詞結句作五字一句,此調他首無論仄韻、平韻皆作六字折腰句,頗疑脫漏一字。

正體（平韻）

【體略】

雙片五十六字,上片二十九字四句四平韻,下片二十七字五句四平韻,晏殊。

【圖譜】

留花不住怨花飛。向南園、情緒依依。可惜倒紅斜白、

⊙○◎●●○○　　●○○　○○●　　◎●●○○●

一枝枝。經宿雨、又離披。　　憑朱檻,把金巵。對芳叢、

●○○　○●●　●○○　　　●○○　●○○　●⊙○

惆悵多時。何況舊歡新恨、阻心期。空滿眼、是相思。

○●○○　○●●○⊙●　●○○　　○◎●　●○○

（《全宋詞》91 頁）

【注釋】

　　《詞譜》以此首作杜安世詞,《全宋詞》晏殊、杜安世詞互見,今作晏殊詞。此爲平韻體,句拍與晏殊仄韻體相同,惟結句多一字仍作六字折腰句。字聲與仄韻體大異。晏殊別首及杜安世詞正與之同。

　　上片首句“留”、“不”晏殊別首作“柳”、“花”,第二句“南”作“那”,第三句“可”杜安世作“淒”,“斜”杜安世作“片”,下片第三句“芳”杜安世作“至”,第四句“新”杜安世作“往”,第五句“滿”杜安世作“牽”。

　　按上片第三句“倒紅”《詞譜》作“欹紅”。又結韻晏殊別首《詞譜》作“到處覺尖新”,《全宋詞》作“到處裹、覺尖新”,仍作六字折腰句,正同《百家詞》本,今依後者,不再另列。

歸朝歡

【調釋】

　　《樂章集》注雙調。柳詞中雖云“轉覺歸心生羽翼”、“歸去來、玉樓深處,有箇人相憶”等言歸之意,但寫戀情,非言歸朝,或非始詞,聲情愁苦,亦無歡樂之意,但聲情不柔弱,屬健筆寫柔情。此調以七字句爲主,句法多用七言律句。蘇軾、辛棄疾等人詞清俊豪邁,更近本調。《校正》:“此調之句式、聲情甚有特點。前後段句式相同,是爲重頭曲,起四句有似仄韻體七言絕句,但雖全用律句,而組合則異:第一、二句實爲“仄仄平平平仄仄”,第三句爲“平平仄仄仄平平”,第四句爲“平平仄仄平平仄”,自成特殊的組成方式,而音節頗拗。此調七言句共十句,配以四個五字句,且用仄聲韻,因而調勢流暢而拗怒,聲韻卻甚諧美,故頗爲

豪放詞人喜用……由於此調以七字句爲主，力避以詩法爲詞，構
思宜於細緻綿密，意脈貫串。此調適應題材較廣泛，宜於言志、
抒情、懷古、應酬、寫景。"（547頁）《詞譜》卷三十二："辛棄疾詞
有'菖蒲自照清溪綠'句，名《菖蒲綠》。"《魏氏樂譜》卷四以馬子
嚴"聽得提壺"詞爲譜。

【體略】

雙調，雙片一百四字，上下片各五十二字八句六仄韻，柳永。

【圖譜】

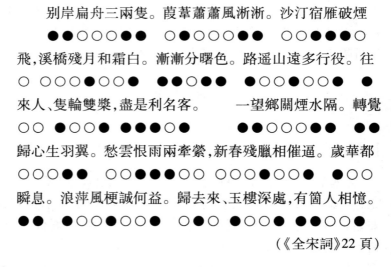

（《全宋詞》22頁）

【注釋】

《樂章集校注》繫此詞於景德元年（1004）（120頁）。此調《詞
律》卷十八以張先詞爲正體，《詞譜》以柳詞爲正體。柳詞上片第
五句用拗句，觀宋金作品多用平起仄收律句與下片第五句字聲相
同。此調當從《詞律》以張先詞爲正體。

正　　體

【體略】

雙片一百四字,上下片各五十二字八句六仄韻,張先。

【圖譜】

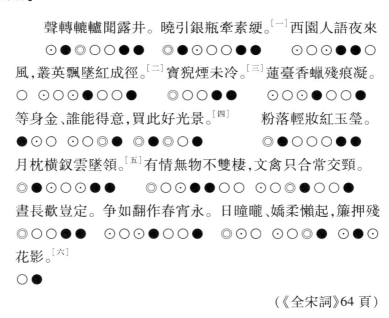

聲轉轆轤聞露井。曉引銀瓶牽素綆。[一]西園人語夜來
⊙●○○⊙●●　●●○○○●●　　⊙○○●●○

風,叢英飄墜紅成徑。[二]寶猊煙未冷。[三]蓮臺香蠟殘痕凝。
○　⊙○○●○○●　　◎○○●●　　○●○⊙●○○

等身金、誰能得意,買此好光景。[四]　　粉落輕妝紅玉瑩。
●⊙○　○○◎●　◎●●○●　　　　　◎●○○○●●

月枕橫釵雲墜領。[五]有情無物不雙棲,文禽只合常交頸。
◎●○○○●●　　⊙○○●●○○　○○●●○○●

晝長歡豈定。爭如翻作春宵永。日瞳曨、嬌柔懶起,簾押殘
◎○○●●　　⊙○○●○○●　　◎○○　○○◎●　○●⊙

花影。[六]
○●

(《全宋詞》64頁)

【注釋】

　[一]此調兩宋金元共存二十餘首,字數、句拍完全相同,惟字
聲小異。用韻可押入聲和上去韻,句中可平可仄除注明外,皆見柳
詞及嚴仁詞。第二句“銀”王之道詞作“廣”。

　[二]“西”辛棄疾“萬里康成”詞作“有”。《詞律》卷十八:

"三、四兩句第二字俱用平,各家皆同,只莊父於後起句用'團團寶月憑纖手',此乃誤筆,必不可從。或本是'寶月團團憑素手'亦未可知,斷無與前段首句兩樣之理。"

[三]"猊"字《詞律》以爲本平可仄,不當。

[四]第七句"身"辛棄疾"山下千林"詞作"怨",第八句"買"蘇軾詞作"同"。按此調上下片結韻《詞律》、《詞譜》皆斷作三句,今綜合考察宋金作品,宜均斷作七字折腰一句、五字一句。

[五]"月"、"橫"嚴仁"五月人間"詞作"求"、"刻","雲"辛棄疾"見説岷峨"詞作"去"。按下片第一句"粉落輕妝紅玉瑩",《詞譜》以前五字均可平可仄,不當,此句僅馬子嚴、陳德武詞字聲與諸人不同,偶用不參校。又"墜"字蘇軾詞作"沾",用拗句,偶用不參校。

[六]"文"蘇軾詞作"澧"。結句"殘"蘇軾詞作"古"。按"晝長歡豈定"句中"長"字《詞律》作"夜",誤,以致認爲前後第五句第二字皆可平可仄。

又一體

【體略】

雙調,雙片一百四字,上下片各五十二字八句六仄韻,嚴仁。

【圖譜】

朱户綠窗深窈窕。閃閃華旗紅幹小。相逢斜柳絆輕
○●●●○●●　　●●○○○●●　　○○○●●○
舟,渚香不斷蘋花老。西風吹夢草。題詩未了還驚覺。獨
○　●○●●○●●　　○○○●●　　○○●●○○●　　●
傷心、淒涼故館,月過西樓悄。　　樓外斜河低浸斗。夜已
○○　○○●●　●●○○●　　　　○●○○○●●　　●●

如何夜將曉。心期欲寄赤鱗魚，秋雲不動秋江渺。相思千
○○●○●　　○○○●●○●　　○○●●○○●　　○○○
里道。多情直被無情惱。玉臺前、請君試看，華髮添多少。
●●　　○○○●○○●　　●○○、●○●○，○●○○●

【注釋】

此與張先詞相校，上下片第二句皆作拗句，爲詞人有意爲之，不與正體混校。按下片首句"斗"音"倒"，用韻。"斗"字此音宋詞中多有，如嚴仁《歸朝歡》、葛長庚《賀新郎》、文天祥《齊天樂》詞等。

法曲獻仙音

【調釋】

《宋史·樂志》（卷一百四十二）："法曲部其曲二：一曰道調宮《望瀛》，二曰小石調《獻仙音》。"柳永此調即注小石調，小石調即仲呂均之商調。《中原音韻》言其"旖旎嫵媚"。《夢溪筆談》言"或謂今燕樂《獻仙音》，乃其（按指《霓裳羽衣曲》）遺聲"。《填詞名解》卷三已詳考其非："或云：《獻仙音》即唐《霓裳》之遺聲。先舒按唐樂府自作兩曲，而《夢溪筆談》亦謂《霓裳》道調，《法曲獻仙音》乃小石調，恐緣俱隸法曲，遂誤以爲遺聲耳。"《詞譜》卷二十二："陳暘《樂書》云：'法曲興於唐，其聲始出清商部，比正律差四律，有鐃鈸鐘磬之音，《獻仙音》其一也。'又云：'聖朝法曲樂器，有琵琶、五弦箏、箜篌、笙笛、觱篥、方響、拍板，其曲所存，不過道調《望瀛》、小石《獻仙音》而已，其餘皆不復見矣。'《樂章集》注小石調，姜夔詞注大石調。周密詞名《獻仙音》，姜夔詞名《越女鏡心》。

按,唐張籍酬朱慶餘詩有'越女新妝出鏡心'句,姜詞調名本此。"
按《詞譜》將柳永詞與姜夔等人詞混説,誤。柳永與姜夔等人詞實
爲同名異調(見周邦彥《法曲獻仙音》)。柳永另有《法曲第二》,與
《法曲獻仙音》稍異,亦注小石調,用上去韻,與《法曲獻仙音》屬同
調異體,所以名"法曲第二",蓋因宋初法曲僅二,第二即"法曲獻
仙音"也。周邦彥大石調詞雖然脱胎於柳永詞,然句韻大異,視爲
別調。《法曲》又爲宋大曲,有曹勛《法曲》歌詞,用韻三聲通叶,屬
曲體。

【體略】

小石調,雙片九十一字,上片四十一字八句四仄韻,下片五十
字九句四仄韻,柳永。

【圖譜】

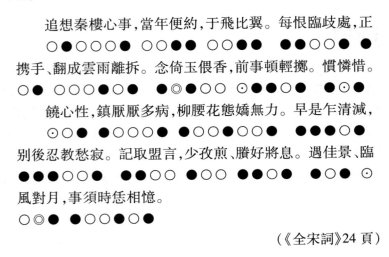

(《全宋詞》24 頁)

【注釋】

《樂章集校注》繫此詞於景德元年(1004)(75 頁)。此調兩宋

金元僅柳永二詞,句中可平可仄即參下列柳詞句法相同者。按"慣
憐惜"三字《全宋詞》原屬下片,今從《詞律》、《詞譜》改。

又一體

【體略】

　　小石調,雙片八十七字,上片四十一字八句四仄韻,下片四十
六字九句四仄韻,柳永。

【圖譜】

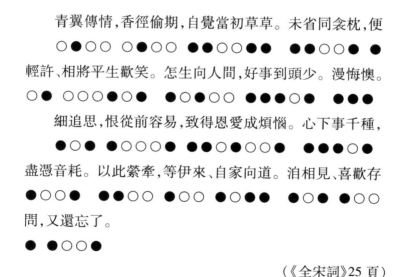

(《全宋詞》25頁)

【注釋】

　　此詞與"追想秦樓"相校,上片首韻作四四六句,下片第五句
少二字,結句少二字,其他相同。

西平樂

【調釋】

《填詞名解》卷三:"古清商曲有《西平樂》。《古今樂録》云:'倚歌也。'《樂府原》云:'冶馳情之曲。'"《樂章集》注小石調。柳詞用上去韻,賦相思之情,聲情風流嫵媚。周邦彦有平韻《西平樂》,與之同名異調。

【體略】

小石調,雙片一百二字,上片四十二字八句四上去韻,下片六十字十二句六上去韻,柳永。

【圖譜】

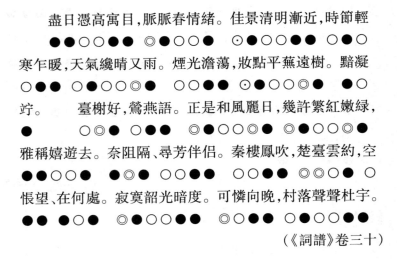

（《詞譜》卷三十）

【注釋】

《樂章集校注》繫此詞於景德元年（1004）（78 頁）。此調除柳永外，兩宋僅朱雍、晁補之有詞，金元無存詞。首句《全宋詞》無"寓"字，作五字句，檢朱雍、晁補之詞，此句當爲六字句，今從吳訥《百家詞》及《詞譜》。句中可平可仄皆據下列朱雍及晁補之詞句法相同者。按下片第九句，《詞譜》作兩個三字句，此調此句今皆作六字折腰句法。

又一體

【體略】

雙片一百三字，上片四十二字八句四上去韻，下片六十一字十二句七上去韻，晁補之。

【圖譜】

鳳詔傳來絳闕，當宁思賢輔。淮海甘棠惠化，霖雨商
●●○○●● ○○○●● ○●○○●● ○●○

巖吉夢，熊虎周郊舊卜。千秋盛際，催促朝天歸去。動離
○●● ○●○○●● ○○●● ○●○○○● ●○

緒。　　空眷戀，難暫駐。新植雙亭臨水，風月佳名未睹。
● 　　○●● ○●● ○●○○○● ○●○○●●

準擬金尊時舉。況樂府、風流一部。妍歌妙舞，縈雲回雪，
●●○○○● ●●● ○○●● ○○●● ○○○●

親教與、恨難訴。爭欲攀轅借住。功成繡袞，重與江山
○●● ●○● ○●○○●● ○○●● ○●○○

作主。
●●

（《全宋詞》569頁）

【注釋】

《唐宋詞彙評》："元祐五年（1090）十月，以資政殿學士知揚州。六年八月，以吏部尚書召還。此詞與《江神子》（舊山鉛槧）同為送別之作。"（826頁）與柳詞相校，此詞下片第四句押韻，第五句添一字。

又一體

【體略】

雙片一百二字，上片四十二字八句五上去韻，下片六十字十二句七上去韻，朱雍。

【圖譜】

夜色娟娟皎月，梅玉供春緒。不使鉛華點綴，超出精
●●○●●●　●●○●●　●●○●●　○●●

神淡竚。休妒殘英如雨。清香眷戀，只恐隨風滿路。散無
○●●　○●○●●●　○○●●　●●○○●●　●○

數。　　江亭暮。鳴佩語。正值匆匆乍別，天遠瑤池縞轂，
●　　○○●　○●●　●●○○●●　○○○○●●

好趁飛瓊去。忍孤負、瑤臺伴侶。瓊肌瘦盡，庾嶺零落，空
●●○○●　●○●、○○●●　○○●●　●●○●　○

悵望、動情處。畫角哀時暗度。參橫向曉,吹入深沈院宇。
● ● ● ○ ●　●●○○●●　○○●●　○●○○●●

(《全宋詞》1511 頁)

【注釋】

《詞譜》:"此和柳詞韻,惟前段第四句、後段起句,添押兩韻異。"

浪淘沙慢

【調釋】

又名《浪淘沙》,曲名見《教坊記》,唐有齊言、雜言二體,柳詞與之皆不同,屬慢詞體。《樂章集》注歇指調,詠戀情,哀傷怨抑。清真詞句法、用韻與柳詞雖頗有異同,但應作同調異體看。此調多用八字長句和七字折腰句法,八字句用上一下七式句法,頓挫有力。《片玉集》、《夢窗詞》皆注商調(夷則商),宮調與柳詞不同。

【體略】

歇指調,雙片一百三十四字,上片五十一字八句四入聲韻,下片八十三字十七句五入聲韻,柳永。

【圖譜】

夢覺透、窗風一線,寒燈吹息。那堪酒醒又聞,空階夜
●●●　○●●●　○●●●○　○●
雨頻滴。嗟因循久作天涯客。負佳人、幾許盟言,便忍把、
●○●　○○○●●○○●　●○○　●●○○　●●●

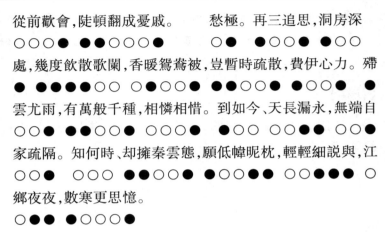

從前歡會,陡頓翻成憂戚。　　　愁極。再三追思,洞房深
○○○●　●●○○○●　　　　○●　●○○●　○●○

處,幾度飲散歌闌,香暖鴛鴦被,豈暫時疏散,費伊心力。殢
●　●○●○○　○●○○●　●●○○●　●○○●　●

雲尤雨,有萬般千種,相憐相惜。到如今、天長漏永,無端自
○○●●　●●○○●　○○○●　●○○　○○●●　○○●

家疏隔。知何時、却擁秦雲態,願低幃昵枕,輕輕細説與,江
○○●　○○○　●●○○●　●○○●●　○○●●　○

鄉夜夜,數寒更思憶。
○●●　●○○○●

（《全宋詞》26—27頁）

【注釋】

《樂章集校注》繫此詞於景德元年（1004）（69頁）。此調周邦彥詞脫胎於柳詞,然句法特別是下片句法變化較大,不與柳詞參校。《詞律》卷一:"亦與前調（按指周邦彥詞）字數相同,而中間句法又多異處,至結語竟判然不同矣。""愁極"二字吳訥《百家詞》屬上片。"到如今"《全宋詞》作"恰到如今",今從《詞譜》。

按此詞上片第一句《詞律》斷作七字一句,《詞譜》斷作上二下五式折腰句法"夢覺、透窗風一線",宋人他作皆可斷作上三下四折腰句法,"透"字於文意亦可屬上,今將柳詞亦斷作七字折腰句。又上片第三、四句,《詞律》、《詞譜》皆斷作三個四字句,今與宋人常體斷句相同。第五句《詞律》、《詞譜》斷作上三下五式八字折腰句,今以"嗟"作領字,斷作上一下七式句法,與周詞體相同。

正　體

【體略】

商調，雙片一百三十三字，上片五十一字八句六入聲韻，下片八十二字十四句十入聲韻，周邦彥。

【圖譜】

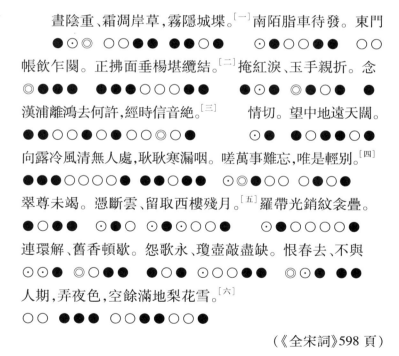

晝陰重、霜凋岸草，霧隱城堞。[一]南陌脂車待發。東門
帳飲乍闋。正拂面垂楊堪纜結。[二]掩紅淚、玉手親折。念
漢浦離鴻去何許，經時信音絕。[三]　　　情切。望中地遠天闊。
向露冷風清無人處，耿耿寒漏咽。嗟萬事難忘，唯是輕別。[四]
翠尊未竭。憑斷雲、留取西樓殘月。[五]羅帶光銷紋衾疊。
連環解、舊香頓歇。怨歌永、瓊壺敲盡缺。恨春去、不與
人期，弄夜色，空餘滿地梨花雪。[六]

（《全宋詞》598 頁）

【注釋】

[一]《清真集校注》以此詞熙寧七年（1074）暮春於長安作。

此調兩宋僅存七詞,柳詞一首,周詞二首,另吳文英、方千里、楊澤民、陳允平各一首,皆爲和周邦彥"晝陰重"詞,《詞譜》以周邦彥此詞爲正體,當是。《片玉集》注商調,商調即夷則商,與歇指調同爲商調式。此調周邦彥詞二首,與柳詞相校,於下片大量增加用韻數量,句拍也多有變化。"重"陳允平詞作"愁"。按首句《詞律》作七字折腰句,《詞譜》作三字一句、四字一句,今從《詞律》。句中可平可仄除注明外,皆見周詞別首句法相同者。

[二]"帳"陳允平詞作"歌"。"正"作領字,楊澤民詞作"情",偶用平聲,不參校。此韻《詞律》作上三下五式折腰句,《詞譜》作八字一句,今從《詞譜》。陳允平詞《詞譜》作"恨入長安千萬結"少一字,《全宋詞》"恨"前有"便"字,當從後者。

[三]"念"爲領字,"念漢浦離鴻去何許"一句,《詞譜》作上三下五式折腰句,《詞律》作八字一句,今從《詞律》。又陳允平詞"念漢"以下,《詞譜》斷作:"望日下長安近,莫遣鱗鴻成間絶。"而列又一體,按陳詞亦當如周詞斷句,無需另列。"何"陳詞作"莫",偶用入聲,不參校,"信"陳詞作"成"。

[四]"情切"用二字短韻。"向"作領字,"人"吳詞作"閣",偶用入聲不參校。"嗟"作領字,領起下面兩個四字句。檢"嗟"字,周詞別首作"憶",他人和詞,亦有平有仄。又吳文英"嗟萬事"以下兩句作"飛絮揚東風,天外歌闋",前一句句法、字聲稍異,偶用不參校。"萬"楊澤民詞作"西"。

[五]"憑斷雲、留取西樓殘月"作上三下六式九字折腰句,《詞譜》斷作五字一句、四字一句,今從《詞律》。"憑"陳允平詞作"信","西"陳詞作"彩"。按陳詞《全宋詞》斷作:"信乍圓易散,彩雲明月。"仍當依周詞斷作"信乍圓、易散彩雲明月",於歌無礙。

[六]"羅"陳允平詞作"浙","連環"作"對燭","舊"作"陽"。"瓊"吳文英詞作"不","恨"陳允平詞作"羞"。按陳允平詞結二句《全宋詞》斷作:"正滿院楊花,落盡東風雪。"《詞譜》斷作:"正

滿院,楊花落盡東風雪。"今從《詞譜》,與周詞正體及別體斷句相
同。又吳文英詞《全宋詞》斷作:"更醉踏、千山冷翠飛晴雪。"仍當
如周詞正體斷作三字一句、六字一句。

又一體

【體略】

　　商調,雙片一百三十三字,上片五十一字八句五入聲韻,下片
八十二字十四句九入聲韻,周邦彥。

【圖譜】

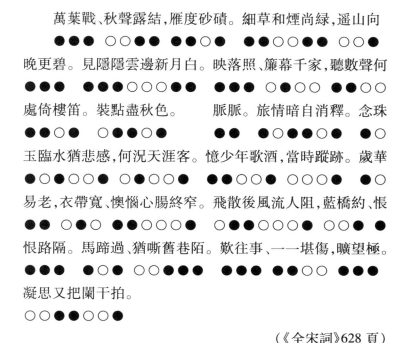

【注釋】

　　《清真集校注》以此詞於政和二年（1112）仲秋寫於長安。此詞與"晝陰重"相校，僅用韻小異，字數、句法完全相同。上片第三、六句未用韻，第七句添一韻，下片第七、九句未用韻，第十三句添一韻。

　　按下片第三、四句《詞律》斷作："念珠玉臨水猶悲感，何況天涯客。"《詞譜》、《全宋詞》斷作："念珠玉、臨水猶悲感，何況天涯客。"當從《詞律》，第九句《詞律》、《詞譜》皆斷作："飛散後、風流人阻。"此作七字折腰句當可，然觀同調其他作品無折腰句拍者，此於歌唱無關，故亦不作折腰句法。

　　又按此詞與"晝陰重"一首字聲相校，上片第七、八句，下片第三、四、五、六、十句皆有小異，不相互參校，同調同句律拗不同，說明周詞亦多有不嚴謹之處，或字聲確可平仄不拘也。

陽臺路

【調釋】

　　調名用宋玉《高唐賦》楚襄王遇巫山神女事。《樂章集》注林鐘商。柳詞用上去韻，寫男女戀情，賦本意，聲情感傷纏綿。

【體略】

　　林鐘商，雙片九十六字，上片四十九字十句六上去韻，下片四十七字八句五上去韻，柳永。

【圖譜】

　　　楚天晚。墜冷楓敗葉，疏紅零亂。冒征塵、匹馬驅驅，

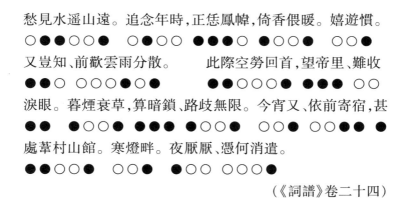

愁見水遙山遠。追念年時，正恁鳳幃，倚香偎暖。嬉遊慣。
○●●○○●　　○●○○　●●●○　●○○●　　○○●
又豈知、前歡雲雨分散。　　　　此際空勞回首，望帝里、難收
●●○　○○○●○●　　　　●●○○●●　●●○　○○
淚眼。暮煙衰草，算暗鎖、路歧無限。今宵又、依前寄宿，甚
●●　●○○●　●●●　●○○●　○○●　○○●●　●
處葦村山館。寒燈畔。夜厭厭、憑何消遣。
●●○○●　○○●　●●○○　○○○●

（《詞譜》卷二十四）

【注釋】

《樂章集校注》繫此詞於景德元年（1004）（111 頁）。此調兩
宋金元僅存此詞，無他首可校。

錦堂春

【調釋】

《樂章集》注林鐘商。《詞譜》卷二十九以此調見司馬光詞：
“此調始自此詞，宋人減字、添字者，俱從此出。”誤。又《詞譜》卷
二十六將柳詞此調誤作《雨中花慢》，並云：“此詞換頭三句，前後
段第六、七句，句讀與各家異，雖有宮調，因無別首可校，故不注可
平可仄。”釋説十分混亂。《詞譜》之誤爲沿毛晉汲古閣刻本（萬樹
《詞律》亦然）。柳詞寫戀情，用平韻，格調香豔嫵媚，黃裳、葛立
方、傅大詢等人詞多與酬贈、宴飲相關，聲情歡快流美，皆爲本調。

【體略】

林鐘商，雙片一百字，上片四十九字，下片五十一字，各十句四

平韻,柳永。

【圖譜】

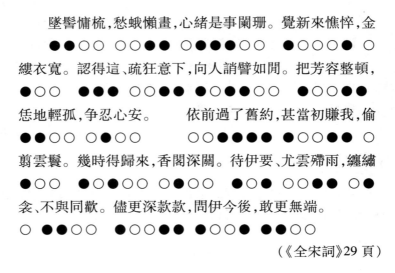

墜髻慵梳,愁蛾懶畫,心緒是事闌珊。覺新來憔悴,金
●●○○　○○●○　○●●●○○　　●○○●○　○

縷衣寬。認得這、疏狂意下,向人誚譬如閒。把芳容整頓,
●○○　●●●　●○○●　●○○●○○　　●○○●●

恁地輕孤,争忍心安。　　　依前過了舊約,甚當初賺我,偷
●●○○　○●○○　　　　○○●●●○　○○○●●　○

翦雲鬟。幾時得歸來,香閣深關。待伊要、尤雲殢雨,纏繡
●○○　●○●○○　○●○○　●○●　○○●●　○●

衾、不與同歡。儘更深款款,問伊今後,敢更無端。
○　●●○○　●○○●●　●○○●　●●○○

(《全宋詞》29 頁)

【注釋】

　　《樂章集校注》此詞調名從《詞譜》作《雨中花慢》,繫此詞於景
德元年(1004)。此調兩宋現存近十首詞,金元無存詞。此調雖始
見柳詞,但字、句聲未穩,多有襯字,後人無有與之全同者,不作
正體。

又一體

【體略】

　　雙片一百一字,上片四十九字,下片五十二字,各十句四平韻,
司馬光。

【圖譜】

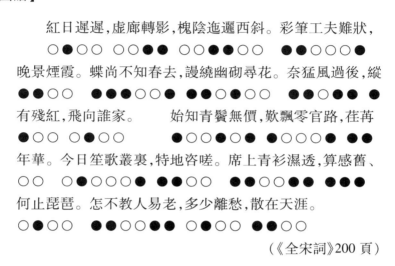

　　　　紅日遲遲,虛廊轉影,槐陰迤邐西斜。彩筆工夫難狀,
　　　　○●○○　○○●●　○○●○○　●●○○●

　　晚景煙霞。蝶尚不知春去,謾繞幽砌尋花。奈猛風過後,縱
　　　●●○○　●○●○○●　○●○●○○　●○○●●

　　有殘紅,飛向誰家。　　　　始知青鬢無價,歎飄零官路,荏苒
　　　●○○　○●○○　　　　●○○●○○　●○○●○　●●

　　年華。今日笙歌叢裏,特地咨嗟。席上青衫濕透,算感舊、
　　　○○　○●○○●●　●●○○　●●○○●●　●●●

　　何止琵琶。怎不教人易老,多少離愁,散在天涯。
　　　○●○○　●●○○●●　○●○○　●●○○

　　　　　　　　　　　　　　　　　　　(《全宋詞》200 頁)

【注釋】

　　此與柳詞相校,上片第四句添一字作六字一句,第六句減一字
作六字句,下片第四句添一字作六字句,第六句減一字作六字句,
結韻添一字作六四四句式。按此詞字句雖較柳詞嚴謹,然下片第
七句依然作七字句與上片不同,第八句添一字作六字句也爲罕見
(葛立方詞亦作六字句),且字聲如上片第七句作拗句等,亦與諸
家不同,不作正體。

　　按上片第四、五句《全宋詞》斷作"彩筆工夫,難狀晚景煙霞",
不當。又下片第一句"青鬢"《詞譜》作"青春",下片第八句《歷代
詩餘》卷七十一作"怎不教易老"。

又一體

【體略】

雙片一百一字,上片五十字,下片五十一字,各十句四平韻,
《梅苑》無名氏。

【圖譜】

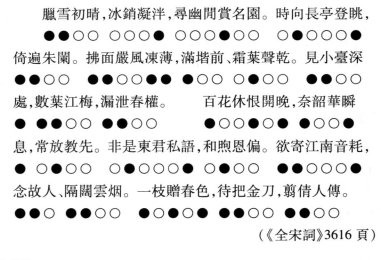

臘雪初晴,冰銷凝泮,尋幽閒賞名園。時向長亭登眺,
●●○○　○○○●　○○○●○○　　○●○○○●

倚遍朱闌。拂面嚴風凍薄,滿堦前、霜葉聲乾。見小臺深
●●○○　●●○○●●　●○○、○●○○　●●○○

處,數葉江梅,漏泄春權。　　　百花休恨開晚,奈韶華瞬
●　●●○○　●●○○　　　●○○●○●　●○○●

息,常放教先。非是東君私語,和煦恩偏。欲寄江南音耗,
●　○●○○　○●○○○●　○●○○　●●○○○●

念故人、隔闊雲烟。一枝贈春色,待把金刀,翦倩人傳。
●●○、●●○○　●○●○●　●●○○　●●○○

（《全宋詞》3616 頁）

【注釋】

此與司馬光詞相校,上片第七句添一字作上三下四式折腰句,
下片第八句作五字一句。此體字句、聲韻又較司馬光詞爲嚴整,不
過下片第八句“一枝贈春色”作二三句法,不可效法。

正　體

【體略】

雙片九十八字，上片四十八字，下片五十字，各十句四平韻，黃裳。

【圖譜】

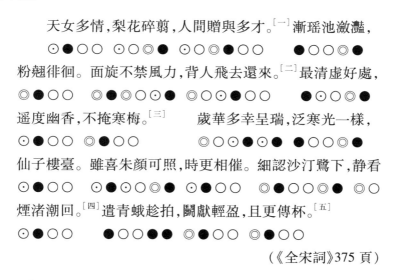

天女多情，梨花碎翦，人間贈與多才。[一]漸瑤池潋灩，

粉翹徘徊。面旋不禁風力，背人飛去還來。[二]最清虛好處，

遙度幽香，不掩寒梅。[三]　歲華多幸呈瑞，泛寒光一樣，

仙子樓臺。雖喜朱顔可照，時更相催。細認沙汀鷺下，靜看

煙渚潮回。[四]遣青蛾趁拍，鬪獻輕盈，且更傳杯。[五]

（《全宋詞》375頁）

【注釋】

[一]此調當以此詞爲正體，上片自"面旋"以下，與下片"細認"以下相同，前後句拍齊整，字聲嚴謹，後人相同者最多。"梨"傅大詢詞作"雪"，"人"傅大詢詞作"怕"。按"人間"之"間"字，惟柳永用仄聲，不參校。句中可平可仄除注明外，俱見所列別體句法相同者。

　　〔二〕"漸"爲領字,此韻作上一下四式五字一句、四字一句與柳詞同,與司馬光詞異,後人創作多同此。"面旋"一句與柳詞相校,減一字作六字一句。"面旋"《詞譜》作"迴旋"。

　　〔三〕"最清虛好處"與下片"遣青蛾趁拍"皆作上一下四句法。按"最清虛好處"與下片第八句"遣青蛾趁拍",《詞譜》分別作"最是清虛好處"、"爲遣青蛾趁拍",各多一字。

　　〔四〕"泛寒光一樣,仙子樓臺"兩句《全宋詞》斷作"泛寒光、一樣仙子樓臺",當依《詞譜》作兩句拍。"雖"、"朱"王沂孫"桂嫩傳香"詞作"暗"、"恁"。按傅大詢詞"雖喜"以下兩句傳抄脱漏。"細"王沂孫"桂嫩傳香"詞作"蛛"。

　　〔五〕按此調結韻王沂孫二詞,"桂嫩傳香"一首全同黄詞,別首"露掌秋深"結韻《全宋詞》作"看姮娥此際,多情又似無情",傳抄當有脱漏,應爲"看姮娥此際,□□多情,又似無情"。"且"傅大詢詞作"人"。

又一體

【體略】

　　雙片九十九字,上片四十九字,下片五十字,各十句四平韻,葛立方。

【圖譜】

　　　氣應三陽,氛澄六幕,翔烏初上雲端。問朝來何事,喜
　　　●●○　○●●　○○○●●○　○●○○●　●
　　　動門闌。田父占來好歲,星翁説道宜官。擬更憑高望遠,春
　　　●○○　○●●○●●　○○●●○○　●●○○●●　○

在煙波，春在晴巒。　　歌管雕堂宴喜，任重簾不卷，交護
●○○　○●○○　　　○●○●　●●○●　●●○○●　○●

春寒。況金釵整整，玉樹團團。柏葉輕浮重醑，梅枝巧綴新
○○　●○○●●　●●○○　●●○○●●　○○●●○

幡。共祝年年如願，壽過松椿，壽過彭聃。
○　●●○○○●　●●○○　●●○○

（《全宋詞》1342 頁）

【注釋】

此體與黃裳詞相校，上下片第八句各添一字作六字句，下片第四
句減一字作五字句。此詞上片自"問朝"以下，與下片自"況金"以下相
同，句拍、字聲亦十分嚴謹，頗可效法，然此體兩宋惟葛立方一首。

定風波

【調釋】

與流行令詞調《定風波》不同。《樂章集》注林鐘商。柳詞用
上去韻，聲情怨欹感傷。張耒詞注"商角調"，《中原音韻》言"商角
悲傷婉轉"。

【體略】

林鐘商，雙片九十九字，上片五十字十一句六上去韻，下片四
十九字十一句七上去韻，柳永。

【圖譜】

自春來、慘綠愁紅，芳心是事可可。日上花梢，鶯穿柳
●⊙○、◎●○○　⊙○●○●◎　◎●○○　⊙○●

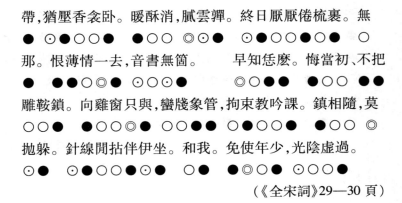

帶,猶壓香衾臥。暖酥消,膩雲嚲。終日厭厭倦梳裹。無
那。恨薄情一去,音書無箇。　　　早知恁麼。悔當初、不把
雕鞍鎖。向雞窗只與,蠻牋象管,拘束教吟課。鎮相隨,莫
拋躲。針線閒拈伴伊坐。和我。免使年少,光陰虛過。

(《全宋詞》29—30 頁)

【注釋】

　　《樂章集校注》繫此詞於景德元年(1004)(52 頁)。此調兩宋有《梅苑》無名氏詞,元代有張翥、凌雲翰詞可校。上片第一句"春"凌詞作"麗",第三句"日"凌詞作"開",第四句"鶯"凌詞作"拂",第五句"猶"凌詞作"寫",第八句"終"張詞作"一",第十一句"音"凌詞作"近",下片第三句"只"張詞作"霜",第八句"伊"張詞作"薄",第十句"使"凌詞作"紳",第十一句"光"凌詞作"續"。句中其他可平可仄見無名氏詞。

　　按下片首句"早知恁麼",《詞譜》作"早知恁般麼",多一字,今檢宋元四詞,另三首皆作四字句,當以四字句爲是。又下片第三、四句,《詞譜》斷作"向雞窗,只與蠻牋象管",《全宋詞》斷作"向雞窗、只與蠻牋象管",今檢此調四詞,皆當五字一句、四字一句爲宜。

　　又張翥詞上片第十句《全金元詞》作"月明",《詞譜》作"明月"。又下片第十句"免使年少",《詞譜》作"免使少年",檢另外三詞,凌雲翰詞有脫漏,另兩詞皆作平起仄收律句。

又一體

【體略】

雙片一百一字，上片五十一字十一句六上去韻，下片五十字十一句七上去韻，《梅苑》無名氏。

【圖譜】

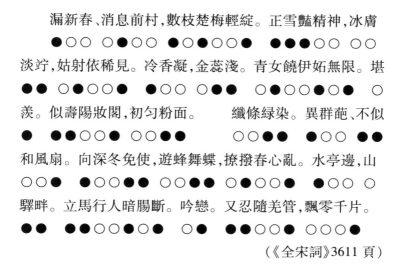

漏新春、消息前村，數枝楚梅輕綻。正雪豔精神，冰膚
淡竚，姑射依稀見。冷香凝，金蕊淺。青女饒伊妬無限。堪
羨。似壽陽妝閣，初勻粉面。　　　纖條綠染。異群葩、不似
和風扇。向深冬免使，遊蜂舞蝶，撩撥春心亂。水亭邊，山
驛畔。立馬行人暗腸斷。吟戀。又忍隨羌管，飄零千片。

（《全宋詞》3611 頁）

【注釋】

與柳詞相校，上片第三句添一字作五字句，下片第十句添一字作五字句，其他均同。下片第三句《詞譜》以"向深冬"三字作一句，不當，斷句應與柳詞正體相同。按張耒詞下片第十句作"便等閒孤負"，正與此同。又上片第三句"正"字《全宋詞》脫漏，今據《詞譜》補。此調四首，惟此詞第三句有一領字，頗疑"正"爲襯字。

留客住

【調釋】

　　《樂章集》注林鐘商。柳詞用上去韻，聲情怨歎感傷。周邦彥
"嗟烏兔"一詞與此屬同調異體，聲情亦與柳詞相近。

【體略】

　　林鐘商，雙片九十八字，上片四十八字十句四上去韻，下片五
十字十一句五上去韻，柳永。

【圖譜】

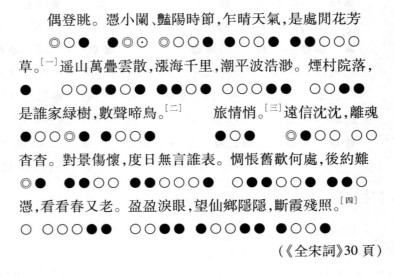

（《全宋詞》30頁）

【注釋】

　　[一]《樂章集校注》繫此詞於景德元年（1004）（57頁）。此調

兩宋僅存柳、周二詞,金代有王喆、丘處機、王吉昌三人詞,金詞句拍多同柳永。此調當以柳詞爲正體,《詞譜》以柳詞和周詞句法相異,字聲多不同,不相參校,不當。首句三字一韻,諸家字聲無異。第二句"闌"王詞作"斷"。

　　[二]"遥山萬疊雲散"一句王吉昌詞作"歸依洗心清净",句法不同,不參校。又"漲海千里"一句王吉昌偶添一韻,注出不另列。上片結韻四字一句、上一下四式五字一句、四字一句,與下片結韻相同。按此韻首句王喆添一韻,注出不另列。

　　[三]換頭"旅情悄"與上片首句相同,用三字短韻。按王喆詞換頭脱漏一字,《全金元詞》將王詞換頭與上片結句連爲一體:"一身無慮歸去。"按"一身無慮"屬上片,"歸去"屬下片,"歸去"前必脱一字。

　　[四]"遠"王喆作"雲"。"遠信沈沈"《詞譜》作"念遠信沈沈"。按《百家詞》、《全宋詞》皆無"念"字,檢金人三詞,皆作四字句,當作四字句爲宜。按結韻金人三詞不僅句拍與柳詞全同("眼"字處用韻稍異),字聲亦無差。

又一體

【體略】

　　雙片九十四字,上片四十六字九句四上去韻,下片四十八字九句五上去韻,周邦彦。

【圖譜】

　　　嗟烏兔。正茫茫、相催無定,只恁東生西没,半均寒暑。
　　　○○●　●○○　●○○●　●●○○●　●○○●
　　　昨見花紅柳綠,處處林茂。又睹霜前籬畔,菊散餘香,看看
　　　●●○○●●　●●○●　●●○○○●　●●○○　○○

又還秋暮。　　　忍思慮。念古往賢愚，終歸何處。争似高
●○○●　　　　　●○●　●●○○　○○○●　　○●○

堂，日夜笙歌齊舉。選甚連宵徹晝，再三留住。待擬沈醉扶
○　●●○○●　　●●○○●　○○○●　　●●○○

上馬，怎生向、主人未肯交去。
●●　○○●　●○○●○●

（《全宋詞》620 頁）

【注釋】

《詞譜》卷三十六："此校柳詞，前段第三句添二字，第四句減二字，第七句添一字、少一韻，結句減三字，後段第七句多一韻，第八句添二字、少一韻，第九句減四字。柳詞前段四韻，此詞前段三韻，《詞律》誤認北音，以‘沒’字、‘緑’字爲韻，不知宋人長調，以韻多者爲急曲子，韻少者爲慢詞，原不必强注韻脚也。"按上片第六句"茂"字《全宋詞》作韻脚，與《詞譜》不同，今從《全宋詞》。

又一體

【體略】

雙片九十八字，上片四十八字十句四上去韻，下片五十字十一句六上去韻，丘處機。

【圖譜】

四元遇。過華山、共臨秦地，詠歌談笑，暗闡重陽佳趣。
●○●　●●○　●○○●　●○○●　●●○○○●

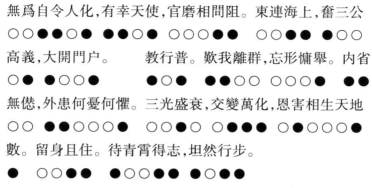

無爲自令人化，有幸天使，官磨相間阻。東連海上，奮三公
○○●●○●○　●●○●　○○○●●　　○○●●　●○○

高義，大開門户。　　　教行普。歎我離群，忘形慅舉。内省
○●，●○○●。　　　●○●　●○○●　○○●●　●●

無愆，外患何憂何懼。三光盛衰，交變萬化，恩害相生天地
○○　●●○○○●。　　○○○●●　○●●○●　○●○○○●

數。留身且住。待青霄得志，坦然行步。
●　　○○●●　●○○●●　●○●●

（《全金元詞》463 頁）

【注釋】

此即柳詞體，與王喆詞同，因王喆詞有脱字，故列丘詞。此與柳詞相校，下片第六、七、八句作兩個四字句、七字一句，句拍與柳詞小異。又下片第九句添一韻亦與柳詞異。

望遠行

【調釋】

《樂章集》注中吕調。柳詞用上去韻，寫戀情，以詞中"望遠行南陌，春殘悄歸騎"名調，聲情哀怨感傷。柳永另有仙吕調《望遠行》，字句韻基本相同，屬同調異體。《望遠行》又入曲牌，當借舊曲名另造新聲。《康熙曲譜》卷四有北商調《望遠行》，元明南戲、傳奇中另有流行曲牌《望遠行》，與詞體迥異，用韻三聲通叶。

【體略】

中吕調，雙片一百七字，上片五十三字十句五上去韻，下片五

十四字十一句六上去韻，柳永。

【圖譜】

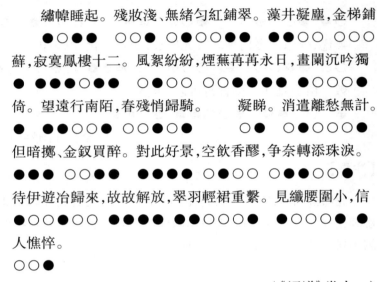

　　繡幌睡起。殘妝淺、無緒勻紅鋪翠。藻井凝塵，金梯鋪
蘚，寂寞鳳樓十二。風絮紛紛，煙蕪苒苒永日，畫闌沉吟獨
倚。望遠行南陌，春殘悄歸騎。　　凝睇。消遣離愁無計。
但暗擲、金釵買醉。對此好景，空飲香醪，爭奈轉添珠淚。
待伊遊冶歸來，故故解放，翠羽輕裙重繫。見纖腰圍小，信
人憔悴。

（《詞譜》卷十一）

【注釋】

　　《樂章集校注》繫此詞於景德元年（1004）（66頁）。此調兩宋現存四詞，金元存王喆二詞。

　　下片第四、五句"對好此景，空飲香醪"，《百家詞》、《全宋詞》作"對好景、空飲香醪"，結韻《百家詞》、《全宋詞》作"見纖腰、圍信人憔悴"。《詞譜》卷十一："汲古閣本，後段第四句脱去'對此'二字，結句'圍'字誤作'圖'字，又脱去'小'字，今從《花草粹編》增定。"按上片第七、八句，《詞律》、《詞譜》皆斷作四字三句，今作兩六字句，與柳詞別首同；結韻《詞律》、《詞譜》皆斷作："望遠行、南陌春殘悄歸騎。"作十字一句，今作兩個五字句。按此調上片結

韻當作兩個五字句，前句作上一下四句法，是爲定格。

又一體

【體略】

　　仙呂調，雙片一百六字，上片五十二字十句四上去韻，下片五十四字十一句五上去韻，柳永。

【圖譜】

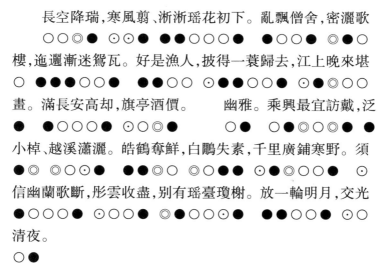

（《全宋詞》42 頁）

【注釋】

　　《樂章集校注》繫此詞於慶曆五年（1045）（281 頁）。此仙呂調《望遠行》，仙呂調即夷則均之商調。與"繡幃"一詞相校，上片第三、四、七、八句，下片第四、五、七、八句字聲不同，上片結句減一

字,上片首句、下片第二句不押韻,二體不混校。宋人他作及王喆詞即多同柳永仙呂調體。此調校以陳德武及無名氏詞句法相同者,上片第一句"降"陳詞作"初",第十句"旗"作"數",下片第二句"最"、"訪"作"新"、"消",第六句"廣"作"離",第八句"彤"作"白",第十一句"交"作"怎"。句中其他可平可仄俱見下列別體句法相同者。

　　按陳德武詞上片第六、七、八句,《全宋詞》斷作:"好是家山千里,遠勞歸夢,待說離情難覺。"當依柳詞斷句。又下片第三句《全宋詞》作"底事憫憫煩惱","底事"前當脫漏一字,注出不另列。

又一體

【體略】

　　雙片一百六字,上片五十二字十句四上去韻,下片五十四字十一句五上去韻,《梅苑》無名氏。

【圖譜】

重陰未解,又早是、年時梅花爭綻。暗香浮動,疏影橫
〇〇●● 　〇●● 〇〇〇〇●　●〇〇● 〇●〇

斜,月淡水清亭院。好是前村,雪裏一枝開處,昨夜東風布
〇　●●〇〇●　●●〇〇　●●〇〇〇●　●●〇〇●

暖。動行人多少,離愁腸斷。　　凝戀。天賦自然雅態,似
●　●〇〇〇●　〇〇〇●　　　〇●　〇●●〇●●　●

壽陽、初勻粉面。故人折贈,欣逢驛使,只恐隴頭春晚。寄與
●〇　〇〇●●　●〇●●　〇〇●●　●●●〇〇●　●●

高樓休學,龍吟三弄,留取瓊花爛熳。正有人同倚,闌干争看。
○○○● ○○○● ○●○○● ●●○○● ○○○●

（《全宋詞》3612頁）

【注釋】

此與柳詞"長空降瑞"一首相校,上片"年時梅花争綻"作拗句,下片"故人折贈"作平起仄收律句。按下片第七、八句《詞譜》斷作"寄與高樓,休學龍吟三弄",又結韻斷作"正有人、同倚闌干争看",皆應如柳詞斷句。

又一體

【體略】

雙片一百四字,上片五十二字十句四上去韻,下片五十二字十一句五上去韻,王喆。

【圖譜】

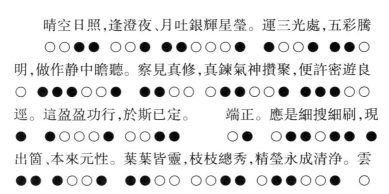

晴空日照,逢澄夜、月吐銀輝星瑩。運三光處,五彩騰
○○●● ○○●● ●●○○● ●○○● ●●○

明,做作静中瞻聽。察見真修,真鍊氣神攢聚,便許密遊良
○ ●●○○● ●●○○ ○●●○○● ●●●○○

逘。這盈盈功行,於斯已定。　　端正。應是細搜細刷,現
● ●○○○● ○○●●　　○● ●●●○○● ●

出箇、本來元性。葉葉皆靈,枝枝總秀,精瑩永成清净。雲
●●○ ●○○● ●●○○ ○○●● ○○●○○● 　○

外青童,持詔傳言,授取天皇宣命。謝十洲三島,神仙來聘。
●○○　○●○○　●●○○○●　　●●○○●　○○○●

(《全金元詞》216 頁)

【注釋】

此與柳永"長空降瑞詞"相校,下片第七句減二字,第八句作
仄起平收律句。王喆詞別首正與此同,惟下片第八句作"仙景澄
澈",又作拗句異。

祭天神

【調釋】

歷朝往往有"祭天神"雅樂,柳詞與本意無涉。《樂章集》注中
呂調。柳詞寫戀情相思,用上去韻,聲情怨歎。柳永另有歇指調
《祭天神》,與此同名異調。

【體略】

中呂調,雙片八十四字,上片三十九字七句四上去韻,下片四
十五字八句四上去韻,柳永。

【圖譜】

歡笑歌筵席輕拋𢭈。背孤城,幾舍煙村停畫舸。更深
●●○○●●○𢭈。　●○○　●●○○○●●　○○

釣叟歸來,數點殘燈火。被連綿宿酒醺醺,愁無那。　　寂
●●○○　●●○○●　●○○●●○○　○○●　　　　●

寞擁、重衾臥。又聞得、行客扁舟過。篷窗近、蘭棹急,好夢
●●　○○●　●○●　○●○○●　　○○●　○●●　●●

還驚破。念生平、單棲蹤跡，多感情懷，到此厭厭，向曉披
○○●　　●○○　○○○●　○●○○　●●○○　●●○
衣坐。
○●

（《百家詞・樂章集》）

【注釋】

《樂章集校注》繫此詞於景德元年（1004）（63頁）。《詞譜》卷
二十一：“此詞《樂章集》注中呂調，爲夾鐘之羽聲，與歇指調爲林
鐘之商聲者不同，故兩詞句讀各異，且宋元人亦無填此調者，其平
仄當依之。”

按上片第二、三句《詞律》、《詞譜》作上三、下七式十字一句，
今作兩句，又下片第三句“篷窗近、蘭棹急”《詞律》、《詞譜》作兩
句，今作六字折腰一句。又按換頭折腰句《全宋詞》屬上片，今從
《百家詞》及《詞譜》屬下片。《詞牌格律》：“上片第一句爲一七句
式，第六句爲一六句式。”（1419頁）

玉蝴蝶

【調釋】

此與唐溫庭筠令詞同名異調。《樂章集》注仙呂調。此調用
平韻，上下片各有兩處折腰句法，換頭處用短韻，聲情流美明快。
宋人皆依柳永字、句、韻位填詞。夢窗詞作商調（夷則商），與柳詞
聲情相近。《校正》：“此調爲換頭曲，過變一個短韻接四字句，實
與前段之六字句對應；前後段第二句起句式相同，此調結構勻稱，
句式多變化而又前後段統一，凡兩個四字句處可爲對偶，而前後段
接連兩個上三下四句法之七字句則以對偶爲工。前後段之三字句

乃韻位所在,但都具有啟下或引領結之兩個四字句的作用。此調之
音節由流動、頓挫、轉折而歸於和婉,故聲情甚美。此調宜於寫景、
登臨、抒情、詠物、叙事,適應之範圍較廣。"(455 頁)

【體略】

　　仙吕調,雙片九十九字,上片四十九字十句五平韻,下片五十
字十一句六平韻,柳永。

【圖譜】

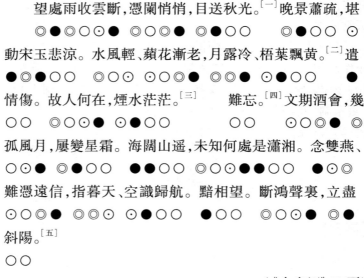

望處雨收雲斷,憑闌悄悄,目送秋光。[一]晚景蕭疏,堪
◎●○○⊙●　◎○○●　●●○○　　◎●○○ ⊙

動宋玉悲涼。水風輕、蘋花漸老,月露冷、梧葉飄黄。[二]遣
●◎◎●○○　◎◎○● ◎○○●　◎●● ○○●●○○ ●

情傷。故人何在,煙水茫茫。[三]　　難忘。[四]文期酒會,幾
○○　◎○○●　○●○○　　　○○　　　⊙○●● ◎

孤風月,屢變星霜。海闊山遥,未知何處是瀟湘。念雙燕、
○⊙● ◎●○○　●●○○　◎◎○⊙●○○　　●⊙○

難憑遠信,指暮天、空識歸航。黯相望。斷鴻聲裏,立盡
⊙○●● ◎○○ ⊙○○●　●○○　　◎○⊙● ○●

斜陽。[五]
○○

(《全宋詞》40 頁)

【注釋】

　　[一]《樂章集校注》繫此詞於景德元年(1004)(112 頁)。此
調兩宋金元存詞近四十首,爲較流行詞調。《詞譜》卷四:"此詞前
段第四、五句,上四下六,後段第五、六句,上四下七。王安中、史達

祖、高觀國、陸游皆照此填。沈伯時《樂府指迷》云：'詞中多有句中韻，人多不曉，不惟讀之可聽，而歌時最要叶韻應拍，不可以爲閑字而不叶。'如此詞後段起句'難忘'二字是也，《滿庭芳》、《木蘭花慢》等詞，皆同此例。""雲"柳永"誤入平康"詞作"小"，"憑"《詞繋》卷八以必用仄聲，非，此字宋金用平聲者甚多。句中可平可仄除注明外，俱見李之儀、張炎詞句法相同者。按辛棄疾"貴賤偶然"一首此韻《詞譜》、《全宋詞》作四六四句法："貴賤偶然，渾似隨風簾幌，籬落飛花。"按此調無此等句拍，亦當如柳詞斷句。

　　[二]"宋"辛棄疾"古道行人"詞作"都"。"輕"柳永"漸覺芳郊"詞作"静"，"蘋"柳永"是處小巷"詞作"笑"，"漸"吳文英詞作"花"，"露"葛郯詞作"橋"。"水風輕"以下兩句，皆用上三下四七字折腰句，爲此調定格，下片第七、八句亦然。

　　[三]"遣情傷"與下片"黯相望"用三字短韻，爲此調定格。"故"柳永"漸覺芳效"詞作"雲"，"煙"辛棄疾"古道行人"詞作"兩"。

　　[四]"難忘"用二字短韻，二字皆當用平聲。"難"字宋人創作中惟陳德武用仄聲"寂"，當是偶誤，不依《詞譜》作本平可仄。又《全宋詞》載李綱詞換頭脱漏二字，不另列。

　　[五]"酒"高觀國詞作"斜"。按梁寅"天付林塘"詞下片第二句偶添兩襯字，作"貧家有誰能顧"，宋金無與之同者，注出不另列。"末"辛棄疾"貴賤偶然"詞作"淵"，"何"柳永"淡蕩素商"詞作"俱"。"海闊"以下兩句，柳永"是處小街斜巷"詞作"見了千花萬柳，比並不如伊"，六字一句、五字一句，句法小異，字聲亦小異，屬偶用，注出不另列。"難"、"遠"吳文英詞作"又""淮"。"斷"、"聲"辛棄疾"古道行人"詞作"寒"、"近"。

又一體

【體略】

雙片九十八字,上片四十九字十句五平韻,下韻四十九字十一句六平韻,李之儀。

【圖譜】

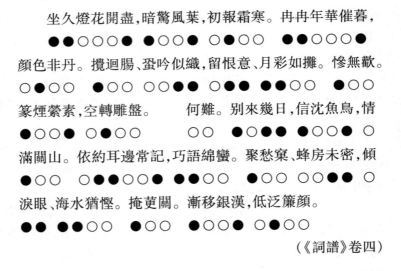

坐久燈花開盡,暗驚風葉,初報霜寒。冉冉年華催暮,
●●○○● ●○○● ○●○○ ●●○○●

顏色非丹。攪迴腸、蛩吟似織,留恨意、月彩如攤。慘無歡。
○●○○ ●○○ ●○●○ ●●● ●○○○ ●○○

篆煙縈素,空轉雕盤。　　何難。別來幾日,信沈魚鳥,情
●○○● ○●○○ ○○ ●○●● ●○○●

滿關山。依約耳邊常記,巧語綿蠻。聚愁窠、蜂房未密,傾
●○○ ○●●○○● ●○○○ ○○● ○○●● ○

淚眼、海水猶慳。掩蔥關。漸移銀漢,低泛簾顏。
●●● ●●○○ ●○○ ●○○● ○●○○

(《詞譜》卷四)

【注釋】

《唐宋詞彙評》考此詞於崇寧三年(1104)作(539頁)。此與柳詞相校,除上片第四句六字、第五句四字句法小異外,下片第五、六句減一字,作六字一句、四字一句,其他均同。按此體上片自"冉冉"以下,與下片自"依約"以下,前後句拍、字聲一致。又,下片第五、六句"依約耳邊常記,巧語綿蠻",《全宋詞》斷作四字一句、六

字一句,當從《詞譜》。

又一體

【體略】

　　雙片九十九字,上片四十九字十句五平韻,下片五十字十句五平韻,張炎。

【圖譜】

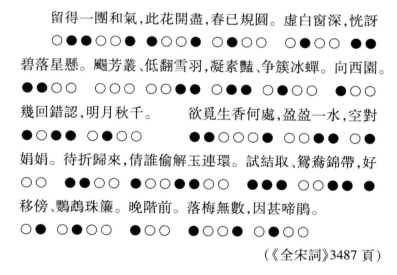

(《全宋詞》3487頁)

【注釋】

　　此與柳詞相校,下片換頭不用短韻,且"欲覓"二字皆用仄聲異,爲詞人有意爲之。又仇遠"獨立軟紅塵表"一首亦未用短韻,但下片首句"休尋王孫桂隱"之"休尋"二字皆用平聲,又與張詞異,注出不另列。

八聲甘州

【調釋】

　　《填詞名解》卷三：“《八聲甘州》，一名《甘州歌》。《西域記》
云：龜茲國工製曲，《伊州》、《甘州》、《梁州》等曲，翻入中國。”《詞
譜》卷二十五：“《碧雞漫志》：《甘州》，仙呂調，有曲破，有八聲，有
慢，有令。按，此調前後段八韻，故名八聲，乃慢詞也，與《甘州遍》
之曲破、《甘州子》之令詞不同。《樂章集》亦注仙呂調。周密詞名
《甘州》，張炎詞因柳詞有‘對蕭蕭暮雨灑江天’句，更名《蕭蕭
雨》，白樸詞名《宴瑤池》。”《詞繫》卷八：“八聲者，歌時之節奏也。愚
按：凡長調皆八韻，八聲者八韻也。”此調最早見於柳永詞，柳詞也
是此調代表作，詞寫邊塞風光及思鄉懷人之情。此調寫景多以秋
冬爲主，格調清曠，爲後世豪放詞人喜用詞調。此調正體九十七
字，前後段各九句，四平韻。句式上，下片三處用折腰句法，頗顯搖
曳頓挫之姿。除柳永外，兩宋代表作家有蘇軾、辛棄疾、吳文英等。
《龍榆生詞學論文集》：“它的音節一樣是激壯蒼涼的。”（56 頁）
《詞學十講》（56—57 頁）對柳詞句法、聲情亦有詳細分析。《校
正》：“此調以四字句和五字句爲主，但有兩個八字句，後段用兩個
上三下四句法之七字句；用平聲八韻，每韻腳均連用兩個平聲字；
因此形成調不急不慢，平穩而音節響亮，結構勻稱的特點。起句爲
八字句，很難處理，必須有籠罩全詞氛圍之勢。”此調名又入曲牌，
《康熙曲譜》卷二有北仙呂宮曲，卷八有南仙呂宮引子，用韻皆三
聲通叶，與詞體迥異。

【體略】

　　仙呂調，雙片九十七字，上片四十六字，下片五十一字，各九句

四平韻,柳永。

【圖譜】

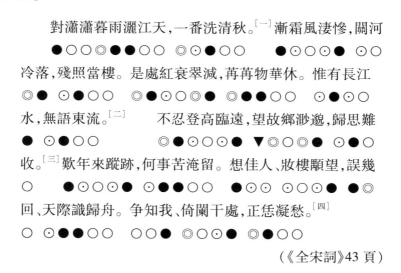

對瀟瀟暮雨灑江天,一番洗清秋。[一]漸霜風淒慘,關河
●○◎●●○ ◎◎●○○ ●⊙○○● ⊙○

冷落,殘照當樓。是處紅衰翠減,苒苒物華休。惟有長江
◎● ⊙○◎○ ◎●○○◎● ◎◎●○○ ○●⊙○

水,無語東流。[二]　　　不忍登高臨遠,望故鄉渺邈,歸思難
● ⊙●○○ 　　　◎●○○○● ▼○◎●○ ○⊙○

收。[三]歎年來蹤跡,何事苦淹留。想佳人、妝樓顒望,誤幾
○ ●○○⊙● ○●●○○ ●○○ ○○◎● ●○

回、天際識歸舟。爭知我、倚闌干處,正恁凝愁。[四]
○ ⊙●●○○ ○○● ◎○○● ◎◎●○

（《全宋詞》43 頁）

【注釋】

[一]《樂章集校注》繫此詞於景德元年（1004）（101 頁）。此
調兩宋金元存詞一百三十餘首。《詞律》卷一以劉過“問紫巖”詞
爲正體。《詞譜》以此詞爲正體,當從。首句前“瀟”字,《詞譜》以
爲可仄,不妥,此字宋人僅劉過、吳潛等數詞作仄聲,屬偶用,不參
校。“一番”向子諲詞作“飛鏡”。“一番洗清秋”一句可用平起
平收拗句,亦可用仄起平收律句,此或由“番”字平去兩讀而致,
填者任選一種可也。句中可平可仄除注明外,俱見別體句法相
同者。按首韻二句可作上八下五,亦可作上五下八,又以前者爲
多。八字句又宜用一七句式。八字句從文意看宋人亦偶有用上三
下五句法者,亦當連讀不斷,字聲亦無異。此體李石詞、吳潛“任渠
儂”詞、鄧剡詞、劉辰翁詞、張炎“記玉關”詞首句偶添一韻,注出不

另列。

　　[二]“漸”爲領字，領起以下三句十二字。“淒”晁補之“謂東坡”詞作“兩”，“冷”何夢桂詞作“騕”。

　　[三]“望故鄉渺邈”作上一下四句法，“望”爲領字，宜用去聲。按姚雲文詞換頭三句《詞譜》斷作：“憔悴潘郎，曾記得、青龍千舸，采石磯邊。”而另列別體，《全宋詞》斷作：“憔悴潘郎曾記，得青龍千舸，采石磯邊。”今依《全宋詞》，無需另列。

　　[四]“歎年來蹤跡”作上一下四句法。“年”劉辰翁“甚花間”詞作“謝”。“佳人”呂勝己“自秋來”詞作“老雉”。按“誤幾回”一句姚雲文添一襯字，作“盡風情、終不似鬪贏船”，偶用不另列。又按鄭子玉“漸鶯聲近也”一首，“誤幾回”句《詞譜》作“相伴連水復連雲”而另列一體，《全宋詞》作“也相伴、連水復連雲”，當從《全宋詞》。

又一體（正體）

【體略】

　　雙片九十七字，上片四十六字九句四平韻，下片五十一字九句四平韻，葉夢得。

【圖譜】

　　　　又新正過了，問東風消息幾時來。笑春工多思，留連底
　　　　●●●●● ●○○○●○● 　●○●○● ○○●

事，猶未輕回。應爲瑤刀裁翦，容易惜花開。試向湖邊望，
● ○●○○ ○●○●○● ○●●○○ ●●○●

幾處寒梅。　　　好是綠莎新徑，膡安排芳意，特地重栽。便
●●○○ 　　　●●●○○● ○○●○● ●●○○ ●

從今追賞，莫遣暫停杯。有千株、深紅淺白，倩緩歌、急管與
○○○● ●●●○○　 ●○○ ○○●● ●●○ ●●●

相催。憑看取、暖煙細靄，先到高臺。
○○　 ○○●● ●○○●● ○●○○

【注釋】

《唐宋詞彙評》考此詞作於政和六年（1116）閏正月（1212
頁）。此亦爲正體。此與柳詞相校，首韻作五字一句、一七式八字
一句。

又一體

【體略】

雙片九十五字，上片四十三字八句四平韻，下片五十二字九句
四平韻，劉過。

【圖譜】

問紫巖去後漢公卿，不知幾貂蟬。誰能借留侯箸，著
●●●○●●○○　 ●○●○○　 ○○●○●● ●

祖生鞭。依舊塵沙萬里，河洛染腥羶。誰識道山客，衣鉢曾
●○○　 ○●○○●● ○●●○○　 ○●●○● ○●○

傳。　　共記玉堂對策，欲先明大義，次第籌邊。況重湖八
○　　 ●●●○●● ●○○●● ●●○○　 ●○○●

桂，袖手已多年。望中原、驅馳去也，擁十州、牙纛正翩翩。
●　 ●●●○○　 ●○○ ○○●● ●●○ ○●●○○

春風早、看東南王氣，飛繞星躔。

○○●、●○○●● ○●○○

【注釋】

《唐宋詞彙評》考此詞作於開禧元年（1205）（2670 頁）。《詞譜》："此與柳詞同，惟前段第三、四句減三字，作六字一句，後段第八句添一字、作八字句異。"

又 一 體

【體略】

雙片九十五字，上片四十五字九句四平韻，下片五十字九句四平韻，湯恢。

【圖譜】

摘青梅薦酒，甚殘寒猶怯苧蘿衣。正柳腴花瘦，綠雲

●○○●● ●○○●●●○ ●●○○ ●○

冉冉，紅雪霏霏。隔屋秦箏依約，誰品春詞。回首繁華夢，

●● ○●○○ ●●○○○● ○●○○ ○●○○●

流水斜暉。　　寄隱孤山山下，但一瓢飲水，深掩苔扉。羨

○●○○ ●●○○○● ●●○●● ○●○○ ●

青山有思，白鶴忘機。悵年華、不禁搔首，又天涯、彈淚送春

○○●● ●○○○ ●○○、●○○● ●○○、○●●○

歸。銷魂遠、千山啼鴂，十里荼蘼。

○ ○○●、○○○● ●●○○

【注釋】

此即葉夢得體,惟上片第七句減一字作四字一句,下片第五句亦減一字作四字一句異。

又一體

【體略】

雙片九十五字,上片四十六字九句四平韻,下片四十九字十句四平韻,蕭烈。

【圖譜】

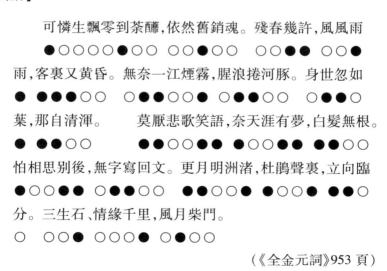

可憐生飄零到荼醾,依然舊銷魂。殘春幾許,風風雨
●○○○○●○　○○●○○　○○●●　○○●

雨,客裏又黃昏。無奈一江煙霧,腥浪捲河豚。身世忽如
●　●●●○○　○●●○○●　○●●○○　○●●○

葉,那自清渾。　莫厭悲歌笑語,奈天涯有夢,白髮無根。
●　●●○○　　●●○○●●　●○○●●　●●○○

怕相思別後,無字寫回文。更月明洲渚,杜鵑聲裏,立向臨
●○○●●　○●●○○　●●○○●　●○○●　●●○

分。三生石、情緣千里,風月柴門。
○　○○●、○○○●　○●○○

(《全金元詞》953 頁)

【注釋】

《詞譜》:“此亦與柳詞同,惟前段第三句減一字,第五句添一

字,後段第六、七句減二字,作五字一句、四字兩句異。"按《詞律》、《詞譜》首句斷作上三下五句法,今作普通八字一句。

竹馬子

【調釋】

調名或取兒童騎竹爲馬遊戲事。李白《長干行》:"郎騎竹馬來,繞床弄青梅。"許渾《送人之任邛州》:"群童竹馬交迎日,二老蘭觴初見時。"《填詞名解》卷四:"《竹馬子》,取後漢郭細侯事。"《樂章集》注仙吕調。柳詞用上去韻,賦登高傷懷之情,聲情淒苦怨抑。此調兩宋柳永外僅葉夢得、曹勛有詞,葉夢得詞名《竹馬兒》,曹勛詞寫賞春愉悦之意,與柳詞聲情迥異。

【體略】

仙吕調,雙片一百三字,上片五十四字十二句四上去韻,下片四十九字十句五上去韻,柳永。

【圖譜】

登孤壘荒涼,危亭曠望,静臨煙渚。對雌霓挂雨,雄風
⊙○●○○　○○●●　●○○●　　●○○●●　○⊙

拂檻,微收煩暑。漸覺一葉驚秋,殘蟬噪晚,素商時序。覽
◎●　○○○●　●●◎●○○　○○●●　●●○○　　◎

景想前歡,指神京非霧,非煙深處。　　向此成追感,新愁
●●○○　○○○○●　○○○●　　　　●●○○●　○○

易積,故人難聚。憑高盡日凝竚。赢得消魂無語。極目霽
●●　●○○●　○○●●◎●　⊙●○○○●　●●●

靄霏微,暝鴉零亂,蕭索江城暮。南樓畫角,又送殘陽去。
●○○　●○○●　⊙●○⊙●　　○○●●　●◎○○●

(《全宋詞》43 頁)

【注釋】

《樂章集校注》繫此詞於景德元年(1004)(96 頁)。此調《詞律》以葉夢得詞爲正體,《詞譜》以柳詞爲正體,當從後者,然《詞譜》所定字聲多有訛誤。

又《詞律》卷二十:"柳詞起句云'登孤壘荒涼,危亭曠望',《圖譜》以爲上五下四,而此篇(按指葉夢得詞)'平山堂前'四字相連,但'寒松'九字,柳云'指神京非霧非煙深處'應作上三下六,而此篇該上五下四,二處想皆不拘。"《詞譜》同《詞律》,列又一體。今按,葉夢得詞全同柳體,柳詞上片結二句正當作上五下四句法,而葉詞首韻斷句亦當同柳詞:"與君記平山,堂前細柳,幾回同挽。"

上片第五句"風拂"葉詞作"檻依"。第七句"一"作"來"。第十句"覽"作"橫"。下片第四句"日"作"來",結句"送"作"雲"。譜中可平可仄據此。

又一體

【體略】

雙片一百五字,上片五十五字十二句五上去韻,下片五十字十句五上去韻,曹勛。

【圖譜】

喜韶景纔回,章臺向曉,官柳舒香縷。正和煙帶雨,遮

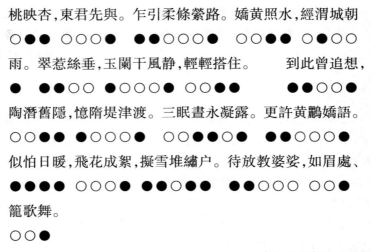

桃映杏，東君先與。乍引柔條縈路。嬌黃照水，經渭城朝
　○●●　○○○●　　●●○●○●　　○○●●　○●○●

雨。翠惹絲垂，玉闌干風静，輕輕搭住。　　到此曾追想，
●　　●●○○　●○○●○　○○●●　　　　●●○○●

陶潛舊隱，憶隋堤津渡。三眠晝永凝露。更許黃鸝嬌語。
○○●●　●○○●●　　○○●●○●　　●●○○●

似怕日暖，飛花成絮，擬雪堆繡户。待放教婆娑，如眉處、
●●●●　○○○●　●●○○●　　●●○○○　○○●

籠歌舞。
○○●

（《全宋詞》1218 頁）

【注釋】

　　此亦柳詞體，用柳永韻，且句中多有模擬柳詞痕跡，然字句有
異：上片第三句添一字作五字一句，第七句多押一韻，第九句添一
字作五字一句，第十句減一字作四字一句。下片第三句添一字作
五字一句，第六句減二字作四字一句，結韻添二字作五字一句、六
字一句。曹詞與柳詞相校，音樂形式應多有小的變化。

迷神引

【調釋】

　　《樂章集》注仙吕調。此調用上去韻，多賦羈旅相思，多用三
字句，聲情"最爲凄咽"（《詞律》卷十六）。柳永另有中吕調《迷神
引》，字句韻相同，視爲同調。

【體略】

仙吕調,雙片九十七字,上片四十六字十一句六上去韻,下片五十一字十三句六上去韻,柳永。

【圖譜】

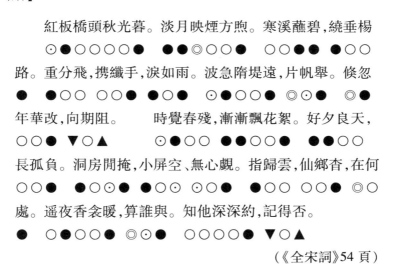

紅板橋頭秋光暮。淡月映煙方煦。寒溪蘸碧,繞垂楊
⊙●○○○●● ●●◎⊙● ○○●● ●○○

路。重分飛,携纖手,淚如雨。波急隋堤遠,片帆舉。倏忽
● ○○○ ○○● ●○● ○●○○● ●○◎ ⊙●

年華改,向期阻。　　時覺春殘,漸漸飄花絮。好夕良天,
○○● ▼○▲ 　　⊙●○○ ●●○○● ●●○

長孤負。洞房閒掩,小屏空、無心覷。指歸雲,仙鄉杳,在何
○○● ●○○● ●○⊙、○○● ●○○ ○○● ◎○

處。遙夜香衾暖,算誰與。知他深深約,記得否。
● ○●●○● ◎⊙● ○○○○● ▼○▲

(《全宋詞》54 頁)

【注釋】

《樂章集校注》繫此詞於景德元年(1004)(89 頁)。此調兩宋四詞,金王喆存詞一首。《詞律》卷十六以晁補之詞爲譜,《詞譜》以柳詞爲譜,當從後者。《詞譜》卷二十五:"此詞前段起句'橋頭秋光'四字,俱平聲,如柳詞別首'一葉扁舟輕帆卷',朱詞'白玉樓高雲光繞',俱與此同,惟晁補之詞'黯黯青山紅日暮','日'字以入作平;後段第十三句(按應爲第十二句)'知他深深'四字,俱平聲,柳詞別首'佳人無消息',朱詞'飛英難拘束',俱與此同,惟晁詞'燭暗不成眠','燭'字、'不'字以入作平,'暗'字去聲獨異,至

前段第四句、後段第三句,俱作上一下三句法,如柳詞別首之'引金笳怨'、'覺客程勞',朱詞之'霽梅林道'、'覺璧華輕',晁詞之'向煙波路'、'覺阮途窮',俱與此同。"按《詞譜》以晁詞以入代平說不當。

　　上片第二句"映"朱雍詞作"新",下片第六句"無"作"令",第九句"在"作"無"。

　　按此調上下片結句例用去平上,此詞上片"向期阻",柳詞別首上下片"黛眉淺"、"斷雲遠",朱詞上下片"太春早"、"任春曉",晁補之上下片"傍前浦"、"聽津鼓",皆然(惟王喆詞上下片結句分別作"土塵塞"、"怎生奈",注出不參校)。柳詞此詞下片"記得否"亦當用去平上,"得"字以入代平,不注仄聲。下片第一句"時"《詞譜》作"暗"。

又一體

【體略】

　　中呂調,雙片九十七字,上片四十六字十一句七上去韻,下片五十一字十三句六上去韻,柳永。

【圖譜】

```
　　一葉扁舟輕帆卷。暫泊楚江南岸。孤城暮角,引胡笳
　　●●○○○●●　●●●○○●　　○○●●　●○○
怨。水茫茫,平沙雁。旋驚散。煙斂寒林簇,畫屏展。天際
●　●○○　○○●　○○●　○●○○●　●○●　○●
遙山小,黛眉淺。　　舊賞輕抛,到此成遊宦。覺客程勞,
○○●　●○●　　●●○○　●●○○●　●●○○
```

年光晚。異鄉風物,忍蕭索、當愁眼。帝城眇,秦樓阻,旅魂
○○●　　●○○●　●○●　○○●　　●○○　○○●　●○

亂。芳草連空闊,殘照滿。佳人無消息,斷雲遠。
●　　○●○○●　○●●　　○○○○●　●○●

(《全宋詞》44 頁)

【注釋】

　　《樂章集校注》繫此詞於慶曆五年(1045)(275 頁)。此與"紅
板橋頭"相同,惟上片第六句"雁"字用韻異,朱雍詞正與之相同。
按朱雍詞第八句《詞譜》作"疏影寒枝嫋"亦用韻,今從《全宋詞》作
"疏影寒枝顫",不用韻。

又一體

【體略】

　　雙片九十七字,上片四十六字十一句六上去韻,下片五十一字
十三句六上去韻,晁補之。

【圖譜】

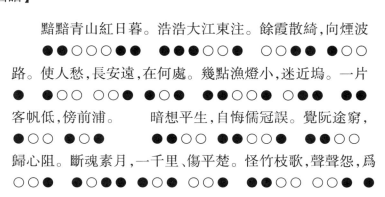

黯黯青山紅日暮。浩浩大江東注。餘霞散綺,向煙波
●●○○○●●　●●●○○●　○○●●　●○○

路。使人愁,長安遠,在何處。幾點漁燈小,迷近塢。一片
●　●○○　○○●　●○●　○●○○●　○●●　○●

客帆低,傍前浦。　　暗想平生,自悔儒冠誤。覺阮途窮,
●○○　●○●　　　●●○○　●●○○●　●●○○

歸心阻。斷魂素月,一千里、傷平楚。怪竹枝歌,聲聲怨,爲
○○●　●○●●　●○●　○○●　●○○　○○●　○

誰苦。猿鳥一時啼，驚島嶼。燭暗不成眠，聽津鼓。

○●　　○●●○●　○●●　●●●○○　●○●

（《全宋詞》562頁）

【注釋】

《唐宋詞彙評》考此詞乃元符二年（1099），赴玉山道中作（818頁）。此與柳永"紅板橋頭"相頭相校，上片首句"黯黯青山紅日暮"及下片第十二句"燭暗不成眠"皆用律句，字聲不同，又下片第七句"怪竹枝歌"添一襯字。

六幺令

【調釋】

曲名源自唐曲《錄要》，本爲琵琶曲名。王灼《碧雞漫志》考之甚詳："《六幺》，一名《綠腰》，一名《樂世》，一名《錄要》。元微之《琵琶歌》云：'《綠腰》散序多攏撚。'又云：'管兒還爲彈《綠腰》，《綠腰》依舊聲迢迢。'又云：'逡巡彈得《六幺》徹，霜刀破竹無殘節。'沈亞之《歌者葉記》云：'合韻奏《綠腰》。'又志盧金蘭墓云：'爲《綠腰》、《玉樹》之舞。'《唐史·吐蕃傳》云：'奏《涼州》、《胡渭》、《綠要》、雜曲。'段安節《琵琶錄》云：'《綠腰》，本《錄要》也，樂工進曲，上令錄其要者。'白樂天《楊柳枝詞》云：'《六幺》、《水調》家家唱，《白雪》、《梅花》處處吹。'又《聽歌六絕句》內，《樂世》一篇云：'管急弦繁拍漸稠，《綠腰》宛轉曲終頭。誠知《樂世》聲聲樂，老病人聽未免愁。'注云：'《樂世》，一名《六幺》。'王建《宮詞》云：'琵琶先抹《六幺》頭。'故知唐人以'腰'作'幺'者，惟樂天與王建耳。或云：'此曲拍無過六字者，故曰六幺。'至樂天又獨謂之《樂世》，他書不見也。《青箱雜記》云：'曲有《錄要》者，錄《霓裳

羽衣曲》之要拍。'《霓裳羽衣曲》乃宮調,與此曲了不相關。士大
夫論議,嘗患講之未詳,率然而發,事與理交違,幸有證之者,不過
如聚訟耳;若無人攻擊,後世隨以憒憒,或遺禍於天下。樂曲不足
道也。《琵琶録》又云:'貞元中,康崑崙琵琶第一手,兩市祈雨鬭
聲樂,崑崙登東彩樓,彈新翻羽調《緑腰》,必謂無敵。曲罷,西市
樓上出一女郎,抱樂器云:"我亦彈此曲,兼移在楓香調中。"下撥
聲如雷,絶妙入神。崑崙拜請爲師。女郎更衣出,乃僧善本。俗姓
段。'今《六幺》行於世者四:曰黄鐘羽,即俗呼般涉調;曰夾鐘羽,
即俗呼中呂調;曰林鐘羽,即俗呼高平調;曰夷則羽,即俗呼仙呂
調。皆羽調也。崑崙所謂新翻,今四曲中一類乎?或他羽調乎?
是未可知也。段師所謂楓香調,無所著見。今四曲中一類乎?或
他調乎?亦未可知也。歐陽永叔云:'貪看《六幺》花十八。'此曲
内一疊,名'花十八',前後十八拍,又四花拍,共二十二拍。樂家
者流所謂'花拍',蓋非其正也。曲節抑揚可喜,舞亦隨之。而舞
築球《六幺》,至花十八益奇。"《詞譜》卷二十三:"按今《樂章集》,
柳永九十四字詞,原注仙呂調,即《碧雞漫志》所云羽調之一。"

　　柳詞用入聲韻,周邦彦詞用上去韻,皆用仙呂調。《夢窗詞》
注"夷則商俗名仙呂宮",朱祖謀《校勘記》云:"按'商'當作
'宮'。"朱校當是,宮調又與柳周不同。此調題材多寫思鄉懷人,
聲情清新明媚。《校正》:"此調前後段調勢由平穩趨於流暢,結尾
三句,語意應連貫。"(380頁)吴文英另有《夢行雲》,別名《六幺花
十八》,與《六幺令》不同。

【體略】

　　仙呂調,雙片九十四字,下片四十六字,下片四十八字,各九句
五仄韻,柳永。

【圖譜】

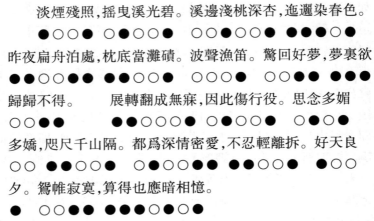

淡煙殘照，搖曳溪光碧。溪邊淺桃深杏，迤邐染春色。
●○○●　○●○○●　　○○●○○●　●●●○●

昨夜扁舟泊處，枕底當灘磧。波聲漁笛。驚回好夢，夢裏欲
●●○○●●　●●○○●　○○○●　●○●●　●●●

歸歸不得。　　　展轉翻成無寐，因此傷行役。思念多媚
○○●●　　　●●○○○●　○●○○●　○○○●

多嬌，咫尺千山隔。都爲深情密愛，不忍輕離拆。好天良
○○　●●○○●　○○○○●●　●●○○●　　●○○

夕。鴛帷寂寞，算得也應暗相憶。
●　○○●●　●●●○●○●

（《全宋詞》44 頁）

【注釋】

　　《樂章集校注》繫此詞於景德元年（1004）（65 頁）。此調兩宋金元存詞近二十首，兩宋詞作仄韻，金元詞作平韻。此調仄韻當以此詞爲最早，然上片結句"夢裏欲歸歸不得"，"歸不得"作平仄仄，檢宋人其他詞作，皆作仄平仄，與下片結句字相聲相同。對此，萬樹《詞律》認爲："'歸不得'恐是'怎歸得'也。"《詞譜》以柳詞爲譜，即將"歸不得"作"怎歸得"。按萬樹所言有理，但變改較多，今仍依原詞，不作正體。又按，此詞與宋人他詞相校，字聲亦多有偶用之處，見正體注。又下片第四句"咫尺千山隔"，《詞譜》作"咫尺千里隔"，亦誤。

正　體

【體略】

　　雙片九十四字,上片四十六字,下片四十八字,各九句五仄韻,晏幾道。

【圖譜】

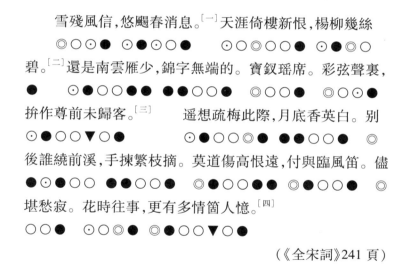

雪殘風信,悠颶春消息。[一]天涯倚樓新恨,楊柳幾絲
碧。[二]還是南雲雁少,錦字無端的。寶釵瑤席。彩弦聲裏,
拚作尊前未歸客。[三]遙想疏梅此際,月底香英白。別
後誰繞前溪,手揀繁枝摘。莫道傷高恨遠,付與臨風笛。儘
堪愁寂。花時往事,更有多情箇人憶。[四]

（《全宋詞》241頁）

【注釋】

　　[一]此調今以此詞爲體,晏幾道三詞皆一致。此體上片"楊柳"以下,與下片"手揀"以下相同。"雪"、"風"周密"回風帶雨"詞作"回"、"帶","悠"蔡伸詞作"弱"。句中可平可仄除注明外,俱見所列別體句法相同者。

　　[二]"天涯倚樓新恨"一句作拗句,第二、四字均平,爲此體

常格，然此句亦偶有第四字仄聲者，如周密詞作"小窗照影虛白"等，注出不參校，亦不另列別體。"天"、"倚"吳文英詞作"娿"、"爲"。

　　［三］"錦"劉壎詞作"花"、周密詞作"寒"，偶用不參校。"拚"方千里作"試"，"尊"柳永作"欲"，偶用不參校。按"拚作尊前未歸客"作拗句，爲定格，結句尾三字必作仄平仄，"未"與下片結句"箇"字宜用去聲。

　　［四］"遥"吳文英詞作"那"，"月"柳永詞作"因"，偶用不參校，不依《詞譜》作可平可仄。"別後誰繞前溪"作拗句，爲此調定格。"誰"吳文英詞作"幾"。按"別後"一句陳允平詞作"羞破帽把茱萸"，《詞譜》斷作六字折腰句"羞破帽、把茱萸"，另列別體，陳允平偶用，於歌唱無礙，注出不另列。"多"柳永詞作"也"，偶用不參校。

又一體

【體略】

　　雙片九十四字，上片四十六字九句六仄韻，下片四十八字九句七仄韻，賀鑄。

【圖譜】

夢雲蕭散，簾捲畫堂曉。殘薰盡燭隱映，綺席金壺倒。
●○○● ○●●●○ ○○●●●● ●●○○●

塵送行鞭嫋嫋。醉指長安道。波平天渺。蘭舟欲上，回首
○●○○●● ●●○○● ○○○● ○○●● ●●

離愁滿芳草。 已恨歸期不早。枉負狂年少。無奈風月
○○●○● ●●○○●● ●●○○● ○○○●

多情，此去應相笑。心記新聲縹緲。翻是相思調。明年春
○○　●●○○●　　○●○○●●　　○●○○●　　○○○

杪。宛溪楊柳，依舊青青爲誰好。
●。　●○○●　○●○○●●○●

（《全宋詞》512頁）

【注釋】

《唐宋詞彙評》考此詞蓋崇寧四年（1105）通判太平州罷酒分
攜時之作（765頁）；《東山詞》校注本繫此詞於元豐元年（1078）
（149頁）。此首因詞有"宛溪楊柳"之句，名《宛溪柳》，與柳詞、晏
詞相校，上片第三句作"殘薰盡燭隱映"，拗句不同，又上下片第五
句及換頭句俱押韻異。周密"癡雲羃葉"一詞正與此全同。

又一體

【體略】

雙片九十四字，上片四十六字，下片四十八字，各九句四平韻，
丘處機。

【圖譜】

渾淪樸散，天地始玄黃。烏飛兔走，漸生群物類開張。
○○●●　○●○○●　　○○●●　●○○●●○○

一點如如至性，撲入臭皮囊。游魂失道，隨波逐浪，萬年千
●●○○●●　●●●○○　○○●●　○○●●　●○○

載不還鄉。　　錯了鴻濛體段，憎愛日相望。却認父母形
●●○○。　　●●○○●●　○●●○○　●●●●○

骸，做我好容光。劫劫輪回販骨，受盡苦和殃。何人聞早，

○　●●●○○　　●●○○●●　●　●●●○○　　○○○●

尋他歸路，瑩然恢廓舊嘉祥。

○○○●　○○○●●●○○

（《全金元詞》463 頁）

【注釋】

此詞用平韻，字句及韻位與晏詞相同，惟上片第三、四句作四七句法異，王嚞、王吉昌詞正與此同。按王嚞詞下片第四句添一襯字作六字一句“知懶惰、亦成空”，王吉昌詞下片首句添一襯字作七字一句“紫霧彌漫溫嶽頂”，注出皆不另列別體。

女冠子

【調釋】

《樂章集》注仙呂調。柳詞用入聲韻，賦宴飲之樂，聲情灑脫激健。

【體略】

仙呂調，雙片一百一十一字，上片五十四字十一句六入聲韻，下片五十七字十一句四入聲韻，柳永。

【圖譜】

淡烟飄薄。鶯花謝、清和院落。樹陰密、翠葉成幄。麥

●○○●　　○○●　○○○●　　○○●　●●○●　●

秋霽景，夏雲忽變，奇峰倚寥廓。波暖銀塘，漲新萍、綠魚

○●●●　●●●●　○○●●○　　○●○○　●○○　●○

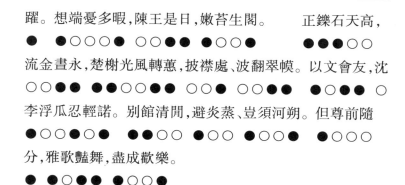

躍。想端憂多暇，陳王是日，嫩苔生閣。　　　正鑠石天高，
● 　●○○●● 　○○●●　●○○●　　　　　●●○○

流金晝永，楚榭光風轉蕙，披襟處、波翻翠幕。以文會友，沈
○○●● 　●●○○●● 　○○●、○○●● 　●○○● 　○

李浮瓜忍輕諾。別館清閒，避炎蒸、豈須河朔。但尊前隨
●○○●●○● 　●●○○ 　●○○、●○○● 　●○○○

分，雅歌豔舞，盡成歡樂。
● 　●●○● 　●○○●

（《詞譜》卷四）

【注釋】

　　《樂章集校注》繫此詞於景德元年（1004）（93頁）。《詞譜》卷四："此詞'麥秋'以下二十三字，《詞律》不分句讀，今照《嘯餘譜》點定，只'夏雲忽變奇峰'六字須作微讀，'波暖銀塘'十字，須上四下六分句，稍爲妥適耳。至'端憂多暇'，本謝莊《月賦》中語，乃改'端憂'爲'憂端'；後段'光風轉蕙'，本宋玉《招魂》中語，乃改'轉蕙'爲'轉惡'，而以'惡'字爲叶韻，俱《嘯餘》之誤。"按上片第八句《詞譜》斷作六字一句，宜斷爲六字折腰句。又，上片第五、六句《詞譜》原作上六下三式九字折腰句，今作四字一句、五字一句。

臨江仙引

【調釋】

　　《樂章集》注南呂調。柳詞平韻，賦戀情相思，聲情流美感傷。此調兩宋僅柳永有三詞，與名《臨江仙》令、慢詞皆不相同。

【體略】

南呂調,雙片七十四字,上片三十九字八句四平韻,下片三十五字六句三平韻,柳永。

【圖譜】

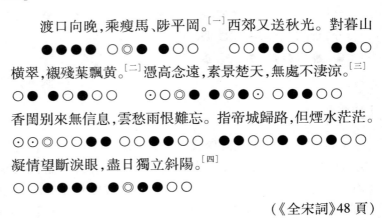

渡口向晚,乘瘦馬、陟平岡。[一]西郊又送秋光。對暮山

●●○● ○●◎ ○○ 　　　○○●○○ ●●○

橫翠,襯殘葉飄黃。[二]憑高念遠,素景楚天,無處不凄涼。[三]

○● ●○○○ 　　　⊙○◎● ●◎●⊙ ○●●○

香閨別來無信息,雲愁雨恨難忘。指帝城歸路,但煙水茫茫。

⊙○◎○○●● ○○●●○○ ●●○○○ ●●●○○

凝情望斷淚眼,盡日獨立斜陽。[四]

○○●●◎○ ◎●●○○

(《全宋詞》48 頁)

【注釋】

[一]《樂章集校注》繫此詞於景德元年(1004)(105 頁)。此調柳永共三首,字聲小異,尚無定體。"渡口向晚"一句,《詞譜》卷十七作兩句,《詞律》作一句,當依《詞律》。《詞律》卷八:"首句四字皆仄,'渡'、'向'尤須去聲,而'送'、'對'、'暮'、'翠'、'襯'、'素'、'信'、'帝'、'路'、'但'、'淚'、'盡'等去聲字皆妙,宜學之。'憑高'與'凝情'下四仄字,亦不可改。""瘦"柳永"上國"一首作"飛"。此調用平韻,平韻前一字亦用平聲爲本調定格,"平"字柳永"畫舸"一首作"岸",屬偶用,不參校。又柳永"上國"一首《詞譜》以首句作:"上國。去客。"以"國"、"客"用韻而列又一體,此用韻當屬偶用,注出不另列。

　　[二]此韻二句皆作上一下四句法，與下片第三、四句句法、字聲全同，"對"、"襯"、"指"、"但"皆領字。又"對"字柳永"畫舸"一首作"疑"，或亦當作仄聲讀。

　　[三]"憑"、"念"，柳永"上國"一首作"物"、"人"。"素景楚天"一句，柳永別首分別作"向此觸目"、"漸收細腰"，聲律不一致。按，此韻三句，《詞律》斷作兩句："憑高念遠素景，楚天無處不凄涼。"且以"遠"字、"景"字必仄，不當。觀柳永別詞分別云"物情人意，向此觸目，無處不凄然"、"鮫絲霧吐，漸收細腰，無力轉嬌慵。"則皆當斷作四字三句。

　　[四]"香"、"聞"、"別"柳永"上國"一首作"醉"、"擁"、"征"。"盡日獨立斜陽"，柳詞另二首分別作"頓成兩處孤眠"、"奈何不逐東風"，皆用律句。

塞　孤

【調釋】

　　《樂府詩集》卷八十有《塞姑》之曲，調名當源唐曲。《樂章集》注般涉調。柳詞用入聲韻，寫旅途相思之情，聲情轉折跌宕。

【體略】

　　雙片九十五字，上片四十七字九句六入聲韻，下片四十八字九句六入聲韻，柳永。

【圖譜】

　　　一聲雞，又報殘更歇。秣馬巾車催發。草草主人燈下
　　　●○○　　●●○○●　　●●○○○●　　●●◎○○●

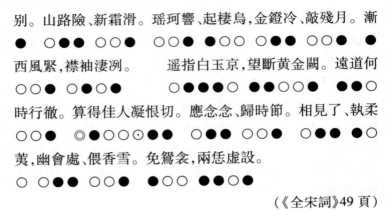

別。山路險、新霜滑。瑤珂響、起棲烏，金鐙冷、敲殘月。漸
●　○●●　○○●　　○○●　●○○　○●●　○○●　●
西風緊，襟袖淒洌。　　　遙指白玉京，望斷黃金闕。遠道何
○○●　●○●　　　　●●○●　●●○●　●●○
時行徹。算得佳人凝恨切。應念念、歸時節。相見了、執柔
○○●　◎●○○○●●　●●○　○●●　　●●○、●○
荑，幽會處、偎香雪。免駕衾，兩恁虛設。
○　○●●、○○●　●○○　●●○●

（《全宋詞》49頁）

【注釋】

《樂章集校注》繫此詞於景德二年（1005）（135頁）。此調兩
宋僅朱雍有和詞一首，金王喆有一詞，皆用入聲韻。上片第四句
"主"朱詞作"瑤"，下片第四句"算"朱詞作"追"、"凝"王詞作
"令"。《詞譜》卷三十三："按前後段第五、六句，例作三字兩句，第
七、八句，例作六字折腰兩句，填者辨之。"

按朱詞上片結韻《全宋詞》作："向亭皋，一任風洌。"下片第五
句作："淡佇迎佳節。"分別比柳永少一字，朱詞爲和詞，不應少字，
當爲傳抄脫漏而致，《詞牌格律》以前句當於"皋"字下脫，後句當
於"淡"字前脫（1739頁），當是。注出不另列。

傾杯（樂）

【調釋】

《樂章集》注黃鐘羽，黃鐘羽爲以律名言調，此"黃鐘"乃用唐
律而言，即俗名羽調。柳詞用上去韻，賦旅情，詞云："人靜酒初

醒。"亦關本意,聲情婉轉傷悲。

【體略】

　　黃鐘羽,雙片一百八字,上片五十五字十句四上去韻,下片五十三字十一句五上去韻,柳永。

【圖譜】

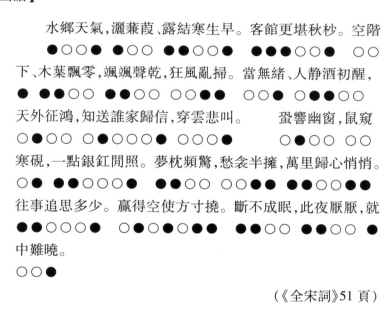

水鄉天氣,灑兼葭、露結寒生早。客館更堪秋杪。空階
●○○● ●○○ ●●○○● ●●●○○● 　○○
下、木葉飄零,颯颯聲乾,狂風亂掃。當無緒、人靜酒初醒,
● ●●○○ ●●○○ ○○●● ○○● ○●○○
天外征鴻,知送誰家歸信,穿雲悲叫。　　蛩響幽窗,鼠窺
○●○○ ○●○○○● ○○○● 　○●○○ ●○
寒硯,一點銀釭閒照。夢枕頻驚,愁衾半擁,萬里歸心悄悄。
○● ●●○○● ○●○○ ○○●● ●●○○●●
往事追思多少。贏得空使方寸撓。斷不成眠,此夜厭厭,就
●●○○●● ○●○●○○● ●○○○ ●●○○ ●
中難曉。
○○●

(《全宋詞》51 頁)

【注釋】

　　《樂章集校注》繫此詞於景德二年(1005)(132 頁)。此兩宋金元孤調,無別首可校。

鶴沖天

【調釋】

《樂章集》注大石調。柳詞上去韻,寫相思戀情,纏綿悱惻。柳永另有黃鐘宮《鶴沖天》(黃金榜上),亦用上去韻,聲情豪放灑脱,兩調字句韻基本相同,雖宮調不同,聲情略有差異,仍視爲同調異體。杜安世、賀鑄有詞,題材皆賦戀情,聲情與柳永大石調詞相近。另歐陽修有《鶴沖天》,周邦彦亦有《鶴沖天》,皆與柳詞同名異調。

【體略】

大石調,雙片八十四字,上片四十三字九句五上去韻,下片四十一字八句五上去韻,柳永。

【圖譜】

閒窗漏永,月冷霜華墜。悄悄下簾幕,殘燈火。再三追
〇〇●●　●●〇〇●　●●●〇●　〇〇●　●〇〇

往事,離魂亂、愁腸鎖。無語沉吟坐。好天好景,未省展眉
●●　〇〇●、〇〇●　〇●〇〇●　●〇●●　●●●〇

則箇。　　　從前早是多成破。何況經歲月,相抛嚲。假使
●●　　　　〇〇●●〇〇●　〇●〇●●　〇〇●　●●

重相見,還得似、舊時麼。悔恨無計那。迢迢良夜,自家只
〇〇●　〇●●、●〇●　●●〇●●　〇〇●●　●〇●

恁摧挫。
●〇●

(《全宋詞》18 頁)

【注釋】

　　《樂章集校注》繫此詞於景德二年（1005）（137頁）。此用大石調,聲情風流幽怨。《詞譜》卷二十一:"此詞換頭句七字,賀鑄'縶縶鼓動'詞,正與此同。按《樂章集》原注大石調,爲黄鐘之商聲,與'黄金榜上'詞正宮,爲黄鐘之宮調者不同,宮調既别,其平仄亦不可强同,故此詞可平可仄,但與賀詞參校,不旁及他詞。"按此調今存柳永二詞及杜安世、賀鑄詞。賀鑄詞字句同"閑窗漏永"詞,杜安世詞同"黄金榜上"詞。柳詞二首雖然宮調不同,但字句除換頭外其他均相同,完全可以參校。柳永此詞上片自"悄悄"以下,與下片自"何況"以下字句相同,但字聲前後多異,不作正體。

正　　體

【體略】

　　黄鐘宮,雙片八十八字,上片四十三字九句六上去韻,下片四十五字九句五上去韻,柳永。

【圖譜】

　　黄金榜上。偶失龍頭望。明代暫遺賢,如何向。未遂
　　〇〇◎●　◎〇●〇●　〇●●〇　〇〇●　●●

風雲便,争不恣、遊狂蕩。何須論得喪。才子詞人,自是白
〇〇●　〇◎●　〇〇●　〇〇〇●●　〇〇〇●　◎〇●

衣卿相。　　　煙花巷陌,依約丹青屏障。幸有意中人,堪尋
〇⊙●　　　⊙〇●●　〇●〇●●　●●●〇〇　〇〇

訪。且恁偎紅翠，風流事、平生暢。青春都一餉。忍把浮
● ●●○○● ○○● ⊙○● ○○○● ●●○
名，換了淺斟低唱。
○ ●●●●○○●

（《百家詞·樂章集》）

【注釋】

《樂章集校注》繫此詞於大中祥符元年（1008）（148 頁）。此
詞《詞譜》注正宮，當誤，當從《百家詞》作"黃鐘宮"，正宮乃"正黃
鐘宮"，於大晟樂改制前相當於太簇宮，"黃鐘宮"於宋代大晟樂改
制後即"無射宮"。《中原音韻》言"黃鐘宮富貴纏綿"。此調當以
此詞爲正體，上片"明代"以下，與下片"幸有"字句、聲韻相同，十
分嚴謹，頗堪效仿。上片第一句"榜"杜安世詞作"天"，下片第一句
"煙"杜安世詞作"石"，第三句"幸"作"窗"。句中其他可平可仄即
參柳永"閑窗漏永"詞及下列賀鑄詞句法相同者。按杜安世詞字句
韻與此詞全同，惟上片結韻二句作"單夾衣裳，半攏軟玉肌體"，下片
結句作"自知新來憔悴"，字聲不同，注出不參校，亦不另列別體。

按上片第六句，《詞律》、《詞譜》、《全宋詞》等書皆作"爭不恣
狂蕩"，按此句他詞皆作六字折腰句，且下片對應之句亦皆同，柳詞
亦當作六字折腰句。今檢《百家詞》此句正作六字一句："爭不恣、
遊狂蕩。"當從《百家詞》。又此詞《歷代詩餘》兩收，卷五十三作
"爭不恣狂蕩"，卷一百十四作"爭教不、恣狂蕩"。

又《百家詞》本下片第五句作"且恁偎紅倚翠"多一字，今檢柳
詞別首及杜安世、賀鑄詞皆作五字句，仍從《全宋詞》等作五字
一句。

又一體

【體略】

雙片八十四字,上片四十三字九句五上去韻,下片四十一字八
句五上去韻,賀鑄。

【圖譜】

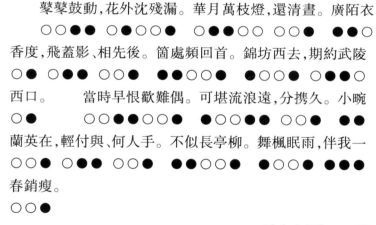

　　　鼕鼕鼓動,花外沈殘漏。華月萬枝燈,還清晝。廣陌衣
　　　○○●● 　○●○●● 　○●●○○ 　○○● 　●●○
香度,飛蓋影、相先後。箇處頻回首。錦坊西去,期約武陵
○● 　○○●、○○● 　●○○●● 　○○○● 　○●●○
西口。　　　當時早恨歡難偶。可堪流浪遠,分携久。小畹
○● 　　　　○○●●○○● 　●○○●● 　○○● 　●●
蘭英在,輕付與、何人手。不似長亭柳。舞楓眠雨,伴我一
○○● 　○●●、○○● 　●●○○● 　●○○● 　●●○
春銷瘦。
○○●

(《全宋詞》538 頁)

【注釋】

　　《東山詞》校注本繫此詞於神宗熙寧八年(1075)出京以後作
(417 頁)。此詞首句不用韻,換頭七字一句,當即柳永大石調詞
體,然字聲較柳詞嚴謹很多,頗堪效仿。

兩同心

【調釋】

調名當取柳詞"那人人，昨夜分明，許伊偕老"之意，《樂章集》注大石調，聲情風流嫵媚。《填詞名解》卷二："古樂府《蘇小歌》：'何處結同心。'唐教坊樂曲遂有《同心結》。然有兩調同此名，填詞采以名之，曰《兩同心》。"《詞譜》卷十六："此調有三體：仄韻者，創自柳永，《樂章集》注大石調，平韻者創自晏幾道，三聲叶韻者，創自杜安世。"此調可押上去、入、平三種韻，黃庭堅、楊无咎各有多首，格調聲情與柳永相近。杜安世詞用三聲通叶，視爲曲體，不另列譜。

【體略】

大石調，雙片六十八字，上片三十三字七句三仄韻，下片三十五字七句四仄韻，柳永。

【圖譜】

嫩臉修蛾，淡勻輕掃。^[一]最愛學、宮體梳妝，偏能做、文
◎●○○　●○○●　　○○○　⊙●○○　⊙○●　⊙

人談笑。^[二]綺筵前，舞燕歌雲，別有輕妙。^[三]　　飲散玉爐
○⊙●　　●○○　○●○○　●●○●　　◎●○○

煙裊。^[四]洞房悄悄。錦帳裏、低語偏濃，銀燭下、細看俱好。
⊙●　　●○●●　●●●　⊙●○○　⊙○○　●○●●

那人人，昨夜分明，許伊偕老。^[五]
●⊙○　◎●○○　◎○○●

（《全宋詞》19頁）

【注釋】

[一]《樂章集校注》繫此詞於景德二年（1005）（121 頁）。此調兩宋存詞十餘首，金元無詞。押仄韻者有柳永別首及楊无咎四詞可校。《詞譜》以柳永"佇立東風"一首爲譜，今以"嫩臉修蛾"爲譜。句中可平可仄除注明外，俱見下列楊无咎仄韻詞。

[二]"最愛"柳詞別首作"花光"，"學"楊无咎"涼生秋早"詞作"人"，"宮"、"梳"楊无咎"涼生秋早"詞作"且"、"且"，"能"楊无咎"月可中庭"詞作"濟"，"談"楊无咎"月可中庭"詞作"打"。此韻首句，楊无咎"月可中庭"詞《全宋詞》作"見個人人、越格風流"，必衍一"人"字，注出不另列。

[三]"別有輕妙"作拗句，柳永別首亦同，楊无咎詞四首，分別作"真成粗俗"、"恰當時節"、"匆匆得見"、"一聲催曉"，皆作律句。觀柳永二詞下片結句皆作律句，此句亦當作律句爲宜，"有"字宜用平聲，前後片一致。

[四]"散"字，柳永別首及楊无咎"行看不足"、"秋水明眸"、"月可中庭"諸詞皆作仄聲，全句作律句，惟楊无咎"枕簟涼"一首作"覺來滿船清悄"，"來"字作平聲，全句爲拗句，且楊无咎此首多用拗句，與他首字聲多異，不參校。

[五]"低"柳永別首作"夕"。"人"柳永別首作"別"，"昨"楊无咎"月可中庭"詞作"休"，"許"作"千"。

又一體

【體略】

雙片六十八字，上片三十三字七句四仄韻，下片三十五字七句五仄韻，楊无咎。

【圖譜】

秋水明眸,翠螺堆髮。却扇坐、羞落庭花,凌波步、塵生
○●○○　●○○●　●●●　○●○○　○○●　○○

羅襪。芳心發。分付春風,恰當時節。　　　漸解愁花怨月。
○●　○○●　○●○●　●○○●　　　●●○○●●

忒貪嬌劣。寧寧地、情態于人,惺惺處、語言低説。相思切。
●○○●　●○●　○●○○　○○●　●○○●　○○●

不見須臾,可堪離別。
●●○○　●○●●

(《全宋詞》1203 頁)

【注釋】

此與柳永詞相校,上下片第五句皆多用一韻,楊无咎別首"行
看不足"正與之相同。

<h1 align="center">又一體</h1>

【體略】

雙片六十八字,上片三十三字七句五仄韻,下片三十五字七句
五仄韻,楊无咎。

【圖譜】

行看不足。坐看不足。柳條短、斜倚春風,海棠睡、醉
○○○●　●○○●　●○●　○●○○　●○●　●

敧紅玉。清堪掬。桃李漫山,真成粗俗。　　　遥夜幾番相
○○●　○○●　○●○○　○○●●　　　○●●○○

屬。暗魂飛逐。深酌酒、低唱新聲，密傳意、解回嬌目。知
● ●○○● ○●○● ○●● ●○○● ○
誰福。得似風流，可伊心曲。
○● ●●●○○ ●○○●

（《全宋詞》1203 頁）

【注釋】

此詞首句用韻，與楊氏"秋水明眸"不同，楊氏"涼生秋早"一
首亦同。《詞律拾遺》卷二："句法同柳詞，惟有首句起韻，前後第
五句俱叶，稍異。"

按楊无咎"涼生秋早"首句用韻與此詞同，上下片第五句不用
韻與柳詞同，注出不另列。又，楊无咎"涼生秋早"詞首句《全宋
詞》作"枕簟涼生秋早"多二字，上片第五句作"信言多磨"多一字，
《宋元名家詞》本分別作"涼生秋早"、"信言多"，當從後者。

又一體（平韻）

【體略】

雙片六十八字，上片三十三字七句三平韻，下片三十五字七句
四平韻，晏幾道。

【圖譜】

楚鄉春晚，似入仙源。^[一]拾翠處、閒隨流水，踏青路、暗
●○○● ●●○○ ◎●● ○○○● ◎⊙● ◎
惹香塵。心心在，柳外青帘，花下朱門。^[二]　　對景且醉芳
●○○ ⊙○● ◎●○○ ⊙●○○ ●◎◎●○

尊。莫話消魂。好意思、曾同明月，惡滋味、最是黃昏。相
○　◎●○○　　●●○○　⊙○○⊙　◎●○○　　⊙
思處，一紙紅牋，無限啼痕。[三]
○●　◎●○○　⊙●○○

（《全宋詞》247 頁）

【注釋】

[一]此體字句、韻位與柳詞相同，但用平韻，句中字聲亦多有差異。黃庭堅三詞及仇遠詞正與之同。《詞律》卷十："此詞用詩韻十三元，故用'源'字起韻，不知此字入詞實與餘音不叶。今人皆知分用，不宜效之矣。"句中可平可仄除注明外，皆見下列黃庭堅詞。

[二]"拾"黃庭堅"一笑千金"詞作"曾"，"閒"黃庭堅"一笑千金"詞作"合"，"踏青"黃詞作"終願"。"心"、"在"黃庭堅"一笑千金"詞作"許"、"時"，"柳"、"花"黃庭堅"一笑千金"詞作"靈"、"鶩"。

[三]"對景且醉芳尊"做拗句，黃庭堅"一笑千金"詞作"自從官不容針"，用律句。此句晏、黃、仇詞或律或拗，填者任選一種可也。"思"黃庭堅"一笑千金"詞作"人"，"曾"、"明"黃庭堅"秋水遙岑"詞作"女"、"著"，"惡"黃庭堅"秋水遙岑"詞作"爭"。"最"黃庭堅"一笑千金"詞作"門"。"相"黃庭堅"秋水遙岑"詞作"最"。

又一體

【體略】

雙片六十八字，上片三十三字七句四平韻，下片三十五字七句

四平韻，黄庭堅。

【圖譜】

巧笑眉顰。行步精神。隱隱似、朝雲行雨，弓弓樣、羅
襪生塵。樽前見，玉檻彫籠，堪愛難親。　　自言家住天
津。生小從人。恐舞罷、隨風飛去，顧阿母、教宰珠裙。從
今去，唯願銀缸，莫照離尊。

（《全宋詞》400 頁）

【注釋】

此與晏詞相校，首句即用韻，換頭一句用律句，黄詞三首皆同。

鵲橋仙

【調釋】

此以民間七夕牛郎織女相會故事名調，與流行五十六字《鵲橋仙》者同名異調。《樂章集》注歇指調。柳詞用上去韻，賦戀情相思，屬本調之作，聲情頓挫感傷。

【體略】

歇指調，雙片八十七字，上片四十五字十句四上去韻，下片四十二字七句七上去韻，柳永。

【圖譜】

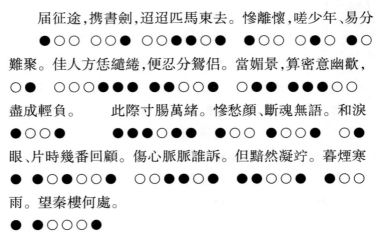

届征途,携書劍,迢迢匹馬東去。慘離懷,嗟少年、易分
●○○　○○●　○○●●●○　　●○○　○●○、●○

難聚。佳人方恁繾綣,便忍分鴛侶。當媚景,算密意幽歡,
○●　○○○●●○●　●●●○　　○●●　●●●○○

盡成輕負。　　　　此際寸腸萬緒。慘愁顏、斷魂無語。和淚
●○○●　　　　　●●●○●●　●○○、●○○●　○●

眼、片時幾番回顧。傷心脈脈誰訴。但黯然凝竚。暮煙寒
●、●○●○○●　○○●●○●　●●○○●　●○

雨。望秦樓何處。
●　●○○●●

（《全宋詞》26 頁）

【注釋】

　　《樂章集校注》繫此詞於景德二年(1005) (138 頁)。此詞上
片第三句《詞譜》作七字句:"迢迢匹馬東歸去。"並云:"《詞律》誤
從汲古閣本,前段第三句少一字,今從《花草粹編》增定。"按吳訥
《百家詞》、《全宋詞》皆作"迢迢匹馬東去"。此兩宋金元孤調,無
他詞可校。

離別難

【調釋】

　　此與五代薛昭蘊令詞調不同,當借舊名另造新聲。《樂章集》
注中呂調。柳詞平聲韻,寫悼亡,賦本意,聲情怨恨感傷。金王喆、

馬鈺寫道情，聲情迥異，當爲變調。馬鈺詞名《離苦海》。

【體略】

中呂調，雙片一百一十二字，上片五十五字九句五平韻，下片五十七字十句五平韻，柳永。

【圖譜】

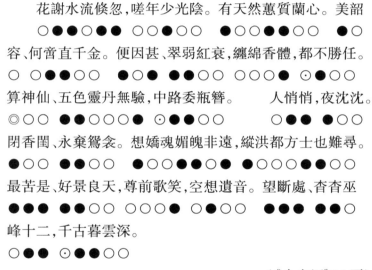

花謝水流倏忽，嗟年少光陰。有天然蕙質蘭心。美韶
○●●○○●　●○●○○　●●○○●●○　●●
容、何啻直千金。便因甚、翠弱紅衰，纏綿香體，都不勝任。
○、○●●○○　●○●、●●○○　○○○●　○●○○
算神仙、五色靈丹無驗，中路委瓶簪。　　人悄悄，夜沈沈。
◎○○、●●○○○●　○●●○○　　　○○●　●○○
閉香閨、永棄鴛衾。想嬌魂媚魄非遠，縱洪都方士也難尋。
●○○、●●○○　●○○●●○●　●○○○●●○○
最苦是、好景良天，尊前歌笑，空想遺音。望斷處、杳杳巫
●●●、●●○○　○○○●　○●○○　●●●、●●○
峰十二，千古暮雲深。
○●●　○●●○○

（《全宋詞》36 頁）

【注釋】

《樂章集校注》繫此詞於景德二年至四年（1005—1007）（140 頁）。此調兩宋金元僅存柳永和王喆、馬鈺詞。句中可平可仄即參校下列王喆詞句法相同者。《詞牌格律》："上片第三、下片第四第五句，各爲一六、一七句式，其第一字要作仄。"（522 頁）

又一體

【體略】

雙片一百八字，上片五十三字十句六平韻一叶韻，下片五十三字十句五平韻，王喆。

【圖譜】

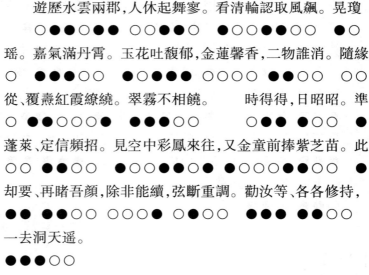

遊歷水雲兩郡，人休起舞寥。看清輪認取風飆。晃瓊
瑤。嘉氣滿丹霄。玉花吐馥郁，金蓮馨香，二物誰消。隨緣
從、覆燾紅霞繚繞。翠霧不相饒。　　時得得，日昭昭。準
蓬萊、定信頻招。見空中彩鳳來往，又金童前捧紫芝苗。此
却要、再睹吾顏，除非能續，弦斷重調。勸汝等、各各修持，
一去洞天遥。

（《全金元詞》245 頁）

【注釋】

《詞律辭典》："此即柳詞體，上片第四句添一韻，三字一句，五字一句，'瑤'字本可視作偶合，但馬鈺和詞，此句也用'瑤'字押韻。第五句減兩字，作五字句，第九句添一仄韻，爲同部三聲叶。

下片第九句減兩字,作上三下四式七字句。平仄亦與柳詞大部(分)相同。"(53頁)

按此詞《全金元詞》斷句多誤,當從《詞律辭典》斷句。又馬鈺詞亦當依王詞斷句,與王詞相校,上片第五句添一字作"真真瑞滿青霄",當衍一"真"字,下片第六句《全金元詞》作"忽結亘古真容","忽"前當脱漏一字,應爲"□忽結、亘古真容",注出不另列。

又,王喆、馬鈺詞皆於上片第九句添一仄韻,當屬偶誤。王詞以柳詞"驗"、"簪"通押,不當。"簪"一屬"侵"韻,一屬"覃"韻,柳詞本押"侵"韻。王喆因柳詞前一句"驗"字偶誤識。

安公子

【調釋】

《安公子》原本隋曲,又見《教坊記》。《碧雞漫志》卷四有考,參柳永"遠岸收殘雨"詞"調釋"。《樂章集》注中呂調,當爲王灼所言"近"曲。柳詞賦旅情,聲情明媚婉轉。柳詞另有般涉調《安公子》,當爲王氏所言"令"曲,與此同名異調。

【體略】

中呂調,雙片八十字,上片四十四字八句四上去韻,下片三十六字七句三上去韻,柳永。

【圖譜】

長川波瀲灩。楚鄉淮岸迢遞,一霎煙汀雨過,芳草青
○○○●●　●○○●●○　●●○○●●　○○○

如染。驅驅攜書劍。當此好天好景,自覺多愁多病,行役心
○●　○○○●●　○●●○●●　●●○○○●　○○○

情厭。　　　望處曠野沈沈，暮雲黯黯。行侵夜色，又是急槳
○●　　　　　●●●●○○　●○○●　　○○●● ●●●●

投村店。認去程將近，舟子相呼，遥指漁燈一點。
○○●　●●○● ○●○○　○●○○●●

（《全宋詞》38 頁）

【注釋】

《樂章集校注》繋此詞於景德二年（1005）（130 頁）。此調爲兩
宋金元孤調，無別詞可校。《詞律》卷十二："惟耆卿有此詞，他無可
證。按此調當作三迭，'長川'至'如染'，'驅驅'至'情厭'字句相
同，宜分作兩段，所謂雙拽頭也。"《詞律》采詞多有誤處，不當從。

小鎮西犯

【調釋】

《樂章集》注仙吕調。柳詞用上去韻，添頭曲。此調與《小鎮
西》比較，"前段第一、二、三句，後段第一、二、三、四句，與《鎮西》
詞同，以下句讀俱異"（《詞譜》卷十六）。按上片第四句以下和下
片第五句以下犯用他調，所犯之調不詳。

【體略】

仙吕調，雙片七十一字，上片三十四字七句五上去韻，下片三
十七字八句六上去韻，柳永。

【圖譜】

水鄉初禁火，青春未老。芳菲滿、柳汀煙島。波際紅幃
●○○●● ○○●● 　○○● ●○○● 　○●○○

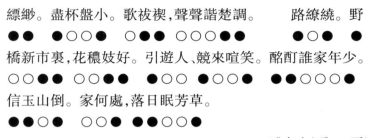

縹緲。盡杯盤小。歌袚褉，聲聲諧楚調。　　路繚繞。野橋新市裏，花穠妓好。引遊人、競來喧笑。酩酊誰家年少。信玉山倒。家何處，落日眠芳草。

（《全宋詞》44 頁）

【注釋】

《樂章集校注》繫此詞於景德二年（1005）（128 頁）。此調兩宋金元僅存此詞。《詞律》卷十一："'杯盤'、'玉山'皆四字句中用二字相連者，不可不知。"

木蘭花慢

【調釋】

《樂章集》注南吕調。此調爲兩宋及後世流行詞調。柳詞上下片中間和換頭處皆有句中短韻，聲情極諧美。此調後來創作有的三處皆用短韻，有的僅於換頭用，有的完全不用。沈義父在《樂府指迷》中對宋人不知此調句中短韻而給予批評。南吕調即高平調，聲情"條暢滉漾"，題材可不拘，寫景言情，詠物抒懷皆可，但聲情以柔婉爲美。《于湖詞》注高平調，正南吕調俗名。《校正》："此調有短韻，折腰之六字句，上一下四句法之五字句，八字句，配以四字句、六字句，句式多變化而複雜；調勢流暢、頓挫而又含蓄，聲情優美，故兩宋詞人作者極衆。此調以鋪叙、描寫見長，適用於寫景、叙事、詠物、節序、祝頌、懷古、抒情、言志、酬贈。此調實有過變用短韻與不用短韻兩體。辛棄疾詞不用短韻，音節更爲流暢。"（487

頁）此調兩宋代表詞人除柳永外,有吳文英、朱敦儒、辛棄疾、周密、
張炎等。元代此調亦極流行,創作多受辛棄疾影響,不過又多用短
韻與辛詞異。

【體略】

　　南呂調,雙片一百一字,上片五十字十句五平韻,下片五十一
字十一句七平韻,柳永。

【圖譜】

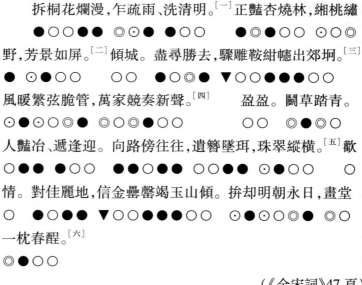

拆桐花爛漫,乍疏雨、洗清明。[一]正豔杏燒林,緗桃繡
●○○●● ◎⊙● ●○○ 　　●◎●○○ ⊙○○
野,芳景如屏。[二]傾城。盡尋勝去,驟雕鞍紺幰出郊坰。[三]
● ⊙●○○ 　　○○ ●○◎● ▼○○●●○○
風暖繁弦脆管,萬家競奏新聲。[四]　　盈盈。鬭草踏青。
⊙●○○●● ●○◎●○○ 　　○○ ●●○○
人豔冶、遞逢迎。向路傍往往,遺簪墜珥,珠翠縱橫。[五]歡
○●● ●○○ ●●○●● ○○●● ⊙●○○ 　　○
情。對佳麗地,信金罍罄竭玉山傾。拚却明朝永日,晝堂
○ 　　●○●● ▼○○●●○○ 　　⊙●○●○● ◎○
一枕春酲。[六]
◎●○○

　　　　　　　　　　　　　　　　　　　　　　（《全宋詞》47頁）

【注釋】

　　[一]此調兩宋存詞一百八十餘首,金元一百五十餘首,體式
較多,主要有押短韻與不押短韻兩種。押短韻者,又分上下片及換
頭均押短韻和僅換頭押短韻兩種情況,前者《詞律》卷七以蔣捷

"傍池闌"一首爲正體，《詞譜》卷二十九以柳永此詞爲正體。按當依《詞譜》，柳永此詞聲律已十分嚴謹，南宋吕勝己、李萊老、李彭老、吳文英、周密、蔣捷、張炎等人正同柳永此體。此詞上片自"乍疏雨"以下與下片"人豔冶"以下相同（上片第三句與下片第四句字聲不同）。"拆桐花爛漫"作三二句法，亦可作二三句法。"爛"李萊老等人偶用平聲，不參校。句中可平可仄除注明外，俱見下列各體句法相同者。

　　[二]"正"與下片"向"皆爲領字，各領起以下三個四字句。"緗"、"繡"張炎"幽棲身懶動"詞作"不"、"車"。

　　[三]"傾城"用短韻，必用雙平，與換頭"盈盈"及下片"歡情"相同。"勝"李彭老"正千門繫柳"詞作"榆"。"驟雕鞍紺幰出郊坰"一句和下片第九句"信金罍罄竭玉山傾"作上一下七句法，"驟"、"信"宜用去聲，此二句用上一下七句法最爲正宗，又偶有如吳文英"紫驪嘶凍草"詞，上片作："步荒臺、猶認瘞花痕。"下片作："更軟紅、先有探芳人。"從文意上可斷作上三下五句法者，此於歌唱無礙，今於此調皆作上一下七句式，文意上可作上三下五者不再另列，皆斷作八字一句。

　　[四]"風"吳文英"酹清杯問水"詞作"雪"，"繁"、"脆"趙孟頫詞作"眼"、"朱"。"萬"、"競"蔣捷"傍池闌"詞作"紛"、"曾"。

　　[五]"鬪"吳文英"酹清杯問水"詞作"春"。"向路傍"以下三句，《詞譜》斷作"向路傍、往往遺簪墜珥，珠翠縱橫"，誤。

　　[六]"對佳麗地"作一四句法，亦可作二二句法，宜作二二句法。"明"李彭老詞作"六"，"永"趙孟頫詞作"長"。"畫"吳文英"步層丘翠莽"詞作"寒"，"一"吳文英"酹清杯問水"詞作"樓"。

又一體

【體略】

雙片一百一字,上片五十字十句五平韻,下片五十一字十一句六平韻,柳永。

【圖譜】

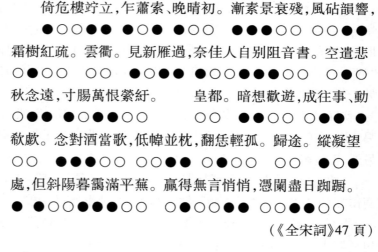

倚危樓竚立,乍蕭索、晚晴初。漸素景衰殘,風砧韻響,
●○○●● ●○● ●○○ ●●○○● ○○●

霜樹紅疏。雲衢。見新雁過,奈佳人自別阻音書。空遣悲
○●○○ ○○ ●○●● ●○○●●○○ ○●○

秋念遠,寸腸萬恨縈紆。　　皇都。暗想歡遊,成往事、動
○●● ●○●●○○ 　　○○ ●●○○ ○●● ●

歔欷。念對酒當歌,低幃並枕,翻恁輕孤。歸途。縱凝望
○○ ●●●○○ ○○●● ○●○ ○○ ●○●

處,但斜陽暮靄滿平蕪。贏得無言悄悄,憑闌盡日踟躕。
● ●○○●●●○○ ○●○○●● ○○●●○○

（《全宋詞》47頁）

【注釋】

《樂章集校注》繫此詞於景德二年（1005）（133頁）。此與柳永"拆桐花"詞相校,惟下片第二句不押韻異。范周詞、吳文英"記瓊林宴起"詞與之相同。按《百家詞》"皇都"二字屬上片,誤。

又一體

【體略】

雙片一百一字,上片五十字十一句五平韻,下片五十一字十一句七平韻,曹勛。

【圖譜】

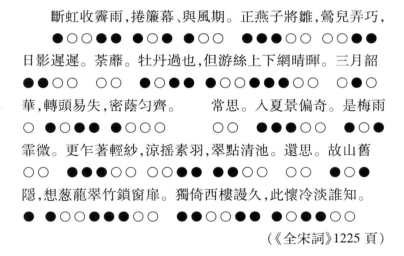

斷虹收霽雨,捲簾幕、與風期。正燕子將雛,鶯兒弄巧,
●○○●● ●○○● ○○● ●●●○○ ○○●●
日影遲遲。荼蘼。牡丹過也,但游絲上下網晴暉。三月韶
●●○○ ○○ ●○●● ●○●●○●○○ ○●○
華,轉頭易失,密蔭勻齊。　　　常思。入夏景偏奇。是梅雨
○ ●○●● ●○○○ 　　○○ ●●●○○ ●○●
霏微。更乍著輕紗,涼搖素羽,翠點清池。還思。故山舊
○○ ●●●○○ ○○●● ●●○○ ○○ ●○●
隱,想葱蘢翠竹鎖窗扉。獨倚西樓謾久,此懷冷淡誰知。
● ●○○●●○○ ●●○○●● ●○●●○○

（《全宋詞》1225 頁）

【注釋】

此與柳永"拆桐花"詞相校,上片第九、十句攤破作四字三句,且字聲不同,下片第二、三句均作五字句,且皆作三二句法。

又一體

【體略】

雙片一百一字,上片五十字十句五平韻,下片五十一字十一句
七平韻,蔣捷。

【圖譜】

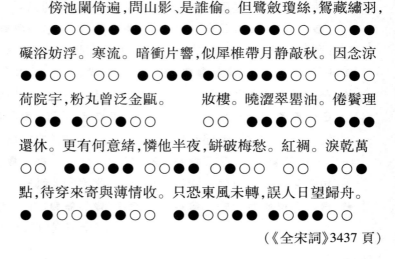

傍池闌倚遍,問山影、是誰偷。但鷺斂瓊絲,鴛藏繡羽,
●○○●● ●○● ●○○ ●●●○○ ○○●●

礙浴妨浮。寒流。暗衝片響,似犀椎帶月靜敲秋。因念涼
●●○○ ○○ ●○●● ○○○●●○○ ○●○

荷院宇,粉丸曾泛金甌。　　妝樓。曉澀翠罌油。倦鬟理
○●● ○○○●○○ ○○ ●●●○○ ●●●

還休。更有何意緒,憐他半夜,餅破梅愁。紅裀。淚乾萬
○○ ●●○●● ○○●● ●●○○ ○○ ●○●

點,待穿來寄與薄情收。只恐東風未轉,誤人日望歸舟。
● ●○○●●○○ ●●○○●● ●○●●○○

(《全宋詞》3437 頁)

【注釋】

此與柳永"拆桐花"詞、曹勛詞相校,上片全同柳詞,下片全同
曹詞。蔣捷別首正與此同。按《詞律》以此詞爲正體,認爲"此詞
作者如林,至竹山此詞規矩森然,可謂毫髮無憾矣",此説不當,此
體兩宋僅蔣捷二詞如此創作。又上片第八句、下片第九句《詞律》
均斷作上三下五句法,今仍作上一下七句法。

又一體（正體）

【體略】

雙片一百一字，上片五十字九句四平韻，下片五十一字十句六平韻，秦觀。

【圖譜】

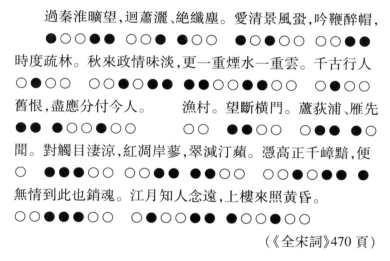

過秦淮曠望，迴蕭灑、絕纖塵。愛清景風蛩，吟鞭醉帽，
時度疏林。秋來政情味淡，更一重煙水一重雲。千古行人
舊恨，盡應分付今人。　　漁村。望斷橫門。蘆荻浦、雁先
聞。對觸目淒涼，紅凋岸蓼，翠減汀蘋。憑高正千嶂黯，便
無情到此也銷魂。江月知人念遠，上樓來照黃昏。

（《全宋詞》470 頁）

【注釋】

《唐宋詞彙評》考此詞作於元豐五年（1082）（732 頁）。此體宋人填者很多，亦是正體。此與柳永"拆桐花"詞相校，前後片"秋來"、"憑高"均不用短韻異。按，雖不用短韻，但字聲相同，又"秋來政情味淡"用拗句，"憑高"一句作二四句法，填者識之。

又一體

【體略】

雙片一百一字,上片五十字九句四平韻,下片五十一字十句五平韻,吳則禮。

【圖譜】

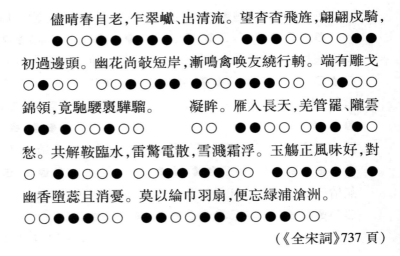

儘晴春自老,乍翠巘、出清流。望杳杳飛旌,翩翩戍騎,
初過邊頭。幽花尚敧短岸,漸鳴禽喚友繞行幬。端有雕戈
錦領,竟馳騄裹驊騮。　　凝眸。雁入長天,羌管罷、隴雲
愁。共解鞍臨水,雷驚電散,雪濺霜浮。玉觴正風味好,對
幽香墮蕊且消憂。莫以綸巾羽扇,便忘綠浦滄洲。

（《全宋詞》737 頁）

【注釋】

此與秦觀詞相校,惟下片第二句不用韻異。洪皓、呂渭老等人詞正與之同。按下片第四句"解鞍臨水"宜作仄仄平平。

又一體

【體略】

雙片一百一字,上片五十字九句四平韻,下片五十一字十句六平韻,朱敦儒。

【圖譜】

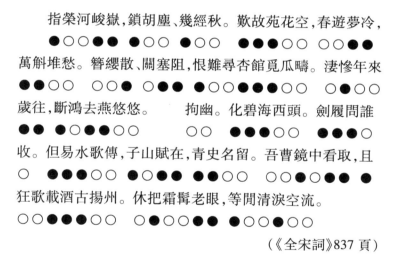

指滎河峻嶽,鎖胡塵、幾經秋。歎故苑花空,春遊夢冷,
萬斛堆愁。簪纓散、關塞阻,恨難尋杏館覓瓜疇。淒慘年來
歲往,斷鴻去燕悠悠。　　　拘幽。化碧海西頭。劍履問誰
收。但易水歌傳,子山賦在,青史名留。吾曹鏡中看取,且
狂歌載酒古揚州。休把霜髯老眼,等閒清淚空流。

（《全宋詞》837 頁）

【注釋】

《唐宋詞彙評》考此詞乃建炎元年(1127)秋作於金陵(1308頁)。此與秦觀詞相校,上片第六句作六字折腰句,下片第二、三句皆作五字句。辛棄疾"老來情未減"詞正與之同。

又一體

【體略】

雙片一百一字,上片五十字九句四平韻,下片五十一字十句六平韻,張輯。

【圖譜】

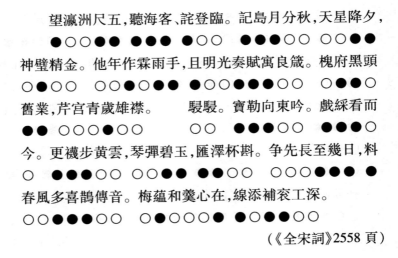

望瀛洲尺五,聽海客、詫登臨。記島月分秋,天星降夕,
●○○●● ●●● ●○○　●●●○○ ○○●
神璧精金。他年作霖雨手,且明光奏賦寓良箴。槐府黑頭
○●○○ ○○●●●○ ●○○●●○○　○●●○
舊業,芹宮青歲雄襟。　　　騶騶。寶勒向東吟。戲綵看而
●● ○○○●○○　　　　○○ ●●●○○ ●●○○
今。更襪步黃雲,琴彈碧玉,匯澤杯斟。爭先長至幾日,料
○ ●●●○○ ○○●● ●●○○ ○○●●● ●
春風多喜鵲傳音。梅蘊和羹心在,綫添補袞工深。
○○○●●○○ ○●○○●● ●○●●○○

(《全宋詞》2558 頁)

【注釋】

此與朱敦儒"指滎河"詞相校,上片第六句仍作普通六字一句異。此體較"指滎河"一體於兩宋更爲常用。

又一體（正體）

【體略】

雙片一百一字，上片五十字九句四平韻，下片五十一字九句五平韻，朱敦儒。

【圖譜】

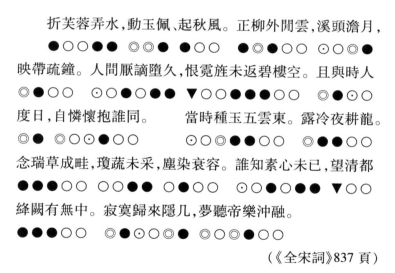

折芙蓉弄水，動玉佩、起秋風。正柳外閒雲，溪頭澹月，
●○○●● ◎○●、●○○ ●◎○●○ ○○◎●

映帶疏鐘。人間厭謫墮久，恨霓旌未返碧樓空。且與時人
◎●○○ ◎○◎●○● ▼○○●●●○ ●○○⊙○

度日，自憐懷抱誰同。 當時種玉五雲東。露冷夜耕龍。
◎● ◎○○⊙○ ⊙○●●●○○ ◎●●○○

念瑞草成畦，瓊蔬未采，塵染衰容。誰知素心未已，望清都
●●●○○ ○○●● ○●○○ ⊙○●●●● ▼○○

絳闕有無中。寂寞歸來隱几，夢聽帝樂沖融。
●●●○○ ◎●⊙○●● ○○●○●○

（《全宋詞》837 頁）

【注釋】

《樵歌校注》以此詞作時不晚於高宗紹興十五年（1145）末（61頁）。此調不押短韻者以此首爲早，且聲律謹嚴，當爲正體。按此體宋人創作最多。下片第二句“露”辛棄疾“路旁人怪問”詞作“江”，第三句“瑞草成畦”作仄仄平平，其他可平可仄皆同柳永“拆桐花爛漫”詞。按朱詞此首“人間”、“當時”、“誰知”皆用雙平，依

然保留着用短韻字聲的痕跡，"人"、"當"、"誰"三字雖可平可仄，
但宜用平聲。又，劉應雄詞下片第二句添一字作"快燈市、客相
邀"，此調除劉詞外無一百二字者，疑"快"爲衍字，注出不另列。
按上片第六句"謫"以入代平，不注仄聲。

又一體

【體略】

　　雙片一百一字，上片五十字九句四平韻，下片五十一字九句五
平韻，辛棄疾。

【圖譜】

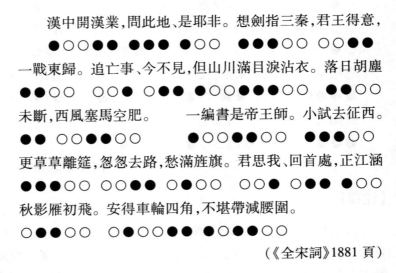

（《全宋詞》1881 頁）

【注釋】

　　《稼軒詞編年箋注》考此詞至晚在淳熙七年（1180）之春作（75

頁)。此與朱詞相校,上下片第六句均用六字折腰句法異。辛棄疾
"路傍人怪問"詞正與之同。

又一體

【體略】

　　雙片一百一字,上片五十字九句四平韻,下片五十一字九句五
平韻,黃機。

【圖譜】

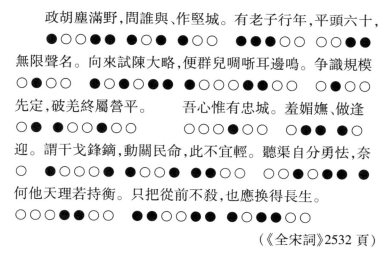

政胡塵滿野,問誰與、作堅城。有老子行年,平頭六十,
●○○●● 　●○○、●○○ 　●●○○ 　○○●●

無限聲名。向來試陳大略,便群兒喁唧耳邊鳴。爭識規模
○●○○ 　●○●●○● 　●○○●●○○ 　○●○○

先定,破羌終屬營平。　　吾心惟有忠城。羞媚嫵、做逢
○● 　●○○●○○ 　　　○○○●○○ 　○●●、●○

迎。謂干戈鋒鏑,動關民命,此不宜輕。聽渠自分勇怯,奈
○ 　●○○●● 　●○○● 　●●○○ 　○○●●○● 　●

何他天理若持衡。只把從前不殺,也應換得長生。
○○○●●○○ 　●●○○●● 　●○●●○○

(《全宋詞》2532 頁)

【注釋】

　　此與朱詞相校,下片首句作六字一句、第二句作六字折腰句異。
亦詞人有意爲之。黃機"宣文王前子"詞及無名氏"飽經霜古樹"詞
正與之同。又無名氏"飽經霜古樹"詞上片第二句偶添二襯字作"怕
春寒、趁臘引青枝",下片首句不押韻,其餘同此體,注出不另列。

送征衣

【調釋】

曲名見《教坊記》，敦煌寫卷存詞，柳詞與之不同，當屬另造新聲。《樂章集》注中呂宮。《中原音韻》言其"高下閃賺"，乃從旋律、節奏言之。柳詞用平韻，詠天下太平，四方朝聖，聲情明媚歡愉。

【體略】

中呂宮，雙片一百二十一字，上片十三句七平韻，下片十二句六平韻，柳永。

【圖譜】

過韶陽。璿樞電繞，華渚虹流，運應千載會昌。罄寰
●○○　　○○●●　●○○○　●●○○●●　●○

宇、薦殊祥。吾皇。誕彌月，瑤圖纘慶，玉葉騰芳。並景貺、
●　○○○　○○　●●●　○○●●　●●○○　●●●

三靈眷佑，挺英哲、掩前王。遇年年、嘉節清和，頒率土稱
○○●●　●○●　●○○　●○○　○●○○　○●●○

觴。　　無間要荒華夏，盡萬里、走梯航。彤庭舜張大樂，
○　　○●○○○●　●●●　●○○　○○●○●●

禹會群芳。鵷行。望上國，山呼鼇抃，遙爇鑪香。竟就日、
●●○○　○○　●●●　○○○●　○●○○　●●●

瞻雲獻壽，指南山、等無疆。願巍巍、寶曆鴻基，齊天地遙長。
○○●●　●○○　●○○　●○○　●●○○　○○●●○○

(《全宋詞》15頁)

【調釋】

　　《唐宋詞彙評》:"宋仁宗生於大中祥符三年(1010)四月十四日,即位後定是日爲乾元節……柳永此詞應制,爲仁宗祝壽而作。"(59頁)《樂章集校注》繫此詞於慶曆元年至二年(1041—1042)(212頁)。此兩宋金元孤調,無他詞可校。《詞律》卷二十:"'吾皇'下與後'鵷行'下同。按此調六字句,凡四用,皆中三字一豆者,如'馨寰宇''宇'字,'挺英哲''哲'字,'盡萬里''里'字皆用仄聲,則'指南山''山'字亦應用仄,恐是'岳'字之誤也。"《詞譜》卷三十六:"前段第六句、後段第五句,俱押二字短韻;兩結句,俱作上一下四句法。填者辨之。"

　　按《倚聲初集》載黄京此調(題"本意,用中州韻"),録供參考:"正秋天,銀虯水咽,金鴨香浮,窗外雁字初飛。聲嘹亮、影迷離。齊紈初展處,紅添頰暈,黛減眉低。回素壁、銅虹伴晚,才欲剪、尚遲遲。便今番、刀尺難憑,寬窄意中知。　　愁撚銀針斜度,絲不斷、憑增悲。淒淒袖勻殘淚,燈落餘煤。階前鋪細月,千絲萬縷,製就征衣。有回文、蠶書錦字,剛織就、自鴛機。向榆關、邊使殷勤,何日人歸。"(《全清詞(順康卷)》2880頁)與柳詞相校,上片首句未用韻,第六句未用短韻,下片第五句未用短韻異。

如魚水

【調釋】

　　《樂章集》注仙呂調。柳詞用平聲韻,換頭曲。詞云:"芰荷香。雙雙戲、鸂鶒鴛鴦。"亦賦本意,聲情流麗圓美。

【體略】

仙呂調,雙片九十七字,上片五十字九句五平韻,下片四十七字八句六平韻,柳永

【圖譜】

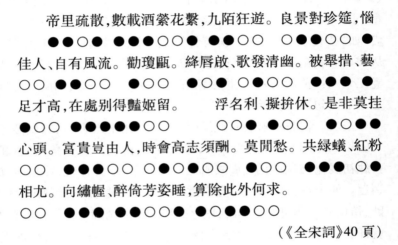

帝里疏散,數載酒縈花縈,九陌狂遊。良景對珍筵,惱
●●○● ●●●○● ●●○○ ○●●○○ ●
佳人、自有風流。勸瓊甌。絳唇啟、歌發清幽。被舉措、藝
○○ ●●○○ ●○○ ●●● ○●○○ ●●● ●
足才高,在處別得豔姬留。　　浮名利、擬拚休。是非莫挂
●○○ ●●●●○○ ○○● ●○○ ●○●
心頭。富貴豈由人,時會高志須酬。莫閒愁。共綠蟻、紅粉
○○ ●●●○○ ○●○○● ●○○ ●●● ○●
相尤。向繡幄、醉倚芳姿睡,算除此外何求。
○○ ●●● ●○○○● ●○●●○○

（《全宋詞》40頁）

【注釋】

此調兩宋金元僅存柳永二詞。《樂章集校注》繫此詞於大中祥符五年(1012)(151頁)。此詞上片第四、五句,《全宋詞》作"良景對珍筵惱,佳人自有風流",今從《詞律辭典》斷句。

又一體

【體略】

仙呂調,雙片九十三字,上片四十八字九句六平韻,下片四十

五字八句七平韻,柳永。

【圖譜】

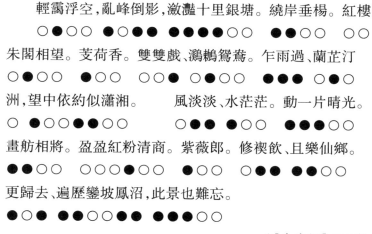

　　　　　輕靄浮空,亂峰倒影,瀲灧十里銀塘。繞岸垂楊。紅樓
　　　　　〇●〇〇　●●〇〇　●●●〇〇〇　　●●〇〇　　〇〇

朱閣相望。芰荷香。雙雙戲、鸂鶒鴛鴦。乍雨過、蘭芷汀
〇●〇〇　●〇〇　〇〇●、〇●〇〇　●●●、〇〇〇

洲,望中依約似瀟湘。　　　　風淡淡、水茫茫。動一片晴光。
〇　●〇〇●〇〇　　　　　●●●、●〇〇　●●●〇〇

畫舫相將。盈盈紅粉清商。紫薇郎。修禊飲、且樂仙鄉。
●●〇〇　〇〇〇●〇〇　●〇〇　〇●●、●●〇〇

更歸去、遍歷巒坡鳳沼,此景也難忘。
●〇●、●●〇〇●●　●●●〇〇

(《全宋詞》40 頁)

【注釋】

　　《樂章集校注》繫此詞於寶元元年(1038)(184 頁)。此詞上片"繞岸"至"鴛鴦"與下片"畫舫"至"仙鄉"同。此與"帝里疏散"一首相校,上片自"芰荷香"以下相同,下片僅換頭一句及"紫薇郎"至"且樂仙鄉"相同,其他句法字聲皆有小異,音樂形式亦當小有變化。

　　《詞律》卷十四:"柳詞僻調,難得如此嚴整者,愚謂'中'字恐是'裏'字,'乍雨過'下當作'蘭芷汀洲望裏'為一句,'依約似瀟湘'為一句,正與後結二句相符。蓋此調前段'繞岸'下、後段'畫舫'下字句無不合轍,'蘭芷'句必係六字耳。"

　　下片第二句"動一片晴光",《詞譜》作"搖動一片晴光"。《詞律拾遺》卷八:"'紅樓朱閣'《閩詞鈔》作'翠閣',又'動一片晴光'

句,'動'字上有'搖'字。"

柳初新

【調釋】

　　《樂章集》注大石調。周密《武林舊事》"聖節"大宴第十六
盞有無射商《柳初新》曲,無射商俗名即越調,與大石調均爲商調
曲,但音高十律。此調當創自柳永,調名取"報帝里、春來也。柳
擡煙眼,花勻露臉,漸覺綠嬌紅姹"。賦本調,詠太平景象,聲情
清新灑脫,後晁端禮、沈蔚詞皆詠豔情,內容較柳永爲俗,聲情
相似。

【體略】

　　大石調,雙片八十一字,上片四十字,下片四十一字,各七句五
仄韻,柳永。

【圖譜】

　　　　東郊向曉星杓亞。報帝里、春來也。柳擡煙眼,花勻露
　　　　⊙○○◉●○● 　◎●● ○○● 　◎⊙○● ○○●

臉,漸覺綠嬌紅姹。妝點層臺芳榭。運神功、丹青無價。
●　●○○◉○● 　○●⊙○○● 　○○○●⊙○●

別有堯階試罷。新郎君、成行如畫。杏園風細,桃花浪暖,
◎●○○●● 　⊙○○●○○⊙● 　◎○○● ○○●●

競喜羽遷鱗化。遍九陌、相將遊冶。驟香塵、寶鞍驕馬。
◎●●○○● 　●○○ ⊙○○● 　●○○ ◎○○●

(《全宋詞》19頁)

【注釋】

《樂章集校注》繫此詞於景祐元年（1034）（165頁）。此調兩宋金元僅有沈蔚、晁端禮及無名氏詞可校，柳、沈、晁詞用上去韻，無名氏一首用入聲韻。上片第一句"東"、"向"沈詞作"楚"、"來"，第二句"報"無名氏作"青"，第三句"柳"沈詞作"瑤"，第六句"芳"沈詞作"巧"。下片第三句"杏"、第五句"競"沈詞作"桃"、"愁"，第六句"九"沈詞作"曾"，第七句"塵"沈詞作"人"，"寶"沈詞作"襄"。句中其他可平可仄見晁詞別體句法相同者。

又按《詞律》卷十二："'柳臺'下與'杏園'下前後皆同，只'遍九陌'句多一字，必'妝'上落一字，今姑照舊録之，作者添字與後同可也。"然沈蔚詞亦作六字句："誰拂瑤琴巧弄。"柳詞應不脱字。

又一體

【體略】

雙片八十二字，上下片各四十一字七句五仄韻，晁端禮。

【圖譜】

　　　些兒柄靶天來大。悶損也、還知麼。共伊合下，深盟厚
　　　○○●●○○●　●●●　○○●　●○○●　○○

　約，比望收因結果。這好事、難成易破。到如今、彼此無那。
　●　●●○○●●　◎●●　○○●●　○○○　●●○●

　　　終日行行坐坐。未曾識、展眉則箇。若還不是，前生注
　　　○●○○●●　●○●　●○○●　●○●●　○○●

定,甚得許多摧挫。去你行、有甚罪過。送一場、煩惱與我。
● ●●●●○○● ●●○ ●○●● ●●○ ○●●●

【注釋】

此與柳詞相校,上片第六句添一字作七字折腰句異,無名氏
"千林凋謝"一首正與此詞。"這"無名氏作"天"。而前後片結句
"彼此無那"、"煩惱與我"皆作拗句,爲作者有意爲之,與柳詞不
參校。

紅窗聽

【調釋】

《樂章集》注仙吕調。柳詞用上去韻,賦戀情,聲情風流香豔。
同期晏殊有詞,題材、聲情相似。《詞譜》卷十:"一名《紅窗睡》。"
按《紅窗睡》見《歷代詩餘》卷二十五無名氏詞,《全宋詞》、《全金
元詞》皆未收録,今不參校。

【體略】

仙吕調,雙片五十三字,上片二十六字四句三上去韻,下片二
十七字五句三上去韻,柳永。

【圖譜】

如削肌膚紅玉瑩。舉措有、許多端正。二年三歲同鴛
⊙●●○○●● ◎●● ●○○● ●○○●○○
寢,表溫柔心性。　　別後無非良夜永。如何向、名牽利
● ●○○●● ●●○○○●● ○○● ○○●

役,歸期未定。算伊心裏,却冤成薄倖。
● ○○●● ●○○● ●○○○◎●

（《全宋詞》45 頁）

【注釋】

　　《樂章集校注》繫此詞於景祐元年（1034）（169 頁）。此調有晏殊二詞可校,僅數字字聲不同。《詞譜》以晏殊詞作譜。上片第一句"如"晏殊"淡薄梳妝"一首作"淡",第二句"舉"作"天",下片第五句"薄"作"重"。此調上下片結句"表溫柔心性"、"却冤成薄倖"均作上一下四句法,晏詞二首亦然。

古傾杯

【調釋】

　　《樂章集》注林鐘商。此調上片多用四字句,下片句式多變,用上去韻,聲情怨歎感傷。

【體略】

　　林鐘商,雙片一百八字,上片五十五字十二句五上去韻,下片五十三字十句六上去韻,柳永。

【圖譜】

　　凍水消痕,曉風生暖,春滿東郊道。遲遲淑景,煙和露
　　●●○○　○○○●　○○○○●　○○●●　○○●
潤,偏繞長堤芳草。斷鴻隱隱歸飛,江天杳杳。遙山變色,
● ○●○○● ●○●●○○ ○○●● ○○●●

妝眉淡掃。目極千里，閒倚危檣迴眺。　　動幾許、傷春懷
○○●● 　●●○○　○●○○●● 　　　●●● 　○○○

抱。念何處、韶陽偏早。想帝里看看，名園芳樹，爛漫鶯花
● 　●●○　○○○● 　●●●○　○○●● 　●●○○

好。追思往昔年少。繼日恁、把酒聽歌，量金買笑。別後暗
● 　○○●○○● 　●●● 　●●○○　○○●● 　●●●

負，光陰多少。
● 　○○○●

(《全宋詞》27 頁)

【注釋】

《樂章集校注》繫此詞於景祐三年（1036）（174 頁）。此調兩宋金元僅存此詞，無別首可校。首句"凍水"《百家詞》作"凍冰"。

玉山枕

【調釋】

《世說新語·容止》："嵇康身長七尺八寸，風姿特秀。見者嘆曰：'蕭蕭肅肅，爽朗清舉。'或云：'肅肅如松下風，高而徐引。'山公曰：'嵇叔夜之爲人也，巖巖若孤松之獨立；其醉也，傀俄若玉山之將崩。'"《樂章集》注仙呂調。柳詞用上去韻，換頭曲，聲情歡快嫵媚。

【體略】

仙呂調，雙片一百一十三字，上片五十五字，下片五十八字，各十句五上去韻，柳永。

【圖譜】

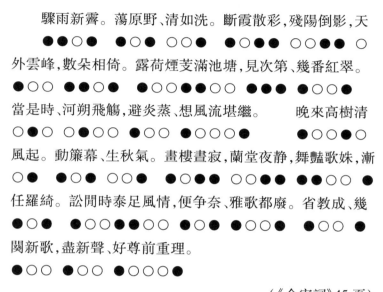

驟雨新霽。蕩原野、清如洗。斷霞散彩，殘陽倒影，天
●●○●　　●●○●　○○●　　　○●●○　○○●●　○

外雲峰，數朵相倚。露荷煙芰滿池塘，見次第、幾番紅翠。
●○○●　●●○●　　　●●○○●○○　●●●　●○○●

當是時、河朔飛觴，避炎蒸、想風流堪繼。　　　晚來高樹清
○●○　○●○○　●○○　●○○○●　　　　　●○○●○

風起。動簾幕、生秋氣。畫樓畫寂，蘭堂夜靜，舞豔歌姝，漸
○●　　●○●　○○●　●○●●　○○●●　●●○○　●

任羅綺。訟閒時泰足風情，便爭奈、雅歌都廢。省教成、幾
●○●　●○○●●○○　●○●　●○○●　●○○　●

闋新歌，盡新聲、好尊前重理。
●○○　●○○　●○○●○

（《全宋詞》45 頁）

【注釋】

　　《樂章集校注》繫此詞於景祐三年（1036）（176 頁）。《詞譜》
卷三十六：“此調祇有此詞，無別首宋詞可校。此詞前後段結句，俱
作上一下四句法，填者辨之。”《詞繫》卷八：“《圖譜》謂‘雨’字起
韻固非，《詞律》謂‘芰’字、‘泰’字叶韻，亦未確。”

　　按清初鄒祗謨此調題“詠白鸚鵡”，與柳詞句韻相同，錄供參
考：“花影蘭砌。碧天淨、薰風起。乍看皓質，又聞嬌語，雲母屏前，
綃幃堪倚。玉容冰骨自瑤池，暫謫向、人間遊戲。想沉香、亭畔當
年，舞霓裳、只雪衣相對。　　　素馨香冷鮫人珮，犀簾外、歌喉細。
紅牙聲靜，綠鬢影動，詩句清新，好教長記。黃冠乍吐暈檀心，更不
數、翩翩丹翠。便花田、珠網携來，傍雕闌、向梨花閒睡。”（《全清

詞(順康卷)》3019 頁)此與柳詞相校,僅數字字聲異。

過澗歇(近)

【調釋】

《樂章集》注中呂調。柳詞用上去韻,詞賦旅情,亦屬本調,聲情清麗明媚。又名《過澗歇近》。

【體略】

中呂調,雙片八十字,上片四十一字八句五上去韻,下片三十九字八句三上去韻,柳永。

【圖譜】

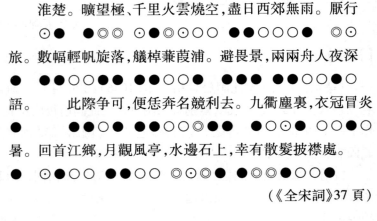

(《全宋詞》37 頁)

【注釋】

《樂章集校注》繫此詞於景祐四年(1037)(179 頁)。此調除柳永二詞外,另有晁補之詞,金元無存詞。句中可平可仄即參下列

二詞句法相同者。

又一體

【體略】

　　中吕調，雙片八十字，上片四十一字九句五上去韻，下片三十九字八句四上去韻，柳永。

【圖譜】

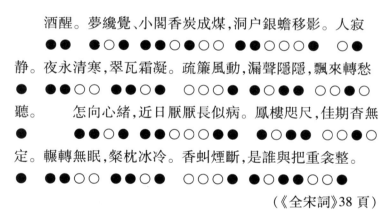

　　　酒醒。夢纔覺、小閣香炭成煤，洞户銀蟾移影。人寂
　　　靜。夜永清寒，翠瓦霜凝。疏簾風動，漏聲隱隱，飄來轉愁
　　　聽。　　　怎向心緒，近日厭厭長似病。鳳樓咫尺，佳期杳無
　　　定。輾轉無眠，粲枕冰冷。香虬煙斷，是誰與把重衾整。

（《全宋詞》38 頁）

【注釋】

　　此詞與柳永"淮楚"詞相校，上片"夜永"以下句法不同，字聲亦有差異，下片第六句多用一韻。

　　按上片"香炭成煤"《詞譜》作"香灰成燼"，以多用一韻。柳詞別首及晁詞皆無此處用韻。第六句"凝"，《詞譜》作平聲，從《全宋詞》作仄聲，視爲用韻。

又一體

【體略】

雙片八十字，上片四十一字八句五上去韻，下片三十九字八句三上去韻，晁補之。

【圖譜】

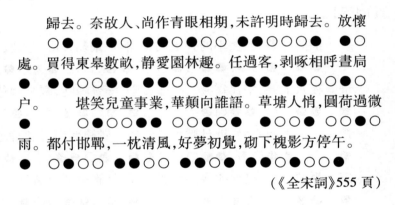

（《全宋詞》555 頁）

【注釋】

《唐宋詞彙評》考此詞乃作者晚年閑居金鄉時作（810 頁）。此與柳詞"淮楚"詞相校，上片第三句"去"字韻偶與首韻相重，下片換頭作六字一句、五字一句，且字聲不同。

透碧霄

【調釋】

《樂章集》注南呂調，南呂調即高平調，爲南呂均之羽聲。柳

詞用平韻,歌詠太平,聲情明快清新。此調兩宋僅查莛、曹勛有詞,曹勛詞雖字句與柳詞相校差異較大,但仍屬同調。

【體略】

南呂調,雙片一百十二字,上片五十四字十二句六平韻,下片五十八字十二句五平韻,柳永。

【圖譜】

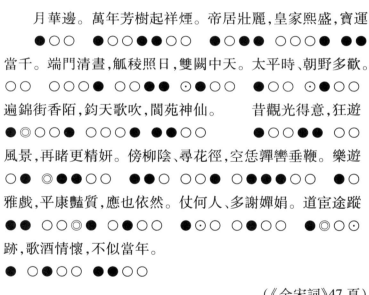

月華邊。萬年芳樹起祥煙。帝居壯麗,皇家熙盛,寶運
當千。端門清晝,觚稜照日,雙闕中天。太平時、朝野多歡。
遍錦街香陌,鈞天歌吹,閬苑神仙。　　昔觀光得意,狂遊
風景,再睹更精妍。傍柳陰、尋花徑,空恁軃轡垂鞭。樂遊
雅戲,平康豔質,應也依然。仗何人、多謝嬋娟。道宦途蹤
跡,歌酒情懷,不似當年。

（《全宋詞》47 頁）

【注釋】

《樂章集校注》繫此詞於慶曆元年（1041）（196 頁）。《詞律》卷十九:"'端門'下與後'樂遊'下相同,只'歌酒情懷'與'鈞天歌吹'平仄異耳。"此調可平可仄惟查莛一詞可校（見別體）。按上下片結韻"遍"、"道"均爲領字。

又一體

【體略】

雙片一百十二字,上片五十四字十二句六平韻,下片五十八字十二句五平韻,查荎。

【圖譜】

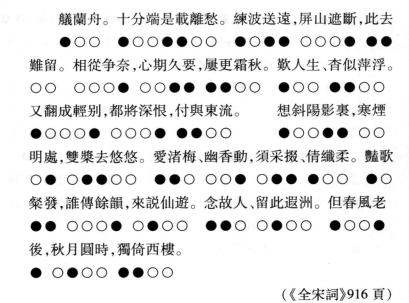

舣蘭舟。十分端是載離愁。練波送遠,屏山遮斷,此去
難留。相從爭奈,心期久要,屢更霜秋。歎人生、杳似萍浮。
又翻成輕別,都將深恨,付與東流。　　想斜陽影裏,寒煙
明處,雙槳去悠悠。愛渚梅、幽香動,須采掇、倩纖柔。豔歌
縈發,誰傳餘韻,來説仙遊。念故人、留此遻洲。但春風老
後,秋月圓時,獨倚西樓。

(《全宋詞》916頁)

【注釋】

《詞譜》卷三十五:"此與柳詞同,惟後段第五句作折腰句法
異。"按《詞律》以後段第五句可作"采掇須倩纖柔",可備一説。又
上片第七句"心期久要","要"字作去聲,《詞律》卷十九:"按王荆

公《老人行》云：'古來人事已如此，今日何須論久要。'‘要’字叶上
‘笑’、‘誚’韻，是‘久’、‘要’原可讀去聲，查詞之與此篇（按即柳
詞）‘舠稜照日’正合矣’。"

又一體

【體略】

　　雙片一百一十七字，上片五十八字十句六平韻，下片五十九字
十三句六平韻，曹勛。

【圖譜】

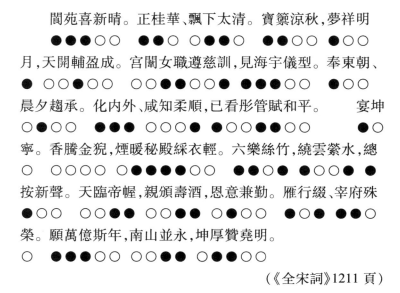

閬苑喜新晴。正桂華、飄下太清。寶篆涼秋，夢祥明
●●●○○　　●●○　○●●○　　●●○○　●○○
月，天開輔盈成。宮闈女職遵慈訓，見海宇儀型。奉東朝、
●　○○●○　　○●●○○●●　●●●○○　　●○○
晨夕趨承。化內外、咸知柔順，已看彤管賦和平。　　宴坤
○●○○　　●●●　○○●●　●●○●●○○　　　　●○
寧。香騰金猊，煙暖秘殿綵衣輕。六樂絲竹，繞雲縈水，總
○　○○○●　○●●●○○●　●●○●　○○○●　●
按新聲。天臨帝幄，親頒壽酒，恩意兼勤。雁行綴、宰府殊
●○○　○○●●　○○●●　○●○○　●○●　●●○
榮。願萬億斯年，南山並永，坤厚贊堯明。
○　●●●○○　○○●●　○●●○○

　　　　　　　　　　　　　　　　（《全宋詞》1211 頁）

【注釋】

　　《詞譜》："此詞校柳詞，添五字，句讀小異。《松隱集》中只有

此詞，無別首可校。"

滿朝歡

【調釋】

《樂章集》注大石調。柳詞賦離別京都漂泊之情，與調名本意相反，上片多用四字句，下片多用長句，用上去韻，聲情柔美悲怨。按王仲甫同名《滿朝歡》者，爲令詞體，與柳詞同名異調，又無名氏《滿朝歡》"一點箕星"詞，亦與柳詞爲異調。

【體略】

大石調，雙片一百一字，上片四十九字十一句四上去韻，下片五十二字十句四上去韻，柳永。

【圖譜】

花隔銅壺，露晞金掌，都門十二清曉。帝里風光爛漫，
○●○○　●○○●　○○●●○●　●●○○●●

偏愛春杪。煙輕晝永，引鶯囀上林，魚遊靈沼。巷陌乍晴，
○●○●　○○●●　●○●○○　○○●●　●●●○

香塵染惹，垂楊芳草。　　因念秦樓彩鳳，楚觀朝雲，往昔
○○●●　○○○●　　○●○○●●　●●○○　●●

曾迷歌笑。別來歲久，偶憶歡盟重到。人面桃花，未知何
○○○●　●○●●　●●○○○●　○○○○　●●○

處，但掩朱扉悄悄。盡日竚立無言，贏得淒涼懷抱。
●　●●○○●●　●●●●○○　○●○○○●

（《全宋詞》17 頁）

【注釋】

《樂章集校注》繫此詞於慶曆元年（1041）（201 頁）。此調兩宋金元僅存此詞，無他首可校。《詞律》卷十六："此調無他詞可證，然平仄穩順可從。"

御街行

【調釋】

御街，皇帝出行的街道。按此調同期范仲淹、張先、歐陽修有詞，范、張、歐詞寫離別相思之情，皆不關本意。柳永詞毛校《樂章集》題注"聖壽"，詞賦本意，云："燔柴煙斷星河曙。寶輦回天步。"由此或可斷爲柳氏創調（或最早詞）。《樂章集》注雙調，重頭曲，聲情歡快激健。柳永別首"前時小飲春庭院"寫戀情，爲後來此調主要題材。程垓、李清照詞名《孤雁兒》，寫傷心離別，當爲變調。《校正》："每段首句爲七字句，接以折腰之六字句，皆用韻。第三句爲七字句，不用韻，接以一個六字句、略一停頓。結尾三句，兩個四字句，一個五字句，句勢奔放。後段重複，形成回環效應。此調由韻密到韻稀，由頓挫到奔放，宜於表達由壓抑而又逐漸熱烈之情緒。因此調音韻和諧流美，詞人用之者頗衆。"（294 頁）

【體略】

雙調，雙片七十六字，上下片各三十八字七句四上去韻，柳永。

【圖譜】

燔柴煙斷星河曙。[一]寶輦回天步。端門羽衛簇雕闌，

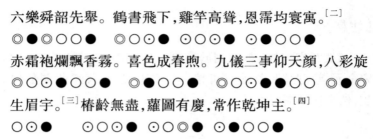

六樂舜韶先舉。鶴書飛下,雞竿高聳,恩霈均寰寓。[二]
◎●○○● 　○○⊙● ⊙○○● ⊙●○○●

赤霜袍爛飄香霧。喜色成春煦。九儀三事仰天顏,八彩旋
◎○⊙●○○ 　◎●○○● ○○⊙●○○ ○●○

生眉宇。[三]椿齡無盡,蘿圖有慶,常作乾坤主。[四]
○⊙● 　⊙○○● ⊙○○● ⊙●○○●

（《全宋詞》22 頁）

【注釋】

[一]《唐宋詞彙評》:"此詞亦爲真宗‘天書’事件作。"（69
頁）《樂章集校注》繫此詞於慶曆元年（1041）（203 頁）。此調兩宋
存詞三十餘首（其中殘缺者數首）、金元存詞三首,除宋人楊无咎
一首用入聲韻外,皆用上去韻。"燔"張先"畫船橫倚"詞作"畫"。
句中可平可仄除注明外,均見下列別體句法相同者。

[二]此韻柳永別首作六字一句、七字一句:"雖看墜樓換馬,
爭奈不是鴛鴦伴。"字聲小異,檢宋金人詞,無有此種句拍,柳詞偶
用。《詞律》卷十一:"‘雖看墜樓’以下十四字,語氣宜在‘換馬’
斷句。然此調結處俱是兩四字、一五字者,想一氣貫下,‘馬’字可
以作平,歌時無礙耳。"《詞律》、《詞譜》等書皆列柳永別首爲"又一
體",今注出不另列。

[三]"三"辛棄疾"山城甲子"詞作"不","眉"辛棄疾"闌干四
面"詞作"且"。

[四]此韻三句拍,與上片結韻相同。王喆詞《全金元詞》斷
作:"從茲服了得長生。便永永、成功行。"應如柳詞斷作:"從茲服
了,得長生便,永永成功行。""行"作去聲。

又一體（正體）

【體略】

雙片七十八字,上下片各三十九字七句四上去韻,范仲淹。

【圖譜】

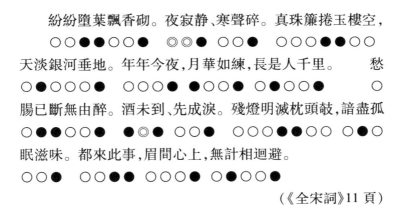

紛紛墮葉飄香砌。夜寂静、寒聲碎。真珠簾捲玉樓空,
○○●○○○●　　◎◎●　○○●　　○○○●●○○

天淡銀河垂地。年年今夜,月華如練,長是人千里。　　愁
○●○○○●　　○○○●　●○○●　○●○○●　　　　　○

腸已斷無由醉。酒未到、先成涙。殘燈明滅枕頭敧,諳盡孤
○●●●○○●　●◎◎●　○○●　　○○○●●○○　○●○

眠滋味。都來此事,眉間心上,無計相迴避。
○○●　○○●●　○○○●　○●○●●

(《全宋詞》11 頁)

【注釋】

此寫戀情,聲情亦不柔弱。此亦宋人常體,與柳詞相校,上下
片第二句各添一字作六字折腰句,前後對應,頗堪效法。句中可平
可仄俱見所列別體句法相同者。

又一體

【體略】

雙片七十七字,上片三十九字,下片三十八字,各七句四上去

韻,張先。

【圖譜】

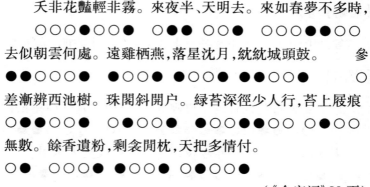

　　天非花豔輕非霧。來夜半、天明去。來如春夢不多時,
　　○○○●○○● 　　●● ○○● 　　○○○●●○○
去似朝雲何處。遠雞栖燕,落星沈月,䌿䌿城頭鼓。　　參
●●○○○● 　　●○○● 　●○○● 　●●○○● 　　　○
差漸辨西池樹。珠閣斜開户。綠苔深徑少人行,苔上屐痕
○●●○○● 　●●○○● 　●○○●●○○ 　○●●○
無數。餘香遺粉,剩衾閒枕,天把多情付。
○● 　○○○● 　●○○● 　○●○○●

【注釋】

　　此與柳詞相校,上片第二句作六字折腰句,其他均同。曹勛"淩寒架雪"詞正與此同。按此首《全宋詞》又作歐陽修詞。

又一體

【體略】

　　雙片七十九字,上片三十八字六句四上去韻,下片四十一字七句六去韻,秦觀。

【圖譜】

　　銀燭生花如紅豆。這好事、而今有。夜闌人静曲屏深,
　　○●○○○●● 　　●● ○○● 　　●○○●●○○

借寶瑟、輕輕招手。一陣白蘋風,故滅燭、教相就。　　花
●●●　○○○●　　●●○●○●　●●●　○○●　　　○

帶雨、冰肌香透。恨啼鳥、轆轤聲曉,岸柳微風吹殘酒。　斷
●●　○○○●　　●●○●○○●　●●○○○●●　　●

腸時、至今依舊。鏡中消瘦。那人知後。怕你來傒倖。
○○　●○○●　　●○○●　　●○○●　　●●○○●

　　　　　　　　　　　　　　　　（《全宋詞》470 頁）

【注釋】

　　此與柳詞、范詞相校差異較大,但仍屬《御街行》變體。與范
詞相校上片第四句添一字作七字折腰句,第四韻減二字作五字
一句、六字折腰一句;下片第二句添一字作七字折腰句且不押
韻,第三句用韻,第四句添一字作七字折腰句,第五句、第六句均
用韻。

又一體

【體略】

　　雙片八十一字,上片四十一字,下片四十字,各七句四上去韻,
高觀國。

【圖譜】

　　　香波半窣深深院。正日上、花陰淺。青絲不動玉鈎閒,
　　　○○●●○○●　　●●●　○○●　　○○●●●○○

看翠額、輕籠蔥茜。鶯聲似隔,篆醒微度,愛橫影、參差滿。
●●●　○○○●　　○○●●　●○○●　●○○　○○●

那回低掛朱闌畔。念閑損、無人卷。窺春偷倚不勝情，

彷佛見、如花嬌面。纖柔緩揭，瞥然飛去，不似春風燕。

（《全宋詞》2360 頁）

【注釋】

　　此與范詞相校,上片第四句添一字作七字折腰句,結句添一字作六字折腰句;下片第四句添一字作七字折腰句。

又一體

【體略】

　　雙片七十三字,上片三十七字,下片三十六字,各六句四上去韻,《夢粱錄》無名氏。

【圖譜】

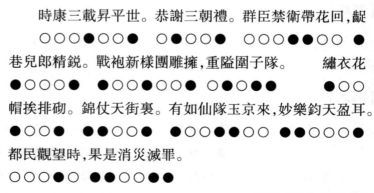

時康三載昇平世。恭謝三朝禮。群臣禁衛帶花回,齪

巷兒郎精鋭。戰袍新樣團雕擁,重隘圍子隊。　　繡衣花

帽挨排砌。錦仗天街裏。有如仙隊玉京來,妙樂鈞天盈耳。

都民觀望時,果是消災滅罪。

（《全宋詞》3681 頁）

【注釋】

此詞亦賦本意。與柳詞相校,上片第五、六句減一字作七字一句,下片結拍減二字作五字一句、六字一句。此體宋人僅此詞,疑有脫漏。

又一體

【體略】

雙片八十字,上片三十九字,下片四十一字,各七句四上去韻,《花草粹編》無名氏。

【圖譜】

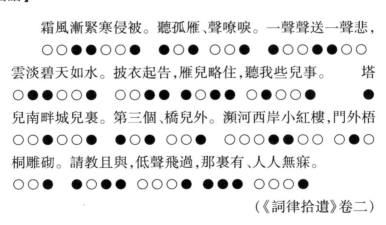

霜風漸緊寒侵被。聽孤雁、聲嘹唳。一聲聲送一聲悲,
○○●●○○● ○○● ○○● ●○○●○○

雲淡碧天如水。披衣起告,雁兒略住,聽我些兒事。　塔
○●●○○● ○○●● ●○○● ○●○○● ●

兒南畔城兒裏。第三個、橋兒外。瀕河西岸小紅樓,門外梧
○○●○○● ●○○ ○○● ○○○●○○ ○●○

桐雕砌。請教且與,低聲飛過,那裏有、人人無寐。
○○● ●○●● ○○●● ●○● ○○○●

(《詞律拾遺》卷二)

【注釋】

此與范詞相校,僅結句添二字作七字折腰句。《詞律辭典》:"《全宋詞》'披'二句,作'披衣起。告雁兒略住','起'字注韻,當誤。"(1026頁)按,當從《詞律拾遺》斷句。

永遇樂

【調釋】

　　此調曲名中唐已出現。《錦繡萬花谷》前集卷十七：“唐杜秘書工小詞，鄰翁有女，小字酥香，凡才人所爲歌曲悉能諷之。一夕踰牆而至，杜始望不及。此鄰翁失女所在。後半年，僕有過，杜笞之，竄而聞官，杜流河朔，臨行述《永遇樂》一詞訣別，女持紙三唱而死。”並注“並白樂天集”，今《白樂天集》不見。《填詞名解》卷三：“《永遇樂》，歇指調也。唐杜秘書工小詞……第未知此調創自杜與否。”

　　《樂章集》注歇指調。柳詞用上去韻，詞云：“甘雨車行，仁風扇動，雅稱安黎庶。”爲詠天下太平繁榮，柳詞別首內容相近。《中原音韻》言“急並虛歇”，亦從節奏旋律言之。此調句法上最大特點是以四字句爲主，長於鋪排，上去韻的使用，也使此調風格勁健而不失柔美，聲情歡快、感傷皆可，又以歡快爲多。此調爲宋代流行詞調，代表詞人有蘇軾、辛棄疾、李清照等，蘇辛詞風格清疏曠放，李清照、劉辰翁等人詞倍極哀怨淒抑。此調《夢窗詞》亦作歇指調。《校正》：“此調適應之題材廣泛，凡言志、抒情、懷古、議論、寫景、詠物、酬贈、祝頌均可。此調句式組合多以四字句爲主而略有變化，如前段之四四四、四四五、四四六，後段之四四六、四四五、四四六。每一意群爲一韻，語意完整，而每兩個四字句皆可形成對偶，故調勢回環而又富於變化。”（549—551頁）《詞律》卷十八：“晁無咎題名《消息》，注云：‘自過腔，即越調《永遇樂》。’故知入某調，即異其腔，因即異其名。如白石之《湘月》即《念奴嬌》，而腔自不同，此理今不傳矣。”《詞譜》卷三十二：“周密《天基節樂次》：樂奏夾鐘宮，第五盞，觱篥起《永遇樂慢》。此調有平韻、仄韻兩體。仄

韻者始自北宋,《樂章集》注林鐘商。晁補之詞名《消息》,自注越調。
平韻者始自南宋,陳允平創爲之。"按《詞譜》言"《樂章集》注林鐘
商",不當。《魏氏樂譜》卷二以蘇軾"明月如霜"詞爲譜。

【體略】

歇指調,雙片一百四字,上片五十二字十二句四上去韻,下片
五十二字十一句四上去韻,柳永。

【圖譜】

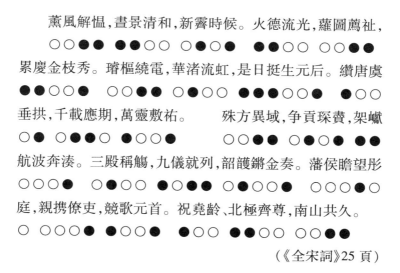

薰風解愠,晝景清和,新霽時候。火德流光,蘿圖薦祉,
○○●● ●○○● ○○●● ●●○○ ○○●●

累慶金枝秀。璿樞繞電,華渚流虹,是日挺生元后。纘唐虞
●●○○● ○○●● ○○○● ●●●○○● ●○○

垂拱,千載應期,萬靈敷祐。　　　殊方異域,爭貢琛賮,架巘
○● ○●○○ ●○●● 　　　○○●● ○●○● ●○

航波奔湊。三殿稱觴,九儀就列,韶護鏘金奏。藩侯瞻望彤
○○○● ○●○○ ●○●● ○●○○● ○○○●

庭,親携僚吏,競歌元首。祝堯齡、北極齊尊,南山共久。
○ ○●○● ●○○● ○●○、●○○○ ○○●●

（《全宋詞》25 頁）

【注釋】

《樂章集校注》繫此詞於慶曆元年至二年（1041—1042）（216
頁）。此詞上片結韻作五字一句、四字兩句,下片第七句六字,第
八、九句皆四字,後人罕有與之同者,且上片第二句"晝景清和"、
第八句"華渚流虹",下片第二句"爭貢琛賮"、第十句"北極齊尊"
多與後人字聲不合,不作正體。

又一體

【體略】

歇指調，雙片一百四字，上片五十二字十一句四上去韻，下片五十二字十一句四上去韻，柳永。

【圖譜】

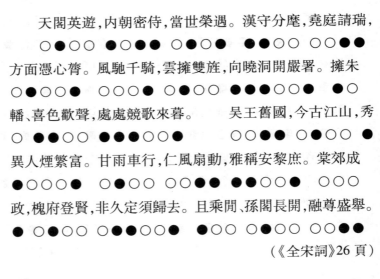

天閣英遊，内朝密侍，當世榮遇。漢守分麾，堯庭請瑞，
〇●●〇　●〇●●　〇●〇●　　●●〇〇　〇〇●●

方面憑心膂。風馳千騎，雲擁雙旌，向曉洞開嚴署。擁朱
〇●〇〇●　〇〇〇●　〇〇〇●　●●●〇〇●　　●●

輞、喜色歡聲，處處競歌來暮。　　吳王舊國，今古江山，秀
〇　●●〇〇　●●●〇〇●　　　〇〇●●　〇●〇〇　●

異人煙繁富。甘雨車行，仁風扇動，雅稱安黎庶。棠郊成
●〇〇〇●　〇〇〇〇　〇〇〇●　●〇〇〇●　　〇〇〇

政，槐府登賢，非久定須歸去。且乘閒、孫閣長開，融尊盛舉。
●　〇●〇〇　〇●●〇〇●　●〇〇、〇●〇〇　〇〇●●

（《全宋詞》26 頁）

【注釋】

《樂章集校注》繫此詞於慶曆七年（1047）（296 頁）。此與"薰風解愠"相校，上片結韻作七字折腰一句、六字一句，下片第七、八、九作兩個四字一句、六字一句。然字聲方面上片第十句"喜色歡聲"、下片第二句"今古江山"、第八句"槐府登賢"、第十句"孫閣長開"，多與後人不同，亦不作正體。按柳詞字聲後人又偶有同者，如

晁補之“紅日葵開”一首上片第十句作“怨魄歸來”、下片第十句作“楚澤雄風”，吳文英“風拂塵徽”一首上片第十句作“渾似幾番”等等，然終是偶用，不與正體參校。

正　體

【體略】

雙片一百四字，上下片各五十二字十一句四上去韻，蘇軾。

【圖譜】

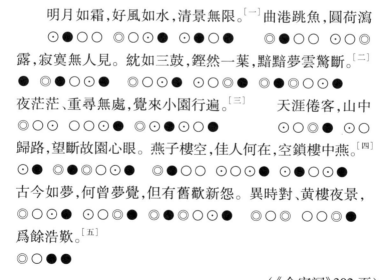

明月如霜，好風如水，清景無限。[一]曲港跳魚，圓荷瀉露，寂寞無人見。紞如三鼓，鏗然一葉，黯黯夢雲驚斷。[二]夜茫茫、重尋無處，覺來小園行遍。[三]　天涯倦客，山中歸路，望斷故園心眼。燕子樓空，佳人何在，空鎖樓中燕。[四]古今如夢，何曾夢覺，但有舊歡新怨。異時對、黄樓夜景，爲餘浩歎。[五]

（《全宋詞》302頁）

【注釋】

　　［一］《蘇軾詞編年校注》繫此詞於元豐元年（1078）（247頁）。此調兩宋金元存詞一百餘首。《詞律》卷十八以趙師俠“日麗風

暄"詞爲正體,《詞譜》以蘇軾此詞爲正體,當從《詞譜》,但《詞譜》
所定字聲多有不當。此調蘇軾仿柳詞作,略變字聲而成後世定體。
本調正體多用律句,大抵一三字可平可仄。上片自"曲港"至"驚
斷"與下片自"燕子"至"新怨"同。"明"張孝祥"月仄金盆"詞作
"月","好"張詞作"江","清"作"政"。句中可平可仄除注明外,
俱見所列仄韻體句法相同者。按"清景無限"宜作拗句,宋人如楊
无咎"風褪柔英"詞作"風還如逗",劉辰翁"燈舫華星"詞作"官軍
圍處"等,偶用不參校。

　　[二]"圓"、"瀉"吳潛"天上人間"詞作"錦"、"花","人"李清照詞
作"幾"。"鏗"晁端禮詞作"碧","夢"辛棄疾"怪底寒梅"詞作"如"。

　　[三]"夜"、"茫"楊无咎"黃葉繽紛"詞作"須"、"到","無"蘇
軾別首作"顧"。按"覺來小園行遍"用拗句,觀宋人作品,與蘇詞
字聲相同者爲多,但亦多有不同者,其中有同柳永作仄起仄收律句
者,亦有如雖做拗句又與蘇詞不同者,如姜夔二詞分別作"大旗盡
繡熊虎"、"肯教造物兒戲"等,填者任選一種可也。

　　[四]"天"、"倦"趙師俠詞作"綠"、"紅","望"、"心"韓元吉
詞作"西"、"滿"。"中"李清照詞作"濟"。

　　[五]"何"晁端禮詞作"樂","舊"、"新"辛棄疾"千古江山"詞
作"神"、"社"。按"曾"字《詞譜》定本平可仄,當以柳詞參校,殊
爲不當,檢兩宋作品,惟晁端禮詞與柳詞相同,屬偶用。"異"、
"對"趙長卿詞作"爭"、"人"。《詞律》以結尾四字必用"仄平仄
仄",不當,結句首字宋金詞人用平聲字者甚多。

又一體

【體略】

　　雙片一百四字,上片五十二字十一句五上去韻,下片五十二字

十一句五上去韻,晁補之。

【圖譜】

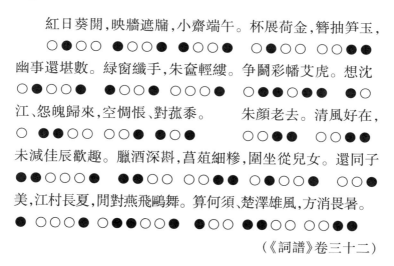

紅日葵開,映牆遮牖,小齋端午。杯展荷金,簪抽笋玉,
○●○○　●○○●　●○○● 　○●○○　○○●●

幽事還堪數。綠窗纖手,朱奩輕縷。爭鬪彩幡艾虎。想沈
○●○○● 　●○○●　○○○● 　○●●○●● 　●○

江、怨魄歸來,空惆悵、對菰黍。 　　　朱顏老去。清風好在,
○　●●○○　●○●、●○● 　　　○○●● 　○○●●

未減佳辰歡趣。臘酒深斟,菖蒲細糝,圍坐從兒女。還同子
●●○○○● 　●●○○　○○●●　○●○○● 　○○●

美,江村長夏,閒對燕飛鷗舞。算何須、楚澤雄風,方消畏暑。
● 　○○○●　○●●○○● 　●○○、●●○○　○○●●

(《詞譜》卷三十二)

【注釋】

　　《唐宋詞彙評》考此詞乃崇寧二年(1103)晁補之歸隱時作
(811頁)。《詞譜》:“此與蘇詞同,惟前段結句六字折腰,又前段
第八句、後段第一句俱押韻異。”按上片“怨魄歸來”與下片“楚澤
雄風”字聲同柳體。

　　上片第六句《全宋詞》作“幽事還數”,下片第十句“楚澤”作
“楚王”。

又一體

【體略】

　　雙片一百四字,上片五十字十一句四上去韻,下片五十四字十

一句四上去韻,王仲甫。

【圖譜】

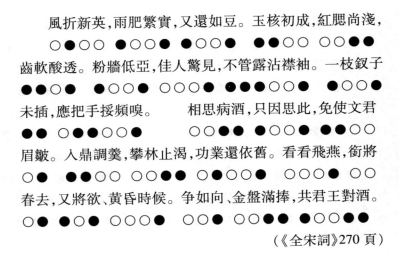

風折新英,雨肥繁實,又還如豆。玉核初成,紅腮尚淺,
○●○○　●○○●　●○○●　　●●○○　○○●●

齒軟酸透。粉牆低亞,佳人驚見,不管露沾襟袖。一枝釵子
●●○●　○○●●　○○●●　●●●○○●　　●○○●

未插,應把手挼頻嗅。　　　相思病酒,只因思此,免使文君
●●　○○●○○●　　　○○●●　●○○●　●●○○

眉皺。入鼎調羹,攀林止渴,功業還依舊。看看飛燕,銜將
○●　●●○○　○○●●　○○●○●　　○○○●　○○

春去,又將欲、黃昏時候。爭如向、金盤滿捧,共君王對酒。
○●　●○●　○○○●　　○○●　○○●●　●○○●●

(《全宋詞》270頁)

【注釋】

　　此與蘇詞相校,上片第六句減一字作四字一句,第十句減一字
作六字一句,下片第九句添一字作七字折腰句,第十一句添一字作
五字一句。

又一體(平韻)

【體略】

　　雙片一百四字,上下片各五十二字十一句四平韻,陳允平。

【圖譜】

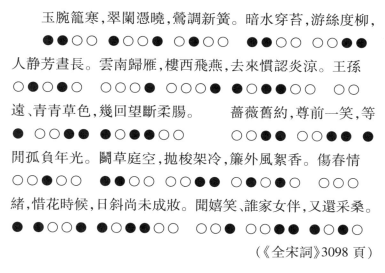

玉腕籠寒，翠闌憑曉，鶯調新簧。暗水穿苔，游絲度柳，

人靜芳晝長。雲南歸雁，樓西飛燕，去來慣認炎涼。王孫

遠、青青草色，幾回望斷柔腸。　　薔薇舊約，尊前一笑，等

閒孤負年光。鬥草庭空，拋梭架冷，簾外風絮香。傷春情

緒，惜花時候，日斜尚未成妝。聞嬉笑、誰家女伴，又還采桑。

（《全宋詞》3098 頁）

【注釋】

此用平聲，兩宋金元僅此一首。《詞律拾遺》卷五：“《日湖漁唱》原注云：‘舊上聲韻，今移入平聲。’”

破陣樂

【調釋】

曲名見《教坊記》，與令詞《破陣子》不同，曲源或即唐大曲《秦王破陣樂》。《樂章集》注林鐘商。同期張先有詞，宮調相同。此調宋代僅柳永、張先有詞，二詞皆歌詠太平，用上去韻，多用四六字句，篇長韻疏，宜鋪叙寫景，聲情雍容典雅。兩詞字聲頗一致，僅數字不合，頗疑張先詞依柳詞而作。

【體略】

　　林鐘商，雙片一百三十三字，上片六十六字十四句五上去韻，下片六十七字十五句六上去韻，柳永。

【圖譜】

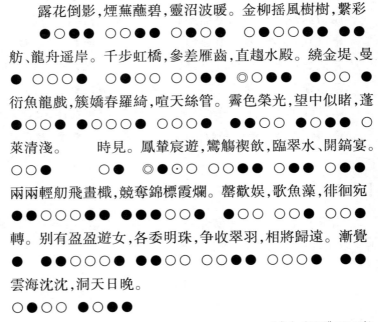

露花倒影，煙蕪蘸碧，靈沼波暖。金柳搖風樹樹，繫彩
●○●●　○○●●　○●○●　○○○●●●　●●

舫、龍舟遙岸。千步虹橋，參差雁齒，直趨水殿。繞金堤、曼
●　○○○●　○●○○　○○●●　◎○●●　●○○　●

衍魚龍戲，簇嬌春羅綺，喧天絲管。霽色榮光，望中似睹，蓬
●○○●●　●○○○●　○○○●　●●○○　●○●●　○

萊清淺。　　時見。鳳輦宸遊，鸞觴禊飲，臨翠水、開鎬宴。
○○●　　　○●　◎○⊙○　○○●●　○●●　○●●

兩兩輕舠飛畫檝，競奪錦標霞爛。罄歡娛，歌魚藻，徘徊宛
●●○○○●●　●●●○○●　○○○　○○●　○○●

轉。別有盈盈遊女，各委明珠，爭收翠羽，相將歸遠。漸覺
●　●●○○○●　●●○○　○○●●　○○○●　●●

雲海沈沈，洞天日晚。
○●○○　●○●●

（《全宋詞》28頁）

【注釋】

　　《樂章集校注》繫此詞於慶曆元年至二年（1041—1042）（219頁）。此調兩宋金元僅張先"四堂互映"一詞可校，張詞據《唐宋詞彙評》作於"治平四年（1067）賀祖無擇知杭州時"（120頁）。上片第八句"直"張詞作"吳"，下片第二句"鳳"、"宸"張詞作"裙"、

“草”。

上片第十句張先詞《詞譜》作“簇繁星燈燭”,《全宋詞》作“簇簇繁星燈燭”多一字,當從《詞譜》。上片第十一句“管”字處張先詞未用韻,注出不另列。

合歡帶

【調釋】

《樂章集》注林鐘商。柳詞用平聲韻,聲情明麗歡快。《填詞名解》卷三:“吳任臣云:物以合歡名者,合歡宮、合歡筒、合歡鞋、合歡花、合歡被、合歡帶,舞名取此。”同期杜安世有詞,聲情與柳詞相近。

【體略】

林鐘商,雙片一百五字,上片五十二字九句五平韻,下片五十三字十句四平韻,柳永。

【圖譜】

身材兒、早是妖嬈。算風措、實難描。一個肌膚渾似
⊙○○、●●○○。●○●、●○○。●●○○○○

玉,更都來、占了千嬌。妍歌豔舞,鶯慚巧舌,柳妒纖腰。自
●，●○○、●●○○。○○●●，○○●●，◎●○○。●

相逢、便覺韓娥價減,飛燕聲消。　　　桃花零落,溪水潺湲,
○○、●●○○●●，○●○○。　　桃○○●●，○●○○，

重尋仙徑非遥。莫道千金酬一笑,便明珠、萬斛須邀。檀郎
○○○●○○。●●○○○●●，●○○、●●○○。○○

幸有，凌雲詞賦，擲果風標。況當年、便好相携，鳳樓深處
●●　○○○⊙●　◎●○○　　●○○　●●○○　●○○●

吹簫。
○○

（《全宋詞》32 頁）

【注釋】

《樂章集校注》繫此詞於慶曆元年（1041）（198 頁）。此調兩
宋現存三詞，金元無詞。仇遠詞與柳永詞相同，爲“效柳體”之作，
字句韻相同。杜安世詞與柳詞字句稍異。上片首句“身”仇詞作
“令”，第七句“柳”作“鶯”。句中其他可平可仄見杜詞句法相
同者。

又一體

【體略】

雙片一百五字，上片五十一字，下片五十四字，各九句五平韻，
杜安世。

【圖譜】

　　　　樓臺高下玲瓏。闘芳草、綠陰濃。芍藥孤栖香豔晚，見
　　　　○○○●○○　●○○●　●○○　●●○○●●　●

櫻桃、萬顆初紅。巢喧乳燕，珠簾鏤曳，滿戶香風。罩紗幃、
○○　●●○○　○○●●　○○●●　●●○○　●○○

象床屏枕，晝眠才似朦朧。　　　起來無語更兼慵。念分明、
●○○●　●○○●○○　　　●○○●●○○　●○○

事成空。被你厭厭牽繫我,怪纖腰、繡帶寬鬆。春來早是,
●○○　●●○○○●●　●○○　●●○○　○○●●

分飛兩處,長恨西東。到如今、扇移明月,簟鋪寒浪與誰同。
○○●●　○●○○　●○○　●○○●　●○○●○○○

（《全宋詞》177 頁）

【注釋】

《詞譜》卷三十三:"此詞與柳詞校,前段起句減一字作六字
句,結作七字一句、六字一句,後段第一、二句減一字作七字一句押
韻,第三句添一字作七字句,結添一字作七字句異。"按此詞下片第
二句《詞譜》作"念分明、往事成空"。

長相思（慢）

【調釋】

《樂章集》注林鐘商,與令詞調《長相思》不同,《詞譜》卷三
十一名《長相思慢》。調用平韻,題材多賦調名本意,聲情風流
嫵媚。

【體略】

林鐘商,雙片一百三字,上片五十二字十一句六平韻,下片五
十一字十句四平韻,柳永。

【圖譜】

畫鼓喧街,蘭燈滿市,皎月初照嚴城。[一]清都絳闕夜
●●○○　○○◉●　◎●○●○○　　○○●●●

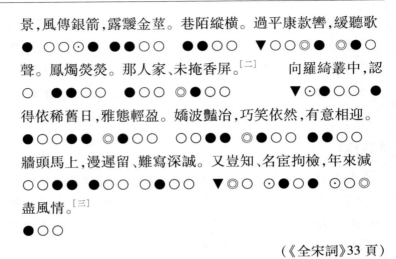

（《全宋詞》33 頁）

【注釋】

[一]《樂章集校注》繫此詞於慶曆元年（1041）（192 頁）。此調兩宋現存八首詞，字句韻基本相同。此調《詞律》以楊无咎詞爲正體，《詞譜》以柳永此詞爲正體，當從後者，然所定字聲多有不當。"滿"、"皎"周邦彥詞作"如"、"風"。周邦彥詞首句多用一韻，偶用不另列。"皎月初照嚴城"作拗句，宋人周邦彥、譚意哥、袁去華相同，秦觀等人作律句不參校。句中可平可仄除注明外，俱見下列各體句法相同者。

[二]"清都"以下三句，周邦彥詞《詞譜》斷作"幽期再偶，坐久相看才喜，欲歎還驚"，不當，亦應如柳詞斷句，秦觀詞句法、字聲均異，不參校。"銀"譚意哥詞作"俊"。"過"作領字，宜用去聲。"款"周邦彥詞作"修"。

[三]"向"作領字，宜用去聲。"羅"劉壎詞作"綠"，"雅"譚意哥詞作"空"。"巧"周邦彥詞作"鶯"。"又"字宜用去聲。"豈"周邦彥詞作"連"。"名"周邦彥詞作"不"。結韻周邦彥詞《詞譜》斷

作"但連環不解，流水長東，難負深盟"，亦應如柳詞斷句。

又一體（正體）

【體略】

雙片一百四字，上片五十三字十一句六平韻，下片五十一字九句五平韻，秦觀。

【圖譜】

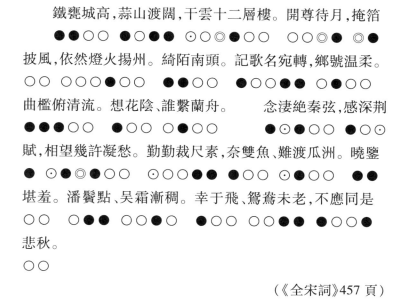

鐵甕城高，蒜山渡闊，干雲十二層樓。開尊待月，掩箔
●●○○　●●○●　⊙　○○◎●○○　　○○○◎●　◎●

披風，依然燈火揚州。綺陌南頭。記歌名宛轉，鄉號溫柔。
○○　○○●●○○　　●●○○　●○○●●　○●○○

曲檻俯清流。想花陰、誰繫蘭舟。　　念淒絕秦弦，感深荊
●●●○○　●○○、○●○○　　　●●●○○　●○○

賦，相望幾許凝愁。勤勤裁尺素，奈雙魚、難渡瓜洲。曉鑒
●　⊙●○◎●○○　○○○●●　●○○、○●○○　●●

堪羞。潘鬢點、吳霜漸稠。幸于飛、鴛鴦未老，不應同是
○○　○●●、○○●○　●○○、○○●●　●○○●

悲秋。
○○

（《全宋詞》457 頁）

【注釋】

此詞亦爲此調正體。此體與柳詞大部分相同，上片第三句字聲稍異，第四、五、六句句法不同，字聲稍異，第十句添一字；下片第

二、三句句法不同,字聲稍異,第四、五、六句作五字一句、七字折腰一句,第七句多用一韻,字聲亦不相同,第八、九句字聲亦異。楊无咎詞正與秦觀詞體全同。劉壎詞亦同秦觀詞體,上片第七句、下片第六句不用韻異,但字聲相同,不另列。

　　上片第三句"干"劉壎詞作"十","十"作"携"。第四句"待"劉壎詞作"人",第五句"掩"作"聲",第六句"依"楊无咎詞作"一",第十句"曲"作"窗"。下片第一句"淒"楊无咎詞作"得",第二句"荆"劉壎詞作"在",第三句"相"、"幾"劉壎詞"作"悵"、"歸","望"字《詞譜》作本仄可平,不當,"相望"一句楊无咎、劉壎等人詞皆作拗句,同秦觀詞。第四句"勤"劉壎詞作"此",第五句"難"楊无咎詞作"只"。

又一體

【體略】

　　雙片一百四字,上片五十三字十一句六平韻,下片五十一字九句四平韻,袁去華。

【圖譜】

　　　　葉舞殷紅,水搖瘦碧,隱約天際帆歸。寒鴉影裏,斷雁
　　　　●●○○　●○●●　●●○●○○　○○●●　●●

聲中,依然殘照輝輝。立馬看梅。試尋香嚼蕊,醉折繁枝。
○○　○○○●○○　●●○○　●○○●●　●●○○

山翠掃修眉。記人人、蹙黛愁時。　　　歡客裏、光陰易失,
○●●○○　●○○　●●○○　　　　○●●　○○●●

霜侵短鬢,塵染征衣。陽臺雲歸後,到如今、重見無期。流
○○●●　○●○○　○○○●●　●○○　○●○○　○

怨清商,空細寫、琴心向誰。更難將、愁隨夢去,相思惟有
●○○　○●●　○○●○　●○○　○○●●　○○○●
天知。
○○

【注釋】

　　此與秦詞相校,下片首韻作七字折腰一句、四字兩句,字聲亦
異,又第六句不押韻亦異。

西　施

【調釋】

　　《樂章集》注仙呂調。此調僅柳詞共三首,用平韻,其中"苧羅
嬌豔"一首詠西施,賦本意,聲情輕快流美。

【體略】

　　仙呂調,雙片七十一字,上片三十五字六句四平韻,下片三十
六字六句三平韻,柳永。

【圖譜】

柳街燈市好花多。盡讓美瓊娥。萬嬌千媚,的的在層
●○○●●○○　●●●○○　●○○●　◎○●●
波。取次梳妝自有、天然態,愛淺畫雙蛾。　　斷腸最是金
○　●●○○●●　○⊙●○○　◎●○●○　　●○●●○

閨客，空憐愛、奈伊何。洞房咫尺，無計枉朝珂。有意憐才
○●　○○●、●○○　　●○●●　⊙○●○○　　●●○○

每遇、行雲處，幸時恁相過。
●●、○○●　●○●○○

（《全宋詞》46 頁）

【注釋】

　　《樂章集校注》繫此詞於慶曆二年（1042）（129 頁）。此調以
此詞爲正體，上片自"萬嬌"以下與下片"洞房"以下相同。上片
第四句"的"，柳詞"自從回步"一首作"何"。下片第四句"無"，
"自從回步"一首作"字"。按上片第二句"盡"，上下片結句
"愛"、"幸"皆爲領字。又下片第六句"時"，"自從回步"一首作
"結"，當以入代平。句中其他可平可仄俱見下列柳永別首句法相
同者。

　　按上下片第五句《詞譜》、《詞繫》皆斷作四字一句、五字一句，
今參柳永別二詞，皆斷作上六下三式九字折腰句。

又一體

【體略】

　　仙呂調，雙片七十三字，上片三十六字六句四平韻，下片三十
七字六句三平韻，柳永。

【圖譜】

苧蘿妖豔世難偕。善媚悦君懷。後庭恃愛寵，盡使絕
●○○○●○○　　●●●○○　　●○●●●　●●●

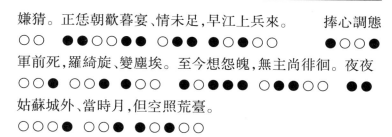

嫌猜。正恁朝歡暮宴、情未足,早江上兵來。　　捧心調態
○○　●●○○●● ○●● ●○○●　　　●○○●

軍前死,羅綺旋、變塵埃。至今想怨魄,無主尚徘徊。夜夜
○○●　○○● ●○○　●○●○● ○●●○○　●●

姑蘇城外、當時月,但空照荒臺。
○○○● ○○●　●○○●○

(《百家詞・樂章集》)

【注釋】

　　《樂章集校注》繫此詞於慶曆七年至八年(1047—1048)(304頁)。此詞與"柳街燈市"詞相校,上下片第三句各添一字作五字一句。按下片第二句"羅綺旋、變塵埃",《全宋詞》作"羅綺旋變塵埃",《詞譜》作"旋羅綺、變塵埃",皆不妥,今依原詞於"旋"字處讀;第三句"至今想怨魄","魄"字諸本皆作"魂",字聲顯誤,今依《百家詞》作"魄"。按上片首句"偕"字《百家詞》本缺,從諸本補。

傾杯樂

【調釋】

　　《樂章集》注仙呂宮。柳詞用上去韻,聲情明麗歡快。柳永此調寫朝廷宴會,賦本意,樂曲或爲所謂太宗"制曲"者也。楊无咎、曾覿等人詞皆賦本意,與柳詞體式、風格相同。又金人長筌子有兩首《傾杯樂》,雖亦當源自北宋曲調,但今存宋詞無有與之同者。

【體略】

　　仙呂宮,雙片一百六字,上片五十四字十一句五上去韻,上片五十二字八句六上去韻,柳永。

【圖譜】

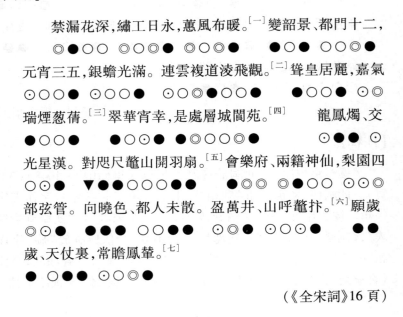

禁漏花深，繡工日永，蕙風布暖。[一]變韶景、都門十二，
◎●○● 　○○●● 　●○○● 　　　●○● 　○○●●

元宵三五，銀蟾光滿。連雲複道淩飛觀。[二]聳皇居麗，嘉氣
⊙○○● 　⊙○○● 　○○⊙●○○● 　　　●○○● 　⊙◎

瑞煙葱蒨。[三]翠華宵幸，是處層城閬苑。[四]　　龍鳳燭、交
●○○● 　　　●○○● 　●●○○○● 　　　　　⊙●● 　○

光星漢。對咫尺鼇山開羽扇。[五]會樂府、兩籍神仙，梨園四
○○● 　▼●●○○●● 　　　●○● 　◎●○○ 　○○⊙

部弦管。向曉色、都人未散。盈萬井、山呼鼇抃。[六]願歲
●○● 　○●● 　○○●● 　○●● 　○○●● 　　　●●

歲、天仗裏，常瞻鳳輦。[七]
● 　○●● 　○○◎●

（《全宋詞》16 頁）

【注釋】

[一]《樂章集校注》繫此詞於慶曆二年（1042）（225 頁）。此
調宋人楊无咎、曾覿、程珌詞同柳詞體，《詞律》卷七以楊无咎詞爲
譜："此詞整齊，查柳詞亦有此百六字調，字句正與此同，學者可從
也。程珌、曾覿俱同此格，只曾詞於‘翠樓’句上多一仄字，因其餘
皆同，不另録。"《詞譜》以柳永此詞爲正體，當從《詞譜》。"禁"程
珌詞作"鑾"，"繡"楊无咎詞作"東"，"日"程珌詞作"宵"。"蕙"、
"布"程泌詞作"千"、"人"。

[二]"十"曾覿詞作"微"，"元"楊无咎詞作"柳"，"銀"程珌詞
作"露"。"連"程珌詞作"碧"，"複"楊无咎詞作"誰"。

[三]"嘉"楊无咎詞作"一"，"氣"曾覿詞作"稀"。此韻程珌

詞《詞譜》斷作“迤邐笙歌笑語,群仙隱隱”,不當,當依柳詞斷作四字一句、六字一句。又《全宋詞》程珌詞此韻前句作“迤邐笙歌近笑語”,與《詞譜》相比多一“近”字,當從《詞譜》,然無需另列別體。

[四]“宵”程珌詞作“問”,“處”曾覿詞作“行”,“閬”程珌詞作“今”。程珌詞此韻作“更前問訊,墮在經紅塵今省”,《詞譜》、《全宋詞》以“訊”字爲韻,不從。又按曾覿詞此韻上句《詞律》及《全宋詞》皆作“倚小樓佳興”,作五字一句,《歷代詩餘》作“小樓佳興”,今從後者,仍同柳體。

[五]“龍”程珌詞作“漸”,“交”程珌詞作“曉”。“星”楊无咎詞作“一”。“對”爲領字,宜用去聲,此句作上一下七句法。

[六]“樂府”程珌詞作“窗前”,“兩”楊无咎詞作“千”。“梨園四部弦管”一句,楊无咎詞作“都入太平弦管”、曾覿詞作“濃歡旋學風雅”、程珌詞作“尚喜精神炯炯”,有平起,有仄起,有律句,有拗句。“盈萬”、“山”、“龕”程珌詞作“奈天”、“未”、“酩”。

[七]《全宋詞》將結韻斷作三字一句、七字折腰一句,不當。“願歲歲、天仗裏”《詞譜》斷作普通六字句,亦不當。楊无咎、曾覿詞皆同柳永作六字折腰句,惟程珌詞作“來歲却笑群仙”普通六字句,且字聲不同,注出不另列。“長”、“鳳”程珌詞作“月”、“空”。

醉蓬萊

【調釋】

《樂章集》注林鐘商。《澠水燕談錄》卷八:“(永)皇祐中,久困選調,入內都知使某愛其才而憐其潦倒,會教坊進新曲《醉蓬萊》,時司天臺奏老人星現,史乘仁宗之悦,以耆卿應制。”《後山詩話》:“柳三變遊東都南北二巷,作新樂府。骫骳從俗,天下詠之,遂傳禁中。仁宗頗好之,每對宴,必使侍從歌之再三。三變聞之,

作宮詞號《醉蓬萊》，因内官達後宮，且求其助，仁宗聞而覺之，自是不復歌其詞。"此調教坊樂工新撰曲，柳永填詞進獻仁宗，詞爲始詞。《填詞名解》以此調名出自李適之酒器，不當，李適之酒器見《説郛》卷九十四下及《古今事文類聚續集》卷十三等，皆云"蓬萊盞"，非爲"醉蓬萊"。此以"蓬萊"喻仙境，與酒器無關。柳詞爲頌聖之作，借賦老人星而詠太平。《詞譜》卷二十五："趙磻老詞，有'璧月流光，雪消寒峭'句，名《雪月交光》；韓淲詞，有'玉作山前，冰爲水際，幾多風月'句，名《冰玉風月》。"此調爲兩宋流行詞調，題材以交遊酬贈爲多，聲情明朗歡快。《夢窗詞》注夷則商，夷則商即商調，宮調正同《樂章集》，字句韻亦與柳詞同，聲情"悽愴怨慕"。《校正》："此調以四字句爲主，偶有五字句亦爲上一下四句法。此調惟換頭曲，後段起句比前段少一字，此外句式相同。調勢穩重諧婉，因有五字句之穿插，故又較爲流美，乃甚有特色之調，宋人用者頗衆。"（408 頁）《魏氏樂譜》卷二以葉夢得"問春風何事"詞爲譜。

【體略】

林鐘商，雙片九十七字，上片四十七字十一句四仄韻，下片五十字十二句四仄韻，柳永。

【圖譜】

渐亭皋葉下，隴首雲飛，素秋新霽。華闕中天，鎖葱葱
●○○●●　●●○○　●○○●　○●○○　●○○
佳氣。嫩菊黃深，拒霜紅淺，近寶階香砌。玉宇無塵，金莖
○●　●●○○　●○○●　●●○○●　●●○○　○○
有露，碧天如水。　　正值昇平，萬幾多暇，夜色澄鮮，漏
●●　●○○●　　　●●○○　●○○●　●●○○　●

聲迢遞。南極星中,有老人呈瑞。此際宸遊,鳳輦何處,度
○○● 　○●○○ ●●○● 　●●○○ ●●○● ●

管弦清脆。太液波翻,披香簾卷,月明風細。
●○○● 　●●○○ ○○○● ●○○●

(《全宋詞》29 頁)

【注釋】

吳熊和於《柳詞三題》文中考證此詞作於至和三年(1056)
(《詞學論集》213 頁);《樂章集校注》繫此詞於慶曆二年(1042)
(231 頁)。此調兩宋存詞一百餘首,金人王喆等人存詞五首。《詞
律》卷十五以馬莊父"任落梅鋪綴"詞爲正體,《詞譜》以柳詞爲正
體。按柳詞雖爲始詞,但下片第八句"鳳輦何處"用拗句,字聲尚
未諧穩,宋人罕有與之同者,不作正體。

又一體

【體略】

雙片九十七字,上片四十七字,下片五十字,各十一句四仄韻,
蘇軾。

【圖譜】

笑勞生一夢,羈旅三年,又還重九。華髮蕭蕭,對荒園
●○○○● 　○●○○ ●○○● ○●○○ ●○○

搔首。賴有多情,好飲無事,似古人賢守。歲歲登高,年年
○● 　●●○○ ●●○● ●●○○● ●●○○ ○○

落帽,物華依舊。　　此會應須爛醉,仍把紫菊茱萸,細看
●● ●○○● 　　●●○○●● ○●●●○○ ●○

重嗅。搖落霜風，有手栽雙柳。來歲今朝，爲我西顧，酹羽
○●　　○●○○，●●●○●　○●○○　●●○●　●●

觴江口。會與州人，飲公遺愛，一江醇酎。
○○●　●●○○　●○○●　●○○●

（《全宋詞》296 頁）

【注釋】

此詞小序云："今歲公將去，乞郡湖南，念此惘然，故作是詞。"
孔凡禮《蘇軾年譜》考此詞於元豐五年（1082）九月九日作（548
頁）。《詞譜》："此與柳詞同，惟換頭四字三句，作六字兩句異。此
詞前段第七句，'飲'字仄聲，查宋詞此字無用仄聲者，或是'吟'字
之訛，故前譜內不注可仄。"按"飲"字無誤，蘇軾詞上片"好飲無
事"與下片"爲我西顧"皆用拗句，前後對應，又換頭句法與柳詞不
同，字聲亦有差異，"醉"字作仄聲，不可混填。宋人程珌"算千葩
百卉"一首正與此體全同，惜宋人除程詞，再無與蘇詞相同者，蘇詞
亦不作正體。

正　　體

【體略】

雙片九十七字，上片四十七字十一句四仄韻，下片五十字十二
句四仄韻，晁端禮。

【圖譜】

看梅梢初動，池面冰澌，小春時候。[一]當日生賢，慶黄
▼⊙○⊙●　⊙○●○　◎○○●　　⊙●○○　●⊙

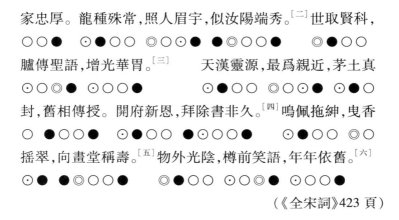

家忠厚。龍種殊常，照人眉宇，似汝陽端秀。[二]世取賢科，

臚傳聖語，增光華胄。[三]　　天漢靈源，最爲親近，茅土真

封，舊相傳授。開府新恩，拜除書非久。[四]鳴佩拖紳，曳香

搖翠，向畫堂稱壽。[五]物外光陰，樽前笑語，年年依舊。[六]

（《全宋詞》423 頁）

【注釋】

　　［一］晁詞即依柳詞填製，然上片自“當日”以下與下片“開府”以下，不僅句拍相同，且字聲前後亦嚴謹，宋金詞多依此填，當爲正體。“看”宜用去聲，“梅”吳文英詞作“碧”。“小”王之道“對黄蘆臥雨”詞作“江”。“時”歐陽修詞作“嫋”、楊无咎詞作“境”，皆偶用不參校。此調四字句皆作律句，五字句皆作上一下四句法。又按此調韻位前一字當用平聲，爲此調定格，宋人或有偶用仄聲者，不參校，填者慎之。句中可平可仄，除注明外，俱見柳永、蘇軾詞句法相同者。

　　［二］“當”趙長卿“是平分秋色”詞作“昨”，“黄”歐陽修詞作“不”。按“慶”字與下片“拜”字皆爲領字。“照”、“眉”黄機詞作“瓊”、“寶”。“汝”張孝祥詞作“從”。“端”趙長卿詞作“納”、李曾伯詞作“未”，偶用不參校。按“似”與下片“向”皆作領字。又，“似汝陽端秀”一句歐陽修詞作“問道有人知麽”，偶添一襯字，注出不另列。

　　［三］“世”王之道“對黄蘆臥雨”詞作“藍”，“臚”、“聖”葉夢得詞作“緑”、“千”。“華”仲殊詞作“景”，屬偶用不參校。

　　［四］換頭用四個四字句拍。“最”、“親”王之道“正薰風解

愠”詞作“官”、“御”。“真”劉一止作“古”，偶用不參校。“開”晁
詞別首作“未”。

　　［五］“曳”、“搖”劉子寰“正花深繡閣”詞作“如”、“樂”，“畫”
趙蟠老“聽都人歌詠”詞作“山”。此韻王之道“對黃蘆臥雨”詞作
“舉世紛紛逐名利，罕遇笑來開口”，“正薰風解愠”詞作“況遇王良
伯樂，算九萬、何勞睥睨”，句法小異，注出不另列，“睥”字仄聲，偶
用不參校。

　　［六］“物外光陰”一句用仄起平收律句，宋僅万俟詠詞作“太
平無事”、李曾伯詞作“從今長伴”，用平起仄收律句，偶用不參校。
“物”趙蟠老“記青蛇感異”詞作“今”。

又一體

【體略】

　　雙片九十八字，上片四十八字，下片五十字，各十一句四仄韻，
秦觀。

【圖譜】

見揚州獨有，天下無雙，號爲瓊樹。佔斷天風，歲花開
●○○●●　○●○●　●○○●　●●○○　●●○

兩次。九朵一苞，攢成環玉，心似珠璣綴。瓣瓣玲瓏，枝枝
●●　●●●○　○○○●　○●○○●　●●○○　○○

潔净，世上無花類。　　冷露朝凝，香風遠送，信是瓊瑶貴。
●●　●●○○●　　　●●○○　○○●●　○●○○●

料得天宮有，此地久難留住。翰苑才人，貴家公子，都要看
●●○○●　●●●○○●　●●○○　●○○●　○●●

花去。莫吝金錢,好尋詩伴,日日花前醉。

(《全宋詞》471 頁)

【注釋】

　　此與晁詞相校,上片結句添一字作五字一句,下片三、四句減三字作五字一句,五、六句添二字作五字一句、六字一句,結句添一字,其他均同。又此詞上下片第八句皆作普通五字句,"心"、"都"皆用平聲,不與他詞混校。

　　此詞《全宋詞》據《揚州瓊華集》收錄,注云:"按此詞不知所本,疑非秦觀作。"姑暫列一體。

鳳歸雲

【調釋】

　　此與敦煌詞同名者不同。《樂章集》注林鐘商。柳詞用上去韻,賦戀情相思,聲情幽怨感傷。柳永另有《鳳歸雲》(向深秋)詞,與此同名異調。

【體略】

　　林鐘商,雙片一百一十八字,上片五十七字十一句四上去韻,下片六十一字十三句五上去韻,柳永。

【圖譜】

　　戀帝里、金谷園林,平康巷陌,觸處繁華,連日疏狂,未

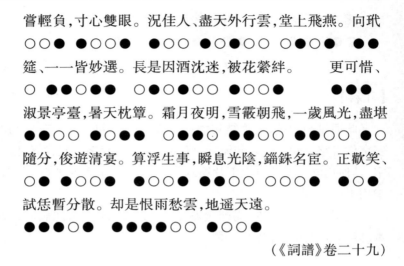

嘗輕負，寸心雙眼。況佳人、盡天外行雲，堂上飛燕。向玳
○○● ●○○● 　●○○ ●○●●○ ○●○● 　●●

筵、一一皆妙選。長是因酒沈迷，被花縈絆。　　更可惜、
○ ●●○●● 　○○○●○○ ●○●● 　　　●●●

淑景亭臺，暑天枕簟。霜月夜明，雪霰朝飛，一歲風光，盡堪
●●○○ ●○●● 　○●●○ ●●○○ ●●○○ ●○

隨分，俊遊清宴。算浮生事，瞬息光陰，錙銖名宦。正歡笑、
○● ●○○● 　●○○● ○●○○ ○○○● 　●○●

試恁暫分散。却是恨雨愁雲，地遥天遠。
●●●○● 　●●●○●○○ ●○○●

　　　　　　　　　　　　　　　　　（《詞譜》卷二十九）

【注釋】

　　《樂章集校注》繫此詞於慶曆三年（1043）（237 頁）。此兩宋
金元孤調，無他詞可校。《詞律》卷十七：“此調因前起於二十七字
方用韻，後起於三十字方叶韻，故爾難讀，疑有誤處，不惟選詞不
載，譜亦不收，不知當時自有此體，非誤也。據愚論之，前後段本是
相同，只後起多一四字句耳，故敢竟爲分句如右。前自三字起至
‘巷陌’語氣一止，‘觸處’二句，是相對語，一止，‘未嘗’二句一止，
乃用韻也。後段亦三字起，‘簟’字閉口韻，不可誤認是叶，此即前
‘陌’字也。‘霜月’句對前‘觸處’句，該四字蓋因‘夜’字下缺一
‘明’字，故難分句。若作‘霜月夜明’則四字四句，恰與前合，然不
敢竟添入，故加一‘□’以補之。蓋‘淑景’句是春，‘暑天’句是夏，
‘霜月’句是秋，‘雪霰’句是冬，故下云‘一歲風光’也。是則‘淑
景’以下四句相排，豈可缺一字乎？‘一歲風光’句乃總上四句，故
下云‘盡堪’、‘遊宴’，是則此處比前段多‘一歲風光’一句，‘盡
堪’二句乃叶韻也。其下則前後俱相同，只前則‘筵’字平，‘妙’字

仄,後則'笑'字仄、'分'字平,稍異不拘。"

　　按《詞律》以下片第二句"簟"字未用韻,《詞譜》、《全宋詞》皆注爲韻,當從後者。如此詞"簟"屬上聲"儉"部,"遠"屬上聲"阮"部,兩部相押者兩宋詞中比比皆是。而上片"陌"字亦可視用韻,柳永首創此調,或未暇顧及,實不嚴謹。又"況佳人"一句,《詞律》斷作"況佳人盡、天外行雲"。"試恁暫分散",《全宋詞》作"試恁暫時分散"。

戚　氏

【調釋】

　　《樂章集》中呂調,中呂調即仲呂均之羽調。調平聲韻(第三片藏兩仄韻)。柳詞感歎人生失意,聲情哀傷沉鬱。宋代惟蘇軾有詞,用穆天子與西王母相會事,格調風流灑脱,聲情、風格與柳詞不同,當爲變調。金代王喆、丘處機等人承蘇軾題材,皆賦道情,丘處機詞即名《夢遊仙》。

【體略】

　　中呂調,三片二百一十二字,上片七十三字十五句九平韻,中片五十五字十一句七平韻,下片八十四字十五句六平韻二仄韻,柳永。

【圖譜】

　　　　晚秋天。一霎微雨灑庭軒。檻菊蕭疏,井梧零亂惹殘
　　　　●○○　◎◎○●○○　●○○●　○○⊙●●○

煙。淒然。望江關。飛雲黯淡夕陽間。當時宋玉悲感,向
○　○○　○○○　●○○●●○○　○○●●○●　●

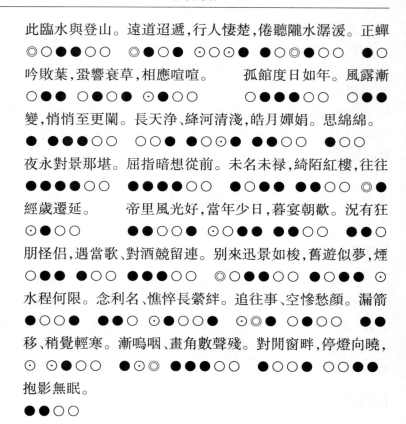

此臨水與登山。遠道迢遞，行人悽楚，倦聽隴水潺湲。正蟬
◎○●○○　◎●○●　⊙○⊙●　●○◎●○○　　●○

吟敗葉，蛩響衰草，相應喧喧。　　　孤館度日如年。風露漸
○●●　○●○●　⊙○○○　　　　○●●○○　●●

變，悄悄至更闌。長天淨、絳河清淺，皓月嬋娟。思綿綿。
●　●●●○○　　○○●　⊙○○●　●●○○　　●○○

夜永對景那堪。屈指暗想從前。未名未祿，綺陌紅樓，往往
●●●●○○　●●●●○○　●○●●　○●○○　●●

經歲遷延。　　　帝里風光好，當年少日，暮宴朝歡。況有狂
⊙●○○　　　　●●○○●　○○●●　●●○○　●●○

朋怪侶，遇當歌、對酒競留連。別來迅景如梭，舊遊似夢，煙
○○●●　●○○、●●●○○　●○●●○○　●○●●　○

水程何限。念利名、憔悴長縈絆。追往事、空慘愁顏。漏箭
●○○●　●●○、○●○○●　⊙◎●　○○○○　●●

移、稍覺輕寒。漸嗚咽、畫角數聲殘。對閒窗畔，停燈向曉，
⊙　⊙●○○　●○◎、●●●○○　●○○●　○○●●

抱影無眠。
●●○○

（《全宋詞》35 頁）

【注釋】

　《樂章集校注》繫此詞於慶曆三年（1043）（249 頁）。此調除柳永詞外，兩宋僅蘇軾有詞，金元有王喆、丘處機二詞。上片第七句"黯"蘇詞作"千"，第十句"遠"作"風"，第十一句"淒"作"極"，第十二句"隴"作"興"。下片第十句"追往"蘇詞作"動歸"。句中其他可平可仄俱見下列王喆、丘處機詞體。此詞上片第十三句"正"、下片第十三句"對"皆作領字，他詞亦然，填者慎之。

按中片第七、八句“夜永對景那堪。屈指暗想從前”《詞譜》等斷作三句：“夜永對景，那堪屈指，暗想從前。”誤，當從《詞律》斷句。蘇詞二句作兩韻，王、丘二詞亦皆作兩句拍。又蘇詞《詞律》、《詞譜》皆列又一體，蘇詞與柳詞當全同，無需另列。按蘇詞下片第六句《能改齋漫録》、《歷代詩餘》作“雲璈韻瀉寒泉”六字句，《詞律》、《詞譜》、《全宋詞》等書皆作“雲璈韻響瀉寒泉”七字句，按蘇詞依柳詞字句韻填寫，無增字之理，當以六字句爲是。即作七字句，亦偶添一字，無需另列別體。

《詞律》卷二十：“人每謂坡公詞不協律，試觀如此長篇，字字不苟，何嘗不協乎，故備録之。且李方叔云此是因妓歌此調，詞不佳，公適讀《山海經》，乃令妓復歌，隨字填去，歌完詞就。然則坡仙豈非天人，而奈何輕以失律譏之歟？”

又一體

【體略】

三片二百一十二字，上片七十三字十四句八平韻，中片五十五字十一句六平韻，下片八十四字十五句六平韻二仄韻，王喆。

【圖譜】

凍雲昌。出入繚邈遍舒張。直上玄凝，滿空濃密現嘉
●○○　●●●○○○○　●●●○　●○○●●○

祥。六花妥瑶芳。輕飛緩舞恣飄颺。須臾漸漸俱縞，物物
○　●○●○○　○○●●●○○　○○●●●○　●●

因跡盡均粧。選甚高下，那拘遥迴，一同不辨偏傍。更新鮮
○●●○○　●●○●　●○○○　●○●●○○　●○○

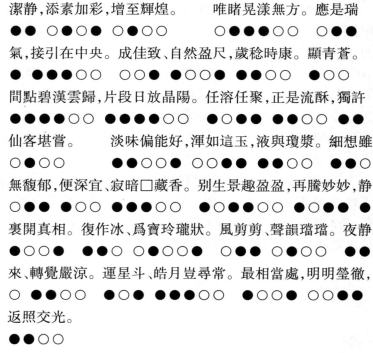

潔静，添素加彩，增至輝煌。　唯睹晃漾無方。應是瑞
●●　○●○●　○●○○　　　○●●○○　○●●

氣，接引在中央。成佳致、自然盈尺，歲稔時康。顯青蒼。
●　●●●○○　　○●●　●○○●　●○○○　　●●○

間點碧漢雲歸，片段日放晶陽。任溶任聚，正是流酥，獨許
●●●●○○　●●●●○○　　●○●●　●●○○　●●

仙客堪嘗。　淡味偏能好，渾如這玉，液與瓊漿。細想雖
○●○○　　　●●○○●　○○●●　●●○○　　●●○

無馥郁，便深宜、寂暗□藏香。別生景趣盈盈，再騰妙妙，静
○●●　●○○　●●□○○　　●○●●○○　●○●●　●

裏開真相。復作冰、爲寶玲瓏狀。風剪剪、聲韻瑲瑲。夜静
●●○○●　●●○　○●○○●　　○●●　○●○○　　●●

來、轉覺嚴涼。運星斗、皓月豈尋常。最相當處，明明瑩徹，
○　●●○○　　●○●　●●●○○　　●○○●　○○●●

返照交光。
●●○○

（《全金元詞》167—168頁）

【注釋】

　　此與柳詞相校，上片第五、六句減一韻作五字一句，中片第七句不押韻異。

　　按下片第二句依文意或當斷作"渾如這、玉液與瓊漿"，此調其他三詞無此句拍，故仍依正體斷句。又下片第五句《全金元詞》原作"便深宜、寂暗藏香"，"藏"字前當脱一仄聲字，今補一空格。

又一體

【體略】

　　三片二百一十二字，上片七十三字十四句八平韻，中片五十五字十一句六平韻，下片八十四字十五句七平韻二仄韻，丘處機。

【圖譜】

夢遊仙。分明曾過九重天。浩氣清英，素雲縹渺貫無
邊。森然似朝元。金童玉女下傳宣。當時萬聖齊會，大光
明罩紫金蓮。群仙謠唱，諸天歡樂，盡皆得意忘言。□流霞
泛飲，蟠桃賜宴，次第留連。　　　皆秉道德威權。神通自
在，劫劫未能遷。沖虛妙、昊天罔極，象帝之先。透重玄。
命駕恍惚神遊，攛火萬里迴旋。四維上下，八表縱橫，鸞鶴
不用揮鞭。　　　應念隨時到，了無障礙，自有根源。看盡清
都絳闕，邁瀛洲、紫府筆難傳。瑤臺閬苑花前。瑞雲掩映，
百和香風散。□四時、不夜春長暖。處處覺、閑想因緣。是

一點、程滿功圓。混太虛、浩劫永綿綿。任閻浮地,山摧洞
●●　○●○○　　●●○ ●●●○○　　●○○● ○○●
府,海變桑田。
● ●●○○

(《全金元詞》477 頁)

【注釋】

此體《詞譜》卷三十九收録:"此調前段第十三句少一字,中段
第八、九句俱六字,後段第七句多押一韻,第十句少一字,第十二句
七字,與柳、蘇詞異。"按《詞譜》所釋不當,此即王喆詞體(上片第
五句作五字一句),惟下片第六句添一韻異。

按上片第十二句、下片第九句,《詞譜》皆以爲少一字,今皆作
脱漏。此詞《全金元詞》斷句多誤,當依《詞譜》斷句。

殢人嬌

【調釋】

同期晏殊有詞。《樂章集》注林鐘商。調用上去韻,換頭曲,
題材多寫相思離別,聲情風流嫵媚。

【體略】

林鐘商,雙片六十七字,上片三十四字,下片三十三字,各六句
四上去韻,柳永。

【圖譜】

當日相逢,便有憐才深意。歌筵罷、偶同鴛被。別來光
○●○○　●●○○●　　○○● ●○○●　　●○○

景,看看經歲。昨夜裏、方把舊歡重繼。　　曉月將沈,征
● 　○○● 　●●● 　○●●●○○● 　　　●●○○ 　○

騑已轄。愁腸亂、又還分袂。良辰好景,恨浮名牽繫。無分
○●● 　○○● 　●○○● 　○○●● 　●○○○● 　○○

得、與你恣情濃睡。
● 　●●●○○●

（《全宋詞》31—32頁）

【注釋】

《樂章集校注》繫此詞於慶曆三年(1043)(236頁)。此詞上片第五句四字,下片第五句五字,宋人罕有使用,不作正體。《詞譜》卷十五未錄此詞:"柳永詞與此同,因前段第五句四字,後段第五句五字,疑有脱誤,詞又鄙俚,故不錄。"

正　　體

【體略】

　　雙片六十八字,上片三十五字,下片三十三字,各六句四上去韻,晏殊。

【圖譜】

二月春風,正是楊花滿路。[一]那堪更、別離情緒。[二]羅
◎●○○ 　◎●○○● 　　○⊙● 　◎○○● 　　○

巾掩淚,任粉痕霑汗。爭奈向、千留萬留不住。[三]　玉酒
○○▼ 　▼○○⊙● 　○●● 　○○●○○● 　　　◎●

頻傾,宿眉愁聚。空腸斷、寶箏弦柱。[四]人間後會,又不知
⊙○ 　◎○⊙● 　○○● 　◎○○● 　　⊙○○◎ 　▼○○

何處。魂夢裏、也須時時飛去。^[五]

○●　　⊙●●　◎○⊙○⊙●

(《全宋詞》98頁)

【注釋】

[一]此調兩宋存二十餘首詞,《詞譜》以晏殊詞作譜,當是,然所定字聲多不當。"春"宋惟向子諲、張擴詞作平聲,屬偶用不參校,不依《詞譜》定本平可仄。"正"、"滿"蘇軾"別駕來時"詞作"燈"、"無","楊"宋惟王庭珪詞作"幾"用仄聲,偶用不參校。句中可平可仄除注明外,俱見所列各體句法相同者。按張方仲"多少胭脂"一首,第二句作"勻成點就","勻"前當脱漏二字,注出不另列。

[二]"離"字宋惟毛滂"短棹猶停"詞作"做",偶用不參校。"更"字當用去聲,向子諲詞、毛滂詞偶用平聲,不參校。

[三]"羅"宋惟柳永、毛滂二詞用仄聲,偶用不參校,不從《詞譜》定本平可仄。"任粉痕霑汙"與下片"又不知何處"皆作上一下四句式,"任"、"又"宜用去聲。"霑"張擴"深院海棠"詞作"雨"。"千留萬留不住"例作拗句,檢宋人此調除柳詞、徐都尉詞及晏殊二詞外,皆用拗句。

[四]按王庭珪詞《詞譜》以換頭作七字句:"花若有情應不落。"《詞繫》作:"花若有情應不薄。"皆列又一體,《全宋詞》作"花若有情,情應不薄。"今從後者,不再另列。"頻"王庭珪詞作"有","空"楊无咎"惱亂東君"詞作"看"。"寶"、"弦"張擴"深院海棠"詞作"胭"、"半"。

[五]"夢"宋人惟張擴、李流謙詞用平聲,偶用不參校,不依《詞譜》作本仄可平。"也須時時飛去"六字《詞譜》以除韻字外皆可平可仄,不當。按此句爲拗句,正與上片結句相同。檢宋人詞,亦除柳詞及晏殊二詞外,皆同。

又一體

【體略】

雙片六十八字,上片三十五字,下片三十三字,各六句四上去韻,晏殊。

【圖譜】

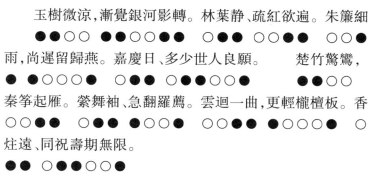

玉樹微涼,漸覺銀河影轉。林葉静、疏紅欲遍。朱簾細
雨,尚遲留歸燕。嘉慶日、多少世人良願。　　楚竹驚鸞,
秦箏起雁。縈舞袖、急翻羅薦。雲迴一曲,更輕攏檀板。香
炷遠、同祝壽期無限。

(《全宋詞》98頁)

【注釋】

此與“二月春風”相校,惟上下片結句均用仄起仄收律句,爲詞
人有意用之,不與正體混校。晏殊別首“一葉秋高”詞正與之同。

又一體

【體略】

雙片六十四字,上下片各三十二字六句四上去韻,毛滂。

【圖譜】

　　　雪做屏風，花爲行帳。屏帳裏、見春模樣。小晴未了，
　　　●●○○　○○○●　　○●●　●○○●　　●○●●

　　輕陰一餉。酒到處、恰如把春拈上。　　　官柳黃輕，河堤綠
　　○○●●　　●●●　●○●○●　　　　　○●○○　○堤●

　　漲。花多處、少停蘭槳。雪邊花際，平蕪疊幛。這一段、淒
　　●　○○●　●○○●　　●○○●　○○●●　●●●　○

　　涼爲誰悵望。
　　○●○●●

（《全宋詞》677 頁）

【注釋】

　　此與晏詞相校，上片第二句減二字作四字句，上下片第五句各
減一字作四字句異。毛滂別首、晁端禮、向子諲、無名氏詞正與
此同。

又一體

【體略】

　　雙片六十八字，上片三十五字，下片三十三字，各七句四上去
韻，楊无咎。

【圖譜】

　　　露下天高，最是中秋景勝。喜銀蟾、十分增暈。嫦娥飛
　　　●●○○　●●○○●●　　●○○　●●○●　　○○○

下，見霧鬟風鬟。念八景園中，畫誰能盡。　　慢奏雲韶，

● ●●○○ ● ●●○○ ● ●○○ ● ●●○○

美斟仙醞。清不寐、桂香成陣。只愁來夕，又陰晴無準。却

● ●○○ ● ○○ ●○○ ● ●○○ ● ●●○○ ● ●

待約重圓，後期難問。

● ●●○○ ● ●○○ ●

【注釋】

　　此與晏詞相校，上下片結句作上一下四式五字一句、四字一
句，亦爲詞人有意爲之。

曲玉管

【調釋】

　　曲名見《教坊記》，曲玉管，或即玉管曲，玉管，當即玉笛。《樂
章集》注大石調，用韻三聲通叶，近於曲體。此以樂器名調，非賦本
意，多處間以三字短韻，聲情流美婉轉。

【體略】

　　大石調，三片一百五字，上、中片各二十八字六句一仄韻二平
韻，下片四十九字十句三平韻，柳永。

【圖譜】

　　隴首雲飛，江邊日晚，煙波滿目憑闌久。立望關河蕭索，

●●○○ ○○●● ○○●●○○● ●●○○●

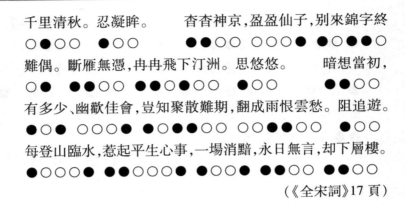

千里清秋。忍凝眸。　　杳杳神京,盈盈仙子,別來錦字終
○●○○　●○○　　　●●○○　○○○●　●○●○

難偶。斷雁無憑,冉冉飛下汀洲。思悠悠。　　暗想當初,
○●　●●○○　●●○●○　●○○　　　●●○○

有多少、幽歡佳會,豈知聚散難期,翻成雨恨雲愁。阻追遊。
●○●、○○○●　○○●●○○　○○●●○○　●○○

每登山臨水,惹起平生心事,一場消黯,永日無言,却下層樓。
●○○○●　●●○○○●　●○○●　●●○○　●●○○

（《全宋詞》17頁）

【注釋】

《樂章集校注》繫此詞於慶曆三年(1043)(247頁)。此兩宋金元孤調,無他詞可校。此調《詞律》、《詞譜》皆分作兩段。《全宋詞》作三段,注云:"按此詞原分二段。《詞譜》卷三十三云:'此詞前段,截然兩對,即《瑞龍吟》調所謂雙拽頭也。'今從其說。"今從《全宋詞》作三段。

上片與中片第三句"久"、"偶"叶仄韻,《詞譜》卷二十三:"間叶兩仄韻,亦是本部三聲叶。"

按況周頤《蕙風詞》卷下此調用柳詞字聲,不僅平仄完全相同,四聲也多一樣。又《彊村語業》卷二《曲玉管》,中片柳永第三句"別"作"無",第五句"飛"作"北",下片第六句"登"作"玉",第八句"一"作'江'。朱詞可效法,句中律句第一、三字偶可平可仄無妨。

采蓮令

【調釋】

《樂章集》注雙調。柳詞用上去韻,換頭曲,賦離別相思,聲情

怨歎激健。《采蓮》爲宋代大曲,又爲舞曲,二者皆有歌詞。大曲
《宋史‧樂志》注雙調,史浩《鄮峰真隱大曲》有七首《采蓮》詞,爲
大曲不同遍數之詞,用韻三聲通叶,屬於曲體。史浩另有《采蓮
舞》歌詞,第一首即爲《采蓮令》,與柳永詞體完全相同,可知舞曲
亦爲雙調。

【體略】

雙調,雙片九十一字,上片四十四字,下片四十七字,各八句四
上去韻,柳永。

【圖譜】

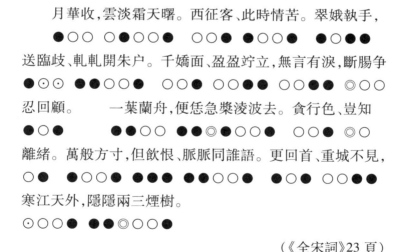

月華收,雲淡霜天曙。西征客、此時情苦。翠娥執手,
送臨歧、軋軋開朱户。千嬌面、盈盈竚立,無言有淚,斷腸争
忍回顧。　　一葉蘭舟,便恁急槳凌波去。貪行色、豈知
離緒。萬般方寸,但飲恨、脈脈同誰語。更回首、重城不見,
寒江天外,隱隱兩三煙樹。

(《全宋詞》23 頁)

【注釋】

《樂章集校注》繫此詞於慶曆三年(1043)(243 頁)。此調兩
宋有史浩《采蓮舞》舞曲中第一首可校,金元無存詞。譜內可平可
仄,即據史詞校定。按上片第四、五句《詞譜》、《全宋詞》斷作七字

一句、五字一句,今從《詞律》斷句。

又一體

【體略】

　　雙片九十一字,上片四十四字,下片四十七字,各八句五上去韻,史浩。

【圖譜】

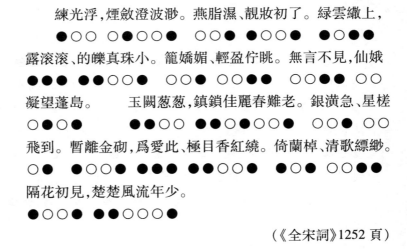

　　練光浮,煙斂澄波渺。燕脂濕、靓妝初了。綠雲繳上,
　　●○○　○●○○● 　○○● ○○○● 　●○●●

露滾滾、的皪真珠小。籠嬌媚、輕盈佇眺。無言不見,仙娥
●●● ○●○○● 　○○● ○○○● 　○○●● ○○

凝望蓬島。　　　　玉闕葱葱,鎮鎖佳麗春難老。銀潢急、星槎
○●○● 　　　　　●●○○ ●●○●○○● 　○○● ○○

飛到。暫離金砌,爲愛此、極目香紅繞。倚蘭棹、清歌縹緲。
○● 　●○○● 　●●● ●●○○● 　●○● ○○●●

隔花初見,楚楚風流年少。
●○○● ●●○○○●

(《全宋詞》1252 頁)

【注釋】

　　此詞字句與柳詞同,惟上下片第六句各添一韻異。

雪梅香

【調釋】

　　溫庭筠《河傳》云："雪梅香。柳帶長。小娘。轉令人意傷。"調名或取此。《樂章集》注正宮。柳詞用平聲韻,非賦本意,聲情怨欷不平。此調兩宋除柳永詞外尚有無名氏二詞,皆賦調名本意,其中一首與柳詞爲和韻之作,金人王喆詞名《雪梅春》。

【體略】

　　正宮,雙片九十四字,上片四十六字八句四平韻,下片四十八字九句五平韻,柳永。

【圖譜】

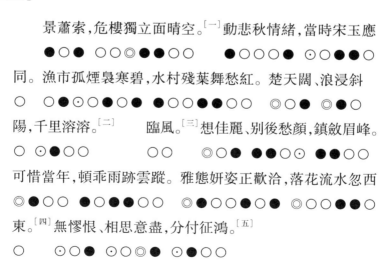

景蕭索,危樓獨立面晴空。[一]動悲秋情緒,當時宋玉應
同。漁市孤煙裊寒碧,水村殘葉舞愁紅。楚天闊、浪浸斜
陽,千里溶溶。[二]　　臨風。[三]想佳麗、別後愁顏,鎮斂眉峰。
可惜當年,頓乖雨跡雲蹤。雅態妍姿正歡洽,落花流水忽西
東。[四]無憀恨、相思意盡,分付征鴻。[五]

【注釋】

[一]《樂章集校注》繫此詞於慶曆四年（1044）（265頁）。此調兩宋除柳詞外僅有兩首無名氏詞，金元有王喆一詞。《詞律》卷十四以此詞僅存柳永詞："'當時'下，與後'頓乖'下同。"《詞譜》卷三十三列柳詞及無名氏"歲將暮"詞。按無名氏"凍雲深"一首爲和柳永詞，此韻第二句無名氏作"六出瑶花滿長空"，用拗句，不參校。"獨"無名氏"歲將暮"詞作"風"。句中可平可仄除注明外，見別體句法相同者。

[二]"當"無名氏"歲將暮"詞作"素"，"孤"作"逞"。"漁市孤煙裊寒碧"用拗句，無名氏"凍雲深"詞作"荒野枯冰竦欲折"，其他二首皆同柳詞。"楚"無名氏"歲將暮"詞作"凝"，"浪"無名氏"凍雲深"詞作"疏"，"千"無名氏"歲將暮"詞作"雅"。

[三]按王喆詞《全金元詞》將"顒顒"二字短韻屬上片，誤。又無名氏"歲將暮"詞此處未用短韻，注出不另列。《詞繫》卷六："《詞律》：'恐"風"字偶合，非叶。'愚按：過變處，每於第二字用韻，乃藏韻於句中，仍係五字句，北宋人詞中甚多，東坡尤著意於此，何得謂非叶。"

[四]"想"、"顔"無名氏"凍雲深"詞作"傳"、"自"。"可"無名氏"歲將暮"詞作"姑"。"落花"無名氏"凍雲深"詞作"羌笛"，"笛"以入代平。

[五]"相"、"意"無名氏"凍雲深"詞作"倚"、"凝"，"分"無名氏"歲將暮"詞作"別"。按，此調結韻三句諸譜不同，《詞譜》、《詞繫》等作："無悰恨，盡把相思，分付征鴻。"《詞律》作："無悰恨、相思意盡，分付征鴻。"《全宋詞》又同《詞律》，然句讀不同："無悰恨、相思意，盡分付征鴻。"按此韻句拍與上片結韻句拍相同，當依《詞律》斷作七字折腰一句、四字一句。

又一體

【體略】

雙片九十四字，上片四十六字八句四平韻，下片四十八字八句五平韻，王喆。

【圖譜】

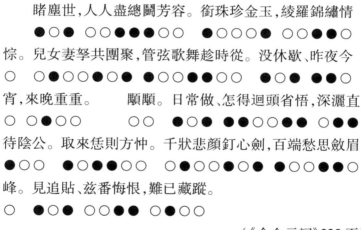

睹塵世，人人盡總鬭芳容。銜珠珍金玉，綾羅錦繡情
●○● 　○○○●●○○ 　●○○●○ 　○○○●○

惊。兒女妻孥共團聚，管弦歌舞趁時從。沒休歇、昨夜今
○ 　○●○○●○○ 　●○○●●○○ 　●○● 　●●○

宵，來晚重重。　　顒顒。日常做、怎得迴頭省悟，深灑直
○ 　○●○○ 　　○○ 　●○● 　●●○○●● 　○○●

待陰公。取來恁則方忡。千狀悲顔釘心劍，百端愁思斂眉
●○○ 　●○○●○○ 　○●○○●○● 　●○○○●○

峰。見追貼、玆番悔恨，難已藏蹤。
○ 　●○● 　○○●● 　○●○

（《全金元詞》225頁）

【注釋】

此與柳詞相校，上片完全相同，下片第二、三、四句作九字折腰一句、六字一句異。按王喆用調深受柳永影響，句拍通常不會有如此大的變化。王喆此詞改變句拍，亦足以説明此調於金代尚可歌唱。

一寸金

【調釋】

《樂章集》注小石調。柳詞用上去韻。"一寸金"言貴重、美好之意,柳詞寫太平景象,與本意相近。後周邦彥詞用入聲韻,南宋詞人亦多用入聲。此調宜抒快樂、灑脱之情,格調旖旎嫵媚。《夢窗詞》亦作小石調,聲情與周詞相近。金元無名氏"暮鴻嘹唳"一首與此同名異調。

【體略】

小石調,雙片一百八字,上片五十四字九句四上去韻,下片五十四字十句四上去韻,柳永。

【圖譜】

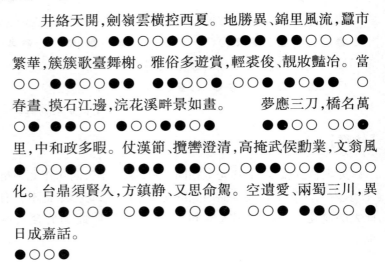

【注釋】

《樂章集校注》繫此詞於慶曆四年(1044)(256頁)。此調兩宋存詞八首,金元無名氏一首。《詞譜》卷三十四:“此調始於此詞,但後段句讀參差,且宋詞多照周邦彥詞體填,故可平可仄,俱注周詞之下前段結句,平仄與諸家不同,不參校入譜。”

正　　體

【體略】

小石,雙片一百八字,上片五十四字十句五仄韻,下片五十四字十一句四仄韻,周邦彥。

【圖譜】

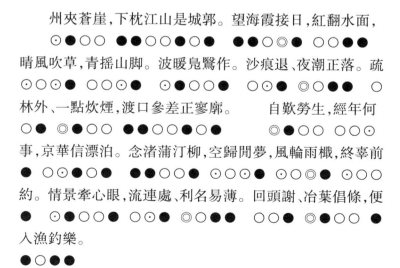

【注釋】

《清真詞校注》以此詞於元符二年（1099）春天寫於至睦州途中。此體爲宋人流行體，與柳詞相校，上片第六句多一韻，上下片第二韻句法不同且字聲小異。《詞律》、《詞譜》皆以此詞爲正體，當從。

《詞律》卷十九：“‘望海霞’至‘炊煙’與後‘念渚蒲’至‘倡條’同，‘波暖’句對後‘情景’句，而‘作’字叶，‘眼’字不叶。初恐其誤，考夢窗二首，一則前叶後不叶，一則前後俱叶，想不拘。自首至尾，所用‘下’、‘是’、‘望’、‘面’、‘退’、‘夜’、‘正’、‘外’、‘渡’、‘正’、‘事’、‘信’、‘念’、‘夢’、‘處’、‘利’、‘易’、‘謝’、‘便’、‘釣’等去聲字，妙絕。此皆跌宕處，要緊，必如此然後起調。周郎之樹幟詞壇，有以哉。夢窗之心如鏤塵剔髮者，故亦用‘看’、‘瘦’、‘正’、‘地’、‘透’、‘尚’、‘暗’、‘記’、‘繡’、‘挂’、‘事’、‘愛’、‘嘆’、‘思’、‘重’、‘袖’、‘下’、‘醉’、‘露’等字，又一首亦同，嗚呼！詞豈可草草如圖注哉？若如注以‘正寥’作平仄，真笑話矣。結句‘入’字吳用‘情’字，可知‘入’字以入作平也。《譜》不圖‘入’字作平，翻圖‘釣’字作平，相去幾許。吳詞第六句‘玉龍橫笛’與通篇不叶，此乃‘竹’字訛‘笛’字，非不叶韻也。”按萬樹所言去聲字，要求過嚴，檢夢窗二首去聲字，多不一致，除領字宜用去聲字外，其他可以靈活。又萬樹言夢窗結句“寓情題水葉”，以周詞“便入漁釣樂”以入代平，然仇遠作“試手回剪雪”，“手”字上聲，吳詞當爲偶用，不必以入代平強解。

《詞譜》卷三十四：“此調以此詞爲正體，吳文英、陳允平詞，俱如此填。若李詞之多押兩韻，曹詞之句讀參差，無名氏詞之減字，皆變格也。此詞前段第二句及結句例作仄仄平平仄平仄，譜內諸詞皆然；後段結句例作仄仄平仄仄，若李、曹、無名氏三詞，則照柳詞填，自成一體，譜內不校注平仄。前段第三句，例作仄仄平仄仄，或作仄仄平平仄，後段第四句，例作仄仄平平仄，譜內李詞平仄，與

諸家不同,亦不校注。按吳詞前段第三句'見駁毛飛雪','飛'字平聲;第五句'朧腰束縞','束'字仄聲;第八句'紅錦透、尚欺暗燭','錦'字仄聲;後段起句'頑老情懷','頑'字平聲;第五句'折釵錦字','折'字、'錦'字俱仄聲;第六句'點髾掀舞','掀'字平聲。譜內可平可仄據此,餘參所采四詞。吳詞前段第六句'湯沐疏邑','沐'字以入作平,不注可仄。"按吳詞"沐"字當偶用。

又一體

【調釋】

小石,雙片一百八字,上片五十四字十句五仄韻,下片五十四字十一句五仄韻,李彌遜。

【圖譜】

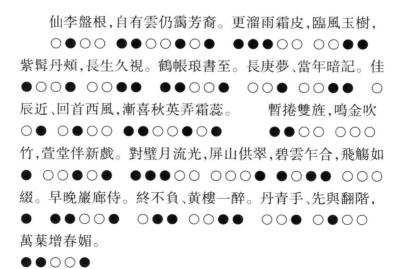

仙李盤根,自有雲仍靄芳裔。更溜雨霜皮,臨風玉樹,
○●○○　●●○○●●○　○●●○○　○○●●

紫髯丹頰,長生久視。鶴帳琅書至。長庚夢、當年暗記。佳
●○○●　○○●●　●●○○●　○○●　○○●●　○

辰近、回首西風,漸喜秋英弄霜蕊。　　暫捲雙旌,鳴金吹
○●　○●○○　●●○○●○●　　　●●○○　○○○

竹,萱堂伴新戲。對璧月流光,屏山供翠,碧雲乍合,飛觴如
●　○○●○●　●●●○○　○○○●　●○○●　○○○

綴。早晚巖廊侍。終不負、黃樓一醉。丹青手、先與翻階,
●　●●○○●　○○●　○○●●　○○●　○●○○

萬葉增春媚。
●●○○●

【注釋】

此與周詞相校,下片第八句多押一韻異。按上片第三句"溜雨霜皮"、下片第四句"璧月流光"皆與周詞字聲不同,爲詞人有意爲之,《詞譜》不相互混校,當是。

又一體

【調釋】

雙片一百八字,上片五十四字九句四仄韻,下片五十四字十一句四仄韻,曹勛。

【圖譜】

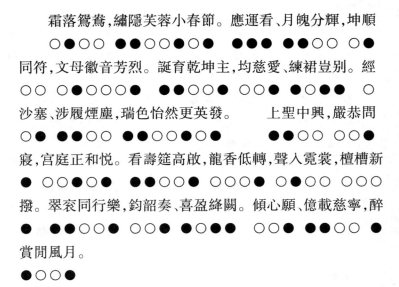

【調釋】

此爲柳詞與周詞之混合體，《詞譜》：“此詞前段與柳詞同，後段與周詞同。”

又一體

【調釋】

雙片一百五字，上片五十二字十句四仄韻，下片五十三字十一句四仄韻，《鳴鶴餘音》無名氏。

【圖譜】

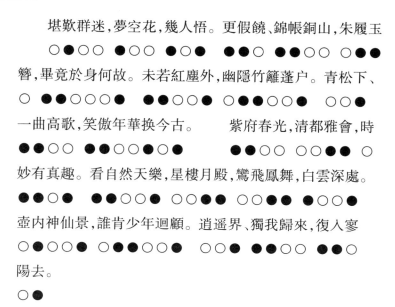

堪歎群迷，夢空花，幾人悟。更假饒、錦帳銅山，朱履玉
○●○○　●○○　●○●　　●○●○　○●●

簪，畢竟於身何故。未若紅塵外，幽隱竹籬蓬户。青松下、
○　●●○○○●　●●○○●　○●●○○●　○○●

一曲高歌，笑傲年華換今古。　　紫府春光，清都雅會，時
●●○○　●○○○●○●　　　　●●○○　○○●●　○

妙有真趣。看自然天樂，星樓月殿，鸞飛鳳舞，白雲深處。
●●○●　●●○○●　○○●●　○○●●　●○○●

壺内神仙景，誰肯少年迴顧。逍遥界、獨我歸來，復入寥
○●○○●　○●●○○●　○○●　●●○○　●●○

陽去。
○●

【注釋】

《詞譜》："此詞前段亦與柳詞同,惟第二句減一字作三字兩句,又第八句減一字作六字句異(按當爲第七句)。後段亦與周詞同,惟第九句減一字、作六字句異。"

按《全金元詞》此詞下片第一、二、三句斷作："紫府。春光清,都雅會時,妙有真趣。"當從《詞譜》斷句。

輪臺子

【調釋】

《樂章集》注中呂調。柳詞用上去韻,寫羈旅,聲情感傷怨歎。輪臺,在今新疆,岑參《輪臺即事》："輪臺風物異,地是古單于。"《苕溪漁隱叢話》後集卷三十九引《藝苑雌黃》："世傳永嘗作《輪臺子》早行詞,頗自以爲得意……"柳永另有《輪臺子》(霧斂澄江)一首,與此同名異調。

【體略】

中呂調,雙片一百十四字,上片五十一字八句四上去韻,下片六十三字十一句六上去韻,柳永。

【圖譜】

一枕清宵好夢,可惜被、鄰雞喚覺。匆匆策馬登途,滿
●●○○●● ●●● ○●● ○○●●○ ●

目淡煙衰草。前驅風觸鳴珂,過霜林、漸覺驚棲鳥。冒征塵
●●○○● ○○○●○ ●○● ●●○○● ●○○

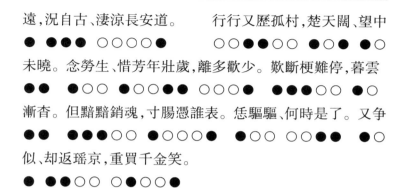

遠,況自古、淒涼長安道。　　行行又歷孤村,楚天闊、望中
未曉。念勞生、惜芳年壯歲,離多歡少。歎斷梗難停,暮雲
漸杳。但黯黯銷魂,寸腸憑誰表。恁驅驅、何時是了。又爭
似、却返瑤京,重買千金笑。

（《詞譜》卷三十六）

【注釋】

《樂章集校注》繫此詞於慶曆五年(1045)(278頁)。兩宋金元孤調,無他首可校。《全宋詞》於"望中未曉"處分片,今從《百家詞》及《詞譜》。

按上片結韻《詞譜》、《詞繫》、《全宋詞》皆斷作:"冒征塵遠況,自古淒涼長安道。""遠況"一詞頗爲拗口。清人此調多有創作,鄒祇謨作:"輕煙歇雨,更泠露、無聲氤氳射。"(《全清詞(順康卷)》3020頁)陳維崧作:"才抵珠腕,又弱蔓、柔莖將人繞。"(《全清詞(順康卷)》4217頁)皆作四字一句、上三下五式八字折腰一句。

輪臺子

【調釋】

《樂章集》注中呂調。此與柳詞同名《輪臺子》"一枕清宵好夢"詞不同。柳賦旅情,亦屬本調之作,用入聲韻,韻密調急,聲情淒切怨抑。

【體略】

中吕調,雙片一百四十一字,上片六十九字十二句八入聲韻,下片七十二字十五句十入聲韻,柳永。

【圖譜】

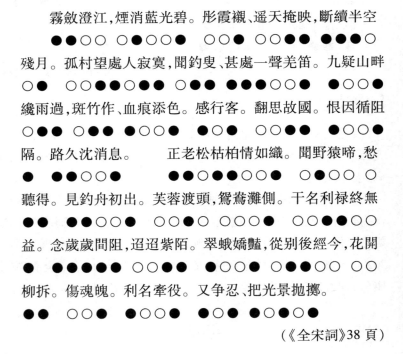

霧斂澄江,煙消藍光碧。彤霞襯、遥天掩映,斷續半空
●●○○　○○○○●　○○●　○○●●　●●●○

殘月。孤村望處人寂寞,聞釣叟、甚處一聲羌笛。九疑山畔
○●　○○●●○●●　○●●　●●●○○●　●○○●

纔雨過,斑竹作、血痕添色。感行客。翻思故國。恨因循阻
○●●　○●●　●○○●　●○●　○○●●　●○○●

隔。路久沈消息。　　正老松枯柏情如織。聞野猿啼,愁
●　●●○○●　　　●●○○●○○●　○●○○　○

聽得。見釣舟初出。芙蓉渡頭,鴛鴦灘側。干名利禄終無
○●　●●○○●　○○●○　○○○●　○○●●○○

益。念歲歲間阻,迢迢紫陌。翠蛾嬌豔,從別後經今,花開
●　●●●○●　○○●●　●○○●　○●●○○　○○

柳拆。傷魂魄。利名牽役。又争忍、把光景抛擲。
●●　○○●　●○○●　●○●　●○●●

(《全宋詞》38 頁)

【注釋】

《樂章集校注》繫此詞於慶曆五年(1045)(272 頁)。此爲兩宋金元孤調。按上片第三、四句,《詞譜》、《詞繫》、《全宋詞》皆斷作:"彤霞襯遥天,掩映斷續,半空殘月。"不當。又上片第十句"國"、下片第四句"出"及第十二句"拆",《詞譜》皆未注韻,當從

《詞繫》注韻。此調清人沈岸登、沈皥日有詞,句拍、韻位可參。

上片第四句"殘月"《詞譜》作"殘壁",第五句"寂寞"《詞繫》作"寂寂"並以叶韻,第十句"故國"《詞譜》作"故鄉",下片第十一句"從別後經今"《詞譜》作"從別經今"。

引駕行

【調釋】

《樂章集》注仙呂調。柳永此調用平韻,字聲與中呂調《引駕行》不同,句長韻疏,多用句中短韻,聲情婉轉感傷。

【體略】

仙呂調,雙片一百二十五字,上片七十四字十四句六平韻,下片五十一字十句六平韻,柳永。

【圖譜】

紅塵紫陌,斜陽暮草長安道,是離人、斷魂處,迢迢匹
○○●● ○○●●○○● ●○○ ●○● ○○●

馬西征。新晴。韶光明媚,輕煙淡薄和氣暖,望花村、路隱
●○○ ○○ ○○○● ○○●●○●● ●○○ ●●

映,搖鞭時過長亭。愁生。傷鳳城仙子,別來千里重行行。
● ○○○●○○ ○○ ○●○○● ●○○●○○○

又記得臨歧,淚眼濕、蓮臉盈盈。　　消凝。花朝月夕,最
●●●○○ ●●● ○●○○ 　　○○ ○○●● ●

苦冷落銀屏。想媚容、耿耿無眠,屈指已算回程。相縈。
●●●○○ ●●○ ●●○○ ●●●●○○ ○○

空萬般思憶,爭如歸去睹傾城。向繡幃、深處並枕,説如此
○●○○●　○○○●●○○　　●●○　○●●●　●○●
牽情。
○○

（《全宋詞》42 頁）

【注釋】

《樂章集校注》繫此詞於慶曆六年（1046）（284 頁）。此與中
吕調《引駕行》句法相近,但字聲差異較多,兩宋金元無別首可校。
《詞譜》:"此詞後段即柳仄韻詞體,惟結句多一字,若前段則起結
亦同,惟起五句後,又多五句不同,其自注仙吕調,即夷則羽,亦與
中吕調之爲夾鐘羽者不同。"

此調前後片極不對稱,《詞牌格律》以爲或可以分爲三片,其中
二三片相同（其認爲脱漏處用□符號表示）:"紅塵紫陌,斜陽暮草長
安道,是離人,斷魂處,迢迢匹馬西征。　　新晴。韶光明媚,輕煙
淡薄和氣暖,望花村路隱,□映搖鞭,時過長亭。愁生。傷鳳城仙
子,別來千里重行行。又記得臨歧,淚眼濕,蓮臉盈盈。　　消凝。
花朝月夕,最□苦冷落銀屏。想媚容耿耿,無眠屈指,已算回程。相
縈。空萬般思憶,爭如歸去睹傾城。向繡幃深處,並枕説、如此牽
情。"（920 頁）

定風波

【調釋】

曲名見《教坊記》,柳永此調與唐宋流行令詞調《定風波》不
同,借舊名另造新聲。《樂章集》注雙調。此調句長韻疏,柳詞賦

寫戀情相思,用上去韻,聲情幽怨感傷。柳詞另有林鐘商《定風波》,與此同名異調。

【體略】

雙調,雙片一百五字,上片五十一字九句四上去韻,下片五十四字十二句六上去韻,柳永。

【圖譜】

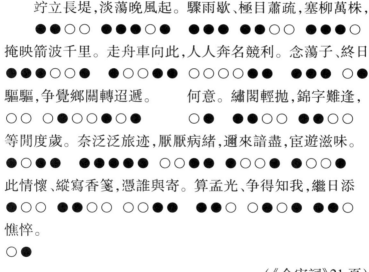

竚立長堤,淡蕩晚風起。驟雨歇、極目蕭疏,塞柳萬株,
●●○○　●●●○　　●●●　●●○○　●●●○

掩映箭波千里。走舟車向此,人人奔名競利。念蕩子、終日
●●●○○　　●○○●　○○○●●●　●●●　○●

驅驅,爭覺鄉關轉迢遞。　　　何意。繡閣輕拋,錦字難逢,
○○　●●○○●○●　　　○●　●●○○　●●○○

等閒度歲。奈泛泛旅迹,厭厭病緒,邇來諳盡,宦遊滋味。
●○●●　●●●○●　○○●●　●●○●　●●○●

此情懷、縱寫香箋,憑誰與寄。算孟光、爭得知我,繼日添
●○○　●●○○　○○●●　●●○　○●○●　●●○

憔悴。
○●

(《全宋詞》21 頁)

【注釋】

《樂章集校注》繫此詞於慶曆六年(1046)(287 頁)。此為兩宋金元孤調,無他詞可校。

雙聲子

【調釋】

《樂章集》注林鐘商。柳詞爲重頭曲,詠史懷古,聲情怨歎傷悲。唐人皮日休有《奉和魯望疊韻雙聲二首》,陸龜蒙亦有《雙聲溪上思》,皆以雙聲名篇。此調名《雙聲子》,大量使用雙聲疊韻,當爲柳永創調。此調名亦入曲牌,南戲、傳奇中頗爲流行,與詞體迥然不同。曲牌《雙聲子》亦有大量的雙聲疊韻,如《琵琶記》中"郎多福"詞等,聲韻特點極爲明顯。

【體略】

林鐘商,雙片一百三字,上片五十一字十句四平韻,下片五十二字九句四平韻,柳永。

【圖譜】

晚天蕭索,斷蓬蹤跡,乘興蘭棹東遊。三吳風景,姑蘇
●○○●　●○○●　○●○●○○　○○○●　○○

臺榭,牢落暮靄初收。夫差舊國,香徑沒、徒有荒丘。繁華
○●　○●●○○○　○○●●　○○●　○●○○　○○

處、悄無睹,惟聞麋鹿呦呦。　　想當年、空運籌決戰,圖王
●　●○●　○○○●○○　　　●○○　○●○●●　○○

取霸無休。江山如畫,雲濤煙浪,翻輸范蠡扁舟。驗前經舊
●●○○　○○○●　○○○●　○○○●○○　●○○●

史,嗟漫載、當日風流。斜陽暮草茫茫,盡成萬古遺愁。
●　○●●　○●○○　○○●●○○　●○●●○○

(《全宋詞》28頁)

【注釋】

《樂章集校注》繫此詞於慶曆六年（1046）（294頁）。吳熊和《柳永三題》一文指出："全詞二十三句,僅六句未用雙聲疊詞,詞中雙聲處計有:蕭索、蹤跡、桌東、牢落、繁華、惟聞、決戰、翻輸。"並指出詞中疊韻處有"晚天"、"蓬蹤"等十四處（《詞學論集》219頁）。此調兩宋金元僅柳永一詞,無他首可校。清人孔傳鐸《紅蕚詞》有此調,錄作參考:"白楊衰草,臥牛壞土,不見霸氣崢嶸。重瞳初起,章邯新破,王業曾此經營。而今寂寞,荒塚上、野鳥悲鳴。蜀王一樣魂化,欠他杜宇聲聲。　　想漢軍、當日全得楚,殘山剩水陰陵。誰懷舊主,嬰城不下,還仗我魯儒生。信弦歌遺教,勝暗嗚、叱吒雄兵。寒雲暮靄淒涼,衹今憑吊傷情。"（《全清詞（順康卷補編）》1919頁）與柳詞相校,惟上片第九句不作折腰句異。

鳳歸雲

【調釋】

此與柳詞"戀帝里"一首不同。《樂章集》注仙呂調。柳詞用平聲韻,賦相思本意,聲情流美輕快。除柳詞外兩宋僅趙以夫有詞,亦賦本調。

【體略】

仙呂調,雙片一百一字,上片四十八字十句四平韻,下片五十三字十一句三平韻,柳永。

【圖譜】

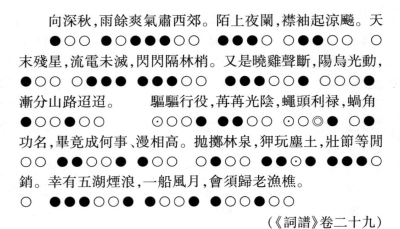

　　　向深秋，雨餘爽氣肅西郊。陌上夜闌，襟袖起涼飈。天
　　●○○　●○●●●○○　●●●○　○●●○○　○
末殘星，流電未滅，閃閃隔林梢。又是曉雞聲斷，陽烏光動，
●○○　○●●●　○○●○○　●●●○○●　○○○●
漸分山路迢迢。　　　驅驅行役，苒苒光陰，蠅頭利祿，蝸角
●○○●○○　　　●○○●　⊙●○○　○●○●　○●
功名，畢竟成何事、漫相高。拋擲林泉，狎玩塵土，壯節等閒
○○　●●○○●、●○○　○○●●　●○○●　●●⊙○
銷。幸有五湖煙浪，一船風月，會須歸老漁樵。
○　●●●○○●　●○○●　●○○●○○

（《詞譜》卷二十九）

【注釋】

　　《樂章集校注》繫此詞於慶曆七年（1047）（301 頁）。《詞律》
卷十七以上片第五句"天"後缺字："'天□'以下，與後'拋擲'以
下同。'電'字、'玩'字去聲。"此詞與趙詞相校，僅數字平仄有異。
下片第一句"驅"趙詞作"陡"，第三句"蠅"、"利"作"急"、"隨"，第
七句"塵"作"嚼"。

　　結句《全宋詞》作"會須歸去老漁樵"，多一字，今從《詞譜》作
六字句。又上片第三句趙以夫詞偶多用一贅韻，《詞譜》另列別
體，今注出不另列。

彩雲歸

【調釋】

　　《樂章集》注中呂調。柳詞用平聲韻，賦戀情相思，怨歎憂傷。

《宋史・樂志》（卷一百四十二）教坊大曲有仙呂調《彩雲歸》，中呂、仙呂同爲羽聲。

【體略】

中呂調，雙片一百字，上片五十一字八句五平韻，下片四十九字十句五平韻，柳永。

【圖譜】

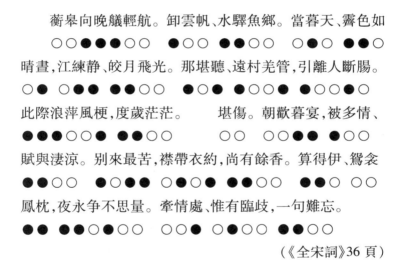

（《全宋詞》36 頁）

【注釋】

《樂章集校注》繫此詞於慶曆八年（1048）（310 頁）。此調兩宋金元惟存此詞。按上片第七句《詞譜》據《花草粹編》作"此際恨、浪萍風梗"，多一"恨"字，作七字折腰句法，今從《百家詞》、《詞律》、《全宋詞》作六字一句。

又按下片結韻《詞譜》斷作三句拍，今作七字折腰一句、四字一句。清初陳維崧此調，題名"簸錢"，字句正與柳詞全同（《全清

詞（順康卷）》4123 頁）。

瑞鷓鴣

【調釋】

《樂章集》注南呂調。柳詞用平聲韻，換頭曲，聲情流美感傷。此調僅柳永有二詞。柳永另有般涉調《瑞鷓鴣》，與此同名異調。

【體略】

南呂調，雙片八十八字，上片四十三字九句五平韻，下片四十五字九句五平韻，柳永。

【圖譜】

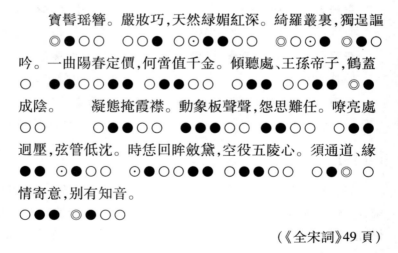

寶髻瑤簪。嚴妝巧，天然綠媚紅深。綺羅叢裏，獨逞謳
吟。一曲陽春定價，何啻值千金。傾聽處、王孫帝子，鶴蓋
成陰。　　凝態掩霞襟。動象板聲聲，怨思難任。嘹亮處
迴壓，弦管低沈。時恁回眸斂黛，空役五陵心。須通道、緣
情寄意，別有知音。

（《全宋詞》49 頁）

【注釋】

句中可平可仄，俱見下列柳永“吳會風流”詞句法相同者。按

下片第四、五句"嘹亮處迴壓,弦管低沈",《詞譜》卷十二作上三下五句法,今參"吳會風流"詞斷作五字一句、四字一句。

又一體

【體略】

　　雙片八十六字,上片四十二字,下片四十四字,各九句五平韻,柳永。

【圖譜】

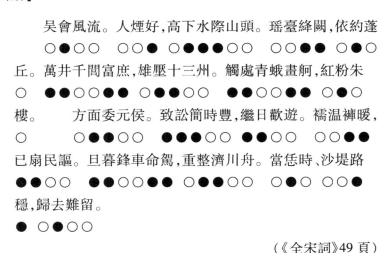

　　吳會風流。人煙好,高下水際山頭。瑤臺絳闕,依約蓬
　　○●○○　　○○●　○●●○○　○○●●　○●
　　丘。萬井千閭富庶,雄壓十三州。觸處青蛾畫舸,紅粉朱
　　○　　●●○○●●　○●●○○　●●○○●●　○●○
　　樓。　　方面委元侯。致訟簡時豐,繼日歡遊。襦溫褲暖,
　　○　　　○●●○○　●●●○○　●●○○　○○●●
　　已扇民謳。旦暮鋒車命駕,重整濟川舟。當恁時、沙堤路
　　●●○○　●●○○●●　○●●○○　○●○　○○●
　　穩,歸去難留。
　　●　○○●○

　　　　　　　　　　　　　　　　　　　(《全宋詞》49頁)

【注釋】

　　《樂章集校注》繫此詞於皇祐元年(1049)(313頁)。《詞譜》:"此詞《樂章集》不載,見《花草粹編》,與前'寶髻瑤簪'詞同,惟前段第八句作六字句少一字,後段第四、五句,作四字兩句少一字異。"

早梅芳（慢）

【調釋】

　　《樂章集》注"正宮"。柳詞非賦本意，當非始詞。此調句長韻疏，聲情歡快明媚。《詞譜》卷三十三名之爲《早梅芳慢》。按調名《早梅芳》者，有周邦彦等人詞，與柳詞同名異調，又有李德載名《早梅芳近》者，亦與此不同。《早梅芳》或爲北宋大曲。

【體略】

　　正宮，雙片一百五字，上片五十三字十二句四上去韻，下片五十二字十二句三上去韻，柳永。

【圖譜】

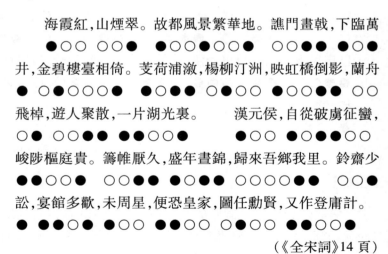

海霞紅，山煙翠。故都風景繁華地。譙門畫戟，下臨萬
●○○　○○●　●○○●○●●　○○●●　●○●

井，金碧樓臺相倚。芰荷浦潊，楊柳汀洲，映虹橋倒影，蘭舟
●　○○○○●●　●○●●　○●○○　●○○●●　○○

飛棹，遊人聚散，一片湖光裏。　　　　漢元侯，自從破虜征蠻，
○●　○○●●　●●○○●　　　　●○○　●○●●○○

峻陟樞庭貴。籌帷厭久，盛年畫錦，歸來吾鄉我里。鈴齋少
●●○○●　○○●●　●○●●　○○○○●●　○○●

訟，宴館多歡，未周星，便恐皇家，圖任勳賢，又作登庸計。
●　●○○●　●○○　●●○○　○●○○　●●○○●

（《全宋詞》14頁）

【注釋】

《唐宋詞彙評》:"《花草粹編》卷十一此詞題爲'上孫資政'。按孫資政指孫沔,至和元年(1054)二月,以資政殿學士知杭州。柳永即於杭州作此詞贈孫沔。"(58頁)《樂章集校注》繫此詞於皇祐五年(1053)(317頁)。《詞譜》:"此見《花草粹編》選本,《樂章集》不載,無別首宋詞可校。"按《百家詞·樂章集》正載此詞。

思歸樂

【調釋】

《樂章集》注林鐘商。調名見《樂府詩集·近代曲辭》(卷八十),引《樂苑》云:"《思歸樂》,商調曲,後一曲犯角。"《樂府詩集》所載二首爲五言四句齊言歌詞。宋人曾豐有《戒永州道聞思歸樂三首》,不知是否爲唐曲。柳永當借舊名另造新聲,柳詞用上去韻,重頭曲。調名取"這巧宦、不須多取。把酒共君聽杜宇。解再三、勸人歸去"之意,聲情清麗灑脱。此調與《惜芳時》、《柳搖金》字句、韻相同,但字聲差異較大,不作同調看待。

【體略】

林鐘商,雙片五十六字,上下片各二十八字四句四上去韻,柳永。

【圖譜】

天幕清和堪宴聚。相得盡、高陽儔侶。皓齒善歌長袖
○●○○○●● ●●● ○○○● ●●●●○○●

舞。漸引入、醉鄉深處。　　晚歲光陰能幾許。這巧宦、不
● 　●●● 　●○○● 　　　 ●●○○○●● 　●●● 　●

須多取。把酒共君聽杜宇。解再三、勸人歸去。
○○● 　●　●●●○○●● 　●●○　●○○●

(《詞譜》卷十二)

【注釋】

　　《樂章集校注》繫此詞於至和元年(1054)(330頁)。此調兩
宋金元僅此一首。《詞譜》卷十二:"《詞律》誤從汲古閣本,後段結
句脫一字,今從《花草粹編》校正,平仄無他首可校。"

　　又下片第三句"把酒共君"四字,《百家詞》、《歷代詩餘》、《全
宋詞》皆作"共君把酒"。

黃鶯兒

【調釋】

　　《樂章集》注正宮。柳詞借黃鶯寫閨怨,賦本意,用上去韻,聲
情惆悵雄壯,下片換頭用二字短韻,又增嫵媚之態。《黃鶯兒》又
入曲牌,《康熙曲譜》卷四有北商角調《黃鶯兒》、卷十一有南商調
過曲《黃鶯兒》,與柳詞皆不同。按金王喆有三首《黃鶯兒》,其中
"平平等等"一詞即《黃鶯兒令》,與柳永詞同名異調。

【體略】

　　正宮,雙片九十六字,上片四十八字九句五上去韻,下片四十
八字十句五上去韻,柳永。

【圖譜】

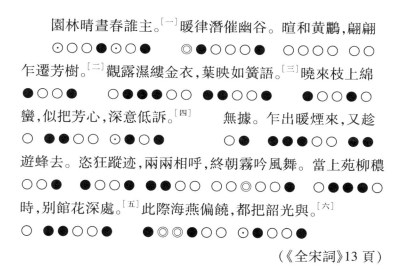

園林晴晝春誰主。[一]暖律潛催幽谷。暄和黃鸝,翩翩
乍遷芳樹。[二]觀露濕縷金衣,葉映如簧語。[三]曉來枝上綿
蠻,似把芳心,深意低訴。[四]　　無據。乍出暖煙來,又趁
遊蜂去。恣狂蹤迹,兩兩相呼,終朝霧吟風舞。當上苑柳穠
時,別館花深處。[五]此際海燕偏饒,都把韶光與。[六]

（《全宋詞》13 頁）

【注釋】

[一]此調兩宋金元共存詞七首,僅王詵一詞用入聲韻,其他
皆用上去韻,當用上去韻。按無名氏一首字聲與柳詞及他人詞多
有不同,不參校,另見別體。《詞律》卷十四、《詞譜》卷二十四皆以
柳詞爲正體。《詞譜》:"此調以此詞爲正體,王詵、陳允平詞,正與
此同,若晁詞之句讀小異,無名氏詞之減字,皆變體也。""園"陳允
平詞作"六","春"王詵詞作"憶",不依《詞譜》定平聲。此句陳允
平詞未用韻,《詞律辭典》疑陳詞有誤,或是,亦或偶未用韻,注出
不再列。句中可平可仄除注明外,俱見所列別體句法相同者。

[二]"暖"陳允平詞作"南"。"黃鸝"無名氏詞作"隱映","乍
遷"無名氏詞作"紅翠",皆屬偶用,不參校。關於此二韻斷句,《詞
律》、《詞譜》迥異。《詞律》斷作六字一句、四字一句、六字一句,
《詞律》且以"谷"字爲韻:"第二句是'暖律潛吹幽谷',六字,用鄒

衍事，‘吹’字誤‘催’，其‘谷’字乃以入聲叶首句‘主’字韻，《中州韻》云‘谷’叶‘古’是也。晁詞‘修篁’，‘篁’字乃是‘竹’字之訛，其詞首句‘暑’字亦是‘魚虞’韻，故以‘竹’字叶，《中州韻》云‘竹’叶‘主’是也。柳詞‘暄和黃鸝’是四字句，‘翩翩乍遷芳樹’是六字句，‘和’字去聲，謂當春暄鶯聲相和而鳴，或是‘喧’字之誤。晁詞‘新筍初齊’四字句，‘猗猗過牆侵戶’六字句，蓋竹至過牆不宜言新出，但言新筍爲是如此，則兩詞皆字字相合，而於文理條貫無聱牙矣。蓋‘暄和’至‘綿蠻’與後‘兩兩’至‘偏饒’俱相同也。”《詞譜》則斷爲四個四字四句：“按此詞前段第二句至第五句，與王詵詞‘北圃人來，傳道江梅，依稀芳姿，數枝新發’，陳允平詞‘南陌嚶嚶，喬木初遷，紗窗無眠，畫闌憑曉’，句讀平仄如一，俱作四字四句，《詞律》點作六字一句、四字一句、又六字一句者誤。”今按此調斷句當依《詞律》所斷，金人王喆二詞此韻二句正全同柳永，分別作“鍛練金丹津液。交流澆淋，無根有苗瓊樹”、“酒色纏綿財氣。沈埋人人，都緣四般留住”。柳詞以入聲“谷”用作上去韻，明顯在用韻上有詞曲不分之現象，並不嚴謹。然萬樹言“暄和”之“和”當讀去聲，則誤，宋金詞此字皆用平聲，柳詞亦必作平聲。

　　[三]《詞譜》：“至前段第六句作上一下五句法，第七句即與上句作五字對偶，王詞‘誇嫩臉著胭脂，膩骨凝香雪’，陳詞‘看止宿暗黃深，纖霧金梭小’，後段第二、三句亦作五言對偶，第六、七句與前段同，五首皆然，當是此調體例，填者辨之。”按《詞譜》所言前段第六、七句當爲第五、六句，後段第六、七句當爲第七、八句。此調自“觀”字以下檢宋金詞，字聲罕有出入，除無名氏詞外，皆當照柳詞填。

　　[四]“把”晁補之詞作“林”，偶用不參校。“深”王喆“心中真性”詞作“兌”。

　　[五]“當上苑柳穊時”一句，《詞譜》以無名氏“香梢勻蕊”一首作“又報一陽時”減一字而列又一體，此句《全宋詞》作“聞又報

一陽時"，當從後者。

　　［六］"此際海燕偏饒"一句柳詞作拗句，王詵、王喆詞正與柳詞同，晁補之、陳允平詞又皆作平起平收律句，填者任選一種可也。

又一體

【體略】

　　雙片九十八字，上片五十字九句五上去韻，下片四十八字十句五上去韻，晁補之。

【圖譜】

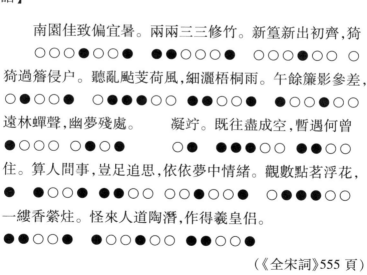

南園佳致偏宜暑。兩兩三三修竹。新篁新出初齊，猗
○○○●●○● 　●●○○●● 　○○○●●○ ○

猗過簷侵户。聽亂颭芰荷風，細灑梧桐雨。午餘簾影參差，
○●○○●● 　○●○○○● 　●●○○●● 　●○○●○○

遠林蟬聲，幽夢殘處。　　凝竚。既往盡成空，暫遇何曾
●○○○ 　○●○● 　　○● 　●●●○○ 　●●○○

住。算人間事，豈足追思，依依夢中情緒。觀數點茗浮花，
● 　●○○● 　●●○○ 　○○●○○● 　○●●○○○

一縷香縈炷。怪來人道陶潛，作得羲皇侶。
●●○○● 　●○○●○○ 　●●○○●

　　　　　　　　　　　　　　　（《全宋詞》555頁）

【注釋】

　　與柳詞比，僅上片三四句添二字，作六字兩句，其他均同，上片第二句"修竹"原作"修篁"，從《詞律》正之。上片第三句《詞律》、

《歷代詩餘》皆作"新筍初齊"。

　　按"新筐",《詞譜》作"新筍"。《詞譜》:"此與柳詞同,惟前段第三、四、五句添一字,作七字一句、六字一句異。此詞第二句至第五句,悉遵《琴趣》原本,《詞律》改'筐'字爲'竹'字,連上作六字句,删去'出'字,點作四字句,且謂'竹'字叶'主'字,與柳詞'谷'字叶'古'字,皆中州韻,不知中州韻,始自元時,全爲作北曲而發,若填詞自依古韻,豈有宋詞在前,反遵後世曲韻之理,此論紕繆,不可從。"按《詞譜》所言不當,中州韻並非始自元人,唐宋即已萌生,宋人偶以入聲派入四聲中,用韻及句中字聲皆偶有爲之。《詞譜》中每每言以入代平,亦即用中州韻之例也,不過以入代平,亦是偶用。

又一體

【體略】

　　雙片九十六字,上片五十字九句四上去韻,下片四十八字十句五上去韻,《梅苑》無名氏。

【圖譜】

香梢勻蕊先回暖。點點胭脂輕襯,紅苞隱映,疏篁紅
○○○●○○●　●●○○○●　○○●●　○○○

翠相間。方瑞雪乍晴時,愛日初添線。五雲樓上遙看,似睹
●○●　○●●○○○　●○○○●　●○○●○○　●●

溪邊,仙子妝面。　　　堪羨。影轉玉枝斜,豔拂朝霞淺。就
○○　○●●●　　　○●　●●●○○　●●○○●　●

中妖嬈,獨得芬芳,偏教容易瓊苑。聞又報一陽時,不似鶯
○○○　●●○○　○○○●○●　　○●●●○○　●●○

聲唤。肯與梅臉爭春，靚笑群芳晚。

○●　　●●○●○○　●●○○●

【注釋】

　　此與柳詞相校，句拍完全相同，惟上片第二句不用韻，且上片第三、四句，下片第四、六句字聲與柳永及其他宋金詞人不同，當爲詞人有意使用。

柳腰輕

【調釋】

　　此調以詞中"英英妙舞腰肢軟。章臺柳、昭陽燕"名調，寫舞姿，賦本意。《樂章集》中呂宮。柳詞用上去韻，多用七字折腰句法，聲情婉轉跌宕。

【體略】

　　中呂宮，雙片八十二字，上下片各四十一字七句四上去韻，柳永。

【圖譜】

英英妙舞腰肢軟。章臺柳、昭陽燕。錦衣冠蓋，綺堂筵

○○●●○○●　　○○●　○○●　●○○●　●○○

會，是處千金爭選。顧香砌、絲管初調，倚輕風、佩環微顫。

●　●●○○○●　●○●　●●○○　●○○　●○○●

乍入霓裳促遍。逞盈盈、漸催檀板。慢垂霞袖，急趨蓮步，

●●○○●●　　●○○　●○○●　　●○○●　●○○

進退奇容千變。算何止、傾國傾城，暫回眸、萬人腸斷。

●●○○○●　　●○● ○●○○　●○○　●○○●

（《全宋詞》15 頁）

【注釋】

此兩宋孤調，無別首可校。《詞律》卷十二：" ' 錦衣 ' 以下前後相同，依後段 ' 步 ' 字，則前段 ' 宴 ' 字乃是偶合韻腳，而非叶也，作者可以不叶。" 按上片第四句"筵會"《詞律》、《歷代詩餘》等作"筵宴"，今從《百家詞》、《詞譜》、《全宋詞》等作"筵會"。又上片第二句《詞譜》斷作兩句，今作六字折腰句。

按陳維崧《迦陵詞全集》卷九有《柳腰輕》詞，題"贈妓和柳屯田韻"，錄之供參考："白家蠻柳絲絲軟。纖不盡、鶯和燕。釀雪輕陰，填詞狎讌，況遇曲中高選。泥金襭、蘸雨逾鮮。墨花襦、無風猶顫。　　誰耐鈿箏衾遍。小立在、紅橋窄板。文鴛薄倖，青娥憔悴，鵲信沉吟都變。偏今夜、不肯留儂，聽門前、暮鴉啼斷。"（《全清詞（順康卷）》3995 頁）陳詞可效法，句中律句第一、三字偶可平可仄無妨。

傾　杯

【調釋】

《樂章集》注大石調。柳詞非賦本意，用上去韻，賦離別相思，聲情幽怨感傷。

【體略】

大石調，雙片一百八字，上片五十五字十句五上去韻，下片五十三字十句五上去韻，柳永。

【圖譜】

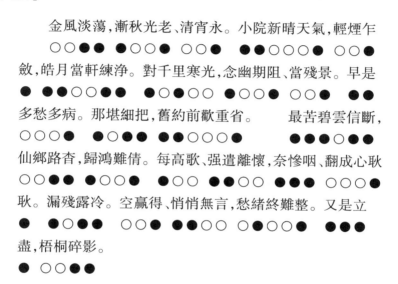

　　金風淡蕩，漸秋光老、清宵永。小院新晴天氣，輕煙乍
　　○○●●　　○○○●　○○●　　●●○○○●　○○●
斂，皓月當軒練凈。對千里寒光，念幽期阻、當殘景。早是
●　●●○○●●　●○●○○　●○○●　○○●　○●
多愁多病。那堪細把，舊約前歡重省。　　　最苦碧雲信斷，
○○○●　○○●●　●●○○○●　　　●●●○○●
仙鄉路杳，歸鴻難倩。每高歌、強遣離懷，奈慘咽、翻成心耿
○○●●　○○○●　●○○　●●○○　●●●　○○○●
耿。漏殘露冷。空贏得、悄悄無言，愁緒終難整。又是立
●　●○●●　○○●　●●○○　○●○○●　　●●●
盡，梧桐碎影。
●　○○●●

（《全宋詞》51 頁）

【注釋】

　　此亦兩宋金元孤調，無他詞可校。按下片第五句，《全宋詞》作"慘咽、翻成心耿耿"，諸本皆作"奈慘咽、翻成心耿耿。"當補"奈"字。又下片結句"碎影"，《歷代詩餘》、《詞譜》作"清影"。

　　《詞律》卷七："按'金風'起至'練凈'似是一段，'對千里'起至'重省'似是一段，蓋兩段相比而'對'字爲換頭領句，且'漸秋光老'句法正與'念幽期阻'同，是則此調應分三段，然'天氣'不叶韻，亦不敢確以爲然也。按宋本以'舊約前歡重省'句分段，又末句'立盡'作'立碎'。"

迎新春

【調釋】

《樂章集》注大石調。柳詞賦本意，用上去韻，歌詠太平，聲情明朗輕快，灑脱風流。

【調釋】

雙片一百四字，上片五十二字九句七上去韻，下片五十二字十句六上去韻，柳永。

【圖譜】

嶰管變青律，帝里陽和新布。晴景回輕煦。慶嘉節、當
●●●○● ●●○○●● ○●○●● ●○● ○

三五。列華燈、千門萬户。遍九陌、羅綺香風微度。十里燃
○● ●○○ ○○●● ●●● ○●○○●● ●●○

絳樹。鼇山聳，喧喧簫鼓。　　　漸天如水，素月當午。香徑
●● ○○● ○○○● 　　　●○○● ●●○● ○●

裏、絶纓擲果無數。更闌燭影花陰下，少年人、往往奇遇。
● ●○●●○● ○○●●○○● ●○○ ●●○●

太平時，朝野多歡民康阜。堪隨分良聚。對此争忍，獨醒
●○○ ○●○○○○● ○○●○● ●●○● ●○

歸去。
○●

【注釋】

《詞律》卷十八:"按此調必係雙疊,或當於'簫鼓'下分段。或曰:'漸天如水'二句似'對此爭忍'二句,恐於'當午'下分段,總無他詞可証,難以臆斷也。"然《詞律》於此詞未分段。《詞譜》:"《詞律》刻此詞不分段,今照《花草粹編》分。此調只此一詞,無別首可校。"

按上片"鼇山聳,喧喧簫鼓"兩句《詞律》、《詞譜》皆斷作上三下四式折腰句,今作兩句,與下片結韻兩句拍相應。下片第八句《全宋詞》無"堪"字,作四字一句,今從《百家詞》、《詞譜》等書,"堪"以平聲作領字。

受恩深

【調釋】

《樂章集》注大石調。柳詞非賦調名本意,用上去韻,聲情風流幽怨。此調名《詞譜》作《受恩深》,《全宋詞》、《全金元詞》亦同。《百家詞》調名作《愛恩深》,毛晋刻本亦作《愛恩深》。今依《詞譜》、《全宋詞》。

【體略】

大石調,雙片八十六字,上片四十三字九句六上去韻,下片四十三字八句五上去韻,柳永。

【圖譜】

雅致裝庭宇。黃花開淡泞。細香明豔,盡天與助。秀

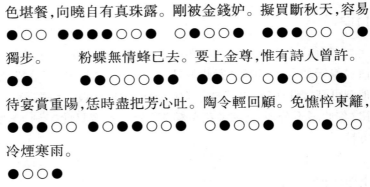

色堪餐，向曉自有真珠露。剛被金錢妒。擬買斷秋天，容易
●○○　●●●●○●●　　○●○●　●●●○○　○●

獨步。　　　粉蝶無情蜂已去。要上金尊，惟有詩人曾許。
●●　　　　●●○○○●●　●●○○　○●○○○●

待宴賞重陽，恁時盡把芳心吐。陶令輕回顧。免憔悴東籬，
●●●○○　●●●○●　○●○○●　●●●○○

冷煙寒雨。
●○○●

（《全宋詞》18頁）

【注釋】

　　此調兩宋金元惟王喆一詞可校。上片自"向曉"以下，與下片
自"恁時"以下相同。按上片第三、四、五句《詞律》、《詞譜》、《全
宋詞》諸書因未據王喆詞校對，皆斷作"細香明豔盡天與。助秀色
堪餐"，不當，今據王喆詞更之。王喆詞作："眼神傷敗，被財役住。
鼻濁如何，只爲氣使馨清去。"王詞"住"字爲韻。按王喆詞，字句
韻及平仄字聲除下片第五句作"右邊白虎咆哮做"不同外，其他與
柳詞完全一致。"右邊白虎咆哮做"或爲"右邊咆哮做白虎"之誤，
然字聲依然有異，姑暫存疑。

看花回

【調釋】

　　《歷代詩餘》卷四十三："取劉禹錫詩句名詞。"《詞譜》卷十五：
"琴曲有《看花回》，調名本此。"《樂章集》注大石調。用平聲韻，重
頭曲，柳詞二首皆賦本義，聲情風流嫵媚。歐陽修等人同名詞與之

爲異調。《中原音韻》有越調《看花回》,元王伯成《天寶遺事》有《看花回》詞,亦與柳詞迥然不同。

【體略】

大石調,雙片六十八字,上下片各三十四字六句四平韻,柳永。

【圖譜】

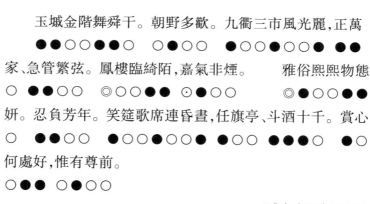

玉城金階舞舜干。朝野多歡。九衢三市風光麗,正萬
家、急管繁弦。鳳樓臨綺陌,嘉氣非煙。　　雅俗熙熙物態
妍。忍負芳年。笑筵歌席連昏晝,任旗亭、斗酒十千。賞心
何處好,惟有尊前。

(《全宋詞》18 頁)

【注釋】

此調兩宋金元僅柳詞二首,此體爲重頭之曲,柳詞二首僅個別字聲相異。上片第五句“鳳”別首作“紅”,第六句“嘉”作“極”,下片第一句“雅”作“塵”。

按上片第四句《百家詞》、《花草粹編》皆作:“萬家急管繁弦。”又下片第四句“任旗亭、斗酒十千”,柳永別首作五字一句:“難忘酒盞花枝。”或脫漏一字。《詞律》卷十:“‘萬家’句六字,而‘任旗亭’句七字,又一首前反七字而後反六字,必皆誤也,此調兩疊相符,作者或前後俱六或前後俱七可也。”《詞律辭典》疑“難”字前脫“更”字,可從。柳詞別首不再另列。

女冠子

【調釋】

此與晚唐温庭筠《女冠子》令詞調不同。《樂章集》注大石調。柳詞用上去韻,寫男女相思,風流幽怨。按柳永《女冠子》有大石、仙呂、中呂三調,皆同名異調,宋人蔣捷等人詞與柳永中呂調相同。

【體略】

大石調,雙片一百十二字,上片五十四字十一句七上去韻,下片五十八字十一句五上去韻,柳永。

【圖譜】

斷雲殘雨。灑微涼、生軒户。動清籟、蕭蕭庭樹。銀河
●○○● ●○○、○○● ●○○、○○○● ○○

濃淡,華星明滅,輕雲時度。莎階寂靜無睹。幽蛩切切秋吟
○● ○○○● ○○○● ○○●○○● ○○●●○○

苦。疏篁一徑,流螢幾點,飛來又去。　　對月臨風,空恁
● ○○●● ○○●● ○○●● ●●○○ ○●

無眠耿耿,暗想舊日牽情處。綺羅叢裏,有人人、那回飲散,
○○●● ●●●●○○● ○○●● ●○○、●○●●

略曾諧鴛侶。因循忍便睽阻。相思不得長相聚。好天良
●○○○● ○○●●○● ○○●●○○● ●○○

夜,無端惹起,千愁萬緒。
● ○○●● ○○●●

【注釋】

此調兩宋金元無他詞可校。下片第六句"略曾諧鴛侶",《詞譜》作"略略曾諧鴛侶"。

金蕉葉

【調釋】

"金蕉葉"爲酒杯名,《填詞名解》釋《醉蓬萊》云："李適之有九品酒器,其一醉蓬萊,其五金蕉葉。"此調以詞中"金蕉葉泛金波霽"句名調。《樂章集》注大石調。用上去韻,柳詞即賦宴飲,屬本調之作,風流蘊藉。北宋晁端禮、仲殊有詞。南宋袁去華、蔣捷《金蕉葉》與柳詞不同,爲同名異調(《魏氏樂譜》卷二即以蔣捷詞爲譜),《詞譜》以之爲"減字"成又一體不當。又金王喆《金蕉葉》與柳詞亦爲異調。

【體略】

大石調,雙片六十二字,上下片各三十一字五句四上去韻,柳永。

【圖譜】

厭厭夜飲平陽第。添銀燭、旋呼佳麗。巧笑難禁,豔
○○●●○○● 　　○○● ○○○● ●○○● ◎

歌無間聲相繼。準擬幕天席地。[一] 　　金蕉葉泛金波霽。
○⊙●○○● 　◎●○○● 　　⊙○○◎●○○●

未更闌、已盡狂醉。就中有箇,風流暗向鐙光底。惱遍兩行
◎○○ ●○○● 　●●○○ ○○●●○○● ●●●○

珠翠。[二]

(《詞譜》卷十四)

【注釋】

[一]此調有晁端禮、仲殊詞可校。宋人三詞字聲多有不同，體式尚未定型。"旋"晁詞作"停"。"巧笑難禁"晁端禮詞作"更聞急管"，律句不同，填者任擇一種可也。"豔"、"無"仲殊詞作"山""舊"。"準"、"席"晁端禮詞作"花"、"傾"。

[二]下片首句"霽"《全宋詞》作"齊"，不當，此句晁、仲詞皆用韻，當作"霽"。"金"、"葉"晁端禮詞作"主"、"無"，"未"仲殊詞作"都"，"盡"仲殊詞作"樓"。"就中有箇"仲殊詞作"鐵甕城頭"，律句不同，填者任擇一種可也。"風"仲殊詞作"一"。結句仲殊詞作"帶夜潮來到"五字一句，"帶"前後當有脫字，注出不另列。

惜春郎

【調釋】

《樂章集》注大石調。柳詞用入聲韻，詠戀情，賦本意，聲情風流蘊藉。

【體略】

雙片四十九字，上片二十四字五句三入聲韻，下片二十五字四句三入聲韻，柳永。

【圖譜】

　　玉肌瓊豔新妝飾。好壯觀歌席。潘妃寶釧,阿嬌金屋,
　　●○○○○○●　　●●○○●　　　○○●●　○○○●
應也消得。　　屬和新詞多俊格。敢共我勍敵。恨少年、
○●○●　　　　●●○○○●●　●●●○●　　●●○、
枉費疏狂,不早與伊相識。
●●○○,●●●○○●。

【注釋】

　　此爲兩宋金元孤調。按清人顧春《東海漁歌》卷五此調用柳詞字聲,平仄與柳詞完全相同。

傳花枝

【調釋】

　　《樂章集》注大石調。"傳花枝"爲歌場遊戲,柳詞賦本意,詞情灑脱,幽默詼諧。因詞俚俗,《詞律》、《詞譜》均不載。柳永此調曾傳至高麗,見《高麗史·樂志》。《詞繫》卷九:"趙長卿《臨江仙》詞有'滿城蕉葉,齊唱《轉花枝》',是《轉花枝》詞,宋時著名,惜未見他作。"

【體略】

　　雙片一百一字,上片五十二字十二句五上去韻,下片四十九字十一句五上去韻,柳永。

【圖譜】

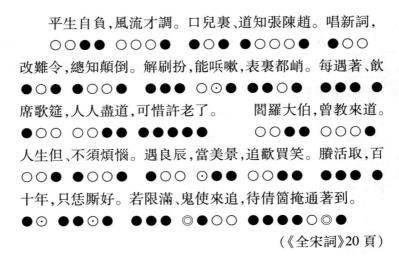

　　　　平生自負，風流才調。口兒裏、道知張陳趙。唱新詞，
　　　　○○●● 　○○○● 　　●○● 　●○○○● 　　●○○

　　改難令，總知顛倒。解刷扮，能哄嗽，表裏都峭。每遇著、飲
　　●○● 　○○○● 　　●●○ 　○●● 　⊙●○● 　　●●○ 　●

　　席歌筵，人人盡道，可惜許老了。　　　閻羅大伯，曾教來道。
　　●○○ 　○○●○ 　●●●○● 　　　　○○●● 　○○○●

　　人生但、不須煩惱。遇良辰，當美景，追歡買笑。賸活取，百
　　○○● 　●○○● 　　●○○ 　○●⊙ 　●○●● 　　●●● 　●

　　十年，只恁斯好。若限滿、鬼使來追，待倩箇掩通著到。
　　●○ 　⊙●○● 　　●●● 　◎●○○ 　●●●○◎●

　　　　　　　　　　　　　　　　　　　　　（《全宋詞》20頁）

【注釋】

　　此詞兩宋金元僅有馬鈺一詞可校。上片第十一句“盡道”之
“道”字，《全宋詞》注韻，《詞律辭典》以此字乃偶合非韻，當是。下
片換頭處《全宋詞》斷作：“閻羅大伯曾教來，道人生、但不須煩
惱。”不當，今據馬鈺和詞改正。句中可平可仄即參馬鈺詞。

<h1 style="text-align:center">又一體</h1>

【體略】

　　雙片一百二字，上片五十三字十二句五上去韻，下片四十九字
十一句五上去韻，馬鈺。

【圖譜】

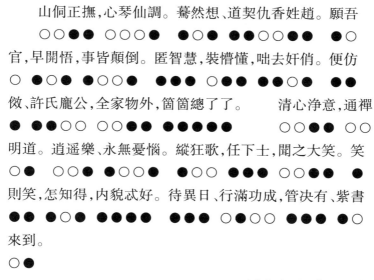

山侗正撫，心琴仙調。蓦然想、道契仇香姓趙。願吾
○○●●　○○○○　●○○●○○○○○　　●○

官，早開悟，事皆顛倒。匿智慧，裝憒懂，咄去奸俏。便仿
○　●○●　●●○●　●○●　●○●　●●○●　●●

傚、許氏龐公，全家物外，箇箇總了了。　　清心净意，通禪
●　●●○○　○○●●　●●●○○　　　○○●●　○○

明道。逍遥樂、永無憂惱。縱狂歌，任下士，聞之大笑。笑
○●　○○●　●○○●　●○○　●○●　○○●●　●

則笑，怎知得，内貌忒好。待異日、行滿功成，管决有、紫書
●●　○○●　●●●●　●●○　○●○○　●●○●　●○

來到。
○●

（《全金元詞》386 頁）

【注釋】

此詞題爲“本名《傳花枝》，借柳詞韻”，名《傳妙道》。此詞與
柳詞相校，只上片第三句添一字，作上三下六式折腰一句異。按此
詞即爲和韻，當不應增字，疑爲傳抄過程中柳永詞脱一字或馬鈺詞
衍一字。《全金元詞》將此詞分作兩首，今從《詞律辭典》更正。

尉遲杯

【調釋】

《填詞名解》卷三：“《尉遲杯》，尉遲敬德飲酒，必用大杯也。”

調名中“尉遲杯”、“上行杯”、“鳳銜杯”等,皆爲酒器之名。《詞譜》卷三十三:“此調有平韻、仄韻兩體。仄韻者,見柳永《樂章集》,注夾鐘商;平韻者,見晁補之《琴趣外篇》。”此當祝酒之調。《樂章集》注雙調,寫戀情,當爲酒宴歌席之作,亦關本調,聲情婉媚歡快。賀鑄詞名《東吳樂》,万俟詠詞名《尉遲杯慢》。北宋賀鑄、晁補之、周邦彦等人詞皆賦戀情,南宋吳文英此調賦祝頌之情,更近本意。此調宮調不同,聲情有異,柳永、吳文英詞皆作雙調,歡快活潑、激揚有力,周邦彦作大石,賦離恨之情,聲情幽怨感傷,當爲變調。

【體略】

雙調,雙片一百五字,上片四十八字八句六上去韻,下片五十七字九句六上去韻,柳永。

【圖譜】

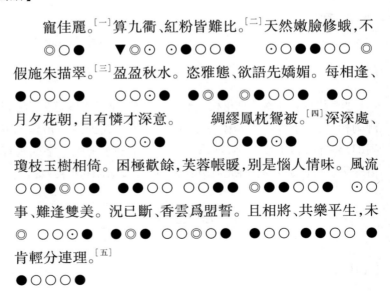

【注釋】

［一］此調兩宋今存九詞，金代蔡松年一首，除晁補之用平韻外，其他皆用仄韻，用仄韻者惟万俟詠用入聲且字聲與柳詞多異，不相混校。《詞譜》："此調押仄韻者，以此詞、無名氏詞、周詞爲正體，若賀詞之多作折腰句法，万俟詞之添字，皆變格也。此詞可平可仄，悉參譜内仄韻諸詞。"按賀詞除換頭外，與柳詞句拍全同（見賀詞體），又按此調柳永與周邦彦詞宫調不同，字聲亦多異，律拗句法不同者，字聲不混校，《詞譜》所定字聲多不妥。句中可平可仄除注明外，皆見下列别體句法相同者。

［二］"算"字宜用去聲。此韻《詞譜》、《全宋詞》等皆不在"衢"處逗，以全句作上一下七句法。此當斷作上三下五式八字一句，檢宋人詞，第二、三、四字皆可平可仄也。"難"字惟無名氏詞作"幾"，用仄聲，偶用不參校。

［三］"不假施朱描翠"無名氏詞作"長安信音猶阻"，用拗句，偶用不參校。

［四］下片首句柳永作平起仄收拗句，周詞作"因念舊客京華"、陳允平詞作"回首杜若汀州"皆用仄起平收拗句，然吳文英詞又作"蛛窗繡網玄經"，用平起平收律句。

［五］下片第六句"風"、"事"陳允平詞作"張"、"徽"，下片第七句"香雲爲盟誓"作拗句，尹公遠詞、無名氏詞正與之同，周邦彦詞、吳文英詞、陳允平詞作平起仄收律句，賀鑄詞、万俟詠詞作仄起仄收律句，不參校。

又一體

【體略】

雙片一百五字，上片四十八字八句六上去韻，下片五十七字十

句七上去韻,賀鑄。

【圖譜】

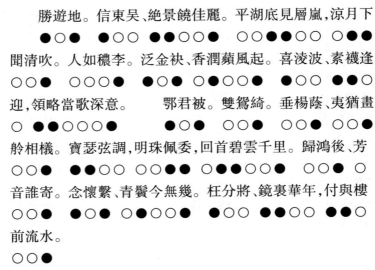

勝遊地。信東吳、絕景饒佳麗。平湖底見層嵐,涼月下
●○●　●○○　●●○○●　○○●○●　○●●

聞清吹。人如穠李。泛金袂、香潤蘋風起。喜淩波、素襪逢
○○●　○○○●　●○●　○●○○●　●○○　●●○

迎,領略當歌深意。　　鄂君被。雙鴛綺。垂楊蔭、夷猶畫
○　●●○○●○　　　●○●　○○●　○○●　○○●○

舸相攙。寶瑟弦調,明珠佩委,回首碧雲千里。歸鴻後、芳
○○●　●●○○　○○●●　○●●○○●　○○●○　○

音誰寄。念懷繫、青鬢今無幾。枉分將、鏡裏華年,付與樓
○○●　●○●　○●○○●　●○○　●●○○　●●○

前流水。
○○●

(《詞譜》卷三十三)

【注釋】

《東山詞》校注本繫此詞於徽宗建中靖國元年(1101)秋(137
頁)。此正與柳詞相同,宮調亦當爲雙調,惟換頭有意添一韻作兩
個三字句異。又下片第三句“夷猶畫舸相攙”用拗句、第八句“青
鬢今無幾”用律句,與柳詞不同。

　　按上片第三、四句《詞譜》、《全宋詞》諸書斷作:“平湖底,見層
嵐,涼月下,聞清吹。”不當,當依柳詞斷句。又下片第五句“委”爲
贅韻,宋人再無此處用韻者,《詞譜》注韻不當。

又一體

【體略】

雙片一百六字,上片四十九字八句六上去韻,下片五十七字九句六上去韻,蔡松年。

【圖譜】

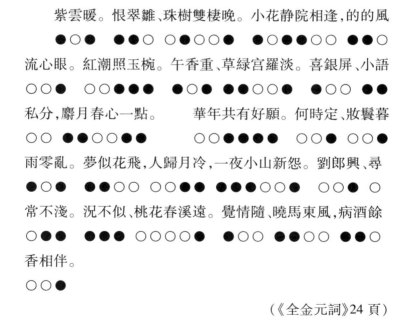

紫雲暖。恨翠雛、珠樹雙棲晚。小花静院相逢,的的風
●○●　　●●○、○●○●●　　●○●○○　●●○

流心眼。紅潮照玉椀。午香重、草綠宮羅淡。喜銀屏、小語
○○●　　○○●●●　●○○、●●○○●　　●○○、●●

私分,麝月春心一點。　　　華年共有好願。何時定、妝鬟暮
○○　●●○○●●　　　　○○●●●●　　○○●、○○●

雨零亂。夢似花飛,人歸月冷,一夜小山新怨。劉郎興、尋
●○●　　●●○○　○○●●　●●●○○●　　○○●、○

常不淺。況不似、桃花春溪遠。覺情隨、曉馬東風,病酒餘
○●●　　●●●、○○○○●　　●○○、●●○○　●●○

香相伴。
○○●

(《全金元詞》24 頁)

【注釋】

此亦柳詞體,惟上片第五句添一字作五字一句異。詞中律句、拗句皆同柳永詞。

正　體

【體略】

大石調,雙片一百五字,上片四十八字八句五上去韻,下片五十七字九句四上去韻,周邦彥。

【圖譜】

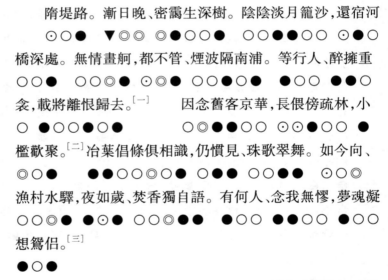

隋堤路。漸日晚、密靄生深樹。陰陰淡月籠沙,還宿河
⊙○●　　▼○◎　◎●○○●　　○○●●○○　⊙●○

橋深處。無情畫舸,都不管、煙波隔南浦。等行人、醉擁重
○○●　　○○●●　○●○　○○●●○●　　●○○　●●○

衾,載將離恨歸去。[一]　　　因念舊客京華,長偎傍疏林,小
○　●●○○○●　　　　　○●●○○　○○●○○　●

檻歡聚。[二]冶葉倡條俱相識,仍慣見、珠歌翠舞。如今向、
◎○●　　●●○○●○●　○●●　○○○●　⊙○○

漁村水驛,夜如歲、焚香獨自語。有何人、念我無憀,夢魂凝
○○◎●　●⊙●　○○○●●　●○○　●●○○　●○○

想鴛侶。[三]
●○●

(《全宋詞》614 頁)

【注釋】

[一]《清真集校注》以此詞作於政和二年(1112)深秋。周詞作大石調,字句雖與柳詞相近,但字聲多處與柳詞不同,吳文英、陳允平正依此填,但吳詞宮調與柳詞同,聲情亦同柳詞。上片第五句

"無情畫舸"一句不用韻,"煙波隔南浦"作拗句,當從。"載將離恨歸去"與下片結句"夢魂凝想鴛侶",作平起仄收拗句,陳、吳詞皆然。

[二]"因念舊客京華"用拗句,吳文英詞作"蛛窗繡網玄經"用律句。"長偎傍疏林,小檻歡聚",《詞譜》等書於"傍"處逗,不妥。吳文英詞作"才石硯開奩,雨潤香凝",陳允平詞作"歎泛梗飄萍,乍散還聚",皆當斷作兩句拍。"長"作領字。

[三]"俱"吳文英詞作"香"。"相"吳文英詞作"一",偶以入代平。下片第五句《詞譜》以陳允平詞作"猶有楊花亂舞"減一字而另列別體,《全宋詞》作"猶自有、楊花亂舞",當從後者。"焚香獨自語"作律句,陳、吳詞皆然。"獨"陳允平詞作"堪"。

又一體

【體略】

雙片一百五字,上片四十八字八句六上去韻,下片五十七字九句五上去韻,《梅苑》無名氏。

【圖譜】

歲雲暮。歎光陰、苒苒能幾許。江梅尚怯餘寒,長安信
●○● 　●○○ 　●●●○● 　○○●
音猶阻。春風無據。憑闌久、欲去還凝竚。憶溪邊、月下徘
○○● 　○○○● 　●○● 　●●○○● 　●○○ 　●●○
徊,暗香疏影庭戶。　　　朝來凍解霜消,南枝上、香英數點
○ 　●○○●○● 　　　○○●●○○ 　○○● 　○○●●
微露。把酒看花,無言有淚,還是那時情緒。花依舊、晨妝
○● 　●●○○ 　○○●● 　○●●○○● 　○○● 　○○

何處。謾贏得、花前愁千縷。儘高樓、畫角頻吹，任教紛紛
○●　　●○●　○○○●●　　●○○　●●○●　●○○○

飛絮。
○●

（《全宋詞》3611 頁）

【注釋】

此與柳詞相校，下片首句不用韻。上片第二、四、八句，下片第
一、九句字聲亦多處與柳、周詞不同，不可混填。

又一體

【體略】

雙片一百六字，上片四十九字八句六入聲韻，下片四十七字十
句六入聲韻，万俟詠。

【圖譜】

碎雲薄。向碧玉、枝上綴萬萼。如將汞粉勻開，疑使柏
●○●　　●●●　○●●●　　○○●●○　○●●

麝熏却。雪魄未應若。況天賦、標豔仍綽約。當暄風、晈日
●○●　　●●●○●　　○○●　○●○●●　　○○○　●●

佳處，戲蝶遊蜂粘著。　　　重重繡帘珠箔。障濃豔霏霏，異
○●　●●○○○●　　　　○○●○○●　●○●○○　●

香漠漠。見説徐妃，當年嫁了，信任玉鈿零落。無言自啼露
○●●　●●○○　○○●●　●●●○○●　　○○●○●

蕭索。夜深待、月上闌干角。廣寒宮、要與姮娥，素妝一夜
○●　●○●　●●○○●　●○○　●●○○　●○●●

相覺。
○●

(《詞譜》卷三十三)

【注釋】

《詞譜》:"此亦與柳詞同,惟前段第五句添一字作五字句,前後段第七句不作折腰句法異(按上片第七句當作折腰句)。按,蔡松年'紫雲暖'詞,第五、六句'紅潮照玉盌',正與此同。"按詞中字聲與柳、周詞相校多有不同,不可混填。

上片第二句《全宋詞》作"向碧玉枝綴萬蕚",今依《詞譜》增"上"字,而於"玉"字處逗。

又一體

【體略】

雙片一百六字,上片四十九字八句六平韻,下片五十七字九句五平韻,晁補之。

【圖譜】

去年時。正愁絶、過却紅杏飛。沈吟杏子青時。追悔
●○○　　●○●　●○○○　　○○●○○　　○●

負好花枝。今年又春到,傍小闌、日日數花期。花有信、人
●●○○　　○○●○●　●○○　●●○○　　○●●　○

却無憑,故教芳意遲遲。　　　及至待得融怡。未攀條拈蘂,
●○○　●○○●○○　　　　●●●○○　●○○○●

已歎春歸。怎得春如天不老,更教花、與月相隨。都將命、拼
●●○○　○●○○○●●　●○○　●●○○　　○○●　○

與酬花,似峴山、落日客猶迷。儘歸路、拍手攔街,笑人沈醉
●○○　●●○　●●●○○　　●○●　●●○○　●○○●

如泥。
○○

(《全宋詞》565 頁)

【注釋】

《詞譜》:"此調押平韻者,只此一體,無別首宋詞可校。此詞
前段第五句五字,與万俟詞同;後段第四、五句七字,與周詞同。"

征部樂

【調釋】

曲名來源不詳。《樂章集》注雙調。柳詞用入聲韻,多用七字
折腰句法,聲情纏綿激越,健筆寫柔情。

【體略】

雙調,雙片一百六字,上片五十二字八句六入聲韻,下片五十
四字十句五入聲韻,柳永。

【圖譜】

雅歡幽會,良夜可惜虛拋擲。每追念、狂蹤舊跡。長秖
●○○●　○●●●●○●　　●○●　○●●●　○●

恁、愁悶朝夕。憑誰去、花衢覓。細說與、此中端的。道向
●　○●○●　○○●　○○●　●●●　●○○●　●●

我、轉覺厭厭,夢役勞魂苦相憶。　　須知最有,風前月下,
●　●●○○　●●○○●○●　　　　○○●●　○○●●

心事始終難得。但願我、蟲蟲心下，把人看待，長似初相識。
○●●○○● 　●●● 　○○● 　●○○● 　○●○○●

況漸逢春色。便是有、舉觴消息。待這回、好好憐伊，更不
●●○○● 　●●● 　●○○● 　●○○ 　●○○● 　●●

輕離拆。
○○●

（《詞譜》卷三十四）

【注釋】

《詞譜》卷三十四：“汲古閣刻此詞，前段第三句脫‘每’字，後段第七句脫‘漸’字，結句脫‘離’字，今從《花草粹編》校正。”上片第二句“夜”《全宋詞》作“辰”，第六句“細說與、此中端的”作“細說此中端的”。

按清人張塤《竹葉庵文集》卷二十九有《征部樂》（題“諸葛鍋並引”），字句即與汲古閣刻本柳詞相同，聊錄參考：“羨君名士，呵叱八陣風雲袞。魚復沙間隱隱。增減有、虞翊孫臏。憑誰去、春鋤墾。恰點點、土花紅襯。試宛轉、聽入其中，殺氣隆隆火泉噴。　　携來草閣，烏皮位置，銅雀硯邊休近。又那得、清風明月，彩鸞軒裏，低插花枝穩。永安難問。況更是、蜀中州郡。略似他、大小雙喬，玉顏灰燼。”（《全清詞（雍乾卷）》4955頁）此與柳詞相校，用上去韻，上片第三句、下片第七句各減一字。

佳人醉

【調釋】

唐貫休《富貴曲》：“佳人醉唱，敲玉釵折。”《樂章集》注雙調。柳詞用上去韻，寫相思之情，聲情風流激健。

【體略】

雙片七十一字，上片三十九字七句五上去韻，下片三十二字八句五上去韻，柳永。

【圖譜】

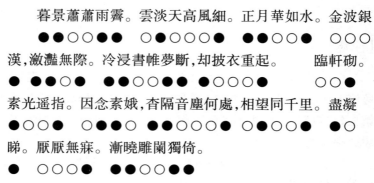

　暮景蕭蕭雨霽。雲淡天高風細。正月華如水。金波銀
　●●○●●　○●○●●　●●○●　○○○

漢，澂澈無際。冷浸書帷夢斷，却披衣重起。　　臨軒砌。
●，○●○●　●●○○●●，●○○○●　　○○●

素光遙指。因念素娥，杳隔音塵何處，相望同千里。盡凝
●○○●　○●●○，●●○○○●，○●○○●　●○

睇。厭厭無寐。漸曉雕闌獨倚。
●　○○○●　○●○○●●

（《詞譜》卷十六）

【注釋】

　此調兩宋除柳永外僅劉弇有詞，金元無存詞。《詞律》卷十八：“姑依韻分句恐有訛錯，未必確然。‘臨軒砌’恐是後段起句，《圖譜》以‘夢斷’下分句，‘却披衣’至‘軒砌’爲八字句。或又曰：前起該四字三句。因無他作，難以訂正耳。”

　《詞譜》卷十六以“臨軒砌”三字屬下：“汲古閣本《樂章集》，前段於‘臨軒砌’句分段，後段第四句少二字，今從《花草粹編》。”按“臨軒砌”三字《全宋詞》屬上片，又將劉弇詞“擁緹騎”屬下片，今從《詞譜》皆屬下片。

又一體

【體略】

雙片七十二字,上片三十九字六句四上去韻,下片三十三字七句六上去韻,劉弇。

【圖譜】

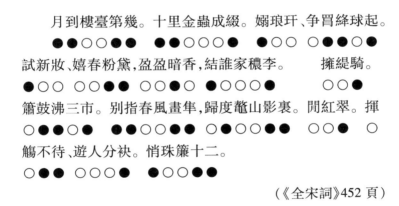

月到樓臺第幾。十里金蟲成綴。嫋琅玕、爭冐絳球起。

試新妝、嬉春粉黛,盈盈暗香,結誰家穠李。 擁緹騎。

簫鼓沸三市。別指春風畫隼,歸度鼇山影裏。閒紅翠。揮

觴不待、遊人分袂。悄珠簾十二。

(《全宋詞》452 頁)

【注釋】

此詞句法、字聲與柳詞多有不同,當爲詞人對樂曲句拍認識不同所致,然是同調無疑。

迷仙引

【調釋】

"迷仙"用阮肇入天台遇仙女事。唐齊己《寄武陵道友》:"阮

肇迷仙處,禪門接紫霞。"柳永詞云:"萬里丹霄,何妨携手同歸去。
永棄却、煙花伴侶。"亦與本意相關。《樂章集》注雙調。柳詞用上
去韻,聲情風流激健。闞詠《迷仙引》與此同名異調。

【體略】

雙調,雙片八十三字,上片四十六字十句四上去韻,下片三十
七字七句五上去韻,柳永。

【圖譜】

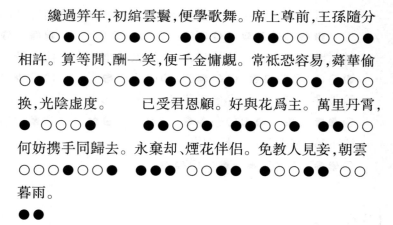

（《全宋詞》22 頁）

【注釋】

此調兩宋金元僅存此詞,無他詞可校。按《倚聲初集》載龔百
藥《迷仙引》一詞,字句全與柳詞相同,字聲僅數字不同,上片第五
句"隨"作"曲",下片第四句"何"作"也"、"歸"作"一"。

婆羅門令

【調釋】

　　與唐《望月婆羅門》不同,《樂章集》注雙調。柳詞用上去韻,賦戀情,聲情怨欸激健。按《宋史・樂志》(卷一百四十二)隊舞中有婆羅門舞隊,《婆羅門》爲大型舞曲,詞調中另有《婆羅門引》,或均源自此舞曲。

【體略】

　　雙調,雙片八十六字,上片三十三字五句三上去韻一疊韻,下片五十三字十句七上去韻,柳永。

【圖譜】

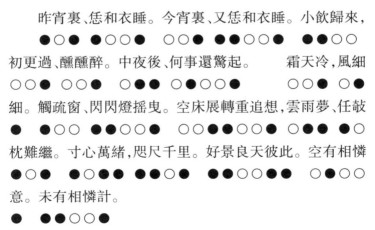

（《全宋詞》24 頁）

【注釋】

《詞譜》卷二十一：“此調只有此詞，無別首宋詞可校。《花草粹編》於‘閃閃燈搖曳’句分段，然前後段終不整齊，今從本集。”

按朱彝尊詞有《婆羅門令》，與柳詞全同，句中偶一三字可平可仄，録之供參考：“渠去日、一帆春水。儂到日、也一帆秋水。怪道相逢，翻不是、相期地。無一語、只當相逢未。　　霜風緊，霜葉脆。上危梯、九日層樓倚。樓頭縱得潛携手，催去也、怨鸚鵡紅觜。別時真惜，住也無計。此恨縣縣詎已。每遇登高會。便灑登高淚。”（《全清詞（順康卷）》5302 頁）按《詞律》、《詞譜》、《全宋詞》諸書下片第八、九句皆斷作“好景良天，彼此空有相憐意”，今參朱詞斷句。

秋蕊香引

【調釋】

《樂章集》注小石調。柳詞入聲韻，聲情淒怨。《詞譜》卷十三：“此柳永自度曲，無別首可校。”按自度曲爲文人自己譜曲並填詞而成詞調。檢《全宋詞》，以《秋蕊香》名調者，另有晏殊《秋蕊香》四十八字，曹勛《秋蕊香》九十七字。《秋蕊香》曲實有令、引、慢諸體，本爲大曲無疑，當非柳永自度之曲。

【體略】

小石調，雙片六十字，上片二十九字七句三入聲韻，下片三十一字八句四入聲韻，柳永。

【圖譜】

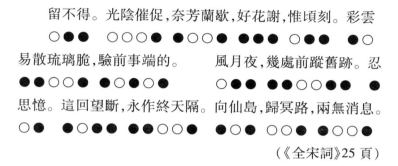

留不得。光陰催促,奈芳蘭歇,好花謝,惟頃刻。彩雲
○●●　　○○○●　●○●　○○●　●○
易散琉璃脆,驗前事端的。　　風月夜,幾處前蹤舊跡。忍
●●○○●　●○○○●　　●●●　●●○○●●　●
思憶。這回望斷,永作終天隔。向仙島,歸冥路,兩無消息。
○●　●○●●　●●○○●　●○●　○○●　●○○●

（《全宋詞》25 頁）

【注釋】

　　此調兩宋金元惟存此詞,無他首可校。《詞律拾遺》卷二:"首
句三字起韻,'歇'字在月韻,不同部,當是借叶,然必有譌脱處,惜
少他作可證。"按上片第二句"奈"爲領字,"歇"字非韻。

夏雲峰

【調釋】

　　《填詞名解》卷二:"《夏雲峰》,采顧愷(之)詩:'夏雲多奇
峰。'"《樂章集》注歇指調。柳詞云"軒楹雨,輕壓暑氣低沈",亦
屬本調之作,用平韻,聲情清新、明快。《校正》:"此調以四字句
和六字句爲主,配以上三下四句法之七字句,調勢平穩。"(351
頁)

【體略】

　　歇指調,雙片九十一字,上片四十四字八句五平韻,下片四十

七字九句五平韻,柳永。

【圖譜】

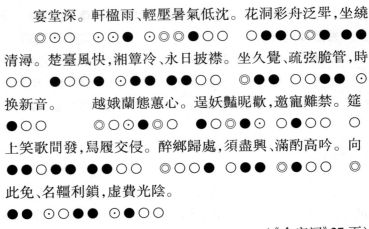

　　　　　　宴堂深。軒楹雨、輕壓暑氣低沈。花洞彩舟泛斝,坐繞

　　　　　　清潯。楚臺風快,湘簟冷、永日披襟。坐久覺、疏弦脆管,時

　　　　　　換新音。　　　越娥蘭態蕙心。逞妖豔昵歡,邀寵難禁。筵

　　　　　　上笑歌間發,鳧履交侵。醉鄉歸處,須盡興、滿酌高吟。向

　　　　　　此免、名韁利鎖,虛費光陰。

(《全宋詞》27 頁)

【注釋】

　　此調兩宋存詞六首,金代王喆二首,除曹勛"五雲開"詞一首用仄韻外,其他皆用平韻。下片第六句"醉"張詞作"長",句中其他可平可仄見下列各詞句法相同者。《詞牌格律》:"上下片倒數第二句前三字屬三字領,各領其下二句。"(867 頁)下片第二韻《詞律》、《詞譜》、《全宋詞》皆斷作上三下六折腰句法,當從《詞牌格律》斷句。

　　按趙長卿詞下片結二韻據文意作四字一句、七字一句、五字一句、六字一句:"銷魂無語,一任側耳與心傾。是我不卿卿,更有誰可卿卿。"此與歌唱無關,注出不另列。

又一體

【體略】

雙片九十一字,上片四十四字八句四平韻,下片四十七字九句五平韻,《梅苑》無名氏。

【圖譜】

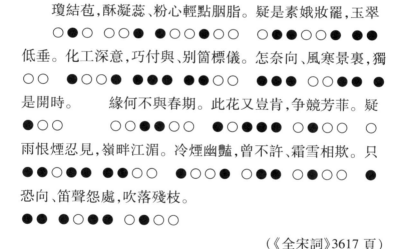

（《全宋詞》3617 頁）

【注釋】

此與柳詞相校,首句不用韻異,下片第二句句法字聲亦異。按此詞上片第一、二句"瓊結苞"、"酥凝蕊"文意對偶,似當斷作兩句(《詞譜》即然),如此則首韻變爲三句拍,今仍依柳詞體斷作兩拍。

又張元幹詞上下片結韻《詞譜》分別斷作"正暑、有祥光照社,玉燕投懷"、"笑傲、且山中宰相,平地蓬萊",《全宋詞》則以"正

暑"、"笑傲"各作一句。按張詞與無名氏詞體相同,上下片結韻無
需另斷而列別體。

<h1 style="text-align:center">又一體</h1>

【體略】

　　雙片九十一字,上片四十四字八句四平韻,下片四十七九句五
平韻,曹勛。

【圖譜】

　　　　紹洪基,撫萬宇、中興寶運符千。樞電瑞繞,景命燕及
　　　　●○○　●●●　○○●○○　○　●○○●　●●●●

雲天。挺生真主,平四海、復禹山川。班列立、瞻雲就日,職
○○　　●○○●　○●●　●●○○　　○●●　○○●●　●

貢衣冠。　　　　歡均寵禁鵷鸞。望花城粉黛,金獸祥煙。笙
●○○。　　　　○○○●○○　●○○●●　○●○○　○

簫緩奏,化國日永留連。寶觴親勸,須縱飲、歌舞韶妍。都
○○●●　●●●●○○　●○○●　○●●　○●○○　○

是祝、南山聖壽,億萬斯年。
●●　○○●●　●●○○

(《全宋詞》1211 頁)

【注釋】

　　此詞首句不用韻與張元幹詞同,上片第三、四句和下片第四、
五句均作四字一句、六字一句異,字聲亦不同。

又一體

【體略】

雙片八十九字,上片四十四字八句五平韻,下片四十五字九句五平韻,王喆。

【圖譜】

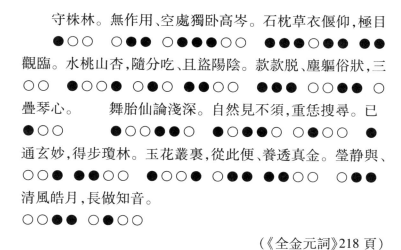

守株林。無作用、空處獨臥高岑。石枕草衣偃仰,極目
●○○　　○●●、○●●○○　　●●●○●、●　●●
觀臨。水桃山杏,隨分吃、且盜陽陰。款款脫、塵軀俗狀,三
○○　　●○○●、●●○○　　●●●、○○●●、○
疊琴心。　　舞胎仙論淺深。自然見不須,重恁搜尋。已
●○○　　○●○●●○○　　●○●●○、○●○○　　●
通玄妙,得步瓊林。玉花叢裏,從此便、養透真金。瑩静與、
○○●　●●○○　　●○○●、○●●、●●○○　　○●●、
清風皓月,長做知音。
○○●●　○●○○

【注釋】

此與柳詞相校,惟下片第四句減二字作四字一句異。按王喆別首下片第三、四句作"蓋緣昔堪宜","蓋"字前後當脫漏三字,注出不另列。

又一體

【體略】

雙片八十九字,上片四十四字八句四上去韻,下片四十五字九句五上去韻,曹勛。

【圖譜】

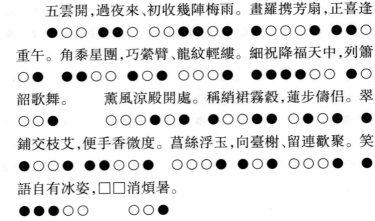

五雲開,過夜來、初收幾陣梅雨。畫羅携芳扇,正喜逢
●○○　●●○、○○●●○●　●○○○●　●●○
重午。角黍星團,巧縈臂、龍紋輕縷。細祝降福天中,列簫
○●　●○○　●○●、○○●●　●●●●○○　●○
韶歌舞。　　薰風涼殿開處。稱綃裙霧縠,蓮步儔侶。翠
○○●　　　○○●●○●　●○○●●　○●○●　●
鋪交枝艾,便手香微度。菖絲浮玉,向臺榭、留連歡聚。笑
●○○●●　●●○●●　○○○●　●○●、○○○●　●
語自有冰姿,□□消煩暑。
●●●○○　　　○○●

（《全宋詞》1215 頁）

【注釋】

此用仄韻,句拍與柳詞平韻相校,上片結韻作六字一句、五字一句,下片結韻《全宋詞》本作"笑語。自有冰姿消煩暑",今以"消"字前脫漏二字,前後相同。

荔枝香（近）

【調釋】

曲名見《教坊記》，王灼《碧雞漫志》卷四："《荔枝香》，唐史《禮樂志》云：'帝幸驪山，楊貴妃生日，命小部張樂長生殿，奏新曲，未有名，會南方進荔枝，因名曰《荔枝香》。'《脞説》云：'太真妃好食荔枝，每歲忠州置急遞上進，五日至都。天寶四年夏，荔枝滋甚，比開籠時，香滿一室，供奉李龜年撰此曲進之，宣賜甚厚。'《楊妃外傳》云：'明皇在驪山，命小部音聲於長生殿奏新曲，未有名，會南海進荔枝，因名《荔枝香》。'三説雖小異，要是明皇時曲。然史及《楊妃外傳》皆謂帝在驪山，故杜牧之《華清絶句》云：'長安回望繡成堆，山頂千門次第開。一騎紅塵妃子笑，無人知是荔枝來。'《遯齋閑覽》非之，曰：'明皇每歲十月幸驪山，至春乃還，未嘗用六月。詞意雖美，而失事實。'予觀小杜《華清》長篇，又有'塵埃羯鼓索，片段荔枝筐'之語。其後歐陽永叔詞亦云：'一從魂散馬嵬間。只有紅塵無驛使，滿眼驪山。'唐史既出永叔，宜此詞亦爾也。今歇指、大石兩調皆有近拍，不知何者爲本曲。"《填詞名解》卷二："按程大昌《雍録》云：'驪山與帝都密邇。玄宗即山建宮，自十月往，至歲盡乃還宮，大抵宮殿包裹一山，而繚牆周遍其外，觀風樓下，又有夾城可通禁中，則微行間出，不必正在十月。荔枝熟時，亦自幸驪山也。'"《詞譜》卷十八："按《荔枝香》有兩體，七十六字者，始自柳永，《樂章集》注歇指調，有周邦彥、方千里、楊澤民、陳允平及吳文英詞可校；七十三字者始自周邦彥，有方千里、楊澤民、陳允平和詞，及袁去華詞可校，一名《荔枝香近》。"

柳詞賦戀情，句法長短錯綜，調用上去韻，聲情感傷怨歡。周邦彥二詞皆作歇指調，與柳詞宮調相同，其中"照水殘紅零亂"，與

柳詞字句相同，"夜來寒侵酒席"與柳詞字句稍異，屬同調異體，聲情相近。夢窗詞注大石調，體式與柳詞同。

【體略】

歇指調，雙片七十六字，上片四十字八句四上去韻，下片三十六字七句四上去韻，柳永。

【圖譜】

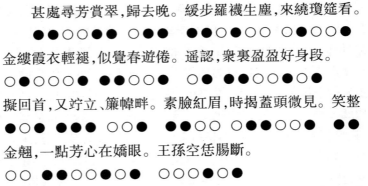

甚處尋芳賞翠，歸去晚。緩步羅襪生塵，來繞瓊筵看。
●●○○●● ○●● ●●○○●● ○●○○●

金縷霞衣輕褪，似覺春遊倦。遙認，眾裏盈盈好身段。
○●○○●● ○●○○● ○● ●●○○●○●

擬回首，又竚立、簾幃畔。素臉紅眉，時揭蓋頭微見。笑整
●○● ●●● ○○● ●●○○ ○●●○○● ●●

金翹，一點芳心在嬌眼。王孫空悢腸斷。
○○ ●●○○●○● ○○○●○●

（《全宋詞》27 頁）

【注釋】

此調雖以此詞為早，但上片第五句"金縷霞衣輕褪"作仄起仄收律句，宋人無有與之同者，不作正體。上片結韻《詞律》、《詞譜》、《詞綜》皆作上二下七式折腰句法，《全宋詞》作二字一句、七字一句。《詞譜》："此詞前段結句，可點四字一讀、五字一句，亦可點六字一讀、三字一句，今照《詞律》點定二字一讀、七字一句，仄仄平平仄平仄，與後段‘一點芳心’句，平仄同。"按楊澤民二詞上片結句分別作"相與。共煮新茶取花乳"、"三勸。記得當時送□遠"，"與"、"勸"皆用韻，今從《全宋詞》斷作兩句。

正　體

【體略】

　　歇指調,雙片七十六字,上片四十字八句四上去韻,下片三十六字七句四上去韻,周邦彥。

【圖譜】

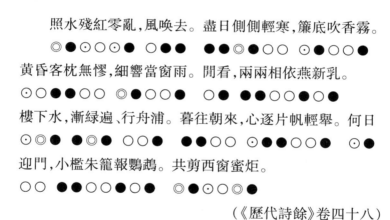

　　　　　照水殘紅零亂,風喚去。盡日側側輕寒,簾底吹香霧。
　　　　　◎●⊙○⊙●　○●●　　●●◎○○　⊙●○●●

　　　黃昏客枕無憀,細響當窗雨。閒看,兩兩相依燕新乳。
　　　⊙○●●○○　◎●○●●　　○●　●●○○●○●

　　　樓下水,漸綠遍、行舟浦。暮往朝來,心逐片帆輕舉。何日
　　　⊙◎●　●●●、○○●　●●○○　○●●○○●　○●

　　　迎門,小檻朱籠報鸚鵡。共剪西窗蜜炬。
　　　○○　●●○○●○●　　◎●⊙○○●

(《歷代詩餘》卷四十八)

【注釋】

　　《清真集校注》以此詞作於熙寧六年(1073)暮春。此調兩宋共十餘首詞,周邦彥有二詞,又字句、字聲小異,皆爲正體。此詞與柳詞字句相同,惟上片第五句字聲不同。此調後人創作皆同周詞,或仿此首,或仿"夜來寒侵"一首。上片第一句"照"吳文英"輕睡時聞"詞作"輕",第六句"細"方千里"勝日登臨"詞作"山",下片第四句"心"陳允平"杜宇聲聲"詞作"別"。句中其他可平可仄俱見所列別體句法相同者。

　　此詞下片結句毛晋刻本作"如念誰念悽楚"用拗句。按方千里詞作"幸有雕章蠟炬"、陳允平"杜宇聲聲"詞作"淚擁通宵蠟炬",當作"共剪西窗蜜炬"。

又一體

【體略】

　　雙片七十六字,上片四十字八句四上去韻,下片三十六字七句五上去韻,吳文英。

【圖譜】

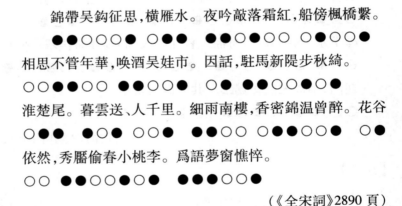

　　　錦帶吳鈎征思,橫雁水。夜吟敲落霜紅,船傍楓橋繫。
　　　●●○○○●　○●●　　●●●○●●　○○○○●
　　相思不管年華,喚酒吳娃市。因話,駐馬新隄步秋綺。
　　○○●●○○　●●○●●　　○●　●●○○●●●
　　淮楚尾。暮雲送、人千里。細雨南樓,香密錦温曾醉。花谷
　　○●●　●○●　○○●　　●●○○　○●●○○●　○●
　　依然,秀靨偷春小桃李。爲語夢窗憔悴。
　　○○　●●○○●●　　●●●○●

（《全宋詞》2890 頁）

【注釋】

　　此調吳文英二詞字句皆同周詞七十六字體,惟下片首句用韻異。按上片第三句"吟"《詞譜》作平聲,不當,此處當作去聲讀。
　　又按此詞首句及吳詞別首,《詞律》、《詞譜》諸書斷作四字一句、五字一句。此詞"橫雁水"《詞譜》作"橫淮水"。又吳詞別

首句《全宋詞》作"睡輕時聞",《詞譜》作"輕睡時聞",當從後者。

又一體

【體略】

雙片七十六字,上片四十字八句六上去韻,下片三十六字七句五上去韻,楊澤民。

【圖譜】

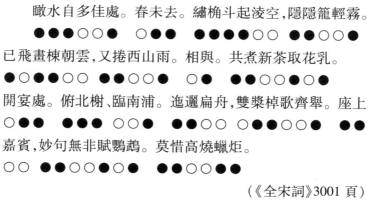

（《全宋詞》3001 頁）

【注釋】

此亦周邦彥七十六字體。與周詞相校,上下片首句皆用韻,又上片第七句"相與"添一韻。按楊澤民此詞對判斷周詞正體句拍頗多幫助。

又一體（正體）

【體略】

歇指調，雙片七十三字，上片三十七字八句三上去韻，下片三十六字七句四上去韻，周邦彥。

【圖譜】

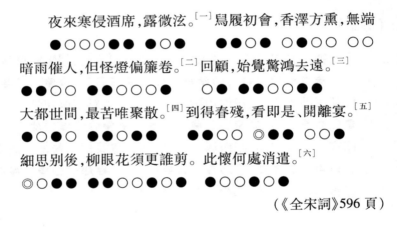

夜來寒侵酒席，露微泫。[一]舄履初會，香澤方熏，無端
●○○○●●　●●●　　●●●　○●○　○○

暗雨催人，但怪燈偏簾卷。[二]回顧，始覺驚鴻去遠。[三]
●●○○　●●○○●●　　○●　●●○○●●

大都世間，最苦唯聚散。[四]到得春殘，看即是、開離宴。[五]
●○●○　●●○●●　　●●○○　○●●、○○●

細思別後，柳眼花須更誰剪。此懷何處消遣。[六]
◎○●●　●●○○●○●　　●○○●○●

（《全宋詞》596 頁）

【注釋】

[一]《清真集校注》以此詞作於熙寧七年（1074）初春。此詞亦爲此調正體，有袁、方、楊、陳等詞相校。《詞譜》：“此調七十三字者，名《荔枝香近》，以此詞爲正體，袁去華‘曉來丹楓’詞，方千里‘小園花梢’詞，正與此同，若楊詞、陳詞之攤破句法，皆變格也。此詞之源，亦出柳詞，但與柳詞校，只前段第三句減二字，第四句減一字、不押韻，第六句添一字，結句減一字，換頭起句四字、第二句五字、第四句折腰句法不同耳。”按此與“照水殘紅”一首相校，首

句又作拗句異,方、楊、陳和詞皆作拗句,第二句方、楊、陳詞亦皆作
仄平仄,結句作平起仄收律句,方、楊、陳詞亦同,不得與"照水殘
紅"一體混校。

[二]此韻四句拍,兩個四字句、兩個六字句。"鳥履初會"作
拗句,袁去華詞作"霜空橫雁"用律句,不參校。"但怪燈偏簾卷"
用律句,檢袁、方、陳、楊四詞,字聲稍有異,袁作"更被酒迷花惱"、
方作"是處池館春遍"、陳作"糁徑紅英風卷"、楊作"大白須卷歌
遍",或律或拗,惟第四字字聲不同。又鄭文焯《大鶴山人詞話》以
此韻作第一、二句皆脱漏,當作:"鳥履初會□□,香澤方熏遍。"並
認爲周詞二首體式完全相同,"方、楊、陳和作並沿其誤,以爲又一
體,非也"(64頁)。鄭説恐非,此體不惟字句與"照水殘紅"一首
小異,字聲亦多不同。

[三]此韻《詞律》、《詞譜》均作八字,《詞律》作上四下四式八
字折腰句,《詞譜》作兩個四字句,今仍依"照水殘紅"一首斷句。
按此詞上片結韻宋刻本《詳注片玉集》作九字"回顧始覺驚鴻去雲
遠",吳訥《百家詞》亦同。按周詞上片結韻於南宋或有兩種文本
流傳,一爲八字無"雲"字,一爲九字有"雲"字。而方千里、楊澤
民、陳允平三人各有此調兩首,一首仿周詞"照水殘紅",一首仿
"夜來寒侵",而後者三人皆作八字,當非偶然。

[四]此韻作四字一句、五字一句,袁去華、陳允平詞皆與同。
又按趙以夫詞上片字句與周詞"照水殘紅"同,下片首韻句拍與周
詞"夜來寒侵"同,注出不另列。又按袁去華此韻二句《全宋詞》斷
作:"細思歡遊舊事,還自笑。"應依周詞斷作:"細思歡遊,舊事還
自笑。"

[五]"看"袁去華詞作"都"。按陳允平詞此二句作"玉瑟無
心理,懶醉瓊花宴",偶用不另列。

[六]"此懷何處消遣"作拗句,與"照水殘紅"一體不同,字聲
不可混校,填者慎之。

又一體

【體略】

　　雙片七十三字，上片四十字八句四上去韻，下片三十六字七句四上去韻，楊澤民。

【圖譜】

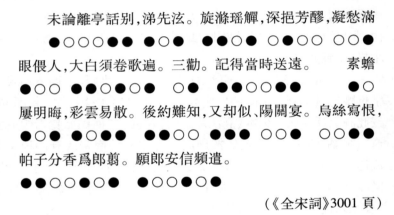

　　　　　　未論離亭話別，涕先泫。旋滌瑤觶，深挹芳醪，凝愁滿
　　　　　　●○○○●●　●○●　●●○●　○●○○　○○●

　　　　眼偎人，大白須卷歌遍。三勸。記得當時送遠。　　　素蟾
　　　　●○○　●●●○○●　○●　●●○○●●　　　●●

　　　　屢明晦，彩雲易散。後約難知，又却似、陽關宴。烏絲寫恨，
　　　　●○●　●○●●　●●○○　●●●、○○●　　○○●●

　　　　帕子分香爲郎翦。願郎安信頻遣。
　　　　●●○○●○●　　●○○●○●

（《全宋詞》3001 頁）

【注釋】

　　此與周詞"夜來寒侵"相同，惟上片結韻添一韻作兩字一句、六字一句，下片首三句爲五字一句、四字一句。按陳允平"杜宇聲聲"一首，本爲和周邦彦"照水殘紅"詞，但換頭句拍却與此詞同，注出不另列。《詞譜》將陳詞斷作："天際，漸迤邐、片帆南浦。"不當。

　　按上片第五、六句《全宋詞》斷作："凝愁滿眼。偎人大白須卷。歌遍。"斷句較爲隨意，當依正體斷句。又上片結句《全宋詞》

作“記得當時送□遠”，以脱漏一字，當無脱漏爲是。

二郎神

【調釋】

曲名見《教坊記》，以神話人物命調。任二北《教坊記箋訂》：“二郎神之本事有二説：秦李冰次子在蜀之灌江，隋趙昱在吳之灌口，均以靈異，被稱爲‘二郎神’，唐曲未知何指。”《樂章集》注林鐘商。調用上去韻，亦可用入聲韻，句法多用七字折腰句。柳詞寫戀情，非關本意，聲情明朗歡快。金代道教詞人以此調賦道情，聲情與柳詞相近。《詞譜》：“唐教坊曲名。《樂章集》注商調。徐伸詞名《轉調二郎神》，吳文英詞名《十二郎》。”《轉調二郎神》脱胎於此調，但變化較多，當視爲異調，《詞譜》卷三十二：“此調有兩體，前段起句三字者，名《二郎神》；前段起句四字者，名《轉調二郎神》，其前段第三、四句，後段第四、五句，第六、七句及兩結句讀，亦不同。《詞律》疏於考證，以轉調爲本調誤矣。”

【體略】

雙調，雙片一百四字，上片五十二字八句五仄韻，下片五十二字十句五仄韻，柳永。

【圖譜】

炎光謝。過暮雨、芳塵輕灑。乍露冷、風清庭户爽，天
⊙○● ●◎● ○○⊙● ●●● ⊙○○⊙● ⊙

如水、玉鈎遥挂。應是星娥嗟久阻，叙舊約、飈輪欲駕。極
⊙● ◎○⊙● ⊙●○○○●● ◎●● ⊙○⊙● ◎

目處、微雲暗度,耿耿銀河高瀉。　　　　　閒雅。須知此景,古
◎●　○○○● ◎ ●○○●●　　　　　⊙● ○○○● ◎

今無價。運巧思、穿鍼樓上女,擡粉面、雲鬟相亞。鈿合金
○○●　●○● ○○○●● ⊙◎●、○○○● ●●○

釵私語處,算誰在、回廊影下。願天上人間,占得歡娛,年年
○○●● ◎⊙● ○○●● ●○○○● ●●○○ ○○

今夜。
○●

(《詞譜》卷三十二)

【注釋】

此調兩宋除柳詞外,有王十朋、張孝祥二詞,金有王喆、馬鈺、長筌子等六詞。《詞律》卷十五:"'乍露冷'至'欲駕'同後'運巧思'至'影下'。"句中可平可仄即參下列別體句法相同者。

按上片第三句《詞譜》作上一下七句法,今從《詞律》斷句。上片第三、四句《全宋詞》斷作"乍露冷風清庭户,爽天如水,玉鈎遥挂",不當。又按王喆詞上片第一、二句《全金元詞》斷作:"觀塵境盡。總把浮名修整。"亦誤,當依柳詞此體斷句,同首下片第五句《全金元詞》作"元是圓成光影",按此句宋金無六字句者,"元"字前必脱漏一字,注出不另列。

又 一 體

【體略】

雙片一百四字,上片五十二字八句七仄韻,下片五十二字九句七仄韻,王十朋。

【圖譜】

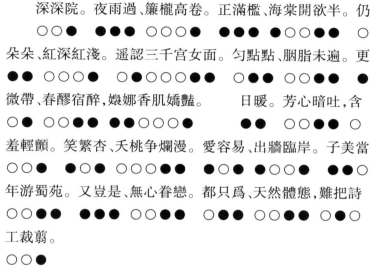

深深院。夜雨過、簾櫳高卷。正滿檻、海棠開欲半。仍
〇〇●　●●●　〇●●　〇〇〇●●　〇

朵朵、紅深紅淺。遥認三千宮女面。勻點點、胭脂未遍。更
●●　〇〇〇●　〇〇〇〇〇●●　〇●●　〇〇●●　●

微帶、春醪宿醉，嬝娜香肌嬌豔。　　　日暖。芳心暗吐，含
〇●　〇〇●●　〇〇〇〇〇●。　　　●●　〇〇●●　〇

羞輕顫。笑繁杏、夭桃争爛漫。愛容易、出牆臨岸。子美當
〇〇●　●●●　〇〇〇●●　●〇●　〇〇〇●　●●〇

年游蜀苑。又豈是、無心眷戀。都只爲、天然體態，難把詩
〇〇〇●　●●●　〇〇●●　〇●●　〇〇●●　〇●〇

工裁翦。
〇〇●

（《全宋詞》1350頁）

【注釋】

《詞譜》："此詞與柳詞校，前段第三句、第五句，後段第四句、第六句，俱押韻；又，後段第八、九、十句，攤破句法，作七字一句、六字一句異。"按《詞譜》以下片首句"日"字以入代平，不當，此字長筌子"平生興"一首作"復"，亦用仄聲。

又一體

【體略】

林鐘商，雙片一百五字，上片五十二字八句五仄韻，下片五十

三字十句五仄韻，張孝祥。

【圖譜】

坐中客。共千里、瀟湘秋色。漸萬寶、西成農事了，稂
●○●　●○●　○○○●　●●　○○○●●　●

稏看、黃雲阡陌。喬□橘洲風浪穩，嶽鎮聳、倚天青壁。追前
●●　○○●●　○○●○○●　●○○　●○○●　○○

事、興亡相續，空與山川陳跡。　　南國。都會繁盛，依然似
●　○○○●　○●○○○●　　　○●　○●○○　○○●

昔。聚翠羽、明珠三市滿，樓觀湧、參差金碧。乞巧處、家家追
●　●●●　○○○●●　○○●　○○○●　●●●　○○○

樂事，爭要做、豐年七夕。願明年强健，百姓歡娛，還如今日。
●●　○●●　○○●●　●○○○●　●●○○　○○○●

(《全宋詞》1692 頁)

【注釋】

《張孝祥詞箋校》："此詞似作於乾道三年（1167）初到任時。"（54 頁）此詞顯爲仿柳詞而作，與柳詞相校，宮調不同，下片第六句添一字作八字一句，又下片第八句"願明年强健"字聲不同，不參校。檢金人詞下片第八句多同柳詞字聲，長筌子"歎平生"、"訴衷情"二首又同張詞。

又一體

【體略】

雙片一百五字，上片五十三字八句六仄韻，下片五十二字九句七仄韻，馬鈺。

【圖譜】

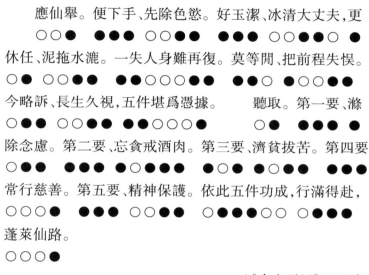

應仙舉。便下手、先除色慾。好玉潔、冰清大丈夫，更
○○●　　　●●●　○○●●　　●●●　○○●●○　●
休任、泥拖水漉。一失人身難再復。莫等閒、把前程失悞。
○●　○○●●　○●○○●○●　●●○　○○○●●
今略訴、長生久視，五件堪爲憑據。　　　　聽取。第一要、滌
○●●　○○●●　●●○○○●　　　　○●　●●●　●
除念慮。第二要、忘貪戒酒肉。第三要、濟貧拔苦。第四要
○●●　●●●　○○●●●　●●●　○○●●　●●●
常行慈善。第五要、精神保護。依此五件功成，行滿得赴，
○○○●　●●●　○○●●　○●●●○○　○●●●
蓬萊仙路。
○○○●

（《全金元詞》395 頁）

【注釋】

　　此與柳詞相校，上片第五句添一韻，第六句添一字作上三下五
式八字一句，下片第二、三句減一字作七字折腰句，第八句添一字
作六字一句異。又下片第五句亦可斷作上三下四式七字折腰句，
今依正體斷句。

又一體

【體略】

　　雙片一百三字，上片五十二字八句五仄韻，下片五十一字九句
五仄韻，長筌子。

【圖譜】

平生興。有萬頃、雲山野景。竹疃梅村蓬户悄，這幽
○○●　　●●●　　○○●　　　●●○○●●　　●○

閒、世間難勝。一曲無弦喧宇宙，對沉水、石爐絶聽。向林
○　●○○●　●●○○○●●　●○●　●○○●　　●○

下、棲遲養就，懶散煙霞情性。　　　　復命。披短褐、玄通古
●　○○●●　●●○○○●　　　　　●●　○●●　○○●

聖。看鷺立、鷗飛沙觜岸，笑醯雞、瓮中流梗。一枕華胥春
●　●●●　○○○●●　●○○　●○○●　●●○○○

夢覺，豈羨封侯列鼎。早回首歸來，月照松溪，雲崑苔徑。
●●　●●○○●●　●○●○○　●●○○　○○○●

【注釋】

　　此與柳詞相校，上片第三句減一字作七字一句，下片第二、三
句減一字作七字折腰句（與馬鈺詞同），第七句減一字作六字一
句。按長筌子"離塵俗"一首除首句不用韻，下片第三句亦減一字
外，正全同此體，注出不另列。按下片結韻"早回首"句作上一下
四句法。

又一體

【體略】

　　雙片一百三字，上片五十二字九句四仄韻，下片五十一字九句
五仄韻，長筌子。

【圖譜】

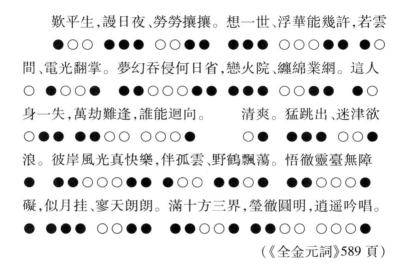

【注釋】

　　此與"平生興"一首相校,上片首句不用韻,第三句添一字作上三下五式折腰句,結韻作五字一句、四字兩句與下片結韻句拍相同,下片第三句減一字作七字一句,第六句添一字作上三下四式折腰句。按長筌子別首"訴衷情"詞惟上片第三句減一字、第五句添一字,下片第三、五句各添一字作上三下五式折腰句異,其他全同此體,注出不另列。

宣　清

【調釋】

　　調名不詳,《樂章集》注林鐘商。柳詞賦相思,篇長韻疏,多用

四字句和七字折腰句,聲情嫵媚婉轉。

【體略】

　　林鐘商,雙片一百一十五字,上片五十二字十句四上去韻,下片六十三字十二句五上去韻,柳永。

【圖譜】

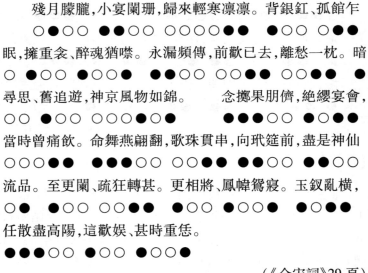

　　　　残月朦朧,小宴闌珊,歸來輕寒凜凜。背銀釭、孤館乍
　　　　眠,擁重衾、醉魂猶噤。永漏頻傳,前歡已去,離愁一枕。暗
　　　　尋思、舊追遊,神京風物如錦。　　　念攧果朋儕,絶纓宴會,
　　　　當時曾痛飲。命舞燕翩翩,歌珠貫串,向玳筵前,盡是神仙
　　　　流品。至更闌、疏狂轉甚。更相將、鳳幃鴛寢。玉釵亂橫,
　　　　任散盡高陽,這歡娛、甚時重恁。

　　　　　　　　　　　　　　　　　　　　　　　　(《全宋詞》29 頁)

【注釋】

　　此爲兩宋金元孤調,無他詞可校。按此調《詞律》卷十三所采詞多有脱誤,《詞律補遺》已正。上片第五句"醉魂"《全宋詞》原作"醉魄",從《花草粹編》改。

訴衷情近

【調釋】

　　與宋流行詞調《訴衷情令》無涉。《樂章集》注林鐘商。柳詞寫相思戀情，聲情怨歎感傷。《校正》："此調前段韻稀，七句兩韻，後段韻密，甚有特色。"（278頁）

【體略】

　　林鐘商，雙片七十五字，上片三十六字七句三仄韻，下片三十九字九句六仄韻，柳永。

【圖譜】

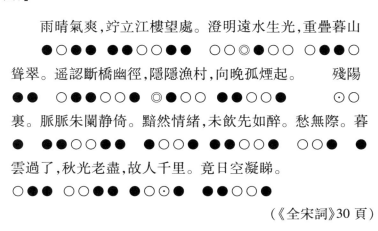

雨晴氣爽，竚立江樓望處。澄明遠水生光，重疊暮山
●○●●　●●○○●●　　○○◎●○○　●●●○
聳翠。遙認斷橋幽徑，隱隱漁村，向晚孤煙起。　　殘陽
●●　○●●○○●　●●○○　●●○○●　　　⊙○
裏。脈脈朱闌静倚。黯然情緒，未飲先如醉。愁無際。暮
●　●●○○●●　●○○●　●●○○●　○○●　●
雲過了，秋光老盡，故人千里。竟日空凝睇。
○●●●　○○●●　●○○●　●●○○●

（《全宋詞》30頁）

【注釋】

　　此調兩宋金元僅存柳永二首、晁補之一首，柳詞二首用上去韻，晁詞用入聲韻。三詞字聲齊整，僅數字字聲不同。句中可平可

仄即見晁詞別體句法相同者。

《詞律》卷二:"《圖譜》收'景闌畫永'一首,後段'帝城信阻,天涯目斷,暮雲芳草'分作兩六字句,誤也。本係三句,每句四字,如此詞豈可讀作'暮雲過了秋風'耶? 此作'雨晴'句,他作'景闌'句俱上平去上,'暮雲'句,他作'帝城'句,俱去平去上,妙,必如此方起調。'聳翠'、'静倚'亦不可用平仄。"

又一體

【體略】

雙片七十五字,上片三十六字七句三仄韻,下片三十九字九句六仄韻,晁補之。

【圖譜】

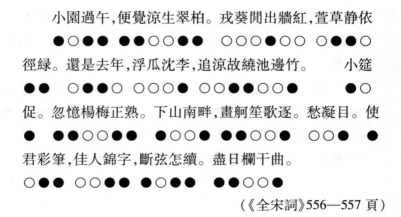

小園過午,便覺涼生翠柏。戎葵閒出牆紅,萱草静依

●○●●　●○○●●　○○○●○○　○●●○

徑緑。還是去年,浮瓜沈李,追涼故繞池邊竹。　　小筵

●●　○●●○　○○●●　○○●●○●　●○

促。忽憶楊梅正熟。下山南畔,畫舸笙歌逐。愁凝目。使

●　●●○○●●　●○○●　●●○○●　○○●　●

君彩筆,佳人錦字,斷弦怎續。盡日欄干曲。

○●●　○○●●　●○●●　●●○○●

（《全宋詞》556—557 頁）

【注釋】

《詞譜》卷十七:"此亦與柳詞同,惟前段第五、六句俱四字,第

七句七字異。"按,此句拍不同,字聲亦異。

隔簾聽

【調釋】

　　曲名見《教坊記》,《樂章集》注林鐘商。調賦本意,取詞中"隔簾聽,贏得斷腸多少"爲調,聲情怨歎感傷。

【體略】

　　林鐘商,雙片七十五字,上片三十七字七句五上去韻,下片三十八字八句七上去韻,柳永。

【圖譜】

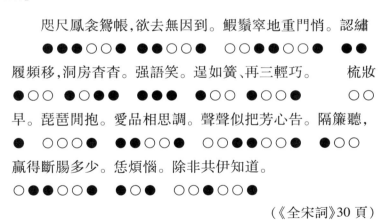

（《全宋詞》30 頁）

【注釋】

　　此爲兩宋金元孤調。《詞譜》卷十七:"坊刻於'梳妝早'句分段,今照《花草粹編》校正。""隔簾聽,贏得斷腸多少",《詞譜》作:

“但隔簾贏得，斷腸多少。”下片結句《詞譜》作：“除非是、共伊知道。”

　　按此調清初朱一是《梅里詞》卷二“送春”詞，將換頭三句屬上，下片第四、五句作“紅粉深閨，白頭窮旅”，與柳詞字句不同，錄供參考：“怪殺風風雨雨，相逼春難住。春從客邸愁邊去。料春在家園，留春無主。自春到，及歸時、依依多是。傷心處。　　蜂鬚蝶翅。猶戀殘香樹。銷魂橋上楊花舞。紅粉深閨，白頭窮旅。送春苦。比人別離尤苦。”

拋球樂

【調釋】

　　曲名見《教坊記》，《樂章集》注林鐘商。柳詞用上去韻，寫酒筵歌飲，賦本意，篇長韻疏，鋪叙展衍，聲情明朗歡快。

【體略】

　　林鐘商，雙片一百八十七字，上片九十七字十九句七上去韻，下片九十字十七句七上去韻，柳永。

【圖譜】

　　　曉來天氣濃淡，微雨輕灑。近清明、風絮巷陌，煙草池
　　　●○○●○● 　○●○● 　●○○ 　○●●● 　○●○

塘，盡堪圖畫。豔杏暖、妝臉勻開，弱柳困、宮腰低亞。是處
○　●○○● 　●○● 　○●○○ 　●●● 　○○○● 　●●

麗質盈盈，巧笑嬉嬉，爭簇秋千架。戲彩毬羅綬，金雞芥羽，
●●○○ 　●●○○ 　○●○○● 　●●○○● 　○○●●

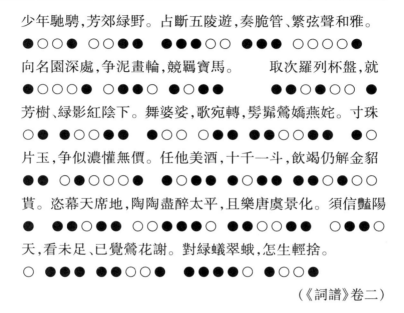

少年馳騁,芳郊綠野。占斷五陵遊,奏脆管、繁弦聲和雅。
●○○● ○○●● ●●●○○ ●●● ○○○○●

向名園深處,爭泥畫輪,競覊寶馬。　取次羅列杯盤,就
●○○●● ○○●● ●○●● ●●○○○○ ●

芳樹、綠影紅陰下。舞婆娑,歌宛轉,髩髽鶯嬌燕姹。寸珠
○● ●○○● ○○● ○●● ●●○○●● ●○

片玉,爭似濃懂無價。任他美酒,十千一斗,飲竭仍解金貂
●● ○●○○○● ○○●● ●○●● ●●○○○○

賞。恣幕天席地,陶陶盡醉太平,且樂唐虞景化。須信豔陽
● ●●○● ○○●●○ ●●○○● ○○●○

天,看未足、已覺鶯花謝。對綠蟻翠蛾,怎生輕捨。
○ ●●● ●●○● ●●●●○ ●○○●

(《詞譜》卷二)

【注釋】

《詞譜》卷二:"按《宋史·樂志》有夾鐘商《拋毬樂》,其詞不傳。元人有黃鐘宮《拋毬樂》,字數參差,詞亦俚鄙。《樂章集》亦僅見此作,別無可校。平仄宜遵之。"此調金代有王喆、長筌子等人詞,字句相近,字聲多不同,不參校。《全宋詞》於"和雅"處分片,又"爭似"句作"爭似此、濃歡無價",多一"此"字,今從吳訥《百家詞》及《詞譜》。

又 一 體

【體略】

雙片一百八十三字,上片九十字十九句七上去韻,下片八十七

字十七句七上去韻，王喆。

【圖譜】

此來玄化塵世，搜獲藏善。忽長天、嘉氣瑞瑞，雲浪滔
●○○●○●　○○○●　●○○　○●●●　○●○

滔，暫然敷遍。聚霎䨲、濃結成雯，漸淅瀝、文橫飛霰。廣布
○　●○○●　●○○　○●○●　○●●　○○○●　●●

列列嚴凝，凜凜寒威，拋擲真堪羨。似玉英瑤萼，瓊花璧屑，
●●○○　●●○○　○●○○●　●●○○　○○●●

也知都被，風刀細剪。撒迴遙輕舞，任他頒形如鋪練。最均
●○○●　○○●●　●○○○●　○○○○○○●　●○

平同色，甯辨上高，下低深淺。　　　正比賢聖慈悲，盡施救、
○○●　○●●○　●○○●　　　　●●○●○○　●○●

普與行方便。奈晴空，開日曜，返照消殘舊面。又還復故，
●●○○●　●○○　○●●　●●○○●●　●○●●

元醜般般皆見。福薄分微，重業目迢，遮了重重現。勸汝懃
○●○○○●　●●○○　○●●○　○●○○●　●●○

急急，捨彼就斯迴頭，總願修持鍛鍊。功行兩雙全，誠遠勝、
●●　●●●○○○　●●○○●●　○●●○○　○●●

六出時間顯。麼則好歸，十洲清選。
●●○○●　○●●○　●○○●

（《全金元詞》168 頁）

【注釋】

《詞律辭典》："此體與柳永'曉來天氣'一首同，惟上片第十六句減一字，作七字句，結句作八字蟬聯，下片第十句減二字，作五字句，結句減一字，作八字一句異。"（202 頁）今下片結韻仍斷作兩句拍。

又一體

【體略】

　　雙片一百九十字,上片九十八字十九句七上去韻,下片九十二字十八句七上去韻,長筌子。

【圖譜】

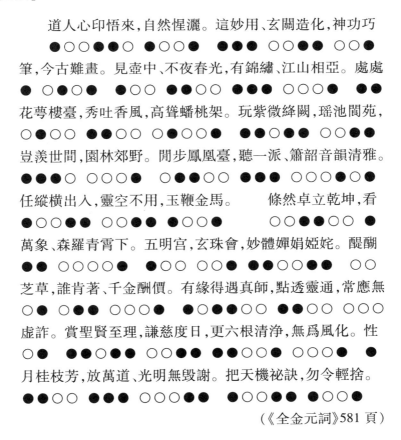

　　　　道人心印悟來,自然惺灑。這妙用、玄關造化,神功巧
　　　　●○○●●○　●○○●　●●●　○○●●　○○●
筆,今古難畫。見壺中、不夜春光,有錦繡、江山相亞。處處
●　○○●●　●○○　●●●○　●○○　○○●●　●●
花萼樓臺,秀吐香風,高聳蟠桃架。玩紫微絳闕,瑤池閬苑,
○●○○　●●○○　○○○○●　●●○○●　○○●●
豈羨世間,園林郊野。閒步鳳凰臺,聽一派、簫韶音韻清雅。
●●●○　○○○●　○●●○○　○●●　○○○●○●
任縱橫出入,靈空不用,玉鞭金馬。　　　條然卓立乾坤,看
●○○●●　○○●●　●○○●　　　　○○●●○○　○
萬象、森羅青霄下。五明宮,玄珠會,妙體嬋娟姹姹。醍醐
●●　○○○○●　●○○　○○●　●●○○●●　○○
芝草,誰肯著、千金酬價。有緣得遇真師,點透靈通,常應無
○●　○●●　○○○●　●○●●○○　●●○○　○○○
虛詐。賞聖賢至理,謙慈度日,更六根清淨,無爲風化。性
○●　●●○●●　○○●●　●●○○●　○○○●　●
月桂枝芳,放萬道、光明無毀謝。把天機祕訣,勿令輕捨。
●●○○　●●●　○○○●●　●○○●●　●○○●

【注釋】

《詞律辭典》："此爲步柳永'晚來'詞韻之作,句韻俱同,惟上片第十六句添一字,作九字句,下片第七句添一字,作上三下四式七字句,第八、九、十句,作六字一句,四字一句,五字一句,又未用'貰'字原韻,第十二句、十三句添一字,作四字一句,上一下四式五字一句,四字一句,其他除平仄小異外,字句韻全同。"（203頁）按上片第十六句《全金元詞》斷作五字一句、四字一句:"聽一派簫韶,音韻清雅。"當從《詞律辭典》斷句。

又一體

【體略】

雙片一百九十三字,上片一百字十九句八平韻,下片九十三字十八句八平韻,長筌子。

【圖譜】

細開根基妙道,幾人深知。自大樸初分,剖散洪濛,畫
●○○○●● ●○○○ ●●●○○ ●●○○ ●

八卦、帝尊伏犧。辨百草、功顯神農,播稼穡、德布華夷。次
●● ●○○○ ○○● ○●○○ ●○● ●●○○ ●

後運啟軒轅,聖明宣教,諸方吐瑞芝。感遉荒奠枕,清寧萬
●●●○○ ●○○● ○○●●○ ●●○●● ○○●

國,更迤邐求道,七十餘師。從此闡淳風,降後代、神仙出世
● ●○●○● ●●○○ ○●●○○ ●●● ○○●●

機。既到今日,不悟群迷。總被利名驅馳。　　　　獨余擺脱
○ ●●○● ●●○○ ●●●○○ ●○●●

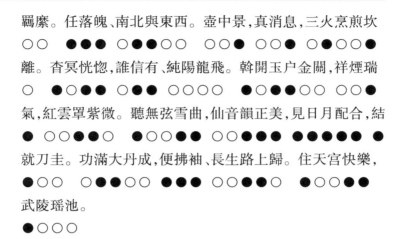

羈縻。任落魄、南北與東西。壺中景，真消息，三火烹煎坎
〇〇　　●●●　〇●〇〇〇　　〇〇●　〇〇●　〇●〇〇●

離。杳冥恍惚，誰信有、純陽龍飛。斡開玉戶金關，祥煙瑞
〇　　●●〇〇　〇〇●　〇〇〇〇　　●〇●〇〇〇　〇〇●

氣，紅雲罩紫微。聽無弦雪曲，仙音韻正美，見日月配合，結
●　〇〇●〇〇　　●〇〇●●　〇〇●●●　●●●〇●　●

就刀圭。功滿大丹成，便拂袖、長生路上歸。住天宮快樂，
〇〇〇　　〇〇●〇〇　●●●　〇〇●〇〇　　●〇〇●●

武陵瑶池。
●〇〇〇

（《全金元詞》582頁）

【注釋】

此體韻位與柳詞相同，但用平韻，韻前一字多用仄聲，也與宋
人慢詞調平韻前一字多用平聲有異。從字句上與"道人心印"一
首相校，上片第三、四、五句添一字，作五字一句、四字一句、七字折
腰一句，第十三句添一字作五字一句，第十六句減一字作八字一
句，第十七句減一字作四字一句，第十九句添二字作六字一句，下
片第十二句添一字作五字一句，其他相同。

應天長

【調釋】

與《花間集》中令詞體不同，《樂章集》注林鐘商。柳詞用入聲
韻，重頭曲。周邦彥詞雙片九十八字，亦用入聲韻。宋人於字句韻
多依周詞。此調柳永詞、夢窗詞皆作林鐘商，聲情怨歎感傷。《片

玉集》作商調,即林鐘商。《校正》:"四字句和六字句相配,甚爲流暢而不急促,故全調句式富於變化,流動而趨於平穩,最宜於叙事與寫景。"(435頁)此調康與之及無名氏用上去韻,字聲與用入聲韻略有不同,無名氏詞名《駐馬聽》。《魏氏樂譜》卷四有九十八字體樂譜,詞即用周邦彦詞。

【體略】

林鐘商,雙片九十四字,上片四十七字十句六入聲韻,下片四十七字十句七入聲韻,柳永。

【圖譜】

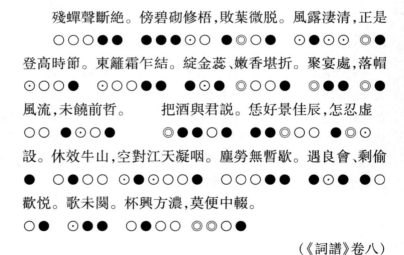

　　　　　　　　　　　　　　　　　　　　　　　(《詞譜》卷八)

【注釋】

此調兩宋今存近二十首詞,僅康與之和無名氏二詞用上去韻,其他皆用入聲韻,宜用入聲韻。此調有九十四字體和九十八字兩體,九十四字除柳永詞外另有葉夢得及無名氏詞,句中可平可仄俱

見葉夢得及無名氏詞句法相同者。

　　按首句《全宋詞》作"殘蟬漸絕",《百家詞》及《詞譜》作"殘蟬
聲斷絕",此調句拍前後爲重頭曲,當從後者。下片第八句"未"
《彊邨叢書》、《全宋詞》作"聲",今從《百家詞》及《詞譜》。

又一體

【體略】

　　雙片九十四字,上片四十七字十句四入聲韻,下片四十七字十
句五入聲韻,葉夢得。

【圖譜】

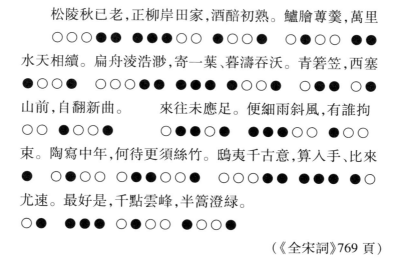

(《全宋詞》769 頁)

【注釋】

　　《詞譜》卷八:"此與柳詞同,惟前段起句、前後段第六句、後段

第八句,俱不押韻異。"

<h1 style="text-align:center">又一體</h1>

【體略】

　　雙片九十四字,上下片各四十七字十句七上去韻,《古今詞話》無名氏。

【圖譜】

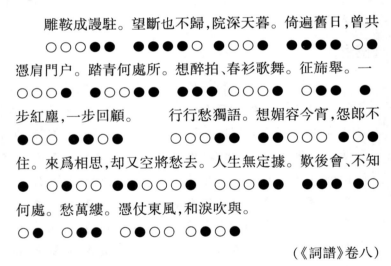

　　　　雕鞍成謾駐。望斷也不歸,院深天暮。倚遍舊日,曾共
　　　　〇〇〇●●　●●●●〇　●〇〇●　●●●●　〇●

憑肩門户。踏青何處所。想醉拍、春衫歌舞。征旆舉。一
〇〇〇●　●〇〇●●　●●●〇　〇〇●●　〇●●　●

步紅塵,一步回顧。　　　行行愁獨語。想媚容今宵,怨郎不
●〇〇　●●〇●　　　〇〇〇●●　●〇〇〇〇　●●〇

住。來爲相思,却又空將愁去。人生無定據。歎後會、不知
●　〇〇〇〇　●●〇〇〇●　〇〇〇●●　●●●　●〇

何處。愁萬縷。憑仗東風,和淚吹與。
〇●　〇●●　〇●〇〇　〇●●●

(《詞譜》卷八)

【注釋】

　　此詞《全宋詞》作《駐馬聽》,此與柳詞相校,前後段第八句均用韻,上片第四句連用四仄,下片首句"行行愁獨語"字聲與上片首句相同。按下片第四、五句《全宋詞》作:"來爲相思苦。又空將愁去。"不當,應從《詞譜》,或斷作:"來爲相思,苦又空將愁去。"

正體（九十八字）

【體略】

　　商調，雙片九十八字，上下片各四十九字十句五入聲韻，周邦彥。

【圖譜】

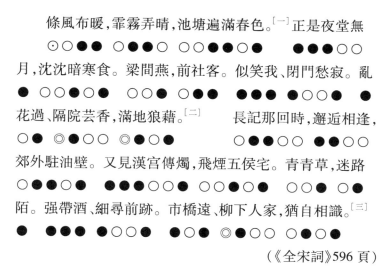

（《全宋詞》596 頁）

【注釋】

　　［一］《清真集校注》以此詞於崇寧元年（1102）寒食節寫於汴京。此爲九十八字正體，宋人創作字句、聲韻多依周邦彥，平仄謹嚴，《詞譜》所定字聲多有不妥。上片“正是”以下，與下片“又見”以下相同。“遍滿”二字，《詞譜》以本仄可平，不當，按“遍”字惟張矩詞作平聲、“滿”字惟康與之詞作平聲，皆偶用不當參校。此韻前兩

句例用對仗。句中可平可仄除注明外，俱見所列各體句法相同者。

　　〔二〕《詞譜》以"前社"、"似"可平可仄，不當。上片結韻與下片結韻《詞譜》作三句拍，今參《魏氏樂譜》皆作上三下四折腰一句、四字一句，句拍與柳詞不同。"過"惟葉夢得、蔣捷詞作平聲，不參校。"滿地狼藉"用拗句（上下片相同），此句惟葉夢得、康與之及無名氏詞作律句（且上下片相同），當另列別體。此韻楊澤民詞《全宋詞》作"善歌更解舞，傳聞觸處聲籍"，應如周詞斷句。

　　〔三〕"邂"字《詞譜》以本仄可平，不當，此字惟康與之詞作平聲，不參校。"漢"字《詞譜》以本仄可平，亦惟陳允平詞作平聲，不參校。"青青草"一句前"青"字惟康與之詞作仄聲，"帶"字惟陳允平詞作平聲，皆偶用不參校。"橋"字宋人惟吳文英詞作仄聲，"遠"字惟張矩詞作平聲，皆不參校。"柳"王沂孫詞作"沈"。"猶自相識"一句與上片結句均爲拗句，填者識之。"猶"當用平聲。

又一體

【體略】

　　林鐘商，雙片九十八字，上片四十九字十句五入聲韻，下片四十九字十句六入聲韻，吳文英。

【圖譜】

麗花鬭靨，清麝濺塵，春聲遍滿芳陌。竟路障空雲幕，
●○●● ○●●● ○○●●● ●●●○●

冰壺浸霞色。芙蓉鏡，詞賦客。競繡筆、醉嫌天窄。素娥
○○●○● ○○● ○●● ●●● ●○●● ●○

下、小駐輕鑣，眼亂紅碧。　　前事頓非昔。故苑年光，渾
● ●●○○ ●●○● 　　○●●○● ●●○○ ○

與世相隔。向暮巷空人絕,殘燈耿塵壁。淩波恨。簾戶寂。
●●○●　●●○●●　○○●●　○○●　○●●

聽怨寫、墮梅哀笛。竚立久、雨暗河橋,譙漏疏滴。
●●●、○○○●　●●●、●●○○　○○○●

（《全宋詞》2887 頁）

【注釋】

此詞下片首句用韻同柳詞,其他字句韻與周詞相同。下片第九句"竚立久","立"字仄聲,當屬偶用。

《鄭文焯手批夢窗詞》:"'靨'字暗叶。此對句,起處協韻,與白石《惜紅衣》對起、次句暗協之律同一義例。"又:"此調第四句及下闋四句'幕'與'絕'二字是夾協,清真'月'、'燭'正同例。"(131頁)

又一體

【體略】

雙片九十八字,上下片各四十九字九句五入聲韻,陳允平。

【圖譜】

流鶯喚夢,芳草帶愁,東風料峭寒色。又見杏漿餳粥,
○○●●　●●○○　○○●●○●　●●●○●

家家禁煙食。江湖幾年倦客。曾慣識、淒涼岑寂。苦吟瘦、
○○●○●　○○●○●●　○●●、○○○●　●○●、

蕭索詩腸,空愧郊籍。　　春事正溪山,柳霧花塵,深映翠
○●○○　○●○●　　　○●●○○　●●○○　○●●

蘿壁。更謝多情雙燕，歸來舊庭宅。情絲亂游巷陌。悵容
○●　　●●○○○●　○○●○●　　○○●○●●　●○

易、萬紅陳跡。酒旗直、綠水橋邊，猶記曾識。
●　●○○●　●○○●　●●○○　○●○●

（《全宋詞》3119 頁）

【注釋】

此與周詞相校，上下片第六、七句皆作六字一句異。

又 一 體

【體略】

雙片九十八字，上片九十四字十句五上去韻，下片四十九字十
句六上去韻，康與之。

【圖譜】

管弦繡陌，燈火畫橋，塵香舊時歸路。腸斷蕭娘舊日，
●○●●　○●●●　○○●○●●　○●●○○●

風簾映朱戶。鶯能舞，花解語。念後約、頓成輕負。緩彫
○○●●●　○○●　○●●　●●●　●○○●　●○

彎、獨自歸來，憑欄情緒。　　楚岫在何處。香夢悠悠，花
●　●●○○　○○○●　　　●●●○●　○●○○　○

月更誰主。惆悵後期空有，鱗鴻寄紈素。枕前淚，窗外雨。
●●○○●　○●●○○●　○○●○●　●○●　○●●

翠幕冷、夜涼虛度。未應信、此度相思，寸腸千縷。
●●●　●○○●　●○●　●●○○　●○○●

（《全宋詞》1307 頁）

【注釋】

　　此體用上去韻,上下片結句均用律句。無名氏"萱堂積慶"詞正與此同,惟下片首句不用韻異,注出不另列。按此體《詞譜》以上下片第六句"舞"、"淚"均用韻,"舞"當屬偶用韻,"淚"字非韻。又《詞譜》、《詞繫》、《全宋詞》皆將上下片第四、五句斷作四字一句、六字一句,此調無此種句拍,當依正體斷句。

尾　犯

【調釋】

　　《樂章集》注林鐘商,與正宮《尾犯》不同。柳詞用入聲韻,聲情激切感傷。此調另有晁補之、曹勛和無名氏詞,晁補之、曹勛詞用上去韻。

【體略】

　　林鐘商,雙片九十八字,上片四十九字十句五仄韻,下片四十九字九句六仄韻,柳永。

【圖譜】

　　　　晴煙冪冪。漸東郊芳草,染成輕碧。野塘風暖,遊魚動
　　　　○○●● 　▼○○○● 　●○○● 　●○○● 　○○◎
　　觸,冰澌微坼。幾行斷雁,旋次第、歸霜磧。詠新詩、手撚江
　　● 　⊙○○● 　◎●●● 　○●● 　○○● 　○○● 　●●○
　　梅,故人贈我春色。　　　　似此光陰催逼。念浮生、不滿百。
　　○ 　●●●⊙○● 　　　　●●○○○● 　●○⊙ 　◎○●

雖照人軒冕，潤屋珠金，於身何益。一種勞心力。圖利禄、
○●○○● ●○◎⊙ ○○○⊙● ◎●○○● ○●●

殆非長策。除是恁、點檢笙歌，訪尋羅綺消得。
●○○● ⊙●● ◎●○○ ●○○⊙●○

（《全宋詞》34 頁）

【注釋】

　　此調兩宋僅存四詞，金元無存詞。上片第九句"手"晁補之詞
作"呼"，第十句"贈我"晁詞作"須絲"，下片第四句作仄起平收律
句，晁詞與之同，曹勛與無名氏詞作平起仄收律句。下片第六句
"一"晁詞作"誰"，第八句"除"晁詞作"別"。句中其他可平可仄
見無名氏詞及曹勛詞句法相同者。

　　按上片第九、十句《詞譜》卷二十三將晁詞斷作："想群仙，呼
我應還，怪曉來、鬢絲垂鏡。"而列又一體，今從《全宋詞》作："想群
仙，呼我應還，怪來鬢絲垂鏡。"正與柳詞同。又下片第七句《詞
譜》斷作三字一句、四字一句，今將此調此句皆作上三下四式七字
折腰句。

　　又此詞上片第二句、下片第三句皆作上一下四句法，"漸"爲
領字宜用去聲，"雖"爲領字宜用平聲。

又一體

【體略】

　　雙片一百字，上片四十九字十句六仄韻，下片五十一字九句六
仄韻，《梅苑》無名氏。

【圖譜】

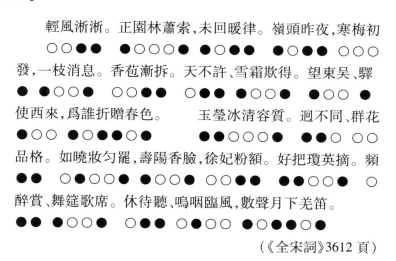

輕風淅淅。正園林蕭索,未回暖律。嶺頭昨夜,寒梅初
○○●●　　●○○○●,●○●●　●○●●,○○○

發,一枝消息。香苞漸拆。天不許、雪霜欺得。望東吳、驛
●,○○●●。○○●●。○●○、●○○●。●○○、●

使西來,爲誰折贈春色。　　　玉瑩冰清容質。迥不同、群花
●○○,○○●●○●。　　　●●○○○●。●●○、○○

品格。如曉妝匀罷,壽陽香臉,徐妃粉額。好把瓊英摘。頻
●●。○●○○●,●○○●,○○●●。●●○○●。○

醉賞、舞筵歌席。休待聽、嗚咽臨風,數聲月下羌笛。
●●、●○○●。○●○、○●○○,●○●●○●。

　　　　　　　　　　　　　　　　　(《全宋詞》3612 頁)

【注釋】

《詞譜》:"此亦與柳詞同,惟前段第八句、後段第二句,校柳詞
各添一字異。"按此詞上片第七句添一韻。

又一體

【體略】

雙片一百字,上片五十字十一句四仄韻,下片五十字十句五仄
韻,曹勛。

【圖譜】

秋空過雨,静晚景澄明,天淡如水。漸看蟾彩,東山旋
○○●●,●●●○○,○●○● ○●○● ○○●

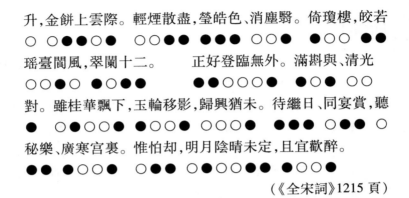

升，金餅上雲際。輕煙散盡，瑩皓色、消塵翳。倚瓊樓，皎若
○　○●●　○●●　　○○●●　●●●　○○●　　●○○　●●

瑤臺閬風，翠闌十二。　　　正好登臨無外。滿斟與、清光
○○●○　●○●●　　　　　●●○○○●　●○●　○○

對。雖桂華飄下，玉輪移影，歸興猶未。待繼日、同宴賞，聽
●　○○○○●　●○○●　○○○●　●●●　○○●　○

秘樂、廣寒宮裏。惟怕却，明月陰晴未定，且宜歡醉。
●●　●○○●　○●●　○●○○●●　●○○●

（《全宋詞》1215 頁）

【注釋】

　　與柳永詞比，此詞首句未用韻，第六句添一字，上下片結韻皆
作三字一句、六字一句、四字一句，下片第六句添一字且不用韻異。
"翠闌十二"與"且宜歡醉"字聲與柳詞不同。按此詞首韻"秋空過
雨，静晚景澄明，天淡如水"，《全宋詞》斷作："秋空過雨静，晚景澄
明，天淡如水。"今依柳詞句讀斷句。

擊梧桐

【調釋】

　　李賀《李憑箜篌引》："吳絲蜀桐張高秋，空山凝雲頹不流。"
"梧桐"即指彈撥樂器。《樂章集》注中呂調。柳詞用上去韻，戀情
詞，聲情幽怨纏綿。《綠窗新話》上引《古今詞話》，言柳永此調爲
江淮一官妓而作。

【體略】

　　中呂調，雙片一百八字，上片五十六字十一句四上去韻，下片

五十二字九句五上去韻,柳永。

【圖譜】

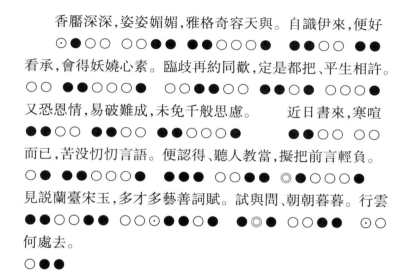

香靨深深,姿姿媚媚,雅格奇容天與。自識伊來,便好

看承,會得妖嬈心素。臨歧再約同歡,定是都把、平生相許。

又恐恩情,易破難成,未免千般思慮。　近日書來,寒喧

而已,苦没切切言語。便認得、聽人教當,擬把前言輕負。

見説蘭臺宋玉,多才多藝善詞賦。試與問、朝朝暮暮。行雲

何處去。

（《全宋詞》37 頁）

【注釋】

此調柳詞外,兩宋金元僅存《梅苑》無名氏詞。《詞譜》卷三十四以此調和李甲名《擊梧桐》者類列,但二者并不同調。《詞繫》卷七:“通篇多用疊字,李易安《聲聲慢》詞仿此。”上片首句“香”無名氏詞作“雪”,下片第五句“擬”作“空”,第七句“多”作“不”,第八句“與”作“教”,第九句“行”作“結”。

按上片結韻三句《詞譜》以《梅苑》無名氏詞斷作“最好山前水畔,幽閒自有,横斜疏影”(《全宋詞》亦然),而列又一體,不當,仍當以柳詞體斷句。

歸去來

【調釋】

《樂章集》注平調,因詞中"歌筵罷、且歸去"名調,聲情流麗婉媚。柳永另有中吕調《歸去來》,字句小異,聲情相近,與此屬同名異體。此調僅有柳永二詞。《詞譜》卷七:"調見《樂章集》,詞二首,因詞有'歌筵舞、且歸去'、'休惆悵、好歸去'句,取以爲名。四十九字者自注正平調,五十二字者自注中吕調。按《唐書·樂志》,仲吕羽爲正平調,夾鐘羽爲中吕調,燕樂七羽之二也。"按《詞譜》所言誤,正平調乃林鐘羽,中吕調乃仲吕羽。

【體略】

平調,雙片四十九字,上片二十四字,下片二十五字,各四句四上去韻,柳永。

【圖譜】

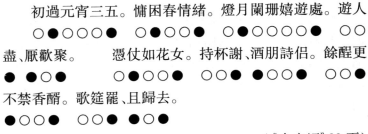

初過元宵三五。慵困春情緒。燈月闌珊嬉遊處。遊人
〇●〇〇●　〇●〇〇●　〇●〇〇●〇●　〇〇

盡、厭歡聚。　　憑仗如花女。持杯謝、酒朋詩侶。餘酲更
●、●〇●　　〇●〇〇●　〇〇●、●〇〇●　〇〇

不禁香醑。歌筵罷、且歸去。
●〇〇●　〇〇●、●〇●

(《全宋詞》39 頁)

【注釋】

《詞律》卷五:"'厭'、'且'二字仄聲,兩結平仄正同,《圖譜》

前作六字後作兩三字,而於'且'字注可平何據乎?"

《詞譜》:"此調只有柳詞二首,無宋、元詞可校,雖前段第三、四句,後段第二、三、四句,兩調相同,但自注宮調,恐乖律呂,不必參校平仄。"

又一體

【體略】

中呂調,雙片五十二字,上片二十五字,下片二十七字,各四句四上去韻,柳永。

【圖譜】

一夜狂風雨。花英墜、碎紅無數。垂楊漫結黃金縷。
●●○○●　　○○●、●○○●　　　○○●●○○●

儘春殘、縶不住。　　蝶稀蜂散知何處。殢尊酒、轉添愁
●○○、○●●　　　●○○●○○●　　●○●、●○○

緒。多情不慣相思苦。休惆悵、好歸去。
●　○○●●○○●　　○○●、●○●

（《全宋詞》53頁）

【注釋】

《詞譜》:"此即前詞體,惟前段起句減一字,作五字句,第二句添二字,作上三下四七字句,後段起句添二字,作七字句異。"按,此詞上片第三句作律句,與前首字聲不同。

《詞律拾遺》卷二上片第二句"碎"作"醉":"後起比四十九字體多二字,餘字句亦稍異,《花草粹編》'醉'作'碎'。"

長壽樂

【調釋】

　　《宋史·樂志》(卷一百四十二)宋太宗"制曲"有仙呂調《長壽樂》。《樂章集》注平調,仙呂調與平調皆爲羽聲,此或即太宗"制曲"。柳詞用上去韻,換頭曲,非關本意,聲情活潑明快,亦屬本調。柳永別首與之字句小異,屬同調異體。《詞譜》載此詞後段脱落甚多,且誤爲孤調。

【體略】

　　平調,雙片一百一十三字,上片五十七字,下片五十六字,各十一句七上去韻,柳永。

【圖譜】

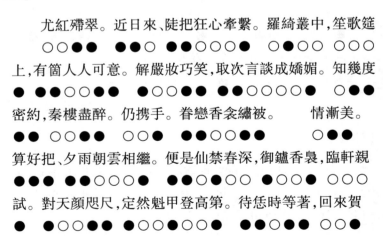

尤紅殢翠。近日來、陡把狂心牽繫。羅綺叢中,笙歌筵
○○●● 　●●○ 　●○○●● 　○●○○ 　○○○

上,有箇人人可意。解嚴妝巧笑,取次言談成嬌媚。知幾度
● 　●●○●● 　●○○●● 　●○○○●● 　○●●

密約,秦樓盡醉。仍携手。眷戀香衾繡被。 　情漸美。
●● 　○○●● 　●○● 　○●○○●● 　　○●●

算好把、夕雨朝雲相繼。便是仙禁春深,御鑪香裊,臨軒親
●●○ 　●●○○○● 　●●○○○○ 　●○○● 　○○○

試。對天顏咫尺,定然魁甲登高第。待恁時等著,回來賀
● 　●○○●● 　●○○●○○● 　●●○●● 　○○●

喜。好生地。賸與我兒利市。
● ●○● ●●●○●●

（《全宋詞》39頁）

【注釋】

此調有柳詞別首及李清照詞可校,此詞前後句拍有異,且多用拗句,字聲不穩,不作正體。

按上片第六、七句《詞譜》斷作:"解嚴妝、巧笑取次,言談成嬌媚。"不當,當從《詞律拾遺》斷句,此調三詞此處句拍皆當斷作五字一句、七字一句。又按上下片第八、九句《詞譜》斷作上三下六式九字折腰句,今將此調於此二處皆斷作五字一句、四字一句。

陳銳《褒碧齋詞話》:"'知幾度、密約秦樓盡醉。仍携手、眷戀香衾繡被。''度'、'手'亦隔協。"

正　　體

【體略】

雙片一百一十三字,上片五十七字,下片五十六字,各十一句五上去韻,柳永。

【圖譜】

繁紅嫩翠。豔陽景、妝點神州明媚。是處樓臺,朱門院
○○●● ●⊙◎ ⊙●○○○● ◎●○○ ○○◎

落,弦管新聲騰沸。恣遊人無限,馳驟嬌馬車如水。竟尋芳
● ⊙●○○●● ●○○●⊙ ○●⊙○○●● ●⊙○

選勝,歸來向晚,起通衢,近遠香塵細細。　　太平世。少
◎●　○○○◎●　●○○　●●○○●●　　　◎⊙●　　●

年時、忍把韶光輕棄。況有紅妝,楚腰越豔,一笑千金何啻。
⊙⊙　●●○○●●　●●○○　○●●○　●●○○○●

向尊前舞袖,飄雪歌響行雲止。願長繩且把,飛鳥繫住,好
●○○●●　○●○●○○●　●○⊙○◎　●○○●　●

從容,痛飲誰能惜醉。
○○　●●⊙○○●

(《全宋詞》50 頁)

【注釋】

　　此詞上片自"豔陽景"以下,與下片"少年時"以下句拍、字聲
嚴謹,當爲正體。按上下片第六句之"恣"、"向",第八句之"竟"、
"願"字,皆作領字。句中可平可仄見柳永別首及李清照詞句法相
同者。按上下片第七句此詞及李清照詞俱用拗句,填者識之。

<h1 align="center">又一體</h1>

【體略】

　　雙片一百一十三字,上片五十七字,下片五十六字,各十一句
六上去韻,李清照。

【圖譜】

微寒應候。望日邊、六葉堦蓂初秀。愛景欲掛扶桑,漏
○○●●　●●○　●●○○○●　●●●○○●　●

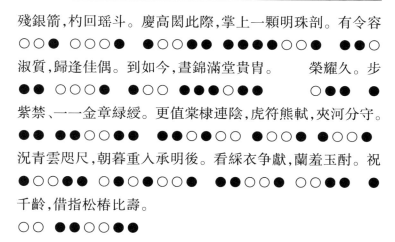

殘銀箭, 杓回瑤斗。慶高閣此際, 掌上一顆明珠剖。有令容
○○● ○○○● ●○○●●● ●●●●○○● ●●○

淑質, 歸逢佳偶。到如今, 晝錦滿堂貴胄。　　　榮耀久。步
●● ○○○● ○○○ ●●●○●● 　　　○●● ●

紫禁、一一金章綠綬。更值棠棣連陰, 虎符熊軾, 夾河分守。
●● ○○○●●● ●●○○○○ ●○○● ●○○●

況青雲咫尺, 朝暮重入承明後。看綵衣爭獻, 蘭羞玉酎。祝
●○○○● ○○○●○○● ●●○○● ○○●● ●

千齡, 借指松椿比壽。
○○ ●●○○●●

(《全宋詞》932 頁)

【注釋】

　　此詞題"南昌生日", 按此首《全宋詞》又作"蘇氏"詞, 今從《李清照集箋注》作李詞。此與"繁紅"一詞相校, 上下片第三、四、五句皆作六字一句、四字兩句, 且上下片第九句各添一韻異。

　　按此詞換頭《全宋詞》作"榮耀, 文步紫禁, 一一金章綠綬", 顯有訛誤。《全宋詞補輯》此詞爲"蘇氏"作, 換頭作"榮耀, 久步禁, 一一金章綠綬", 亦有訛誤。然二者結合考察, 正"久"字爲韻, "步紫禁"與下六字構成折腰句爲是。

臨江仙

【調釋】

　　與唐宋流行令詞調《臨江仙》不同。《樂章集》注仙呂調。此調上下片中間及換頭處均有二字短韻, 全詞除平韻外, 平聲字尤多, 且

多用二字短韻、三字短句,聲情極爲流麗圓美。《臨江仙》有令、引、慢詞體,或爲唐宋大曲。《詞譜》卷二十三此詞名《臨江仙慢》。

【體略】

仙呂調,雙片九十三字,上片四十七字十二句五平韻,下片四十六字十二句六平韻,柳永。

【圖譜】

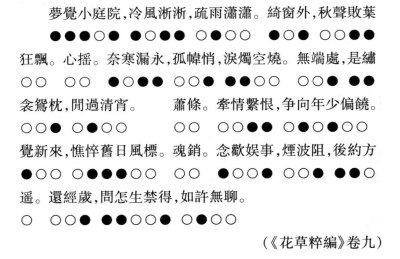

夢覺小庭院,冷風淅淅,疏雨瀟瀟。綺窗外,秋聲敗葉
●●●○○　●○●●　○●○○　○○●　○○●●

狂飄。心揺。奈寒漏永,孤幃悄,淚燭空燒。無端處,是繡
○○　○○　●○●●　○○●　●●○○　○○●　●●

衾鴛枕,閒過清宵。　　蕭條。牽情繫恨,爭向年少偏饒。
○○●　○●○○　　○○　○○●●　○●○●○○

覺新來,憔悴舊日風標。魂銷。念歡娯事,煙波阻,後約方
●○○　○●●●○○　○○　●○●●　○○●　●●○

遙。還經歲,問怎生禁得,如許無聊。
○　○○●　●○○●●　○●○○

(《花草粹編》卷九)

【注釋】

此調兩宋金元僅存此詞。《詞譜》卷二十三:"此詞押三短韻,前後段第六句(按應爲第七句)作上一下三句法,第十句(按應爲第十一句)作上一下四句法,當是體例,填者審之。"上片自"心揺"以下,與下片自"魂銷"以下相同。《詞牌格律》:"上片'奈'、'是',下片'覺'、'念'、'問'等爲領格,均用去聲或入聲字。"(537頁)

　　按清人蔣敦復《芬陀利室詞集》卷四有此調,作者序云:"依
《樂章集》體題遠浦歸帆圖。此調《詞律》所載五十四字至七十四
字,或令、或中腔,兹其慢聲也。調屬中呂羽,即仙呂調,《詞源》謂
之夷則羽,南宋七羽一均,亦用黃鐘以下七律,此調居弟六,當夷則
之位,所用九聲與仙呂宮、林鐘商同殺聲,用上字,與雙調同。白石
《淒涼犯》自注云:'仙呂調犯商調。'商調殺聲用凡字,所住字不
同,何由相犯,商當作雙,傳寫之訛也。"其詞如下:"片葉下湘浦,
四山暮雨,篷背瀟瀟。翠愁外,蘋花幾點煙飄。波遥。奈鄉夢阻,
碧雲合,目斷紅橋。沙洲冷,聽數聲漁篷,鷗隱同招。　　魂銷。
舊曾遊處,都付寒水迢迢。恨天涯,芳草仍賦離騷。空教。棹扁舟
去,江湖約,載酒誰邀。歸來也,只布帆無恙,門外春潮。"此與柳詞
相校,只"舊"、"遊"二字字聲異,共他平仄全同。

小鎮西

【調釋】

　　"鎮西",地名,《元和郡縣志》卷三十九:"鎮西軍在河州(今屬
安徽)城内。"《詞譜》卷十六:"唐教坊曲有《鎮西子》,唐樂府亦有
《鎮西》七言絕句詩,此蓋以舊曲名,另創新聲也。"《樂章集》注仙
呂調。柳詞賦戀情,聲情怨欵激越。

【體略】

　　雙片七十九字,上片三十八字八句四仄韻,下片四十一字九句
五仄韻,柳永。

【圖譜】

　　意中有箇人,芳顔二八。天然俏、自來奸點。最奇絕。
　　●○●○　○○●●　　○○●　●○○●　　●○●

是笑時、媚靨深深,百態千嬌,再三偎著,再三香滑。　　久
●●○　●●○○　●●○　●○○●　●○○●　　　●

離缺。夜來魂夢裏,尤花殢雪。分明似、舊家時節。正歡
○●　●○○●●　○○●●　　○○●　●○○●　　●○

悅。被鄰雞喚起,一場寂寥,無眠向曉,空有半窗殘月。
●　●○○●●　●○○●　○○●●　○●●○○●

(《全宋詞》43 頁)

【注釋】

此調有蔡伸詞可校,柳詞字句聲韻未穩,不作正體。

正　體

【體略】

雙片七十九字,上片三十八字八句五仄韻,下片四十一字九句七仄韻,蔡伸。

【圖譜】

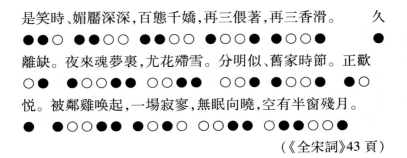

秋風吹暗雨,重衾寒透。傷心聽、曉鐘殘漏。凝情久。
⊙○⊙●◎　○○⊙●　○○●　●○○●　⊙○●

記紅窗夜雪,促膝圍爐,交盃勸酒。如今頓孤歡偶。　　念
●○○●●　●●○○　○○●●　○○●●●　　　●

別後。菱花清鏡裏。眉峰暗鬪。想標容、怎禁銷瘦。忍回
○●　⊙○○●●　○○●●　◎○⊙　●○○●　●○

首。但雲牋妙墨,鴛錦啼妝,依然似舊。臨風淚霑襟袖。
●　●○○●●　○●○○　○○●●　○○●●○●

(《全宋詞》1027 頁)

【注釋】

　　此即柳詞體，然字句聲韻更加齊整，當爲此調正體。上片自
"傷心聽"以下與下片"想標容"以下相同，上下片結韻均作平起仄
收六字拗句。句中可平可仄即參柳詞句法相同者。上片第一、二
句《詞繫》卷八作："秋風吹雨，覺重衾寒透。"

促拍滿路花

【調釋】

　　《詞徵》卷一："唐人樂府有《簇拍陸州》、《簇拍相府蓮》，今
詞之《滿路花》、《醜奴兒》，均有以促拍名者，乃唐人之所謂簇
拍耳。"陳匪石《聲執》："曲中加一促拍，則如《木蘭花慢》'傾
城'、'歡情'之類。"《樂章集》、《片玉集》皆注仙呂調。此調有
平韻、仄韻兩體，多賦戀情相思，平韻聲情活潑歡快，仄韻則多
抑鬱惆悵。此調體式不一，句讀、字聲多有參差，平韻詞當以趙
師俠詞爲正體，仄韻詞當以方千里詞爲正體。秦觀名《滿園
花》，周邦彥名《滿路花》、又名《歸去難》，辛棄疾詞名《一枝花》，
元朱真人名《喝馬一枝花》。

【體略】

　　仙呂調，雙片八十三字，上片四十一字，下片四十二字，各八句
四平韻，柳永。

【圖譜】

香靨融春雪，翠鬢嚲秋煙。楚腰纖細正笄年。鳳幃夜
○●○○●　●●●○○　●○○●●○○　　●●●

短，偏愛日高眠。起來貪顐耍，只恁殘却黛眉，不整花鈿。

● ○●●○○　●○○○●○●　●○○○●○○

有時携手閒坐，偎倚綠窗前。温柔情態盡人憐。畫堂春過，

●○○○●●　○●●○○　○○○○●○○　●○○●

悄悄落花天。最是嬌癡處，尤殢檀郎，未教拆了鞦韆。

●●●○○　●●○○●　○○○○　●○●●○○

（《全宋詞》44 頁）

【注釋】

《樂章集校注》繫此詞於咸平四年（1001）（7 頁）。《詞譜》卷
二十：“此調押平韻者，有兩體，前後段第三句七字者，以柳詞、廖詞
爲正體；前後段第三句八字者，以呂詞、無名氏詞爲正體。”按此調
平韻者今存柳永、歐陽修、黄裳、廖剛、呂渭老、曹勛、呂勝己、趙師
俠、葛長庚等人詞，其中前後段第三句作七字者僅柳永與廖剛詞，
字句聲又多有差異，不作正體。上片第二句“翠鬟”薛校本作“翠
鬂”。

又一體

【體略】

雙片八十四字，上片四十一字，下片四十三字，各八句四平韻，
歐陽修。

【圖譜】

銅荷融燭淚，金獸嚙扉環。蘭堂春夜疑、惜更殘。落花

○○○●●　○●●○○　○○○●●　●○○　　●○

風雨,向曉作輕寒。金龜朝早,香衾餘暖,狰嬌由自慵眠。
○● ●●●○○　○○○○ ○○○● ●○○●○○

小鬟無事須來喚,呵破點脣檀。迴身還却背屏山。春禽飛
●○○●○○● ○○● ○○　○○○●○○ ○○○

下,簾外日三竿。起來雲鬢亂,不妝紅粉,下堦且上鞦韆。
● ○○●○○　●○○○● ●○○● ●○○●○○

【注釋】

此與柳詞相校,上片第三句添一字作八字折腰句,第六、七、八
句減一字作四字兩句、六字一句,且字聲小異,下片第一句添一字
作七字一句,其他全同。

又一體

【體略】

雙片八十一字,上片四十一字,下片四十字,各八句四平韻,廖
行之。

【圖譜】

雨霽煙波闊,雁度隴雲愁。西風庭院不勝秋。桂華光
●●○○● ●●●○○　○○○●○○　●○○

滿,偏照最高樓。東山携妓約,故人千里夜來,爲艤仙舟。
● ○○●○○　○○○●● ●○○●●○○ ●●○○

明眸皓齒,歌舞總名流。惱人情態物中憂。陽春一曲,誰把
○○●● ○○●○○　●○○●●○○　○○●● ○●

萬金酬。便好拚沈醉,此夕姮娥,共須著意攀留。
●○○　　●●○○●　●●○○　●○○●○○

(《全宋詞》701 頁)

【注釋】

　　此與柳詞相校,惟換頭一句減二字作四字一句異。按換頭作四字句非脫漏,此調換頭兩宋作四字句者很多。

又一體

【體略】

　　雙片八十七字,上片四十二字八句四平韻,下片四十五字八句五平韻,曹勛。

【圖譜】

　　　　清都山水客,何事入臨安。珍祠天賜與、半生閒。曲池
　　　　○○○●●　○●●○○　　○○○●●　●○○　　●○

人靜,水擊赤烏蟠。飛上煙嵐頂,三縷明霞照晚,時對胎仙。
○●　●●○○　　○●○○●　○●○○●●　○●○○

　　　　圃中有箇小庭軒。纔到便翛然。坐來閒看了、篆香殘。
　　　　●○●●●○○　　○●●○○　　●○○●●　●○○

道人活計,休道出塵難。歸去後、安排著,一縱麻鞚,定期踏
●○●●　○●●○○　　○○●　○○●　●○○●　●○●

遍名山。
●○○

(《全宋詞》1225 頁)

【注釋】

此詞換頭七字句,與後來趙師俠等人詞作上三下四句法不同,又下片第六句添一字作六字折腰句,宋人詞無與之同者。

又一體

【體略】

雙片八十三字,上片四十二字,下片四十一字,各八句五平韻,呂渭老。

【圖譜】

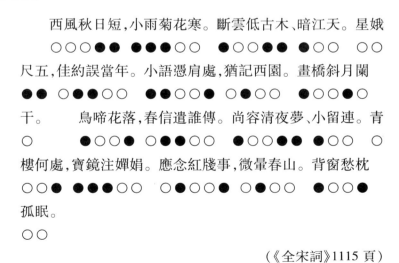

西風秋日短,小雨菊花寒。斷雲低古木、暗江天。星娥
〇〇〇●●　●●●〇　●〇〇〇●　●〇〇　　〇〇
尺五,佳約誤當年。小語憑肩處,猶記西園。畫橋斜月闌
●●　〇●〇〇　●〇〇〇●　〇〇〇〇　●〇〇〇●
干。　　鳥啼花落,春信遣誰傳。尚容清夜夢、小留連。青
〇。　　　●〇〇●　〇●●〇〇　●〇〇●●　●〇〇　〇
樓何處,寶鏡注嬋娟。應念紅牋事,微暈春山。背窗愁枕
〇〇〇●　●●●〇〇　〇●〇〇●　〇〇〇〇　●〇〇●
孤眠。
〇〇

（《全宋詞》1115 頁）

【注釋】

此體聲律嚴謹,惜宋詞中未有與之全同者,亦不作正體。此亦

爲换頭之曲,上下片除首句不同外,其他皆同。此與柳詞相校,前後段第三句皆添一字作上五下三句法,前後段第七句皆作四字一句且多押一韻。

又一體

【體略】

　雙片八十四字,上下片各四十二字,各八句四平韻,吕勝己。

【圖譜】

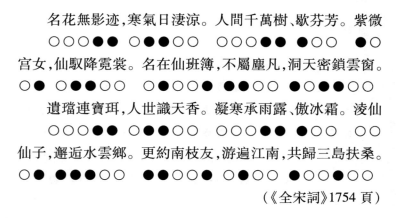

名花無影迹,寒氣日淒凉。人間千萬樹、歇芬芳。紫微
○○○●● 　○○●○○ 　○○○●● ●○ 　　●○
宮女,仙馭降霓裳。名在仙班簿,不屬塵凡,洞天密鎖雲窗。
○● 　○●○○ 　○●○○● ●●○○ ●○●●○○

遺瑠連寶珥,人世識天香。凝寒承雨露、傲冰霜。凌仙
○○○●● 　○●●○○ 　○○○●● ●○ 　　○○
仙子,邂逅水雲鄉。更約南枝友,游遍江南,共歸三島扶桑。
○● ●●●○○ 　●●○○● ○●○○ ●○○●○○

（《全宋詞》1754 頁）

【注釋】

　此詞上下片相同,爲重頭之曲,徐叔至"人間秋正好"詞正與此同。又無名氏"若論修養事"、"抱元能守一"詞字句韻與之相同,但字聲又小異,多用拗句,注出不另列。

正體（平韻）

【體略】

　　雙片八十六字，上片四十二字八句四平韻，下片四十四字八句五平韻，趙師俠。

【圖譜】

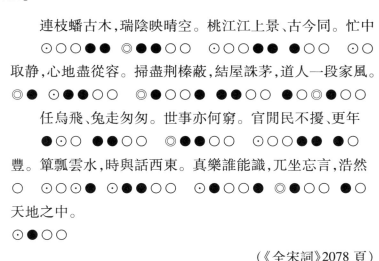

連枝蟠古木，瑞陰映晴空。桃江江上景、古今同。忙中
⊙○○●●　◎●●○○　⊙○○●●　●○○　　⊙○
取靜，心地盡從容。掃盡荊榛蔽，結屋誅茅，道人一段家風。
◎●　⊙●●○○　◎●○○●　●○○　●○◎●○○
任烏飛、兔走匆匆。世事亦何窮。官閒民不擾、更年
●○○　●●○○　◎●●○○　⊙○○●●　●○
豐。簞瓢雲水，時與話西東。真樂誰能識，兀坐忘言，浩然
○　⊙○○⊙●　⊙●●○○　⊙○○●●　◎●○○　●○
天地之中。
⊙●○○

（《全宋詞》2078頁）

【注釋】

　　此調平韻詞此體宋人創作較多，當爲正體，趙師俠別首及葛長庚等人詞正與此同。此亦爲換頭之曲，上下片除首句不同外，其他均同。按托名呂巖的“秋風吹渭水”又誤入黃庭堅詞，《全宋詞》已考，今作無名氏詞，或爲此體最早之作，然詞中上片第七句“琴心三疊”一句與諸家句法字聲皆不同，其後曹勛詞與無名氏詞

相近,然曹詞換頭不作上三下四句法,且下片第六句添一字,又與諸家異。

　　上片第一句"連"無名氏"抱元能守一"詞作"抱",下片第一句"烏"無名氏"秋風吹渭水"詞作"萬"。句中其他可平可仄俱見上列各體句法相同者。按趙師俠別首"裁春花爛漫"下片結韻第二句偶多用一韻,注出不另列。

又一體(仄韻)

【體略】

　　雙片八十三字,上片四十二字八句六仄韻,下片四十一字八句六仄韻,秦觀。

【圖譜】

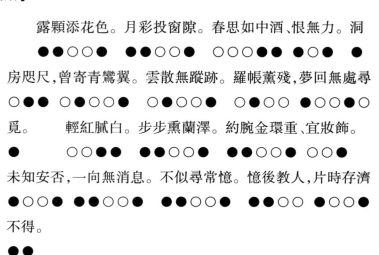

(《全宋詞》457 頁)

【注釋】

　　此詞用仄韻，宋人詞無與之全同者，按《詞譜》以之作正體，不當。按此調仄韻詞兩宋存十三首詞，其中秦觀二首、周邦彥三首、辛棄疾一首、方千里二首、陳允平二首、楊澤民二首、張淑芳一首，其中方千里、陳允平、楊澤民、張淑芳爲和周邦彥詞。

又 一 體

【體略】

　　雙片八十七字，上片四十四字八句六仄韻，下片四十三字八句六仄韻，秦觀。

【圖譜】

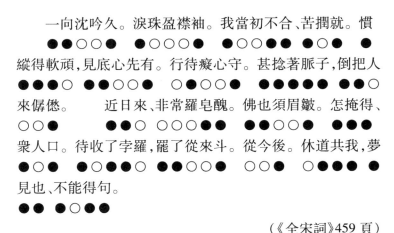

（《全宋詞》459 頁）

【注釋】

　　此與“露顆添花色”詞相校，上片第七句添一字作五字一句，

下片字句多異，亦非正體。

又一體（正體）

【體略】

仙吕調，雙片八十三字，上片四十二字八句五仄韻，下片四十一字八句五仄韻，周邦彦。

【圖譜】

金花落燼燈，銀礫鳴窗雪。[一]夜深微漏斷、行人絶。風
○○●●○ ⊙●○○● ◎○○●● ○○● ⊙
扉不定，竹圃琅玕折。[二]玉人新間闊。著甚情悰，更當恁地
○●● ◎●○○● ◎○○●● ●○○○ ●○●●
時節。[三] 無言敧枕，帳底流清血。愁如春後絮、來相接。
○● ○○⊙● ●●○○● ⊙○○●● ○○●
知他那裏，争信人心切。除共天公説。[四]不成也還，似伊無
⊙○◎● ⊙●○○● ⊙◎○⊙● ●○●○ ●○⊙
箇分别。[五]
●○●

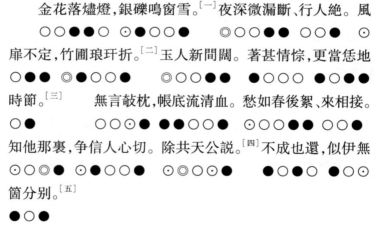

（《全宋詞》608 頁）

【注釋】

［一］此調仄韻《詞譜》亦以周邦彦此詞爲正體，當是。周詞此調共三首，“佳約人未知”一首字數、韻位與此詞相同，但字聲多處不同，名《歸去難》，别列一體，不參校。句中可平可仄除注明外，俱見所列仄韻體句法相同者。按首句楊澤民二詞分别作“雙眼灩

秋波"、"愁得鬢絲斑",律句不同,偶用不參校。

[二]按此韻後句方千里"簾篩月影金"詞《全宋詞》作"客心歸心折",《歷代詩餘》作"客子歸心折",當從後者。

[三]"玉"方千里"簾篩月影金"一首作"江"。"著甚情悰,更當恁地時節"與下片結韻"不成也還,似伊無箇分別"皆用拗句,《詞譜》以"甚"讀作仄聲,可平可仄,誤(《詞譜》中所有"甚"字一律爲仄聲,十分不當)。按"甚"字作"什麼"、"怎樣"的意思,當讀平聲,此音雖然《中原音韻》中方有歸納,但唐宋詞中實際運用者已很多。

[四]"除共天公說"一句作仄起仄收律句,周詞別首作平起仄收律句"也須知有我",以致方千里、楊澤民、陳允平和詞中,各一首與本詞同,一首與周詞別首同。填者任選一種律句可也,但不可作拗句。

[五]"不成也還"作拗句,與上片"著甚情悰"相同。檢宋人和詞,皆作仄起平收律句,實誤將周詞上片"甚"字作仄聲,而改下片"不成也還"作律句的結果。又"似伊"周詞別首作"你但"(《詞譜》作"但你"),《詞譜》以此句宋人詞亦無第二字用仄聲者,屬偶用。按"你但"無誤,"但"字當讀平聲。

又一體

【體略】

雙片八十三字,上片四十二字八句五仄韻,下片四十一字八句五仄韻,周邦彥。

【圖譜】

佳約人未知,背地伊先變。惡會稱停事、看深淺。如今

○●○●○　●●○○●　●●○○●　●○●　○○

信我，委的論長遠。好來無可怨。泊合教伊，因些事後分
●●　●的○○●　●○○●●　●●○○　○○●●○

散。　　　密意都休，待説先腸斷。此恨除非是、天相念。堅
●　　　　●●○○　●○○●●　●●○○●　○●　　○

心更守，未死終相見。多少閒磨難。到得其時，知他做甚
○●●　●●○○●　○○●○●　●●○○　○○●●

頭眼。
○●

（《全宋詞》612 頁）

【注釋】

　　此名《歸去難》，與"金花落爐燈"相校，句法字聲多有差異，上
片首句"佳約人未知"作拗句，第三句"惡會稱停事"及下片首句
"密意都休"、第三句"此恨除非是"律句形式均不同，當作者有意
爲之，聊備一體。按楊澤民、陳允平和周邦彥"金花落爐燈"詞，上
下片第七句皆作律句，正與此體相同。

又一體

【體略】

　　雙片九十一字，上片四十四字八句六仄韻，下片四十七字八句
六仄韻，辛棄疾。

【圖譜】

千丈擎天手。萬卷懸河口。黃金腰下印、大如斗。更
○●○○●　●●○○●　○○○●●　●○●　●

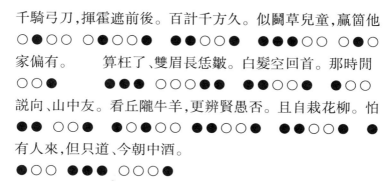

千騎弓刀，揮霍遮前後。百計千方久。似鬭草兒童，贏箇他
○●○○　○●○○●　●●○○●　●●○○○　○○
家偏有。　　算枉了、雙眉長恁皺。白髮空回首。那時閒
○○●　　　●●●、○○○●●　●●○○●　●○○
説向、山中友。看丘隴牛羊，更辨賢愚否。且自栽花柳。怕
●●、○○●　●○●○○　●●○○●　●●○○●　●
有人來，但只道、今朝中酒。
●○○　●●●、○○○●

（《全宋詞》1903 頁）

【注釋】

　　此詞名《一枝花》，此與秦觀“一向沈吟久”相校，上片字句韻相同（僅第二句字聲不同），下片第三句添二字作上五下三句法，第六句添二字作五字一句異。按下片第三句《詞譜》作：“那時間、説向山中友。”《詞譜》：“元人南呂調《一枝花》詞，皆宗此體。”按元人南呂調《一枝花》，用詞體上片，字句有異，且用韻三聲通叶，雖源自詞體，但已屬曲牌。

<h2 align="center">又一體</h2>

【體略】

　　雙片八十八字，上片四十三字八句五仄韻，下片四十五字八句五仄韻，朱真人。

【圖譜】

　　雨過山花綻。霧斂雲收天漢。清閒幽雅處、耽遊玩。
　　●●○○●　●●○○○●　○○○●●、○○●

古洞巖前，時把金丹煉。不愛乘肥馬，富貴榮華，是非多不
●●○○　○●○○●　●●○○●　●●○○　●○○●
須管。　　　獨坐茅齋看，閒把道經時展。橫琴膝上撫、鶴來
○●　　　　●●○○●　○●●○○●　○○●●、●○
見。紫綬金章，是則是、官高顯。五更忙上馬，爭如我山家，
●　●●○○　●●●、○○●　●○○●●　○●●○○
日午柴門猶掩。
●●○○○●

（《全金元詞》1285 頁）

【注釋】

　　《詞譜》：“此亦秦詞體，惟前段第二句添一字，後段第一、二句各添一字，第五句添一字，第七句添一字異。按此詞見《鳴鶴餘音》，因前後段第六句各有‘馬’字，故名《喝馬一枝花》，亦借用蜀道喝馬嶺意以警世，蓋就秦詞添數襯字，自成一體也。”按此詞《全金元詞》作無名氏詞，字句與《詞譜》亦小異。清初曹貞吉、邵璸詞皆名《喝馬一枝花》，與此詞相校，曹詞僅下片首句減一字異，邵詞則多有差異。

甘州令

【調釋】

　　與五代《甘州子》、《甘州曲》、《甘州遍》皆不同，或爲《甘州》大曲之摘遍。《樂章集》仙呂調。柳詞用上去韻，多用三、四字短句，聲情歡快嫵媚。

【體略】

　　仙呂調，雙片七十八字，上片四十字十句四上去韻，下片三十

八字九句四上去韻，柳永。

【圖譜】

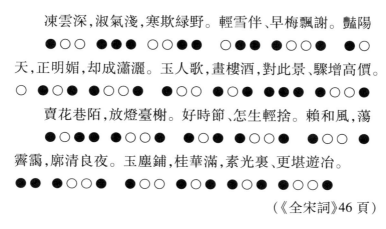

凍雲深，淑氣淺，寒欺綠野。輕雪伴、早梅飄謝。豔陽
天，正明媚，却成瀟灑。玉人歌，畫樓酒，對此景、驟增高價。
賣花巷陌，放燈臺榭。好時節、怎生輕捨。賴和風，蕩
霽靄，廓清良夜。玉塵鋪，桂華滿，素光裏、更堪遊冶。

（《全宋詞》46頁）

【注釋】

此調兩宋金元僅存此詞，無他首可校。《詞譜》卷十八：“前後段句讀相對，惟後段起句四字，與前段起句三字兩句不同，所以謂之換頭，又謂過變。此詞有自注宮調，且無別首宋詞可校，其平仄當依之。”

郭郎兒近拍

【調釋】

《樂府雅錄》“傀儡子”：“樂家翻陳平與冒頓交戰，其引歌舞有郭郎者，善優笑，閭戲場必在俳兒之首也。”《詞繫》卷九：“近拍者，音節拍促也，與促拍差同。里呼爲郭郎，凡詞之以‘近拍’名者始此。”《樂章集》注仙吕調。柳詞用上去韻，二字短句與長句交錯，

聲情怨歎感傷。金王喆有《憨郭郎》、《郭郎兒慢》調,皆與柳詞不同,《郭郎兒》當爲北宋大曲。《輟耕録》有《憨郭郎》曲,注大石調。

【體略】

　　仙吕調,雙片七十三字,上片三十四字七句五上去韻,下片三十九字八句四上去韻,柳永。

【圖譜】

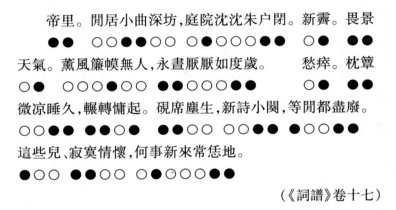

帝里。閒居小曲深坊,庭院沈沈朱户閉。新霽。畏景
天氣。薰風簾幙無人,永晝厭厭如度歲。　　　愁瘁。枕簟
微凉睡久,輾轉慵起。硯席塵生,新詩小闋,等閒都盡廢。
這些兒、寂寞情懷,何事新來常恁地。

(《詞譜》卷十七)

【注釋】

　　《詞譜》卷十七:"按,'愁瘁'二字,是後段起句,蓋後結'何事'句,正與'永晝'句合也。《詞律》謂有脱誤,但無他闋可考,今照《詞奕》點定。"

　　按"愁瘁"二字《百家詞》、《全宋詞》皆屬上片,今從《詞譜》。又,下片第二、三句,諸本斷作四字一句、六字一句,今從《詞牌格律》斷句。

瑞鷓鴣

【調釋】

《樂章集》注般涉調。柳詞平聲韻,聲情圓潤流美。同期晏殊有二詞。此與南呂調《瑞鷓鴣》不同。

【體略】

般涉調,雙片六十四字,上片三十字,下片三十四字,各五句三平韻,柳永。

【圖譜】

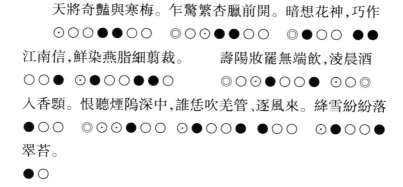

天將奇豔與寒梅。乍驚繁杏臘前開。暗想花神,巧作
⊙○○●●○○　　◎○⊙●○○　　◎●○○　●●

江南信,鮮染燕脂細翦裁。　　壽陽妝罷無端飲,凌晨酒
○○●　⊙●○●●○○　　　◎○⊙●○○●　⊙○◎

入香頤。恨聽煙隝深中,誰恁吹羌管、逐風來。絳雪紛紛落
●○○　◎⊙⊙●●○○　○●○○●　●○○　　⊙●○○●

翠苔。
●○

(《全宋詞》49 頁)

【注釋】

此調兩宋僅柳永二詞、晏殊二詞及無名氏一首。關於此調源淵,《詞譜》卷十二認爲來源於七言詞調《瑞鷓鴣》:"詞前段起二句、結句,後段起句、結句,仍作七言,與《瑞鷓鴣》同,餘則攤破句

讀,自度新聲。如前段第三句,作四字一句、五字一句,即詞家添字法;後段第二句,作六字句,即減字法;第三句,作六字一句、八字一句,即添字法;多押一韻,即偷聲法。"按,此詞雖多有七言句,但其七言句與七言詞調《瑞鷓鴣》七言句並不相同,如上片第一、二句均用平起平收律句等。

　　上片第二句"繁"柳永別首作"往",第三句"暗"作"西",下片第一句"壽"晏殊"越娥紅淚"詞作"前",第二句"凌"柳永別首作"盡",第三句"恨"晏詞作"何","聽煙"柳永別首作"是簇",第四句"誰"晏詞作"寄"。第五句"絳"柳永別首作"三"。句中其他可平可仄俱見無名氏詞句法相同者。

又一體

【體略】

　　雙片六十四字,上片三十字五句三平韻,下片三十四字五句三平韻,《梅苑》無名氏。

【圖譜】

臨鸞常恁整妝梅。枝枝仙豔月中開。可殺天心,故與
○○○●●○　○○○●●○　●●○○　●●
多端麗,那更羅衣峭窄裁。　　　幾回瞻覷魂消黯,芙蕖勻透
○○●　●●○○●●○　　●○○●○○●　○○●
雙腮。好將心事都分付,與時暫到小庭來。玉砌紅芳點綠苔。
○○　●○○●○○●　●○●●●○○　●●○○●●○

　　　　　　　　　　　　　　　　　　（《全宋詞》3635頁）

【注釋】

此爲和柳永詞,但下片第三、四句,作七字兩句,句拍與柳永不同。

按《詞譜》將此下片第三、四句斷作:"好將心事,都分付與,時暫到、小庭來。"(《全宋詞》斷作八字折腰一句、六字折腰一句)且云:"此與柳詞同,惟後段第三、四句,作四字兩句、六字一句異。宋李之儀《姑溪詞話》云:唐人歌詞,但以詩句而用和聲,抑揚以就之。至唐末,遂因其聲之長短,而以意填之,始一變以成音律。按此則知,賀體猶沿唐調,柳詞、晏詞及此詞,惟起結猶作七言,中間長短錯綜,實係新聲也。所以元曲用宋調,不增減者,名爲'引子',添入新聲,則爲'過曲',亦此意耳。"

祭天神

【調釋】

《樂章集》注歇指調,與中呂調《祭天神》同名異調。柳詞用上去韻,非賦本意,賦戀情相思,句長韻疏,聲情凄苦。

【體略】

歇指調,雙片八十五字,上片四十五字七句四上去韻,下片四十字七句三上去韻,柳永。

【圖譜】

憶繡衾相向輕輕語。屏山掩、紅蠟長明,金獸盛熏蘭

●●○○○●○○●　　○●○●　○●○○　○●●○○

炷。何期到此,酒態花情頓孤負。柔腸斷、還是黃昏,那更

●　　○○●●　○●○○●●○●　○○●　○●○○　●●

滿庭風雨。　　　聽空階和漏，碎聲闘滴愁眉聚。算伊還共
●○○●　　　　●○○○●●　○○●●○○●　　●○○●

誰人，爭知此冤苦。念千里煙波，迢迢前約，舊歡省、一向無
○○　○●●○●　●○○○●　○○○●　●●●　●●○

心緒。
○●

（《全宋詞》52 頁）

【注釋】

此兩宋金元孤調，無他首可校。

鷓鴣天

【調釋】

此與《望遠行》、《瑞鷓鴣》等調近，當從齊言歌詞脫胎而來。《彊邨叢書》本《南唐二主詞》有李煜二詞，乃後人據李煜二首《搗練子》增改僞托，《全唐五代詞》已考。《鷓鴣天》爲兩宋及後世極流行詞調，格律較爲簡明，除下片開頭兩個三字句外，其他句式格律頗近七律句式，題材以相思離別爲主，聲情淒婉感傷。《樂章集》注正平調，正爲哀曲，兩宋代表詞人有晏幾道、賀鑄、辛棄疾等。《于湖詞》注大石調，有多首詞，聲情多豪邁慷慨。《校正》："此與七言律詩之音響格律迥異，而有流暢、響亮、熱烈、諧美之藝術效應。因此調多七言句，切勿以詩法作詞，宜流動婉美，善於以意象表現。"（170 頁）《詞譜》卷十一："《樂章集》注正平調，《太和正音譜》注大石調，蔣氏《九宮譜目》入仙呂引子。趙令時詞名《思越人》，李元膺詞名《思佳客》，賀鑄詞有'剪刻朝霞釘露盤'句，名《剪朝霞》，韓淲詞有'只唱驪歌一疊休'句，名《驪歌一疊》，盧祖皋詞

有'人醉梅花卧未醒'句,名《醉梅花》。"《詞律拾遺》卷七:"此調
趙德麟題名《思遠人》,賀方回'紫府東風'一首題名《思越人》,與
五十一字之《思遠人》、《思越人》俱無涉。又名《剪朝霞》、《醉梅
花》。"按此調別名尚多,如賀鑄詞尚有《半死桐》、《千葉蓮》、《第
一花》等,韓淲詞名《看瑞香》、《禁煙》,馬鈺詞名《洞中天》,丘處
機詞名《拾菜娘》,王惲詞名《鷓鴣引》,楊慎詞名《錦鷓鴣》等(《詞
律辭典》)。《魏氏樂譜》卷二以向子諲"紫禁煙花"詞爲譜。此調
於南戲、傳奇中亦十分流行,作曲牌時與詞體相近,不過多用三聲
通叶,作念白時與詞調體式相同,當視爲詞體。

【體略】

　　正平調,雙片五十五字,上片二十八字四句三平韻,下片二十
七字五句三平韻,柳永。

【圖譜】

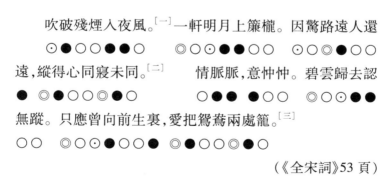

　　　　　　　　　　　　　　　　　　　　(《全宋詞》53 頁)

【注釋】

　　[一]此調如依《全宋詞》順序,首爲夏竦"鎮日無心"詞,而夏
竦詞《花草粹編》作無名氏詞,《全宋詞》據《詞林萬選》録入,注云:
"按此詞末二句,《後村先生大全集》卷一百七十五引作無名氏詞,

《詞林萬選》所引，時有不可信者，此詞殆非夏竦作。"今以夏詞爲無名氏作，以柳永詞爲譜，且柳詞有宮調，當爲正體。此調兩宋金元現存詞九百餘首，爲極流行詞調。除下片第一、二句作三字句，其他皆用七字律句，且句法、字聲詞人創作幾乎全部如出一轍。《詞律》卷八以秦觀"枕上流鶯和淚聞"詞爲正體："後起三字二句，與前異……各調中此等七字句第五字，古人多用平。即如北曲《賞花時》、南曲《懶畫眉》等調，亦有此義，可爲知者道也。"此調首句仄起平收爲通例，趙長卿首句作"新晴水暖藕花紅"，偶用不參校，《詞譜》以晏幾道詞爲譜，以"眉"字前六字均可平可仄，將偶用律句不同者混校，不當。"吹"宋祁詞作"畫"。此句仄起平收，大抵以律句論，不犯孤平爲宜，如黃庭堅二首分別作"萬事令人心骨寒"、"紫菊黃花風露寒"等等。

[二]"一"、"明"歐陽修作"芙"、"出"。上片第三、四句與近體律詩規則不同，可對仗可不對仗。"因"、"路"晏幾道"彩袖殷勤"詞作"舞"、"楊"。《詞譜》以"人"字可平可仄，不當。"縱"晏幾道"彩袖殷勤"詞作"歌"，"寢"晏幾道"陌上濛濛"詞作"長"。

[三]此調換頭三字兩句爲七字句減一字而成，以律詩而論，當不押韻。檢宋人絕大部分詞作，此兩句平仄對應謹嚴，上句爲平仄仄，下句爲仄平平，而如趙長卿"一曲清歌"詞上句作"憶攜手"等，則屬偶用，不參校。《詞譜》以"情脈"二字可平可仄，不當。"歸"范純仁"臘後春前"詞作"燭"。"只"范詞作"清"。"愛"周紫芝"花褪殘紅"詞作"花"。

又一體

【體略】

　　雙片五十五字，上片二十八字四句三平韻，下片二十七字五句

三平韻，《蹴鞠譜》無名氏。

【圖譜】

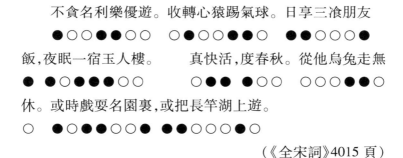

  不貪名利樂優遊。收轉心猿踢氣球。日享三飡朋友
  ●○○●●○○　○●○○●●○　●●○○○●

飯，夜眠一宿玉人樓。　　真快活，度春秋。從他烏兔走無
●　●●○●●○○　　　○●●　●○○　○○○●●○

休。或時戲耍名園裏，或把長竿湖上遊。
○　●○●●○○●　●●○○○●○

(《全宋詞》4015 頁)

【注釋】

  此與柳詞相校，句拍、韻位相同，但上片字聲迥異，無名氏"太
華峰頭"、"軒轅起置"等詞正與此全同。

<h1 style="text-align:center">梁（涼）州令</h1>

【調釋】

  《涼州》爲唐代大曲。《碧雞漫志》卷三："《涼州曲》，《唐史》
及《傳載》稱天寶樂曲皆以邊地爲名，若《涼州》、《伊州》、《甘州》
之類，曲遍聲繁，名入破。又詔道調、法曲，與胡部新聲合作。明
年，安禄山反，涼、伊、甘皆陷。《吐蕃史》及《開元傳信記》亦云，西
涼州獻此曲，寧王憲曰：'音始於宮，散於商，成於角、徵、羽。斯曲
也，宮離而不屬，商亂而加暴，君卑逼下，臣僭犯上，臣恐一日有播
遷之禍。'及安史之亂，世頗思憲審音。而《楊妃外傳》乃謂上皇居
南内，夜與妃侍者紅桃歌妃所製《涼州詞》，上因廣其曲，今流傳者

益加。《明皇雜録》亦云：'上初自巴蜀回，夜來乘月登樓，命妃侍者紅桃歌《涼州》，即妃所製。上親御玉笛爲倚樓曲，曲罷無不感泣。因廣其曲，傳於人間。'予謂皆非也。《涼州》在天寶時已盛行，上皇巴蜀回，居南内，乃肅宗時，那得始廣此曲？或曰因妃所製詞而廣其曲者，亦詞也，則流傳者益加，豈亦詞乎？舊史及諸家小説謂妃善舞，邃曉音律，不稱善製詞。今妃《外傳》及《明皇雜録》所云，誇誕無實，獨帝御玉笛爲倚樓曲，因廣之，流傳人間，似可信，但非《涼州》耳。《唐史》又云，其聲本宮調。今《涼州》見於世者凡七宮曲，曰黄鐘宮、道調宮、無射宮、中吕宮、南吕宮、仙吕宮、高宮，不知西涼所獻何宮也。然七曲中，知其三是唐曲，黄鐘、道調、高宮者是也。《脞説》云：'《西涼州》本在正宮，貞元初，康崑崙翻入琵琶玉宸宮調，初進在玉宸殿，故以命名，合衆樂即黄鐘也。'予謂黄鐘即俗呼正宮，崑崙豈能捨正宮外，别製黄鐘《涼州》乎？因玉宸殿奏琵琶，就易美名，此樂工誇大之常態。而《脞説》便謂翻入琵琶玉宸宮調。《新史》雖取其説，止云康崑崙寓其聲於琵琶，奏於玉宸殿，因號玉宸宮調，合諸樂則用黄鐘宮，得之矣。張祜詩云：'春風南内百花時，道調涼州急遍吹。揭手便拈金碗舞，上皇驚笑悖挐兒。'又《幽閒鼓吹》云：'元載子伯和，勢傾中外，福州觀察使寄樂妓數十人，使者半歲不得通。窺伺門下，有琵琶康崑崙出入，乃厚遺求通，伯和一試，盡付昆侖。段和上者，自製道調《涼州》，崑崙求譜，不許，以樂之半爲贈，乃傳。'據張祜詩，上皇時已有此曲，而《幽閒鼓吹》謂段師自製，未知孰是。白樂天《秋夜聽高調涼州》詩云：'樓上金風聲漸緊，月中銀字韻初調。促張弦柱吹高管，一曲《涼州》入沇寥。'大吕宮，俗呼高宮，其商爲高大石，其羽爲高般涉，所謂高調，乃高宮也……"

此調又名《涼州令》，晁補之詞又名《梁州令疊韻》。《樂章集》注中吕調。《詞譜》卷八："晁補之詞名《梁州令疊韻》，蓋合兩首爲一首也。"此調除柳永外，歐陽修、晏幾道、晁端禮、晁補之有詞，用

上去韻，多寫戀情相思，聲情嫵媚感傷。

【體略】

雙片五十五字，上片二十七字五句三上去韻，下片二十八字五句四上去韻，柳永。

【圖譜】

夢覺紗窗曉。殘燈掩然空照。因思人事苦縈牽，離愁
●●○○● 　○○●○● 　○○○●●○○ ○○

別恨，無限何時了。　　憐深定是心腸小。往往成煩惱。
●● ○●○● 　○○●●○○● 　●●○○●

一生惆悵情多少。月不長圓，春色易爲老。
●○○●○○● 　●●○○ ○●●○●

（《全宋詞》53 頁）

【注釋】

此調兩宋現存七詞，金元無詞。雖以柳詞爲早，但柳詞下片結韻作四字一句、五字一句，後人並無相同者，不作正體。

正　　體

【體略】

四片一百五字，一片二十七字五句三上去韻，二片二十五字四句四上去韻，三片與一片同，四片二十六字四句三上去韻，歐陽修。

【圖譜】

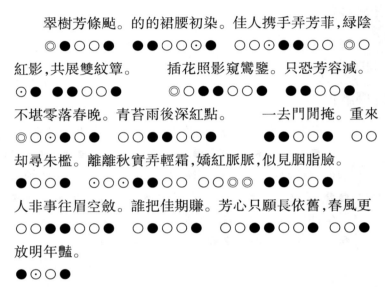

翠樹芳條颭。的的裙腰初染。佳人携手弄芳菲,綠陰
◎●●○○●　●●○○◎●　○○○●●○　◎○

紅影,共展雙紋簟。　　　插花照影窺鸞鑒。只恐芳容減。
⊙●　●●○○●　　　◎●●●○○●　●●○○●

不堪零落春晚。青苔雨後深紅點。　　一去門閒掩。重來
◎○⊙●○●　○○●●○○●　　　●○○○●　○○

却尋朱檻。離離秋實弄輕霜,嬌紅脈脈,似見胭脂臉。
●○○●　⊙○○⊙●○○●○○　●●○○●

人非事往眉空斂。誰把佳期賺。芳心只願長依舊,春風更
○○●●○○●　○●○○●　○○●●○○●　○○●

放明年豔。
●⊙○●

（《全宋詞》146 頁）

【注釋】

　　此詞影宋本《醉翁琴趣外篇》作兩片,而晁補之《梁州令疊韻》影宋本作四片。今亦如晁詞將歐詞分作四片。此體以歐陽修詞爲早,一、二片以柳詞相校,二片第三句作六字一句,結韻作七字一句異。《詞譜》以晁補之單片詞作譜,不當,又以歐詞爲雙片不當。而《詞譜》等書歷來以三、四片即爲一、二片之重疊,亦不當。按第二片第三句爲六字一句,第四片第三句爲七字一句,歐陽修別首亦同。第二片第三句"不"、"零"歐陽修別首作"離"、"別"。第三片第三句"秋"歐陽修別首作"解",第四句"脈脈"歐陽修別首作"而今"。第四片第四句"明"歐陽修別首作"憶"。句中其他可平可仄見所列各體句法相同者。

　　按第一片第二句柳詞作“殘燈掩然空照”、晁補之“二月春猶淺”一首作“去年櫻桃開遍”，均用拗句。第三片第二句用拗句，歐陽修別首作“初心本誰先住”，亦用拗句。又歐陽修別首第四片第二句作“不信道、相思苦”，添一襯字作六字折腰句，不必效仿，亦不另列別體。

又一體

【體略】

　　雙片五十字，上片二十五字四句三上去韻，下片二十五字四句四上去韻，晏幾道。

【圖譜】

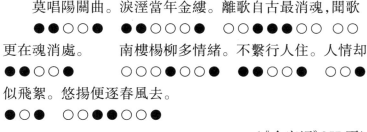

　　莫唱陽關曲。淚溼當年金縷。離歌自古最消魂，聞歌
　　●●○○● 　●●○○● 　○○●●●○○ ○○
　　更在魂消處。 　南樓楊柳多情緒。不繫行人住。人情却
　　●●○○● 　○○○●○○● 　●●○○● 　○○●
　　似飛絮。悠揚便逐春風去。
　　●○● 　○○●●●○○●

（《全宋詞》257 頁）

【注釋】

　　此與柳詞相校，上片第四、五句減二字作七字一句，下片第三句減一字作六字一句，第四、五句減二字作七字一句。下片句法與歐詞第二片相同。《詞譜》：“《詞律》云：前段起句，‘曲’字音去，北音也，即是起韻。按《中原音韻》，‘魚’、‘模’上聲中，有‘縷’、‘處’等韻，以入聲作上聲中，有‘曲’字，從之。”

又一體

【體略】

四片一百字,一片二十七字五句三上去韻,二片二十一字四句四上去韻,三片與一片同,四片二十五字四句三上去韻,晁補之。

【圖譜】

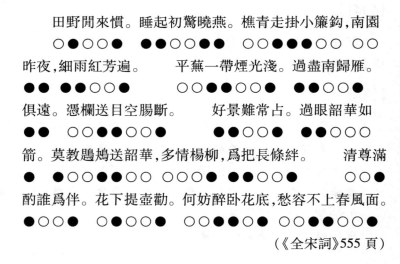

田野閒來慣。睡起初驚曉燕。樵青走掛小簾鈎,南園
〇●〇〇　　●●〇●〇〇●　〇〇●●〇　〇〇

昨夜,細雨紅芳遍。　　平蕪一帶煙光淺。過盡南歸雁。
●●　●●〇〇●　　　〇〇●●〇〇●　●●〇〇●

俱遠。憑欄送目空腸斷。　　好景難常占。過眼韶華如
●●　〇〇●●〇〇●　　　●●〇〇●　●●〇〇〇

箭。莫教鵾鳩送韶華,多情楊柳,爲把長條絆。　　清尊滿
●　●〇〇〇●〇〇　〇〇〇●　〇〇〇〇●　　　〇〇●

酌誰爲伴。花下提壺勸。何妨醉臥花底,愁容不上春風面。
●〇〇●　〇●〇〇●　〇〇●●〇●　〇〇●●〇〇●

（《全宋詞》555 頁）

【注釋】

此與歐詞"翠樹芳條颭"相校,第二片第三句作兩字一句(當有脫誤),第四片第三句作六字一句。《詞律》卷六:"'俱遠'二字上尚有四字,舊本遺落,無可考增,'遠'字亦非叶韻。"

又一體

【體略】

雙片五十二字,上片二十七字五句三上去韻,下片二十五字四句四上去韻,晁補之。

【圖譜】

（《全宋詞》574 頁）

【注釋】

此與"田野閒來慣"一首三、四片相同。《全宋詞》下片三、四句斷作:"蟠桃新縷,雙盞相期,似此春長遠。"不當。

爪茉莉

【調釋】

《詞譜》卷十九:"調見《花草粹編》,《樂章集》不載。"柳詞上去韻,多用短句和六七字折腰句,賦戀情相思,聲情怨歎傷悲。

【體略】

　　雙片八十二字,上片四十字七句四上去韻,下片四十二字七句
五上去韻,柳永。

【圖譜】

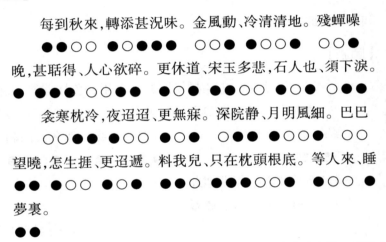

　　每到秋來,轉添甚況味。金風動、冷清清地。殘蟬噪
晚,甚聒得、人心欲碎。更休道、宋玉多悲,石人也、須下淚。
　　衾寒枕冷,夜迢迢、更無寐。深院静、月明風細。巴巴
望曉,怎生捱、更迢遞。料我兒、只在枕頭根底。等人來、睡
夢裏。

(《全宋詞》54 頁)

【注釋】

　　此調兩宋金元僅存此詞,無他首可校。此詞《全宋詞》注云:
"按《彊邨叢書》本《樂章集》三卷,續添曲子一卷,原據勞權傳鈔毛
扆校本,由朱祖謀以他參校諟正,今用之,以稍有誤字,另以毛扆原
校本校正。"

　　按此調清人多有創作,録陳維崧一首僅供參考(月夜渡揚子
江):"森森江天,聽中流笛響。推蓬看、一川淒爽。六朝遺蹟,問
風景、幾曾無恙。只隔岸、建業城邊,有商女、深夜唱。　　一輪團
月,與船頭、正相向。越顯出、萬層銀浪。十年作客,算將來、只悲

憎。且渡江、涸跡騎奴廝養。學販夯、兼鬻醬。"(《全清詞(順康卷)》3996頁)

女冠子

【調釋】

此與唐五代令詞體不同,亦與柳永大石調、仙吕調不同。柳詞用上去韻,賦戀情相思,聲情婉轉嫵媚。兩宋李邴及蔣捷二人詞與柳詞相比字句小異,爲同調異體。《詞律》、《詞譜》以此作康與之詞,今從《全宋詞》作柳永詞。

【體略】

中吕調,雙片一百七字,上片五十一字,下片五十六字,各十二句六上去韻,柳永。

【圖譜】

火雲初布。遲遲永日炎暑。濃陰高樹。黃鸝葉底,羽
●○○●　○○●●○●　○○○●　○○●●　●

毛學整,方調嬌語。薰風時漸動,峻閣池塘,芰荷争吐。畫
○●●　○○○●　○○○●●　●○○○　●○●●　●

梁紫燕,對對銜泥,飛來又去。　　　想佳期、容易成辜負。
○●●　●●○○　○○●●　　　●○○　○●○○●

共人人同上,畫樓斟香醑。恨花無主。臥象臥犀枕,成何情
●○○○●　●○○○●　●○○●　●●●○●　○○○

緒。有時魂夢斷,半窗殘月,透簾穿户。去年今夜,扇兒扇
●　●○○●●　●○○●　●○○●　●○○●　●○○

我,情人何處。
　●　　○○○●

（《全宋詞》54 頁）

【注釋】

此詞《全宋詞》又作康與之詞。此調有李邴、無名氏、蔣捷詞可校,元韓奕亦有詞。此調柳詞雖早,但字句、聲韻後人無有與之全同者,不作正體。

按下片第二、三句《詞譜》、《全宋詞》斷作上三下七式十字一句,今作兩個五字一句,此調其他作品,亦皆當如此斷句。

又 一 體

【體略】

雙片一百十四字,上片五十五字十二句六上去韻,下片五十九字十一句六上去韻,《花草粹編》無名氏。

【圖譜】

　　　同雲密布。撒梨花、柳絮飛舞。樓臺悄似玉。向紅鑪
　　　○○●●　　●○○　●●○●　　○○●●　●○○
暖閣,院宇深沈,廣排筵會。聽笙歌猶未徹,漸覺輕寒,透簾
●●●　●●○○　○○●●　○○○○●●　●●○○　●○
穿戶。亂飄僧舍,密灑歌樓,酒帘如故。　　　想樵人、山徑
○●　　●○○●　●●○○　●○○●　　　　●○○　○●
迷踪路。料漁人收綸,罷釣歸南浦。路無伴侶。見孤村寂
○○●　　●○○○●　●●○○●　●○●●　●○○●

寞，招颭酒旗斜處。南軒孤雁過，嚦嚦聲聲，又無書度。見
● ○●●○○●　○○○●●　●●○○　●○○●　●
臘梅、枝上嫩蕊，兩兩三三微吐。
●○　○●●●　●●○○○●

（《詞譜》卷四）

【注釋】

此與柳詞爲同調異體，但添字較多，上片第二、三、四、七句各添一字，下片第六句添二字、結韻添一字。與柳詞字聲相校，可知所添之字除上片第三句外皆爲該句首字或首二字，依次是"撒"、"悄"、"向"、"聽"、"招颭"、"見"。《詞譜》卷四："此詞或刻柳永，或刻周邦彦。自'樓臺悄似玉'以下三十二字，至'户'字方押韻，必無此理。按《嘯餘譜》，以'玉'字、'會'字爲叶韻，當從之。然音調未諧，字句亦恐有脱誤，姑存以備參考。"《詞律》卷三以此作柳永詞："諸刻或以此詞爲周待制作，然其語確是柳屯田。待制縝密，不作此疏枝闊葉也。故其字句亦傳訛難考。""向紅鑪暖閣，院宇深沈，廣排筵會"，《全宋詞》作"向紅鑪暖閣院宇。深庭廣排筵會"，以"宇"字爲韻。

正　體

【體略】

雙片一百十字，上片五十四字十一句六上去韻，下片五十六字十二句六上去韻，李邴。

【圖譜】

帝城三五。燈光花市盈路。天街遊處。此時方信，鳳
◎○⊙●　⊙○⊙●○●　○○⊙●　◎○⊙●　●

闕都民，奢華豪富。紗籠纔過處。喝道轉身一壁，小來且
●○○　⊙○○●　⊙○○●●　●●●○○●　⊙○⊙

住。見許多才子豔質，携手並肩低語。　　　東來西往誰家
●　●◎○⊙●●　⊙○◎○⊙　　　⊙○○●○○

女。買玉梅爭戴，緩步香風度。北觀南顧。見畫燭影裏，神
●　●◎○○●　●●○○●　●●○●　●●●●●　⊙

仙無數。引人魂似醉，不如趁早，步月歸去。這一雙情眼，
○○●　◎○○●●　●○◎●　●◎○●　●●○○●

怎生禁得，許多胡覷。
●○○●　◎○○●

（《全宋詞》950頁）

【注釋】

　　此詞題“上元”。此詞句拍、字聲嚴謹，蔣捷二詞、韓奕詞正同此體，句中可平可仄除注明外俱見所列別體句法相同者。上片第十句作上一下六句法，“見”爲領字。結句“低”蔣捷“電旗飛舞”詞作“吊”。下片第五句“見畫燭影裏”，連用五仄，蔣捷二詞分別作“但夢裏隱隱”、“料貝闕隱隱”均同，填者識之。又，上片第八、九句《詞譜》、《全宋詞》等斷作：“喝道轉身，一壁小來且住。”不當。

又一體

【體略】

　　雙片一百十二字，上片五十四字十一句六上去韻，下片五十八字十二句七上去韻，蔣捷。

【圖譜】

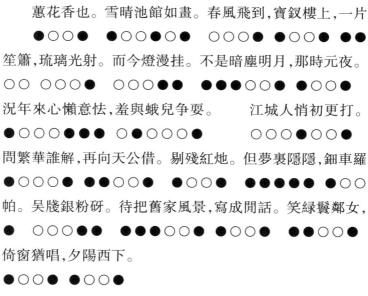

蕙花香也。雪晴池館如畫。春風飛到,寶釵樓上,一片
●○○● 　●○○●○● 　○○○● ●○○● ●●

笙簫,琉璃光射。而今燈漫挂。不是暗塵明月,那時元夜。
○○, ○○○● 　○○○●● 　●●○○○● ●○○●

況年來心懶意怯,羞與蛾兒争耍。　　江城人悄初更打。
●○○○●●● 　○○○○○● 　　○○○●○●

問繁華誰解,再向天公借。剔殘紅炧。但夢裏隱隱,鈿車羅
●○○○● ○●○○● ●○○● ●●●●● ○○○

帕。吳牋銀粉砑。待把舊家風景,寫成閒話。笑綠鬢鄰女,
● 　○○○●● 　●●●○○● ●○○● ●●○○●

倚窗猶唱,夕陽西下。
●○○● ●○○●

(《全宋詞》3434 頁)

【注釋】

　　此即李詞體,與李詞相校,上片第三句不用韻,下片第七句添
一韻,第八句添二字異。蔣捷別首正與此同。

又　一　體

【體略】

　　雙片一百十一字,上片五十四字十一句六上去韻,下片五十七
字十二句七上去韻,韓奕。

【圖譜】

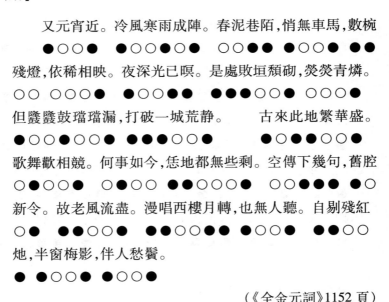

又元宵近。冷風寒雨成陣。春泥巷陌,悄無車馬,數椀
●○○●　　●○○●　●　○○●●　●○○●　●●

殘燈,依稀相映。夜深光已暝。是處敗垣頹砌,熒熒青燐。
○○　○○○●　　●○○●●　　●●●○○　○○○●

但巉巉鼓瑠瑠漏,打破一城荒静。　　　古來此地繁華盛。
●○○●○○●　●●●○○●　　　　●○●●○○●

歌舞歡相競。何事如今,恁地都無些剩。空傳下幾句,舊腔
○●●○●　　○●○○　●●○○●●　　○○●●●　●○

新令。故老風流盡。漫唱西樓月轉,也無人聽。自剔殘紅
○●　　●●○○●　●●○○●●　●○○●　●●○○

炧,半窗梅影,伴人愁鬢。
●　●○○●　●○○●

(《全金元詞》1152 頁)

【注釋】

　　此即蔣捷詞體,但又稍變化,上片第十句"巉巉鼓瑠瑠漏"偶用
折腰句,下片第二句添一韻,第三句減一字並減一韻,第四句添二字
異。又下片第五句作"空傳下幾句",用律句,與李、蔣詞均異。

<h1 style="text-align:center">十二時</h1>

【調釋】

　　此調與《宋史·樂志》所載《十二時》詞皆不相同,柳詞用上去
韻,聲情愁怨激健。

【體略】

三片一百三十字，上片五十六字十一句五上去韻，中片三十七字七句三上去韻，下片三十七字七句三上去韻，柳永。

【圖譜】

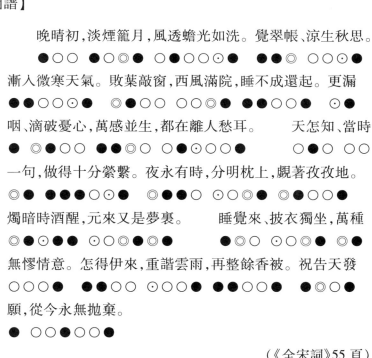

晚晴初，淡煙籠月，風透蟾光如洗。覺翠帳、涼生秋思。

漸入微寒天氣。敗葉敲窗，西風滿院，睡不成還起。更漏

咽、滴破憂心，萬感並生，都在離人愁耳。　　天怎知、當時

一句，做得十分縈繫。夜永有時，分明枕上，覷著孜孜地。

燭暗時酒醒，元來又是夢裏。　　睡覺來、披衣獨坐，萬種

無憀情意。怎得伊來，重諧雲雨，再整餘香被。祝告天發

願，從今永無拋棄。

（《全宋詞》55 頁）

【注釋】

此調兩宋現僅存三首，金元無存詞，以此詞爲早，且字聲諧穩，當爲正體。此詞題爲"秋夜"，《全宋詞》："按《草堂詩餘正集》卷六載此首，注云'一刻美成'，是此首或又誤作周邦彥詞。"此調皆押上去韻。《詞譜》以此詞爲譜，但所訂字聲多有不妥。句中可平

可仄俱見朱、彭詞句法相同者。

　　按中片和下片首句《詞譜》斷作兩句，不當，今從《全宋詞》皆作上三下四式折腰句法。

又一體

【體略】

　　雙片九十一字，上片五十五字十一句四上去韻，下片三十六字七句三上去韻，朱雍。

【圖譜】

粉痕輕，謝池泛玉，波暖琉璃初暖。睹靚芳、塵冥春浦，
●○○　●○●　○●○○○●　　●○●　○○○●

水曲漸生遥岸。麝氣柔，雲容影淡，正日邊寒淺。閒院寂、
●●○○●　○○○　○○●●　●●○○●　　○○●

幽管聲中，萬感併生，心事曾陪瓊宴。　　春暗南枝依舊，
○●○○　●●○○　○●○○○●　　　○●○○○●

但得當時繾綣。晝永亂英，繽紛解佩，映人輕盈面。香暗酒
●●○○●●　●●●○　○○●●　●○○●　　○●●

醒處，年年共副良願。
○●　○○●●○●

（《全宋詞》1510 頁）

【注釋】

　　此與柳詞相校，惟上片第六句減一字作三字一句異，下片即柳詞中片，起句減一字作六字一句異，下片缺，當有脱漏。按上片起

二句《全宋詞》斷作"粉痕輕、謝池泛玉",不妥,今依正體斷作三字
一句、四字一句。又上片第六、七句《詞譜》、《全宋詞》皆斷作"麝
氣柔、雲容影淡",今依正體斷作三字一句、四字一句。下片第二韻
《詞譜》斷作"晝永亂英繽紛,解佩映人輕盈面",當從《全宋詞》
斷句。

<h1 style="text-align:center">又 一 體</h1>

【體略】

　　三片一百四十一字,上片五十六字十一句七上去韻,中片三十
七字七句四上去韻,下片四十八字九句五上去韻,彭耜。

【圖譜】

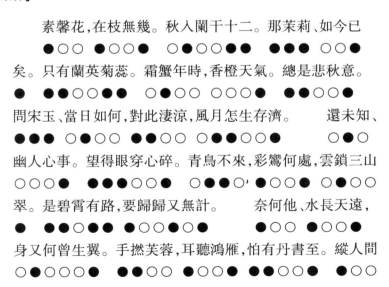

富貴。一歲復一歲。此心終日繞香盤，在篆畦兒裏。
●●　　●●●●●　　●○○●●○○　　●●○○●

（《全宋詞》2526 頁）

【注釋】

　　《詞譜》以此詞爲葛長庚詞，今從《全宋詞》作彭耜詞。此詞與柳詞相校，惟上片第二、七句，中片起句，下片第六句押韻，下片第七句減一字作五字一句，下又添七字一句、五字一句異。按此詞上片首句《全宋詞》斷作"素馨花、在枝無幾"，不妥，今依正體斷作三字一句、四字一句。又中片起句，下片起句《詞譜》皆斷作三字一句、四字一句，今從《全宋詞》斷句。

紅窗迥

【調釋】

　　此詞《樂章集》不載，今據《全宋詞》。柳詞用上去韻，活潑歡快。《詞譜》以調見周邦彥詞。按周邦彥、曹勳《紅窗迥》與此皆屬同名異調。

【體略】

　　雙片五十五字，上片二十六字五句三上去韻，下片二十九字四句三上去韻，柳永。

【圖譜】

小園東，花共柳。紅紫又一齊開了。引將蜂蝶燕和鶯，
●○○　○●●　　○●●●○●●　　●○○●●○○

成陣價、忙忙走。　　　花心偏向蜂兒有。鶯共燕、喫他拖
○●●　○○● 　　　○○○●○○●　 ○●● ●○○

逗。蜂兒却入、花裏藏身,蝴蝶兒、你且退後。
● 　○○●● ○ ●○○ ○●○ ●●●●

【注釋】

　　此調除柳永詞外,無名氏"富春坊"一首格調與之相近,但句法字聲又異,不參校。

又一體

【體略】

　　雙片五十七字,上片二十六字五句三上去韻,下片三十一字六句三上去韻,《花草粹編》無名氏。

【圖譜】

富春坊,好景致。兩岸盡是、歌姬舞妓。引調得、上界
●○○ ●●● 　●●●● ○○●● 　●○● ●●

神仙,把凡心都起。　　　内有丙丁並壬癸。這兩尊神,爲你
○○ ●○○●● 　　　●●●○○●● ●●○○ ●●

爭些口氣。火星道,我待逞些神通,不怕你是水。
○○●● ●○● ●●●○○ ●●●●●

【注釋】

　　此與柳詞字句相近,當爲同調,然字數多有增減變化。

鳳凰閣

【調釋】

《詞譜》卷十五："高拭詞注商調，張炎詞有'漸數花風第一'句，名《數花風》。"柳詞用入聲韻，重頭曲，聲情感傷激越。

【體略】

雙片六十八字，上下片各三十四字六句四入聲韻，柳永。

【圖譜】

匆匆相見，懊惱恩情太薄。霎時雲雨人拋却。教我行
⊙○○● ⊙●⊙○● ◎◎⊙●⊙○● ⊙●○
思坐想，肌膚如削。恨只恨、相違舊約。　　相思成病，那
○◎● ⊙○○● ◎◎● ○○▼● 　　⊙○○● ◎
更瀟瀟雨落。斷腸人在闌干角。山遠水遠人遠，音信難託。
●⊙○◎● ◎○○●⊙○● ◎●●◎○● ⊙○●
這滋味、黃昏又惡。
●⊙● ○○▼●

（《全宋詞》55 頁）

【注釋】

此調兩宋現存六詞，皆用入聲韻，金元無存詞。《詞譜》："此見《花草粹編》，因《樂章集》不載，故無宮調可考。"上片第一句"匆"張炎詞作"好"，第二句"懊"張炎詞作"秋"，"恩"、"太"劉克莊詞作"幼"、"丘"，第三句"霎"、"雲"劉克莊詞作"人"、"此"，第四

句"行"、"坐"劉克莊詞作"種"、"隨",第五句"肌"劉克莊詞作"采",
第六句"恨"劉克莊詞作"龍";下片第一句"相"張炎詞作"酒",第二
句"瀟"、"雨"劉克莊詞作"庶"、"從",第三句"斷"張炎詞作"孤",
"人"仇遠詞作"不"。句中其他可平可仄見趙師俠詞。《詞牌格
律》:"二結倒數第二字要用去聲字,切不可用平。"(1210 頁)

　　《詞律拾遺》卷二以張炎"好遊人老"詞爲又一體:"前後第四
句俱叶,與柳詞異,後第四句亦作'煙水去程應遠',《歷代詩餘》卷四
十五作'煙水此去程應遠'。"按張炎詞下片"遠"字並未用韻,上片第
四句"葉"字亦不與"客"字相押。此詞下片第四句作拗句,仇遠詞正
與之同,劉克莊、張炎等作仄起仄收律句,填者任選一種可也。

又一體

【體略】

　　雙片六十七字,上片三十三字,下片三十四字,各六句四入聲
韻,趙師俠。

【圖譜】

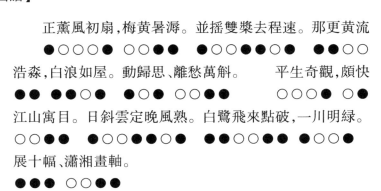

【注釋】

此與柳詞相校,惟上片首句添一領字,第二句減二字作四字一句異,無名氏"遍園林綠暗"一首正與此同。按下片第四、五句《詞譜》、《全宋詞》斷作"白鷺飛來,點破一川明綠",不當,今從《詞律》斷句。此詞上片第二句《全宋詞》作"雨細梅黄暑溽"六字一句,檢《宋元名家詞》、《古今詞統》、《詞律》、《詞譜》諸書皆作四字一句,又有無名氏詞爲證,今從《詞譜》等書。

又無名氏詞下片第四句《詞譜》斷作六字折腰句"春去也、這般愁",此與歌唱無關,注出不另列,下片第四、五句《全宋詞》斷作"春去也,這般愁、没處安著",顯誤。

剔銀燈

【調釋】

《詞譜》卷十七:"《樂章集》注仙吕調,金詞亦注仙吕調,元高拭詞注中吕宫,蔣氏九宫譜,屬中吕調,名《剔銀燈引》。"柳詞用上去韻,非賦本意,聲情風流灑脱。同期范仲淹、沈邈、杜安世等人皆有詞,范仲淹爲懷古之作。杜安世三詞皆賦戀情相思,當更近本意。此調前後七句拍,毛滂詞注云:"侑歌者以七急拍,七拜勸酒。"《校正》:"此調爲重頭曲,每段兩個六字句,兩個四字句,兩個上三下四句法之七字句,一個五字句,兼用仄韻,故調勢凝澀穩重。此調因用以勸世,可以發表議論,但議論須寓於形象之内,以得理趣者爲佳。此調亦可言情,亦可祝頌。"(293頁)

【體略】

仙吕調,雙片七十五字,上片三十八字,下片三十七字,各七句

五上去韻,柳永。

【圖譜】

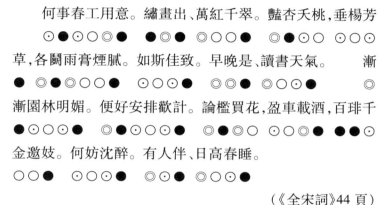

　　　　何事春工用意。繡畫出、萬紅千翠。豔杏夭桃,垂楊芳
　　　　⊙●○○●●　●●●　●○○● ⊙●○○　○○○●
草,各鬪雨膏煙膩。如斯佳致。早晚是、讀書天氣。　　　漸
●　◎●●○○● ⊙○○● ○○●　●○○●　　　　　◎
漸園林明媚。便好安排歡計。論檻買花,盈車載酒,百琲千
●○○○● ◎●○○○● ○●●○　○○●● ●●○
金邀妓。何妨沈醉。有人伴、日高春睡。
○○● ⊙○○● ◎●● ⊙○○●

　　　　　　　　　　　　　　　　　　　　(《全宋詞》44頁)

【注釋】

　　此調兩宋存詞十首、金王喆存一詞。《詞譜》以此詞爲正體作
譜,當是,但所定字聲多不當。上片第五句"各"毛滂詞作"花",下
片第六句"沈"作"繡"。句中其他可平可仄俱見下列別體句法相
同者。

　　下片第一、二句,杜安世"夜永衾寒"一首《全宋詞》斷作:"寫
遍香箋,分剖鱗翼,路遙難到。"不當,應斷作:"寫遍香箋分剖。鱗
翼路遙難到。"正與柳詞體同。"剖"、"到"字皆用韻。再如呂渭老
《漁家傲》詞:"誰知道。至今功業猶分剖。"亦同。按"剖"字,此音
《廣韻》、《集韻》及今《漢語大字典》均未注出,當補。又下片第三
句"檻"《詞譜》作"藍",誤。又下片第四句以"車"、"酒"二字皆可
平可仄,亦不當,按"盈車載酒"四字惟范仲淹詞作仄起平收律句:
"些子少年。"偶用,不參校。下片第五句"琲"惟沈邈"一夜隋河"
一首作"時"用平聲,亦屬偶用。

又一體

【體略】

雙片七十六字,上下片各三十八字七句五上去韻,杜安世。

【圖譜】

好事爭如不遇。可惜許、多情相誤。月下風前,偷期竊
●●○○●●　　●●●　○○●●　　●●○○　○○●

會,共把衷腸分付。尤雲殢雨。正繾綣、朝朝暮暮。　　無
●　●●○○●　　○○●●　●●●　○○●●　　　　○

奈別離情緒。和酒病、雙眉長聚。往事淒涼,佳音迢遞,似
●●○○●　　●●●　○○●●　　●●○○　○○●●　●

此因緣誰做。洞雲深處。暗回首、落花飛絮。
●○○○●　　●○○●　　●●○　●○●●

(《全宋詞》182 頁)

【注釋】

此與柳詞相校,下片第二句添一字作七字一句,與上片第二句
相同,均爲上三下四的七字句,當可效法。

又一體

【體略】

雙片七十四字,上下片各三十七字七句五上去韻,杜安世。

【圖譜】

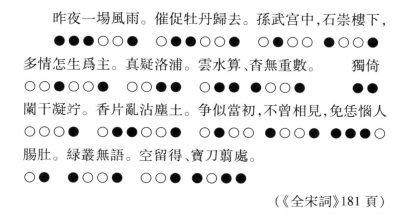

昨夜一場風雨。催促牡丹歸去。孫武宮中，石崇樓下，
●●●○○● 　○●●○○● 　○●○○ ●○○●

多情怎生爲主。真疑洛浦。雲水算、杳無重數。　　獨倚
○○●○○● 　○○●● 　●●○、●○○● 　　　　●●

闌干凝竚。香片亂沾塵土。爭似當初，不曾相見，免恁惱人
○○○● 　○●●○○● 　○●○○ ●○○● ●●●○

腸肚。綠叢無語。空留得、寶刀蔦處。
○● 　●○○● 　○○●、●○●●

（《全宋詞》181 頁）

【注釋】

此與柳詞相校，上片第二句減一字作六字一句。毛滂詞正與
此同。

又一體

【體略】

雙片七十八字，上下片各三十九字七句四上去韻，范仲淹。

【圖譜】

昨夜因看蜀志。笑曹操、孫權劉備。用盡機關，徒勞心
●●○○●● 　●○●、○○○● 　●●○○ 　○○

力，只得三分天地。屈指細尋思，爭如共、劉伶一醉。
● 　●●○○○● 　●●●○○ ●○●、○○○●●

人世都無百歲。少癡騃、老成尫悴。只有中間，些子少年，

○●○○●●　　●○● ●○○● 　●●○○　○●●○

忍把浮名牽繫。一品與千金，問白髮、如何回避。

●●○○○●　　●●●○○　●●● ○○○●

（《全宋詞》11 頁）

【注釋】

《詞譜》："此與杜詞同，惟前後段第六句添一字，作五字句、不用韻異。《花草粹編》采之《中吳紀聞》，無別首宋詞可校。"又下片第四句"些子少年"用仄起平收律句，與諸家不同。

又一體

【體略】

雙片七十六字，上片三十七字，下片三十九字，各七句五上去韻，沈邈。

【圖譜】

江上秋高霜早。雲靜月華如掃。候雁初飛，啼螿正苦，

○●○○○●　　●●●○○● 　●●○○ ○○●●

又是黃花衰草。等閒臨照。潘郎鬢、星星易老。　　那堪

●●○○○●　　●○○● ○○● ○○●● 　　　●○

更、酒醒孤棹。望千里、長安西笑。臂上妝痕，胸前淚粉，暗

●　●○○●　　●○●　○○○● 　●●○○　○○●●　●

惹離愁多少。此情誰表。除非是、重相見了。

●○○○●　　●○○● 　○○●　○○●●

（《全宋詞》12 頁）

【注釋】

　　此與柳詞相校,上片第二句六字一句,下片換頭及第二句均爲七字句。沈邀別首"一夜隋河"詞正與此同。

<h2 style="text-align:center">又 一 體</h2>

【體略】

　　雙片七十八字,上下片各三十九字七句五上去韻,《翰墨大全》無名氏。

【圖譜】

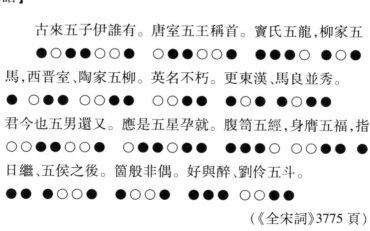

古來五子伊誰有。唐室五王稱首。竇氏五龍,柳家五
●○●●○●　　○●○○●●　　●●○○　●○●

馬,西晋室、陶家五柳。英名不朽。更東漢、馬良並秀。
●　○●○、○○●●　　○○●●　●○●、●○●●

君今也五男還又。應是五星孕就。腹笥五經,身膺五福,指
○○●●○○●　　●●●○●●　　●●○○　○○●●　●

日繼、五侯之後。簡般非偶。好與醉、劉伶五斗。
●●、●○○●　　●○○●　●●●、○○●●

(《全宋詞》3775 頁)

【注釋】

　　此詞《詞譜》據《花草粹編》作衷長吉作。此與柳詞相校,上下片首句皆爲七字句,第五句皆添一字作上三下四式七字句。又,上片第二句減一字作六字一句。按上片一、二句《全宋詞》斷作:"古

來五子伊誰,有唐室、五王稱首。"不當。

　　又無名氏"小院煙涼雨細"一首,下片第五句作七字折腰一句與此詞同,其他又均同柳詞,注出不另列。

迎春樂

【調釋】

　　《樂章集》注林鐘商。同期晏殊、歐陽修、張先有詞,題材多賦戀情相思,入聲上去韻皆可,聲情急切頓挫。《詞譜》卷九:"元王行詞注夾鐘商者。"《張子野詞》作小石調,周邦彥詞作"雙調"。按林鐘商、小石調、雙調皆爲商聲。《詞律辭典》:"《高麗史·樂志》名《迎春樂令》。賀鑄詞有'低鬟舞按迎春遍'句,名《舞迎春》;又有'都付與、弦聲寫'句,名《辨弦聲》;又有'想花下、攀鞍態'句,名《攀鞍態》;又有'誰似辟寒金'句,名《辟寒金》。"《魏氏樂譜》卷二以秦觀"菖蒲葉葉"一詞爲譜。

【體略】

　　林鐘商,雙片五十三字,上片二十七字四句四上去韻,下片二十六字四句三上去韻,柳永。

【圖譜】

　　　近來憔悴人驚怪。 　爲別後、相思煞。 　我前生、負你愁煩
　　　◎○⊙●○○● 　　◎○○ ⊙○● 　●○○ ●●○○
　　債。便苦恁、難開解。 　　良夜永、牽情無計奈。 錦被裏、
　　●　◎○○● ○○● 　　○●● ○○●● 　◎○●
　　餘香猶在。怎得依前燈下,恣意憐嬌態。
　　⊙○○● ●●○○● ●○○●

　　　　　　　　　　　　　　　　　　(《全宋詞》30 頁)

【注釋】

此調兩宋現存二十餘首詞,金人王喆、馬鈺等存詞數首。此調晏殊賦本意。《詞譜》以柳詞作譜,以柳詞換頭作"良夜永、牽情無奈",今從《百家詞》和《全宋詞》作八字句。晏殊、歐陽修換頭皆作八字句,正同柳詞。下片第二句"錦"晏殊作"幽",第三句"燈"作"百"。句中其他可平可仄,皆見下列別體句法相同者。

按歐陽修詞下片第三、四句《全宋詞》作"執手臨歸,猶且更待留時霎",作四七句式,仍應斷作六字一句、五字一句。

又 一 體

【體略】

小石調,雙片五十字,上片二十六字四句四上去韻,下片二十四字四句三上去韻,張先。

【圖譜】

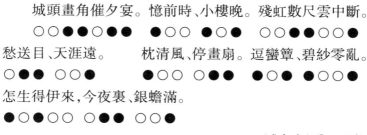

城頭畫角催夕宴。憶前時、小樓晚。殘虹數尺雲中斷。

愁送目、天涯遠。　枕清風、停畫扇。逗蠻簟、碧紗零亂。

怎生得伊來,今夜裏、銀蟾滿。

　　　　　　　　　　　　　　　　(《全宋詞》65 頁)

【注釋】

此與柳詞相校,上片第三句減一字作七字句,下片換頭減二字

作六字折腰句,結韻作五字一句、六字折腰一句。換頭作六字句宋
人惟有此詞,或有脱漏。

又一體

【體略】

　　雙片五十一字,上片二十六字四句四上去韻,下片二十五字四
句三上去韻,秦觀。

【圖譜】

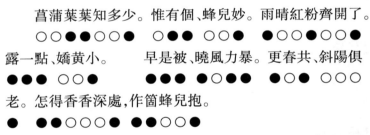

菖蒲葉葉知多少。惟有個、蜂兒妙。雨晴紅粉齊開了。
○○●●○○●　　○●●　○○●　●○○●●○●
露一點、嬌黃小。　　早是被、曉風力暴。更春共、斜陽俱
●●●　○○●　　　●●●　○○●　●○●　○○○
老。怎得香香深處,作箇蜂兒抱。
●　●●○○○●　●●○○●

(《全宋詞》459 頁)

【注釋】

　　此與柳詞相校,上片第三句作七字一句,換頭作上三下四式七
字折腰句。按換頭作七字折腰句者宋人惟有此詞,亦屬偶用。

又一體(正體)

【體略】

　　雙片五十一字,上片二十六字四句四上去韻,下片二十五字四

句三上去韻，賀鑄。

【圖譜】

　　　　　瓊瓊絕藝真無價。指尖纖、態閒暇。幾多方寸關情話。
　　　　　⊙○○●○○●　　◎○○●　　○○⊙●○○●
　都付與、絃聲寫。　　　三月十三寒食夜。映花月、絮風臺
　⊙◎●　○○●　　　⊙●○○○●●　　◎○●　◎○○
　榭。明月待歡來，久背面、鞦韆下。
　●　○●○●○○　◎◎●　○○●

（《全宋詞》501 頁）

【注釋】

　　此詞亦爲正體。《東山詞》校注本繫此詞於徽宗崇寧元年
（1102）至四年（1105）間（185 頁）。此與柳詞相校，上片第三句和
換頭皆作七字句，結韻作五字一句、六字折腰一句。賀鑄此體創作
四首，皆相同，又《高麗史·樂志》無名氏"神州麗景"詞亦與此同。
無名氏"神州麗景"詞上片第三句偶未用韻，注出不另列。下片第
一句"三"，賀鑄別首"逢迎一笑"詞作"竚"。句中其他可平可仄俱
見別體句法相同者。

　　按下片第三句"待歡"陳允平"江湖十載"詞作"歸賦"，"來"
楊无咎詞作"樂"，皆偶用不參校。

又一體（正體）

【體略】

　　雙調，雙片五十二字，上片二十七字四句四入聲韻，下片二十
五字四句三入聲韻，周邦彥。

【圖譜】

　　　　清池小圃開雲屋。結春伴、往來熟。憶年時、縱酒杯行
　　　　○○●●○○●　　◎⊙●　◎○●　　●○○　●●○○

　　　　速。看月上、歸禽宿。　　　　牆裏修篁森似束。記名字、曾刊
　　　　●　◎●●　○○●　　　　⊙●●○○●　　◎⊙●　⊙○

　　　　新綠。見說別來長，沿翠蘚、封寒玉。
　　　　○●　◎●●○○　⊙◎●　○○●

　　　　　　　　　　　　　　　　　　　（《全宋詞》601 頁）

【注釋】

　　《清真詞校注》以此詞離開睦州後（建中靖國元年後）數年
間寫於汴京。此調用入聲韻始自周邦彥。與賀鑄詞相校，上片
第三句依然用八字句同柳詞，其他皆同賀鑄詞，可平可仄即據
上列各詞句法相同者參定。南宋楊澤民、陳允平、方千里等有
和作。

又一體

【體略】

　　雙片四十九字，上片二十五字四句四上去韻，下片二十四字四
句三上去韻，宇文虛中。

【圖譜】

　　　　寶幡彩勝堆金縷。雙燕釵頭舞。人間要識春來處。天
　　　　●○●●○○●　○●○○●　○○●●○○●　○

際雁、江邊樹。　　　故國鶯花又誰主。念憔悴、幾年羈旅。
●●　○○●　　　　●●○○●●●　　●○●　●○○●

把酒祝東風，吹取人歸去。
●●●●○○　○●○○●

（《全金元詞》3 頁）

【注釋】

　　此即賀鑄詞體，此與賀詞相校，上片第二句、下片結句皆減一字作五字句異。

又一體

【體略】

　　雙片五十字，上片二十六字四句三上去韻一平韻，下片二十四字四句三上去韻，王嚞。

【圖譜】

茲晨瑞氣陽和早。泥牛示、古農曹。風流綵杖輕輕考。
○○●●○○●　○○●　●○○　○○●●○○●

誰似我、重耕道。　　　賞宴懷中珍和寶。滋味廣、餐芝草。
○●●　○○●　　　　●●○○○●●　○●●　○○●

便許結金丹，復歸去、蓬萊島。
●●●○○　●○●　○○●

（《全金元詞》225 頁）

【注釋】

　　此亦賀鑄詞體，與賀詞相校，下片第二句減一字作六字一句

異。按上片第二句“曹”字平聲,與仄聲通押,已近曲體,不可效法。

又一體

【體略】

　　雙片五十一字,上片二十六字四句三上去韻一平韻,下片二十五字四句三上去韻,馬鈺。

【圖譜】

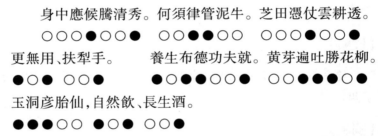

　　　身中應候騰清秀。何須律管泥牛。芝田憑仗雲耕透。
　　　○○○●●○○●　　○○●●○○　　○○○●○○●
　　更無用、扶犁手。　　養生布德功夫就。黃芽遍吐勝花柳。
　　●○●　○○●　　●○●●○○●　　○○●●●○●
　　玉洞彥胎仙,自然飲、長生酒。
　　●●●○○　●○○　○○●

(《全金元詞》305 頁)

【注釋】

　　此亦賀鑄詞體,惟上下片第二句不作折腰句法異,馬鈺別首正與此同。按馬鈺上片第二句“牛”字用平韻,正與王喆詞體同。又馬鈺別首“斗杓運轉初臨陣”,第二句作“自然陽氣騰騰”,“騰”字亦用平聲。

減字木蘭花

【調釋】

　　《詞譜》卷五："《樂章集》注仙呂調。《梅苑》李子正詞名《減蘭》，徐介軒詞名《木蘭香》，《高麗史·樂志》名《天下樂令》。"此調爲《木蘭花》調奇數句減三字，並於用韻上有所變化，以成新調。《詞譜》以歐陽修詞爲譜："按《木蘭花令》，始於韋莊，係五十五字，全用仄韻者。《花間集》魏承班有五十四字詞一體，毛熙震有五十三字詞一體，亦用仄韻，皆非減字也。自南唐馮延巳，製《偷聲木蘭花》，五十字，前後起兩句，仍作仄韻七言，結處乃偷平聲，作四字一句、七字一句，始有兩仄兩平四換頭體。此詞亦四換韻，蓋又就偷聲詞兩起句，各減三字，自成一體也。"此調上下片各爲四、七、四、七句式，用兩仄韻兩平韻，聲律簡潔，但不失變化，先仄後平的用韻方式，使聲情先激蕩後和順，頗富轉折之妙。同期張先、歐陽修有詞。《于湖詞》亦注仙呂調。此調爲兩宋及後世極流行詞調，題材詠物、言情、抒懷皆宜，聲情感歎傷悲、歡快灑脫皆可。按《減字木蘭花》、《偷聲木蘭花》、《木蘭花令》於北宋皆爲仙呂之調，聲情相近。《減字木蘭花》於元明南戲、傳奇中往往念白時使用，增強抒情功能，形式與詞體相同，當視爲詞體。《詞律辭典》："韓淲詞名《梅詞》，丘處機詞名《金蓮出玉花》，王丹桂詞名《金蓮出玉華》，無名氏詞名《小木蘭花》，馬鈺詞名《四仙韻》，侯善淵詞名《益壽美金花》，徐介軒詞名《木蘭香》。"（397頁）

【體略】

　　仙呂調，雙片四十四字，上下片各二十二字四句二平韻二仄韻，柳永。

【圖譜】

花心柳眼。郎似遊絲常惹絆。慵困誰憐。繡線金針不
⊙○◎●　⊙●⊙○●●　⊙●○○　◎●○○

喜穿。　　深房密宴。爭向好天多聚散。綠鎖窗前。幾日
●○　　　⊙○◎●　⊙●◎○○●●　◎●○○　◎●

春愁廢管絃。
○○◎●○

（《全宋詞》46頁）

【注釋】

此調兩宋金元存詞五百餘首，字句聲韻一致，皆用四、七句式，皆用律句，前後片字聲相同，僅此一體。

按上片第一句"花"、"柳"歐陽修"去年殘臘"詞作"去"、"殘"，第二句"郎"、"遊"蘇軾"惟熊佳夢"詞作"釋"、"老"，第三句"慵"歐陽修"傷懷離抱"詞作"此"，第四句"繡"、"不"歐陽修"去年殘臘"詞作"空"、"無"；下片第一句"深"、"密"王之道"修眉山遠"詞作"醵"、"浮"，第二句"爭"、"好"歐陽修"年來方寸"詞作"水"、"浮"，第三句"綠"歐陽修"畫堂雅宴"詞作"紅"，第四句"幾"、"廢"沈瀛"老而不止"詞作"空"、"長"。

張先三十九調

張先（990—1078）字子野，烏程（今浙江湖州吳興）人。
曾任安陸縣知縣，人稱"張安陸"。天聖八年（1030）進士，官
至尚書都官郎中。晚年退居湖杭之間。有《張子野詞》，明吳
訥《百家詞》鈔本，未標宮調。清乾隆五十三年（1788），鮑廷
博得菉斐軒鈔本《張子野詞》二卷，共一百零六首，區分宮調，
當爲宋人編次。《全宋詞》據《彊邨叢書》本録入，共收一百六
十二首。張先詞令、慢兼善，令詞近於晏、歐，慢詞與柳永並
駕，其令詞調如《千秋歲》、《武陵春》、《行香子》、《一叢花
令》，慢詞調如《漢宮春》等對後世影響較大。與柳永稍異，張
先大量令詞調的宮調標注也爲我們展示了宋代令詞宮調的基
本情況。

塞垣春

【調釋】

塞垣，即邊塞，韋莊《送人遊并汾》詩："風雨蕭蕭欲暮秋，獨携
孤劍塞垣遊。"《張子野詞》注般涉調。張詞用上去韻，寫秋，非關
本意，聲情怨欷感傷。《詞譜》卷二十五以此調首見周邦彥詞，誤。
周詞注大石調，寫秋景。南宋吳文英此調寫春景，清新俊美，更近
本調。關於此調，歷來將周密詞《采緑吟》單列，《采緑吟》實爲《塞

垣春》之同調異體。周密《采緑吟》自序云：“甲子夏，霞翁會吟社
諸友逃暑於西湖之環碧。琴尊筆研，短葛練巾，放舟於荷深柳密
間。舞影歌塵，遠謝耳目。酒酣，采蓮葉，探題賦詞。余得《塞垣
春》，翁爲翻譜數字，短簫按之，音極諧婉，因易今名云。”由序中可
知，《采緑吟》僅據《塞垣春》新翻數字，不當爲别調。

【體略】

　　般涉調，雙片九十六字，上片四十九字九句七上去韻，下片四
十七字九句四上去韻，張先。

【圖譜】

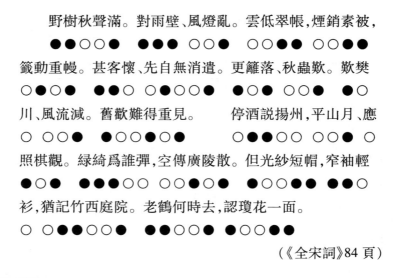

　　　　　　　　　　　　　　　　　　　　（《全宋詞》84 頁）

【注釋】

　　《唐宋詞彙評》考此詞蓋寶元二年（1039）寄沈邈作（140 頁）。
此調兩宋現存七首，以此詞爲早，《詞譜》不載，亦未參校此詞。周
邦彦等詞正從此體變化而出。張詞上片第八句用韻，宋人詞此句

不用韻者多，不作正體。

正　　體

【體略】

　　大石調，雙片九十六字，上片四十九字九句六上去韻，下片四十七字八句四上去韻，周邦彦。

【圖譜】

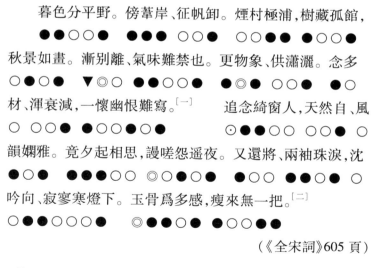

【注釋】

　　［一］《詞律》、《詞譜》皆以此詞爲正體，當是。"漸"字宜用去聲，"漸別離、氣味難禁也"一句，《詞譜》作普通八字一句，宜從《詞律》作上三下五式折腰句。上片結句《詞譜》以方千里作"短長音如寫"，少一字而列又一體，並云："此與周詞同，惟前段結句減一

字異。《詞律》謂此句必脱一字，但按楊澤民詞，亦作五字句，或宋人另有此體，故爲編入。"按，方千里與楊澤民詞皆爲和周邦彦詞，字句應當相同，今從《詞律》和《全宋詞》，以脱漏一字，不再另列。上片第六句"別"楊澤民詞作"歡"。句中可平可仄除注明外，俱見別體句法相同者。

　　[二]"追"楊澤民詞作"謝"。"謾"陳允平詞作"啼"。"兩"《詞譜》作本仄可平，不當。"兩袖珠淚"作拗句，檢宋人詞作，此韻句法或有異，然字聲上看，"袖"惟方千里詞作"堆"，用平聲，偶用不參校。按"又還將"以下兩句楊澤民詞句法與周詞不同："便同雲黯淡，冰霰縱横，也並眠鴛衾下。"而與張先詞相同，注出不再另録。

又一體

【體略】

　　雙片九十八字，上片四十九字九句六上去韻，下片四十九字十句五上去韻，吴文英。

【圖譜】

　　　漏瑟侵瓊管。潤鼓借、烘鑪暖。藏鈎怯冷，畫雞臨曉，
　　　●●○●　●●●　○○●　　○○●●　●○○●

　　鄰語鶯囀。殢緑窗、細呪浮梅琖。換蜜炬、花心短。夢驚
　　○●○●　●●○　●●○○●　　●●●　○○●　　●○

　　回、林鴉起，曲屏春事天遠。　　　迎路柳絲裙，看争拜東風，
　　○　○○●　●○○●○●　　　○●●○○　○○●○○

　　盈灞橋岸。髻落寶釵寒，恨花勝遲燕。漸街簾影轉。還似
　　○●○●　●●●○○　●○●○●　　●○○●●　　○●

新年,過郵亭、一相見。南陌又燈火,繡囊塵香淺。

○○　●○○　●○●　　○●●○●●　●○○○●

（《全宋詞》2882 頁）

【注釋】

《唐宋詞彙評》考此詞於淳祐六年(1246)作(3354 頁)。《詞譜》:"此亦與周詞同,惟後段第二句添二字,作五字一句、四字一句,其第五、六句,亦作五字、四字、六字三句異。後段結句'香'字平聲,查別首宋詞,此字俱用仄聲,恐非定格,故周詞不注可平。"按吳詞下片第六句"轉"字,今依《全宋詞》作韻,亦與周詞不同。

又一體

【體略】

雙片九十九字,上片四十九字九句四平韻一仄韻,下片五十字九句三平韻一仄韻,周密。

【圖譜】

采綠鴛鴦浦,畫舸水、北雲西。槐薰入扇,柳陰浮槳,花

●●○○●　●●●　●○○　　○○●●　●○○●　○

露侵詩。點塵飛、不到冰壺裏。紺霞淺、壓玻璃。想明璫、凌

●○○　●●○　●○○○●　●○●　●○○　●○○　○

波遠,依依心事寄誰。　　移櫂欷空明,蘋風度、瓊絲霜管

○●●　○○○●●○　　○●●○○　○○●　○○○●

清脆。咫尺挹幽香,悵岸隔紅衣。對滄洲、心與鷗閒,吟情

○●　●●●○○　●●●○○　●○○　○●○○　○○

渺、蓮葉共分題。停杯久，涼月漸生，煙合翠微。

● 〇〇●●〇〇　〇〇●　〇●●〇　〇〇●〇

（《全宋詞》3270 頁）

【注釋】

《詞譜》以此詞爲周密自度曲，誤。此即《塞垣春》之變體，用平韻，惟下片首韻用仄韻。按上片第六句"點塵飛、不到冰壺裏，紺霞淺、壓玻璃"，《詞譜》斷作："點塵飛不到，冰壺裏、紺霞淺壓玻璃。"今依《塞垣春》斷句。如此，則上片四韻用平韻與張先、周邦彥詞不同外，其他均同。下片第二句添二字，正與吳文英詞體相同。全詞僅結韻作三字一句、四字兩句與諸家不同。按上片第二句《詞譜》作"放畫舸、水北雲西"，今依《百家詞》及《全宋詞》。

碧牡丹

【調釋】

《張子野詞》注般涉調。《道山清話》："晏文獻公爲京兆，辟張先爲通判。新納侍兒，公甚屬意。先字子野，能爲詩詞，公雅重之。每張來，即令侍兒出侑觴，往往歌子野所爲之詞。其後，王夫人浸不容，公即出之。一日，子野至，公與之飲。子野作《碧牡丹》詞，令營妓歌之……公聞之，憮然曰：'人生行樂耳，何自苦如此？'亟命於宅庫支錢若干，復取前所出侍兒。既來，夫人亦不復誰何也。"張詞用上去韻，聲情怨歡淒苦。李致遠詞與張先詞同名異調。

【體略】

雙片七十五字，上片三十六字七句五仄韻，下片三十九字八句六仄韻，張先。

【圖譜】

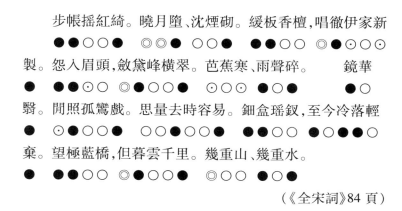

步帳搖紅綺。曉月墮、沈煙砌。緩板香檀,唱徹伊家新
製。怨入眉頭,斂黛峰橫翠。芭蕉寒、雨聲碎。　　鏡華
翳。閒照孤鸞戲。思量去時容易。鈿盒瑤釵,至今冷落輕
棄。望極藍橋,但暮雲千里。幾重山、幾重水。

（《全宋詞》84 頁）

【注釋】

　　《唐宋詞彙評》考此詞乃皇祐二年至五年（1050—1053）通判永興軍期間作(141 頁)。此調兩宋僅存五首,以此詞爲早。此調《詞譜》未錄張先詞,以晏幾道詞爲譜,字聲所定多不當。今以張先詞爲正體。此調張先、晏幾道等人詞用上去韻,程垓詞用入聲韻。上片第四句“唱”晁補之“院宇簾垂地”詞作“婀”,“伊”程垓詞作“頓”,“新”晁補之“院宇簾垂地”詞作“柳”,第七句“芭”程垓詞作“爲”,“寒”晁補之“院宇簾垂地”詞作“緊”,下片第八句“幾”晏幾道詞作“南”。句中可平可仄除注明外,俱見下所列別體句法相同者。

　　按下片第三句宋人詞皆用拗句。又下片第五句“至今冷落輕棄”用平起仄收律句,程垓詞與之相同,晏幾道及晁補之二詞皆用仄起仄收律句,不參校。

又一體

【體略】

雙片七十四字,上片三十五字七句五上去韻,下片三十九字八句六上去韻,晏幾道。

【圖譜】

翠袖疏紈扇。涼葉催歸燕。一夜西風,幾處傷高懷遠。
細菊枝頭,開嫩香還遍。月痕依舊庭院。　　事何限。悵
望秋意晚。離人鬢華將換。静憶天涯,路比此情猶短。試
約鸞牋,傳素期良願。南雲應有新雁。

(《全宋詞》254 頁)

【注釋】

此與張先詞相校,惟上片第二句減一字作五字一句異。《詞譜》卷十七:“詞前段第六句、後段第七句,例應上一下四句法,與別句五字者不同。”

又一體

【體略】

雙片七十三字,上片三十五字七句五上去韻,下片三十八字八

句六上去仄韻,晃補之。

【圖譜】

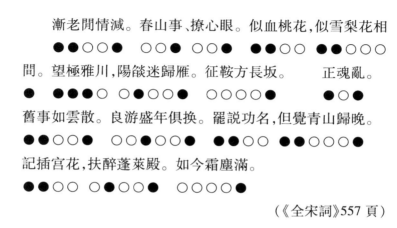

漸老閒情減。春山事、撩心眼。似血桃花,似雪梨花相
間。望極雅川,陽燄迷歸雁。征鞍方長坂。　　正魂亂。
舊事如雲散。良游盛年俱換。罷說功名,但覺青山歸晚。
記插宮花,扶醉蓬萊殿。如今霜塵滿。

(《全宋詞》557 頁)

【注釋】

　　《唐宋詞彙評》考此詞乃晚年閒居時作(813 頁)。此與張先詞相校,惟上下片結句減一字作五字一句異。按此體上下片結句又均用拗句。

玉聯環(一落索)

【調釋】

　　此調常用名《一落索》。《詞譜》卷五:"歐陽修詞名《洛陽春》,張先詞名《玉連環》,辛棄疾詞名《一絡索》。"此調宋人例用上去韻,兩宋流行詞調,《片玉集》注雙調。正體上下片均為七、五(或四)、七六組合,結句作六字折腰句法,聲情頓挫婉轉、怨歎感傷。又李呂《一落索》與此調不同。

【體略】

雙片四十七字,上片二十四字,下片二十三字,各四句三上去韻,張先。

【圖譜】

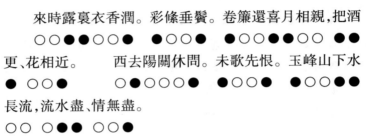

來時露裛衣香潤。彩絛垂鬢。卷簾還喜月相親,把酒
○○●●○○●　　●○○●　　●○○●●○,●●

更、花相近。　　　西去陽關休問。未歌先恨。玉峰山下水
●　○○●　　　　○●○○●●　　●○○●　　●○○●●

長流,流水盡、情無盡。
○○,○●●、○○●

(《全宋詞》64頁)

【注釋】

《唐宋詞彙評》:“皇祐二年(1050)至四年(1052),張先受晏殊辟,通判永興軍。此詞即作於長安。”(115頁)此調兩宋金元現存近五十首詞,以此詞爲早。此調主要以第二句字數辨體,正體有四十八字體和四十六字體,皆爲重頭曲。《詞譜》所定體式和字聲多有混亂。張詞首句作七字一句,次句作四字一句,張先別首“都人未逐”詞、向子諲詞、陳瓘詞、呂渭老“蟬帶殘聲”詞正與此體同,終非正體。又按張先“南園已恨”一首,下片結句作“問幾日上、東風綻”,“上”字當爲衍字,注出不另列。

又一體

【體略】

雙片五十字,上片二十五字,下片二十五字,各四句三上去韻,黃庭堅。

【圖譜】

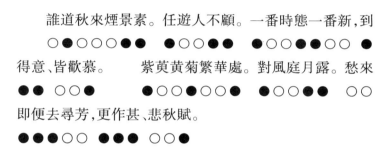

誰道秋來煙景素。任遊人不顧。一番時態一番新,到
○●○○○●●　　●○○●●　　●○○○●○○　●

得意、皆歡慕。　　　紫萸黃菊繁華處。對風庭月露。愁來
●●　○○●　　　●○○●○○●　　●○○●●　○○

即便去尋芳,更作甚、悲秋賦。
●●●○○　●●●　○○●

（《全宋詞》414 頁）

【注釋】

此與張詞相校,上片首句字聲異,下片首句添一字作七字一句,上下片第二句皆添一字作上一下四句法。

又一體

【體略】

雙片四十九字,上片二十五字,下片二十四字,各四句三上去韻,秦觀。

【圖譜】

　　　楊花終日空飛舞。奈久長難駐。海潮雖是暫時來，却
　　　○○○●○○● 　●●○○● 　●○○●○○ 　●

　　有箇、堪憑處。　　　紫府碧雲爲路。好相將歸去。肯如薄
　　●● 　○○● 　　　●●●○○● 　●○○○● 　●○●

　　倖五更風，不解與、花爲主。
　　●●○○ 　●●● 　○○●

(《全宋詞》460頁)

【注釋】

　　此與張詞、黃詞相校，上下片首句與張詞相同，上下片第二句
與黃詞同。

　　又歐陽修二詞字句正與此同，黃詞、秦詞或均受歐詞影響。然
不以歐詞爲譜者，歐詞下片第二句皆作上一下四句法，但上片第二
句分別作“滿簾籠花氣”、“蕙爐銷蘭炷”，前後尚不嚴謹。又歐詞
“紅紗未曉”一首上片結句《全宋詞》作“昨夜三更雨”，《詞譜》據
《高麗史·樂志》作“昨夜裏、三更雨”，當從後者。

正體（四十八字）

【體略】

　　雙片四十八字，上下片各二十四字四句三上去韻，晁端禮。

【圖譜】

　　　正向谿堂歡笑。忽驚傳新詔。馬啼準擬樂郊行，又却
　　　◎●⊙○⊙● 　●⊙○⊙● 　◎○○●○○ 　◎○

近、長安道。　　　　鵲鵲樓邊初到。未花殘鶯老。崔徽歌舞
● 　○○●　　　　◎●⊙○○●　●⊙○⊙●　⊙○○⊙●

有餘風,應忘了、東平好。
●○○　⊙◎●●　○○●

（《全宋詞》433 頁）

【注釋】

　　此調四十八字者以此詞爲正體,此與秦詞相校,僅上片首句減一字,從而上下片字、句、韻完全相同,爲重頭之曲。晁詞別首及李元膺、辛棄疾、程垓等人詞正與此同。句中其他可平可仄俱見舒亶詞注及別體句法相同者。

　　又陳鳳儀“蜀江春色”一首也正與此同,其下片第二句《全宋詞》作“沙隄新路”,《詞律》、《詞譜》皆作“向沙堤新路”,當從後者。又晁端禮“道著明朝”詞下片第三句偶添一襯字:“一團兒肌骨不禁春。”注出不另列。

　　又嚴仁“清曉鶯啼”詞《詞譜》列又一體,其與晁詞相校,上片結韻添一字,下片第二句減一字,此調實無此體,當有訛誤,注出不另列。

正體（四十六字）

【體略】

　　雙片四十六字,上下片各二十三字四句三上去韻,舒亶。

【圖譜】

正是看花天氣。爲春一醉。[一]醉來却不帶花歸,誚不
◎●○○⊙●　◎○○●　◎○○●●○○　○○

解、看花意。^[二]　　　試問此花明媚。將花誰比。只應花好
●　○○●　　　　◎●◎○⊙●　⊙○○●　◎○⊙●

似年年，花不似、人憔悴。^[三]
●○○　⊙○●　○○●

（《全宋詞》361 頁）

【注釋】

[一]此調四十六字者以此爲正體，宋金人創作最多。此與晁詞相校，上下片第二句各減一字作四字一句，前後片字、句、韻相同。《詞譜》以毛滂詞爲譜，所注字聲多有不當。首句《詞譜》以前五字均可平可仄，誤。"正是看花天氣"作仄起仄收六字律句，檢宋人詞作並無例外，《詞譜》所以定前五字特別是二四字可平可仄，乃據秦觀"楊花終日"一首，以其首句作"楊花終日飛舞"，秦觀詞首句《全宋詞》作七字句，不當參校（即使作六字句，字聲亦屬偶用）。"爲"仇遠詞作"新"。句中可平可仄除注明外，皆見所列別體句法相同者。

[二]《詞譜》未注"醉"可平，不當。"誚不"王安中"欲訪瑤臺"詞作"聽檀"。

[三]"明"王灼詞作"夜"，"誰"楊澤民"識盡人間"詞作"尺"。"花不"趙以夫詞作"怕花"。按王之道詞下片結句作"門外蒼苔如許"，偶於文意不作折腰句，注出不另列。

又一體

【體略】

雙片四十八字，上下片各二十四字四句三上去韻，賀鑄。

【圖譜】

　　　別酒更添紅粉淚。促成愁醉。相逢淺笑合微吟，撩惹
　　　●●●○○●●　　●○○●　　○○●●○○，●●
　到、纏綿地。　　　花下解携重附耳。佳期深記。青翰舟穩
　●　○○●　　　　●○●●○○●　　○○●●　○●○●
　繡衾香，誰禁斷、東流水。
　●○○，○○●、○○●

（《全宋詞》529 頁）

【注釋】

　　此與舒詞相校，惟上下片首句皆添一字作七字一句異，上下片
亦爲重頭之曲。

又一體

【體略】

　　雙片四十四字，上下片各二十二字四句三上去韻，《梅苑》無
名氏。

【圖譜】

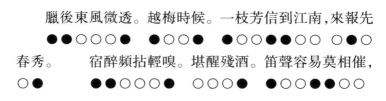

　　　臘後東風微透。越梅時候。一枝芳信到江南，來報先
　　　●●○○○●　　●○○●　　●○○●●○○，○●○
　春秀。　　　宿醉頻拈輕嗅。堪醒殘酒。笛聲容易莫相催，
　○●　　　　●●○○○●　　○○○●　　●○○●●○○，

留待纖纖手。
○　●　○　○　●

【注釋】

　　此與舒詞相校,惟上下片結句皆減一字作五字一句異,上下片亦爲重頭之曲。

又一體

【體略】

　　雙片四十五字,上片二十二字,下片二十三字,各四句三上去韻,呂渭老。

【圖譜】

　　　宮錦裁書寄遠。意長辭短。香蘭泣露雨催蓮,暑氣昏
　　　○　●　○　●　●　　●　○　○　●　　○　○　●　●　○　○　　●　●　○

池館。　　　向晚小園行遍。石榴紅滿。花花葉葉盡成雙,
○　●　　　　●　●　●　○　○　●　　●　○　○　●　　○　○　●　●　●　○　○

渾似我、梁間燕。
○　●　●　　○　○　●

（《全宋詞》1127 頁）

【注釋】

　　此與“臘後東風”詞相校,下片結句添一字作三三式六字折腰句,呂渭老別首“鳥散餘花”詞正與此同。

山亭宴慢

【調釋】

《張子野詞》注中呂宮。《中原音韻》言其"高下閃賺",情感表達方面,歡快、愁苦、灑脫皆可,從調名看,爲酒席送別之調。張詞用上去韻,換頭曲,詞云:"宴亭永晝喧簫鼓。"賦本意,聲情怨歎愁苦。

【體略】

中呂宮,雙片一百二字,上下片各五十一字八句五上去韻,張先。

【圖譜】

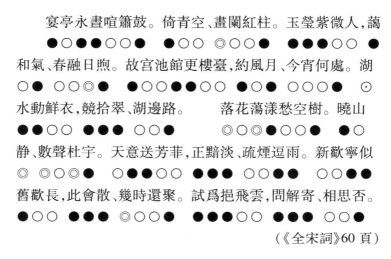

(《全宋詞》60頁)

【注釋】

《唐宋詞彙評》:"當是嘉祐五年(1060)九月送唐詢離杭作。"

（110頁）此調兩宋現僅存張先二詞，《詞律》、《詞譜》皆以爲僅存一首。譜中可平可仄即據張先別首。

又一體

【體略】

雙片一百字，上片四十九字，下片五十一字，各八句五上去韻，張先。

【圖譜】

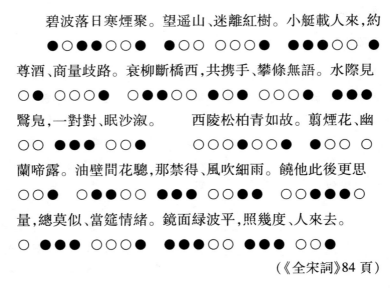

（《全宋詞》84頁）

【注釋】

此詞《全宋詞》采自《西湖志》卷四十，與"宴亭永晝"詞相校，惟上片第五句作五字一句異，或脱漏二字，姑列於此。

喜朝天

【調釋】

《詞譜》卷二十九："調見張先詞集,送蔡襄還朝作。按唐教坊有《朝天曲》,《宋史‧樂志》有越調《朝天樂》曲,此蓋借舊曲名,自翻新聲也。"《張子野詞》注歇指調。張詞用平韻,換頭曲,詞云:"睢社朝京非遠,正和羹、民口渴鹽梅。"賦本意,聲情歡暢明快。此調黃裳、晁補之有詞,皆用平韻,晁詞悲苦,當爲變調。

【體略】

歇指調,雙片一百一字,上片四十九字十句五平韻,下片五十二字十句四平韻,張先。

【圖譜】

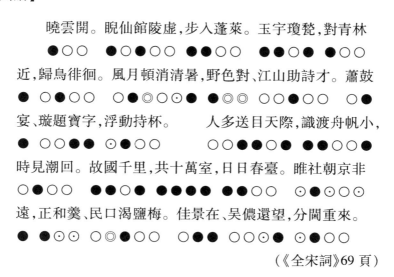

【注釋】

《唐宋詞彙評》考此詞乃治平三年(1066)五月送蔡襄離杭赴應天府作(119頁)。此調另有黃裳、晁補之詞,詞中可平可仄即參二詞。上片第八句,《詞譜》作"帶江山野色助詩才"。

又一體

【體略】

雙片一百一字,上片四十九字十句五平韻,下片五十二字十一句五平韻,黃裳。

【圖譜】

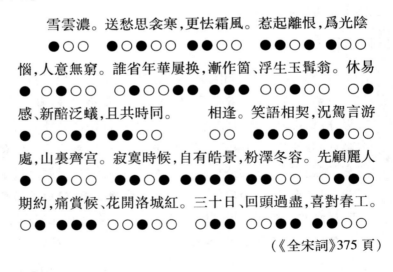

雪雲濃。送愁思衾寒,更怯霜風。惹起離恨,爲光陰
●○○　●○○●　○●○○　●●○●　●○○

惱,人意無窮。誰省年華屢換,漸作箇、浮生玉髯翁。休易
●　○●○○　○●○○●●　●●○　○○●●○　○●

感、新醅泛蟻,且共時同。　　　相逢。笑語相契,況駕言游
●　○○●●　●●○○　　　　○○　●●○●　●●○○

處,山裏齊宮。寂寞時候,自有皓景,粉澤冬容。先顧麗人
●　○●○○　●●○●　●●●●　●●○○　○●●○

期約,痛賞候、花開洛城紅。三十日、回頭過盡,喜對春工。
○●　●●●　○○●○○　○●●　○○●●　●●○○

【注釋】

此與張詞相校,惟下片換頭"相逢"用二字短韻異。按上片第

二、三句《全宋詞》斷作"送愁思，衾寒更怯霜風"，不妥，今依正體斷作五字一句、四字一句。

又一體

【體略】

　　雙片一百三字，上片五十字十句五平韻，下片五十三字十句四平韻，晁補之。

【圖譜】

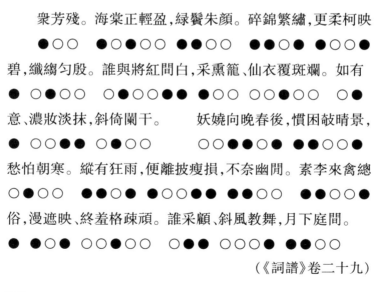

（《詞譜》卷二十九）

【注釋】

　　《詞譜》："此與張詞同，惟前後段第五句，各添一字異。"按下片第五句"便離披瘦損"，《全宋詞》作"便離披損"。

醉垂鞭

【調釋】

《張子野詞》注正宮。張詞賦戀情相思,亦關本意,上下片各三平韻藏兩仄韻,平韻前後片韻部相同,仄韻韻部不同,上下片句式均爲五、三、三、五、五,聲情婉轉清新。

【體略】

正宮,雙片四十二字,上下片各二十一字五句三平韻兩上去韻,張先。

【圖譜】

　　　　雙蝶繡羅裙。東池宴。初相見。朱粉不深勻。閒花淡
　　　　⊙●●○　　○○●　　○○●　　⊙●●○○　　⊙○◎
淡春。　　　細看諸處好。人人道。柳腰身。昨日亂山昏。
●○　　　　◎○○●●　　○○●　　●○○　　●●●○○
來時衣上雲。
○○○⊙●○

(《全宋詞》57 頁)

【注釋】

此調兩宋僅張先有三詞,金元無存詞。此詞題"錢塘送祖擇之",《唐宋詞彙評》:"當是熙寧二年(1069)祖無擇離杭時作。"(132 頁)《詞譜》卷四:"此詞凡三用韻,兩仄韻即間押於平韻之內,以平韻爲主,亦花間體也。張詞三首並同。"譜中可平可仄皆據張詞別首而定。上片第一句"雙"張詞"酒面灧金魚"一首作"酒",

第四句“朱”作“玉”,第五句“閒”、“淡”作“待”、“歸”,下片第一句“細”作“勾”。

好事近

【調釋】

《張子野詞》注仙吕宫。同期宋祁有詞。此調爲兩宋極流行詞調,題材寫景詠物、言情抒懷皆可,宜用入聲韻,聲情激越清曠。《校正》:“此調作者甚衆,題材廣泛,凡寫景、抒情酬贈、祝頌、詠物均適用。此調之調勢平穩,音節低沉,秦觀《夢中作》一首乃宋詞名篇,最能體現調情。”(68 頁)《詞譜》卷五:“張輯詞,有‘誰謂百年心事,恰釣船横笛’句,名《釣船笛》;韓淲詞,有‘吟到翠圓枝上’句,名《翠圓枝》。”張輯“人在玉異閑”一首,有“倚秋千斜立”,又名《倚秋千》。《魏氏樂譜》卷三以吴文英“雁外雨絲絲”詞爲譜。

【體略】

仙吕宫,雙片四十五字,上片二十二字,下片二十三字,各四句二入聲韻,張先。

【圖譜】

月色透横枝,短葉小花無力。北客一聲長笛,怨江南
◎●●○○　◎●●○○●　　◎●●○○●　●◎○
先得。[一]　　　誰教强半臘前開,多情爲春憶。留取大家沈
⊙●　　　　⊙○○●●○　⊙●●○●　　◎●○○
醉,正雨休風息。[二]
●　●◎○⊙●

【注釋】

[一]《唐宋詞彙評》據《張先集編年校注》繫此詞於熙寧二年（1069）（113頁）。此爲和鄭獬“把酒對江梅”詞，則鄭詞略早於張詞，張詞有宮調，姑録張詞。此調兩宋金元現存三百餘首，《詞律》卷四以鄭獬“江上探春回”詞爲正體，《詞譜》以宋祁詞爲正體，今以張先詞爲正體。“小”舒亶詞作“芳”。“一”卓田詞作“江”。“怨江南先得”與下片結句“正雨休風息”，皆用上一下四式五字句。“江”張先別首作“不”，“先”陳亮“橫玉叫清宵”詞作“幾”。句中可平可仄除注明外，俱見所列別體句法相同者。

[二]“誰教强半臘前開”用平起平收律句，《詞譜》以“臘”字本仄可平，以“開”字本平可仄，皆誤，檢宋人詞，例外之作皆不過數詞，均不應參校。“多情爲春憶”作拗句，檢宋人此句，或同張先作拗句，或作律句，律句爲仄起仄收型，填者任選一種可也，不過僅前二字可平可仄，如陳亮“橫玉叫清宵”詞作“風細斷遠續”，屬偶用，不參校；又此句蘇軾“煙外倚危樓”詞作“況一尊浮雪”，作上一下四句法，偶用，雖後有模仿者，終不可效法；《詞繫》卷六以“爲”字必用仄聲（《詞繫》以宋祁“睡起玉屏風”詞爲譜），當是。“大”、“沈”郭應祥“今歲慶生朝”詞作“婆”、“未”。

又一體

【體略】

雙片四十六字，上下片各二十三字四句二入聲韻，李清照。

【圖譜】

　　　風定落花深，簾外擁紅堆雪。長記海棠開後，正是傷
　　　○●●○○　○●●○○●　　○●●○○●　●●○

　春時節。　　　　酒闌歌罷玉尊空，青缸暗明滅。魂夢不堪幽
　○○●　　　　　●○○●●○○　○○●○●　●●●○○

　怨，更一聲啼鴂。
　●　●●○○●

（《全宋詞》929 頁）

【注釋】

　　《李清照集箋注》：“此詞似作於趙明誠逝世後某年之暮
春……姑繫於紹興三年（1133）定居杭州前後。”（133 頁）此與張
先詞相校，上片第四句添一字作六字一句。按劉過“誰斫碧琅軒”
一首正與此同。

又 一 體

【體略】

　　雙片四十六字，上片二十二字，下片二十四字，各四句二入聲
韻，呂渭老。

【圖譜】

　　　世事莫牽縈，樂取這閒時節。且恁醉來醒去，免光陰
　　　●●●○○　●●●○○●　●●●○○●　●○○

　虛設。　　　　有則有個潑心兒，不敢被利名啜。却待兩手分
　○●　　　　　●●●●●○○　●●●●○○●　●●●○○

付，與風花雪月。

● ●○○●●

【注釋】

此與張詞相校，下片第二句添一字作六字一句異。按無名氏
"王母慶生辰"一詞正與此同。

又一體

【體略】

雙片四十五字，上片二十二字，下片二十三字，各四句三上去
韻，陸游。

【圖譜】

客路苦思歸，愁似繭絲千緒。夢裏鏡湖煙雨。看山無

●●●○○　○●●○○●　　●●●○○●　　●○○

重數。　　　尊前消盡少年狂，慵著送春語。花落燕飛庭户。

○●　　　　○○○●●○○　○●●○○●　　○●●○○●

歎年光如許。

●○○○○●

【注釋】

此詞題"次宇文卷臣韻"。《唐宋詞彙評》考此詞或紹奕去任
後至成都，春暮兩人相會時作（2027 頁）。此與張先詞相校，用上去

韻,上下片第三句又皆用韻。按用上去韻,非《好事近》用韻本色,除此首及下錄無名氏詞,宋人雖尚有數首用上去韻者,不必效仿。

又一體

【體略】

雙片四十五字,上片二十一字,下片二十四字,各四句二上去韻,無名氏。

【圖譜】

耳順恰當年,甲子方一數。絳縣老人曾紀,四百四十

五。　　孫弘博士適遭逢,馬援擊蠻未遇。五福祝君全備,

更尊榮安富。

(《全宋詞》3579 頁)

【注釋】

此與陸詞相校,上片第二句減一字作五字一句,下片第二句添一字作六字一句,又上下片第三句不用韻。

熙州慢

【調釋】

《詞譜》卷二十四:"宋改鎮洮軍爲熙州,本秦漢時隴西郡,亦

邊地也。"《張子野詞》注般涉調。張詞用上去韻，賦杭州景事，典麗清雅。

【體略】

　　般涉調，雙片九十六字，上片四十九字十句三上去韻一叶韻，下片四十七字八句六上去韻，張先。

【圖譜】

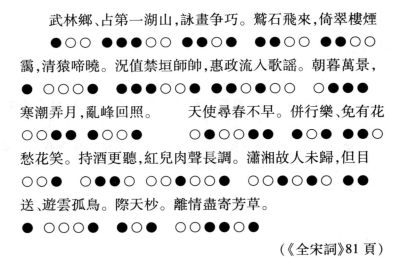

武林鄉、占第一湖山，詠畫争巧。鷲石飛來，倚翠樓煙

靄，清猿啼曉。況值禁垣師帥，惠政流入歌謠。朝暮萬景，

寒潮弄月，亂峰回照。　　　　天使尋春不早。併行樂、免有花

愁花笑。持酒更聽，紅兒肉聲長調。瀟湘故人未歸，但目

送、遊雲孤鳥。際天杪。離情盡寄芳草。

（《全宋詞》81頁）

【注釋】

　　此詞題"贈述古"，述古即陳襄，《宋史》有傳，《唐宋詞彙評》考證此詞作於陳襄以尚書刑部郎中知制誥知杭州時（1072—1074）（136頁）。

　　此兩宋金元孤調，無他首可校。《詞譜》云："前段第七句'謠'字韻，亦用三聲叶。"《詞律拾遺》卷三："平仄通叶體，惜無他作可證。"按"謠"字用平聲，或屬偶用、誤用，不可效法。

泛清苕

【調釋】

《張子野詞》注般涉調。張詞用平聲韻,換頭曲,爲吳興泛舟作,賦本意,多用三字和四字句,調式輕快流美。苕,苕水,在今浙江。按此調張先自注又名《感皇恩》。《宋史·樂志》(卷一百四十二)有教坊大曲雙調《感皇恩》,此調或源自教坊大曲。《詞譜》卷三十五以此調爲張先自度曲不當。

【體略】

般涉調,雙片一百八字,上片五十三字,下片五十五字,各十句五平韻,張先。

【圖譜】

綠净無痕。過曉霽清苕,鏡裏遊人。紅妝巧、彩船穩,
●●○○　●●●○○　●●○○　●○●、●○●

當筵主、秘館詞臣。吳娃勸飲韓娥唱,競豔容、左右皆春。
○○●、●●○○　○○●●○○●　●●○、●●○○

學爲行雨,傍畫槳從教,水濺羅裙。　　煙溪混月黃昏。漸
●○○●　●●●○○　●●○○　　○○●●○○　●

樓臺上下,火影星分。飛檻倚、斗牛近,響簫鼓、遠破重雲。
○○●●　●●○○　○○●、●○●　●○●、●●○○

歸軒未至千家待,掩半妝、翠箔朱門。衣香拂面,扶醉卸簪
○○●●○○●　●●○、●●○○　○○●●　○●●○

花,滿袖餘熅。

○　●●○○

(《全宋詞》82 頁)

【注釋】

　　此詞題"正月十四日與公擇吳興泛舟",《唐宋詞彙評》考此詞作於熙寧八年(1075)(137 頁)。上片自"過曉霽"以下,與下片"漸樓臺"以下相同,"過"、"漸"皆爲領字。此調兩宋金元僅存此詞,無他首可校。上片結韻三句《詞譜》、《全宋詞》等皆斷作四字一句、三字一句、六字一句,不當,上下片結韻句拍相同。又,《詞譜》、《全宋詞》等上下片第四、五句皆斷作四句,今作六字折腰一句、七字折腰一句。

離亭宴

【調釋】

　　《張子野詞》注般涉調。張詞用上去韻,調名取"隨處是、離亭別宴"之意,賦離別本意,詞情憂傷並含祝願之情。張昇此調名《離亭燕》,雙片七十二字,爲此調之減字,與張先詞相比節奏更鮮明齊整,黃庭堅、晁補之詞皆與張昇詞同。《校正》:"全調六字句共八句,而且用韻處均爲六字句(按指正體),形式穩重嚴整,兼用仄韻,故有抑鬱之聲情。"(262 頁)

【體略】

　　雙片七十七字,上片三十七字,下片三十九字,各六句五上去韻,張先。

【圖譜】

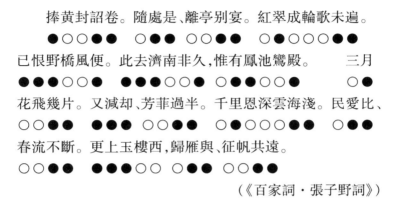

捧黄封詔卷。隨處是、離亭別宴。紅翠成輪歌未遍。
● ○ ○ ● ●　　○ ● ●　○ ○ ● ●　　○ ● ○ ○ ● ●
已恨野橋風便。此去濟南非久,惟有鳳池鸞殿。　　　三月
● ● ● ○ ● ●　● ● ● ○ ○ ●　○ ● ● ○ ○ ●　　　　○ ●
花飛幾片。又減却、芳菲過半。千里恩深雲海淺。民愛比、
○ ○ ● ●　● ● ●　○ ○ ● ●　○ ● ○ ○ ○ ● ●　○ ● ●
春流不斷。更上玉樓西,歸雁與、征帆共遠。
○ ○ ● ●　● ● ● ○ ○　○ ● ●　○ ○ ● ●

　　　　　　　　　　　　　　　　（《百家詞・張子野詞》）

【注釋】

　　此詞題"公擇別吳興",《唐宋詞彙評》:"熙寧九年(1076)三
月,送李常離湖州作。李常遷知齊州,故有'此去濟南'之句。"
(130頁)此調兩宋現存六首,雖以此詞爲早(或爲始詞),但此調宋
人字句無與張先詞同者,故不注可平可仄。上片第四句《詞譜》作
"早已恨、野橋風便",下片第五、六句作"更上玉樓西望,雁與征帆
俱遠"。今從《百家詞》及《全宋詞》。

正　　體

【體略】

　　雙片七十二字,上下片各三十六字六句四上去韻,張昇。

【圖譜】

一帶江山如畫。[一]風物向秋瀟洒。[二]水浸碧天何處
◎ ● ○ ○ ⊙ ●　　○ ● ● ○ ○ ●　　◎ ● ● ○ ○ ●

斷,翠色冷光相射。[三]蓼岸荻花中,隱映竹籬茅舍。[四]
● ●●◎○○● 　　●●●○○ ◎○●●○○●

天際客帆高挂。門外酒旗低迓。多少六朝興廢事,盡入漁
○●◎○⊙● 　⊙●●○○● 　⊙○◎◎○○● ●●○

樵閒話。悵望倚危欄,紅日無言西下。[五]
○○● 　●●●○○ 　○●○○○●

(《全宋詞》111 頁)

【注釋】

[一]張昇詞《全宋詞》又作孫浩然詞。此與張先詞相校,上片第一句添一字作六字一句,第五句減一字作五字一句,第二句和下片第二、四、六句各減一字作六字一句異。《詞譜》卷十八:"晁補之'憶向吳興'詞,黃庭堅'十載尊前'詞,正與此同,惟晁詞別首,前後段第二句'章臺墜鞭年少'、'香爐紫霄簪小',兩結句'悲歌楚狂同調'、'楓林子規啼曉',俱作平平仄平平仄,與此小異。"按此調有律句體和拗句體,張昇此詞與黃庭堅詞同爲律句體,晁補之二詞上下片第二句和結句均爲拗句,爲拗句體。《詞譜》雖然發現晁詞字聲與張昇詞不同,依然混校,不當。《詞律》將晁補之詞列又一體,當是。"如"晁補之"憶向吳興"詞作"假"。句中可平可仄除注明外,俱見別體句法相同者。

[二]此句晁補之二詞分別作"章臺墜鞭年少"、"雙溪四垂高柳",均用拗句,與下片第二句"香爐紫霄簪小"、"題詩水軒依舊",皆用拗句,爲詞人有意識創作,不與律句混校。

[三]按晁補之"憶向吳興"詞上片第三句作"儀鳳橋邊蘭舟過",萬樹認爲"舟"恐是"棹"字,當從。譜中"處"字不定本仄可平。

[四]按此句晁補之二詞分別作"悲歌楚狂同調"、"爭看史君歸後",與下片結句"楓林子規啼曉"、"煙波萬重吳岫",皆用拗句,

亦爲詞人有意識創作,不與律句混校。

［五］"門"黃庭堅詞作"事"。"多"黃庭堅詞作"短"。

又一體

【體略】

雙片七十二字,上下片各三十六字六句四上去韻,晁補之。

【圖譜】

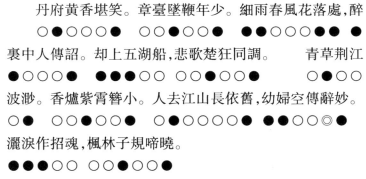

(《全宋詞》562頁)

【注釋】

此詞題"次韻吊豫章黃魯直"。《唐宋詞彙評》考此詞乃晁補之閑居金鄉,聞訃音後作(817頁)。此與張昇詞相校,上下片第二句和結句均用拗句,晁補之別首正與之同。按此詞下片第三句"人去江山長依舊",亦用拗句,別首此句作"多少綠荷相倚恨",或用律句爲妥,注出供參照。

菊花新

【調釋】

　　《樂章集》、《張子野詞》皆注中呂調。張詞用上去韻,聲情活潑明快。同期杜安世亦有詞。柳詞香豔較爲俚俗,今以張先詞爲譜。按《菊花新》南宋孝宗時爲大曲,見《齊東野語》卷十六。又葛長庚有《菊花新》大曲歌詞,用韻三聲通叶,乃爲曲體。

【體略】

　　中呂調,雙片五十二字,上下片各二十六字四句三上去韻,張先。

【圖譜】

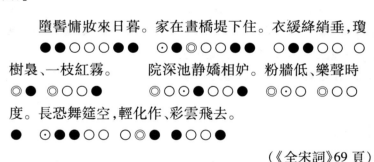

　　　　　墮髻慵妝來日暮。家在畫橋堤下住。衣緩絳綃垂,瓊
　　　　　●●○○○●● ⊙●◉○○●● ○●●○○ ○

　　樹裊、一枝紅霧。　　　院深池静嬌相妒。粉牆低、樂聲時
　　◎● ○○○● 　　　◎○⊙●○○● ◎○○ ○○○

　　度。長恐舞筵空,輕化作、彩雲飛去。
　　● ⊙●●○○ ○◎● ●○○●

(《全宋詞》69 頁)

【注釋】

　　此調以此詞爲正體,有柳永一首、杜安世二詞可校,金元無存詞。上片結句“一”柳永詞作“鴛”,下片首句“院”、“池”柳永詞作“須”、“放”。下片首句杜安世別首作“兒夫心腸多薄倖”,律句不同,不參校。句中其他可平可仄見下列杜安世詞句法相同者。

又一體

【體略】

雙片五十二字,上片二十六字四句四上去韻,下片二十六字四句三上去韻,杜安世。

【圖譜】

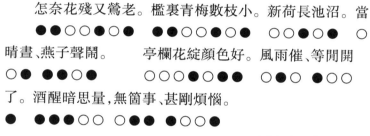

怎奈花殘又鶯老。檻裏青梅數枝小。新荷長池沼。當
晴畫、燕子聲鬧。　　亭欄花綻顔色好。風雨催、等閒開
了。酒醒暗思量,無箇事、甚剛煩惱。

(《全宋詞》184 頁)

【注釋】

此與張詞相校,上片第一、二句用拗句,第三句用韻,第三、四句及下片首句字聲亦不相同。按上片首句"又鶯老"、下片結韻"甚剛煩惱",《詞譜》分別作"鶯又老"、"著甚煩惱",今依《百家詞》及《全宋詞》。

又一體

【體略】

雙片五十二字,上片二十六字四句三上去韻,下片二十六字四

句二上去韻，杜安世。

【圖譜】

　　　　坐卧雙眉鎮長斂。繡户初開花滿院。羅幃翠屏空，風
　　　　●●○○●○●　　●●○○○●●　　○○●●○　○

　微動、玉爐煙颭。　　　兒夫心腸多薄倖，百計思、難爲拘撿。
　○●　●○○●　　　　○○○○○●●　●●○　○○○●

　幾回向伊言，交今後、更休抛閃。
　●○●○○　○○●　●○○●

　　　　　　　　　　　　　　　　　　　（《全宋詞》184 頁）

【注釋】

　　此與張詞相校，首句用拗句，換頭用拗句且不用韻，上下片第
三句皆用平起平收拗句。此亦詞人有意爲之，故另列一體。

傾杯樂

【調釋】

　　此調與柳永等人《傾杯樂》皆不相同，用上去韻，亦爲祝酒之
調。此調兩宋金元僅存張先二詞。

【體略】

　　雙片一百七字，上片五十五字十二句四上去韻，下片五十二字
九句六上去韻，張先。

【圖譜】

　　　　飛雲過盡，明河淺、天無畔。草色栖螢，霜華清暑，輕颸
　　　　○○●●　○○●　○○●　◎●○○　⊙○○○●　⊙○

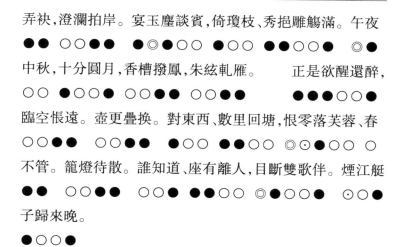

弄袂,澄瀾拍岸。宴玉塵談賓,倚瓊枝、秀挹雕觴滿。午夜
中秋,十分圓月,香槽撥鳳,朱絃軋雁。　　正是欲醒還醉,
臨空悵遠。壺更疊換。對東西、數里回塘,恨零落芙蓉、春
不管。籠燈待散。誰知道、座有離人,目斷雙歌伴。煙江艇
子歸來晚。

（《全宋詞》75頁）

【注釋】

　　《詞律拾遺》卷五以此詞與柳詞"金風淡蕩"一詞相校,不當。上片第三、四、五句"草"、"霜"、"輕"張先別首分別作"浮"、"五"、"畫"。第七句"玉"別首作"溪"。第九句"午"別首作"人"。下片第五句"恨零"別首作"風雨"。第八、九句"目"、"煙"別首分別作"青"、"史"。

慶金枝(令)

【調釋】

　　《張子野詞》注中呂宮。張詞用平聲韻,換頭曲,聲情歡快、活潑。《高麗史·樂志》調名《慶金枝令》,與張先詞小異,屬同調異體。

【體略】

　　正呂宮,雙片五十字,上片二十四字四句四平韻,下片二十六字四句三平韻,張先。

【圖譜】

　　　青螺添遠山。兩嬌靨、笑時圓。抱雲勾雪近燈看。算
　　　○○⊙●○　　●○●　●○○　　◎○○●●○○　　●

何處、不堪憐。　　今生但願無離別,花月下、繡屏前。雙
⊙●　●○○　　　⊙○○●●○○　⊙◎●　●○○　　⊙

蠶成繭共纏綿。更重結、後生緣。
○○●●○○　　●○●　●○○

(《百家詞·張子野詞》)

【注釋】

　　此調兩宋現僅存三首,金元無存詞。張詞字聲諧穩,皆用律句,當爲正體,《詞譜》以無名氏"莫惜金縷衣"詞爲正體,不妥。此調共三體,各有一詞,詞中可平可仄即據別首句法相同者。又按此首上下片結句《全宋詞》分別作"妍處不堪憐"、"更結後生緣",今從《百家詞》及《詞譜》。

又一體

【體略】

　　雙片五十字,上片二十四字,下片二十六字,各四句四平韻,《梅苑》無名氏。

【圖譜】

新春入舊年。綻梅萼、一枝先。隴頭人待信音傳。算
○○●●○　　●○○、○●○　　●○○●●○○　　●

楚岸、未香殘。　　　小桃風雪憑闌干。下簾幕、護輕寒。年
●●、●○○　　　　●○○●●○○　　●○●、●○○　　○

華永占入芳筵。付尊酒、漸成歡。
○●●●○○　　●○○、●○○

（《詞譜》卷七）

【注釋】

　　此與張詞相校,惟換頭用韻,且用平起平收律句異。按此詞下片首句《全宋詞》作“小枕風雪憑欄干”,“枕”字誤,此句用唐顏謙《春早落英》詩:“紛紛從此見花殘,轉覺長繩繫日難。樓上有愁春不淺,小桃風雪憑闌干。”從《詞譜》改。

又一體

【體略】

　　雙片四十八字,上片二十三字,下片二十五字,各四句三平韻,《梅苑》無名氏。

【圖譜】

莫惜金縷衣。勸君惜、少年時。花開堪折直須折,莫待
●●○○○　　●○●、●○○　　○○○●●○●　　●●

折空枝。　　　一朝杜宇纔鳴後,便從此、歇芳菲。有花有酒
●○○　　　　●○●●○○●　　●○●、●○○　　●○●●

且開眉。莫待滿頭絲。

●○○　　●●●○○

(《全宋詞》3832 頁)

【注釋】

　　此與張詞相校，惟上片第三句不用韻，上下片結句均用五字句異。按，此體首句用拗句和上片第三句不用韻，不可效仿。

師師令

【調釋】

　　《張子野詞》注中吕宫。張詞用上去韻，換頭曲，聲情歡快、活潑。楊慎《詞品》云"李師師，汴京名妓，張先爲製新詞名《師師令》。"《填詞名解》卷二："《師師令》，李師師，汴京名妓，張子野爲製新詞，名《師師令》。按《尚書》：'百僚師師。'又陸機《豪士賦序》云：'高平師師，側日博陸之勢。'但此太遠古，似非填詞所宜名。或云：取此非也，當以子野事爲近耳。"按李師師爲徽宗年間歌妓，靖康後流落南方。張先卒於 1078 年，李師師當不及見（吳衡照《蓮子居詞話》卷一已考）。夏承燾《張子野年譜》："唐人孫棨《北里志》記平康妓亦有李師師。師師殆通名也。"《魏氏樂譜》卷四即以張詞爲譜。

【體略】

　　中吕宫，雙片七十三字，上片三十五字，下片三十八字，各六句五上去韻，張先。

【圖譜】

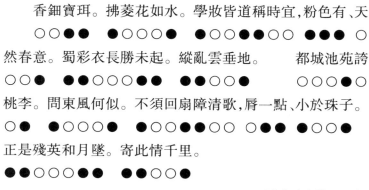

香鈿寶珥。拂菱花如水。學妝皆道稱時宜,粉色有、天
〇〇●● ●〇〇〇● ●〇〇〇●〇〇 ●●● 〇
然春意。蜀彩衣長勝未起。縱亂雲垂地。　　都城池苑誇
〇〇● ●●〇〇〇● ●〇〇〇● 〇〇〇〇
桃李。問東風何似。不須回扇障清歌,脣一點、小於珠子。
〇● ●〇〇〇● ●〇〇●〇〇〇 〇●●● 〇〇〇●
正是殘英和月墜。寄此情千里。
●●〇〇〇 〇●● ●●〇〇●

（《全宋詞》60 頁）

【注釋】

《詞譜》卷十七:"此詞無別首可校。其前後段第二句、結句,
俱作上一下四句法,填者不可泛作五言。""珠子"《詞譜》作"珠
蕊","正是"《詞譜》作"正值"。按清人陳維崧此調有二詞(《全清
詞(順康卷)》3978 頁)。陳詞可效法,律句第一、三字及三字句偶
可平可仄無妨。

謝池春慢

【調釋】

《張子野詞》注中呂宮。張詞用上去韻,重頭曲,賦本意,格調
輕鬆、愉悅。張詞題"玉仙觀道中逢謝媚卿",詞云:"塵香拂馬,逢
謝女、城南道。"賦本意。"謝池"即謝家池也,唐張又新《謝池》:
"郡郭東南積穀山,謝公曾是此躋攀。今來惟有靈池月,猶是嬋娟

一水間。”

【體略】

中呂宮,雙片九十字,上下片各四十五字十句五上去韻,張先。

【圖譜】

　　　　繚牆重院,時聞有、啼鶯到。繡被掩餘寒,畫閣明新曉。
　　　　◎○○● 　時○○、○○● 　○○●○○ 　◎●○○●

朱檻連空闊,飛絮無多少。徑莎平,池水渺。日長風静,花
⊙●○○● 　○●○○● 　○○● 　○●● 　●○○● 　○

影閒相照。　　　塵香拂馬,逢謝女、城南道。秀豔過施粉,
●○○● 　　　　○○●● 　○●● 、○○● 　○○●⊙○◎

多媚生輕笑。鬭色鮮衣薄,碾玉雙蟬小。歡難偶,春過了。
⊙●○○● 　◎●○○● 　●●○○● 　○○● 　○●●

琵琶流怨,都入相思調。
⊙○⊙● 　○●●○●

(《全宋詞》60頁)

【注釋】

此調兩宋現僅存兩首,金元無存詞。《詞譜》卷二十二:“此調前後段第三、四、五、六句,並作五言對偶,當是體例,填者辨之。按此詞祇有李之儀詞可校。李詞前段起句‘殘寒消盡’,‘殘’字平聲;第二句‘疎雨過、清明後’,‘雨’字仄聲;第三、四句‘花徑欹餘紅,風沼縈新皺’,‘花’字、‘風’字俱平聲;第五句‘乳燕穿庭户’,‘乳’字仄聲;後段第三、四句‘不見又思量,見了還依舊’,‘又’字仄聲,‘量’字平聲,‘見’字仄聲;第六句‘何似長相守’,‘何’字平聲;第七句‘天不老’,‘不’字仄聲;第九句‘且將此恨’,‘且’字、

'此'字俱仄聲。譜内可平可仄據此。"

惜雙雙

【調釋】

《張子野詞》注中呂宮。張詞用上去韻,重頭曲,戀情詞。此調句句用韻,正體句式上下片均爲七、六、五、七,婉轉回環,聲情流美、灑脱,爲兩宋較流行詞調。檢宋人此調,惟仲殊一詞用入聲韻,屬偶用。《校正》:"此調韻密,每句用韻,每段爲七六五七句式,因全用仄韻,故音節急促而又壓抑,適於抒寫强烈的離情别緒。"(133頁)《詞譜》卷八以毛滂"淚濕闌干"詞爲正體,以張先詞同毛詞體而有異同,並以《惜分飛》爲此調正名,皆不妥。《惜分飛》名似始見毛滂,張先、晁端禮、賀鑄等人皆名《惜雙雙》,劉弇又名《惜雙雙令》,曹冠詞名《惜芳菲》,清人萬樹詞名《蝶分飛》。此調《詞律》未收,《詞律拾遺》卷二以張先詞爲"補體"。

【體略】

中呂宮,雙片五十四字,上下片各二十七字四句四上去韻,張先。

【圖譜】

城上層樓天邊路。殘照裏、平蕪緑樹。傷遠更惜春暮。
○●○●○○● ○●● ○○●● ○●●○●●

有人還在高高處。 斷夢歸雲經日去。無計使、哀弦寄
●○○●○○● ●●○○○●● ○●● ○○●

語。相望恨不相遇。倚橋臨水誰家住。
● ○●●●○● ●○○●○○●

(《百家詞·張子野詞》)

【注釋】

此調兩宋金元現存三十餘首,或始自此詞,但惟此詞上下片第三句作六字一句,不作正體。按"傷遠更惜春暮"與"相望恨不相遇",皆作拗句,字聲謹嚴。又此詞首句作拗句,換頭作律句,全詞也僅此二句字聲有異,其他均同。檢宋人詞作,此調亦有首句用拗句者,當沿張先詞,而同時換頭亦用拗句,即有意作拗句一體。

又一體

【體略】

雙片五十六字,上下片各二十八字四句四上去韻,晁端禮。

【圖譜】

天上星杓春又到。應律管、微陽已報。暖信驚梅早。
○●○○○●● 　●●● ○○●● 　●●○●

昨夜南枝先得、芳菲耗。　　遲日瞳朧光破曉。馥繡幄、麝
●●○○○● ○○● 　　○○○○○●● 　●●● ●

爐煙嫋。爲壽金壺倒。四坐簪纓共比、松筠老。
○○● 　●●○○● 　●●○○●● ○○●

(《全宋詞》435 頁)

【注釋】

此體《詞譜》以仲殊"庾嶺香前"詞爲體,仲殊詞用入聲韻,宋金僅此一例,今以晁詞爲體。此與張詞相校,上下片第三句作五字一句,爲宋人通例,然上下片結句作上六下三式折腰句,惟宋人仲殊詞和無名氏"冒雪披風"詞與之同,亦不作正體。無名氏

"冒雪披風"詞上下片結句字聲與此詞異,然句拍、用韻皆同,故歸入此體,《詞譜》將無名氏"冒雪披風"詞另列別體,不妥。按此詞和仲殊詞上下片結句《全宋詞》皆斷作四字一句、五字一句,無名氏"冒雪披風"詞上下片結句《全宋詞》斷作六字一句、三字一句,皆不妥,皆當斷作上六下三式折腰句。此調結韻一句拍,當爲無疑。

又一體

【體略】

雙片五十二字,上下片各二十六字四句四上去韻,劉弇。

【圖譜】

風外橘花香暗度。飛絮縋、殘春歸去。醞造黃梅雨。
○●●○○●● 　　●○● 　○○○● 　●●○○●
冷煙曉占橫塘路。　　翠屏人在天低處。驚夢斷、行雲無
●○●●○○● 　　●○○●○○● 　○●● 　○○○
據。此恨憑誰訴。恁情却倩危弦語。
● 　●●○○● 　●○○●○●

(《全宋詞》452 頁)

【注釋】

此與張詞相校,上下片第三句作五字一句,爲宋人常體,然上下片第二句依然作上三下四式七字一句,惟張先、晁端禮、仲殊詞及無名氏"冒雪披風"詞與之同,亦非正體。

又一體

【體略】

雙片五十字,上下片各二十五字四句四上去韻,賀鑄。

【圖譜】

皎鏡平湖三十里。碧玉山圍四際。蓮蕩香風裏。彩鴛
●●○○○●●　　●●○○●●　　○●○○●　　●○

鴦覺、雙飛起。　　明月多情隨柂尾。偏照空牀翠被。回
○●　○○●　　　　○●○○○●●　　○●○○●●　　○

首笙歌地。醉更衣處、長相記。
●○○●　●○○●　○○●

(《全宋詞》538 頁)

【注釋】

此與張詞相校,上下片第二句減一字作六字一句,第三句減一字作五字一句,結句作上四下三句法異。按此體頗與毛滂詞正體相近,惟上下片結句句法作上四下三,且"彩鴛鴦覺"、"醉更衣處"作一二一句法,後人罕有同者,不作正體。

又一體

【體略】

雙片五十字,上下片各二十五字五句五上去韻,晁補之。

【圖譜】

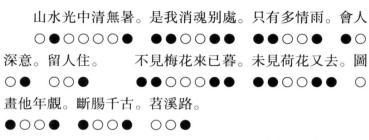

山水光中清無暑。是我消魂別處。只有多情雨。會人
深意。留人住。　　不見梅花來已暮。未見荷花又去。圖
畫他年覷。斷腸千古。苕溪路。

(《全宋詞》563 頁)

【注釋】

　　此與賀詞相校,上下片結句添一韻作四字一句、三字一句,毛
滂"淚濕闌干"、汪元量"燕子留君"詞,正與此同。按此詞首句作
拗句,毛詞、汪詞皆作仄起平收律句,當作律句爲宜。

　　按此詞上下片第四、五句《詞譜》、《全宋詞》皆斷作普通七字
一句,不當。

又一體

【體略】

　　雙片五十字,上下片各二十五字四句四上去韻,晁補之。

【圖譜】

消暑樓前雙溪市。盡住水晶宮裏。人共荷花麗。更無
一點塵埃氣。　　不會史君忽忽至。又作忽忽去計。誰解

連紅袂。大家都把蘭舟繫。

○○●　　●○○●○○●

（《全宋詞》564 頁）

【注釋】

　　《唐宋詞彙評》考此詞乃崇寧元年（1102）六月告別湖州作（819 頁）。此與"山水光中"相校，上下片結句皆作普通七字一句、首句與換頭皆用拗句，吳淑姬"岸柳依依"詞正與此同。

正　　體

【體略】

　　雙片五十字，上下片各二十五字四句四上去韻，毛滂。

【圖譜】

花影低徊簾幕捲。慣了雙來燕燕。驚散雕闌晚。雨昏

⊙●○○○●●　　◎●⊙○○●　　⊙●○○●　　●○

煙重垂楊院。　　雲斷月斜紅燭短。望斷真成望斷。情寄

⊙●○○●　　　⊙●○○○●●　　◎●○○●●　　⊙●

梅花點。趁風吹過樓南畔。

○○●　　●○○⊙●○○●

（《歷代詩餘》卷二十）

【注釋】

　　此體後之宋人詞作與之相同者最多，當爲正體。《詞譜》以毛滂"淚濕闌干"一首爲正體，不當。此與晁補之"消暑樓前"一詞相

校，上下片首句均作普通七字律句。下片第二句"真成"《全宋詞》作"真個"。

上片第二句"慣"趙子發詞作"簾"。下片第二句"真"王之望詞作"暫"，後"望"趙彥端詞作"眉"。句中其他可平可仄俱見別體句法相同者。又毛滂"恰則心頭"一首，上片第二句作"放下了日多縈繫"，偶添一襯字，注出不另列。

八寶裝

【調釋】

《張子野詞》注南呂宮。《中原音韻》言"中呂宮感歎傷悲"。張詞用上去韻，重頭曲，賦戀情相思。此調既與《新雁過妝樓》別名《八寶妝》不同，也與《八犯玉交枝》別名《八寶妝》異調。

【體略】

南呂宮，雙片五十二字，上下片各二十六字五句三上去韻，張先。

【圖譜】

錦屏羅幌初睡起。花陰轉、重門閉。正不寒不暖，和風
●○○●○●●　○○●　○○●　●●●●●　○○

細雨，困人天氣。　　此時無限傷春意。憑誰訴、厭厭地。
●●　●○○●　　　●○○●○○●　○○●　○○●

這淺情薄幸，千山萬水，也須來裏。
●●○●●　○○●●　●○○●

（《全宋詞》61 頁）

【注釋】

　　此調兩宋全元現僅存此詞，無他首可校。《詞律辭典》："上片第四句'雨'字屬撮口呼六語韻，與屬齊齒呼'起'、'閉'、'氣'等不同部。下片第四句'水'字，如上片相應句'雨'字不叶，則此'水'字爲偶合。"（618頁）

一叢花令

【調釋】

　　《張子野詞》注南呂宮。張詞用平韻，重頭曲。蘇軾詞名《一叢花》，"一叢花"爲詞調常名。《詞譜》卷十八以此調首見蘇軾詞誤。楊湜《古今詞話》以此詞爲張先和一尼姑私會分別而作，或是。《過庭録》載歐陽修因此詞稱張先爲"桃杏嫁東風郎中"，張詞當時盛傳，後爲宋代較流行詞調。此調宜作愁苦之音，蘇軾、晁補之等人詞活潑輕快，當爲變調。《校正》："每段起兩句連續用韻，第四句爲上三下四之七字句，略微頓挫，此下三句語意連貫而流暢。全調句式配合和諧，音韻響亮，調勢於平穩之中略顯流動，宜於抒寫熱烈之情。"（296頁）

【體略】

　　南呂宮，雙片七十八字，上下片各三十九字七句四平韻，張先。

【圖譜】

傷高懷遠幾時窮。[一] 無物似情濃。離愁正引千絲亂，

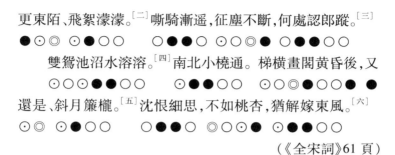

更東陌、飛絮濛濛。[二]嘶騎漸遙,征塵不斷,何處認郎蹤。[三]

雙鴛池沼水溶溶。[四]南北小橈通。梯橫畫閣黃昏後,又

還是、斜月簾櫳。[五]沈恨細思,不如桃杏,猶解嫁東風。[六]

（《全宋詞》61 頁）

【注釋】

[一]此調兩宋現存二十餘首,以此詞爲早,且字聲諧穩,當爲正體,《詞譜》卷十八以蘇軾詞爲正體不妥。此調用平聲韻,韻上一字亦皆爲平聲。"傷"、"懷"晁端禮詞作"謫"、"海"。句中可平可仄除注明外,俱見陸游詞句法相同者。

[二]"東陌"趙長卿"階前春草"詞作"斷腸","飛"蘇軾詞作"柳"。按"更"字,楊无咎詞作"翻",偶用不參校。

[三]"嘶騎漸遙"一句,《詞譜》以四字均可平可仄,不當。此四字以仄起平收律句爲主,亦有用平起仄收律句者,與後句"征塵不斷"律句相同,當另列別體,不混校。"嘶"宋人惟晁補之"飛凫仙令"詞、趙長卿"當歌臨酒"詞用仄聲,"漸"字惟林正大詞用平聲,皆屬偶用不參校。"征"晁補之"王孫眉宇"詞作"滿"。"何"惟林正大作仄聲,不參校。

[四]"雙"程垓詞作"寶","池"晁補之"碧山無意"詞作"敢"。秦觀詞換頭《全宋詞》斷作:"佳期。誰料久參差。"按"期"字屬偶與韻合,並非用韻,亦不當於"期"字後用句號。

[五]"南"程垓詞作"此"。"梯"、"畫"韓淲詞作"畫"、"簾"。"還是"晁補之"王孫眉宇"詞作"洞庭","斜"晁補之"飛凫仙令"詞作"老"。

[六]"沈恨細思"作仄起平收律句,與上片"嘶騎漸遙"同,不

與平起仄收律句混校。《詞譜》以四字均可平可仄,不當。晁端禮詞作"手栽露桃"拗句,偶用。"沉"字惟晁端禮、韓淲詞作仄聲,不參校。"不"、"桃"蘇軾詞作"疏"、"自","猶"秦觀詞作"兩"。

又一體

【體略】

雙片七十八字,上下片各三十九字七句四平韻,陸游。

【圖譜】

仙姝天上自無雙。玉面翠蛾長。黃庭讀罷心如水,閉
○○○●●○○　●●●○○　○○○●○○●　●
朱戶、愁近絲簧。窗明几净,閒臨唐帖,深炷寶奩香。
○●　○●○○　○○●●　○○○●　○●●○○
人間無藥駐流光。風雨又催凉。相逢共話清都舊,歎塵劫、
○○○●●○○　○●●○○　○○●●○○●　●○●
生死茫茫。何如伴我,綠蓑青篛,秋晚釣瀟湘。
○●○○　○○●●　●○○●　○●●○○

(《全宋詞》1593 頁)

【注釋】

此與張先詞相校,惟上下片第五句用平起仄收律句,聲響有異。陸游別首及趙長卿"柳鶯啼曉"一首正與此同。按北宋晁端禮"謫仙海上"詞,上片作"經綸器業",爲此調首用平起仄收律句者,然下片又用"手栽露桃"拗句,字聲尚未嚴謹。

宴（燕）春臺（夏初臨）

【調釋】

《張子野詞》注仙吕宫。《詞譜》卷二十六："此調始自張先,蓋春宴詞也,因黄裳有夏宴詞,劉涇改名《夏初臨》,舊譜或以《燕春臺》與《夏初臨》兩列者誤。"張詞用平韻,賦本意,聲情輕快歡悦。此調劉涇、曹冠等人名《夏初臨》,聲情相近。《魏氏樂譜》卷二即以張先詞爲譜。

【體略】

仙吕宫,雙片九十八字,上片四十九字十句五平韻,下片四十九字十一句五平韻,張先。

【圖譜】

麗日千門,紫煙雙闕,瓊林又報春回。[一]殿閣風微,當
◎●○○　◎○⊙●　⊙○○◎●○　　　◎●○○　⊙

時去燕還來。五侯池館頻開。探芳菲、走馬天街。重簾人
○◎●○○　◎○⊙●○○　○○○、●●○○　○○○

語,轔轔車軒,遠近輕雷。[二]　　雕觴霞灩,翠幕雲飛,楚腰
●　○○○●　⊙○○●　　　　○○○●　●●○○　○○

舞柳,宫面妝梅。金猊夜暖,羅衣暗裹香煤。洞府人歸,放
◎●　⊙○○●　○○⊙●　○○●●○○　　◎●○○　●

笙歌、燈火樓臺。下蓬萊。[三]猶有花上月,清影徘徊。[四]
⊙○　⊙●○○　　●○○　　○●◎●　○●○○

（《百家詞・張子野詞》）

【注釋】

[一]此調兩宋現存十餘首，以此詞爲早，且字聲諧穩，當爲正體，《詞譜》以此詞爲正體，但所定字聲多有不當。此調用平韻，韻上一字例用平聲。"麗"曹冠"琴拂虞薰"詞作"琴"，"紫"、"雙"王之道詞作"丹"、"隱"，"瓊"王之道詞作"緑"。句中可平可仄除注明外，俱見下列别體句法相同者。

[二]"殿"王之道詞作"簾"。"五"、"池"王之道詞作"題"、"好"。"走"曹冠"水樹風臺"詞作"花"。"重"曹冠"水樹風臺"詞作"豔"。"轔"王之道詞作"一"。按"轔轔車軒"，張先詞作拗句，檢宋人詞作多用拗句，宜用拗句。"車軒"《詞譜》作"車幰"，從《百家詞》。

[三]"雕"洪咨夔詞作"雪"，"霞"曹冠"琴拂虞薰"詞作"富"。"翠"洪咨夔詞作"冰"。"宫"洪咨夔詞作"睡"。"洞"洪咨夔詞作"凉"。"笙"曹冠"水樹風臺"詞作"玉"。"下蓬萊"一句《全宋詞》與上句一起斷作："放笙歌、燈火下樓臺。蓬萊。"宋人此調無有如此斷句者，當誤，今從《詞譜》斷句。

[四]此韻宋人詞中王之道和詞、劉辰翁詞《全宋詞》作四字一句，五字一句，王之道作"歸歟無寐，想餘韻徘徊"，劉辰翁作"天妒人睡，美趣趁朝參"，皆可斷作"歸歟無寐想，餘韻徘徊"、"天妒人睡美，趣趁朝參"，注出不另列。"猶有花上月"作拗句，趙以夫二詞作仄起仄收律句，填者任選一種可也。按上引王之道"歟"字當爲上聲。此調結韻除張先等三人詞外，宋人其他詞作，皆作兩個四字句。

又一體

【體略】

雙片九十七字,上片四十九字十句五平韻,下片四十八字十一句六平韻,黃裳。

【圖譜】

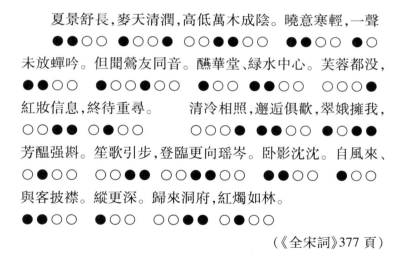

夏景舒長,麥天清潤,高低萬木成陰。曉意寒輕,一聲
未放蟬吟。但聞鶯友同音。醮華堂、綠水中心。芙蓉都沒,
紅妝信息,終待重尋。　　清冷相照,邂近俱歡,翠娥擁我,
芳醽強斟。笙歌引步,登臨更向瑶岑。卧影沈沈。自風來、
與客披襟。縱更深。歸來洞府,紅燭如林。

(《全宋詞》377 頁)

【注釋】

此與張詞相校,惟下片第七句添一韻,結韻二句作四字二句異,劉涇、曹冠、洪咨夔詞正與之同。下片第十句“歸來洞府”,劉涇詞作“紗厨半開”,曹冠“琴拂虞薰”詞作“知音爲我”,“水榭風臺”詞又作“賞月畫闌”,字聲各不相同,作者選一即可。

又一體

【體略】

雙片九十七字,上片四十九字十句五平韻,下片四十八字十一句五平韻,曹冠。

【圖譜】

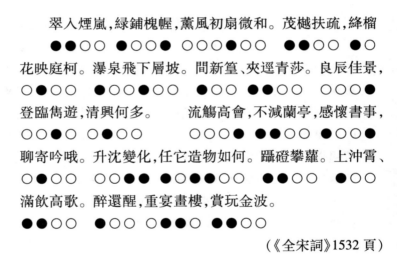

翠入煙嵐,緑鋪槐幄,薰風初扇微和。茂樾扶疏,絳榴
●●○○　●○○●　○○○●○○　●●○○　●○
花映庭柯。瀑泉飛下層坡。間新篁、夾逕青莎。良辰佳景,
○●○○　●○○●○○　●○○　●●○○　○○○●
登臨雋遊,清興何多。　　　流觴高會,不減蘭亭,感懷書事,
○○●○　○●○○　　　○○○●　●●○○　●●○●
聊寄吟哦。升沈變化,任它造物如何。躐磴攀蘿。上沖霄、
○●○○　○○●●　●●●●○○　●●○○　●○○
滿飲高歌。醉還醒,重宴畫樓,賞玩金波。
●●○○　●○○　○●●○　●●○○

(《全宋詞》1532頁)

【注釋】

《詞譜》:"此與黃詞同,惟後段第九句不押韻異。按《燕喜詞》別首,'醉揮毫,知音爲我,發興高歌',與此同。"

恨春遲

【調釋】

《張子野詞》注大石調。張詞用韻平仄通叶,近於曲體,寫閨怨,聲情風流嫵媚。此調兩宋金元僅存張先二詞。

【體略】

雙片五十八字,上片二十八字,下片三十字,各五句一上去韻兩平韻,張先。

【圖譜】

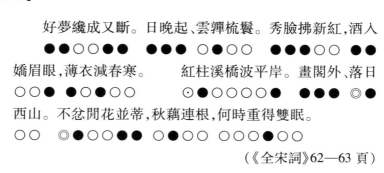

好夢纔成又斷。日晚起、雲鬟梳鬢。秀臉拂新紅,酒入
●●○○●●　　●●● ○●○○　●●●○○　●●
嬌眉眼,薄衣減春寒。　　　紅柱溪橋波平岸。畫閣外、落日
○○● ●○●○○　　　⊙●○○○●●　●●● ◎●
西山。不忿閒花並蒂,秋藕連根,何時重得雙眠。
○○　◎●○○●●　○●○○　○○○●●○

(《全宋詞》62—63 頁)

【注釋】

此調平仄韻通叶,近於曲體。此調惟張先二詞,詞中可平可仄即據張詞別首參定。按《詞譜》卷十三所采,與《全宋詞》多有不同,首句作七字句“好夢纔成成又斷”,第二句“日”作“因”、“鬟”作“朵”,下片結句“雙眠”作“雙蓮”。

按下片第三句“不忿”《全宋詞》作“不分”,今依《詞譜》。又上片第四句“眼”據張詞別首當屬偶用韻。

又一體

【體略】

雙片五十八字,上片二十七字,下片三十一字,各五句一上去韻兩平韻,張先。

【圖譜】

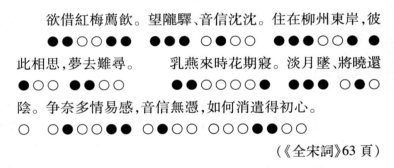

欲借紅梅薦飲。望隴驛、音信沈沈。住在柳州東岸,彼
此相思,夢去難尋。　　　乳燕來時花期寢。淡月墜、將曉還
陰。爭奈多情易感,音信無憑,如何消遣得初心。

（《全宋詞》63 頁）

【注釋】

此與前詞相校,上片第三句添一字作六字一句,第四、五句減二字作四字兩句,下片結句添一字作七字句。此詞又見歐陽修詞,但個別字句稍有差異,茲據《全宋詞》錄之以作參考:“欲借江梅薦飲。望隴驛、音息沈沈。住在柳州東,彼此相思,夢回雲去難尋。歸燕來時花期浸。淡月墜、將曉還陰。爭奈多情易感,風信無憑,如何消遣初心。”（155 頁）字句除上片結二句小異外,其他均同,歐詞或更接近原貌。

慶佳節

【調釋】

《張子野詞》注雙調。張詞云："芳菲節。芳菲節。天意應、不虛設。"賦本意，詞情沉鬱頓挫。張先另一首押平韻，聲情差近。

【體略】

雙調，雙片五十一字，上片二十五字五句四入聲韻一疊韻，下片二十六字四句四入聲韻，張先。

【圖譜】

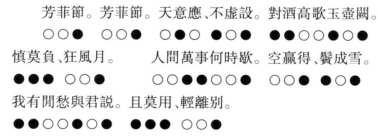

芳菲節。芳菲節。天意應、不虛設。對酒高歌玉壺闕。
○○● 　○○● 　○●○、●○● 　●●○○●○●

慎莫負、狂風月。　　人間萬事何時歇。空贏得、鬢成雪。
●●● 　○○● 　　　○○●●○○● 　○○● 　●○●

我有閒愁與君説。且莫用、輕離別。
●●○○●○● 　●●● 　○○●

(《全宋詞》63 頁)

【注釋】

此調兩宋金元現僅存張先二詞，一用入聲韻，一用平聲韻，句中平仄字聲不相互參校。按"天意應、不虛設"，《詞譜》等書斷作"天意應不虛設"，今參張詞別首斷作折腰句，於此調聲情似更合。

又一體

【體略】

雙片五十一字,上片二十五字五句四平韻一疊韻,下片二十六字四句三平韻,張先。

【圖譜】

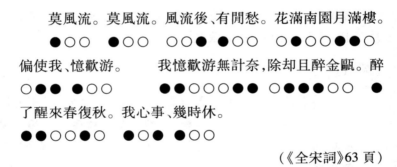

莫風流。莫風流。風流後、有閒愁。花滿南園月滿樓。
　●○○　●○○　　○○●　●○○　　○●○○●○

偏使我、憶歡游。　　　我憶歡游無計奈,除却且醉金甌。醉
　○●●　●○○　　　　●●○○○●●　●○●○○　　●

了醒來春復秋。我心事、幾時休。
●●○○●○　●○●　●○○

（《全宋詞》63 頁）

【注釋】

此用平韻,字聲與前首不同,換頭亦不用韻。

百媚娘

【調釋】

調名因句中"百媚算應天乞與。淨飾豔妝俱美"得名,賦本意。《張子調詞》注雙調。張詞用上去韻,重頭曲,句句用韻,多用六七字句,聲情頓挫婉轉。

【體略】

雙片七十四字,上下片各二十七字六句六上去韻,張先。

【圖譜】

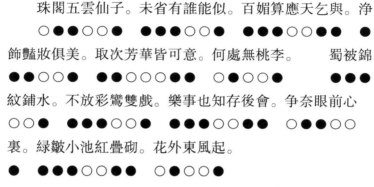

珠閣五雲仙子。未省有誰能似。百媚算應天乞與。净
○●●○○● 　●●●○○● 　●●●○●●● 　●

飾豔妝俱美。取次芳華皆可意。何處無桃李。　　蜀被錦
●●○○● 　●●○○○●● 　○○○○● 　　　●●●

紋鋪水。不放彩鸞雙戲。樂事也知存後會。争奈眼前心
○○● 　●●●○○● 　●●●○○○● 　○●●○○

裏。緑皺小池紅疊砌。花外東風起。
● 　●●●○○●● 　○●○○●

（《全宋詞》64頁）

【注釋】

此調兩宋金元現僅存此詞。《詞譜》卷十七:"此詞無別首宋詞可校。按,此調十二句,每句第二字,多用去聲,取其聲之激越也。惟前段第一句'閣'字,第四句'飾'字,入聲;第二句'省'字,上聲耳。至兩結句,第二字去聲,尤不可誤。"按此詞上片第三句"與"字屬"賄"韻,下片第三句"會"字屬"泰"韻,皆爲韻字,《詞譜》、《詞繫》、《全宋詞》等皆未注韻,不當。又,上片第五句《全宋詞》作"若取次芳華皆可意",當依《詞譜》,删掉"若"字。

此調明人易震吉詞,即張先詞體,録供參考:"布被裹身冬暖。養就騷人興懶。底事下床簪日短。夢裏煙霞拘管。客到休嗔迎候慢。此地忘梳盥。　　寂寂松亭竹館。殘雪猶留堪玩。菜甲自鋤還自灌。小滴不嫌相款。茶灶又燒泉石畔。香徹盧仝椀。"與張詞

相校,詞中律句一三字偶可平可仄。

夢仙鄉

【調釋】

　　《張子野詞》注雙調。張詞前後段各三上去韻和兩平韻,換頭曲。《詞譜》、《詞律拾遺》以此調名爲《夢仙郎》,因"鄉"、"郎"字音相近而誤。詞云:"江東蘇小。夭斜窈窕。都不勝、彩鸞嬌妙。春豔上新妝。肌肉過人香。"決非"夢仙郎"之意。

【體略】

　　雙片五十二字,上片二十五字,下片二十七字,各五句三上去韻兩平韻,張先。

【圖譜】

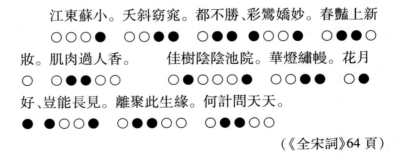

（《全宋詞》64 頁）

【注釋】

　　此爲兩宋金元孤調。《詞譜》卷九:"此詞兩仄兩平四換頭,宋人止此一體,無別首可校。"

　　按清人錢芳標《湘瑟詞》卷二有《夢仙郎》,張詞上片首句"蘇"

錢詞作"罨",結句"肌"作"一";下片起句"陰"作"枕",第四句"離"作"覺"(《全清詞(順康卷)》7599頁)。錢詞可效法,句中律句第一、三字偶可平可仄無妨。

夜厭厭(夜行船)

【調釋】

《張子野詞》注小石調。張詞用上去韻,調名取自"昨夜小筵歡縱……酒迷花困共厭厭"等句,此調當始自張先。此調後通用名《夜行船》,名或始自歐陽修,取調名之雅也。張先詞五十五字,爲換頭曲,歐陽修詞有所變化,劉一止詞五十六字,爲重頭曲,字句韻更加整齊,爲此調流行之體。此調爲兩宋較流行詞調,題材寫景言情不拘,聲情風流婉轉兼寓勁健之氣。《校正》:"此調聲韻和諧,韻之疏密有致,句式富於變化,調勢平穩,適於抒情、寫景、詠物。"(173頁)此調於宋人集中又常與《雨中花令》相混,《詞譜》卷十一:"今照《花草粹編》所編,以兩結句五字者,爲《雨中花》;兩結句六字、七字者,爲《夜行船》。"當從。

【體略】

小石調,雙片五十五字,上片二十七字,下片二十八字,各四句三上去韻,張先。

【圖譜】

昨夜小筵歡縱。[一]燭房深、舞鸞歌鳳。酒迷花困共厭
◎●○○○● ◎⊙⊙ ●○○● ◎○○●●

厭,倚朱弦、未成歸弄。[二]　　峽雨忽收尋斷夢。[三]依前是、
○ ● ⊙⊙ ● ○⊙● 　　◎●○○○●● 　○○●

畫樓鐘動。爭拂雕鞍怱怱去，萬千恨、不能相送。^[四]
●○⊙●　　⊙◎⊙⊙⊙⊙◎　●⊙◎　●○⊙●

（《全宋詞》65 頁）

【注釋】

[一]此調兩宋金元現存五十餘首，以此詞爲早。此調《詞譜》
以歐陽修詞爲譜，今以張先詞爲譜。《詞譜》：“此調五十五字者，
以歐詞爲正體；五十六字者，以史詞爲正體；五十八字者，以趙詞爲
正體。其餘或攤破句法、或句讀參差、或添韻、或添字，皆變格也。
此詞前段起句六字，前後段第三句皆七字，兩結句皆七字。”句中可
平可仄除注明外俱見下列別體句法相同者。

[二]“倚”惟趙長卿“綠蓋紅幢”詞作“歌”，偶用不參校。
“朱”毛滂“寒滿一衾”詞作“不”，“弦”謝絳詞作“轉”，“歸”毛滂
“寒滿一衾”詞作“好”。

[三]“峽”歐陽修“憶昔西都”詞作“今”。《詞譜》以毛滂“寒
滿一衾”詞換頭作“忽明日、煙江暝矇”而列又一體，今據《全宋詞》
作“明日煙江□暝矇”，不另列。

[四]“鐘”毛滂“寒滿一衾”詞作“蟬”。“爭拂雕鞍怱怱去”一
句諸家字聲各異，《詞譜》以七字皆可平可仄，今暫從之。此句謝
絳詞作“相看送到斷腸時”，歐陽修“憶昔西都”詞作“白髮天涯逢
此景”，毛滂“寒滿一衾”詞作“季鷹生事水彌漫”，等等。此句雖皆
可平可仄，填者選一種句法可也。“千”歐陽修“滿眼東風”詞作
“那”，“恨”謝絳詞作“斜”。

又一體

【體略】

雙片五十五字，上片二十七字四句三上去韻，下片二十八字五

句三上去韻,歐陽修。

【圖譜】

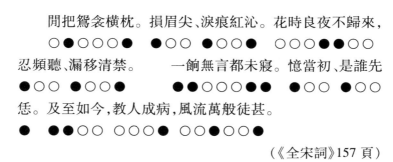

閒把鴛衾橫枕。損眉尖、淚痕紅沁。花時良夜不歸來,
○●○○● ●○○ ●○○● ○○○●○○

忍頻聽、漏移清禁。　　一餉無言都未寢。憶當初、是誰先
●○○ ●○○● ●●○○○●● ●○○ ●○○

恁。及至如今,教人成病,風流萬般徒甚。
● ●●○○ ○○○● ○○○●○○●

（《全宋詞》157 頁）

【注釋】

此與張先詞相校,惟下片結韻作四字兩句、六字一句異。歐詞
別首"輕捧香腮"、孫浩然"何處采菱"詞正與此同。《詞譜》以孫詞
下片第四句多用一韻,按此屬偶用,不可效法。又按此體下片所用
句法爲宋人常體,然此體上下片句法不同,不作正體。

　　　　　　正　　　體

【體略】

雙片五十六字,上下片各二十八字五句三上去韻,劉一止。

【圖譜】

十頃疏梅開半就。折芳條、嫩香沾袖。今度何郎,尊前
◎●○○○●● ◎○○ ●○○● ⊙○○○ ⊙○

疑怪,花共那人俱瘦。[一]　　惻惻輕寒吹散酒。高城近、怕
⊙● ●○◎○⊙● ◎●○○○●● ○○●● ●

聽更漏。可惜溪橋，月明風露，長是在人歸後。^[二]
○⊙●　　◎●○○　◎○⊙●　⊙●●●○○●

（《全宋詞》793 頁）

【注釋】

[一]此體與歐詞相校，下片相同，上片亦用下片句法。南宋詞人如楊无咎、史達祖、吳文英、周密等皆同，爲流行之正體。“十”吳文英“鴉帶斜陽”詞作“鴉”。按此詞《歷代詩餘》卷二十六作《雨中花》，上下片結句皆作五字句，吳訥《百家詞》作《夜行船》，上片結句作六字句，下片結句作五字句，《全宋詞》從《彊邨叢書》本作《夜行船》，上下片結句均作六字句，今從《全宋詞》。《詞譜》以史達祖詞爲正體，不妥。“疑”周密“恐老無聲”詞作“月”。“花”、“那”、“俱”黃機詞作“判”、“南”、“一”。句中可平可仄除注明外，俱見別體句法相同者。按，楊无咎“怪被東風”詞首句作六字句與張先詞同，其他皆同劉一止此體，注出不另列。

[二]周密“蚤老無聲”一首，換頭《詞譜》作：“笙譜字、嬌娥誰靚。”而列又一體，今從《全宋詞》作“笙字嬌娥誰爲靚”，不另列。“可”韓元吉詞作“樓”。“長”韓元吉詞作“不”。按趙長卿“綠瑣紗窗”詞於下片第四句偶用韻，不另列。又王嵎詞下片第四句《詞譜》作“不覺小窗人靜”，以多二襯字而另列又一體，今從《全宋詞》作“小窗人靜”，亦爲四字一句。

又一體

【體略】

雙片五十七字，上片二十八字，下片二十九字，各五句三入聲韻，楊无咎。

【圖譜】

不假鉛華嫌太白。玉搓成、體柔腰搦。明月堂深，蓮花
●●○○○●● 　○●○ ●○○● 　○●○○ ○○

盃軟，情重自斟瓊液。　　寄語砆砆休並色。信秦城、未教
○● ○●●○○● 　　●●○○○●● 　○○○ ●○

輕易。絳闕樓成，藍橋藥就，好吹簫、共乘鸞翼。
○● ●●○○ ○○●● ●○○ ●○○●

（《全宋詞》1202 頁）

【注釋】

此與劉一止詞相校，惟押入聲韻、下片結句添一字作七字折腰
一句異。又按此詞結句《詞譜》作：“好吹簫、乘鸞翼。”今從《百家
詞》及《全宋詞》。

又一體

【體略】

雙片五十六字，上下片各二十八字五句三上去韻，楊无咎。

【圖譜】

寶髻雙垂煙一縷。年紀小、未周三五。壓一精神，出群
●●○○○●● 　○●● ●○○● 　●●○○ ●○

標格，偏向衆中翹楚。　　記得譙門初見處。禁不定、亂魂
○● ○●●○○● 　　●●○○○●● 　○●● ●○

飛去。掌託鞋兒,肩拖裙子,悔不做、閒男女。
○●　　●●○●　○○○●　●●●　○○●

(《全宋詞》1203 頁)

【注釋】

此與劉一止詞相校,下片結句作六字折腰句異。按姜夔詞上下片均作六字折腰句,注出不再另列。又,《詞譜》以黃公紹詞下片結句作"時有陣、香吹到",不當,黃詞當作普通六字一句。

又一體

【體略】

雙片五十八字,上下片各二十九字五句三上去韻,趙長卿。

【圖譜】

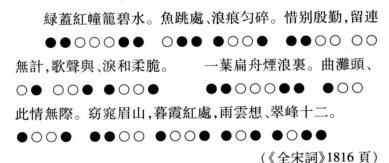

綠蓋紅幢籠碧水。魚跳處、浪痕勻碎。惜別殷勤,留連
●●○○○●●　　○●●　●○○●　●●○○　○○

無計,歌聲與、淚和柔脆。　　　一葉扁舟煙浪裏。曲灘頭、
○●　○○●　●○○●　　　　●●○○○●●　●○○

此情無際。窈窕眉山,暮霞紅處,雨雲想、翠峰十二。
●○○●　●●○○　●○○●　●○○●　●○●●

(《全宋詞》1816 頁)

【注釋】

此與劉一止詞相校,惟上下片結句皆添一字作上三下四式七字折腰句異。按上下片結句作七字折腰句,正與張先詞體同。王

炎"淡飯粗衣"詞、倪君奭"年少疏狂"詞等正同此體。

雙燕兒

【調釋】

　　《張子野詞》注歇指調。張詞用平韻,換頭曲,賦戀情相思,亦屬本調,聲情輕快嫵媚。此調與朱敦復、楊无咎《雙雁兒》不同。

【體略】

　　歇指調,雙片五十字,上片二十四字五句三平韻,下片二十六字五句二平韻,張先。

【圖譜】

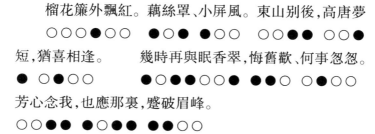

　　　　榴花簾外飄紅。藕絲罩、小屏風。東山別後,高唐夢
　　　　〇〇〇●〇●　　●〇●、●〇〇　　〇〇●●　〇〇●
　　短,猶喜相逢。　　　　　幾時再與眠香翠,悔舊歡、何事忽忽。
　　●　〇●〇〇　　　　　　●〇●●〇〇●　●〇〇、〇〇●●
　　芳心念我,也應那裏,蹙破眉峰。
　　〇〇●●　●〇●●　●●〇〇

　　　　　　　　　　　　　　　　　　　　（《全宋詞》66頁）

【注釋】

　　此調兩宋金元現僅存張先一詞,無他首可校。按清人沈傳桂《夢盦二白詞》有此調,此詞上片首句"簾"作"憶",第二句"藕絲"作"歡淺",結句"猶"作"寂",下片起句"幾"作"鶯",第二句"舊"、"何"作"依"、"覓",第四句"也"作"朝"。沈詞可效法,句中律句

第一、三字偶可平可仄。

醉紅妝

【調釋】

《張子野詞》注中呂調。張詞用平韻,重頭曲,上下片第一、三句作七字句,二、四句作六字折腰句,賦本意,婉轉嫵媚。《魏氏樂譜》卷三有譜。

【體略】

中呂調,雙片五十二字,上片二十六字四句四平韻,下片二十六字四句三平韻,張先。

【圖譜】

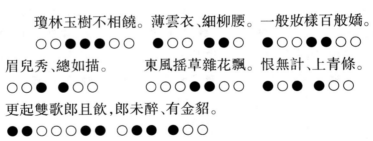

（《全宋詞》70 頁）

【注釋】

此調兩宋金元僅存此詞。《詞譜》卷九:“此調近《雙雁兒》,惟後段第四句(按應爲第三句)不押韻異。宋詞中亦無別首可校。”按清人陳維崧有此調(《全清詞(順康卷)》3922 頁),可效法,句中律句第一、三字偶可平可仄無妨。

千秋歲

【調釋】

《張子野詞》注仙吕調。張詞用入聲韻,同期歐陽修等人有詞,從張先詞"天不老,情難絶。心似雙絲網,中有千千結"看,此調或始於張先。此調可用入聲、上去韻,爲兩宋及後世流行詞調,題材多寫愛情相思,聲情多幽怨感傷。《校正》:"以奇句爲主,第三、四句兩個三字句起調,結句以三字句與七字句相配,足以表達激烈之情。"(258 頁)《宋史·樂志》(卷一百四十二)太宗新製曲中有大石角《千秋歲》。《詞譜》卷十六:"《宋史·樂志》歇指調,金詞注中吕調。一名《千秋節》。"《魏氏樂譜》卷一以辛棄疾"塞垣秋草"詞爲譜。

【體略】

仙吕調,雙片七十二字,上片三十六字七句五仄韻,下片三十六字八句五仄韻,張先。

【圖譜】

數聲鶗鴂。又報芳菲歇。惜春更把殘紅折。雨輕風色
●○○● 　●●○● 　●○○●●○● 　●○○●

暴,梅子青時節。永豐柳,無人盡日飛花雪。　莫把幺弦
● 　○○○●● 　●○● 　○○●●●○● 　　●●○○

撥。怨極弦能説。天不老,情難絶。心似雙絲網,中有千千
● 　●●○○● 　○●● 　○○● 　○●○○● 　○●○○

結。夜過也,東窗未白凝殘月。
● 　●●● 　○○●●○●●

【注釋】

　　此調兩宋金元現存八十餘首,以此詞爲早。《詞譜》誤將此詞爲歐陽修作,且以此詞爲正體。此調或始於此詞,然不以此詞爲正體,因下片第五句“心似雙絲網”作仄起仄收律句,宋人除張先外,皆用平起仄收律句,張先此句不可效仿,不作正體。又,上片“雨輕風色暴”與“梅子青時節”,一爲平起仄收,一爲仄起仄收,張詞下片却均爲仄起仄收,前後不對應,於律尚未嚴謹。

又一體(正體)

【體略】

　　雙片七十一字,上片三十五字,下片三十六字,各八句五仄韻,蘇軾。

【圖譜】

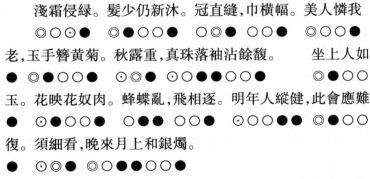

（《全宋詞》301頁）

【注釋】

　　《唐宋詞彙評》考此詞作於元豐元年(1078)重陽日(480頁)。

此詞與張先詞相校,上片第三句七字句攤破爲兩個三字句。此體以蘇軾詞爲正體,歐陽修"羅衫滿袖"詞或早於蘇詞,然其第五句"手把金尊酒"用仄起仄收律句,宋人僅歐詞一首,聲律未嚴,不作正體(注出不另列)。此體亦爲宋人常體。下片第七句"細"楊炎正詞作"池"。句中其他可平可仄見所列別體句法相同者。

又一體(正體)

【體略】

雙片七十一字,上片三十五字,下片三十六字,各八句七仄韻,蘇軾。

【圖譜】

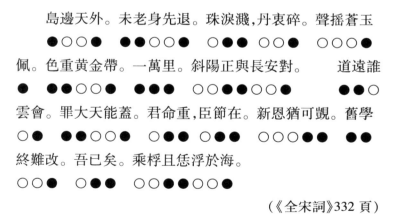

(《全宋詞》332 頁)

【注釋】

此爲和秦觀詞,秦觀詞不存。孔凡禮《蘇軾年譜》據《能改齋漫錄》卷十七《秦少游唱和千秋歲詞》等考此詞於元符二年(1099)

作(1316頁)。此與"淺霜侵緑"詞相校,惟上下片第五、七句均用韻異。黄庭堅崇寧三年(1104)年過衡陽,亦有和詞(《唐宋詞彙評》634頁)。此亦爲宋人常體,除多用二韻外,其他句法、字聲與"淺霜侵緑"體無異。又,晁補之"玉京仙侣"詞正同此體,惟上下片首句均不用韻異,注出不另列。

又一體

【體略】

雙片七十二字,上片三十六字七句六仄韻,下片三十六字八句六仄韻,李之儀。

【圖譜】

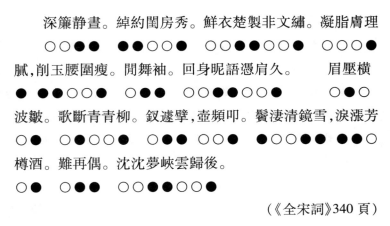

(《全宋詞》340頁)

【注釋】

此詞上片第三句用七字句,與張先、晁端禮詞同,上片第六句、下片第七句用韻又與蘇軾"島邊天外"詞同。李之儀別三首、葉夢

得"曉烟溪畔"詞等正與此同。

又一體

【體略】

　　雙片七十一字,上片三十五字,下片三十六字,各八句五仄韻,李之儀。

【圖譜】

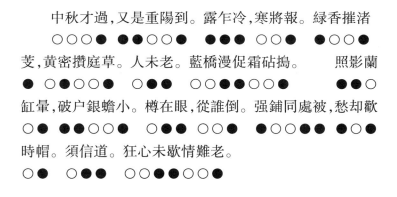

（《全宋詞》341頁）

【注釋】

　　此與蘇軾"島邊天外"詞相校,上下片第一、五句不用韻。葉夢得"雨聲蕭瑟"詞、陳三聘詞等正與此同。

正　體

【體略】

雙片七十二字,上片三十六字七句五仄韻,下片三十六字八句
五仄韻,晁端禮。

【圖譜】

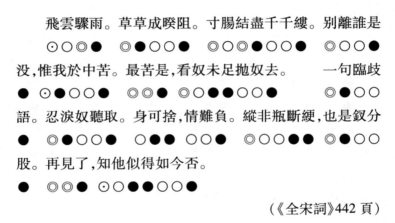

飛雲驟雨。草草成暌阻。寸腸結盡千千縷。別離誰是
沒,惟我於中苦。最苦是,看奴未足拋奴去。　　一句臨歧
語。忍淚奴聽取。身可捨,情難負。縱非瓶斷綆,也是釵分
股。再見了,知他似得如今否。

（《全宋詞》442 頁）

【注釋】

此調上片第三句作七字句者,以此詞爲正體。不以歐陽修“畫
堂人靜”詞爲正體,其上片第六句“到而今”,“今”字用平聲,宋金
詞人惟歐詞一首使用,不可效仿。《詞譜》以“數聲鶗鴂”詞爲譜,
所定字聲多有不當。上片第三句“寸”李之儀“柔腸寸斷”詞作
“藍”,“結”李之儀“萬戶喧晝”詞作“圖”。下片第四句“難”惟蘇
軾“島邊天外”詞、無名氏“春殘臘盡”詞作仄聲,偶用不參校。句
中其他可平可仄俱見別體句法相同者。按《梅苑》無名氏“臘殘春

近"詞,換頭一句偶未用韻,注出不另列。

又 一 體

【體略】

雙片七十一字,上片三十五字,下片三十六字,各八句七仄韻,王之道。

【圖譜】

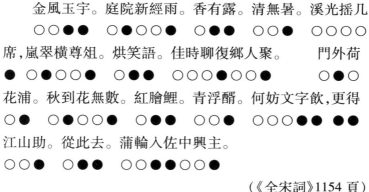

金風玉宇。庭院新經雨。香有露。清無暑。溪光搖几
〇〇●●　　〇〇〇〇●　　〇〇●　　〇〇●　　〇〇〇〇
席,嵐翠橫尊俎。烘笑語。佳時聊復鄉人聚。　　門外荷
●　〇●〇〇●　　〇〇●　　〇〇〇〇〇〇●　　　〇●●
花浦。秋到花無數。紅膾鯉。青浮醑。何妨文字飲,更得
〇●　〇●〇〇●　　〇〇●　　〇〇●　　〇〇〇〇●　●●
江山助。從此去。蒲輪入佐中興主。
〇〇●　　〇●●　　〇〇〇〇〇〇●

（《全宋詞》1154 頁）

【注釋】

此與蘇軾"淺霜侵綠"詞相校,惟上下片第三、七句用韻異。《詞譜》以此作石孝友詞。按此詞《全宋詞》於上片第三句"露"後作逗號,不當。又,彭子翔"重陽來未"詞、范成大詞上下片第三句用韻、上下片第七句不用韻,注出不另列。

又一體

【體略】

雙片七十一字,上片三十五字八句五仄韻,下片三十六字八句四仄韻,李流謙。

【圖譜】

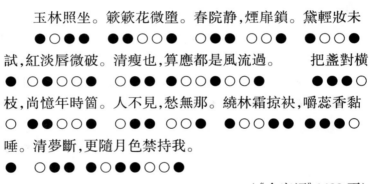

玉林照坐。籤籤花微墮。春院静,煙扉鎖。黛輕妝未
試,紅淡唇微破。清瘦也,算應都是風流過。　　把盞對横
枝,尚憶年時箇。人不見,愁無那。繞林霜掠袂,嚼蕊香黏
唾。清夢斷,更隨月色禁持我。

（《全宋詞》1488 頁）

【注釋】

此與蘇軾"淺霜侵緑"詞相校,惟下片首句不用韻異。按廖行之詞作"一念到人間",正與此同。

慶春澤

【調釋】

《張子野詞》注般涉調。張詞云"人獨立東風"、"方春意無

窮",賦本調,用上去韻,怨歎感傷。此調兩宋僅見張先二詞。張先《慶春澤》爲令詞體,慢詞體見無名氏"曉風嚴"詞。陳著、劉鎮等人名《應春澤》者,本爲《高陽臺》詞調,又與張先《慶春澤》不同。

【體略】

般涉調,雙片六十六字,上下片各三十三字七句四上去韻,張先。

【圖譜】

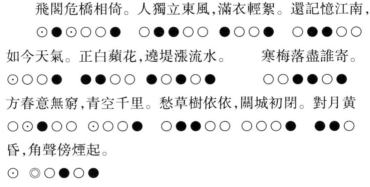

飛閣危橋相倚。人獨立東風,滿衣輕絮。還記憶江南,
⊙●⊙●　　⊙●●○　●●○○　　⊙●●○

如今天氣。正白蘋花,遠堤漲流水。　　寒梅落盡誰寄。
⊙○○●　●●○○　●●○○●　　○●●●○

方春意無窮,青空千里。愁草樹依依,關城初閉。對月黃
○○●○○　⊙○○●　○●●○○　○○○●　　●●○

昏,角聲傍煙起。
⊙　◎○●●

(《全宋詞》77 頁)

【注釋】

此調兩宋現僅存張先二詞,金元無存詞。《詞譜》卷十四:"宋人無填此調者,故譜內可平可仄,悉參張詞別首。按前段第三句,'絮'字在六御韻,屬角宮,通首所用,乃四紙韻,屬徵音,本不相通,《詞律》注借叶無據。或曰吳越間方言'絮'讀作'臬',轉入八霽,便可與四紙通,然終是出韻,不可爲法。"上片第一句"飛"、"危"張詞別首作"豔"、"不",第五句"如"作"酒",下片第二句

"春"作"齒",第三句"青"作"蕊",第六句"昏"作"静",結句"角"作"寥"。《詞譜》:"按此詞(按指張詞別首"豔色不須"詞)兩結,'鎮'字、'爲'字、'對'字、'振'字,皆用去聲,與前詞("飛閣危橋"詞)'正'字、'漲'字、'對'字、'傍'字同。"

　　按此詞下片第二句、張詞別首下片第六句作拗句,宜皆作律句。又張詞別首下片第三韻《詞譜》、《全宋詞》皆斷作"聲宛轉,疑隨煙香悠揚",不妥,今依正體當將此韻斷作五字一句、四字一句,《詞譜》以張詞別首"後段第四句三字、第五句六字異"另列別體不當。

雙韻子

【調釋】

　　《張子野詞》注般涉調。張詞上去韻,句短韻密,聲情歡快活潑。《詞譜》卷七:"按金元曲子,有雙聲疊韻,調名疑出於此。"此說誤。"雙韻"乃指彈撥樂器。《夢粱錄》卷二十:"若合動小樂器,只三二人合動尤佳,如雙韻合阮咸……"《癸辛雜識》別集卷下:"又善雙韻,彈得賺五六十套。"《宋詩紀事》卷六十有"聽鄭三彈雙韻子歌",洪适《浣溪沙》:"壁上兩冠元是讖,花前雙韻幾時彈。"清《皇朝禮器圖式》卷九有"丏彈雙韻":"即月琴。"

【體略】

　　般涉調,雙片四十九字,上片二十四字五句二上去韻,下片二十五字五句四上去韻,張先。

【圖譜】

鳴鞘電過,曉闈静斂,龍旂風定。鳳樓遠出霏煙,聞笑

○●●● ●○●● ○○○● ●○●●○○ ○●

語、中天迴。　　　清光近。歡聲竟。鴛鴦集、仙花鬪影。更
● 　○○●　　　○○● 　○○● 　○○●、○○●● 　●
聞度曲瑤山,升瑞日、春宮永。
○●●　瑤山,升瑞日、春宮永。
○●●○●○,○●●、○○●

(《全宋詞》78 頁)

【注釋】

此調兩宋金元現僅存此詞,無他首可校。

少年游慢

【調釋】

《張子野詞》注般涉調。張詞入聲韻,重頭曲,以"少年得意時節"句得名,賦本意,格調清俊灑脫。

【體略】

雙片八十四字,上片四十二字九句五入聲韻,下片四十二字九句五入聲韻,張先。

【圖譜】

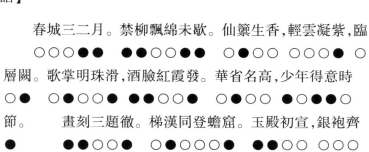

春城三二月。禁柳飄綿未歇。仙篆生香,輕雲凝紫,臨
○○○●● 　●●○○●● 　○●○○,○○○● 　○
層闕。歌掌明珠滑,酒臉紅霞發。華省名高,少年得意時
○● 　○●○○● 　●●○○● 　○●○○,●○●●○
節。　　　畫刻三題徹。梯漢同登蟾窟。玉殿初宣,銀袍齊
● 　　　●●○○● 　○●○○○● 　●●○○,○○○

脱,生仙骨。花探都門曉,馬躍芳衢闊。宴罷東風,鞭梢一
● 　○○● 　○●○○● ●●○○● 　●●○○ 　○○●
行飛雪。
○○●

（《全宋詞》79 頁）

【注釋】

此兩宋金元孤調,無別首可校。《詞律拾遺》卷三:"前後段同,'滑'字似叶韻,惟此句對後'花探都門曉'句'曉'字不叶。此不應叶,當是偶合,或後段失叶耳。萬氏此調未收,句法亦與《少年游》大異,故另列一調。'刻'一作'漏'。"

剪牡丹

【調釋】

《張子野詞》注般涉調。張詞用上去韻,詞云"擷香拾翠相競"、"花豔媚相並",亦屬本調,清麗俊爽。《剪牡丹》本爲教坊舞曲,宋教坊舞隊有《佳人剪牡丹》隊(《宋史·樂志》卷一百四十二)。

【體略】

般涉調,雙片一百一字,上片四十八字十句四仄韻,下片五十三字十句七仄韻,張先。

【圖譜】

野綠連空,天青垂水,素色溶漾都净。柔柳搖搖,墜輕
●●○○ 　○○○● ●●○○●● 　○●○○ 　●○

絮無影。汀洲日落人歸,修巾薄袂,擷香拾翠相競。如解淩
●○● ○●●●○○ ○○●● ●○●○○ ○○

波,泊煙渚春暝。　　彩綃朱索新整。宿繡屏、畫船風定。
○ ●●●○● 　　●○○●○● ●●○ ●○○●

金鳳響、雙槽彈出,今古幽思誰省。玉盤大小亂珠迸。酒上
○●● ○○○● ○●○○○● ●○●●●○● ●●

妝面,花豔媚相並。重聽。盡漢妃一曲,江空月静。
○● ○●●●● ○● ●●○●● ○○●●

(《全宋詞》79 頁)

【注釋】

此調兩宋現僅存二詞,金元無存詞。《詞譜》卷二十九:"此調
以此詞爲正體,《花草粹編》李詞後段句讀不同,故不校注平仄。"
按下片第三、四句《詞譜》、《詞繫》、《全宋詞》諸書皆斷作五字一
句、八字一句,不當,今參李詞斷作上三下四折腰一句、六字一句。

<h1 align="center">又一體</h1>

【體略】

雙片九十八字,上片四十六字十句四仄韻,下片五十二字九句
四仄韻,李致遠。

【圖譜】

破鏡重圓,分釵合鈿,重尋繡户珠箔。説與從前,不是
●●○○ ○○●● ○○●●○● ●●○○ ●●

我情薄。都緣利役名牽,飄蓬無定,翻成輕負。別後情懷,
●○● ○○●●○○ ○○●● ○○○● ●●○○

有萬千牢落。　　　經時最苦分携，都爲伊、甘心寂寞。縱滿
●●○○●　　　○○●●○　○●○　○●○●　●●

眼、閑花媚柳，終是强歡不樂。待憑鱗羽，説與相思，水遠天
●　○○●●　○●●●○●　●○○●　●●○○　●●○

長又難托。而今幸已再逢，把輕離斷却。
○●○●　　○○●●●○　●○○●●

（《全宋詞》2470 頁）

【注釋】

　　《詞譜》：“此詞見《花草粹編》，誤刻《碧牡丹》，細爲校對，後
段第二句以上，俱與張先詞同，的係《剪牡丹》别體，因爲類列。”

畫堂春

【調釋】

　　《張子野詞》注般涉調。此調爲兩宋較流行詞調，用平韻，句
式簡明，張先詞上片七、六、七、五，下片六六、七、五，秦觀詞上下片
結句均爲四字句，回環反復，聲情婉轉歡快。《校正》：“此調雖然
韻密，但有三個六字句，而且前後段結句均爲四字句，故調勢平穩
和諧，聲韻流美。此調多用以寫景和抒情。”（85 頁）王詵詞名《畫
堂春令》，清沈謙詞結句用“萬峰攢翠”之句，名《萬峰攢翠》。《詞
譜》卷六以此調見《淮海集》。

【體略】

　　雙片四十九字，上片二十五字四句四平韻，下片二十四字四句
三平韻，張先。

【圖譜】

外潮蓮子長參差。霽山青處鷗飛。水天溶漾畫橈遲。
◎○⊙●●○○　　◎○⊙●○○　　◎○⊙●●○○

人影鑒中移。　　桃葉淺聲雙唱,杏紅深色輕衣。小荷障
⊙●●○○　　⊙●◎○●●　　◎○⊙●○○　　◎○○

面避斜暉。分得翠陰歸。
●●○○　　⊙●●●○○

(《全宋詞》79 頁)

【注釋】

此調兩宋金元現存近四十首,以此詞爲早。蘇軾"柳花飛處"詞作於熙寧九年(1076)(《蘇軾詞編年校注》),正與此同。此調以張先、秦觀詞爲正體,不同者,上下片結句一爲五字句,一爲四字句。《詞譜》以秦觀詞爲譜,所定字聲多有不當。上片第一句"長"讀仄聲,此字檢宋人詞,無用平聲者,七言之句,尾用三平,亦是詞家之忌。第三句"水"張孝祥詞作"書"。句中其他可平可仄俱見別體句法相同者。

<h1 align="center">又一體(正體)</h1>

【體略】

雙片四十七字,上片二十四字四句四平韻,下片二十三字四句三平韻,秦觀。

【圖譜】

落紅鋪徑水平池。弄晴小雨霏霏。杏園憔悴杜鵑啼。
●○○●●○○　　●○●●○○　　●○○●●○○

無奈春歸。　　　柳外畫樓獨上，憑闌手撚花枝。放花無語
⊙●○○　　　　　●●●○●●　　○○●●○○　　●○○●

對斜暉。此恨誰知。
●○○　　◎●○○

【注釋】

　　此體亦爲正體，與張先詞相校，上下片結句均減一字作四字句
異，更爲流行。上片第四句"無"字黃庭堅"摩圍小隱"詞作"不"。
按謝懋"西風庭院"一首，亦與此同，惟上片第二句作"黃花秋閏遲"，
少一字，當有脫漏，注出不另列。

又一體

【體略】

　　雙片四十九字，上片二十四字四句四平韻，下片二十五字四句
三平韻，史浩。

【圖譜】

小槽春釀香紅。良辰飛蓋相從。主人着意在金鐘。茗
●○○●○○　　○○○●○○　　●○○●●○○　　●

椀作先容。　　　欲到醉鄉深處，應須仗、兩腋香風。獻酬高
●●○○　　　　●●●○○●　　○○●、●●○○　　●○○

興渺無窮。歸騎莫忽忽。
●●○○　　○●●○○

【注釋】

此與張詞相校,上片首句減一字作六字一句,下片第二句添一字作上三下四式七字折腰句異。按下片第二句添字,趙長卿二詞皆與之同。

又 一 體

【體略】

雙片四十八字,上片二十四字四句四平韻,下片二十四字四句三平韻,趙長卿。

【圖譜】

小亭煙柳水溶溶。野花白白紅紅。惱人池上晚來風。
●○○●●○○　　●○●●○○　　●○○●●○○

吹損春容。　　又是清明天氣,記當年、小院相逢。憑欄幽
○●○○　　　　●●○○●　●○○　●●○○　　○○○

思幾千重。殘杏香中。
○●○○　　○●○○

(《全宋詞》1783 頁)

【注釋】

與秦詞相校,下片第二句添一字,作上三下四式七字折腰句。按初以"記"字爲襯字,然趙詞別首"湖光乘雨"作"對花時、空負蟬娟",正與此同。

又一體

【體略】

雙片五十字,上片二十六字四句四平韻,下片二十四字四句三平韻,趙長卿。

【圖譜】

　　　湖光乘雨碧連天。遠堤映、草色芊芊。舞風楊柳欲撕
　　　○○●●●○○　　●○●　●●○○　　●○○●●○
　　綿。依依起翠煙。　　　還是春風客路,對花時、空負嬋娟。
　　○　○○●●○　　　○●○○●●　●○○　○●○○
　　暮寒樓閣碧雲間。羅袖成斑。
　　●○○●●○○　○●○○

(《全宋詞》1789 頁)

【注釋】

此與秦詞相校,上下片第二句均添一字作上三下四式七字一句,又上片結句作五字一句與張先詞同,然字聲稍異。

又一體

【體略】

雙片四十九字,上片二十四字四句四平韻,下片二十五字四句四平韻,趙長卿。

【圖譜】

當時巧笑記相逢。玉梅枝上玲瓏。酒杯流處已愁濃。

寒雁橫空。　　去程無記更從容。到歸來、好事怱怱。一

時分付不言中。此恨難窮。

（《全宋詞》1818 頁）

【注釋】

此與秦詞相校,下片一、二句皆添一字作七字句且多押一韻。

行香子

【調釋】

　　《張子野詞》注般涉調。張詞云:“酒香醺臉,粉色生春。”亦屬本調。同期杜安世詞與張詞同調異體。此調用平韻,重頭曲,爲兩宋流行詞調,句式上前後片尾句用一字領起三個三字句,如張詞上片:“更巧談話,美情性,好精神。”且多用排句,聲情俊爽清麗。《校正》:“此調在民間較爲流傳,可爲戲謔之詞。此調以四字句和三字句爲主,間以兩個上三下四句法之七字句。每段前半和緩,結尾由一個領字引領三個三字句,遂流暢奔放。每結之三字句須構詞法相同,又須意義連貫,意象優美,音節響亮,具語意回環之藝術效果。宋人用此調者頗衆,多用以表達感慨、嘲諷、議論,且具輕快之情意。”(237 頁)《高麗史・樂志》有《行香子慢》,《行香子》或本教坊大曲。此調後入曲牌,《輟耕録》注雙調,《康熙曲譜》卷七作

南呂宮引子,例詞即用蘇軾詞。《魏氏樂譜》卷二以蘇軾“一葉舟
輕”詞爲譜。

【體略】

　　般涉調,雙片六十六字,上片三十三字八句五平韻,下片三十
三字八句三平韻,張先。

【圖譜】

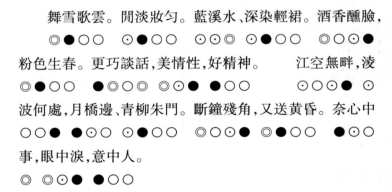

　　　　　　　　　　　　　　　　　　　　　　(《全宋詞》81 頁)

【注釋】

　　此調兩宋金元現存近一百三十首。此調正體有換頭前兩句用
韻和不用韻兩體,《詞譜》卷十四以晁補之“前歲栽桃”一首爲譜,
而將晁詞上下片第三句分別斷作“更黃鸝久住相知”、“任功名生
事俱非”,皆不當。今以張先詞爲譜。下片第二句“凌”杜安世作
“幾”,第三句“橋”蘇軾“三入承明”詞作“子”,第七句“眼中”蘇軾
“北望平川”詞作“燈火”。句中其他可平可仄俱見下列別體句法
相同者。

　　按上片第六句“更”字檢宋人詞,惟蘇軾“三入承明”詞及沈嬴

等人數詞用平聲,下片第二句"何"字惟宋人晁補之及石孝友三詞作仄聲,皆屬偶用,不參校。

又一體

【體略】

雙片六十八字,上下片各三十四字八句四平韻,杜安世。

【圖譜】

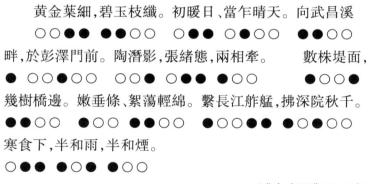

　　　　黃金葉細,碧玉枝纖。初暖日、當乍晴天。向武昌溪
　　　　○○●●　●●○○　　○●● ○●○○　　●●○○
畔,於彭澤門前。陶潛影,張緒態,兩相牽。　　　數株堤面,
●　○○●○○　　○○● ●●● ○○●　　　●○○●
幾樹橋邊。嫩垂條、絮蕩輕綿。繫長江舴艋,拂深院秋千。
●●○○　●●○ ●●○○　●○○●● ●○○○
寒食下,半和雨,半和煙。
○●● ●○● ●●○

(《全宋詞》180 頁)

【注釋】

此與張詞相校,上片第一句不押韻,上下片第四、五句各添一字作上一下四式五字句,上下片第六句減一字,下片第二句多用一韻。杜詞前後對稱,但宋人無全與杜詞相同者。

又一體（正體）

【體略】

雙片六十六字,上片三十三字八句五平韻,下片三十三字八句四平韻,蘇軾。

【圖譜】

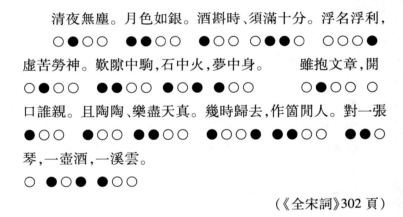

清夜無塵。月色如銀。酒斟時、須滿十分。浮名浮利,
○●○○　　●●○○　　●○○、○●●○　　○○○●

虛苦勞神。歎隙中駒,石中火,夢中身。　　雖抱文章,開
○●○○　　●●○○　●○●　●○○　　　○●○○　○

口誰親。且陶陶、樂盡天真。幾時歸去,作箇閒人。對一張
●○○　　●○○、●●○○　　○○○●　●●○○　　●●○

琴,一壺酒,一溪雲。
○　●●●　●○○

（《全宋詞》302 頁）

【注釋】

此與張詞同,惟下片第二句多用一韻異,此亦宋人常體。

又一體

【體略】

雙片六十九字,上片三十三字八句五平韻,下片三十六字八句

三平韻,李清照。

【圖譜】

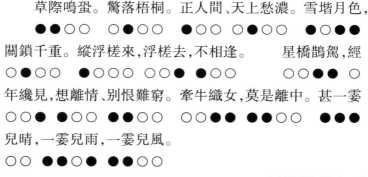

　　　　草際鳴蛩。驚落梧桐。正人間、天上愁濃。雪皚月色,
　　　　●●○○　　○○○○　　●○○、○●○○　　●○●●,

關鎖千重。縱浮槎來,浮槎去,不相逢。　　　星橋鵲駕,經
○●○○　　○○○○　　○○●　　●○○　　　　○○●●　○

年纔見,想離情、別恨難窮。牽牛織女,莫是離中。甚一霎
○○●●　●○○、●●○○　　○○●●　●●○○　●●●

兒晴,一霎兒雨,一霎兒風。
○○　●●○●　●○●○

（《詞譜》卷十四）

【注釋】

　　《李清照集箋注》以此詞作於崇寧五年（1106）七夕（34 頁）。
此與張詞相校,下片結韻三句各添一字異,《詞譜》以爲襯字。此
韻《全宋詞》作"甚霎兒晴,霎兒雨,霎兒風"。按傅大詢"玉佩簪
纓"一首,上片結韻作"一霎時風,一霎時雨,一霎時晴",下片結韻
作"一千年花,一千年果,一千年人",正仿李清照詞明顯,李清照
下片結韻字句當依《詞譜》,但不必看作襯字。

又一體

【體略】

　　雙片六十六字,上下片各三十三字八句六平韻,曹勛。

【圖譜】

也愛休官。也愛清閒。謝神天、教我愚頑。眼前萬事，
●●○○　　●●○○　　●○○　○●○○　　●○●●

都不相干。訪好林巒。好洞府,好溪山。　　日月如梭。
○●○○　　●●○○　　●●●　●○○　　　　●●○○

缺又還圓。自然他、虎踞龍蟠。河東上下,一撞三關。看也
●●○○　　●○○　○●○○　　○○●●　●●○○　　●●

非慳。也非易,也非難。
○○　　●●●　●○○

（《全宋詞》1236 頁）

【注釋】

　　此與蘇詞相校，上下片第六句、下片第一句多用三韻。按上
下片第六句用韻者始於曹勛，此體《詞譜》不載，檢宋人詞，辛棄
疾“雲岫如簪”詞、劉辰翁“雪履無痕”詞、“海水成塵”詞皆與
此同。

又一體

【體略】

　　雙片六十四字，上下片各三十二字八句五平韻，趙長卿。

【圖譜】

驕馬花驄。柳陌經從。小春天、十里和風。箇人家住,
○●○○　　●●○○　　●○○　●●○○　　●○○●

曲巷牆東。好軒窗，好體面，好儀容。　　燭炧歌慵。斜月
●●○○　　●○○　●●●　●○○　　　　●●○○　　○●
朦朧。夜新寒、斗帳香濃。夢回畫角，雲雨忽忽。恨相逢，
○○　　●○○　●●○○　●○●○　○●●●　　●○○
恨分散，恨情鍾。
●○●　●○○

（《全宋詞》1809 頁）

【注釋】

此即杜詞與曹詞之混和體，上下片結三句與杜詞同，其他與曹詞同。按劉學箕“雪白肥鱻”一首正與此同。又按許古詞與此詞同，惟下片首句不用韻，不再另列。

又 一 體

【體略】

雙片六十六字，上下片各三十三字八句五平韻，趙元。

【圖譜】

鏡裏流年。綠變華顛。謝西山、青眼依然。人生安用，
●●○○　●●○○　●○○　○●○○　　○○○●
利鎖名纏。似燕營巢，蜂課蜜，蟻争氈。　　詞苑群仙。場
●●○○　●●○○　●○○　●○○　　　○●○○　　○
屋諸賢。看文章、大筆如椽。閒人書册，且枕頭眠。有洗心
●○○　●○○　●●○○　○○○●　●●○○　　●●○

經,傳燈録,坐忘篇。
○　○○●　●○○

【注釋】

此與蘇詞相校,惟下片首句多用一韻異。趙元別二首詞、段成己詞、譚處端"朝也防心"詞等與之同。又宋褧"竹院松庭"一首亦與此同,惟下片第四句《全金元詞》作"不憂不懼榮",添一字作五字一句,此調無此種句拍者,注出不另列。又,《鳴鶴餘音》無名氏"净掃塵埃"一首,亦與此同,惟下片第四韻少一字,《全金元詞》作"知他富貴幾時來","幾"前必脱漏一字,不另列。

又一體

【體略】

雙片六十六字,上下片各三十三字八句四平韻,王喆。

【圖譜】

一鼓纔鳴,水德行香。看烏龜、波上呈祥。鼻全喘息,
●●○○　●●○○　●●○　○●○○　●○●●

眼眩昭彰。會戲澄濤,遊澄浪,隱然江。　　黑霧凝凝,充
●●○○　●●○○　○○●　●○○　　　●●○○　○

滿皮囊。牢封繫、信任飄颺。沖和上下,流轉邊旁。便變成
●○○　○○●　○●○○　○○●●　○●○○　●●○

雯,結成蓋,積成霜。
○　●●●　●○○

【注釋】

此與蘇詞相校,惟上片首句不用韻異。王喆另八詞、王處一"獨倚蓬門"詞等正與之同。又王處一"定八年間"一首,下片換頭偶添二襯字作"洞也抱一無離",注出不另列。

惜瓊花

【調釋】

《張子野詞》注般涉調。張詞用入聲韻,重頭曲,詞云:"汀蘋白。苕水碧。"賦本意,聲情沉鬱感傷。

【體略】

雙片六十字,上下片各三十字七句五入聲韻,張先。

【圖譜】

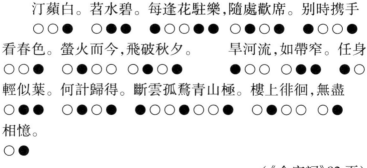

(《全宋詞》82 頁)

【注釋】

《詞譜》卷十三:"《花草粹編》後段第三、四句,'任輕似葉,計

歸得’,脱‘身’字、‘何’字,今從本集校正。”按“旱河”《花草粹編》作“汴河”,“任身輕似葉”《歷代詩餘》作“任輕舟似葉”。

　　按清顧太清《東海漁歌》卷一有此調,題爲“雨中補種白蓮用張子野韻”。張詞上片第六句“螢”顧詞作“好”,下片結句“無”作“更”。顧詞可效法,句中律句第一、三字偶可平可仄無妨。

漢宮春

【調釋】

　　《張子野詞》注般涉調。張詞平聲韻,換頭曲,詞云“奇葩異卉,漢家宮額塗黃”,賦本意。此調後亦偶用入聲、上去聲韻,字聲不同。此調題材以詠春爲主,聲情清新明快,爲兩宋特別是南宋流行詞調。辛棄疾、姜夔此調用散文句法,抒豪放之情,是爲變調。《夢窗詞》用夾鐘商。夾鐘商即雙調,聲情激健,頗疑辛棄疾、姜夔詞亦注夾鐘商調。《高麗史・樂志》名《漢宮春慢》。《校正》:“此調以四字句和六字句爲主,配以上三下四句法之七字句,用平聲韻,凡用韻處皆是兩個平聲字,故音節較爲響亮,調勢於流暢中而歸於收斂,聲韻諧美。南宋豪放詞人多喜用之,亦可表達婉約之情。此調適於寫景、抒情、言志、懷古、議論、詠物、祝頌。”(399頁)

【體略】

　　般涉調,雙片九十六字,上片四十七字,下片四十九字,各九句五平韻,張先。

【圖譜】

　　　　紅粉苔牆。透新春消息,梅粉先芳。奇葩異卉,漢家宮
　　　　○●○○　　●●○○●,○●○○　　○●●○　○○○

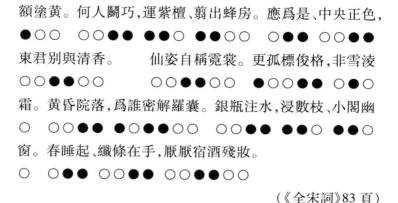

額塗黃。何人鬭巧，運紫檀、斲出蜂房。應爲是、中央正色，
●○○　　○○●●　●●○　●●○○　　○●●　○○●●

東君別與清香。　　　仙姿自稱霓裳。更孤標俊格，非雪淩
○○●●○○　　　　●○●●○○　●○○●●　○●○

霜。黃昏院落，爲誰密解羅囊。銀瓶注水，浸數枝、小閣幽
○　○○●●　●○●●○○　○○●●　●●○　●●○

窗。春睡起、纖條在手，厭厭宿酒殘妝。
○　○●●　○○●●　○○●●○○

(《全宋詞》83 頁)

【注釋】

此調兩宋金元現存八十餘首，以張先詞爲早。此體句拍、字聲嚴謹，上片自"透新春"以下，與下片"更孤標"以下相同。然張先上下片首句均用韻，上下片第四、五句作四字一句、六字一句，下片換頭作平起平收律句，後人創作罕有與張先詞用韻、句拍及字聲全同者，不作正體。

按《梅苑》無名氏"點點江梅"詞與張詞相校，惟換頭作"聊拈粉香重問"，字聲不同，注出不另列。又《梅苑》無名氏"梅萼知春"詞，《詞譜》卷二十四以換頭斷作兩句"立馬佇，凝情久"而列別體，此亦當斷作一句拍，無需另列。

正　　體

【體略】

雙片九十六字，上片四十七字，下片四十九字，各九句四平韻，晁沖之。

【圖譜】

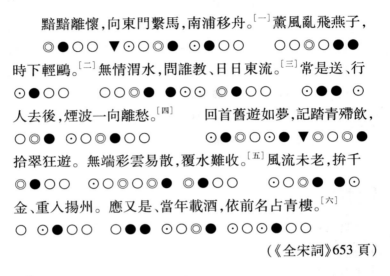

黯黯離懷，向東門繫馬，南浦移舟。[一]薰風亂飛燕子，
◎●○○　▼○○○●　⊙●○○●　　○○◎●●

時下輕鷗。[二]無情渭水，問誰教、日日東流。[三]常是送、行
⊙●○○　⊙○●○　●⊙○○　　⊙●●　⊙

人去後，煙波一向離愁。[四]　　回首舊遊如夢，記踏青殢飲，
○○●　⊙○○○●○○　　⊙●○⊙●　▼○○●

拾翠狂遊。無端彩雲易散，覆水難收。[五]風流未老，拚千
◎●○○　⊙○○◎●　◎○○　　⊙○○●　●⊙

金、重入揚州。應又是、當年載酒，依前名占青樓。[六]
○　⊙●○○　●●⊙●　○●　○○⊙○○

（《全宋詞》653 頁）

【注釋】

　　[一]此調《詞律》卷十四以吳文英“花姥來時”爲正體，《詞譜》以此詞爲正體，當從後者，然所定字聲多有不妥。此與張先詞相校，上下片首句不用韻，第四、五句均作六字一句、四字一句，且字聲亦異。下片首句作仄起仄收律句，宋人詞作與此相同者最多。上片自“向東門”以下，與下片“記踏青”以下相同。“向”爲領字，領起後兩個四字句，與下片第二句“記”字皆宜用去聲。句中可平可仄除注明外，俱見所列別體句法相同者。

　　[二]“薰風亂飛燕子”與下片“無端彩雲易散”皆作拗句，檢宋人詞作，此兩句也以拗句爲多，然康與之、辛棄疾、陳亮、劉克莊、劉辰翁等人詞拗句類型又不相同，一爲平拗，一爲仄拗，不混校。

　　[三]“渭”程大昌詞作“悠”。按無名氏“玉減香銷”詞，此韻後句《詞譜》作“須信道、承恩不在貌”而列又一體，《全宋詞》作

“須信道、承恩在貌”,今從後者不另列。

　　〔四〕“常”程大昌詞作“道”。“後”字《詞譜》以本仄可平,不當,此字惟沈蔚、史達祖及無名氏三詞用平聲,偶用不參校。

　　〔五〕“無端彩雲易散”作拗句,《詞譜》以“雲”字可平可仄,不當,此句不與辛棄疾等人仄拗參校。“無”、“彩”程大昌詞作“謝”、“流”,“易”周紫芝詞作“同”。“覆”曹冠詞作“瓊”。

　　〔六〕“未”程大昌詞作“春”,“金”字惟辛棄疾“秦望山頭”詞作“不”、趙師俠詞作“地”、黃公紹詞作“客”、無名氏“江月初圓”詞作“部”,辛詞可視爲以入代平,其他詞屬偶用不參校,《詞譜》以此字本平可仄,不當。“當”辛棄疾“心似孤僧”詞作“絕”。

又一體

【體略】

　　雙片九十六字,上片四十七字,下片四十九字,各九句四平韻,晁沖之。

【圖譜】

瀟洒江梅,向竹梢稀處,橫兩三枝。東君也不愛惜,雪
〇●● ●●〇● 〇〇〇 〇⊙〇◎●◎● ●
壓風欺。無情燕子,怕春寒、輕失佳期。惟是有、南來歸雁,
●〇〇 〇〇●● ●〇〇 〇●〇〇 〇●● 〇〇〇●
年年長見開時。　　　清淺小溪如練,問玉堂何似,茅舍疏
〇〇〇●〇〇 〇●●〇〇● 〇〇〇●● 〇●〇
籬。傷心故人去後,冷落新詩。微雲淡月,對孤芳、分付他
〇 〇〇●●〇● ●●〇〇 〇〇●● ●〇〇 〇●●

誰。空自倚、清香未減，風流不在人知。
○　　○●●　○○●●　○○○●○○

（《全宋詞》655 頁）

【注釋】

此與"黯黯離懷"詞相校，惟上片第四句拗句形式不同。初以
"不"字爲以入代平，則上下片第四句字聲相同。然檢宋人詞作，
上片第四句作仄拗、下片第四句作平拗者甚多，或即源於此詞，宋
人亦不以晁詞"不"字以入代平也，故列又一體。此句劉克莊"老
子今年"詞作"夜窗猶坐書按"，可平可仄據此。

又一體（正體）

【體略】

雙片九十六字，上片四十七字九句五平韻，下片四十九字九句
四平韻，京鏜。

【圖譜】

暖律初回。又燒燈市井，賣酒樓臺。誰將星移萬點，月
●●○○　　●○○●●　●●○○　　○○○●●　●

滿千街。輕車細馬，隘通衢、蹴起香埃。今歲好、土牛作伴，
●○○　　○●●●　○○○　●●○○　　○●●　●○●●

挽留春色同來。　　　不是天公省事，要一時壯觀，特地安
●○○●○○　　　　●●○○●●　●●○●●　●●○

排。何妨彩樓鼓吹，綺席尊罍。良宵勝景，語邦人、莫惜徘
○　　○○●○●●　●●○○　　○○●●　●○○　●●○

徊。休笑我、癡頑不去,年年爛醉金釵。
○　　○●●　○○●■　○○○●●○○

【注釋】

此與晁沖之"黯黯離懷"詞同,惟上片首句用韻異,而與張先詞上片首句同。《詞譜》:"《梅苑》'雨打風摧'詞、史達祖'花隔東垣'詞及京詞別首'看透塵寰'詞,俱如此填。"

又 一 體

【體略】

雙片九十六字,上片四十七字,下片四十九字,各九句四平韻,辛棄疾。

【圖譜】

亭上秋風,記去年嫋嫋,曾到吾廬。山河舉目雖異,風
○●○○　●●○○●　○●○○　　○●●●○　○

景非殊。功成者去,覺團扇、便與人疏。吹不斷、斜陽依舊,
●○○　　○●●●　○●●　●○○○　○●●　○○○●

茫茫禹跡都無。　　千古茂陵詞在,甚風流章句,解擬相
○○●●○○　　　●○○○●●　●○○○●　●●○

如。只今木落江冷,眇眇愁餘。故人書報,莫因循、忘却尊
○　●○●●○●　●●○○　●○○●　●○○○　●●○

鱸。誰念我、新涼燈火,一編太史公書。
○　○●●　○○○●　●○●●○○

【注釋】

　　此與晁沖之"瀟洒江梅"詞相校,上下片第四句皆作平起仄收拗句(仄拗)。辛棄疾"行李溪頭"、"秦望山頭"、"心似孤僧"詞,陳亮"雪夜相投"詞,劉辰翁"疏影橫斜"詞等,正與此同。按此調上下片第四句或作平拗、或作仄拗,又以平拗爲主(同正體,《稼軒詞編年箋注》附丘崈、姜夔、張炎和辛三詞,皆用平拗),而如用律句者,如徐鹿卿"吏隱南昌"詞下片作"自向月中弄影"、劉克莊"牆角殘紅"詞上片作"紛綸絳節導從",下片作"且祝東風小緩",乃偶用,不可效法。

正體(仄韻)

【體略】

　　雙片九十六字,上片四十七字九句四仄韻,下片四十九字九句五仄韻,康與之。

【圖譜】

雲海沈沈,峭寒收建章,雪殘鳲鵲。華燈照夜,萬井禁
⊙●○○　　●○○●○　　●○○●　　○○●●　　●●○

城行樂。春隨饗影,映參差、柳絲梅萼。丹禁杳、鰲峰對聳,
○○●　　○○●○　●⊙⊙　◎○○●　　○○●　○○◎

三山上通寥廓。　　　春衫繡羅香薄。步金蓮影下,三千綽
○○●○●●　　　　○○●○○●　　●○○●●　⊙○◎

約。冰輪桂滿,皓色冷浸樓閣。霓裳帝樂,奏昇平、天風吹
●　○○●●　●●●○○●　　○○●●　　●○○　⊙⊙　○○○

落。留鳳輦、通宵宴賞，莫放漏聲閒却。
●　　○●●　○○●●　●●●○○●

【注釋】

　　此詞與無名氏詞偶用入聲韻，雖字、句、韻位與晁詞多相同，然字聲多有差異。句中平仄即參《樂府雅詞》無名氏一詞。

又一體

【體略】

　　雙片九十四字，上片四十七字九句五入聲韻，下片四十七字十句六入聲韻，《樂府雅詞》無名氏。

【圖譜】

　　江月初圓，正新春夜永，燈市行樂。芙蕖萬朵，向晚爲
　　○●○○　●○○●●　○●○●　　○○●●　●●●
誰開却。層樓畫閣。盡捲上、東風簾幕。羅綺擁、歡聲和
○○●　○○●●　●●●　○○○●　　○●●　○○○
氣，驚破柳梢梅萼。　　　綽約。暗塵浮動，正魚龍曼衍，戲
●　○●●○○●　　　　●●　○○○●　●○○●●　●
車交作。高牙影裏，緩控玉羈金絡。鉛華間錯。更一部、笙
○○●　○○●●　●●●○○●　　○○●●　●●●　○
歌圍著。香散處、厭厭醉聽，南樓畫角。
○○●　○●●●　○○●●　○○●●

【注釋】

《詞譜》:"此即康詞體,惟前後段第六句俱押韻,換頭句藏一短韻,結句減二字異。"

又一體

【體略】

雙片九十四字,上下片各四十七字九句五上去韻,王喆。

【圖譜】

　　　正好修行,得深深幽密,玄玄微妙。樞機是茲,仗此便
　　　●●○○　●○○○●　○○●●　　○○●●　●●●

成關要。惺惺了了。更做就、風流真俏。顏内少、元從亘
○○●　○○●●　●●●、○○○●　○●●、○○　○○

昔,圓聚那般輝耀。　　三光起初朗照。却於今認見,當本
●　○●○○○●　　　○○●○●●　●○○●●　○●

聲調。清音洽浹,響亮轉動七竅。崑崙出去,爲一箇、青童
○○　○○●●　●●●●●●　○○●●　○●●、○○

來召。金線釣、靈明授取,天書紫詔。
○●　○○●、○○●●　○○●●

(《全金元詞》218 頁)

【注釋】

此與"江月初圓"詞相校,惟換頭不用短韻,下片第六句未用韻異。按王喆詞下片第四、五句《全金元詞》斷作"清音洽浹響亮,

轉動七竅",仍當斷作四字一句、六字一句,"響亮轉動七竅"偶作
拗句。又此詞下片第八句"釣"《全金元詞》注韻,上片第八句"少"
字未注韻,如注韻,上下片應統一。按譚處端"甲子天元"詞與此
句拍同,惟換頭不押韻,上片第四句、下片第五句仍用律句異,注出
不另列。

青門引

【調釋】

《張子野詞》注般涉調。張詞用上去韻,聲情感傷纏綿。此爲
令詞調,與黃裳《青門引》不同,秦觀名《青門飲》者,亦即爲黃裳詞
體。《填詞名解》卷一:"《青門引》,《三輔黃圖》云:長安城東出南頭
第一門,門色青,曰青門。《蕭相國世家》云:召平種瓜長安城東。而
阮籍詩:'昔聞東陵侯,種瓜青門外。'語亦可證,詞取以名。"

【體略】

般涉調,雙片五十二字,上片二十七字五句三仄韻,下片二十
五字四句三仄韻,張先。

【圖譜】

乍暖還輕冷。風雨晚來方定。庭軒寂寞近清明,殘花
◎●○○● ⊙●○○●● ○○●●●○○ ○○

中酒,又是去年病。　　樓頭畫角風吹醒。入夜重門静。
◎● ●●●○● 　　○○●●○○● ●●○○●

那堪更被明月,隔牆送過秋千影。
◎○●●○● ●○●●○○●

(《全宋詞》83 頁)

【注釋】

此調兩宋金元現存五首。此調《詞譜》卷九僅參校無名氏一詞。此調王質、馬子嚴詞用入聲韻，洪希文用上去韻。上片首句"乍"王質詞作"尋"，第二句王質詞作"祇有斑斑野菊"，第三句"庭"洪希文詞作"兩"，結句"去"洪希文詞作"交"。下片第二句"入"王質詞作"飛"，第三句"那"洪希文詞作"英"，第三句王質詞作"落路尋人借問"，律句不同。

又一體

【體略】

雙片五十三字，上片二十七字五句三入聲韻，下片二十六字四句三入聲韻，馬子嚴。

【圖譜】

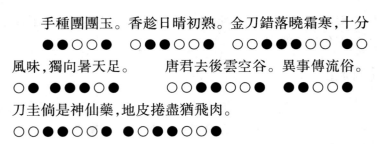

　　手種團團玉。香趁日晴初熟。金刀錯落曉霜寒，十分
　　●●○○●　　○●●○●　　○○●●○●　●○
風味，獨向暑天足。　　唐君去後雲空谷。異事傳流俗。
○●　●●●●●　　○○●●○○●　●●○●
刀圭倘是神仙藥，地皮捲盡猶飛肉。
○○●●○○●　●○○●●○●

　　　　　　　　　　　　　　　　　（《全宋詞》2069 頁）

【注釋】

此詞《詞譜》以詞俚不錄。與張詞相校，惟下片第三句添一字作七字一句異。

卜算子

【調釋】

《張子野詞》注般涉調。同期歐陽修詞與張先詞同。王觀、蘇軾詞減字,上下片各作五五七五句式,後爲此調流行體式。《于湖詞》注高平調。此調句式、聲韻簡明,題材寫景言情皆宜,格調清新灑脱。此調爲兩宋及後世極流行詞調,兩宋代表詞人有蘇軾、朱敦儒、辛棄疾、劉克莊等。金人王喆於王觀詞體上下片尾韻均嵌入"你不牽上他馬"六字,當做襯字看,王喆詞名作《黃鶴洞中仙》,自注俗名《喝馬卜算子》,另王喆名《卜算子》者與此同名異調。此調別名較多,《詞譜》卷五:"元高拭詞注仙吕調。蘇軾詞,有'缺月掛疏桐'句,名《缺月掛疏桐》;秦湛詞,有'極目煙中百尺樓'句,名《百尺樓》;僧皎詞,有'目斷楚天遥'句,名《楚天遥》;無名氏詞,有'蹙破眉峰碧'句,名《眉峰碧》。"《魏氏樂譜》卷二以舒亶"池臺小雨乾"詞爲譜。《卜算子》調又入曲牌,爲南仙吕宮引子(《康熙曲譜》卷四),元明南戲、傳奇中頗爲流行,多用詞體單片,用韻三聲通叶。

【體略】

雙片四十六字,上片二十三字四句二上去韻,下片二十三字四句三上去韻,張先。

【圖譜】

夢短寒夜長,坐待清霜曉。臨鏡無人爲整妝,但自學、

孤鸞照。　　　樓臺紅樹杪。風月依前好。江水東流郎在
○○●　　　　○○○●●　●○○●●　　○●○○●

西，問尺素、何由到。
○　●●●　○○●

（《全宋詞》78 頁）

【注釋】

此調兩宋金元現存兩百六十餘首。此體四十六字，與宋人常體相比，上下片第四句各添一字作六字折腰句。歐陽修、杜安世等人詞同此體，上片首句杜安世詞押韻，又與張、歐詞不同，黃庭堅詞下片又不用韻，皆不另列。就字聲而言，首句“夢短寒夜長”用拗句，“斷”、“夜”均仄，宋人罕見，下片首句“樓臺紅樹杪”，用五言平起，雖然杜安世詞與此同，亦宋人少有，至於歐陽修此體下片第二句“是誰先薄倖”用平起律句，更爲宋人僅見。蓋此調初創之時，字聲尚在探索而未定型。

又就用韻而言，此調兩宋金元多用上去韻，用入聲者僅十餘首，當用上去韻。

又 一 體

【調釋】

雙片四十六字，上片二十三字四句二上去韻，下片二十三字四句三上去韻，杜安世。

【圖譜】

尊前一曲歌，歌裏千重意。纔欲歌時淚已流，恨應更、
○○●●○　●●○●●　　○●○○●●○　●○●

多於淚。　　　試問緣何事。不語如癡醉。我亦情多不忍
○○●　　　　●●○○●　●●○○●　●●○○●●

聞，怕和我、成憔悴。
○　●●●　○○●

（《全宋詞》183 頁）

【注釋】

　　此詞字句與張先詞同，字聲上，首句作平起平收律句，換頭作
仄起仄收律句。宋人首句與杜安世同者，如張孝祥“風生杜若
洲”、陳師道“搖風影似凝”、徐俯“心空道亦空”等，換頭相同者如
琴操“不計黃金綬”、陳師道“月下幽香度”、徐俯“不見生塵步”等，
此體因上下片首句字聲不同而單列。又，劉克莊“自入玄門戶”詞
和“四大因緣做”詞，首句皆爲仄起仄收律句，換頭字聲與杜安世
詞同，注出不另列。

正　　　體

【體略】

　　雙片四十四字，上下片各二十二字四句二上去韻，王觀。

【圖譜】

　　水是眼波橫，山是眉峰聚。^[一]欲問行人去那邊，眉眼盈
　　◎●●○○　⊙●●○●　　●●○○●●○　○●⊙

盈處。^[二]　　才始送春歸，又送君歸去。^[三]若到江東趕上
○●　　　⊙●●○○　●●○○●　　◎●○○◎●

春,千萬和春住。^[四]

〇　⊙●〇〇●

(《全宋詞》260 頁)

【注釋】

[一]此詞題"送鮑浩然之浙東"。此爲張先詞減字體,上下片第四句各減一字,下片首句不用韻,字聲方面比張先詞尤爲整飭。此爲此調正體,宋人創作絕大部分與此相同。《詞律》、《詞譜》皆以蘇軾"缺月掛疏桐"詞爲正體,蘇詞作於元豐三年(1080),當晚於此詞,此調今以此詞爲正體。《詞譜》於此體字聲,所定十分混亂。首句《詞譜》以前四字皆可平可仄,不當。按首句爲仄起五言律句,宋人兩百餘首詞中,僅有十餘首平起平收。"是"字當仄、"波"字當平,正是此調定格。"眼"字,雖然有李之儀詞作"長"、汪元量詞作"河"字,偶用不參校。句中可平可仄除注明外,俱見所列別體句法相同者。

[二]"那邊"《詞譜》以杜安世詞"明景"作平仄,而將此二字定爲可平可仄,不當,按杜安世詞"明"字用平,在宋人詞中罕見,而"景"字用仄,更是宋人僅此一例,皆不應參校,"那邊"二字,一仄一平,亦是此調定格。按"去"字和下片"趲"字,《詞律》均定仄聲,不當。

[三]"才始送春歸"句《詞譜》以前四字皆可平可仄,又以平起律句參校,誤,如舒亶詞作"何時鬪草歸"乃用平起,於宋人中十分罕見,不當參校。此句"始"字仄聲、"春"字平聲,亦是此體定格。

[四]"上春"《詞譜》作可平可仄,亦誤。按"上"字宋人蔡伸詞作"於",僅此一處,偶用不當參校,"春"宋人亦僅張幼謙詞作仄聲"箆",偶用不參校。此句"上"字作仄,"春"字作平,當遵。按李之儀詞下片結句作"定不負、相思意",六字一句,注出不另列。

又一體

【體略】

雙片四十五字,上片二十二字四句二上去韻,下片二十三字四句三上去韻,琴操。

【圖譜】

欲整別離情,怯對尊中酒。野梵幽幽石上飄,搴落樓
●●●○○　●●○○●　●●○○●●○　●●○

頭柳。　　不繫黃金綬。粉黛愁成垢。春風三月有時闌,
○●　　　●●○○●　●●○○●　　○○○●○○

遮不盡、梨花醜。
○●●　○○●

(《全宋詞》359頁)

【注釋】

此與王詞相校,惟下片起句多押一韻,字聲亦異,且下片結句作六字折腰句。徐俯"天生百種愁"詞、趙長卿"春水滿江南"詞與此詞同。

又一體

【體略】

雙片四十六字,上下片各二十三字四句二去韻,黃庭堅。

【圖譜】

　　要見不得見，要近不得近。試問得君多少憐，管不解、
　　●●●●● ●●●●● 　●●●○○●○ ●●●

　多於恨。　　　禁止不得淚，忍管不得悶。天上人間有底愁，
　○○● 　　　●●●●● ●●●●● 　○●○●●○

　向箇裏、都諳盡。
　●●● ○○●

（《全宋詞》413 頁）

【注釋】

　　《唐宋詞彙評》考此詞於紹聖四年（1097）作（636 頁）。此體
從字句上看，與張先詞同，下片首句不用韻。而其字聲，於宋詞則
十分特殊，上下片一二句皆作拗句，連用十字仄聲，爲詞人特意安
排。《詞律辭典》以上下片"不得"兩字均以入代平（377 頁）。

又 一 體

【體略】

　　雙片四十四字，上片二十二字四句二去韻，下片二十二字四句
三去韻，陳師道。

【圖譜】

　　雪闇嶺頭雲，竹冷溪邊樹。還似瀟湘縹緲人，玉骨籠
　　●●●○○ ●●●○● 　○●○○●●○ ●●○

香霧。　　月下幽香度。夢裏香魂駐。回首南枝酒半醺，
○●　　　●●○○●　●●○○●　○●○○○●●○

寂寞無尋處。
●●○○●

(《全宋詞》592 頁)

【注釋】

　　此與王觀詞相校,惟下片起句多押一韻異。徐俯"心空道亦空"和"清池過雨涼"二詞、曹組詞、蔡伸"前度月圓時"和"春事付鶯花"二詞等與此詞同。

又一體

【體略】

　　雙片四十五字,上片二十三字,下片二十二字,各四句二上去韻,張元幹。

【圖譜】

　　涼氣入熏籠,暗影攲花砌。紫玉誰人三弄寒,細吹斷、
　　○●●○○　●●○○●　●●○○○●○　○○●

江梅意。　　花底涴春衣,隔坐風輕遞。却笑笙簫緱嶺人,
○○●　　　○●●○○　●●○○●　●●○○○●○

明日偷垂淚。
○●○○●

(《全宋詞》1084 頁)

【注釋】

　　此與王觀詞相校,此體上片結句添一字作六字折腰句,與張先詞體同。趙長卿"閑路踏花來"詞、黃公度"薄宦各東西"詞、黃童詞等與此詞同。

又一體

【體略】

　　雙片四十四字,上下片各二十二字四句三上去韻,石孝友。

【圖譜】

　　　見也如何暮。別也如何遽。別也應難見也難,後會難
　　　●●○○●　　●●○○●　　●●○○○●○　●●○

憑據。　　　去也如何去。住也如何住。住也應難去也難,
○●　　　　　●●○○●　　●●○○●　　●●○○○●○

此際難分付。
●●○○●

(《全宋詞》2034 頁)

【注釋】

　　此與王觀詞相校,此體上下片首句皆用韻。按魏了翁詞與此詞同,惟首句作"江橫山簇"四字一句,當有脫漏,注出不另列。

又一體

【體略】

雙片四十七字,上片二十三字,下片二十四字,各四句三入聲韻,《花草粹編》無名氏。

【圖譜】

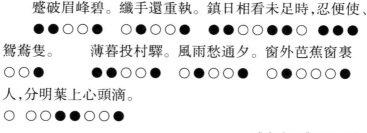

（《全宋詞》3664 頁）

【注釋】

此與石孝友詞相校,惟上片結句添一字作六字折腰句,下片結句添二字作七字一句異。

武陵春

【調釋】

《張子野詞》注雙調。武陵爲郡名,治所在湖南。陶潛《桃花源記》:“晋太元中,武陵人捕魚爲業……”《填詞名解》卷一:“《武陵春》,采唐人詩‘爲是仙才登望處,風光便似武陵春’。”張先二詞

均寫戀情,與隱逸無關,用平韻,聲情明快清新。同期歐陽修有詞,亦爲戀情題材。《校正》:"此調惟重頭曲,每段由七五七五句式組成,句式單一,但每段除第一句不用韻外,接連三句用韻,故音節較爲流動響亮。此調宜於表達戀情和寫景。"(100頁)此調爲兩宋較流行詞調。賀鑄詞有"雲想衣裳花想容",名《花想容》,無名氏"昨夜前村"一首,名《武林春》。《魏氏樂譜》卷四以李清照"風住塵香"詞爲譜。

【體略】

雙調,雙片四十八字,上下片各二十四字,四句三平韻,張先。

【圖譜】

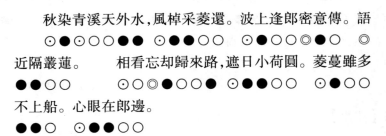

秋染青溪天外水,風棹采菱還。波上逢郎密意傳。語
近隔叢蓮。　　相看忘却歸來路,遮日小荷圓。菱蔓雖多
不上船。心眼在郎邊。

(《全宋詞》64頁)

【注釋】

此調兩宋金元現存七十餘首,以此詞爲早。此調以換頭律句類型分爲兩體。一爲張先換頭平起仄收,一爲毛滂仄起仄收。《詞律》卷五以此詞爲正體,所定字聲稍嚴。《詞譜》卷七將兩種句型混校,前六字皆可平可仄,不當。上片第一句"青"向滈詞作"酒",第三句"密"謝逸"畫燭籠紗"詞作"月";下片第一句"相"、"忘"謝逸"拍岸蒲萄"詞作"淡"、"疏"。

按下片首句"相看忘却歸來路"作平起仄收律句,檢宋人詞,

張先別首及北宋歐陽修、晏殊、晏幾道、晁端禮、賀鑄等人皆與張先
詞同,毛滂此調六首,其中四首同張先詞,兩首作仄起仄收律句。

又一體(正體)

【體略】

雙片四十八字,上下片各二十四字,四句三平韻,毛滂。

【圖譜】

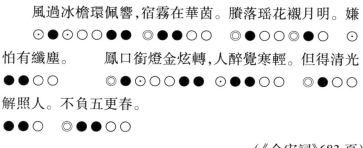

風過冰檐環佩響,宿霧在華茵。臙落瑤花襯月明。嫌
怕有纖塵。　　鳳口銜燈金炫轉,人醉覺寒輕。但得清光
解照人。不負五更春。

(《全宋詞》683 頁)

【注釋】

此亦爲正體,與張先詞相校,除換頭律句不同外,其他皆同。此
體爲重頭曲,上下片字句、字聲皆對稱,更可效仿。南宋詞人盡爲此
體。換頭一句,"鳳"、"銜"趙長卿"又是新逢"詞作"花"、"主"。

又一體

【體略】

雙片五十四字,上片二十七字四句三平韻,下片二十七字四句

四平韻，万俟詠。

【圖譜】

　　　　燕子飛來花在否，微雨退、掩重門。正滿院、梨花雪照
　　　　●●○○○●●　○●●　●○○　　●●●　○○●●

人。獨自箇、怯黃昏。　　　輕風淡月總消魂。羅衣暗、惹啼
○　●●●　●○○　　　　○○○●●○○　　○○●　●○

痕。謾覷著、秋千腰褪裙。可瞧是、不宜春。
○　●●●　○○○●　　●●●　●○○

（《全宋詞》811 頁）

【注釋】

　　此即張先詞體，惟上下片第二、三、四句各添一字，換頭又用
韻異。

又一體

【體略】

　　雙片四十九字，上片各二十四字，下片二十五字，各四句三平
韻，李清照。

【圖譜】

　　　　風住塵香花已盡，日晚倦梳頭。物是人非事事休。欲
　　　　○●○○○●●　●●●○○　　●●○●●●○　●

語淚先流。　　　聞說雙溪春尚好，也擬泛輕舟。只恐雙溪
●●○○　　　　○●○○○●●　●●●○○　　●●○○

舴艋舟。載不動、許多愁。

● ● ○　　● ● ● ● ○ ○

【注釋】

　　《唐宋詞彙評》考此詞於紹興五年(1135)作(1424 頁)。此即毛滂詞體,惟下片結句添一字作六字一句異。趙師俠"乍雨籠晴"詞正與之同。《詞律》卷五列此詞爲"又一體":"《詞統》、《詞匯》俱注'載'字是襯,誤也。詞之前後結多寡一字者頗多,何以見其爲襯乎? 查坦庵作尾句亦云'流不盡、許多愁'可証。"

于飛樂令

【調釋】

　　《填詞名解》卷二:"《左傳》:'鳳凰于飛,和鳴鏘鏘。'詞取以名。"《詞譜》卷十六:"金詞注高平調,元詞注南呂調。史達祖詞名《鴛鴦怨曲》。"《張子野詞》注中呂調。按高平調即南呂調,與中呂調同爲羽聲。此詞又《全宋詞》重見歐陽修詞。此調句短韻密,且多用六、七字折腰句法,題材相思戀情爲主,聲情流美輕快。晏幾道、賀鑄等人詞名《于飛樂》。《魏氏樂譜》卷二以毛滂"記懵騰"一詞爲譜。

【體略】

　　中呂調,雙片七十三字,上片三十八字七句四平韻,下片三十五字六句四平韻,張先。

【圖譜】

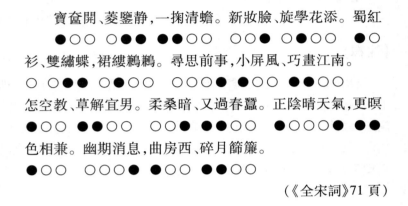

　　　　寶奩開、菱鑒静，一掬清蟾。新妝臉、旋學花添。蜀紅
　　　　●○○　○●●　●●○○　　○○●　○●○○　　●○
衫、雙繡蝶，裙縷鶼鶼。尋思前事，小屏風、巧畫江南。
○　○●●　○●○○　　○○○●　●○○　●●○○
怎空教、草解宜男。柔桑暗、又過春蠶。正陰晴天氣，更暝
●○○　●●○○　　○○●　●●○○　　●○○○●　●●
色相兼。幽期消息，曲房西、碎月篩簾。
●○○　○○○●　●○○　●●○○

（《全宋詞》71 頁）

【注釋】

　　此調兩宋現存近十首，金元無存詞。此詞換頭作上三下四式
七字一句，賀鑄詞與之相同。按上片第二句"掬"《全宋詞》誤作
"掏"。又上片第一句、四句《詞律》、《詞譜》皆作兩句，今皆作折腰
句法。

　　《詞律》卷十一以張先此詞爲又一體："'怎空教'七字是換頭，
餘同。《圖譜》不解，注'正陰晴天氣'爲五字句，'更暝色相兼'爲
五字叶，不知'更'字乃以住句字，作轉語過下，所謂言斷氣連、流
走體也，不可拘執而分破調格，毋論他家詞無兩五字體。"按《詞
律》所言不妥，賀鑄作"寄兩行清淚，想幾許殘紅"，正同張詞。

<h1 align="center">又一體</h1>

【體略】

　　雙片七十二字，上片三十七字七句四平韻，下片三十五字七句

三平韻，晏幾道。

【圖譜】

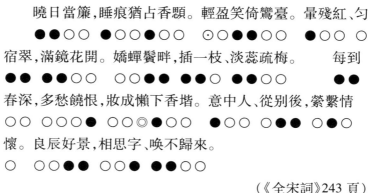

（《全宋詞》243 頁）

【注釋】

　　此與張先詞相校，上片第一、二句作四字一句、六字一句，第三句減一字作六字一句，下片第一、二句作四字兩句、六字一句，且減一韻，第三、四句作六字折腰一句、四字一句，其他均同。賀鑄“日薄雲融”、史達祖“綺翼翩翩”詞，照此填（賀詞又減一字，見下列賀鑄詞）。詞中可平可仄據下列賀鑄詞。

　　《詞律》卷十以晏幾道此詞爲正體：“‘妝成’下與前‘輕盈’下同。梅溪詞於‘良辰’句刻作‘將終怨魂’，誤。‘魂’字不可平，必是‘魄’字。”

又一體

【體略】

　　雙片七十一字，上片三十七字七句五平韻，下片三十四字六句

三平韻，賀鑄。

【圖譜】

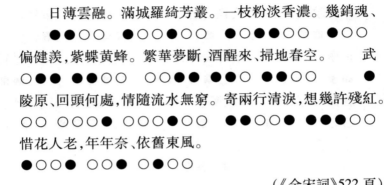

日薄雲融。滿城羅綺芳叢。一枝粉淡香濃。幾銷魂、
●●○○　●○○●○○　●○●○○　●○●

偏健羨，紫蝶黄蜂。繁華夢斷，酒醒來、掃地春空。　　武
○●●　●●○○　○○●●　●○○、●●○○　　　　●

陵原、回頭何處，情隨流水無窮。寄兩行清淚，想幾許殘紅。
○○、○○○●　○○○●○○　●●○○　●●●○○

惜花人老，年年奈、依舊東風。
●○○●　○○●、○●○○

（《全宋詞》522 頁）

【注釋】

此詞上片用晏詞體，惟首句用韻異，下片用張先詞體，惟第一
句不用韻，第二句減一字作六字一句異。

又一體（正體）

【體略】

雙片七十六字，上下片各三十八字七句四平韻，毛滂。

【圖譜】

水邊山、雲畔水，新出煙林。送秋來、雙檜寒陰。檜堂
●○○、○●●　○●○　⊙○○、●●○○　●⊙

寒、香霧碧，簾箔清深。放衙隱几，誰知共、雲水無心。
○　○●●　⊙●○○　◎◎○●　⊙○◎、⊙●○○

望西園、飛蓋夜，月到清尊。爲詩翁、露冷風清。退紅裙、雲
●⊙○　○●● 　◎●○○　 ●⊙● ●●○○ 　●○○ ○

碧袖，花草争春。勸翁强飲，莫孤負、風月留人。
●● 　⊙●○○　 ◎●○○　 ◎○● ⊙●○○

（《全宋詞》686 頁）

【注釋】

此即張先詞體，惟下片首韻添三字作六字折腰一句、四字一句，第三、四句作六字折腰一句、四字一句，此體前後對應，字聲嚴謹，毛滂三詞皆同，亦爲正體。上片第三句"雙"毛滂"記曹騰"詞作"夢"，下片第一句"西"作"畫"，第二句"月"毛滂"並梅兄"詞作"微"，第三句"詩"毛滂"並梅兄"詞作"做"，第五句"花"毛滂"並梅兄"詞作"莫"。句中其他可平可仄俱見所列別體句法相同者。

又一體

【體略】

雙片六十八字，上片三十四字七句三平韻，下片三十四字六句三平韻，李流謙。

【圖譜】

薄日烘晴，輕煙籠曉，春風繡出林塘。笑溪桃、並塢杏，
●●○○ 　○○●● 　○○●●○○　 ●○○ ⊙●●

忒煞尋常。東君處，没他後、成甚風光。　　翠深深、誰教
●●○○　 ○○●　 ●○● ○●○○ 　●○○ ○○

入骨，夜來過雨淋浪。這些兒顏色，已惱亂人腸。如何更
●●　●○●○○　　●○○○●　●●●○○　　○○●

道，可惜處、只是無香。
●　●●●　●●○○

（《全宋詞》1487 頁）

【注釋】

　　此與賀鑄詞相校，上片一、二、三句減二字并減二韻作四字兩句、六字一句，第六句減一字作三字一句異。

晏殊十二調

晏殊（991—1055），字同叔，撫州臨川人。十四歲以神童入試，賜進士出身，爲秘書省正字，官至右諫議大夫、集賢殿學士、同平章事兼樞密使、禮部刑部尚書等。晏殊《珠玉詞》，有明吳訥《百家詞》鈔本、毛晉《宋六十名家詞》本等，今《全宋詞》收詞一百三十六首。其詞承晚唐五代餘風，用調多爲前代小令，温婉藴藉，句法多用律句，即所謂"寓以詩人之句法"（黄庭堅語），新調亦以令詞調爲主，其中《燕歸梁》、《訴衷情令》等對後世影響較大。

訴衷情（令）

【調釋】

同期柳永有詞，《樂章集》注林鐘商，《片玉集》、《于湖詞》皆注商調，與柳詞相同。此調用平聲韻，上片句式七、五、六五，下片三三、三、四四四，句式簡明，聲情清麗流美。此調又名《訴衷情令》，爲兩宋及後代流行詞調，多詠戀情相思，代表作家如晏幾道、蘇軾等，王安石詠佛道之情，金元詞人亦用此調詠仙道題材，風流灑脱。此調張元幹以黄庭堅詞序云"未嘗不歌漁父家風"，而詠漁者生活，並改名《漁父家風》。後名《漁父家風》者，多詠隱逸，從而使隱逸成爲此調另一重要題材。

【體略】

雙片四十四字,上片二十三字四句三平韻,下片二十一字六句三平韻,晏殊。

【圖譜】

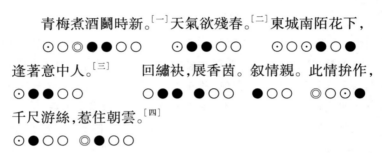

青梅煮酒鬭時新。[一]天氣欲殘春。[二]東城南陌花下,
⊙○⊙◎●●○　　⊙○●●○　　○○⊙⊙●●

逢著意中人。[三]　　回繡袂,展香茵。叙情親。此情拚作,
⊙●●○○　　　　●○●　●○○　●○○　◎○○●

千尺游絲,惹住朝雲。[四]
⊙●○○　◎●●○

（《全宋詞》97 頁）

【注釋】

[一]此調晏殊創作八詞,其中"芙蓉金菊"和"數枝金菊"二首,夏承燾《二晏年譜》考皆作於寶元元年(1038)(231 頁)。此調兩宋金元現存近兩百首詞。《詞律》卷二以柳永"雨晴氣爽"詞爲正體。《詞譜》卷五以晏殊詞爲正體,當從,然所定字聲多不當。句中可平可仄除注明外,俱見所列別體句法相同者。

[二]此句《詞譜》以前四字均可平可仄,不當。檢宋人詞作,此句爲律句,絕大部分詞作用仄起,平起爲偶用,不參校,亦不另列別體。又丘崈詞此句作"有些子太清生"添一襯字"子",注出不另列。"天"張先詞作"苦"。

[三]"東"晏殊"芙蓉金菊"詞作"遠"。"東城南陌花下"一句,從字聲上看,宋人有三種句法,一爲如本首平起拗句(仄拗),二爲仄起仄收律句,如蘇庠詞作"不肯侯家五鼎",三爲平起拗句

（平拗），如歐陽修詞作“可憐有人今夜”，後兩者爲偶用，不參校，亦不另列別體。《詞譜》以“城”外全句其他字皆可平可仄，不當。又“下”字檢宋人詞惟晁端禮用平聲，不參校。

　　[四]“拚”晏殊“芙蓉金菊”詞作“目”。“千尺游絲”《詞譜》以四字均可平可仄，檢宋人詞，此句字聲，亦有三種，一爲如本詞仄起律句，二爲平起律句，如仲殊詞作“水風長在”，三爲平起拗句，如晁端禮“紅窗小艇”詞作“兩行垂楊”，後兩者情況屬偶用，不參校。“游”宋人詞中此處僅三處仄聲，沈蔚詞作“霎”、楊炎正詞作“一”、無名氏詞作“別”，偶用不參校。“惹”晏殊“芙蓉金菊”詞作“無”。

又一體

【體略】

　　雙片四十五字，上片二十四字四句三平韻，下片二十一字六句三平韻，歐陽修。

【圖譜】

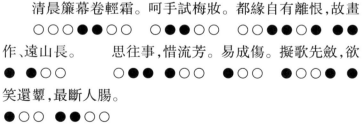

清晨簾幕卷輕霜。呵手試梅妝。都緣自有離恨，故畫
○○○●●○△　　○●●○△　　○○●●○○●●

作、遠山長。　　　思往事，惜流芳。易成傷。擬歌先斂，欲
●　●○△　　　　○●●　●○△　●○△　●○○●●

笑還顰，最斷人腸。
●○○　●●○△

　　　　　　　　　　　　　　　　（《全宋詞》123 頁）

【注釋】

　　此與晏殊詞相校，惟上片第四句添一字作六字折腰句異。黃

庭堅詞、王千秋詞、吳潛"幾回相見見還休"詞同此體。趙長卿"花前月下"一首與此首亦同,惟上片第四句不作折腰句式,作"臂間皓齒留香",注出不另列。

又一體

【體略】

雙片四十七字,上片二十四字四句四平韻,下片二十三字五句四平韻,蔡楠。

【圖譜】

夕陽低户水當樓。風煙慘淡秋。亂雲飛盡碧山留。寒
●○○●●○○　　○○●○○　　●○○●●○○　　○

沙卧海鷗。　　　渾似畫,只供愁。相看空淚流。故人如欲
●●○○　　　　　○●●　●○○　　○○○●○　　●○○●

問安不。病來今白頭。
○○○　　●○○●○

(《全宋詞》989 頁)

【注釋】

此詞又名《攤破訴衷情》,與晏殊詞相校,上片第二句字聲不同,第三句添一字並多押一韻,下片第三句添二字作五字一句,結三句作七五句法,且多押一韻。

又一體

【體略】

雙片四十五字,上片二十四字四句三平韻,下片二十一字六句三平韻,張元幹。

【圖譜】

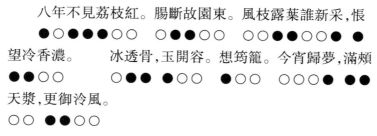

八年不見荔枝紅。腸斷故園東。風枝露葉誰新采,恨
●○●●●○○　　○●●○○　　○○○●○●　●

望冷香濃。　　冰透骨,玉開容。想筠籠。今宵歸夢,滿頰
●●○○　　　○●●　●○○　●○○　○○○●　●●

天漿,更御泠風。
○○　●●○○

(《詞譜》卷五)

【注釋】

此詞名《漁父家風》。《唐宋詞彙評》考此詞於建中靖國元年(1101)作(598頁)。此與晏殊詞相校,惟上片第三句添一字作七字一句異。按"風枝露葉誰新采"《全宋詞》無"誰"字,今從《詞譜》。嚴仁詞正與此體同。

山亭柳

【調釋】

晏詞非關本意,調用平韻,聲情感傷,同期杜安世詞與之同名

異調。金元詞賦道情，風流灑脱。《校正》："此詞以六字句爲主，用平韻，調勢甚平緩，宜於叙事、寫景。"（299 頁）

【體略】

雙片七十九字，上片三十七字七句五平韻，下片四十二字七句四平韻，晏殊。

【圖譜】

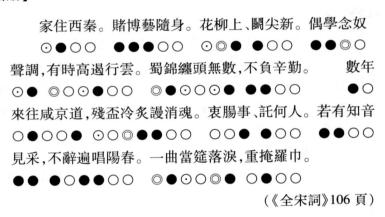

家住西秦。賭博藝隨身。花柳上、鬭尖新。偶學念奴
聲調，有時高遏行雲。蜀錦纏頭無數，不負辛勤。　　　數年
來往咸京道，殘盃冷炙謾消魂。衷腸事、託何人。若有知音
見采，不辭遍唱陽春。一曲當筵落淚，重掩羅巾。

（《全宋詞》106 頁）

【注釋】

《唐宋詞彙評》："皇祐二年（1050）秋，晏殊以觀文殿學士知永興軍。皇祐五年（1053）秋，自永興軍徙知河南，詞即此數年間作。"（161 頁）

此調兩宋現僅存此詞，金元現存六詞。下片第六句"一"王喆"性本慈悲"詞作"清"。句中可平可仄皆見所列别體句法相同者。

又一體

【體略】

　　雙片八十一字,上片三十八字七句五平韻,下片四十三字七句四平韻,王喆。

【圖譜】

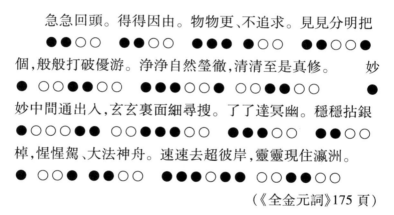

　　急急回頭。得得因由。物物更、不追求。見見分明把
　　●●○○　●●○○　●●●　●○○　●●○○●

　　個,般般打破優游。净净自然瑩徹,清清至是真修。　　妙
　　●　○○●●○○　●●●○○●　○○●●○○　　　●

　　妙中間通出入,玄玄裏面細尋搜。了了達冥幽。穩穩拈銀
　　●○○○●●　○○●●●○○　●●●○○　●●○○

　　棹,惺惺駕、大法神舟。速速去超彼岸,靈靈現住瀛洲。
　　●　○○●●○○　●●●○○●　○○●●○○

（《全金元詞》175 頁）

【注釋】

　　此與晏詞相校,上片第二句減一字作四字一句,結句添二字作六字一句,下片第三句減一字作五字一句,第四、五句作五字一句、上三下四式折腰一句,結句添二字作六字一句異。王詞句拍有明顯變化,自當可歌。

又一體

【體略】

　　雙片八十一字,上片三十八字七句五平韻,下片四十三字七句四平韻,王喆。

【圖譜】

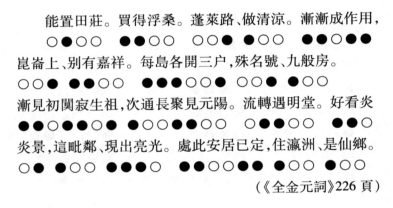

能置田莊。買得浮桑。蓬萊路、做清涼。漸漸成作用,
○●○○　●●○○　○○●　●○○　　●●○○●
崑崙上、別有嘉祥。每島各開三戶,殊名號、九般房。
○○●　●●○○　●●●○○●　○○●　●○○
漸見初闋寂生祖,次通長聚見元陽。流轉遇明堂。好看炎
●●○○●○●　●○○●●○○　○●●○○　●○○
炎景,這毗鄰、現出亮光。處此安居已定,住瀛洲、是仙鄉。
○●　●○○　●●●○　●●○○●●　●○○　●○○

　　　　　　　　　　　　　　　　　　（《全金元詞》226頁）

【注釋】

　　此與王喆"急急回頭"詞相校,惟上片第四句減一字作五字一句,第五句添一字作上三下四式折腰句,上下片結句皆作六字折腰句異。王喆"春景精研"、"性本慈悲"二詞正與之同。

又一體

【體略】

　　雙片七十六字,上片三十五字七句五平韻,下片四十一字七句

四平韻，劉處玄。

【圖譜】

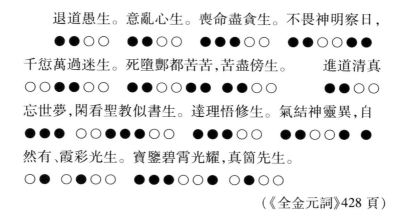

退道愚生。意亂心生。喪命盡貪生。不畏神明察日，
●●○○　　●●○○　　●●●○○　　●●○○●●

千愆萬過迷生。死墮酆都苦苦，苦盡傍生。　　進道清真
○○●●○○　　●●○○●●　　●●○○　　　●●○○

忘世夢，閑看聖教似書生。達理悟修生。氣結神靈異，自
●●●　○○●●●○○　　●●●○○　　●●○○●　●

然有、霞彩光生。寶鑒碧霄光耀，真箇先生。
○●　○●●○○　　●●●○○●　○○○○

（《全金元詞》428 頁）

【注釋】

此與王喆“急急回頭”詞相校，上片第三句減一字作五字句，
且上下片結句各減二字作四字一句（與晏殊詞同）異。

又一體

【體略】

雙片七十八字，上片三十六字七句五平韻，下片四十二字七句
四平韻，無名氏。

【圖譜】

世事堪憂。光景難留。春去又逢秋。四季催人老，百
●●○○　　○●○○　　○●●○○　　●●○○●　●

年似、蝶夢莊周。勘破從前似假，着甚攬閑愁。　　慷慨幸

○● ●●○○　　 ●○○○●● ●●●○○　　　　　○●●

遇希夷教，塵情事一筆都勾。下志速勤修。有等愚癡輩，馬

●○○● ○○●●●○○　　 ●●●○○　　 ●●○○●，●

丹陽、喚不回頭。打的無緣業鬼，有分做骷髏。

○○ ●●○○　　 ●●○○●● ●○○●○○

（《全金元詞》1273 頁）

【注釋】

此與王喆"能置田莊"相校，惟上片第三句減一字作五字一句、上下片結句皆減一字作五字一句異。

燕歸梁

【調釋】

《詞譜》卷九："調見《珠玉詞》，因詞有'雙燕歸飛遶畫堂。似留戀虹梁'句，取以爲名。柳永'織錦裁篇'詞，注正平調；'輕躡羅鞋'詞，注中呂調。"晏詞用平韻，賦本意。同期柳永、張先有詞，柳詞入平調、中呂調，張詞入高平調，皆爲羽調式。又南宋張孝祥《于湖詞》亦用高平調。此調聲情晏殊二詞歡快活潑，他詞以清新典麗爲主，亦不乏愁苦之音。《校正》："此調前後段各兩個折腰之六字句，配以兩個七字句，用平韻，故音節響亮、急促、熱烈，特點顯著。"（142 頁）

【體略】

雙片五十一字，上片二十五字四句四平韻，下片二十六字五句三平韻，晏殊。

【圖譜】

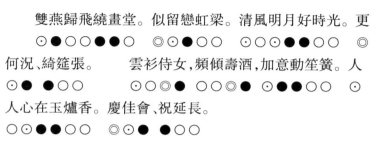

雙燕歸飛繞畫堂。似留戀虹梁。清風明月好時光。更

何況、綺筵張。　　雲衫侍女，頻傾壽酒，加意動笙簧。人

人心在玉爐香。慶佳會、祝延長。

（《全宋詞》107 頁）

【注釋】

　　此調兩宋金元現存近三十首。《詞律》卷五以杜安世詞爲正體。《詞譜》：“此調始於此詞，換頭四字兩句者，有張先、石延年、謝逸、周邦彥諸作，其餘或攤破句法、或減字、或添字，變格頗多，其源皆出於此也。”按，此調以晏殊詞和柳永詞爲正體。下片第一句“雲”、“侍”張先“夜月啼烏”詞作“粉”、“生”，第二句“壽”張先“去歲中秋”詞作“臺”。句中可平可仄俱見所列各體句法相同者。

　　又，上片第二句“似留戀虹梁”此詞作上一下四式五字句，此句亦可作通常五字句。“似留”晏幾道詞作“秋恨”。如作上一下四式五字句，則後四字作仄起平收律句，如作通常二三式五字句，可作仄起平收律句，如周邦彥作“短燭散飛蟲”等，填者任選一種可也。

　　按《詞律》此調上下片結句均斷作普通句，當從《詞譜》作六字折腰句法爲是。

又一體（正體）

【體略】

雙片五十字,上片二十四字四句四平韻,下片二十六字四句三平韻,柳永。

【圖譜】

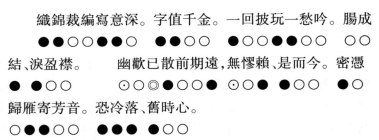

　　　　　　　　　　　　　　　　　　（《全宋詞》39 頁）

【注釋】

《樂章集校注》以此詞爲柳永自製曲,繫於景德元年（1004）（61 頁）。此與晏詞相校,上片第二句減一字作四字一句,下片換頭一韻作七字一句、六字折腰一句異。歐陽修"風擺紅藤"詞(《全宋詞》又重見杜安世詞)正與此同。按《詞譜》先列史達祖詞體,然後將柳永詞與史詞相校,顛倒詞體先後不當。此詞下片第一、二句分別作七字一句、六字折腰一句,亦爲宋人常體。金人馬鈺、王喆等人詞亦同柳詞。王喆詞下片第三句添一字,作上五下三式八字一句,注出不另列。

又一體

【體略】

雙片五十二字,上片二十六字四句四平韻,下片二十六字四句
三平韻,柳永。

【圖譜】

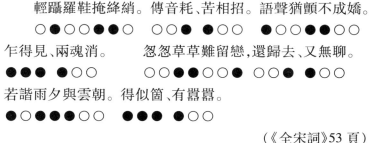

輕躡羅鞋掩絳綃。傳音耗、苦相招。語聲猶顫不成嬌。
○●○○●○○　　○○●　●○○　　●○○●●○○

乍得見、兩魂消。　　　忽忽草草難留戀,還歸去、又無聊。
●●●　●○○　　　○○●●○○●　○○●　●○○

若諧雨夕與雲朝。得似箇、有囂囂。
●○●●●○○　　●●●　●○○

(《全宋詞》53 頁)

【注釋】

此與柳永"織錦"詞相校,上片第二句添二字作六字折腰句
異。《詞譜》:"蔣捷'我夢唐宮'詞,正與之合,其第二句'正舞到、
曳裙時','正'字、'舞'字俱仄聲。"

又一體

【體略】

雙片五十字,上片二十五字四句四平韻,下片二十五字四句三
平韻,朱敦儒。

【圖譜】

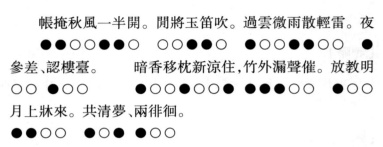

帳掩秋風一半開。閒將玉笛吹。過雲微雨散輕雷。夜
●●○○●●○　　○○●●○　●○○●○○●　　●
參差、認樓臺。　　　暗香移枕新涼住，竹外漏聲催。放教明
○○　●○○　　　　●○○●○○●　●●●○○　　●○○
月上牀來。共清夢、兩徘徊。
●●○○　●○●　●○○

（《全宋詞》867 頁）

【注釋】

此與柳永"織錦"詞相校，惟上片第二句添一字作五字一句，
下片第二句減一字作五字一句異。趙鼎詞正與此詞同。

<h2 align="center">又一體</h2>

【體略】

雙片五十一字，上片二十五字四句四平韻，下片二十六字四句
三平韻，趙才卿。

【圖譜】

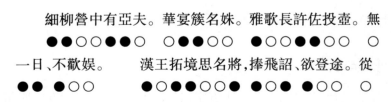

細柳營中有亞夫。華宴簇名姝。雅歌長許佐投壺。無
●●○○●●○　○●●○○　●○○●○○　　○
一日、不歡娛。　　　漢王拓境思名將，捧飛詔、欲登途。從
●●　●○○　　　　●○●●○○●　●○●　●○○　　○

前密約盡成虚。空贏得、淚流珠。
○●●●○○　　○○●　●○○

【注釋】

　　此與柳永"織錦"詞相校,惟上片第二句添一字作五字一句
異。吕渭老、韓元吉、史達祖、吴文英等人詞與此同。

又一體

【體略】

　　雙片四十九字,上片二十四字四句四平韻,下片二十五字四句
三平韻,張孝祥。

【圖譜】

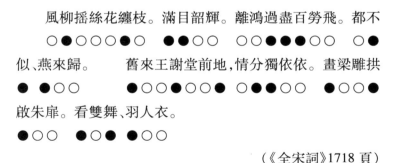

風柳搖絲花纏枝。滿目韶輝。離鴻過盡百勞飛。都不
○●○○○●○　●●○○　○○●●○○　○●
似、燕來歸。　　舊來王謝堂前地,情分獨依依。畫梁雕拱
●　●○○　　●●○○○●　○●●○○　●○○●
啟朱扉。看雙舞、羽人衣。
●○○　●○●　●○○

【注釋】

　　此與柳永"織錦"詞相校,惟下片第二句減一字作五字一句
異。按無名氏"月裏雲裝"詞,上下片第二句均爲五字句,前後對

應,注出不另列。

雨中花令

【調釋】

《詞譜》卷九:"王觀詞名《送將歸》。按《雨中花》調,與《夜行船》調最易相混,宋人集中,每多誤刻。今照《花草粹編》所編,以兩結句五字者,爲《雨中花》;兩結句六字、七字者,爲《夜行船》。"《張子野詞》注般涉調。調用上去韻,題材以戀情相思爲多,聲情風流嫵媚。《魏氏樂譜》卷二以王觀詞爲譜。

【體略】

雙片五十一字,上片二十四字,下片二十七字,各四句三上去韻,晏殊。

【圖譜】

（《全宋詞》102 頁）

【注釋】

此調兩宋現存近二十首,金元無存詞。此調當以晏殊詞、楊无咎詞爲正體。《詞律》卷七、《詞譜》皆以晏詞爲正體。《詞譜》:

"此調始於此詞,宋人照此填者,或於前段起句添一字,或於前段第二句添一字,或於後段第二句減一字,或於前後段第三句添一字、攤破句法,一句作兩句,其源皆出於此。惟周紫芝詞,則又裁截慢詞,與此不同。"此調宜用上去韻,字句宋人多有參差,如將晏殊詞下片第三句"許"字視爲襯字,全句作"可惜月明風露好",則毛滂"池上山寒"詞與晏殊詞體全同。

上片第三句"一"毛滂"寒浸東傾"詞作"隄"。句中其他可平可仄俱見所列別體句法相同者。

又一體

【體略】

雙片五十二字,上片二十五字,下片二十七字,各五句三上去韻,歐陽修。

【圖譜】

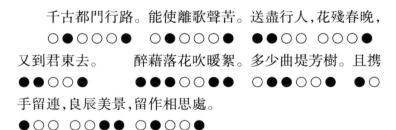

千古都門行路。能使離歌聲苦。送盡行人,花殘春晚,
○●○○○● ○●○○○● ●●○○ ○○○●

又到君東去。 醉藉落花吹暖絮。多少曲堤芳樹。且携
●●○○● ●●●○○●● ○●●○○● ●○

手留連,良辰美景,留作相思處。
●○○ ○○●● ○●○○●

(《全宋詞》145 頁)

【注釋】

《詞譜》:"此亦晏詞體,但攤破晏詞前後段第三句,作四字兩句異。按此詞後段第三句,'且'字亦襯字。"

又一體

【體略】

般涉調,雙片六十一字,上片二十九字,下片三十二字,各四句四上去韻,張先。

【圖譜】

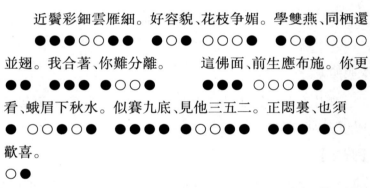

　　　　近鬢彩鈿雲雁細。好容貌、花枝爭媚。學雙燕、同栖還
　　　　●●●○○●●　　●○●　○○○●　　●○●　○○○
　　　　並翅。我合著、你難分離。　　　這佛面、前生應布施。你更
　　　　●●。　●●●、　●○○●。　　●●●、○○○●●　●●
　　　　看、蛾眉下秋水。似賽九底、見他三五二。正悶裏、也須
　　　　●　○○●○●。　●●●●●　●○○○●●。　●●●　●○
　　　　歡喜。
　　　　○●

（《詞譜》卷九）

【注釋】

《唐宋詞彙評》考此詞於熙寧六年(1073)作(138頁)。《詞譜》:"此詞異於各家者,以前後段第三句押韻,又攤破四字兩句,作八字一句耳。按,前段結句'我'字、'你'字,後段起句'這'字,第二句'下'字,第三句'底'字,結句'正'字、'也'字,此皆襯字,若都減去,亦是此調正格,前後未嘗不整齊也。每句下皆自注骰子格名。"

又一體

【體略】

　　雙片五十六字,上下片各二十八字五句三入聲韻,王觀。

【圖譜】

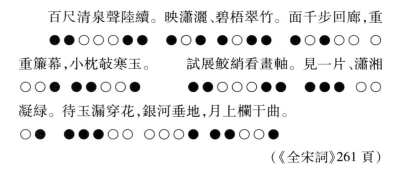

　　　　百尺清泉聲陸續。映瀟灑、碧梧翠竹。面千步回廊,重
　　　　●●○○●●　　●○●、●○●●　　●○○●●　○
　　　　重簾幕,小枕敲寒玉。　　　　試展鮫綃看畫軸。見一片、瀟湘
　　　　○○●　●●○●　　　　　●●○○●●　●●、○○
　　　　凝綠。待玉漏穿花,銀河垂地,月上欄干曲。
　　　　○●●　●●●○○　○○○●　●●○○●

　　　　　　　　　　　　　　　　　　　　　　　　(《全宋詞》261頁)

【注釋】

　　此詞題"夏詞"。此用入聲韻,宋人惟此詞。與歐詞相校,此
詞上片第一句添一字,上下片第二句添一字作上三下四式折腰句,
上片第三句添一字作上一下四式五字一句。按此詞上下片對稱,
可以效法,然宋人詞亦無全同此體者。

又一體

【體略】

　　雙片五十字,上下片各二十五字四句三上去韻,李之儀。

【圖譜】

　　　點綴葉間如繡。開傍小春時候。莫把幽蘭容易比，都
　　　●●●○○●　　○●●○○●　　●●○○○●●　○

占盡、人間秀。　　　信是眼前稀有。消得千鍾美酒。只有
●●　○○●　　　●●●○○●　　○●○○●●　●●

些兒堪恨處，管不似、人長久。
○○○●●　●●●　○○●

（《全宋詞》351 頁）

【注釋】

　　此詞題爲“王德循東齋瑞香花”。此與晏殊詞相校，上下片結
句作六字折腰句，下片第一句作六字一句，第二、三句各減一字作
六字一句、七字一句。按李之儀別首“休把身心攔就”，上片結句
又作五字一句，當有缺字，不再另列。此體前後對稱，宋人雖無填
者，《詞譜》所云《雨中花令》結句皆五字句，便不盡然。

又一體

【體略】

　　雙片五十五字，上片二十七字，下片二十八字，各五句三上去
韻，賀鑄。

【圖譜】

　　　清滑京江人物秀。富美髮、豐肌素手。寶子餘妍，阿嬌
　　　○●○○○●●　●●●　○○●●　●●○○　○○

餘韻,獨步秋娘後。　　奈倦客襟懷先怯酒。問何意、歌顰

○●　●●○○●　　　●●●●○○●●　　●○●　○○

易皺。弱柳飛綿,繁花結子,做弄傷春瘦。

●●。　●●○○　○○●●　●●○○●

【注釋】

《唐宋詞彙評》疑此詞元祐六年(1091)二月作(761頁)。此與王觀詞相校,上下片第三句皆減一字作四字一句異。又此詞換頭一句添一字作八字一句,換頭"奈"字當是襯字。後程垓詞正與之同,惟換頭仍作七字一句,注出不另列。

又一體

【體略】

雙片五十字,上片二十四字,下片二十六字,各四句三上去韻,毛滂。

【圖譜】

池上山寒欲霧。竹暗小窗低戶。數點秋聲侵短夢,簷

○●○●○●　●●●○○●　●●○○○●●　○

下芭蕉雨。　　白酒浮蛆雞啄黍。問陶令、幾時歸去。溪

●○○●。　　●●○○○●●　●○●　○○●●　○

月嶺雲紅蓼岸,總是思量處。

●●○○○●●　●●○○●

【注釋】

此與晏詞相校，下片第三句減一字作七字一句，毛滂“寒浸東傾”詞正與此同。此詞上下片第三句，《詞譜》分別作“數點秋聲，來侵短夢”、“溪月嶺雲，蘋汀蓼岸”，今從《百家詞》及《全宋詞》本。

按毛滂“寒浸東傾”一首，下片第二句“漸老可、禁離恨”，《詞譜》斷作泛六字一句，不當。

正　體

【體略】

雙片五十三字，上片二十六字，下片二十七字，各五句三上去韻，楊无咎。

【圖譜】

　　　已是花魁柳冠。　更絶唱、不容同伴。　畫鼓低敲，紅牙隨
　　　●●○○●●　　◎◎●　●○○●　　◎●●●　○○○

應，著個人勾喚。　　　慢引鶯喉千樣轉。　聽過處、幾多嬌
●　●●○●　　　　　●●○○○●●　　○●●　●○○

怨。換羽移宮，偷聲減字，不願人腸斷。
●　●●○○　⊙○○●　●●○●

（《全宋詞》1202 頁）

【注釋】

此調亦以此體爲正體，從晏詞、歐詞特別是王觀詞體發展而來，除上下片首句不同，其他相同，爲換頭之曲。此與王觀詞相校，首句用六字句，上下片第三句各減一字。楊无咎三詞，體式完全相

同,另趙軏詞亦與之全同。按趙軏詞見《過庭録》,原詞未録調名,《全宋詞》以之作《夜行船》誤。"更"程垓"卷地芳草"詞作"花"。"畫"程垓"卷地芳草"詞作"花"。"紅"楊无咎"惆悵紅塵"詞作"少"。"偷"楊无咎"惆悵紅塵"詞作"曉"。句中其他可平可仄見別體句法相同者。

又一體

【體略】

雙片五十二字,上下片各二十六字五句三上去韻,趙長卿。

【圖譜】

涙眼江頭看錦樹。別離又還秋暮。細水浮浮,輕風冉
●●○○○●●　●○●○○●　●●○○　○○●

冉,穩送扁舟去。　歸去江山應得助。新詩定須多賦。
●,●●○○●　　○●○○○●●　○○●○○●

有雁南來,槐溪千萬,寄我驚人句。
●●○○　○○○●　●●○○●

（《全宋詞》1797 頁）

【注釋】

此與楊詞相校,惟上片首句添一字作七字一句,上下片第二句皆減一字作六字一句異。《詞律》:"《歷代詩餘》此詞入《夜行船》。"

望仙門

【調釋】

此調以詞尾句"齊唱望仙門"名調。調用平聲韻，賦宴飲歡慶，或爲應制之作。上片句法七、三、七、三，下片五六、七、三、五，聲情明快歡暢。

【體略】

雙片四十六字，上片二十字四句四平韻，下片二十六字五句三平韻一疊韻，晏殊。

【圖譜】

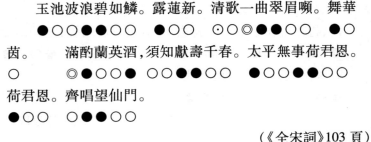

（《全宋詞》103 頁）

【注釋】

此調兩宋現存三首，金元無存詞。《詞譜》卷六："後結'荷君恩'三字，例用疊句。晏詞別首'慶相逢'、'泛濃香'皆然。前段第三句，晏詞別首'管弦聲細出簾櫳'，'管'字仄聲，'聲'字平聲；後段第一句'仙酒斟雲液'，'仙'字平聲。譜內可平可仄據此。"按晏殊三詞，《全宋詞》增訂本又作張倫詞，不過三詞後結皆不用疊

句異。

長生樂

【調釋】

　　此調僅晏殊有二詞，調用平韻，皆賦本意，四六偶句與五七奇句結合，聲情熱烈歡快。

【體略】

　　雙片七十五字，上片四十二字八句五平韻，下片三十三字六句四平韻，晏殊。

【圖譜】

（《詞譜》卷十七）

【注釋】

　　《詞譜》卷十七："晏詞二首，大同小異，其前段結句，例作拗句。又，前段第六句，舊本作'來添福壽'，應作'福壽來添'方合，

觀別首'飄散歌聲''聲'字用韻可證。譜內可平可仄,即參下詞。"

又一體

【體略】

雙片七十五字,上片四十二字八句四平韻,下片三十三字六句三平韻,晏殊。

【圖譜】

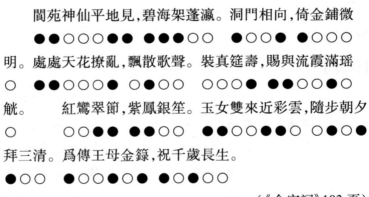

閬苑神仙平地見,碧海架蓬瀛。洞門相向,倚金鋪微
●●○○○●● ●●●○○　●○○● ●○○○
明。處處天花撩亂,飄散歌聲。裝真筵壽,賜與流霞滿瑤
○ ●●○○○● ○●○○　○○○● ●●○○●
觥。　　紅鸞翠節,紫鳳銀笙。玉女雙來近彩雲,隨步朝夕
○　　○○●● ●○○○　●●○○●●○ ○●○●
拜三清。爲傳王母金籙,祝千歲長生。
●○○ ●○○●○● ●○○●○○

(《全宋詞》103 頁)

【注釋】

《詞律辭典》:"校前詞,此體上片起句不用韻,第四句五字作上一下四句式。下片第三、四句都作七字兩句,結句五字作上一下四句式。"又:"上片第四句中'金鋪'二字皆是平聲,而前詞相應句'繡列'二字都是仄聲,前詞既然參校此詞作譜,則此二字應爲可平可仄,《詞譜》失注。《詞律》上片'筵壽'下不斷句,與下句十一字蟬聯,下片'彩雲'下亦不斷句,與下句十四字聯片(按當爲'蟬

聯’），當誤。”（1043 頁）按此體起句既不用韻，且用仄起仄收律句，《詞譜》不參校平仄，當是。又按下片第三句“雲”字《詞譜》作韻，誤。

拂霓裳

【調釋】

曲名見《教坊記》。《宋史·樂志》（卷一百四十二）教坊隊舞有“拂霓裳”女弟子隊：“衣紅仙砌衣，碧霞帔，戴仙冠。”王灼《碧雞漫志》卷三：“世有般涉調《拂霓裳》曲，因石曼卿取作傳踏，述開元、天寶舊事。曼卿云：‘本是月宮之音，翻作人間之曲。’近夔帥曾端伯，增損其辭，爲勾遣隊口號，亦云開、寶遺音。蓋二公不知此曲自屬黃鐘商，而《拂霓裳》則般涉調也。”《詞徵》卷一：“唐開元時，有霓裳羽衣舞，並霓裳羽衣曲。曲則西涼節度使楊敬述所造，玄宗從而潤色之。故王仲初《霓裳詞》，白太傅《霓裳歌》，皆筆於篇，以紀其事。歐陽永叔詩話云：‘今教坊尚能作其聲，其舞則廢而不傳。人間又有《望瀛府》、《獻仙音》（沈存中云屬燕部）二曲云，此其遺聲也。’周公謹謂霓裳一曲，共三十六段，是能作其聲之一證。宋太宗時舞隊，其第五隊曰拂霓裳隊，或仍仿唐制也。詞調之《拂霓裳》及《霓裳中序第一》義，蓋本此。”此調或即北宋“拂霓裳”隊舞歌詞。晏詞用平韻。此調僅晏殊三詞，多用三字句和八字折腰句，句法長短錯落，聲情輕鬆歡快。

【體略】

雙片八十二字，上片四十一字八句六平韻，下片四十一字八句五平韻，晏殊。

【圖譜】

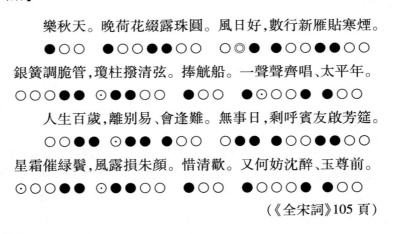

樂秋天。晚荷花綴露珠圓。風日好，數行新雁貼寒煙。
●○○　●○○●●○○　○◎●　●○○●○○

銀簧調脆管，瓊柱撥清弦。捧觥船。一聲聲齊唱、太平年。
○○○●●　⊙●○○　●○○　○○○●○、●○○

人生百歲，離別易、會逢難。無事日，剩呼賓友啟芳筵。
○○●●　⊙●●、●○○　○●●　●○○●●○○

星霜催綠鬢，風露損朱顏。惜清歡。又何妨沈醉、玉尊前。
⊙○○●●　⊙●●○○　●○○　●○○○●、●○○

（《全宋詞》105 頁）

【注釋】

此調兩宋僅存晏殊三詞。《詞譜》卷十九："此調以此詞爲正體，晏詞別首'慶生辰'詞，正與此同。若'喜秋成'詞之添一襯字、押韻異同，亦變格也。此調前後段第五、六句，例作五言對句，《珠玉集》三首皆然。"上片第六句"瓊"晏殊"慶生辰"詞作"玉"，第八句"聲"作"九"，下片第五、六句"星"、"風"作"一"、"一"。其餘句中可平可仄處，俱見別體句法相同者。按上片第五句"銀簧調脆管"與第六句"瓊柱撥清弦"，一作平起仄收，一作仄起平收，與下片第五句"星霜催綠鬢"、第六句"風露損朱顏"分別相同，晏詞別首"慶生辰"詞所用句型亦與之同。然晏詞"喜秋成"一首，上片第五、六句分別作"宿露沾羅幕"、"微涼入畫屏"，律句類型迥異，《詞譜》將之相互參校，不當。

按此調上下片結句諸家斷句不同，有作一七句式者，有作上三下五者，有作上五下三者，今皆作上五下三句法，以此衡之各詞，均妥。

又一體

【體略】

　　雙片八十三字,上片四十二字八句六平韻,下片四十一字八句六平韻,晏殊。

【圖譜】

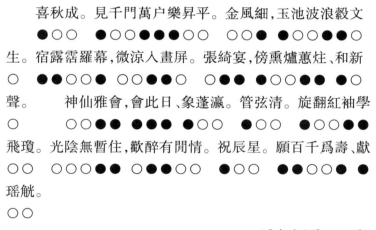

(《全宋詞》105 頁)

【注釋】

　　《詞譜》:"此與'樂秋天'詞同,惟前段第二句添一襯字,第七句少押一韻,後段第三句多押一韻異。"按上片第五、六句律句類型與"樂秋天"詞亦異。

秋蕊香

【調釋】

　　調釋參見柳永《秋蕊香引》。晏詞用上去韻,賦梅花,非關本意。此調上片句式作六、六、七、六,下片作七、三、七、六,句句用韻,聲情婉轉跌宕。《校正》:"此調用仄聲韻,每句用韻,其中四個六字句字聲平仄全同,爲'仄仄平平仄仄',且前後段結句均爲六字句,故音節凝澀低沉,表情抑鬱,宋人多用以表述懷舊與感傷之情。"(91頁)

【體略】

　　雙片四十八字,上片二十五字,下片二十三字,各四句四上去韻,晏殊。

【圖譜】

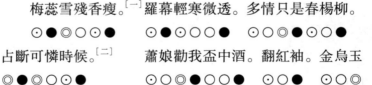

梅蕊雪殘香瘦。[一] 羅幕輕寒微透。多情只是春楊柳。
⊙●◎○⊙● 　 ⊙●◎○⊙● 　 ○○○●◎●

占斷可憐時候。[二] 蕭娘勸我盃中酒。翻紅袖。金烏玉
◎●○○● 　 ⊙○◎●⊙● 　 ⊙○● 　 ⊙○○

兔長飛走。争得朱顔依舊。[三]
●○○● 　 ⊙●⊙○○●

(《全宋詞》105頁)

【注釋】

　　[一]此調兩宋現存近二十首,金元無存詞。《詞譜》卷七以之

爲正體,當從,然所定字聲多有不妥。"梅"、"雪"、"香"毛开詞作"蕩"、"花"、"滿"。《詞譜》列周邦彦"乳鴨池塘水暖"詞爲又一體,云:"此即晏詞體,所異者,惟前段第一句第五字,前後段第三、四句第五字,俱用仄聲耳。"此説不當,周詞無需另列。依律句來看,此數處當皆可平可仄。

　　[二]"羅"、"輕"毛开詞作"織"、"柳"。"多"毛开詞作"曲","只"晏幾道"池苑清陰"詞作"人","春"周邦彦詞作"印"。"占"晏幾道"池苑清陰"詞作"誰","可"毛开詞作"春","時"周邦彦詞作"翠"。

　　[三]"蕭"毛开詞作"暗","勸"張耒詞作"滋"。"翻"晏幾道"池苑清陰"詞作"記"。"金"毛开詞作"曉","玉"、"長"楊澤民詞作"貪"、"利"。"飛"字黄鑄詞作"雁"、王從叔詞作"路",當是偶用,不參校。"争"楊澤民詞作"不"。"朱"晏殊別首作"更","依"毛开詞作"在"。

睿恩新

【調釋】

　　《詞譜》卷十一:"調見《珠玉詞》。此調近《金蓮繞鳳樓》,但前後段第三句,亦用上三下四句法,不押韻,與《金蓮繞鳳樓》詞,全屬七言詩句押韻者不同。"此調聲情婉轉頓挫,兩宋僅晏殊有二詞,一首用入聲,一首用上去聲韻,金元無存詞。《校正》:"此調前後段各三個上三下四句法之七字句,語氣多次停頓,調勢過於平穩而凝澀。"(167頁)

【體略】

　　雙片五十五字,上片二十八字,下片二十七字,各四句三仄韻,晏殊。

【圖譜】

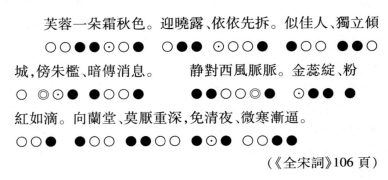

芙蓉一朵霜秋色。迎曉露、依依先拆。似佳人、獨立傾
○○●●○⊙○●　　○○●　⊙○○●　●○●　●●○

城,傍朱檻、暗傳消息。　　静對西風脈脈。金蕊綻、粉
○　◎◎⊙●　●●○●　　　●●○○⊙○●　⊙●●　●

紅如滴。向蘭堂、莫厭重深,免清夜、微寒漸逼。
○○●●　●○○●　●●○●　⊙○●　○○●●

(《全宋詞》106 頁)

【注釋】

《詞譜》:"按晏詞別首,前段起句'紅絲一曲傍階砌','傍'字
仄聲;第二句'珠露下、獨呈纖麗','獨'字仄聲;結句'分彩線、簇
成嬌蕊','分'字平聲、'彩'字仄聲;後段起句'向晚群花新悴',
'新'字平聲;第二句'放朵朵、似延秋意','放'字仄聲;結句'更
嫋嫋、低臨鳳髻',上'嫋'字仄聲。譜內可平可仄據此。"

玉堂春

【調釋】

玉堂,泛指宮殿,宋代以後漢侍中有玉堂署,宋以後翰林院亦
稱玉堂。《宋史·蘇易簡傳》:"帝嘗以輕綃飛白大書'玉堂之署'
四字,令易簡牓於廳額。"調名中"玉堂"或即指翰林院。此調句法
上多用四、五字短句,聲情歡快悠揚。《校正》:"此調爲換頭曲,前
段換韻,韻密,後段韻稀,前後段極不相稱,爲此調特點,但調勢甚
流暢。"(212 頁)

【體略】

雙片六十一字,上片三十四字七句二仄韻二平韻,下片二十七字五句二平韻,晏殊。

【圖譜】

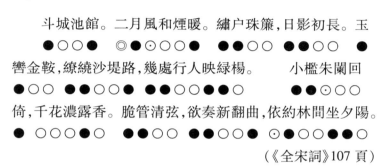

斗城池館。二月風和煙暖。繡户珠簾,日影初長。玉
●○○●　◎●⊙●○● ●●○○ ●●○○ ●
彎金鞍,繚繞沙堤路,幾處行人映綠楊。　小檻朱闌回
●○○ ●●○○● ●○○○○●○ ●●⊙○○
倚,千花濃露香。脆管清弦,欲奏新翻曲,依約林間坐夕陽。
● ○○●○● ●●○○ ●●○○● ⊙●○○●●○

（《全宋詞》107 頁）

【注釋】

此調兩宋金元現存十餘首,其中兩宋僅存晏殊三詞,金元詞又與晏殊詞有異。《詞律》卷九以晏殊"斗城池館"詞爲正體:"'脆管'下與前'玉彎'下同,《珠玉》三詞如一,規矩森然。學者不可依《圖譜》所注平仄。"《詞譜》卷十三亦以此詞爲正體。以晏詞別首相校:"按《珠玉詞》晏詞三首,前段第一、二句,俱押仄韻,當是定格,填者遵之。晏詞別首,前段第二句'御柳暗遮空苑','暗'字仄聲;後段第二句'新英遍舊叢','遍'字仄聲;結句'觸處楊花滿袖風','獨'字仄聲;又一首,前段第二句'殘雪尚濛煙草','殘'字平聲;後段第一句'憶得往年同伴','往'字仄聲。譜內可平可仄據此。"

正　體

【體略】

雙片六十六字，上下片各三十三字七句三仄韻一平韻，王嚞。

【圖譜】

玉性金真，人人皆可化。[一]玉液金丹，頻頻迎迓。玉兔
◎●○○　○○○●●　　◎●○○　○○●●　　●●

金烏，光光相次亞。照玉欄干種玉芽。[二]　　瓊藥金莖，長
⊙○　○○●●●　◎●○○○●　　⊙●○○　⊙

長生不謝。玉女金童，常常看舍。玉鎖金匙，門門開闢下。
○○●●　●●○○　⊙○○◎●　◎●○○　⊙○○●●

賞玉堂春對玉花。[三]
●●○○●●○

（《全金元詞》163頁）

【注釋】

[一]此調於金較流行，王嚞詞亦爲正體。此與晏詞相校，上下片結句用平韻，其他均用仄韻，亦近曲體。上片第二句減一字，第六句多用一韻，下片第一句減二字，第四句減一字添一韻，第四句以下又多用四字一句、五字一句。王嚞別二詞及馬鈺詞、劉處玄詞皆如此填。按劉處玄“道德清平”詞下片第二、三句《全金元詞》斷作“碧虛無執，把萬里清澄”，別首“仙觀靈虛”詞下片第二、三句《全金元詞》斷作“通爲三教，戶外應五常”，皆不妥，“把”、“戶”，皆當注韻，皆當斷作五字一句、四字一句。“玉”馬鈺“閑論修持”詞作

"閑"，"皆"王嚞"得得修行"詞作"捷"。"人人皆可化"一句劉處玄詞分別作"賢者真易化"、"二年來來去"，皆作拗句，不參校。

〔二〕"玉"王嚞"有個王風"詞作"無"。"頻"（前一個）、"迎"劉處玄"道德清平"詞作"幾"、"放"。"光光相次亞"作律句，王嚞"得得修行"詞偶作"於余堪斯守"，不參校。"金"、"光"王嚞別二詞分別作"兩"、"自"。"照"王嚞"得得修行"詞作"鉛"。"種"劉處玄"仙觀靈虛"詞作"清"。

〔三〕"瓊"、"長"劉處玄"道德清平"詞作"養"、"碧"。"長長生不謝"馬鈺詞作"自然無煩惱"，用拗句，不參校。"常"、"看"劉處玄"道德清平"詞作"自"、"懸"。"玉"、"門"馬鈺詞作"金"、"就"。"門門開闢下"王嚞"得得修行"詞作"那個爲的友"，用拗句，不參校。

撼（感）庭秋

【調釋】

曲名見《教坊記》，作《感庭秋》。晏詞用上去韻，賦相思之情，聲情婉轉怨欷。同期歐陽修有詞，名《感庭秋》，字句小異，屬同調異體。

【體略】

雙片四十八字，上片二十三字五句三上去韻，下片二十五字六句兩上去韻，晏殊。

【圖譜】

別來音信千里。恨此情難寄。碧紗秋月，梧桐夜雨，幾

回無寐。　　樓高目斷，天遙雲黯，只堪憔悴。念蘭堂紅
○○●　　⊙○◎● ⊙○○●● ●○○● ●○○⊙

燭，心長焰短，向人垂淚。
●　○○●● ●○○●

（《全宋詞》94 頁）

【注釋】

　　此調兩宋金元現僅存此詞與歐陽修詞。句中可平可仄，參校
歐詞句法相同者。

又一體

【體略】

　　雙片四十八字，上片二十四字五句三入聲韻，下片二十五字五
句兩入聲韻，歐陽修。

【圖譜】

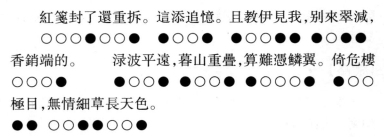

紅箋封了還重拆。這添追憶。且教伊見我，別來翠減，
○○○●●○● ●○○● ●○○●● ●○○●

香銷端的。　　淥波平遠，暮山重疊，算難憑鱗翼。倚危樓
○○○● 　　●○○● ●○○● ●○○●● ●○○

極目，無情細草長天色。
●● ○○○●○○●

（《全宋詞》153 頁）

【注釋】

　　此與晏詞相校，上片首句添一字作七字一句，第二句減一字作

四字一句,第三句添一字作五字一句,下片第三句添一字作五字一句,第五、六句減一字作七字一句。從字句上看,歐詞所據樂譜與晏詞或小有變化。

胡搗練

【調釋】

　　《詞譜》卷七:"此調與《搗練子》異,或云似《桃源憶故人》,但前後段起句,有押韻不押韻之分。惟《望仙樓》調本此減字,觀《梅苑》刻《望仙樓》詞仍名《胡搗練》,可知矣。"此調晏詞爲重頭曲,入聲韻,健筆寫柔情,聲情風流清勁。同期杜安世有詞,用上去韻。

【體略】

　　雙片四十八字,上下片各二十四字四句三仄韻,晏殊。

【圖譜】

小桃花與早梅花,盡是芳妍品格。未上東風先拆。分
付春消息。　　佳人釵上玉尊前,朵朵穠香堪惜。誰把彩
豪描得。免恁輕抛擲。

(《全宋詞》98 頁)

【注釋】

　　此調兩宋現存六首,以此詞爲早,且字聲諧穩,當以之爲正體。此調可用入、上去聲韻。此詞前三句,《詞譜》據《梅苑》及《花草粹

編》作："夜來江上見寒梅，自逞芳妍標格。爲甚東風先拆。"今從
《百家詞》及《全宋詞》本。按，二者字聲並無差異。上片第四句
"分"晏幾道"小亭初報"詞作"水"。下片第一句"佳"晏幾道"小
亭初報"詞作"異"，第三句"彩"仇遠詞作"愁"。句中其他可平可
仄俱見所列別體句法相同者。

又一體

【體略】

　　雙片五十字，上下片各二十五字四句三仄韻，杜安世。

【圖譜】

　　數枝半斂半開時，洞閣曉、寶妝新注。香格豔姿天賦。
　　●○●●○●○○　　●●●　●○○●　　○●●○○●
　　甘被群芳妒。　　　　狂風橫雨且相饒，又恐有、彩雲迎去。牽
　　○●○●●　　　　　○○●●●○○　●●●、●○○●　　○
　　破少年心緒。無計長爲主。
　　●●○○●　　○●○○●

(《詞譜》卷七)

【注釋】

　　《詞譜》："此亦晏殊詞體，惟前後段第二句，各添一字，作上三
下四句法異。坊本前段第三句，作'寶香格豔姿天賦'，今照《詞
緯》改定。"按《百家詞》、《詞律》、《全宋詞》等上片第二、三句皆作
"洞閣曉妝新注。寶香格豔姿天賦"，下片第二句亦作上三下四句
式。今依《詞譜》。下片第三句"心緒"，《全宋詞》作"心情"。

又一體

【體略】

　　雙片四十七字,上片二十四字,下片二十三字,各四句三仄韻,晏幾道。

【圖譜】

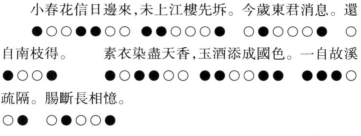

（《全宋詞》255頁）

【注釋】

　　此詞名《望仙樓》,與晏詞相校,惟換頭一句減一字異。《詞譜》:"此詞一名《望仙樓》,即前'夜來江上'體,惟後段起句少一字。按,《梅苑》本作'素衣洗盡九天香',仍七字句。因《花草粹編》與本集同,故從本集。"

　　按《百家詞》本亦作"素衣染盡天香",仇遠"九仙山曉"一詞正與之同。仇詞《全宋詞》首二句斷爲:"九仙山曉。霧冥冥、一鶴飛來華表。"不當,應依正體斷作:"九仙山曉霧冥冥,一鶴飛來華表。""曉"字非韻,不當分斷。

關詠一調

　　關詠（生卒年不詳），字永言，曾官屯田郎中，知湖州、通州等。詞僅存《迷仙引》一首。

迷仙引

【調釋】

　　與柳永同名詞調不同，爲關詠隱括石曼卿詩而作。《詩話總龜》卷三十三引《古今詩話》："石曼卿嘗於平陽會中，代作《寄尹師魯》一篇曰：'十年一夢花空委，依舊河山損桃李。雁聲北去雁南飛，高樓日日春風裏。眉黛石州山對起，嬌波淚落妝如洗。汾河不斷天南流，天色無情淡如水。'曼卿死後數年，關永言夢曼卿曰：'延年平生作詩多矣，常以爲《平陽代意》篇最得意，而世人少稱之。能令余此詩傳於世者，在永言耳。'永言乃增其詞爲曲，度以《迷仙引》，於是人爭歌之。他日夢曼卿致謝焉。"詞用上去韻，句短韻密，聲情急促、迷離、幽怨。

【體略】

　　雙片一百二十二字，上片六十七字十六句九上去韻，下片五十五字十句八上去韻，關詠。

【圖譜】

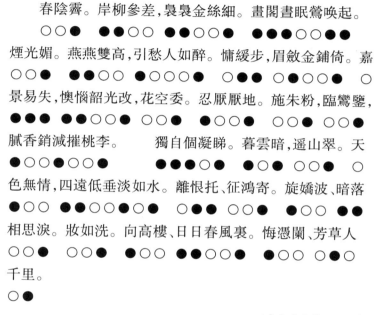

春陰霽。岸柳參差，裊裊金絲細。畫閣晝眠鶯喚起。
○○●　●●○○，●●○○●　●●●○○●●

煙光媚。燕燕雙高，引愁人如醉。慵緩步，眉斂金鋪倚。嘉
○○●　●●○○，●○○○●　○○●，○●○○●　○

景易失，懊惱韶光改，花空委。忍厭厭地。施朱粉，臨鸞鑒，
●●●，●●○○●，○○●　●○○●　○○●，○○●，

膩香銷減摧桃李。　　獨自個凝睇。暮雲暗，遥山翠。天
●○○●○○●　　　●●○○●　●○○，○○●　○

色無情，四遠低垂淡如水。離恨托、征鴻寄。旋嬌波、暗落
●○○，●●○○●○●　○●●、○○●　○○○、●●

相思淚。妝如洗。向高樓、日日春風裏。悔憑闌、芳草人
○○●　○○●　●○○、●●○○●　●○○、○●○

千里。
○●

（《全宋詞》112 頁）

【注釋】

此調兩宋兩元僅此一首，無他作可校。此調《詞律》、《詞譜》
皆未收。上片第三句"裊裊"《詞律辭典》作"裊"（1156 頁）。

劉潛一調

劉潛(生卒年不詳)，字仲方，曹州定陶人。少卓逸有大志，好爲古文，以進士起家，爲淄州軍事推官。曾任蓬萊縣知縣，過鄆州，方與曼卿飲，聞母暴疾，亟歸。母死，潛一慟遂絕，其妻復撫潛大號而死。時人傷之，曰："子死於孝，妻死於義。"《全宋詞》録存其詞五首，一首與李冠互見，一首與黄庭堅互見。

水調歌頭

【調釋】

《詞譜》卷二十三："《碧雞漫志》屬中吕調，毛滂詞名《元會曲》，張榘詞名《凱歌》。按《水調》，乃唐人大曲，凡大曲有歌頭，此必裁截其歌頭，另倚新聲也。"《水調》本隋唐大曲，《碧雞漫志》卷四引《隋唐嘉話》："煬帝鑿汴河，自製《水調歌》。"又引《脞説》："水調《河傳》，煬帝將幸江都時所製，聲韻悲切，帝喜之。"不過王灼認爲《水調》非爲曲名，乃是於"水調"（即商調）中作歌，此説不當，任二北《唐聲詩·雜考》已辨。然《水調歌頭》非即《水調》之歌頭，《水調歌頭》本宋代大曲，曾布有詞七首，此調當即宋大曲之摘遍曲。劉潛詞寫邊塞，聲情豪邁高亢。此調句法上以兩個五字句開頭，兩個五字句結尾，換頭用三個三字句變化，上下片中間各用

六六五字句展開,回環跌宕,波瀾起伏。其中上下片六六五字句爲此調聲情轉折處。此調經蘇軾大力創作後,成爲兩宋及後世極流行詞調,也爲豪放風格詞人的代表詞調,題材上詠物、節令、懷古、交遊皆宜,風格宜豪邁灑脫。《于湖詞》入大石調。《唐宋詞通論》:"水調歌頭在宋還用於軍樂,作爲凱歌使用。張孝祥《水調歌頭》自注:'凱歌上劉恭父。'……這也與此調的雄壯聲容有關。《水調歌頭》又用於元旦朝會,所以又名《元會曲》。"(126 頁)

【體略】

　　雙片九十五字,上片四十八字九句四平韻兩仄韻,下片四十七字十句四平韻兩仄韻,劉潛。

【圖譜】

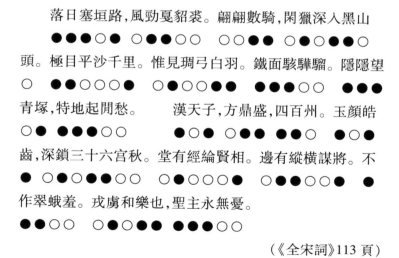

落日塞垣路,風勁戛貂裘。翩翩數騎,閑獵深入黑山頭。極目平沙千里。惟見珊弓白羽。鐵面駃騠騮。隱隱望青塚,特地起閒愁。　漢天子,方鼎盛,四百州。玉顏皓齒,深鎖三十六宮秋。堂有經綸賢相。邊有縱橫謀將。不作翠蛾羞。戎虜和樂也,聖主永無憂。

（《全宋詞》113 頁）

【注釋】

　　此詞題"上曹瑋",又題"六郡酒泉"。《唐宋詞彙評》:"據吳

廷燮《北宋經撫年表》卷三,曹瑋於大中祥符八年(1015)閏四月知秦州,九年七月,丁內艱起復。此詞當是劉潛在秦州上曹瑋作。"(171頁)此調兩宋當以此詞爲最早。然上片第五、六句和下片第六、七句用仄韻,下片第三句"百"字用仄聲、第九句又作拗句,皆非宋人常式,不作正體。

又按,上片第三、四句與下片第四、五句作四字一句、七字一句,爲此調句拍定格,兩宋金元詞作十之八九皆當如此斷句,《詞律》、《詞譜》、《全宋詞》等收往往隨文意點斷,多誤。

正　體

【體略】

雙片九十五字,上片四十八字九句四平韻,下片四十七字十句四平韻,蘇舜欽。

【圖譜】

瀟洒太湖岸,淡竚洞庭山。[一]魚龍隱處,煙霧深鎖渺彌
⊙○○○●　○●●○○　　⊙◎○●　⊙●○●●○

間。方念陶朱張翰,忽有扁舟急槳,撇浪載鱸還。[二]落日暴
○　⊙●○○○●　◎●⊙○●●　●●●○○　　◎○●

風雨,歸路繞汀灣。[三]　　丈夫志,當景盛,恥疏閒。[四]壯
○●　○●●○○　　　○○●　○○●　●○○　　◎

年何事,憔悴華髮改朱顏。擬借寒潭垂釣,又恐沙鷗猜我,
○○●　○●○●●○○　◎●○○○●　●○○○○●

不肯傍青綸。刺棹穿蘆荻,無語看波瀾。[五]
◎●●○○　◎●○○●　○●○○○

　　　　　　　　　　　　　　　　(《全宋詞》168頁)

【注釋】

　　[一]《唐宋詞彙評》據沈文倬《蘇舜欽年譜》,定此詞慶曆五年(1045)居吳中時作(242頁)。此調兩宋金元現存九百餘詞。此調《詞律》卷十四僅列蘇軾詞一體,《詞譜》以毛滂詞爲正體,皆不妥。蘇舜欽此詞字、句、韻齊整,且創作爲早,正爲此調正格。上片自"魚龍"以下與下片自"壯年"以下相同。首句"瀟洒太湖岸",《詞譜》以前四字均可平可仄,《詞律》僅以首字可平可仄。《詞律》(以蘇軾"明月幾時有"爲譜):"起句'月'字,有用平者,竟有作偶語如五言律者,不如此起爲妙。"檢宋人詞,從律句上看除此詞仄起仄收外,尚有三種情況:一、平起仄收律句,如毛滂作"九金增宋重",其下句爲"八玉變秦餘",即萬樹所批評的"作偶語如五言律者",其他如非用偶語,前後兩句在平仄上亦相對;二、平起仄收拗句者,如朱敦儒作"平生看明月";三、仄起仄收拗句者,如李曾伯作"老子世北客"。以上三種,以一、三種最不可取,於宋人詞亦少見,注出不參校。句中可平可仄除注明外,俱見所列別體句法相同者。

　　[二]上片第三、四句與下片第四、五句均作四字一句、七字一句,偶用六字一句、五字一句,參見別體。七字句多用拗句。"煙"、"深"毛开"漢代李元禮"詞作"凜"、"玉"。"方念"以下三句上下片作六字兩句、五字一句,上下片前兩句不藏仄韻爲此調正格。"張"王質"細數十年夢"詞作"不"。

　　[三]此韻上下片作五字兩句。"落日暴風雨",毛滂詞作"垂衣本神聖",作拗句,檢宋人七百餘首詞,僅十餘處如毛滂詞,爲宋人偶用或誤用,不當參校,《詞譜》以毛滂詞爲譜,大謬。

　　[四]"當"蘇轍詞作"翠"。"疏"字《詞譜》認爲可仄可平,《詞律》認爲當用平聲。按,此字當依《詞律》作平聲,理由如下:一、今僅檢宋人七百餘詞,此處用仄聲者四十餘處,仍屬偶用,不當參校。

二、從此調用韻特點來看，全調用平韻，韻上一字用平聲，構成平聲字連用特點，此"疏"亦當定爲平聲。三、檢宋人四十餘處仄聲，所受影響，一爲劉潛詞，劉潛作"百"，後人詞中用"百"字者多處，二受蘇軾影響，蘇軾四詞中三首用仄聲，張孝祥、辛棄疾等人多用仄聲即與蘇軾有關，而無論劉潛還是蘇軾仄聲，皆在此調産生創作早期，認識尚未清晰，不當效法。又傅大詢詞，此韻《詞譜》作"家童開門看，有誰來"而列又一體，《全宋詞》作"喚家童，開門看，有誰來"，當從《全宋詞》，無需另列別體。

　　[五]"華"朱敦儒"平生看明月"詞作"不"。按下片第四、五句《全宋詞》斷作："壯年何事憔悴，華髮改朱顏。"不當。"刺棹穿蘆荻"用仄起仄收律句，劉潛詞作"戎虜和樂也"，偶用不參校。下片第七句"又恐沙鷗猜我"，《全宋詞》據《唐宋諸賢絕妙詞選》卷三作"又恐鷗鳥相猜"，《歷代詩餘》作"又恐相猜鷗鳥"，《詞綜補遺》作"又恐鷗猜鷺忌"，"我"字必用仄聲，亦爲此調特點，今從《苕溪漁隱叢話前集》卷三十二改。

又一體

【體略】

　　雙片九十五字，上片四十八字九句四平韻兩仄韻，下片四十七字十句四平韻兩仄韻，蘇軾。

【圖譜】

　　　　明月幾時有，把酒問青天。不知天上，宮闕今夕是何
　　　　○●●○●　●●●○○　●○○●　○●●●○
　　年。我欲乘風歸去。又恐瓊樓玉宇。高處不勝寒。起舞弄
　　○　●●○○●●　●●○○●●　○●●○○　●●●

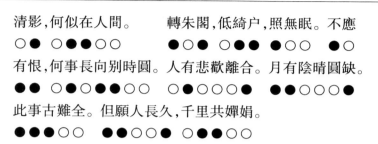

清影，何似在人間。　　轉朱閣，低綺戶，照無眠。不應
○●　○●●○○　　　●○●　○●●　●○○　　●○

有恨，何事長向別時圓。人有悲歡離合。月有陰晴圓缺。
●●　○●○●●○○　○●○○○●●　●●○○○●

此事古難全。但願人長久，千里共嬋娟。
●●●○○　●●○○●　○●●○○

（《全宋詞》280 頁）

【注釋】

　　此詞據序作於丙辰（1076）中秋。蘇詞此詞即劉潛詞體，上片第五、六句，下片第六、七句押兩仄韻，《詞譜》："按劉仲芳詞，'極目平沙千里，惟見琱弓白羽'、'堂有經綸賢相，邊有縱橫謀將'，葉夢得詞'分付平雲千里，包卷騷人遺思'、'却歎從來賢士，如我與公多矣'，辛棄疾詞'好卷垂虹千尺，只放冰壺一色'、'寄語煙波舊侶，聞道蓴鱸正美'，段克己詞'神既來兮庭宇，颯颯西風吹雨'、'風外淵淵簫鼓，醉飽滿城黎庶'，正與此同。但葉夢得詞'里'、'思'、'士'、'矣'，段克己詞'宇'、'雨'、'鼓'、'庶'，前後段同一韻，與此詞前後各韻者，又微有別。"按蘇軾此詞通篇字聲亦較劉潛詞嚴謹，然上下片間用仄韻終非正體，《詞律》以此詞爲正體，且未注仄韻，不當。

　　按上下片用仄韻者，又有僅上片用仄韻，如黃庭堅"瑤草一何碧"詞，有僅下片用仄韻，如晁端禮"憶昔紅顏日"一首等，皆不再另列。又按蘇軾四詞雖對後人創作影響甚大，但於字聲多尚未嚴謹，如下片第三句"無"字，此詞用平聲，當是，然另三首分別作"碧"、"褐"、"不"，皆不妥。

又一體

【體略】

雙片九十五字，上片四十八字九句四平韻五叶韻，下片四十七字十句四平韻五叶韻，賀鑄。

【圖譜】

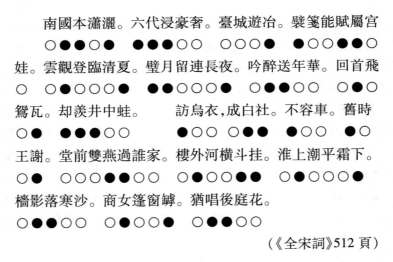

南國本瀟灑。六代浸豪奢。臺城遊冶。襞箋能賦屬宮
○●●○● 　●●○○● 　○○○● 　●○○●○
娃。雲觀登臨清夏。璧月留連長夜。吟醉送年華。回首飛
○ 　○●○○○● 　●●○○○● 　○●●○○ 　○●○
鴛瓦。却羨井中蛙。 　　訪烏衣，成白社。不容車。舊時
○● 　●●●○○ 　　　●○○ 　○●● 　●○○ 　●○
王謝。堂前雙燕過誰家。樓外河橫斗挂。淮上潮平霜下。
○● 　○○○●●○○ 　○●○○●● 　○●○○○●
牆影落寒沙。商女篷窗罅。猶唱後庭花。
○●●○○ 　○●○○● 　○●●○○

（《全宋詞》512 頁）

【注釋】

《唐宋詞彙評》考此詞於元祐三年（1088）三月初至金陵時作（763 頁）。《詞譜》：「此詞每句押韻，以平韻爲主，其仄韻，即用本部麻、馬、禡三聲叶，間入平韻之内。宋人只此一體，並無別首可校。」按此爲賀鑄嘗試創作，受曲體影響，近於曲體，不可效法。

又一體

【體略】

雙片九十五字,上片四十八字九句四平韻,下片四十七字十句四平韻,葉夢得。

【圖譜】

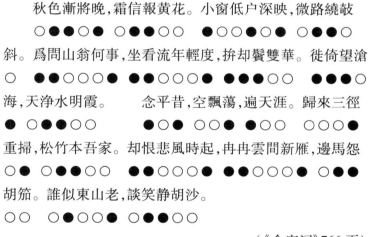

秋色漸將晚,霜信報黃花。小窗低戶深映,微路繞敧
○●○○● 　○●●○○　　●○○●○● 　○●●○
斜。爲問山翁何事,坐看流年輕度,拚却鬢雙華。徙倚望滄
○　　●●○○●　●○○○●　○●●○○　　●●●
海,天净水明霞。　　　念平昔,空飄蕩,遍天涯。歸來三徑
● 　○●●○○　　　●○●　○○●　●○○　　○○○
重掃,松竹本吾家。却恨悲風時起,冉冉雲間新雁,邊馬怨
○● 　○●●○○　　●●○○○●　●●○○○●　○●●
胡笳。誰似東山老,談笑静胡沙。
○○　　○●○○● 　○●●○○

（《全宋詞》766頁）

【注釋】

《唐宋詞彙評》:"王兆鵬《葉夢得年譜》繫此詞於建炎三年(1129)。"(1211頁)此與蘇舜欽詞相校,上片第三、四句,下片第四、五句,皆用六五句式,其中六字句必用拗句,尾字必仄。按此體即仿蘇軾"安石東在海"詞體,因蘇詞字聲下片第三句字聲不妥,今以葉詞爲譜。又,黃庭堅上片第三句作"溪上桃花無數",作仄

起仄收律句,屬偶作,不可效法。又,劉因詞下片第五句,《詞譜》
作"扶我者,有門生",而列又一體,《全金元詞》作"扶我有門生",
當從後者,不另列。

又一體

【體略】

雙片九十五字,上片四十八字九句四平韻,下片四十七字十句
四平韻,沈瀛。

【圖譜】

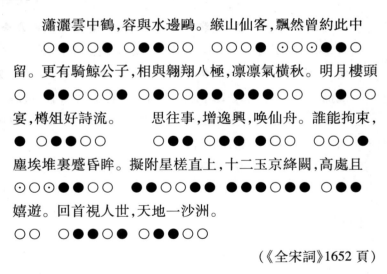

瀟灑雲中鶴,容與水邊鷗。縱山仙客,飄然曾約此中
○●○○●　○●○○●　○○○●　⊙○○⊙●○
留。更有騎鯨公子,相與翺翔八極,凛凛氣橫秋。明月樓頭
○　●●○○●　○●○○●●　●●●○○　○●○○
宴,樽俎好詩流。　　　思往事,增逸興,喚仙舟。誰能拘束,
●　○●●○○　　　○●●　○●●　●○○　○○○●
塵埃堆裹蹙昏眸。擬附星槎直上,十二玉京絳闕,高處且
⊙○○●●○　●●○○○●　●●●○○●　○○●
嬉遊。回首視人世,天地一沙洲。
○○　○●●○●　○●●●○○

(《全宋詞》1652 頁)

【注釋】

此詞題爲"和李守"。與蘇舜欽詞相校,此詞惟上片第四句、
下片第五句用律句異,亦爲宋人較常用體式。按此體北宋賀鑄詞、

張繼先詞已用,然賀詞間入仄韻,張詞首句作"高真留妙訣",字聲不當,今以沈詞爲譜。上片第四句"飄"、"曾"李好古詞作"且"、"著",下片第五句"塵"、"堆"張元幹"柱策松江上"詞作"政"、"一"。按此體上下片應對稱一致,如上片用律句,下片用拗句,或反之,均不嚴謹,皆不再單列別體。又,趙蟠老"梅仙了無訟"詞亦同此體,其題"和平湖",然下片第七句作"任彼非元彼非白"添一字作七字一句,此爲偶用或有衍字,注出不另列。

又一體

【體略】

雙片九十七字,上片五十字,下片四十七字,各十句四平韻,王之道。

【圖譜】

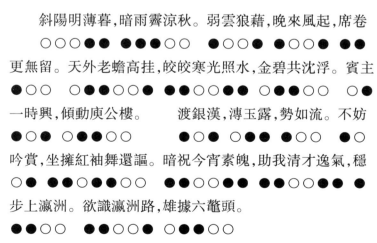

斜陽明薄暮,暗雨霽涼秋。弱雲狼藉,晚來風起,席卷
○○○●● ●●○○ ○●○○ ●○○● ●●

更無留。天外老蟾高挂,皎皎寒光照水,金碧共沈浮。賓主
●○○ ○●●○○● ●●○○●● ○●●○○ ○●

一時興,傾動庾公樓。　　渡銀漢,溥玉露,勢如流。不妨
●○● ○●●○○ 　　●○● ●●● ●○○ ●○

吟賞,坐擁紅袖舞還謳。暗祝今宵素魄,助我清才逸氣,穩
○● ●●○●●○○ ●●○○●● ●●○○●● ●

步上瀛洲。欲識瀛洲路,雄據六鼇頭。
●●○○ ●●○○● ○●●○○

(《詞譜》卷二十三)

【注釋】

此詞題"和張文伯對月詞"。此詞與蘇舜欽詞相校,上片第四句添二字攤破作四字一句、五字一句。下片第三句"如流",《全宋詞》作"欲流",從《詞譜》。

又一體

【體略】

雙片九十七字,上片四十八字九句四平韻,下片四十九字十一句四平韻,張孝祥。

【圖譜】

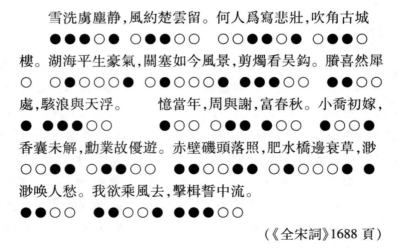

雪洗虜塵静,風約楚雲留。何人爲寫悲壯,吹角古城
●●●○● ○●●○○ ○○●●○ ●○●○
樓。湖海平生豪氣,關塞如今風景,剪燭看吳鈎。膽喜然犀
○ ○●○●○● ●●○○○● ●●●○○ ●●○○
處,駭浪與天浮。　　　憶當年,周與謝,富春秋。小喬初嫁,
● ●●●○○ 　　　●○○ ○●● ●○○ ●○○●
香囊未解,勳業故優遊。赤壁磯頭落照,肥水橋邊衰草,渺
○○●● ●●●○○ ●●○○●● ○●○○○● ●
渺唤人愁。我欲乘風去,擊楫誓中流。
●●○○ ●●○○● ●●●○○

（《全宋詞》1688 頁）

【注釋】

《唐宋詞彙評》考此詞於紹興三十一年（1161）作（2193 頁）。

此詞題"和龐佑父"。此與葉詞相校,下片第四句添二字攤破作四字兩句。按張詞別首"淮楚襟帶地"正與此同,作"山高月小,霜露既降",字聲小異。

又一體

【體略】

雙片九十三字,上片四十八字九句四平韻,下片四十五字十句四平韻,夏元鼎。

【圖譜】

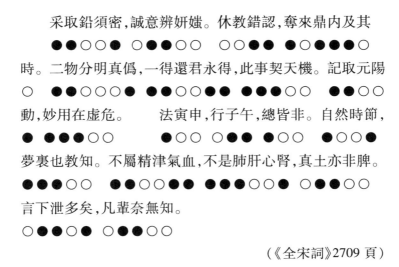

採取鉛須密,誠意辨妍媸。休教錯認,奪來鼎內及其
● ● ● ○ ● 　○ ● ○ ○ ● 　　○ ○ ● ● 　● ○ ● ● ○
時。二物分明真偽,一得還君永得,此事契天機。記取元陽
○ 　● ● ○ ○ ● 　● ● ○ ○ ● ● 　● ● ● ○ ○ 　● ● ○ ○
動,妙用在虛危。　　法寅申,行子午,總皆非。自然時節,
● 　● ● ● ○ ○ 　　　● ○ ● 　○ ● ● 　● ○ ○ 　　● ○ ● ●
夢裏也教知。不屬精津氣血,不是肺肝心腎,真土亦非脾。
● ● ● ○ ○ 　● ● ○ ○ ● ● 　● ● ● ○ ○ ● 　○ ● ● ○ ○
言下泄多矣,凡輩奈無知。
○ ● ● ○ ● 　○ ● ● ○ ○

（《全宋詞》2709 頁）

【注釋】

此詞序:"天台元漠子王樅,炷香問道,初意未降。後以子午寅申之說,破其胎息注想之迷,因與酬唱《水調歌頭》於後。"此與蘇

舜欽詞相校,下片第五句減二字作五字一句。按夏元鼎此調共存
十二首詞,其中十首與此體相同,樂音亦當小有變化。

又一體

【體略】

　　雙片九十三字,上片四十六字九句四平韻,下片四十七字十句
四平韻,《翰墨大全》無名氏。

【圖譜】

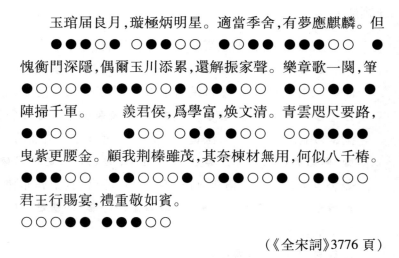

　　玉瑄屆良月,璇極炳明星。適當季舍,有夢應麒麟。但
　　●●●○● ○●●○○ ●○●● ●●●○○ ●
　　愧衡門深隱,偶爾玉川添累,還解振家聲。樂章歌一闋,筆
　　●○○○● ●●●○○● ○●●○○ ●○○●● ●
　　陣掃千軍。　　　羨君侯,爲學富,煥文清。青雲咫尺要路,
　　●●○○ 　　　●○○ ●●● ●○○ ○●●○●●
　　曳紫更腰金。顧我荆榛雖茂,其奈棟材無用,何似八千椿。
　　●●●○○ ●●○○○● ○●●○○● ○●●○○
　　君王行賜宴,禮重敬如賓。
　　○○○●● ●●●○○

　　　　　　　　　　　　　　　　　　　（《全宋詞》3776 頁）

【注釋】

　　此詞題"和韻謝人賀生子"。此與葉詞相校,上片第三句減二
字作四字一句異。

北宋詞譜

中册

田玉琪 編著

中華書局

李冠二調

　　李冠,字世英,齊州歷城(今山東濟南)人。約宋真宗天禧中前後在世。與王樵、賈同齊名,又與劉潛同時以文學稱京東。舉進士不第,得同三禮出身,調乾寧主簿。著有《東皋集》二十卷,不傳。《全宋詞》收其詞五首。其《六州歌頭》盛傳當世。

六州歌頭

【調釋】

　　程大昌《演繁録》卷十六:"《六州歌頭》,本鼓吹曲也,近世好事者倚其聲爲吊古詞,如'秦亡草昧,劉項起吞并'是也。音調悲壯,又以古興亡事實之,聞其歌使人悵慨,良不與豔辭同科,誠可喜也。"此調與宋鼓吹曲《六州》詞不同,但聲情相近,或爲《六州》大曲之摘遍,參見《六州》"調釋"。此調在句式上以三字句爲主,有間用仄韻兩體和全用平韻兩體,間用仄韻者以賀鑄詞爲正體,全用平韻者以張孝祥詞爲正體。《于湖詞》詞注大石調。此調句短、韻密、篇長,聲情激蕩、跳躍,宜抒悲壯難平、慷慨豪邁之情。《校正》:"此調韻位時稀時密,以三字句爲主,共有三字句二十三個,每三或四各連用爲一韻,前段甚至出現一個五字句與五個三字句爲一韻,故音節急促,調勢奔放而雄壯,宜於表達悲壯感慨之情,爲

詞調中最激烈宏偉之長調。"（655 頁）

【體略】

　　雙片一百四十三字,上片七十一字十九句九平韻七仄韻,下片七十二字十九句八平韻六仄韻,李冠。

【圖譜】

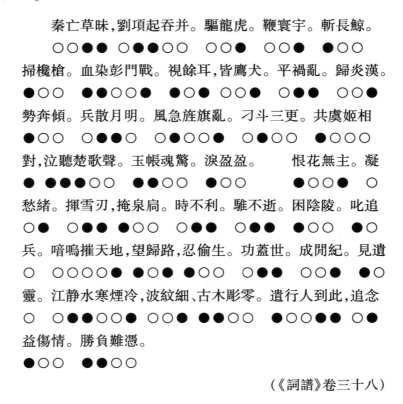

秦亡草昧,劉項起吞并。驅龍虎。鞭寰宇。斬長鯨。
○○●● 　 ○●○●○ 　 ○○● 　 ●○○ 　 ●○○

掃欃槍。血染彭門戰。視餘耳,皆鷹犬。平禍亂。歸炎漢。
●○○ 　 ●●○○● 　 ●○● 　 ○○● 　 ○○● 　 ○○●

勢奔傾。兵散月明。風急旌旗亂。刁斗三更。共虞姬相
●○○ 　 ○○●○ 　 ○●○○● 　 ○●○○ 　 ●○○○

對,泣聽楚歌聲。玉帳魂驚。淚盈盈。　　恨花無主。凝
● 　 ●●●○○ 　 ●●○○ 　 ●○○ 　 　 ●○○● 　 ○

愁緒。揮雪刃,掩泉扃。時不利。騅不逝。困陰陵。叱追
○● 　 ○●● 　 ●○○ 　 ○●● 　 ○●● 　 ●○○ 　 ●○

兵。喑嗚摧天地,望歸路,忍偷生。功蓋世。成閒紀。見遺
○ 　 ○○○●● 　 ●○● 　 ○○○ 　 ○●● 　 ○○● 　 ●○

靈。江静水寒煙冷,波紋細、古木彫零。遣行人到此,追念
○ 　 ○●●○○● 　 ●○●、●●○○ 　 ●○○●● 　 ○●

益傷情。勝負難憑。
●○○ 　 ●●○○

（《詞譜》卷三十八）

【注釋】

　　此詞題"項羽廟",用韻平仄相間,名盛當時。此詞上片第十

三句用韻,宋人除王埜、李訦、劉過"中興諸將"詞外,再無相同者,
然王埜等人詞又不用仄韻,故此詞不作正體。此詞《全宋詞》一屬
劉潛,一屬李冠,於李冠詞後按語:"《後山詩話》云:'冠,齊人。爲
《六州歌頭》,道劉項事,慷慨雄偉。劉潛,大俠也,喜誦之。'《朝野
遺記》以此首爲京東張李二生所作。《唐宋諸賢絕妙詞選》卷五作
劉潛詞。《詞林萬選》卷二、《花草粹編》卷十二並作李冠詞,未知
孰是。此從《朝野遺記》錄出。"今從《後山詩話》作李冠詞,詞作
《全宋詞》所錄二首字句小異,今依《詞譜》所訂。按下片第九句
"喑嗚摧天地"作拗句,檢宋人詞,字聲無相類者,頗疑"喑嗚"當爲
"喑惡"。

又一體

【體略】

雙片一百四十三字,上片七十一字二十句八平韻八仄韻,下片
七十二字十九句八平韻七仄韻,李冠。

【圖譜】

淒涼繡嶺,宮殿倚山阿。明皇帝。曾遊地。鎖煙蘿。
○○●● 　○○●○○　○○● 　○○● 　●○○

鬱嵯峨。憶惜真妃子。豔傾國,方姝麗。朝復暮。嬪嬙妒。
●○○ 　●●○○● 　●○● 　○○● 　○○● 　○○●

寵偏頗。三尺玉泉,新浴蓮羞吐。紅浸秋波。聽花奴,敲羯
●○○ 　○●●○　○●○○● 　○●○○　●○○　○●

鼓。酣奏鳴鼉。體不勝羅。舞婆娑。　　正霓裳曳。驚烽
● 　⊙●○○　●●○○　●○○　　　　●○●● 　○○

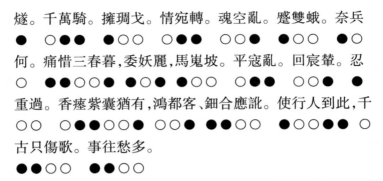

（《全宋詞》114 頁）

【注釋】

　　此詞題爲"驪山"。《詞繫》卷五："凡四換韻，多用三字句，自相爲叶，或分三疊，或分四段，皆誤。"此與"秦亡草昧"詞相校，上片第十三句不用韻。然上片第十六、十七句此詞作兩個三字句、四字一句，且添一韻，非宋人常體。韓元吉詞與之相同。《詞譜》卷三十八列韓元吉詞爲又一體，以韓詞換五仄韻與賀鑄詞不同，然韓詞用韻方式實與李冠此詞相同，無需另列別體，而其上片第十六、十七、十八句《詞譜》等書皆斷作兩個五字句："認蛾眉凝笑，臉薄拂燕支。"《詞律》斷作："認蛾眉，凝笑臉，薄拂燕支。"當依《詞律》。"酣"字可仄即據韓詞，其他可平可仄均參張孝祥詞。又上片第十三、十四、十五句《詞譜》、《全宋詞》斷作："三尺玉泉新浴，蓮羞吐、紅浸秋波。"誤，當依《詞繫》斷句。

<h1 style="text-align:center">又一體</h1>

【體略】

　　雙片一百四十三字，上片七十一字十九句八平韻八叶韻，下片

七十二字二十句八平韻十叶韻,賀鑄。

【圖譜】

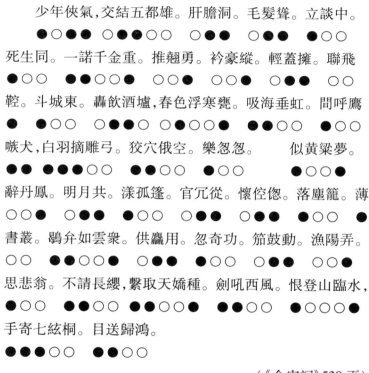

少年俠氣,交結五都雄。肝膽洞。毛髮聳。立談中。
死生同。一諾千金重。推翹勇。衿豪縱。輕蓋擁。聯飛
鞚。斗城東。轟飲酒壚,春色浮寒甕。吸海垂虹。間呼鷹
嗾犬,白羽摘雕弓。狡穴俄空。樂忽忽。　　似黃粱夢。
辭丹鳳。明月共。漾孤篷。官冗從。懷佗傺。落塵籠。薄
書叢。鶡弁如雲衆。供麤用。忽奇功。笳鼓動。漁陽弄。
思悲翁。不請長纓,繫取天嬌種。劍吼西風。恨登山臨水,
手寄七絃桐。目送歸鴻。

(《全宋詞》538 頁)

【注釋】

《東山詞》校注本繫此詞於哲宗元祐三年(1088)秋(421 頁)。《詞譜》:"此調平仄互叶,當以此詞爲定體。平用東、冬,叶用董、腫、宋、送,不雜他韻。按,賀鑄,北宋人,其用韻,校諸家不同,蓋當日倚聲,必有所本也。後惟汪元量一詞遵之,而體又不同,故不校注平仄。"按此與李冠二詞相校,凡平聲韻脚皆用平聲韻,仄聲韻脚

皆用仄聲韻，且用本部三聲，有明顯改進。又下片第十五、十六句作四字一句、五字一句異。上片第十六句"間"，《全宋詞》等作"閒"，《詞譜》、《樂府雅詞》、《詞律拾遺》作"間"。《詞牌格律》："'間呼'有作'閒呼'，疑誤。'間'在此爲領格，念仄；意爲'間或'、'時不時'、'高興時'等。"（101 頁）今從後者。

正　　體

【體略】

大石調，雙片一百四十三字，上片七十一字，下片七十二字，各十九句八平韻，張孝祥。

【圖譜】

長淮望斷，關塞莽然平。[一]征塵暗，霜風勁，悄邊聲。[二]
⊙○◎●　⊙●◎○○　　⊙○●　○○●　●○○

黯銷凝。追想當年事，殆天數，非人力，洙泗上，絃歌地，亦
●○○　⊙●○○●　⊙○●　○○●　⊙●●　○○●　⊙

羶腥。[三]隔水氈鄉，落日牛羊下，區脫縱橫。看名王宵獵，
○○　　◎●○○　⊙●○○●　○●○○　●●○○●

騎火一川明。笳鼓悲鳴。遣人驚。[四]　　念腰間箭，匣中
◎●●○○　⊙○○●　●○○　　　◎○⊙●　◎⊙

劍，空埃蠹，竟何成。時易失，心徒壯，歲將零。渺神京。干
●　○⊙●　●○○　⊙●●　○○●　●○○　　●○○　●

羽方懷遠，静烽燧，且休兵。冠蓋使，紛馳騖，若爲情。聞道
●○○●　◎○●　●○○　◎●●　○○●　●○○　　⊙●

中原遺老，常南望、羽葆霓旌。使行人到此，忠憤氣填膺。
⊙○○●　○○●　●●○○　●○○●●　○●●○○

有淚如傾。^[五]

◎　●○○

（《全宋詞》1686 頁）

【注釋】

　　［一］《唐宋詞彙評》：“夏承燾《宋詞繫》繫此詞於高宗紹興三十二年（1162）作。”（2185 頁）此調兩宋金元現存三十餘首詞，《詞律》卷二十以此詞爲正體標注平仄，當是，但參校詞作不多，所定字聲尚不周全。《詞繫》卷五：“各家多用此體，或於‘亦膻腥’分爲首段，‘且休兵’爲次段，共三疊。”此與李冠二詞相校，不用仄韻，只用平韻，爲宋人常式，句法方面，上片第十三、十四、十五句作四字一句、五字一句、四字一句，第十六、十七句作兩個五字句，下片第十五、十六句作六字一句、上三下四式七字一句，亦爲宋人常體。此調句中可平可仄，無論間用仄韻抑或全用平韻者，皆以此體爲正。填者如用仄韻，韻腳即參之李冠二詞可也，平仄亦同張詞。句中可平可仄除注明外，俱見所列別體句法相同者。

　　［二］“霜”辛棄疾“晨來問疾”詞作“只”，程珌詞作“質”，偶用不參校。“悄邊”劉褒詞作“鯨海”，偶用不參校。

　　［三］第七句“當”惟李訦詞作“繞”、劉過“中興諸將”詞作“起”，第十二句“羶”惟劉過詞作“洞”，皆偶用不參校。按程珌“向來抵掌”一首上片第六句不押韻，第七句添一字作“賦得一丘一壑”，《詞譜》、《詞繫》均列別體，此偶用，注出不另列。又，元人姚燧詞“追想當年事，殆天數，非人力”幾句《詞律辭典》斷作“霽月光風。似愛蓮叟，云難狖”，以“風”字爲韻，列又一體，此數句當亦可斷作“霽月光風似，愛蓮叟，云難狖”，注出不另列。《詞牌格律》：“上片第六、下片第八句，常有承上啟下的意思。”（564 頁）

　　［四］第十四句“牛”李訦詞作“振”。“看”與下片“使”皆爲領字。“名”劉過“中興諸將”詞作“舊”。《詞牌格律》：“上下片結句

也多有總括之意,創作時,這一點要予以注意。"(564頁)

　　[五]換頭首句"念"宜用領字。"將"劉過"中興諸將"詞作"鑒","神"黄機"百年忠憤"詞作"不"。"干羽方懷遠"一句,劉將孫作"瑶池鸞燕罷",字聲迥異,偶用不參校。"紛馳"劉過"中興諸將"詞作"白日"。"南"岳珂詞作"少"。"使"爲領字,宜用仄聲。按劉將孫"天涯倦客"詞亦與張孝祥詞同,惟下片首句作"波翻海","波"前當脱漏一字,又其詞結句《全宋詞》作"繞寒潮",《養吾齋全集》卷七作"夢繞寒潮",當從後者,注出不另列。

又一體

【體略】

　　雙片一百四十五字,上片七十二字二十句八平韻,下片七十三字十七句八平韻,王之道。

【圖譜】

燧珹勳業,何敢望西平。觀當日,清大憝,震天聲。績
●○○● 　○●○○ 　○○● 　○●● 　○○● 　●
其凝。追配汾陽郭,臨淮李,掃妖孽,植顛僕,復疆宇,洗羶
○○ 　○○○●● 　○○● 　○○● 　●○● 　●○● 　○●
腥。堪歎中原,久矣長淮隔,胡騎縱横。問何時,風驅電掃,
○ 　○○○○ 　●●○○● 　○●○○ 　○○○ 　○○●●
重見文明。賓雁宵鳴。夢初驚。　　念吾君復古,修攘兩
○●○○ 　○●○○ 　●○○ 　　　●○○●● 　○○●
盡,早晚功成。歲雲暮,冰腹壯,雪花零。悵神京。誰信漢
● 　●●○○ 　●○● 　○●● 　●○○ 　●○○ 　○●●

家陵闕，呵護有神兵。罄寰海，重回首，鎮關情。想見皇華
○○● ○●○● ●○○ ○○● ●○○ ●●○○

咨度，望淮北、心曲搖旌。願變夷用夏，荊狄是懲膺。補弊
○● ●○○ ○●○○ ●○○●● ○○●○○ ●●

支傾。
○○

（《全宋詞》1158 頁）

【注釋】

《唐宋詞彙評》考此詞作於隆興元年（1163）或稍後（1680
頁）。此詞題"和張安國舍人韻呈進彥"，爲和張孝祥韻，然個別字
句不同，句拍稍變。與張詞相校，上片第十六、十七句添一字作三
字一句、四字兩句。下片第一、二、三、四句作五字一句、四字兩句，
第九、十、十一句作六字一句、五字一句。

<h1 style="text-align:center">又一體</h1>

【體略】

雙片一百四十三字，上片七十一字十九句八平韻，下片七十二
字十九句七平韻，劉褒。

【圖譜】

憑深負阻，蜂舞肆奔騰。龍江上，妖氛漲，鯨海外，白波
○○●● ○●○●○ ○○● ○●● ○●● ●○

驚。羽檄交飛急，玉帳静，金韜閟，恢遠馭，振長櫻。密分
○ ●●○○● ●●● ○○● ○●● ●○○ ●○

兵。細草黄沙，渺渺西關路，風㫜高旌。聽飛霜令肅，堅壁
○　　●●●○　●●○○●　○●○○　　●●○○　○●

夜無聲。鼓角何神。地中鳴。　　看追風騎，攢雲槊，殷雷
●○○　●●○○　●○○　　　　●○○●　○●●　○○

轂，徹天鉦。飛箭集，旌頭墜，長圍掩，郭東傾。振旅觀旋
●　●○○　　○●●　○○●　○○●　●○○　　●●○○

凱，笳鼓競，繡旗明。刀換犢，戈藏革，士休營。黄色赤雲交
●　○●●　●○○　○●●　○○●　●○○　　○○●○○

映，論功何止蔡州平。想環城蒼玉，深刻入青冥。永詔來今。
●　○○○●●○○　●○○○●　○●●○○　　●●○○

（《詞譜》卷三十八）

【注釋】

　　此全用平韻，與張孝祥詞同，惟上片第五句不用韻（字聲亦
異）、第十一句用韻，下片第七句不用韻（字聲亦異），第十六句不
作上三下四式折腰句（字聲亦有差異）。又上片十三、十四、十五
句《詞譜》、《全宋詞》等皆斷作：“細草黄沙渺渺，西關路、風㫜高
旌。”今依張孝祥詞體斷句。上片第二句“舞”原作“午”，從《全宋
詞》改。

又一體

【體略】

　　雙片一百三十三字，上片十七句八平韻七叶韻，下片十九句八
平韻九叶韻，汪元量。

【圖譜】

綠蕪城上，懷古恨依依。淮山碎。江波逝。昔人非。
●○○● ○●○○ ○○● ○○● ●○○

今人悲。惆悵隋天子。錦帆裏。環朱履。叢香綺。展旌
○○○ ○●○○● ○○● ○○● ○○● ●○

旗。蕩漣猗。擊鼓搖金，擁瓊璈玉吹。恣意游嬉。斜日暉
○ ●○○ ●●○○ ○○●●○ ●●○○ ○●○

暉。亂鶯啼。　　銷魂此際。君臣醉。貔貅弊。事如飛。
○ ●○○ ○○●● ○○● ○○● ●○○

山河墜。煙塵起。風淒淒。雨霏霏。草木皆垂淚。家國
○○● ○○● ○○○ ●○○ ●●○○● ○○

棄。竟忘歸。笙歌地。歡娛地。盡荒畦。惟有當時皓月，
● ●○○ ○○● ○○● ●○○ ○●○○●●

依然挂、楊柳青枝。聽隄邊漁叟，一笛醉中吹。興廢誰知。
○○●、○●○○ ●○○○● ●●●○○ ○●○○

（《全宋詞》3340 頁）

【注釋】

《詞譜》："此詞用三聲叶韻，與賀詞同。惟'游嬉'句下，'斜
日'句上，少五字兩句，前段十三、十四兩句，後段十五、十六兩句，
句法亦與賀詞異。"

按上片第十三、十四、十五句，《詞譜》作："擊鼓搖金吹玉，擁
瓊璈、恣意游嬉。"《全宋詞》以"吹"爲韻，正與賀詞相同。此詞第
十五句後，當脫漏兩個五字句。而下片第十五、十六句不與賀詞
同，正與李冠、張孝祥詞同。

又一體

【體略】

　　雙片一百四十三字,上片六十八字十八句七平韻,下片七十五字二十句八平韻,袁去華。

【圖譜】

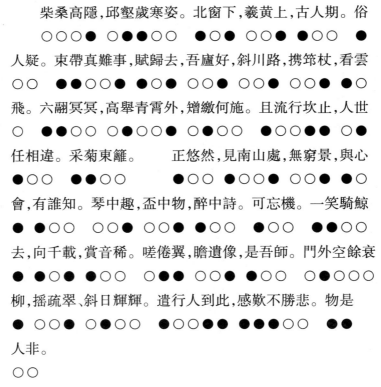

　　　柴桑高隱,邱壑歲寒姿。北窗下,羲黃上,古人期。俗
　　　〇〇〇● 〇●●〇 ●〇● 〇〇● ●〇〇 ●

　　人疑。束帶真難事,賦歸去,吾廬好,斜川路,携筇杖,看雲
　　〇〇 ●●〇● 〇●● 〇〇● 〇〇● 〇〇● ●〇

　　飛。六翮冥冥,高舉青霄外,矰繳何施。且流行坎止,人世
　　〇 ●●〇〇 〇●〇〇● 〇●〇〇 ●〇〇●● 〇〇

　　任相違。采菊東籬。　　正悠然,見南山處,無窮景,與心
　　●〇〇 ●●〇〇 　　●〇〇 ●〇〇● 〇〇● ●〇

　　會,有誰知。琴中趣,盃中物,醉中詩。可忘機。一笑騎鯨
　　● ●〇〇 〇〇● 〇〇● ●〇〇 ●〇〇 ●〇●

　　去,向千載,賞音稀。嗟倦翼,瞻遺像,是吾師。門外空餘衰
　　● ●〇● 〇〇〇 〇●● 〇〇● ●〇〇 〇〇〇〇〇

　　柳,搖疏翠、斜日輝輝。遣行人到此,感歎不勝悲。物是
　　● 〇〇●、〇〇〇〇 ●〇〇●● ●●●〇〇 ●●

　　人非。
　　〇〇

【注釋】

此詞題爲"淵明祠"。此與張詞相校,換頭一句"正悠然"不用韻,只能屬下片首句,與諸家不同,當爲作者偶用,不必效仿。又,此詞上片第十三、十四、十五句《詞譜》、《全宋詞》斷作:"六翮冥冥高舉,青霄外、矰繳何施。"當依《詞繫》斷句。

按"正悠然"三字屬下,於調終不合,疑"然"爲"思"字誤,待考。

又一體

【體略】

雙片一百四十三字,上片七十一字十九句七平韻,下片七十二字十八句八平韻,劉過。

【圖譜】

鎮長淮,一都會,古揚州。升平日,珠簾十里春風,小紅
●○○　●○●　●○○　　○○●　○○●●○○　●○

樓。誰知艱難去,邊塵暗,胡馬擾,笙歌散,衣冠渡,使人愁。
○　　○○○●　○○●　○●●　○○●　○○●　●○○

屈指細思,血戰成何事,萬户封侯。但瓊花無恙,開落幾經
●●●○　●●○○●　●●○○　●○○○●　○●●○

秋。故壘荒丘。似含羞。　　　　悵望金陵宅,丹陽郡,山不斷
○　●●○○　●○○　　　　　　●●○○●　○○●　○●●

綢繆。興亡夢,榮枯淚,水東流。甚時休。野竈炊煙裏,依
○○　○○●　○○●　●○○　●○○　●●○○●　○

然是，宿貔貅。歇燈火，今蕭索，尚淹留。莫上醉翁亭看，濛
○● ●○○　●○○ ○○● ●○○　●●●○○● 　○

濛雨、楊柳絲柔。笑書生無用，富貴拙身謀。騎鶴東遊。
○● ○●○○　●○○○● ●●●○○　○●○○

（《全宋詞》2155頁）

【注釋】

《詞譜》：“此詞前段起作三字三句，第四、五、六句，作三字一
句、四字一句、五字一句，後段起作五字一句、三字一句、又五字一
句，與諸詞異。”按上片第五六句今斷作六字一句、三字一句。

又一體

【體略】

雙片一百四十二字，上片七十一字十八句十平韻，下片七十一
字二十句八平韻，王埜。

【圖譜】

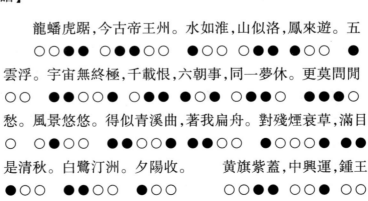

龍蟠虎踞，今古帝王州。水如淮，山似洛，鳳來遊。五
○○●● ●○○○　●○○　○●● ●○○　●

雲浮。宇宙無終極，千載恨，六朝事，同一夢休。更莫問閒
○○　●●○○● ○●●　●○●　○●●○　●●●○

愁。風景悠悠。得似青溪曲，著我扁舟。對殘煙衰草，滿目
○　○●○○　●●○○● ●●○○　●○○○● ●●

是清秋。白鷺汀洲。夕陽收。　　黃旗紫蓋，中興運，鍾王
●○○　●●○○　●○○　　　　○○●● ○○● ○○

氣，護金甌。駐游蹕，開行殿，夾朱樓。送華輈。萬里長江
● ●○○　●○● ○○● ●○○　●○○　●●○○

險，集鴻雁，列貔貅。掃關河，清海岱，志應酬。機會何常，
● ●○● ●○○　●○○ ○●● ●○○　○●○○

鶴唳風聲處，天意人謀。臣今雖老，未遣壯心休。擊楫中流。
●●○○● ○●○○　○○○● ●●●○○　●●○○

（《全宋詞》2715 頁）

【注釋】

此與張詞相校，上片第十、十一、十二句作四字一句、五字一句，第十三句添一韻，下片第十五、十六句作四字一句、五字一句、四字一句，第十七句減一字作四字一句異。按上片"風景悠悠"用韻，正與李冠"秦亡草昧"詞相同。

又一體

【體略】

雙片一百四十四字，上片七十二字十八句八平韻，下片七十二字十九句八平韻，盧摯。

【圖譜】

詩成雪嶺，畫裏見岷峨。浮錦水，歷灩澦，滅坡陀。匯
○○●● ●●●○○　○●● ●●● ●○○　●

江沱。喚醒高唐殘夢，動奇思，聞巴唱，觀楚舞，邀宋玉，訪
○○　●●○○●● ●○○ ○○● ●●● ○●● ●

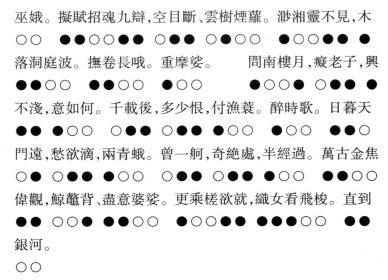

巫娥。擬賦招魂九辯，空目斷、雲樹煙蘿。渺湘靈不見，木
○○　　　●●○○●●　○●●　○●○○　　●○○●●　●

落洞庭波。撫卷長哦。重摩娑。　　　問南樓月，癡老子，興
●●○○　●●○○　●○○　　　　　●○○●　○●●　○

不淺，意如何。千載後，多少恨，付漁蓑。醉時歌。日暮天
●●　●○○　○●●　○●●　●○○　●○○　●●○

門遠，愁欲滴，兩青蛾。曾一舸，奇絕處，半經過。萬古金焦
○●　○●●　●○○　○●●　○●●　●○○　●●○○

偉觀，鯨鼇背、盡意婆娑。更乘槎欲就，織女看飛梭。直到
●●　○○●、●●○○　●○○●●　●●○○○　●●

銀河。
○○

（《全金元詞》727頁）

【注釋】

　　此詞題“題萬里江山圖”。此與張詞相校，惟上片第七句添一
字，第十三、十四、十五句作六字一句、上三下四式七字一句異。按
上片“空目斷、雲樹煙蘿”句，《全金元詞》無頓號，下片第十二句
“舸”字作韻，皆不當。按劉敏中等人詞正同此體，惟上片第七句
仍作五字一句同張孝祥詞（頗疑盧詞中“醒”字爲襯字），又姚遂詞
上片第七句作四字一句，當脫漏一字，皆注出不另列。

千秋歲引

【調釋】

　　《詞譜》卷十九：“《高麗史·樂志》名《千秋歲令》，李冠詞名

《千秋萬歲》。"王安石、魏了翁等人詞皆名《千秋歲引》,今以後者爲此調正名。《詞繫》卷五名《千秋引》:"因'想鮫綃'句,又名《淡紅綃》。"此與張先《千秋歲》不同。可用上去韻、入聲韻、平韻,上下片結韻爲三個三字句,聲情俊爽清新。

【體略】

雙片八十四字,上片三十九字,下片四十五字,各八句五仄韻,李冠。

【圖譜】

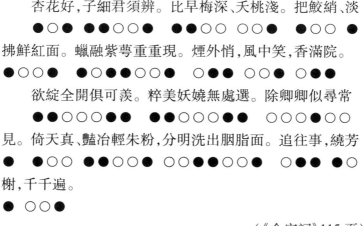

杏花好,子細君須辨。比早梅深、天桃淺。把鮫綃、淡拂鮮紅面。蠟融紫蕚重重現。煙外悄,風中笑,香滿院。

欲綻全開俱可羨。粹美妖嬈無處選。除卿卿似尋常見。倚天真、豔冶輕朱粉,分明洗出胭脂面。追往事,繞芳樹,千千遍。

(《全宋詞》115 頁)

【注釋】

此調或此詞爲早,然句法多與他人不同,故不作正體。上片第四句"面",《歷代詩餘》《詞律拾遺》作"綻",《詞譜》作"色"。雖然作"色"字從全詞來看似更妥,當但爲《詞譜》臆改,不從。

正體（拗句）

【體略】

　　雙片八十二字，上片三十八字八句四仄韻，下片四十四字八句五仄韻，王安石。

【圖譜】

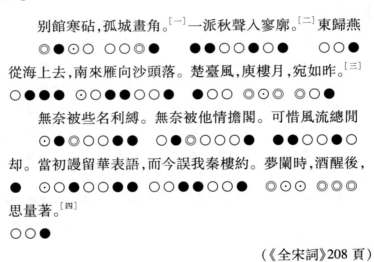

　　別館寒砧，孤城畫角。[一]一派秋聲入寥廓。[二]東歸燕
　　◎●⊙○　○○○●　　●●○○●○●　　　○○●

　　從海上去，南來雁向沙頭落。楚臺風，庾樓月，宛如昨。[三]
　　○●●○　⊙○●●○○●　　●○○　○○●　◎○●

　　無奈被些名利縛。無奈被他情擔閣。可惜風流總閒
　　⊙●○●○○●　　●●○○●○●　　　●●○○○

　　却。當初謾留華表語，而今誤我秦樓約。夢闌時，酒醒後，
　　●　⊙○○●○○●　○○●●○○●　◎⊙⊙　○○○●

　　思量著。[四]
　　○○●

（《全宋詞》208頁）

【注釋】

　　[一]此調兩宋現存近十詞，金元無存詞。此詞題爲"秋景"。《詞譜》："此即《千秋歲》調，添字減字、攤破句法，自成一體，與《千秋歲》較，惟前段第二句減一字，後段第一句、第二句各添二字，第三句添一字，前後段第四、五句各添兩字，結句各減一字、攤破作三字兩句，其源實出於《千秋歲》。《詞律》疏於考據，類列於《千秋

歲》後，又云兩調迴別。故爲兩列而論之如此。此調始於此詞，自
應以此詞爲定格，若李冠一詞，無名氏二詞，則又從此詞添字耳，可
平可仄，即參下三詞句法同者。"按《詞譜》所論十分勉強，《千秋歲
引》與《千秋歲》差異很大，無需比較，以此調出自王安石，亦嫌武
斷。《千秋歲》或爲北宋大曲。此調尚有陳德武、梅坡二詞。另魏
了翁詞用平聲，別列一體。此調雖以王安石詞爲正體，宋人詞作字
聲無全與王氏同者。"別"、"寒"無名氏"詞賦偉人"詞作"詞"、
"偉"。句中可平可仄除注明外，俱見所列別體句法相同者。

　　[二]此句用拗句，陳德武"懊悔巫雲太輕薄"、梅坡"恰近秋期
十三日"、無名氏"恨別離時大容易"，皆一致。

　　[三]"東歸燕從海上去"與下片"當初漫留華表語"皆作拗句，
陳德武、梅坡及無名氏二詞皆作平起仄收律句，填者任選一種可也
（律句見陳德武詞體）。"月"無名氏"詞賦偉人"詞作"衡"。

　　[四]下片第二句"無奈被他情擔閣"一句作拗句，陳德武詞與
之同，別詞皆作律句。"可惜風流總閒却"一句除此詞、陳德武詞
及無名氏"想風流態"詞外，皆作律句。"後"無名氏"詞賦偉人"詞
作"公"。

又 一 體

【體略】

　　雙片八十七字，上片四十一字八句五仄韻，下片四十六字八句
六仄韻一疊韻，《高麗史・樂志》無名氏。

【圖譜】

想風流態，種種般般媚。恨別離時大容易。香牋欲寫

相思意。相思淚滴香牋字。畫堂深，銀燭暗，重門閉。
○○●　　○○●●○○●　●○○ 句 ○○● 句 ○○●

似當日、歡娛何日遂。願早早相逢重設誓。美景良辰莫輕
●○● 句 ○○○●●　●●●○○●●　●●○○●○

拌，鴛鴦帳裏鴛鴦被。鴛鴦枕上鴛鴦睡。似恁地。長恁地。
●　○○●●○○●　　○○●●○○●　　●●● 句 ○●●

千秋歲。
○○●

（《全宋詞》3830 頁）

【注釋】

《詞譜》：“此亦王詞體，惟前段第二句添一字，後段第一、二句各添一襯字，前後段第四句各多押一韻，後段第六、七句多一押韻、疊韻異。”按下片第一、二句“似”、“願”皆非襯字。又第三句“拌”《詞譜》作“棄”，並以之爲韻字。又《翰墨大全》所載無名氏“詞賦偉人”一首，上片第二句與王詞相校添一字作五字一句，第三句、五句及下片第三、五句各添一字，注出不另列。

又一體（律句）

【體略】

雙片八十二字，上片三十八字八句四仄韻，下片四十四字八句五仄韻，陳德武。

【圖譜】

濯錦丰姿，新涼臺閣。懊悔巫雲太輕薄。琵琶未訴衣
●●○○ 句 ○○○● 句 ●●○○●○● 句 ○○●●○

衫濕，菱花不照胭脂落。鳳凰池，鴛鴦殿，重金鑰。　　　春

色畫船何處泊。秋色丹青人難摸。可惜風流總閒却。此情

不與人知道，知時只恐人撓著。碧窗前，銀燈下，陪孤酌。

（《全宋詞》3460 頁）

【注釋】

此爲律句體，此與王詞相校，上下片第四句皆用律句。後梅坡詞正與之相近，惟梅詞上片第二句偶不用韻、下片第二句亦用律句異，不再另列。

又一體

【體略】

雙片八十三字，上片三十八字九句四平韻，下片四十五字九句兩仄韻三平韻，魏了翁。

【圖譜】

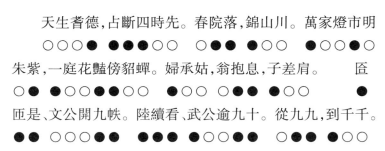

天生耆德，占斷四時先。春院落，錦山川。萬家燈市明

朱紫，一庭花豔傍貂蟬。婦承姑，翁抱息，子差肩。　　　匡

匪是、文公開九帙。陸續看、武公逾九十。從九九，到千千。

海風謾送天雞舞，蟄雷未喚蟄龍眠。且從他，歌緩緩，鼓
●○●●○○● ●○●●●○○ ●○○ ○●● ●

咽咽。
○○

（《全宋詞》2396頁）

【注釋】

此詞題"劉左史光祖生日"。此詞用平韻，僅下片一、二句用
兩仄韻，無別首可校。

吴感一調

　　吴感(生卒年不詳),字應之,吴郡(今蘇州)人。仁宗天聖二年(1024)進士。九年,中書判拔萃科,以湖州歸安縣主簿授江州軍事推官。仕至殿中丞。事蹟散見《吴郡志》卷二十五、《吴中人物志》卷七。今僅存《折紅梅》一詞,當時頗富盛名。

折紅梅

【調釋】

　　《中吴紀聞》卷一:"吴感字應之,以文章知名。天聖二年,省試爲第一。又中天聖九年書判拔萃科,仕至殿中丞。居小市橋,有侍姬曰紅梅,因以名其閣。嘗作《折紅梅》詞……傳播人口。春日郡宴,必使倡人歌之。"詞中云:"時倚闌干,聞有花堪折,勸君須折。"以此名調,叙及時行樂之意。此調用入聲或上去韻,宜歡宴、祝頌之作,《全宋詞》載無名氏詞四首,聲情均相近。

【體略】

　　雙片一百八字,上片五十四字十一句四仄韻,下片五十四字十一句六仄韻,吴感。

【圖譜】

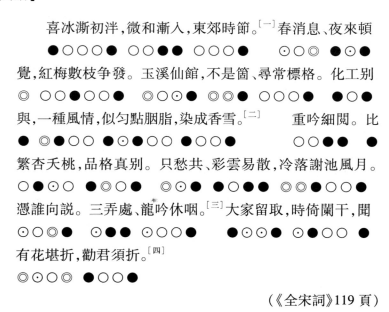

喜冰澌初泮，微和漸入，東郊時節。^[一]春消息、夜來頓
●○○●　○○●　○○○●　　　⊙○○　●⊙●

覺，紅梅數枝爭發。玉溪仙館，不是箇、尋常標格。化工別
●　○○●○○●　　◎○⊙●　◎○●　○○○●　●○●

與，一種風情，似勻點胭脂，染成香雪。^[二]　　　重吟細閱。比
●　◎●○●　●⊙○○　○○○●　　　　○○○●　●

繁杏夭桃，品格真別。只愁共、彩雲易散，冷落謝池風月。
○●●○　○●○●　　○○●　◎○●●　◎◎●○●

憑誰向説。三弄處、龍吟休咽。^[三]大家留取，時倚闌干，聞
⊙⊙○●　○●●　⊙○○●　　●○●　○●○　⊙●○●　●

有花堪折，勸君須折。^[四]
◎⊙○◎　●●○●

（《全宋詞》119 頁）

【注釋】

[一]《唐宋詞彙評》：“據范成大《吳郡志》卷十一‘牧守’，王
琪兩度知蘇州。前爲皇祐二年（1050），後爲嘉祐三年（1058）。又
蔣堂亦兩度知蘇州。前爲景祐四年（1037），後爲皇祐元年
（1049）。若按孔平仲《談苑》所云，此詞當王琪自蘇州改知歙州
後，吳感賦以寄之。若按楊元素《本事曲》所云，此詞則蔣堂知蘇
州時，吳感賦以贈之。又《吳郡志》謂此詞天聖中作，則爲時又早
數年矣。”（190 頁）此調兩宋現存五詞，金元無存詞。《詞律》卷十
九誤此詞爲杜安世詞。此調《詞譜》卷三十四以諸家字聲差異，譜
式未注可平可仄。今以此詞爲正體，參校無名氏三詞列譜。此詞
題爲“梅花館小鬟”。首韻三句，四詞平仄整齊劃一。“喜”字宜作

領字。句中可平可仄除注明外，俱見所列別體句法相同者。

　　［二］"夜來頓覺"作平起仄收律句，無名氏"憶笙歌筵上"詞與之同，無名氏"倚花闌清曉"詞作"漏巧鬪奇"，無名氏"睹南翔征雁"詞作"自守歲寒"，用仄起平收律句。"不是"無名氏"倚花闌清曉"一首作"剛强"。"似勻點胭脂"例作上一下四句法，"勻"無名氏"憶笙歌筵上"詞作"怎"。

　　［三］"比"爲領字。"品格真別"作拗句，無名氏另三首分別作"怎生拘管"、"粉勻檀頰"、"憑闌先看"，皆用律句。"愁"無名氏"倚花闌清曉"一首作"擬"。"冷落"一句無名氏"睹南翔征雁"詞作"妝成漢宮傳遍"，作拗句。"憑"無名氏"倚花闌清曉"詞作"笛"。"三"無名氏"倚花闌清曉"詞作"怕"。

　　［四］"留"無名氏"倚花闌清曉"詞作"把"。"大家留取"，無名氏"睹南翔征雁"詞作"對酒便好"，作拗句。"聞有花堪折"一句，"聞"爲領字，無名氏"倚花闌清曉"作"願期與花枝"，律句不同。按"聞"字平仄兩讀，此處宜讀去聲。

又一體

【體略】

　　雙片一百八字，上片五十四字十一句五仄韻，下片五十四字十一句六仄韻，無名氏。

【圖譜】

　　　　睹南翔征雁，疏林敗葉，凋霜零亂。獨紅梅、自守歲寒，
　　　　●○○○● 　○●●○ 　○○○● 　●○○ ●●●○

　　　　天教最後開綻。盈盈水畔。疏影蘸、橫斜清淺。化工似把，
　　　　○●●●○● 　○○●● 　○●● ○○○● 　●○●●

深色胭脂，怪姑射冰姿，剩與紅間。　　誰人寵眷。待金鎖
○●○○　●○●○○　●○○●　　　○○●●　●○●

不開，憑闌先看。曾飛落、壽陽粉額，妝成漢宮傳遍。江南
●○　○○○●　○○●　●○●○　○○●○○●　　○○

風暖。春信喜、一枝清遠。對酒便好，折取奇苞，撚清香重
○●　○○●　●○○●　●○●●　●●○○　●○○○

嗅，舉杯重勸。
●　●○○●

（《全宋詞》3615 頁）

【注釋】

　　此與吳感詞相校，上片第六句多用一韻異。無名氏"倚花闌清
曉"一首正與此同。

又一體

【體略】

　　雙片一百八字，上片五十四字十二句五平韻，下片五十四字十
一句四平韻，無名氏。

【圖譜】

隴上消殘雪，曲水流斷，淑氣潛通。群花冷未吐，夜來
●●○○●　●●●○　●●○○　　○○●●●　●○

梅萼，數枝繁紅。光奪化工。發豔色、不染東風。信凭曉
○●　●○○○　○●●○　●●●　●●○○　　●○○

風,難壓精神,占青春未上,別是標容。　　天香漸杳,似蓬

○　○●○○　●○○●●　●●○○　　　　○○○●　●○

闕玉妃,酒困嬌慵。只愁恐、上陽愛惜,和種移向瑤宮。西

●●○　●●○○　●○●　○○●●　○●○●○○　　○

歸驛使,折贈處、庾嶺溪東。又須寄與,多感多情,道此花開

○●●　●●●　●●○○　●○●●　○○○○　●●○○

早,未識遊蜂。

●　●●○○

（《全宋詞》3614 頁）

【注釋】

此詞用平韻,句法惟上片第二韻三句與吳詞小異,其他均同,字聲無別首可校。

歐陽修二十二調

　　歐陽修(1007—1072),字永叔,號醉翁、六一居士,吉州永豐(今江西省吉安市永豐縣)人,官至翰林學士、樞密副使、參知政事,謚號文忠,世稱歐陽文忠公。歐陽修一生著述繁富,詞集現存宋刻本有《歐陽文忠公近體樂府》三卷、《醉翁琴趣外篇》六卷,明代有吳訥《百家詞·六一詞》四卷抄本,《全宋詞》共錄存其一百七十一首詞。歐詞用調長於令詞,於唐五代詞調《漁家傲》、《采桑子》、《蝶戀花》、《浪淘沙》等尤爲擅長,北宋調中較早見於其詞中的《洞仙歌令》、《朝中措》、《鵲橋仙》等令詞調及《水龍吟》、《摸魚兒》等慢詞調對當時及後世影響較大,其新調或用時人詞調多用拗句,多有別體,當皆爲倚聲之詞也。

清商怨

【調釋】

　　《詞譜》卷四:"古樂府有《清商曲辭》,其音多哀怨,故取以爲名。"《填詞名解》卷一:"《清商怨》,晉樂府有清商曲,《子夜》諸歌辭是也,聲極哀苦。至唐,舞曲有清商伎。詞采其意變今名。"賀鑄詞名《望西飛》、《東陽歎》、《要銷凝》、《爾汝歌》,周邦彥詞名《傷情怨》、《關河令》。此調歐詞六韻,晏幾道詞亦皆六韻,且晏詞皆

用上聲。此調宜用上聲韻。周邦彥《片玉集》入林鐘商。此調題材多寫離別相思之苦,聲情宛轉幽怨。《校正》:"此調用仄韻,調勢平緩。前段第二句爲上一下四句法,後段第二句爲上三下四句法。此調適於表述淡淡哀愁。"(51 頁)

【體略】

　　雙片四十三字,上片二十一字,下片二十二字,各四句三上去韻,歐陽修。

【圖譜】

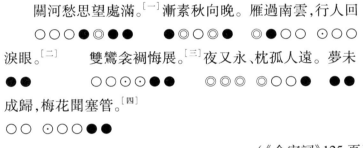

　　　　　　　　　　　　　　　　　　　　　　　　(《全宋詞》125 頁)

【注釋】

　　[一]《唐宋詞彙評》:"仁宗至和二年(1055)八月,遼興宗卒。歐陽修以翰林學士吏部郎中知制誥爲賀契丹登寶信使……此詞亦使遼途中所作。"(208 頁)此調兩宋現存近二十首,以此詞爲早,金元無存詞。此詞《詞譜》作晏殊詞,今從《全宋詞》作歐陽修詞。賀鑄五詞、趙師俠二詞正與此體同。此調上片第四句,下片第一句,《詞譜》所定字聲均不妥。"望"趙師俠"亭皋霜重"詞作"飛"。此調首句作拗句,趙師俠"江頭伊軋"詞作"江頭伊軋動柔櫓",用律句不參校。句中可平可仄除注明外,皆見所列別體句法相同者。

　　［二］"漸"爲領字，第二句作上一下四句法。"素"方千里詞作"春"。"雁"陸游詞作"山"。"行"周邦彦"枝頭風勢"詞作"閑"。"行人回淚眼"宋人惟趙師俠"江頭伊軋"一首作"波間自容與"，偶用拗句不參校，《詞譜》以"回淚"二字可平可仄不當。《詞繫》卷五："'向晚'、'淚眼'、'塞管'等字，宜用去上，片玉及陳允平和詞皆然。"

　　［三］"雙鸞衾裯悔展"作拗句，賀鑄"揚州商女"詞、趙師俠"亭皋霜重"詞與此同。檢宋人詞，此句主要有兩種不同拗句，以第四字論，或平拗或仄拗，仄拗見晏幾道詞。沈蔚詞、趙師俠"江頭伊軋"詞作仄起仄收律句，不參校。

　　［四］"又"方千里詞作"寒"，"永"陳允平詞作"鴻"。"枕孤人遠"一句當用律句。周邦彦"枝頭風勢"詞、楊澤民詞、陳允平詞作拗句，餘詞皆作平起仄收律句。"枕"周邦彦"秋陰時晴"詞作"孤"。"梅"陸游詞作"緑"。

又一體（正體）

【體略】

　　雙片四十二字，上片二十字，下片二十二字，各四句三上去韻，晏幾道。

【圖譜】

庭花香信尚淺。最玉樓先暖。夢覺春衾，江南依舊遠。
○○○⊙●●● ●●○○● ●●○○ ○○○●●

回紋錦字暗翦。漫寄與、也應歸晚。要問相思，天涯猶
○○●●●● ●●● ○○●● ●○○ ○○○

自短。

●●

（《全宋詞》254 頁）

【注釋】

此亦爲正體，與歐詞相校，惟上片首句減一字作六字一句，換頭拗句形式不同，亦爲宋人常體。《詞律》卷三即以此詞爲正體："前後起，皆三平三仄。觀片玉'樓頭風信漸小'、'江南人去路杳'可見，'錦'字上聲，可借作平，不可用去聲也。'尚淺'、'夢遠'（按上片第四句《詞律》作'江南依夢遠'）、'暗剪'、'自短'皆去上，妙妙。片玉亦然。無怪兩公之樹幟騷壇也。"按《詞律》以"錦"字借平，不當，此字仇遠詞正用去聲"舊"字。《詞繫》以首句作六字有誤，亦非。上片第一句"香"陸游詞作"日"。按此體首句周邦彥"秋陰時晴"一首作"秋陰時晴向暝"，拗句形式不同，注出不參校，另沈蔚、惠洪詞作仄起仄收律句，見別體。

又一體

【體略】

雙片四十三字，上片二十字四句三上去韻，下片二十三字五句四上去韻，沈蔚。

【圖譜】

城上鴉啼斗轉。漸玉壺冰滿。月淡寒梅，清香來小院。
○●○○●● 　●●○○● 　●●○○ 　○○○●●

誰遣。鶯箋寫怨。翻錦字、疊疊如愁卷。夢破秋筇，江
○● 　○○●● 　○●● 　●●○○● 　●●○○ 　○

南烟樹遠。

〇〇●●

(《詞譜》卷四)

【注釋】

此與晏詞相校,首句用律句,換頭添一短韻,下片第三句添一字作上三下五式八字一句。按此詞上片第二句《全宋詞》作"漸漸玉壺冰滿",遍檢宋人此調,無六字句者,當衍一"漸"字。

又一體

【體略】

雙片四十三字,上片二十字,下片二十三字,各四句三上去韻,惠洪。

【圖譜】

一段文章種性。更謫仙風韻。畫戟叢中,清香凝宴寢。

●●〇〇●● 　●●〇〇● 　●●〇〇 　〇〇〇●●

落日清寒勒花信。愁似海、洗光詞錦。後夜歸舟,雲濤

●●〇〇●〇● 　〇●● ●〇〇● 　●●〇〇 〇〇

喧醉枕。

〇●●

(《全宋詞》713 頁)

【注釋】

此與晏詞相校,惟首句亦用律句,下片首句添一字作七字一句異。

朝中措

【調釋】

此調本意或爲置身朝中之意。白居易《中隱》：“大隱住朝市，小隱入丘樊。”《宋史·樂志》注黃鐘宮。宋人此調創作甚多，多寫朝野之事，以表達隱居閑適之情爲最，聲情曠放灑脱，除歐陽修外，代表詞人有朱敦儒、李之儀等。此調正體四十八字，前段句式七、五、六六，三平韻，後段句式四四四、六六，兩平韻，跌宕變化中寓整飭。《校正》：“此調爲換頭曲，前段流暢，後段穩重，聲韻平和，宜於表達較嚴肅之主題。歐詞風格豪健，爲此調定勢，並爲通行之體。”（94頁）《詞譜》卷七：“李祁詞有‘初見照江梅’句，名《照江梅》；韓淲詞名《芙蓉曲》，又有‘香動梅梢圓月’句，名《梅月圓》。”《魏氏樂譜》卷三即以歐詞爲譜。

【體略】

雙片四十八字，上片二十四字四句三平韻，下片二十四字五句二平韻，歐陽修。

【圖譜】

平山闌檻倚晴空。山色有無中。手種堂前垂柳，別來
⊙○⊙●●○○　⊙●●○○　◎●⊙○⊙●　◎○

幾度春風。　　文章太守，揮毫萬字，一飲千鍾。行樂直須
◎●○○　　⊙○○●　⊙○●●　⊙●○○　⊙●◎○

年少，尊前看取衰翁。
⊙●　⊙○◎●○○

（《全宋詞》122頁）

【注釋】

《唐宋詞彙評》考此詞於至和三年（1056）作（203 頁）。此調兩宋金元現存三百餘首，以此詞較早。《詞律》、《詞譜》皆以此詞爲正體。《詞律》卷五：“前後結二句同，按‘垂’字應作‘楊’字。故坡公《西江月》云：‘欲吊文章太守，仍歌楊柳春風。’”《詞譜》：“此調以此詞爲正體，宋人填者甚多，若辛詞、趙詞之攤破句法，蔡詞之添字，皆變體也。”此調押平韻，韻上一字例用平聲。上片第一句“平”向子諲詞作“滿”，第二句“山”李之儀“臘窮天際”詞作“密”；下片第一句“文”朱敦儒“登臨何處”詞作“昔”，第二句“揮”杜安世詞作“小”，第三句“一”沈贏“東風吹上”詞作“應”，第四句“直”、“年”李之儀“臘窮天際”詞作“歸”、“已”。句中可平可仄除注明外，俱見所列別體句法相同者。

又蔡伸“章臺楊柳”詞與歐詞相校，惟換頭一句作“庭前花謝了”，添一襯字“了”，注出不另列。

又一體

【體略】

雙片四十八字，上下片各二十四字四句三平韻，倪儷。

【圖譜】

　　森然脩竹滿晴窗。山色净明妝。無限淒涼古意，白蘋
　　○○○●●○○　　○●●○○　　○●○○●●　●○

　　紅蓼斜陽。　　　　松風一枕借僧牀。馥馥桂花香。蟄遠世塵
　　○○●○　　　　　○○●●●○○　●●●◎○　●●●○

繁染,坐令心地清涼。

○●　●○○●○○

【注釋】

此與歐詞相校,下片第一、二、三句攤破四字三句,作七字一句,五字一句,且多押一韻。辛棄疾"年年金蕊"詞正與此同。"桂"辛詞作"調"。

又 一 體

【體略】

雙片五十字,上片二十五字四句三平韻,下片二十五字五句二平韻,賈逸祖。

【圖譜】

青山隱隱水斜斜。修竹兩三家。又是水寒山瘦,依然
○○●●○○　○●●○○　●●●○○●　○○

行客遍天涯。　　天教流落,東西南北,不恨年華。祇恨夜
○●●○○　　　○○○●　○○○●　●●○○　●●●

來風雨,投明月老却梅花。
○○●　○○●●○○

【注釋】

此與歐詞相校,惟上下片結句各添一字作七字一句異。按下片

結句於文意當可斷作上三下四七字折腰句法,今仍斷作七字一句,以與上片結句對應。此於歌唱無礙,此調結句亦無折腰句拍體式。

又一體

【體略】

雙片四十八字,上片二十四字四句三平韻,下片二十四字四句二平韻,趙長卿。

【圖譜】

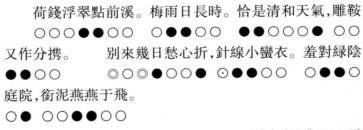

荷錢浮翠點前溪。梅雨日長時。恰是清和天氣,雕鞍
○○○●●○○　　○●●○○　　●●○○○●　　○○
又作分携。　　　別來幾日愁心折,針線小蠻衣。羞對綠陰
●●○○　　　　　○○◎●○○●　●○○●○○　　○●●
庭院,銜泥燕燕于飛。
○●　○○●●○○

(《全宋詞》1788 頁)

【注釋】

此與倪詞相校,惟換頭一句不押韻異。趙長卿“別來無事”詞、韓淲九首、洪咨夔“翠盆紅藥”詞正與此同。“別”趙詞別首作“梅”,“幾”韓淲“年年羞插”詞作“涼”。“針”趙詞別首作“只”。

惜芳時

【調釋】

此調字句、韻位雖與柳永《思歸樂》相同,但字聲差異較大,

當非同調。晏詞重頭曲,賦戀情,聲情風流嫵媚。《詞律辭典》:
"此調與《思歸樂》、《柳搖金》、《二色宮桃》等字句相同,但平仄
各異,用韻亦不盡同,當爲別調。《詞譜》未收,亦無宋詞別首要
可校。金詞王喆六首,其中一首少一字,今以王詞作譜。"(723
頁)

【體略】

　　雙片五十六字,上片二十八字四句四仄韻,下片二十八字四句
三仄韻,歐陽修。

【圖譜】

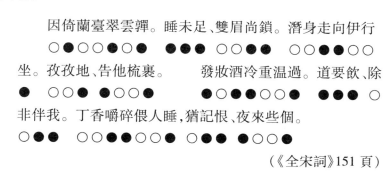

　　因倚蘭臺翠雲鬟。睡未足、雙眉尚鎖。潛身走向伊行
坐。孜孜地、告他梳褁。　　發妝酒冷重温過。道要飲、除
非伴我。丁香嚼碎偎人睡,猶記恨、夜來些個。

　　　　　　　　　　　　　　　　　　　(《全宋詞》151 頁)

【注釋】

　　此調兩宋金元現存十首,其中兩宋僅存此詞和張繼先詞。此
調雖以此詞爲早,但此詞首句作拗句,下片第三句"睡"字不用韻,
後之宋金詞人皆與之異,不以此詞爲正體。按"睡"當爲"唾"字之
誤,用李煜《一斛珠》語:"爛嚼紅茸,笑向檀郎唾。"傳抄誤。《歐陽
修詞校注》"校記":"偎人睡"冒校(按指冒廣生校):"'唾'誤
'睡'。"(441 頁)

正　體

【體略】

雙片五十六字,上下片各二十八字四句四仄韻,張繼先。

【圖譜】

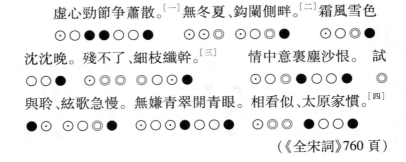

　　　　虛心勁節爭蕭散。[一]無冬夏、鈎闌側畔。[二]霜風雪色
　　　　○○●●○○●　　⊙○○　○○○●　　　　　⊙○○●
　　　　沈沈晚。殘不了、細枝纖幹。[三]　　情中意裏塵沙恨。　試
　　　　○○●　⊙○○　○○⊙●　　　　⊙○○●●○○●　　　◎
　　　　與聆、絃歌急慢。無嫌青翠開青眼。相看似、太原家慣。[四]
　　　　●⊙　⊙○○●　　⊙○⊙●○○●　⊙○○　●○○●

　　　　　　　　　　　　　　　　　　　　　　(《全宋詞》760 頁)

【注釋】

　　[一]此體後之金人詞作與此詞相同者最多,當爲正體。此與
歐詞相校,首句作律句,前後謹嚴,爲重頭曲。金代王喆“我觀紫
燕”、“諸公學道”等詞正與之同。按此體上下片第一、三句均爲平
起仄收律句。“虛”王喆“我觀紫燕”詞作“我”,此句惟歐詞和馬鈺
“伊子癸卯”詞作拗句,不參校。句中可平可仄除注明外,俱見下
列王喆別體句法相同者。
　　[二]“夏”王喆“緣重下手”詞作“來”,“鈎”、“側”王喆“甲經
入火”詞作“水”、“遊”。按此句與下片第二句惟馬鈺“伊子癸卯”
詞作普通七字律句,不參校,注出不另列。
　　[三]“霜”、“雪”王喆“甲經入火”詞作“往”、“相”。“殘”、

“了”王喆“未分混沌”詞作“在”、“中”，“細”、“纖”王喆“我觀紫燕”詞作“分”、“去”。

〔四〕“意”王喆“諸公學道”詞作“滋”。“試”王喆“我觀紫燕”詞作“明”，“急”王喆“緣重下手”詞作“開”。下片第三句“青眼”之“青”字惟王喆“緣重下手”詞作“灼”，以入作平。

又一體

【體略】

雙片五十五字，上片二十七字，下片二十八字，各四句四仄韻，王喆。

【圖譜】

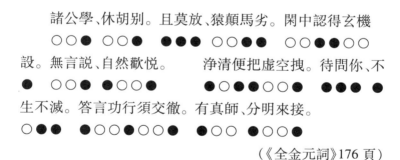

諸公學、休胡別。且莫放、猿顛馬劣。閑中認得玄機
○○● ○○● ●●● ○○●● ○○●○○
設。無言説、自然歡悦。　　　淨清便把虚空拽。待問你、不
● ○○● ●○○●● 　●○●●○○● ●●● ●
生不滅。答言功行須交徹。有真師、分明來接。
○●● ●○○●○● ●○○ ○○●●

（《全金元詞》176頁）

【注釋】

此與張詞相校，惟上片首句減一字作六字折腰句異。此詞或有脱漏，暫列一體。

驀山溪

【調釋】

　　"驀",穿越、跨過,白居易《閒遊即事》:"驀山尋澗澗,踏水渡伊河。"此爲兩宋及後世流行詞調,題材以詠春較多,聲情以歡快、活潑爲主。宋人偶有用入聲韻者,非爲本色,宜用上去韻。《片玉集》、《于湖詞》皆注大石調。賀鑄詞名《弄珠英》,王喆詞名《心月照雲溪》。

【體略】

　　雙片八十二字,上片四十一字九句三上去韻,下片四十一字九句五上去韻,歐陽修。

【圖譜】

　　　　新正初破,三五銀蟾滿。纖手染香羅,剪紅蓮、滿城
　　　　○●○● 　○●○● 　○●●○○ 　●○○ 　　●○

開遍。樓臺上下,歌管咽春風,駕香輪,停寶馬,只待金烏
○● 　○○●● 　○●●○○ 　●○○ 　○●● 　●●○

晚。　　　帝城今夜,羅綺誰爲伴。應卜紫姑神,問歸期、相
●　　　 ●○○● 　○●○○● 　○●●○○ 　●○○ 　○

思望斷。天涯情緒,對酒且開顔,春宵短。春寒淺。莫待金
○●● 　○○○● 　●●●○○ 　○○● 　○○● 　●●○

杯暖。
○●

　　　　　　　　　　　　　　　　　　(《全宋詞》142 頁)

【注釋】

此調兩宋金元現存近二百四十首，以此詞早。然此詞上片三韻，下片五韻，首句作拗句，聲律尚未謹嚴，宋人詞中無與之全同者，不作正體。

正　　體

【體略】

雙片八十二字，上下片各四十一字九句三上去韻，李之儀。

【圖譜】

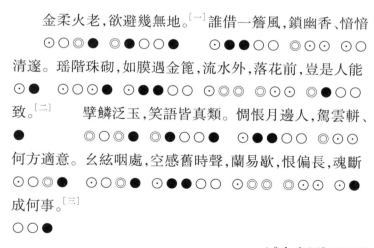

（《全宋詞》338 頁）

【注釋】

[一]《詞律》卷十二以張元幹"一番小雨"詞爲正體，頗爲隨

意。《詞譜》卷十九以程垓詞爲正體："宋詞填此調者,其字句並同,惟押韻各異。此詞前後段起句及第七、八句,俱不押韻,宋人如此者甚多,自應編爲正體。"《詞譜》以上下片各三用韻者爲正體,當是,然此體於北宋即流行,今以李之儀詞爲譜。句中可平可仄除注明外,皆見所列別體句法相同者。按陳濟翁"薰風時候"詞首句用韻,係偶用,注出不另列。

[二]"借"字《詞譜》以爲可平,誤。"誰借一簷風"必作仄起平收律句,宋人惟仲殊詞作"青頭破出芽",屬誤用不參校。"鎖"王仲甫詞作"都"。陸游"窮山孤壘"一首,上片第四句《詞譜》作"好一個、無聊賴底我",以多一襯字而列又一體,《全宋詞》作"好一個、無聊底我",今從後者,不另列。按俞國寶"木犀開了"一首上片第七句偶多用一韻,亦不另列。

[三]"駕"陳允平詞作"都"。"何"張孝祥詞作"一"。"蘭易歇"晁端禮"風流心膽"詞作"水潺潺"。"恨偏長"晁端禮"春來心事"詞作"窮遠目"。

又一體

【體略】

雙片八十二字,上下片各四十一字九句五上去韻,李之儀。

【圖譜】

神仙院宇,記得春歸後。蜂蝶不勝閒,惹殘香、縈紆深
○○●●　●●○○●　　○●●○○　●○○　○○○

透。玉徽指穩,別是一般情,方永畫。因誰瘦。都爲天然
●　●○●●　●●●○○　○●●　○⊙●　○●○○

秀。　　　桐陰未減，獨自携芳酎。再弄想前歡，拊金樽、何
●　　　　○○○● 　●○○○● 　●○○●● 　●●○ 　○

時似舊。憑誰説與，潘鬢轉添霜，飛隴首。雲將皺。應念相
○●● 　○●○● 　○○●○○ 　○●● 　⊙◎● 　　○●○

思久。
○●

（《全宋詞》338 頁）

【注釋】

　　此與"金柔火老"詞相校，上下片第七、八句多用兩韻。按下
片第七、八句用韻正與歐詞同。黃庭堅"朝來風日"詞、李之儀"青
樓薄倖"詞、晁端禮"廣寒宮殿"詞、晁補之"揚州全盛"詞、"鳳凰山
下"詞、周邦彥"樓前疏柳"詞、方千里"園林晴晝"詞等與之相同。
"永"黃庭堅"朝來風日"詞作"沙"，"飛隴"晁補之"揚州全盛"詞
作"竹西"，"將"方千里詞作"酒"，句中可平可仄據此。

　　按，此體上片五韻，下片五韻，以對稱爲妙。然亦有前後不對
稱者，如黃庭堅"鴛鴦悲翠"詞下片首句多用一韻，注出不另列。

又 一 體

【體略】

　　雙片八十二字，上下片各四十一字九句四上去韻，陳濟翁。

【圖譜】

　　　　去年今日，從駕遊西苑。彩仗壓金波，看水戲、魚龍曼
　　　　●○○● 　○●○○● 　●○○●● 　●●● 　○○●

衍。寶津南殿，宴坐近天顏，金杯酒，君王勸。頭上宮花
●　　●○○火老　●●○○　○○●　○○火　　○●○

顫。　　　六軍錦繡，萬騎穿楊箭。日暮翠華歸，擁鈞天、笙
●　　　　　●○○火　●●○○火　○●●○○　●○○　○

歌一片。如今關外，千里未歸人，前山雨，西樓晚。望斷思
○●●　　○○○●　○○●○○　○○●　○○●　●●○

君眼。
○●

（《全宋詞》276 頁）

【注釋】

　　此與"金柔火老"詞相校，惟上下片第八句多押一韻。《詞譜》以此體僅易祓一詞，不妥。按賀鑄"楚鄉新歲"詞、晁端禮"欄干十二"詞與此詞相校，僅上片首句又多用一韻異，上下片第八句皆用韻，注出不另列。又趙孟堅"桃花雨動"一首與此體相校上片第八句用韻，下片第八句不用韻，張孝祥詞上片第八句不用韻，下片第八句用韻，前後不一，注出不另列。

又一體

【體略】

　　雙片八十二字，上下片各四十一字九句四上去韻，黄庭堅。

【圖譜】

　　　山圍江暮。天鏡開晴絮。斜影過梨花，照文星、老人
　　　○○○●　　○●○○●　　○●●○○　●○○　●○

星聚。清樽一笑，歡甚却成愁，別時襟，餘點點，疑是高唐
○●　　　○●○●　●●●○○　●○○　○●●　○●○○

雨。　　　無人知處。夢裏雲歸路。回雁曉風清，雁不來、啼
●　　　　○○○●　●●○○●　○●●○○　●●○、○

鴉無數。心情老懶，尤物解宜人，春盡也，有南風，好便迴
○○●　　○○●●　○●●○○　○●●　●○○　●●○

帆去。
○●

【注釋】

此與“金柔火老”詞相校，上下片首句多用一韻異。張震“春
光如許”詞、王千秋“清明池館”詞、朱敦儒“西真姊妹”詞、石孝友
“小花静院”詞等正與此同。按此體上下片各四韻，亦前後對稱。

按此體上下片宋人用韻又有偶然變化者，有上片用四韻、下片
只用三韻者（首句不用韻），如沈蔚“想伊不住”詞，有上片用三韻
（首句不用韻）、下片用四韻者，如張震“青梅如豆”詞，皆屬意興所
致而不拘也，皆不另列。

又一體

【體略】

雙片八十二字，上下片各四十一字九句五上去韻，万俟詠。

【圖譜】

芳菲葉底。誰會秋江意。深綠護輕黃，怕青女、霜侵憔
○○●●　○●○○●　○●●○○　●○●、○○○

悴。開分早晚，都占九秋天，花四出，香七里。獨步珠宮裏。
● 　○○●● 　○●●○○ 　○●● 　○●● 　●●○○●

佳名嚴桂。却是因遺子。不自月中來，又那得、蕭蕭風
○○○● 　●●●○● 　●●●○○ 　●●● 　○○○

味。霓裳舊曲，休問廣寒人，飛太白，酬仙蕊。香外無香比。
● 　○○●● 　○●●○○ 　○●● 　○●● 　○●○○●

（《全宋詞》807 頁）

【注釋】

此與"金柔火老"詞相校，上下片起句和第八句均用韻。又趙長卿"無非無是"一首，上片與万俟詞韻位同，下片首句偶不用韻，注出不再另録。

又一體

【體略】

雙片八十二字，上下片各四十一字九句六上去韻，朱敦儒。

【圖譜】

西江東去。總是傷時淚。北陸日初長，對芳尊、多悲少
○○○● 　●●○○● 　●●●○○ 　●○○ 　○○●

喜。美人去後，花落幾春風，杯漫洗。人難醉。愁見飛灰
● 　●○●● 　○●●○○ 　○●● 　○○● 　○●○○

細。　　　梅邊雪外。風味猶相似。迤邐暖乾坤，仗君王、雄
● 　　　○○●● 　○●○○● 　●●●○○ 　●●○ 　○

風英氣。吾曹老矣，端是有心人，追劍履。辭黃綺。珍重蕭
○○●　　○○○●●　○●●●○○　○●●　　○○●　　○●○

生意。
○　●

（《全宋詞》846 頁）

【注釋】

《唐宋詞彙評》考此詞作於紹興元年（1131）或紹興二年
（1132）冬至日（1316 頁）。此與"芳菲葉底"詞相校，上下片第七
句添一韻異。按周邦彥"湖平春水"一首上片用六上去韻，下片起
句和第七句均不用韻，亦屬意興所致，不必效仿，注出不另列。又
石孝友"醉魂初醒"一首，上片用韻與朱詞同，下片第八句又不用
韻，亦屬偶作，不另列。

又一體

【體略】

雙片八十字，上下片各四十字九句三上去韻，王處一。

【圖譜】

出離苦海，須要明修鍊。漸漸滅塵情，默默神功斡旋。
●○●●　○●○○●　　●●●○○　●●○○●●

虛無造化，丹鼎紫芝香，金花結，玉泉流，全體神光滿。
○○●●　○●●○○　○○●　●○○　○●○○●

千災不染，萬病都消散。七竅總沖和，八脉飛升內院。九宮
○○●●　●●○○●　●●●○○　●●○○●●　●○

十地,六賊杳無形,三光顯,二童傳,一性無移變。

●●　●●●●　○○　○○●　●○○　●●○○●

(《全金元詞》444 頁)

【注釋】

此與"金柔火老"詞相校,惟上下片第四句皆減一字作六字一句異。王處一"都城吾輩"、"青山渌水"、"清心静坐"、"欲通微妙"四詞正與此同。

按馬需庵"流水易換"詞下片結句《全金元詞》作"酒闌望斷西州道",疑作"酒闌□,望斷西州道",又姬翼"蹉跎十載"詞下片第二句《全金元詞》作"龍泉快",疑作"□□龍泉快",無名氏"不如歸去"詞上片第三句《全金元詞》作"著甚來由",疑作"□著甚來由",下片第二句作"淺山林畔",疑作"□淺山林畔",當均有脱字,皆注出不另列。

御帶花

【調釋】

"御帶花"爲花名,《廣群芳譜》載異花一百一十六種,其中即有"御帶花"(王士禎《分甘餘話》)。宋翁元廣《御帶花》云:"未放枝頭嫩葉青,先開絳蕊照春晴。若無顏色宜宫院,安得花間宜帶名。"明人唐錦、夏言有詞名《玉帶花》,唐錦用上去聲韻,夏言用入聲韻,此二詞皆與歐陽修詞爲異,《御帶花》與《玉帶花》應屬異調。《詞律辭典》以《玉帶花》爲唐錦新調,當是。歐詞寫帝里風光,亦關本意,用入聲韻,聲情灑脱清曠。

【體略】

雙片一百字,上片四十九字九句四入聲韻,下片五十一字十句四入聲韻,歐陽修。

【圖譜】

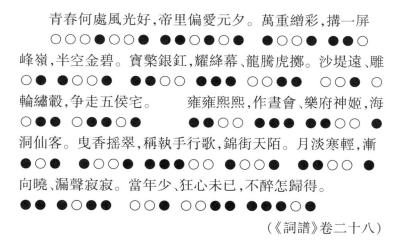

青春何處風光好,帝里偏愛元夕。萬重繒彩,搆一屏
○○○●○○●,●●○●○● ●○○● ●○○
峰嶺,半空金碧。寶檠銀釭,耀絳幕、龍騰虎擲。沙堤遠、雕
○● ●○○● ●○○○ ●●● ○○●● ○○● ○
輪繡轂,爭走五侯宅。　雍雍熙熙,作晝會、樂府神姬,海
○●● ○●●○● ○○○○ ●●● ●●○○ ●
洞仙客。曳香搖翠,稱執手行歌,錦街天陌。月淡寒輕,漸
●○● ●○○● ○●●○○ ●○○● ●●○○ ●
向曉、漏聲寂寂。當年少、狂心未已,不醉怎歸得。
●● ○○●● ○○● ○○●● ●●●○●

(《詞譜》卷二十八)

【注釋】

此兩宋金元孤調,無他詞可校。按此詞下片首二句《詞譜》、《詞繫》、《全宋詞》等皆斷作:“雍雍熙熙作晝,會樂府神姬。”《詞譜》以“雍雍”作平聲,皆誤。“晝會”指朝會中白天舉行的宴會。此調清代納蘭性德等人有詞,可參考。

憶秦娥

【調釋】

此與唐宋流行令詞調《憶秦娥》不同,當用舊名另造新聲。歐

詞用入聲韻,賦戀情,多用短句,聲情急切歡快。

【體略】

雙片四十五字,上片二十字六句三入聲韻,下片二十五字七句四入聲韻,歐陽修。

【圖譜】

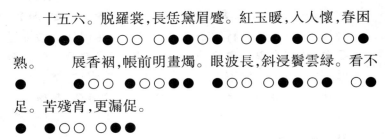

（《全宋詞》155 頁）

【注釋】

此調兩宋金元現僅存此詞,無別首可校。按首句《全宋詞》未注韻。

越溪春

【調釋】

《填詞名解》卷二:"歐陽修詞:'三月十三寒食日,春色遍天涯。越溪閬苑繁華地,傍禁垣,珠翠煙霞。'遂名《越溪春》。"歐詞用平聲韻,寫越溪春色,賦本意,輕鬆明快。

【體略】

雙片七十五字,上片三十八字七句三平韻,下片三十七字六句四平韻,歐陽修。

【圖譜】

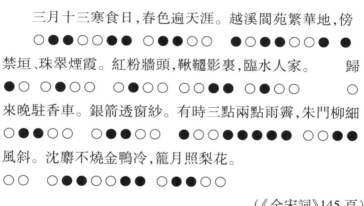

三月十三寒食日,春色遍天涯。越溪閬苑繁華地,傍
○●●●○○●● 　○●○○ 　　●○●●○○● ●

禁垣、珠翠煙霞。紅粉牆頭,鞦韆影裏,臨水人家。　　歸
●○ ○●○○ 　●●○○ 　○○●● 　○●○○ 　　○

來晚駐香車。銀箭透窗紗。有時三點兩點雨霽,朱門柳細
○○●●○○ 　○●●○○ 　●○○●●●●● 　○○●●

風斜。沈麝不燒金鴨冷,籠月照梨花。
○○ 　○●●○○●● 　○●●○○

(《全宋詞》145頁)

【注釋】

此調兩宋金元現僅存此詞。《詞譜》卷十七:"此詞無別首宋詞可校。結二句《詞綜》作'沈麝不燒金鴨,玲瓏月照梨花',六字兩句。查本集,'玲'字係'冷'字,'瓏'字係'籠'字,'冷'字屬上作句,方有情韻,舊本皆然,今從之。"《詞律》卷十一:"向來俱作:'沉麝不燒金鴨冷,籠月照梨花。'今依《詞綜》校正,作六字兩句。按'銀箭'句,即同前'春色'句,則'有時'句,似應作七字,於'兩點雨'分斷,而以'霽'字屬下爲是。然臆測不敢謂必然,故依舊注之。"按後人創作多從此體,今依《詞譜》和《全宋詞》。

此調明代吳子孝和夏言有存詞,今錄吳子孝詞,聊供參考(吳詞題名"探梅"):"碧宇雲寒風又峭,閒探曲溪邊。乍逢姑射神仙

點,雪偏清、片玉孤妍。羅襪無塵,冰肌不粟,臨水嫣然。　　萬花誰敢爭先。獨佔小春天。暗聞香氣霏霏遙度,中宵澹月籠煙。試問青青成子後,調鼎是何年。"(《全明詞》857頁)吳詞與歐詞相校,律句一三字偶可平可仄,下片第三句亦用上二下六式八字一句。

洞天春

【調釋】

《詞譜》卷七:"調見《六一詞》,蓋賦院落之春景如洞天也。"全用上聲韻,上片作六、六、七、五句法,句句用韻,下片作六、六、四四四句法,聲情歡快嫵媚。金人侯善淵《洞天春》與此同名異調。

【體略】

雙片四十八字,上片二十四字四句四上去韻,下片二十四字五句三上去韻,歐陽修。

【圖譜】

　　　　鶯啼綠樹聲早。檻外殘紅未掃。露點真珠遍芳草。正
　　　　○○●●○● 　●●○○●● 　●●○○●●● 　●
簾幃清曉。　　　鞦韆宅院悄悄。又是清明過了。燕蝶輕
○○○● 　　　○○●●●● 　●●○○●● 　●●○
狂,柳絲撩亂,春心多少。
○　●○○●　○○○●

【注釋】

此調兩宋金元現僅存此詞，無他首可校。

摸魚兒

【調釋】

曲名見《教坊記》，唐五代未見傳詞。此調爲南宋及後世流行詞調，題材不拘，調用上去韻，三、四句短韻與數句長韻相交替，頗顯嫵媚頓挫，"調最幽咽可聽"（《詞律》卷十九）。代表詞人有辛棄疾、葛長庚、劉克莊、劉辰翁等。《校正》："此調前後段自第二句起句式相同，共有三個七字句，兩個十字句爲上三下七句法，四個六字句，尤其嵌入兩個三字之韻句，結尾爲五字句。前後段各有兩韻密，並用短韻。因而此調頗爲流暢，音節起伏變化，凡寫景、抒情、詠物、酬贈、祝頌之題材皆適用，然以表現幽咽之情最能體現此調特點。"（627 頁）《詞譜》卷三十六："一名《摸魚子》，唐教坊曲名。晁補之詞，有'買陂塘，旋栽楊柳'句，更名《買陂塘》，又名《陂塘柳》，或名《邁陂塘》；辛棄疾賦怪石詞，名《山鬼謠》；李冶賦並蒂荷詞，有"請君試聽雙蕖怨"句，名《雙蕖怨》。"

【體略】

雙片一百十七字，上片五十九字十一句六入聲韻，下片五十八字十二句五入聲韻，歐陽修。

【圖譜】

卷繡簾、梧桐秋院落，一霎雨添新綠。對小池、閒立殘

妝淺，向晚水紋如縠。凝遠目。恨人去寂寂，鳳枕孤難宿。
○●　●●●○●　○●●　●●●●●　●●○○●

倚闌不足。看燕拂風簷，蝶翻露草，兩兩長相逐。　　雙眉
●○○●　●●●○○　●○●●　●●○○●　　　　○○

促。可惜年華婉娩，西風初弄庭菊。況伊家年少，多情未已
●　●●○○●●　○○○●○●　●○○○●　○○●●

難拘束。那堪更，趁涼景追尋，甚處垂楊曲。佳期過盡，但
○○●　○○●　●○●○○　●●○○●　○○●●　●

不説歸來，多應忘了，雲屏去時祝。
●●○○　○○●●　○○●○●

（《全宋詞》147 頁）

【注釋】

　　此調兩宋金元現存近一百七十首。此詞押入聲韻，檢兩宋金
元人詞，此調僅十首左右用入聲韻，其他皆用上去韻，宜用上去韻。
歐詞與宋人常體相校，字句、聲韻尚未謹嚴，不作正體。《詞譜》：
"此詞前段起句及第三句，多一襯字，又後段第四、五句，句讀不同，
疑有偽誤。因相傳已久，采入以備參考。"

　　按此詞下片第四韻《全宋詞》斷作"那堪更趁涼景，追尋甚處
垂楊曲"，《詞譜》斷作"那堪更、趁涼景追尋，甚處垂楊曲"，皆不
妥，"那堪更"以下兩句即與上片"凝遠目"以下兩句相同，當斷作
三字一句、五字兩句。魏了翁"知年來"詞正與之同，下片第六句
亦未用韻。

正　　體

【體略】

　　雙片一百十六字，上片五十七字十一句六上去韻，下片五十九

字十二句七上去韻,晁補之。

【圖譜】

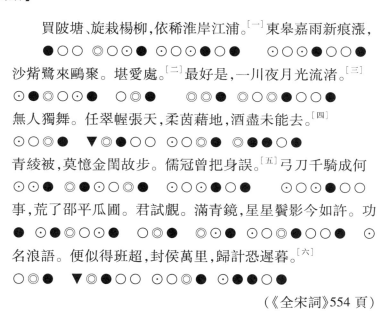

　　　　買陂塘、旋栽楊柳,依稀淮岸江浦。[一] 東皋嘉雨新痕漲,

沙觜鷺來鷗聚。堪愛處。[二] 最好是,一川夜月光流渚。[三]

無人獨舞。任翠幄張天,柔茵藉地,酒盡未能去。[四]

青綾被,莫憶金閨故步。儒冠曾把身誤。[五] 弓刀千騎成何

事,荒了邵平瓜圃。君試覷。滿青鏡,星星鬢影今如許。功

名浪語。便似得班超,封侯萬里,歸計恐遲暮。[六]

　　　　　　　　　　　　　　　　　　　(《全宋詞》554 頁)

【注釋】

　　[一]《唐宋詞彙評》考此詞乃崇寧二年(1103)罷歸金鄉後作
(809 頁)。此調以上片第六、七句,下片第七、八句句法分體,三字
一句、七字一句者以晁詞爲正體,兩個五字句者以盧祖皋詞爲正
體,其他增韻、減韻各有小異。此詞上片“東皋”以下與下片“弓
刀”以下句拍、字聲相同。《詞律》以元人張翥詞爲正體,頗爲隨
意,《詞譜》以晁詞爲正體,當是,但所定字聲多有不當。首韻作上
三下四式七字折腰一句、六字一句。“旋”程垓詞作“黃”,“楊”翁
孟寅詞作“塞”。“楊”字宋人詞仄聲很多,《詞譜》定平聲不當。
“依”姜夔詞作“雨”。按“依稀”一句作拗句,爲定格,惟歐陽修詞

“一霎雨添新緑”作仄起仄收律句,偶用不參校。句中可平可仄除注明外,俱見所列別體句法相同者。

　　[二]“嘉雨”《詞譜》作“雨足”。“鷺來鷗聚”,《詞譜》以“鷗”字平聲不當,此處宋人作仄聲者很多。“堪愛處”用短韻,宋人罕有例外。“愛”字可平可仄,《詞譜》定仄聲不當。

　　[三]“最好是”以下十字,作兩句拍,此體作三字一句、七字一句。“最好是”三字,上下片中宋金人詞時有用韻者,知此處當爲句斷或韻斷,《詞律》、《詞譜》、《全宋詞》諸書斷作上三下七式十字折腰句,不當。

　　[四]“任翠幄張天”與下片“便似得班超”皆作上一下四句法,“任”、“便”作領字,宜用去聲。“未”字當仄,此字宋人詞中僅吳潛、伍梅城等數詞用平聲,屬偶用,《詞譜》定可平可仄,不當。

　　[五]“青綾”二字宋人詞中多有作仄聲者,《詞譜》皆定爲平聲不當。“金”字作仄者甚多,《詞譜》定平聲不當。“儒冠曾把身誤”作拗句爲此調定式。“身”劉辰翁“怎知他”一首作“八”,偶用不參校。

　　[六]“弓刀千騎成何事”一句何夢桂作“風急岸花飛盡也”,律句不同,偶用不參校。“試”字宋人詞作平聲者很多,《詞譜》定仄聲不當。“便似得班超”句,辛棄疾“更能消”詞、曾開國詞、施樞詞、章謙亨詞等作二三式五字律句,與上片句法略有不同,不必效仿。

又一體

【體略】

　　雙片一百十六字,上片五十七字十一句七上去韻,下片五十九字十二句七上去韻,辛棄疾。

【圖譜】

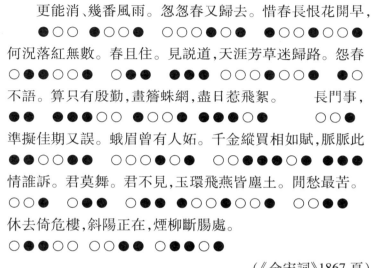

　　　　更能消、幾番風雨。忽忽春又歸去。惜春長恨花開早，
　　　　●○○、●●○●　　○○○●○●　●○○●○○●
　　何況落紅無數。春且住。見說道，天涯芳草迷歸路。怨春
　　○●●○○●　○●●　●●●　○○○●○○●　　●○
　　不語。算只有殷勤，畫簷蛛網，盡日惹飛絮。　　長門事，
　　●●　●●●○○　●○○●　●●●○●　　　　○○●
　　準擬佳期又誤。蛾眉曾有人妬。千金縱買相如賦，脈脈此
　　●●○○●●　○○○●○●　○○●●○○●　●●●
　　情誰訴。君莫舞。君不見，玉環飛燕皆塵土。閒愁最苦。
　　○○●　○●●　○●●　●○○●○○●　　○○●●
　　休去倚危樓，斜陽正在，煙柳斷腸處。
　　○●●○○　○○●●　○●●○●

（《全宋詞》1867 頁）

【注釋】

　　《稼軒詞編年箋注》考此詞於淳熙六年（1179）作（68 頁）。此
與晁詞相校，上片首句添一韻異，亦爲宋人常體。

　　按此體又有下片首句用韻、上片首句不用韻者，如辛棄疾“問
何年”等詞，又有上下片首句皆用韻者，如王沂孫“洗芳林”等詞，
皆不再另列。

又一體（正體）

【體略】

　　雙片一百十六字，上片五十七字十一句六上去韻，下片五十九

字十二句七上去韻，盧祖皋。

【圖譜】

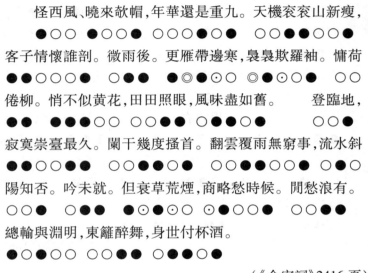

怪西風、曉來欹帽，年華還是重九。天機衮衮山新瘦，
客子情懷誰剖。微雨後。更雁帶邊寒，裊裊欺羅袖。慵荷
倦柳。悄不似黄花，田田照眼，風味盡如舊。　登臨地，
寂寞崇臺最久。闌干幾度搔首。翻雲覆雨無窮事，流水斜
陽知否。吟未就。但衰草荒煙，商略愁時候。閒愁浪有。
總輸與淵明，東籬醉舞，身世付杯酒。

(《全宋詞》2416 頁)

【注釋】

　　此與晁詞相校，上片第四韻、下片第五韻各作兩個五字句，句拍稍變，亦爲宋人正體。上片第六句"更"、下片第七句"但"皆作領字，宜用去聲。上片第六句"雁"、"邊"魏了翁"知年來"詞作"花"、"藻"，第七句"裊"、"欺"劉塤"倚樓西"詞作"難"、"舊"。下片第七句"荒"吳泳"甚一般"詞作"石"，第八句"商"程垓詞作"好"。按程垓"掩淒涼"詞正同此體，因偶用入聲韻，不作正體，又按張榘"望神京"詞亦與此體同，惟下片第十句作"便向關洛聯鑣"，添一襯字，宋人無與之相同者，注出不另列。

又一體

【體略】

雙片一百十七字,上片五十八字十一句八上去韻,下片五十九字十二句九上去韻,魏了翁。

【圖譜】

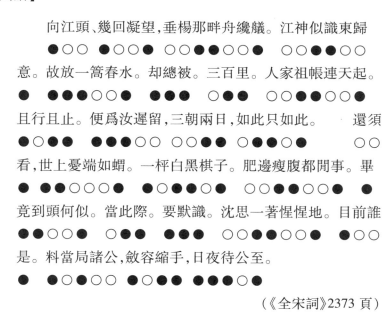

向江頭、幾回凝望,垂楊那畔舟纜艤。江神似識東歸
意。故放一篙春水。却總被。三百里。人家祖帳連天起。
且行且止。便爲汝遲留,三朝兩日,如此只如此。　還須
看,世上憂端如蝟。一枰白黑棋子。肥邊瘦腹都閒事。畢
竟到頭何似。當此際。要默識。沈思一著惺惺地。目前誰
是。料當局諸公,斂容縮手,日夜待公至。

(《全宋詞》2373 頁)

【注釋】

《唐宋詞彙評》考此詞於嘉定七年(1214)作(2969 頁)。此即晁詞體,惟上片第二句添一字作七字一句,上片第三、六句,下片第四、七句俱用韻異。

又一體

【體略】

雙片一百十六字，上片五十七字十一句七上去韻，下片五十九字十二句八上去韻，趙與洽。

【圖譜】

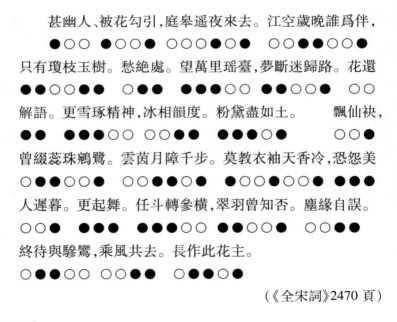

甚幽人、被花勾引，庭皋遥夜來去。江空歲晚誰爲伴，
●○○　●○○●　○○○●○●　　○○●●○○●

只有瓊枝玉樹。愁絶處。望萬里瑶臺，夢斷迷歸路。花還
●●○○●　○○●　●●●○○　○●○○●　　○○

解語。更雪琢精神，冰相韻度。粉黛盡如土。　　飄仙袂，
●●　●●○○○　○○●●　●●●○●　　　○○●

曾綴蕊珠鵷鷺。雲茵月障千步。莫教衣袖天香冷，恐怨美
○●●○○●　○○●●○●　●○○●○○●　●●●

人遲暮。更起舞。任斗轉參橫，翠羽曾知否。塵緣自誤。
○○●　●●●　●○●○○　●●○○●　○○●●

終待與驂鸞，乘風共去。長作此花主。
○●●○○　○○●●　○●●○●

（《全宋詞》2470 頁）

【注釋】

此與盧詞相校，上片第十句、下片第十一句各添一韻。按下片第十句《全宋詞》作"終待驂鸞"，《陽春白雪》卷六作"終待與驂鸞"，今從後者補。

又一體

【體略】

雙片一百十六字,上片五十七字十一句八上去韻,下片五十九字十二句九上去韻,葛長庚。

【圖譜】

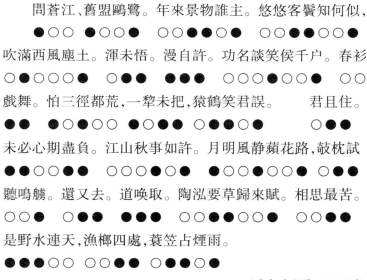

問蒼江、舊盟鷗鷺。年來景物誰主。悠悠客鬢知何似,
吹滿西風塵土。渾未悟。漫自許。功名談笑侯千户。春衫
戲舞。怕三徑都荒,一犂未把,猿鶴笑君誤。　　君且住。
未必心期盡負。江山秋事如許。月明風静蘋花路,敧枕試
聽鳴舻。還又去。道喚取。陶泓要草歸來賦。相思最苦。
是野水連天,漁榔四處,蓑笠占煙雨。

（《全宋詞》2573 頁）

【注釋】

此與晁詞相校,上片首句、第六句,下片首句、第七句皆添一韻。白樸"問雙星"詞正與之同,又元好問"恨人間"詞惟上下片首句不用韻異,其他相同,注出不另列。

又一體

【體略】

雙片一百十六字，上片五十七字十一句七上去韻，下片五十九字十二句九上去韻，葛長庚。

【圖譜】

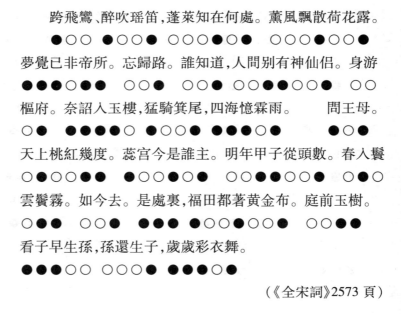

跨飛鸞、醉吹瑤笛，蓬萊知在何處。薰風飄散荷花露。
●○○　●○○●　○○○●○●　　○○○○●○●
夢覺已非帝所。忘歸路。誰知道，人間別有神仙侶。身游
●●●○●●　○○●　○○●　○○●●○○●　○○
樞府。奈詔入玉樓，猛騎箕尾，四海憶霖雨。　　問王母。
○●　●●●○○　●○○●　●●●○●　　　●○●
天上桃紅幾度。蕊宮今是誰主。明年甲子從頭數。春入鬖
○●○○●●　●○○●○●　○○●●○○●　○○●
雲鬢霧。如今去。是處裏，福田都著黄金布。庭前玉樹。
○○●●　○○●　●●●　○○○●○○●　○○●●
看子早生孫，孫還生子，歲歲彩衣舞。
●●●○○　○○○●　●●●○●

（《全宋詞》2573 頁）

【注釋】

此與晁詞相校，惟上片第三句，下片第一、四句皆押韻異。按《全宋詞》上片第四句"所"、下片第四句"數"皆未視作韻，用逗號。又吳泳"倚南牆"詞惟上片首句、下片第四句用韻，仇遠"惱晴空"

詞僅下片首句、第四句押韻,注出不再另列。

又一體

【體略】

　　雙片一百十四字,上片五十六字十一句七上去韻,下片五十八字十二句七上去韻,趙從橐。

【圖譜】

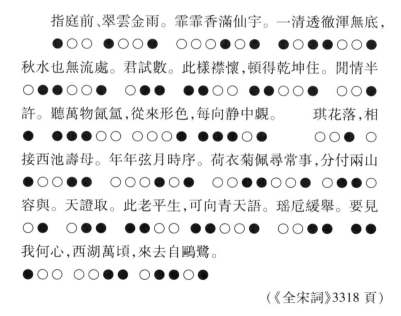

　　指庭前、翠雲金雨。霏霏香滿仙宇。一清透徹渾無底,
　　●○○　●○○● 　○○○●○● 　●○●●○○●

秋水也無流處。君試數。此樣襟懷,頓得乾坤住。閒情半
○●●○○● 　○○● 　●●○○ 　●●○○● 　○○●

許。聽萬物氤氳,從來形色,每向靜中覷。　　琪花落,相
● 　○●●○○ 　○○○● 　●●●○● 　　○○● 　○

接西池壽母。年年弦月時序。荷衣菊佩尋常事,分付兩山
●○○●● 　○○○●○● 　○○●●○○● 　○●●○

容與。天證取。此老平生,可向青天語。瑤卮緩舉。要見
○● 　○●● 　●●○○ 　●●○○● 　○○●● 　●●

我何心,西湖萬頃,來去自鷗鷺。
●○○ 　○○●● 　○●●○○●

(《全宋詞》3318 頁)

【注釋】

　　此與盧詞相校,惟上片首句添一韻,第六句、下片第七句各減一字作四字一句,前後一致,亦爲詞人有意爲之。

又一體

【體略】

　　雙片一百十四字，上片五十七字十一句七上去韻，下片五十七字十一句六上去韻，王喆。

【圖譜】

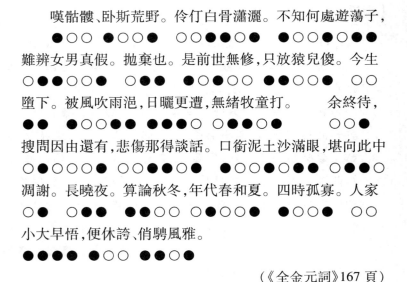

嘆骷髏、臥斯荒野。伶仃白骨瀟灑。不知何處遊蕩子，
●○○　●○○●　　○○●○●○●　●○○●○○●
難辨女男真假。拋棄也。是前世無修，只放猿兒傻。今生
○●●○○●　○●●　●○○○○　●●○○●　○○
墮下。被風吹雨浥，日曬更遭，無緒牧童打。　　余終待，
●●　●○○●●　●●○○　○●●○●　　　○○●
搜問因由還有，悲傷那得談話。口銜泥土沙滿眼，堪向此中
○●○○○●　○○●●○●　●○○●○●●　○○●○
凋謝。長曉夜。算論秋冬，年代春和夏。四時孤寡。人家
○●　○●●　●●○○　○●○○●　●○○●　○○
小大早悟，便休誇、俏騁風雅。
●●●●　●○○　●●○●

　　　　　　　　　　　　　　　　　　（《全金元詞》167頁）

【注釋】

　　此詞與盧詞相校，上片首句添一韻，下片第二句未用韻，第七句減一字作四字一句，結韻減一字作六字一句、七字折腰一句異，句拍稍變。

　　按下第七句或有脫漏。又上片結韻《全金元詞》斷作“被風吹

雨湮日曬，更遭無緒牧童打”，下片第一、二、三句斷作“余終待搜問因由，還有悲傷，那得談話”，第七、八句斷作“算論秋冬年代，春和夏”，皆不當，今皆依盧詞正體斷句。

鼓笛慢（水龍吟）

【調釋】

此調歐陽修詞名《鼓笛慢》，《水龍吟》爲此調常名。《于湖詞》注越調。《填詞名解》卷三：“《水龍吟》，越調曲也，采李白詩‘笛奏龍吟水’。一名《小樓連苑》，取宋秦觀詞‘小樓連苑橫空’之句。”《唐宋詞通論》：“是個清澈嘹亮的笛曲。”（126 頁）蘇軾此調創作多首，聲情與歐陽修不同，蘇詞除“似花還似非花”一首情調婉約之外，其他幾首皆清曠奔放，灑脱不羈。此調經蘇軾大力創作後成爲兩宋及後世極流行詞調，也是豪放風格詞人的代表詞調。此調可用上去韻，也可用入聲韻。句法上最大一個特點是四字句多，正體共十五個四字句，長於鋪叙。其中前後段各有六個四字句緊密相連，一氣貫下，它們的音樂形式也應相同。前後六個四字句各占兩韻，每韻三句，在聲律上寓變化於整齊，節奏鮮明，在作用上，一是各與上文的六、七字句在樂拍上形成對比，內容上也達到拓展效果，二是爲下文蓄勢，前段尾韻六字折腰句，給人戛然而止之感，後段尾韻三句十三字，又餘音繞梁。此調不宜柔弱，宜清勁豪放，清真詞、夢窗詞、白石詞皆注越調。《校正》：“此調具有悠揚流暢，不急不緩，柔婉和諧之聲情。此調之作者極衆，名篇亦多，適應之題材廣泛，可爲婉約之詞，亦可作豪氣詞。”（504 頁）《詞譜》卷三十：“姜夔詞注無射商，俗名越調。曾覿詞結句有‘是豐年瑞’句，名《豐年瑞》；呂渭老詞，名《鼓笛慢》；史達祖詞，名《龍吟曲》；楊樵雲詞因秦觀詞起句，更名《小樓連苑》；方味道詞，結句有‘伴莊椿歲’

句，名《莊椿歲》。"《魏氏樂譜》卷一以辛棄疾"渡江天馬"一詞爲譜。

【體略】

雙片一百二字，上片五十二字十一句四仄韻，下片五十字十一句四仄韻，歐陽修。

【圖譜】

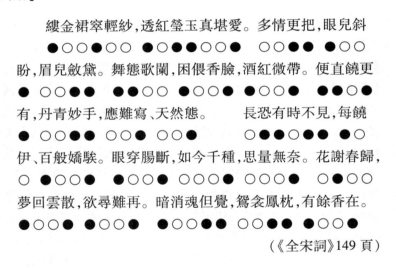

縷金裙窄輕紗，透紅瑩玉真堪愛。多情更把，眼兒斜盼，眉兒斂黛。舞態歌闌，困偎香臉，酒紅微帶。便直饒更有，丹青妙手，應難寫、天然態。　　長恐有時不見，每饒伊、百般嬌騃。眼穿腸斷，如今千種，思量無奈。花謝春歸，夢回雲散，欲尋難再。暗消魂但覺，鴛衾鳳枕，有餘香在。

（《全宋詞》149 頁）

【注釋】

此調兩宋金元現存四百七十餘首。歐詞字、句、韻及字聲嚴謹，但題材、聲情多與後人創作不合，不作正體。

按此詞上下片第九、十句《全宋詞》皆斷作上三下六式折腰一句，今依此調正體皆斷作五字一句、四字一句。

正　體

【體略】

雙片一百二字,上片五十二字,下片五十字,各十一句四仄韻,蘇軾。

【圖譜】

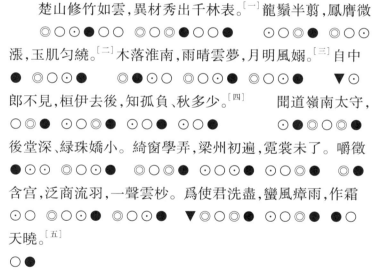

楚山修竹如雲,異材秀出千林表。[一]龍鬚半翦,鳳膺微漲,玉肌勻繞。[二]木落淮南,雨晴雲夢,月明風嫋。[三]自中郎不見,桓伊去後,知孤負、秋多少。[四]　　聞道嶺南太守,後堂深、綠珠嬌小。綺窗學弄,梁州初遍,霓裳未了。嚼徵含宮,泛商流羽,一聲雲杪。爲使君洗盡,蠻風瘴雨,作霜天曉。[五]

(《全宋詞》277頁)

【注釋】

[一]《蘇軾詞編年校注》繫此詞於元豐三年(1080)(299頁),在蘇軾六首《水龍吟》作品中,此首最早。此調正體以起句六字、七字者分爲二體,起句六字、次句七字者以蘇軾、秦觀詞爲正體,起

句七字、次句六字者以蔡伸詞爲正體。按起句六字、次句七字者
《詞譜》以秦觀詞爲正體，所定字聲多有疏漏，今以蘇詞此首爲譜。
"楚"吕渭老"年年九月"詞作"年"，"異"張孝祥"平生衹説"詞作
"斜"，"秀"蘇軾"似花還似"詞作"人"。句中可平可仄處除注明
外，皆見所列別體句法相同者。趙長卿"天教占得"詞，首韻《詞
譜》斷作"天教占得如簧巧，聲乍囀、千嬌媚"，《全宋詞》斷作"天教
占得如簧，巧聲乍囀千嬌媚"，當從後者。

　　[二]此韻三個四字句，皆作平起仄收律句。按章粢詞此韻
《全宋詞》作"輕飛點畫青林，誰道全無才思"，今檢《類編草堂
詩餘》作"輕飛亂舞，點畫青林，全無才思"，當從後者，不另列
別體。

　　[三]此韻三個四字句，首句爲仄起平收律句，二三句皆爲平
起仄收律句。"淮"嚴仁"翼然新榜"詞作"謂"。"雲"姜夔詞作
"此"。

　　[四]"自"與下片"爲"皆作領字，宜用去聲。"中郎不見"和
"桓伊去後"皆作平起仄收律句。"知"蘇軾"古來雲海"詞作
"又"。《詞譜》不注"秋"字可平可仄，不當。

　　[五]"堂深"劉辰翁"多年袖瓣"詞作"四輩"。"嬌"孫惟信詞
作"作"。"使君洗盡"與"蠻風瘴雨"均爲平起仄收律句。最後結
句宜作一三句法，"作"亦爲領字，當用仄聲；此句首字宋人亦有用
平聲、全句用二二句法者，如晁補之"問春何苦"詞作"情難依舊"
等，終爲偶用，不當效法。按《詞譜》以黄機詞此韻斷作"但丁寧、
雙燕明年還解，寄平安否"另列別體，不妥，今依《全宋詞》斷作五
字一句、四字兩句。祖吴詞結韻《全宋詞》作："隱岩清秀，露玉風
金，歲歲祝千秋壽。"添一字，句拍小異，偶用不另列。

又一體

【體略】

雙片一百二字,上片五十二字十二句四仄韻,下片五十字十一句四仄韻,李之儀。

【圖譜】

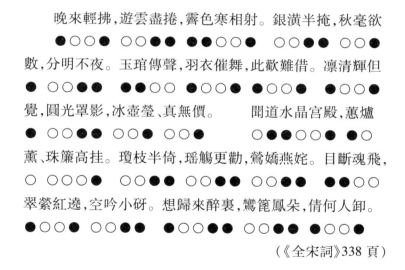

晚來輕拂,遊雲盡捲,霽色寒相射。銀潢半掩,秋毫欲
●○○● ○○●● ●○○●● ○○●● ○○●

數,分明不夜。玉琯傳聲,羽衣催舞,此歡難借。凛清輝但
● ○○●● ●●○○ ●○○● ●●○○ ●○○●

覺,圓光罩影,冰壺瑩、真無價。　　閒道水晶宮殿,蕙爐
● ○○●● ○○●●、○○● ○●●○○● ●○

薰、珠簾高挂。瓊枝半倚,瑤觴更勸,鶯嬌燕姹。目斷魂飛,
○、○○○● ○○●● ○○●● ○○●● ●●○○

翠縈紅遶,空吟小斫。想歸來醉裏,鸞篦鳳朵,倩何人卸。
●○○● ○○●● ○○●● ●○○●● ○○●● ●○○●

(《全宋詞》338 頁)

【注釋】

此詞前十三字作四字兩句、五字一句,句拍不同,字聲與蘇詞亦小異。吳則禮"秋生澤國"詞,曹勛"凍雲閣雨"、"曉雲閣雨"、"翠簾遲晚"、"嫩涼微嫋"、"傍階紅藥"、"海榴紅暖"六詞正與之同。按曹勛"海榴紅暖"、"曉雲閣雨"二詞首句添一韻,"曉雲閣雨"詞下片結韻《全宋詞》作"看功成、入輔中興,永佐乾坤主",與

正體相校減一字,或有脫漏,注出不另列。

又一體(正體)

【體略】

雙片一百二字,上片五十二字十一句四仄韻,下片五十字十一句五仄韻,秦觀。

【圖譜】

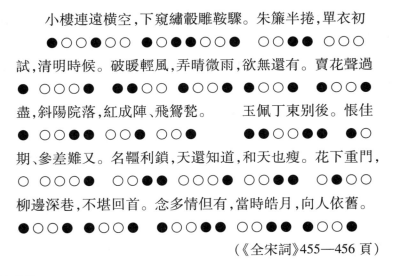

```
小樓連遠橫空,下窺繡轂雕鞍驟。朱簾半捲,單衣初
●○○●○○　●○○●○○●　　○○●●　○○○

試,清明時候。破暖輕風,弄晴微雨,欲無還有。賣花聲過
●　○○○●　●●○○　●○○●　●○○●　●○○●

盡,斜陽院落,紅成陣、飛鴛甃。　　玉佩丁東別後。悵佳
●　○○●●　○○●、○○●　　●●○○●●　●○

期、參差難又。名韁利鎖,天還知道,和天也瘦。花下重門,
○、○○○●　○○●●　○○○●　○○●●　○●○○

柳邊深巷,不堪回首。念多情但有,當時皓月,向人依舊。
●○○●　●○○●　●○○●●　○○●●　●○○●
```

（《全宋詞》455—456頁）

【注釋】

《唐宋詞彙評》考此詞於元祐五年（1090）作（688頁）。此與蘇詞相校,換頭添一韻異,亦爲宋人常體。按此詞下片結韻《詞譜》斷作:"念多情、但有當時皓月,向人依舊。"不當,此韻通常皆應斷作五字一句、四字兩句,此詞亦不例外。又《詞譜》列劉過"謫

仙狂客"詞爲又一體,也因結韻斷作:"算平生、白傅風流,未肯向、香山老。"劉過詞仍可斷作:"算平生白傅,風流未肯,向香山老。"注出不另列。按楊載"鴻溝定約"詞上片結句添一襯字,洪希文"降庭佳氣"詞下片第九句添一襯字,皆注出不另錄。

又丘崈"蕊珠仙籍"一首,與秦詞相校,上片結韻《全宋詞》作:"記青蒲、夜半論兵,萬人驚誦回天意。"丘詞或脫漏一字,當爲:"記青蒲夜半,論兵□萬,人驚誦、回天意。"

又 一 體

【體略】

雙片一百二字,上片五十二字十一句四仄韻,下片五十字十句四仄韻,曹組。

【圖譜】

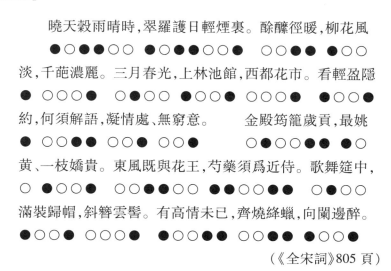

(《全宋詞》805 頁)

【注釋】

此與蘇詞相校，惟下片第三、四、五句作六字兩句異。楊无咎"夜來六出"詞、史浩"翠空縹緲"詞等與之同。

又一體

【體略】

雙片一百字，上片五十字十一句四仄韻，下片五十字十一句五仄韻，張元幹。

【圖譜】

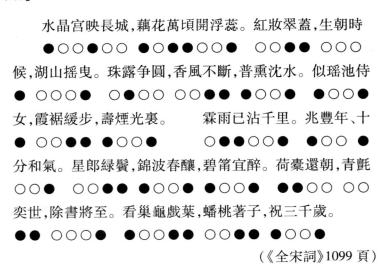

水晶宮映長城，藕花萬頃開浮蕊。紅妝翠蓋，生朝時
●○○●○○　●○○●○○●　　○○●●　○○○

候，湖山搖曳。珠露爭圓，香風不斷，普熏沈水。似瑤池侍
●　○○○●　　○●○○　○○●●　●○○●　　●○○●

女，霞裾緩步，壽煙光裏。　　　霖雨已沾千里。兆豐年、十
●　○○●●　●○○●　　　　　○●●○○●　●○○、●

分和氣。星郎綠鬢，錦波春釀，碧筩宜醉。荷橐還朝，青氈
○○●　○○●●　●○○●　●○○●　○●○○　○○

奕世，除書將至。看巢龜戲葉，蟠桃著子，祝三千歲。
●●　○○○●　　●○○●●　○○●●　●○○●

（《全宋詞》1099頁）

【注釋】

此與秦詞相校，惟上片結句減二字作四字一句異。趙孟頫"倚

天百尺"詞與此同,惟下片首句不押韻異,注出不另列。

又一體

【體略】

　　雙片一百四字,上片五十二字十一句四仄韻,下片五十二字十一句五仄韻,葛立方。

【圖譜】

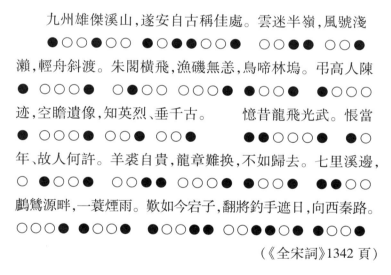

九州雄傑溪山,遂安自古稱佳處。雲迷半嶺,風號淺瀬,輕舟斜渡。朱閣橫飛,漁磯無恙,鳥啼林塢。弔高人陳迹,空瞻遺像,知英烈、垂千古。　　憶昔龍飛光武。悵當年、故人何許。羊裘自貴,龍章難換,不如歸去。七里溪邊,鷗鷺源畔,一蓑煙雨。歎如今宕子,翻將釣手遮日,向西秦路。

（《全宋詞》1342 頁）

【注釋】

　　此與秦詞體同,惟下片結韻添二字作五字一句、六字一句、四字一句異。張孝祥"望九華"詞,結韻亦添二字,《全宋詞》斷作："悵世緣未了,匆匆又去,空凝佇、煙霄裏。"仍當依葛詞斷句,結句"佇煙霄裏",與正體無異。

又一體

【體略】

　　雙片一百六字，上片五十四字，下片五十二字，各十句四仄韻，秦觀。

【圖譜】

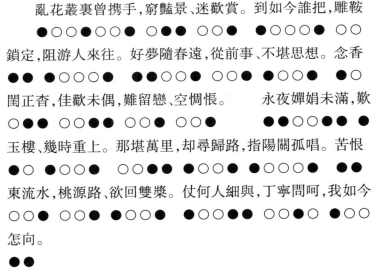

　　　　亂花叢裏曾携手，窮豔景、迷歡賞。到如今誰把，雕鞍
　　　　鎖定，阻游人來往。好夢隨春遠，從前事、不堪思想。念香
　　　　閨正杳，佳歡未偶，難留戀、空惆悵。　　永夜嬋娟未滿，歡
　　　　玉樓、幾時重上。那堪萬里，却尋歸路，指陽關孤唱。苦恨
　　　　東流水，桃源路、欲回雙槳。仗何人細與，丁寧問呵，我如今
　　　　怎向。

（《全宋詞》457 頁）

【注釋】

　　《唐宋詞彙評》考此詞於紹聖四年（1097）作（696 頁）。秦觀
此詞起句七字，次句六句，然非正體。《詞律》卷八以此詞名《鼓笛
慢》單列不當。《詞譜》："此添字《水龍吟》也，又兼攤破句法。前

段第三、四、五句添二字，攤破四字三句，作九字一句、五字一句；第六、七、八句，攤破四字三句，作五字一句、七字一句；後段第五句添一字；第六、七、八句，亦攤破四字三句，作五字一句、七字一句；結句又添一字。若刪去添字，便與諸家無異矣，采入以備一體。”

　　按此詞結韻《詞譜》、《全宋詞》均斷作：“仗何人、細與丁寧問呵，我如今怎向。”當依正體斷句。又按，此詞上下片第六、七句攤破三個四字句，作五字一句、七字折腰一句，後人多有仿效，然當前後一致爲善，如吳文英“望春樓外滄波”等詞，若前後不對應，如晁端禮等人詞僅下片作攤破句法，終爲不美，皆不再另列。

正　　體

【體略】

　　雙片一百二字，上片五十二字十一句四仄韻，下片五十字十一句五仄韻，蔡伸。

【圖譜】

　　　　畫橋流水桃溪路，別是壺中佳致。南樓夜月，東窗疏
　　　　◎○⊙●○○● ◎●⊙○○● ○○●● ○○○

雨，金蓮共醉。人静回廊，並肩携手，玉芝香裏。念紫簫聲
● ○○●● ○○●● ○○●● ●○○

斷，巫陽夢覺，人何在、花空委。　　　寂寞危欄獨倚。望仙
● ○○●● ○○● ○○● ●●○○●● ●○

鄉、水雲無際。芸房花院，重來空鎖，蒼苔滿地。物是人非，
○ ●●○○ ○○●● ○○○● ○○●● ●●○○

小池依舊,彩鴛雙戲。念當時風月,如今懷抱,有盈襟淚。
●○○● ●○○● ●○○○● ○○○● ●○○●

(《全宋詞》1006 頁)

【注釋】

此調起句七字、次句六字者以此詞爲正體。《詞譜》以蘇軾
"霜寒煙冷"詞爲正體,亦欠妥。蘇詞上片第九句《詞譜》作"乍望
極平田","乍"爲領字,"望極平田"爲仄起平收律句,檢宋人詞作,
無與蘇軾此句字聲相同者,蘇詞屬偶用,不應作正體。"壺"晁端禮
"夜來深雪"詞作"早"。句中其他可平可仄俱見別體句法相同者。

按楊无咎"西湖天下"一首起句用韻,次句作"誰喚作真西子"
於文意可斷作六字折腰句,此於歌唱無礙,不另列。又,趙長卿"煙
姿玉骨"詞《詞譜》列又一體,實因斷句多誤,無需另列。如將上下
片第三、四、五句分別斷作六字兩句:"花中越樣風流,曾是名標清
客"、"當時惱殺林逋,空繞團欒千百。"下片結韻斷作:"壽陽宮、應
有佳人,待與點、新妝額。"皆大誤。此調並無此等句拍,均應如正
體斷句。

又一體

【體略】

雙片一百四字,上片五十二字十句五仄韻,下片五十二字九句
四仄韻,趙長卿。

【圖譜】

韶華迤邐三春暮。飛盡繁紅無數。多情爲與,牡丹長
○○●●○○● ●●○○○● ○○○● ●○○

約,年年爲主。曉露凝香,柔條千縷,輕盈清素。最堪憐、玉

●　○○●　　●●○○　○○●●　　●○○　●●●　●

質冰肌婀娜,江梅謾休爭妬。　　翠蔓扶疏隱映,似碧紗、

●○○○●　○○●○○●　　●●○○●●　●●○

籠罩越溪遊女。從前愛惜嬌姿,終日愁風怕雨。夜月一簾,

○●●○○●　○○●●○○　○●○○●●　●●●○

小樓魂斷,有思量處。恐因循、易嫁東風爛熳,暗隨春去。

●○○●　●○○●　●○○　●●○○●●　●○○●

(《全宋詞》1769 頁)

【注釋】

《詞譜》:"此詞與蘇詞(按今爲蔡詞,二者句拍一致)校,前段起句用韻,第九、十句作九字一句,後段第二句多二字,第三、四、五句作六字兩句,第九句以下攤破句法異。"按此詞上片第九句《全宋詞》斷作三字一句、六字一句,下片第二句《全宋詞》斷作"似碧紗籠罩,越溪遊女",結韻《全宋詞》斷作"恐因循易嫁,東風爛熳,暗隨春去",皆不妥,今從《詞譜》斷句。

又一體

【體略】

雙片一百二字,上片五十二字十一句四仄韻,下片五十字十二句六仄韻,趙長卿。

【圖譜】

暑風吹雨仙源過,深院靜涼於水。蓮花郎面,翠幢紅

●○○●○○●　○●●○○●　○○○●　●○○

粉，烘人香細。別院新番，曲成初按，詞清聲脆。奈難堪羞
●　○○○●　●●○○　○○○●　○○○　●○○

澀，朦鬆病眼，無心聽、笙簧美。　　　還記。當年此際。歎
●　○○●●　○○○、○○●　　　　○●　○○●●　●

飄零、萍蹤千里。楚雲寂寞，吳歌淒切，成何情意。因念而
○○　○○○●　●○○●　○○○●　○○●●　○○●

今，水鄉瀟灑，風亭高致。對花前可是，十分蒙斗，肯辜歡醉。
○　●○○●　○○○●　●○○●●　●○○●　●○○●

（《全宋詞》1785 頁）

【注釋】

此與蔡詞相校，換頭用二字短韻。按換頭用二字短韻，姜夔、
吳文英詞與此同。姜夔"夜深客子"詞，結韻《詞譜》、《全宋詞》均
斷作："甚謝郎、也恨飄零，解道月明千里。"當依正體斷句。

又一體

【體略】

雙片一百二字，上片五十二字，下片五十字，各十一句五平韻，
辛棄疾。

【圖譜】

聽兮清珮瓊瑤些。明兮鏡秋毫些。君無去此，流昏漲
●○○●●○○　○○●○○　○○●●　○○●

膩，生蓬蒿些。虎豹甘人，渴而飲汝，寧猿猱些。大而流江
●　○○○●　●●○○　●○●●　○○○●　●○○○

海，覆舟如芥，君無助、狂濤些。　　路險兮山高些。愧余

● ●○○● ○○● ○○●　　　●●○○● 　●○

獨處無聊些。冬槽春盎，歸來爲我，製松醪些。其外芳芬，

●●○○● 　○○● ○○● ○○●　　　○●○●

團龍片鳳，煮雲膏些。古人兮既往，嗟余之樂，樂簞瓢些。

○○●● ●○○●　　　●○○●● ●○○● ●○○●

　　　　　　　　　　　　　　　　　　（《全宋詞》1894 頁）

【注釋】

　　此詞題"用些語再題瓢泉，歌以飲客，聲韻甚諧，客皆爲之
釂"。《稼軒詞編年箋注》考此詞當作於歸閩後不久，時爲紹熙五
年（1194）或慶元元年（1195）（356 頁）。《詞譜》："此詞見《稼軒
集》，仿楚詞體，每韻下用一'些'字，采以備體。按蔣捷《竹山詞》
《水龍吟》調，亦有仿此體者，因字句悉同，不另列。"下片第二句
《詞譜》作"予塊獨處無聊些"，從《全宋詞》。

又一體

【體略】

　　雙片一百三字，上片五十二字十句五仄韻，下片五十一字十句
六仄韻，劉志淵。

【圖譜】

　　　　宦途馳驟心貪職，官事何時能畢。力饒射日，名高爲

　　　　●○○●○○● 　○●○○●● 　●○●● 　○○○

復,到今何濟。休道功名遂。好身退、緊尋歸計。啖古人糟
● ●○○● 　○●○○● 　●○● 　●○○● 　●○●

粕,放懷湖上,泛扁舟、樂真味。　　　穎悟安閑雲水。恣逍
● ●○○● ,　●○○ 　●○● 　　　●●○○●○● 　●○

遙、坦然無累。豁天寬胸臆,調神養氣,無縈無繫。性命俱
○ ●○○● 　●○○●● ,　○○●● ,　○○●● 　●●○

相契。露實相、混融三際。看自強手段,斬釘截鐵,把塵緣棄。
○● 　●●● 　●○○● 　●○○●● ,　●○●● ,　●○○●

(《全金元詞》574 頁)

【注釋】

此與蔡伸詞相校,惟上下片第六、七、八句皆攤破四字三句,作五字一句且押韻、上三下四式七字一句,下片第三句添一字作五字一句異。按劉志淵"綿綿一氣"詞正與此同,惟上片首句添一韻,第八句少一字,下片第三句未添字異,注出不另列。

看花回

【調釋】

此與柳永《看花回》詞同名異調。周邦彥詞注越調。《詞譜》卷十五:"一百一字者,始自黃庭堅,有周邦彥、蔡伸、趙彥端諸詞可校。"此說不當,歐陽修比黃氏長三十餘歲,此調不當始自黃氏。《詞譜》不言歐詞,蓋歐詞較爲俗俚。此調用入聲韻,句長韻疏,聲情婉轉跌宕。

【體略】

雙片一百一字,上片五十字九句四入聲韻,下片五十一字九句

五入聲韻,歐陽修。

【圖譜】

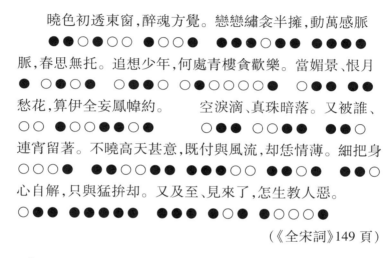

曉色初透東窗,醉魂方覺。戀戀繡衾半擁,動萬感脈
● ● ○ ● ○ ●　● ○ ● ●　● ● ● ● ○ ● ○
脈,春思無托。追想少年,何處青樓貪歡樂。當媚景、恨月
● 　○ ○ ○ ●　 ○ ● ● ○　○ ● ○ ○ ○ ○ ●　○ ● ● 　● ●
愁花,算伊全妄鳳幃約。　　空淚滴、真珠暗落。又被誰、
○ ○　● ○ ○ ● ● ○ ●　　　● ● ●　○ ○ ● ●　● ● ○ 、
連宵留著。不曉高天甚意,既付與風流,却恁情薄。細把身
○ ○ ○ ●　● ● ○ ○ ● ●　● ● ● ○ ○　● ● ○ ●　● ● ○
心自解,只與猛拚却。又及至、見來了,怎生教人惡。
○ ● ● ○　● ● ● ● ●　● ● ●、● ○ ●　○ ○ ○ ○ ●

（《全宋詞》149 頁）

【注釋】

　　此調兩宋現存近十首,金元無存詞。此調皆用入聲韻,爲此調
定式。雖以歐詞爲早,然歐詞使用了大量拗句,如"曉色初透東
窗"、"戀戀繡衾半擁"、"萬感脈脈"、"春思無托"、"却恁情薄"、
"只與猛拚却"、"怎生教人惡",多用自然聲律。此調後來創作,字
聲十分參差,不同詞人常作不同拗句,加之律句類型也多有不同,
即使周邦彦二詞,字聲也多迥異,或均受歐詞不同程度之影響。

又 一 體

【體略】

　　雙片一百一字,上片五十字九句四入聲韻,下片五十一字九句

五入聲韻，黃庭堅。

【圖譜】

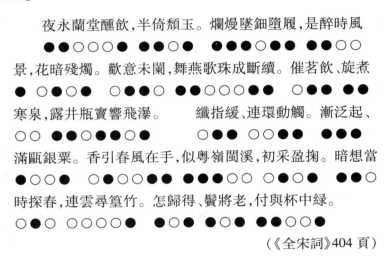

　　　　夜永蘭堂醮飲，半倚頹玉。爛熳墜鈿墮履，是醉時風
　　　　●●○○●● ●●●● ●●●●○● ●●○○

景，花暗殘燭。歡意未闌，舞燕歌珠成斷續。催茗飲、旋煮
●　○●● ○○●● ●●○○●●● ○●●、○●

寒泉，露井瓶竇響飛瀑。　　　纖指緩、連環動觸。漸泛起、
○○ ●●○●●○● 　　　○●●、○○●● ●●●、

滿甌銀粟。香引春風在手，似粵嶺閩溪，初采盈掬。暗想當
●○○● ○●○○●● ●●●○○ ○●○● ●●○

時探春，連雲尋篁竹。怎歸得、鬢將老，付與杯中綠。
○●○ ○○○○● ●○●、●○● ●●○○●

　　　　　　　　　　　　　　　　（《全宋詞》404 頁）

【注釋】

　　此與歐詞相校，字句韻完全相同，《詞譜》、《全宋詞》等將下片
第六、七句斷作“暗想當時，探春連雲尋篁竹”，實亦可據歐詞斷作
“暗想當時探春，連雲尋篁竹”，此詞亦較多使用拗句，一些拗句
與歐詞完全相同，如“花暗殘燭”、“初采盈掬”，有的雖同爲拗
句，但類型又全然不同，如下片第七句歐作“只與猛拚却”，黃作
“連雲尋篁竹”等。此體在字聲上顯然是對歐詞體的仿效並加變
化之體。上片第五句“殘燭”，《全宋詞》原作“燭殘”，從《詞
譜》改。

又一體

【體略】

雙片一百一字,上片五十字九句四入聲韻,下片五十一字九句五入聲韻,蔡伸。

【圖譜】

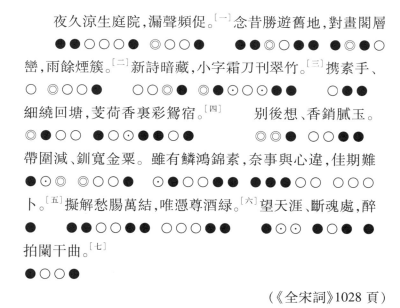

夜久凉生庭院,漏聲頻促。[一]念昔勝遊舊地,對畫閣層

巒,雨餘煙簇。[二]新詩暗藏,小字霜刀刊翠竹。[三]携素手、

細繞回塘,芰荷香裏彩鴛宿。[四]　　別後想、香銷膩玉。

帶圍減、釧寬金粟。雖有鱗鴻錦素,奈事與心違,佳期難

卜。[五]擬解愁腸萬結,唯憑尊酒綠。[六]望天涯、斷魂處,醉

拍闌干曲。[七]

(《全宋詞》1028 頁)

【注釋】

[一]此與歐陽修、黃庭堅、周邦彥等人詞相校,多用律句,字聲齊整,當爲正體。首韻兩句《全宋詞》斷作“夜久凉生,庭院漏聲頻促”,今從《詞譜》斷作六字一句、四字一句。此詞首句與黃庭堅

詞作仄起仄收律句同,次句與黄庭堅詞、周邦彦“蕙風初散”詞作拗句異。句中可平可仄除注明外,皆見所列别體句法相同者。

[二]“念昔勝遊舊地”一句五仄一平,歐陽修詞、周邦彦二詞、黄庭堅詞及趙彦端“愛日”詞皆同,惟趙彦端“注目”詞作拗句。“對”爲領字,宜用去聲。“畫閣層巒”歐陽修詞作拗句,黄庭堅詞作平起仄收律句,“雨餘煙簇”黄庭堅詞作拗句。

[三]此韻《詞譜》、《全宋詞》等均斷作“新詩暗藏小字,霜刀刊翠竹”,從語義看,“小字”屬上指“新詩小字”,“小字”屬下指“刊翠竹小字”,都可以,從詞律來看,當屬下。“藏”字平仄兩讀,此處宜用去聲,《詞譜》注平聲不妥。此韻第一句歐陽修詞和黄庭堅詞作仄起平收律句,第二句惟歐陽修詞作拗句。“霜”趙彦端“注目”詞作“五”。

[四]“細”、“香”趙彦端“注目”詞作“南”、“一”。此韻第二句黄庭堅詞、周邦彦“秀色芳容”詞、趙彦端“端有恨”詞皆作拗句。

[五]“奈”爲領字,宜用去聲。“佳期難卜”一句歐陽修詞、黄庭堅詞、周邦彦“蕙風初散”詞皆作拗句。

[六]此韻諸家字聲多異。第一句此詞、歐陽修詞、周邦彦“秀色芳容”詞作仄起仄收律句,第二句歐陽修詞,黄庭堅詞,趙彦端“注目”、“愛日”二詞作拗句。

[七]此韻結句惟歐陽修詞作拗句,周邦彦“秀色芳容”詞作平起仄收律句。

又一體

【體略】

雙片一百三字,上片五十一字十句六入聲韻,下片五十二字九句五入聲韻,趙彦端。

【圖譜】

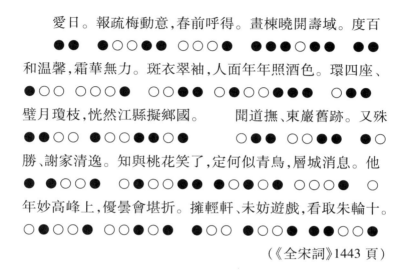

愛日。報疏梅動意，春前呼得。畫棟曉開壽域。度百

和溫馨，霜華無力。斑衣翠袖，人面年年照酒色。環四座、

璧月瓊枝，恍然江縣擬鄉國。　　　聞道撫、東巖舊跡。又殊

勝、謝家清逸。知與桃花笑了，定何似青鳥，層城消息。他

年妙高峰上，優曇會堪折。擁輕軒、未妨遊戲，看取朱輪十。

（《全宋詞》1443 頁）

【注釋】

此與蔡伸、黃庭堅詞比較，上片起句添一字且多押一韻，第三句多押一韻，下片第八句添一字作上三下四式折腰句。按第二句"報"爲領字。

按趙彥端"注目"一詞，《詞譜》以下片結句作"願授我、長生錄"而列又一體，此句《全宋詞》作"授我長生錄"，當從後者，無需另列。

又一體

【體略】

雙片一百四字，上片五十一字十句五入聲韻，下片五十三字九

句五入聲韻，趙彥端。

【圖譜】

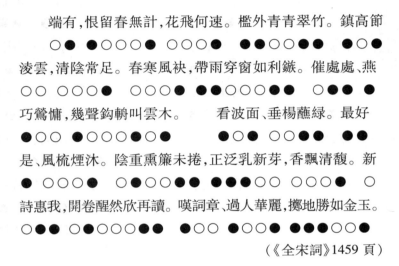

　　　　端有，恨留春無計，花飛何速。檻外青青翠竹。鎮高節
　　　　○●　●○○○● 　○○○● 　●●○○●● 　●○●

凌雲，清陰常足。春寒風袂，帶雨穿窗如利鏃。催處處、燕
○○　○○○● 　○○○● 　●●○○○●● 　○○● ●

巧鶯慵，幾聲鈎輈叫雲木。　　　看波面、垂楊蘸綠。最好
●○○ 　●○○●●○● 　　　●○● ○○○●● ●○

是、風梳煙沐。陰重熏簾未捲，正泛乳新芽，香飄清馥。新
● 　○○○● 　○●○○●● 　●●●○○ 　○○○● 　○

詩惠我，開卷醒然欣再讀。嘆詞章、過人華麗，擲地勝如金玉。
○○●● 　○●○○○●● 　●○○ ●○○● ●●●○○●

（《全宋詞》1459頁）

【注釋】

　　此與趙詞"愛日"一首相校，首句不用韻，下片結句添一字作
六字一句異。按首二句《詞譜》、《全宋詞》等書斷作三字一句、四
字一句，當依趙彥端別二首斷句，"恨"亦爲領字。

洞仙歌令

【調釋】

　　此調與宋柳永《樂章集》同名《洞仙歌》者詞調不同，與《雲謠
集雜曲子》載《洞仙歌》有相似之處，但二者字句相差較大。歐氏
詞調或祖於唐五代，但仍視爲異調。《填詞名解》卷二："《洞仙

歌》，宋蘇軾云：'七歲時見眉州老尼，朱姓，年九十餘，自言嘗隨其師入蜀主孟昶宮中，一日大熱，蜀主與花蕊夫人夜起避暑摩訶池上，作此詞，獨記其首二句，豈《洞仙歌令》乎？乃爲足之。'先舒按：楊元素《本事曲》稱，見一士人誦昶避暑詞全篇'冰肌玉骨清無汗'云云，與蘇軾填詞不同。蘇軾起句云'冰肌玉骨，自清涼無汗'云云。且如楊氏所稱，則此調似創自昶矣。而《苕溪漁隱》云：當以蘇序爲正，疑昶故有是詞，蘇後稍爲更定之耳。今二詞多具刻，故不録。"此調宋人最早見歐陽修，歐詞"情知須病"，用上去韻，賦戀情相思，風流纏綿。按蘇軾有兩首《洞仙歌》，據孔凡禮《蘇軾年譜》，"江南臘盡"一首作於熙寧十年（1077），"冰肌玉骨"一首作於元豐五年（1082），皆晚於歐氏。《詞律》《詞譜》等皆以蘇軾詞爲正體。此調爲兩宋及後世流行詞調，題材宜相思、祝頌，聲情宜快樂歡愉，至於宋末張炎、汪元量等人以此調寫家國之情，感歎傷悲，實爲變調。此調體式較多，《詞譜》卷二十列出三十五體，今對之合併及補充其他體式。其中以歐陽修八十四字體爲核心，減字爲八十三字，增字爲八十五、八十六、八十七、九十三字，此調體式或因樂音不一小有差異，或因詞人對曲拍認識不一（包括對前人句拍認識不同），字句多有變化。正體句法多用上一下四式五字句、七字句、上一下七式八字句，聲情頓挫婉美，綿遠悠長。

【體略】

　　雙片八十四字，上片三十四字五句三仄韻，下片五十字九句三仄韻，歐陽修。

【調譜】

　　　　情知須病，奈自家先肯。天甚教伊恁端正。憶年時、蘭
　　　　○○○●　●●○●　○●○○●○●　●○○　○

棹獨倚春風，相憐處、月影花光相映。　　　別來憑誰訴，空
●●●○○　　●○●、●●○○○●　　　　●○○○●　○

寄香箋，擬問前歡甚時更。後約與新期，易失難尋，空腸斷、
○○○　●●○○●○●　　●●●○○　●●○○　○○●、

損風流心性。除只把芳尊强開顏，奈酒到愁腸，醉了還醒。
●○○○●　　○●●○○●○○　●●●○○　●●○●

（《全宋詞》151 頁）

【注釋】

　　此調兩宋金元現存一百七十餘首，雖以此詞爲早，但此調下片
第六句除歐陽修外，宋人罕有作上三下五式折腰句者，不爲正體。
"奈自家先肯"、"奈酒到愁腸"二句皆爲上一下四字句法，"奈"爲
領字，宜用去聲。按晁端禮"年時此際"詞正與此同，惟上片第四
句添一字作五字兩句異；又晁補之"今春閨好"詞上片首句押韻，
下片第四句減二字作三字一句，第六句添一字作上四下五式折腰
句異，皆注出不另列。按"除只把"一句，《全宋詞》原斷作八字折
腰句，今從《詞牌格律》斷句。

又一體

【體略】

　　雙片八十二字，上片三十二字六句五仄韻，下片五十字九句三
仄韻，歐陽修。

【圖譜】

樓前亂草，是離人方寸。倚遍闌干意無盡。羅巾掩。
○○●●　●○○○●　●●○○●○●　　○○●

宿粉殘眉香未減。人與天涯共遠。　　香閨知人否，長是
● ● ○ ○ ○ ●　○ ● ○ ○ ●　　　○ ○ ○ ● ●　 ○ ●

厭厭，擬寫相思寄歸信。未寫了、淚成行，早滿香牋，相思
○ ○　 ● ● ○ ○ ● ● ●　 ● ● ●　● ○ ○　 ● ● ○ ○　 ○ ○

字、一時滴損。便直饒伊家總無情，也拼了一生，爲伊成病。
●　● ○ ● ●　　● ● ○ ● ○ ○ ●　　● ○ ● ● ○　● ● ○ ○ ●

(《全宋詞》151 頁)

【注釋】

　　此與"情知須病"詞相校，惟上片第四句添一字作三字一韻、
七字一韻，結句減三字作六字一句，下片第四句添一字作六字折腰
句，第六句減一字作上三下四式折腰句異。此體句法雖同《洞仙
歌》常體，但第四、五、六句，句句用韻且與全詞韻部不同，與唐五代
令詞換韻形式相似，宋人除歐詞外，此種換韻體再無人創作。按此
詞上片第四、五句"掩"、"減"《全宋詞》皆未注韻不妥。下片第四、
五句《全宋詞》原斷作"未寫了，淚成行、早滿香箋"。

正　　體

【體略】

　　雙片八十四字，上片三十四字五句三仄韻，下片五十字九句三
仄韻，晏幾道。

【圖譜】

春殘雨過，綠暗東池道。[一] 玉豔藏羞媚頰笑。[二] 記當
⊙ ○ ○ ●　◎ ● ○ ○ ●　　◎ ● ○ ○ ● ○ ●　　　● ⊙

時、已恨飛鏡歡疏,那至此、仍苦題花信少。^[三]　　　連環情

⊙　◎●⊙●⊙●　⊙●○　⊙●⊙●●　　　⊙○○

未已,物是人非,月下疏梅似伊好。^[四]澹秀色、黯寒香,粲若

●●　●⊙●⊙　⊙●⊙●⊙●●　○⊙⊙●　○⊙○　○●

春容,何心顧、閒花凡草。^[五]但莫使情隨歲華遷,便杳隔秦

○○　○⊙●　⊙○○●　　　●◎●●○○●　●○●⊙

源,也須能到。^[六]

○　◎○⊙●

(《全宋詞》234 頁)

【注釋】

　　[一]此體爲宋人正體之一,體式爲歐陽修兩首詞的混合體,上片字數、句拍、韻位與"情知須病"一首相同,下片與"樓前亂草"一首相同。《詞譜》注"暗"字可平可仄不妥(按《詞譜》以蘇軾詞爲正體,文中所言《詞譜》所説,即指蘇詞而論),"綠暗東池道"作仄起仄收的五字律句,歐陽修詞、蘇軾"冰肌玉骨"詞等皆作上一下四式句法,不混校。句中可平可仄除注明外,皆見所列別體句法相同者。

　　[二]《詞譜》注"頩"字可平可仄不妥,"玉豔"一句晁端禮"眼來眼去"詞、晁補之"青煙羃處"詞、趙師俠詞、何夢桂"天涯何處"詞等作仄起仄收律句,不混校。

　　[三]此韻兩句皆用折腰句法爲妙。"時"阮閲詞作"底"。按黃庭堅"月中丹桂"一首此韻首句作"望中秋、才有幾日十分圓","才有幾日十分圓"添一襯字,注出不另列。《全宋詞》將黃詞斷作"望中秋、才有幾日,十分圓",不妥。

　　[四]此韻第一句歐陽修二詞、姚述堯詞等作拗句,黃庭堅詞作仄起仄收律句,皆不參校。"人"朱敦儒"風流老峭"詞作"宰"。

"疏"丘崈"花中尤物"詞作"太"。

［五］"粲"趙鼎詞作"簾","何"李元膺"廉纖細雨"詞作"怯","心"向子諲詞作"白"。《詞譜》以晁補之"青煙冪處"一首此韻第一句作"待都將、許多明月"而另列別體,《全宋詞》作"待都將、許多明"正與晏詞同,無需另列。

［六］此調下片結韻三句《詞譜》等書斷句多不當,今從《詞牌格律》斷作上一下七式八字一句、上一下四式五字一句、四字一句。"莫使情隨歲華遷"當作拗句,如晁補之"江陵種橘"詞作"相如酒渴對文君",偶用不參校。

又一體（正體）

【體略】

雙片八十三字,上片三十四字五句三仄韻,下片四十九字九句三仄韻,蘇軾。

【圖譜】

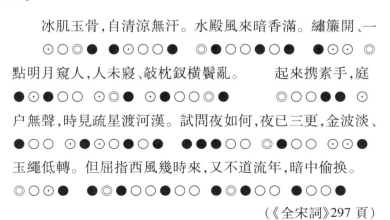

冰肌玉骨,自清涼無汗。水殿風來暗香滿。繡簾開、一點明月窺人,人未寢、敧枕釵橫鬢亂。　起來携素手,庭戶無聲,時見疏星渡河漢。試問夜如何,夜已三更,金波淡、玉繩低轉。但屈指西風幾時來,又不道流年,暗中偷換。

（《全宋詞》297 頁）

【注釋】

孔凡禮《蘇軾年譜》以詞序“七歲時眉州朱尼爲誦孟昶此詞，今四十年，‘但記得首二句’”定此詞於元豐五年（1082）作（557頁）。此與歐陽修“情知須病”詞字句相校，惟下片第六句減一字作上三下四式折腰句，但聲韻嚴謹，亦爲宋人常體。“試問夜如何”高觀國、劉子寰、曾紆等作上一下四式五字句，吳泳作拗句。“不道流年”趙長卿“黄花滿地”詞等作仄起仄收律句，偶用不參校。

按晁補之“群芳老盡”詞《詞譜》列“又一體”，晁詞正與蘇詞相同，無需另列，《詞譜》、《全宋詞》諸書斷句多誤。如上片第四句《詞譜》斷作“最妖饒一段，全是初開”，下片結句斷作“這一點愁，須共花同瘦”，皆當依蘇詞斷句。又晁詞下片第四、五句“縱無語也應，心恨我來遲”，偶添一襯字“心”，此二句《詞譜》作“縱無語也，心應恨我來遲”（影宋本亦作“心應”），今從《事類備要》、《廣群芳譜》諸書作“縱無語也應”。又此調上下片首句有偶用韻者，如汪元量“西園春暮”詞等，全同蘇軾詞體，惟下片首句多用二韻，注出不另列。

《詞律》卷十二：“此（按指蘇詞）乃常用之體，而其間句法多有不齊，今不能遍録，聊摘采附後，以備考擇。第二句以‘自’字領句，亦有如五言詩者，如稼軒‘大半成新貴’是也。‘繡簾開’至‘窺人’九字一氣，此詞三字豆，亦有於五字豆者，如竹山‘此時無一醆’，‘此時’二字相聯也，如稼軒‘記平沙鷗鷺’以一‘記’字領句也。‘敧枕’句可七字，如竹坡‘偏守定東風一處’是也，然此恐誤多一字，不宜從之。後段起二句可上四字下五字，如初寮‘迎人巧笑，道好個今宵’是也，然他家無此，亦不宜從。‘試問’二句可上三下六，如劉一止‘腸斷處，天涯路遠音稀’是也。又可作四字兩句，如竹坡‘病來應怕，酒眼常醒’是也，友古亦有之。又‘試問夜如何’可用仄聲住，如稼軒‘任掀天事業’是也。又可用六字如初

寮‘見淡浄晚妝殘’是也。至如克齋一首於‘繡簾開’下九字用‘向曉開簾，凌亂重寒光’則絶無此體，是誤也，不可從。”按《詞律》所言時有不當處，如劉一止詞句拍，與蘇詞正無異處。

又一體

【體略】

雙片八十四字，上片三十四字七句三仄韻，下片五十字十句三仄韻，黃裳。

【圖譜】

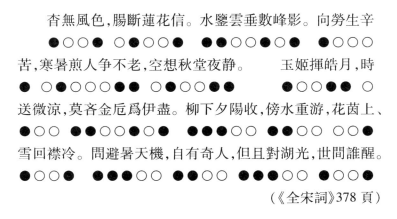

（《全宋詞》378 頁）

【注釋】

此與蘇詞相校，上片結韻二句作五字一句、七字一句、六字一句，下片第七句添一字作五字一句、四字一句異。黃裳別二首皆與之同，惟“亂蟬何事”一首下片起句又用韻異，注出不另列。

又一體（正體）

【體略】

雙片八十五字，上片三十四字六句四仄韻，下片五十一字九句五仄韻，李元膺。

【圖譜】

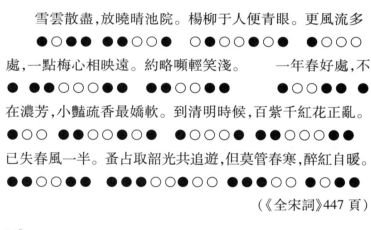

雪雲散盡，放曉晴池院。楊柳于人便青眼。更風流多
處，一點梅心相映遠。約略顰輕笑淺。　　一年春好處，不
在濃芳，小豔疏香最嬌軟。到清明時候，百紫千紅花正亂。
已失春風一半。盡占取韶光共追遊，但莫管春寒，醉紅自暖。

（《全宋詞》447 頁）

【注釋】

此與黃裳詞、蘇軾詞相校，上片與黃裳字句韻相同（“遠”字偶用韻，不注），下片第六句添二字，結韻三句仍與蘇詞相同。

按此詞上片第四、五句《詞譜》作：“更風流多致，一點梅心，相映遠。”下片第四、五、六句作：“到清明時候、百紫千紅，花正亂、已失春風一半。”第七、八、九句作：“盡占取韶光、共追遊，但莫管春寒、醉紅自暖。”皆不當，《全宋詞》斷句亦多有不妥，今皆正之。

按晁補之“年年青眼”詞正全同此體（《全宋詞》斷句多誤），惟

上下片首句皆用韻異,注出不另列。又丘崈"花中尤物"詞亦同此體,惟下片第四句添一字作六字折腰句異,《全宋詞》斷句多不當,且以上片"吐"字,下片"許"字皆未用韻,誤。按朱敦儒三詞亦同此體,惟上下片第五句未用韻,注出不另列。

又 一 體

【體略】

雙片八十七字,上片三十五字六句四仄韻,下片五十二字九句四仄韻,晁補之。

【圖譜】

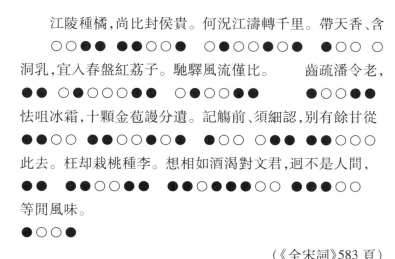

(《全宋詞》583 頁)

【注釋】

此與李元膺詞相校,惟上下片第四句皆添一字作六字折腰句

異。晁補之"溫江異果"詞正與之同。

又一體

【體略】

　　雙片九十三字,上片四十七字八句四仄韻,下片四十六字八句三仄韻,仲殊。

【圖譜】

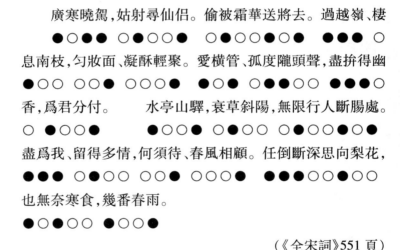

廣寒曉駕,姑射尋仙侶。偷被霜華送將去。過越嶺、棲
息南枝,勻妝面、凝酥輕聚。愛橫管、孤度隴頭聲,盡拚得幽
香,爲君分付。　　水亭山驛,衰草斜陽,無限行人斷腸處。
盡爲我、留得多情,何須待、春風相顧。任倒斷深思向梨花,
也無奈寒食,幾番春雨。

(《全宋詞》551頁)

【注釋】

　　此體與晏幾道、蘇軾等人詞相校,上片第一、二、三句和下片第五、六、七、八句相同,其他有異,特別是上片添字較多。而此體就本身句拍而言,上下片除下片第二句少一字外,其他句法、字數均相同,十分對稱。此體上片第一、二、三句和下片第五、六、七、八句

平仄變化同晏、蘇詞,其他部分無別詞可校。

又一體

【體略】

　　雙片八十六字,上片三十四字六句三仄韻,下片五十二字九句三仄韻,呂直夫。

【圖譜】

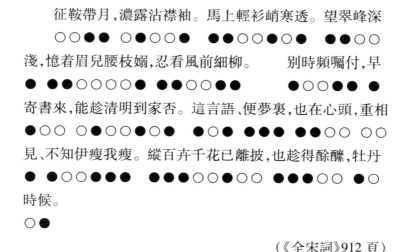

征鞍帶月,濃露沾襟袖。馬上輕衫峭寒透。望翠峰深
〇〇●●　〇〇●〇●　　●●〇〇●〇●　　●〇〇〇

淺,憶着眉兒腰枝嫋,忍看風前細柳。　　別時頻囑付,早
●　●●〇〇〇●　●〇〇〇●●　　　　　●〇〇●●　●

寄書來,能趁清明到家否。這言語、便夢裏,也在心頭,重相
●〇〇　〇●〇〇●〇●　●〇●、●●●　●●〇〇　〇〇

見、不知伊瘦我瘦。　縱百卉千花已離披,也趁得酩酊,牡丹
●、●〇〇●●●　　●●〇〇〇〇●〇〇　●●●〇〇　●〇

時候。
〇●

（《全宋詞》912頁）

【注釋】

　　此詞《全宋詞》斷句多不當,今依黃裳及蘇軾詞體斷句。此詞上片與黃裳詞體同,下片與蘇詞相校,第四句添一字作六字折腰句,第六句添二字作上三下六式九字折腰句。按趙長卿“芰荷已老”一首正與之同。潘牧詞亦與此同,惟下片第四句偶添一襯字作

上三下四式折腰句,注出不另列。

又一體

【體略】

　　雙片八十五字,上片三十五字六句三仄韻,下片五十字九句三仄韻,李邴。

【圖譜】

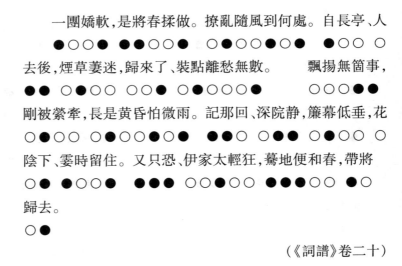

　　　　一團嬌軟,是將春揉做。撩亂隨風到何處。自長亭、人

　　去後,煙草萋迷,歸來了、裝點離愁無數。　　飄揚無箇事,

　　剛被縈牽,長是黃昏怕微雨。記那回、深院靜,簾幕低垂,花

　　陰下、霎時留住。又只恐、伊家太輕狂,驀地便和春,帶將

　　歸去。

(《詞譜》卷二十)

【注釋】

　　此與晏詞相校,惟上片第四句添一字作六字折腰一句、四字一句異。管鑒"化工妙手"詞正與之同。"驀地便和春"《全宋詞》作"驀地和春",今從《詞譜》。按沈端節"夜來驚怪"詞正與此同,惟下片第四句減一字作五字一句,前後不對應,注出不另列。又胡翼

龍"半欄花雨"詞,正同此體,惟上下片首句皆用韻異,注出不另列。下片第一句"揚",《詞譜》原作"蕩",從《全宋詞》改。

又一體

【體略】

雙片八十七字,上片三十五字六句四仄韻,下片五十二字九句三仄韻,康與之。

【圖譜】

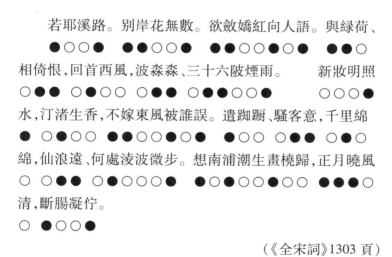

（《全宋詞》1303 頁）

【注釋】

此與李邴詞相校,惟上片首句押韻,下片第六句添二字作上三下六式折腰句異,謝懋詞正與之同。又管鑒"悠然堂上"詞亦同此體,惟首句不用韻異。

又一體

【體略】

雙片八十六字,上片三十四字六句三仄韻,下片五十二字九句五仄韻,林外。

【圖譜】

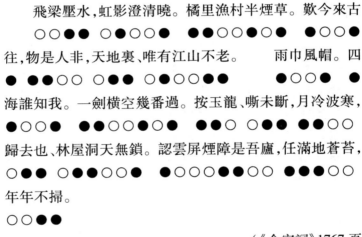

飛梁壓水,虹影澄清曉。橋里漁村半煙草。歎今來古
〇〇●● 〇●〇〇● ●●〇〇●〇● ●〇〇●

往,物是人非,天地裏、唯有江山不老。　　雨巾風帽。四
● ●●〇〇 〇●● 〇●〇〇●● ●〇〇● ●

海誰知我。一劍橫空幾番過。按玉龍、嘶未斷,月冷波寒,
●〇〇● ●●〇〇●〇● ●●〇 〇●● ●●〇〇

歸去也、林屋洞天無鎖。認雲屏煙障是吾廬,任滿地蒼苔,
〇●● ●●〇〇〇● ●〇〇〇●●〇〇 ●●●〇〇

年年不掃。
〇〇●●

(《全宋詞》1767 頁)

【注釋】

此與呂直夫詞相校,惟下片一、二句作四字一句、五字一句,且俱押韻異。上片第四句"歎今來古往",《全宋詞》作"今來古往"少一字,今從《詞譜》。《詞譜》:"按,宋楊湜《古今詞話》云,昔有人題此詞於吳江垂虹橋,不書姓名,或疑仙作,傳入禁中,孝宗笑曰:'以鎖字押老字,則鎖當音埽,乃閩音也。'訪之,果係閩人林外所

作。但此詞後段第二、三句'四海誰知我。一劍橫空幾番過',亦哿個二韻中字,不獨一鎖字也。蓋古以魚、虞、蕭、肴、豪、歌、麻、尤八韻爲角聲,皆可通轉,故《淮南招隱士》首章'山氣寵嵷兮石嵯峨,猿狄群笑兮虎豹嘷',四豪與五歌同叶,則知此詞我字、過字、鎖字,亦以十九皓與二十哿叶,雖曰方言,實古韻也。"

按趙長卿"廣寒宮殿"詞下片正與此同,惟上片第四句添一字作六字折腰句、第五句添一字作五字一句異,又洪希文詞亦同此體,惟下片起句不押韻異,皆注出不另列。

又一體

【體略】

雙片八十七字,上片三十五字六句三仄韻,下片五十二字八句四仄韻,陳亮。

【圖譜】

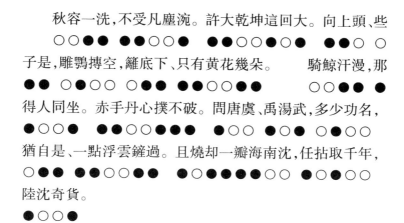

【注釋】

　　《唐宋詞彙評》考此詞於淳熙十四年（1187）作（2613頁）。此與康與之詞相校，惟上片首句不用韻，下片首句作四字一句，第二句作五字一句且押韻異。按“禹湯武”《全宋詞》作“禹湯文武”，今從清宗廷輔校刻《龍川集》。又趙師俠詞與此體同，惟上片首句押韻，下片第五句添一字作五字一句異，注出不另列。

又一體

【體略】

　　雙片八十五字，上片三十四字六句四仄韻，下片五十一字九句四仄韻，葛長庚。

【圖譜】

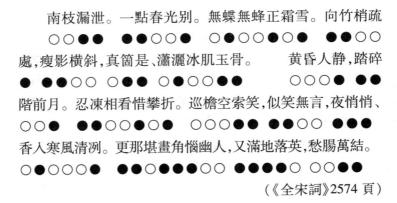

（《全宋詞》2574頁）

【注釋】

　　此與陳亮詞相校，惟上片首句押韻，上下片第四句皆減一字作

五字一句異。按"泄"《全宋詞》未注韻,不妥。

按金人王丹桂"道家門戶"、"風高露冷"、"素天澄澈"、"遊仙一境"詞,與葛長庚詞相校,惟上片首句不押韻,下片首句押韻異,皆注出不另列。

又 一 體

【體略】

雙片八十六字,上片三十五字六句三仄韻,下片五十一字九句三仄韻,無名氏。

【圖譜】

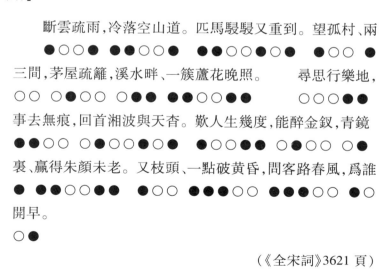

（《全宋詞》3621 頁）

【注釋】

此與康與之詞相校,惟上片首句不押韻,下片第四句仍作五字

一句異。蔡松年"六峰翠氣"詞正與之同。

品　令

【調釋】

　　《詞譜》卷九:"宋人填《品令》者,類作俳語。"此調句短韻密,聲情急切而轉折跌宕。曹組詞注夷則商。按此調同名異調者多,《詞律》、《詞譜》混列一處,《品令》或爲宋代大曲。

【體略】

　　雙片五十字,上片二十五字五句五仄韻,下片二十五字四句四仄韻,歐陽修。

【圖譜】

（《全宋詞》152頁）

【注釋】

　　此調兩宋現存十首,金元無存詞。此調或以此詞爲早,但此調惟此詞上片結句作五字一句,不作正體。按下片第三句《全宋詞》斷作"終日望伊來,無憑準",今依正體斷作上三下五式折腰句。

又一體

【體略】

雙片五十一字,上片二十五字五句四仄韻,下片二十六字四句三仄韻,秦觀。

【圖譜】

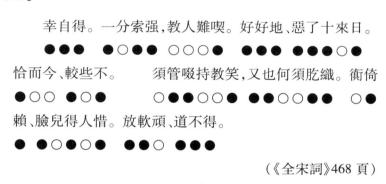

幸自得。一分索强,教人難喫。好好地、惡了十來日。
●●●　●○●●　○○○●　●●●●●●●○●

恰而今、較些不。　　　須管啜持教笑,又也何須肒織。衡倚
●○○　●○●　　　　○●●●○●　●●○○　○●

賴、臉兒得人惜。放軟頑、道不得。
●　●○○●●　●○○　○○●

(《全宋詞》468 頁)

【注釋】

此詞上片第二、三句作四字兩句,兩宋僅石孝友詞與之同,不作正體。

又一體

【體略】

雙片五十二字,上片二十六字五句三仄韻,下片二十六字四句三仄韻,秦觀。

【圖譜】

掉又懼。天然個，品格於中壓一。簾兒下、時把鞋兒踢。

●●●　　○○●　●●○○●●　　○○●、○●●○●

語低低、笑咭咭。　　　每每秦樓相見，見了無限憐惜。人前

●○○、●●●　　　　●●○○●●　●●○○●○●　　○○

强、不欲相沾識。把不定、臉兒赤。

●、●●○○●　　●●●、○●●

（《全宋詞》468 頁）

【注釋】

此與"幸自得"一詞相校，第二、三句添一字作三字一句、六字一句異。按首句"懼"字偶與入聲通押，不可效法。《詞律》卷五以"懼"作"曬"。

又一體

【體略】

雙片五十二字，上片二十六字五句五仄韻，下片二十六字五句四仄韻，賀鑄。

【圖譜】

懷彼美。愁與淚。分占眉叢眼尾。求好夢、閒擁鴛鴦

○●●　○●●　○●○●●　○●●、○●○○

綺。恨啼鳥、喚人起。　　　目斷清淮樓上，心寄長洲坊裏。

●　●○●、●○●　　　●●○○●　○●○○●

迢迢地。七百三十里。幾重山、幾重水。
○○● ●●○○● ●○○ ●○●

【注釋】

《東山詞》校注本繫此詞於徽宗崇寧元年（1102）至四年（1105）（254 頁）。此與歐詞相校，上片結句添一字作六字一句，下片首句不用韻，第二句添一字作六字一句，第三、四句作三字一句、五字一句，且多押一韻。宋人此體僅有此詞，亦不作正體。

正　體

【體略】

雙片五十二字，上片二十六字五句三仄韻，下片二十六字四句二仄韻，曹組。

【圖譜】

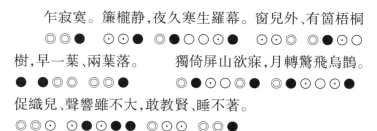

乍寂寞。簾櫳静，夜久寒生羅幕。窗兒外、有箇梧桐
◎○● ⊙⊙● ◎●○○⊙● ⊙⊙○ ◎●○○

樹，早一葉、兩葉落。　　獨倚屏山欲寐，月轉驚飛烏鵲。
● ●○○ ○○● ◎●⊙○●● ◎●⊙○⊙●

促織兒、聲響雖不大，敢教賢、睡不著。
◎○⊙ ⊙●⊙●● ◎○⊙ ◎○●

【注釋】

此調當此詞爲正體。顏博文"夜蕭索"詞、辛棄疾"更休説"詞

正與此同。此調雖有數詞與曹組詞字句相同,上片第四句,下片第二、三句,宋人時用律句,時用拗句,體式並未規範。"有箇梧桐樹"一句,歐陽修詞、辛棄疾詞作拗句,餘詞皆作仄起仄收律句。"月轉驚飛烏鵲"秦觀"掉又懼"詞、顏博文詞作拗句,餘詞皆作仄起仄收律句。"聲響雖不大"秦觀"掉又懼"詞、辛棄疾詞作仄起仄收律句,歐陽修詞和秦觀"幸自得"詞與此詞拗句不同,皆不混校。"簾櫳"顏博文詞作"側耳"。"敢"趙長卿"情難托"詞作"空","睡"辛棄疾詞作"添"。句中其他可平可仄皆見別體句法相同者。

又一體

【體略】

雙片五十一字,上片二十五字五句三仄韻,下片二十六字四句兩仄韻,趙長卿。

【圖譜】

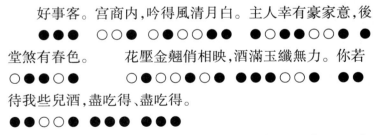

（《全宋詞》1823 頁）

【注釋】

此與曹詞相校,上片第四句減一字,下片首句添一字,第三句減一字,皆作七字一句異。按趙長卿"情難托"詞上片第四句、下

片第三句《全宋詞》分別作"那堪更、一葉知秋後"、"別來爲、思憶
叮嚀話",《詞譜》分別作"那堪更一葉知秋"、"別來爲憶叮嚀語"。
又趙長卿此詞和"情難托"二詞,《詞律》均作《思越人》,《詞譜》
云:"按,汲古閣刻《惜香樂府》,此詞作《思越人》,注:向刻《品令》
非。不知《思越人》從無仄韻之體,應照舊刻,編入《品令》。"

又一體

【體略】

雙片四十九字,上片二十三字五句三仄韻,下片二十六字四句
二仄韻,石孝友。

【圖譜】

（《全宋詞》2039 頁）

【注釋】

此與秦觀"幸自得"詞相校,上片第四句減二字作六字折腰一
句異。

錦香囊

【調釋】

　　孫光憲《遐方怨》：“紅綬帶，錦香囊。爲表花前意，殷勤贈玉郎。”歐詞用上去韻，重頭曲，賦戀情本意，聲情怨歎感傷。

【體略】

　　雙片五十二字，上下片各二十六字四句三上去韻，歐陽修。

【圖譜】

　　　一寸相思無著處。甚夜長難度。燈花前、幾轉寒更，桐
　　　●●○○○●●　　●○○○●　　○○○　●●○○
葉上、數聲秋雨。　　　真個此心終難負。況少年情緒。已
●●　●○○●　　　　○●●○○●　　●●○○●　　●
交共、春繭纏綿，終不學、鈿箏移柱。
○●　○●○○　●●●　●○○●

　　　　　　　　　　　　　　　　　（《全宋詞》152頁）

【注釋】

　　此調兩宋金元僅存此詞，無別首可校。上下片第二句皆作上一下四句法。

怨春郎

【調釋】

　　歐詞用上去韻，賦戀情本意，聲情怨歎感傷。王質名《怨春

郎》者與此同名異調。

【體略】

雙片五十九字,上片二十九字六句三上去韻,下片三十字五句三上去韻,歐陽修。

【圖譜】

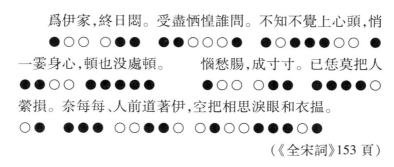

爲伊家,終日悶。受盡恓惶誰問。不知不覺上心頭,悄
一霎身心,頓也沒處頓。　　惱愁腸,成寸寸。已恁莫把人
縈損。奈每每、人前道著伊,空把相思淚眼和衣搵。

(《全宋詞》153 頁)

【注釋】

此調兩宋金元僅存此詞,無別首可校。

鹽角兒

【調釋】

此曲出自民間,《碧雞漫志》卷五:"《嘉祐雜志》云:'梅聖俞説,始教坊家人市鹽,於紙角中得一曲譜,翻之,遂以名。'今雙調《鹽角兒令》是也。歐陽永叔嘗製詞。"歐詞兩首皆寫戀情,清俊明麗。晁補之有詞,詠梅,格調高雅。《校正》:"調勢活潑,短句較多,並有兩個上三下四句法之七字句,故甚有特點,宜於爲通俗之詞。"(130 頁)

【體略】

　　雙調,雙片五十字,上片二十四字六句二仄韻,下片二十六字
五句三仄韻。歐陽修。

【圖譜】

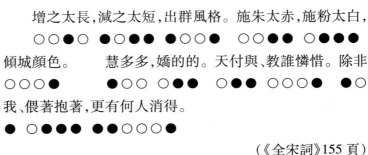

　　　　增之太長,減之太短,出群風格。施朱太赤,施粉太白,
　　　　○○●○　●○○●　●○○●　　○○●●　○●○●

　　傾城顔色。　　慧多多,嬌的的。天付與、教誰憐惜。除非
　　○○○●　　　●○○●　●○○●　○●○●　○●○　　●○

　　我、偎著抱著,更有何人消得。
　　●　○●●●　●●○○●

　　　　　　　　　　　　　　　　　　　　　　(《全宋詞》155頁)

【注釋】

　　此調兩宋現僅存三詞,金元無存詞。此與晁補之詞相校,拗句
甚多,此調當以晁詞爲正體。

又一體

【體略】

　　雙片五十一字,上片二十四字六句二仄韻,下片二十七字五句
三仄韻,歐陽修。

【圖譜】

　　　　人生最苦,少年不得,鴛幃相守。西風時節,那堪話別,
　　　　○○●●　●○○●　○○○●　　○○○●　●○○●

雙蛾頻皺。　　　暗消魂，重回首。奈心兒裏、彼此皆有。後
〇〇〇●　　　　●〇〇　〇〇●　●〇〇●　●●〇●　●

時我、兩個相見，管取一雙清瘦。
〇●●　●●〇●　〇　●●●〇〇●

（《全宋詞》155 頁）

【注釋】

此與歐陽修"增之太長"詞相校，下片第三句"奈心兒裏"添一
襯字，全詞亦多用拗句，不作正體。

正　　體

【體略】

雙片五十字，上片二十四字六句四仄韻，下片二十六字五句三
仄韻，晁補之。

【圖譜】

開時似雪。謝時似雪。花中奇絕。香非在蕊，香非在
〇〇●●　●〇●●　◎〇〇●　〇〇〇●　〇〇●

萼，骨中香徹。　　　占溪風，留溪月。堪羞損、山桃如血。
●　◎〇〇●　　　●〇〇　〇⊙●　〇⊙●　〇〇〇●

直饒更、疏疏淡淡，終有一般情別。
●〇〇●　〇〇●●　⊙〇●◎〇●

（《全宋詞》559 頁）

【注釋】

《唐宋詞彙評》考此詞乃紹聖二年（1095）冬觀梅作（814 頁）。

此與歐陽修二首相校，全用律句，頗可效法。句中可平可仄參校歐詞句法相同者。《詞譜》卷八言此調僅晁詞一首，不當。

踏莎行慢

【調釋】

與流行詞調《踏莎行》不同。歐詞賦戀情，調用上去韻，多用三字、四字短句，上下片結句均用七字長句，聲情惆悵感傷。

【體略】

雙片八十三字，上片三十九字九句四上去韻，下片四十四字十句五上去韻，歐陽修。

【圖譜】

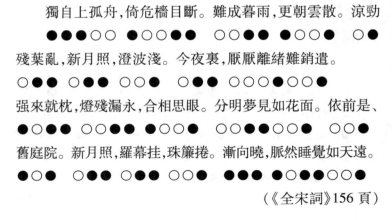

（《全宋詞》156 頁）

【注釋】

此調兩宋金元現僅存此詞，無別首可校。

宴瑤池

【調釋】

此與《越江吟》別名《宴瑤池》不同。歐詞賦戀情,無關本意,調用上去韻,除上片第一、二句外,其他全用折腰句法,聲情跌宕頓挫、活潑明快。奚㵖《宴瑤池》與此同名異調。

【體略】

雙片五十三字,上片二十六字,下片二十七字,各四句三上去韻,歐陽修。

【圖譜】

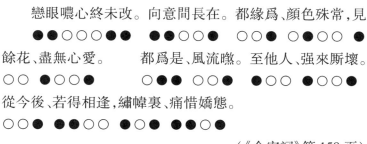

戀眼饒心終未改。向意間長在。都緣爲、顏色殊常,見
●●○○●●　　○○●　○○●●　●
餘花、盡無心愛。　　　都爲是、風流暾。至他人、強來厮壞。
○○　●○○●　　　○●●　○○●　●○○　●○○●
從今後、若得相逢,繡幃裏、痛惜嬌態。
○○●　●●○○　●○●　●○○●

(《全宋詞》第 158 頁)

【注釋】

此調兩宋金元現僅存此詞,無別首可校。此調多用折腰句法。按換頭一句他本皆不作折腰句,今亦以折腰斷之。

解仙佩

【調釋】

　　調名用鄭交甫遇仙女解佩事。歐詞用上去韻，賦戀情本意，多用六七字長句，聲情惆悵感傷。

【體略】

　　雙片五十三字，上片二十七字四句一上去韻三平韻，下片二十六字四句三上去韻一平韻，歐陽修。

【圖譜】

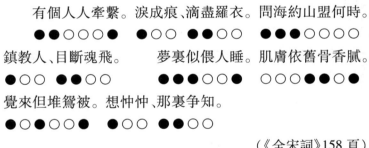

　　　　　　有個人人牽繫。淚成痕、滴盡羅衣。問海約山盟何時。
　　　　　　●●○○●　　●○○、●●○○　　●●●○○○
　　鎮教人、目斷魂飛。　　　　夢裏似偎人睡。肌膚依舊骨香膩。
　　●○○、●●○○　　　　●●●○○●　　○○○●●○●
　　覺來但堆鴛被。想忡忡、那裏爭知。
　　●○●○●●　　●○○、●●○○

（《全宋詞》158 頁）

【注釋】

　　此詞上下片第一句、下片第二、三句叶仄韻，近於曲體。此調兩宋金元現僅存此詞，無別首可校。

好女兒(令)

【調釋】

　　歐詞賦本意,聲情惆悵怨歎。此調歐詞名《好女兒令》,晏幾道、賀鑄、仇遠詞皆名《好女兒》,《詞律》、《詞譜》皆以《好女兒》爲此調正名,當是。賀鑄詞又別名《國門東》、《月先圓》、《綺筵張》、《畫眉郎》。《校正》:"此體作者較少,但甚有特點,前後段結尾均一字領三個四字句,韻甚稀,詞情甚婉轉。"(70 頁)黃庭堅《好女兒》詞與歐詞同名異調。

【體略】

　　雙片六十一字,上片二十九字六句三平韻,下片三十二字六句二平韻,歐陽修。

【圖譜】

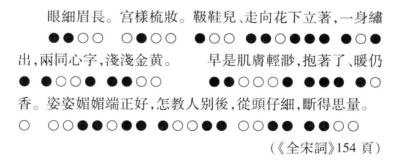

　　　　　　眼細眉長。宮樣梳妝。靸鞋兒、走向花下立著,一身繡
　　　　　　●●○○　　○○○○　　●○○　●●○○●●　●○●
　　　　　　出,兩同心字,淺淺金黃。　　早是肌膚輕渺,抱著了、暖仍
　　　　　　●　●○○●　●●○○　　　　●●○○●●　●●●　●○
　　　　　　香。姿姿媚媚端正好,怎教人別後,從頭仔細,斷得思量。
　　　　　　○　○○●●○●○○　●○○●●　○○●●　●●○○

(《全宋詞》154 頁)

【注釋】

　　此調兩宋現存近十首,金元無存詞。此調或以此詞爲早,然現存宋人詞無與歐詞字句完全相同者,不爲正體。

正　體

【體略】

　　雙片六十二字，上片二十九字六句三平韻，下片三十三字六句二平韻，晏幾道。

【圖譜】

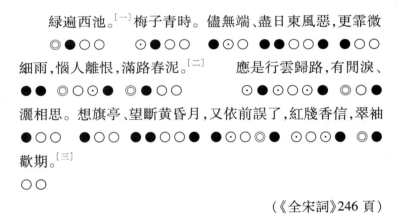

綠遍西池。^[一]梅子青時。儘無端、盡日東風惡，更霏微
◎●○○　　　⊙●○○　　●⊙○、●●○○●　●○○

細雨，惱人離恨，滿路春泥。^[二]　　應是行雲歸路，有閒淚、
●●　◎○○⊙●　◎○○○　　　　⊙●○○⊙●　◎○○、

灑相思。想旗亭、望斷黃昏月，又依前誤了，紅牋香信，翠袖
●○○　●○○、●●○○●　●⊙○○●　○○○●　⊙●

歡期。^[三]
○○

（《全宋詞》246 頁）

【注釋】

　　[一]《詞律》卷九、《詞譜》卷五皆以此詞爲正體（《詞律》未注可平可仄）。此與歐詞相校，上片第三句減一字作上三下五式八字一句，第四句添一字作上一下四句法，下片第三句添一字作上三下五式八字一句。前後句法對稱，字聲謹嚴。晏詞別首、賀鑄四詞及仇遠詞與此正同。“綠”賀鑄“車馬怱怱”詞作“車”。句中可平可仄除注明外，俱見歐詞句法相同者。

　　[二]“梅”晏幾道別首作“盡”。“無”賀鑄“綺繡張筵”詞作

"六"。"惱"、"離"賀鑄"才色相憐"詞作"捊"、"局"。"滿"賀鑄
"綺繡張筵"詞作"隨"。

　　［三］"行"賀鑄"綺繡張筵"詞作"麗","歸"仇遠詞作"墮"。
"有"賀鑄"車馬忽忽"詞作"從"。"依"、"誤"晏詞別首作"水"、
"煙"。"紅"賀鑄"車馬忽忽"詞作"悔"。"翠"賀鑄"才色相憐"詞
作"明"。

鵲橋仙

【調釋】

　　此與柳永名《鵲橋仙》者同名異調。歐詞云："鵲迎橋路接天
津。"亦賦本意,同期張先有詞。此調爲兩宋及後世流行詞調,以
賦七夕爲主,調用上去韻,亦可用入聲韻,重頭曲,上下片句法均
爲四四六、七七,結句作折腰句法,多爲戀情題材,聲情淒苦怨
歎。《張子野詞》注般涉調,《于湖詞》注仙呂調、又用中呂調。
按《明集禮》"十二月按律樂歌"二月即歌《鵲橋仙》(更名爲《玉
街行》),用中呂宮。《魏氏樂譜》卷二以陸游"華燈縱博"詞
爲譜。

【體略】

　　雙片五十六字,上下片各二十八字五句二仄韻,歐陽修。

【圖譜】

```
　　　　　月波清霽,煙容明淡,靈漢舊期還至。鵲迎橋路接天
　　　　　◎○○●　○○◎●　⊙●○○○●　　◎○○●●○
　　津,映夾岸、星榆點綴。　　　　雲屏未卷,仙雞催曉,腸斷去年
　　○　◎○●、○○◎●　　　　⊙○◎●　○○◎●　⊙●○○
```

情味。多應天意不教長，恁恐把、歡娛容易。

⊙●　　⊙○○●●○○　　◎◎●　⊙○○●

（《全宋詞》146 頁）

【注釋】

此調兩宋金元現存近兩百五十餘首，以此詞爲早，字聲諧穩，後之詞人創作與此詞相同者最多。《詞律》卷八以秦觀"纖雲弄巧"詞爲正體，《詞譜》卷十二以歐詞爲正體，當從後者。上片首句歐陽修"身作琵琶"一首、王庭珪詞、向子諲"合匝風流"詞等作仄起平收律句，餘詞皆作平起仄收律句，當以歐詞此首爲準。上片結句"夾"歐陽修別首作"香"，"星"劉一止作"酒"。下片首句惟歐陽修"身作琵琶"詞、王庭珪詞作仄起平收律句，晁端禮詞作拗句，餘詞皆作平起仄收律句，當依此詞。句中可平可仄除注明外，皆見所列別體句法相同者。

又一體

【體略】

雙片五十六字，上下片各二十八字五句三仄韻，舒亶。

【圖譜】

　　教來歌舞，接成桃李。盡是使君指似。如今裝就滿城
　　○○○●　●○○●　　●●●○●○　　○○○●○○
春，忍便擁、雙旌歸去。　　鶯心巧囀，花心爭吐。無計可
○　●●●　○○○●　　○○○●　○○○●　○●●

留君住。兩堤芳草一江雲,早晚是、西樓望處。
○○●　●○○●●○○　●●●　○○●●

(《全宋詞》366 頁)

【注釋】

此與歐詞相校,上下片第二句俱用韻。王大烈詞、朱敦儒"今年冬後"詞、盧炳詞等正與之同。

又 一 體

【體略】

雙片五十七字,上片二十九字,下片二十八字,各五句二仄韻,黃庭堅。

【圖譜】

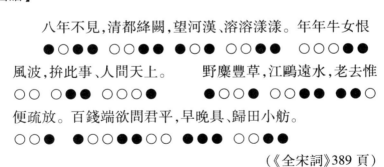

八年不見,清都絳闕,望河漢、溶溶漾漾。年年牛女恨
●○●●　○○●●　●○●　○○●●　　○○○●●

風波,拚此事、人間天上。　　野麋豐草,江鷗遠水,老去惟
○○　○●●　○○○●　　　●○○●　○○●●　●●○

便疏放。百錢端欲問君平,早晚具、歸田小舫。
○○●　●○○○○○○　●●●　○○●●

(《全宋詞》389 頁)

【注釋】

此詞題"次東坡七夕韻",東坡詞不存。此與歐詞相校,惟上片第三句添一字作七字折腰句異。

又一體

【體略】

雙片五十八字，上下片各二十九字五句二仄韻，晁端禮。

【圖譜】

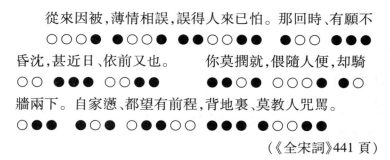

從來因被，薄情相誤，誤得人來已怕。那回時、有願不
○○○●　●○○●　●●○○●●　　●○○　●●●
昏沈，甚近日、依前又也。　　　你莫攔就，偑隨人便，却騎
○○　●●●　○○●●　　　　●●○○　○○○●　●○
牆兩下。自家懣、都望有前程，背地裏、莫教人咒罵。
○●●　●○●　○●●○○　●●●　●○○●●

（《全宋詞》441 頁）

【注釋】

此與歐詞相校，惟上下片第四句、下片結句皆添一字作上三下
五式折腰句，下片第三句減一字作五字一句異。

又一體

【體略】

雙片五十八字，上下片各二十九字五句三仄韻，王庭珪。

【圖譜】

雲静天高，山明水闊。一年待箇中秋月。十分魄少一
○●○○　○○●●　　●○●●○○●　●○○●●

分圓,今宵已覺蟾光別。　　　　且盡金尊,遥瞻玉闕。更深江
○○　○○●●○○●　　　　　●●　○○　○○●●　●○○
水沙如雪。來宵風雨不相關,重須買酒追佳節。
●○○●　○○○●○○　○○●●○○●

（《全宋詞》822 頁）

【注釋】

　　此與舒亶詞相校,惟上下片第三句皆添一字作七字句,上下片結句不作折腰句異。方岳"今朝廿九"詞上下片第三句皆添一字作七字句正與此同,上下片結句又作七字折腰句與舒詞同,注出不另列。

又 一 體

【體略】

　　雙片五十六字,上下片各二十八字五句四仄韻,辛棄疾。

【圖譜】

松岡避暑。茅簷避雨。閒去閒來幾度。醉扶孤石看飛
○○●●　○○●●　○●○○●●　●○○●○
泉,又却是、前回醒處。　　　　東家娶婦。西家歸女。燈火門
○　●●●　○○○●　　　　　○○●●　○○●●　○●○
前笑語。釀成千頃稻花香,夜夜費、一天風露。
○●●　●○○●○○　●●●　○○●

（《全宋詞》1899 頁）

【注釋】

此詞題"己酉山行書所見","己酉"即淳熙十六年(1189)。此與歐詞相校,惟上下片第一、二句各多押一韻異。辛棄疾"溪邊白鷺"詞、無名氏"朱門列戟"詞、虞集詞正與之同。按韓元吉詞上片起句用韻,下片起句不用韻,注出不另列。

又一體

【體略】

雙片五十八字,上下片各二十九字五句二仄韻,辛棄疾。

【圖譜】

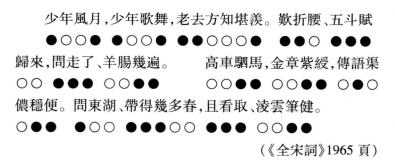

少年風月,少年歌舞,老去方知堪羨。歡折腰、五斗賦

●○○● ●○○● ●●○○○ ●●○ ●●●

歸來,問走了、羊腸幾遍。　　高車駟馬,金章紫綬,傳語渠

○○ ●●● ○●○● ○○●● ○○●● ○●○

儂穩便。問東湖、帶得幾多春,且看取、凌雲筆健。

○●● ●○○ ●●○○ ●●● ○○●●

(《全宋詞》1965頁)

【注釋】

《唐宋詞彙評》:鄧廣銘《稼軒詞編年箋注》考此詞作於慶元六年(1200)春(2511頁)。此與歐詞相校,惟上下片第四句皆添一字作上三下五式折腰句異。上下片對稱,爲重頭之曲,頗堪效法。結句《全宋詞》作"且看凌雲筆健",今從《詞譜》改。按此即晁端禮詞體之規範之體。

又趙師俠"明河風細"一首,上片第四句作上三下五式折腰句,下片第四句又作七字一句,又金人王旭詞,下片第四句作上三下五式折腰句,上片第四句又作七字一句,皆偶用不另列。

又一體

【體略】

雙片五十四字,上下片各二十七字五句二仄韻,李仲光。

【圖譜】

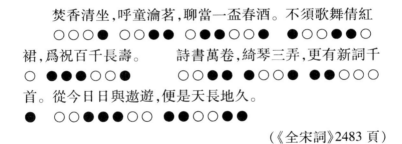

焚香清坐,呼童瀹茗,聊當一盃春酒。不須歌舞倩紅
○○○● ○○●● ○●○○● ●○○●●
裙,爲祝百千長壽。　詩書萬卷,綺琴三弄,更有新詞千
○ ●●●○● ○○●● ○●○○ ●○○○○
首。從今日日與遨遊,便是天長地久。
● ○○●●○○ ●●○○●●

（《全宋詞》2483 頁）

【注釋】

此與歐詞相校,惟上下結句皆減一字作六字一句異。從字聲比較看,所減之字爲歐詞之第四字。按謝應芳詞正同此體,惟上下片第一、二句各疊二韻,偶用,注出不另列。

又一體

【體略】

雙片六十字,上下片各三十字五句四仄韻,詹無咎。

【圖譜】

　　　　龜兒吐火。鶴兒銜火。藥線上、輪兒走火。十勝一斗

　　　　○○●●　　●○○●　　●●●　○○●●　　●●●●

七星毬,一架上、有許多包裹。　　　　梨花數朵。杏花數朵。

●○○●,●●●、●●○○●　　　　○○●●　　●○●●

又開放、牡丹數朵。便當場、好手路歧人,也須教、點頭咽唾。

●○●、●○○●　　●○○、●●●○○,●●○、●○○●

(《全宋詞》3415 頁)

【注釋】

　　此與辛棄疾"松岡避暑"詞相校,惟上下片第三句皆添一字作
上三下四式折腰句,上片結句、下片第四句皆添一字作上三下五式
折腰句異。此詞上片第一、二、三句連疊三"火"韻,下片第一、二、
三句連疊三"朵"韻,亦屬偶用,不必效法。

<h1 align="center">又一體</h1>

【體略】

　　雙片五十七字,上片二十九字,下片二十八字,各五句三仄韻,
無名氏。

【圖譜】

　　　　銀河星漢,夜涼如洗。要軒豁、君家慶瑞。果聞兩兩獲

　　　　○○○●　●○○●　　●○●　○○○●　●●●●

驪珠,天付與、精神秋水。　　　　好是今朝,同逢盛事。無限

○○,○●●、○○○●　　　　●●○○,○○●●　○●

歡歡喜喜。他年二陸看成名，方表得、此時雙美。

○○●● 　○○●●●● 　○●● 　●○○●

（《全宋詞》3774 頁）

【注釋】

此與黃庭堅詞相校，惟上下片第二句皆多押一韻異。

桃源憶故人

【調釋】

桃源即桃花源，此調與《胡搗練》字句相近而用韻不同，非爲同調。調用上去韻，重頭曲，正體上下片句式均爲七、六、六、五式，句句用韻，爲兩宋較流行詞調，題材多寫傷春懷人，聲情憂鬱感傷。《校正》："每段兩個相同平仄的偶句包孕在七字句和五字句之間，故調情雖然低沉，却又較爲流動。此調適於寫景、抒情、詠物，亦適於言志、説理。"（93 頁）《張子野詞》注高平調。《詞譜》卷七："一名《虞美人影》，張先詞或名《胡搗練》，陸游詞名《桃源憶故人》，趙鼎詞名《醉桃園》，韓淲詞有'杏花風裏東風峭'句，名《杏花風》。"《明集禮》"十二月按律樂歌"五月歌此調，更名《樂清朝》，用中管雙調。

【體略】

雙片四十八字，上下片各二十四字四句四上去韻，歐陽修。

【圖譜】

梅梢弄粉香猶嫩。[一]欲寄江南春信。[二]別後寸腸縈

⊙○○●○○● 　◎●⊙○⊙● 　◎●○○○

損。說與伊爭穩。[三]　　　　小爐獨守寒灰燼。忍淚低頭畫
● 　◎●○○●　　　　◎○○●○○●　　◎●○⊙○
盡。[四]眉上萬重新恨。竟日無人問。[五]
● 　◎⊙●◎○○●　◎●○○●

（《全宋詞》140 頁）

【注釋】

　　[一]此調兩宋金元現存八十餘首，以此詞爲早，後之詞人創作與此詞相同者最多，且字聲諧穩。《詞律》卷五以王之道詞爲正體，《詞譜》以歐詞爲正體，當從後者。此調用韻當用上去韻，若趙彥端詞用入聲韻，屬偶用，不可效仿。"梅"、"弄"王之道"不知春色"詞作"不"、"春"。

　　[二]"欲"、"江"王之道"南園最是"詞作"門"、"綠"，"春"朱敦儒"西樓幾日"詞作"綠"。按汪莘"人間只解"詞上片第二句，《全宋詞》作"不管秋歸去"屬偶用，或脫漏一字，注出不另列。

　　[三]"別"歐陽修"碧紗影弄"詞作"枝"，"寸"曾協詞作"山"，"縈"字《詞譜》以本平可仄，檢宋人詞，吳文英作"雪"、朱敦儒作"不"，但用仄聲總的來看較爲罕見，宜用平聲。按何澹"拍堤芳草"一首上片第三句《全宋詞》作"翦朝露成樹"，當有脫漏，注出不另列。"說"張先詞作"苔"。

　　[四]"小"王之道"望中風絮"詞作"人"，"獨"歐陽修"鶯愁燕苦"詞作"行"。"忍"、"低"歐陽修"碧紗影弄"詞作"眉"、"不"。"畫"歐陽修"鶯愁燕苦"詞作"無"。王庭珪詞下片第二句《詞譜》作"明月夜、扁舟何處"，以添一字而另列一體，《全宋詞》作"明夜扁舟何處"，今從後者，不再另列。

　　[五]"眉"、"萬"王之道"依依楊柳"詞作"錦"、"荷"。"新"字《詞譜》以本平可仄，不當，檢宋人詞，此字惟何澹、馬子嚴、劉學箕三詞用仄聲，屬偶用，不參校。"竟"歐陽修"碧紗影弄"詞作"羞"。

解昉一調

解昉(生卒年不詳),字方叔,曾任蘇州司理。《嘉祐雜志》云:"蘇州司理解昉不孝,又朝士,有善馬,以淅粳米飼之,並爲雷擊死。解昉嘗作一曲云:'風暖鶯嬌,酒濃花重。'人多歌之。"現存《永遇樂》、《陽臺夢》二詞。

陽臺夢

【調釋】

與唐莊宗《陽臺夢》不同。解詞仄平韻轉換,與唐五代令詞調換韻方式相同,賦調名本意,聲情明媚歡快。

【體略】

雙片五十七字,上片二十八字五句三上去韻兩平韻,下片二十九字五句兩上去韻兩平韻,解昉。

【圖譜】

仙姿本寓。十二峰前住。千里行雲行雨。偶因鶴馭過
○○●● ●●○●● ○●○○○● ●○●●●

巫陽。邂逅他、楚襄王。 無端宋玉誇才賦。誣誕人心
○○ ●●○、●○○ ○○●●○○● ○●○○

素。至今狂客到陽臺。也有癡心，望妾入、夢中來。
●　　●○○●●○○　　●●○○　●●●　●○○

（《全宋詞》169 頁）

【注釋】

此調兩宋金元僅存此詞，無他首可校。

沈唐四調

　　沈唐(生卒年不詳),字公述,韓琦之客,北宋詞人。官大名府簽判,後改辟簽判渭州。《全宋詞》收其詞五首,另有兩首只存殘句。所用詞調《霜葉飛》、《望海潮》、《念奴嬌》對後世影響甚大。

霜葉飛

【調釋】

　　《填詞名解》卷三:"《霜葉飛》,大石調曲,取杜甫詩:'清霜洞庭葉,故作別時飛。'"《詞譜》卷三十五以此調始見周邦彥誤,此調最早見於沈唐詞(《樂府雅詞拾遺》卷上),《宋詞大辭典》已辨之。此調句長韻疏,用上去韻,聲情婉轉哀傷,《片玉集》、《夢窗詞》皆注大石。《魏氏樂譜》卷四以周邦彥詞爲譜。

【體略】

　　雙片一百十字,上片五十四字,下片五十六字,各十一句五上去韻,沈唐。

【圖譜】

　　霜林凋晚,危樓迴,登臨無限秋思。望中閒想,洞庭波
　　○○○●　○○●　○○○●○●　●○○●　●○○

面,亂紅初墜。更蕭索、風吹渭水。長安飛舞千門裏。變景
●　●○○●　　●○●　○○●●　　○○○●●○●　　●●

摧芳樹,唯有蘭衰暮叢,菊殘餘蕊。　　回念花滿華堂,美
○○●　○●○○●●　●○○●　　　　　○●○●○○　●

人一去,鎮掩香閨經歲。又觀珠露,碎點蒼苔,敗梧飄砌。
○●●　●●○○○●　●○○●　●●○○　●○○●

謾贏得、相思眼淚。東君早作歸來計。便莫惜、丹青手,重
●○●　○○●●　○○●●○○●　●●●　○○●　○

與芳菲,萬紅千翠。
●○○　●○○●

(《全宋詞》171 頁)

【注釋】

《唐宋詞彙評》考此詞作於皇祐三年(1051)後。此調或始自
此詞,但宋人詞無與之全同者,不作正體。按下片"相思眼淚",
《全宋詞》作"相思淚眼",今從《詞譜》,"淚"字爲韻。

又一體

【體略】

雙片一百十二字,上片五十五字十句六上去韻,下片五十七字
十一句五上去韻,黃裳。

【圖譜】

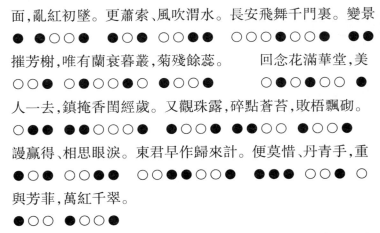

誰能留得年華住。韶華今在何處。萬林飛盡,但驚天
○○○●●○●　　○○○●○●　　●○○●　●○○

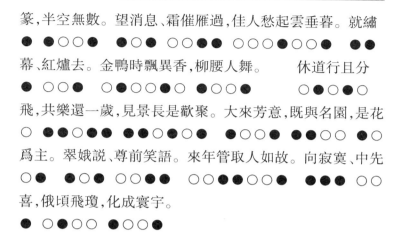

篆,半空無數。望消息、霜催雁過,佳人愁起雲垂暮。就繡幕、紅爐去。金鴨時飄異香,柳腰人舞。　休道行且分飛,共樂還一歲,見景長是歡聚。大來芳意,既與名園,是花爲主。翠娥說、尊前笑語。來年管取人如故。向寂寞、中先喜,俄頃飛瓊,化成寰宇。

(《全宋詞》375頁)

【注釋】

此與沈唐詞相校,上片第一、二、三句作七字一句、六字一句,且多押一韻,第九句添一字作六字一句,並多押一韻,下片第二句添一字作五字一句。宋人詞亦無與之同者,不作正體。

正　　體

【體略】

大石調,雙片一百十一字,上片五十五字十句六上去韻,下片五十六字十句五上去韻,周邦彥。

【圖譜】

露迷衰草。[一]疏星掛,涼蟾低下林表。素娥青女鬪嬋

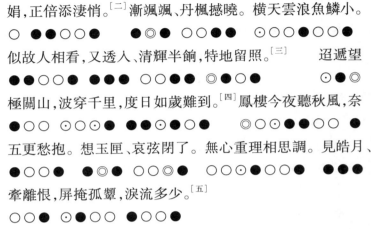

娟，正倍添淒悄。^[二]漸颯颯、丹楓撼曉。橫天雲浪魚鱗小。

○　●●○○●　　●◎●　○○●●　⊙　○○○●○○●

似故人相看，又透入、清輝半餉，特地留照。^[三]　　　　迢遞望

●●○○●　●○●　○○●●　◎●○●　　　　⊙●◎

極關山，波穿千里，度日如歲難到。^[四]鳳樓今夜聽秋風，奈

●○○　○○○●　●●○●○●　◎●○⊙●○○　●

五更愁抱。想玉匣、哀弦閉了。無心重理相思調。見皓月、

●○○●　●◎●　○○●●　○○⊙●○○●　　●●●

牽離恨，屏掩孤顰，淚流多少。^[五]

○○●　⊙●○●　●●○●

（《全宋詞》605 頁）

【注釋】

　　[一]《唐宋詞彙評》考此詞作於元祐三年（1088）後（249 頁）。此調兩宋現存十餘首，元代邵亨貞存詞一首，除兩宋無名氏一首用入聲韻外，其他皆用上去韻，宜用上去韻。此調《詞律》以吳文英詞爲正體，《詞譜》以此詞爲正體，當從後者，然《詞譜》所定字聲多不妥。此與沈詞相校，上片首句添一韻，上下片第四、五、六句皆作七字一句、五字一句，上片結韻添一字作五字一句、七字一句、四字一句。吳文英、陳允平、張炎等人詞正與此同。句中可平可仄除注明外，俱見所列別體句法相同者。

　　[二]“正倍添淒悄”與下片第五句“奈五更愁抱”皆作上一下四句法，然觀宋人創作，有作上一下四句法者，如張炎三詞皆然，亦有作二三句法者，如吳文英、楊澤民、陳允平等人詞，當依周詞以作上一下四句法爲善，“正”字楊澤民詞作“歓”，偶用，不注可平可仄。

　　[三]“橫”張炎“故園空杳”詞作“杜”。“似故人相看”《詞譜》

作“見皓月相看”，今從《全宋詞》。“似故人相看”作上一下四句法，“似”爲領字，宜用去聲。“故人相看”之“看”字平仄兩讀，故後之宋人對此認識有異，或作拗句、或作律句，皆不統一。如楊澤民詞作“美人都驚”，陳允平詞作“畫闌依依”，用拗句；張炎“舊家池沼”、“故園空杳”二詞分別作“醉方歸去”、“雅亭幽榭”，又用平起仄收律句；方千里詞作“倦客征衣”，吳文英詞作“醉蹋南屏”，張炎“繡屏開了”詞作“客裏淒涼”，用仄起平收律句，律句類型又與張炎二詞不同。“清輝半餉”作平起仄收律句，陳允平詞、張炎“舊家池沼”詞、吳文英詞、邵亨貞詞正與之同，張炎別二首分別作“英游好懷”、“當年雅音”，用拗句，不參校。“特”張炎“繡屏開了”詞作“低”。“特地留照”作拗句，當是定格，方千里詞、楊澤民詞、陳允平詞、張炎三詞皆與此同，吳文英詞作“不知蠻素”，用平起仄收律句，與沈唐、黃裳二詞同。按張炎“故園空杳”詞《詞譜》、《全宋詞》皆斷作“慣款語英游，好懷無限歡笑”，不妥，當依周詞斷作七字折腰一句、四字一句。又張炎“舊家池沼”詞上片第九句偶添一韻，注出不另列。

［四］“迢”張炎“故園空杳”詞作“不”。按“度日如歲難到”一句作拗句，吳文英詞、陳允平詞、方千里詞、無名氏詞皆同周詞，宜用周詞句法，按此句沈唐作仄起仄收律句，張炎“繡屏開了”一首作“坐對被真花惱”，句法小異，字聲與沈詞同，張炎另兩首作“墜紅爭戀殘照”、“可憐都付殘照”，又皆用平起仄收拗句，皆不混校。“如”陳允平詞作“遠”。

［五］“鳳”張炎“繡屏開了”詞作“貞”，“今”陳允平詞作“日”。“閉”楊澤民詞作“開”。“月”字宋人詞惟吳文英詞作“將”用平聲，偶用不參校，不依《詞譜》定本仄可平。“屏”陳允平詞作“恨”。“見皓月、牽離恨”一句，《詞譜》以張炎“故園空杳”一首作“待喚起清魂”減一字而列又一體，《全宋詞》以“魂”字後缺一字，今從後者，不另列。

又一體

【體略】

雙片一百九字,上片五十三字十句五上去韻,下片五十六字十句五上去韻,方千里。

【圖譜】

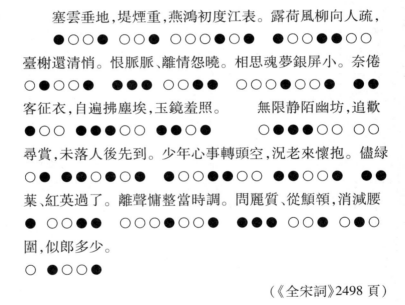

塞雲垂地,堤煙重,燕鴻初度江表。露荷風柳向人疏,臺榭還清悄。恨脈脈、離情怨曉。相思魂夢銀屏小。奈倦客征衣,自遍拂塵埃,玉鏡羞照。　無限静陌幽坊,追歡尋賞,未落人後先到。少年心事轉頭空,況老來懷抱。儘綠葉、紅英過了。離聲慵整當時調。問麗質、從鯷頷,消減腰圍,似郎多少。

(《全宋詞》2498 頁)

【注釋】

《詞譜》:"此和周詞,惟前段第一句不押韻,第九句減二字異。按,楊澤民和詞,前起'溯風嚴緊,長空布,同雲低黯天表',亦不押韻;前結'聽美人都驚,忽老盡群山,遠近相照',亦減二字,正與此

同。"按和韻而減二字,方千里所見周詞或有脱漏。

又一體

【體略】

雙片一百十一字,上片五十四字,下片五十七字,各十一句五入聲韻,無名氏。

【圖譜】

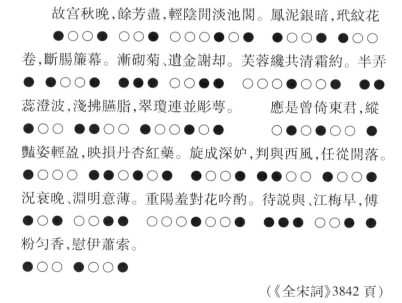

故宮秋晚,餘芳盡,輕陰閒淡池閣。鳳泥銀暗,玳紋花

卷,斷腸簾幕。漸砌菊、遺金謝却。芙蓉纔共清霜約。半弄

蕊澄波,淺拂臙脂,翠瓊連並彫蕚。　　應是曾倚東君,縱

豔姿輕盈,映損丹杏紅藥。旋成深妒,判與西風,任從開落。

況衰晚、淵明意薄。重陽羞對花吟酌。待説與、江梅早,傅

粉匀香,慰伊蕭索。

（《全宋詞》3842 頁）

【注釋】

此調《詞譜》作沈唐詞,《全宋詞》作無名氏詞。今從後者,但《全宋詞》句讀多不當。此與"霜林凋晚"詞相校,上片結韻三句作

五字一句、四字一句、六字一句，下片第二句添一字作五字一句。
按下片結韻《詞譜》、《全宋詞》均斷作"待說與江梅，早傅粉勻香，
慰伊蕭索"，不當。

望海潮

【調釋】

　　此調今首見沈詞，沈詞非賦本意。沈詞題"上太原知府王君貺
尚書"。《唐宋詞彙評》考此詞作於皇祐二年（1050）或三年（1051）
間（250 頁）。此調通常以柳永詞爲創調，柳詞《彙評》考作投贈給
杭州知州孫沔，時在至和元年（1054），則比沈詞尚晚。《樂章集》注
仙呂調。柳詞寫杭州景色，賦本意。此爲兩宋金元較流行詞調，調
用平韻，多用四字對偶句法，寫景抒情、登臨懷古皆宜，聲情明快灑
脫。《校正》："此調爲換頭曲，用平韻，調勢流美；凡出現兩個四字
句，或一個領兩個四字句，兩個五字句，皆以對偶爲工。"（587 頁）

【體略】

　　雙片一百七字，上片五十三字十一句五平韻，下片五十四字十
一句六平韻，沈唐。

【圖譜】

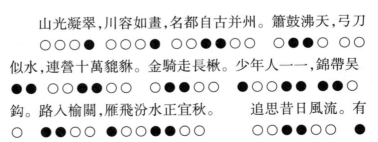

儒將醉吟，才子狂遊。松偃舊亭，城高故國，空餘舞榭歌樓。
○●●○　○●○○　○●●○　○●●●　○○●●○○
方面倚賢侯。便恐爲霖雨，歸去難留。好向西溪，恣携絃管
○●●○○　●●○●●　○●○○　●●○○　●○○●
宴蘭舟。
●○○

（《全宋詞》171 頁）

【注釋】

此調兩宋金元共存五十餘首詞，雖以此詞爲早，然上下片第八
句均作普通五字句，後之宋人創作多與之不同，不作正體。

又 一 體

【體略】

雙片一百七字，上片五十三字十一句五平韻，下片五十四字十
一句六平韻，柳永。

【圖譜】

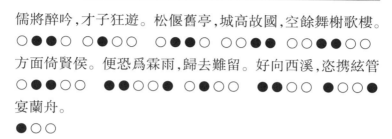

東南形勝，三吳都會，錢塘自古繁華。煙柳畫橋，風簾
○○○●　○○○●　○○●○○　　○●●○　○○
翠幕，參差十萬人家。雲樹繞堤沙。怒濤卷霜雪，天塹無
●●　○○●●○○　○●●○○　●○●○●　○●○
涯。市列珠璣，户盈羅綺競豪奢。　　重湖疊巘清嘉。有
○　　●●○○　●○○●●○○　　　○○●●○○　●
三秋桂子，十里荷花。羌管弄晴，菱歌泛夜，嬉嬉釣叟蓮娃。
○○●●　●●○○　　○●●○　○○●●　○○●●○○

千騎擁高牙。乘醉聽簫鼓,吟賞煙霞。異日圖將好景,歸去
○●○○　●●○○●　○●○○　●●○○●●　○●

鳳池誇。
●○○

(《全宋詞》39 頁)

【注釋】

《樂章集校注》繫此詞於皇祐五年(1053)(322 頁)。上下片
第八句分別作"怒濤卷霜雪"、"乘醉聽簫鼓",正同沈詞,其下片結
韻二句作"異日圖將好景,歸去鳳池誇",句拍與沈詞不同,字聲亦
異。柳詞亦不作正體(按《詞譜》卷三十四以此詞為正體,所定字
聲多有不當,且"卷"字觀後人所作詞,皆用平聲)。《詞律》卷十九
以"怒濤卷霜雪"有誤:"'怒濤'句,'濤'平聲,'卷'仄聲,終覺不
順,恐原是'卷怒濤霜雪'而傳訛也。"柳詞諸本皆作"怒濤卷霜
雪",句法同沈詞,當無誤。

正　　體

【體略】

雙片一百七字,上片五十三字十一句五平韻,下片五十四字十
一句六平韻,秦觀。

【圖譜】

星分牛斗,疆連淮海,揚州萬井提封。[一]花發路香,鶯
⊙○⊙●　○○⊙●　⊙○◎●○○　　　⊙●▼○　○

啼人起，珠簾十里東風。豪俊氣如虹。[二]曳照春金紫，飛
○⊙●　⊙○○◎○○　　●●○○　　　●○○○●　○

蓋相從。巷入垂楊，畫橋南北翠煙中。[三]　　　追思故國繁
●○○　　巷入垂楊　◎●○○◎●○　　　　　　⊙○◎●

雄。[四]有迷樓挂斗，月觀橫空。紋錦製帆，明珠濺雨，寧論
○　　●⊙●●　●◎●○　⊙●▼○　○○◎●

爵馬魚龍。往事逐孤鴻。但亂雲流水，縈帶離宮。最好揮
●●○○　⊙●●○○　●⊙○○●　○○○○　◎●○

毫萬字，一飲拼千鍾。[五]
○◎●　◎◎●○○

（《全宋詞》454 頁）

【注釋】

　　[一]《唐宋詞彙評》：“徐培均《秦觀詞年表》：元豐三年（1080）……惟高郵去揚州無百里，前此於熙寧四年、七年，亦多次過游揚州，有詩文。未必確作於元豐三年也。”（684 頁）此調當以此詞爲正體，另秦觀“梅英疏淡”一首下片結韻二句與沈詞相同，亦爲正體。此詞上下片第八句皆作上一下四句法，後之創作正多與此同。此體上片自“花發”至“相從”，與下片“紋錦”至“離宮”相同。“星”呂渭老詞作“側”。句中可平可仄除注明外，俱見所列別體句法相同者。

　　[二]“路”字萬樹認爲宜用去聲振起，當是，下片第四句“製”字亦然。“花發路香，鶯啼人起”與下片“紋錦製帆，明珠濺雨”皆宜用對句。“珠”趙文詞作“小”。“豪”字宋人詞中僅呂渭老、石孝友二詞用仄聲，偶用不參校。

　　[三]“曳照春金紫”與下片“但亂雲流水”皆作上一下四句法，爲後來此調通例。“巷”劉一止詞作“雙”，“畫”、“南”王之道詞作

“杯”、“照”。上片結韻二句通常作四七句法,亦有六五句法者,字聲亦異,不參校。

[四]“追”張元幹“麒麟圖畫”一首作“早”。按金人鄧千江詞換頭作“看看定遠西還”,“看看”押韻屬偶用,注出不另列。

[五]“有”爲領字,“迷樓挂斗,月觀橫空”宜用對句。“迷”、“挂”王之道詞作“少”、“遊”。“紋”晁補之詞作“結”,“濺”陳德武“南冠一載”詞作“商”,“寧”朱敦儒詞作“一”。“最”張元幹“麒麟圖畫”詞作“開”。“萬”趙崇嶓詞作“歸”。

又一體(正體)

【體略】

雙片一百七字,上片五十三字十一句五平韻,下片五十四字十一句六平韻,秦觀。

【圖譜】

梅英疏淡,冰澌溶洩,東風暗換年華。金谷俊游,銅馳
○○○●　○○○●　○○○○○　　○●○　○○

巷陌,新晴細履平沙。長記誤隨車。正絮翻蝶舞,芳思交
●●　○○●●○○　○●●○○　●●○●●　○○○

加。柳下桃蹊,亂分春色到人家。　　西園夜飲鳴笳。有
○　●●○○　●○○●●○○　　○○●●○○　●

華燈礙月,飛蓋妨花。蘭苑未空,行人漸老,重來是事堪嗟。
○○●●　○●○○　○●●○　○○●●　○○●●○○

煙暝酒旗斜。但倚樓極目,時見棲鴉。無奈歸心,暗隨流水
○●●○○　●●○●●　○●○○　○●○○　●○○●

到天涯。

●○○

（《全宋詞》455 頁）

【注釋】

《唐宋詞彙評》考此詞作於王詵離京（1093）之後（686 頁）。此體亦爲此調正體。此與"星分牛斗"詞相校，下片結韻作四七句法，與上片相同，十分對稱，宋人填者亦甚多（此正與沈詞相同）。《詞律》以此詞爲譜："'金谷'以下，與後'蘭苑'以下同。'俊'字、'未'字用去聲，是定格，歌至此，要振起，用不得平聲，觀自來兩宋金元名詞，無不用去。"按"俊"、"未"二字兩宋金元人亦偶用平聲、上聲者，但多用去聲，萬樹所言當從。

又一體

【體略】

雙片一百七字，上片五十三字十一句五平韻，下片五十四字十一句六平韻，史浩。

【圖譜】

煙濃柳徑，霞蒸花砌，春深特地芳辰。蝶侶鬭狂，鶯雛
○○●●　○○○●　○○●●○○　　●●●○　○○

弄巧，嬉嬉舞態歌脣。西圃集簪紳。正桂薰蘭玉，天壽松
●●　○○●●○○　　○●●○○　●●○○●　○●○

椿。競捧瑤觥瀲灩，來祝縱懷人。　　當年輟侍嚴宸。有
○　　●●○○●●　○●●○○　　　　○○●●○○　●

星軺問俗，熊軾臨民。康阜政成，蕃宣治美，歸休燕處申申。
○○●●　○●○○　　○●●○　○○●●　○○●●○○

行慶紫泥新。起釣璜國老，東海之濱。屈指重開此宴，應已
○●●○○　　●●○○●　○●○○　　●●○○●●　○●

拜平津。
●○○

（《全宋詞》1262 頁）

【注釋】

此與秦詞相校，上下片結韻皆作六五句法，字聲不同，史浩別首及黃巖叟等人詞正與之同。

又一體

【體略】

雙片一百七字，上片五十三字十一句五平韻，下片五十四字十一句六平韻，丘處機。

【圖譜】

神仙風範，長生門户，從來道德爲基。餘外萬般，留心
○○○●　○○○●　○○●●○　　○●●○　○○

一念，顛狂造作皆非。真教示開迷。自上古軒轅，龍駕齊
●●　○○●●○○　　○●●○○　　●●○○○　○●○

飛。代代相傳授，至今日、盡歸依。　　虛無千聖同規。蓋
○　●●○○●　●○●、●○○　　　○○○●○○　●

摧殘嗜欲，剖判天機。貪利喻讎，觀身似夢，嫠跣不整容儀。
○○●●　●●○○　○●●○　○○●●　○○●●○○

恬素返希夷,任垢面蓬頭,紙襖麻衣。行滿都抛却,泛寥廓、
○●●○○　●●●○○　●●○○　　○●○○●　●○●

步雲霓。
●○○

【注釋】

　　丘詞與秦詞相校,上下結韻作五字一句、六字折腰一句異(又
上下片第八句字聲亦異)。丘詞別首及王丹桂、王吉昌等人詞正與
此同。

又 一 體

【體略】

　　雙片一百七字,上片五十三字十一句五平韻,下片五十四字十
一句七平韻,王惲。

【圖譜】

龍沙王氣,恒山秀色,德星光動南州。使君高宴,北山
○○○●　○○●●　●○○●○○　　●○○●　○○

佳處,薰風紅閃旗旄。兩翼擁貔貅。駭鼉鳴疊鼓,杖舊驚
○●　○○○●○○　　●●●○○　　●○●●●　●●○

虯。一點星飛,畫柱得意過邊籌。　　貂蟬元自兜鍪。笑
○　●●○○　●●●●●○○　　　　○○○●○○　●

閭閻小子,談笑封侯。萬騎平原,千艘漢水,堂堂小試清油。
○○●●　○●○○　　●●○○　○○●●　○○●●○○

賓從儘風流。喜武同張肆，書漫韓投。樂事更酬。醉魂還
○●●○○　　●●○○●　○●○○　　●●○○　　●○○
夢菊花秋。
●●○○

(《全金元詞》648 頁)

【注釋】

此詞題"乙卯歲端午，賦北郊騎鞠，呈節使史侯"，"乙卯"即
1255 年。此與秦觀"梅英疏淡"詞相校，惟下片第十句用韻異，王
惲此調三詞用韻皆同，又上片結句"畫柱得意過邊籌"作拗句，另
二首分別作"貴氣黃卷貯深功"、"故事六合海波平"，皆同，均爲詞
人有意爲之。

念奴嬌

【調釋】

《開元天寶遺事》卷上："念奴者，有姿色，善歌唱，未嘗一日離
帝左右。每執板當席顧眄，帝謂妃子曰：'此女妖麗，眼色媚人。'
每囀聲歌喉，則聲出於朝霞之上，雖鐘鼓笙竽嘈雜而莫能遏，宮妓
中帝之鍾愛也。"《于湖詞》注大石調。《碧雞漫志》卷五："今大石
調《念奴嬌》，世以爲天寶間所製曲，予固疑之。然唐中葉漸有今
體慢曲子，而近世有填《連昌宮詞》入此曲者，後復轉此曲入道調
宮，又轉入高宮、大石調。"此調蘇軾詞云："水晶宮裏，一聲吹斷橫
笛。"張孝祥詞云："雲霓三弄，廣寒宮殿長笛。"沈瀛詞云："應更付
屬樓頭，丁寧笛伴，莫把聲聲徹。"黃庭堅詞序云："客有孫彥立，善
吹笛，援筆作樂府長短句，文不加點。"此曲或爲笛曲。此調疑爲
"高音"大石調。沈唐詞寫戀情，幽怨纏綿。蘇軾二詞頗爲豪邁曠

放,特別是"大江東去"一首,對後世影響極大,對此調成爲兩宋及後世流行詞調產生重大影響。此調聲情於兩宋主要有感傷幽怨和清曠豪邁兩種,頗疑宮調隸屬不同,惜無確證。此調宜用入聲韻。白石詞名《湘月》入雙調,爲此調之鬲指聲,用上去韻,聲情亦不同,當爲變調。《明集禮》"九奏樂歌"第九奏用此調,更名《萬年春》,仍用大石調,當爲宋樂遺存。

　　此調別名甚多。《詞譜》卷二十八:"蘇軾'赤壁懷古'詞,有'大江東去,一尊還酹江月'句,因名《大江東去》,又名《酹江月》,又名《赤壁詞》,又名《酹月》。曾覿詞名《壺中天慢》,戴復古詞有'大江西上'句,名《大江西上曲》。姚述堯詞有'太平無事,歡娛時節'句,名《太平歡》。韓淲詞有'年年眉壽,坐對南枝'句,名《壽南枝》,又名《古梅曲》。姜夔詞,名《湘月》,自注即《念奴嬌》鬲指聲。張輯詞有'柳花淮甸春冷'句,名《淮甸春》。米友仁詞,名《白雪詞》。張翥詞,名《百字令》、又名《百字謠》。丘長春詞,名《無俗念》。游文仲詞,名《千秋歲》。《翰墨全書》詞,名《慶長春》、又名《杏花天》。"

【體略】

　　雙片一百字,上片四十九字十句四入聲韻,下片五十一字十句四入聲韻,沈唐。

【圖譜】

杏花過雨,漸殘紅零落,胭脂顏色。流水飄香人漸遠,
●○●● ●○●○● ○○○● ○●○○○●

難託春心脈脈。恨別王孫,牆陰目斷,手把青梅摘。金鞍何
○●○○●● ●●○○ ○○●● ●●○○● ○○○

處,綠楊依舊南陌。　　消散雲雨須臾,多情因甚,有輕離
● ●○○●○● 　　○●○●○○ ○○○● ●○○

輕拆。燕語千般争解説,些子伊家消息。厚約深盟,除非重
〇●　　●●〇●●　〇●〇●〇●　●●〇●　〇〇〇

見,見了方端的。而今無奈,寸腸千恨堆積。
●　●●〇〇●　　〇〇〇●　●〇〇●〇●

(《全宋詞》171 頁)

【注釋】

此詞字句韻整齊,後人即多效此體,然此詞寫戀情,於後來人
創作題材、聲情多有不合,仍不作正體。

正　　體

【體略】

雙片一百字,上片四十九字十句四入聲韻,下片五十一字十句
四入聲韻,蘇軾。

【圖譜】

憑高眺遠,見長空萬里,雲無留迹。[一]桂魄飛來光射處,
⊙〇〇●　●〇〇●●　〇〇〇●　　◎●〇〇〇●

冷浸一天秋碧。[二]玉宇瓊樓,乘鸞來去,人在清涼國。[三]
◎●〇〇〇●　　◎●〇〇　⊙〇〇●　〇●〇〇●

江山如畫,望中煙樹歷歷。[四]　　我醉拍手狂歌,舉杯邀月,
⊙〇〇●　◎〇⊙●〇●　　　　◎●〇●〇〇　◎〇〇●

對影成三客。[五]起舞徘徊風露下,今夕不知何夕。[六]便欲
●〇〇〇●　　◎●⊙〇〇●●　〇●〇〇〇●　　◎●

乘風，翻然歸去，何用騎鵬翼。水晶宮裏，一聲吹斷橫笛。^[七]

○○　⊙○○●　⊙●○○●　　◎○○●　○○○●●○

（《全宋詞》330 頁）

【注釋】

[一]《蘇軾詞編年校注》繫此詞及"大江東去"詞都在元豐五年（1082）（426 頁）。此調兩宋金元存詞近七百首，爲極流行詞調。《詞律》卷十六以辛棄疾"野棠花落"詞爲正體，《詞譜》以蘇軾此首爲正體，當從後者，但《詞譜》所定字聲多誤。《詞譜》："此調仄韻詞，以此詞爲正體，若蘇詞別首'大江東去'詞、姜夔'五湖舊約'詞，句讀參差；姜夔'鬧紅一舸'詞、張炎'行行且止'詞，多押一韻；張炎'長流萬里'詞，多押兩韻；及張輯、趙長卿詞之添字，皆變體也。"按《詞譜》所云不當，蘇軾"大江東去"詞，句拍與此首並無任何變化，惟後人隨意改變，以致紛紜。即如此韻三句，"大江東去"詞亦當斷作四字一句、五字一句、四字一句，《詞譜》斷作上三下六句法不妥，而《詞律》認爲此韻後兩句或斷作上五下四或斷作上三下六皆可，更爲不當。此調首韻三句拍，兩宋金元並不例外，不能隨文意而妄斷。"眺"趙長卿作"時"。"見長空萬里"作上一下四句法，"見"爲領字，宜用去聲，"長"曾協"一年好處"詞作"滿"。"雲"趙以夫"重門翠鎖"詞作"又"。"無"《詞譜》作本平可仄，不妥，檢宋人詞，此字雖如沈瀛、葉夢得等詞用仄聲，但屬偶用，不當參校。又"見長空"，"大江東去"詞作"浪淘盡"，"盡"字用仄聲，然蘇詞"淘盡"又作"聲沉"，字聲原本無誤，或爲作者本人改動，或爲後人改動，就"大江東去"詞本身而言，用仄聲"盡"字當更有意境，後人如劉克莊等於此多用仄聲，當即受蘇軾影響，然於兩宋金元此字用仄聲終屬偶用，宜用平聲。又按"長空萬里"一句，朱敦儒"老來可喜"詞作"歷遍人間"，用仄起平收律句，偶用不參校。此韻張輯詞二三句《詞譜》作"怪得今朝、湖上秋風無跡"，以添

一襯字而列又一體,《全宋詞》作"怪今朝湖上,秋風無跡",今從後者不另列。句中可平可仄除注明外,俱見所列別體句法相同者。

[二]此韻兩句拍,七字一句、六字一句,亦無例外。《詞律》、《詞譜》對蘇軾"大江東去"詞斷句不同,前者斷作:"故壘西邊人道是,三國周郎赤壁。"後者斷作:"故壘西邊,人道是、三國周郎赤壁。"當依《詞律》,但《詞律》解説混亂,並無句拍觀念。

[三]"玉"趙以夫"重門翠鎖"詞作"榆"。

[四]"江"、"如"王之道"碧天無際"詞作"大"、"不","如"字《詞譜》定平聲不妥,此字宋人作仄聲者甚多。"望"周文謨詞作"知",《詞譜》以"望"字當仄、"煙"字當平,皆不當,此二字可平可仄。按趙長卿"銀蟾光滿"一首,此韻結句偶添二襯字作"天然造化,別是一般清瘦蹤跡",注出不另列。上下片結句皆作拗句,然一三字可平可仄,《詞律》以皆作仄平平仄平仄,"是鐵板一定",亦不當。

[五]此韻三句拍:六字一句、四字一句、五字一句,宋人罕有例外。"我醉拍手狂歌"用拗句。對蘇軾"大江東去"詞後兩句斷句,《填詞圖譜》斷作:"小嬌初嫁,了雄姿英發。"《詞律》、《詞譜》、《詞繫》皆將"了"字屬上,斷作五字一句、四字一句,現代學者周汝昌、吳世昌認爲"了"當屬下句。按"了"字當屬下句,應依《填詞圖譜》,宋人大量的次韻蘇軾"大江東去"詞者,絕大部分視"了"字爲下句,並且從文意上看,"了"字屬下句意思才更準確。"了雄姿英發"作上一下四句法,正與沈唐詞同,此句檢宋人詞作或作上一下四句法,或作普通五字句作二三句法如蘇軾本詞,字聲略有差異,前者第二字必用平聲,後者第二字通常用仄聲,填者當識。"對"字《詞譜》以本仄可平不當,此字宋人詞中僅程珌、仲并等用平聲,屬偶用,不當參校。

[六]此韻作兩句拍,與上片第四、五句相同,《詞譜》將蘇軾

“大江東去”詞斷作上三下六句法不當。“起”辛棄疾“風狂雨橫”詞作“揩”。“今”范成大詞作“百”。

　　[七]“便欲”以下三句與上片第六、七、八句相同。後兩句《詞譜》斷“大江東去”詞作：“多情應笑我，早生華髮。”當依《詞律》斷句，然《詞律》又認爲“我”字可上可下，於歌唱無礙，釋説混亂。“一”吳文英詞作“高”。

又一體

【體略】

　　雙調，雙片一百字，上片四十九字，下片五十一字，各十句四上去韻，姜夔。

【圖譜】

五湖舊約，問經年底事，長負清景。暝入西山漸喚我，
●○●●　●○○●●　○●○○　●●○○●●●

一葉夷猶乘興。倦網都收，歸禽時度，月上汀州冷。中流容
●●○○○●　●○○○　○○○●　●●○○●　○○○

與，畫橈不點清鏡。　　誰解喚起湘靈，煙鬟霧鬢，理哀弦
●　●○●●○●　　○●●●○○　○○●●　●○○

鴻陣。玉麈談玄歡坐客，多少風流名勝。暗柳蕭蕭，飛星
○●　●●○○○●●　○●○○○●　●●○○　○○

冉冉，夜久知秋信。鱸魚應好，舊家樂事誰省。
●●　●●○○●　○○○●　●○●●○●

（《全宋詞》2184 頁）

【注釋】

此詞名《湘月》,據序作於孝宗淳熙十三年(1186)。序云:"長溪楊聲伯典長沙楫棹,居瀕湘江。窗間所見,如燕公郭熙畫圖,卧起幽適。丙午七月既望,聲伯約予與趙景魯、景望、蕭和父、裕父、時父、恭父大舟浮湘,放乎中流。山水空寒,煙月交映,淒然其爲秋也。坐客皆小冠練服,或彈琴、或浩歌、或自酌、或援筆搜句。予度此曲,即念奴嬌之鬲指聲也,於雙調中吹之。鬲指亦謂之過腔,見晁無咎集。凡能吹竹者,便能過腔也。"此詞字、句、韻位與蘇軾"憑江眺遠"詞並無不同,《詞譜》斷句多誤。此用雙調,又用上去韻,采之備體。按張炎等人詞或即受姜詞影響。又,此詞上下片第四句"漸唤我"、"歎坐客"連用三仄,又與他詞字聲稍異;然張炎詞名《湘月》者,明言用"白石《念奴嬌》鬲指聲",結句三字又皆用平平仄,與他詞相同。姜詞當非誤用,亦或張詞不當,注出待考。

《詞繫》卷十二:"'鬲'與'隔'通,鬲指者,凡弦管工尺中,上字與四字隔一指。此詞用上去聲韻,正合上字住。比《念奴嬌》之四字住,僅隔一指。字句雖同,宮調實別。"

又 一 體

【體略】

雙片一百字,上片四十九字十句四上去韻,下片五十一字十一句五上去韻,姜夔。

【圖譜】

闖紅一舸,記來時嘗與,鴛鴦爲侶。三十六陂人未到,

水佩風裳無數。翠葉吹涼,玉容銷酒,更灑菰蒲雨。嫣然搖
●●○●●　●●○○　●○●●　○○○●●　○○○
動,冷香飛上詩句。　　　　日暮。青蓋亭亭,情人不見,爭忍
●　●○○●○●　　　　　　●●　○●○○　○○●●　○●
淩波去。只恐舞衣寒易落,愁入西風南浦。高柳垂陰,老魚
○○●　●●●○○●●　○●○○○●　○●○○　●●
吹浪,留我花間住。田田多少,幾回沙際歸路。
○●　○●○○●　○○○●　●○○●●○●

(《全宋詞》2177 頁)

【注釋】

《唐宋詞彙評》考此詞於淳熙十二年(1185)作(2755 頁)。此
與"憑高眺遠"詞相校,惟換頭用短韻異。米友仁"洞天晝永"詞、
劉克莊"老夫白首"詞,正與此同。

<h1 align="center">又一體</h1>

【體略】

雙片一百字,上片四十九字十句五上去韻,下片五十一字十句
四上去韻,張炎。

【圖譜】

行行且止。把乾坤收入,篷窗深裏。星散白鷗三四點,
○○●●　●○○●●　○○○●　○●●○○●●
數筆橫塘秋意。岸觜衝波,籬根受葉,野徑通村市。疏風迎
●●○○○●　●●○○　○○●●　●●○○●　○○○

面,溼衣原是空翠。　　堪歎敲雪門荒,爭棋墅冷,苦竹鳴
● ●○○●○●　　○●○●○○　○○●●　●●○

山鬼。縱使如今猶有晉,無復清游如此。落日沙黃,遠天雲
○●。○●○○○●● ○●○○○● ●●○○ ●○○

淡,弄影蘆花外。幾時歸去,翦取一半煙水。
●,●●○○● ●○○● ●●●○○

(《全宋詞》3476 頁)

【注釋】

《詞譜》:"此亦與'憑空眺遠'詞同,惟前段起句即用韻異。按劉儗詞:'西風何事。爲行人、掃蕩襟煩如洗。'黃機詞:'春愁幾許。似春雲靄靄,連空無數。'方岳詞:'花風初逗。喜邊亭依舊,春閒營柳。'俱與此同。"按《詞譜》將張炎此詞及劉儗詞第二、三句斷作上三下六句式不當。又,張炎"長流萬里"一首,首句用韻與此詞相同,換頭用韻與姜夔"鬧紅一舸"詞相同,注出不另列。

又一體(平韻)

【體略】

雙片九十九字,上片四十八字十句四平韻,下片五十一字十句五平韻,仲殊。

【圖譜】

延陵福緒,藹遺芳餘慶,直至如今。帝錫朋龜曾獻策,
○○●● ●○○○● ●●○○ ●●○○●●

早揖丹桂華簪。一代榮名,三州遺愛,留入歌吟。歸來湖
●●○●○○ ●●○○ ○○●● ○●○○ ○○○

山，付得依舊閒心。　　　延賞報德推封。名遷書監，喜天恩
〇　●●〇●〇●　　　　〇●〇●〇〇　〇〇〇●　●〇〇

垂臨。拜舞龍香還注想，丹闕拖紫垂金。酒滿霞觴，期君眉
〇〇。　　●●〇〇〇●●　〇●〇●〇〇　　●〇〇〇　〇〇〇

壽，千歲與披衿。年年風月，兩行門外桐陰。
●　〇〇●●〇〇　　〇〇〇●　●〇〇●〇〇

（增訂《全宋詞》4979 頁）

【注釋】

此調平韻以此詞爲早。上片第八句四字，宋人惟此詞，或脱漏
一字，不作正體。按曹勛詞同此體，惟上下片第六句各添一韻，注
出不另列別體。

正　體（平　韻）

【體略】

雙片一百字，上片四十九字十句四平韻，下片五十一字十句四
平韻，張元幹。

【圖譜】

吴松初冷，記垂虹南望，殘日西沈。[一]秋入青冥三萬
⊙〇⊙●　●〇〇〇●　⊙〇〇〇　　⊙〇〇〇〇●

頃，蟾影吞盡湖陰。[二]玉斧爲誰，冰輪如許，宮闕想寒深。
●　⊙〇〇●〇〇　　◎〇〇●　〇〇〇●　⊙●●〇〇

人間奇觀，古今豪士悲吟。[三]　　蒼弁丹頰仙翁，淮山風露，
⊙〇〇●　●〇〇●〇〇　　　　〇●〇〇〇〇　〇〇〇●

底曾賦幽尋。老去專城仍好客,時擁歌吹登臨。[四]坐揖龍
●○●○　　●●○○●○●　●○●●○　　　◎●○

江,舉杯相屬,桂子落波心。一聲猿嘯,醉來虛籟千林。[五]
○　◎○○●　●○●○○　◎○○●　●●○○○

（《全宋詞》1074 頁）

【注釋】

[一]《唐宋詞彙評》考此詞作於紹興十三年（1143）中秋（1632
頁）。此調平韻體《詞譜》以陳允平詞爲正體,不當,且所定字聲多
不妥。兩宋此調用平韻者不足十首。"日"葉夢得"故山漸近"詞
作"然",偶用不參校。按此韻作三句拍,與仄韻詞亦無異,《詞譜》
將曹勛詞斷作四字一句,上三下六式九字折腰句不當。句中可平
可仄除注明外,俱見所列仲殊、陳允平詞。

[二]此韻亦作七字一句、六字一句兩拍。"蟾影吞盡湖陰"作
拗句,葉夢得二詞及張元幹、曹勛詞皆然,惟陳允平二詞作律句,不
參校,另列別體。

[三]"玉"曹勛詞作"羅","宮"曹勛詞作"笑"。"人"葉夢得
"洞庭波冷"詞作"酒","豪"曹勛詞作"斗"。

[四]下片第二、三句《全宋詞》原斷作五字一句、四字一句,
誤,當依仄韻正體斷句。"蒼弁丹頰仙翁"例用拗句。"時擁歌吹
登臨"作拗句,惟陳允平二詞不同。

[五]"坐"陳允平"霽空虹雨"詞作"紅"。"虛"葉夢得"故山
漸近"詞作"欲"。

又 一 體

【體略】

雙片一百字,上片四十九字,下片五十一字,各十句四平韻,陳

允平。

【圖譜】

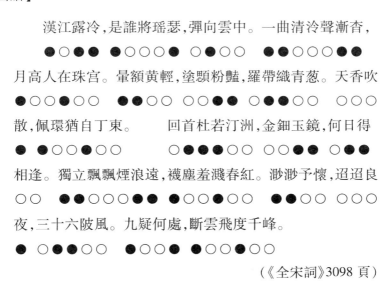

漢江露冷,是誰將瑤瑟,彈向雲中。一曲清泠聲漸杳,
●○●● ○○●●● ○●○○ ○●○○●●●

月高人在珠宮。暈額黃輕,塗頬粉豔,羅帶織青葱。天香吹
●○○●○○ ●●○○ ○●●● ○●●○○ ○○○

散,佩環猶自丁東。　　回首杜若汀洲,金鈿玉鏡,何日得
● ○●○●○○ ●●●●○○ ○○●● ○●●

相逢。獨立飄飄煙浪遠,襪塵羞濺春紅。渺渺予懷,迢迢良
○○ ●●○○○●● ●○○●○○ ●●○○ ○○○

夜,三十六陂風。九疑何處,斷雲飛度千峰。
● ○●●○○ ●○○● ●○○●○○

【注釋】

此與張元幹詞相校,上片第五句、下片第三五句全用律句,陳
允平"凝雲冱曉"詞亦與之同,乃詞人有意爲之,不與拗句體混校。

望南雲慢

【調釋】

元稹《喜五兄自泗州至》:"眼中三十年來淚,一望南雲一度
垂。"調名或緣此。沈詞賦相思離別,亦關本意,用平韻,多用四字
句法,聲情流美感傷。

【體略】

雙片一百三字，上片五十字十一句四平韻，下片五十三字十二句五平韻，沈唐。

【圖譜】

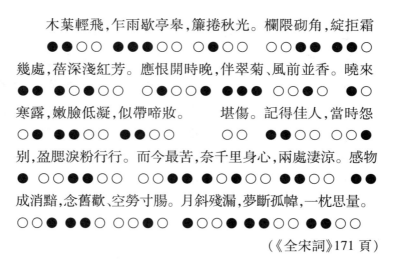

木葉輕飛，乍雨歇亭皋，簾捲秋光。欄隈砌角，綻拒霜
●●○○　●●●○○　○●○○　　○○●●　●●○

幾處，蓓深淺紅芳。應恨開時晚，伴翠菊、風前並香。曉來
●●　○●○○　　○○○●●　●●●　○○○○　　●○

寒露，嫩臉低凝，似帶啼妝。　　堪傷。記得佳人，當時怨
○●　●●○○　●●○○　　　○○　●●○○　○○●

別，盈腮淚粉行行。而今最苦，奈千里身心，兩處淒涼。感物
●　○○●●○○　　○○●●　●○○○○　●○○　　●●

成消黯，念舊歡、空勞寸腸。月斜殘漏，夢斷孤幃，一枕思量。
○○●　●●○　○●○○　　●○○●　○○●●　●○○

（《全宋詞》171 頁）

【注釋】

此詞題"木芙蓉"。此兩宋金元孤調，無他詞可校。上片第六句《詞譜》無"蓓"字。《詞律拾遺》卷五："'應恨'下與後'感物'下同。葉本'幾處'下無'蓓'字。"

杜安世八調

　　杜安世（生卒年不詳），京兆（今陝西西安）人。陳振孫《直齋書錄解題》卷二十一載《杜壽域詞》一卷，謂“京兆杜安世撰，未詳其人，詞亦不工”，列於張先之後、歐陽修之前。其詞有陸貽典校本《杜壽域詞》，《全宋詞》據之收錄，有增刪，共八十四首，丁丙《善本書室藏書志》卷四十：“安世詞頗傷淺弱，然如‘喜輕澌初綻微和’之《折紅梅》，‘尊前一曲’之《卜算子》，《花庵詞選》所收之《訴衷情》，未嘗不婉約可誦。”日本東洋文庫有王國維校本，跋云：“壽域殆長於音律，故改譜他人詞。即其自製，亦與他人音節不同，或以此也。”（馬興榮等編《中國詞學大辭典》，浙江教育出版社 1996 年版）。杜詞新調多爲孤僻詞調，且於聲律並不嚴謹，或受當時曲體影響較大。

玉闌干

【調釋】

　　杜詞用上去韻，重頭曲，賦戀情相思，亦關本意，聲情幽怨。兩宋孤調。

【體略】

　　雙片五十六字，上下片各二十八字四句三上去韻，杜安世。

【圖譜】

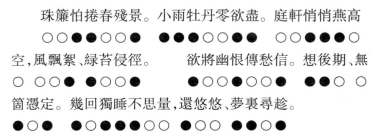

珠簾怕捲春殘景。小雨牡丹零欲盡。庭軒悄悄燕高
○○●●○○● 　●●○○○●● 　○○●●○

空，風飄絮、綠苔侵徑。 　欲將幽恨傳愁信。想後期、無
○ ○○● ●○○● 　　●○○●○○● 　●● ○

箇憑定。幾回獨睡不思量，還悠悠、夢裏尋趁。
●○● 　○●○●●○○ ○○○、●○○●

（《全宋詞》172 頁）

【注釋】

　　此調兩宋金元現僅存此詞。《詞譜》卷十二："《詞律》誤從汲古閣本，前段第二句少一字，今照《花草粹編》校正，平仄無他首可校。"關於下片結句字聲，《詞繫》卷十六："《詞律》於'裏'字注作平，不知因上用'悠'字平聲，此處用仄方協。若上用仄，此字自當用平。如五七言詩句，用平平仄平仄，方能協調。"按《詞律》、《詞繫》所云皆不當。杜詞前後聲律不嚴，實作者疏漏；上下片結句均作上三下四式折腰句，前三字多可平可仄，不能以七言律句相衡。

　　按明代何淇、清代朱彝尊、厲鶚等人有詞，今錄何淇詞於下，聊供參考（何詞題"與朱義公話舊"）："烏衣門第蕭然在。舊事而今都改。王孫落拓竟何依，又翻作、屠沽朱亥。　　十年如夢心情憊。念君家、飄零不耐。丈夫有志豈長貧，且莫子、暗傷老大。"（《全明詞》3347 頁）按何詞下片第二句"飄零不耐"、結句"暗傷老大"皆用律句，較杜詞嚴謹，可以效法。

惜春令

【調釋】

《惜春令》爲宋教坊曲,周密《武林舊事》天基聖節樂次有方響獨打《惜春令》。杜詞賦本意,聲情明快清新。此調兩宋僅杜安世有二詞,"春夢無憑猶懶起"一首,用韻三聲通叶,乃近曲體,當受曲體影響之創作。

【體略】

雙片五十字,上片二十六字四句三平韻,下片二十四字四句四平韻,杜安世。

【圖譜】

(《全宋詞》173 頁)

【注釋】

《詞譜》卷八:"調見《壽域詞》,祇此二首,而下首字句亦同,所異者,前後段起句叶仄韻耳。宋、元人無別首可校,其平仄當依之。"

杜安世別首附錄如下:"春夢無憑猶懶起。銀燭盡、畫簾低垂。

小庭楊柳黃金翠，桃臉兩三枝。　　　妝閣慵梳洗。悶無緒、玉簫拋擲。絮飄紛紛人疏遠，空對日遲遲。"按下片第二句"拋擲"《詞譜》作"慵吹"，今從《百家詞》及《全宋詞》。

端正好

【調釋】

　　《詞譜》卷十："楊无咎詞，名《於中好》。《中原音韻》注正宮。"納蘭性德詞有"弄一縷、秋千索"之句，名《秋千索》(《詞律辭典》)。從杜安世此詞句拍看，此調即《蝶戀花》之減字體，但當視爲新調。《校正》："此調句式結構甚爲單一，即一個七字句與一個上三下四句法之七字句爲一個句群，凡四次反復，調勢端正平穩。"(158 頁)此調名後入曲牌，《康熙曲譜》卷一有北正宮、卷二有北仙呂宮，與詞體不同。

【體略】

　　雙片五十四字，上下片各二十七字四句四上去韻，杜安世。

【圖譜】

　　　　　　檻菊愁煙霑秋露。天微冷、雙燕辭去。月明空照別離
　　　　　　●●○○○○● 　○○● ●●○● 　●○○●○

　　苦。透素光、穿朱戶。　　　夜來西風彫寒樹。憑闌望、迢遙
　　● 　●○○ ○○● 　　　●○○○●○● 　○○● ○○

　　長路。花牋寫就此情緒。特寄傳、知何處。
　　○● 　○○●●●○● 　●●○ ○○●

　　　　　　　　　　　　　　　　　　　　　(《全宋詞》174 頁)

【注釋】

此調兩宋金元現僅存杜安世四詞和楊无咎三詞。杜安世四詞字聲各異,聲律未穩,《詞譜》不以各詞相校,當是。今依《詞譜》附錄其他三首。其一:"每逢春來長如病。玉容瘦、薄妝相稱。雙歡未久成孤冷。奈厚約、全無定。　衆禽啾唧聲愁聽。相思事、多少春恨。孤眠帳外銀缸耿。透一點、爐煙暝。"其二:"露落風高桐葉墜。小庭院、秋涼佳氣。蘭堂聚飲華筵啟。罷令曲、呈珠綴。晚天行雲凝香袂。新聲内、分明心意。玉爐初噴檀煙起。斂愁在、雙蛾翠。"又:"野禽林棲啾唧語。閒庭院、殘陽將暮。蘭堂静悄珠簾窣。想玉人、歸何處。　喜鵲幾回空無據。愁都在、雙眉頭聚。凄涼方感孤鴛侣。對夜永、成愁緒。"

正　體

【體略】

雙片五十四字,上下片各二十七字四句四上去韻,楊无咎。

【圖譜】

濺濺不住溪流素。憶曾記、碧桃紅露。別來寂寞朝朝
○○●●○○●　○○◎、●○○●　●○○●○○

暮。恨遮亂、當時路。　　仙家豈解空相誤。嗟塵世、自難
●　●○●、○○●　　○○●●○○●　●○⊙、●○⊙

知處。而今重與春爲主。儘浪蕊、浮花妬。
○●　⊙○○⊙●○○●　●◎●、○○●

(《全宋詞》1183 頁)

【注釋】

《詞譜》："此與杜詞同，因平仄妥順，采以爲式。有楊詞別首可校。按楊詞別首，前後段第二句'繞珠叢細搯紅蕊'、'早一葉兩葉飛墜'，'叢'字平聲，'一'字及下'葉'字俱仄聲；後段第三句'晚來旋旋深無地'，'晚'字、上'旋'字俱仄聲；結句'更聽得東風起'，'聽'字平聲。譜內可平可仄據此。"

楊无咎詞共三首，皆名《於中好》。關於《於中好》與《端正好》關係，《詞律》卷七以楊无咎此詞爲譜，注云："按壽域有《端正好》四首，與此句法俱同，雖其用字四首中亦自平仄各異，而其爲一調則無疑，蓋題名俱有一'好'字，必同調也。"

又，此詞下片第二句"自難知處"，楊无咎別首作"兩葉飛墜"，《詞律》以"葉"作平用，不當。

山亭柳

【調釋】

此與晏殊詞名《山亭柳》者不同。杜詞用入聲韻，賦戀情相思，惆悵感傷。

【體略】

雙片七十九字，上片三十六字七句四入聲韻，下片四十三字七句五入聲韻，杜安世。

【圖譜】

曉來風雨，萬花飄落。歎韶光、虛過却。芳草萋萋，映
●　○○●　●○○●　●○○　○●●　　○●○○　●

樓臺、淡煙漠漠。紛紛絮飛院宇,燕子過朱閣。　　玉容淡
○○　●○●●　○○○●○○●　●○○●○●　　　●○●

妝添寂寞。檀郎孤願太情薄。數歸期、絕信約。暗恨春宵,
○○●●　○○○●●○●　●○○　●○●　●●○○

向平康、恣迷歡樂。時時悶飲綠醑,甚轉轉、思量著。
●○○　●○○●　○○○●●○○　●●●　○○●

(《詞譜》卷十八)

【注釋】

此調兩宋金元現僅存此詞。《詞律》、《詞譜》均將此調和晏殊詞類列。《詞譜》云:"此調仄韻者,亦只此一體,無別首宋詞可校,其句讀與平韻詞大同小異。""大同小異"之説不當,兩調並非同調。

杜韋娘

【調釋】

曲名見《教坊記》。劉禹錫《贈李司空妓》:"高髻雲鬟宮樣妝,春風一曲杜韋娘。"杜詞賦戀情相思,用入聲韻,句長韻疏,聲情憂傷怨歎。此調兩宋另有無名氏詞,用上去韻,聲情與杜詞相近。

【體略】

雙片一百九字,上片五十三字九句四仄韻,下片五十六字十句六仄韻,杜安世。

【圖譜】

暮春天氣,鶯兒燕子忙如織。間嫩葉、枝亞青梅小,乍
◎○○●　○○●○●○○●　●●●　○●○○●　●

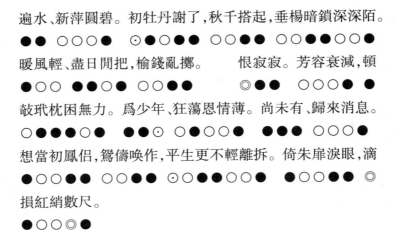

遍水、新萍圓碧。初牡丹謝了，秋千搭起，垂楊暗鎖深深陌。

暖風輕、盡日閒把，榆錢亂擲。　　　恨寂寂。芳容衰減，頓

敧玳枕困無力。爲少年、狂蕩恩情薄。尚未有、歸來消息。

想當初鳳侶，鴛儔喚作，平生更不輕離拆。倚朱扉淚眼，滴

損紅綃數尺。

（《全宋詞》178頁）

【注釋】

　　此調兩宋金元現僅存二詞。《詞譜》卷三十五："此調只有杜詞及無名氏詞兩體，故可平可仄，悉參無名氏詞句讀同者。"按上片第五句"初"爲領字，可平可仄。"牡丹謝了"無名氏作拗句，不參校。又上片第二句"鶯兒"，《百家詞》、《全宋詞》等作"鶯老"，第三句"閒嫩葉、枝亞青梅小"，《百家詞》、《全宋詞》作"音嫩葉、題詩哨梅小"。《詞律拾遺》卷八："《粹編》'鶯老'作'鶯兒'，'題詩哨梅小'作'枝亞青梅小'，宜從。"上片結韻《詞譜》、《全宋詞》皆斷作"暖風輕，盡日閒把、榆錢亂擲"，不妥，當斷作上三下四式折腰句、四字一句。下片第四句"薄"《全宋詞》、《詞譜》皆未注韻，不妥。第六、七句《詞律》、《詞譜》等均斷作："想當初鳳侶鴛儔，喚作平生，更不輕離拆。"《詞律》卷十九："'乍遍水'七字對後'尚未有'七字。'初牡丹'下十六字，對'想當初'下十六字，但前段應作五字一句、四字一句、七字一句，後則上句該在'鴛儔'住，'喚作'二字連上連下俱不妥，必有誤字，雖十六字平仄與前無異，語氣貫

下，分豆或可不拘，然'喚作'二字於理不順，作者但照前段'初牡丹'以下填之可耳。"按"喚作"當屬前，不應與"平生"相連，今依上片第五、六、七句斷作五字一句、四字一句、七字一句。下片結韻《詞譜》、《全宋詞》等皆斷作"倚朱扉，淚眼滴損、紅綃數尺"，今依無名氏詞斷作上一下四式五字一句、六字一句。

又一體

【體略】

　　雙片一百九字，上片五十三字九句五仄韻，下片五十六字十句五仄韻，《樂府雅詞》無名氏。

【圖譜】

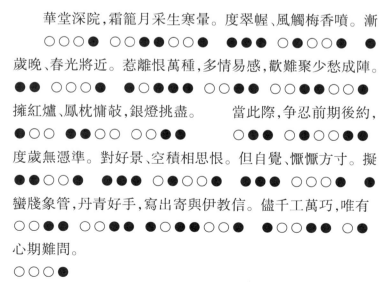

【注釋】

此與杜詞相校,惟下片首句不押韻,第二、三句作六字一句、五字一句異。按下片第八句"出"偶以入作平不注仄聲。

更漏子

【調釋】

此與唐宋令詞體《更漏子》不同。杜詞賦"宦遊羈思",亦關本意,調用平韻,篇長韻疏,聲情舒緩感傷。

【體略】

雙片一百四字,上片五十一字,下片五十三字,各十一句五平韻,杜安世。

【圖譜】

庭遠途程。算萬水千山,路入神京。暖日春郊,綠柳紅
〇●〇〇　●●〇〇　●●〇〇　●●〇〇　●●〇

杏,香逕舞燕流鶯。客館悄悄閒庭,堪惹舊恨深。有多少駈
●　〇〇●●〇〇　●〇●●〇〇　◎●●〇〇　●〇●

駈,驀嶺涉水,枉費身心。　　思想厚利高名。謾惹得憂
〇　●●●●　●●〇〇　　〇●●●〇〇　⊙●●●〇

煩,枉度浮生。幸有青松,白雲深洞,清閒且樂昇平。長是
〇　●●〇〇　●●〇〇　〇〇〇●　〇〇●●〇〇　〇●

宦遊羈思,別離淚滿襟。望江鄉蹤跡,舊遊題書,尚自分明。
●〇〇●　◎◎◎◎〇〇　●⊙〇〇●　●〇〇〇　◎●〇〇

(《全宋詞》179 頁)

【注釋】

此調兩宋金元現僅存杜安世和賀鑄詞。譜内平仄悉參校賀鑄詞句法相同者。上片自"算萬水"以下,與下片"謾惹得"以下字句相同,字聲小異。上片第二句《全宋詞》作"算萬山千水",今從《詞譜》。按上下片第二、九句皆作上一下四式五字句,賀詞亦然,填者當遵。

又一體

【體略】

雙片一百四字,上片五十一字十一句六平韻,下片五十三字十一句七平韻,賀鑄。

【圖譜】

芳草斜曛。映畫橋□□,翠閣臨津。數闋清歌,兩行紅
　○●○○　　　　　●　　　　●●○○　●○○　○○●
粉,厭厭別酒初曛。芳意贈我殷勤。羅巾雙黛痕。便蘭舟
●　○○●●○○　○●●●○○　○○○●○　●○○
獨上,洞府人閒,素手輕分。　　　十里綺陌香塵。望紫雲
●●　●●○○　●●○○　　　　　●●●●○○　●●○
車遠,已掩青門。迤邐黃昏。景陽鐘動,臨風隱隱猶聞。明
○●　●●○○　●●○○　●○○●　○○●●○○　○
朝水館漁村。憑誰招斷魂。恨不如今夜,明月多情,應待
○●●○○　○○○●○　●●○○●　○●○○　○●
歸雲。
○○

【注釋】

《東山詞》校注本繫此詞於哲宗元祐三年（1088）（226頁）。此與杜詞相校，惟上下片第七句、下片第四句均押韻異。上片第二句"映畫橋□□"，繆荃孫藝風堂抄本《東山堂》詞作"映畫橋樓□"。

采明珠

【調釋】

《詞譜》卷二十五："曹植《洛神賦》，或《采明珠》，調名取此。《宋史·樂志》：曲破中呂調《采明珠》。"杜詞用上去韻，賦戀情相思，非關本意，多用短句，聲情婉轉跌宕。

【體略】

雙片九十七字，上片四十九字九句四上去韻，下片四十八字十一句七上去韻，杜安世。

【圖譜】

雨乍收、小院塵消，雲淡天高露冷。坐看月華生，射玉
樓清瑩。蟋蟀鳴金井。下簾幃、悄悄空堦，敗葉墜風，惹動
閒愁，千端萬緒難整。　　秋夜永。涼天迥。可不念光景。
嗟薄命。倐忽少年，忍教孤令。燈閃紅窗影。步回廊、懶入

香閨,暗落淚珠滿面,誰人知我,爲伊成病。
○○　●●●○●●○●　○○○● ●○○●

(《全宋詞》182 頁)

【注釋】

此調兩宋金元現僅存此詞,無別首可校。

朝玉階

【調釋】

高適《酬裴員外以詩代書》:"遂除彭門守,因得朝玉階。"《詞譜》卷十三:"見杜安世《壽域詞》。其調近《散天花》,然換頭句平仄自不同也。"杜安世此調二首,用平韻,皆賦男女相思,多用上五下三式八字折腰句,聲情輕快流美。

【體略】

雙片六十字,上下片各三十字四句四平韻,杜安世。

【圖譜】

簾捲春寒小雨天。牡丹花落盡、悄庭軒。高空雙燕舞
○●○○●●○　●○○●● ○●○　○○●●

翩翩。無風輕絮墜、暗苔錢。　　擬將幽怨寫香牋。中心
○○　○○○●● ●○○　　　●○○●●○○　○○

多少事、語難傳。思量真箇惡因緣。那堪長夢見、在伊邊。
○●●、●○○　○○○●●○○　●○○●● ●○○

(《全宋詞》183 頁)

【注釋】

此調兩宋金元現僅存杜安世二詞。此詞爲重頭之曲,上下片均爲七、八、七、八句法,八字句作上五下三式折腰句。

《詞律》卷九:"前後一樣,只後起句平仄不同,觀前詞(按指"春色欺人"一首)則换頭例應平仄起,《選聲》旁注平仄,謂可與前段同,不知所據,而《圖譜》竟注後段同前矣。"《詞譜》:"《壽域集》杜詞二首,平仄如一,别無宋詞可校。"按杜詞二首字聲並不盡同,見下詞注。

又一體

【體略】

雙片五十九字,上片三十字四句四平韻,下片二十九字五句四平韻,杜安世。

【圖譜】

春色欺人拂眼清。柳條緑絲軟、雪花輕。黄金纔鉞掩
○●○○●●○ ●○●○● ●○○ ○○○●●
銀屏。陰沈深院静、語嬌鶯。 美人春困寶釵横。惜花
○○ ○○○●● ●○○ ●○○●●○○ ○○
芳態淚盈盈。風流何處最多情。千金一笑,須信傾城。
○●●○○ ○○○●●○○ ○○●● ○●○○

(《全宋詞》182 頁)

【注釋】

此與"簾捲春寒"一首相校,除下片第二句減一字作七字一

句,結韻作四字兩句外,其他全同,字聲除上片第二句外也完全一致。

　　《詞律》卷九:"'綠絲'恐是'絲綠','纔釴'二字不可解,必誤,'惜花'句比前段少一字,恐是落'去',尾句應上五下三,此乃兩四,不審此體當如是,或是誤也,作者從後載一體(按即"簾捲春寒"一體)可耳。"

趙抃一調

趙抃(1008—1084)，字閱道，號知非，衢州西安人。景祐元年(1034)進士。神宗時召爲知諫院，旋即擢右諫議大夫、參知政事等。著有《趙清獻公集》。《全宋詞》據《樂府雅存》輯存其詞一首，即《折新荷引》。

折新荷引(新荷葉)

【調釋】

趙詞云"圓荷嫩綠新抽"，或以此名調。此調用平聲韻，重頭曲。此調兩宋通用名爲《新荷葉》，句法以四六句法組合爲主，聲情清新明快。《詞譜》卷十九以黃裳詞爲正體，且云趙抃詞與黃詞體同，未辨先後。《康熙曲譜》有南正宮引子《新荷葉》，與詞體迥然不同。《魏氏樂譜》卷三即以趙詞爲譜。

【體略】

雙片八十二字，上下片各四十一字八句四平韻，趙抃。

【圖譜】

雨過回廊，圓荷嫩綠新抽。越女輕盈，畫橈穩泛蘭舟。

芳容豔粉，紅香透、脈脈嬌羞。菱歌隱隱漸遥，依約回眸。
○○●● 　○○○ 　●●○○ 　　○○●●○○ 　○●○○

　　堤上郎心，波間妝影遲留。不覺歸時，淡天碧襯蟾鈎。
　　○●○○ 　○○○●○○ 　　●●○○ 　●○●●○○

風蟬噪晚，餘霞際、幾點沙鷗。漁笛不道，有人獨倚危樓。
○○●● 　○○● 　●●○○ 　　○●●● 　●●○●○○

（《全宋詞》187頁）

【注釋】

《唐宋詞彙評》：“此詞詠杭州西湖。據《乾道臨安志》卷三，趙抃於熙寧三年（1070）四月以資政殿學士知杭州，十二月徙知青州。熙寧十年（1077）五月再知杭州，至元豐二年致仕。詞即爲趙抃知杭州時作。”（254頁）趙抃此詞字聲謹嚴，惟上片結韻作六字一句、四字一句，宋人無有如此填者，不作正體。按下片結韻二句，《詞譜》斷作“漁笛不道有人，獨倚危樓”不當。

又 一 體

【體略】

雙片八十四字，上片四十二字八句四平韻，下片四十二字八句五平韻，李清照。

【圖譜】

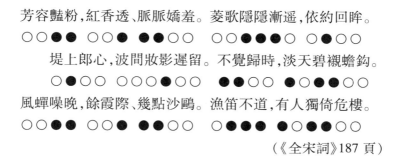

薄露初零，長宵共、永晝分停。遠水樓臺，高聳萬丈蓬
●●○○ 　○○● 　●●○○ 　　●●○○ 　○●●●○

瀛。芝蘭爲壽，相輝映、簪笏盈庭。花柔玉凈，捧觴別有娉
○ 　○○●● 　○○● 　○●○○ 　　○○●● 　●○●●○

婷。　　　鶴瘦松青。精神與、秋月争明。德行文章，素馳日
○　　　　●●○○　　○○●　○●○○　　●○○○　●○●

下聲名。東山高蹈，雖卿相、不足爲榮。安石須起，要蘇天
●○○　　○○○●　●○○、●●○○　　○●○●　●○○

下蒼生。
●○○

（《李清照集箋注》46 頁）

【注釋】

《李清照集箋注》定此詞爲大觀二年（1108）秋上晁補之壽詞
（48 頁）。此與趙詞相校，換頭一句用韻，前後片第二句添一字，皆
用上三下四句法異。此體前後整齊，然兩宋無與之同者，亦不作正
體。按賀及"蓮萼飄香"詞、趙彥端"玉井冰壺"及史浩"真隱先生"
詞下片與李清照詞全同，但上片第二句仍作六字一句與李詞異，注
出不另列。

正　　　體

【體略】

雙片八十二字，上下片各四十一字八句四平韻，黄裳。

【圖譜】

落日銜山，行雲載雨俄鳴。[一]一頃新荷，坐間疑是秋
◎●○○　○○◎●○○　　◎●○○　◎○⊙●○

聲。煙波醉客，見快哉、風惱娉婷。香和清點，爲人吹在衣
○　⊙●●●　◎○○、⊙●○○　　⊙○○●　○○⊙●○

襟。^[二]　　珠珮歡言，放船且向前汀。綠傘紅幢，自從天漢
〇　　　　　⊙●〇〇　◎〇〇⊙●〇〇　◎●⊙〇　◎〇⊙●

相迎。^[三]飛鷗獨落，蘆邊對、幾朵繁英。侑觴人唱，乍聞應
〇〇　　　⊙〇〇●　⊙⊙●　〇〇●〇〇　　◎〇⊙●　◎〇⊙

似湘靈。^[四]
●〇〇

（《全宋詞》373 頁）

【注釋】

［一］此調兩宋存詞近二十首，金元無存詞。《詞譜》："此調以
此詞及趙彥端詞爲正體，宋人皆如此塡，若趙抃詞之句讀不同，趙
長卿詞之句讀參差，皆變格也。此詞換頭句不押韻，侯寘'柳幄飛
綿'詞，鄭斗煥'乳鴨池塘'詞，正與此同。""落"辛棄疾"人已歸
來"詞作"人"，"行"、"載"辛棄疾"物盛還衰"詞作"眼"、"春"。
句中可平可仄除注明外，俱見所列別體句法相同者。

［二］"一頃"以下兩句，與第一韻兩句句拍字聲相同。"坐"辛
棄疾"春色如愁"詞作"遊"。"煙"辛棄疾"人已歸來"詞作"兔"。
"香"辛棄疾"人已歸來"詞作"翠"，"爲"、"吹"辛棄疾"春色如愁"
詞作"棋"、"似"。

［三］"珠"辛棄疾"人已歸來"詞作"有"。"自"、"天"辛棄疾
"人已歸來"詞作"而"、"物"。下片第二韻趙長卿"冷徹蓬壺"詞
《詞譜》作"折得曾將蓋雨，歸思如狂"而列又一體，不當，亦應如正
體斷句。

［四］"飛"辛棄疾"物盛還衰"詞作"去"，"蘆邊對"辛棄疾"種
豆南山"詞作"問騁懷"，"幾"辛詞作"遊"。"乍"辛棄疾"物盛還
衰"詞作"心"。

又一體（正體）

【體略】

雙片八十二字，上片四十一字八句四平韻，下片四十一字八句五平韻，趙彥端。

【圖譜】

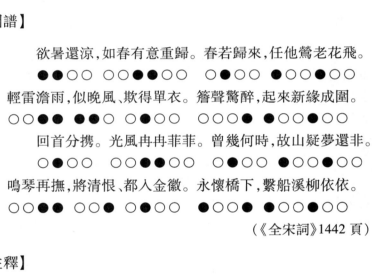

欲暑還涼，如春有意重歸。春若歸來，任他鶯老花飛。
●●○○　○●●○○●　○●○○　●○○●○○

輕雷澹雨，似晚風、欺得單衣。簫聲驚醉，起來新緣成圍。
○○●●　●●○、○●○○　○●○○　●○○●○○

回首分携。光風冉冉菲菲。曾幾何時，故山疑夢還非。
○●○○　○○●●○○　○●○○　●○○●○○

鳴琴再撫，將清恨、都入金徽。永懷橋下，繫船溪柳依依。
○○●●　○○●、○●○○　●○○●　●○○●○○

（《全宋詞》1442 頁）

【注釋】

此與黃詞相校，僅換頭用韻異，亦爲此調正體。《詞律》卷十二即以此詞爲正體："前後俱同，只後段起句叶韻。查稼軒諸作皆用韻，孏窟、惜香、介庵亦有不叶者，可不拘也。"

元絳一調

元絳(1009—1083),字厚之,錢塘人,天聖八年(1030)進士。累遷翰林學士,拜參知政事。著有《玉堂集》,《全宋詞》據《月河所聞集》、《花草粹編》錄存其詞二首。

映山紅慢

【調釋】

曲名最早見唐《教坊記》。映山紅即杜鵑花,《佩文齋廣群芳譜》卷三十九:"《增本草》:杜鵑花,一名紅躑躅,一名山石榴,一名映山紅,一名山躑躅,山谷有之。"元詞用上去韻,詠牡丹,祝壽詞,雖非本意,亦屬本調,聲情明媚歡暢。明史可程有詞,詠"竹菇",聲情亦與元詞相近。

【體略】

雙片一百一字,上片四十九字九句五上去韻,下片五十二字八句五上去韻,元絳。

【圖譜】

穀雨風前,占淑景、名花獨秀。露國色仙姿,品流第一,

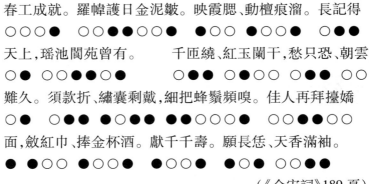

春工成就。羅幃護日金泥皺。映霞腮、動檀痕溜。長記得
○○○●　　○○●●○●○●　●○○　●○○●　　○●●

天上，瑤池閬苑曾有。　　　　千匝繞、紅玉闌干，愁只恐、朝雲
○●　○○●●○●　　　　　　○●●　○●○○　○●●　○○

難久。須款折、繡囊剩戴，細把蜂鬚頻嗅。佳人再拜擡嬌
○●　　○●●　●○●●　●○○○○●　　○○●○●

面，斂紅巾、捧金杯酒。獻千千壽。願長恁、天香滿袖。
●　●○○　●○○●　●○○●　●○●　○○●●

（《全宋詞》189 頁）

【注釋】

《詞譜》卷二十九："前後段第六句（按應爲前段第六句、後段第五句）'平平仄仄平平仄'，第七句（按應爲前段第七句，後段第六句）'仄平平仄平平仄'，此元載自度曲，當是音律所寓，填者審之。"《詞律拾遺》卷四："'羅幃'二句與後'佳人'二句同。但'面'字不叶韻耳。俞蔭甫太史云：'面'字疑'手'字之誤。"按《詞譜》所云上片第六句、下片第五句字聲，明代史可程詞亦全同柳詞，上片第七句"腮"，史詞作"谷"與柳詞異（《全明詞》3035 頁）。按上片第七句作七字折腰句，正與下片第六句句法相同，《詞譜》斷作一句不當。"動檀痕溜"、"捧金杯酒"又各作一二一句法。

劉述一調

劉述(1008？—1079？)，字孝叔，湖州人。仁宗景祐三年（1036）進士，爲御史臺主簿，知溫、耀、真三州等。神宗時出知江州、提舉崇禧觀。與張先、蘇軾有交誼，曾參與蘇軾"六客詞"事。《全宋詞》據《湘山野録》録存詞一首。

家山好

【調釋】

劉詞云"水晶宮裏家山好"，賦調名本意，或爲劉述創調。調用平聲韻，聲情明快灑脱。

【體略】

雙片五十七字，上片二十九字七句四平韻，下片二十八字五句三平韻，劉述。

【圖譜】

挂冠歸去舊煙蘿。閒身健，養天和。功名富貴非由我，
●○○●●○○　　○○●　●○○　　○○●●○○●

莫貪他。這岐路，足風波。　　水晶宮裏家山好，物外勝遊
●○○　●○●　●○○　　　　●○○●○○●　●●○○

多。晴溪短棹，時時醉唱捏棱羅。天公奈我何。

〇　　〇〇●●　〇〇●●●〇〇　　〇〇●●〇

（《全宋詞》195 頁）

【注釋】

　　《唐宋詞彙評》考此詞蓋慶曆初作（261 頁）。此爲兩宋金元孤調，無他詞可校。此詞作者《歷代詩餘》作無名氏，《詞律拾遺》作沈公述。

趙禎一調

趙禎(1010—1063),即宋仁宗,初名趙受益,真宗六子。大中祥符七年(1014)封慶國公,大中祥符八年封壽春郡王,天禧元年(1017)進中書令,二年進封升王。九月立皇太子,賜名趙禎。乾興元年(1022)二月即帝位,年十三,改元天聖。《全宋詞》録存其詞一首。

合宮歌

【調釋】

此爲宮廷鼓吹曲詞,皇祐二年(1050)饗明堂作。《宋史·樂志》(卷一百四十):"大享明堂用黃鐘宮,增《合宮歌》。"此調聲律配合較爲特殊,三聲通押,近於曲體,且多用拗句。

【體略】

雙片一百三十三字,上片六十六字十四句五平韻五叶韻,下片六十七字十五句四平韻四叶韻,趙禎。

【圖譜】

纘重明。端拱保凝命。廣大孝休德,永錫四海有慶。

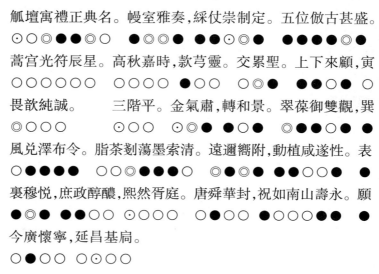

觚壇寓禮正典名。幔室雅奏，綵仗崇制定。五位倣古甚盛。

嵩宮光符辰星。高秋嘉時，款芎靈。交累聖。上下來顧，寅

畏歆純誠。　　三階平。金氣肅，轉和景。翠葆御雙觀，巽

風兌澤布令。脂茶刲蕩墨索清。遠邇嚮附，動植咸遂性。表

裹穆悦，庶政醇釀，熙然胥庭。唐舜華封，祝如南山壽永。願

今廣懷寧，延昌基扄。

（《全宋詞》195 頁）

【注釋】

此詞題"皇祐二年饗明堂"。此調兩宋現存四詞，其他三詞皆祖趙禎詞而小有變化。《全宋詞》均未分片，從字數、詞意入手，今從《詞律辭典》分作兩片。《詞律辭典》："此詞上片第四、六、八句，下片第七、九句全用仄聲。上片第九句，下片第十一句全用平聲。上片第三句，下片第四、五句全句只一個平聲……其聲律配合很特殊。"（953 頁）《全宋詞》下片結句斷作："願今廣懷寧延，昌基扄。"不妥，參校別詞，當從《詞律辭典》，斷作上一下四式五字一句、四字一句。句中可平可仄俱見下列各詞句法相同者。

按下片第十二、十三句《全宋詞》、《詞律辭典》均斷作："唐舜華封祝，如南山壽永。"參校別詞，當斷作四字一句、六字一句。

又一體

【體略】

單片六十七字十四句四平韻五叶韻,《宋史・樂志》無名氏。

【圖譜】

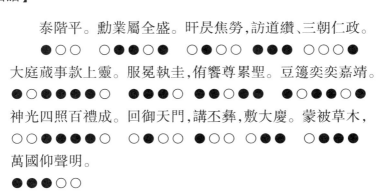

（《全宋詞》3716 頁）

【注釋】

此爲嘉祐元年(1056)作(《中興禮書》卷一百六十四),僅用趙禎詞上片。與之相校,第三、四句作四字一句、上三下四式七字折腰句,第九句添一字作七字一句,第十一句不用韻,其他均同。按上片第四句"訪道纘"當謂謀劃承繼道統之意,如將"訪"字屬上,則文意全不通。當依《詞牌格律》斷句。

又一體

【體略】

雙片一百三十二字,上片六十五字十四句四平韻五叶韻,下片六十七字十五句五平韻三叶韻,《宋會要輯稿》無名氏。

【圖譜】

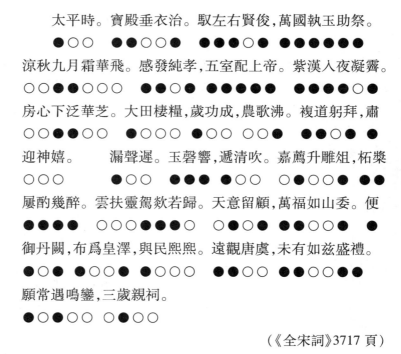

太平時。寶殿垂衣治。馭左右賢俊,萬國執玉助祭。
●○○　●●○○●　●●●○○　●●●○●●

涼秋九月霜華飛。感發純孝,五室配上帝。紫漢入夜凝霽。
○○●●○○●　●○○●　○○●●●　●●●●○●

房心下泛華芝。大田棲糧,歲功成,農歌沸。複道躬拜,肅
○○●●○○　●●○○　●○○　○○●　●○○●　●

迎神嬉。　　漏聲遲。玉磬響,遞清吹。嘉薦升雕俎,柘漿
○○○　　　　●○○　●●●　●○○　○○○○●　●○

屢酌幾醉。雲扶靈駕欻若歸。天意留顧,萬福如山委。便
●●○●　○○○●○●○　○●○●　●●○○●　●

御丹闕,布爲皇澤,與民熙熙。遠觀唐虞,未有如茲盛禮。
●○●　●○○●　●○○○　●●○○　●●○○●●

願常遇鳴鑾,三歲親祠。
●○●○○　○●○○

（《全宋詞》3717 頁）

【注釋】

此爲嘉祐七年(1062)詞。亦與趙禎詞同,惟上片第十一句少

押一韻,上片結句減一字作四字一句。上片原詞結句作四字,當從《詞牌格律》作脱漏,脱之字當在"肅"字之前。又《全宋詞》等上片第九句斷作:"房心下,泛華芝。"參校別詞,今斷作六字一句。

又一體

【體略】

　　雙片一百三十三字,上片六十六字十四句四平韻七叶韻,下片六十七字十五句五平韻三叶韻,周必大。

【圖譜】

聖明朝,曠典乘秋舉。大饗本仁祖。九室八牖四户。
●○○　●●○○●　　●●○○●　　●●●○○●

敕躬齊戒格堪輿。盛牲實俎。並侑總稽古。玉露乍肅天宇。
●○○○●○○　　●○●●　　●●●○●　　●●●●○○

冰輪下照金鋪。燎煙噓呼。鬱尊香,雲門舞。髣髴翔坐,靈
○○●●○○　　○○○○　　●○○　○○●　●●○●　○

心咸嘉娛。　　　衆星俞。美光屬,照煜珠。清曉御丹鳳,湛
○○○○　　　　●○○　●○●　●●○　○○●○●　●

恩遍浹率溥。歡聲雷動嶽鎮呼。徐命法駕,萬騎花盈路。獻
○●●●●●　○○○●●●○　○●●●　●●○○●　●

胙慈極,壽同箕翼,事超唐虞。看平燕雲,從此興文偃武。待
●○○　●○○●　●○○○　○○●○　○●○○●●　●

重會諸侯,依舊東都。
○●○○　○●●○

(《全宋詞》1610頁)

【注釋】

　　此爲宋寧宗"明堂大禮鼓吹曲"之一。此與趙禎詞相校,首句未押韻,上片第三、六、十句各多押一韻,第十一句不押韻異,其他全同。按下片第一、二、三句《全宋詞》等書斷作"衆星俞美,光屬照煜珠",應依趙禎詞斷句。

蔡挺一調

　　蔡挺(1014—1079),字子政,應天府宋城(今河南商丘)人。景祐元年(1034)進士。熙寧五年(1072)拜樞密副使。《宋史》本傳稱挺"鬱鬱不自聊,寓意詞曲,有'玉關人老'之歎"。魏泰《東軒筆錄》卷六稱其詞"盛傳都下"。《全宋詞》收其存詞一首,即《喜遷鶯》,此調今首見蔡詞,爲兩宋金元流行詞調。

喜遷鶯

【調釋】

　　此與唐韋莊令詞調同名者不同,爲兩宋及後世流行詞調。《白石道人歌曲》、《夢窗詞》皆注太簇宮。蔡氏此詞爲邊塞之作,抒建功立業之情,雖不乏愁苦之音,但並不低沉。此調兩宋代表詞人有李綱、張元幹、吳文英等,聲情以疏朗明快爲主。《校正》:"此調爲換頭曲,過變連用兩個短韻;前段自第四句,後段自第五句,句式相同。前後段各有兩個六字句,以對偶見工緻。兩結尾各三句爲三五四句式,配以前此之兩個六字句,使調勢和婉柔美,而又含蓄收斂。此調兩宋作者甚衆,適用於敘事、寫景、祝頌、詠物、酬贈、節序等題材。"(531頁)

【體略】

雙片一百三字，上片五十一字十一句五仄韻，下片五十二字十二句五仄韻，蔡挺。

【圖譜】

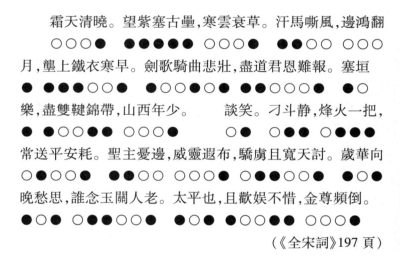

霜天清曉。望紫塞古壘，寒雲衰草。汗馬嘶風，邊鴻翻
○○○●　　●●●○　○○○●　　●●○○　○○○
月，壘上鐵衣寒早。劍歌騎曲悲壯，盡道君恩難報。塞垣
●　●●●○○●　　●○○●○○●　●●○○○●　　●○
樂，盡雙鞭錦帶，山西年少。　　　談笑。刁斗静，烽火一把，
●　●●○○●　○○○●　　　　　○●　○○●　○●●●
常送平安耗。聖主憂邊，威靈遐布，驕虜且寬天討。歲華向
○●○○●　●●○○　○○○●　○●●○○●　●○○
晚愁思，誰念玉關人老。太平也，且歡娛不惜，金尊頻倒。
●○○●　○●●○○●　●○●　●○○●●　○○○●

（《全宋詞》197頁）

【注釋】

《唐宋詞彙評》考此詞於熙寧四年（1071）作（267頁），時蔡挺五十七歲。此調雖以此詞爲早，然如“紫塞古壘”、“劍歌騎曲悲壯”、“烽火一把”、“歲華向晚愁思”幾句皆作拗句，宋人按此作者較少，不作正體。無名氏“南枝向暖”詞與此同，只上下片首句不押韻異，注出不另列。

又一體

【體略】

　　雙片一百四字,上片五十二字十一句五仄韻,下片五十二字十二句六仄韻,晁端禮。

【圖譜】

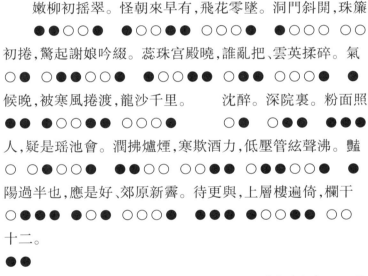

(《全宋詞》424 頁)

【注釋】

　　此體字句韻與蔡詞相校,上片首句添一字作五字一句,第七、八句作五字一句、七字折腰一句,下片換頭句多押一韻,第八、九句亦作五字一句、七字折腰一句,以移字法改變句拍,字聲亦異。按

此詞下片結韻《全宋詞》斷作六字兩句，當依蔡詞斷句。晁詞別首
"佇立薰皋暮"詞、及史達祖"月波疑滴"詞正與此同，惟晁詞別首
首句不用韻異，不再另列。

又一體

【體略】

雙片一百三字，上片五十一字十一句六仄韻，下片五十
二字十二句七仄韻，張繼先。

【圖譜】

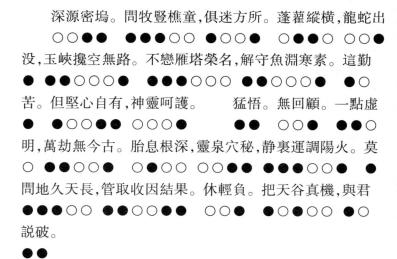

(《全宋詞》758 頁)

【注釋】

此與蔡詞相校，上片第九句，下片第二、十句各添一韻，張繼先

別首正與之同。按上片首句宜用韻,《全宋詞》未注韻,不妥。

又一體

【體略】

雙片一百四字,上下片各五十二字十二句五仄韻,趙溫之。

【圖譜】

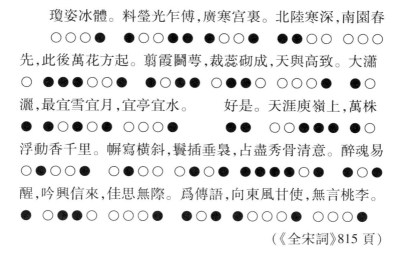

（《全宋詞》815 頁）

【注釋】

此詞換頭用短韻與晁詞同（《詞譜》未作韻不當）。上下片第七、八、九三句攤破蔡挺詞六字兩句,作四字三句。上片第八句《全宋詞》原作“裁蕊砌□”,從《歷代詩餘》卷八十補“成”字。

又一體

【體略】

雙片一百三字,上片五十一字十二句六仄韻,下片五十二字十
一句六仄韻,蔡伸。

【圖譜】

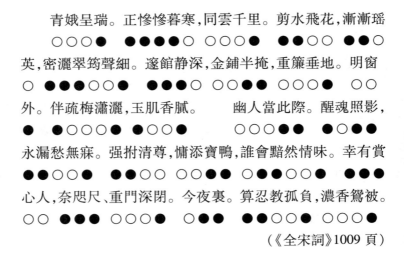

（《全宋詞》1009 頁）

【注釋】

此與蔡挺詞相校,上片第七、八句作四字三句(與趙温之詞
同),換頭不用短韻,下片第七、八句作五字一句、七字一句異,又上
第九句、下片第十句皆多用一韻(與張繼先詞同)。

正　體

【體略】

雙片一百三字,上片五十一字,下片五十二字,各十一句五仄韻,康與之。

【圖譜】

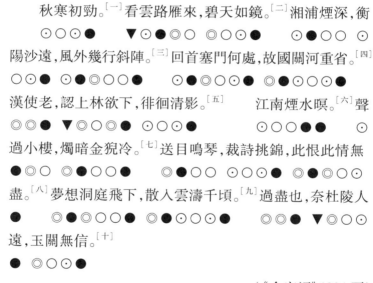

秋寒初勁。[一]看雲路雁來,碧天如鏡。[二]湘浦煙深,衡

陽沙遠,風外幾行斜陣。[三]回首塞門何處,故國關河重省。[四]

漢使老,認上林欲下,徘徊清影。[五]　　江南煙水暝。[六]聲

過小樓,燭暗金猊冷。[七]送目鳴琴,裁詩挑錦,此恨此情無

盡。[八]夢想洞庭飛下,散入雲濤千頃。[九]過盡也,奈杜陵人

遠,玉關無信。[十]

（《全宋詞》1304 頁）

【注釋】

[一]此調兩宋金元現存一百餘首,用上去韻、入聲韻均可。此詞題"秋夜聞雁",亦用調名本意。《詞譜》卷六:"長調以康詞及蔣詞爲正體,其餘攤破句法,皆變體也。若姜夔詞之添字,自注高

宮者,又與各家不同。"與蔡詞相校,康詞皆用律句,正爲宋人常體,然《詞譜》所定字聲多有不當。"初"吳文英"煙空白鷺"詞作"白"。句中可平可仄除注明外俱見所列別體句法相同者。

　　[二]"看"作領字,宜用去聲,"雲路雁來"作律句。檢宋人詞此四字組合有三種類型(以前二種居多):一、仄起律句,如本詞,高觀國作"約著晚來"、馮去非作"綠芰擎霜"句等;二、仄起拗句,如李綱作"萬頃雪浪"、無名氏作"繡戶乍起"句等;三、平起律句,如辛棄疾作"亭亭無數"、趙善扛作"化工盡力"等。"看"字與"雲路雁來"作上一下四句法,爲此調定式。吳文英"凡塵流水"詞,《全宋詞》作"正春在,絳闕瑤階十二",不妨斷作"正春在絳闕,瑤階十二"。此體此句只參校仄起律句。"如"高觀國"歌聲淒怨"詞作"不"。《詞譜》以"天"字可平可仄,不當,檢宋人詞,惟姜夔、李曾伯二人作仄聲,姜夔詞字聲與康詞多不同,見又一體,李曾伯詞當屬偶用,不參校。

　　[三]"衡"吳文英"冬分人別"詞作"蝶","沙"馮去非詞作"蟹"。按"陽"、"遠"二字《詞譜》均以可平可仄,未當,"衡陽沙遠"一句爲平起仄收律句,檢宋人詞,與之不同者僅有數首,如張繼先作"迷心失行"、趙溫之作"南園春先"、江漢作"調燮精神"等,偶用不參校。

　　[四]"回首塞門何處"作仄起律句。此句宋人字聲多有不同,可分三種:一、仄起律句,如本詞;二、平起仄拗,如蔡挺"劍歌騎曲悲壯";三、平起平拗,如俞文豹"任他萬紅千紫"。此體此句只參校仄起律句者,其他兩種另見別體。"回"、"塞"、"何"王千秋"玉龍垂尾"詞作"靜"、"聲"、"檻","關"魏了翁詞作"醉","重"黃公紹"世情冰盡"詞作"蝶"。

　　[五]此韻爲三字一句、五字一句、四字一句,與下片結韻三句相同,並無他種句拍。"認"與下片"奈"皆作領字,各領起以下八字,宜用去聲。《詞譜》以"上林欲下"四字皆可平可仄,不當。此

四字爲平起律句,宋人詞偶有不合者,如江漢作“玉帶金魚”、趙温之作“宜雪宜月”,不參校。“清”黃公紹“世情冰盡”詞作“影”。按《詞譜》以“徊”字本平可仄,不當,此字宋人詞僅史達祖作“伴”,孤例不參校。

〔六〕“江”曾覿詞作“指”。此句爲平起仄收律句,亦有用仄起律句者,如湯再可“富貴長歡笑”句;亦有用仄起拗句者,如黃公紹“誰念芳徑小”句,不參校。

〔七〕“聲過小樓”四字爲仄起平收律句。檢宋人詞作,此四字平仄組合主要有三種:一、仄起平收,如本詞;二、仄起仄收,如黃裳作“東海一老”;三、平起仄收,如高觀國作“悲涼還在”等。此體此句只參校仄起平收者,另兩種情況見別體。“小”馮去非詞作“征”。“燭”曹宰“梅含春信”詞作“優”。“暗”字《詞譜》以本仄可平,檢宋人詞,僅趙長卿作“商”、俞文豹作“陽”,屬偶用或偶誤,不參校。

〔八〕“鳴”字《詞譜》以本平可仄,不當。此字宋人惟吳潛作“俱”、黃公紹作“廣”、林伯鎮作“赤”,偶用不參校。《詞譜》以“詩”、“錦”二字可平可仄,亦不當,此二字宋人僅三四處與譜不合,不參校。“無”張繼先“情纏識縛”詞作“忘”。《詞譜》以“情”字可平可仄,此處僅趙温之作“骨”字用仄聲,不參校。

〔九〕“夢想洞庭飛下”一句作仄起仄收律句。檢宋人此句,可分三種:一、仄起仄收律句,如本詞;二、平起仄拗,如蔡挺“歲華向晚愁思”;三、平起平拗,如吳文英“豔波紫金杯重”。“夢”、“洞”曹冠詞作“棋”、“新”。“千”曾覿詞作“主”。

〔十〕“杜陵人遠”四字《詞譜》以皆可平可仄,不當。此四字爲平起仄收律句,宋人偶有不合者,如江漢作“又管領年年”、張繼先作“競口口談醒”,偶用不參校。“關”字《詞譜》以可平可仄,此字宋人亦偶用仄聲,不足參校。

又一體

【體略】

雙片一百三字,上片五十一字十二句五仄韻,下片五十二字十三句六仄韻,趙長卿。

【圖譜】

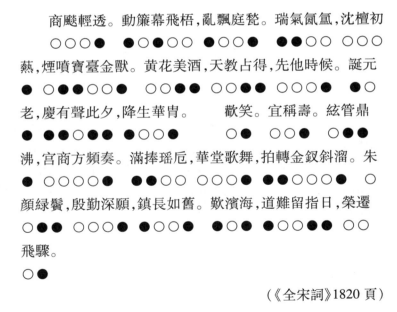

商飈輕透。動簾幕飛梧,亂飄庭甃。瑞氣氤氳,沈檀初
○○○●　　●○○●　　●○○●　　●●○○　○○○

爇,煙噴寶臺金獸。黃花美酒,天教占得,先他時候。誕元
●　○●●○○●　　○○●●　　○○●●　　○○○●　　●○

老,慶有聲此夕,降生華胄。　　　　歡笑。宜稱壽。絃管鼎
●　●●○●●　　●○○●　　　　　　○●　　○○●　　○●●

沸,宮商方頻奏。滿捧瑤卮,華堂歌舞,拍轉金釵斜溜。朱
●　○○○●●　　●●○○　　○○○●　　●●○○○●　　○

顏綠鬢,殷勤深願,鎮長如舊。歎濱海,道難留指日,榮遷
○○●●　　○○○●　　●○○●　　●○●　　●○○●●　　○○

飛驟。
○●

【注釋】

此詞題"上魏安撫"。此即趙溫之詞體,惟下片第二、三、四句又同蔡挺詞句拍異。按上下片結韻三句《詞譜》斷作三字兩句、六字一句,《詞律》上片結韻斷作三字一句、五字一句、四字一句,下

片結斷韻斷作三字一句、九字一句，今皆依正體句拍斷句。此詞下片第四句"宮商方頻奏"作拗句，與常體不同，不必效法。又《詞譜》以此詞換頭"笑"字非韻；又江漢詞上片第七、八、九句亦作四四四句式："鳳山政好，還被畫轂，朱輪催起。"《詞譜》斷作："鳳山政好，還被畫轂朱輪催起。"而列又一體，皆不當。

又一體

【體略】

太簇宮，雙片一百五字，上片五十二字十一句六仄韻，下片五十三字十二句七仄韻，姜夔。

【圖譜】

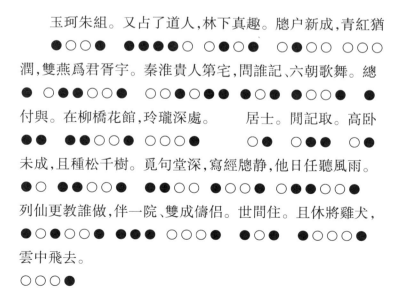

玉珂朱組。又占了道人，林下真趣。鎖户新成，青紅猶
●○○●　●●●●○　○●○●　○●○●　○○○

潤，雙燕爲君胥宇。秦淮貴人第宅，問誰記、六朝歌舞。總
●　●○○●●●　○○●○●●　●○●、●○○●　●

付與。在柳橋花館，玲瓏深處。　　居士。閒記取。高卧
●●　●●○○●　○○○●　　　　○●　○●●　○●

未成，且種松千樹。覓句堂深，寫經鎖静，他日任聽風雨。
●○　●●○○●　●●○○　●○○●　○●●○○●

列仙更教誰做，伴一院、雙成儔侶。世間住。且休將雞犬，
●○●○○●　●●●、○○○●　●○●　●○○○●

雲中飛去。
○○○●

【注釋】

此詞題"功父新第落成"。《唐宋詞彙評》：夏承燾《姜白石詞編年箋注》卷五定該詞爲寧宗慶元三年（1197）作（2765頁）。《詞譜》："此詞前後段第八句（按後段當爲第九句），各添一字，作七字句，兩結又多押一韻，自注太簇宮，俗名中管高宮。按大呂宮爲高宮，太簇宮與大呂宮同字譜，故名中管高宮，但宮調失傳，其義則不可考矣。"按"太簇宮"與"大呂宮"並不相同。"大呂宮"較"太簇宮"高一律。

按上片第二、三句《全宋詞》斷作"又占了、道人林下真趣"，下片第九句《全宋詞》作"一院雙成儔侶"六字一句，當從《詞譜》斷句。

又上片第七句"秦淮貴人第宅"和下片第八句"列仙更教誰做"，皆用拗句，其拗句形式又與蔡挺詞不同，宋人魏了翁、陳著、蔣捷等人詞此兩句正與姜詞相同，填者識之。

又一體

【體略】

雙片一百三字，上片五十一字十一句五仄韻，下片五十二字十二句一疊韻四仄韻，蔣捷。

【圖譜】

遊絲纖弱。謾著意絆春，春難憑托。水暖成紋，雲晴生
〇〇〇●　●●●〇〇　〇〇〇●　●〇〇〇　〇〇〇

影，雙燕又窺簾幕。露添牡丹新豔，風擺秋千閒索。對此
●　〇●●〇〇●　●〇〇〇〇●　〇●〇〇〇●　●●

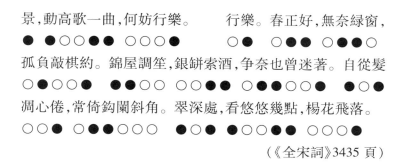

景,動高歌一曲,何妨行樂。　　行樂。春正好,無奈綠窗,
●　●○●○●●　○○○●　　　　○●　○●●　○●●○

孤負敲棋約。錦屋調笙,銀缾索酒,爭奈也曾迷著。自從髮
○●○○●　●●○○　○○●●　○●●○○●　●○●

凋心倦,常倚鈎闌斜角。翠深處,看悠悠幾點,楊花飛落。
○○●　○○●○●　●○●　●○○●●　○○○●

(《全宋詞》3435 頁)

【注釋】

此詞題"暮春"。《詞譜》:"此詞換頭句用短韻,餘與康詞同。按康詞換頭句本押韻,此用短韻疊上,句末即不更押。若高觀國詞'轉盼。塵夢斷',則又押一韻,蔣詞別首'別浦。雲斷處'亦然,注明不錄。"

王益柔一調

　　王益柔(1015—1086)，字勝之，洛陽人。慶曆四年(1044)以殿中丞召試，除集賢校理。慶曆四年，預蘇舜欽進奏院會，醉作《傲歌》，黜監復州酒税。熙寧元年(1068)入判度支審院。《全宋詞》録其詞一首。

喜長新

【調釋】

　　曲名見《教坊記》。王詞用平聲韻，換頭曲，詠梅，聲情清麗俊爽。

【體略】

　　雙片四十七字，上片二十四字四句四平韻，下片二十三字四句三平韻，王益柔。

【圖譜】

　　秋雲朔吹曉徘徊。雪照樓臺。梁王宴召有鄒枚。相如
　　○○●●●○○　　●●○○　　○○○●●○○　　●○

獨逞雄才。　　明燭熏爐香暖，深勸金杯。庭前粉豔有寒
●●○○　　　　○●○○○●　○●○○　○○●●●○

梅。一枝昨夜先開。

　　○　　●○○●●○○

【注釋】

　　此兩宋金元孤調，無他詞可校。上片第四句"才"《詞律拾遺》卷一作"材"，並云："'雪照'下與後'深勸'下同。一本'秋'作'愁'，'材'作'才'。"

曾鞏二調

曾鞏(1019—1083),字子固,建昌軍南豐(今江西省南豐縣)人,後居臨川,北宋著名散文家。《全宋詞》録存其詞一首。

賞南枝

【調釋】

南枝即梅花。曾詞用平韻,賦本意,句長韻疏,聲情明快悠揚。

【體略】

雙片一百五字,上片五十二字九句五平韻,下片五十三字九句六平韻,曾鞏。

【圖譜】

暮冬天地閉,正柔木凍折,瑞雪飄飛。對景見南山,嶺
●○○●● ●○○●● ●●○ ●●●○○ ●

梅露、幾點清雅容姿。丹染萼、玉綴枝。又豈是、一陽有私。
○● ●●○●○○ ○●● ●●○ ●●● ●●●○○

大抵化工獨許,使占却先時。　　霜威莫苦淩持。此花根
●●●○●● ●●●○○ 　　○○●●○○ ●○○

性,想群卉争知。貴用在和羹,三春裏、不管緑是紅非。攀
●　●○●●○○　　●●●○○　○○●　●●●○○○　　○

賞處、宜酒卮。醉撚嗅、幽香更奇。倚闌仗何人去,囑羌管
●●　○●○　　●●●　○○●○　　●○●○●○●　●○●

休吹。
○○

(《全宋詞》199 頁)

【注釋】

　　《唐宋詞彙評》:“據李震《曾鞏年譜》,此詞作於至和元年
(1054)。”(271 頁)此調兩宋金元只存此詞,無他作可校。此詞
《詞律拾遺》卷五收録,但所采詞非善本,解説多不當。此調上片
“對景”以下與下片“貴用”以下相同,結句均作上一下四句法。

沁園春

【調釋】

　　《能改齋詞話》卷一:“今世樂府傳《沁園春》詞,按《後漢書》
竇憲女弟立爲皇后,憲恃宮掖聲勢,遂以縣直請奪沁水公主園。然
則沁水園者,公主之園也,故唐人類用之。”《唐宋詞通論》:“仁宗
時都下新聲,聲甚清美。劉斧《青瑣高議》前集卷八《續記》條:‘聞
前客肆中唱曲子《沁園春》。肆內有補鞋人傾聽甚久,顧(催)中
曰:“此何曲也? 其聲甚清美。”“乃都下新聲也。”’”(127 頁)此調
今最早見曾鞏詞。《張子野詞》注般涉調。調用平韻,換頭曲。此
調爲兩宋及後代非常流行詞調,句法以四字句爲多,長於鋪叙展
衍,上下片句法、聲韻除換頭外其他基本相同,風格明快、灑脱、勁
健,爲豪放風格詞人代表詞調,題材上時序、詠史、交遊皆可,兩宋

代表詞人爲蘇軾、辛棄疾、劉過、劉克莊、陳人傑等,其中陳人傑存詞三十餘首,皆用此調。《校正》:"調勢活潑生動,可平可仄之字極多,較爲自由,有和諧婉轉而又流暢之特點,適用於言志、議論、諧謔、叙事、酬贈、祝頌等題材。"(612 頁)此調賀鑄因詞中有"離群"語,名《念離群》,無名氏"玉露迎寒"詞名《壽星明》(晁端禮《壽星明》與之不同),陸游"壯歲文章"詞名《洞庭春色》,《全宋詞》據《珊瑚網法書題跋》卷七録陸游《大聖樂》詞(亦即《沁園春》),而《大聖樂》本宋初教坊大曲之一,《沁園春》曲調或即源於教坊大曲。此調後又用爲曲牌,體式與詞同,《康熙曲譜》卷七即用黄庭堅詞爲體式。

【體略】

雙片一百十三字,上片五十六字十二句四平韻,下片五十七字十一句四平韻,曾覿。

【圖譜】

絳蕚欺寒,暗傳春信,一枝乍芳。向籬邊竹外,前村雪
●●○○　●○○●　●○○●　　●○○●●　○○●

裏,青梢猶瘦,疏影溪傍。惹露和煙凝酥豔,似瀟灑、玉人初
●　○○○●　○○○●　●●○○○●●　●○●○、○○○

試妝。江南路,有多情竚立,迴盡柔腸。　　倚樓最難忘
●○　○○●　●○○●●　●●○○　　　●○●●○

處,正皓月、千里流光。縱廣平心勁,難思麗句,少陵詩興,
●　●●●、○○○○　●○○○●　○○●●　●○○●

猶愛清香。休怪東君先留意,問他日、和羹誰又强。還輕
○●○○　　○●○○○●●　●○●、○○○●○　　○○

許,笑淩空檜影,松蔭交相。

●　●○○●●　○●○○

【注釋】

《能改齋詞話》卷一又云呂洞賓有詞,唐代已有此調,不足據。此詞《梅苑》作《洞庭春色》,屬無名氏詞,《花草粹編》卷十二調名亦作《洞庭春色》,《歷代詩餘》卷八十八作《沁園春》,皆題曾鞏作。《全宋詞》作無名氏作,並云:"按《歷代詩餘》卷八十七誤引作曾鞏詞。"此詞今從《花草粹編》作曾鞏詞。《唐宋詞彙評》:李震《曾鞏年譜》繫此詞於至和元年(1054)作(272 頁)。

此調兩宋金元共存詞六百餘首,爲十分流行之調。此詞上片第八句、下片第七句分別作"惹露和煙凝酥豔"、"休怪東君先留意",皆作七字拗句,後人罕有與之同者(宋先生"速速修行"一首與之同),不作正體。

按上片第九句、下片第八句《詞律》作上三下五式折腰句法,《詞譜》斷作上一下七式八字句,今從《詞律》。

又 一 體

【體略】

般涉調,雙片一百十五字,上片五十七字十三句四平韻,下片五十八字十三句六平韻,張先。

【圖譜】

心膂良臣,帷幄元勳,左右萬幾。暫武林分閫,東南外

○●○○　○●○○　●●●○　●●○○●　○○●

翰,錦衣鄉社,未滿瓜時。易鎮梧臺,宣條期歲,又西指、夷
● ●○○● ●○○○　　●●○○ ○○○● ●○● 　○
橋千騎移。珠灘上,喜甘棠翠蔭,依舊春暉。　　　須知。繫
○○●○ ○○● ○○○●● ○○○●　　　　　○○　●
國安危。料節召、還趨浴鳳池。且代工施化,持鈞播澤,置
●○○　●●○● ○○●●○　●●○○● ○○●● ●
盂天下,此外何思。素卷書名,赤松游道,飆馭雲軿仙可期。
○○● ●○○○　●●○○ ●○○● ○●○○○●○
湖山美,有啼猿唳鶴,相望東歸。
○○● ●○○●● ○○○○

(《全宋詞》78 頁)

【注釋】

此詞題"寄都城趙閱道",趙閱道即趙抃。《唐宋詞彙評》考此
詞作於熙寧七年(1074)趙抃自成都還京,將赴越州任時(130 頁)。
此與曾詞相校,上片第八句、下片第七句皆添一字攤破作兩個四字
句,換頭添一短韻,下片第二句添一字作八字折腰句,第八句減一
字作七字一句。

按張先此詞換頭用短韻,上下片第八、九句作四字兩句爲宋人
流行體式,然張詞上片第十句作八字折腰句,下片第十句作七字一
句,前後不嚴謹,不作正體。《詞律辭典》以上片第十句"又"爲襯
字。按上片第十句作八字句者兩宋詞中較多,蘇軾"情若連環"一
首,也正與此同(換頭用短韻亦同)。又劉過"銷薄春冰"詞,亦同
張詞,惟換頭不用短韻異,注出不另列。

正　　體

【體略】

雙片一百十四字,上片五十六字十三句四平韻,下片五十八字十二句五平韻,蘇軾。

【圖譜】

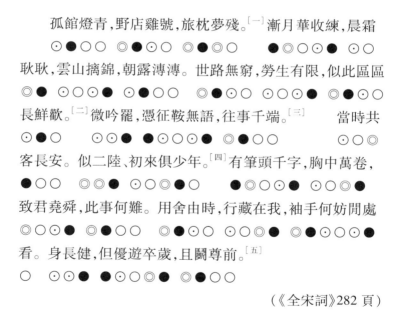

（《全宋詞》282 頁）

【注釋】

[一]《唐宋詞彙評》考此詞與張先詞同作於熙寧七年(1074)十一月。此當依張詞體而略加變化。此與張先詞相校,上片第十句減一字作七字一句,換頭不用短韻。上片“漸月華”以下,與下

片"有筆頭"以下相同,後人填者最多,當爲此調正體。此調《詞律》卷十九以陸游"孤鶴歸飛"爲正體,《詞譜》卷三十六以蘇軾此詞爲正體,當從後者,但《詞譜》所定字聲多有不當。首韻三個四字句,其中首句必用仄起平收律句,如汪晫作"民吾同胞"等,爲偶用誤用,不參校。次句"野店雞號"用仄起平收律句,檢宋人詞作,亦多有平起仄收如曾覿詞者,填者任選一種律句可也。第三句"旅枕夢殘",宋人亦多有用拗句如曾覿詞者,填者任選一種句型可也,大體避免前三字皆用平聲。句中可平可仄除注明外,俱見別體句法相同者。

　　[二]"漸"與下片"有"皆爲領字,各領起以下四個四字句,四句中前三句皆爲平起仄收律句。"世路"以下三句,前兩個四字句一爲仄起平收,一爲平起仄收。"區"黃機"問訊西園"詞作"不"。

　　[三]"微吟罷"一句,《詞譜》認爲:"此調前段第十一句、後段第十句,例作平平仄,如李昴英詞之'又何須'、何夢桂詞之'奇絶處'、趙以夫詞之'太平也'、劉過詞之'誰羨汝'及類列林詞之'動星象'、李詞之'願此去',皆與調不合,譜內不校注平仄。"此説不當,檢宋人詞作,除《詞譜》所舉之例外,"微吟"二字用仄聲者比比皆是,自當以可平可仄而論。"憑"爲領字,此字《詞譜》定本仄可平,不當,檢宋人詞作,此字僅李曾伯、吳泳、劉過、劉克莊等十餘首詞作平聲,皆屬偶用,不當參校,另此字又實宜用去聲。"征"趙福元"一劍凌風分"詞作"竹"。

　　[四]"當"、"共"辛棄疾"杯汝來前"詞作"更"、"歌"。"似二陸"一句,當斷作上三下五式八字句,"初來俱少年"用律句,《全宋詞》此調多斷作普通八字一句,不當。"初"程公許"萬里飄萍"詞作"兩"。

　　[五]"用"、"由"洪咨夔作"桃"、"渡",《詞譜》定"用"字當仄,"由"字當平,皆不當。"身"趙以夫"秋入書幃"詞作"太"。"何"馮取洽"人事好乖"詞作"賞"。"長"夏元鼎"大道無名"詞作

"不"。

<h1 style="text-align:center">又一體</h1>

【體略】

雙片一百十四字,上片五十六字十三句四平韻,下片五十八字十三句六平韻,韋驤。

【圖譜】

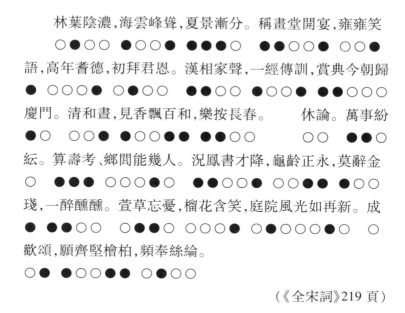

林葉陰濃,海雲峰聳,夏景漸分。稱畫堂開宴,雍雍笑語,高年耆德,初拜君恩。漢相家聲,一經傳訓,賞典今朝歸慶門。清和晝,見香飄百和,樂按長春。　　休論。萬事紛紜。算壽考、鄉閭能幾人。況鳳書才降,龜齡正永,莫辭金琖,一醉醺醺。萱草忘憂,榴花含笑,庭院風光如再新。成歡頌,願齊堅檜柏,頻奉絲綸。

(《全宋詞》219 頁)

【注釋】

此即蘇詞體,惟換頭用短韻又與張先詞同,亦爲宋人常體。陳睦詞、吳泳"鵾鳩鳴兮"詞、黃庭堅詞等與之同。

【注釋】

此即曾鞏詞體,惟上片第八句、下片第七句用律句異。陸游此詞名《洞庭春色》。按吳泳、京鏜、魏了翁等人詞與此同。上片第八句"請看邯鄲當日夢","邯"魏了翁"四十之年"詞作"未";下片第七句"洛水秦關千古後",程垓詞作"惆悵一春飛絮盡"。句中可平可仄據此。上片第三句"昔"以入代平,不注仄聲。

又一體

【體略】

雙片一百十二字,上片五十五字十三句四平韻,下片五十七字十三句六平韻,王質。

【圖譜】

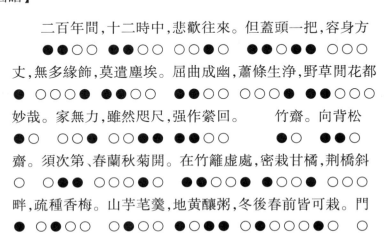

通水，荷汀蓼渚，足可徘徊。

○●　○○●●　●●●○○

【注釋】

此與韋驤詞相校，上下片第十二句皆減一字。此體南宋人創作較多，如夏元鼎、葛長庚、李曾伯、劉辰翁等皆有此體。此體又有換頭不用短韻者，如無名氏“玉露迎寒”一首，又有僅下片第十一句用四字句，上片第十二句依然用五字句者，如王之道“城郭蕭條”詞，皆不再另列。此體《詞譜》以李劉“玉露迎寒”一首作譜。此首《全宋詞》又作無名氏詞。

又一體

【體略】

雙片一百十六字，上片五十七字十三句四平韻，下片五十九字十二句五平韻，林正大。

【圖譜】

子陵先生，故人光武，以道相忘。幸炎符再握，六龍在

●○○○　●○○●　●●○○　○○○●●　●○○

御，看臣來億兆，陽德方剛。自是先生，獨全高節，歸去江湖

●　●○○●●　○○○○　●●○○　●○○●　○●○○

樂未央。動星象，披羊裘傲睨，人世軒裳。　　高哉不事侯

●●○　●○●　○○○●●　○●○○　　　　○○●●

王。愛此地、山高水更長。蓋先生心地，超乎日月，又誰如

○　●●●、○○●●○　●○○○●　○○●●　●○○

又一體

【體略】

雙片一百一字，上片五十字十句五平韻，下片五十一字十句五平韻，王之道。

【圖譜】

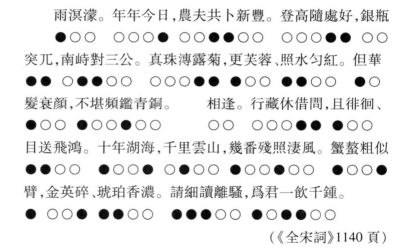

雨溟濛。年年今日，農夫共卜新豐。登高隨處好，銀瓶
突兀，南峙對三公。真珠溥露菊，更芙蓉、照水勻紅。但華
髮衰顏，不堪頻鑑青銅。　　　相逢。行藏休借問，且徘徊、
目送飛鴻。十年湖海，千里雲山，幾番殘照淒風。蟹螯粗似
臂，金英碎、琥珀香濃。請細讀離騷，爲君一飲千鍾。

（《全宋詞》1140 頁）

【注釋】

此與晁詞相校，上片全同，下片句拍變化較大：第二句添一字作五字一句，第三、四句減一字作上三下四式七字折腰句，第四、五、六句作四字兩句、六字一句，結韻作五字一句、六字一句（字聲亦小異）。

又一體

【體略】

雙片一百一字,上片五十字十句四平韻,下片五十一字十一句五平韻,奚湛。

【圖譜】

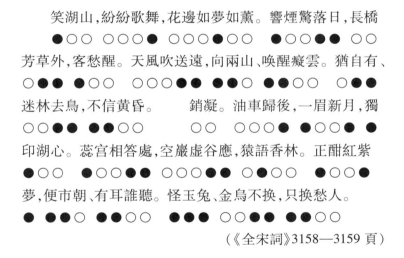

笑湖山,紛紛歌舞,花邊如夢如薰。響煙驚落日,長橋
芳草外,客愁醒。天風吹送遠,向兩山、喚醒癡雲。猶自有、
迷林去鳥,不信黃昏。　　銷凝。油車歸後,一眉新月,獨
印湖心。蕊宮相答處,空巖虛谷應,猿語香林。正酣紅紫
夢,便市朝、有耳誰聽。怪玉兔、金烏不換,只換愁人。

（《全宋詞》3158—3159 頁）

【注釋】

此詞上片首句不押韻與韓縝詞同,第五、六句作五字一句、三字一句與韓詞異,上下片結韻均作上三下四式七字一句、四字一句。上片第七句《全宋詞》原作"天風送遠",《歷代詩餘》、《詞譜》作"天風吹送遠",從後者補。

阮逸女一調

　　阮逸,字天隱,建州建陽(今屬福建)人。天聖五年
(1027)進士,北宋音樂家,精通經學,擅長詞賦。其女生平不
詳,《全宋詞》據《唐宋諸賢絕妙詞選》卷十收其存詞《花心動》
一首。

花心動(慢)

【調釋】

　　此調名《高麗史·樂志》作《花心動慢》。《詞律》卷十八、《詞
譜》卷三十三皆以史達祖詞作譜。《詞譜》云:"此調始自周邦彥,
但周詞後段多押兩韻,宋人照此填者甚少,故以史詞作譜。"按周邦
彥詞與史達祖詞相比後段僅多押一韻,並未多押兩韻。此調最早
見阮逸女詞。阮逸女生平雖不詳,但阮逸事蹟多載於《宋史》,其
女生活時代遠較周邦彥爲早。此調爲兩宋較流行詞調,題材以詠
物、懷人爲主,句長韻疏,清新綿邈。《校正》:"此調爲換頭曲,但
前後段第二、三、四、五、六、七句之句式相同,共有三個九字句,句
式較複雜,調勢婉轉而流美。此調適於抒情、寫景、詠物、節序,而
以寫春景爲宜。"(561頁)

【體略】

　　雙片一百四字,上片五十二字九句四仄韻,下片五十二字十句五仄韻,阮逸女。

【圖譜】

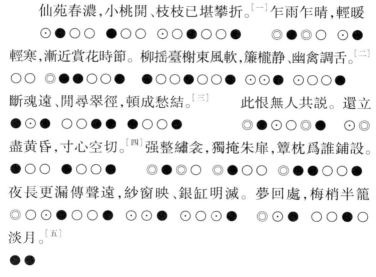

　　　　仙苑春濃,小桃開、枝枝已堪攀折。^[一]乍雨乍晴,輕暖輕寒,漸近賞花時節。柳搖臺榭東風軟,簾櫳静、幽禽調舌。^[二]斷魂遠、閒尋翠徑,頓成愁結。^[三]　　此恨無人共説。還立盡黃昏,寸心空切。^[四]强整繡衾,獨掩朱扉,簟枕爲誰鋪設。夜長更漏傳聲遠,紗窗映、銀缸明滅。夢回處,梅梢半籠淡月。^[五]

　　　　　　　　　　　　　　　　　　　　（《全宋詞》203 頁）

【注釋】

　　［一］此調兩宋金元現存四十餘詞,可用入聲韻,也可用上去韻。此詞題爲“春詞”。此調最早見此詞,也當以此詞爲正體。上片“乍雨”自“調舌”,與下片“强整”自“明滅”相同。“仙”高觀國詞作“碧”,“枝”張元幹詞作“一”。按《詞譜》載謝逸“風裏楊花”一首(《全宋詞》652 頁存目詞注:“明人傳奇《覓蓮記》中詞,非謝逸作。”)此韻作:“風裏楊花輕薄性,銀燭高燒心熱。”仍當依正體

斷句。第二句作上三下六句法，"枝枝已堪攀折"例作拗句，趙長卿"風軟寒輕"詞作"撲面無限清楚"，吳文英"十里東風"詞作"長似舞時腰瘦"，偶用不參校。句中可平可仄除注明外，俱見所列別體句法相同者。

　　[二]後一"乍"字，方岳詞作"揚"。"乍雨乍晴"例作仄起平收律句，曹勛、史浩等詞作平起仄收律句，偶用不參校。"輕暖輕寒"亦例作仄起平收律句，與前句相同，曹勛、蔣捷等人平起仄收律句，偶用不可效法。"漸"高觀國詞作"曾"。按吳文英"十里東風"詞，"柳搖"句《詞譜》作"乍看搖曳金絲綬"，以"綬"字用韻，另列別體，《全宋詞》此句作"乍看搖曳金絲細"，今從後者，不另列。

　　[三]此韻作上三下四式七字折腰一句、四字一句。又有前一句增韻者，見趙長卿詞體。劉燾詞此韻《詞譜》、《全宋詞》斷作"問桃杏賢瞞（們），怎生向前争得"，當依正體斷句。

　　[四]"還立盡黄昏"一句作上一下四句法，"還"字可平可仄。此句如劉燾詞作"玉纖映瓊枝"普通五字句，偶用不可效仿。此韻兩句《全宋詞》斷句多有斷作上三下六句式者，如史浩詞斷作"紛兩岸、遊人强生區別"，馬子嚴詞斷作"問單于、如今幾分嬌小"，皆當依正體斷句。

　　[五]"繡"吳文英"十里東風"詞作"天"。"夜"仇遠詞作"芳"。"明"劉燾詞作"不"。此調下片結韻二句《詞律》作上三下六式九字一句，《詞譜》時作一句，時作兩句。按此詞結韻綜合考察他詞當爲兩拍：三字一句、六字一句（多詞於前三字處用韻）。"梅"合用平聲，吳文英"入眼青紅"詞作"日"，曹勛"椒柏稱觴"詞作"永"，偶用不參校。又結句"梅梢半籠淡月"作拗句，亦爲此調定格。

又一體（正體）

【體略】

雙片一百四字,上片五十二字十句四仄韻,下片五十二字十句五仄韻,王詵。

【圖譜】

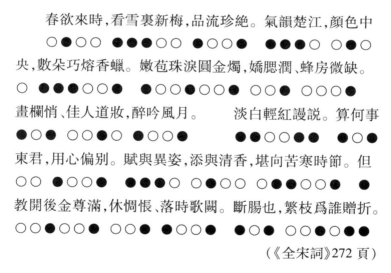

春欲來時,看雪裏新梅,品流珍絶。氣韻楚江,顏色中
○●○○　●●●○○　●○○●　　●●○○　○●○

央,數朵巧熔香蠟。嫩苞珠淚圓金燭,嬌腮潤、蜂房微缺。
○　●●●○○●　●○○○○○●　○○●　○○○●

畫欄悄、佳人道妝,醉吟風月。　　　淡白輕紅謾説。算何事
●○●　○○●○　●○○●　　　　　●●○○●●　●○●

東君,用心偏別。賦與異姿,添與清香,堪向苦寒時節。但
○○　●○○●　●●●○　○●○○　○●●○○●　●

教開後金尊滿,休惆悵、落時歌闋。斷腸也,繁枝爲誰贈折。
○○●●○○●　○○●　●○○●　●○●　○○○○●●

（《全宋詞》272 頁）

【注釋】

此詞題"蠟梅"。此與阮詞相校,上片第二句攤破兩句,作五字一句、四字一句,字聲亦異,正與下片第二、三句相同。此體句法字聲頗爲整齊,劉燾、趙孟堅、史深、仇遠、黃子行等人詞正與之同。亦爲正體。按趙鼎詞下片第二、三句《全宋詞》作"千萬鄉關,夢遥吳越",前句少一字,當於"千"字前脱漏一字,注出不另列。

又一體

【體略】

雙片一百四字,上片五十二字九句五仄韻,下片五十二字十句六仄韻,賀鑄。

【圖譜】

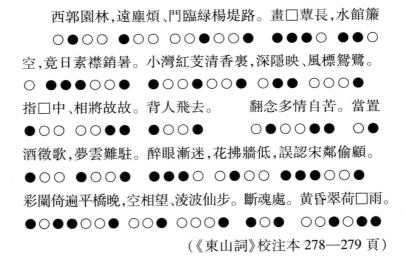

（《東山詞》校注本 278—279 頁）

【注釋】

《東山詞》校注本疑此詞作於徽宗建中靖國元年（1101）（279頁）。此與阮詞相校,上片第八句、下片第九句各添一韻。上片第八句“相將故故”之“故”字《全宋詞》未注用韻,檢曹勛“綠結陰濃”詞、史浩“槐夏陰濃”詞此處均押韻。按周邦彥詞正同賀鑄詞體,惟下片第七句亦用韻,檢宋人詞,再無此處用韻者,周詞偶用,

注出不另列。

又一體

【體略】

雙片一百字,上片五十字十句四仄韻,下片五十字十句五仄韻,曹勛。

【圖譜】

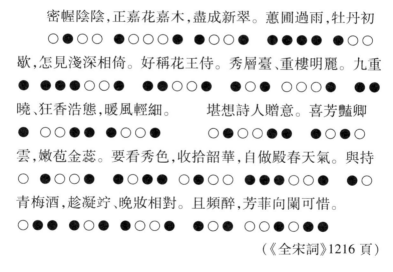

【注釋】

此詞詠"芍藥"。此與王詵詞相校,上下片第七句各減二字作五字一句,字聲又小異。曹勛別首"椒柏稱觴"、"玉井生寒"詞正與之同。按曹勛"玉井生寒"詞上片第八句《全宋詞》作"氤氳清澈寥廓",當於"氤"字前脫漏一字。

又一體

【體略】

雙片一百四字,上片五十二字十句五仄韻,下片五十二字十句六仄韻,趙長卿。

【圖譜】

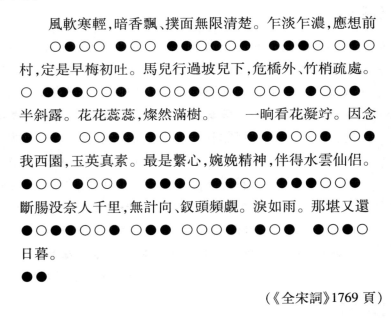

風軟寒輕,暗香飄、撲面無限清楚。乍淡乍濃,應想前
○●○○　●○○　●●○●○●　●●●○　○●○
村,定是早梅初吐。馬兒行過坡兒下,危橋外、竹梢疏處。
○　●●●○○●　○●○○○○●　○○●　●○○●
半斜露。花花蕊蕊,燦然滿樹。　　　一晌看花凝竚。因念
●○●　○○●●　●○●●　　　●●●○○●　○●
我西園,玉英真素。最是繫心,婉娩精神,伴得水雲仙侶。
●○○　●○○●　●●●○　●●○○　●●●○○●
斷腸沒奈人千里,無計向、釵頭頻覷。淚如雨。那堪又還
●○●●○○●　○●●　○○○●　●○●　●○○○
日暮。
●●

(《全宋詞》1769 頁)

【注釋】

此詞題"客中見梅寄暖香書院"。此與阮逸女詞相校,上片結韻第一句添一韻作兩句拍,下片結韻添一韻異。李彌遜"紅日當樓"詞、金王喆"緊鎖心猿"詞、長筌子三詞等正與此同。按此詞上

片第二句"撲面無限清楚",亦作拗句,但與阮詞迥異。趙長卿別
首"綠水平湖"詞上片第二句正與此同,但全詞用韻前後不一致,
且上片第八句偶添一字作"駐香駕、擁波心媚容",注出不另列。
又長筌子"江路閒遊"詞用韻亦與此同,惟上片第二句作"見□梅、
芳姿水邊將發","梅"字前脫漏一字,注出不另列。

又一體（平韻）

【體略】

雙片一百四字,上片五十二字十句四平韻,下片五十二字十句
五平韻,趙孟堅。

【圖譜】

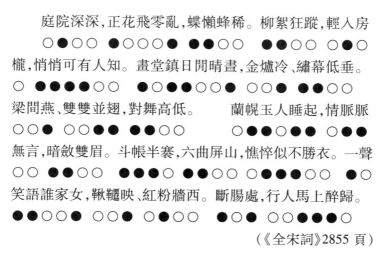

（《全宋詞》2855 頁）

【注釋】

此用平韻,兩宋惟有此詞,句拍、韻位正與王詵詞同。

劉几五調

劉几(1008—1088),字伯壽,善音律,仁宗朝進士。早年爲武官,元豐年間與教坊樂工花日新改革雅樂,《石林燕語》卷十言劉几"自度曲有《戴花正音集》行於世,人少有得其聲者",《全宋詞》存其詞四首,皆爲劉几創調。

梅花曲

【調釋】

劉几以《梅花曲》名者有三首,皆以王安石詩度曲,但字句韻各不相同,爲同名異調。《詞譜》卷四十以三首組爲大曲。此調隱括王安石詠梅"漢宮嬌額半塗黃"一詩,用平韻,聲情明快悠長。

【體略】

雙片九十六字,上片四十五字八句四平韻,下片四十七字九句四平韻,劉几。

【圖譜】

漢宮中侍女,嬌額半塗黃。盈盈粉色淩時,寒玉體、先

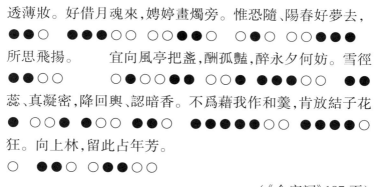

透薄妝。好借月魂來，娉婷畫燭旁。惟恐隨、陽春好夢去，
所思飛揚。　　　宜向風亭把盞，酬孤艷，醉永夕何妨。雪徑
蕊、真凝密，降回輿、認暗香。不爲藉我作和羹，肯放結子花
狂。向上林，留此占年芳。

（《全宋詞》187 頁）

【注釋】

此調僅劉几有詞，無他首可校。附王安石原詩：“漢宮嬌額半
塗黃，粉色凌寒透薄裝。好借月魂來映燭，恐隨春夢去飛揚。風亭
把盞留孤艷，雪徑回輿認暗香。不爲調羹應結子，直須留此占
年芳。”

梅花曲

【調釋】

此調隱括王安石詠梅“結子非貪鼎鼐嘗”一詩。用平韻，聲情
明快悠長。

【體略】

雙片一百字，上片五十字九句四平韻，下片五十字九句六平
韻，劉几。

【圖譜】

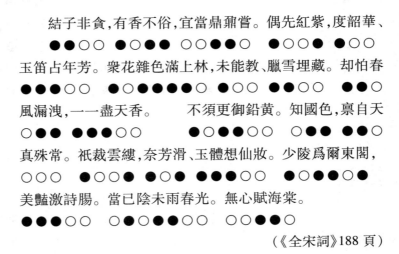

結子非貪，有香不俗，宜當鼎鼐嘗。偶先紅紫，度韶華、
玉笛占年芳。衆花雜色滿上林，未能教、臘雪埋藏。却怕春
風漏洩，一一盡天香。　　　不須更御鉛黄。知國色，稟自天
真殊常。祇裁雲縷，奈芳滑、玉體想仙妝。少陵爲爾東閣，
美豔激詩腸。當已陰未雨春光。無心賦海棠。

（《全宋詞》188 頁）

【注釋】

此調僅見劉几詞，無他首可校。附王安石原詩："結子非貪鼎
鼐嘗，偶先紅杏占年芳。從教臘雪埋藏骨，却恐春風漏泄香。不御
鉛華知國色，只裁雲縷想仙裝。少陵爲爾牽詩興，可是無心賦
海棠。"

梅花曲

【調釋】

此調櫽括王安石詠梅詩"淺淺池塘短短牆"一詩。用平韻，聲
情明快悠長。

【體略】

雙片九十六字,上片五十字十一句五平韻,下片四十六字九句四平韻,劉几。

【圖譜】

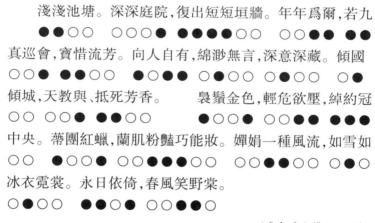

淺淺池塘。深深庭院,復出短短垣牆。年年爲爾,若九
●●○○　　○○●●　●●●●○○　　○○●●　若九

真巡會,寶惜流芳。向人自有,綿渺無言,深意深藏。傾國
○○●　●●○○　　●○○●　●●○○　○●○○　　○●

傾城,天教與、抵死芳香。　　裊鬖金色,輕危欲壓,綽約冠
○○　○○●　●●○○　　　　●○○●　○○●●　●●○

中央。蒂團紅蠟,蘭肌粉豔巧能妝。嬋娟一種風流,如雪如
○○　●○○●　○○●●●○○　○○●●○○　○●○

冰衣霓裳。永日依倚,春風笑野棠。
○○●○　　●●○●　○○●●○

(《全宋詞》188 頁)

【注釋】

此調僅見劉几詞,無他首可校。附王安石原詩:"淺淺池塘短短牆,年年爲爾惜流芳。向人自有無言意,傾國天教抵死香。須裊黃金危欲墮,蒂團紅蠟巧能裝。嬋娟一種如冰雪,依倚春風笑海棠。"

花發狀元紅慢

【調釋】

此調教坊樂工花日新作曲,劉几填詞。《花草粹編》卷二十

二："劉几在神宗時,與范蜀公重定太樂。洛陽花品曰狀元紅,爲一時之冠,樂工花日新能爲新聲,汴妓郜懿以色藝著,秘監致仕劉伯壽精音律。熙寧中,几携花日新就郜懿家賞花歡詠。乃撰此曲,填詞以贈之。"劉詞用入聲韻,篇長韻疏,聲情歡快明媚。

【體略】

雙片一百二字,上片五十字,下片五十二字,各十一句五入聲韻,劉几。

【圖譜】

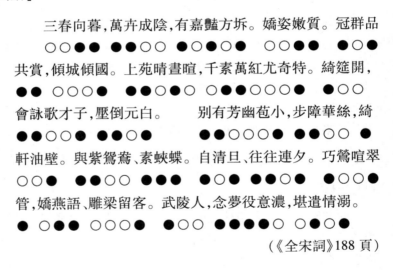

三春向暮,萬卉成陰,有嘉豔方坼。嬌姿嫩質。冠群品
○○●● ●●○● ●○○●● ○○●● ●○●

共賞,傾城傾國。上苑晴晝暄,千素萬紅尤奇特。綺筵開,
●● ○○○● ●●○○ ○●●○●● ●○○

會詠歌才子,壓倒元白。　　別有芳幽苞小,步障華絲,綺
●○○●● ●●○● 　　●●○○○● ●●○○ ○

軒油壁。與紫鴛鴦、素蛺蝶。自清旦、往往連夕。巧鶯喧翠
○○● ●●○○ ●●● ●○● ●●○● ●○○●

管,嬌燕語、雕梁留客。武陵人,念夢役意濃,堪遣情溺。
● ○●● ○○○● ●○○ ●●●○○ ○●●

(《全宋詞》188頁)

【注釋】

此調兩宋金元亦僅存此詞,無別首可校。上片第十句"會"、下片第九句"念"皆爲領字。

解愁（無愁可解）

【調釋】

此調花日新作曲，劉几首填詞，劉几詞雖不存，此調依例仍屬其名下。傅幹《注坡詞》卷六蘇軾詞序：“國工范（按‘范’當作‘花’）日新作越調《解愁》，洛陽劉几伯壽聞而悦之，戲作俚語之詞，天下傳詠，以謂幾於達者。龍丘子猶笑之：此雖免乎愁，猶有所解也。若夫游於自然而托於不得已，人樂亦樂，人愁亦愁，彼且惡乎解哉。乃反其詞，作《無愁可解》。”黃庭堅《山谷題跋》卷九：“龍丘子，陳慥季常之別號也。作《無愁可解》，東坡爲作序引，而世人固號東坡爲龍丘，所謂蓋有不知而作之者。”此調創自花日新、劉几，越調，本名《解愁》，陳慥反用其意。陳詞用上去韻，狂放不羈，頗合越調“陶寫冷笑”之聲情本色。

【體略】

雙片一百九字，上片五十四字，下片五十五字，各十句六仄韻，陳慥。

【圖譜】

光景百年，看便一世。生來不識愁味。問愁何處來，更
　○●●○　○●●●　　○○●●○● ●○○●○ ●

開解箇甚底。萬事從來風過耳。又何用、不著心裏。你喚
○●●●● ●●○○●● ●○●、●●○● ●●

做、展却眉頭，便是達者，也則恐未。　　此理。本不通言，
●、●●○○ ●●●● ●●●● 　　●● ●●○○

何曾道、歡游勝如名利。道即渾是錯，不道如何即是。這裏
○○●　　○○●○●　　　●●○○●　●●○○●●　　●●

元無我與你。甚喚做、物情之外。若須待醉了，方開解時，
○○●●●　●●●　●○○●　　●○●○●●　○○●○

問無酒、怎生醉。
●○●　●○●

（《全宋詞》354 頁）

【注釋】

　　《唐宋詞彙評》繫此詞於元豐四年（1081）作，時楊繪在荆（550
頁）。此詞《詞譜》等書誤作蘇軾詞，《全宋詞》已正。此調兩宋僅
存陳慥一首，金元存五首。陳詞下片結韻句拍金元人詞無與同者，
不作正體。

正　　體

【體略】

　　雙片一百一十字，上片五十五字十句五仄韻，下片五十五字十
句五仄韻，長筌子。

【圖譜】

　　　返照人間，忙忙劫劫。晝夜苦辛無歇。大都能幾許，這
　　　◎●⊙○　○⊙●●　◎●○●○●　●○○●●　●

百年、有如春雪。可惜天真逐愛欲，似傀儡、被他牽拽。暗
●○　◎○○●　●●○○●●●　●○○　●○○●　●

悲嗟、苦海浮生，改頭換殼，看何時徹。　　聽説。古往今
○⊙　●●○○　●○●●　○○○●　　　●●　●○○

來，名利客、空有兔蹤狐穴。六朝并五霸，輸他雲水英傑。
○ ⊙◎● ○◎●○● ●○◎○●● ⊙○⊙●○●

一味真純爲伴侶，養浩然、歲寒清節。這些兒、冷淡生涯，與
●●○○●● ●○⊙ ◎◎○● ●○⊙ ●●○○ ●

誰共賞，有松窗月。
○◎● ●○○●

（《全金元詞》583頁）

【注釋】

此詞名《解愁》，此調當以此詞爲正體。長筌子別首"歲月匆
匆"詞、王吉昌詞皆同此體，皆名《解愁》。此與陳詞相校，上片第
五句添一字作七字折腰句，下片結韻作七字折腰一句、四字兩句
異。上下片結句均作上一下三句法，用仄平平仄，長筌子別首、王
吉昌詞皆然（王吉昌詞下片第五句添一字作七字折腰句，不另
列）。

上片第三句"苦"長筌子別首作"催"，第五句"春"王吉昌別首
作"適"、第八句"嗟"作"燮"、下片第三句"名"作"顯"、第四句
"并"作"明"、第七句"歲"作"澄"、第八句"些兒"作"祖意"，第九
句"共"長筌子別首作"高"。句中其他可平可仄俱見所列別體句
法相同者。又下片第三句"空有兔蹤狐穴"作律句，長筌子別首作
"紛紛鬧如螻蟻"用拗句，第五句"輸他雲水英傑"作平起律句，別
首作"秉慧萬緣齊棄"用仄起律句，填者任選一種可也。又王喆
"堪歎世間"一首，亦名《解愁》，因脫漏較多，不另列，亦不參校。

按此調《全金元詞》所載詞斷句多誤。如本詞下片首三句斷
作："聽説古往今來，名利客，空有兔蹤狐穴。"長筌子別首下片首
三句斷作："活鬼販骨千回，空勞壞紛紛，鬧如螻蟻。"皆不當。

又一體

【體略】

雙片一百九字，上片五十五字，下片五十四字，各十句六仄韻，三于真人。

【圖譜】

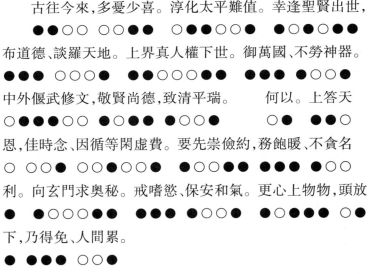

古往今來，多憂少喜。淳化太平難值。幸逢聖賢出世，
●●○○　○○●●　　○●●○○　　●○●●●

布道德、談羅天地。上界真人權下世。御萬國、不勞神器。
●●●　○○○●　　●●○○○●●　　●○●●　●○○●

中外偃武修文，敬賢尚德，致清平瑞。　　何以。上答天
○●●○○　●○●●　●○○●　　　　　○●　●●○

恩，佳時念、因循等閑虛費。要先崇儉約，務飽暖、不貪名
○　○○●　○○●○○●　●○○●●　●●●　●○○

利。向玄門求奧秘。戒嗜慾、保安和氣。更心上物物，頭放
●　●○○○●●　●●●　●○○●　●○●●●　○●

下，乃得免、人間累。
●　●●●　○○●

【注釋】

此詞與陳憷詞相校句拍亦多有變化，字聲亦小異。《詞律辭典》："此與陳詞相校，上片第四、五句各添一字，作六字句、上三下四式七字句，第八句減一字，作六字句。下片第五句添

一字,作上三下四式七字句,第六句減一字,作六字句,第九句減一字,作三字句異。上片'出世'之'世',偶合非韻。"(1740頁)

王安石二調

　　王安石(1021—1086),字介甫,號半山,臨川人,北宋著名的思想家、政治家、文學家。有《王臨川集》、《臨川集拾遺》等存世。王安石存詞雖然不足三十首,但題材、風格與前人相比有重大變化,劉熙載《藝概·詞曲概》:"王半山詞瘦削雅素,一洗五代舊習。"其《桂枝香》頗受時人稱賞,對後世影響很大。

桂枝香

【調釋】

　　《填詞名解》卷三:"唐裴思謙狀元及第,作紅箋名紙十數,詣平康里宿,詰旦賦詩曰:'銀釭斜背解鳴璫,小語低聲賀玉郎。從此不知蘭麝貴,夜來新惹桂枝香。'又咸通中,袁皓登第,悅妓蕊珠,詩有'桂枝香惹蕊珠香'句。詞名《桂枝香》,略出於此。宋張宗瑞賦此調,有'疏簾淡月,照人無寐'語,又名《疏簾淡月》。"此非王安石創調,王詞賦秋日登高,兼詠史懷古,聲情曠遠灑脱。《景定建康志》卷三十七引《古今詞話》:"金陵懷古,諸公寄詞於《桂枝香》,凡三十餘首,獨介甫最爲絕唱。東坡見之,不覺歎息曰:'此老乃野狐精也。'"《校正》:"全調以四字句爲主,配以上一下四之五字句、上三下四之七字句,及六字句,形成多處頓挫、曲折;每段結句連用三

個四字句,則又較爲流暢。諸家所作多用入聲韻,故於凝重之中含有激烈與感慨之情感。此調適用於登臨、懷古、中秋、言志、詠物、祝頌。"(490頁)《魏氏樂譜》卷四以張輯"梧桐雨細"詞爲譜。

【體略】

　　雙片一百一字,上片四十九字,下片五十二字,各十句五仄韻,王安石。

【圖譜】

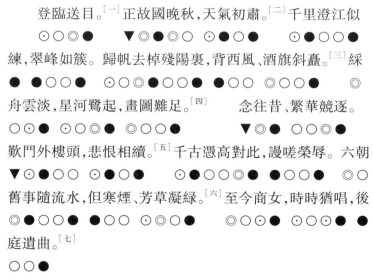

登臨送目。[一]正故國晚秋,天氣初肅。[二]千里澄江似練,翠峰如簇。歸帆去棹殘陽裏,背西風、酒旗斜矗。[三]綵舟雲淡,星河鷺起,畫圖難足。[四]　　念往昔、繁華競逐。歎門外樓頭,悲恨相續。[五]千古憑高對此,謾嗟榮辱。六朝舊事隨流水,但寒煙、芳草凝緑。[六]至今商女,時時猶唱,後庭遺曲。[七]

（《全宋詞》204頁）

【注釋】

　　[一]此調兩宋金元現存三十餘首,此詞前後聲律嚴謹,上片自"正故"以下,與下片"歎門"以下句拍相同,《詞律》卷十六、《詞譜》卷二十九皆以此詞爲正體,當是,但所定聲多有不當。此調可

用上去韻，可用入聲韻。《詞律》："惟此調舊譜分南北詞，如用入聲韻，則名《桂枝香》，用去上聲韻始可名《疏簾淡月》。""登"、"送"趙功可詞作"曉"、"涼"。句中可平可仄除注明外，俱見所列別體句法相同者。

[二]"正"爲領字，宜用去聲。"天氣初蕭"用拗句，與下片第三句"悲恨相續"句式相同。此二句亦可用律句，見朱敦儒詞體，二者不相混校。"天"張炎"琴書半室"詞作"一"。按張炎"琴書半室"一詞，此韻二句《詞譜》斷作"向桂邊、偶然一見秋色"而列又一體，《全宋詞》斷作"向桂邊偶然，一見秋色"，當從後者，不需另列。

[三]"千"趙以夫"青霄望極"詞作"一"。"歸"、"去"陳亮"仙風透骨"詞作"占"、"空"。"酒旗斜矗"當用律句，《詞譜》以張炎作"無此狂逸"而定"旗"字可平可仄，檢宋人詞作，除張炎外，另只有吳潛作"好個團簇"，屬偶用，不當參校。"酒"趙以夫"水天一色"詞作"東"。

[四]此韻上下片作四字三句。"雲"陳亮"仙風透骨"詞作"冷"，"星"、"鷺"詹玉"紫薇花露"詞作"落"、"流"。"畫圖難足"句作律句，亦有作拗句者，如黃裳詞作"佳話重緒"，吳潛詞作"無限心曲"，施翠岩詞作"芳夢難續"等等，以律句爲善。"畫"詹玉"紫薇花露"詞作"依"。按唐珏詞此韻《全宋詞》斷作六字兩句："夜燈爭聚微光，掛影誤投簾隙。"當依正體斷句。

[五]"念"字宜用去聲。"往"張輯詞作"何"。"昔"字《詞譜》注可平可仄，不當。"競"劉辰翁詞作"河"。"歎"爲領字，宜用去聲，陳亮"仙風透骨"詞作"兒"、詹玉"沉雲別浦"詞作"知"，皆偶用不參校。"門"趙以夫"青霄望極"詞作"畫"，"悲"陳亮"天高氣蕭"詞作"十"。按"門外樓頭"宜作仄起平收律句，與上片"故國晚秋"相同，朱敦儒詞作"九江風笛"、張輯詞作"草堂春深"，偶用不參校。又，周密"巖霏逗綠"詞，換頭作六字一句"別有雕闌翠屋"，

《詞譜》另列別體,按此調換頭兩宋金元人詞除周密外再無六字句者,周詞必有脱漏,注出不另列。

[六]"千"周密詞作"瘦","對"周密詞作"誰"。"芳"葛長庚詞作"酒"。"芳草凝緑"句用拗句,亦有作平起仄收律句者,如陳亮詞作"淒涼黄菊"、陳恕可詞作"謾懷幽獨"、張炎詞作"可憐空折"等,如作律句,則前後一致,宜選後者。

[七]"至"劉辰翁詞作"人","時"趙功可詞作"月"。"時時猶唱"作律句,此句亦可作平起平收拗句,如吴潛詞作"昭亭句溪"、徐寶之詞作"休爲明璫"、陳允平詞作"輸他少年"等,亦前後片一致爲善。

又一體

【體略】

雙片一百一字,上片四十九字十句五仄韻,下片五十二字九句五仄韻,黄裳。

【圖譜】

人煙一簇。正寄演,客飛昇、翠微麓。樓閣參差,下瞰
○○●● ●●● ●●○ ●○● ○●○○ ●●

水天紅緑。腰間劍去人安在,記千年、寸陰何速。山趨三
●○○● ○○●●○○● ●○○ ●○○● ○○○

岸,潭吞二水,歲豐人足。　　是處有、雕闌送目。更無限
● ○○●● ●○○● 　　●●● ○○●● ●○●

笙歌,芳醖初熟。休詫滕王看處,落霞孤鶩。雨中尤愛煙波
○○ ○○●● ○●○○●● ●○○● ●○○○○

上，見漁舟、來去相逐。數聲歌向蘆花，還疑是、湘靈曲。

●　●○○　○●●○　　●○○●○○　○○●　○○●

（《全宋詞》372 頁）

【注釋】

　　此詞題"延平閣閑望"。此與王安石詞相校，字韻均同，句拍小異：上片第二、三句作三字一句、六字折腰一句，第四、五句作四字一句、六字一句，下片結韻作六字一句、六字折腰一句，用移字變改句拍。黃裳別首"插雲翠壁"正與之全同。

　　按此體《詞譜》以"插雲翠壁"詞爲譜，上片第二、三句作"爲送目、入遥空，見山色"，應於"空"字後逗，下片結句作"飛舠送君南北"，當斷作"飛舠送、君南北"。

　　又黃裳"醲醅初熟"詞，上片第二、三句《全宋詞》作"競看九日，西風弄寒菊"，既與王詞不同，又與黃裳另二詞不同，檢宋人詞作，無有此句法者，屬偶用，或當作："看九日，競西風、弄寒菊。"

又一體

【體略】

　　雙片一百一字，上片四十九字，下片五十二字，各十句六仄韻，朱敦儒。

【圖譜】

　　　　春寒未定。是欲近清明，雨斜風橫。深閉朱門，盡日柳

　　　　○○●●　　●●●○○　●○○　　○●○○　●●●

搖金井。年光自趁飛花緊。奈幽人、雪添雙鬢。謝山携妓，

○○●　○○●●○○●　●○○　●○○●　●○○●

黄墟賒酒,舊愁慵整。　念壯節、漂零未穩。負九江風
○○●● ●○○●　●●● ●○○●

笛,五湖煙艇。起舞悲歌,淚眼自看清影。新鶯又向愁時
● ●○○● ●●○○ ●●●○○●　○○●●○○

聽。把人間、如夢深省。舊溪鶴在,尋雲弄水,是事休問。
● ●○○ ○●○● ●○○● ○○●● ●●○●

(《全宋詞》834 頁)

【注釋】

此詞題"南都病起",《樵歌校注》以爲高宗建炎二年(1128)春於南昌作(27 頁)。此與王安石詞相校,上下片第四、五句作四字一句、六字一句,上下片第六句各添一韻,上片第三句"雨斜風橫",下片第二句"九江風笛"、第三句"五湖煙艇",均作平起仄收律句異。張輯、詹玉二詞正與之同。此體《詞譜》以張輯詞爲譜不當。又,陳亮"天高氣蕭"詞,上下片第四、五句正與朱詞相同,惟上下片第六句未用韻異,注出不另列。

甘露歌

【調釋】

《填詞名解》卷一:"《甘露歌》,古《祝英臺》也。"此調爲單片,仄平韻轉換,句式爲七、五、七、五,句句用韻,聲情輕快明麗。

【體略】

單片二十四字,四句兩平韻兩仄韻,王安石。

【圖譜】

　　　折得一枝香在手。人間應未有。疑是經春雪未消。今
　　　●●◎○○●●　　○○⊙●●　　⊙●○○◎●○　　○

日是何朝。
●●○○

(《全宋詞》205 頁)

【注釋】

　　此調兩宋金元僅存王安石三首。王詞《花草粹編》、《全宋詞》
等均作三首,而《詞譜》據《樂府雅詞》作一首而分三片。今從《花
草粹編》、《全宋詞》。句中可平可仄即參王詞別首句法相同者。
上片第一句"一"王安石"盡日含毫"一首作"含",第二句"應"作
"色",第三句"疑"、"雪"作"萬"、"何"。

　　按王安石"天寒日暮"一首,首兩句作:"天寒日暮山谷裏。的
礫愁成水。"與此詞律句類型不同,注出不另列。

吳師孟一調

吳師孟(1021—1110),字醇翁,成都人,仁宗慶曆六年(1046)進士。《全宋詞》據《梅苑》録其詞一首。

蠟(臘)梅香

【調釋】

"蠟梅"即"臘梅"。此調《詞譜》卷二十八作《臘梅香》,《梅苑》無名氏詞又名《梅香慢》。此本詠梅詞調,聲情婉轉嫵媚,有平韻、仄韻二體,句法字聲小異。

【體略】

雙片一百一字,上片五十字,下片五十一字,各十一句四仄韻,吳師孟。

【圖譜】

錦里陽和,看萬木凋時,早梅獨秀。珍館瓊樓畔,正絳

跗初吐,穠華將茂。國豔天葩,真澹竚、雪肌清瘦。似廣寒

宮,鉛華未御,自然妝就。　　凝睇倚朱闌,噴清香暗度,易
〇　〇〇●● ●〇〇● 　　〇●〇〇● ●〇〇●● ●

襲襟袖。好與花爲主,宜秉燭頻觀,泛湘□酎。莫待南枝,
●〇● ●●〇〇● 〇●●〇〇 ●〇　● ●●〇〇

隨樂府、新聲吹後。對賞心人,良辰好景,須信難偶。
〇●● 〇〇〇● ●●〇〇 〇〇● 〇●〇●

(《全宋詞》209頁)

【詞譜】

　　《唐宋詞彙評》考此詞乃熙寧十年(1077)知蜀州後作(296頁)。此調兩宋僅存數詞,金元無詞。此詞下片第五、六句"宜秉燭頻觀,泛湘□酎",《詞律拾遺》卷四認爲"泛湘酎"脱一字:"'宜秉燭頻觀'五字,對'正絳跗初吐'句,'泛湘酎'三字,對'穠華將茂'句,應亦四字,疑是謁脱一字也。"按所疑當是,"湘"後必缺一字,觀喻陟詞此句作"愁生鄉思"、無名氏詞作"酒酣吟折",無不爲四字句。《詞譜》將下片第五、六句斷作"宜秉燭、頻觀泛湘酎",誤。此調以此詞爲始,然因缺字,且前後字聲不嚴謹,不作正體。

正　體

【體略】

　　雙片一百一字,上片五十字,下片五十一字,各十一句四仄韻,喻陟。

【圖譜】

　　　　曉日初長,正錦里輕陰,小寒天氣。未報春消息,早瘦
　　　　◎●〇〇　●●●〇〇　●〇〇● 　◎●〇〇● ●●

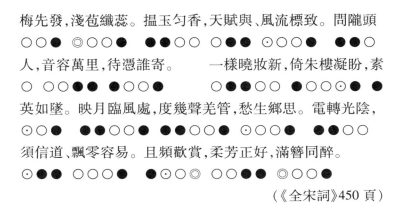

梅先發，淺苞纖蕊。揾玉勻香，天賦與、風流標致。問隴頭
○○●　◎○○●　●●○○　○○●　⊙○○●　　●●○
人，音容萬里，待憑誰寄。　　　　一樣曉妝新，倚朱樓凝盼，素
○　○○●●　●●○●　　　　○●●○○　●○○○●　●
英如墜。映月臨風處，度幾聲羌管，愁生鄉思。電轉光陰，
○○●　●●○○●　●○○○●　○○○●　●●○○
須信道、飄零容易。且頻歡賞，柔芳正好，滿簪同醉。
○●●、○○○●　●⊙○◎　○○●●　◎○○●

（《全宋詞》450 頁）

【注釋】

　　此調當以此詞爲正體，句中可平可仄俱參吳詞及無名氏詞句
法相同者。上下片第二句“正”、“倚”，第五句“旱”、“度”，第九句
“問”、“且”皆作領字。按《梅苑》無名氏“高閣輕寒”詞（《詞譜》作
賀鑄詞，以無他首可校，誤），與此詞相校下片第四句偶添一韻，注
出不另列。又，《梅苑》無名氏“高閣輕寒”詞上片第四、五、六句
《全宋詞》作：“未待江南，早冠百花，先占一陽佳節。”當依《花草粹
編》作：“未待江南早，冠百花先占，一陽佳節。”正與喻詞相同。

又一體（平韻）

【體略】

　　雙片一百一字，上片五十字，下片五十一字，各十一句六平韻，
《梅苑》無名氏。

【圖譜】

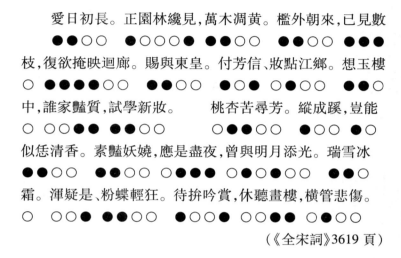

愛日初長。正園林纔見，萬木凋黃。檻外朝來，已見數
枝，復欲掩映迴廊。賜與東皇。付芳信、妝點江鄉。想玉樓
中，誰家豔質，試學新妝。　　桃杏苦尋芳。縱成蹊，豈能
似恁清香。素豔妖嬈，應是盡夜，曾與明月添光。瑞雪冰
霜。渾疑是、粉蝶輕狂。待拚吟賞，休聽畫樓，橫管悲傷。

（《全宋詞》3619頁）

【注釋】

　　此爲平韻體，僅此詞一首。此與仄韻體相校，上下片第四、五、六句均作四字兩句、六字一句，上下片第七句添一韻；下片首句添一韻，下片第二、三句作三字一句、六字一句異。此詞上片"檻外"以下，與下片"素豔"以下相同，"誰家豔質"與"休聽畫樓"，字聲小異。

楊繪一調

楊繪(1027—1088),字元素,號無爲子,綿竹(今屬四川)人。仁宗皇祐五年(1053)進士。有《時賢本事曲子集》,久佚。《全宋詞補輯》輯錄其詞《醉蓬萊》一首。

勸金船

【調釋】

此調爲楊繪自度曲,詞雖不傳,今仍屬其名下。張先詞序云:"流杯堂唱和翰林主人元素自撰腔。"張詞用上去韻,重頭曲,聲情熱烈歡快。按此調蘇軾亦有詞,亦爲和元素韻,然蘇詞用入聲韻,字、句、韻與張先詞小有不同,或楊元素有兩首《勸金船》,爲同調異體。

【體略】

雙片九十二字,上片四十六字八句六上去韻,下片四十六字八句五上去韻,張先。

【圖譜】

流泉宛轉雙開寳。帶染輕紗皺。何人暗得金船酒。擁

羅綺前後。綠定見花影，並照與、豔妝爭秀。行盡曲名休
○●○● ●●●○● ●●○ ●●○○ ○●●○○

更，再歌楊柳。　　　光生飛動搖瓊甃。隔障笙簫奏。須知
● ●○○● 　　○○○⊙●○● ●●○○● 　○○

短景歡無足，又還過清晝。翰閣遲歸來，傳騎恨、留住難久。
●●○○● ●○●○● ●●○○○ ●●● ○○○●

異日鳳凰池上，爲誰思舊。
●●●○○● ●○○●

(《全宋詞》82 頁)

【注釋】

《唐宋詞彙評》考此詞及蘇軾和詞同作於熙寧七年（1074）九
月（138 頁）。此調《詞譜》卷二十以蘇詞爲譜，今以張詞爲譜。句
中可平可仄與蘇詞句讀相同者參校。按此詞上片結韻《詞譜》和
《全宋詞》皆斷作"行盡曲名，休更再歌楊柳"，不妥。蘇詞上下片
結韻皆斷作六字一句、四字一句，張詞上片此韻亦當斷作六字一
句、四字一句與下片結韻對稱。

又一體

【體略】

雙片八十八字，上下片各四十四字八句六入聲韻，蘇軾。

【圖譜】

無情流水多情客。勸我如曾識。杯行到手休辭却。這
○○○⊙●○● ●●○○● ○○●○○● ●

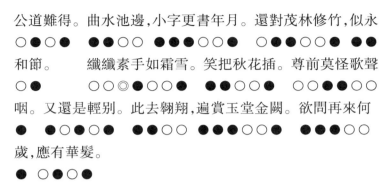

公道難得。曲水池邊，小字更書年月。還對茂林修竹，似永
○●○●　　●●○○　●○●○○　　●●○○○●　●○

和節。　　　　纖纖素手如霜雪。笑把秋花插。尊前莫怪歌聲
○●　　　　　　○○●●○○●　　●●○○●　　○○●●○○

咽。又還是輕別。此去翱翔，遍賞玉堂金闕。欲問再來何
●　●○●○●　●●○○　●●●○○●　●●●○○

歲，應有華髮。
●　○●○●

（《全宋詞》282 頁）

【注釋】

《東坡樂府》卷上作《泛金船》。孔凡禮《蘇軾年譜》以蘇詞此
詞及張先詞均作於熙寧七年（1074）十月（293 頁）。此與張先詞相
校，上下片第五句減一字作四字一句，上下片第六句減一字作六字
一句，上下片結句皆作拗句，下片第三句押韻異。《詞譜》卷二十
一：“此與張先詞同，爲和楊繪作，當時只傳此二詞，故此詞可平可
仄，即參張詞句讀同者。此詞前後段第四句，例作上一下四句法，
張詞亦然。”上片第五句“邊”《百家詞》、《全宋詞》皆作“上”，從
《詞譜》改。

蒲宗孟一調

蒲宗孟(1028—1093)，字傳正，閬州新井人。仁宗皇祐五年(1053)進士。《全宋詞》據《梅苑》録其詞一首。

望梅花

【調釋】

此與五代和凝詞同名異調。蒲詞用上去韻，重頭曲，賦本意，聲情明麗歡快。

【體略】

雙片七十二字，上下片各三十六字六句四上去韻，蒲宗孟。

【圖譜】

一陽初起。暖力未勝寒氣。堪賞素華長獨秀，不並開
◎○○●　◎●◎○○●　　○○●○○●●　●●○

紅抽紫。青帝只應憐潔白，不使雷同衆卉。　　淡然難比。
○○●　⊙●●○○●●　●●○○○●●　　　●○○●

粉蝶豈知芳蕊。半夜捲簾如乍失，只在銀蟾影裏。殘雪枝
●●●◎○●　●●●○○●●　●●○○●●　○●○

頭君認取,自有清香旖旎。
○○●● ●●○⊙○◎ ●

(《全宋詞》211 頁)

【注釋】

此調兩宋僅見蒲宗夢及無名氏詞,《詞譜》卷三以二詞作者均爲蒲氏,以"寒梅堪羨"詞爲譜。

又 一 體

【體略】

雙片七十字,上下片各三十五字六句六上去韻,《梅苑》無名氏。

【圖譜】

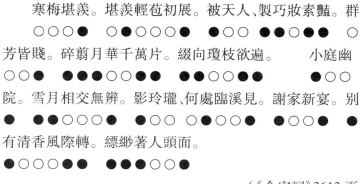

寒梅堪羨。堪羨輕苞初展。被天人、製巧妝素豔。群
○○○● ○●○●○● ●○○ ●●○●● ○
芳皆賤。碎翦月華千萬片。綴向瓊枝欲遍。　小庭幽
○○● ●●●○○●● ●●○○●● ●○○
院。雪月相交無辨。影玲瓏、何處臨溪見。謝家新宴。別
● ●●○○○● ○○○ ○●○○● ●○○● ●
有清香風際轉。縹緲著人頭面。
●○○○●● ●●●○●

(《全宋詞》3613 頁)

【注釋】

此與蒲詞相校,上下片第三、四句減一字分別作八字折腰一句、四字一句,且第三句、第五句均添一韻異。

張才翁一調

張才翁(年里不詳),曾爲臨邛司理。《全宋詞》據《能改齋漫録》録其《雨中花》詞一首。

雨中花慢

【調釋】

《雨中花》有令、有慢,此爲慢詞。此調有平、入聲韻兩體。張才翁詞用平韻,詞云:"正好花時節,山城留滯,忍負歸心。"亦賦本調。《于湖詞》作雙調。《唐宋詞通論》:"歌聲悲壯激烈。蘇泂《雨中花》詞序:'數日前,忽聞改之(劉過)去世,悵惘殆不勝言。因憶改之每聚首,愛歌《雨中花》,悲壯激烈,令人歌舞。'金蔡松年《水龍吟》:'別夢春江漲雪,記《雨(中)花》,一聲雲杪'。也是個高調。"(127頁)

【體略】

雙片九十七字,上片四十八字,下片四十九字,各十句四平韻,張才翁。

【圖譜】

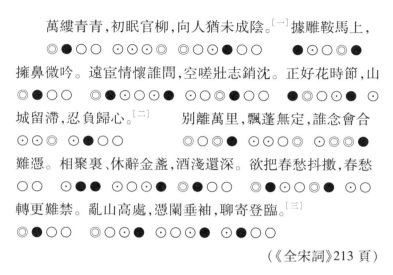

萬縷青青，初眠官柳，向人猶未成陰。[一]據雕鞍馬上，擁鼻微吟。遠宦情懷誰問，空嗟壯志銷沈。正好花時節，山城留滯，忍負歸心。[二]　　別離萬里，飄蓬無定，誰念會合難憑。相聚裏、休辭金盞，酒淺還深。欲把春愁抖擻，春愁轉更難禁。亂山高處，憑闌垂袖，聊寄登臨。[三]

(《全宋詞》213頁)

【注釋】

[一]此調兩宋金元現存近五十首詞，有平韻、入聲韻兩體，以平韻詞爲主，入聲韻不足五首。《詞譜》卷二十六以吳禮之詞爲平韻正體：“此調平韻詞九首，惟吳禮之一體，宋人依此填者頗多，故可平可仄，校注吳詞之下，若柳詞之一百字，劉詞之九十九字，雖句讀整齊，無別首可校，亦不注可平可仄。”按柳永“墜髻慵梳”一首當爲《錦堂春》，《詞譜》誤作《雨中花》；又按此調吳禮之詞晚出，且首句字聲宋金人無與之相同者，不應爲正體。此調平韻主要以前三句句拍分體，作四字兩句、六字一句者以此詞爲正體，作六字一句、四字兩句者以蘇軾詞爲正體。“萬縷青青”一句檢宋人詞，惟吳禮之作“眷濃恩重”，用平起仄收律句，偶用不參校。“初眠官柳”一句，檢宋金人詞，或作平起仄收，或作仄起平收，多不一致，填者任選一種律句可也。句中可平可仄除注明外，俱見別體所列句法相同者。

　　[二]"據雕鞍馬上"作上一下四句法。"雕"任昉作"向"。"情"百蘭作"鶩"。"正"爲領字。"山城留滯"一句,或平起仄收,或仄起平收,填者可選其一,不作拗句即可。按上片結韻三句拍,蘇軾"嫩臉羞娥"一首,結韻《全宋詞》斷作"又豈料、正好三春桃李,一夜風霜",不當。

　　[三]"飄蓬無定"一句,可平起仄收,亦可仄起平收,填者選一種律句即可。"誰念會合難憑"作拗句,晁端禮三詞皆作平起平收律句,此句作拗句、律句均可,前三字可平可仄。

又一體

【體略】

　　雙片九十八字,上片四十九字十一句四平韻,下片四十九字十句四平韻,蘇軾。

【圖譜】

　　　　今歲花時深院,盡日東風,蕩颺茶煙。但有綠苔芳草,
　　　　○●○○●●　●○○　●○○　●○○　●●●●○
　　柳絮榆錢。聞道城西,長廊古寺,甲第名園。有國豔帶酒,
　　●●○○　○●○○　○○●●　●●○○　●●●●●
　　天香染袂,爲我留連。　　　清明過了,殘紅無處,對此淚灑
　　○○●●　●●○○　　　○○●●　○○○●　●●●●
　　尊前。秋向晚,一枝何事,向我依然。高會聊追短景,清商
　　○○　○●●　●○○●　●●○○　　○●○○●●　○○
　　不暇餘妍。不如留取,十分春態,付與明年。
　　●●○○　●●○○　●○○●　●○○○

(《全宋詞》282頁)

【注釋】

孔凡禮《蘇軾年譜》考此詞熙寧八年（1075）九月於密州作（317 頁）。此與張詞相校，上片前三句作六字一句、四字兩句，第四句添一字作六字一句，第六、七句攤破作四字三句。蘇軾另二首正與此全同。按蘇軾"嫩臉羞娥"一首，首韻三句《全宋詞》斷作："嫩臉羞娥，因甚化作行雲，却返巫陽。"仍應斷作六字一句、四字兩句。又，蘇軾"邃院重簾"詞上片第九句《全宋詞》作"空悵望外"，當脱漏一字，注出不另列。

蘇軾此體對後人創作産生重要影響，其中首韻用蘇軾句拍者，有朱敦儒、任昉等人詞，秦觀詞用仄韻，首韻三句亦同蘇詞句拍。又《詞譜》列無名氏詞首韻作："事往人離，還似暮峽歸雲，隴上流泉。"亦應如蘇詞體斷句，注出不另列。

又一體

【體略】

雙片九十八字，上下片各四十九字，十句四平韻，晁端禮。

【圖譜】

流水知音，輕裘共敞，相逢纔換星霜。多少風亭棋酒，
〇●〇〇　〇〇●●　〇〇〇●〇〇　〇●〇〇〇●

畫閣絲簧。纖指聲猶餘響，紅粉淚已成行。悵緑波浦上，芳
●●〇〇　〇●〇〇〇●　〇●●●〇〇　●●〇●●　〇

草堤邊，又整歸航。　　新移檻竹，手種庭花，未容爛熳飛
●〇〇　●●〇〇　　　〇〇●●　●●〇〇　●〇●●〇

觴。歸去也、重趨丹禁，密侍清光。醉帽斜縈御柳，朝衣濃
○　　○●●　○○○●　●●○○　　●●○○●●　○○○

惹天香。帝城春好，多應不念，水郭漁鄉。
●○○　　●○○●　○○●●　●●○○

（《全宋詞》422 頁）

【注釋】

　　此詞上片第四句添一字與蘇詞相同，其他又與張才翁詞相同。
張孝祥二首及賀鑄"回首揚州"等詞正與之同。又高觀國詞上片
第四、五句《詞譜》作："緩帶輕裘，爭看盛世衣冠。"而列又一體，按
高詞亦當斷作六字一句、四字一句，無需另列。

又一體

【體略】

　　雙片九十八字，上片四十九字十一句四平韻，下片四十九字十
句四平韻，晁端禮。

【圖譜】

荳蔻梢頭，鴛鴦帳裏，揚州一夢初驚。憶當時相見，雙
●●○○　○○●●　○○●○○　　●○○○●　○

眼偏明。南浦綠波，西城楊柳，痛悔多情。望征鞍不見，況
●○○　　○●●○　○○○●　●●○○　　●○○○●　●

是并州，自古高城。　　幾多映月，憑肩私語，傍花和淚深
●○○　●●○○　　　●○●●　○○○●　●○○●○

盟。爭信道、三年虛負，一事無成。瑤珮空傳好好，秦箏聞
○　○●●、○○○●　●●○○　　○●○○●●　○○○

說瓊瓊。此心在了，半邊明鏡，終遇今生。
●○○　　●○●●　●○○●　○●○○

（《全宋詞》422 頁）

【注釋】

此與張詞相校，上片第六、七句攤破作四字三句，且字聲亦異，爲詞人有意爲之。晁詞別首"倦貳文昌"、"小小中庭"詞正與之同。

又一體

【體略】

雙片九十七字，上片四十七字，下片四十九字，各十句四平韻，葛立方。

【圖譜】

寄徑濰陽，陌上忽看，夭桃穠李爭春。又見楚宮，行雨
●●○○　　●●●○　○○○●○○　　●●●○　○●

洗芳塵。紅豔霞光夕照，素華瓊樹朝新。爲奇姿芳潤，擬倩
●○○　　○●○○●●　●○○●○○　　●○○●　●●

遊絲，留住東君。　　　拾遺杜老，猶愛南塘，寄情蘿薜山林。
○○　●●○○　　　　　●○●●　○●○○　●○○●○○

爭似此、花如姝麗，獺髓輕勻。不數江陵玉杖，休誇花島紅
○●●　○○○●　●●○○　●●○○●●　○○○●○

雲。少須澄霽，一番清影，更待冰輪。
○　　●○○●　●○○●　●○○○

（《全宋詞》1347 頁）

【注釋】

《唐宋詞彙評》考此詞於紹興二十七年(1157)作(1830頁)。此與張才翁詞相校,上片第四、五句作四字一句、五字一句,句拍微變。葛詞別首、趙長卿"宿靄凝陰"詞正與之同。

又一體

【體略】

雙片九十六字,上片四十七字十一句四平韻,下片四十九字十句四平韻,京鏜。

【圖譜】

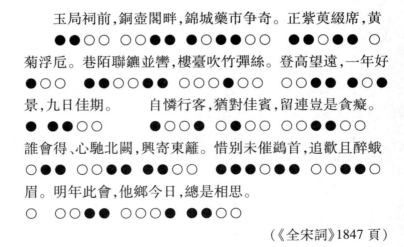

玉局祠前,銅壺閣畔,錦城藥市爭奇。正紫萸綴席,黃
●●○○　○○●●　●○●●○○　　●●○●●　○

菊浮巵。巷陌聯鑣並轡,樓臺吹竹彈絲。登高望遠,一年好
●○○　●●○●●○●　○○○●○○　○○●●　●●

景,九日佳期。　　自憐行客,猶對佳賓,留連豈是貪癡。
●　●●○○　　　●●○●　○●○○　○○●●○○

誰會得、心馳北闕,興寄東籬。惜別未催鶊首,追歡且醉蛾
○●●、○○●●　●●○○　●●●○○●　○○●●○

眉。明年此會,他鄉今日,總是相思。
○　○○●●　○○○●　●●○○

(《全宋詞》1847頁)

【注釋】

此與張才翁相校,上片第八句減一字,上片結韻與下片結韻均

爲四字三句,京鐘別首及陸凝之詞正與之相同。《詞譜》誤以張才翁詞與此同:"此與吳詞同,惟前段第八句減一字異。按張才翁'萬縷青青'詞,《松坡集》'跨鶴仙姿'詞,俱與此同。"

又一體

【體略】

雙片九十九字,上片五十字,下片四十九字,各十句四平韻,劉褒。

【圖譜】

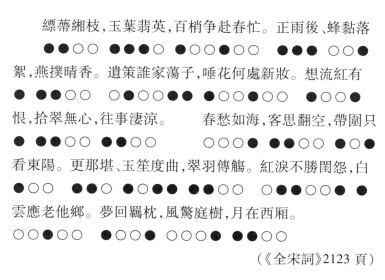

標蒂絪枝,玉葉翡英,百梢爭赴春忙。正雨後、蜂黏落絮,燕撲晴香。遺策誰家蕩子,唾花何處新妝。想流紅有恨,拾翠無心,往事淒涼。　　春愁如海,客思翻空,帶圍只看東陽。更那堪、玉笙度曲,翠羽傳觴。紅淚不勝閨怨,白雲應老他鄉。夢回羈枕,風驚庭樹,月在西廂。

（《全宋詞》2123 頁）

【注釋】

此與張才翁詞相校,上片第四句添二字作上三下四式七字一句,前後句法整齊。上片自"正雨後"至"新妝",與下片"更那堪"

至"他鄉",句法字聲皆同。《詞譜》:"但宋詞無如此填者。"按《全金元詞》中姬翼三詞正同此體,惟上片第八句減一字作四字一句異(與下片第八句相同),上下片更爲齊整,頗堪效法,注出不另列。

又一體

【體略】

雙片九十八字,上片五十字,下片四十八字,各十句四平韻,王喆。

【圖譜】

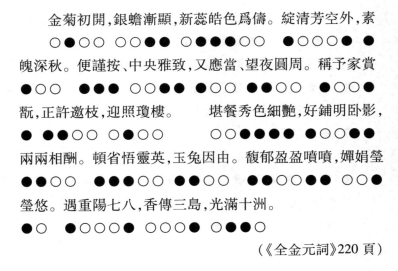

（《全金元詞》220 頁）

【注釋】

此與張才翁詞相校,上片第六、七句各添一字作上三下四句法,下片首韻添一字作六字一句、五字一句、四字一句,第二韻減二

字作五字一句、四字一句,第七句減一字作五字一句,第八句添一字作五字一句。

又一體

【體略】

雙片九十四字,上片四十八字,下片四十六字,各十句四平韻,長筌子。

【圖譜】

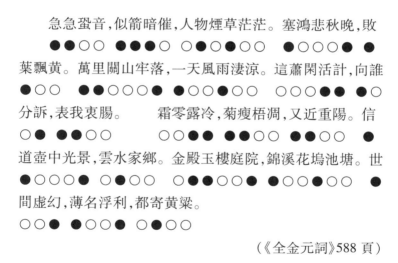

急急蛩音,似箭暗催,人物煙草茫茫。塞鴻悲秋晚,敗葉飄黃。萬里關山牢落,一天風雨淒涼。這蕭閑活計,向誰分訴,表我衷腸。 霜零露冷,菊瘦梧凋,又近重陽。信道壺中光景,雲水家鄉。金殿玉樓庭院,錦溪花塢池塘。世間虛幻,薄名浮利,都寄黃粱。

(《全金元詞》588頁)

【注釋】

此與張才翁詞相校,下片第三句減二字、第四句減一字異。此詞或有脫漏,然文意完整,姑列一體。

正體（入聲韻）

【體略】

　　雙片九十七字，上片四十八字，下片四十九字，各十句四入聲韻，秦觀。

【圖譜】

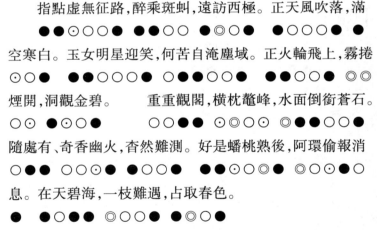

（《全宋詞》456 頁）

【注釋】

　　《唐宋詞彙評》：此爲游仙詞，惠洪《冷齋夜話》謂作於元豐初（694 頁）。此詞押入聲韻，有無名氏二詞及黃庭堅詞可校。此詞前三句句拍與蘇軾詞同，其他句拍與張才翁詞同。下片第四句“幽”無名氏“夢破江南”詞作“一”，第六句“熟”作“歡”，第九句“一”作“何”。句中其他可平可仄見無名氏“宴闋倚欄”詞及黃庭

堅詞。此體字聲律拗多有不同，尚未嚴謹。上片第三、八句，下片第二、十句均宜作平起仄收律句。又，下片第八句《全宋詞》原作"在青天碧海"五字一句，宋人無與之同者，此句《苕溪漁隱叢話前集》作"在天碧海"，從改。

又一體

【體略】

雙片九十九字，上片四十九字，下片五十字，各十一句四入聲韻，黃庭堅。

【圖譜】

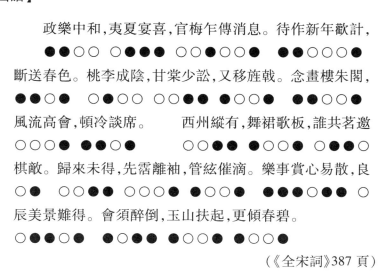

政樂中和，夷夏宴喜，官梅乍傳消息。待作新年歡計，
●●○○　○●●●　○○●●●●　●●○○●○

斷送春色。桃李成陰，甘棠少訟，又移旌戟。念畫樓朱閣，
●●○●　○○●●　○○●●　●○○●　●●○○●

風流高會，頓冷談席。　　西州縱有，舞裙歌板，誰共茗邀
○○○●　●●○●　　　○○●●　●○○●　○●○○

棋敵。歸來未得，先霑離袖，管絃催滴。樂事賞心易散，良
○●　○○●●　○○●●　●○○●　●●●○●●　○

辰美景難得。會須醉倒，玉山扶起，更傾春碧。
○●●○●　●○●●　●○○●　●○○●

（《全宋詞》387 頁）

【注釋】

此與秦詞相校，上片首韻句拍稍異（又與張才翁詞同），第四

句添一字,第六、七句攤破作四字三句,下片第四句添一字攤破作四字兩句。《詞譜》上片第四句作"待新年歡計",下片第四、五句作"歸來未、先沾離袖"。今從《百家詞》及《全宋詞》。

又一體

【體略】

　　雙片九十七字,上片四十九字十一句五入聲韻,下片四十八九句五入聲韻,《高麗史·樂志》無名氏。

【圖譜】

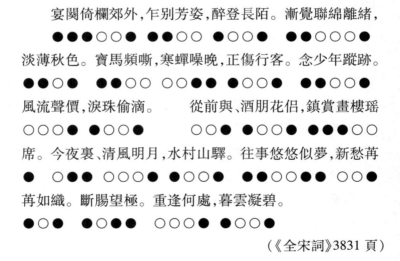

　　　　宴闋倚欄郊外,乍別芳姿,醉登長陌。漸覺聯綿離緒,
淡薄秋色。寶馬頻嘶,寒蟬噪晚,正傷行客。念少年蹤跡。
風流聲價,淚珠偷滴。　　從前與、酒朋花侶,鎮賞畫樓瑤
席。今夜裏、清風明月,水村山驛。往事悠悠似夢,新愁苒
苒如織。斷腸望極。重逢何處,暮雲凝碧。

(《全宋詞》3831 頁)

【注釋】

　　此與秦詞相校,上片第四句添一字作六字一句,第六、七句攤破作四字三句,下片第一、二句減一字作七字一句,又上下片第八

句各添一韻異。按上片第六、七句《全宋詞》原作："寶馬頻嘶，寒蟬晚、正傷行客。"從《詞譜》改。

　　按無名氏"夢破江南"一首，正與此同，惟下片仍作八字二句異。其下片第一、二句，原作"揚州二十四橋歌吹"，《詞譜》改作"揚州歌吹，二十四橋"，不當，依正體仍當斷作："揚州二十，四橋歌吹。"注出不另列。

章楶一調

章楶(1027—1102),字質夫,建州浦城人。英宗治平二年
(1065)進士及第。與蘇軾有詞唱和,蘇軾名作《水龍吟》詠楊
花詞即爲次韻章楶詞而作。《全宋詞》輯存其詞二首。

聲聲令

【調釋】

調名不詳,曹勛詞名《勝勝令》,或與《聲聲慢》(《勝勝慢》)相
關。調用平聲韻,換頭曲,句式多三字句,聲情輕快流美。《詞譜》
卷十五以曹勛《勝勝令》爲此調正體,以章楶此詞誤屬俞克成詞
(《詞律》亦誤屬)。

【體略】

雙片六十六字,上片三十二字七句四平韻,下片三十四字八句
五平韻,章楶。

【圖譜】

簾移碎影,香褪衣襟。舊家庭院嫩苔侵。東風過盡,暮

雲鎖，緑窗深。怕對人、閒枕剩衾。　　樓底輕陰。春信
○◎　●○○　　●○○　⊙　○●○○　　　　　　○●○○　⊙●

斷，怯登臨。斷腸魂夢兩沈沈。　　花飛水遠，便從今，莫追尋。
●　●●○○　●○○●●○○　　　　○○●●　●○○　●○○

又怎禁、驀地上心。
●●○　◎●●○

（《全宋詞》214頁）

【注釋】

　　上片"舊家"以下，與下片"斷魂"以下相同。此調僅有曹勛詞可校，句中可平可仄即參校曹詞。按《全宋詞》後注："按洪武本《草堂詩餘前集》卷上，此首作無名氏詞；《類編草堂詩餘》卷二又誤作俞克成詞。"

　　《詞律》卷十："'舊家'下，與後'斷腸'下同。'今'字似乎用韻，然此句同前'暮雲鎖'，不必叶。恐原是'此'字之訛耳，'怕對人'與後'又怎禁'句同。"按萬樹以上片用仄聲"鎖"字，便以下片"今"或爲"此"字之誤，不當。"今"字無誤，觀曹勛詞作"鞍"、"寒"可知，反是"鎖"字宜用平聲。

又一體

【體略】

　　雙片六十六字，上片三十二字七句四平韻，下片三十四字八句四平韻，曹勛。

【圖譜】

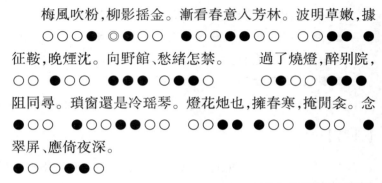

梅風吹粉，柳影搖金。漸看春意入芳林。波明草嫩，據
〇〇〇● ◎●〇〇　●〇〇●●〇　〇〇●● ●

征鞍，晚煙沈。向野館、愁緒怎禁。　　過了燒燈，醉別院，
〇〇 ●〇〇　●●● 〇●●〇　　〇●〇〇 ●●●

阻同尋。瑣窗還是冷瑤琴。燈花尷也，擁春寒，掩閒衾。念
●〇〇 ●〇〇●〇〇〇　〇〇●● ●〇〇 ●〇〇　●

翠屏、應倚夜深。
●〇 〇●●〇

（《全宋詞》1222 頁）

【注釋】

　　此與章詞相校，下片首句不用韻異。《詞譜》：“此與俞詞（按
當爲章詞）俱用閉口韻，想是音律所寓，惜無可考。”此或爲和章
槳詞。

方資一調

方資(1030—?),字逢原,婺州(今浙江金華),方勺之父。仁宗嘉祐八年(1063)進士,其人並詞見方勺《泊宅篇》卷一,《全宋詞》據以錄入。

黃鶴引

【調釋】

此非方資創調。方詞賦本意,聲情灑脱激健。詞序云:"予生浙東,世業農。總角失所天,稍從里閈儒者遊。年十八,婺以充貢。凡八至禮部,始得一青衫。間關二十年,仕不過縣令,擢才南陽教授。紹聖改元,實六十五歲矣。秋風忽起,亟告老於有司,適所願也。謂同志曰:仕無補於上下,而退號朝士。婚姻既畢,公私無虞。將買扁舟放浪江湖中,浮家泛宅,誓以此生,非太平之幸民而何。因閲阮田曹所製《黃鶴引》,愛其詞調清高,寫爲一闋,命稚子歌之,以侑尊焉。"

【體略】

雙片八十三字,上片四十二字,下片四十一字,各八句六上去韻,方資。

【圖譜】

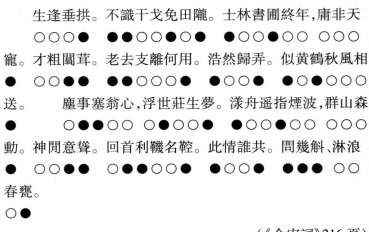

生逢垂拱。不識干戈免田隴。士林書圃終年,庸非天
○○○●　●●○○●○●　●○○○●○○　○○○

寵。才粗闒茸。老去支離何用。浩然歸弄。似黄鶴秋風相
●　○○●●　●●○○●●　●○○●　●○○○●○

送。　　塵事塞翁心,浮世莊生夢。漾舟遥指煙波,群山森
●　　　○○●○○　○●○○●　●○○●○○　○○○

動。神閒意聳。回首利轍名鞚。此情誰共。問幾斛、淋浪
●　○○●●　○●●○○●　●○○●　●●○、○○

春甕。
○●

（《全宋詞》216 頁）

【注釋】

　　《唐宋詞彙評》考此詞作於紹聖元年（1094）（315 頁）。此調
兩宋金元僅存此詞,無別首可校。《詞律》卷十二:“‘士林’至‘何
用’與後‘漾舟’至‘名鞚’同。‘漾’應作‘颺’。蓋取《歸去來辭》
‘舟摇摇以輕颺’也。”

　　上片第七、八句《詞譜》作:“浩然歸,算是黄鶴秋風相送。”按
清人陳維崧有此調（《全清詞（順康卷）》4001 頁）,字句與《全宋
詞》所載相同,而顧太清詞則與《詞譜》所載相同（《東海漁歌》
四）,此亦當方詞流傳文本不同所致。

晏幾道十調

晏幾道(1038—1110),字叔原,號小山,臨川(今江西撫州)人。晏殊第八子。元豐中,晏幾道曾"監潁昌府許田鎮。手自寫長短句,上府帥韓少師(維)"(《邵氏聞見後録》)。有《小山詞》,有吳訥《百家詞》抄本、《宋六十名家詞》本、《四庫全書》本等。《全宋詞》録其詞二百六十首,附録二十一首。晏幾道詞多用小令,與其父晏殊相同,罕用長調,今最早見於其詞中之調,亦多爲令詞調。黄庭堅《小山詞序》云:"乃獨嬉弄於樂府之餘,而寓以詩人之句法,清壯頓挫,能動搖人心。"所謂詩人句法,即唐五代令詞調中常用的五七言律句句法,與慢詞調句法相異。晏幾道令詞於當時及後世均産生重要影響。

泛清波摘遍

【調釋】

此調當源自宋教坊大曲林鐘商《泛清波》。《宋史·樂志》卷一百四十二:"雲韶部……每上元觀燈,上巳、端午觀水嬉,皆命作樂於宫中,遇南至元正、清明、春秋分社之節,親王内中宴射則亦用之,奏大曲十三……五曰《泛清波》。"萬樹《詞律》卷十八認爲晏詞應作四段,當是。前雙片換頭,後雙片重頭,結構井然,調用上去

韻，聲情歡快嫵媚。另姜夔《清波引》亦當摘自教坊《泛清波》
大曲。

【體略】

四片一百五字，第一片二十六字五句二上去韻，第二片二十九
字六句三上去韻，第三片二十五字五句三上去韻，第四片二十五字
五句三上去韻，晏幾道。

【圖譜】

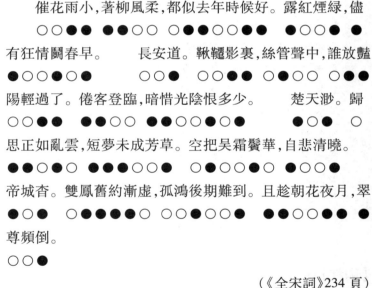

催花雨小，著柳風柔，都似去年時候好。露紅煙綠，儘
有狂情鬬春早。　　長安道。鞦韆影裏，絲管聲中，誰放豔
陽輕過了。倦客登臨，暗惜光陰恨多少。　　楚天渺。歸
思正如亂雲，短夢未成芳草。空把吳霜鬢華，自悲清曉。
帝城杳。雙鳳舊約漸虛，孤鴻後期難到。且趁朝花夜月，翠
尊頻倒。

（《全宋詞》234頁）

【注釋】

此調兩宋金元僅存此詞，無他首可校，此調字句今依《全宋
詞》，但依《詞律》分四片："此詞丰神婉約，律度整齊，作者何寥寥
耶。而各譜中失收，更不可解。愚按此調，當是四段合成。'催

花’至‘春早’爲一段，‘鞦韆’至‘多少’爲二段。而‘長安道’三字，乃換頭語也。只‘露紅’句與‘倦客’句平仄異耳。‘楚天渺’至‘清曉’爲三段。‘帝城杏’至末爲四段。”第三片第四句《詞譜》作“空把吳霜點鬢華”，當從《全宋詞》。

　　此調清人陳維崧有詞，聊録供參考（陳詞題“詠沼内紅魚”）：“吳娘水閣，幾曲金塘，時聽紅魚跳波響。翳然花竹，日高舟尾浮菰蔣。　　粧臺上。傷春天氣，中酒心情，斜溜明瓏還細相。照水釵傾，投餌鬟偏，幾遍惆悵。　　朝霞漾。寄到啼械染血，帶得落花鋪絳。愛爾絶代紅粧，水雲高曠。　　渾無恙。嬌鳥籠底去來，美人影中生長。莫管畫溪笠澤，粘天風浪。”（《全清詞（順康卷）》4174 頁）按陳詞第二片結韻與晏詞相校添一字作四字三句，《詞牌格律》認爲晏詞結句當脱漏一字。然晏詞諸本皆然，語意亦完善，且此調一二片爲添頭曲，“暗惜光陰恨多少”正與第一片“儘有狂情鬮春早”句相同，晏詞當無脱漏，陳詞當誤添一字。

歸田樂（引）

【調釋】

　　《填詞名解》卷二：“《歸田樂引》，采張衡《歸田賦》名。”調名或又與陶淵明《歸去來兮辭》相關。晏詞非賦本意，聲情跌宕婉轉。黄庭堅二詞名《歸田樂引》，一首七十字，一首七十二字，與晏詞小異。宋詞以《歸田樂》名調者尚有黄庭堅《歸田樂令》、蔡伸《歸田樂》、仇遠《歸田樂》，調皆互不相同。《歸田樂》或爲宋代大曲。

【體略】

　　雙片七十一字，上片三十三字六句五仄韻，下片三十八字七句

五仄韻,晏幾道。

【圖譜】

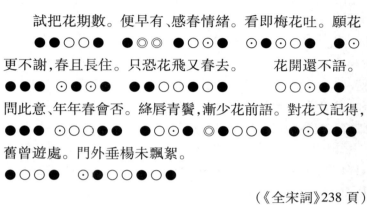

　　　　　　　試把花期數。便早有、感春情緒。看即梅花吐。願花
　　　　　　　●●○○● 　●◎◎ 　●○○● 　○●○○● 　●○
　　　　更不謝,春且長住。只恐花飛又春去。　　　花開還不語。
　　　　●●● ○●○● 　●●○○●○○ 　　　　○○○●●
　　　　問此意、年年春會否。絳唇青鬢,漸少花前語。對花又記得,
　　　　●●● ○○●○● 　◎●○○● 　●○○●● 　●○●●●
　　　　舊曾遊處。門外垂楊未飄絮。
　　　　●○○● 　○●○○●○●

(《全宋詞》238 頁)

【注釋】

　　此調兩宋現僅存五首,金元無存詞,可用上去韻,亦可用入聲韻。此與黃詞及無名氏詞相校,字聲最爲嚴整,皆用律句,句中可平可仄即參黃詞句法相同者。下片第二句"問此意、年年春會否",《全宋詞》作"問此意、年年春還會否",今從《百家詞》及《詞譜》改。

又一體

【體略】

　　雙片七十字,上片三十三字八句四仄韻三疊韻,下片三十七字九句五仄韻三疊韻,黃庭堅。

【圖譜】

暮雨濛階砌。漏漸移、轉添寂寞,點點心如碎。怨你。
●●○○● 　 ●●○● ●○○● ●●○○● 　 ●●

又戀你。恨你。惜你。畢竟教人怎生是。　　前歡算未
●●● 　 ●● 　 ●● 　 ●●○○●○● 　 　 　 ○○●●

已。奈向如今愁無計。爲伊聰俊,銷得人憔悴。這裏。誚
● 　 ●●○○○● 　 ○○● ●○○● 　 ●● 　 ●

睡裏。夢裏。心裏。一向無言但垂淚。
●● 　 ●● 　 ○● 　 ●●○○●○●

(《全宋詞》407 頁)

【注釋】

　　按此詞上下片大量使用疊韻,與晏詞相比句拍更加短促。《詞譜》僅指出使用一疊韻,《詞律辭典》指出使用二疊韻,實則應爲三疊韻。

　　按無名氏"水繞溪橋綠"用韻方式正與黃詞全同,惟上片第二句添一韻,下片第二句仍用上三下五式八字一句與晏詞同,注出不另列。

又一體

【體略】

　　雙片七十二字,上片三十三字八句四仄韻三疊韻,下片三十九字八句五仄韻二疊韻,黃庭堅。

【圖譜】

對景還銷瘦。被個人、把人調戲，我也心兒有。憶我。
●●○○● ●●● ●○○● ●○○● ●●

又喚我。見我。嗔我。天甚教人怎生受。 看承幸厮勾。
●●● ●● ○● ○●○○●○● ●○○●

又是樽前眉峰皺。是人驚怪，冤我忒攔就。拼了。又捨了。
●●○○● ○○● ○●○○● ●● ●●●

定是這回休了。及至相逢又依舊。
●●●○○● ●●○●○●

(《全宋詞》407 頁)

【注釋】

此詞《詞譜》以俗俚不録。此與"暮雨濛階砌"一首相校，惟下片第七句添二字減一疊韻異。

《詞律辭典》："《詞譜》、《全宋詞》於'我'、'了'處俱不注叶韻，看來他們忽略了古韻'魚、虞、蕭、肴、豪、歌、麻、尤'韻俱爲角聲，皆可通轉。於宋詞中例子頗多，如周密《水龍吟》'燕翎誰寄愁箋'詞，林外《洞仙歌》'飛梁敧水'詞，無名氏《洞仙歌》'梳風洗雨'詞，梁意娘《茶瓶兒》'滿池花鋪繡'詞，都是'蕭、豪、尤、歌'通押。"（983 頁）此説當從。

留春令

【調釋】

《詞譜》卷八："調見《小山樂府》。"《詞律辭典》："王喆詞名

《玉花洞》，此詞與《探春令》很相似。"（579頁）按此調與《探春令》相似而不同調，《詞譜》誤將沈端節《探春令》"舊家元夜"一首誤作《留春令》。此調多賦本意，題材宜傷春懷人，聲情幽怨感傷。

【體略】

　　雙片五十字，上片二十五字五句二仄韻，下片二十五字四句三仄韻，晏幾道。

【圖譜】

　　　　　　　　　　　　　　　　　　　　　　　　（《全宋詞》253頁）

【注釋】

　　[一]此調兩宋現存十餘首，金元無存詞。《詞律》卷六以高觀國詞爲譜。《詞譜》卷八以晏詞爲正體："調以此詞爲正體，若李詞、沈詞、黃詞之攤破句法，皆變體也。此詞前段第四句、後段第三句，例作拗句，如晏詞別首之'懊惱黃花暫時香'、'水濕紅裙酒初消'，高觀國詞之'柳影人家起炊煙'、'花裏清歌酒邊情'，三首皆然。"上片"手撚"以下，與下片"樓下"以下相同。"畫屏天畔"惟李之儀詞作仄起平收律句。"依"晏詞別首"采蓮舟上"詞作"陡"，"十"高觀國"粉綃輕試"詞作"吳"。"手撚"惟黃庭堅詞、史達祖"故人溪上"詞作平起平收律句，不參校。句中可平可仄除注明外，皆見所列別體句法相同者。

　　[二]此句高觀國"玉清冰瘦"詞、黃庭堅詞、史達祖"故人溪上"詞作拗句,彭止詞作"綠池上柳腰纖弱",皆不參校。《詞譜》注"漫"字可平,不妥。"別"高觀國"玉妃春醉"詞作"貪"。

　　[三]按"對江南千里"宜作上一下四句法。晏幾道"海棠風橫"詞、李之儀詞作普通五字句,注出不另列。"江"晏幾道別首"采蓮舟上"詞作"小"。

又一體

【體略】

　　雙片五十字,上片二十五字六句二仄韻,下片二十五字五句三仄韻,李之儀。

【圖譜】

　　　　夢斷難尋,酒醒猶困,那堪春暮。香閣深沈,紅窗翠暗,
　　　　●●○○　●○○●　●○○●　　○●○○　○○●●

　　莫羨顛狂絮。　　　綠滿當時携手路。懶見同歡處。何時却
　　●●○○●　　　　　●●○○○●　●●○○●　　○○●

　　得,低幃昵枕,盡訴情千縷。
　　●　○○●●　●●○○●

【注釋】

　　《詞譜》:"此詞攤破晏詞前段第四句、後段第三句七字一句,各添一字,作四字兩句,兩結各減一字,作五字句異。宋詞只此一首,無別詞可校。"

又一體

【體略】

雙片五十四字,上下片各二十七字四句三仄韻,黃庭堅。

【圖譜】

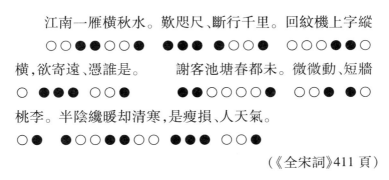

江南一雁橫秋水。欺咫尺、斷行千里。回紋機上字縱
○○●●○○●　　●●●　●○○●　　○○○●●○
橫,欲寄遠、憑誰是。　　　謝客池塘春都未。微微動、短牆
○　●●●○○●　　　　●●○○○●●　　○○●　●○
桃李。半陰纔暖却清寒,是瘦損、人天氣。
○●●　●○○○●○○　●●●　○○●

（《全宋詞》411 頁）

【注釋】

此體爲重頭曲,上下片相同。此與晏詞相校,上片第一、二、三句添二字作七字一句、上三下四式七字折腰一句,且添一韻,下片第二句添二字作七字折腰句異,其他相同。《詞律》認爲結句不能作折腰句法,不當。

又一體

【體略】

雙片五十四字,上下片各二十七字四句四仄韻,彭止。

【圖譜】

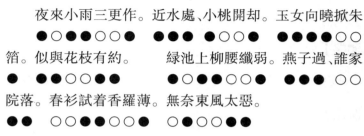

夜來小雨三更作。近水處、小桃開却。玉女向曉掀朱
●○●●○○●　●●●　●○●●　●●●●○○

箔。似與花枝有約。　　綠池上柳腰纖弱。燕子過、誰家
●　●●○○●　　　●○●●○○●　●●●　○○

院落。春衫試着香羅薄。無奈東風太惡。
●●　○○○●○○●　○●○○●●

（《全宋詞》2487 頁）

【注釋】

此即黃庭堅詞體，上下片第三句添一韻，結句均不作折腰句
法異。

風入松

【調釋】

《詞譜》卷十七："古琴曲有《風入松》，唐僧皎然有《風入松》
歌，見《樂府詩集》，調名本此。《宋史·樂志》注林鐘商，元高拭詞
注仙呂調、又雙調，蔣氏十三調注雙調，亦名《風入松慢》。韓淲詞
有'小樓春映遠山橫'句，名《遠山橫》。"《宋史·樂志》太宗"制
曲"中有小曲林鐘商《風入松》。此調爲兩宋及後世流行詞調，句
法簡明，以七、六字句爲主，題材不拘，聲情流美感傷。《校正》：
"全調起兩句音節流暢而響亮，經折腰之七字句一頓，結兩句有收
斂之勢，故聲韻婉約諧美而含蓄。此調適宜於感舊、悼亡、寫景，要
求詞意婉約而意象優美。"（283 頁）《魏氏樂譜》卷三以俞國寶"一
春常費"詞爲譜。沈瀛《風入松》，用三聲通叶，乃爲曲體。此調於

元代入曲牌，《中原音韻》作雙調，元人趙萬圭、張可久、湯式等人有詞，體式與詞體相近，然有襯字，且三聲通叶，不視爲詞體。

【體略】

雙片七十四字，上下片各三十七字六句四平韻，晏幾道。

【圖譜】

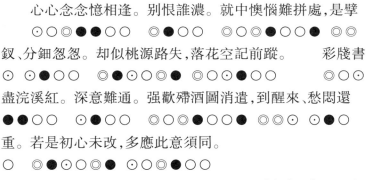

心心念念憶相逢。別恨誰濃。就中懊惱難拼處，是擘
釵、分鈿忽忽。却似桃源路失，落花空記前蹤。　彩箋書
盡浣溪紅。深意難通。強歡殢酒圖消遣，到醒來、愁悶還
重。若是初心未改，多應此意須同。

（《全宋詞》254 頁）

【注釋】

此調兩宋金元現存近一百二十首。此調以前後片第二句或四字、或五字一句分體，前者以此詞爲正體，後者以侯置詞爲正體。《詞律》卷十一以趙彥端詞爲正體，《詞譜》以晏幾道“柳陰庭院”及吳文英詞爲正體，皆不妥。上片第四句“擘”吳文英“聽風聽雨”詞作“絲”。下片第一句“書”、第二句“深”字《詞譜》未注可仄，不當。第四句“到”吳文英“一帆江上”詞作“垂”；“醒”字《詞譜》以作平聲，不當。第五句“若”吳文英“聽風聽雨”詞作“惆”。句中可平可仄除注明外，皆見所列別體句法相同者。

又一體

【體略】

雙片七十三字,上片三十六字,下片三十七字,各六句四平韻,
晏幾道。

【圖譜】

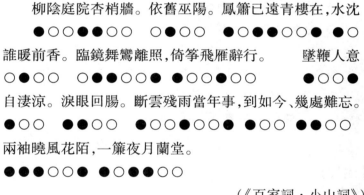

　　柳陰庭院杏梢牆。依舊巫陽。鳳簫已遠青樓在,水沈
　　●○○●●○○　　○●○○　　●○●●○○●　●○
誰暖前香。臨鏡舞鸞離照,倚箏飛雁辭行。　　　墜鞭人意
○●○○　　○●●○○●　●○○●○○　　　　　●○○
自淒涼。淚眼回腸。斷雲殘雨當年事,到如今、幾處難忘。
●○○　　●●○○　●○●●○○●　●○○、●●○○
兩袖曉風花陌,一簾夜月蘭堂。
●●●○○●　●○●●○○

（《百家詞·小山詞》）

【注釋】

　　此與“心心念念”詞相校,惟上片第四句減一字作六字一句
異。按田中行詞、康與之詞、韓玉詞正與之同。《詞譜》列康與之
“一宵風細”詞作“又一體”,然疑第四句缺一字:“此詞後段第四句
七字,疑前段‘與誰同撚’句脱去一字,因宋《花庵詞選》所載,采以
備體。”

　　按此詞上片第四句《詞譜》等書多作上三下四式七字句,《詞
譜》以晏幾道此詞爲此調正體,作:“水沈煙、復暖前香。”朱刻本

作："水沉□、誰暖前香。"《全宋詞》作："水沈誰、復暖前香。"今依
《百家詞》作六字句。此詞又別見韓玉詞,亦爲六字句："水沈煙暖
餘香。"又按趙彥端詞、李廌詞及張孝祥等人詞,皆有上片第四句六
字句法者。六字句拍雖非常體,其源當自晏幾道。此調晏詞二首,
字句不同,表現出詞人於同調用不同句法嘗試創作特點,後人亦有
仿效,然此體前後片明顯不對稱,終爲不美。

又一體

【體略】

雙片七十六字,上下片各三十八字六句四平韻,張繼先。

【圖譜】

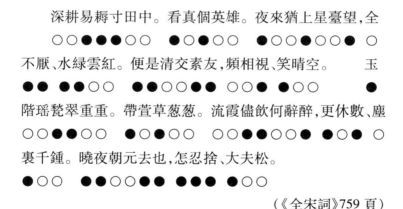

(《全宋詞》759 頁)

【注釋】

此與晏詞"心心念念"相校,惟上下片第二句皆添一字作上一
下四式五字句,上下片結句皆作六字折腰句異。王吉昌十二首詞

皆與之同。按上下片第二句作五字句者雖始自此詞,但後之宋金詞人除王吉昌外罕有作上一下四句法者,不作正體。

又一體

【體略】

雙片七十二字,上下片各三十六字六句四平韻,康與之。

【圖譜】

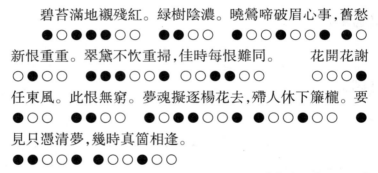

　　碧苔滿地襯殘紅。綠樹陰濃。曉鶯啼破眉心事,舊愁
　　●○●●●○○　　●●○○　　●○○●●○○　●○
　　新恨重重。翠黛不忺重掃,佳時每恨難同。　　花開花謝
　　○●○○　　●●●○○●　○○●●○○　　　　○○○●
　　任東風。此恨無窮。夢魂擬逐楊花去,殢人休下簾櫳。要
　　●○○　　●●○○　●●●○○○●　●○○●○○　●
　　見只憑清夢,幾時真箇相逢。
　　●●○○●　○○○●○○

(《全宋詞》1306 頁)

【注釋】

此與晏詞"心心念念"相校,惟上下片第四句皆減一字作六字一句異。趙彥端詞、李祁詞正與此同。

正　體

【體略】

雙片七十六字,上下片各三十八字六句四平韻,侯寘。

【圖譜】

霏霏小雨惱春光。煙水更彌茫。昨宵把酒高歌處,任
○○●●○○　　⊙●○○　　●○●●○●　●

一聲、雞唱清江。顦頷杏花如許,情懷應似東陽。　　宿酲
●○　○●○○　　○●●○○●　○○○●○○　　　●○

猶在莫傳觴。消悶苦無方。幾時玉杵藍橋路,約雲英、同搗
○●●○○　　⊙●●○○　　●○●●○○●　●○○　○●

玄霜。冷落黃昏庭院,夢回家在三湘。
○○　　●●○○●●　●○○●○○

（《全宋詞》1429 頁）

【注釋】

　　此詞上下片第二句均作二三式五字律句,後之宋金詞作與此相同者最多,當爲正體。《詞譜》以吳文英詞爲正體,吳詞遠較侯詞爲晚,侯置此詞句法、字聲穩妥,正體已成。

<h2 style="text-align:center">又一體</h2>

【體略】

　　雙片七十四字,上下片各三十七字六句四平韻,張孝祥。

【圖譜】

玉妃孤豔照冰霜。初試道家妝。素衣嫌怕姮娥妒,染
●○○●●○○　　○●●○○　　●○○●○○●　●

成宮樣鵝黃。宮額嬌塗飛燕,縷金愁立秋娘。　　　湘羅百
○○○●○○　　○●○○●●　●○○●○○　　　○○●

濯蹙香囊。蜜露綴瓊芳。薔薇水蘸檀心紫，鬱金薰染濃香。

●●○○　●●●○○　○○●●○○●　●○○●○○

萼緑輕移雲襪，華清低舞霓裳。

●●○○○●　○○○●○○

（《全宋詞》1719 頁）

【注釋】

此與侯置詞相校，惟上下片第四句皆減一字作六字一句異。此體宋人僅有此詞，但前後片完全相同，亦有意爲之。按《詞律辭典》所載明人王廷相詞（1006 頁，《全明詞》523 頁），正與之同。

又一體

【體略】

雙片七十八字，上下片各二十九字六句四平韻，舒頓。

【圖譜】

紗厨過雨晚涼生。枕簟不勝清。冰肌玉骨元無汗，香

○○●●●○○　●●●○○　○○●●○○●　○

風迴、深院語流鶯。翠幌光摇絳蠟，畫堂暖瀉銀瓶。　玉

○○　○●●○○　●●○○●●　●○●●○○　●

箏牙板接新聲。雲髻寶釵横。銀絲膾細江鰩脆，揚州月、照

○○●●○○　○●●○○　○○●●○○●　○○●　●

我醉吹笙。舊事十年猶記，壯懷此日堪驚。

●●○○　●●●○○●　●○●●○○

（《全金元詞》1087 頁）

【注釋】

此與侯寘詞相校,惟上下片第四句均添一字作上三下五式八字折腰句異,亦詞人有意爲之。

鳳孤飛

【調釋】

晏詞云:"端的歡期未晚。奈歸雲難管。"亦賦本意,全用上聲韻,聲情纏綿感傷。

【體略】

雙片四十九字,上片二十三字四句三上去韻,下片二十六字四句四上去韻,晏幾道。

【圖譜】

（《全宋詞》256 頁）

【注釋】

此調兩宋金元現僅存此詞,無別詞可校。上片第三句《全宋詞》本作"綺席飛塵滿",明鈔本《百家詞》亦然,而《花草粹編》、明

刻《小山詞》、《詞律》、《詞譜》皆作“綺席飛塵座滿”，今從後者。
此調清代張玉珍有詞（《全清詞（雍乾卷）》263 頁），其平仄字聲與
此詞全同。

憶悶令

【調釋】

《詞譜》卷五：“調見《小山樂府》。”晏詞用上去韻，賦戀情，聲
情嫵媚風流。

【體略】

雙片四十七字，上片二十三字，下片二十四字，各四句三上去
韻，晏幾道。

【圖譜】

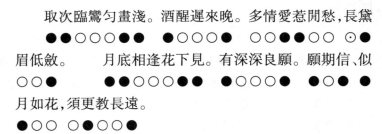

（《全宋詞》257 頁）

【注釋】

此調兩宋除此詞外，僅存仇遠一首，金元無存詞。相校仇詞，
句中字聲除上片第四句“長”字，仇詞作“愛”用仄聲，其他全同。
上片第二句“醒”字兩讀，據仇詞當讀平聲，《詞律》以讀平聲是。

下片第二句"有深深良願"作一四句法,仇詞作"小烏衣新篛",作三二句法。《詞繫》卷十一:"兩結句是一領四字句。"仇遠詞上片結句作"愛翠深紅遠"與晏詞同,下片作"波面時時點"又與晏詞異。又,《詞譜》以此調僅晏詞一首,且以下片首句作"月底相逢見",不當。

喜團圓

【調釋】

晏詞賦離別,無關本意。此調以四字句爲主,句法齊整,聲情舒緩悠揚。無名氏"鮫綃霧縠"一首云:"天還有意,不違人願,與個團圓。"賦本意,或爲此調始詞。

【體略】

雙片四十八字,上下片各二十四字六句二平韻,晏幾道。

【圖譜】

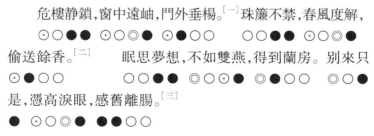

（《全宋詞》257 頁）

【注釋】

[一]此詞有無名氏"輕攢碎玉"及"鮫綃霧縠"詞可校。此詞

全爲四字句拍，無名氏"輕攢碎玉"與之完全相同。此體爲重頭曲，上下片完全相同。句中可平可仄除注明外，皆見所列别體句法相同者。

　　[二]此韻三句《詞律》卷五、《詞譜》卷七均斷作："珠簾不禁春風度，解偷送餘香。"《詞譜》且云："此與《梅苑》詞同，惟前段第四、五句，句讀不同耳……"《詞牌格律》："上片後三句十二字多斷爲七五兩句……從字面看亦通，但後句節奏甚差。且縱觀全詞格律應爲十二個四字句，上下片各六句。不論是平仄或是句讀，上下片都應是十分整齊而不容'生拼硬湊'的。"（855 頁）羊説甚是。"珠簾不禁"無名氏"輕攢碎玉"詞作"尤殢東君"，律句不同，當屬誤用，觀其下片"仙標淡佇"又用平起仄收及另首無名氏詞可知。"偷"無名氏"輕攢碎玉"詞作"壓"。

　　[三]下片六句與上片相同，《詞律》："後段同《人月圓》。"按後段或借用《人月圓》"眠思夢想"一句，無名氏二詞皆作仄起平收律句，不注可平可仄，參見無名氏"又一體"。"雙"、"得"無名氏"輕攢碎玉"詞作"月"、"清"。《詞譜》未注"憑"可仄，不妥。

又一體

【體略】

　　雙片四十九字，上片二十五字，下片二十四字，各六句二平韻，《花草粹編》無名氏。

【圖譜】

　　　鮫綃霧縠，没多重數，緊擬偷憐。孜孜覷著，算前生只，
　　　●○●●　●○○●　●●○○　　○○●●　●○○●

結得眼因緣。　眼是心媒，心爲情本，裏外勾連。天還有

●●●○○　　　●●○○　○○○●　●●○○　　○○●

意，不違人願，與個團圓。

●　●○○●　●●○○

（《全宋詞》3839 頁）

【注釋】

　　此詞《花草粹編》調名作《與團圓》，《詞譜》以即爲《喜團圓》，當是。此與晏詞相校，上片第六句添一襯字異，下片首句字聲與晏詞律句不同，於字聲上看爲換頭曲，無名氏"輕攢碎玉"詞作"瘦影生香"，正與之同。按上片第四、五、六句"孜孜覷著，算前生只，結得眼因緣"，《詞譜》斷作："孜孜覷著，算前生、只結得眼因緣。"並云："句讀雖異，因詞俚不錄。"不當。又按首句"鮫綃霧縠"，"鮫"字《全宋詞》原作"絞"，誤。

滿庭芳

【調釋】

　　《填詞名解》卷三："《滿庭芳》，采唐吳融詩：'滿庭芳草易黃昏。'又柳宗元詩：'滿庭芳草積。'一名《鎖陽臺》。先舒按：蔣一葵《堯山堂外紀》載唐寅詣九仙祈夢，夢人示以中呂二字，莫能解。後訪同邑閣老王鏊，見其壁揭東坡《滿庭芳》詞，下有中呂字，果應詞中'百年强半'之語。按此，則《滿庭芳》蓋中呂調也。"同期蘇軾、黃裳等人均有詞，蘇軾創作四首，影響較大。《詞譜》卷二十四："此調有平韻、仄韻兩體。平韻者，周邦彥詞，名《鎖陽臺》，葛立方詞，有'要看黃昏庭院，橫斜映霜月朦朧'句，名《滿庭霜》，晁

補之詞,有'堪與瀟湘暮雨,圖上畫扁舟'句,名《瀟湘夜雨》,韓淲詞,有'甘棠遺愛,留與話桐鄉'句,名《話桐鄉》,吳文英詞,因蘇軾詞,有'江南好,千鍾美酒,一曲滿庭芳'句,名《江南好》,張埜詞,名《滿庭花》,《太平樂府》注中呂宮,高拭詞注中呂調。仄韻者,《樂府雅詞》名《轉調滿庭芳》。"此調爲兩宋及後世極流行詞調,題材詠物、抒懷不拘,聲情多清新、灑脱、歡快,金代道教詞人又多以此調賦道情。此調《樂府雅詞》載無名氏一首押入聲韻,聲情哀切,與平韻詞不同,當爲變調。《校正》:"此調多用四字句、六字句、上三下四句法之七字句,但韻之疏密適度,常以四四六或六七句式組成句群,尤其兩結爲三四五式之句群,故於含蓄頓挫中忽又流動奔放。因用平韻,而且過變處用短韻,使聲韻頗爲響亮。此調之適應範圍很廣,可用以抒情、議論、寫景、叙事、祝頌、酬贈。"(388頁)《魏氏樂譜》卷三以吳潛"漠漠春陰"詞爲譜。曲牌有《滿庭芳》,乃另造新聲,《中原音韻》作中呂宮,爲元曲流行曲牌,與詞體迥異。

【體略】

雙片九十五字,上片四十八字,下片四十七字,各十句四平韻,晏幾道。

【圖譜】

南苑吹花,西樓題葉,故園歡事重重。[一]憑闌秋思,閒
⊙●○○　○○○●　◎○○●○○　　⊙○○●　⊙

記舊相逢。幾處歌雲夢雨,可憐便、流水西東。別來久,淺
●●○○　　◎●●○○●　◎⊙●　⊙○○○　　○○●　◎

情未有,錦字繫征鴻。[二]　　　　　年光還少味,開殘檻菊,落盡
○○●　◎●●○○　　　　　　　○⊙○●●　○○●●　○●

溪桐。漫留得尊前，淡月西風。^[三]此恨誰堪共説，清愁付、
○○　　▼⊙◎⊙⊙　◎●○◎　　◎●⊙○◎●　⊙⊙●
緑酒杯中。^[四]佳期在，歸時待把，香袖看啼紅。^[五]
◎●○○　　○○●　⊙○◎●　⊙○●●○

（《全宋詞》253 頁）

【注釋】

[一]此調兩宋金元現存六百七十餘首，爲極流行詞調。《詞
律》卷十三以程垓詞爲正體，《詞譜》以晏詞爲正體，當從後者。上
片第六句“幾處”以下，與下片第六句“此恨”以下相同。首二句宜
用對句，不用亦可。“園”字當用平聲，《詞譜》云：“蘇軾詞前段第
三句‘算只君與長江’，又‘萬里煙波雲帆’，第二字俱用仄聲，查別
首宋詞，無用仄聲者，故不注可仄。”《詞譜》所言甚是。又此韻第
三句程垓詞，《詞譜》作“又還是、秋滿平湖”，以添一襯字另列別
體，此句當依《百家詞》作“又是秋滿平湖”，字聲與蘇軾“歸去來
兮”一首相同，“是”字亦誤用，不再另列。程垓詞首句用韻，亦屬
偶用，《詞譜》云：“此詞（即程詞）起句‘南月驚烏’，與晁端禮詞之
‘雪滿貂裘’、向子諲詞之‘月窟蟠根’、石孝友詞之‘修竹按藍’等
句同，偶然合韻，舊譜誤注用韻，不知此詞兩句對起，必無首句用韻
之理，填者辨之。”句中可平可仄除注明外，皆見所列別體句法相
同者。

[二]“別”字，觀宋人詞罕有不用平聲者，晏詞屬偶用入聲代
平聲，不注仄聲。《詞譜》：“此詞前段第八句‘別’字，以入替平。
如毛滂詞之後段第八句‘北窗晚’‘北’字，又一首‘玉臺畔’‘玉’
字，亦是以入替平，不可泛填上、去聲字。”按毛滂“北”、“玉”字，
皆屬偶用，不參校。“未”王之道“翠蓋千重”詞作“連”。按無名
氏“標格清高”一首上片第六句偶添一字作“不逐東風桃李俗”，
注出不另列。

　　[三]"漫留得尊前,淡月西風"作兩句拍,此兩句《詞譜》斷作:
"漫留得、尊前淡月西風。"《詞律》以黃公度詞亦斷作上三下六式
九字一句,今依《魏氏樂譜》斷作兩句,以此揆之兩宋其他詞作,皆
可如此斷句,並無別樣句拍。"漫"爲領字,宜用去聲。"留得尊
前"一句,或用仄起平收律句,或用平起仄收律句,填者任選一種可
也,不可作拗句。按葛長庚"鼎用乾坤"一首下片第二句偶添一字
作"不調停火候",胡翼龍詞下片第四句偶添二字作"料歸來、鶯居
春後",皆注出不另列。

　　[四]"此"王之道"歌徹驪駒"詞作"歸","誰"黃裳詞作"樂"。
按此韻第二句陳偕"榆莢抛錢"詞添一字作"江頭明月,渡口斜
暉",宋人僅此一首,偶用。又按無名氏"月屬重三"詞此句作"但
願雙親未老,富貴雙全"多加若干襯字,亦偶用。

　　[五]此韻三句與上片結韻三句同,"佳期在"、"別來久"均作
平平仄爲此調定例。

又一體

【體略】

　　雙片九十五字,上片四十八字,下片四十七字,各十句四平韻,
則禪師。

【圖譜】

咄這牛兒,身强力健,幾人能解牽騎。爲貪原上,嫩草
●●○○　○○●●　●●○○●○○　　●○○●　●●

綠離離。只管尋芳逐翠,奔馳後、不顧傾危。爭知道,山遙
●○○　　●●○○●●　○○●、●●○○　　○○●　○○

水遠,回首到家遲。　　牧童今有智,長繩牢把,短杖高提。
●● ○●●○○　　　●○○●● ○○○● ●●○○

入泥入水,終是不生疲。直待心調步穩,青松下、孤笛橫吹。
●○●● ○●●○○　　●●○○●● ○○● ○●○○

當歸去,人牛不見,正是月明時。
○○● ○○●● ●●○○

(《全宋詞》220頁)

【注釋】

《唐宋詞彙評》考此詞乃紹興中作(326頁)。此與晏詞相校,惟下片第四、五句作四字一句、五字一句異。張伯端詞、沈端節詞、李曾伯"山接平蕪"詞正與之同。

又一體（正體）

【體略】

雙片九十五字,上片四十八字十句四平韻,下片四十七字十一句五平韻,蘇軾。

【圖譜】

蝸角虛名,蠅頭微利,算來著甚乾忙。事皆前定,誰弱
○●○○ ○○○● ●○●●○○　●○○● ○●

又誰強。且趁閒身未老,儘放我、些子疏狂。百年裏,渾教
●○○　●●○○●● ○●● ○●○○ ●●● ○○

是醉,三萬六千場。　　思量。能幾許,憂愁風雨,一半相
●● ○●●○○　　　○○ ○●● ○○○● ●●○

妨。又何須抵死，説短論長。幸對清風皓月，苔茵展、雲幕
○　　●○○●●　●●○○　　●●○○●●　○○●　○●

高張。江南好，千鍾美酒，一曲滿庭芳。
○○　　○○●　○○●●　●●●○○

（《全宋詞》278 頁）

【注釋】

此亦宋人常體，此與晏詞相校，下片換頭用二字短韻異。按短
韻二字當用雙平，聲韻流美，宋人偶有於"思"字用仄聲者，不可從。

按曹彥約詞上片第六句添一字作"遇好景、何妨笑飲"，葛長
庚"兩種汞鉛"一首下片第三句添一字作"見龜蛇烏兔"，晁端禮詞
下片第七句添一字作"痛念你、平生分際"，皆偶用，注出不另列。

又一體

【體略】

雙片九十三字，上片四十七字十句四平韻，下片四十六字十一
句五平韻，黃公度。

【圖譜】

一徑叉分，三亭鼎峙，小園別是清幽。曲闌低檻，春色
●●○○　○○●●　●○○●●○　　●○○●　○●

四時留。怪石參差臥虎，長松偃蹇拏虯。携筇晚，風來萬里，
●○○　　●●○○●●　○○●●○○　　○○●　○○●●

冷撼一天秋。　　優遊。銷永晝，琴尊左右，賓主風流。且
●●●○○　　　○○　　○●●　○○●●　○●○○　●

偷閒不妨，身在南州。故國歸帆隱隱，西崑往事悠悠。都休
〇〇●〇　〇●〇〇　　●●〇〇●●　〇〇〇●〇〇　　〇〇

問，金釵十二，滿酌聽輕謳。
●　〇〇●●　●●●〇〇

（《全宋詞》1329 頁）

【注釋】

此與蘇詞相校，上片第七句、下片第八句各減一字作六字一句
異，前後嚴謹。《詞譜》："此詞前後段第六、七句，俱作對偶，填者
遵之。"

又　一　體

【體略】

雙片九十五字，上片四十八字，下片四十七字，各十句四平韻，
趙長卿。

【圖譜】

斜點銀釭，高擎蓮炬，夜寒不奈微風。重重簾幕，掩映
〇●〇〇　〇〇〇●　●〇●●〇〇　　〇〇〇●　●●

畫堂中。香漸遠、長煙裊毻，光不定、寒影搖紅。偏奇處，當
●〇〇　〇〇●　〇〇●●　〇●●　〇●〇〇　〇〇●　〇

庭月暗，吐焰亙如虹。　　紅裳呈豔麗，翠蛾一見，無奈狂
〇〇●●　●●●〇〇　　　〇〇〇●●　●〇●●　〇●〇

蹤。試煩他纖手，卷上紗籠。開正好、銀花照夜，堆不盡、金
〇　●〇〇〇●　●●〇〇　〇〇●　〇〇●●　〇●●　〇

粟凝空。叮嚀語，煩將好事，來報主人公。

●○○　　○○●　○○●●　○●●○○

（《詞譜》卷二十四）

【注釋】

《詞譜》："此與晏詞同，惟前後段第六句各添一字作七字句，後段第四、五句減一字，作四字兩句異。按此詞前後段第六、七句，亦用對偶，填者遵之。汲古閣刻《惜香樂府》此詞頗有脫誤，今依《詞緯》本校定。"按王喆"汝奉全真"詞正與此同。

又，上片第四、五句《全宋詞》作"重重簾幕掩堂中"，結句《全宋詞》作"吐焰如虹"，今皆從《詞譜》。又下片第四句《詞譜》脫一字作"試煩纖手"，今依《全宋詞》補，其與晏詞並無不同。

<h1 align="center">又一體</h1>

【體略】

雙片九十九字，上片四十九字，下片五十字，各十句四平韻，《事林廣記》無名氏。

【圖譜】

共慶清朝，四時歡會，賀筵開、會集佳賓。風流鼓板，法

●●○○　●○○●　●○○　●●○○　　○○●● ●

曲獻仙音。鼓笛令、無雙多麗，十拍板、音韻宣清。文序子，

●●○○　●●● ●　●○●●　○●○○　　○○●●

雙聲疊韻，有若瑞龍吟。　　　當筵聞品令，聲聲慢處，丹鳳

○○●●　●●●○○　　　○○○●● ●●●○　○●

微鳴。聽清風八韻,打拍底、更好精神。安公子、傾杯未飲,
○○　●○○●●●　●●○　●●○○　　○○●　○○●●

好女兒、齊隔簾聽。真無比、最高樓上,一曲稱人心。
●●○　○●○○　　○○●　●○○●　●●●○○

【注釋】

　　此爲集曲名作遊戲詞,與趙長卿詞相校,上片第三句添一字,下片第五句添三字作上三下四式七字一句異,其他均同。按上片結韻"序"字,仄聲,偶用。

又一體

【體略】

　　雙片九十四字,上下片各四十七字十句四平韻,《彤管遺編後集》無名氏。

【圖譜】

一種陽和,玉英初縱,雪天分外精神。冰肌肉骨,別是
●●○○　●○○●　●○○●●○○　　○○●●　●●

一家春。樓上笛聲三弄,百花都未知音。明窗畔,臨風對
●○○　○●●○○●　●○○●○○　　○○●　○○●

月,曾結歲寒盟。　　笑杏花何太晚,遲疑不發,等待春深。
●　○●●○○　　　●●○○●●　○○●●　●●○○

只宜遠望,舉目似燒林。麗質芳姿雖好,一時取媚東君。爭
●○●●　●●●○○　●●○○○●　●○●●○○　○

如我，青青結子，金鼎内調羹。
○●　○○●●　○●●○○

【注釋】

此與則禪師詞相校，惟上下片第七句皆減一字作六字一句，下片首句添一字作六字一句異。

又一體

【體略】

雙片九十九字，上片四十九字十句五平韻，下片五十字十句四平韻，馬鈺。

【圖譜】

專燒誓狀，謹發盟言。遵依國法爲先。但見男兒女子，
○○●●　●●●○　　○○●●○○　　●●○○●●

父母如然。永除氣財酒色，棄榮華、戒斷腥羶。常清静，更
●●○○　●●○○●●　●○○、●●○○　○○●　●

謙和恭謹，無黨無偏。　　　布素麥耽度日，飢寒後須憑，展
○○○●　○●○○　　　　●●●○●●　○○●○○　●

手街前。不得貪財誑語，詐做高賢。常懷慎終如始，遇危
●○○　●●○○●●　●●○○　○○●○○●　●○

難、轉要心堅。如退道，願分身萬段，永鎮黄泉。
○、●●○○　○●●　●○○●●　●●○○

【注釋】

　　此與晏詞相校，字句多有變化，但仍爲同調異體。上片第二句押韻，第四句添二字作六字一句，第五句減一字作四字一句，第九句添一字作上一下四句法，結句減一字作四字一句；下片首句添一字作六字一句，第二句添一字作五字一句，第四句添一字作六字一句，第九句添一字作上一下四句法，結句減一字作四字一句異。按馬鈺別首“和公師叔”詞下片第九句減一字作四字句，“蓬頭垢面”一首下片第九、十句《全金元詞》作“指蓬瀛路上前行”（當有脫漏），皆注出不另列。

又一體（仄韻）

【體略】

　　雙片九十六字，上下片各四十八字十句四入韻，劉燾。

【圖譜】

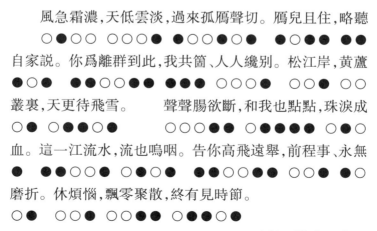

風急霜濃，天低雲淡，過來孤鴈聲切。鴈兒且住，略聽
自家說。你爲離群到此，我共箇、人人纔別。松江岸，黃蘆
叢裏，天更待飛雪。　　聲聲腸欲斷，和我也點點，珠淚成
血。這一江流水，流也嗚咽。告你高飛遠舉，前程事、永無
磨折。休煩惱，飄零聚散，終有見時節。

（《詞譜》卷二十四）

【注釋】

此即《樂府雅詞》所載《轉調滿庭芳》者。此用入聲韻，宋詞僅此一首，屬偶然嘗試。因用仄韻，拗句甚多。字句與晏詞相校，除下片第二句添一襯字"也"外，其他全同。此詞《詞譜》作無名氏詞："此詞見《樂府雅詞》，又見《古今詞話》，押仄聲韻，與晏詞平韻體同，惟後段第二、三句，添一字，作九字一句異。《樂府雅詞》抄本，與此小異，今從《花草粹編》所采《古今詞話》原本。"《全宋詞》采自《樂府雅詞拾遺》卷上，作劉燾詞。

按此詞字句依律綜合《詞譜》、《全宋詞》而定。與律相關者，下片第二、三句"和我也點點，珠淚成血"，《全宋詞》作："和我也、淚珠點點成血。"下片第四句"這一江流水"，《全宋詞》無"這"字。

撲蝴蝶（近）

【調釋】

《填詞名解》卷二："《撲蝴蝶》，唐東京二月爲撲蝴蝶會。《杜陽雜編》云：穆宗時，禁中花開，夜有蛺蝶數萬飛集。宮人或以羅巾撲之，並無所獲。上令張網空中，得數百，遲明視之，皆庫中金玉器也。一名《撲蝴蝶近》。"晏詞賦戀情相思，非關本意。此詞《全宋詞》又作無名氏詞。呂渭老詞名《撲蝴蝶近》。《詞譜》卷十七據周密《癸辛雜識》有吳小妓善舞《撲蝴蝶》，視爲舞曲。以"近"名調，或亦出自大曲。

【體略】

雙片七十七字，上片三十六字七句四仄韻，下片四十一字八句五仄韻，晏幾道。

【圖譜】

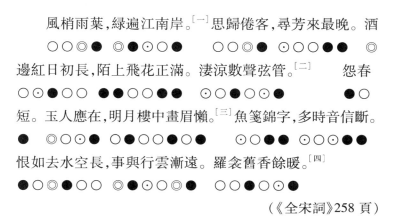

風梢雨葉，綠遍江南岸。[一]思歸倦客，尋芳來最晚。酒

邊紅日初長，陌上飛花正滿。淒涼數聲弦管。[二]　　怨春

短。玉人應在，明月樓中畫眉懶。[三]魚箋錦字，多時音信斷。

恨如去水空長，事與行雲漸遠。羅衾舊香餘暖。[四]

（《全宋詞》258 頁）

【注釋】

[一]此調兩宋現存近十首，金元無存詞。此調以下片第三句
或七字、或五字分體，七字者以晏幾道詞爲正體，五字者以曹組詞
爲正體，五字者僅曹組、趙師俠二詞。《詞律》卷十一列趙彥端、呂
渭老二詞，但均未注可平可仄。《詞譜》以曹組詞爲譜，所定字聲
多不當。此體上片自"思歸"以下，與下片"魚箋"以下相同。"江"
邵叔齊詞作"曉"。按岳岊詞上片第一、三句用韻，其他均同，注出
不另列。句中可平可仄除注明外，皆見所列別體句法相同者。

[二]"倦"邵叔齊詞作"何"，"來"字《詞譜》以可平可仄誤。
"酒"丘崈詞作"紗"。"陌"字《詞譜》以可平可仄誤。"淒"呂渭老
"分釵縮鬢"詞作"曉"。按此詞上下片結句均作拗句，爲此調
定格。

[三]"怨春短"作三字短韻，用仄平仄，宋人詞無有例外。"明
月樓中畫眉懶"作拗句，呂渭老二詞、丘崈詞皆然，當遵。又史浩詞
此二句《全宋詞》作："若有惺惺，活底必解自爲計。"邵叔齊詞作："星

星蓬鬢,杳杳家山自爲貌。"字聲又有差異,不參校,注出不另列,

　　[四]"多"邵叔齊詞作"露"。"如"字當用平聲,《詞譜》以曹組詞作"得"可仄,誤。"去"、"行"、"漸"丘崈詞作"閑"、"海"、"開"。按此詞下片第六句史浩詞添一字作"醉鄉不涉風波地",且多押一韻,第七句又不押韻,注出不另列。結句當作拗句,宋人惟趙師俠詞作"浮名薄利休羨",偶用不參校。"餘"邵叔齊詞作"淡"。

又一體

【體略】

　　雙片七十五字,上片三十六字七句四仄韻,下片三十九字八句四仄韻,曹組。

【圖譜】

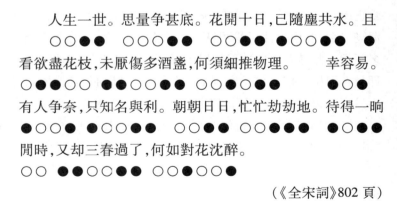

人生一世。思量爭甚底。花開十日,已隨塵共水。且
○○●●　　○○○●●　　○○●●　●○○●●　●

看欲盡花枝,未厭傷多酒盞,何須細推物理。　　幸容易。
○●●○○　●●○○●●　○●●○●　　　●○●

有人爭奈,只知名與利。朝朝日日,忙忙劫劫地。待得一晌
●○○●　●○○●●　　○○●●　○○●●●　●○●

閒時,又却三春過了,何如對花沈醉。
○○　●●○○●●　○○●○●●

（《全宋詞》802 頁）

【注釋】

　　此與晏詞相校,上片首句用韻,第六句不用韻,下片第三句減

二字作五字一句,第七句不用韻異。按此詞下片第六句"得"偶以
入代平,不注仄聲。

又一體

【體略】

　　雙片七十七字,上片三十六字八句四仄韻,下片四十一字八句
五仄韻,呂渭老。

【圖譜】

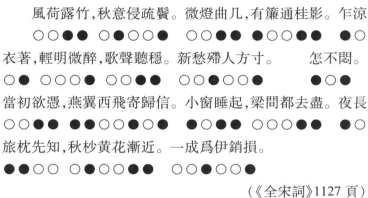

（《全宋詞》1127 頁）

【注釋】

　　此與晏詞相校,上片第五、六句作四字三句。呂渭老別首正與
之同。按呂詞別首上片結句不作拗句:"曉色漸分星斗。"宋人僅
此一例,偶用不參校。按此詞下片起句"不"、結句"一"以入代平,
不注仄聲。

又一體

【體略】

雙片七十五字,上片三十六字七句四仄韻,下片三十九字八句五仄韻,趙師俠。

【圖譜】

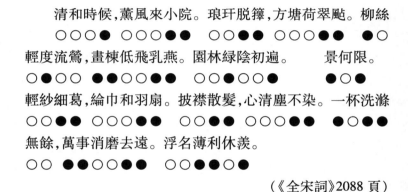

清和時候,薰風來小院。琅玕脱籜,方塘荷翠颭。柳絲
〇〇〇●　〇〇〇●●　〇〇●●　〇〇〇●●　●〇
輕度流鶯,畫棟低飛乳燕。園林綠陰初遍。　景何限。
〇●〇〇　●●〇〇●　〇〇●〇〇●　●〇●
輕紗細葛,綸巾和羽扇。披襟散髮,心清塵不染。一杯洗滌
〇〇●●　〇〇〇●●　〇〇●●　〇〇〇●●　●〇〇●
無餘,萬事消磨去遠。浮名薄利休羨。
〇〇　●●〇〇●●　〇〇●●〇〇

（《全宋詞》2088 頁）

【注釋】

此與曹詞相校,惟上片首句不押韻,上片第六句、下片第七句押韻異。

解佩令

【調釋】

《詞譜》卷十五:“調見《小山樂府》。按《楚辭》:‘捐予佩兮澧

浦。’《韓詩外傳》:鄭交甫遇漢臯神女解佩。調名取此。”此調多賦戀情相思本意,句法以四七字句爲主,七字句又多用折腰句法,聲情幽怨感傷。《校正》:“此調爲重頭曲,每段三個四字句,三個上三下四句法之七字句,且用仄韻,停頓之處較多,形成平緩凝澀之調勢。此調宜寫愁苦情緒,尤宜寫離情,亦宜寫景。”(139頁)《魏氏樂譜》卷四以蔣捷“春晴也好”詞爲譜。

【體略】

雙片六十六字,上片三十三字六句四仄韻,下片三十三字六句三仄韻,晏幾道。

【圖譜】

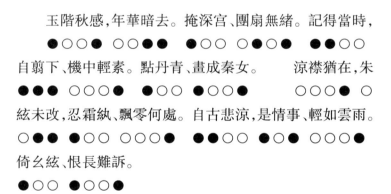

玉階秋感,年華暗去。掩深宮、團扇無緒。記得當時,
自剹下、機中輕素。點丹青、畫成秦女。 涼襟猶在,朱
絃未改,忍霜紈、飄零何處。自古悲涼,是情事、輕如雲雨。
倚幺絃、恨長難訴。

(《全宋詞》256頁)

【注釋】

此調兩宋金元現存二十餘首。此詞下片第二句不用韻,僅仇遠詞、張伯端詞與此詞同,不爲正體。

按上片第三句《詞譜》云:“汲古閣本,前段第二句‘掩深宮、團扇無情緒’,多一字,又‘團扇無緒’一本作‘扇鸞無緒’,今從《花草

粹編》校定。"按如作"扇鸞無緒",則前後字聲相同,十分協美。

又一體

【體略】

雙片六十六字,上下片各三十三字六句五仄韻,王庭珪。

【圖譜】

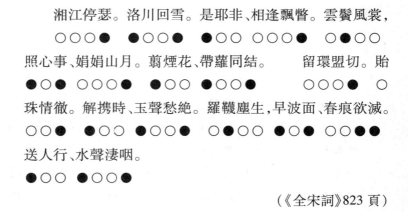

（《全宋詞》823 頁）

【注釋】

此與晏詞相校,上下片首句、下片次句各添一韻,爲重頭曲,字聲上下片相同。蔣捷詞、史達祖詞、王喆"金郎察察"詞等正與之同。

按《詞譜》以首句"瑟"字未用韻,不當,"瑟"字"質"部,"雪"字"屑"部,宋人二者相押甚多。又《詞譜》以蔣捷詞上片第五句少一字,作"繡出花枝紅裊"另列別體,《詞律》卷九:"'繡出'句,即同後'被二十'句。不應前六後七,恐'繡'字上落一字也。"《詞律拾遺》卷七:"按《歷代詩餘》,'繡'字上有'剛'字。"今從《詞律拾遺》,不另

列別體。又無名氏"臉兒端正"下片首句不押韻,注出不另列。

正　　體

【體略】

雙片六十六字,上下片各三十三字六句四仄韻,王千秋。

【圖譜】

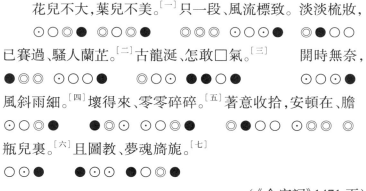

花兒不大,葉兒不美。^[一]只一段、風流標致。淡淡梳妝,
⊙○○●　○○○●　　　　　○○○　⊙○○●　　◎●○○

已賽過、騷人蘭芷。^[二]古龍涎、怎敢□氣。^[三]　　開時無奈,
●○○　⊙○○●　　　○○○　●●○●　　　　　　⊙○○●

風斜雨細。^[四]壞得來、零零碎碎。^[五]著意收拾,安頓在、膽
⊙○○●　　●○○　○○●●　　　◎●○○　○●●　○

瓶兒裏。^[六]且圖教、夢魂旖旎。^[七]
○⊙●　　●●○○　●○○●

（《全宋詞》1471 頁）

【注釋】

[一]此體上下片皆押四韻,後之詞人創作與此詞相同者最多,當爲正體。《魏氏樂譜》句拍與《詞律》、《詞譜》所定相同。《詞律》卷九以史達祖詞爲譜,所定字聲稍嚴;《詞譜》以晏詞爲正體,當從,但所定字聲亦有不當。此調宋金詞人創作不多,但字聲多有差異,以前後字聲一致爲善。"花兒不大"惟王喆詞作"害風王三","葉兒不美"惟無名氏"蕙蘭無韻"詞作"桃李堪掃",皆偶用不參校。句中可平可仄除注明外,皆見所列別體句法相同者。

　　［二］“只”無名氏“臉兒端正”詞作“眉”。“風流標致”一句，或作平起仄收律句，或作仄起仄收拗句，如晏幾道詞作“團扇無緒”等，填者任選其一可也，最好與下片第三句字聲相同，即或均用拗句，或均用律句。“風”、“標”無名氏“臉兒端正”詞作“眼”、“入”。“已”當用仄聲，“賽過”張伯端詞作“爐中”。“騷”史達祖詞作“不”。

　　［三］“古”、“涎”張伯端詞作“金”、“內”。按《詞繫》以“怎”必用去聲，不當。此字史達祖詞作“詠”，仇遠詞作“彩”，顯然用上去聲均可。“怎敢□氣”一句作拗句，王喆“庵中住坐”詞作“甄没堆垛”，王喆別首“金郎察察”詞作“坎户皆劫”，無名氏“一生蒙懂”詞作“笑我虚矯”，正與之同，餘詞皆作平起仄收律句，填者任選其一可也，最好與下片結句字聲相同。

　　［四］“閧”無名氏“臉兒端正”詞作“項”。“無”史達祖詞作“一”，“風”蔣捷詞作“杏”。按此韻第二句惟張伯端詞作“杳杳冥冥”，餘詞皆作平起仄收律句，偶用不參校。

　　［五］“來”無名氏“臉兒端正”詞作“削”，《詞譜》未注“得來”可平可仄，不妥。“零零碎碎”一句，或作平起仄收律句，或作拗句，如蔣捷詞作“驀地寒峭”，張伯端詞作“遊遍三島”等，填者任選其一即可。

　　［六］“著意收拾”宜作仄起平收律句，“拾”張伯端詞作“熟”，皆以入作平。“在”史達祖詞作“來”。按蔣捷詞此韻第二句作：“被二十、四風吹老。”《詞譜》等書據文意斷作“被二十四風吹老”不當，《魏氏樂譜》於“十”字處有表停頓的檀板和琵琶擊節符號。

　　［七］“且”惟王喆“平生顛傻”詞作“楊”，偶用不參校。“圖”王喆“扶風宜甫”詞作“十”，“教”王喆“庵中住坐”詞作“架”。“夢魂旖旎”一句，或作平起仄收律句，或作拗句，如蔣捷詞作“爾且慢到”，王喆“庵中住坐”詞作“五色雲朵”等，填者任選其一即可。按無名氏“曾妙年拾”詞結句《全宋詞》作“祝等彭祖八百歲”，不用折腰句法，偶用。

王觀六調

王觀(生卒年不詳),字通叟,如臯(今屬江蘇)人,一説高
郵(今屬江蘇)人。仁宗嘉祐二年(1057)進士。詞集名《冠柳
集》,不傳,趙萬里《校輯宋金元人詞》有輯本,《全宋詞》據以
録入十六首,孔凡禮《全宋詞補輯》又補輯十二首。王灼《碧
雞漫志》卷二:"王逐客才豪,其新麗處與輕狂處,皆足驚人。"
其調以《卜算子》、《天香》、《高陽臺》、《江城梅花引》影響
甚大。

憶黃梅

【調釋】

王詞用上去韻,賦本意,多用三字短韻,聲情嫵媚風流。

【體略】

雙片七十九字,上片三十八字八句五上去韻,下片四十一字九
句七上去韻,王觀。

【圖譜】

枝上葉兒未展。已有墜紅千片。春意怎生防,怎不怨。

被我安排，矮牙牀斗帳，和嬌豔。移在花叢裏面。　　　請君
●●○○　●●○○○●　○○●　　○●○●●　　　　●○

看。惹清香，偎媚暖。愛香愛暖金杯滿。問春怎管。大家
●　●○○　●○●　●○●●○○●　●○●●　●○

拚。便做東風，總吹交零亂。猶肯自、輸我鴛鴦一半。
●　●●○○　●○○○●　○●●　○●○○●●

（《全宋詞》260 頁）

【注釋】

此調兩宋金元僅存此詞，無別首可校。《詞律拾遺》卷三：
"'怎不怨'下，與後'大家拚'下同。'帳'字應叶不叶。惟無他作
可證。"下片第六、七句《詞譜》卷十八作："大家便、拚作東風。"《全
宋詞》作："大家拚、便做東風。"按清人易順鼎有此調，與王詞相
校，上片第二句作六字折腰句，第七句不押韻，下片第四句減一字
作六字一句異。

<h1 align="center">天　香</h1>

【調釋】

"天香"即熏香，詩詞常用此語。《填詞名解》卷三："《天香》，
采宋之問詩：'天香雲外飄。'"《詞譜》卷二十四："《法苑珠林》云：
天童子天香甚香。調名本此。"賀鑄詞名《樓下柳》。此調句長韻
疏，聲情清新、歡快、綿邈，宋末爲流行詞調，吳文英、周密、王沂孫
等人均有詞。周密、王沂孫詞惆悵感傷，當爲變調。《校正》："此
調以四字句和六字句爲主，用仄韻，調勢和緩凝重，宜用以寫景、詠
物、叙事和祝頌。"（397 頁）

【體略】

雙片九十六字，上片五十一字十句四上去韻，下片四十五字八句六上去韻，王觀。

【圖譜】

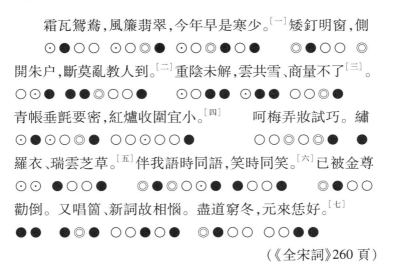

　　霜瓦鴛鴦，風簾翡翠，今年早是寒少。[一]矮釘明窗，側
　　　⊙●○○　⊙○○◎●　○○◎●○●　　◎●○○　◎
　開朱户，斷莫亂教人到。[二]重陰未解，雲共雪、商量不了[三]。
　○○●　●●○○○●　　⊙○●●　○○●、○○●●
　青帳垂氈要密，紅爐收圍宜小。[四]　　呵梅弄妝試巧。繡
　⊙●○○●●　○○○●○●　　　　○○●○●●　●
　羅衣、瑞雲芝草。[五]伴我語時同語，笑時同笑。[六]已被金尊
　⊙○　●○○●　　◎●●○⊙●　●○○●　　◎●○○
　勸倒。又唱箇、新詞故相惱。盡道窮冬，元來恁好。[七]
　●●　　●○●、○○●○●　◎●○○　○○●●

（《全宋詞》260 頁）

【注釋】

　　[一]此調兩宋金元現存近三十首詞。除賀鑄"滿馬京載"一詞押平韻，景罩"市遠人稀"、長筌子"萬木歸根"、"若論修真"三詞押入聲韻外，別詞均押上去韻，宜用上去韻。此調《詞律》卷十四列王充（按當爲王觀）詞爲體，未注平仄，以唐藝孫詞爲譜。《詞譜》"以賀、王、毛、吳四詞爲正體"，正體混亂，又以賀鑄"煙絡橫林"爲譜，賀詞與宋人其他詞作相比，多有偶用、誤用，《詞譜》所訂字聲多有訛錯。《詞譜》即云南宋填吳詞體甚多，而吳詞體實即王觀詞體也。本調即當以王觀詞爲正體。"風"呂同老詞作"水"，

“翡”吳文英“珠絡玲瓏”詞作“閑”。按“今年早是寒少”一句作拗句,賀鑄詞偶作“邐迤黃昏鐘鼓”,不參校;劉儗詞作“天教爲春傳信”,景覃詞作“山連水村幽寂”,朱晞顔詞作“天然畫堂風景”,拗句不同,不參校。句中可平可仄除注明外,皆見所列別體句法相同者。

[二]“矮”趙以夫詞作“金”,“亂”洪咨夔詞作“花”。按“斷莫亂教人到”作六字一句,吳文英“蟬葉黏霜”詞作“北枝瘦南枝小”,《詞譜》斷作“北枝瘦、南枝小”而列又一體,此調此句無折腰句拍,吳詞於文意偶用。

[三]“未”字必仄,《詞譜》以賀詞爲譜,以本平可仄,誤。“共”景覃詞作“簫”,偶用不參校。“商”字當平,《詞譜》以可平可仄不當。按賀鑄“煙絡橫林”詞上片第七句偶用韻。

[四]“垂”劉壎詞作“幾”,“要”周密詞作“餘”。“紅爐收圍宜小”當用拗句,周密詞作“銀葉透簾微嫋”用仄起仄收律句,又吳文英“碧藕藏絲”詞作“芙蓉豔褥鋪繡”、李彭老詞作“芬馡半是沈水”,拗句不同,皆屬偶用,不參校。按金人景覃詞此韻作“宿雨新晴,壟頭間看,露桑風麥”,《詞譜》誤將此三句作上片結韻而列又一體,此三句雖從文意上可斷作四字三句,於歌唱亦當爲兩個六字句拍,無需另列別體。

[五]下片起句亦用拗句,宋人惟吳文英“蟬葉黏霜”詞作“銀燭淚深未曉”,“燭”字偶以入代平,又周密詞作“荀令如今憔悴”,“令”字此處亦當讀平聲,《詞譜》以“梅”字可平可仄,誤。“弄”周密詞作“瓊”,“試”毛滂詞作“江”。“瑞”惟李居仁詞用“依”作平聲,偶用不參校。

[六]“伴”賀鑄“煙絡橫林”詞作“流”。毛滂詞此韻《詞譜》斷作:“碧瓦千家,共惜褌褡餘暖。”景覃詞亦斷作:“倒掩衡門,空解草元誰信。”而將二詞另列又一體,此均當斷作六字一拍、四字一拍,無需另列。

　　［七］"已"賀鑄"煙絡橫林"詞作"幽"。下片第五句《詞譜》作"已被金尊勸酒",以少一韻,今從《全宋詞》。按下片第五句王沂孫詞、呂同老詞不押韻,注出不另列。"新詞故相惱"作拗句,宋金惟長筌子"萬木歸根"詞作"金蕾興自適",偶用不參校。"盡"吳文英"碧藕藏絲"詞作"花"。

又一體

【體略】

　　雙片九十六字,上片五十一字十句四上去韻,下片四十五字八句四上去韻,劉儗。

【圖譜】

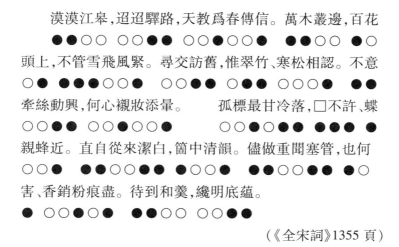

　　漢漢江皋,迢迢驛路,天教爲春傳信。萬木叢邊,百花頭上,不管雪飛風緊。尋交訪舊,惟翠竹、寒松相認。不意牽絲動興,何心襯妝添暈。　　孤標最甘冷落,□不許、蝶親蜂近。直自從來潔白,箇中清韻。儘做重聞塞管,也何害、香銷粉痕盡。待到和羹,纔明底蘊。

（《全宋詞》1355 頁）

【注釋】

　　此與王詞相校,惟下片第一、五句不用韻異。朱晞顏詞正與此

同。按此詞下片第二句《全宋詞》、《詞譜》均作"不許蝶親蜂近"，《詞律》卷十四："《譜圖》載劉方叔'漠漠江皋'一首。自《草堂》舊刻，皆於後段第二句，作'不許蝶親蜂近'，然查從來作家，此句皆七字，無六字者，此必係脫落一字，故本譜不收九十五字格。沈氏刻'不許'上加'全'字。"當從《詞律》，"不"字上作脫落一字。

又一體

【體略】

雙片九十六字，上片五十一字十句五入聲韻，下片四十五字八句五入聲韻，長筌子。

【圖譜】

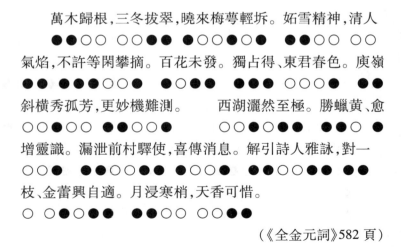

萬木歸根，三冬拔翠，曉來梅萼輕坼。妬雪精神，清人
●●○○　○○●●　●○○●●●　　●●○○　○○

氣焰，不許等閑攀摘。百花未發。獨占得、東君春色。庾嶺
●●　●●○●●　●●●●　●●●●　○○○●　●●

斜橫秀孤芳，更妙機難測。　　西湖灑然至極。勝蠟黃、愈
○○●○○　●●○●●　　　○○●●●●●　●●○

增靈識。漏泄前村驛使，喜傳消息。解引詩人雅詠，對一
○○●　●●○○●●　●○○●　●●○○●●　●●

枝、金蕾興自適。月浸寒梢，天香可惜。
○　○○●●●　●●○○　○○●●

（《全金元詞》582 頁）

【注釋】

此詞題"梅"。此與王詞相校，惟上片結韻作七字一句、五字

一句,下片第五句不押韻異。長筌子別二首皆與之同。按長筌子
"若論修真"一首下片第五句《全金元詞》作"恍惚中間顯現象",遍
檢宋金詞人之作,此句皆作六字一句,"顯"當爲衍字,注出不另
列。又此詞下片第六句《全金元詞》斷作"對一枝金蕾,興自適",
當依正體斷句。

又一體（平韻）

【體略】

　　雙片九十六字,上片五十一字十句四平韻,下片四十五字八句
五平韻,賀鑄。

【圖譜】

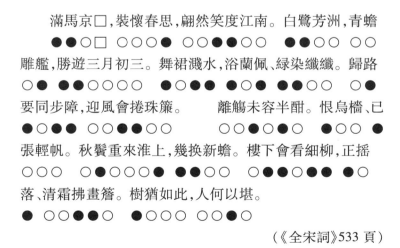

　　滿馬京□,裝懷春思,翩然笑度江南。白鷺芳洲,青蟾
　　●●○□　○○○●　○○●●○○　　●●○○　○○
　　雕艦,勝遊三月初三。舞裙濺水,浴蘭佩、綠染纖纖。歸路
　　○●　●●○○○○　○●○●　●○●、○●○○　○●
　　要同步障,迎風會捲珠簾。　　離觴未容半酣。恨烏檣、已
　　●○●●　○○●●○○　　　○○●●○○　●○○、●
　　張輕帆。秋鬢重來淮上,幾換新蟾。樓下會看細柳,正搖
　　○○○　○●○○○●　●●○○　○●●○●●　●○
　　落、清霜拂畫簷。樹猶如此,人何以堪。
　　●、○○●●○○　●○○●　○○●○

　　　　　　　　　　　　　　　　　　　　（《全宋詞》533 頁）

【注釋】

　　《東山詞》校注本繫此詞於哲宗元符元年（1098）（368 頁）。

此押平韻,此調惟有此詞。按此詞上片首句"京□",知不足齋本作"京載",《東山詞》校注本:"此處依律須平,'載'字仄聲必誤,不特語意欠通而已。彊村疑'塵'謌,甚是。"

慶清朝(慢)

【調釋】

調用平韻,題材宜春日詠懷,王詞與本意相關,聲情清新明快。《校正》:"此調爲換頭曲,但前後段自第三句之後句式相同。此調聲韻和婉,頗爲流暢,宜用於祝頌、節序、詠物、寫景。"(410 頁)無名氏"銀漏花殘"詞與此同名異調。

【體略】

雙片九十七字,上片四十八字,下片四十九字,各十句四平韻,王觀。

【圖譜】

調雨爲酥,催冰做水,東君分付春還。何人便將輕暖,
○●○○　●○●●　○○○○○○　○○○●○○

點破殘寒。結伴踏青去好,平頭鞋子小雙鸞。煙郊外,望中
●●○○　●●○○●●　○○○●●○○　○○●　●○

秀色,如有無閒。　　晴則箇、陰則箇,餳飣得天氣,有許多
●●　○○○○　　○●●　○●●　○●●○●　●●○

般。須教鏤花撥柳,爭要先看。不道吴綾繡襪,香泥斜沁幾
○　○○●○●●　○●○○　●●○○●●　○○○●●

行斑。東風巧,盡收翠綠,吹在眉山。
○○　○○●　●●●●　○○○

(《全宋詞》261 頁)

【注釋】

此詞題爲"踏青"。《詞譜》卷二十五："此調前後段第四、五句,惟王詞作上六下四,宋人如此填者甚少,史詞作上四下六,曹詞、李詞前段用王詞體,後段用史詞體,而宋人依史詞體者爲多,故可平可仄,詳注史詞之下。"

按此調雖以此詞爲早,且字聲嚴謹,但其上下片第四、五句作六字一句、四字一句,且第四句均作拗句,換頭句爲六字折腰一句,宋人詞無有與之全同者,不作正體。又按下片第二句"飣"字《詞譜》作平聲誤。又按詹玉詞同此體,惟下片第五句添三字作"嫩凉浮動好風微",注出不另列。

正　　體

【體略】

雙片九十七字,上片四十八字,下片四十九字,各十句四平韻,史達祖。

【圖譜】

墜絮挐萍,狂鞭孕竹,偷移紅紫池亭。[一]餘花未落,似
◎●○○　⊙○●●　⊙○○⊙●○○　　○○○●　◎

供殘蝶經營。賦得送春詩了,夏帷擷斷綠陰成。桑麻外,乳
⊙⊙●○○　　◎●◎○○●　◎○○●●○○　　⊙○●　◎

鳩稱燕,別樣芳情。[二]　　荀令舊香易冷,歎俊遊疏懶,枉
○○●　●○○　　　　⊙●●○○●　▼◎○⊙○　●

自銷凝。[三]塵侵謝屐,幽徑斑駁苔生。便覺寸心尚老,故人
●○○　　⊙○○●●　⊙○○●○○　　◎●●○○●　◎○

前度謾丁寧。^[四]空相誤，袚蘭曲水，挑菜東城。^[五]
⊙●●○○　　　○○●　◎○○●　⊙●●○○

（《全宋詞》2333 頁）

【注釋】

[一]此調兩宋現存近二十詞，金元無存詞。《詞律》卷十四、
《詞譜》皆以此詞爲正體，當是。《詞譜》：“此詞前後段第四、五句，
俱上四下六，換頭句六字不折腰，李居厚、王沂孫、張炎三詞，俱與
此同。”此體與王詞相校，惟上下片第四、五句句拍不同，且字聲小
異，此體王之道、李清照詞已開其先，然王之道詞字聲未穩，李清照
詞下片換頭仍用折腰句法，皆不作正體。“墜絮挐萍”宜作仄起平
收律句，此句惟曹勛詞作“絳羅縈色”、李樸詞作“曉庭天離”，偶用
不參校。“狂”史浩詞作“碧”，“偷”、“紅”李清照詞作“就”、“獨”。
按“移”字《詞譜》以本平可仄，誤。此韻第三句兩宋僅曹勛詞作
“秀格壓盡群芳”、李樸詞作“嚴瑞氣滿春彰”爲拗句，偶用不參校。
句中可平可仄除注明外，皆見所列別體句法相同者。

[二]“未”王之道詞作“初”。按“似供殘蝶經營”作平起平收
律句，亦可作拗句，如史浩詞作“才見一點寒梅”，填者任選一種可
也。又，李樸詞上片第六、七句《全宋詞》斷作“二百歲中陰德去，
今天府享潭潭”，當依正體斷句。“桑”史浩詞作“醉”，“乳”、“穉”
詹玉詞作“霓”、“霞”。按“桑”、“乳”、“穉”《詞譜》皆未注可平可
仄，不當。按無名氏“節過重三”詞上片第五句減一字作“降瑞應
長庚”，無名氏“朏月生西”詞此句亦減一字作“獨向此炎光”，皆注
出不另列。

[三]“舊”、“易”李廷忠詞作“今”、“初”。“荀令舊香易冷”一
句，當作律句，王之道詞作“追隨寶津瓊苑”、史浩詞作“繁枝正微
雨後”，偶用拗句，不參校。“歡”作領字，宜用去聲。“俊”、“疏”
張炎詞作“移”、“獨”。“俊游疏懶”作平起仄收律句，曹勛詞作

“曉日偏宜”、李宏模詞作“淺抹蜂黃”,用仄起平收律句,偶用不參
校。按“歎俊遊疏懶”宜作上一下四句法,王觀詞、詹玉詞、無名氏
“北陸嚴凝”、“點檢堯階”、“朏月生西”詞作普通五字句,偶用不參
校。按《詞譜》將曹勛“護曉日偏宜,翠幕高張”,斷作“護曉日、偏
宜翠幕高張”。《全宋詞》將詹玉詞“風流處那更,著意聞時”,斷作
“風流處,那更著意聞時”,將仇遠詞“料那人應自,有一襟愁”,斷
作“料那人,應自有、一襟愁”,將無名氏“北陸嚴凝”詞“瀟灑處、非
豔冶,最奇是名賦,處士新詩”,斷作“瀟灑處,非豔冶最奇。是名
賦、處士新詩”,均誤。

　　〔四〕“塵”李清照詞作“綺”。“幽徑斑駁苔生”作拗句,亦可作平
起平收律句,如李清照詞作“誰人可繼芳塵”,填者任選一種可也。
“便”、“尚”無名氏“點檢堯階”詞作“金”、“風”,“前”張炎詞作“盡”。

　　〔五〕“相”字《詞譜》以本平可仄,誤。此處惟曹勛詞作“絳”,
偶用不參校。“袚”無名氏“節過重三”詞作“箕”,“曲”詹玉詞作
“花”。“袚蘭曲水”作平起仄收律句,史浩詞作“粉額殢人”、王之
道詞作“爭揭疏簾”,用仄起平收律句,李清照“拚了盡燭”詞又作
拗句,皆屬偶用。“挑”王之道詞作“半”。

又一體

【體略】

　　雙片九十七字,上片四十八字十句五上去韻,下片四十九字十
一句五上去韻,李宏模。

【圖譜】

碧玉雲深,彤綃霧薄,芳叢亂迷秋渚。重城傍水,中有
●●○○　○○●●　○○●○○●　　○○●●　○●

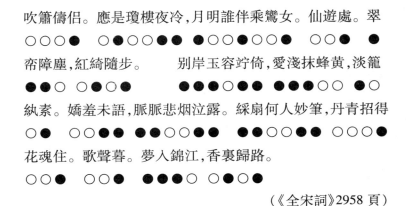

吹簫儔侶。應是瓊樓夜冷,月明誰伴乘鸞女。仙遊處。翠
○○○●　　○●○○●●　●○○●○○●　　○○●　　●

帘障塵,紅綺隨步。　　　　別岸玉容竚倚,愛淺抹蜂黃,淡籠
●●○　○●○●　　　　　●●●○○●　●●●○○　●○

紈素。嬌羞未語,脈脈悲烟泣露。綵扇何人妙筆,丹青招得
○●　○○●●　●●○○●●　●●○○●●　○○○●

花魂住。歌聲暮。夢入錦江,香裏歸路。
○○●　○○●　●●○○　○○●●

　　　　　　　　　　　　　　　　　　　　（《全宋詞》2958 頁）

【注釋】

　　此詞押上去韻,兩宋金元詞僅此一首,無他詞可校。

高陽臺

【調釋】

　　《填詞名解》卷三:"《高陽臺》,取宋玉賦神女事。又漢習郁於
峴山作養魚池,中築釣臺,是燕遊名處。山簡爲荆州,每臨此池,輒
大醉,曰:此吾高陽池也。"《詞譜》卷二十八:"高拭詞注商調。劉
鎮詞名《慶春澤慢》,王沂孫詞名《慶春宮》。"調用平韻,多用四、六
字及七字折腰句,題材宜詠物、節序、登臨等,聲情幽怨感傷。此調
爲宋末流行詞調,代表詞人有吳文英、周密、王沂孫等。《魏氏樂
譜》卷一以劉鎮詞爲譜。

【體略】

　　雙片一百字,上片四十九字,下片五十一字,各十句四平韻,

王觀。

【圖譜】

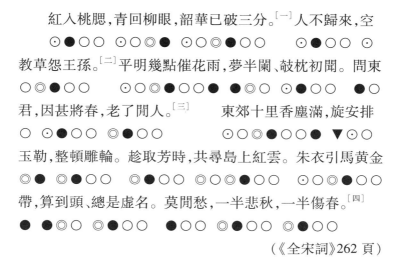

紅入桃腮，青回柳眼，韶華已破三分。[一]人不歸來，空
教草怨王孫。[二]平明幾點催花雨，夢半闌、攲枕初聞。問東
君，因甚將春，老了閒人。[三]　　東郊十里香塵滿，旋安排
玉勒，整頓雕輪。趁取芳時，共尋島上紅雲。朱衣引馬黃金
帶，算到頭、總是虛名。莫閒愁，一半悲秋，一半傷春。[四]

（《全宋詞》262 頁）

【注釋】

　　[一]此調兩宋金元現存三十餘詞，均押平韻。《詞律》卷十以趙師俠詞爲譜，所定字聲過於簡略。《詞譜》以劉鎮詞爲譜，所定字聲多誤。此詞《類編草堂詩餘》作僧如晦詞。今從《陽春白雪》卷二作王觀詞。按《魏氏樂譜》所作句拍上片第七句未作折腰句法，與《詞律》、《詞譜》稍異，今依《詞律》、《詞譜》所定。上片自"人不歸來"以下，與下片"趁取芳時"以下相同。"紅"蔣捷"宛轉憐香"詞作"宛"，"青"吳文英"風嬝垂楊"詞作"雪"，"柳"周密"照野旌旗"詞作"車"，"韶"、"已"李彭老"石筍埋雲"詞作"翠"、"高"。句中可平可仄除注明外，皆見所列別體句法相同者。

　　[二]"空"劉鎮詞作"彩"。按"空教草怨王孫"一句，李彭老"飄粉杯寬"詞作"誰念滅盡芳雲"，用拗句不參校。李詞上下片第五、六句皆

作拗句，《詞譜》均與律句混校，以致字聲混亂，詳見李詞又一體。

　　［三］“平”、“幾”李彭老“石筍埋雲”詞作“緑”、“門”。“半”周密“照野旌旗”詞作“登”，“敧”吳文英“帆落回潮”詞作“雨”。“因”、“老”吳文英“泚水秋寒”詞作“雪”、“冰”。

　　［四］“東”李萊老詞作“斷”。“旋安排玉勒”一句作上一下四句法，“旋”爲領字，宜用去聲。“整”吳文英“泚水秋寒”詞作“曾”。“朱”張炎“古木迷鴉”詞作“故”，“到”李萊老詞作“秋”。結句“一”字，王沂孫“駝褐輕裝”作“零”。

又一體

【體略】

　　雙片九十九字，上片四十九字十句四平韻，下片五十字十句五平韻，吳文英。

【圖譜】

宮粉雕痕，仙雲墮影，無人野水荒灣。古石埋香，金沙
○●○○　○○○●　○○●●○○　●●○○　○○

鎖骨連環。南樓不恨吹橫笛，恨曉風、千里關山。半飄零，
●●○○　○○●●○○●　●●○　○●○○　●○○

庭上黄昏，月冷闌干。　　　壽陽空理愁鸞。問誰調玉髓，暗
○●○○　●●○○　　　●○○●○○　●○○●●　●

補香瘢。細雨歸鴻，孤山無限春寒。離魂難倩招清些，夢縞
●○○　●●○○　○○○●○○　○○○●○○●　●●

衣、解佩溪邊。最愁人，啼鳥晴明，葉底青圓。
○　●●○○　●○○　○○○●　●●○○

　　　　　　　　　　　　　　　　　（《全宋詞》2922 頁）

【注釋】

此詞題“落梅”。此與王觀詞相校,換頭減一字且多押一韻異。蔣捷“燕卷情絲”詞、王沂孫“霜楮剖皮”詞、袁易詞正與之全同。按《詞譜》以蔣捷詞下片第二句作六字一句列“又一體”,又以王沂孫詞同蔣捷詞,皆不當。又按吳文英“泜水秋寒”一詞下片第六句《全宋詞》作“春風侍女簹畔”,遍檢宋金詞作於此處皆無作六字句者,今檢《夢窗稿》乙稿(明鈔《宋元名家詞》本)作“春風侍女衣簹畔”,當從後者,無需另列別體。

又一體

【體略】

雙片一百字,上片四十九字,下片五十一字,各十句五平韻,李彭老。

【圖譜】

飄粉杯寬,盛香袖小,青青半掩苔痕。竹裏遮寒,誰念
○●○○　●○○●　○○●●○○　●○○○　○●

滅盡芳雲。幺鳳叫晚吹晴雪,料水空、煙冷西泠。感彫零。
●●○○　○●●●○○●　●●○、○●○○　●○○

殘縷遺鈿,迤邐成塵。　　東園曾趁花前約,記按箏簹酒,
○●○○　●●○○　　○○○●○○●　●●○○●

戲挽飛瓊。環佩無聲,草暗臺榭春深。欲倩怨笛傳清譜,怕
●●○○　○●○○　●●○●○○　●●●●○○●　●

斷霞、難返吟魂。轉消凝。點點隨波,望極江亭。

●○　○●●○　　●○○　　●●○○　●●○○

(《全宋詞》2969 頁)

【注釋】

　　此詞題"落梅"。此爲拗句體。上片自"竹裏"以下,與下片自"環佩"以下相同,上下片第八句各添一韻。上片第五句"誰念滅盡芳雲"、第六句"幺鳳叫晚吹晴雪",下片第五句"草暗臺榭春深"、第六句"欲倩怨笛傳清譜"皆用拗句,爲李氏有意使用。

　　按李萊老"門掩香殘"一首,上下片第八句各添一韻與此詞相同,其他字句聲韻與王觀正體相同(上片第三句偶用拗句異),張炎"接葉巢鶯"、"古木迷鴉"二詞,謝應芳詞,正與李萊老詞相同,注出不另列。

江城梅花引

【調釋】

　　《填詞名解》卷二:"《江城梅花引》,采李白詩:'江城五月落梅花。'其體蓋取《江城子》前半調,《梅花引》後半調,合爲此調也。"此調上片與《江城子》頗相近,下片迥然不同,當截取《江城子》上片與另一詞調的下片而合成。《詞譜》卷二十一:"按万俟詠《梅花引》,句讀與《江城子》相近,故可合爲一調。程垓詞,換頭句藏短韻者,名《攤破江城子》。洪皓詞,三聲叶韻者四首,每首有一'笑'字,名《四笑江梅引》。周密詞,三聲叶韻者,名《梅花引》,全押平韻者,名《明月引》。陳允平詞,名《西湖明月引》。"按周密詞並無三聲叶韻,此調換頭用仄韻,只是仄韻與仄韻相押,並非三聲通押。此調多用三字句,聲情流美輕快。《校正》:"王觀體後段換本部三

仄韻爲叶,再換本部平韻。此調本來極爲流暢,音節響亮,因叶仄韻而頓挫,表達曲折壓抑之情感。程垓體全用平韻,並有疊韻,韻密,多短句,故音節急促響亮,有行雲流水之勢,聲韻和諧優美,宜於抒情、詠物、寫景。"(337—338 頁)《魏氏樂譜》卷四以蔣捷"白鷗問我泊歸舟"詞爲譜。

【體略】

雙片八十七字,上片三十八字九句五平韻,下片四十九字十四句五仄韻三平韻,王觀。

【圖譜】

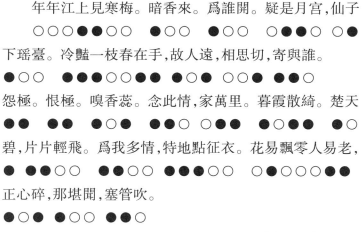

（《全宋詞》262 頁）

【注釋】

此詞雖有洪皓和詞四首,然下片換五仄韻,有唐五代令詞換韻之痕跡,與宋金其他詞作相校,不爲正體。按換頭"怨極。恨極。嗅香蕊"三句,《詞譜》斷作一句,《魏氏樂譜》卷四有"白鶴問我泊

歸舟”一首,如依《魏氏樂譜》,可斷作“怨極恨極,嗅香蕊”,但考慮到兩個“極”字皆用韻,宜作三句爲妥。且丘崈、程垓等人詞皆可斷作三句。又按洪皓四詞皆和王觀韻,然換頭均作七字一句,不用句中韻,注出不另列。又此詞上下片結句《全宋詞》作“相思寄與誰”、“那堪塞管吹”。按宋人詞作上下片結句皆作三字兩句,惟元好問二詞、盧摯詞上下片結句作五字一句。此詞傳至金元,文本或有差異,上下片結句今從《詞譜》。

又一體

【體略】

雙片八十七字,上片三十八字九句六平韻,下片四十九字十四句五仄韻四平韻,丘崈。

【圖譜】

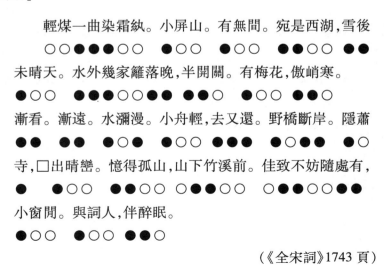

【注釋】

此詞題"枕屏"。此體從王觀詞體演化而來,與王觀詞相校,上片第七句添一韻,下片換五仄韻與王觀詞相同,第十二句添一韻。初疑換頭三句可斷作一句"漸看漸遠水彌漫","看"、"漫"皆讀平聲,但十分拗口,不能卒讀,宜當斷爲三句,"看"、"漫"皆爲仄聲。又下片第五句"還"平仄兩讀,此處當讀去聲,與王觀用韻正同。

<h2 style="text-align:center">正　體</h2>

【體略】

雙片八十七字,上片三十八字九句五平韻,下片四十九字十四句八平韻,程垓。

【圖譜】

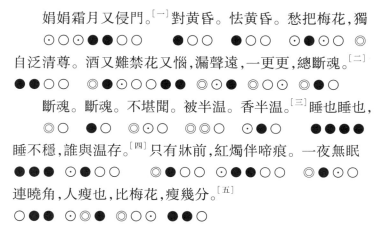

娟娟霜月又侵門。^[一]對黃昏。怯黃昏。愁把梅花,獨
⊙○○●●⊙○　●⊙○　●⊙○　⊙●○○　◎

自泛清尊。酒又難禁花又惱,漏聲遠,一更更,總斷魂。^[二]
●●○○　●●○○○●●　●○●　●○○　◎●○

斷魂。斷魂。不堪聞。被半溫。香半溫。^[三]睡也睡也,
◎○　●○　⊙●⊙　◎○●　⊙●○　　●●●●

睡不穩,誰與溫存。^[四]只有牀前,紅燭伴啼痕。一夜無眠
●●●　⊙●○○　◎●○○　⊙●●○○　◎●⊙○

連曉角,人瘦也,比梅花,瘦幾分。^[五]
○●●　⊙○●　◎○○　●●○

(《全宋詞》1991頁)

【注釋】

　　[一]此調兩宋金元現存四十餘詞。此體亦從王觀詞體演化而來，但換頭五句均用平韻，已爲詞體之正。宋人創作此體者爲多。《詞律》卷二以康與之"娟娟霜月"詞爲譜，《詞譜》皆以此詞爲正體，當從後者。《詞譜》云此調正體三格，然換頭叶仄韻者非爲正體，不必效仿。《詞譜》："此詞換頭句藏兩短韻，即疊前段結句韻脚，沈伯時《樂府指迷》所謂句中韻也，不可截然分作三句，填者辨之。譜内可平可仄，悉參所采全押平韻五詞，惟後段第四句'睡也睡也'、第五句'睡不穩'三字，連用疊字仄韻，此亦體例所關，不得混注可平。"按《樂府指迷》所説句中韻，《詞譜》通常皆標韻斷，此調前七字三處用韻，《詞譜》前兩處不作韻斷，體例前後不一。句中可平可仄除注明外，皆見所列別體句法相同者。

　　[二]"對黄昏。怯黄昏"兩句，程垓詞用疊韻，偶用，並非此體定格，如姜夔詞作"見梅枝。忽相思"，趙與洽詞作"雨初晴。月微明"，皆與程詞不同。"漏聲"陳允平"雨餘芳草"詞作"雲欲"，"總"作"天"。按"一更更，總斷魂"句，《詞律》作兩句，《詞譜》等書斷作六字折腰一句，當從《詞律》，《魏氏樂譜》亦斷作兩句拍。

　　[三]"斷"、"不堪"周密"雁霜苔雪"詞作"愁"、"腰素"。按"斷魂。斷魂"用疊韻，且與上片結韻"斷魂"重疊，然與上片結韻重疊者終屬偶用，不必效仿。"被"蔣捷詞作"花"。按"被半温。香半温"亦用疊韻，偶用，不必效仿。

　　[四]"睡也睡也"，王沂孫詞作"夢也夢也"，無名氏"迵仙千載"詞作"欲雪未雪"，皆連用四仄，此爲拗句體，宋人亦多有律句體，見後列別體。"睡不穩"之"睡"字，無名氏詞作"天"。按"睡不穩，誰與温存"，《詞律》、《詞譜》等書作七字折腰句，今依《魏氏樂譜》作兩句拍。按趙汝茪詞下片第六句偶添一韻，注出不另列。

　　[五]"牀"惟趙與洽詞作"不"，偶以入代平。結句"瘦"惟陳

允平"雨餘芳草"詞作"新",偶用不參校。按"比梅花,瘦幾分"
《詞譜》等書斷作六字折腰一句,今從《詞律》斷作兩句。

又一體(正體)

【體略】

　　雙片八十七字,上片三十八字九句六平韻,下片四十九字十二
句六平韻,姜夔。

【圖譜】

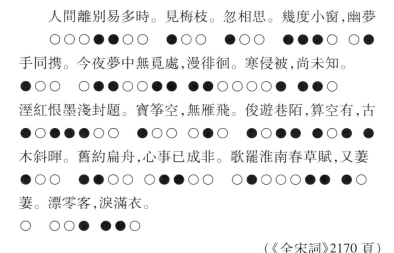

　　　　　　　　　　　　　　　　　　(《全宋詞》2170 頁)

【注釋】

　　此詞作於寧宗慶元二年(1196)年冬,序云:"丙辰之冬,予留
梁溪,將詣淮南不得,因夢思以述志。"此體亦爲正體,全用平韻,換
頭"溼紅恨墨淺封題"一句已完全無王觀詞影響痕跡。按吳文英

詞下片第二句偶添一韻，注出不另列。

<h1 style="text-align:center">又一體</h1>

【體略】

　　雙片八十七字，上片三十八字九句五平韻，下片四十九字十二句五平韻，趙與洽。

【圖譜】

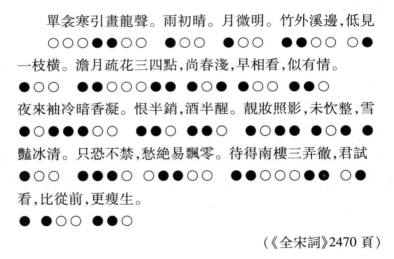

單衾寒引畫龍聲。雨初晴。月微明。竹外溪邊，低見
○○○●●　　●○○　　●○○　　●●○○　○●
一枝橫。澹月疏花三四點，尚春淺，早相看，似有情。
●○○　●●○○○●●　●○●　●○○　●●○
夜來袖冷暗香凝。恨半銷，酒半醒。靚妝照影，未忟整，雪
●○●●●○○　●●○　●●○　●○●●　●●●　●
豔冰清。只恐不禁，愁絕易飄零。待得南樓三弄徹，君試
●○○　●●●○　○●●○○　●●○○○●●　○●
看，比從前，更瘦生。
●　●○○　●●○

（《全宋詞》2470 頁）

【注釋】

　　此與姜詞相校惟上片第七句、下片第十句均不押韻異。陳允平二詞、周密二詞、劉壎詞正與之同。

又一體

【體略】

雙片八十五字,上片三十七字八句五平韻,下片四十八字十一句五平韻,盧摯。

【圖譜】

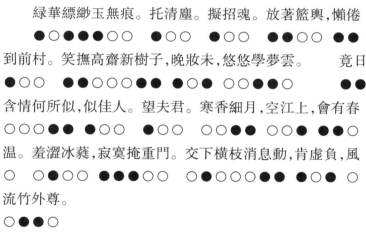

　　綠華縹緲玉無痕。托清塵。擬招魂。放著籃輿,懶倦
　　●○●●●○○　　●○○　　●○○　　●●○○　●●
　　到前村。笑撫高齋新樹子,晚妝未,悠悠學夢雲。　　竟日
　　●○○　　●●○○○●●　●○●　○○●●○　　　●●
　　含情何所似,似佳人。望夫君。寒香細月,空江上,會有春
　　○○○●●　●○○　●○○　○○●●　○○●　●●○
　　溫。羞澀冰蕤,寂寞掩重門。交下橫枝消息動,肯虛負,風
　　○　○●○○　●●●○○　○●○○○●●　●○●　○
　　流竹外尊。
　　○●●○

(《全金元詞》726頁)

【注釋】

此與趙詞相校,惟下片起句減一韻,第二句添一韻,且上下片兩結句皆減一字作五字一句異。按元好問"綠華仙萼"詞與之同,惟換頭又用疊仄韻異。又元好問"牆頭紅杏"詞《全金元詞》兩出,下片第二、三句一處作"蒺藜沙草不知春",另處作"蒺藜沙,草不盡",皆有誤,注出不再另列。

紅芍藥

【調釋】

王詞非賦本意，調用上去韻，聲情詼諧灑脫。金人王喆有詞，句法、字數與王詞小異，屬同調異體，聲情相似。

【體略】

雙片九十一字，上片四十五字，下片四十六字，各八句五上去韻，王觀。

【圖譜】

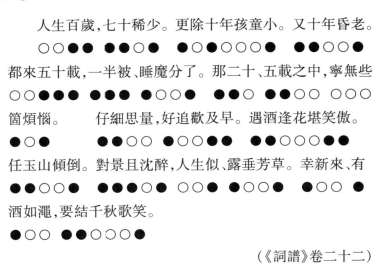

人生百歲，七十稀少。更除十年孩童小。又十年昏老。
○○●●　●●○●　●○○●○○●　●●○●
都來五十載，一半被、睡魔分了。那二十、五載之中，寧無些
○○●●●　●●●、●○○●　●●●、●●○○　○○●
箇煩惱。　　仔細思量，好追歡及早。遇酒逢花堪笑傲。
●○●　　　●●○○　●○○●●　●●○○○●●
任玉山傾倒。對景且沈醉，人生似、露垂芳草。幸新來、有
●●○○●　●●●○●　○○●、●○○●　●○○、●
酒如澠，要結千秋歌笑。
●○○　●●○○○●

（《詞譜》卷二十二）

【注釋】

此調兩宋僅存王觀一詞，金元存王喆二詞。《詞繫》卷十二：

"前後段第四句是上一下四句法,七句是上三下四字句法。'二十'之'十'字當略逗,以入代平。""十"字不注仄聲。《詞律辭典》:"'更除'以下與下片'遇酒'以下句式、韻脚相同,平仄有差異。"(1236頁)

又一體

【體略】

雙片一百八字,上下片各五十四字十句五上去韻一疊韻,王嚞。

【圖譜】

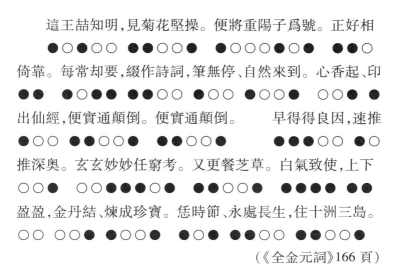

這王嚞知明,見菊花堅操。便將重陽子爲號。正好相
●○●○● ●●○● ●○○○○●● ●●○
倚靠。每常却要,綴作詩詞,筆無停、自然來到。心香起、印
●● ●○●○● ○●○● ●○○● ○○● ●
出仙經,便實通顛倒。便實通顛倒。 早得得良因,速推
●○○ ●●○○● ●●○○● ○●●○○ ●○
推深奥。玄玄妙妙任窮考。又更餐芝草。白氣致使,上下
○○● ○○●●●○● ●●○○● ●●●● ●●
盈盈,金丹結、煉成珍寶。恁時節、永處長生,住十洲三島。
○○ ○○●、●○○● ●○●、●●○○ ●●○○●

(《全金元詞》166頁)

【注釋】

《詞律辭典》:"校王觀詞,此體上片第一、二句各添一襯字。

下片第一句添一字,作上一下四式五字句,並與下句構成對偶。上
下片第五句各添三字,成四字兩句,兩結句各減一字,作上一下四
式五字句,並添一疊句。"(1236頁)按王嚞別首上片第五句添一字
作"這子午致使",餘同,不另列。

王安禮二調

王安禮(1034—1095),字和甫,王安石之弟。嘉祐六年(1061)進士。有《王魏公集》,存詞三首,分別見《梅苑》、《樂府雅詞》、《草堂詩餘》,《全宋詞》據以録入。

萬年歡

【調釋】

《詞譜》卷二十六:"唐教坊曲名。《宋史·樂志》:中吕宫,《高麗史·樂志》名《萬年歡慢》,《元史·樂志》:舞隊曲。此調有三體,平韻者始自王安禮,仄韻者始自晁補之,平仄韻互叶者始自元趙孟頫。"此調當源自宋教坊大曲中吕宫《萬年歡》。宋代有平韻、仄韻兩體,題材宜酬贈、祝頌,聲情宜歡快熱烈。金代趙孟頫詞亦注中吕宫,亦爲祝頌應制之作,但平仄互押,受曲體影響,已非正宗。《魏氏樂譜》卷一用胡浩然仄韻詞爲譜。

【體略】

雙片九十八字,上片四十九字九句五平韻,下片四十九字九句四平韻,王安禮。

【圖譜】

雅出群芳。占春前資訊，臘後風光。野岸郵亭，繁似萬
●●○○　　●○○○●　●●○○　　●●○○　○●●

點輕霜。清淺溪流倒影，更黯淡、月色籠香。渾疑是、姑射
●○○　　○●○○●●　●○●、●●○○　　○○●、○●

冰姿，壽陽粉面初妝。　　　多情對景易感，況淮天庾嶺，迢
○○　●○●●○○　　　　○○●●●●　●○○●●　○

遞相望。愁聽龍吟，淒絕畫角悲涼。念昔因誰醉賞，向此
●○○　○●○○　○●●○○　●●○○●●　●●

際、空惱回腸。終須待結實，恁時佳味堪嘗。
●、○●○○　　○○●●●　●○○●○○

（《詞譜》卷二十六）

【注釋】

此調兩宋金元現存近三十首，雖以此詞爲早，但字聲未穩，宋
人詞無有與之全同者，《詞譜》以之作正體，所定字聲混亂。按下
片第八句頗疑傳抄脫漏二字，當爲："終須待、結實□□。"

又一體

【體略】

雙片一百二字，上片五十字九句四平韻，下片五十二字十句四
平韻，賀鑄。

【圖譜】

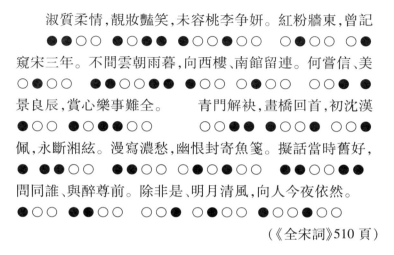

淑質柔情，靚妝豔笑，未容桃李爭妍。紅粉牆東，曾記

窺宋三年。不間雲朝雨暮，向西樓、南館留連。何嘗信、美

景良辰，賞心樂事難全。　　青門解袂，畫橋回首，初沈漢

佩，永斷湘絃。漫寫濃愁，幽恨封寄魚箋。擬話當時舊好，

問同誰、與醉尊前。除非是、明月清風，向人今夜依然。

(《全宋詞》510 頁)

【注釋】

賀詞名《斷湘弦》。此與王安禮詞相校，上片前三句減一韻添一字作四字兩句、六字一句，下片前三句添一字作四個四字句，第八句添二字作上三下四式折腰句異。

按無名氏"日暖霜融"詞，前三句正與賀鑄詞相同，下片首韻與王安禮詞相同，第八句作上三下四式折腰句與賀鑄詞同。惟上片結句作"華胥洗洗"四字一句。又無名氏此詞《全宋詞補輯》重見蘇氏，蘇詞上片結句作"更兼華胥詵詵"正與諸家同。

正體（平韻）

【體略】

雙片一百字，上片四十九字，下片五十一字，各九句四平韻，

張綱。

【圖譜】

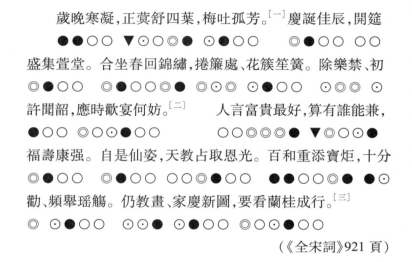

歲晚寒凝,正蒦舒四葉,梅吐孤芳。[一]慶誕佳辰,開筵
●●○○　▼○○○●　○●○○　　◎●○○

盛集萱堂。合坐春回錦繡,捲簾處、花簇笙簧。除樂禁、初
◎●○○　◎●○○○●　○●○　○●○○　　○●○　⊙

許聞韶,應時歡宴何妨。[二]　　　人言富貴最好,算有誰能兼,
●○○　◎○●○○　　　　○○○●⊙●　▼○○⊙●

福壽康强。自是仙姿,天教占取恩光。百和重添寶炬,十分
◎●○○　◎●○○　○●○○○○　　●●○○◎●　○⊙

勸、頻舉瑤觴。仍教畫、家慶新圖,要看蘭桂成行。[三]
◎　⊙●○○　　○⊙●　⊙●○○　○○⊙●○○

　　　　　　　　　　　　　　　　　　　　　　　　（《全宋詞》921 頁）

【注釋】

　　[一]此調平韻詞當以此詞爲正體,上片自“正蒦舒”以下,與
下片“算有誰”以下相同,字句聲韻十分整齊。《詞律》卷十六以無
名氏“天氣嚴凝”詞爲譜,所定字聲失之過嚴。此與王安禮詞相
校,首句不用韻,下片第八句添二字作上三下四式七字折腰句,又
上下片第五句字聲皆與王詞異。按此調無論平韻詞還是仄韻詞,
宋人作品字聲相互比較都頗爲參差。“歲晚寒凝”惟王質詞作“一
輪明月”,不參校。“正”爲領字,宜用去聲。句中可平可仄除注明
外,皆見所列平韻體句法相同者。

　　[二]“開筵盛集萱堂”作平起平收律句,與下片“天教占取恩
光”相同,李之儀詞、無名氏“禁籞初晴”詞正與之同,王安禮詞、賀
鑄詞作拗句,不參校。《詞律》以上下片“兩結如《念奴嬌》,用仄平

平仄平仄,是鐵板一定者”,不當。

　　[三]換頭一句或作平拗、或作仄拗。平拗者如李之儀詞作
“須知最難得處”、趙師俠詞作“重華道隆德茂”;仄拗者,另如王質
詞作“無聊攲枕搔首”,填者任選一體可也。“算”爲領字,宜用去
聲。“兼”作去聲。按李之儀詞上片第二、三句《全宋詞》作“雙雙
鳳翼,一對和鳴”,“一”字前必脫漏一領字,注出不另列。“占”無
名氏“日暖霜融”詞作“高”。

<h1 style="text-align:center">又 一 體</h1>

【體略】

　　雙片一百字,上片四十九字,下片五十一字,各九句四平韻,
王質。

【圖譜】

一輪明月,古人心萬年,更寸心存。滄海化爲黃土,心
●○○●　●○○●○　●○○　○●○○●　○

不成塵。杳杳興亡成敗,滿乾坤、未見知音。撫闌干、欲喚
●○○　　●●○○○●　○○○、●●○○　●○○、●●

英魂,沈沈又没人應。　　　無聊攲枕搔首,夢廬中壇上,一
○○,○○●●○○　　　○○○●○●　●○○○●　●

似平生。共挽長江爲酒,相對同傾。不覺霜風敲竹,睡覺
●○○　●●○○○●　○●○○　●●○○○●　●●

來、海與愁深。拂袖去、塞北河西,紅塵陌上尋人。
○、●●○○　●●●、●●○○　○○●●○○

(《全宋詞》1647 頁)

【注釋】

此與張綱詞相校，上下片第四、五句皆作六字一句、四字一句，句拍改變，爲詞人有意爲之。

又趙師俠“電繞神樞”詞，前三句與賀鑄詞體同，其他正與王質詞體同，注出不另列。

又一體

【體略】

雙片一百字，上片四十九字，下片五十一字，各九句五平韻，《高麗史·樂志》無名氏。

【圖譜】

禁籞初晴。見萬年枝上，工囀鶯聲。藻殿連雲，萍曦高
●●○○　●●○○●　○●○○　●●○○　○○○
照籬楹。好是簾開麗景，裊金爐、香暖煙輕。傳呼道、天蹕
●○○　●●○○●●　○○○　○●○○　○●○　○●
來臨，兩行拱引簪纓。　　看看筵敞三清。洞寶玉杯中，滿
○○　●○●●○○　　　○○○●○○　●●●○○　●
酌犀觥。爛熳芳葩，斜簪慶快春情。更有簫韶九奏，簇魚
●○○　●●○○　○○●○○●○　○　●●○○●●　●○
龍、百戲俱呈。吾皇願、永保洪圖，四方長樂昇平。
○　●●○○　○○●○　●●○○　●○○●○○

（《全宋詞》3827 頁）

【注釋】

此與張綱詞相校,惟上下片首句各添一韻異。

又一體(仄韻)

【體略】

雙片一百字,上片四十九字九句五仄韻,下片五十一字九句六仄韻,晁補之。

【圖譜】

心憶春歸,似佳人未來,香徑無迹。雪裏江梅,因甚早
○●○○　●○○●○　○●○●　●●○○　○●●
知消息。百卉芳心正寂。夜不寐、幽姿脈脈。圖清曉、先作
○○●　●●○○●●　●●●　○○●●　○○●　○●
宮妝,似防人見偷得。　　真香媚情動魄。算當時壽陽,無
○○　●○○●○●　　　○○●○●●　●○○●○　○
此標格。應寄揚州,何郎舊曾相識。花似何郎鬢白。恐花
●○●　○●○○　○○●○○●　○●○○●●　●○
笑、逢花羞摘。那堪聽、羌管驚心,也隨繁杏抛擲。
●　○○○●　●○○　○●○○　●○○●○●

(《全宋詞》560 頁)

【注釋】

《詞譜》:"此詞前後段第六句俱押韻。按,《梅苑》'北陸風回'詞、'天氣嚴凝'詞,胡浩然'燈月交光'詞,俱與此同。汲古閣

刻本,後段第八句脱一字,今從《梅苑》增入。"按此詞上下片第五句皆作拗句,與他詞不同,不作正體。《詞譜》以上片第五句"甚"字作仄聲誤。又程大昌"老鈍迂疏"詞下片第七句作"每演九後,重從一始",添一字而成兩句拍,偶作,注出不另列。

正體(仄韻)

【體略】

雙片一百字,上片四十九字九句四仄韻,下片五十一字九句五仄韻,晁補之。

【圖譜】

十里環溪,記當年並遊,依舊風景。[一]綵舫紅妝,重泛
◎●○○　●○○●●　⊙●○●　　◎●○○　⊙●

九秋清鏡。[二]莫歎歌臺蔓草,喜相逢、歡情猶勝。蘋洲畔、
◎○⊙●　　◎●⊙●●●　⊙○○　⊙○○●　　⊙○◎

橫玉驚鸞,半天雲正愁凝。[三]　　中秋醉魂未醒。[四]又佳
⊙●○○　◎○○●○○　　　　○○●●○○　　●○

辰授衣,良會堪更。[五]早歲功名,豪氣尚淩汝潁。[六]能致
○●○○　●○○●　　◎●○○　⊙●●○◎○●　　⊙●

黃金一井,也莫負、鴟夷高興。別有個、瀟灑田園,醉鄉天地
⊙○◎●　●●○○　⊙○○●　　⊙●○　⊙○○●　◎○○●

同永。[七]
⊙●

(《全宋詞》573頁)

【注釋】

　　［一］此調仄韻詞《詞譜》以晁詞此首爲正體，當是，但所定字聲混亂。按此體有拗句體，有律句體，貴在前後對應，填者慎之。晁詞爲拗句體，其上下片第二、三、九句皆用拗句，晁詞三首皆同，乃有意爲之，史達祖詞拗句正與之全同。“記”爲領字，“依”無名氏“天氣嚴凝”詞作“嶺”。按史達祖詞第二、三句作“謝橋邊岸痕，猶帶陰雪”，《全宋詞》斷作：“謝橋邊、岸痕猶帶陰雪。”不當，“謝橋”之“謝”非領字，屬偶用。句中字聲凡拗句處與拗句體相校，其他校以別體句法相同者。

　　［二］“重”、“泛”、“清”程大昌“秋後花寠”詞作“謂”、“春”、“倒”。按“重泛九秋清鏡”亦有偶作拗句者，如郭應祥詞作“當年挺生真主”，不參校。按史達祖詞此韻《全宋詞》斷作：“過了匆匆燈市，草根清發。”亦可依正體斷作四字一句、六字一句，注出不另列。

　　［三］“莫”晁補之別首作“捐”，“歌”、“蔓”程大昌“富壽康寧”詞作“古”、“今”。“蘋洲畔”程大昌“歲歲梅花”詞作“道這回”，“半”屬寺正詞作“長”。

　　［四］此句作拗句。“魂”字宜用平聲，亦偶有用仄聲者，如晁詞別首作“君知未遇元禮”，亦未用韻，不參校，亦不另列別體。按《詞譜》以程大昌“歲歲梅花”詞下片換頭作“回頭處，無限思”另列別體，不妥，程詞此句於文意可斷作六字折腰句，亦當爲一句拍。又，晁詞別首“憶惜論心”詞換頭一句不押韻，注出不另列。

　　［五］此二句與上片第二、三句字聲相同，皆用拗句，十分嚴謹。“良”屬寺正詞作“日”。按胡浩然詞，下片第一、二、三句《全宋詞》作：“歡情未足。更闌謾色牽舊恨，縈亂心曲。”依律“更闌”二字當於“歡情”之前，此調換頭無四字句者，第二句也無七字句者，必爲傳抄之誤，注出不另列。

　　［六］“尚”程大昌“老鈍迂疏”詞作“還”。“豪氣尚淩”一句作

仄起仄收律句，晁補之"心憶春歸"、史達祖詞、厲寺正詞作拗句，不參校。按晁詞別首此二句《全宋詞》依文意斷作"此事談何容易，驥才方騁"，此調並無此種句拍，注出不另列。

　　[七]"黃"、"一"程大昌"歲歲梅花"詞作"鬢"、"全"，"負"程大昌"歲歲梅花"詞作"笄"，"鷗"、"高"程大昌"富壽康寧"詞作"會"、"舊"。按厲寺正詞下片第六句偶添一襯字作"待整頓、乾坤了當"，注出不另列。"瀟"、"醉"、"天"、"同"程大昌"秋後花寔"詞作"玉"、"郊"、"莫"、"遠"。

又一體（正體）

【體略】

　　雙片一百字，上片四十九字九句五仄韻，下片五十一字九句六仄韻，熊上達。

【圖譜】

　　　春笘方中，正良辰餘五，韶光明媚。曉見非煙，佳氣滿
　　　○●○○　●○○○●　○○○●　●●○○　○●●
堂融溢。學語兒童喜色。慶間世、懸弧此日。休言未、結組
○○●　●●○○●●　●○●、○○○●　○○●、●○
彈冠，不勞戲傲泉石。　　　生平服膺道德。看名高谷口，年
○○　●○●●○●　　　○○●○●●　●○○●●　○
齊箕翼。況有寧馨，已報月宮消息。只這誰人似得。且莫
○○●　●●○○　●●●○○●　●●○○●●　●●
惜、高張華席。應須拚、明日扶頭，儘教金盞頻側。
●　○○○●　　○○●、○●○○　●○○●○●

【注釋】

　　此詞上片自"正良辰"以下,與下片"看名高"以下相同,頗堪效法。此爲仄韻律句體,亦爲正體,與晁補之"心憶春歸"詞相校,上片第二、三句與下片第二、三句皆用律句。此詞上片第四、五句《全宋詞》斷作:"曉見非煙佳氣,滿堂融溢。"不當。按程大昌"秋後花寒"詞亦爲律句體,惟上下片第六句不押韻,下片換頭作六字折腰句異,注出不另列。

又一體

【體略】

　　雙片一百字,上片四十九字九句五仄韻,下片五十一字九句六仄韻,《梅苑》無名氏。

【圖譜】

北陸風回,頓園林凋盡,庭院岑寂。瀟灑寒梅,偷報豔
●●○○　●○○●●　○●○●　○●○○　○●●
陽消息。素澹英姿粹質。天賦與、出倫標格。一枝向、雪裏
○○●　●●○○●●　○●●　●○○●　●○●　●●
初開,纖説清香尋得。　　神仙乍離姑射。更瓊妝翠佩,冰
○○　○●○○○●　　　○○●○○●　●○○●●　○
瑩肌骨。鬖鬖華清,浴罷懶勻脂澤。隴上休轟怨笛。且留
●○●　●●○○　●●●○○●　●●○○●●　●○
取、鬖鬖成實。終須待、金鼎調羹,偏與群芳春色。
●　○○○○●　○○●　○●○○　○●○○○●

（《全宋詞》3622頁）

【注釋】

　　此詞自上片“頓園林”以下，與下片“更瓊妝”以下相同，與晁補之“心憶春歸”詞相校，上下片第二、五、九句皆用律句。

又一體

【體略】

　　雙片一百字，上片四十九字九句四平韻一叶韻，下片五十一字九句兩平韻三叶韻，趙孟頫。

【圖譜】

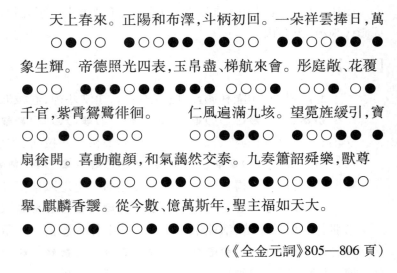

天上春來。正陽和布澤，斗柄初回。一朵祥雲捧日，萬
○●○○　●○○●●　●●○○　●●○○●●　●
象生輝。帝德照光四表，玉帛盡、梯航來會。彤庭敞、花覆
●○○　●●●○●●　●●●　○○○●　○○●　○●
千官，紫霄駕鷺徘徊。　　仁風遍滿九垓。望霓旌緩引，寶
○○　●○●●○○　　　○○●●●○　●○○●●　●
扇徐開。喜動龍顏，和氣藹然交泰。九奏簫韶舜樂，獸尊
●○○　●●○○　○●●○○●　●●○○●●　●○
舉、麒麟香靄。從今數、億萬斯年，聖主福如天大。
●　○○○●　○○●　●●○○　●●○○●

（《全金元詞》805—806頁）

【注釋】

　　此詞題“中呂宮，元日朝會”。《詞譜》：“詞以灰、賄、隊、佳、

蟹、泰三聲叶韻,句讀與無名氏平韻詞同。按,趙孟頫又有'閶闔初開'詞,亦三聲叶,與此同,惟後段第三句仄韻,第五句、結句平韻,與此稍異,注明不錄。"按此詞用韻三聲叶,平仄互押,已非詞體之正,近於曲體,不可效仿。

瀟湘逢故人慢

【調釋】

王詞詠物懷人,亦關本意,用平聲韻,篇長韻疏,聲情明麗灑脫。

【體略】

雙片一百四字,上片五十一字十句四平韻,下片五十三字九句五平韻,王安禮。

【圖譜】

薰風微動,方榴花弄色,萱草成窩。翠帷敞、輕羅試,冰
○○○●　○○○●●　○○○○　●○○　●○○　○

簟初展,幾尺湘波。疏檐廣廈,稱瀟湘、一枕南柯。引多少、
●○●　●●○○　○○●●　●○○　●●○○　●○●

夢魂歸緒,洞庭雨棹煙蓑。　　　驚回處、閒晝永,更時時、燕
●○○●　○○●○○○　　　○○●　●○●　●○○　●

雛鶯友相過。正綠影婆娑。況庭有幽花,池有新荷。青梅
○○●○○　●○●○○　●○●○○　○●○○　○○

煮酒,幸隨分、贏取高歌。功名事、到頭終在,歲華忍負清和。
●●　●○○　○●○○　○○●　●○○●　●○●●○○

（《詞譜》卷三十三）

【注釋】

　　此調兩宋金元現僅存此詞，無他首可校。此詞上片第四、五句《詞律》、《詞譜》等書均以"羅"字注韻，斷作"翠幬敞輕羅。試冰簟初展"，不當。按《詞譜》卷三十三以明人錢應金"深秋村落"詞爲別體，且注云："此詞第四句作三字兩句、不押韻，第五句作四字一句，與調不合。因此調宋詞絕少，采以備體。"此説亦不當。錢詞上片第四、五句作六字折腰一句、四字一句正與王詞同。《詞律拾遺》卷八："'翠帷'下十字，葉本以一三一三一四分句。與錢應金詞'擘紫蟹，蒸黃雀，知己團聚'句法正同。"又明人陳大聲和王安禮詞，陳詞上片第四、五句作"日將午、風初定，參差簾影"，又正與錢詞同。此調上片第四、五句當斷作六字折腰一句、四字一句。

　　又按明清詞人對此詞理解亦多有誤者：於"羅"字處用韻，第四、五句作五字兩句。此乃因誤識前人詞作用韻而另創別體者，不可效法。

王詵六調

　　王詵（1048—1100後），字晋卿，太原人。熙寧二年（1069）尚公主，爲駙馬都尉。《宋史》卷二百五十五有傳。存詞十五首，趙萬里《校輯宋金元人詞》輯爲《王晋卿詞》，《全宋詞》據以録入。所存詞多爲令詞，語言清美婉麗，《憶故人》（燭影摇紅）一調對後世影響最大。

憶故人（燭影摇紅）

【調釋】

　　此調正體有四十八字和九十六字體，九十六字體即四十八字體重叠一遍，《燭影摇紅》爲其通用名。王詵詞云"尊前誰爲唱陽關，離恨天涯遠"，賦本意。《詞譜》卷七："宋吴曾《能改齋漫録》：王都尉（詵）有《憶故人》詞，徽宗喜其詞意，猶以不豐容宛轉爲恨，乃令大晟樂府別撰腔，周邦彦增益其詞，而以首句爲名，謂之《燭影摇紅》。按王詵詞本小令，原名《憶故人》，或名《歸去曲》，以毛滂詞有'送君歸去添淒斷'句也。若周邦彦詞，則合毛、王二體爲一闋。元趙雍詞更名《玉珥墜金環》，元好問詞更名《秋色横空》。"（按元好問《秋色横空》非即《燭影摇紅》，《詞譜》已別收《秋色横空》一調，此處誤記）此調用上去韻，題材宜爲酬贈、祝頌之作，聲情歡快明朗，九十六字體爲宋末流行體式，吴文英、張炎、周密等人

均有詞。《夢窗詞》注黃鐘商,即大石調。《魏氏樂譜》卷四以張鎡
"宿雨初乾"詞爲譜。

【體略】

　　雙片五十字,上片二十五字四句二上去韻,下片二十五字五句
三上去韻,王詵。

【圖譜】

　　　　燭影搖紅向夜闌,乍酒醒、心情懶。尊前誰爲唱陽關,
　　　　●●○○●●　○○　●●●　○○●　　○○○●○○

離恨天涯遠。　　　無奈雲沈雨散。憑闌干、東風淚眼。海
○●○○●　　　　　○●○●●●　●○○　○○●●　●

棠開後,燕子來時,黃昏庭院。
○○●　●●○　○○●

(《全宋詞》273 頁)

【注釋】

　　《唐宋詞彙評》:"大晟府成立於崇寧四年(1105)。周邦彥提
舉大晟府爲政和六年(1116)九月後,任職僅一年餘。徽宗命周邦
彥據王詵此詞別撰新腔。故王詵此詞當作於政和七年春。"(381
頁)此調四十八字體兩宋現存七詞。此詞起句七字,第二句作六字
折腰句,宋人詞無有與之同者。此調或源於此詞,但不作正體。按
此詞上片首句《詞律》、《詞譜》皆斷作"燭影搖紅,向夜闌",今作
一句。

正體（四十八字）

【體略】

雙片四十八字，上片二十三字四句二上去韻，下片二十五字五句三上去韻，毛滂。

【圖譜】

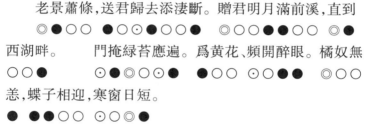

老景蕭條，送君歸去添淒斷。贈君明月滿前溪，直到
◎●○○　●○○●○○●　◎○○●●○○　◎●

西湖畔。　　門掩綠苔應遍。爲黃花、頻開醉眼。橘奴無
○○●　　　⊙●○○⊙●　●○○、⊙○●●　◎○○

恙，蝶子相迎，寒窗日短。
●　●●○○　○○◎●

（《全宋詞》682 頁）

【注釋】

四十八字體《詞譜》以毛滂此詞爲正體，當是。此體與王詵詞相校，上片首句減三字，第二句添一字作七字一句，其他相同。賀鑄詞、毛滂別二詞、王重詞、張炎“隔水呼舟”詞正與此同。上片首句“老”賀鑄詞作“波”，第二句“歸”毛滂別首作“已”。下片第一句“門”毛滂別首作“枕”，第二句“頻”作“不”，第三句“橘”作“他”，第五句“寒”作“冷”。按此體下片第四句“蝶子相迎”作仄起平收律句，亦有平起仄收律句者，毛滂別首即作“水邊月底”，字聲尚未穩定。衡之王詵詞及九十六字體，此句宜作仄起平收律句，平起仄收律句者不參校，亦不另列。句中可平可仄除注明外，皆見所列別體句法相同者。

正體（九十六字）

【體略】

雙片九十六字，上下片各四十八字九句五上去韻，周邦彥。

【圖譜】

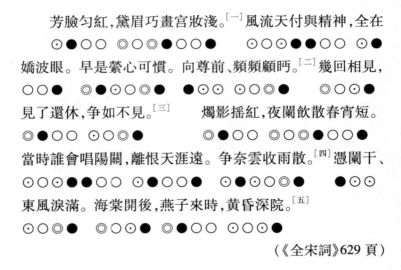

芳臉匀紅，黛眉巧畫宮妝淺。[一]風流天付與精神，全在
嬌波眼。早是縈心可慣。向尊前、頻頻顧眄。[二]幾回相見，
見了還休，爭如不見。[三]　　　燭影搖紅，夜闌飲散春宵短。
當時誰會唱陽關，離恨天涯遠。爭奈雲收雨散。[四]憑闌干、
東風淚滿。海棠開後，燕子來時，黃昏深院。[五]

（《全宋詞》629頁）

【注釋】

[一]《唐宋詞彙評》考此詞當於政和六、七年間（1116—1117）
周邦彥提舉大晟府時奉敕作（1052頁）。此調九十六字體兩宋金
元現存近六十首，以此詞爲早，且字聲諧穩，後人創作與此詞相同
者最多。《詞譜》以此詞爲正體，然所定字聲多不當。此調惟陳著
“雙杏堂深”詞、趙必瑑詞押入聲韻，餘詞皆押上去韻，當押上去
韻。“黛”劉壎詞作“殘”，“巧”趙長卿詞作“開”。句中可平可仄

除注明外,皆見所列別體句法相同者。

　　[二]“風”吳文英“西子西湖”詞作“斷”。“在”惟趙善扛詞作“青”,不參校。“早”、“繁”、“可”趙必璨詞作“桃”、“一”、“春”。“尊前”高觀國詞作“慘慘”,“頻”翁元龍詞作“玉”,下“頻”字惟方岳詞作“粉”,偶用不參校。“向尊前”《詞譜》作“那更堪”。按梁寅詞上下片第五句《全金元詞》皆未注韻,梁詞上片第五句“裏”字,下片第五句“悴”字,皆押韻,與正體同。

　　[三]“幾”、“相”吳文英“天桂飛香”詞作“浮”、“遠”,“爭”吳文英“飛盡西園”詞作“月”。“相見”《詞譜》作“得見”。按姚燧詞此韻前兩句《全金元詞》作“際天長,恨蜀棧青螺”,今檢《牧庵集》作“際天長恨,蜀棧青螺”,與周詞同,不另列別體。又按《詞譜》將此韻第二句及下片第八句參校毛滂詞,以四字皆可平可仄,誤。宋人九十六字體者此兩句皆用仄起平收律句,並無例外。

　　[四]“燭”吳文英“西子西湖”詞作“千”,“夜”劉壎詞作“寒”。按“燭影搖紅”一句惟王喆詞作“占真閑”,餘詞皆作仄起平收四字律句,王詞“占”字上下當脫漏一字,注出不另列。“當”吳文英“天桂飛香”詞作“未”。“雲”、“雨”鄧剡詞作“弄”、“書”。

　　[五]“闌干”吳億詞作“莫遣”,“東”劉壎詞作“彩”。“海”、“開”張榘詞作“功”、“做”,“棠”惟高觀國詞作“一”,以入代平。“燕”孫惟信詞作“天”,“燕子來時”一句《詞譜》皆注可平可仄,誤,此句惟程垓詞作“鼇山扈從”,偶用不參校。“黃”、“深”劉克莊詞作“逆”、“也”。

又一體

【體略】

　　雙片九十六字,上下片各四十八字九句四上去韻,長筌子。

【圖譜】

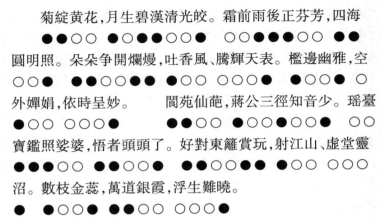

菊綻黃花，月生碧漢清光皎。霜前雨後正芬芳，四海
●●○○　●●●●○●　○○●●●○　●●

圓明照。朵朵爭開爛熳，吐香風、騰輝天表。檻邊幽雅，空
○○●　●●○○●●　●○○、○○○●　●○○○　○

外嬋娟，依時呈妙。　　　閬苑仙葩，蔣公三徑知音少。瑤臺
●○○　○○○●　　　●●○○　●○○●○○●　○○

寶鑑照娑婆，悟者頭頭了。好對東籬賞玩，射江山、虛堂靈
●●●○○　●●○○●　●●○○●●　●○○、○○○

沼。數枝金蕊，萬道銀霞，浮生難曉。
●　●○○●　●●○○　○○○●

（《全金元詞》582 頁）

【注釋】

此與周詞相校，惟上下片第五句均不押韻異。按方岳詞上片第五句不押韻，下片第五句押韻，前後不一，注出不另列。

落梅花

【調釋】

王詞賦本意，用入聲韻，多用四字句法，結用兩個七字長句，聲情慷慨激越。《詞譜》卷三十四作《落梅》，《梅苑》無名氏詞名《落梅慢》。

【體略】

雙片一百七字，上片五十五字十二句四入聲韻，下片五十二字

十句五入聲韻,王詵。

【圖譜】

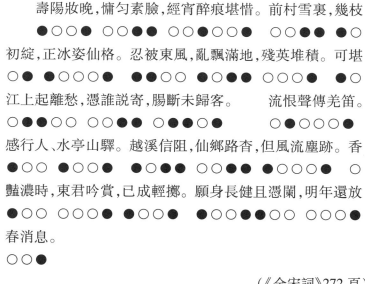

壽陽妝晚,慵勻素臉,經宵醉痕堪惜。前村雪裏,幾枝
初綻,正冰姿仙格。忍被東風,亂飄滿地,殘英堆積。可堪
江上起離愁,憑誰説寄,腸斷未歸客。　　　流恨聲傳羌笛。
感行人、水亭山驛。越溪信阻,仙鄉路杳,但風流塵跡。香
豔濃時,東君吟賞,已成輕擲。願身長健且憑闌,明年還放
春消息。

(《全宋詞》272 頁)

【注釋】

　　此調兩宋現僅存此詞和無名氏詞。《詞譜》卷三十四:"此與
《梅苑》無名氏詞,句讀不同,故不參校平仄。"上片第六句"正冰姿
仙格","正"字《全宋詞》作缺字,今依《詞譜》補。

又 一 體

【體略】

　　雙片一百六字,上片五十四字九句四入聲韻,下片五十二字九

句五入聲韻,無名氏。

【圖譜】

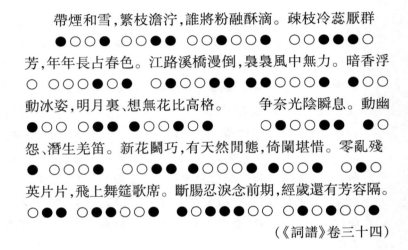

帶煙和雪,繁枝澹泞,誰將粉融酥滴。疎枝冷蕊厭群
芳,年年長占春色。江路溪橋漫倒,裊裊風中無力。暗香浮
動冰姿,明月裏、想無花比高格。　　　爭奈光陰瞬息。動幽
怨、潛生羌笛。新花鬪巧,有天然閒態,倚闌堪惜。零亂殘
英片片,飛上舞筵歌席。斷腸忍淚念前期,經歲還有芳容隔。

（《詞譜》卷三十四）

【注釋】

此詞與王詞相校,句拍多有不同。《詞譜》:“此詞前起三句、
後起二句、後結二句,與王詞同,餘則攤破句法,自成一格。”

踏青遊

【調釋】

王詞詠調名本意,用上去韻,句法錯綜變化,聲情明朗歡暢。
同期蘇軾等人有詞。

【體略】

雙片八十四字,上下片各四十二字八句四仄韻,王詵。

【圖譜】

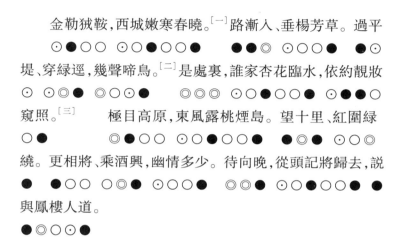

金勒狨鞍，西城嫩寒春曉。[一]路漸入、垂楊芳草。過平
堤、穿緑逕，幾聲啼鳥。[二]是處裏，誰家杏花臨水，依約靚妝
窺照。[三]　　極目高原，東風露桃煙島。望十里、紅圍緑
繞。更相將、乘酒興，幽情多少。待向晚，從頭記將歸去，説
與鳳樓人道。

（《全宋詞》273 頁）

【注釋】

　　[一]此調兩宋存詞不足十首，金元無存詞。《詞譜》卷二十一
以蘇軾詞爲正體：“此調以此詞爲定格，王詞少押四韻，陳詞少押兩
韻，猶爲正體，若無名氏詞之句讀參差，字亦脫誤，采入以備參考，
不可爲法也。”按蘇詞見《全芳備祖》，用韻、字聲與諸詞多異，不作
正體。此調現存宋詞字聲互有參差，王詵詞前後最爲齊整，頗堪效
法。《詞律》卷十二即以此詞爲正體，但誤作周邦彥詞。此調主要
以上下片第二句字聲分爲拗句、律句之體。此詞“西城嫩寒春曉”
與下片第二句“東風露桃煙島”皆作拗句。“西”趙溫之詞作“一”。
句中可平可仄除注明外，皆見所列別體句法相同者。

　　[二]“平堤”《詞譜》未注可平可仄，不妥。“過平堤、穿緑逕，
幾聲啼鳥”兩句，《詞譜》此調斷句，上下片時作三句拍，時作兩句
拍，隨文意而斷不當。今此韻上下片皆斷作兩句拍，前句作六字折

腰句。無名氏"識個人人"一首,此韻作"向巫山、重重去,如魚
水","如魚水",《詞譜》以傳抄之訛,結句當爲"如魚得水",當是。

〔三〕此韻三句拍。"誰家杏花臨水"與下片第八句皆作拗句,
當從。如陳濟翁、趙溫之及無名氏等人詞,或上片作拗句、下片作
律句,或上片作律句、下片作拗句,終不協美。"依"無名氏"識個
人人"詞作"倚"。

又一體

【體略】

　　雙片八十四字,上下片各四十二字八句五仄韻,陳濟翁。

【圖譜】

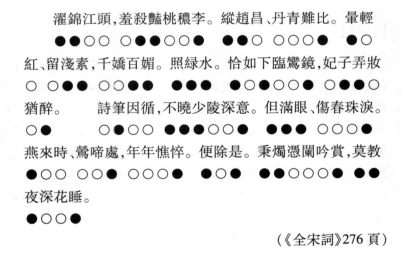

（《全宋詞》276 頁）

【注釋】

　　此與王詞相校,上下片第二句用律句、第六句添一韻異,聲律

亦前後謹嚴。按下片結句"教"爲仄聲,《詞譜》作平聲誤。又無名氏"識個人人"詞正與此同,下片四、五句《詞譜》斷作:"拚三八清齋,望永同鴛被。"而列又一體。此二句依然可斷作:"拚三八、清齋望,永同鴛被。"無需另列。

又一體

【體略】

雙片八十三字,上片四十二字,下片四十一字,各八句六仄韻,蘇軾。

【圖譜】

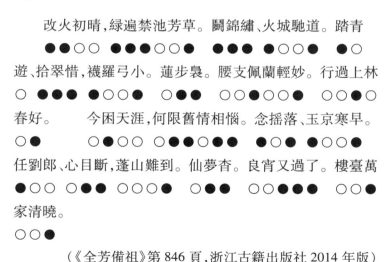

改火初晴,緑遍禁池芳草。鬭錦繡、火城馳道。踏青遊、拾翠惜,襪羅弓小。蓮步裊。腰支佩蘭輕妙。行過上林春好。　今困天涯,何限舊情相惱。念搖落、玉京寒早。任劉郎、心目斷,蓬山難到。仙夢杳。良宵又過了。樓臺萬家清曉。

（《全芳備祖》第 846 頁,浙江古籍出版社 2014 年版）

【注釋】

此與陳詞相校,上下片第七句皆添一韻,與諸家異。字聲上,

上下片第二句與陳詞相同皆用律句,上下片第八句皆用拗句又與諸家不同。上片結句"過"當爲平聲,《詞譜》定仄聲誤。

　　按下片第四、五句,《全宋詞》作"任劉郎、目斷蓬山難到",第七句《詞譜》添一字作"良宵又還過了",《詞譜》或是,下片第七句當脫漏一字。首句"改"字,《全宋詞》作缺字。

又一體

【體略】

　　雙片八十四字,上下片各四十二字八句四仄韻,《梅苑》無名氏。

【圖譜】

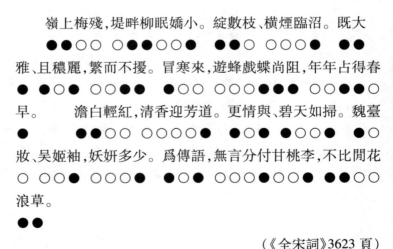

```
嶺上梅殘,堤畔柳眠嬌小。綻數枝、橫煙臨沼。既大
●●○○ ○●●○○   ●●○ ○○○●  ●●
雅、且穠麗,繁而不擾。冒寒來,遊蜂戲蝶尚阻,年年占得春
●  ●○● ○○●●  ●○○  ●○●●○●  ○○●●○
早。　　澹白輕紅,清香迎芳道。更情與、碧天如掃。魏臺
●    ●●○○ ○○○●●   ●○●  ●○○●  ●○
妝、吳姬袖,妖妍多少。爲傳語,無言分付甘桃李,不比閒花
○ ○○●  ○○○●  ●○●  ○○○●○●○  ●●○○
浪草。
●●
```

(《全宋詞》3623 頁)

【注釋】

　　此與王詞相校,下片第二句減一字作五字一句,第七句添一字

作七字一句,爲詞調移字之法改變句拍。

人月圓

【調釋】

　　《填詞名解》卷一:"宋駙馬王晋卿元宵詞,有云:'華燈盛照,人月圓時。'遂名此調爲《人月圓》。一名《青衫濕》,取吴彦高詞句也。"《詞譜》卷七:"此調始於王詵,因詞中'人月圓時'句,取以爲名。"《中原音韻》注黄鐘宫,元好問詞注"黄鐘",當即黄鐘宫。此調《全元散曲》收爲散曲,《全金元詞》收爲詞。此調當以詞調看待,宋金創作皆爲詞體。調用平韻,以四字句爲主,聲情活潑歡快。宋末汪元量詞賦離別之恨,反用調名本意,當爲變調。《校正》:"此調爲換頭曲,僅前段一個七字句與一個五字句外,其餘九句均爲四字句,音節甚有特點。由於吴激詞之影響,後世多用以抒寫感舊之情。"(98頁)

【體略】

　　雙片四十八字,上片二十四字五句二平韻,下片二十四字六句二平韻,王詵。

【圖譜】

小桃枝上春來早,初試薄羅衣。年年此夜,華燈盛照,
◎○○⊙●○○●　⊙●●○○　　⊙○○●　⊙○○●

人月圓時。　　禁街簫皷,寒輕夜永,纖手同携。更闌人
⊙●○○　　　◎○○●　●○○◎　⊙●○○　　⊙○○

静,千門笑語,聲在簾幃。
●　⊙○○◎●　⊙●○○

【注釋】

　　此調兩宋金元現存近五十首,以此詞爲早。此詞作者《全宋詞》又別作李持正,名《人月圓令》。《詞譜》卷七:"此調以此詞爲正體,即《中原音韻》所注黃鐘宮者。若楊詞之攤破句法、或押仄韻者,皆變格也。"上片第二句"初"汪元量詞作"不",第四句"華"、"盛"蔡松年詞作"百"、"堆"。下片第一句"禁"無名氏詞作"芳",第四句"更"無名氏詞作"人"、"人"趙鼎詞作"美",第五句"千"、"笑"蔡松年詞作"一"、"笑",第六句"聲"趙鼎詞作"月"。句中其他可平可仄皆見所列別體句法相同者。下片第四句"更闌"《詞譜》作"夜闌"。

又一體

【體略】

　　雙片四十八字,上下片各二十四字五句二平韻,張綱。

【圖譜】

　　　　封人祝望堯雲了,歸路藹歡聲。何妨明日,開筵笑語,
　　　　○○●●○○●　○●○○　　○○○●　○○●●

聊慶初生。　　　　官閒歲晚身猶健,蘭玉更盈庭。持杯爲壽,
○●○○　　　　○○●●○○●　○●○○　　○○●

從教夜醉,誰怕參横。
○○●●　○●○○

【注釋】

《唐宋詞彙評》考此詞於紹興三十二年(1162)作(1396頁)。此與王詵詞相校,下片第一、二句減一字作七字一句,第三句添一字作五字一句,從而前後片完全相同,構成重頭曲。此亦爲詞調移字之法,改變句拍。王寂詞正與之同。

按蔡松年"梨雪東城"詞亦與張綱詞體同,惟上片首句押韻異,注出不另列。

又一體

【體略】

雙片四十八字,上下片各二十四字五句二平韻,楊无咎。

【圖譜】

風和日薄餘煙嫩,測測透鮫綃。相逢且喜,人圓玳席,
○○●●○○●　●●●○○　　○○●●　○○●●

月滿丹霄。　　爛遊勝賞,高低燈火,鼎沸笙簫。一年三百
●●○○　　　　●○●●　○○○●　●●○○　　●○○●

六十日,願長似今宵。
●●●　○○●○○

(《全宋詞》1199頁)

【注釋】

《詞譜》:"此亦王詞體,惟後段第四、五、六句,攤破句法,作七字一句、五字一句異。"

又一體（仄韻）

【體略】

雙片四十八字，上下片各二十四字五句三仄韻，楊无咎。

【圖譜】

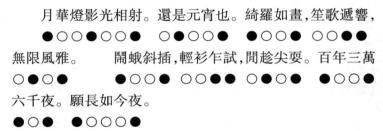

月華燈影光相射。還是元宵也。綺羅如畫，笙歌遞響，
●○○●○○●　　○●○○●　●○○●　○○●●

無限風雅。　　　鬧蛾斜插，輕衫乍試，閒趁尖耍。百年三萬
○●○●　　　　　●○○●　○○●●　○○●●　　●○○

六千夜。願長如今夜。
●○●　●○○○●

（《全宋詞》1199 頁）

【注釋】

《詞譜》："與无咎平韻詞悉同，惟押仄聲韻，及前段起句用韻異耳。至前段第三句'畫'字，後段第四句'夜'字非韻，或注作韻者誤。楊詞兩體，俱無他詞可校。《詞律》所注可平可仄無據，不可從。"按下片"六千夜"之"夜"字當視爲用韻，楊无咎平仄韻二詞亦用移字之法，變改句拍。

花發沁園春

【調釋】

此與《沁園春》不同，調名亦取沁園公主事。陳亮詞名《暮花

天》。此調有平韻、仄韻兩體,句法多用四四六式,聲情明媚歡快。

【體略】

雙片一百五字,上片五十二字,下片五十三字,各十句四平韻,王詵。

【圖譜】

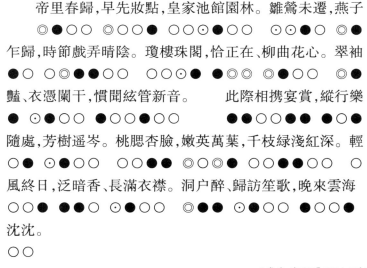

帝里春歸,早先妝點,皇家池館園林。雛鶯未遷,燕子
◎●○○　◎●○●　○○◎●○○　⊙⊙◎●　◎●

乍歸,時節戲弄晴陰。瓊樓珠閣,恰正在、柳曲花心。翠袖
●○　○◎●●○○　○○◎●　○●◎○◎●○○　◎●

豔、衣憑闌干,慣聞絃管新音。　　此際相携宴賞,縱行樂
●　⊙○◎○　◎○◎●○○　　　●●○○●●　●○●

隨處,芳樹遥岑。桃腮杏臉,嫩英萬葉,千枝緑淺紅深。輕
○●　○●○○　○◎●●　◎○◎●　○○●●○○　　○

風終日,泛暗香、長滿衣襟。洞户醉、歸訪笙歌,晚來雲海
○○●　●●○　○⊙●○○　◎●●　⊙○○　●○○●

沈沈。
○○

(《全宋詞》274頁)

【注釋】

此調兩宋僅存四首,金元無存詞。《詞譜》卷三十三以此押平韻者,宋元惟王詵詞,未注可平可仄。陳亮"天意微慳"詞,正與此同。句中可平可仄,即據陳詞參校。

又一體

【體略】

　　雙片一百五字,上片五十二字,下片五十三字,各十句四平韻,陳亮。

【圖譜】

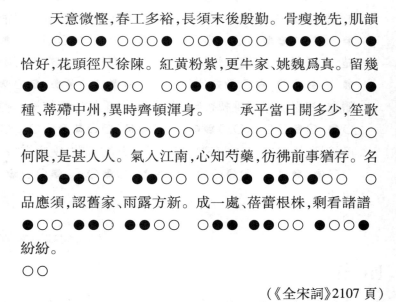

　　天意微慳,春工多裕,長須末後殷勤。骨瘦挽先,肌韻
　○●○●　○○○●　○○●○○　●●○○　○●

恰好,花頭徑尺徐陳。紅黃粉紫,更牛家、姚魏爲真。留幾
●●　○○○●○○　○○●●　●○○　○●○○　　○●

種、蒂殢中州,異時齊頓渾身。　　　承平當日開多少,笙歌
●　●●○○　●○○●○○　　　　　○○○●○○●　○○

何限,是甚人人。氣入江南,心知芍藥,彷彿前事猶存。名
○●　●●○○　●●○○　○○●●　●○○●○○　　○

品應須,認舊家、雨露方新。成一處、蓓蕾根株,剩看諸譜
●○○　●●○　●●○○　○●●　●●○○　●○○●

紛紛。
○○

　　　　　　　　　　　　　　　　　　　　　　　　(《全宋詞》2107頁)

【注釋】

　　此與王詵詞相校,惟下片首句作七字一句、第二句作四字一句異。按此詞下片除第一、二句外,第四、六、七句所用律句類型亦與王詞不同,不參校。

又一體（仄韻）

【體略】

雙片一百五字，上片五十二字十句五仄韻，下片五十三字十句六仄韻，劉子寰。

【圖譜】

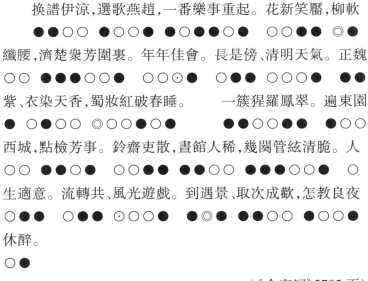

換譜伊涼，選歌燕趙，一番樂事重起。花新笑靨，柳軟
纖腰，濟楚衆芳圍裏。年年佳會。長是傍、清明天氣。正魏
紫、衣染天香，蜀妝紅破春睡。　　一簇猩羅鳳翠。遍東園
西城，點檢芳事。鈴齋吏散，畫館人稀，幾闋管絃清脆。人
生適意。流轉共、風光遊戲。到遇景、取次成歡，怎教良夜
休醉。

（《全宋詞》2705 頁）

【注釋】

《詞譜》："此調押仄韻者，祇有此詞及黃昇詞，故此詞可平可仄，悉參黃詞。按黃詞，前段第五句'楊柳吹綿'，'楊'字平聲；第七句'翻階傍砌'，'傍'字仄聲；第十句'猩紅輕透羅袂'，'猩'字

平聲；後段第八句'人正在、翠紅圍裏'，'翠'字仄聲；第九句'問誰是、第一風流'，'誰'字平聲。譜內可平可仄據此。"上片第六句"濟楚"《詞譜》作"齊楚"，結句"蜀妝紅破"《詞譜》作"蜀紅妝破"。

撼庭竹

【調釋】

　　王詞用入聲韻，重頭曲，賦青梅，與本意無關，句式以七、五字句爲主，聲情淒切激揚。同期黃庭堅詞用平聲韻，明快感傷，與王詞有異。

【體略】

　　雙片七十二字，上片三十六字六句五入聲韻，下片三十六字六句四入聲韻，王詵。

【圖譜】

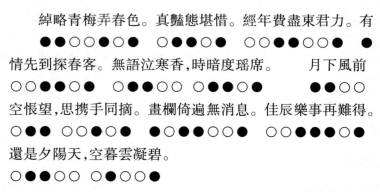

　　　　綽略青梅弄春色。真豔態堪惜。經年費盡東君力。有
　　　　●●○○●○●　　○●●●　　○○●●○○●　　●
　　情先到探春客。無語泣寒香，時暗度瑤席。　　月下風前
　　○○●●●○●　　○●●○○，○●●○●　　　●●○○
　　空悵望，思携手同摘。畫欄倚遍無消息。佳辰樂事再難得。
　　○●●，○○●○●　　●○●●○○●　　○○●●○●
　　還是夕陽天，空暮雲凝碧。
　　○●●○○　　○●○○●

（《全宋詞》275頁）

【注釋】

此調兩宋現僅存二首。《詞律》卷十一:"前後段同,所稍異者,後起句不叶耳。'雲'字若依前段及前詞(按指黃庭堅詞),宜用仄聲,想不拘也。蓋前詞兩結如五言詩一句,此詞兩結則以'時''空'二字領句,句法本不同耳。此係《撼庭竹》,與《撼庭秋》無涉。"

按此詞爲換頭曲,換頭一句既不用韻,字聲與上片第一句亦不相同。除上下片結句"時"、"空"作領字外,上下片第二句"真"、"思"亦皆爲領字,此調用入聲,而領字皆用平聲。又除結句"暮雲凝碧"用律句外,"豔態堪惜"、"暗度瑤席"、"携手同摘"皆用拗句。

又一體

【體略】

雙片七十二字,上下片各三十六字六句五平韻,黃庭堅。

【圖譜】

嗚咽南樓吹落梅。聞鴉樹驚棲。夢中相見不多時。隔
○●○○●○　　○○●○○　　●○○●●○○　　　●

城今夜也應知。坐久水空碧,山月影沈西。　　　買箇宅兒
○○●●●○　　●●●○●　○●●○○　　　　　●●●○

住著伊。剛不肯相隨。如今果被天嗔作,永落雞群被雞欺。
●●○　　○●●○○　　○○●●○○●　●●○○●○○

空恁可憐伊。風日損花枝。
○●●○○　　○●●○○

(《全宋詞》390 頁)

【注釋】

　　《唐宋詞彙評》："元豐四年（1081）至六年（1083），任吉州太和令時作。"（600 頁）此用平聲，上片第二句"聞鴉樹驚棲"、下片第二句"剛不肯相隨"、結句"風日損花枝"皆作上一下四句法，與王詞同，惟上片結句"山月影沈西"又作上二下三句法（當爲偶誤）。又下片第三句"如今果被天嗔作"《詞律》、《詞譜》、《詞繫》作"如今却被天嗔你"（"你"字《詞譜》以三聲通叶，《詞律》、《詞繫》以"你"字以上叶平），第五句《詞譜》作"空恁可憐惜"。今從《百家詞》及《全宋詞》。

蘇軾十二調

蘇軾(1036—1101),字子瞻,又字和仲,號東坡居士,北宋
眉州眉山人。嘉祐二年(1057)進士及第。宋神宗時曾在鳳
翔、杭州等地任職。元豐間因"烏臺詩案"貶黄州團練副使。
宋哲宗即位後,任翰林學士、侍讀學士、禮部尚書等職,並出知
杭州、潁州、揚州、定州等地。晚年因黨爭被貶惠州、儋州。蘇
軾詞集有《東坡先生長短句》、《東坡樂府》、《東坡詞》等。
《全宋詞》收其詞作三百三十九首,另存疑十二首。蘇詞新調
以《賀新涼(郎)》、《三部樂》、《哨遍》等調對後世影響最大。
其用調突出貢獻是將部分適宜表現清曠、豪放情感的慢詞調
如《滿庭芳》、《水調歌頭》、《念奴嬌》、《滿江紅》、《水龍吟》等
發揚壯大,對兩宋及後世詞壇產生重大影響,而用唐五代令詞
調如《西江月》、《臨江仙》、《浣溪沙》、《南歌子》等調,亦清新
雅健,洗唐五代穠豔纖柔之色,於詞調運用史上亦有重要
意義。

占春芳

【調釋】

《填詞名解》卷一:"《占春芳》,蘇軾詠梨花,創此調,云:'紅杏
了,夭桃盡,獨自占春芳。'"蘇詞用平韻,聲情圓轉流美。

【體略】

雙片四十六字,上片二十三字五句二平韻,下片二十三字四句三平韻,蘇軾。

【圖譜】

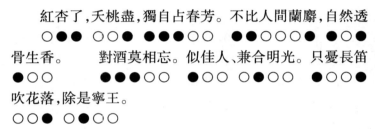

紅杏了,夭桃盡,獨自占春芳。不比人間蘭麝,自然透
○●●　○○●　●●●○○　　●●○○●　●○●

骨生香。　　對酒莫相忘。似佳人、兼合明光。只憂長笛
●○○　　　●●○○　　●○○、●○○　　●○○●

吹花落,除是寧王。
○○●　○●○○

(《全宋詞》326—327 頁)

【注釋】

《唐宋詞彙評》繫此詞於元祐五年(1090)或元祐六年(1091)春。《全宋詞》注云:“案此首出《春渚紀聞》卷六,原不著調名。《花草粹編》卷三始以爲《占春芳》,殆出杜撰。”此調兩宋金元僅此詞,無他首可校。

按清代顧春、孫致彌等有存詞,今錄顧春詞聊供參考(顧詞題“戲詠瓶中柳枝杏花”):“紅杏豔,綠楊嬝,相與共扶春。供向雲房深處,按頭留住芳辰。　　一段好精神。小瓶兒、清水無塵。怕教容易隨風去,飛過比鄰。”(《東海漁歌》卷五)

華清引

【調釋】

《詞譜》卷五:“詞賦華清舊事,因以名調。”調用平韻,上下片

各四句三韻,上片作七、四、六五句法,下片作七、六、五五句法,皆用律句,聲情流轉輕快。按"華清"非爲大曲,此調以"引"爲名,或爲琴曲。

【體略】

雙片四十五字,上片二十二字,下片二十三字,各四句三平韻,蘇軾。

【圖譜】

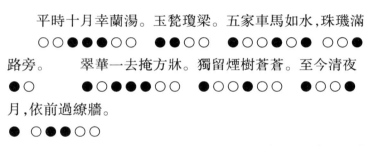

（《全宋詞》309 頁）

【注釋】

《蘇軾詞編年校注》繫此詞於英宗治平元年（1064）（3 頁）。此調兩宋金元僅存此詞。此調清人陶元藻、王昶、鄒祗謨等人有詞,今錄鄒詞如下:"重重珠幪護窗紗。春思方佳。一種嬌慵如夢,微聞鶯語譁。　　丁喬輕掩扣徽差。綠雲半側堆鴉。枕痕紅暈重,不敢見菱花。"(《全清詞（順康卷）》2994 頁)鄒詞上片第三句用律句,與蘇詞字聲不同。

荷華媚

【調釋】

蘇軾詞用入聲韻,賦調名本意,詞云:"霞苞電荷碧。天然地、別是風流標格。"健筆寫柔情,聲情灑脫激揚。

【體略】

雙片六十字,上片二十八字五句三入聲韻,下片三十二字六句兩入聲韻,蘇軾。

【圖譜】

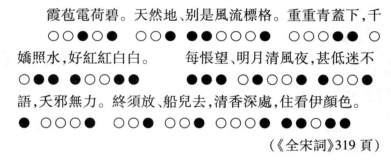

（《全宋詞》319 頁）

【注釋】

孔凡禮《蘇軾年譜》繫此詞於熙寧五年（1072）十二月（235頁）。《唐宋詞彙評》:"此詞亦贈賈收小妓雙荷葉。"（516 頁）此調兩宋金元現僅存此詞。《詞譜》卷十三:"此詞兩結句,俱上一下四句法,填者宜遵之。"下片第二句亦作上一下四式五字句法,填者宜遵之。下片第三句"夭",《詞律》卷九:"音歪,出自長慶詩自注。"杜文瀾按云:"香山詩:'錢塘蘇小小,人道最夭斜。'如'妖'作

‘夭’,則‘邪’應作‘斜’。”

按清人孫原湘有詞,題“荷花”,錄供參考:“何人如卿色。妍紅裏、透出絲絲嬌白。前宵明月下,清香一片,覓行雲無跡。最可恨、花近香偏遠,似芳心不定,蹤聯情隔。何時蕩、扁舟去,涼雲圍住,我箇中吹笛。”(孫原湘《天真閣集》卷三十五)

昭君怨

【調釋】

《填詞名解》卷一:“《昭君怨》,漢王昭君作怨詩,入琴操。樂府吟歎曲,有《王明君》,蓋晉石崇擬其意作之,以教綠珠。陳、隋相沿有此曲,一名《王昭君》,一名《明君詞》,一名《昭君歎》。填詞專名《昭君怨》,又名《一痕沙》。”《樂府詩集‧琴曲歌辭》(卷五十九)有《昭君怨》,南北朝至唐有四言、五言、七言齊言歌辭。此調作爲詞體最早見於蘇軾詞,但非詠本調,顯非始詞。蘇詞前後片各四句,兩仄韻、兩平韻,重頭曲,上下片句式皆爲六、六、五、三,聲情流美頓挫。《校正》:“此調以六字句爲主,前後段各有一個五字句與三字句,而且四換韻,故聲情頗富變化,而不凝澀。此體爲宋人通用之體,適於寫景與抒情。”(39 頁)《魏氏樂譜》卷二以金人完顏亮“昨日樵村”詞爲譜。

【體略】

雙片四十字,上下片各二十字四句二仄韻二平韻,蘇軾。

【圖譜】

誰作桓伊三弄。驚破綠窗幽夢。新月與愁煙。滿江

天。　　　欲去又還不去。明日落花飛絮。飛絮送行舟。水
〇　　　　◎●⊙〇〇● 　⊙〇●◎〇● 　⊙●●〇〇　　●
東流。
〇〇

(《全宋詞》296頁)

【注釋】

此詞《百家詞‧東坡樂府》卷上調下注"金山送柳子玉",《全宋詞》注"送別"。孔凡禮《蘇軾年譜》考此詞作於熙寧七年(1074)二月(272頁)。此調兩宋金元現存四十餘首。《詞律》卷三、《詞譜》卷三以万俟詠"春到南樓"詞爲正體,不妥,當以此詞爲正體。此詞四換韻,上片二仄韻、二平韻與下片二仄韻、二平韻所用韻字同部與否均可,宋人創作又以不同部爲多。上片首句"桓"、"三"劉克莊"曾看洛陽"詞作"洛"、"舊"。第二句"幽"趙長卿詞作"影"。下片首句"欲"、"又"、"不"侯寘詞作"留"、"芳"、"深",第二句"明"張元幹詞作"雨"。句中可平可仄除注明外,皆見所列別體句法相同者。

又一體

【體略】

雙片三十九字,上片二十字,下片十九字,各四句二仄韻二平韻,万俟詠。

【圖譜】

　　　一望西山煙雨。目斷心飛何處。天外白雲城。幾多
　　　●●〇〇〇● 　●●〇〇〇● 　〇●●〇〇　　●〇

程。　　謾記陽關句。衣上粉啼痕污。隴水一分流。此
○　　　●●○○●　○●●○○●　●●●○○　●
生休。
○○

（《全宋詞》810頁）

【注釋】

此與蘇詞相校,換頭減一字作五字一句,蔡伸詞正與之相同。《詞譜》以蔡伸詞爲又一體,以此體僅蔡伸詞不當。万俟詠別首"春到江南"詞,下片換頭《全宋詞》作五字句,《詞譜》作六字句:"坊本後段第一句,或作'莫把闌干倚',疑'頻'字乃後人增入。然觀蘇軾詞之'欲去又還不去',及秦觀、朱希真、侯寘等詞,俱作六字句,故當以六字句換頭者爲正格。"按,万俟詠此詞作五字句,"春到江南"一詞亦應作五字句,《詞譜》誤。

又一體

【體略】

雙片四十字,上片二十字四句二仄韻二平韻,下片二十字五句三仄韻二平韻,周紫芝。

【圖譜】

滿院融融花氣。紅繡一簾垂地。往事憶年時。只春
●●○○○●　○●●○○●　●●●○○　●○
知。　　風又暖。花漸滿。人似行雲不見。無計奈離情。
○　　　○●●　○●●　○●○○●●　○●●○○

惡銷凝。

●○○

（《全宋詞》881 頁）

【注釋】

　　《詞譜》："此詞後段起句作三字兩句,多押一韻,有朱希真詞
'襟上淚。難再會'可校。"

陽關曲

【調釋】

　　《詞譜》卷一："本名《渭城曲》。宋秦觀云:《渭城曲》絕句,近
世又歌入《小秦王》,更名《陽關曲》。屬雙調,又屬大石調。按唐
《教坊記》,有《小秦王曲》,即《秦王小破陣樂》也,屬坐部伎。"毛
晉《東坡詞》序:"中秋作。此本《小秦王》,入腔即《陽關曲》。"此
調作四句二十八字,齊言歌詞,用平韻。此調聲韻與七言近體絕句
同,僅蘇軾三詞,皆賦離別,聲情流轉感傷。

【體略】

　　單片二十八字,四句三平韻,蘇軾。

【圖譜】

　　暮雲收盡溢清寒。銀漢無聲轉玉盤。此生此夜不長
　　●○○●●○○　　⊙●○○●●○　　●○●●●○
好,明月明年何處看。
● 　○●○○○●○

（《全宋詞》311 頁）

【注釋】

《唐宋詞彙評》考此詞於熙寧十年（1077）作（500頁）。蘇詞別二首《蘇軾詞編年校注》亦繫於熙寧十年。《詞譜》以王維《渭城曲》爲正體，不妥。王維《渭城曲》爲七言絶句，不爲詞調。"銀"蘇軾別首作"戲"。《詞譜》："蘇軾論三疊歌法云：'舊傳《陽關》三疊，然今世歌者，每句再疊而已。若通一首言之，又是四疊，皆非是。或每句三唱以應三疊之説，則叢然無復節奏。余在密州，文勳長官以事至密，自云得古本《陽關》，其聲宛轉淒斷，不類向之所聞。每句皆再唱，而第一句不疊，乃知古本三疊蓋如此。及在黃州，偶讀樂天對酒詩云：相逢且莫推辭醉，聽唱《陽關》第四聲。注云：第四聲，勸君更盡一杯酒。以此驗之，若一句再疊，則此句爲第五聲，今爲第四聲，則第一句不疊審矣。'查元《陽春白雪集》，有大石調《陽關三疊》，詞云：'渭城朝雨，一霎挹輕塵。更灑遍客舍青青，弄柔凝，千縷柳色新。更灑遍客舍青青，千縷柳色新。休煩惱，勸君更盡一杯酒，人生會少，自古富貴功名有定分。莫遣容儀瘦損。休煩惱，勸君更盡一杯酒，只恐怕西出陽關，舊遊如夢，眼前無故人。'與蘇軾論吻合，並附錄之。"

醉翁操

【調釋】

此爲琴曲。蘇軾詞序詳細交代了創作背景："琅琊幽谷，山水奇麗，泉鳴空澗，若中音會。醉翁喜之，把酒臨聽，輒欣然忘歸。既去十餘年，而好奇之士沈遵聞之往遊，以琴寫其聲，曰《醉翁操》，節奏疏宕，而音指華暢，知琴者以爲絶倫。然有其聲而無其辭。翁雖爲作歌，而與琴聲不合。又依楚詞作《醉翁引》，好事者亦倚其

辭以製曲。雖粗合韻度,而琴聲爲詞所繩約,非天成也。後三十餘年,翁既捐館舍,遵亦没久矣。有廬山玉澗道人崔閑,特妙於琴。恨此曲之無詞,乃譜其聲,而請於東坡居士以補之云。”知《醉翁操》曲作者原爲沈遵,後崔閑再爲之打譜,請蘇軾填詞而成。兩宋詞調以“操”名者惟此調。此調多用短韻和散文句法,聲情流美輕快、婉轉跌宕,頗爲獨特。兩宋郭祥正、辛棄疾等人有詞。《校正》:“此調韻密,音節響亮,起伏跌宕,疏朗有致,保存有琴曲特色。”(351 頁)

【體略】

　　雙片九十一字,上片三十九字十句十平韻,下片五十二字十句八平韻,蘇軾。

【圖譜】

(《全宋詞》331 頁)

【注釋】

《唐宋詞彙評》:“歐陽修《醉翁吟》作於慶曆六年(1046)。沈

遵以琴寫之,事在嘉祐元年(1056)。歐陽修卒於熙寧五年(1072)。
《蘇詩總案》卷二十一繫蘇軾此詞於元豐五年(1082)。"(531 頁)
此調兩宋現僅存五首,金元無存詞。除蘇詞外,另有郭祥正、樓鑰
(二首)、辛棄疾詞可校。《詞譜》以僅辛詞一首可校不當。上片第
六句"知"惟樓鑰"冷然"一首作"德",當是以入代平。第八句諸家
字聲皆異,不參校。第十句"有"、"也"辛詞作"君"、"門"。下片
第五句"山"辛詞作"昔",第七句"思"作"一"。第八句惟樓鑰"冷
然"一首作仄起平收律句,不參校。第九句"此"樓鑰"冷然"一首
作"弦",第十句"徽"作"逸"。句中其他可平可仄皆見所列別體句
法相同者。又,下片第四句"怨"字平仄兩讀,《詞譜》注平聲當從,
此調非平仄通叶之體。

　　按上片第六句辛詞《詞譜》作"人心與我兮誰同","我"《全宋
詞》作"吾",當從後者。又按上片第七句諸家皆與蘇詞同,惟辛詞
作"湛湛千里之江",《詞譜》以"湛"字仄聲,"湛"字平去兩讀,此
處辛詞亦當讀平聲。另辛詞《聲聲慢》云"春醪湛湛獨撫"(此句依
調當用平拗句),"湛湛"似亦當平聲,不以仄聲論。

又一體

【體略】

　　雙片九十一字,上片三十九字十一句十平韻,下片五十二字十
二句十平韻,郭祥正。

【圖譜】

　　冷冷,潺潺。寒泉。瀉雲間。如彈。醉翁洗心逃區寰。
　　○○　○○　　○○　●○○　　○○　●○○●○○○

自期猿鶴俱閒。情未闌。日暮造深原。異芳誰與搴。忘
●○○●○○　　○●○　　●●●○○　　●○○●○　　○

還。　　瓊樓玉闕,歸去何年。遺風餘思,猶有猿吟鶴怨。
○　　　　○○●●　○●○○　　○○●●　○●○●○●

花落溪邊。蕭然。鶯語林中清圓。空山。春又殘。客懷文
○●○○　○○　○●○○○○　○○　○●○　●○○

章仙。度曲響涓涓。清商回徵星斗寒。
○○　●●●○○　○○○●●○●

(《全宋詞》370 頁)

【注釋】

《唐宋詞彙評》考此詞於元祐七年(1092)作(574 頁)。此與
蘇詞相校,首句減一韻,第十句作五字一句、二字一句添一韻。下
片第五句作四字一句、兩字一句添一韻,第七句作二字一句、三字
一句添一韻。按首句"冷冷",諸家皆用韻,當爲"冷然"之誤。

又一體

【體略】

雙片九十一字,上片三十九字十句七平韻,下片五十二字十句
八平韻,樓鑰。

【圖譜】

茫茫。蒼蒼。青山,遶千頃,波光。新秋露風荷吹香。
○○　　○○　　○○　●○○　○○　　　○○●○○○○

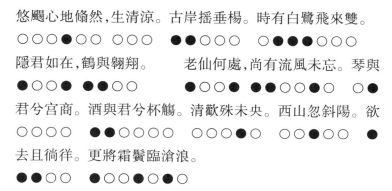

悠颺心地翛然，生清涼。古岸搖垂楊。時有白鷺飛來雙。
○○○●●○○　○○○　　●●○○○　○●●○○○

隱君如在，鶴與翱翔。　　　老仙何處，尚有流風未忘。琴與
●○○○　●○○○　　　　●○○○　○○○○●○　○●

君兮宮商。酒與君兮杯觴。清歡殊未央。西山忽斜陽。欲
○○○○　●●○○○　○○○●○　○○●○○　●

去且徜徉。更將霜鬢臨滄浪。
●●○○　●○○●○●○

（《全宋詞》1825頁）

【注釋】

　　此與蘇詞相校，上片第三、四句皆未用韻。按上片第三、四、五句《全宋詞》原斷作：“青山遠、千頃波光。”不當，雖減韻，仍當依律斷作三句。

哨　遍

【調釋】

　　《詞律》卷二十調名作“稍遍”。《填詞名解》卷三、《詞譜》卷三十九亦皆以“哨遍”或作“稍遍”，皆誤。“哨”乃大曲段落名，《夢溪筆談·樂律一》：“所謂《大遍》者，有序、引、歌……㽡、哨、催、攧、袞、破、行、中腔、踏歌之類，凡數十解，每解有數迭者。”蘇軾此詞檃括陶淵明《歸去來兮辭》，使就聲律。蘇詞平上去三聲通叶，聲情灑脫、頓挫、激健。此調爲兩宋最長的三個詞調《鶯啼序》（240字）、《戚氏》（212字）、《哨遍》（203字）之一。從此調句法推斷，疑爲琴曲，且詞中云：“親戚無浪語，琴書中、有真味。”後曹冠、

王安中、辛棄疾、劉克莊、吳潛等人皆有詞，皆仿蘇詞。《詞譜》收《花草粹編》無名氏一百六字體，與宋人《哨遍》迥異，《詞譜》云“蓋元人曲也”，不另列。

【體略】

雙片二百三字，上片八十七字十七句五仄韻五平韻，下片一百十六字二十一句十仄韻五平韻，蘇軾。

【圖譜】

為米折腰，因酒棄家，口體交相累。[一]歸去來。[二]誰不遣君歸。覺從前、皆非今是。[三]露未晞。征夫指予歸路，門前笑語喧童穉。[四]嗟舊菊都荒，新松暗老，吾年今已如此。[五]但小窗、容膝閉柴扉。[六]策杖看、孤雲暮鴻飛。[七]雲出無心，鳥倦知還，本非有意。[八]　噫。歸去來兮。我今忘我兼忘世。[九]親戚無浪語，琴書中、有真味。[十]步翠麓崎嶇，泛溪窈窕，涓涓暗谷流春水。[十一]觀草木欣榮，幽人自感，吾生行且休矣。[十二]念寓形、宇內復幾時。[十三]不自覺、皇皇欲何之。委吾心、去留誰計。[十四]神仙知在何處。富貴非吾志。[十五]

但知臨水。登山嘯詠，自引壺觴自醉。^[十六]此生天命更何
◎○⊙● 　⊙○○● ○●⊙○○● 　　○○⊙●○

疑。且乘流、遇坎還止。^[十七]
○　●⊙○　◎●○●

（《全宋詞》307頁）

【注釋】

［一］《唐宋詞彙評》考此詞於元豐五年（1082）作（493頁）。
此調兩宋金元現存近二十首。蘇詞三聲通押，非詞體之正，頗近曲
體，《康熙曲譜》所載曲牌“哨遍”即以蘇詞爲譜。此詞《詞律》、
《詞譜》諸書所定句法、字聲多有訛誤。此韻第二句惟陳韡作拗
句，汪莘作平起仄收律句，不參校。句中可平可仄除注明外，皆見
所列別體句法相同者。

［二］“來”字押平韻。《詞譜》等書以“來”字非韻（《詞律》以
“亦有叶者”，當以蘇詞非叶），誤，以致和他詞相校時釋説多誤。
按王安中詞、辛棄疾“一壑自專”詞、李曾伯二詞皆於此處用平韻，
皆法蘇軾。

［三］此句作上三下四式折腰句法，當從《詞律》斷句，不可如
《詞譜》所定泛作七字一句，觀宋人他詞可知。“今”陳韡詞作
“有”。按“皆非今是”必作平起仄收律句，《詞譜》以“非”可仄，
誤。按王安中此句作“輕脱如屜”，“脱”以入代平，不參校。此句
《詞譜》因作七字一句，以劉克莊詞作“有人兮、盤旋於此”與蘇詞
不同，亦誤。

［四］“晞”字押平韻，亦可用仄聲韻，亦可不用韻。用仄韻更
近詞體本色。“未”字吳潛詞作“幽”。“門”、“笑”李曾伯“大塊賦
形”詞作“故”、“應”。按汪莘詞自上片第三句至此韻《詞譜》及
《全宋詞》均作：“便自往山中，憩精藍，與僧飯訖。北涉灞川，明月
華映郭，夜登華子岡頭立。”此與蘇詞相比當脱漏三字，汪詞其他字

句與蘇詞全同,《詞譜》列又一體,今注出不另列。

　　[五]"嗟"爲領字,可用平聲,亦可用仄聲,如陳韡詞作"趁齒落已雙",劉學箕詞作"乃舉酒賦詩"。"吾"、"今"、"如"吳潛詞作"此"、"信"、"樂"。

　　[六]此句作上三下五式八字折腰句,前三字平仄不拘,後五字必用律句。不可如《詞譜》斷作泛八字一句。"但小窗"汪莘詞作"聽林外"。

　　[七]此句亦必從《詞律》斷作上三下五式八字一句,不可如《詞譜》斷作泛八字一句。"策"方岳詞作"嗟","杖"辛棄疾"蝸角鬪爭"詞作"殤"。"孤雲暮鴻飛"宜作拗句,王安中詞作"焚烈芰荷衣"、陳韡詞作"聲漸變成悲",偶用不參校。"孤"劉克莊詞作"廟"。

　　[八]"鳥"、"知"劉克莊詞作"夾"、"武"。按"鳥倦知還"當作仄起平收律句,辛棄疾"蝸角鬪爭"詞作"冰蠶語熱",偶用不參校,《詞譜》以此句四字皆可平可仄,不當。"本"汪莘詞作"多"。

　　[九]換頭"噫"字獨立用平聲韻,亦可不用韻與後句連成一句,以用韻者爲多。"我"、"忘"劉克莊詞作"吾"、"惡"。按下片第三句當作平起仄收律句,王安中詞作"石徑幽絕誰回睇"、曹冠詞作"逝者如斯曷嘗往",偶用不參校。《詞譜》以此句前五字皆可平可仄,不當。辛棄疾詞叶平韻,見別體。

　　[十]此韻第一句可作拗句,亦可作仄起平收律句,如吳潛詞作"俯仰間遺跡",亦可作平起仄收律句,如劉學箕詞作"漁樵甘放浪"。"琴"、"中"李曾伯"大塊賦形"詞作"劍"、"紫"。"琴書中、有真味"作六字折腰句,吳潛此句作"往往俱成陳矣",用仄起仄收律句,偶用不參校。

　　[十一]"步"爲領字,宜用去聲。"翠"辛棄疾"蝸角鬪爭"詞作"商","泛"吳潛詞作"終"。"泛溪窈窕"句曹冠詞偶作"物我無盡",用拗句,不參校,《詞譜》以前三字可平可仄,不當。"涓"、

“暗”李曾伯“天限長江”詞作“客”、“終”。

　　［十二］“觀”爲領字，可平可仄。此句曹冠詞作“物各有主”、辛棄疾“池上主人”詞作“下有龍伯”，用拗句，偶用不參校。“吾”、“行”劉學箕詞作“則”、“變”。按“且”字，蘇詞別首作“揚”用平聲，檢宋人詞，屬偶用不參校。

　　［十三］此句雖於文意斷作上一下七式八字一句爲宜，但綜觀此調宋人作品，仍當依《詞律》斷作上三下五式折腰句法。“宇内復幾時”可作拗句，亦可作仄起平收律句，如蘇詞別首作“紅雨落花飛”。按此句劉克莊詞《詞譜》作“大丈夫不遇時之所爲”，又注：“詞中‘大丈夫不遇時之所爲’句，《詞律》謂時‘字’乃衍文，或然。”按吳訥《百家詞》作“大丈夫不遇之所爲”，無“時”字，當從，依律當斷上三下五式折腰句法。

　　［十四］“吾心”方岳“月曰不然”詞作“底用”，“去留誰計”可作平起仄收律句，亦可作拗句，如劉學箕詞作“耳目所寄”，填者任選一種可也。

　　［十五］“處”、“志”皆用韻。“知”吳潛詞作“視”。“吾志”《詞譜》作“吾願”。按辛棄疾“池上主人”一詞，《詞譜》以此句以下與蘇詞句法多異，而列又一體。《詞譜》斷作：“東游入海，此計直以命爲嬉。古來謬算狂圖，五鼎烹死，指爲平地。嗟魚欲事遠遊時。請三思而行可矣。”《詞譜》斷句不當，依律仍當斷爲：“東游入海此計。直以命爲嬉。古來謬算，狂圖五鼎，烹死指爲平地。嗟魚欲事遠遊時。請三思、而行可矣。”與蘇詞並無不同。

　　［十六］“水”當注韻，蘇軾別首、李曾伯“天限長江”詞、朱晞顏詞於此處皆用韻。“但知臨水。登山嘯詠”《詞律》、《詞譜》作一句不當。“但”劉克莊詞作“嗟”。“但知臨水”惟方岳“月曰不然”詞作“飛上天來”，偶用不參校。“登”、“嘯”方岳“月亦老乎”詞作“幾”、“昏”。按汪莘詞《詞譜》斷作：“是中有趣殊深，願子無忽。不能一一。”依律亦當斷作四字兩句、六字一句。

　　[十七]“此”李曾伯“天限長江”詞作“何”。“乘”劉克莊詞作
“與”。按“遇坎還止”宜作拗句，此句宋人有四詞作律句，如方岳
兩首分別作“審之姑醉”、“與君同醉”，注出不校入譜。

又一體

【體略】

　　雙片二百三字，上片八十七字十七句五仄韻二平韻，下片一百
十六字二十句十仄韻二平韻，蘇軾。

【圖譜】

　　　　　　睡起畫堂，銀蒜押簾，珠幕雲垂地。初雨歇，洗出碧羅
　　　　　　●●●○　○●●○　○●○●●　○●●　●●●●○

天，正溶溶、養花天氣。一霎暖風回，芳草榮光，浮動掩皺銀
○　●●○　●○○●　●●●○○　○●○○　○●●○○

塘水。方杏靨勻酥，花鬚吐繡，園林排比紅翠。見乳燕、捎
○●　○●●○○　○○●●　○○○●○●　●●●　○

蝶過繁枝。忽一線、鑪香逐遊絲。晝永人間，獨立斜陽，晚
●●○○　●●●　○○●○○　●●○○　●●○○　●

來情味。　　　　便攜將佳麗。乘興深入芳菲裏。撥胡琴語，
○○●　　　　　●○○○●　○●○●○○●　●○○●

輕攏慢撚總伶利。看緊約羅裙，急趣檀板，霓裳入破驚鴻
○○●●●○●　●●●○○　●●○●　○○●●○○

起。正顰月臨眉，醉霞橫臉，歌聲悠揚雲際。任滿頭、紅雨
●　●○○○○　●○○●　○○○○○●　●●○　○●

落花飛。漸鴉鵲、樓西玉蟾低。尚徘徊、未盡歡意。君看今
●○○　●●●　○○●○○　●○○　●●○●　○○○

古悠悠,浮宦人間世。這些百歲。光陰幾日,三萬六千而
●○○　○●○●●　●○●●　○○●●　○●●○○

已。醉鄉路穩不妨行,但人生、要適情耳。
●　　●○●●○○　●○○　●●○●

(《全宋詞》307 頁)

【注釋】

　　此與"爲米折腰"詞相校,上片第四、五句不押平韻,第七、八句減一韻作五字一句、四字一句。下片換頭減一韻,第一、二句作五字一句、七字一句,第三、四句作四字一句、七字一句。按此體上片第十三、十四句用兩平韻,下片第十一、十二句用兩平韻,他處再未用平韻,實爲詞體規範用韻,惜宋人罕有效仿。按王安中"世有達人"一首,上片第七、八句與下片第一、二句句法正與之相同,字聲小異。

　　按上片第七、八、九句,《詞譜》作:"一霎時,風回芳草,榮光浮動,掩皺銀塘水。"《全宋詞》作:"一霎暖風回芳草,榮光浮動,掩皺銀塘水。"《全宋詞》所采字數正同《百家詞》,今從《全宋詞》。《全宋詞》原斷句多誤,今參下列王安中詞,王詞當正依蘇詞而作。

又 一 體

【體略】

　　雙片二百三字,上片八十七字十七句五仄韻四平韻,下片一百十六字二十句八仄韻三平韻,王安中。

【圖譜】

世有達人,瀟灑出塵,招隱青霄際。終始追。遊覽老山
●●●○　○●●○　○●○○●　○●○　　○●●○

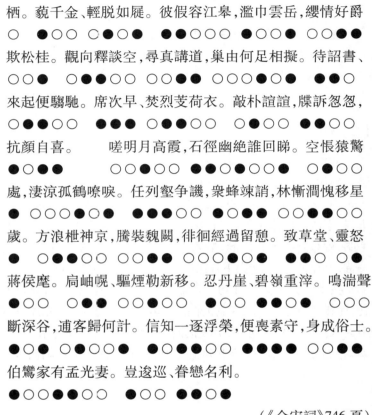

栖。藐千金、輕脱如屣。彼假容江皋，濫巾雲岳，纓情好爵
　○　　●○○、○●○●　　●●○○　　●○○●　　○○●●

欺松桂。觀向釋談空，尋真講道，巢由何足相擬。待詔書、
○○●　　●○●○○　　○○●●　　○○○●○○　　●●○

來起便驥馳。席次早、焚烈芰荷衣。敲朴誼誼，牒訴忽忽，
○●●●○　　●●●、○●●○○　　○○●●　　●○●●

抗顏自喜。　　　嗟明月高霞，石徑幽絶誰回睇。空悵猿驚
●○●●　　　　　○○●○○　　●●○●○○●　　○○○○

處，淒涼孤鶴嘹唳。任列壑爭譏，衆蜂竦誚，林慚澗愧移星
●　　○○○●●●　　●●●○○　　○○●●　　○○●●○○

歲。方浪枻神京，騰裝魏闕，徘徊經過留憩。致草堂、靈怒
●　　○●●○○　　○○●●　　○○○○●●　　●●○、○●

蔣侯麾。峝岫岈、驅煙勒新移。忍丹崖、碧嶺重淬。鳴湍聲
●○○　　○○○●、○○●○○　　○○○、●●○●　　○○○

斷深谷，逋客歸何計。信知一逐浮榮，便喪素守，身成俗士。
●○○●　　○●○○●　　●○●●○○　　●●●●　　○○●●

伯鸞家有孟光妻。豈逡巡、眷戀名利。
●○○●●○○　　●●○、●●○●

（《全宋詞》746頁）

【注釋】

此詞檃括孔稚珪《北山移文》。此與蘇軾二詞相校，上片第三、四句用韻與"爲米折腰"詞同，第七、八句句法與"睡起畫堂"詞相同。下片第一、二句句法與"睡起畫堂"詞相同，但減一韻，其他句法與"爲米折腰"相同（第四句不作折腰句），但用韻僅第十一、十二句夾叶平韻。全詞總體上平仄韻亦非混押，與"爲米折腰"詞不同，但宋人詞亦無全與之同者。

又一體

【體略】

雙片二百三字,上片八十七字十七句五仄韻三平韻,下片一百十六字二十一句八仄韻二叶韻,曹冠。

【圖譜】

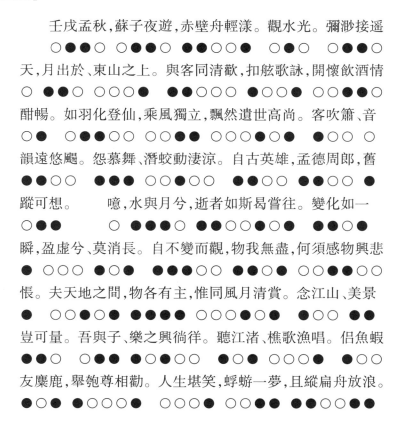

戲將坡賦度新聲，試寫高懷、自娛閒曠。
●○○●●○○　●●○○　●○○●

（《全宋詞》1540 頁）

【注釋】

此詞上片句法與"睡起畫堂"詞相同，下片句法與"爲米折腰"詞相同。《詞譜》因斷句多誤，以此詞多處句法與蘇詞不同。然此詞字聲方面多與蘇詞有異。

又一體

【體略】

雙片二百三字，上片八十七字十七句六仄韻五平韻，下片一百十六字二十一句九仄韻五平韻，辛棄疾。

【圖譜】

一壑自專，五柳笑人，晚乃歸田里。問誰知。幾者動之
●●●○　●●●○　●●○○●　●○○　●●●○

微。望飛鴻、冥冥天際。論妙理。濁醪正堪長醉。從今自
○　●○○　○○○●　○●●　●○●○○●　○○●

釀躬耕米。嗟美惡難齊，盈虛如代，天耶何必人知。試回
●○○●　○○●○○　○○○●　○○○●○○　●○

頭、五十九年非。似夢裏、歡娛覺來悲。夔乃憐蚿，穀亦亡
○　●●●○○　●●●　○○●○○　○●○○　●●○

羊，算來何異。　嘻。物諱窮時。豐狐文豹罪因皮。富
○　●○○●　　　○　●●○○　○○○●●○○　●

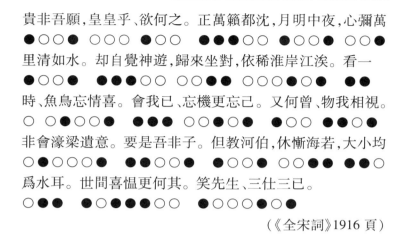

貴非吾願，皇皇乎、欲何之。正萬籟都沈，月明中夜，心彌萬
里清如水。却自覺神遊，歸來坐對，依稀淮岸江涘。看一
時、魚鳥忘情喜。會我已、忘機更忘己。又何曾、物我相視。
非會濠梁遺意。要是吾非子。但教河伯，休慚海若，大小均
爲水耳。世間喜慍更何其。笑先生、三仕三已。

（《全宋詞》1916 頁）

【注釋】

《稼軒詞編年箋注》考此詞於慶元五年（1199）作（425 頁）。
此詞句法與蘇軾"爲米折腰"詞全同，《詞譜》以此詞與蘇詞多處句
法不同，誤。按此詞只是用韻與蘇詞多有不同：上片第七句用仄
韻，第八句添一仄韻，第十二句用平韻；下片第三、五句用平韻，第
十二、十三句用仄韻。這些句子只是尾字字聲有變，句中字聲與蘇
詞體相同，《詞譜》重新列譜，並無必要。方岳二詞同此體，辛詞別
首"蝸角鬭争"一首與此詞爲次韻詞，其下片第十七、十八、十九句
《全宋詞》斷作："大方達觀之家，未免長見，猶然笑耳。"此依文意
斷句。

皂羅特髻

【調釋】

蘇詞用入聲韻，聲情活潑、詼諧、嫵媚。《詞譜》卷十九："詞中

有'髻鬟初合'句,亦賦題也。"此調句法上用七個"采菱拾翠",屬民歌體,或爲和聲,采菱、拾翠,亦或爲歌女之名。《詞繫》卷十二:"凡用'采菱拾翠'七句,余謂時曲有品頭,過腔也,有聲無辭,停歌待拍,如《采蓮曲》之'舉棹'、'年少'等體,或即《采菱曲》與?"

【體略】

雙片八十一字,上片四十六字九句四入聲韻,下片三十五字六句三入聲韻,蘇軾。

【圖譜】

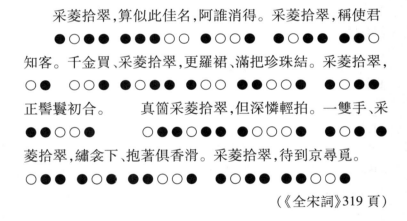

采菱拾翠,算似此佳名,阿誰消得。采菱拾翠,稱使君
●○●●　●○●○●　○○●●　●○●●　●●○
知客。千金買、采菱拾翠,更羅裙、滿把珍珠結。采菱拾翠,
○●　　○○●　●○●●　●○○　●●○○●　●○●●
正髻鬟初合。　　真箇采菱拾翠,但深憐輕拍。一雙手、采
●●○○●　　　○●●○●●　●○○○●　●○●　●
菱拾翠,繡衾下、抱著俱香滑。采菱拾翠,待到京尋覓。
○●●　●○●　●●●○●　●○●●　●●○○●

(《全宋詞》319頁)

【注釋】

《蘇軾詞編年校注》繫此詞於元豐六年(1083)。此調兩宋金元現僅存此詞。《詞律》卷二十:"疊用'采菱拾翠'字,凡七句。或此調格應如此,或是坡仙遊戲爲之,未可考也。'稱使君'下,與後'但深憐'下同。"按上片第二、五、九句,下片第二、六句皆作上一下四式五字句法。

按清人陳維崧、厲鶚有存詞。陳氏詞如下(題"憩慶雲庵方丈

後小軒"），句韻與蘇詞全同，聊供參考："山風幾斛，吹萬笏晴螺，寺前堆積。陰陰竹院，與塵寰都隔。斜川外、幾姓漁蠻，携綠篛、醉臥菱湖柵。雨添淫翠，怕晚來偏劇。　　小啜僧寮茗粥，助玉川茶癖。禪榻後、三間茅閣，恰面對、九龍峰脊。推窗驚叫，怪龍鱗都裂。"（《全清詞（順康卷）》3991 頁）

賀新涼（郎）

【調釋】

　　此調後通用名《賀新郎》，詞始見蘇軾。《苕溪漁隱叢話後集》卷三十九引《古今詞話》："蘇子瞻守錢塘，有官妓秀蘭，天性黠慧，善於應對。一日，湖中有宴會，群妓畢集，唯秀蘭不至。督之，良久方來。問其故，對以'沐浴倦睡，忽聞叩户聲甚急，起而問之，乃樂營將催督也。'子瞻已恕之。坐中一倅，怒其晚至，詰之不已，時榴花盛開，秀蘭折一枝，藉手告倅，倅愈怒。子瞻因作《賀新涼》，令歌以送酒，倅怒頓止。"此説胡仔極辨其非，以"東坡此詞冠絕今古，托意高遠，寧爲一妓而發耶？……野哉楊湜之言，真可入《笑林》"。胡仔之説未當，楊湜之説可信。《填詞名解》卷三："《賀新涼》，後誤爲'郎'，又名《乳燕飛》，又名《金縷衣》，又名《風敲竹》。張宗瑞又名爲《貂裘換酒》。蘇本詞云：'又早是，風敲竹。'"《詞譜》卷三十六："葉夢得詞有'唱金縷'句，名《金縷歌》，又名《金縷曲》，又名《金縷詞》。"

　　蘇軾此詞用入聲韻。檢宋詞此調入聲韻和上去韻兼有，句法多變，三、四、五、六、七字句式交相錯雜，頗有頓挫跌宕之勢。此調爲兩宋及後世流行詞調。蘇詞題材寫戀情，然清勁高遠，與傳統閨怨詞不同。《唐宋詞通論》："音韻洪暢，歌時浩唱。"（127 頁）此調尤爲豪放詞人所喜愛，兩宋代表詞人有辛棄疾、劉克莊、吳潛、劉辰

翁等。辛棄疾尤喜此調,共創作二十餘首。《校正》:"此調雖用仄
聲韻,但氣勢流動而抑揚有致,句式多長句而又富於變化,自南渡
以來豪放詞人喜用此調,每以表達悲壯激烈之情與憤懣不平之
氣。"(631 頁)《魏氏樂譜》卷三以劉克莊詞爲譜,句拍與《詞譜》所
定相同。

【體略】

　　雙片一百十六字,上片五十七字,下片五十九字,各十句六仄
韻,蘇軾。

【圖譜】

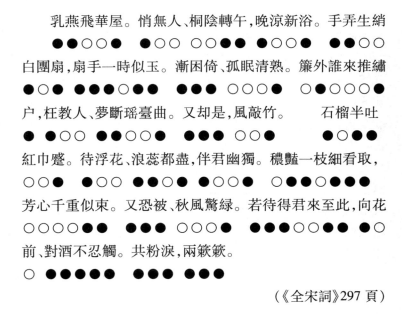

　　　　乳燕飛華屋。悄無人、桐陰轉午,晚涼新浴。手弄生綃
　　　　●●○●　　●○○、○○●●　●○○●　　●●○○
白團扇,扇手一時似玉。漸困倚、孤眠清熟。簾外誰來推繡
●○●　●●●○●　　●●○、○○○●　　○●○○○●
户,枉教人、夢斷瑶臺曲。又却是,風敲竹。　　　　石榴半吐
●　●○○、●●○○●　　●●●、○○●　　　　○●●○
紅巾蹙。待浮花、浪蕊都盡,伴君幽獨。穠豔一枝細看取,
○○●　●○○、●●○●　●○○●　　○●●○●●●
芳心千重似束。又恐被、秋風驚綠。若待得君來至此,向花
○○○○●○●　●●●、○○○●　　●●●○○●●　●○
前、對酒不忍觸。共粉淚,兩簌簌。
○、●●●●●　●●●、●○●

　　　　　　　　　　　　　　　　　　(《全宋詞》297 頁)

【注釋】

　　孔凡禮《蘇軾年譜》考此詞於元祐五年(1090)五月作(918

頁）。此調兩宋、金元現存四百六十餘首，雖始自此詞，但字聲多與後來詞人不合，不作正體。按下片第二句"待浮花、浪蕊都盡"，《詞譜》等書斷作"待浮花浪蕊都盡"，今依此調正體斷作七字折腰句。又按下片第七、八句，《詞律》、《詞譜》等書皆作："若待得君來向此，花前對酒不忍觸。"以第八句少一字。遍檢宋人詞作，第八句作七字者僅有二三首，恐皆是傳抄遺漏所致，蘇詞爲此調開山之作，若蘇詞有意作七字句，後人效仿者必多。今檢《全芳備祖前集》卷二十四，蘇詞此首當作："若待得君來此，向花前、對酒不忍觸。"則爲第七句缺字，《廣群芳譜》第七句則作："若待得君來至此。"今從《廣群芳譜》，蘇軾此詞與正體同爲一百十六字。又周濟《宋四家詞選》作："若待得君來向此，怕花前、對酒不忍觸。""怕"字當周氏臆添，雖依律可行，不從。

又周紫芝詞下片第二、三句"算功名、過了惟有，古祠塵滿"，《詞譜》斷作"算功名過了，惟有古祠塵滿"，不當。下片第七、八句"終待我他年自，剪梅花、一酹重陽盞。"《全宋詞》注："'他年'下疑有脫字。"《詞譜》斷作："終待我他年，自剪梅花，一酹重陽盞。"遍檢宋詞，無有《詞譜》所定句拍者，不可從。

又《詞譜》云："此（指蘇詞）與葉詞同，惟後段第八句減一字異。按，韓淲詞'一身閑處誰能縛'，又一首'撒鹽起絮分才劣'，正與此合。此詞平仄，多與諸家不同，結句上'歎'字，以入作平。"按韓淲二詞第八句《全宋詞》皆作上三下五式八字折腰句，當從《全宋詞》斷句。

又一體

【體略】

雙片一百十六字，上片五十七字，下片五十九字，各十句六仄韻，葉夢得。

【圖譜】

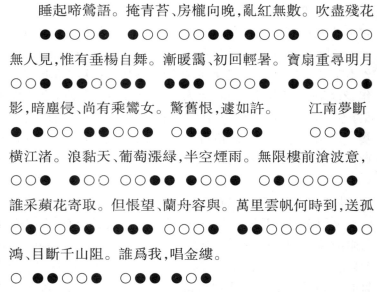

睡起啼鶯語。掩青苔、房櫳向晚，亂紅無數。吹盡殘花
●●○○●　　●○○　○○○●　●○○●　　○●○○

無人見，惟有垂楊自舞。漸暖靄、初回輕暑。寶扇重尋明月
○○●　○●○○●●　○○●　○○○●　●●○○●

影，暗塵侵、尚有乘鸞女。驚舊恨，遽如許。　　江南夢斷
●　●○○　●●○○●　○○●　○○●　　　○○●●

橫江渚。浪黏天、葡萄漲綠，半空煙雨。無限樓前滄波意，
○○●　●○○　○○●●　●○○●　○●○○●●

誰采蘋花寄取。但悵望、蘭舟容與。萬里雲帆何時到，送孤
○●○○●●　●●○　○○○●　●●○○○○●　●○

鴻、目斷千山阻。誰爲我，唱金縷。
○　●●○○●　○●●　●○●

（《全宋詞》764 頁）

【注釋】

此與蘇詞相校，字聲多有變化，如下片第二、五、八、十句等，字聲已與後來正體相近，但依然有未穩之處，如上片第七句"寶扇重尋明月影"作律句，下片第七句"萬里雲帆何時到"又作拗句，前後不對應，不作正體。

《詞譜》以此詞爲正體："前後段第四句，惟此詞及蘇詞，俱作拗體，餘各不同，若校注入譜，恐易混淆，填者任擇一體宗之可也。"《詞譜》指出蘇詞和葉詞上下片第四句皆用拗句，當是，然云"惟此詞及蘇詞"，大誤。前後片第四句作拗句者甚多，皆仿效蘇、葉詞，此調分體即當以律句和拗句分體。

正體（拗句）

【體略】

雙片一百十六字,上片五十七字,下片五十九字,各十句六仄韻,毛开。

【圖譜】

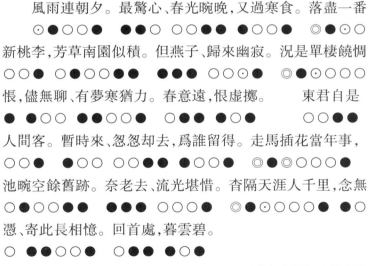

風雨連朝夕。最驚心、春光晼晚,又過寒食。落盡一番
⊙●○○●　●○○ ○●● ●○○●　　◎●⊙○

新桃李,芳草南園似積。但燕子、歸來幽寂。況是單棲饒惆
○○● ○●○○●●　●●● ○○○● 　◎●○○○●

悵,儘無聊、有夢寒猶力。春意遠,恨虛擲。　　東君自是
● ○○○ ●●○○● ○●● ●○● 　　　○○●●

人間客。暫時來、忽忽却去,爲誰留得。走馬插花當年事,
○○● ●○○ ●●●● ○○○● ●●○○○○●

池畹空餘舊跡。奈老去、流光堪惜。杳隔天涯人千里,念無
○●○○●● ●●● ○○○● 　◎●⊙○○○● ●○

憑、寄此長相憶。回首處,暮雲碧。
○ ●●○○● ○●● ●○●

(《全宋詞》1362頁)

【注釋】

《唐宋詞彙評》考此詞於乾道元年(1165)作(1861頁)。《詞律》卷二十以此詞爲此調正體作譜:"'最驚心'下,與後'暫時來'下同。"並云:"兩段中七字句四句,末三字,如'新桃李'、'饒惆

恨’、‘當年事’、‘人千里’，俱用平平仄，是拗句也。”按此詞與蘇
詞、葉詞相校，上下片第四句用拗句與之同，又上下片第七句亦皆
用拗句，又不與蘇詞、葉詞相同。此體前後整齊，宋人填者甚多，可
堪效法。上片第四句“新”蘇軾詞作“白”、周紫芝詞作“晚”，偶用不
參校。第七句“況”張元幹“夢繞神州路”詞作“天”，“單”劉鎮詞作
“合”。下片第七句“杳”、“天”吳泳“額扣龍墀苦”詞作“君”、“鶴”。
句中拗句字聲即參拗句句法，其他可平可仄均見律句正體。

　　按此調拗句體除上下片四句均用拗句外，宋人詞中又有僅上
下片第四句用拗句者如潘汾詞上下片分別作“芳草王孫知何處”、
“月滿西樓憑闌久”，又有僅上下片第七句用拗句者如吳文英“湖
上芙蓉早”詞分別作“雪玉肌膚春溫夜”、“不是秦樓無緣分”，此兩
種情況，亦貴在前後一致也，如上片作拗句，下片作律句，或反之，
終爲不美。此兩種情況不再另列。

正體（律句）

【體略】

　　雙片一百十六字，上片五十七字，下片五十九字，各十句六仄
韻，王之道。

【圖譜】

又是春殘去。[一]倚東風、寒雲淡日，墮紅飄絮。[二]燕社
◎●○○●　　●○○　⊙○○●　◎○○●　　◎●

鴻秋人不問，儘管吳笙越鼓。但短髮、星星無數。[三]萬事
⊙○○●●　◎●⊙○○●　◎○○●　⊙○○⊙●　　◎●

惟消彭澤醉，也何妨、袖卷長沙舞。[四]身與世，只如許。[五]
⊙○○●●　●○○　⊙●○○●　　⊙●●　◎○●

闌干拍手閒情緒。便明朝、蒼煙白鷺，北山南浦。笑指
⊙○◎●○○●　　●○⊙　○○●　○○⊙●　　◎●

午橋橋畔路，簾幕深深院宇。尚趁得、柳煙花霧。我亦故山
◎○○●●　⊙○⊙○●　　○○●　○○⊙●　　◎●○

猿鶴怨，問何時、歸棹雙溪渚。歌一曲，恨千縷。^[六]
○●●　●⊙○　⊙●○●●　　⊙●●　◎○●

（《全宋詞》1164 頁）

【注釋】

　　[一]此詞四字句以上者皆用律句，宋金人填者最多，最爲正
體。上下片第四、七句如作拗句者皆不參校。上片自“倚東風”以
下，與下片“便明朝”以下相同。按宋人詞中亦常有上片第四、七
句用律句，下片相同之句用拗句，或反之，此種情況皆不嚴謹。《詞
律》卷二十以高觀國“月冷霜袍”詞爲譜，所定字聲失之過寬，且
云：“查此四句（按指上下片第四、七句），或順或拗，隨意不拘，各
家於一篇之中，參差不一，不能悉録……作者隨筆填者可耳。”此説
不妥，無論律句或拗句，前後一致方整齊協和。句中可平可仄除注
明外，皆見所列別體句法相同者。

　　[二]“風”趙以夫詞作“是”，偶用不參校，此字必用平聲。
“寒”、“淡”嚴仁“蘭芷湘東國”詞作“一”、“紅”。《詞律》以“寒雲
淡日”及下片“蒼煙白鷺”一句可用“仄仄平平”，不當，按宋人詞中
用仄仄平平，罕有前後一致者，屬偶用，不可效仿。又史達祖詞此
韻二拍《詞律》斷作“是天地中間，愛酒能詩之社”，下片斷作“爲狂
吟醉舞，毋失晉人風雅”，以文意斷句，不當。按李南金詞此韻依文
意可斷作“我亦三生杜牧，爲秋娘著句”，亦屬偶用。

　　[三]“儘管吳笙越鼓”作六字一句，魏了翁“多少龍頭客”詞添
一襯字作“青鎖還應催當夕”，注出不另列。“星”吳潛“宇宙原無
外”詞作“武”。按“星”、“無”雖本平可仄，但此句大抵不作孤平，

以下三種皆可：平平平仄、平平仄仄、仄平平仄。

　　〔四〕按舒亶詞此韻《全金元詞》作“雨意雲情，紅顏霜鬢，合歡再把鸞膠續”，字數相同，句拍不同，宋金元人無有與之相同者，或傳抄有誤，或偶用，注出不另列。

　　〔五〕《詞律》以上下片結句例用仄平仄，若用平平仄是敗筆。按首字可平可仄，後二字必用平仄。

　　〔六〕“明朝”高觀國詞作“見那”，“蒼”、“白”辛棄疾“覓句如東野”詞作“帶”、“春”。“北”、“南”黃機“擊碎珊瑚樹”詞作“梅”、“未”。“笑指”以下兩句作七字一句、六字一句，宋人罕有例外者，辛棄疾“柳暗清波路”一首此韻下句偶作“正江闊、潮平穩渡”，添一襯字而作上三下四句法，不另列。結韻二句中“一”馮取洽“知彼須知此”詞作“諸”，“千”蘇軾詞作“歟”，皆偶用不參校。《詞譜》以蘇詞“歟”字以入代平不當。

又一體

【體略】

　　雙片一百十三字，上片五十七字十句六仄韻，下片五十七字十一句六仄韻，呂渭老。

【圖譜】

斜日封殘雪。記別時、檀槽按舞，霓裳初徹。唱煞陽關
○●○○●　●●○　○○●●　○○○●　●●○○

留不住，桃花面皮似熱。漸點點、珍珠承睫。門外潮平風席
○●●　○○●○●●　●●●　○○○●　○○○○●

正，指佳期、共約花同折。情未忍，帶雙結。　　　釵金未斷
●　●○○　●●○○●　○●●　●○●　　　○○●●

腸先結。下扁舟更有，暮山千疊。別後武陵無好夢，春山子
○○●　●○○●● ●○○● ●●●○○●● ○○●

規更切。但孤坐、一簾明月。蠶共繭、花同蒂，甚人生要見，
○●● ●○○、●○○● ○○● ○○● ●○○●●

底多離別。誰念我，淚如血。
●○○● ●●● ●○●

（《全宋詞》1125 頁）

【注釋】

此與蘇詞相校，上下片第四句皆作律句、第五句皆作拗句，下片第二、三句減二字，作五字一句、四字一句，第七句減一字作六字折腰句，第八句添一字作五字一句、四字一句。按下片第二、三句《全宋詞》、《詞譜》斷作"下扁舟、更有暮山千疊"，第八句《詞譜》作"甚人生見底多離別"，均當依正體斷句。

又按馬子嚴詞下片第二、三句作"只瓊花一種，傳來仙苑"、姚勉"唱徹陽關滿"一首作"要岷峨人物，後先相照"，正與此體同，但馬、姚詞他處又同律句正體，注出不另列。

又一體

【體略】

雙片一百十六字，上片五十七字，下片五十九字，各十句八仄韻，辛棄疾。

【圖譜】

瑞氣籠清曉。捲珠簾、次第笙歌，一時齊奏。無限神仙
●●○○● ●○○、●●○○ ●○○● ○●○○

離蓬島。鳳駕鸞車初到。見擁箇、仙娥窈窕。玉佩玎璫風
○○●　●●○○●　●●●　○●●●　●●○○○

縹緲。望嬌姿、一似垂楊裊。天上有，世間少。　　劉郎正
●●　●○○　●●○○●　○○●　●○●　　　　　○○●

是當年少。更那堪、天教付與，最多才貌。玉樹瓊枝相映
●○○●　●○○　○○●●　●○○●　　●●○○●

耀。誰與安排忒好。有多少、風流歡笑。直待來春成名了。
●　○●○●●●　●○●　○○●　●●○○○●

馬如龍、綠綬欺芳草。同富貴，又偕老。
●○○　●●○●●　○○●　●○●

（《全宋詞》1977 頁）

【注釋】

此詞《稼軒詞編年箋注》不載，《全宋詞》據《類編草堂詩餘》錄
入，注云："按此首不似辛棄疾作。惟'劉郎正是當年少'三句，宋人
已歌之，見劉壎《水雲村詩餘》，末句作'許多才調'，稍有不同。此首
必宋人作，姑列於此。"此與王詞相校，前後段第四、七句，俱押韻異。
《詞譜》："此詞前段第二句，平仄與調不合。"按上片第二句"次第笙
歌"與下片第二句"天教付與"，律句不同，不宜效仿。此詞多押四
韻，趙長卿"負你千行淚"詞、馬子嚴詞正與之同。按趙長卿詞下片
首句、第七句《全宋詞》皆作六字一句，或有脫漏，注出不另列。

又一體

【體略】

雙片一百十六字，上片五十七字，下片五十九字，各十句七仄

韻,陳亮。

【圖譜】

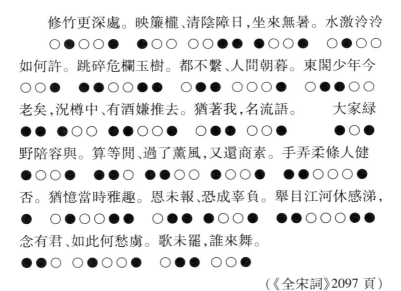

　　　　修竹更深處。映簾櫳、清陰障日,坐來無暑。水激泠泠
　　　　〇●〇〇●　　●〇〇　〇〇●●　●〇〇〇●　　〇●〇〇
如何許。跳碎危欄玉樹。都不繫、人間朝暮。東閣少年今
〇〇●　●●〇〇●　　〇〇●　〇〇〇●　　〇●●〇〇
老矣,況樽中、有酒嫌推去。猶著我,名流語。　　　大家綠
●●　〇〇〇　●●〇〇●　〇〇●　〇〇●　　　　　●〇〇
野陪容與。算等閒、過了薰風,又還商素。手弄柔條人健
●〇〇●　●●〇　●●〇〇　●〇〇●　●●〇〇〇●
否。猶憶當時雅趣。恩未報、恐成辜負。舉目江河休感涕,
●　〇●〇〇●●　〇●●　〇〇〇●　●●〇〇〇●●
念有君、如此何愁虜。歌未罷,誰來舞。
●●〇　〇●〇〇●　〇〇●　〇〇●

　　　　　　　　　　　　　　　　　　(《全宋詞》2097 頁)

【注釋】

　　《唐宋詞彙評》:夏承燾《龍川詞校箋》上卷考此詞當作於淳熙
二年(1175)(2604 頁)。此與王詞相校,惟上下片第四句俱押韻
異。韓玉"睡起簾櫳静"詞正與此同。按下片第四句"否"字用韻,
《全宋詞》未注韻不妥。

又一體

【體略】

　　雙片一百十六字,上片五十七字,下片五十九字,各十句六仄

韻,楊炎正。

【圖譜】

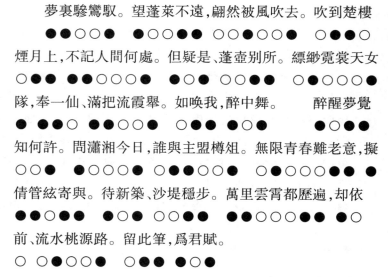

　　　　夢裏驂鸞馭。望蓬萊不遠,翩然被風吹去。吹到楚樓
　　　　●●○○●　　●○○●●　○○●●○●　　○○●●

　　　　煙月上,不記人間何處。但疑是、蓬壺別所。縹緲霓裳天女
　　　　○●●　●●○○○●　●○●、○○●●　●●○○○●

　　　　隊,奉一仙、滿把流霞舉。如喚我,醉中舞。　　醉醒夢覺
　　　　●　●●○、●●○○●　○●●　●○●　　　　●○●●

　　　　知何許。問瀟湘今日,誰與主盟樽俎。無限青春難老意,擬
　　　　○○●　●○○○●　○●●○○●　○●○○○●●　●

　　　　倩管絃寄與。待新築、沙堤穩步。萬里雲霄都歷遍,却依
　　　　●●○●●　●○●、○○●●　●●○○○●●　●○

　　　　前、流水桃源路。留此筆,爲君賦。
　　　　○　○●●○○●　○●●　●○●

【注釋】

　　此體句拍與王詞相校四處不同:上下片第二、三句皆作五字一句、六字一句,字聲亦異,爲詞人有意爲之。此體前後對應,字聲嚴整,亦頗堪效法。盧炳“綠遍芳郊木”、史達祖“鵲翅西風淺”、葛長庚“仙鵲梁銀漢”等詞正與之同。此體亦貴前後一致,如上片作五字一句、六字一句,下片又作七字一句、四字一句,或反之,或字聲前後不同,如史達祖“同住西山下”一首,上片第二句作“是天地中間”,下片第二句却作“爲狂吟醉舞”,終不嚴謹,不可效仿。《詞譜》分別列史達祖“西子相思切”詞、“綠障南城樹”詞二體,此二體史詞前後亦不一致,不可效法,今皆不另列。

又一體

【體略】

雙片一百十六字,上片五十七字,下片五十九字,各十句七仄韻,劉過。

【圖譜】

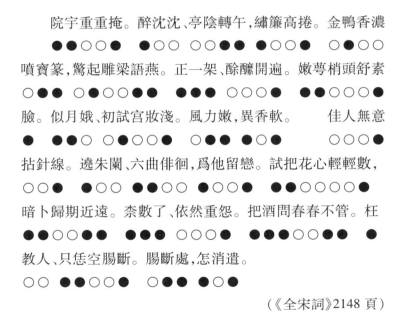

【注釋】

此與王詞相校,惟上下片第七句俱押韻異。王奕"試問司花女"詞正與此同。

又一體

【體略】

雙片一百十二字,上片五十五字,下片五十七字,各十句六仄韻,《翰墨大全》無名氏。

【圖譜】

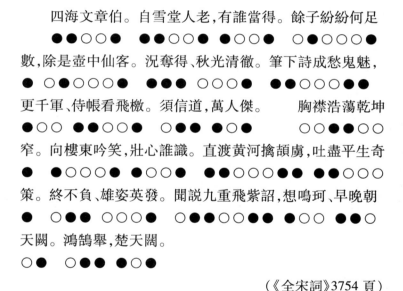

四海文章伯。自雪堂人老,有誰當得。餘子紛紛何足
●●○○●　●●○○●　●○○● 　○●○○●

數,除是壺中仙客。況奪得、秋光清徹。筆下詩成愁鬼魅,
● 　○●○○●　●●● ○○○●　●●○○○●●

更千軍、侍帳看飛檄。須信道,萬人傑。　　胸襟浩蕩乾坤
●○○ ○●○○●　○●● ○○●　　　　○○●●○○

窄。向樓東吟笑,壯心誰識。直渡黃河擒頡虜,吐盡平生奇
● 　●○○○●　●○○●　●●○○○●● ●●○○○

策。終不負、雄姿英發。聞説九重飛紫詔,想鳴珂、早晚朝
● 　○●● ○○○●　○●●○○●● ○○○ ●●○

天闕。鴻鵠舉,楚天闊。
○●　○●● ●○●

(《全宋詞》3754 頁)

【注釋】

此詞題"壽劉宰"。劉宰(1167—1240),字平國,號漫塘病叟,鎮江金壇(今屬江蘇)人,紹熙元年(1190)進士,《宋史》有傳。此與王詞相校,惟上下片第二句皆減二字作五字一句異。前後對稱,亦詞人有意爲之。

三部樂

【調釋】

《詞譜》卷二十六：“調見東坡詞。按《唐書·禮樂志》：明皇分樂爲二部，堂下立奏，謂之立部伎；堂上坐奏，謂之坐部伎；又酷愛法曲，選坐部伎子弟三百，教於梨園爲法曲部。三部之名，疑出於此。”按宋代教坊曲分四部：大曲、法曲、龜兹、鼓笛。《宋史·樂志》（卷一百四十二）：“（真宗時）其急慢諸曲幾千數。又法曲、龜兹、鼓笛三部凡二十有四曲。”《宋詩紀事》卷九十五“無名子”《咸寧節致語口號》：“香火千家祈國壽，笙歌三部樂賓心。”注云：“《宣和奉使高麗圖經》：‘王俁以八月十七日生，謂之咸寧節，其日大會公侯，貴臣近侍干長慶殿，中國賈人之在館者亦遣官爲館伴，用華夷三部樂，亦有致語，其口號云云。’”三部樂，即除大曲外的法曲、龜兹、鼓笛三部之樂，調名緣此。蘇詞用入聲韻，聲情抑鬱感傷。此調後周邦彥詞用韻、句法與蘇詞小異，南宋方千里、楊澤民等人皆依周詞。《片玉集》注商調。《夢窗詞》注黃鐘商，俗名大石。

【體略】

雙片九十八字，上片四十八字十句五入聲韻，下片五十字九句六入聲韻，蘇軾。

【圖譜】

美人如月。乍見掩暮雲，更增妍絶。算應無恨，安用陰
●○○●　　●○●○○　●○○●　●○○●　○●○

晴圓缺。嬌甚空只成愁，待下牀又懶，未語先咽。數日不
○○●　●●○●○○　●●○●●　●●○●　●●●

來，落盡一庭紅葉。　　　今朝置酒强起，問爲誰減動，一分
○　●●●○○●　　　　○○●●● ●●●●● ●○

香雪。何事散花却病，維摩無疾。却低眉、慘然不答。唱金
○● 　○●●●● ○○○● 　●○○ ●○●● 　●○

縷、一聲怨切。堪折便折。且惜取、少年花發。
● ●○●● 　○○●● ●●● ●○○●

（《全宋詞》298 頁）

【注釋】

此調兩宋現僅存七詞，金元無存詞。《詞譜》："此詞前段起
句、後段第八句，俱用韻，宋人無如此填者，故譜內可平可仄，詳注
周詞之下，以有方、楊和詞及陳亮、吳文英兩詞可校也。"

按不僅蘇詞首句用韻不同，此詞字聲亦多處與後人創作不同，
不可效法。《詞律》卷十五以蘇詞爲譜，不當；《詞譜》以蘇詞孤例
參訂字聲，亦致多誤。又按上片第六句，《詞譜》作"嬌羞甚、空只
成愁"，今從《百家詞》及《詞律》、《全宋詞》。

正　體

【體略】

雙片九十九字，上片四十九字十句四入聲韻，下片五十字九句
五入聲韻，周邦彥。

【圖譜】

浮玉飛瓊，向邃館静軒，倍增清絶。[一]夜窗垂練，何用
⊙●○○ ▼●●◎○ ●●○○● 　◎○○● ⊙●

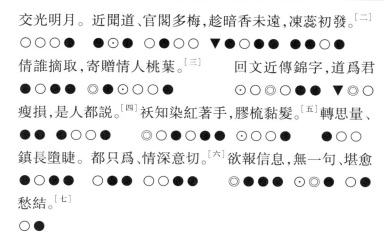

交光明月。近聞道、官閣多梅,趁暗香未遠,凍蕊初發。^[二]

○○○●　　●⊙●●　○●○○　▼●○●●　●●○●

倩誰摘取,寄贈情人桃葉。^[三]　　回文近傳錦字,道爲君

●○○●　　◎●⊙○○●　　　　　⊙○◎○●●　▼◎○

瘦損,是人都説。^[四]袄知染紅著手,膠梳黏髮。^[五]轉思量、

●●　●○○●　◎○●●●●　⊙○○●　　●○○

鎮長墮睫。都只爲、情深意切。^[六]欲報信息,無一句、堪愈

●○●●　○●○●　○○●●　　◎●●●　⊙◎●　○●

愁結。^[七]

○●

（《全宋詞》612 頁）

【注釋】

［一］《清真詞校注》以此詞元豐五年（1082）初春寫於汴京。此調《詞譜》以此詞爲正體,當是,然所定字聲多誤。此調除蘇詞外,今存六詞,字聲皆仿周詞作。"浮"陳亮"入脚西風"詞作"入"。"向"爲領字,宜用去聲。"遶"字《詞譜》以本仄可平,誤。句中可平可仄除注明外,皆見所列別體句法相同者。

［二］"夜"陳亮"入脚西風"詞作"春"。"聞"陳亮"小屈穹廬"詞作"合"。"趁"爲領字,宜用去聲。"凍蕊初發"一句作拗句,"蕊"字惟陳亮"入脚西風"作"誰",偶用不參校。又此句吳文英作"句清敲玉","清"字平仄兩讀,此處自當讀去聲,《詞譜》注平聲誤。

［三］"倩誰摘取"惟蘇軾作仄起平收律句,"誰"、"取"《詞譜》皆定爲可平可仄,不當。"寄"陳亮"小屈穹廬"詞作"聊"。

［四］"回文近傳錦字"作拗句,宋人惟蘇詞作"今朝置酒强起"與周詞拗句形式不同。又按方千里詞作"悠悠音信易隔","信"字

平去兩讀,此處自當讀平聲,《詞譜》注仄聲誤。"回"吳文英詞作
"越","近"方詞作"音"。"道"爲領字,宜用去聲。又按,《詞譜》
列吳文英詞"又一體",以後段第二、三句作"半竿渭水,伴鷺汀幽
宿",《全宋詞》此二句作:"瘦半竿渭水,鷺汀幽宿。"吳詞與正體並
無不同,當從《全宋詞》。

　　[五]"袄"方千里作"堪"。"袄知染紅著手"作拗句,宋人惟
蘇詞作仄起仄收律句,偶用不參校,《詞譜》以"知"字本平可仄,
不當。

　　[六]"都只"作平仄,惟蘇詞作"唱金",用仄平,不參校。
"情"字亦當用平聲。

　　[七]此韻第一句《全宋詞》、《詞譜》皆作"欲報消息",《詞律》
作"欲報資訊",以第三字宜仄聲,今從後者。"無"陳亮"入脚西
風"詞作"管","一"吳文英詞作"茫"。"堪愈愁結"一句,惟蘇詞
作"少年華髮",字聲不同,不參校。"堪愈愁結"《詞譜》、《詞律》
皆作"堪喻愁結"。

又一體

【體略】

　　雙片一百字,上片四十九字十句四入聲韻,下片五十一字九句
六入聲韻,楊澤民。

【圖譜】

　　　　濃緑叢中,露半坼芳苞,自然奇絶。水亭風檻,正是蕤
　　　　○●○○　●●○○　○○●○　●○○○　●●○
　　賓之月。固知道、春色無多,但絳英數點,照眼先發。爲君
　　○○●　●○●○　○○○○　●●○●○　●●○○●　●○

的皪,盡是重心千葉。　　紅巾又成半靨。試尋雙寄意,向

●● ●●○○○●　　○○●●●●　●○○●● ●

麗人低説。但將一枝插著,翠環絲髮。映秋波、豔雲近睫。

●○● ●○●○●●● ●○○●　●○○ ●●●●

知厚意、深情更切。賞玩未已,看葉下、珍味還結。

○●● ○○●● ●●●● ●○● ○●○●

(《全宋詞》3016 頁)

【注釋】

　　此爲楊澤民和周詞,下片換頭一句多用一韻,第三句添一字作上一下四式五字一句。方千里"簾卷窗明"詞正與之同。按《詞譜》以方千里詞爲譜,以方詞上片第五句減一字,今依《全宋詞》作脱字。

　　按此本爲和詞,依常理字句不當有增損,而吳文英詞下片第三句亦作五字句,作"伴鷺汀幽宿",頗疑宋代當時確有周詞傳本下片第三句作五字句者。又下片第四、五句《全宋詞》斷作"但將一枝,插著翠環絲髮",今依正體斷作六字一句、四字一句。

翻香令

【調釋】

　　《詞譜》卷十二:"此調始自蘇軾,取詞中第二句'惜香愛把寶釵翻'句爲名。"蘇詞用平韻,重頭曲,詠調名本意,翻香,當即翻香灰也,聲情流美輕快。

【體略】

　　雙片五十六字,上下片各二十八字四句三平韻,蘇軾。

【圖譜】

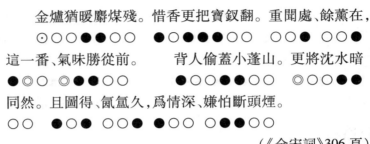

金爐猶暖麝煤殘。惜香更把寶釵翻。重聞處、餘薰在，
⊙○○●●○○　　●○○●●○○　　○○●　○○●

這一番、氣味勝從前。　　　背人偷蓋小蓬山。更將沈水暗
●○○　⊙●●○○　　　　●○○●●○○　　◎○○●●

同然。且圖得、氤氳久，爲情深、嫌怕斷頭煙。
○○　　●○●　○○●　●○○　○●●○○

（《全宋詞》306頁）

【注釋】

　　此調兩宋現僅存二詞，金元無存詞。《詞譜》：“按《詞律》載此詞，前段‘重勻處’作‘重聞處’，‘這一般’作‘這一番’，後段‘小重山’作‘小蓬山’，‘更拈沈水與同然’作‘更將沈水與同然’，今從《樂府雅詞》本，平仄無別首可校。”

　　此詞上下片第一、二句皆用律句。此調有鄔慮詞可校。上片首句“金”鄔詞作“醉”，第四句“一”、“氣”作“樓”、“斜”。下片第二句“更”鄔詞作“江”。句中可平可仄據此。

祝英臺近

【調釋】

　　《填詞名解》卷二：“《祝英臺近》，《寧波府志》載東晉越有梁山伯、祝英臺，嘗同學。祝先歸，梁後訪之，乃知祝爲女，欲娶之。然祝已許馬氏之子。梁忽忽成疾，後爲鄞令，且死，遺言葬清道山下。明年，祝適馬氏，過其地，而風濤大作，舟不能進。祝乃造塚，哭之哀慟，其地忽裂，祝投而死之。事聞，丞相謝安，請封爲義婦。

今吳中有花蝴蝶，蓋橘蠹所化，童兒亦呼梁山伯、祝英臺云。”此調始見《東坡詞》。《詞譜》卷十八：“元高拭詞注越調。辛棄疾詞，有‘寶釵分，桃葉渡’句，名《寶釵分》；張輯詞，有‘趁月底重修簫譜’句，名《月底修簫譜》；韓淲詞，有‘燕鶯語，溪岸點點飛錦’句，名《燕鶯語》，又有‘却又在他鄉寒食’句，名《寒食詞》。”

蘇詞用上去韻，賦戀情相思本意，聲情纏綿幽怨。此調爲兩宋及後世流行詞調，題材以戀情相思爲主，用韻不宜用入聲和平聲韻。《校正》：“此調用仄韻，韻稀，句式與調勢均富於變化，可平可仄之字較多，聲韻和諧，委婉而流暢；縱觀諸家所作，宜於表達溫柔纏綿之情。”（290 頁）兩宋代表詞人除蘇軾外，有辛棄疾、史達祖、吳文英等。

【體略】

雙片七十七字，上片三十七字，下片四十字，各八句四上去韻，蘇軾。

【圖譜】

挂輕帆，飛急槳，還過釣臺路。酒病無聊，敧枕聽鳴艣。
●○○　○●●　○●○●　●○○○　○●○●●

斷腸簇簇雲山，重重煙樹。回首望、孤城何處。　　閒離
●○●●○○　○○○●　○●●　○○○●　　　　○○

阻。誰念縈損襄王，何曾夢雲雨。舊恨前歡，心事兩無據。
●　○●○●○○　○○●○●　●●○○　○●●○●

要知欲見無由，癡心猶自，倩人道、一聲傳語。
●○●●○○　○○○●　●○●　●○○●

（《全宋詞》329 頁）

【注釋】

此調兩宋金元現存八十餘首。此調宜用上去韻,入聲不宜。此調雖以蘇詞爲早(另王琪有殘句),但蘇詞上片第七句用韻,下片第七句不用,前後不一致,雖有曹勛"晚寒濃"、黃機"試單衣"、史達祖"柳枝愁"、張炎"路重尋"等數詞與之相同,但宋人多於此處不用韻,仍不作正體。按此體《詞譜》例舉史達祖詞,不當。

<h2 style="text-align:center">正　體</h2>

【體略】

雙片七十七字,上片三十七字八句三上去韻,下片四十字八句四上去韻,曾協。

【圖譜】

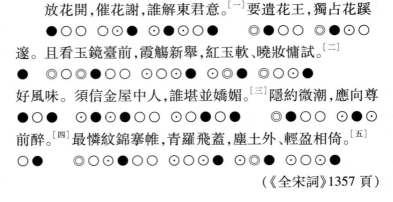

放花開,催花謝,誰解東君意。[一]要遣花王,獨占花蹊
●○○　○⊙●　⊙●○●　　　◎●○○　◎●○○
邃。且看玉鏡臺前,霞觴新舉,紅玉軟、曉妝慵試。[二]
●　◎○⊙○○　○○○●　⊙◎●　◎○⊙●
好風味。須信金屋中人,誰堪並嬌媚。[三]隱約微潮,應向尊
●○●　⊙●○●○○　⊙○●○●　　◎●○○　◎●⊙
前醉。[四]最憐紋錦搴帷,青羅飛蓋,塵土外、輕盈相倚。[五]
○●　　◎○○●○○　○○○●　⊙◎●　⊙○○●

(《全宋詞》1357 頁)

【注釋】

[一]此調《詞律》卷十一以吳文英"翦紅情"詞爲正體,《詞

譜》以程垓詞爲正體，今以曾詞爲正體。按吳泳“小池塘”一首下片第三句減一字作四字一句，第六句添一字作上三下四式折腰句，偶用，注出不另列。“催”韓淲詞作“采”，偶用不參校。句中可平可仄除注明外，皆見所列別體句法相同者。

［二］“獨占花蹊邃”作仄起仄收律句，《詞譜》以前四字均可平可仄，誤。此句宋人只有張榘詞作“天香漬冰露”、李彭老詞作“輕陰小庭院”，屬偶誤（其下片相對位置又改用律句），不參校。“且”呂渭老詞作“逢”。按“看”字必用平聲，《詞譜》以可仄誤。“慵”吳文英詞作“緑”。

［三］“風”字當用平聲，宋人惟王嵎、丘崈詞作仄聲，偶用不參校。“須”張元幹詞作“玉”。按“須信金屋中人”宜作拗句，吳文英“問流花”、“采幽香”、“晚雲開”詞等作律句，當有意爲之，亦非偶用，而吳詞其他句法字聲皆與曾詞相同，此句填者可任選一體可也，不再另列。“誰堪並嬌媚”一句宜用拗句，《詞譜》以前四字均可平可仄，不當。按此句有作仄起仄收律句如韓淲作“楊柳無重數”、黃人傑作“無必也無固”、戴復古作“苦是失群地”、劉辰翁作“去月忽如莢”等，亦有作平起仄收律句，如程垓作“春歸愁未斷”，皆屬偶用誤用，不參校。按黎廷瑞詞此韻《全宋詞》作“空相思，淡掃修眉，盈盈照秋水”，添一襯字“空”字，又褚生詞作“有恨落天涯，誰念孤旅”，檢宋人他詞無有此等句拍，當有脱漏，以上二詞，皆是孤例，注出不另列。

［四］“隱”吳文英“問流花”詞作“心”。按“應向尊前醉”一句宜用律句，與上片第三句對應，此句吳文英“晚雲開”詞作“無塵浣流水”、“翦紅情”詞作“還迷鏡中路”，亦屬偶用，不參校。《詞律》參校詞作有限，以致多有武斷之處。

［五］“最”王嵎詞作“須”。“憐”字必用平聲，《詞譜》定可平可仄誤。“外”字必用仄聲，《詞譜》定可平可仄誤。“相”辛棄疾“綠楊堤”詞作“一”。

又一體

【體略】

　　雙片七十七字,上片三十七字,下片四十字,各八句五上去韻,趙長卿。

【圖譜】

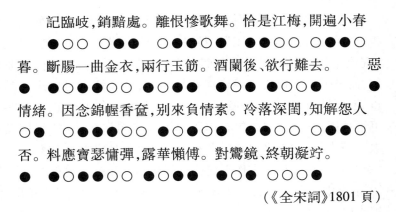

　　　　　　記臨岐,銷黯處。離恨慘歌舞。恰是江梅,開遍小春
　　　　　　●○○　●●●　　○●○●●　　●○○　●●○　○●○
暮。斷腸一曲金衣,兩行玉筯。酒闌後、欲行難去。　　　惡
●　●○●○○　●○●●　　●○●、●○○●　　　　　惡
情緒。因念錦幄香奩,別來負情素。冷落深閨,知解怨人
○●　○●●○○　●○●○●　　●○○　○●●○
否。料應寶瑟慵彈,露華懶傅。對鸞鏡、終朝凝竚。
●　●○●○○　●●●●　　●○●、○○○●

　　　　　　　　　　　　　　　　　　　　（《全宋詞》1801頁）

【注釋】

　　此與曾詞相校,惟上片第二句、上下片第七句俱押韻異。《詞譜》以岳珂"澹煙橫"詞爲體,不妥。張輯"客西湖"詞、無名氏"倚危闌"詞,皆與此同。按上片第七句"筯",下片第七句"傅"《全宋詞》皆未注韻,不當。又辛棄疾"寶釵分"詞亦與此體同,惟上片第七句不押韻異,注出不另列。

又一體

【體略】

雙片七十七字,上片三十七字,下片四十字,各八句四上去韻,辛棄疾。

【圖譜】

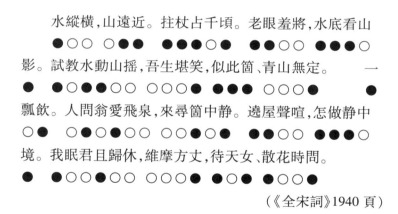

水縱橫,山遠近。拄杖占千頃。老眼羞將,水底看山影。試教水動山搖,吾生堪笑,似此箇、青山無定。　一瓢飲。人問翁愛飛泉,來尋箇中靜。遠屋聲喧,怎做靜中境。我眠君且歸休,維摩方丈,待天女、散花時問。

(《全宋詞》1940 頁)

【注釋】

《稼軒詞編年箋注》考此詞疑紹熙五年(1194)或翌年期思新居落成之後作(354 頁)。此與曾詞相校,惟上片第二句押韻異。《詞譜》以劉過"笑天涯"詞爲體,不妥。張元幹"枕霞紅"詞,史達祖"綰流蘇"詞,吳文英"晚雲開"詞,蔣捷"柳邊樓"詞,張炎"占寬閑"、"及春遊"詞,邵亨貞"普天雲"等詞,皆與此同。

又一體

【體略】

　　雙片七十七字,上片三十七字八句四上去韻,下片四十字八句五上去韻,戴復古妻。

【圖譜】

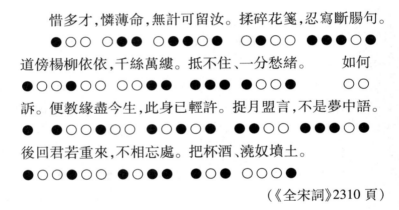

惜多才,憐薄命,無計可留汝。揉碎花箋,忍寫斷腸句。
●○○　○●●　○●●○● 　○●○○　●●●○●

道傍楊柳依依,千絲萬縷。抵不住、一分愁緒。　　　如何
●○○○●○　○○●● 　●●●、○○○● 　　　○○

訴。便教緣盡今生,此身已輕許。捉月盟言,不是夢中語。
●　●○○●○○　●○●○● 　●●○○　●●●○●

後回君若重來,不相忘處。把杯酒、澆奴墳土。
●○○●○○　●○○● 　●○●、○○○●

　　　　　　　　　　　　　　　　　　　(《全宋詞》2310 頁)

【注釋】

　　此與趙長卿詞相校,惟上片第二句不用韻異。此詞上片第七句“縷”,下片第七句“處”《全宋詞》皆未注韻,不當。張炎“水痕深”詞、張榘“柳綿稀”詞正與此同。按此體仿效蘇軾上片第七句用韻,且於下片第七句亦用韻,前後一致。宋人詞亦有僅下片第七句用韻者,如韓淲“館娃宮”詞等,前後不一,不必效仿,亦不另列。

又一體（平韻）

【體略】

雙片七十七字，上片三十七字八句四平韻，下片四十字八句五平韻，蘇茂一。

【圖譜】

結垂楊，臨廣陌，分袂唱陽關。穩上征鞍。目極萬重
●○○　○●●　○●●○○　○●○○　◎●○○

山。歸鴻欲到伊行，丁寧須記，寫一封、書報平安。　　漸
○　⊙○○●●○○　○○⊙●　◎◎●●○○●○○　　　●

春殘。是他紅褪香收，綃淚點斑斑。枕上盟言。都做夢中
○○　●○○●○○　○●●○○　◎●○○　○○●○

看。銷魂啼鴂聲中，楊花飛處，斜陽下、愁倚闌干。
○　⊙○○●○○　○○●●　○○●、○●○○

（《全宋詞》2560頁）

【注釋】

此調惟此詞和陳允平詞押平韻，譜內可平可仄，悉參陳允平詞。下片第二句此詞作平起平收律句，陳詞作拗句，第三句此詞作仄起平收律句，陳詞作平起仄收律句，不參校。

又一體

【體略】

雙片七十七字，上片三十七字八句三平韻，下片四十字八句四

平韻,陳允平。

【圖譜】

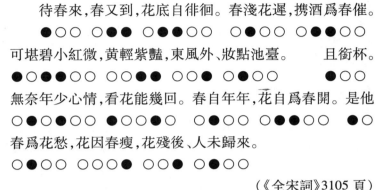

待春來,春又到,花底自徘徊。春淺花遲,携酒爲春催。
●○○　○●●　○●○●　　　○●○●　○●○○

可堪碧小紅微,黃輕紫豔,東風外、妝點池臺。　　且銜杯。
●○●●○○　○○●●　○○●　○●○○　　　　　●○○

無奈年少心情,看花能幾回。春自年年,花自爲春開。是他
○●○●○○　●○○●○　　○●○○　○●●○○　　●○

春爲花愁,花因春瘦,花殘後、人未歸來。
○●○○　○○○●　○○●　○●○○

　　　　　　　　　　　　　　　　　　　　（《全宋詞》3105 頁）

【注釋】

　　此與蘇茂一詞相校,惟上下片第四句皆不押韻,下片第二、三
句字聲異。

許將一調

許將（1037—1111），字沖元，福州閩人。嘉祐八年（1063）進士第一。《宋史》卷三百四十三有傳。《全宋詞》據《梅苑》、《古今詞話》輯存其詞二首。

惜黃花

【調釋】

黃花即菊花，許詞用上去韻，賦本意。此調多用短句，宜詠物、抒情，聲情幽怨感傷。按《惜黃花》爲宋大曲，有令、引、慢諸詞體。許將、史浩、史達祖詞同，爲令詞體，宋先生詞六十六字，與此體小異，屬同名異調。趙以夫、吳文英詞爲慢詞體。

【體略】

雙片七十字，上片三十五字八句五上去韻，下片三十五字八句四上去韻，許將。

【圖譜】

雁聲晚斷。寒宵雲卷。[一]正一枝開，風前看，月下見。

◎○○● ⊙○⊙● ●●○○ ○○● ●○●

（《全宋詞》353 頁）

【注釋】

　　[一]此調兩宋金元現存十餘首,以此詞爲早。《詞譜》以史達祖詞爲譜,不當。此調宋有史浩、宋先生、史達祖,金有王喆、劉處玄等人詞可校,其主要不同在上片第三韻和下片第二韻,句法、字數有異。此體爲換頭曲,上片自"寒宵"以下,與下片"閒抛"以下相同,頗可效法。句中字聲可平可仄除注明外,俱見所列別體句法相同者。

　　[二]第三韻作三句拍,與下片第二韻相同,"正"、"恁"均爲領字。按劉處玄"衆生萬過"詞上片第六句作"應變愛憎",檢宋金人詞,此句當脱漏一字,注出不另列。"最"馬鈺詞作"詩"。

　　[三]"誰把瑤林"一句,諸家多作平起仄收律句,且用韻,填者識之。

又一體

【體略】

　　雙片七十字,上下片三十五字八句五上去韻,史達祖。

【圖譜】

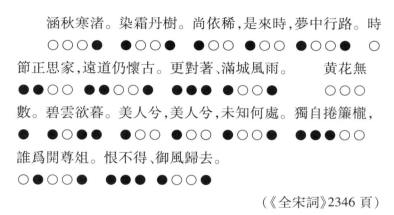

涵秋寒渚。染霜丹樹。尚依稀,是來時,夢中行路。時
○○○● ●○○● ●○○● ●○○● ○

節正思家,遠道仍懷古。更對著、滿城風雨。　黃花無
●●○○ ●●○○● ●●● ○○○○● 　○○○

數。碧雲欲暮。美人兮,美人兮,未知何處。獨自捲簾櫳,
● ●○●● ●○○ ●○○ ●○○● ●●○○

誰爲開尊俎。恨不得、御風歸去。
○●○○● ●●● ●○○●

【注釋】

《唐宋詞彙評》考此詞作於開禧元年(1205)九月(2947 頁)。此爲重頭曲,上下片完全相同。此與許詞相校,惟上下片第三、四、五句均作三字兩句、四字一句,用移字之法變改句拍,換頭句作平起仄收律句且添一韻異。劉處玄"大翁出去"詞正與此同。

又一體

【體略】

雙片六十九字,上片三十四字,下片三十五字,各七句五上去韻,王喆。

【圖譜】

昨朝醉酒。被人縛肘。橋兒上撲到,一場漏逗。任叫
●○●● ●○●● ○○●●● ●○●● ●●

没人扶，妻兒總不救。猛省也、我咱自呪。　　　兒也空垂

●○○　○○●●●　　●●●　●○●●　　　　○●○○

柳。女空花秀。我家妻假作，一枝花狗。我謹切隄防，恐怕

●　　●○○●　●○○●●　●○○●　　●●●○○　●●

著一口。這王三、難爲閑走。

●●●　　●○○　○○○●

　　　　　　　　　　　　　　　　　（《全金元詞》188 頁）

【注釋】

　　此與許詞相校，上下片第三、四、五句各減一字作五字一句、四字一句，下片第一句添一字且添一韻。馬鈺有次韻詞。

　　按《全金元詞》上片首句作"酒醉"，《詞律辭典》依馬鈺次韻詞，認爲當是"醉酒"，今從。第三、四、五、六句《全金元詞》斷作："橋兒上、撲到一場漏。逗任叫，没人扶，妻兒總不救。"下片第三、四句斷作："我家妻、假作一枝花狗。"皆不當。

又一體

【體略】

　　雙片七十一字，上片三十五字，下片三十六字，各八句五上去韻，王喆。

【圖譜】

萬紅憔悴。秋光獨鋭。別有番，顏色按，中央殊麗。時

●○○●　○○●●　●●○　●○○　○○●●　　○

分惜黃花，九日同天意。冒濃霜、放開金蕊。　　　籬畔淵明

●●○○　●●○○●　●○○　●○○●　　　　○●○○

喜。白衣來至。忽然間，走出箇，重陽小子。應手攬清香，
● ●○○● ●○○ ●●● ○○●● ○●●○○

認得頭間瑞。插三枝、蓬萊一醉。
●●○○● ●○○ ○○●●

（《全金元詞》224 頁）

【注釋】

此與史詞相校，惟換頭添一字作五字一句異。此體除前後首句外，十分對稱，亦可效法。

又史浩詞上片第三、四、五句作"露浥清曉，金錢萬疊猶小"，下片又作兩個三字句、四字一句與此同；王喆"大仙師父"詞下片與此詞相同，上片第三、四、五句減一字又作五字一句、四字一句。又王喆"主人居屋"詞，上片與此詞相同，下片第三、四、五句減一字作五字一句、四字一句。以上諸詞，前後句拍不盡一致，皆注出不再另列。

舒亶二調

舒亶(1041—1103),字通道,號懶堂,慈溪(今屬浙江)人。英宗治平二年(1065)進士第一。《宋史》卷三百二十九有傳。今存趙萬里輯《舒學士詞》一卷,《全宋詞》錄存其詞50首及殘句一則。

散天花

【調釋】

曲名見《教坊記》,本爲佛教曲調。舒詞用平韻,重頭曲,非賦本意,聲情哀怨感傷。

【體略】

雙片六十字,上下片各三十字五句四平韻,舒亶。

【圖譜】

　　　雲淡長空落葉秋。寒江煙浪盡,月隨舟。西風偏解送
　　　○●○○●●○　　○○○●●　●○○　　○○○●●

離愁。聲聲南去鴈、下汀洲。　　　無奈多情去復留。驪歌
○○　○○○●●、●●○　　　　○●○○●●○　○○

齊唱罷，淚爭流。悠悠別恨幾時休。不堪殘酒醒、憑危樓。

○●● ●●○○　○○○●●○○　●○○○●● ●○○

（《詞譜》卷十三）

【注釋】

此調兩宋金元現僅存此詞，無別首可校。《詞律》卷九：“前後同，《圖譜》於‘悠悠’下注叶韻。愚謂此調，前後相合。無此處分二字之理，其爲七字句無疑。”《詞譜》卷十三：“此調與《朝玉階》同，只後段起句平仄異。”

醉花陰

【調釋】

此爲兩宋較流行詞調，上去、入聲韻均可，聲情以歡快清新者爲多。《校正》：“此調每段前半韻密，後半韻稀，接連兩個平聲句脚，而以仄韻爲結，故調勢由流暢而揚，又歸於收斂，聲韻甚爲諧美。此調自李清照用以作重陽詞後，因是名篇，影響很大，故宋人多用以詠重陽節序。此調亦適於詠物、寫景、言志、祝頌、壽詞。”（148頁）米友仁詞名《醉春風》。另仇遠有《睡花陰令》，與此調無涉。《明集禮》“十二月按律樂歌”九月歌此調，更名《飛龍引》，用無射宮，俗名黃鐘宮，當爲宋樂遺聲。

【體略】

雙片五十二字，上下片各二十六字五句三仄韻，舒亶。

【圖譜】

　　月幌風簾香一陣。正千山雪盡。冷對酒尊傍，無語含
　　●●○○○●●　●○○●●　●●●○○　○●○

情，別是江南信。　　　壽陽妝罷人微困。更玉釵斜襯。擬
○　●●○○●　　　●○○●○○●　●●○○●　●

插一枝歸，只恐風流，羞上潘郎鬢。
●●○○　●●○○　○●○○●

（《全宋詞》360頁）

【注釋】

　　此調兩宋現存三十餘首，金元現存元好問一詞。此詞首句用
仄起平收律句，上下片第二句用上一下四句法，宋人未有完全與之
同者，不作正體。按沈蔚詞上下片第二句句法與此詞同，然首句又
作"微含清露真珠滴"用平起仄收律句，注出不另列。

<h1 align="center">又一體</h1>

【體略】

　　雙片五十六字，上下片各二十六字五句三仄韻，舒亶。

【圖譜】

　　露芽初破雲腴細。玉纖纖親試。香雪透金瓶，無限仙
　　●○○●○○●　●○○○●　○●●○○　○●○

風，月下人微醉。　　　相如消渴無佳思。了知君此意。不
○　●●○○●　　　●○○●○○●　●○○●●　●

信老盧郎,花底春寒,贏得空無睡。

●●○○　○●○○　○●○○●

【注釋】

此體爲重頭曲,前後片相同。與"月幌風簾"詞相校,首句律句形式不同,上下片第二句不作上一下四句法。按王之望"弧門此日"詞,上下片字聲正與此同,惟上片第二句又作上一下四句法,注出不另列。

正　　體

【體略】

雙片五十六字,上下片各二十六字五句三仄韻,毛滂。

【圖譜】

檀板一聲鶯起速。山影穿疏木。人在翠陰中,欲覓殘

⊙●◎○○●●　⊙●○○●　○●●○○　◎○●

春,春在屏風曲。　　勸君對客杯須覆。燈照瀛洲緑。西

○　⊙●○○●　　◎○●●○○●　⊙●○○●　⊙

去玉堂深,魄冷魂清,獨引金蓮燭。

●●○○　◎●○○　◎●○○●

【注釋】

此調《詞律》卷七以李清照詞爲正體,《詞譜》以此詞爲正體,

當從後者,但《詞譜》所定字聲混亂。此與舒亶"露芽初破"詞相校,上片首句用仄起平收律句,全詞作換頭曲,可以效仿,宋人詞多與之相同。又上片首句亦有用平起仄收律句者,如此便爲重頭曲,見別體。此體上下片第二句當作仄起仄收律句,宋人絕大部分詞作如此,《詞譜》以舒亶等人詞混校不當。"山"李清照詞作"瑞"。"燈"趙長卿詞作"落"。按仲殊詞下片第二句《全宋詞》作"多著繡簾圍繞","圍"字當爲衍字,注出不另列。句中其他可平可仄俱見所列別體句法相同者。

又一體(正體)

【體略】

雙片五十二字,上下片各二十六字五句三仄韻,王庭珪。

【圖譜】

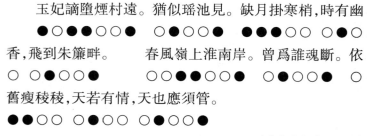

（《全宋詞》821 頁）

【注釋】

此與毛詞相校,首句用平起仄收律句,上下片爲重頭曲,宋人填者亦多,亦堪效法。

范祖禹二調

范祖禹(1041—1098),字淳甫(淳,或作醇、純,甫或作父),一字夢得,成都華陽(今四川成都)人。仁宗嘉祐八年(1063)進士。《宋史》卷三百三十七有傳。《全宋詞》據《范太史文集》録存其詞五首,皆爲宮廷鼓吹曲詞。

十二時

【調釋】

宮廷樂鼓吹曲詞,與和峴《十二時》不同。平韻,哀曲,主要用於皇帝、皇后等發喪、陵寢警場之用,聲情淒切悲傷。

【體略】

雙片一百四十六字,上片七十二字十八句十平韻,下片七十四字十九句十一平韻,范祖禹。

【圖譜】

転招摇。厚陵迴望,雙闕起岧嶤。曉日麗譙。金爵上

●○○　●○○●　○●●○○　●●◎○　⊙●●

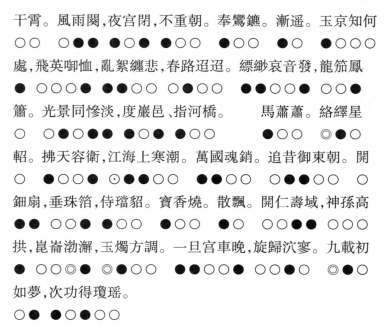

干霄。風雨闋,夜宮閉,不重朝。奉鸞鑣。漸遥。玉京知何
處,飛英啁恤,亂絮纏悲,春路迢迢。縹緲哀音發,龍笳鳳
簫。光景同慘淡,度巖邑、指河橋。　　馬蕭蕭。絡繹星
軺。拂天容衛,江海上寒潮。萬國魂銷。追昔御東朝。開
鈿扇,垂珠箔,侍瑠貂。寶香燒。散飄。開仁壽域,神孫高
拱,崑崙渤澥,玉燭方調。一旦宮車晚,旋歸沆寥。九載初
如夢,次功得瓊瑶。

（《全宋詞》367—368頁）

【注釋】

此調兩宋現僅存二首,惟無名氏"望嵩邙"詞可校,譜內可平可仄悉參無名氏"望嵩邙"詞。按此詞《全宋詞》於"鳳簫"後分片,不妥,從句意和句拍對仗角度,宜於"河橋"後分片。又此詞上片第九、十句《全宋詞》作"奉鸞鑣漸遥",不妥,"鑣"當注韻,此二句正與下片第十、十一句"寶香燒。散飄"同。第十五、十六句《全宋詞》原斷作"縹緲哀音,發龍笳鳳簫",此韻無名氏作"滿目東郊好,紅葩鬭芳",宜斷作五字一句、四字一句。結韻《全宋詞》原斷作"光景同,慘淡度巖邑,指河橋",此韻無名氏作"韶景空駘蕩。對春色、倍淒涼",宜斷作五字一句、六字折腰一句。下片結韻《全宋詞》原斷作"九載初,如夢次,功得瓊瑶",此韻無名氏作"環佩珊珊

響。問何日、反雕房",宜斷作五字兩句拍。

又一體

【體略】

雙片一百四十八字,上片七十二字十八句十平韻三叶韻,下片七十六字十九句十一平韻三叶韻,《宋史·樂志》無名氏。

【圖譜】

望嵩邙。永昭陵畔,王氣壓龍岡。鞏洛靈光。鬱鬱起
●○○　●○○● ○●●○○　●●○○　●●●

嘉祥。虛彩帟,轉哀仗。閟幽堂。歎仙鄉。路長。景霞飛
○○　○●● ●○●　●○○　●○○　●○　●○○

松上。珠襦宵掩,細扇晨歸,崑閬茫茫。滿目東郊好,紅葩
○●　○○○● ●●○○　○●○○　●●○○●　○○

鬪芳。韶景空駘蕩。對春色、倍淒涼。　　最情傷。從輦
●○　○●○○● ●○●　●○○　　　●○○　○●

嬪嬙。指瑶津路,淚雨泣千行。翠珥明璫。曾憶薦瓊觴。
○○　●○○● ●●●○○　●●○○　○●●○○

春又至,人何往。事難忘。向斜陽。斷腸。聽鈞天嘹亮。
○●●　○○● ●○○　●○○　●○　○○○○●

清都風細,朱欄花滿,誰奏清商。紫幄重簾外,時飄寶香。
○○○● ○○○● ○●○○　●●○○●　○○●●

環佩珊珊響。問何日、反瑁房。
○●○○● ●○●　●○○

(《全宋詞》3722 頁)

【注釋】

此與范詞相校,惟上下片各添三叶韻,下片第十二句添一字作五字一句,結句添一字作六字折腰句異。此詞平仄韻互叶,近於曲體。按此詞《全宋詞》未分片,今依正體於"淒涼"後分片。又此詞上片第七句"仗"、第九句"鄉",下片第十句"陽",《全宋詞》皆未注韻,不當。

虞神(主)歌

【調釋】

宮廷樂鼓吹曲,平韻,哀曲,主要用於皇帝、皇后等發喪、陵寢警場,淒切悲傷。無名氏"轉紫芝"詞名《虞主歌》。

【體略】

雙片一百三十八字,上片六十七字十五句十一平韻,下片七十一字十七句十二平韻,范祖禹。

【圖譜】

駕玉龍。設初虞祭終。前旌舉,天回洛水,路轉崧峰。
●●○　◎○○⊙●○　○⊙●　○○●●　◎●○

瞻寥廓、煙霏沖融。睿無蹤。震地鼓、吹悲雄。誰何羽衛
⊙○●　○○○○　●○○　●●●　●○○　　○○●●

重。拂雲旗幟眩青紅。來漸東。清塵灑道,修職百神恭。
○　◎○○◎●○　○●○　⊙○○●　○○●○○

回首蒼茫,霧雨吹風。　　掩泉宮。寰畿入,山川改容。鼓
⊙●○○　◎●○○　　●○○　○○●　○○●●　●

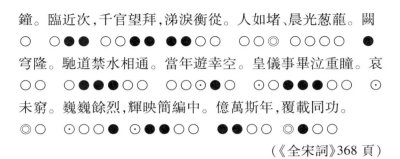

鐘。臨近次,千官望拜,涕淚衡從。人如堵、晨光葱蘢。闕
○　　○●●　○○●●　●●○○　　○○◎　○○○○　　●

穹隆。馳道禁水相通。當年遊幸空。皇儀事畢泣重瞳。哀
○○　　○●●●○○　　○○○⊙○○　　⊙○●●●○○　　⊙

未窮。巍巍餘烈,輝映簡編中。億萬斯年,覆載同功。
◎○　　●◎○●　○●●○○　　●●○○　◎●○○

（《全宋詞》368 頁）

【注釋】

此調兩宋現僅存三首,以此詞爲早。此詞惟無名氏"復土
初"、"轉紫芝"二詞可校。上片第三句"旌"無名氏"轉紫芝"詞作
"霧",第六句"瞻"作"那",第十句"拂"、"旗"作"樓"、"綠",第十
二句"灑"作"清",第十四句"回"作"翠"。下片第八句"堵"無名
氏"轉紫芝"詞作"回",第十一句"遊"作"射",第十四句"巍"作
"望",第十七句"覆"作"煙"。句中可平可仄除注明外,悉見無名
氏"復土初"詞句法相同者。

按此詞《全宋詞》於"掩泉宮"後分片,且於"寰畿入"前注缺九
字,誤。今查此詞句拍、字聲、用韻皆與無名氏"轉紫芝"詞同,此
詞當未缺漏。無名氏"轉紫芝"詞名《虞主歌》。又無名氏"轉紫
芝"詞《全宋詞》於"憩長岐"前分片,亦不當,"憩長岐"一句即對
應此詞"掩泉宮"一句,當依正體分片。又此詞上片第六句,下片
第八句《全宋詞》皆作三字一句、四字一句,宜斷作上三下四式折
腰句。下片第四句"鐘"《全宋詞》未注韻,不妥,無名氏"轉紫芝"
詞下片第四句作"時",均當注韻。

又一體

【體略】

　　雙片一百三十七字,上片六十七字十五句十平韻,下片七十字十七句十平韻,《宋史‧樂志》無名氏。

【圖譜】

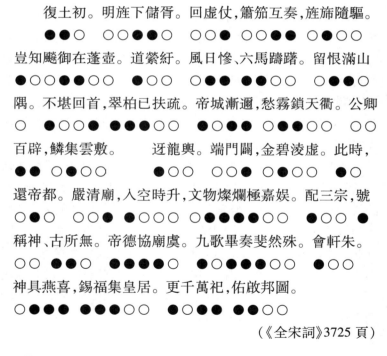

　　　復土初。明旌下儲胥。回虛仗,簫笳互奏,旌斾隨驅。
　　　●●○　　○○●●○　　○○●　○○●●　○○○

豈知颷御在蓬壺。道縈紆。風日慘、六馬躊躇。留恨滿山
●○●●●○○　●○○　○●●、●●○○　○●●○

隔。不堪回首,翠柏已扶疏。帝城漸邈,愁霧鎖天衢。公卿
○　●○○●　●●●○○　　●○○●　○●●○○　　○○

百辟,鱗集雲敷。　　　迓龍輿。端門闢,金碧淩虛。此時,
●●　○○●○　　　　●○○　○○●　○●○○　　●○

還帝都。嚴清廟,入空時升,文物燦爛極嘉娛。配三宗,號
○●○　○○●　●○○○　○●●●●○○　●○○　●

稱神、古所無。帝德協廟虞。九歌畢奏斐然殊。會軒朱。
○○、●●○　●●●●○　○○●●●○○　●○○

神具燕喜,錫福集皇居。更千萬祀,佑啟邦圖。
○●●●　●●●○○　　●●●●　●●○○

　　　　　　　　　　　　　　　　　　（《全宋詞》3725 頁）

【注釋】

　　此與范詞相校,惟上片第八句添一字作上三下四式折腰句,第

十句減三字作四字一句且不押韻,第十一句添二字作五字一句;下片第四句不押韻,第五句押韻,第六句減一字作三字一句,第七、九句不押韻異。按此詞《全宋詞》未分片,今於"迓龍輿"前分片。又下片第四、五句《全宋詞》作五字一句,今依正體斷作二字一句、三字一句。第十句《全宋詞》斷作"號稱神,古所無",今斷作六字折腰句。又此詞句法字聲多處與"駕玉龍"不同。

丁仙現一調

　　丁仙現(年里不詳)，一作丁先現，又稱丁線見。神宗熙寧年間(1068—1077)即爲教坊使。時俗呼爲丁使。徽宗年間尚在世，其時大樂缺徵調，議者欲補之。丁曰："音久亡，非樂工所能爲，不可以妄意增。"(張侃《拙軒詞話》)《草堂詩餘》卷上入選其詞一首，《全宋詞》據以録入，此即《絳都春·上元》詞，於當時及後世影響較大。

絳都春

【調釋】

　　此當丁仙現創調，用上去韻，賦上元，調名以句中"皇州春早"命意，聲情嫵媚歡快。此調題材以詠春、祝頌爲多。夢窗詞注仙呂調，夢窗亦爲此調代表詞人，共作六首，聲情與丁詞基本一致。《校正》："此調爲換頭曲，過變用短韻，句式富於變化，前後段之中有三個七字句，後一個爲上三下四句法，使此調由流暢而又頓挫，音節較爲流美。"(478頁)

【體略】

　　雙片一百字，上下片各五十字十句六上去韻，丁仙現。

【圖譜】

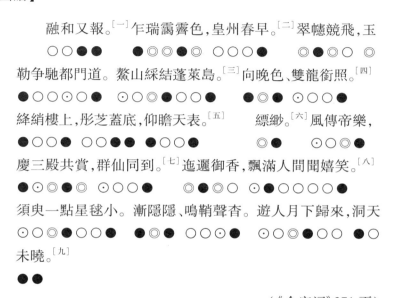

融和又報。^[一]乍瑞靄霽色,皇州春早。^[二]翠幰競飛,玉
勒爭馳都門道。鰲山綵結蓬萊島。^[三]向晚色、雙龍銜照。^[四]
絳綃樓上,彤芝蓋底,仰瞻天表。^[五]　　縹緲。^[六]風傳帝樂,
慶三殿共賞,群仙同到。^[七]迤邐御香,飄滿人間聞嬉笑。^[八]
須臾一點星毬小。漸隱隱、鳴鞘聲杳。遊人月下歸來,洞天
未曉。^[九]

(《全宋詞》371 頁)

【注釋】

　　[一]按此詞夏承燾《天風閣學詞日記》(1941 年 3 月 14 日)以
爲柳永作,今暫依《全宋詞》。此調兩宋金元現存二十餘首,以此
詞爲早。《詞律》卷十六、《詞譜》卷二十八皆以吳文英"情黏舞線"
詞爲正體。《詞譜》:"此調以此詞及蔣詞爲正體,若趙詞之後段起
句不押短韻,劉詞之前段起句不押韻,《梅苑》詞之換頭句押韻,
張、京二詞之減字,皆變體也。"按此調當以丁詞爲正體,丁詞於句
拍、字聲及聲情皆爲軌範,後人所作包括吳文英諸詞,正與丁詞相
同。"又"趙彥端詞作"相",偶用不參校。按趙彥端詞與諸家相
比,多有偶用、不妥之處,《詞譜》以之參校,以致字聲混亂。句中
可平可仄除注明外,皆見所列別體句法相同者。

〔二〕此韻爲兩句拍，五字一句、四字一句，“乍”爲領字。此二句與下片“慶三殿共賞，群仙同到”句拍相同。《詞譜》等書有將他詞此韻兩拍合爲一拍，作上三下六式九字一句者，如趙彥端詞《詞譜》作“算未有、笑語閬山佳處”，吳文英“春來雁渚”詞《全宋詞》斷作“弄豔冶、又入垂楊如許”，皆不當。按“瑞靄霽色”或用仄起仄收拗句，或用仄起平收、平起仄收律句，但“霽”字必仄。“州”惟翁元龍詞作“醉”，偶用不參校。

〔三〕按“翠幰競飛”作仄起平收律句，劉鎮偶用“喜見燕子”，《詞譜》混校，不當。又“玉勒争馳都門道”當用仄起平收律句，趙彥端詞作“如今風味渾如許”，偶用平起仄收律句，不參校。“鰲”吳文英“春來雁渚”詞作“碧”。

〔四〕“晚”吳文英“春來雁渚”詞作“追”，“色”惟長筌子“侵尋妙景”詞作“時”，偶用不參校。“雙”京鏜作“滿”。按京鏜詞此句《詞譜》作六字一句而另列别體，其詞下片第八句又作七字一句，《全宋詞》作缺文處理：“誰撒□、滿空星斗。”當從後者，不另列。

〔五〕“彤芝蓋底”一句必作平起仄收律句，宋人惟趙彥端詞作“種種風流”，金人長筌子“侵尋妙景”詞作“三幅曉風”，皆屬偶用，《詞譜》以之混校，以此四字均可平可仄，誤。“天”吳文英“南樓墜燕”詞作“不”，以入代平。

〔六〕“縹緲”用二字短韻，亦可不用，見别體。“縹”吳文英“情黏舞線”詞作“誰”。按趙彥端詞換頭《詞譜》作“此是君家舊物”。注云：“此與吳詞同，惟前段第二、三句，作九字一句，換頭句不藏短韻，第二句作五字、四字兩句異。”按趙詞換頭用短韻，“是”字爲韻，其句法亦與丁詞無差。

〔七〕此韻作三句拍，“慶三殿共賞，群仙同到”與上片第二、三句相同。按“三殿共賞”或用仄起仄收拗句，或用仄起平收、平起仄收律句，但“共”字必仄。

〔八〕“迤”吳文英“羈雲旅雁”詞作“流”。“飄”翁元龍詞作

“不”。按“飄滿人間聞嬉笑”宜作仄起拗句,無名氏“東君運巧”詞偶作“願天多情情休教老”,用平起拗句,毛滂、趙彥端詞作仄起仄收律句,皆偶用不參校。

〔九〕“隱”吳文英“情黏舞線”詞作“溪”,後“隱”長筌子“侵尋妙景”詞作“來”,偶用不參校。“聲”吳文英“情黏舞線”詞作“月”。按“遊人”一句當作平起平收律句,無名氏“東君遠巧”一詞作“易老難叙衷腸”,劉鎮詞作“恁時歡笑休把”,皆偶用拗句,不參校。

又一體

【體略】

雙片九十八字,上下片各四十九字十句六上去韻,毛滂。

【圖譜】

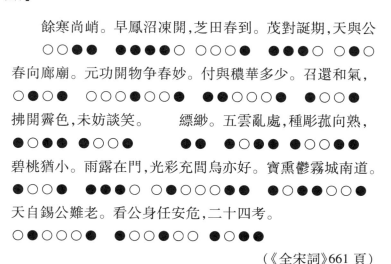

（《全宋詞》661 頁）

【注釋】

此與丁詞相校,上片第七句、下片第八句各減一字作六字一句異。《詞譜》此體以張榘詞爲譜:"此亦與吳詞同,惟前後段第七句俱六字,各減一字異。按毛滂'餘寒尚峭'詞,與此正同,但後段第三、四句'種雕菰向熟,碧桃猶小'句法與此又不同。"按張榘詞下片第三、四句《詞譜》斷作:"羽書静、草緑長亭津堠。"乃隨文意斷句,此調並無此種句拍,張詞亦屬偶作,不當爲譜。又此詞結句"二十四考","十"字偶以入代平,不注仄聲。

按此詞《全宋詞》又別見吳則禮詞,吳則禮別首"韶華漸好"亦與此同。又王喆詞與此詞相校,惟下片第二句偶添一韻異,注出不另列。

又一體

【體略】

雙片一百字,上片五十字十句六上去韻,下片五十字九句六上去韻,《梅苑》無名氏。

【圖譜】

東君運巧。向枝頭點綴,瓊英雖小。全是一般,風味花
○○●●　●○○●●　○○●●　○●●○○

中最輕妙。橫斜疏影當池沼。似弄粉、初臨鸞照。衆芳皆
○●○●　○○○●○○●　●●●　○○○●　●○○

有,深紅淺白,豈能爭早。　　莫厭金樽頻倒。把芳酒賞
●　○○●●　●○○●　　　●●○○○●　●○●○

花,追陪歡笑。有願告天,願天多情休教老。奇花也願休殘
○　○○○●　　●●●○　●○○○○○●　　○○●●○

了。免樂事、離多歡少。易老難叙衷腸,算天怎表。
●　●●●、○○○●　●●○○○●　●○●●

(《全宋詞》3624 頁)

【注釋】

　　此與丁詞相校,換頭二字不押短韻,下片第一、二句作六字一句且
用韻異。

<h1 align="center">又　一　體</h1>

【體略】

　　雙片一百字,上片五十字十句五上去韻,下片五十字九句五上
去韻,劉鎮。

【圖譜】

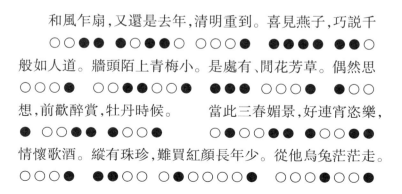

　　　　和風乍扇,又還是去年,清明重到。喜見燕子,巧説千
　　　　○○●●　●○○●○　○○○●　●●●●　●●○

般如人道。牆頭陌上青梅小。是處有、閒花芳草。偶然思
○○○●　○○●●○●　●●●、○○○●　●○○

想,前歡醉賞,牡丹時候。　　　當此三春媚景,好連宵恣樂,
●　○○●●　●○○●　　　　●○○○●●　●○○●●

情懷歌酒。縱有珠珍,難買紅顏長年少。從他烏兔茫茫走。
○○○●　●●○○　○●○○○●●　○○○●●●

更莫待、花殘鶯老。恁時歡笑。休把萬金換了。
●●●　○○○●　●○○●　○●●○●●

(《全宋詞》2476 頁)

【注釋】

此與丁詞相校,首句及換頭二字皆不用短韻,下片第九、十句作四字一句、六字一句且添一韻。初以下片結二句亦當如他詞斷作六字一句、四字一句,然"休把"二字字聲亦與他詞迥異,此確句拍有變,當從《詞譜》斷句。

又一體

【體略】

雙片九十八字,上片四十九字十句六上去韻,下片四十九字九句五上去韻,長筳子。

【圖譜】

侵尋妙景。看赤城秀稔,芝田千頃。物外閑閑,樂真
○○●●　●●○●●　○○○●　●●○　●○

情、搜佳興。扁舟載月煙蓑冷。酒醒時、臨流清詠。一聲羌
○　○○●　○○●●○○●　●●○　○○○●　●○○

管,三幅曉風,灑然幽勝。　　徽音慢彈誰聽。似野鶴騰
●　○●●○　●○○●　　　○○●○○●　●●●○

空,生涯萍梗。放曠乾坤,與江湖、絲綸整。錦鱗釣得成餘
○　○○○●　●●○○　●○○　○○●　●○○●○○

慶。便歸來、玄都馳騁。杖挑春色逍遥,太虚仙境。
● ●○○ ○○○● ●○○○●○○ ●○○●

【注釋】

此與丁詞相校,惟上片第五句、下片第六句皆減一字作六字折腰句,換頭二字不押韻(字聲亦不同)異。長筌子別二首皆與之同。按此詞下片結韻《全金元詞》斷作"杖挑春色,逍遥太虚仙境"不當。

又一體(平韻)

【體略】

雙片九十八字,上片四十九字十句四平韻一叶韻,下片四十九字九句四平韻兩叶韻,陳允平。

【圖譜】

鞦韆倦倚,正海棠半坼,不耐春寒。殢雨弄晴,飛梭庭
○○●● ●●○○● ●●○○ ●●○○ ○○○
院繡簾閒。梅妝欲試芳情懶。翠鬟愁入眉彎。霧蟬香冷,
●●○○ ○○●●○○● ●○○○○ ●○○●
霞綃淚揾,恨襲湘蘭。　　悄悄池臺步晚。任紅薰杏靨,碧
○○●● ●●○○ ●●○○● ●○○●● ●
沁苔痕。燕子未來,東風無語又黃昏。琴心不度春雲遠。
●●○○ ●●●○ ○○○●●○○ ○○●●○○●
斷腸難託啼鵑。夜深猶倚垂楊,二十四闌。
●○○●○○ ●○○●○○ ●●●○

【注釋】

《詞譜》:"此平韻體,創自陳允平,宋元人無如此填者。此詞前後段第六句兩叶韻,用本部三聲叶,蓋因仄韻體於此二句,例必押韻也。填者宜依之。"按此詞句法上片第七句、下片第八句均作六字一句,即毛滂體(結句"二十四闌",用語亦仿毛詞)。下片第一句"晚"字亦韻,正與《梅苑》無名氏詞同。此體平仄韻混押,近於曲體,非詞體之正,不必效法。

太尉夫人一調

太尉夫人（姓氏、年里、生平不詳），仁宗時宗室夫人。《全宋詞》據《墨客揮犀》録其詞一首。

極相思（令）

【調釋】

《詞譜》卷七：“宋彭乘《墨客揮犀》云：仁廟時，皇族中太尉夫人，一日入内，再拜告帝曰：‘妾有夫，不幸爲婢妾所惑。’帝怒，流婢於千里，夫人亦得罪，居瑶華宫，太尉罰俸而不得朝。經歲，方春暮，夫人爲詞曲，名《極相思》，或加‘令’字。”調用平韻，句法以四字句爲主，聲情急切熱烈。

【體略】

雙片四十九字，上片二十三字五句三平韻，下片二十六字五句兩平韻，太尉夫人。

【圖譜】

柳煙霽色方春。花露逼金莖。秋千院落，海棠漸老，纔

●○●●○○　○●●○○　○○●●　●○●●　○

過清明。　　嫩玉腕托香脂臉，相傅粉、更與誰情。秋波綻

●○○　　　●●●●○○●　○○●　●●○○　○○●

處,相思淚迸,天阻深誠。
● ○○○● ○●○○

(《全宋詞》370 頁)

【注釋】

此調兩宋現存十首完整詞作,另兩首殘篇,金元無存詞。此調雖以此詞爲早,但換頭一句作拗句,字聲後人無與之同者,不作正體。《詞譜》以此詞爲正體不當。

正　　體

【體略】

雙片四十九字,上片二十三字五句三平韻,下片二十六字五句兩平韻,蔡伸。

【圖譜】

碧簫鳴玉玎璫。金鎖小蘭房。樓高夜永,飛霜滿院,壁
◎○⊙●○○　⊙ ●●○○　⊙○○● ⊙○○●● ◎

月沈缸。　　　雲雨不成巫峽夢,望仙鄉、煙水茫茫。風前月
●○○　　　　◎●○○○●● ○○⊙ ◎●○○　　○○○

底,登高念遠,無限淒涼。
● ⊙○○● ⊙○●○○

(《全宋詞》1022 頁)

【注釋】

此調《詞律》卷五以呂渭老詞爲正體。此與太尉夫人詞相校,

換頭一句用仄起仄收律句異,蔡伸別詞亦同,後來宋人皆同蔡詞,當以蔡詞爲正體。上片第一句"碧"蔡詞別首作"相",第二句"金"呂渭老"西園鬭草"詞作"隔",第三句"樓"仇遠詞作"可"。下片第一句"雲"、"不"蔡伸別首作"別"、"不",第三句"風"、"月"呂渭老"拂影花牆"詞作"別"、"初",第四句"登"陸游詞作"漫","念"蔡伸別首作"魂",第五句"無"陸游詞作"柳"。句中其他可平可仄見別體句法相同者。

又一體

【體略】

雙片四十九字,上片二十四字五句三平韻,下片二十五字五句兩平韻,李氏。

【圖譜】

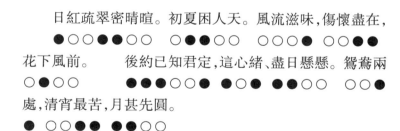

日紅疏翠密晴暄。初夏困人天。風流滋味,傷懷盡在,
●○○●●○○　　○●○○　　○○○●　○○●●
花下風前。　　　後約已知君定,這心緒、盡日懸懸。鴛鴦兩
○●○○　　　　●●●○○●　●○●●、●○○○　　○○●
處,清宵最苦,月甚先圓。
●　○○●●　●●○○

（《全宋詞》1043 頁）

【注釋】

此詞題"贈張浩"。與其他諸詞相校,此詞首句添一字,換頭處減一字異,故特列一體。又,譚意哥"湘東最是"詞,首句添一字正與此同,換頭仍作七字一句,注出不另列。

黄裳三調

　　黄裳(1044—1130)字勉仲,號演山,延平(今福建南平)人。元豐五年(1082)進士第一。著有《演山先生文集》、《演山詞》。創作以令詞調爲主,代表作有《賣花聲》、《永遇樂》、《宴瓊林》、《喜遷鶯》、《減字木蘭花》、《漁家傲》、《蝶戀花》等,其中《減字木蘭花》流傳甚廣。《全宋詞》輯存其詞五十三首。

宴瓊林

【調釋】

　　《宋史·樂志》太宗"制曲"有《宴瓊林》,注雙調。黄詞用上去韻,此調僅黄裳有四詞,聲情皆明媚歡快。

【體略】

　　雙片一百四字,上片五十二字十句四上去韻,下片五十一字八句四上去韻,黄裳。

【圖譜】

　　　　霜月和銀燈,乍送目樓臺,星漢高下。愛東風已暖,綺
　　　　⊙●●○○　　●●●○○　　○●○●　　●○○●●　●

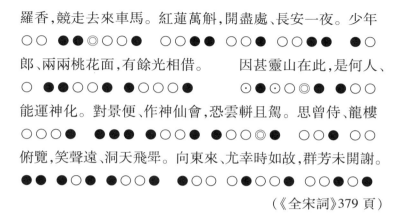

羅香，競走去來車馬。紅蓮萬斛，開盡處、長安一夜。少年
郎、兩兩桃花面，有餘光相借。　　　因甚靈山在此，是何人、
能運神化。對景便、作神仙會，恐雲軿且駕。思曾侍、龍樓
俯覽，笑聲遠、洞天飛斝。向東來、尤幸時如故，群芳未開謝。

（《全宋詞》379 頁）

【注釋】

　　此調黃裳四詞，皆爲一百四字，字句、聲韻一致，僅此一體。黃
詞其他四首一律省稱“別首”。上片第一句“霜”別首“已覽遍韶
容”詞作“已”，下片第一句“因”、“靈”作“莫”、“兩”，“在”別首
“遽暖間俄寒”詞作“長”。

　　按上片第四、五、六句《詞譜》諸書均作“愛東風、已暖綺羅香，
競走去來車馬”，今作三句拍。黃裳此調四首，皆當如此斷句。又
下片第三句《詞譜》等書不斷作折腰句法，不當。黃裳詞此句，《詞
譜》等書或斷折腰，或不斷折腰，往往隨文意斷句。此處黃詞四首
皆當斷作折腰句法，並無他種句拍。又下片第七句“向東來、尤幸
時如故”，《詞譜》作“向東尤幸時如故”。

　　又，黃裳“紅紫趁春闌”詞，上片第七、八句《詞譜》等書斷作：
“華堂路、小橋邊，向晴陰一架。”下片第一、二句斷作：“莫笑因緣，
見景跨春空，榮稱亭榭。”下片結韻斷作：“翠羅幃中，臥蟾光碎，何
須待還舍。”皆不當。以上皆應如此體分別斷作“華堂路小，橋邊
向、晴陰一架”，“莫笑因緣見景，跨晴空、榮亭稱謝”，“翠羅幃、中
臥蟾光碎，何須待還舍”。

瑤池（臺）月

【調釋】

此調非黃裳創調，其有二詞，分別名《雲山行》、《煙波行》。序云："紫雲翁一日公餘，危坐寂廖。幽懷逸思，偶往雲山煙波之間，想見其爲樂也。因作雲山、煙波二行，歌之以《瑤池月》。精嚴禪老請刻之石，乃書以遺之。"此調可用上去、入聲韻，句短韻密，多賦道情，聲情飄逸灑脱。按此調疑爲琴曲。

【體略】

雙片一百十八字，上片五十九字十四句八仄韻，下片五十九字十三句八仄韻，黃裳。

【圖譜】

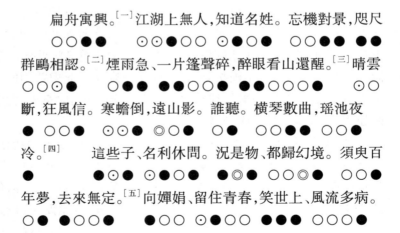

蒹葭渚，芙蓉徑。放侯印，趁漁艇。爭甚。須知九鼎，金砂
〇〇●　〇〇●　◎〇●　◎〇●　〇●　〇〇●●　〇〇

如聖。^{［六］}
⊙●

（《全宋詞》381頁）

【注釋】

　　［一］此即黃裳名《煙波行》者。此調兩宋現存五首，金元現存
六詞，與此相同相近者爲多，當以此詞爲正體。《詞譜》以無名氏
“嚴風凜冽”詞爲譜，誤，無名氏詞字聲多與諸家不同。此體首句
用韻，張繼先、丘處機、葛長庚等人詞皆與之同。按黃詞別首“微塵
濯盡”詞，除首句不用韻外，其他與此全同，注出不另列。又丘處機
“平生懶墮”和“浮名浮利”二詞與此體全同，《全金元詞》斷句多有
錯漏，不一一另注。句中可平可仄除注明外，皆見所列別體句法相
同者。

　　［二］上片第二、三句《詞譜》斷作：“江湖上，無人知道名姓。”
《全宋詞》斷作：“江湖上、無人知道名姓。”今作五字一句、四字一
句，按此調他詞皆當如此斷句。“知道名姓”宜作拗句，惟張繼先
詞作“炎劉重盛”，偶用不參校。“咫尺群鷗相認”一句惟無名氏詞
作“爭先暗吐香蕊”，偶用拗句，不參校。

　　［三］此韻黃裳二詞皆作上三下五式八字折腰一句、六字一
句，張繼先等人詞作兩個七字折腰句法。按黃詞下片第五、六句作
兩個七字折腰句法。初疑此二句可斷作：“煙雨急、一片篷聲，碎醉
眼、看山還醒。”別首斷作：“流水急、數片桃花，逝自有、留春仙
館。”但此種斷句過於生硬，黃詞二首此韻句拍當非精審，填者宜取
上三下四式折腰句法。

　　［四］“雲”無名氏詞作“一”，偶以入代平。“山”惟葛長庚詞
作“籟”，“夜”惟張繼先詞作“交”，皆偶用。“誰聽”用短韻，葛長

庚、丘處機詞與之相同。

[五]"些"丘處機"平生懶墮"詞作"午","名"黃裳別首作"世"。"名利休問"用拗句,無名氏詞、張繼先詞作平起仄收律句,不參校。"都歸幻境"一句,惟無名氏詞作"信息遠寄"、葛長庚作"歌罷瑤席"與諸家不同,不參校。下片第三句黃裳二詞、王喆詞、丘處機詞皆作二三句法,張繼先、葛長庚、無名氏作上一下四式五字句,不參校,見別體。

[六]"嬋"張繼先詞作"博",偶以入代平。"笑"惟王喆"閑閑景致"詞作"珍",偶用。下片第七、八句皆當用平平仄句式。"蒹"、"芙"葛長庚詞作"把"、"暗","葭"無名氏詞作"管",皆偶用不參校。"放"、"趁"丘處機詞作"解"、"挫"。

又一體

【體略】

雙片一百二十二字,上片六十字十四句八仄韻,下片六十二字十三句八仄韻,張繼先。

【圖譜】

天開景運。記建武中興,炎劉重盛。明良際會,八表風
○○●● ●●○○ ○○○● ○○●● ●●○

調雨順。任一時、岳降生申,正千載、河清誕聖。祥雲擁,流
○●● ●●○ ●●○○ ●○● ○○●● ○○● ○

霞映。飛仙拱,魁星炯。佳應。是師真毓瑞,人天交慶。
○● ○○● ○○● ○● ●○○●● ○○○●

薔薇香、滿元宵景。耀天目、神光如鏡。見龍章鳳質,降伏
○○○ ●○○● ●●● ○○○● ●○○●● ○●

群魔歸正。稟玄元、立教開先,悟至道、心空神領。昌元嗣,
〇〇〇●　●〇〇　●●〇〇　●●●　〇〇〇●　　〇〇●

明真鏡。同無有,怡清净。縣永。度三途六道,神仙同證。
〇〇●　〇〇●　〇〇●　●〇●　●〇〇〇●●　〇〇〇●

(《全宋詞》758 頁)

【注釋】

此與黃詞相校,上片第六、七句皆用上三下四式折腰句法,前後整齊,又上片第十三句、下片第十二句皆添一領字,下片第四句添二字作六字一句。此詞上片第三句"炎劉重盛"作律句,不可效法,又第五句以"順"作韻,當用方言,亦不規範。按《全金元詞》中無名氏"黃梁夢斷"一首字句正與之同。

又按,上片"佳應。是師真毓瑞",下片"縣永。度三途六道",《全宋詞》分別斷作"佳應是、師真毓瑞"、"縣永度,三途六道",誤。

又一體

【體略】

雙片一百十四字,上片五十七字十三句六仄韻,下片五十七字十二句七仄韻,《梅苑》無名氏。

【圖譜】

嚴風凛冽,萬木凍園林,蕭静如洗。寒梅占早,爭先暗
〇〇●●　●●●〇〇　〇〇〇●　〇〇〇●　〇〇●

吐香蕊。逞素容、探暖欺寒,遍妝點、亭臺佳致。通一氣,超
●〇●　●●〇　●〇〇〇　●〇●　〇〇〇●　〇●●　〇

群卉。值臘後，雪清麗。開筵共賞，南枝宴會。　　好折
○●　●●●　●○●　○○●●　○○●●　　　●●

贈、東君驛使。把嶺頭、信息遠寄。遇詩朋酒侶，尊前吟綴。
●　○○●　●●○　○●●●　●○○●●　○○○●

且優游、對景歡娛，更莫厭、陶陶沈醉。羌管怨，瓊花綴。　結
●○○　●●○●　○●●　○○○●　○●●　○○●　　●

子用，調鼎餌。將軍止渴，思得此味。
●●　○●●　○○●●　○●●●

（《全宋詞》3616頁）

【注釋】

　　此與黃詞相校，上片第六、七句皆作上三下四式七字折腰句，且上下片皆各減二字不用二字短韻異。《詞譜》以此詞爲正體，不當，諸家多用二字短韻，且《梅苑》所載此詞字聲又多與諸家不同。按，上片第二、三句《詞譜》斷作"萬木凍、園林肅靜如洗"，下片第二句斷作"把嶺頭資訊遠寄"，亦皆不當。

又一體

【體略】

　　雙片一百二十字，上片五十九字十四句八仄韻，下片五十九字十三句七仄韻，葛長庚。

【圖譜】

煙霄凝碧。問紫府清都，今夕何夕。桐陰下幽情，遠與
○○○●　●●●○○　○●○●　○○●○○　●●

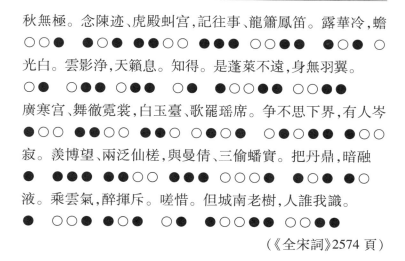

秋無極。念陳迹、虎殿虯宮，記往事、龍簫鳳笛。露華冷，蟾
光白。雲影淨，天籟息。知得。是蓬萊不遠，身無羽翼。
廣寒宮、舞徹霓裳，白玉臺、歌罷瑤席。爭不思下界，有人岑
寂。羨博望、兩泛仙槎，與曼倩、三偷蟠實。把丹鼎，暗融
液。乘雲氣，醉揮斥。嗟惜。但城南老樹，人誰我識。

（《全宋詞》2574 頁）

【注釋】

此與張詞相校，上片第四、五句作兩個五字句，下片首句不押韻，第四句減二字作四字一句異。按上片第四、五句"桐陰下幽情，遠與秋無極"，《詞譜》斷作："桐陰下，幽情遠與秋無極。"《全宋詞》斷作："桐陰下、幽情遠，與秋無極。"皆不當。

又 一 體

【體略】

雙片一百十六字，上片五十八字，下片五十八字，各十三句八仄韻，王喆。

【圖譜】

閑閑景致真閑悟。清清方可分付。元來那箇，本有須

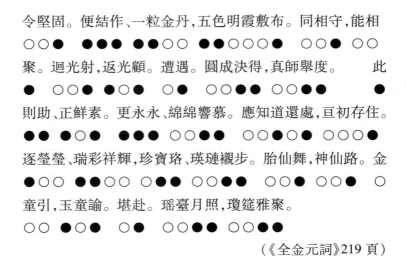

令堅固。便結作、一粒金丹,五色明霞敷布。同相守,能相
〇〇●　　●●●　●●〇●　　●●〇〇〇●　　〇〇●　〇〇

聚。迴光射,返光顧。遭遇。圓成決得,真師舉度。　　　此
●　〇〇●　●〇●　　〇●　　〇〇●●　〇〇●●　　　　　●

則助、正鮮素。更永永、綿綿響慕。應知道還處,亘初存住。
●●　●〇●　　〇〇〇　〇〇〇●　　〇〇●〇●　〇〇〇●

逐瑩瑩、瑞彩祥輝,珍寶珞、瑛瑻襯步。胎仙舞,神仙路。金
●●〇　●●〇〇　〇〇●　〇〇●●　〇〇●　〇〇●　〇

童引,玉童諭。堪赴。瑤臺月照,瓊筵雅聚。
〇〇　●〇●　〇●　　〇〇●●　〇〇●●

（《全金元詞》219頁）

【注釋】

　　此與黃詞相校,上片第一、二、三句作七字一句、六字一句異,
下片第一句減一字作六字一句。按王喆詞此調三首,皆用此種拍
句,然王喆另兩首詞下片第五句之後皆有脫漏,不再另列。
　　按此詞第一、二句《全金元詞》斷作:“閑閑景致,真閑悟清清,
方可分付。”第三、四句斷作:“元來那箇本有,須令堅固。”下片第
一句斷作:“此則助正鮮素。”皆不當。

青門引（飲）

【調釋】

　　此與張先《青門引》不同,《青門引》或爲北宋大曲。調用上去
韻,多用四字句法,聲情明麗清新。此調秦觀名《青門飲》、賀鑄名
《菱花怨》。《詞譜》卷二十四以《青門飲》爲調名。

【體略】

雙片一百七字,上片五十四字十二句四上去韻,下片五十三字十句五上去韻,黃裳。

【圖譜】

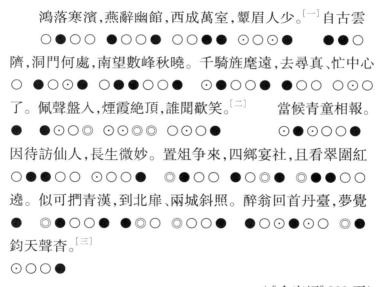

鴻落寒濱,燕辭幽館,西成萬室,顰眉人少。[一]自古雲
〇●〇〇　●〇〇●　〇〇●●　⊙〇⊙●　　　●●〇

隮,洞門何處,南望數峰秋曉。千騎旌麾遠,去尋真、忙中心
〇　●〇⊙●　〇●●〇〇●　　⊙●〇〇●　●〇〇●〇⊙

了。佩聲盤入,煙霞絶頂,誰聞歡笑。[二]　　當候青童相報。
●　●⊙●〇　◎〇◎◎　〇〇〇●　　　　　⊙〇●〇〇●

因待訪仙人,長生微妙。置俎爭來,四鄉宴社,且看翠圍紅
〇●〇〇〇　〇〇⊙●　●〇〇〇　◎〇●〇　●●〇◎●〇

遠。似可捫青漢,到北扉、兩城斜照。醉翁回首丹臺,夢覺
●　◎●〇●〇　●〇〇●　◎〇〇●　　●〇〇⊙●⊙●　◎●

鈞天聲杳。[三]
⊙〇〇●

（《全宋詞》383 頁）

【注釋】

[一]此調兩宋現存五首,金元無存詞。《詞譜》以秦觀詞爲譜。此調除黃裳詞外,有秦觀、時彥、曹組、張綱詞可校,皆用上去韻。"顰"時彥詞作"一"。句中可平可仄除注明外,皆見曹組詞句法相同者。

[二]"去尋真、忙中心了",秦觀詞《詞譜》作"孤衾擁、長閑餘繡",《全宋詞》作"孤衾長閑餘繡",當從《詞譜》。"佩聲盤入,煙

霞絕頂”二句，黃詞皆用平起仄收律句，惟時彥詞與之相同，秦觀詞作“恨與宵長，一夜薰爐”，曹組詞作“舊裳成空，回首舊游”，張綱詞作“飲散賓朋，畫船去也”，字聲各不相同，未成定式，大體平仄相間可也。“誰聞歡笑”一句，時彥、張綱與黃詞相同，秦觀、曹組作拗句，分別作“添盡香獸”、“人在何處”。

［三］“青”時彥詞作“曉”。《詞牌格律》：“下片第二句第一字爲領格，此處須用平聲。”（1647 頁）時彥詞下片第二句領字脫漏，注出不另列。“置”秦觀詞作“湘”。“回”時彥詞作“躍”，“丹”秦觀詞作“可”。按此詞下片結韻《詞譜》、《全宋詞》皆斷作“醉翁回首，丹臺夢覺，鈞天聲杳”，不妥。秦觀詞下片結韻“任人攀折，可憐又學，章臺楊柳”亦當依正體斷作“任人攀折可憐，又學章臺楊柳”。按張綱“疏柳飄零”換頭作“因記小軒無寐”，“記”字偶用短韻，不另列。

又一體

【體略】

雙片一百五字，上片五十四字十二句四上去韻，下片五十一字十句四上去韻，曹組。

【圖譜】

山静煙沈，岸空潮落，晴天萬里，飛鴻南渡。冉冉黃花，
〇●〇〇　●〇〇●　〇〇●●　〇〇〇●　●●〇〇

翠翹金鈿，還是倚風凝露。歲歲青門飲，盡龍山、高陽儔侶。
●〇〇●　〇●●〇〇●　●●〇〇●　●〇〇　〇〇〇●

舊賞成空，回首舊遊，人在何處。　　此際誰憐萍泛，空自
●●〇〇　〇●●〇　〇●〇●　　　●●〇〇●〇　〇●

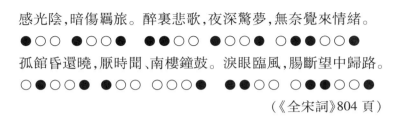

感光陰，暗傷羈旅。醉裏悲歌，夜深驚夢，無奈覺來情緒。
●○○　●○○●　●●○○　●○○●　○●●○○●

孤館昏還曉，厭時聞、南樓鐘鼓。淚眼臨風，腸斷望中歸路。
○●○○●　●○○　○○○●　　●●○○　○●●○○●

（《全宋詞》804 頁）

【注釋】

　　此與黃詞相校，惟下片換頭一句不用韻，第九句減二字作四字一句異。按此詞下片第九句"淚眼"前頗疑缺漏二字，此句《歷代詩餘》卷八十四作"但淚眼臨風"，《詞律拾遺》卷五作"誰憐淚眼臨風"。

王雱一調

王雱（1044—1076），字元澤，王安石之子。《宋史》卷三百二十七有傳。《樂府雅詞》入選其詞一首即《倦尋芳慢》，《全宋詞》據以録入。

倦尋芳慢

【調釋】

王雱詞注中吕宫，用上去韻，賦本意，傷春詞，聲情感傷幽怨。陳善《捫蝨新話》卷下："此詞甚佳，今人多能誦之，然元澤自此亦不復作。"《夢窗詞》注夷則商，即商調，聲情極爲哀怨。《校正》："此調以四字句爲主，但前後段各插入兩個七字句，使全調於和緩之中忽又流暢，而結句又歸於諧婉。前段起兩句之四字句，後段兩組'五四'句式領兩個四字句，均以對偶爲工。前後段各兩個七字句，亦以對偶爲工。此調適於寫景、節序、詠物、抒情，而以寫春景與寒食最相宜。"（393 頁）

【體略】

中吕宫，雙片九十六字，上片四十七字十句四上去韻，下片四十九字十句四上去韻，王雱。

【圖譜】

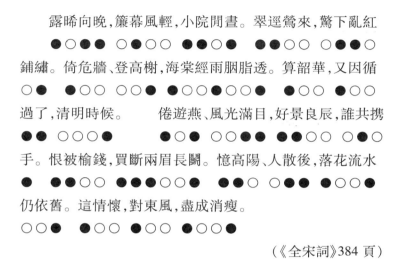

　　露晞向晚，簾幕風輕，小院閒晝。翠逕鶯來，驚下亂紅
　　●〇●● 〇〇〇● ●〇●● ●〇●● 〇●●〇

鋪繡。倚危牆、登高榭，海棠經雨胭脂透。算韶華，又因循
〇● ●〇〇 ●〇● ●〇〇● 〇〇〇● ●〇〇 ●〇〇

過了，清明時候。　　　　倦遊燕、風光滿目，好景良辰，誰共携
●● 〇〇〇● ●〇● 〇〇●● ●〇〇● 〇●〇

手。恨被榆錢，買斷兩眉長鬭。憶高陽、人散後，落花流水
● ●●〇〇 〇●●〇〇● 〇〇〇 〇●● ●〇〇●

仍依舊。這情懷，對東風，盡成消瘦。
〇〇● ●〇〇 ●〇〇 ●〇〇●

（《全宋詞》384 頁）

【注釋】

　　此調兩宋金元現存十五首。《詞譜》卷二十四：“此詞前段第
六句作三字兩句，後段第六句押韻，宋詞無如此填者。因有宮調，
錄以備體。”按《詞譜》斷句不當，上下片第六句皆當斷作六字折腰
一句。“人散後”之“後”字偶用韻，不注。此體除下片“倦遊燕”三
字添頭及兩結韻不同外，其他前後相同，句拍、字聲極整齊協美。

正　　體

【體略】

　　雙片九十七字，上片四十八字，下片四十九字，各十句四上去
韻，潘汾。

【圖譜】

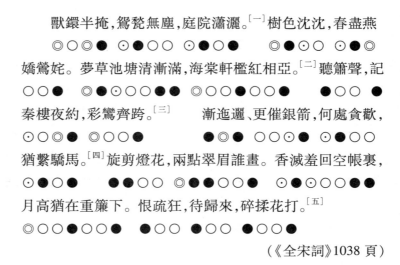

獸鐶半掩，鴛甃無塵，庭院瀟灑。^[一]樹色沈沈，春盡燕

嬌鶯姹。夢草池塘清漸滿，海棠軒檻紅相亞。^[二]聽簫聲，記

秦樓夜約，彩鸞齊跨。^[三]　　　漸迤邐、更催銀箭，何處貪歡，

猶繫驕馬。^[四]旋剪燈花，兩點翠眉誰畫。香滅羞回空帳裏，

月高猶在重簾下。恨疏狂，待歸來，碎揉花打。^[五]

（《全宋詞》1038 頁）

【注釋】

　　[一]此調《詞律》卷十四以王雱詞爲正體，不當；《詞譜》以此詞爲正體，當是，但所定字聲多有不妥。按"獸鐶半掩"當作平起仄收律句，"鴛甃無塵"當作仄起平收律句，此二句惟洪希文詞作"卧鴨爐邊，翔鴛屏底"，偶用不參校。《詞律》以首句必用"去平去上"，不當。又"庭院瀟灑"當作拗句，張端義詞作"尚侵襟袖"，偶用不參校，又吳文英"墜瓶恨井"詞此句原作"空閑孤燕"，《詞律》以"閑"爲"閉"字之誤，當從。句中可平可仄除注明外，皆見所列別體句法相同者。

　　[二]前"沈"湯恢詞偶作"棟"，不參校。"春"、"燕"王質"斷崖樹老"詞作"掌"、"平"。"夢"吳文英"海霞倒影"詞作"羅"，"池"陳紀詞作"落"。"海"吳文英"暮帆掛雨"詞作"尋"。"軒"惟盧祖皋詞作"影"，偶用不參校。

　　〔三〕"記"爲領字，"秦"、"夜"李萊老詞作"一"、"風"。按"秦樓夜約"當用平起仄收律句，盧祖皋詞偶作"寶帳歌憀"，不參校，《詞譜》以四字皆可平可仄，不當。按陳紀詞此韻《全宋詞》斷作："怪東君、太匆匆，亦是人間行客。"應依正體斷句。

　　〔四〕"漸"張端義詞作"誰"，"更"陳紀詞作"五"，皆偶用不參校。"猶"吳文英"海霞倒影"詞作"月"。按"猶繫驕馬"當作拗句，宋人惟王質二詞分别作"此爲至寶"、"晚風獵獵"，盧祖皋詞作"牡丹開遍"，偶用不參校，《詞譜》以此句前三字皆可平可仄，不當。按陳紀詞此韻第二句偶添一領字作"但回首東風"，注出不另列。

　　〔五〕"兩"吳文英"暮帆掛雨"詞作"誰"。"眉"惟李萊老詞作"榷"，偶用不參校。"兩點翠眉誰畫"當作拗句，惟洪希文詞作"還被青春領去"，偶用仄起仄收律句，不參校。"羞"陳紀詞作"且"。"月"翁元龍詞作"行"。"歸來"盧祖皋詞作"鎮日"，偶用不參校，《詞譜》以此二字可平可仄，不當。按洪希文詞下片末二句減一字《全宋詞》作"那堪幾番風雨"，或有脱漏，注出不另列。

又一體

【體略】

　　雙片九十八字，上片四十九字十句四上去韻，下片四十九字十句六上去韻，王質。

【圖譜】

　　　冰壺秋月，去了潘郎，傳到梁老。騎馬乘船，麾斥五湖
　　　○○○● ●●○● ●●○● ○●○○ ○●●○

　　　三島。任捎雲、兼拂日，拽蛟龍、鱗鬣都推倒。向塵中，分付
　　　○● ●○○ ○●● ●○○ ○●○○● ●○○ ○●

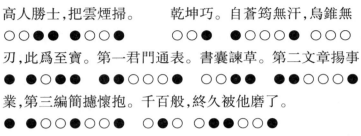

高人勝士，把雲煙掃。　　乾坤巧。自蒼筠無汗，烏錐無
〇〇●● ●〇〇●　　　〇〇●　 ●〇〇〇● 〇〇〇

刃，此爲至寶。第一君門通表。書囊諫草。第二文章揚事
● ●〇●● ●●〇〇〇●　 〇〇●●　 ●●〇〇〇●

業，第三編簡攄懷抱。千百般，終久被他磨了。
● ●〇〇●〇● 〇●〇 〇●●〇〇●

（《全宋詞》1647 頁）

【注釋】

此與王雱詞相校，句拍多有變化，樂譜當有相應改變。上片第
七句添一字作上三下五式八字一句，第九句添一字作六字一句。
下片第一句添一字作三字一句、五字一句，並添一韻。第四、五句
作六字一句、四字一句並添一韻，第六句添一字作七字一句，結韻
三句減一字作三字一句、六字一句。按王質別首用入聲韻，除上片
第九句減一字作"有竹筍瓦缶"，下片結韻添一字作"待重來，細拈
弄、水花山葉"外，其他句拍均與此詞相同，注出不另列。頗疑此詞
最後一韻脫漏一字。

張景修一調

張景修(1040?—1170後),字敏叔,常州(今屬江蘇)人。治平四年(1067)年進士,元豐末爲饒州縣令。《樂府樂詞》入選其詞二首,《全宋詞》據以録入。

選冠子(過秦樓)

【調釋】

此與李甲詞名《過秦樓》者不同。此調最早見李景修詞,名《選冠子》。魯逸仲詞名《惜餘春慢》,侯寘、蔡伸詞名《蘇武慢》,金元詞人多作《蘇武慢》。此調正體爲周邦彦詞。關於周邦彦詞此調名稱,宋本《評注片玉集》及《唐宋諸賢絶妙詞選》、《陽春白雪》、《百家詞》、《詞律》等皆名《過秦樓》,《歷代詩餘》、《詞譜》名《選冠子》,《填詞名解》以周詞當作《惜餘春慢》。《詞譜》卷三十五注李甲《過秦樓》:"《片玉集》以周邦彦《選官子》詞,刻作《過秦樓》,各譜遂名周詞爲仄韻《過秦樓》,不知《選官子》調,其體不一,應以周詞編入《選官子》調內,不得以仄韻《過秦樓》另分一體。"《詞譜》所言是。《詞繫》卷十四:"《選冠子》爲張景修作,乃治平時人,在周、呂諸人之前。謂諸家改易張作調名則可,斷無張襲諸家調名之理。"此調《片玉集》、《夢窗詞》皆注大石調。此調仄韻多用上去韻,亦可用入聲,題材戀情、送別、隱逸均可,常隨調名變化而變化,

聲情婉轉頓挫。《校正》：“以四字句與六字句爲主，音節低沉而和諧，適用於寫景、抒情、詠物。”（610頁）

【體略】

雙片一百九字，上片五十五字，下片五十八字，各十二句四仄韻，張景修。

【圖譜】

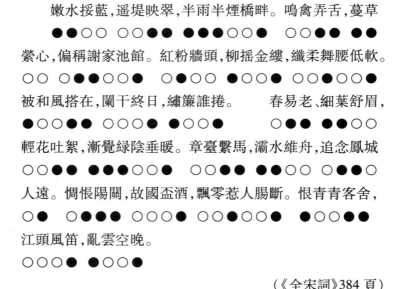

嫩水挼藍，遥堤映翠，半雨半煙橋畔。鳴禽弄舌，蔓草
●●○○　○○●●　●●●○○●　　○○●●　●●

縈心，偏稱謝家池館。紅粉牆頭，柳搖金縷，纖柔舞腰低軟。
○○　○●●○○●　　○●○○　●○○●　○○●○○●

被和風搭在，闌干終日，繡簾誰捲。　　春易老、細葉舒眉，
●○○●●　○○○●　●○○●　　　○●●　●●○○

輕花吐絮，漸覺綠陰垂暖。章臺繫馬，灞水維舟，追念鳳城
○○●●　●●●○○●　　○○●●　●○○○　○●●○

人遠。惆悵陽關，故國盃酒，飄零惹人腸斷。恨青青客舍，
○●　○○○○　●●○●　○○●○○●　●○○●●

江頭風笛，亂雲空晚。
○○○●　●○○●

（《全宋詞》384頁）

【注釋】

此調兩宋今存三十餘首、金元五十餘首，爲兩宋金元流行詞調。此詞爲添頭曲，除換頭加“春易老”三字外，上下片全同，聲韻極爲嚴整，然上下片第九句皆作拗句，後人罕有相同者，不作正體。又上片結韻三句《詞譜》、《詞繫》皆斷作“被和風、搭在闌干，終日

繡簾誰捲”，不當。

正　體

【體略】

　　大石，雙片一百十一字，上片五十五字十二句四仄韻，下片五十六字十一句四仄韻，周邦彥。

【圖譜】

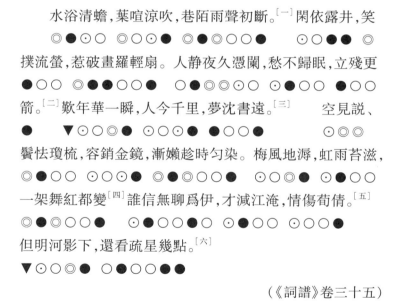

　　　　　　　　　　　　　　　　　　　　　（《詞譜》卷三十五）

【注釋】

　　[一]《清真詞校注》以此詞熙寧七年（1074）秋於長安作。此調押仄韻者以此詞爲正體。此與張詞相校，上下片第七、八、九句

皆作六字一句、四字兩句,下片結韻減二字作五字一句、六字一句異。後人多依此填。此體上片自"閑依"至"更箭",與下片自"梅風"至"苟倩"相同。"水"利登詞作"眉","清"洪适詞作"報"。句中可平可仄除注明外,皆見所列別體句法相同者。

　　[二]"閑"、"笑"鄧有功詞作"謝"、"金"。"人静"以下三句,周詞作六字一句、四字兩句三拍,另有作四字兩句、六字一句者。其中方千里、趙崇嶓、吳文英、陳允平、周密等詞與周邦彦同,今以句拍相同者相校。"人静夜久憑闌"作拗句,與下片"誰信無聊爲伊"拗句形式不同,前後不嚴謹。後人仿周詞者亦莫衷一是。如"人静"句孔夷作"還似初相見時"、陳德武作"誰爲織雲錦裳",拗句形式便與周詞不同。"立"吳文英詞作"凝","更"曾棟詞作"漠",偶用不參校。按此韻三句《詞譜》、《全宋詞》等書將吳文英詞斷作:"湘女歸魂,佩環玉冷無聲,凝情誰訴。"不當,當依周詞體斷句。又蔡伸詞《詞譜》斷作:"樓上黃昏,片帆千里歸程,年華將晚。"而列又一體,仍當從周詞體斷句,無需另列別體。

　　[三]"歎"作領字,宜用去聲。"年"蔡伸詞作"碧"。"人今千里"利登詞作"緑意蘋深",偶用仄起平收律句,不參校。"夢沈書遠"利登詞作"紅香自暖",亦偶用不參校。按曹勛"喬木撑空"詞此韻結句《全宋詞》作五字一句"覺遠行非易","覺"字當爲衍字,注出不另列。

　　[四]"見"虞集"皓月清霜"詞作"華"。"鬢"鄧有功詞作"流"。"趁"利登詞作"三"。"梅"、"地"洪适詞作"左"、"詞"。

　　[五]此韻與上片第七、八、九句句拍相同。《詞譜》、《全宋詞》諸書多有斷句不當者。如吳文英詞《全宋詞》斷作:"生怕哀蟬,暗驚秋被紅衰,啼珠零露。"陳允平"穀雨收寒"詞斷作:"翠閣凝清,正宜瀹茗銀罌,爇香金斗。""翠約蘋香"詞斷作:"虛蠹春華,爲誰容改芳徽,魂飛嬌倩。"等等,均當依周詞斷句。"誰"鄧有功詞作"往","情"陳允平詞作"倩"。

　　［六］"但"作領字,宜用去聲。"疏"、"幾"《詞譜》以爲可平可仄,不當。此韻蔡伸詞《詞譜》、《全宋詞》等書斷作:"盡遲留、憑仗西風,吹乾淚眼。"不當,仍當依周詞體斷句。又按曹勛"細柳排空"一首,此韻《詞譜》斷作:"待歸來、瞻對龍顏,須知有喜。"而列又一體,此調並無此種句拍,仍當斷作"待歸來瞻對,龍顏須知有喜",不過"龍顏須知"作拗句。又曹詞別首此韻作"又雞聲茅店,鴉啼露井重喚起",後句亦與周詞字聲不同,然句拍相同,當是必然。

又一體（正體）

【體略】

　　雙片一百十三字,上片五十五字,下片五十八字,各十二句四仄韻,朱敦儒。

【圖譜】

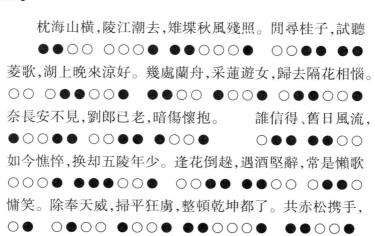

枕海山橫,陵江潮去,雉堞秋風殘照。閒尋桂子,試聽
菱歌,湖上晚來涼好。幾處蘭舟,采蓮遊女,歸去隔花相惱。
奈長安不見,劉郎已老,暗傷懷抱。　　　誰信得、舊日風流,
如今憔悴,換却五陵年少。逢花倒趲,遇酒堅辭,常是懶歌
慵笑。除奉天威,掃平狂虜,整頓乾坤都了。共赤松携手,

重騎明月，再遊蓬島。
○○○●　●○○●

（《全宋詞》837 頁）

【注釋】

《樵歌校注》以此詞作於紹興二十年（1150）秋（57 頁）。此即張景修詞體，惟上下片第九句皆作律句異。金元詞人創作多依此體又略有改變。

又一體

【體略】

雙片一百七字，上片五十三字十二句四仄韻，下片五十四字十一句四仄韻，呂渭老。

【圖譜】

雨淫花房，風斜燕子，池閣晝長春晚。檀盤戰象，寶局
●●○○　○○●●　○●●○○●　○○●●　●●

鋪棋，籌畫未分還懶。誰念少年，齒怯梅酸，病疏霞盞。正
○○　●●●○○●　○○●○　●●○○　●○○●　●

青錢遮路，綠絲明水，倦尋歌扇。　　空記得、小閣題名，紅
○○○●　●○○●　●○○●　　　　○●●、●○○●　○

牋青製，燈火夜深裁剪。明眸似水，妙語如弦，不覺曉霜雞
○○●●　○●●○○●　○○●●　●●○○　●●●○○

喚。聞道近來，箏譜慵看，金鋪長掩。瘦一枝梅影，回首江
●　○○●○　○●○○　○○○●　●●○○●　○●○

南路遠。

○ ●●

（《全宋詞》1113頁）

【注釋】

　　呂詞名《選冠子》。此與周詞相校,惟上下片第九句減二字作四字一句,呂渭老別首正與此同。

又一體

【體略】

　　雙片一百十三字,上片五十五字,下片五十八字,各十一句四仄韻,劉壎。

【圖譜】

玉勒絲鞭,彩旗紅索,總向愁中休了。偏憐景媚,爲甚
●●○○　●○○●　●●○○●●　○○●●　●●

愁濃,都爲雨多晴少。桃杏開到梨花,紅印香泥,緑平幽沼。
○○　○●●○●●　○○○●○○　○●○○　●○○●

也無饒、紅藥殿春,更作薄寒清峭。　　塵夢裏、暗換年華,
●○○　○●●○　●●●○○●　　○●●　●●○○

東風能幾,又把一番春老。鶯花過眼,蠶麥當頭,朝日濃陰
○○○●　●●●○○●　○○●●　○●○○　○●○○

籠曉。休恨煙林杜鵑,只恨啼鳩,呼雲聲杳。到如今、暖靄
○●　○●○○●○　●●○○　○○●●　●○○　●●

烘晴,滿地緑陰芳草。
〇〇　●●●〇〇

(《全宋詞》3335 頁)

【注釋】

　　劉詞名《惜餘春慢》。此與周詞相校,惟上片結韻作上三下四式七字折腰一句、六字一句,下片結韻添二字作兩句拍,與上片結韻同。按《梅苑》無名氏"憔悴江山"詞同此體,惟上片第七、八、九句作四字兩句、六字一句(與朱敦儒詞相同),注出不另列。上片第八句《全宋詞》作"紅印香印",今檢《水雲村詩餘》(《彊邨叢書》本)作"紅印香泥",從後者。

又一體(正體)

【體略】

　　雙片一百十三字,上片五十五字,下片五十八字,各十一句四仄韻,趙孟頫。

【圖譜】

北隴耕雲,南溪釣月,此是野人生計。山鳥能歌,山花
●●〇〇　〇〇●●　●●●〇〇●　　〇●〇〇　〇〇

解笑,無限乾坤生意。看畫歸來,挑籃閒眺,風景又還光霽。
●●　〇●〇〇〇●　●●〇〇　〇〇〇●　〇●●〇〇●

笑人生、奔走如狂,萬事不如沈醉。　　細看來、聚蟻功名,
●〇〇　〇●〇〇　●●●〇〇●　　　●●〇　●●〇〇

戰蝸事業,畢竟又成何濟。有分山林,無心鐘鼎,誓與漁樵
●〇●●　●●●〇〇●　●●〇〇　〇〇〇●　●●〇〇

深契。石上酒醒,山間茶熟,別有水雲風味。順吾生、素位
○●　　●●●○　　○○○●　●●●○○●　　●○○　●●
而行,造化任他兒戲。
○○　●●●○●

(《全金元詞》808 頁)

【注釋】

趙詞名《蘇武慢》,此亦爲正體,金元詞人多依此體創作。此
與朱敦儒詞相校,上下片第四、五句律句形式不同,又上下片結韻
作七字折腰一句,六字一句異。

虞集"雲淡風清"一首,結韻《詞譜》以添一字作三句拍:"農人
告我,有事西疇,窈窕掛書牛角。"《全金元詞》無"有"字作兩拍:
"農人告我事西疇,窈窕掛書牛角。"按"有"當爲衍字,應依正體斷
作:"農人告、我事西疇。"無需另列別體。

黄大臨一調

黄大臨(生卒年不詳),字元明,號寅庵,洪州分寧(今江西修水)人。爲黄庭堅胞兄,《全宋詞》輯存其詞三首。

七娘子

【調釋】

調名來源具體不詳,當以歌妓之名爲調名。黄詞用上去韻,重頭曲,賦本調,聲情嫵媚風流。

【體略】

雙片六十字,上下片各三十字五句四上去韻,黄大臨。

【圖譜】

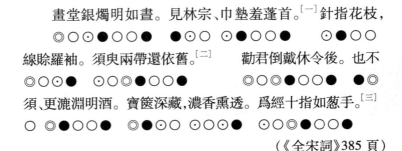

畫堂銀燭明如晝。見林宗、巾墊羞蓬首。[一]針指花枝,
◎○⊙●○○● ●○○ ⊙●○○● ⊙●○○

線睫羅袖。須臾兩帶還依舊。[二]　勸君倒戴休令後。也不
◎○○● ⊙○◎●○○● ◎○○●○○● ●○

須、更漉淵明酒。寳篋深藏,濃香熏透。爲經十指如葱手。[三]
○ ○◎●○○● ◎●○○ ○○○● ⊙○○◎●○○

【注釋】

[一]此調兩宋現存十餘首,金元無存詞。《詞律》卷九以蔡伸詞爲譜,不妥。《詞譜》卷十三以毛滂詞爲譜,所定字聲多不當,今以黃大臨詞爲譜。此調惟毛滂"山屏霧帳"一首用入聲韻,其他皆用上去韻,宜用上去韻。"巾"向子諲詞作"不"。《詞繋》卷十六:"謝逸作首句用平仄平平平平仄,與各家異,是誤筆,不可從。"句中可平可仄除注明外,皆見所列別體句法相同者。《詞牌格律》將上下片第二句斷作一七句式(1651 頁)。

[二]"兩"賀鑄詞作"携",按"須臾兩帶還依舊"作律句,毛滂"山屏霧帳"一詞偶作"這番一日涼一日",用拗句,宋人僅此例,《詞譜》以此詞爲譜,不當。

[三]"倒"陳亮詞作"聲"。"不"陳亮詞作"吟","更"王灼詞作"雞"。"寶"賀鑄詞作"行","深"向子諲詞作"落"。按"寶篋深藏"當用仄起平收律句,無名氏"清香浮動"詞作"壽陽妝鑒",偶用不參校,《詞譜》以四字皆可平可仄,誤。"十"無名氏"暖律未回"作"歸"。

又一體

【體略】

雙片五十八字,上下片各二十九字五句四上去韻,蔡伸。

【圖譜】

天涯觸目傷離緒。登臨況值秋光暮。手撚黃花,憑誰
○○●●○○● ○○●●○○● ●●○○ ○○

分付。離離雁落蒹葭浦。　　　憑高目斷桃溪路。屏山樓外
○●　　○○●●○○●　　　○○●●○○●　　○○○●

青無數。綠水紅橋，鎖窗朱户。如今總是銷魂處。
○○●　●●○○　●○○●　　○○●●○○●

（《全宋詞》1023頁）

【注釋】

此與黃詞相校，上下片第二句各減一字作七字一句異。吳申
詞正與此同。《詞譜》："元正宮曲，即宗此體。"

又一體

【體略】

雙片六十字，上片三十字五句三仄韻，下片三十字五句四上去
韻，《梅苑》無名氏。

【圖譜】

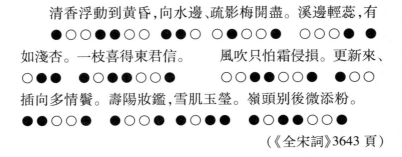

清香浮動到黃昏，向水邊、疏影梅開盡。溪邊輕蕊，有
●○○●●○○　●●○　○●○○●　○○○●　●

如淺杏。一枝喜得東君信。　　　風吹只怕霜侵損。更新來、
○●●　○○●●○○●　　　○○●●○○●　●○○

插向多情鬢。壽陽妝鑑，雪肌玉瑩。嶺頭別後微添粉。
●●○○●　●○○●　●○●●　●○●●○○●

（《全宋詞》3643頁）

【注釋】

此與黃詞相校，首句不用韻，上下片第三句均用平起仄收律句

異，宋人詞雖僅此例，亦屬有意運用，《詞譜》以此兩律句參校他詞，以致正體字聲混亂。上片第三句原作"溪邊畔清蕊"，《全宋詞》作"溪邊畔，輕蕊"，《詞譜》作"溪畔清蕊"。按"邊"、"畔"二字必有一字爲衍字，與下片"壽陽妝鑒"相校，則衍字當爲"畔"字，今改。

又按《詞譜》以首句"昏"亦用韻："此亦與毛詞同，惟前段起句叶平韻異。或疑'昏'字非韻，然《七娘子》調，從無起句不用韻者。按，鄭庠《古音辨》，真、文、元、寒、删、先，六韻爲一部，蓋以六韻爲顎音，商聲也。故六韻平、上、去，皆可通用。此詞'昏'字，正以十三元與軫吻等韻叶也，惟'杏'字在二十三梗部，是又因真文之通庚青，即通庚青之三叶，亦本古韻耳。"

黄庭堅十五調

黄庭堅(1045—1105),字魯直,號山谷道人,晚號涪翁,洪州分寧(今江西修水)人。英宗治平四年(1067)進士。與張耒、晁補之、秦觀遊學於蘇軾門下,合稱爲"蘇門四學士"。生前詩與蘇軾齊名,世稱"蘇黄"。其詞集名《山谷詞》,又作《山谷琴趣外篇》。用調兼受柳永、蘇軾影響,雅俗並舉,新調中俗調甚多,受曲體影響較大。

步蟾宫

【調釋】

此調名即蟾宫折桂之意。汪存詞詠調名本意,聲情風流灑脱。《詞譜》卷十三:"蔣氏《九宫譜目》入南吕引子,韓淲詞名《釣臺詞》,劉擬詞名《折丹桂》。"

【體略】

雙片五十九字,上片二十九字四句三仄韻,下片三十字六句三仄韻,黄庭堅。

【圖譜】

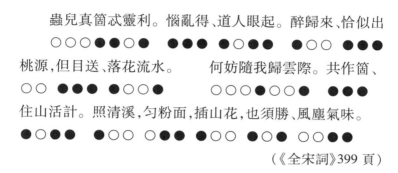

　　蟲兒真箇忒靈利。惱亂得、道人眼起。醉歸來、恰似出
桃源，但目送、落花流水。　　　　何妨隨我歸雲際。共作箇、
住山活計。照清溪，勻粉面，插山花，也須勝、風塵氣味。

(《全宋詞》399 頁)

【注釋】

　　此調兩宋金元現存三十餘首。《詞譜》卷十三以蔣捷詞爲正體："此調昉自山谷，但宋、元詞，俱宗蔣捷體，惟韓淲集中一詞，則照此填。"黃庭堅詞與本意無關，當非始詞。《詞譜》以宋元詞俱宗蔣捷體不當。此調當以晁端禮和汪存詞爲正體，蔣捷詞正同汪存詞。

又 一 體

【體略】

　　雙片五十八字，上下片各二十九字四句三仄韻，晁端禮。

【圖譜】

　　昨宵爭箇甚閒事。又不道、被誰調戲。任孜孜、求告不
回頭，誚滿眼、汪汪地淚。　　　　奴哥一向不賭是。算誰敢、

共他爭氣。且偎隨、須有喜歡時，待款款、説些道理。
●○○● 　◎○○⊙ ⊙●●○○ ●●● ●○●●

（《全宋詞》442 頁）

【注釋】

　　此與黃詞相校，後片與前片句拍完全相同，爲重頭曲。此體《詞譜》以楊无咎詞爲譜，且云：“此詞前後段第三句俱八字，較黃詞減一字，句讀似更整齊，但宋人無填此者。”此説不當。按仲殊四詞、楊无咎“桂花馥鬱”詞、韓淲詞、及無名氏“垂弧門左”一首正與此同。上片第三句“任”仲殊“笙歌喜慶”詞作“香”，前“孜”無名氏詞作“妙”，後“孜”仲殊詞作“上”。下片第三句“且”、“隨”仲殊“笙歌喜慶”詞作“教”、“語”，“須”仲殊“長庚星馭”詞作“籙”。又此詞換頭一句“奴哥一向不賭是”，作拗句，偶用不可效仿，“賭”字宜用平聲。句中可平可仄除注明外，皆見所列別體句法相同者。

正　　體

【體略】

　　雙片五十六字，上下片各二十八字四句三仄韻，汪存。

【圖譜】

　　　玉京此去春猶淺。[一]正雪絮、馬頭零亂。姮娥剪就緑
　　　◎○○○●⊙○● 　◎○● ○○○● ⊙○◎●●

雲裳，待來步、蟾宮與換。[二] 　　明年二月桃花岸。棹雙漿、
○○ ●⊙● ⊙○○● 　　⊙○○●○○● ●⊙●

浪平煙暖。^[三]揚州十里小紅樓，盡捲上、珠簾一半。^[四]
◎○⊙●　　⊙○○●●●○○　●○●　⊙○○◎●

（《全宋詞》第 642 頁）

【注釋】

　　[一]此亦爲重頭曲，且詠調名本意，宋人依此填者最多。《詞律》卷八以此爲正體，當是。蔣捷詞亦正同此體。此與晁詞相校，上下片第三句各減一字作七字一句。按《詞譜》雖收此詞，但下片第二句作“雙槳浪平煙暖”，作六字一句而成別體（《詞律》亦然，但《詞律》指出“‘雙槳’句六字，比前段少一字。按此調，前後自應相對，此必係脫落，雖照舊刻列此，不可從也”，當是），今從《全宋詞》校作七字折腰句。句中可平可仄除注明外，皆見所列別體句法相同者。

　　[二]“正雪”章謙亨詞作“厮捱”。“馬”章耐軒詞作“梅”。“待”宋人詞惟楊无咎及鍾過作平聲，偶用不參校。按《全宋詞》上片結句與下片結句均未斷作七字折腰句不當。

　　[三]“明”仲殊“長庚星馭”詞作“鶴”。下片首句惟晁端禮詞作拗句，不參校。“桃”惟楊无咎“一斑兩點”詞作“好”，偶用不參校。“浪”蔣捷“綠華翦碎”詞作“瓊”。

　　[四]“揚”無名氏“冀開四葉”詞作“願”。“盡”宋人詞惟章耐軒用“誰”作平聲，偶用不參校。“一”蔣捷“綠華剪碎”詞作“三”。按章耐軒詞結句《全宋詞》作“誰知道、是水仙兄弟”，偶添一襯字“是”，不另列。

又一體

【體略】

　　雙片五十字，上下片各二十五字四句三仄韻，王之道。

【圖譜】

照人何處雙瞳碧。欲去江城北。過江風順莫遲留，快
●○○●○○●　●●○○●　●○○○●○○　●

雁序、飛聯翼。　　西湖花柳傳消息。知是東君客。家書
●●　○○●　　　○○○●○○●　○●○○●　○○

須辦寫泥金，報科名、題淡墨。
○●●○○　●○○　○●●

（《全宋詞》1156 頁）

【注釋】

此與汪存詞相校，惟上下片第二句各減二字作五字一句，結句
各減一字作六字折腰句異。王之道別二首、程大昌詞、張鎡詞、王
喆三詞、馬鈺三詞皆與之同。

逍遙樂

【調釋】

黃詞詠調名本意，賦道情，用上去韻，聲情明快灑脫。

【體略】

雙片九十八字，上片五十四字十一句六上去韻，下片四十四字
八句五上去韻，黃庭堅。

【圖譜】

春意漸歸芳草。故國佳人，千里信沈音杳。雨潤煙光，
○●●○○●　●●○○　○●●○○●　●●○○

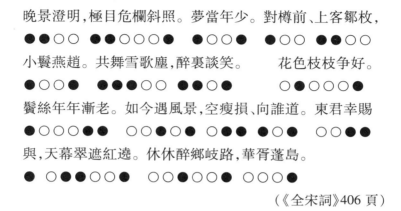

晚景澄明,極目危欄斜照。夢當年少。對樽前、上客鄒枚,
●●○○　●●○○○●　●○○●　●○○　●●○○

小鬟燕趙。共舞雪歌塵,醉裏談笑。　　花色枝枝爭好。
●○○●　●●●○○　●●○●　　○●○○○●

鬢絲年年漸老。如今遇風景,空瘦損、向誰道。東君幸賜
●○○○●●　○○●○●　○●●　●○●　　○○●●

與,天幕翠遮紅遶。休休醉鄉岐路,華胥蓬島。
●　○●○●○●　○○○●○○　○○●●

（《全宋詞》406 頁）

【注釋】

此調兩宋金元現僅存此詞,無別首可校。

歸田樂令

【調釋】

此調當出自《歸田樂》大曲,參見《歸田樂》調釋。黃詞用平韻,無關本意,賦相思戀情,聲情急切歡快。

【體略】

雙片四十四字,上片二十八字六句四平韻,下片十六字三句三平韻(有脫漏),黃庭堅。

【圖譜】

引調得,甚近日心腸不戀家。寧寧地、思量他。思量
○●●　●●●●○●●○　○○●　○○○　　○○

他。兩情各自肯,甚忙咱。　　　意思裏、莫是賺人呀。噢奴
○　●○●●● ●○○　　　●○● ●●●●○○　　○○
真箇唪。共人唪。
○●○　●○○

(《全宋詞》407 頁)

【注釋】

　　此調兩宋現僅存二詞,金元無存詞。《詞律辭典》:"此詞'引
調得'至'甚忙咱'六句句式與晁補之詞上片甚近,僅第二句添一
字,作上一下七式八字句。第三句押韻,第四句用疊韻。全詞又用
平韻。詞中之'呀'、'噢'、'唪'等僻字,亦不見於《中華大字典》,
當爲江西修水地區之方言字。'呀'、'唪'之注韻,是根據詞中所
用之'家'、'他'等六麻韻字而定。結句詞意費解,無別詞可校,采
之以存調。"(384 頁)《全宋詞》、《詞律辭典》皆作單片,今據晁詞
分作雙片。按此詞據晁詞,下片必有脫漏。

又一體

【體略】

　　雙片五十字,上片二十七字六句三入聲韻,下片二十三字五句
二入聲韻,晁補之。

【圖譜】

春又去,似別佳人幽恨積。閒庭院、翠陰滿,添晝寂。
○●● ●●○○○●● 　○○● ●○● ○●●

一枝梅最好,至今憶。　　　正夢斷,爐煙裊,參差疏簾隔。

●○○●● ●○●　　　●●● ○○● ○○○○●

爲何事、年年春恨,問花應會得。

●○● ○○○● ●○○●●

(《全宋詞》556 頁)

【注釋】

此用入聲韻,與黃詞相校上片句拍相同,再無他詞可校。

喝火令

【調釋】

調名不詳。黃詞賦戀情,用平韻,上片前三句一小層,作五五、七句法,後兩句一小層,作五六句法,下片前三句與上片相同,後四句作四五、六五句法,其中前三句句首疊用三個"曉也",聲情流美感傷。

【體略】

雙片六十五字,上片二十八字五句三平韻,下片三十七字七句四平韻,黃庭堅。

【圖譜】

見晚情如舊,交疏分已深。舞時歌處動人心。煙水數

●●○○● ○○●●○ ●○○●●○○ ○●●

年魂夢,無處可追尋。　　　昨夜燈前見,重題漢上襟。便愁

○○● ○●●○○　　　●●○○● ○○●●○ ●○

雲雨又難尋。曉也星稀,曉也月西沈。曉也雁行低度,不會
○●○○　　●●○○　　●●●○○　　　●●●○○●　●●
寄芳音。
●○○

(《全宋詞》411 頁)

【注釋】

　　此調兩宋金元現僅存此詞。《詞譜》卷十四:"此詞無他首可
校。後段句法,若準前段,則第四句應作'星月雁行低度',今疊用
三'曉也'字,攤作三句,當是體例應然,填者須遵之。"《詞律》卷
九:"後段比前多'曉也'二句九字。按此調前後相同,不應中多二
句,恐前有脫落。"杜文瀾按:"此調'曉也'三疊字,他作亦有之,似
此調定格,末句首二字亦有作四疊者。"《詞牌格律》:"此詞牌特別
之處,就在於下片自第四句起,一直連用三個排比句,作聲律上的
重複、詞意上的遞進,然後才由一個五言句結束全詞。"(443 頁)

　　按此調清人創作很多,今錄顧春詞供參考(顧詞原序:"己亥
驚蟄後,一日雪中訪雲林,歸途雪已深矣。題小詞書於燈下。"):
"久別情尤熟,交深語更繁。故人留我飲芳罇。已到雅棲時候,窗
影漸黃昏。　　　拂面東風冷,漫天春雪翻。醉歸不怕開城門。一
路璃瑤,一路没車痕。一路遠山近樹,粧點玉乾坤。"(《東海漁歌》
卷四)

雪花飛

【調釋】

　　《宋史·樂志》中宋太宗"制曲"有小曲高角調《雪花飛》。黃
詞用平韻,上下片各兩句一韻,上片六六、六四句法,下片五五、六

四句法,調賦本意,風流嫵媚。從此調內容典雅寫“皇都”風景來看,很可能即爲宋太宗“制曲”。

【體略】

　　雙片四十二字,上片二十二字,下片二十字,各四句兩平韻,黃庭堅。

【圖譜】

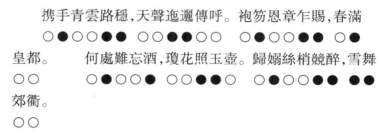

（《全宋詞》411 頁）

【注釋】

　　此調兩宋金元現僅存此詞,無他首可校。《詞律》卷三:“後起二句,比前段各少一字。”

下水船

【調釋】

　　《詞譜》卷十七:“唐教坊曲名。按唐王保定《摭言》:裴庭裕,乾寧中在內廷,文書敏捷,號‘下水船’,調名取此。”黃詞寫“皇都”景色,上下片及換頭各有一個三字短韻,聲情明媚婉轉。同期賀鑄、晁補之有詞。

【體略】

雙片七十五字,上片三十六字七句五上去韻,下片三十九字八句六上去韻,黃庭堅。

【圖譜】

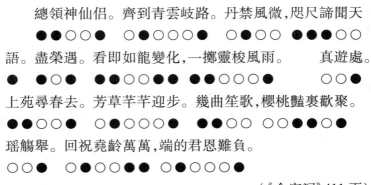

　　　　總領神仙侶。齊到青雲岐路。丹禁風微,咫尺諦聞天
　　　　●●○○●　　○●○○●●　　○●○○　●●●○○
語。盡榮遇。看即如龍變化,一擲靈梭風雨。　　　　真遊處。
●　●○●　●●○○●●　●○○○○●　　　　○○●
上苑尋春去。芳草芊芊迎步。幾曲笙歌,櫻桃豔裹歡聚。
●●○○●　○●○○●●　●●○○　○○●●○○●
瑤觴舉。回祝堯齡萬萬,端的君恩難負。
○○●　○●○○●●　○●○○○●

　　　　　　　　　　　　　　　　　　（《全宋詞》411 頁）

【注釋】

此調兩宋現僅存四詞,金元無存詞。此詞上片第四句作仄起仄收律句,下片第五句又作拗句,前後不協,不作正體。

正　　體

【體略】

雙片七十五字,上片三十六字七句六上去韻,下片三十九字八句六上去韻,賀鑄。

【圖譜】

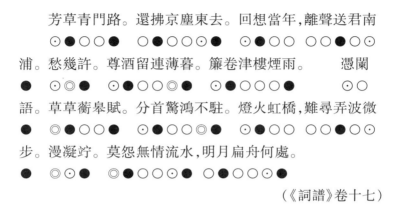

芳草青門路。還拂京塵東去。回想當年,離聲送君南
浦。愁幾許。尊酒留連薄暮。簾卷津樓煙雨。　　憑闌
語。草草蘅皋賦。分首驚鴻不駐。燈火虹橋,難尋弄波微
步。漫凝竚。莫怨無情流水,明月扁舟何處。

(《詞譜》卷十七)

【注釋】

　　《東山詞》校注本繫此詞於哲宗元祐三年(1088)(235 頁)。此調當以此詞爲正體,上片自“還拂”以下,與下片“分首”以下相同。晁補之“百紫千紅翠”一首,句拍、字聲正與此同,惟用韻稍異。句中可平可仄即參諸詞句法相同者。按上片第三、四句,《全宋詞》從《彊村叢書》作“回想當年離緒。送君南浦”,按此調無此句拍,今從《詞譜》及《四印齋所刻詞》)。

又一體

【體略】

　　雙片七十五字,上片三十六字七句四上去韻,下片三十九字八句四上去韻,晁補之。

【圖譜】

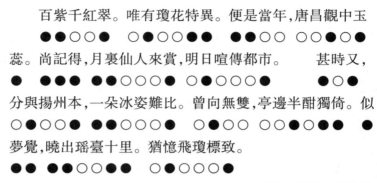

百紫千紅翠。唯有瓊花特異。便是當年,唐昌觀中玉
●●○○● 　○●○○●● 　●●○○ ○○●●●

蕊。尚記得,月裏仙人來賞,明日喧傳都市。　　甚時又,
● 　●●● ●○○○●● 　○○○○● 　　●○●

分與揚州本,一朵冰姿難比。曾向無雙,亭邊半酣獨倚。似
○●○○● ●●○○● 　○●○○ ○○●●● 　●

夢覺,曉出瑤臺十里。猶憶飛瓊標致。
●● ●●○●●● 　○●○○○●

(《全宋詞》560 頁)

【注釋】

　　《唐宋詞彙評》考此詞乃任揚州通判時作(816 頁)。此與賀詞
相校,上片第五、六句,下片第一、二、六句均不用韻,下片第七句添
一韻異。按下片第四、五句《詞律》、《詞譜》等書斷作"曾向無雙亭
邊,半酣獨倚",依律仍當斷作四字一句、六字一句。

又一體

【體略】

　　雙片七十六字,上片三十六字七句六上去韻,下片四十字八句
六上去韻,晁補之。

【圖譜】

上客驪駒繫。驚喚銀瓶睡起。困倚妝樓,盈盈正解羅
●●○○● 　○●○○●● 　●●○○ ○○●●○

鬢。鳳釵墜。繚繞金盤玉指。巫山一段雲委。　　半窺
● ●○● 　○●●○● 　●○●●○● 　　●○

鏡，向我橫秋水。斜頷花枝交鏡裏。淡拂鉛華，匆匆自整羅
● ●●○● 　●○○●○● 　●●○○ 　○○●●○

綺。斂眉翠。雖有憎憎密意。空作江邊解佩。
● ●○● 　○●○○●● 　○●○○●●

【注釋】

　　此與賀詞相校，上片第四句、下片第五句皆用拗句，亦可效法。下片首句不押韻，第七句押韻。下片第三句添一襯字"交"字，偶用不可效法。又此詞上下片結句律句不同，亦不穩妥。上片第五句"鳳釵墜"《全宋詞》作"鳳釵垂"。

望江東

【調釋】

　　黃詞云："江水西頭隔煙樹。望不見、江東路。"賦本意，句法上下片均爲七、六、七、六，六字句皆作折腰，聲情跌宕感傷。金人王喆詞題名《抛球樂》。

【體略】

　　雙片五十二字，上下片各二十六字四句四上去韻，黃庭堅。

【圖譜】

　　江水西頭隔煙樹。望不見、江東路。思量只有夢來去。
　　○●○○●○● 　●●● 　○○● 　○●●●●○●

更不怕、江闌住。　　　燈前寫了書無數。算没箇、人傳與。
●●● ○○●　　　○○●●○○● ●●● ○○●

直饒尋得雁分付。又還是、秋將暮。
●○○●●○● ●○● ○○●

（《全宋詞》413 頁）

【注釋】

《唐宋詞彙評》考此詞於元豐三年（1080）作（635 頁）。此調
兩宋金元現僅存此詞。《填詞名解》卷一："此調平韻即《醉紅
妝》。"按張先《醉紅妝》平韻詞句拍與此全同,惟下片第三句不用
韻異,《填詞名解》所云或是,待考。

惜餘歡

【調釋】

黃詞賦本意,用入聲韻,多用四字短句,聲情激越歡暢。

【體略】

雙片一百四字,上片五十一字十一句四入聲韻,下片五十三字
十一句五入聲韻,黃庭堅。

【圖譜】

四時美景,正年少賞心,頻啟東閣。芳酒載盈車,喜朋
●○●● ●○●● ○●○● ○●●○○ ●○

侶簪盍。杯觶交飛,勸酬互獻,正酣飲、醉主公陳榻。坐來
●○● ○●○○ ●●●● ○●● ●●○● ●○

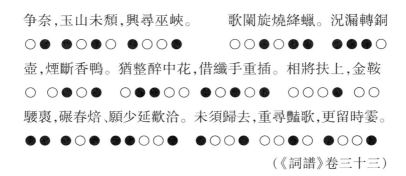

爭奈，玉山未頹，興尋巫峽。　　歌闌旋燒絳蠟。況漏轉銅
○● ●○●● ●○○●　　　○○●○●● ●●●○

壺，煙斷香鴨。猶整醉中花，借纖手重插。相將扶上，金鞍
○ ●○○● ●○○●○ ●○●○●　●○○● ○○

騌裏，碾春焙、願少延歡洽。未須歸去，重尋豔歌，更留時霎。
●● ●○●、●○○○● ●○○● ○○●○ ●○○●

（《詞譜》卷三十三）

【注釋】

　　此調兩宋金元現僅存此詞。《詞律》卷十八：“以閣合峽蠟同叶，是江西音也。‘正年少’以下，與後‘況漏轉’以下同。”《詞譜》：“此調只有此詞，無別首可校。前段第七句，坊本脫一‘互’字，與調不合，今爲增定。”

　　按此詞上片第六、七句《全宋詞》作“杯觴交飛勸酬獻”，今從《詞譜》。

品　　令

【調釋】

　　與歐陽修名《品令》者不同，《品令》或爲兩宋大曲。此調用上去韻，多用四字句法，詠物言情皆宜，聲情活潑輕快。《魏氏樂譜》卷四以黃庭堅“鳳舞團團餅”爲譜。

【體略】

　　雙片六十五字，上片三十三字，下片三十二字，各七句四上去韻，黃庭堅。

【圖譜】

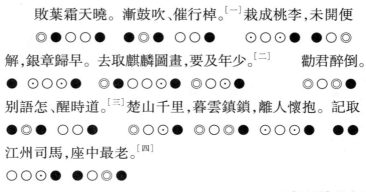

　　敗葉霜天曉。漸鼓吹、催行棹。^[一]栽成桃李,未開便
　　◎●○○●　　●○●　○○●　　　　⊙○⊙●　●○◎
　解,銀章歸早。去取麒麟圖畫,要及年少。^[二]　　　　勸君醉倒。
　●　⊙○○●　　●◎○○●　⊙○○●　　　　　　　◎○○●
　別語怎、醒時道。^[三]楚山千里,暮雲鎮鎖,離人懷抱。記取
　●◎●　○○●　　○○○●　◎○◎●　⊙○⊙●　●◎
　江州司馬,座中最老。^[四]
　○○○⊙●　●○◎●

(《詞譜》卷九)

【注釋】

　　[一]《唐宋詞彙評》考此詞乃紹聖三年(1096)秋,送曹譜離任時作(596頁)。此調兩宋金元現存近二十首詞,惟元人程文海詞用入聲韻,其餘皆用上去韻,當用上去韻。此調首句五字者以此詞爲正體,首句四字者以《梅苑》無名氏詞爲正體。《詞譜》卷九以無名氏“山重雲起”及“急雨驚秋曉”分列兩譜,不妥,所定字聲亦多不當。“漸”宋人惟無名氏“急雨驚秋曉”詞作“今”,偶用不參校。句中可平可仄除注明外,皆見所列別體句法相同者。

　　[二]上片第三韻《詞譜》、《全宋詞》均斷作“栽成桃李未開,便解銀章歸報”,不妥,此韻當斷作三句拍。“圖”無名氏“急雨驚秋曉”詞作“已”。“要”無名氏“急雨驚秋曉”詞作“蓮”,“及”以入代平,不依《詞譜》定仄聲。

　　[三]下片第二句“醒”平仄兩讀,此處宜讀平聲,遍檢宋元詞作,皆用平聲,《詞譜》定仄聲誤。“時”惟趙長卿詞作“屈”,以入代平。下片第二句《全宋詞》作“別語怎向醒時道”。

[四]"暮"趙長卿詞作"暎"。"雲"惟無名氏"急雨驚秋曉"詞作"待",偶用不參校。下片第三韻《詞譜》、《全宋詞》均斷作"楚山千里暮雲,正鎖離人情抱",此韻亦當斷作三句拍。"司"周紫芝"西風持酒"詞作"也"。按《詞譜》以無名氏"急雨驚秋曉"詞下片結韻作"道與荷花,人比去年總老"而另列別體,此二句亦當依此體斷作六字一句、四字一句,無需另列。

又一體

【體略】

雙片六十六字,上片三十四字,下片三十二字,各七句四上去韻,黃庭堅。

【圖譜】

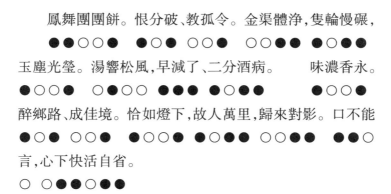

鳳舞團團餅。恨分破、教孤令。金渠體净,隻輪慢碾,
●●○○● ●○● ○○●● ○○●●

玉塵光瑩。湯響松風,早減了、二分酒病。　　味濃香永。
●○○● ●●○○ ●●● ●○●● 　　●○○●

醉鄉路、成佳境。恰如燈下,故人萬里,歸來對影。口不能
●○● ○○● ●○○● ●○●● ○○●● ●●○

言,心下快活自省。
○ ○●●○●●

(《全宋詞》405頁)

【注釋】

此與"敗葉霜天曉"相校,上片結韻添一字作四字一句、上三

下四式七字一句，下片結韻二句作四字一句、六字一句。按下片結句"活"字以入代平，不注仄聲。按上片結句"了"字當爲襯字，全句仍本爲六字句。

又一體（正體）

【體略】

　　雙片六十四字，上下片各三十二字七句四上去韻，《梅苑》無名氏。

【圖譜】

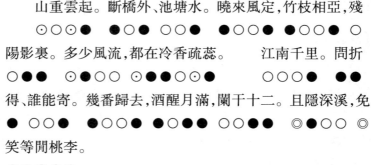

山重雲起。斷橋外、池塘水。曉來風定，竹枝相亞，殘
陽影裏。多少風流，都在冷香疏蕊。　　江南千里。問折
得、誰能寄。幾番歸去，酒醒月滿，闌干十二。且隱深溪，免
笑等閒桃李。

（《全宋詞》3629 頁）

【注釋】

　　此體爲此調常體，宋元詞作與此詞相同者最多。此與黃庭堅"敗葉霜天曉"詞相校，惟首句減一字作四字一句，上下片結韻二句均作四字一句、六字一句。按上片結韻雖然句法與黃詞小異，但字聲並無不同。上片結句"都"、"疏"曾紆詞作"獨"、"嫩"。下片

第六句"且"呂渭老詞作"何"。結句"桃"趙長卿詞作"不"。按曾
紆詞上片第二句減一字作"疏靄連孤鶩",遍檢兩宋金元詞作,此
處皆作六字折腰句,曾詞"疏靄"前當脱漏一字,注出不另列。又
趙長卿"黃昏時候"詞上片首句不押韻,結句用拗句,亦偶用不
另列。

又一體

【體略】

雙片六十四字,上下片各三十二字七句四上去韻,周紫芝。

【圖譜】

霜蓬零亂。笑緑鬢、光陰晚。紫茱時節,小樓長醉,一
〇〇〇●　●●●　〇〇●　●〇〇●　●〇〇●　●

川平遠。休説龍山佳會,此情不淺。　　　黃花香滿。記白
〇〇〇●　〇●〇〇〇●　●〇●●　　　〇〇〇●　●●

苧、吴歌軟。如今却向,亂山叢裏,一枝重看。對著西風搔
●　〇〇●　〇〇●●　●〇〇●　●〇〇●　●〇〇〇

首,爲誰腸斷。
●　●〇〇●

（《全宋詞》886 頁）

【注釋】

《詞譜》:"此與《梅苑》詞同,惟前後段第六、七句攤破句法,作
六字一句、四字一句異。"周紫芝别首正與之同。按周詞别首下片
結韻《全宋詞》斷作"怕衰黃花,也解笑人白首",當依此體斷作六

字一句、四字一句。

又一體

【體略】

雙片六十四字，上片三十二字六句四上去韻，下片三十二字七句三上去韻，陳亮。

【圖譜】

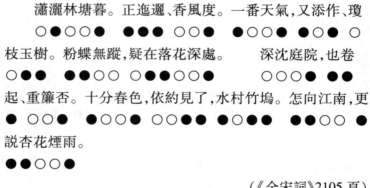

瀟灑林塘暮。正迤邐、香風度。一番天氣，又添作、瓊
○●○○●　●●　○○●　●○○●　●○● ○

枝玉樹。粉蝶無蹤，疑在落花深處。　　深沈庭院，也卷
○●● 　●●○○　○●○○●　　　　○○○● ●●

起、重簾否。十分春色，依約見了，水村竹塢。怎向江南，更
● 　○○●　●○○●　○○●●　●●○● 　●●○○　●

説杏花煙雨。
●●○○●

（《全宋詞》2105 頁）

【注釋】

此與黃庭堅"鳳舞團團餅"詞相校，上片第四、五句減一字作七字一句，結句減一字作六字一句，下片換頭不用韻。按下片第四句"約"字以入代平，不注仄聲。按此詞上片第四句應有脱漏，仍應爲四字兩句。

又一體

【體略】

雙片六十字,上下片各三十字六句三上去韻,卓田。

【圖譜】

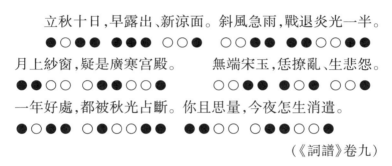

立秋十日,早露出、新涼面。斜風急雨,戰退炎光一半。

月上紗窗,疑是廣寒宮殿。　　無端宋玉,恁撩亂、生悲怨。

一年好處,都被秋光占斷。你且思量,今夜怎生消遣。

(《詞譜》卷九)

【注釋】

《詞譜》:"此亦《梅苑》詞體,惟前後段第三、四、五句,各減二字,作四字一句、六字一句異。"下片首句不用韻與陳亮詞同。下片第二句"恁撩亂、生悲怨"《全宋詞》作"撩亂生悲怨"。

望遠行

【調釋】

此與唐五代及柳永名《望遠行》者皆不同。此調可押入聲、平聲韻。黄詞聲情俚俗諧謔,調當采自民間。兩宋除黄氏詞外,尚有無名氏"當時雲雨夢"詞,金元尚有丘處機、劉處玄、侯善淵

詞。孫惟信詞及無名氏“青錢流地”詞與黃氏詞字句多異，屬同名異調。

【體略】

雙片七十六字，上下片各三十八字七句四仄韻，黃庭堅。

【圖譜】

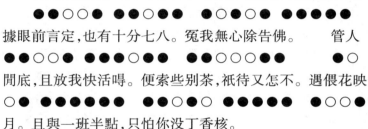

自見來虛過，却好時好日。這詆尿粘膩，得處煞是律。

據眼前言定，也有十分七八。冤我無心除告佛。　　管人

閒底，且放我快活㗲。便索些別茶，祇待又怎不。遇偎花映

月。且與一班半點，只怕你没丁香核。

（《全宋詞》407 頁）

【注釋】

此調兩宋金元現存黃庭堅、無名氏、劉處玄、丘處機、侯善淵五詞。雖以此詞爲早，然此詞上下片第七句作七字一句，後之宋金元詞作無與之相同者，且字聲未穩，不爲正體。按此詞上片第一、二句《全宋詞》斷作“自見來，虛過却、好時好日”，第三、四句斷作“這詆尿、粘膩得處煞是律”，下片第三、四、五句斷作“便索些別茶祇待，又怎不遇偎花映月”，皆不妥。

又一體

【體略】

雙片七十八字,上下片各三十九字七句四平韻,《樂府雅詞》無名氏。

【圖譜】

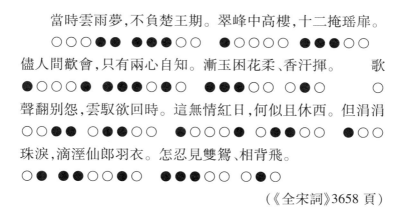

（《全宋詞》3658 頁）

【注釋】

此調惟有此詞押平韻。《詞譜》卷十一:"此見《樂府雅詞》本,宋人無填此格者,惟黃庭堅集有入聲韻詞一體,與此字句悉同,只前後兩結皆七字句,少一字(按換頭二句亦不同)。因詞俚不錄。"

此詞上片第三、四句《全宋詞》斷作"翠峰中、高樓十二掩瑤扉"。又,上下片結句凡八字句者今皆斷作上五下三句法。

正　體

【體略】

雙片七十八字，上下片各三十九字七句四仄韻，丘處機。

【圖譜】

九夏疲天旱，萬物傷時熱。^[一]算都爲人心，分外生枝

●●○○● ◎●●○● ●⊙●○○ ○◎●○○

節。^[二]鬮衣鮮馬壯，社火班行引拽。小兄弟虛耗、村村結。^[三]

● ●⊙●○◎ ● ●●⊙●● ●○●⊙● ○○●

下士無邪正，上帝分優劣。儚咱心不同，彼志胡漂撇。^[四]

●●○○● ●●○○● ●⊙○◎ ◎●○○○

啟虔誠修齋，念善因循歲月。望賢聖空裏、相提挈。^[五]

●○○⊙○ ●●○○● ●○◎●● ○○●

（《全金元詞》475 頁）

【注釋】

[一]此與無名氏詞相校，惟押仄韻異，句拍、韻位皆同。劉處玄詞、侯善淵詞亦同此體。然詞人相互字聲多有不同，正體字聲並未定型。此韻首句宜作仄起仄收律句。"萬"、"傷"劉處玄詞作"雲"、"愛"。按侯善淵詞此韻《全金元詞》斷作"太玄妙訣。悟來不須言説"，不當。句中可平可仄除注明外，俱見所列別體句法相同者。

[二]"都"、"分"劉處玄詞作"微"、"覺"。"分外生枝節"作仄起平收律句，侯善淵詞作"清涼內通徹"，用拗句，不參校。劉處玄

詞此韻《全金元詞》斷作"頓覺了,希夷微妙明千古",不當。

　　[三]"闢"爲領字。"衣鮮馬壯"作平起仄收律句,惟侯善淵詞作"五蘊山頭",用仄起平收律句,不參校。按此詞上片第五、六句《全金元詞》斷作"闢衣鮮馬,壯社火班行引拽",不當。"虛"劉處玄詞作"不"。

　　[四]"邪"劉處玄詞作"性"。按侯善淵詞下片首句偶用韻。"儆"爲領字,宜用去聲。"咱心不同"劉處玄詞作"福地松峰",侯善淵詞作"長春景界",字聲皆異。"彼"、"胡漂"劉處玄詞作"霞"、"自在"。按劉處玄詞下片第三、四句《全金元詞》斷作"隱福地,松峰霞洞自在處",不當。

　　[五]"啟"爲領字。"虔誠修齋"作拗句,宜作平起仄收律句,如黃庭堅詞作"偎花映月",劉處玄詞作"養就金鉛"。按劉處玄詞下片第五、六句《全金元詞》斷作"待養就、金鉛玉汞,真無濁慮",不當。又,劉處玄詞下片第七句添一字《全金元詞》作三個三字句:"六銖掛,始應過,三清舉。"此調無此種句拍,當有衍訛。

又一體

【體略】

　　雙片七十九字,上片四十字字七句六仄韻,下片各三十九字七句五仄韻,侯善淵。

【圖譜】

太玄妙訣。悟來不須言説。心地豁然開覺。清涼内通
●○●●　●○●●○●　●●○○●●　○○●●
徹。透五蘊山頭,現出霜天皓月。照千古分明、無圓缺。
●　●●●○○　●●○○●●　●●●○○、○●●

赤子琳宮歇。敏把丹枝折。玩長春景界,洞鑒離生滅。向
●●○○●　　●●○○●　　●○○○●　　●●○○●　　●
無陰樹下,獨坐逍遥静絕。聽無絃曲調、於中別。
○○●●　●●○○●　　●○○○●●　○○●

(《全金元詞》541 頁)

【注釋】

　　此與丘詞相校,第一、二句作四字一句、六字一句且添一韻,第
三句添一字作六字一句且添一韻,爲作者有意變化,下片第一句亦
用韻,其他均同。

鼓笛令

【調釋】

　　此調聲情俚俗諧噱,曲調當亦來自民間。黃氏有四詞,其中
"見來便覺情於我"一首,去聲和平聲通押,近於曲體。

【體略】

　　雙片五十五字,上片二十八字,下片二十七字,各四句四上去
韻,黃庭堅。

【圖譜】

　　　　寶犀未解心先透。惱殺人、遠山微皺。意淡言疏情最
　　　　●○●●○○●　　◎○○⊙　○○○⊙●　　●●○○⊙●
厚。枉教作、著行官柳。　　　小雨勒花時候。抱琵琶、爲誰
●　●○⊙◎　○○○●　　　　◎●●○○●　●⊙○⊙　○◎

清瘦。翡翠金籠思珍偶。忽抖與、山雞偋倦。

⊙●　　●●○○○●　　◎○◎　⊙○○●

【注釋】

此調兩宋現存黃庭堅四詞、朱敦儒一詞,金元無存詞。按《詞譜》卷十一僅收此詞:"此調只有此詞,無別首可校。"上片第二句"惱"黃庭堅"見來便覺"詞作"廝",第三句"情"黃庭堅"酒闌命友"詞作"只"。下片第三句宜作仄起仄收律句,此句作拗句,不可效法。結句"抖"、"山"、"偋"黃庭堅"酒闌命友"詞作"十"、"不"、"十"。"山雞偋倦"作平起仄收律句,亦可作拗句,填者選其一可也。按黃庭堅"酒闌命友"一詞下片第二句偶減一字作"却跋翻和九底",或有脫漏,注出不另列。句中可平可仄除注明外,悉參下列別體句法相同者。

黃詞別首"見來便覺"詞與此詞相校,惟上下片第三、四句均押平韻異,用同部三聲叶,近與曲體,不可效法,不再另列。

又一體

【體略】

雙片五十六字,上下片各二十八字四句四上去韻,黃庭堅。

【圖譜】

見來兩箇寧寧地。眼廝打、過如拳踢。恰得嘗些香甜

●○●●○○●　　●○●　●○○●　●●○○○

底。苦殺人、遭誰調戲。　臘月望州坡上地。凍著你、影

●　　●●○、○○○●　　●●○○○●●　●○●　●

躂村鬼。你但那些一處睡。燒沙糖、管好滋味。
○○●　●●●○●●●　　○○○　●●○●

（《全宋詞》408 頁）

【注釋】

　　此與"寶犀未解"詞相校,惟下片換頭添一字作七字一句異。
此詞上下片相同,爲重頭曲。

又一體

【體略】

　　雙片五十四字,上下片各二十七字四句四上去韻,朱敦儒。

【圖譜】

　　　紙帳綢衾忒暖。儘自由、橫翻倒轉。睡覺西窗燈一錢。
　　　●●○○●●　●●○　○○●●　●●○○○●●

恰聽打、三更三點。　　　殘夢不須深念。這些箇、光陰煞
●○●　○○○●　　　○●●○○●　●○●　○○●

短。解散韁繩休繫絆。把從前、一筆勾斷。
●　●●○○○●●　●○○　●●○●

（《全宋詞》866 頁）

【注釋】

　　此與"寶犀未解"詞相校,惟上片首句減一字作六字一句異。
此體上下片相同,亦爲重頭曲,但上下片結句"三更三點"、"一筆
勾斷"字聲又稍異。

好女兒

【調釋】

　　與歐陽修、晏幾道《好女兒》同名異調。平聲韻,黃詞賦梅,非關本意,聲情婉轉明快。《詞譜》卷五:"因詞有'懶繫酥胸羅帶,羞見繡鴛鴦'句,名《繡帶兒》,《花草粹編》一作《繡帶子》。"

【體略】

　　雙片四十五字,上片二十一字四句三平韻,下片二十四字五句三平韻,黃庭堅。

【圖譜】

小院一枝梅。衝破曉寒開。晚到芳園遊戲,滿袖帶香回。　　玉酒覆銀杯。盡醉去、猶待重來。東鄰何事,驚吹怨笛,雪片成堆。

(《全宋詞》390 頁)

【注釋】

　　《唐宋詞彙評》考此詞元符元年(1098)戎州張溥園中賞梅作(600 頁)。此調兩宋現存黃庭堅三首及曾覿一首,金元無存詞。《詞譜》以此詞爲正體:"黃詞此體,較爲整齊,有曾覿詞可校。"上片第一句"小"黃詞"春去幾時還"一首作"春",第二句"衝破"作"問桃",第三句"晚"曾詞作"還",第四句"滿"黃詞"春去幾時還"

一首作“梨”；下片第一句“玉”黄詞“春去幾時還”一首作“唯”，第二句“醉去”黄詞“春去幾時還”一首作“人人”，“猶”黄詞“粉淚一行行”一首作“目”，第三句“東”黄詞“粉淚一行行”一首作“願”。句中可平可仄據此。

　　按黄庭堅“春去幾時還”詞，下片結韻《詞律》、《詞譜》、《全宋詞》皆斷作：“願教清影常相見，更乞取團圓。”此隨文意斷句，與詞調句拍無涉，仍當依正體斷爲：“願教清影，常相見更，乞取團圓。”無需另列。

轉調醜奴兒（攤破南鄉子）

【調釋】

　　此即“攤破南鄉子”。《詞譜》卷十四：“《太平樂府》、《中原音韻》，俱注大石調，高拭詞注南呂宮，《太和正音譜》注小石調，亦入仙呂宮。趙長卿詞名《青杏兒》、又名《似孃兒》，《翰墨全書》黄右曹詞，有‘壽堂已慶靈椿老’句，名《慶靈椿》，《中州樂府》趙秉文詞有‘但教有酒身無事’句，名《閒閒令》。”調用平聲韻，重頭曲，上下片前兩韻一層，後一韻一層，後韻作七四四四句法，題材多寫相思戀情，聲情感傷怨歡。此調與《采桑子》別名《醜奴兒》不同。向滈詞、趙長卿二詞名《攤破醜奴兒》，劉辰翁三詞、元好問三詞名《促拍醜奴兒》，曾乾曜詞名《醜奴兒》，侯善淵二詞名《采桑子》，程垓詞、無名氏詞名《攤破南鄉子》，徐去非詞名《錦被堆》，皆與黄詞同。朱敦儒《促拍醜奴兒》與黄詞句拍相近，屬同調異體。

【體略】

　　雙片六十二字，上下片各三十一字六句三平韻，黄庭堅。

【圖譜】

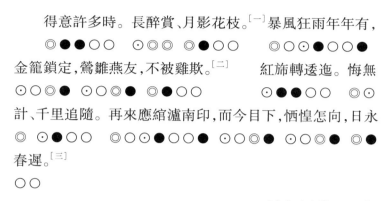

　　得意許多時。長醉賞、月影花枝。[一]暴風狂雨年年有，
　　◎●●○○　⊙○○　●●○○　　　◎○○⊙●●○●

　　金籠鎖定，鶯雛燕友，不被雞欺。[二]　　　紅旆轉逶迤。悔無
　　⊙○○●　○○⊙●　◎●●○○　　　　　◎○○●○○　●○

　　計、千里追隨。再來應綰瀘南印，而今目下，恓惶怎向，日永
　　◎　○●○○　◎○○●●○●　○○⊙●　⊙○○●　◎●

　　春遲。[三]
　　○○

（《全宋詞》388頁）

【注釋】

　　[一]《唐宋詞彙評》繫此詞於元符二年（1099）（596頁）。此調兩宋金元現存近二十詞，以此詞爲早，且字聲諧穩，後之金元詞作與此相同者最多，當爲正體。按《詞譜》卷十四以程垓“休賦惜春詩”詞爲正體：“此詞前後段一、二、三句，近《南鄉子》，與《醜奴兒》無涉，自宋黃庭堅集誤刻《醜奴兒》，元好問效其體，加以‘促拍’二字，《詞律》相沿，遂編入《醜奴兒》體，今照《樂府雅詞》改定。”句中可平可仄除注明外，即見所列別體句法相同者。

　　[二]“暴風狂雨年年有”宜作平起仄收律句，曾乾曜詞作“氣岸昂昂因權縣”，劉辰翁“送歲可無詩”詞作“不記去年今夕夢”，皆偶用不參校。“暴”、“狂”、“鎖”趙長卿“又是兩分携”詞作“煙”、“一”、“紅”。“鶯”程垓詞作“數”。“鶯雛燕友”惟黃詞別首作“你管又還”，偶用仄起平收律句，不參校。按曾乾曜詞上片結句添一襯字《全宋詞》作“有無限威儀”，注出不另列。

　　[三]“紅”程垓詞作“莫”。“悔”、“千”徐去非詞作“春”、

"密"。"再"、"應"鄧剡詞作"從"、"歲"。"南"向滈詞作"直",偶
以入代平,不參校。"再來應縮"一句曾乾曜詞作"甚時得歸京裏
去",偶用不參校。"怎"、"日"程垓詞作"知"、"人"。按《詞譜》以
趙長卿"最苦是離愁"下片第四、五、六句作"只愁柳絮楊花,自來
擺蕩難留"而另列別體不當,此二句亦當依正體斷作四字三句。又
黃詞別首下片結三句《全宋詞》斷作"你還甜殺人了,怎生申報孩
兒",亦不當。

又一體

【體略】

　　雙片五十字,上片二十四字五句三平韻,下片二十六字五句兩
平韻,朱敦儒。

【圖譜】

　　　　清露溼幽香。想瑶臺、無語淒涼。飄然欲去,依然如
　　　　○●●○○　　●○○、○●○○　　○○●●　　○○如
　　夢,雲度銀潢。　　　又是天風吹澹月,佩丁東、携手西廂。
　　●　○●○○　　　　●●○○○●●　●○○、○●○○
　　泠泠玉磬,沈沈素瑟,舞遍霓裳。
　　○○●●　○○●●　●●○○

(《全宋詞》847 頁)

【注釋】

　　此與黃詞相校,惟上下片第三句各減一個七字句拍,下片換頭
添二字作七字一句,且不押韻異。

又一體

【體略】

雙片六十六字,上下片各三十三字六句三平韻,向滈。

【圖譜】

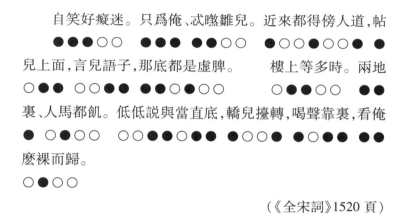

自笑好癡迷。只爲俺、忒暸雛兒。近來都得傍人道,帖
●●●○○　　●●●　●●○○　　●○○○○●　●
兒上面,言兒語子,那底都是虛脾。　　樓上等多時。兩地
○●●　○●●●　●●○●○　　○●●○○　●●
裏、人馬都飢。低低説與當直底,轎兒擡轉,喝聲靠裏,看俺
●　○●○○　○○●●○●●　○○○●　●○●●　●●
麼裸而歸。
○●○○

(《全宋詞》1520 頁)

【注釋】

此與黃詞相校,惟上下片結句各添二字作六字一句異。

瑞鶴仙

【調釋】

此調今最早見黃庭堅詞,黃詞見《詩人玉屑》。但顯非其創調,
黃氏櫽括歐陽修《醉翁亭記》,通篇用"也"字韻,屬獨木橋體。《大晟

府及其樂詞通考》以黃詞爲贋作:"《瑞鶴仙》當爲大晟府所製新聲。"（290 頁）今仍依《全宋詞》作黃庭堅。此調句式以四字句爲主,換頭處用二字短韻轉折,爲兩宋及後世流行詞調。此調用上去、入聲韻皆可。從調名看,此調最初當爲祝壽慶賀之詞,宜表達輕鬆愉快之情感,周邦彦、吳文英詞爲此調代表作。此調於兩宋雖多作壽詞,題材亦可不拘,聲調以清剛、灑脱、曠遠爲主。《片玉集》、《夢窗詞》皆作高平調。《校正》:"此調爲換頭曲,前後段句式與句群相異,句式變化很大,用韻時稀時密,音節頓挫之處較多,調勢曲折,宜於抒寫複雜而變幻之情景。此調適用題材較廣,抒情、寫景、詠物、言志,均可;尤多壽詞。"（519 頁）《魏氏樂譜》卷一以康伯可詞爲譜。

【體略】

雙片一百二字,上片五十二字,下片五十字,各十一句六仄韻,黃庭堅。

【圖譜】

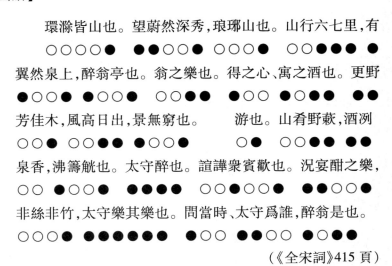

環滁皆山也。望蔚然深秀,琅琊山也。山行六七里,有
○○○○● ●●●○● ○○○● ○○●●● ●

翼然泉上,醉翁亭也。翁之樂也。得之心、寓之酒也。更野
●○○● ●○○● ○○●● ●○○ ●○○● ●●

芳佳木,風高日出,景無窮也。　　游也。山肴野蔌,酒冽
○○● ○○●● ○○○● 　　○● ○○●● ●●

泉香,沸籌觥也。太守醉也。誼諠衆賓歡也。況宴酣之樂,
○○ ●○○● ●●●● ○○●○○● ●●○○●

非絲非竹,太守樂其樂也。問當時、太守爲誰,醉翁是也。
○○○● ●●●●○● ●○○ ●●○○ ●○●●

（《全宋詞》415 頁）

【注釋】

此調兩宋金元現存一百四十首。此詞聲情清曠高遠,爲本調之作,然用獨木橋體,且如上片首句、下片第五句等用拗句,宋人與之不同,不作正體。按方岳"一年寒盡也"、李曾伯詞、蔣捷詞亦用"也"字韻作獨木橋體,當仿黃氏創作。方岳詞上片第二、三句《全宋詞》作"問秦沙、梅放未也"少二字,疑脫落二字,注出不另列。蔣捷詞《詞譜》以之韻脚又用三聲通叶,不當。

又一體

【體略】

雙片一百二字,上片五十二字十一句五仄韻,下片五十字十二句五仄韻,周邦彦。

【圖譜】

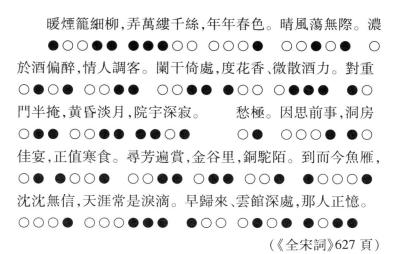

暖煙籠細柳,弄萬縷千絲,年年春色。晴風蕩無際。濃
於酒偏醉,情人調客。闌干倚處,度花香、微散酒力。對重
門半掩,黃昏淡月,院宇深寂。　　愁極。因思前事,洞房
佳宴,正值寒食。尋芳遍賞,金谷里,銅駝陌。到而今魚雁,
沈沈無信,天涯常是淚滴。早歸來、雲館深處,那人正憶。

(《全宋詞》627 頁)

【注釋】

《清真詞箋注》繫此詞於宣和二年（1120）（206頁）；《清真詞校注》以此詞於政和二年（1112）暮春前後寫於河中府。此與黄詞相校，上片首句不用韻，第四句用韻，第七句不用韻；下片第五句不用韻，第六句作三字兩句。《詞譜》斷句亦多誤。按上片第五句"濃"字，下片第八句"到"字，後來宋人詞作多用領字。此詞亦多用拗句，亦不作正體。下片第四句"值"字以入代平。周詞二首亦有明顯探索嘗試痕跡。又，此詞首句未用韻，《全宋詞》"柳"字後用句號偶誤。

又一體

【體略】

雙片一百二字，上片五十二字十一句七仄韻，下片五十字十一句六仄韻，周邦彦。

【圖譜】

悄郊原帶郭。行路永客去，車塵漠漠。斜陽映山落。
●○○●●　　○●●●●　○○●●　　　○○●○●

斂餘紅猶戀，孤城欄角。淩波步弱。過短亭、何用素約。有
●○○　○○●　○○○●　○○●●　　●●○、○●●●　●

流鶯勸我，重解繡鞍，緩引春酌。　　　不記歸時早暮，上馬
○○●●　○●●○　●●○●　　　　　●●○○●●　●●

誰扶，醒眠朱閣。驚飆動幕。扶殘醉，遶紅藥。歎西園已
○○　○○○●　　○○●●　　○○●　●○●　　●○○●

是,花深無地,東風何事又惡。任流光過却。猶喜洞天自樂。

●　○○○●　○○○●●●　●○○●●　○●●○●●

【注釋】

《唐宋詞彙評》以此詞宣和二年(1120)在睦州作(912 頁);《清真詞校注》以此詞宣和三年(1121)暮春作。《詞譜》以此詞爲正體,不當。此詞於句法、字聲方面多與後來宋人不同,如上片第五句不用領字及換頭不用短韻、大量使用拗句等等。

按,此調句拍可參《魏氏樂譜》,周詞句拍與黃庭堅詞相校除下片換頭不用短韻,第六句作三字兩句,最後兩句作五字一句、六字句外並無不同,《詞譜》斷句多有錯亂,以致無謂分出若干別體。如上片第二、三句《詞譜》斷作"行路永,客去車塵漠漠",第五、六句作斷作"斂餘紅,猶戀孤城欄角",下片七、八句斷作"歎西園,已是花深無地",皆不當。

此詞結韻初疑仍當依黃詞句拍,即斷作:"任流光、過却猶喜,洞天自樂。"然曾覿詞下片最後二句:"擁笙歌繡閣。低帷縱歡細酌。"又朱耆壽詞作:"奈胡兒自若。惟守紹興舊約。"當皆依周詞作。不過,總觀現存宋詞,此種用韻、句拍,仍屬偶然嘗試,不必效仿。

又一體

【體略】

雙片一百二字,上片五十二字十一句七仄韻,下片五十字十二句六仄韻,仲并。

【圖譜】

試六花院落。正柳緜飄墜，因風無著。吳王舊城郭。
●◎○●●　　●●○●●　○○○●　　○○●○●

記烏衣門巷，小橋簾幕。他州寥索。漫等閒、桃英杏萼。認
●○○○●　　●●○●　　○○○●　　●●○　○●●●　　●

幽香來處，群芳盡掩，蕙心先覺。　　　行樂。燕雛鶯友，浪
○○○●　　○○●●　　◎○○●　　　　●●　●○○●　　●

語狂歌，休休莫莫。蘭房繡幄。添新恨，念前約。殢十分芳
●○○○　　○○●●　　○○●●　　○○●　●○●　　●●○○

景，十分春意，休惜十分共酌。任十分、吹老寒梅，戍樓畫角。
●　●○○●　○●●○○●　　●●○　○●○○　●○●●

（《全宋詞》1289 頁）

【注釋】

　　此即周邦彥"暖煙籠細柳"詞之改進體，四句以上者皆用律
句。張元幹、楊无咎、趙彥端等人詞與之同。上片第二句"正"字
作領字，宜用仄聲，第十一句"蕙"王邁詞作"剛"。句中其他可平
可仄見正體句法相同者。又，張元幹"倚格天峻閣"一首換頭偶不
用短韻，注出不另列。

又一體

【體略】

　　雙片一百二字，上片五十四字十一句七仄韻，下片四十八字十
二句七仄韻，朱耆壽。

【圖譜】

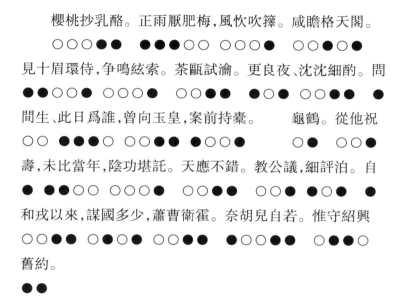

櫻桃抄乳酪。正雨厭肥梅，風㪺吹籜。咸瞻格天閣。

見十眉環侍，爭鳴絃索。茶甌試瀹。更良夜、沈沈細酌。問

間生、此日爲誰，曾向玉皇，案前持橐。　　　龜鶴。從他祝

壽，未比當年，陰功堪託。天應不錯。教公議，細評泊。自

和戎以來，謀國多少，蕭曹衞霍。奈胡兒自若。惟守紹興

舊約。

（《全宋詞》1354 頁）

【注釋】

此與周詞"悄郊原帶郭"相校，上片第九句添二字作七字折腰句，下片換頭用短韻、第九句減二字作四字一句異。

又　一　體

【體略】

雙片一百二字，上片五十二字十一句七仄韻，下片五十字十一句五仄韻，毛开。

【圖譜】

柳風清晝滫。山櫻晚一樹,高紅争熟。輕紗睡初足。
●○○●●　　○○●●●　○○○●　　○○●○●

悄無人攲枕,虛檐鳴玉。南園秉燭。歡流光、容易過目。送
●○○●●　○○●●　　○○●●　●○○、○●●●　●

春歸去,有無數弄禽,滿徑新竹。　　　閒記追歡尋勝,杏棟
○○●●　●○●●○　●●○●　　　○●○○○●　●●

西廂,粉牆南曲。別長會促。成何計,奈幽獨。縱湘絃難
○○　●○○●　　●○●●　○○●　●○●　　●○○○

寄,韓香終在,屏山蝶夢斷續。對沿堦、細草萋萋,爲誰自綠。
●　○○○●　○○●●●●　●○○、●●○○　●○●●

(《全宋詞》1367 頁)

【注釋】

　　此亦周邦彥詞體,惟上片結韻作四字一句、五字一句、四字一句,用移字法改變句拍。無名氏"正秋高氣肅"一首正與此同。

正　　　體

【體略】

　　雙片一百二字,上片五十二字十句七仄韻,下片五十字十二句六仄韻,侯寘。

【圖譜】

楚山無際碧。[一]湛一溪晴綠,四郊寒色。[二]霜華弄初
◎○○●●　　▼◎○⊙●　○○○●　　⊙○●○

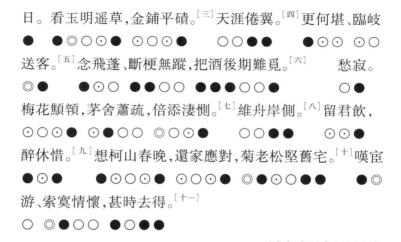

日。看玉明遥草,金鋪平磧。[三]天涯倦翼。[四]更何堪、臨岐送客。[五]念飛蓬、斷梗無蹤,把酒後期難覓。[六]　　愁寂。梅花顦領,茅舍蕭疏,倍添淒惻。[七]維舟岸側。[八]留君飲,醉休惜。[九]想柯山春晚,還家應對,菊老松堅舊宅。[十]嘆宦游、索寞情懷,甚時去得。[十一]

（《全宋詞》1425 頁）

【注釋】

[一]此調當以侯置詞爲正體,侯置三詞皆同,後之宋人創作絕大部分同此體,史達祖、吳文英詞亦然。《詞律》卷十七、《詞譜》以史達祖爲正體。《詞譜》云宋人皆遵史詞,不當,且所定字聲十分混亂(下云《詞譜》字聲即對應史詞而言)。此體即周邦彥"暖煙籠細柳"之改進體,與之相校,上片第五句"看"作領字,第九、十、十一句作七字一句、六字一句,句拍不同。此調首句京鏜詞作"鴛行舊儔侶",偶用不參校,《詞譜》以"無際"二字可平可仄,誤。句中可平可仄除注明外,俱見別體句法相同者。

[二]"湛"作領字宜用去聲。"一溪晴綠"用平起仄收律句。宋人亦有用仄起平收律句,如吳文英"轆轆春又轉"一首作"旋草新詞";亦有用拗句,如吳文英"記年時茂苑"一首作"畫堂凝香",填者任選一種可也。"一"、"晴"王千秋"紅消梅雨潤"詞作"榴"、"照","寒"吳文英"亂雲生古嶠"一首作"不"。按"四郊寒色"當用平起仄收律句,如周氏"畫樓簾卷翠"詞作"搖蕩春霽"用拗句,

屬偶用,不參校。

[三]"霜華弄初日"作拗句,爲此調定格。"看"作領字,上去聲均可,如周邦彦詞作"濃"用平聲,不可效仿,《詞譜》以此字可平可仄誤。"遙"史浩"霽天風露好"一首作"鵲"。按"玉明遙草"當用平起仄收律句。"平"劉辰翁詞作"問"。

[四]此句用平平仄仄,亦是定格。"天"王千秋詞作"起",按此字兩宋用仄聲者不及十分之一,當用平聲。"倦"辛棄疾"片帆歸太急"詞作"溪",用平聲,亦偶用不參校。

[五]"更"惟哀長吉"小春天未雪"詞作"天",不參校。"臨岐送客"一句宜用平起仄收律句。此句亦可用仄起仄收拗句,侯置別首作"和氣霧薄",用拗句顯然受周邦彦詞影響,從南宋後期詞人創作來看,又以用平起仄收律句爲宜。

[六]"斷"宋人有偶用平聲者,如張鎡詞作"携",不參校。"把"字宋人有偶用平聲者,如李曾伯詞作"孤",不參校。按《詞譜》以"斷梗無蹤"和"把酒後期"八字皆可平可仄,大誤。又,趙長卿"敗荷擎沼面"一首此韻《全宋詞》斷作"漸危樓向晚,魂銷處、倚遍闌干曲",袁去華詞《詞譜》斷作"到而今、惟有溪邊流水,見人如故",皆不當,此調並無以上諸種句拍,注出不另列。

[七]"愁寂"用短韻,"愁"字必平。自"梅花"以下三個四字句《詞譜》以"惻"字外皆可平可仄,亦大誤。"梅花鯷頷",當用平起仄收,此句如無名氏"賞殘陶徑菊"詞作"故國雲迷",用仄起平收,屬偶用。"茅舍蕭疏"當用仄起平收,此句如周邦彦詞作"洞房佳宴",用平起仄收,屬偶用。"倍添凄惻"與"梅花鯷頷"一句同,用平起仄收,此句如周邦彦詞作"正值寒食",亦偶用。

[八]此句與上片"天涯倦翼"一句相同,宜用平平仄仄,"維"字如呂勝己詞作"去","岸"字方岳詞作"蓮"字,皆偶用不參校。按楊无咎"聽梅花再弄"詞此句作"歸來夜中",《詞譜》以"中"字作平聲未用韻而另列別體,"中"此處讀去聲,本

用韻,《詞譜》誤。

[九]"留"楊澤民詞作"築","君"吳文英"淚荷抛碎璧"一首作"下"。"飲"字樓采詞作"重",偶用不參校。"醉"如劉辰翁詞作"歌",偶用不參校。按此二句宋人亦偶有從句意看作通常六字句者,如呂勝己詞作"因他謾説一遍",不必效仿,注出不另列。按趙文詞此句《詞譜》作"淒涼誰訴",以減二字而另列別體,《全宋詞》作"淒涼事,不堪訴",當從後者,無需另列。

[十]"想"作領字,上去聲均可。"菊老松堅舊宅"一句早期創作有受周邦彥詞影響偶作拗句者,不必效仿。《詞譜》以"宅"字前五字皆可平可仄,誤。黃人傑詞此韻首句《全宋詞》作四字一句:"雙鳧容與。"偶用,或脱漏一字,注出不另列。

[十一]"索寞情懷"一句,宋人有作拗句者,如周邦彥詞作"雲館深處",有用平起仄收律句者,如蔡伸詞作"爲伊煩惱",皆屬偶用,不參校,《詞譜》以四字皆可平可仄,誤。結句"甚時去得"作仄平仄仄,亦是定格。

又一體

【體略】

雙片一百三字,上片五十二字十句七仄韻,下片五十一字十二句六仄韻,張樞。

【圖譜】

卷簾人睡起。放燕子歸來,商量春事。風光又能幾。
●○○●● 　●●●○○ 　○○○● 　○○●○●

減芳菲都在,賣花聲裏。吟邊眼底。被嫩綠、移紅換紫。甚
●○○○● 　●○○● 　○○●● 　●●●、○○●● 　●

等閒、半委東風,半委小橋流水。　　還是。苔痕漸雨,竹
●○　●●○○　●●●○○●　　　　○●　○○○●　●

影留雲,待晴猶未。蘭舟静艤。西湖上,多少歌吹。粉蝶兒
●○○　●○○●　　○○●●　　○○●　○●○●　　●●○

守定,落花不去,溼重尋香兩翅。怎知人、一點新愁,寸心
●●　●○●●　●●○○●●　　●○○　●○○●　●○

萬里。
●●

(《全宋詞》3029 頁)

【注釋】

此與候詞相校,下片第七句添一字作四字一句異。李俊明五
詞正與之同。按此詞句法《詞譜》斷句多誤,當依正體斷句。上片
第八句"被嫩緑",《詞譜》作"披嫩緑"。

又一體

【體略】

雙片一百一字,上片五十一字十句七仄韻,下片五十字十二句
六仄韻,《翰墨大全》無名氏。

【圖譜】

正迎長佳節。宴啟華筵,有誰能説。子孫盡環列。見
●○○○●　●○○○　●○○●　○○●○●　●

瑞香香裏,壽星明徹。絲絲華髮。記瑶池、宴班曾接。笑人
●○○●　●○○●　○○○●　●○○　●○○●　●○

間、八十春秋,漫浪風花雪月。　　　　奇絕。詩書教子,陶母
○　●●○○　●　●●○○●　　　　　○●　○○●●　○●

等倫,曹家風烈。鼎來陰德。孫枝秀,桂枝折。便從今一
●○　○○●●　●○○●　○○●　●○●　●○○●

軸,金花鸞錦,十藏琅函貝葉。是年年、秋月圓時,長生真訣。
●　○○○○　●○○○●●　●○○○　○●○○　○○○●

(《全宋詞》3784 頁)

【注釋】

此與侯詞相校,上片第二句減一字作四字一句,初疑脱漏一
字,然洪瑹"聽梅花吹動"一首亦用四字一句,當有此體。又洪瑹
詞上片第一句不用韻,注出不另列。

調笑令

【調釋】

此調脱胎於唐代《調笑令》,但用韻形式不同,且字句多有差
異,音樂已有較大變化,應視爲新調。此調用上去韻,句句用韻,先
用二字短韻、三字短韻領起,隨後作七、七、六、七、六句法,聲情婉
轉嫵媚,題材多寫酒宴歌席、相思離別等。同期秦觀、晁補之等人
有詞。

【體略】

單片三十八字,七句七上去韻,黃庭堅。

【圖譜】

無語。恨如許。方士歸時腸斷處。梨花一枝春帶雨。
○●　●○●　○●○○○●●　○○○●○●●

半鈿分釵親付。天長地久相思苦。渺渺鯨波無路。

●●○○○● 　○○○●○○● 　●●○○○●

（《全宋詞》399 頁）

【注釋】

此調兩宋金元現存七十餘首，以此詞爲早。然此詞第四句作
拗句，宋金元詞無與之相同者，不爲正體。

正　　體

【體略】

單片三十八字，七句七上去韻，鄭僅。

【圖譜】

歸去。携籠女。南陌柔桑三月暮。使君春思如飛絮。

⊙● 　○○● 　⊙●○○○●● 　◎○○●○○●

五馬徘徊頻駐。蠶饑日晚空留顧。笑指秦樓歸去。

◎●⊙●○● 　⊙○●●○○● 　●◎●○○●

（《全宋詞》444 頁）

【注釋】

此詞第四句作平起仄收律句，當爲正體。上片首句“歸”鄭僅
“夢悄”詞作“夢”。第二句“籠”惟毛滂“酒美”詞作“酒”，偶用不
參校。第三句“南”、“柔”鄭僅“雙槳”詞作“喚”、“莫”。第五句
“五”、“徘”、“頻”毛滂“花好”詞作“圖”、“看”、“草”。第六句
“蠶”、“日”鄭僅“腸斷”詞作“采”、“歌”。第七句“笑”、“秦”毛滂
“香歇”詞作“雲”、“碧”。句中其他可平可仄見所列別體句法相

同者。

又一體

【體略】

雙片七十六字,上下片各三十八字七句七上去韻,洪适。

【圖譜】

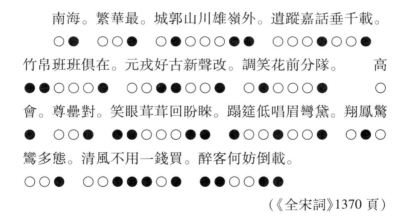

南海。繁華最。城郭山川雄嶺外。遺蹤嘉話垂千載。
○●　　○○●　　○●○○○●●　　○○○●○○●

竹帛班班俱在。元戎好古新聲改。調笑花前分隊。　　高
●●○○○●　　○○●●○○●　　○●○○○●　　　　○

會。尊罍對。笑眼茸茸回盼睞。蹋筵低唱眉彎黛。翔鳳驚
●　○○●　　●●○○○●●　　●○○●○○●　　○●○

鸞多態。清風不用一錢買。醉客何妨倒載。
○○●　　○○●●●○○●　　●●○○●●

（《全宋詞》1370 頁）

【注釋】

此與鄭詞相校,惟下片重疊上片,作雙片異。

又一體

【體略】

雙片七十三字,上片三十五字,下片三十八字,各七句七上去

韻，王喆。

【圖譜】

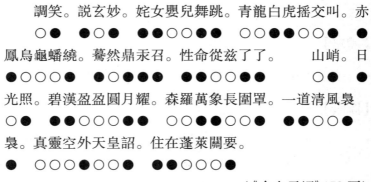

　　　　調笑。說玄妙。姹女嬰兒舞跳。青龍白虎搖交叫。赤
　　　　○●　●○●　●●○○●●　○○●●○●　●
鳳烏龜蟠繞。蓦然鼎汞召。性命從茲了了。　　山峭。日
●○○○●　●○●●●　●●○○●●　　　○●　●
光照。碧漢盈盈圓月耀。森羅萬象長圍罩。一道清風裊
○●　●●○○○●●　○○●●○○●　●●○○●
裊。真靈空外天皇詔。住在蓬萊關要。
●　○○○●○○●　●●○○○●

　　　　　　　　　　　　　　　　　（《全金元詞》170頁）

【注釋】

　　此與洪詞相校，惟上片第三句減一字作六字一句，第六句減二
字作五字一句異。此前後片不同，或有脫漏。

僧仲殊四調

　　僧仲殊(生卒年不詳),即僧揮,字師利,俗姓張名揮,安州(今湖北安陸)人。嘗領鄉薦,其妻以藥毒之,遂削髮爲僧。蘇軾與之善,曾爲之作《安州老人食蜜歌》。有《寶月集》七卷,沈注爲序,不傳。趙萬里《輯校宋金元人詞》有輯本,《全宋詞》據以録存四十六首及斷句七則。《全宋詞補輯》另輯録二十四首。《唐宋諸賢絶妙詞選》卷九:"仲殊之詞多矣,佳者固不少,而小令爲最,小令之中《訴衷情》一調又其最。蓋篇奇麗,字字清婉,高處不減唐人風致也。"其詞集中《柳梢青》一調亦爲兩宋金元流行令詞調。

楚宮春

【調釋】

　　《詞譜》卷三十四:"調見寶月詞。"仲詞賦本意,用入聲韻,句長韻疏,聲情幽怨感傷。周密《蘋洲漁笛譜》作無射宫。

【體略】

　　雙片一百六字,上片五十三字十句五入聲韻,下片五十三字九句四入聲韻,仲殊。

【圖譜】

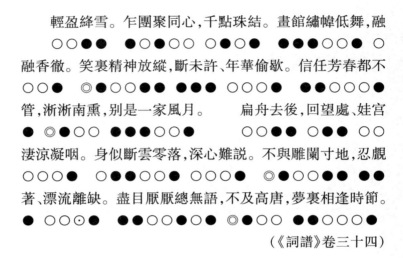

輕盈絳雪。乍團聚同心，千點珠結。畫館繡幬低舞，融
○○●●　●○○○　○●○●　●●●○○●　○

融香徹。笑裏精神放縱，斷未許、年華偷歇。信任芳春都不
○○●　◎●○○●●　○○○●　●●○○○●

管，漸漸南熏，別是一家風月。　　　扁舟去後，回望處、娃宮
●　◎●○○　●●●○○●　　　○○●●　○●●　○○

淒涼凝咽。身似斷雲零落，深心難說。不與雕闌寸地，忍覷
○○○●　●●●○○●　○○○●　◎●○○●●　●●

著、漂流離缺。盡目厭厭總無語，不及高唐，夢裏相逢時節。
●　○○○●　●●○○●○●　◎●○○　●●○○○●

（《詞譜》卷三十四）

【注釋】

　　此爲換頭曲，上片自"畫館"以下，與下片自"身似"以下相同，頗堪效法。句中可平可仄參周詞句法相同者。上片第四句"繡幬低舞"，《全宋詞》作"繡幄低飛"。

又一體

【體略】

　　無射宮，雙片一百八字，上片五十三字十句五入聲韻，下片五十五字九句五入聲韻，周密。

【圖譜】

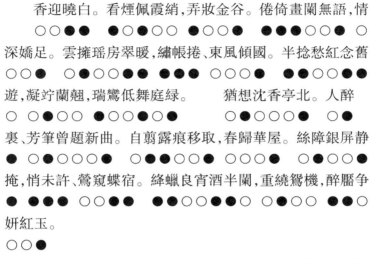

　　　　　香迎曉白。看煙佩霞綃，弄妝金谷。倦倚畫闌無語，情
　　　　　○○●●　●○○●○　●○○●　●○○●●○　○
深嬌足。雲擁瑶房翠暖，繡帳捲、東風傾國。半捻愁紅念舊
○○●　○○○●●●　○●●　○○○●　●●○○●●
遊，凝竚蘭翹，瑞鶯低舞庭綠。　　　　猶想沈香亭北。人醉
○　○○○●　●○○●○●　　　　○●○○○●　○●
裏、芳筆曾題新曲。自翦露痕移取，春歸華屋。絲障銀屏靜
●　○●○○○●　●○○●○●　○○○●　●○○○●
掩，悄未許、鶯窺蝶宿。絳蠟良宵酒半闌，重繞鴛機，醉臁争
●　○●●　○○●●　●●○○●●○　○●○○　●●○
妍紅玉。
○○●

（《全宋詞》3267 頁）

【注釋】

　　此詞題"爲洛花度無射宮"。《詞譜》："此與僧揮詞同，惟換頭
句添二字、又押韻異。"此詞字聲與仲詞相校，上片第八句、下片第
七句皆用仄起平收律句，爲有意爲之。又此詞上下片結句字聲不
同。按下片"自翦露痕移取，春歸華屋"，《詞譜》、《詞律拾遺》、
《全宋詞》等斷作四六句法，不當。

奪錦標

【調釋】

　　此調元白樸詞名《青溪怨》，序："《奪錦標》曲，不知始自何時，

世所傳者,惟僧仲殊一篇而已。予每浩歌,尋繹音節,因欲效顰,恨
未得佳趣耳。庚辰卜居建康,暇日訪古,采陳後主張貴妃事,以成
素志。按後主既脱景陽井之厄,隋元帥府長史高熲竟就戮於青溪,
後人哀之,其地立小祠,祠中塑二女郎,次則孔貴妃也。今遺構荒
涼,廟貌亦不存矣。感歎之餘,作樂府《青溪怨》。”僧仲殊詞今不
存。南宋曹勛有詞,爲今存最早之作,名《錦標歸》。此調宜用入
聲韻,多用四六句法和七字折腰句,題材詠史、詠物皆宜,聲情激越
慷慨。

【體略】

　　雙片一百八字,上片五十三字,下片五十五字,各十句四上去
韻,曹勛。

【圖譜】

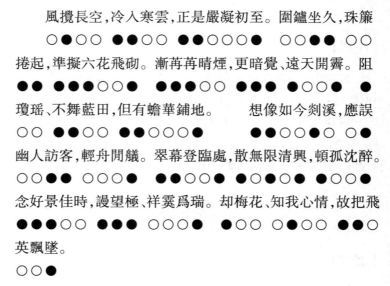

【注釋】

　　此調仲殊詞不存,以此詞爲早,清曠灑脱,當爲本調。不過其上片第四、五、六句和下片第二、三、四、五句句拍與後來多首金元詞不同,且字聲亦多異,不作正體。

正　　體

【體略】

　　雙片一百八字,上片五十三字,下片五十五字,各十句四入聲韻,白樸。

【圖譜】

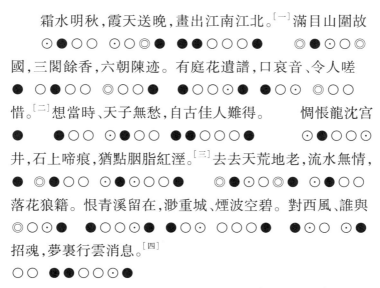

【注釋】

　　[一]此調當以此詞爲正體。此調除曹勛詞用上去韻,元人五首皆用入聲韻。《詞律》卷十九以張埜"涼月横舟"詞爲正體,《詞譜》卷三十五亦同,以白樸詞爲"又一體",今以白樸詞爲正體。"霜"滕賓詞作"老","霞"、"送"王惲詞作"會"、"旁"。句中可平可仄除注明外,俱見曹詞句法相同者。

　　[二]"滿"滕賓詞作"人","山"、"故"王惲詞作"莫"、"春"。"六"滕賓詞作"班"。"有"與下片"恨"皆作領字。"遺"王惲詞作"父","音"張埜詞作"拾","令"白樸別首作"林"。

　　[三]按張埜詞换頭首句用韻,偶用,注出不另列。"惆"滕賓詞作"自","宫"王惲詞作"逸","石"白樸別首作"淪"。"猶點胭脂紅濕"白樸別首作"青衫未免沾濕",王惲詞作"盡慰元郎行色",張埜詞作"獨抱一天岑寂",宜用仄起仄收律句。又滕賓詞第三句《全金元詞》作"衆星拱極","衆"前當脱漏二字,《詞譜》另列别體,今注出不另列。

　　[四]"去"滕賓詞作"銅","天"、"地"王惲詞作"緑"、"朱"。"流"滕賓詞作"兩","落"、"狼"作"天"、"地"。"留"王惲詞作"老"。"西"、"誰"王惲詞作"海"、"翡","消"滕賓詞作"妙"。

柳梢青

【調釋】

　　《詞譜》卷七:"此調兩體,或押平韻,或押仄韻,字句悉同。押平韻者,宋韓淲詞,有'雲淡秋空'句,名《雲淡秋空》,有'雨洗元宵'句,名《雨洗元宵》,有'玉水明沙'句,名《玉水明沙》;元張雨詞,名《早春怨》。押仄韻者,《古今詞話》無名氏詞,有'隴頭殘月'

句,名《隴頭月》。"此調爲兩宋金元流行詞調,句式以四字句爲主,用韻平、上去、入聲皆可,題材節令抒懷、交遊祝頌、詠史懷古皆宜,平聲韻有明快清新之意,仄聲韻有灑脫激揚之勢。平韻詞代表作家有楊无咎、曾覿、周密、陳允平等人,仄聲韻代表作家有朱敦儒、張孝祥等人。《于湖詞》注中吕宫。按《明集禮》"九奏樂歌"第七奏用《柳梢青》詞調易名《九重會》,聲情"壯烈",即用仄聲韻。《校正》:"此調……由於韻位的巧妙安排使此調之音節有和婉、響亮、流美的特點。每段後半三個四字句,甚有聲韻重疊的效果,此最能體現調情特點,要求語意排比而組成一個意群。此調宋人作者甚衆,適應之題材廣泛,然尤以寫景見長。"(108頁)《魏氏樂譜》卷三即以仲詞爲譜。又,元無名氏"布袍草履"一首名《柳梢青》,與此同名異調。

【體略】

雙片四十九字,上片二十四字六句三平韻,下片二十五字五句三平韻,仲殊。

【圖譜】

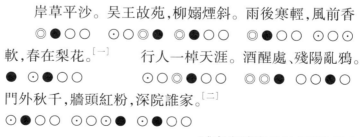

(《唐宋諸賢絶妙詞選》卷九)

【注釋】

[一]此調兩宋現存一百八十餘首,金元存三十餘首,以此詞

爲早,字句聲韻諧穩,當爲正體。此詞作者,歷來説法不一,《唐宋諸賢絕妙詞選》、《嘯餘譜》、《詞繫》、《全宋詞》等作仲殊詞,《花草粹編》、《詞學荃蹄》、《詞譜》作秦觀詞,《詞譜》以此詞爲譜即屬秦觀。在諸本之中,《唐宋諸賢絕妙詞選》爲早,今從《唐宋諸賢絕妙詞選》等作仲殊詞。又按《全宋詞》收寶月“脈脈春心”一首,與此詞相校,僅前三句不同:“脈脈春心,情人漸遠,難托離愁。”後全同,仲殊住杭州寶月寺,“寶月”即仲殊。“脈脈春心”數句當爲早期版本,“岸草平沙”數句爲作者本人後來修正。此詞實應仲殊所作。“故”吕勝己詞作“風”。句中可平可仄除注明外,俱見平韻別體句法相同者。

　　[二]“行”、“一”楊无咎“瑞鴨煙濃”詞作“幾”、“人”。“醒”楊无咎“玉骨冰肌”詞作“無”。“殘陽亂鴉”一句用拗句。“牆”楊无咎“天付風流”詞作“中”。又,張雨詞下片第二句《詞譜》作“更折竹聲中、吹細香”,《全金元詞》作“更折竹、聲中細香”,當從後者。

又一體

【體略】

　　雙片四十九字,上片二十四字六句四平韻,下片二十五字五句四平韻,辛棄疾。

【圖譜】

莫煉丹難。黃河可塞,金可成難。休辟穀難。吸風飲
●●○○　　○○●●　○●○○　●●●○　●○●

露,長忍飢難。　　勸君莫遠遊難。何處有、西王母難。休
●　○●○○　　●○●●○○　○●●　○○●○　○

采藥難。人沈下土,我上天難。
●　●　○　　○○●●　●●○○

【注釋】

此詞題"辛酉生日前兩日,夢一道士話長年之術,夢中痛以理折之,覺後賦八難之辭"。"辛酉"即嘉泰元年(1201)。此詞辛棄疾全篇通押"難"字,用獨木橋體,與仲詞相校,上片第四句、下片第三句用韻異。丘崈詞正與之全同。按張孝祥"碧雲風月"詞除首句不用韻外,其他亦同此詞,注出不另列。

又一體

【體略】

雙片四十九字,上片二十四字六句二平韻,下片二十五字五句三平韻,劉鎮。

【圖譜】

乾鵲收聲,淫螢度影,庭院秋香。步月移陰,梳雲約翠,
○●●○　●●○●　○○○○　　　●●○○　○○●●

人在回廊。　　醺醺宿酒殘妝。待付與、溫柔醉鄉。却扇
○●○○　　　　○○●●○○　●●●　○○●○　　●●

藏嬌,牽衣索笑,今夜差涼。
○○　○○●●　○●○○

【注釋】

此詞題“七夕”。此與仲詞相校,惟首句不押韻異。吳泳“元
九不回”等詞正與此同。按趙長卿“千林落葉”詞首句不押韻,但
字聲不同,又張孝祥“碧雲風月”詞亦同趙詞,注出不另列。

按趙長卿詞上片第一、二、三句《全宋詞》作:“千林落葉聲聲
悲。聽淒慘、江皋雁飛。”不當,此調無此種句拍。檢《宋元名家
詞》及《歷代詩餘》、《詞譜》,皆當作:“千林落葉,聲聲淒慘,江皋雁
飛。”又張孝祥詞《全宋詞》作:“碧雲風月無多。莫被名韁利鎖。”
此調亦無此種句拍,當斷作四字三句,然張詞“鎖”字用上聲,偶用
不可效法。

正體（仄韻）

【體略】

雙片四十九字,上片二十四字六句三入聲韻,下片二十五字五
句二入聲韻,蔡伸。

【圖譜】

數聲鶗鴂。可憐又是,春歸時節。滿院東風,海棠鋪
◎○○●　　◎⊙○●　○⊙○●　　◎●○○　○○⊙

繡,梨花飄雪。[一]　　丁香露泣殘枝,算未比、愁腸寸結。
●　⊙○○●　　　　⊙○○●○○　●◎●　○○●●

自是休文,多情多感,不干風月。[二]
◎●○○　⊙○○●　◎○○●

【注釋】

　　〔一〕此詞《詞譜》作賀鑄詞,首句作"子規啼血",今從《全宋詞》作蔡伸詞。"鵑"朱敦儒"秋光正潔"詞作"正"。"可"高觀國詞作"煙"。"又"李彌遜詞作"新","春"高觀國詞作"灞"。按"可憐又是,春歸時節"二句皆宜作平起仄收律句。《詞譜》以此二句"節"前七字皆可平可仄,不當。"可憐又是"亦可作拗句,如朱敦儒"梅蒸乍熱"詞作"無處散策"、"狂蹤怪跡"詞作"誰料年老"等,如王庭珪詞作"高會群賢"用仄起平收律句,偶用不參校。"春歸時節"當作律句,如楊无咎"小閣深沈"詞作"容易眠熟",偶用不參校。"海"、"鋪"朱敦儒"秋光正潔"詞作"天"、"雅","梨"劉一止詞作"那"。

　　〔二〕"露"謝逸詞作"來","算"、"愁"二字趙長卿"甜言軟語"一首作"拈"、"幾",偶用不參校。"自"朱敦儒"紅分翠別"詞作"心",上"多"朱詞作"眼"。

又一體

【體略】

　　雙片四十九字,上片二十四字六句二仄韻,下片二十五字五句二仄韻,蔡伸。

【圖譜】

　　　聯璧尋春,踏青尚意,年時携手。此際重來,可憐還是,
　　　⊙●○○　●○●●　○○○●　　●●○○　●○○●

年時時候。　　　　陰陰柳下人家,□人面、桃花似舊。但願年
○○○●　　　　○○●●○○　□○●　○○●●　●●○

年,春風有信,人心長久。
〇　〇〇●●　〇〇〇●

(《全宋詞》1017 頁)

【注釋】

此與"數聲鶗鴂"詞相校,首句不用韻,且字聲不同。曾覿"品雅風流"詞、高觀國"翠拂晴波"等詞正與此同。

按下片第二句,吳訥《百家詞》及《全宋詞》皆作"人面桃花依舊",遍檢宋詞,無此種句拍,《全宋詞》疑"人面"上脫漏一字,今從。又此句汲古閣本、《歷代詩餘》、《詞譜》皆作:"人面似、桃花依舊。"《全宋詞》疑汲古閣本妄增"依"字,當是。遍檢宋人詞作"桃花似舊"一句,"似"字必用仄聲。

按袁去華"白鷺洲前"詞上面首句不用韻與此詞同,下片首句用韻與趙詞同,注出不另列。又,元人吳瓘詞亦與此體同,惟換頭偶添一襯字作七字一句:"待東君、汩沒芳姿。"注出不另列。

又一體

【體略】

雙片四十九字,上片二十四字六句三入聲韻,下片二十五字五句三入聲韻,趙彥端。

【圖譜】

衰翁自謫。堪笑忘了,山林閒適。一歲花黃,一秋酒
〇〇●●　〇●●●　〇〇〇●　●●〇〇　●〇●

綠,一番頭白。　浮生似醉如客。問底事、歸來未得。但
●　●〇〇●　　〇〇●●〇●　●●●　〇〇●●　●

願長年,故人相與,春朝秋夕。

●○○　●○○●　○○○●

（《全宋詞》1445 頁）

【注釋】

此詞題"生日"。此與蔡詞相詞,下片首句添一韻異,字聲亦不同,管鑒二詞正與之同。

又一體

【體略】

雙片五十字,上片二十五字五句三仄韻,下片二十五字五句二仄韻,馬鈺。

【圖譜】

悟箇不生不滅。更不肯、拈花摘葉。忻則高歌,醉眠芳

◎●●○○●　　◎●●　⊙○○◎●　　○●○●　●○○

草,夢遊仙闕。　　有時普勸人人,莫訝我、丁寧切切。走

●　●○○●　　　●○●●○○　●○●　○○●●　　●

骨行屍,貪財競色,枉銷年月。

●○○　○○●●　●○○●

（《全金元詞》305 頁）

【注釋】

此與蔡詞相校,上片第一、二、三句添一字作六字一句、七字折腰一句異。此爲金元道教詞人流行體式,馬鈺別首及王吉昌、姬翼

等人詞皆同。首句“悟”、“不”姬翼“人靜月明”詞作“人”、“時”。
“更”姬翼“靈明本無”詞作“先”，“拈”、“摘”王吉昌詞作“北”、
“洪”。又王喆詞亦爲此體，當早於馬鈺，然王詞首句偶作拗句“天
然米精麥髓”，與他人不同，不以爲譜，亦不參校。

柳垂金

【調釋】

　　此調仲詞非賦本意，爲祝頌之作。調用上去韻，通篇用普通七
字句和七字折腰句組成，聲情嫵媚風流。沈蔚詞名《柳搖金》。

【體略】

　　雙片五十六字，上下片各二十八字，四句四上去韻，仲殊。

【圖譜】

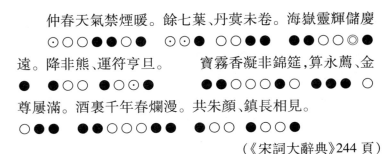

仲春天氣禁煙暖。餘七葉、丹黃未卷。海嶽靈輝儲慶
遠。降非熊、運符亨旦。　　寶霧香凝非錦筵，算永薦、金
尊屢滿。酒裏千年春爛漫。共朱顏、鎮長相見。

（《宋詞大辭典》244 頁）

【注釋】

　　此詞下片第一、二句《全宋詞補輯》原作“寶霧香凝，非錦筵紅
薦。永算金尊屢滿”，周玉魁云：“不成文理。按此二句，‘薦永算’
當是‘算永薦’之倒誤，‘紅’爲衍文，故另作標校如上。”又云：“此

調字句聲韻與《柳搖金》無異，當是同調。"(《宋詞大詞典》)今從。
此調兩宋僅有沈蔚詞相校，金元無存詞。上片首句"仲"沈詞作
"相"(去聲)，第二句"餘七"沈詞作"似醉"，第三句"儲"作"春"，
第四句"亨"作"一"；下片首句沈蔚作"中黄宫裏賜仙衣"，律句不
同，填者任選一種可也。第二句"算永薦"作"鬪淺深"，頗疑當爲
"鬪深淺"之誤，不參校。

　　《詞譜》以沈詞爲譜，未參校仲詞："此調句讀近《思歸樂》，惟
前後段兩起句，平仄不同，且换頭句不押韻，故與《思歸樂》有别。"
《詞繫》卷十六："此與《尋梅》相仿，只兩結七字，各少二字，後起句
不叶韻。字句與《步蟾宫》亦相似，但兩三句，换頭句不叶，平仄亦
不同，皆非一調。"

晁端禮十七調

晁端禮（1046—1113），字次膺，任城（今山東濟寧）人。神宗熙寧六年（1073）舉進士，政和三年（1113），除大晟府協律郎。有詞集《閑齋琴趣外篇》傳世，《全宋詞》據之錄存一百三十九首。晁補之稱他爲十二叔，常與唱和。晁端禮詞用調、創調在詞調體式的建立等方面具有重要意義，惜《詞律》、《詞譜》等書編者未見其詞集，對其詞新調及相關體式多有漏收。

上林春

【調釋】

《填詞名解》卷四："《上林春》，司馬相如賦：'獨不聞天子之上林乎？'《天禄閣外史》：'絪緼而蒼蒼，内有離宮別館，昆明西陂，輦道紆曲而相屬者，秦之上林也。'"此調當出自太宗"制曲"，用中吕宫。晁詞三詞皆用上去韻，爲祝頌之詞，聲情清新歡暢。按晁端禮三詞從詞意及聲情看，皆當應制之作。晁沖之詞名《上林春慢》。毛滂有《上林春令》，與此不同。

【體略】

雙片一百二字，上片五十一字十一句四仄韻，下片五十一字九句五仄韻，晁端禮。

【圖譜】

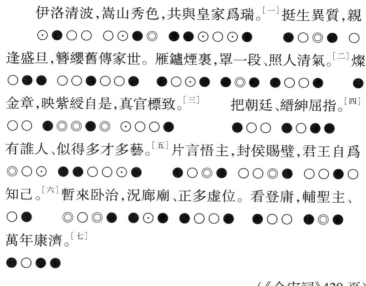

伊洛清波，嵩山秀色，共與皇家爲瑞。[一]挺生異質，親
逢盛旦，簪纓舊傳家世。雁鑪煙裏，罩一段、照人清氣。[二]燦
金章，映紫綬自是，真官標致。[三]　　把朝廷、縉紳屈指。[四]
有誰人、似得多才多藝。[五]片言悟主，封侯賜璧，君王自爲
知己。[六]暫來臥治，況廊廟、正多虛位。看登庸，輔聖主、
萬年康濟。[七]

（《全宋詞》420頁）

【注釋】

　[一]此調兩宋現僅存六詞，金元無存詞，可用入聲亦可用上
去韻。《詞律》卷三以楊无咎"穠李夭桃堆繡"詞爲正體，《詞譜》卷
三十以晁補之詞爲正體，今以晁端禮詞爲正體。"伊"晁沖之詞作
"帽"。"嵩山秀色"可作平起仄收律句，亦可作仄起平收律句，如
晁端禮別首作"真個爲伊"，填者任選其一可也。"皇"晁沖之詞作
"晚"，"爲"晁端禮"相識來來"詞作"役"。

　[二]"挺生異質"一句各詞字聲亦異，可作平起仄收律句，亦
可作仄起平收律句，如晁沖之詞作"鶴降詔飛"，填者任選一種可
也。"異"曾紆詞作"微"。"煙"曾紆詞作"墮"。"一"晁沖之詞作
"明"。

　　[三]“紫綬”曾紆詞作“流光”，“是”晁沖之詞作“街”，“真”晁沖之詞作“不”。此韻三句拍，分別爲三字一句、五字一句、四字一句。晁補之“天惜中秋”詞，此韻《詞譜》斷作“乍歸來，暫燕處，共仰赤松高轍”，仍當依此體斷句。

　　[四]此句爲上三下四式七字一句，《全宋詞》作普通七字一句不當。“紳”惟晁端禮“相識來來”詞作“氣”，不參校。

　　[五]“有”、“人”、“多”晁沖之詞作“珍”、“下”、“裒”，“得”惟晁端禮“相識來來”詞作“聞”，不參校。按此韻《全宋詞》斷作“有誰人似得，多才多藝”，今從《詞譜》斷作上三下六式折腰句。

　　[六]“片言悟主”一句宜用平起仄收律句，晁端禮“相識來來”詞作“料得那裏”，“得”以入代平。此句晁補之詞作“舊有袞衣”、晁沖之詞作“素蛾遶釵”，律句不同，不參校。“賜”曾紆詞作“如”。“君王自爲知己”晁端禮“相識來來”詞、晁補之詞作仄起仄收律句，不參校。

　　[七]“暫”曾紆詞作“稠”，“卧”晁補之詞作“相”。“廊”晁端禮“霖雨成功”詞作“已”，“多”惟晁端禮“相識來來”詞作“得”，以入代平。按“治”字似用韻，與上片第七句“裏”字對應，然檢晁詞別二首及宋人其他作品，此二處多不用韻，今注出，視爲偶用。“聖”曾紆詞作“誰”。

玉樓宴

【調釋】

　　此調亦當爲作者任職大晟府時創作。調爲換頭曲，賦本意，用平聲韻，清新綿邈。

【體略】

雙片一百三字,上片五十一字十一句四平韻,下片五十二字十句四平韻,晁端禮。

【圖譜】

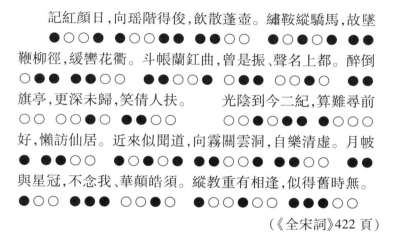

（《全宋詞》422 頁）

【注釋】

此調兩宋金元現僅存此詞,無別首可校。《詞律辭典》:"上片'向瑤階'至'上都',與下片'算難尋'至'皓須'同。"(1633 頁)按"向瑤階"以下九字,正與下片"算難尋"以下九字相對。上片首韻《全宋詞》原斷作"記紅顏日、向瑤階,得俊飲、散蓬壺",誤。

金人捧露盤

【調釋】

晁詞賦本意,應制詞,調用上去韻,聲情清新綿邈。元人姬翼

詞名《金童捧露盤》。此調與賀鑄《銅人捧露盤引》（賀更名《淩歊》）迥異，《銅人捧露盤引》宋人亦多名《金人捧露盤》。

【體略】

雙片一百三十七字，上片六十九字十五句七上去韻，下片六十八字十四句七上去韻，晁端禮。

【圖譜】

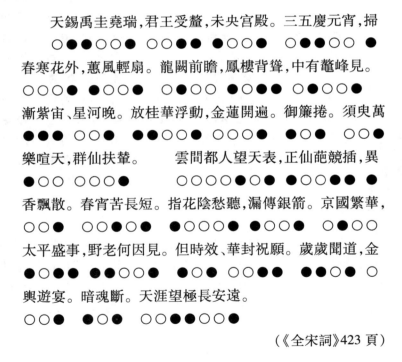

天錫禹圭堯瑞，君王受釐，未央宮殿。三五慶元宵，掃
春寒花外，蕙風輕扇。龍闕前瞻，鳳樓背聳，中有鼇峰見。
漸紫宙、星河晚。放桂華浮動，金蓮開遍。御簾捲。須臾萬
樂喧天，群仙扶輦。　　雲間都人望天表，正仙葩競插，異
香飄散。春宵苦長短。指花陰愁聽，漏傳銀箭。京國繁華，
太平盛事，野老何因見。但時效、華封祝願。歲歲聞道，金
輿遊宴。暗魂斷。天涯望極長安遠。

（《全宋詞》423 頁）

【注釋】

《大晟府及其樂詞通考》以此調創調在政和二年前後，此詞作於政和三年春（291 頁）。此調兩宋僅存此詞，元人王志謹存一詞、

姬翼有二詞。晁詞上片第四句不用韻,下片第四句又用韻,且句拍
元人多與之有異。《詞牌格律》以上片第十句"河"字後、下片第十
一句"歲"字前各脫漏一字(1412頁)。按下片第十、十一句《全宋
詞》斷作"但時效華封祝,願歲歲聞道",當從《詞牌格律》斷句。

又一體

【體略】

雙片一百三十九字,上片七十字十六句五上去韻,下片六十九
字十五句七上去韻,王志謹。

【圖譜】

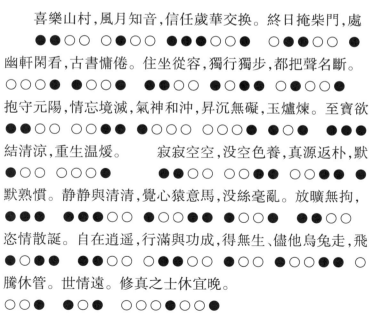

喜樂山村,風月知音,信任歲華交換。終日掩柴門,處
幽軒閑看,古書慵倦。住坐從容,獨行獨步,都把聲名斷。
抱守元陽,情忘境滅,氣神和沖,昇沉無礙,玉爐煉。至寶欲
結清涼,重生溫煖。　　寂寂空空,没空色養,真源返朴,默
默熟慣。静静與清清,覺心猿意馬,没絲毫亂。放曠無拘,
恣情散誕。自在逍遥,行滿與功成,得無生、儘他烏兔走,飛
騰休管。世情遠。修真之士休宜晚。

(《全金元詞》1196頁)

【注釋】

此與晁詞相校,上片前三句作四字兩句、六字一句,句拍小異,第十、十一、十二句添一字作四字四句且減二韻;下片前三句作四字四句,第四句減一韻,第八句添一韻,第九、十、十一、十二句添一字減二韻分別作四字一句、五字一句、上三下五式八字一句、四字一句。其他相同。

正　　體

【體略】

雙片一百三十九字,上片七十字十五句六上去韻,下片六十九字十四句六上去韻,姬翼。

【圖譜】

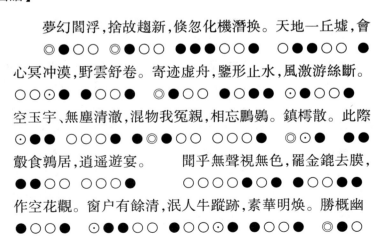

退，洞靈縹緲，直許群真酖。步坦途、搖頭拊臂，到醉鄉勝
〇　●〇⊙●　●●〇●　◎●〇●　●◎⊙　〇〇〇●　●●〇

入，高陽池館。世情遠。浮生瞬息歸來晚。
●　〇〇〇●　●〇●　〇〇●●〇〇●

（《全金元詞》1203 頁）

【注釋】

　　此調當以此詞爲正體，爲晁詞與王詞之混合體。此體韻位即
用王志謹詞韻，但句拍仍與晁詞多同。此與晁詞相校，上片前三句
句拍不同（與王詞相同），上片第十句添一字作七字折腰句法。此
體上片自“天地”至“鎮檞散”，與下片“窗户”至“世情遠”相同，前
後謹嚴，頗堪效仿。句中字聲可平可仄即參晁詞、王詞及姬詞別首
句法相同者。按上下片第五、十一句皆作上一下四式五字句，填者
宜遵。

又 一 體

【體略】

　　雙片一百三十七字，上片六十八字十五句五上去韻，下片六十
九字十四句六上去韻，姬翼。

【圖譜】

　　高會雲朋，談笑人間，幾度海濤清淺。天地一吹噓，動
　　〇●〇〇　〇●〇〇　●●●〇〇●　〇〇●●〇　●

閻浮出没，化機如電。覆手存亡，轉頭聚散，物物虛零亂。
〇〇●●　●〇〇●　●●〇〇　●〇●●　●●〇〇●

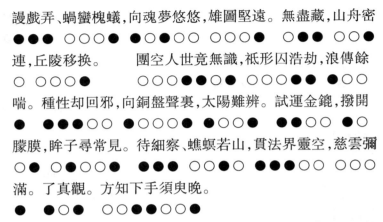

謾戲弄、蝸蠻槐蟻,向魂夢悠悠,雄圖堅遠。無盡藏,山舟密
●●●　　●○○●●　　○●○○○　　○○●　　　○●●　○○●

連,丘陵移換。　　　團空人世竟無識,祇形囚浩劫,浪傳餘
○　　○○○●　　　　　○○○●●○●　　○○○●●　●○○

喘。種性卻回邪,向銅盤聲裏,太陽難辨。試運金鎞,撥開
●　　●●●○○　●○○○●　　●○○●　　●●○○　　○●

朦膜,眸子尋常見。待細察、蟭螟若山,貫法界靈空,慈雲彌
○●　○●○○●　　●●●、○○●○　●●●○○　○○○

滿。了真觀。方知下手須臾晚。
●　　●○●　　○○●●○○●

（《全金元詞》1203 頁）

【注釋】

此與"夢幻"一詞相校,上片第十三句未用韻,第十四句減二字作四字一句異,此或有脫漏,然字聲不同,暫列一體備考。

金盞倒垂蓮

【調釋】

《詞譜》卷二十二:"此調有平韻、仄韻兩體。平韻者,見晁無咎《琴趣外篇》及《梅苑》詞,仄韻者,見《松隱詞》。"《詞譜》未見晁端禮詞,誤以首見晁補之詞。《詞繫》卷十四:"《南渡典儀》:賜筵樂次第十七盞,奏《金盞倒垂蓮》。"調用平韻,多用四字句法,聲情清新明快。

【體略】

雙片九十二字,上片四十五字,下片四十七字,各九句四平韻,

晁端禮。

【圖譜】

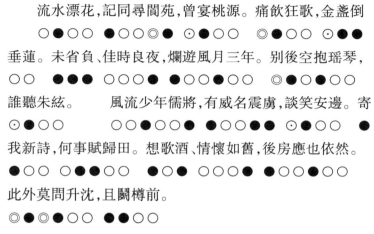

流水漂花，記同尋閬苑，曾宴桃源。痛飲狂歌，金盞倒
○●○○　●○○●◎●　⊙●○○　　◎●○○　○●

垂蓮。未省負、佳時良夜，爛遊風月三年。別後空抱瑤琴，
○○　　●●●　○○○●　●○○●○○　　◎●○○●○○

誰聽朱絃。　　　風流少年儒將，有威名震虜，談笑安邊。寄
⊙●○○　　　　○○●○○●　●○○●●　⊙●○○　●

我新詩，何事賦歸田。想歌酒、情懷如舊，後房應也依然。
●○○○　○●●○○　●○○●　○○○●　●○○●○○

此外莫問升沈，且鬭樽前。
◎●◎●○○　●●○○

（《全宋詞》426 頁）

【注釋】

此調兩宋現僅存五詞，金元無存詞。此調平韻詞即以此詞爲正體，有晁補之和詞二首及《梅苑》無名氏詞可校。此詞上片自"記同尋"以下，與下片自"有威名"以下相同，字句、聲韻十分嚴整。晁補之和詞正與之全同，平仄字聲與之相校亦幾乎完全一致，而無名氏詞字聲亦僅數處不同。句中可平可仄即見《梅苑》無名氏詞句法相同者。

按《詞律》、《詞譜》、《全宋詞》等書均將晁補之詞上下片結韻二句斷作四字一句、六字一句，誤，皆應依晁端禮詞斷作六字一句、四字一句，《梅苑》無名氏詞及曹勛仄韻詞亦然。

上下片第二句"記"、"有"皆作領字，第八句作拗句，爲此調定格，填者識之。《詞律》卷十三以晁補之"諸阮英遊"詞爲體，云上

下片第八句："其用'此景不待'，'畢竟得意'，皆仄仄入去，乃是定格。觀其別作，用'祇有一部'、'後會一笑'可見，學者勿誤。"萬氏未見晁端禮詞，亦未見《梅苑》無名氏詞，以致武斷。

又一體

【體略】

雙片九十二字，上片四十五字，下片四十七字，各九句四平韻，《梅苑》無名氏。

【圖譜】

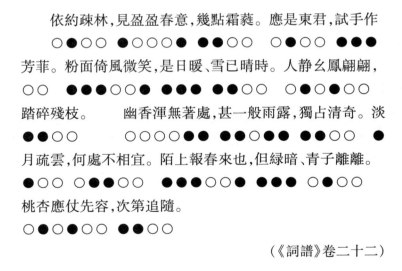

依約疎林，見盈盈春意，幾點霜蕤。應是東君，試手作
○●●○　●○○●　●●○○　　○●●　●●●

芳菲。粉面倚風微笑，是日暖、雪已晴時。人靜幺鳳翩翩，
○○　●●●○●●　●●●　●●○○　　○●●○○○

踏碎殘枝。　　幽香渾無著處，甚一般雨露，獨占清奇。淡
●●○○　　　○○○●●●　●●●●●　●●○○　●

月疎雲，何處不相宜。陌上報春來也，但綠暗、青子離離。
●○○　○●●○○　●●●○○●　●●●　○○●●

桃杏應仗先容，次第追隨。
○●○●●○　●●○○

（《詞譜》卷二十二）

【注釋】

此與晁端禮詞相校，惟上下片第六句皆減一字作六字一句，第七句皆添一字作上三下四式折腰句異。按上片第六句《全宋詞》

作"粉面倚、天風微笑"，今從《詞譜》斷句。

又一體

【體略】

雙片九十二字，上片四十五字九句四仄韻，下片四十七字九句六仄韻，曹勛。

【圖譜】

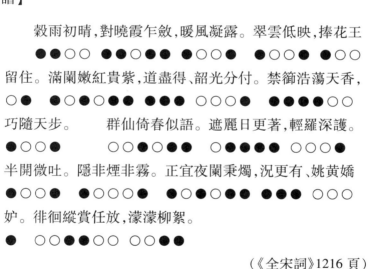

穀雨初晴，對曉霞乍斂，暖風凝露。翠雲低映，捧花王

留住。滿闌嫩紅貴紫，道盡得、韶光分付。禁籞浩蕩天香，

巧隨天步。　　群仙倚春似語。遮麗日更著，輕羅深護。

半開微吐。隱非煙非霧。正宜夜闌秉燭，況更有、姚黃嬌

妒。徘徊縱賞任放，濛濛柳絮。

（《全宋詞》1216 頁）

【注釋】

此詞字句與晁補之詞同（下片添二韻），惟押仄韻異。《詞譜》："此詞押仄聲韻者，祇此一詞，無別首可校。"按下片第二句"遮麗日更著，輕羅深護"《詞譜》、《詞繫》斷作上三下六式九字折腰句，不當。按此詞上下片結韻二句，《詞譜》諸書皆斷作四字一句、

六字一句,《詞譜》又以下片結韻中"任放"二字皆爲仄聲,誤。此亦是晁端禮詞句拍,"任放"二字均有平去二讀,此處自當皆作平聲。

百寶裝(妝)

【調釋】

此調有平仄韻二體,平韻首見晁端禮詞,仄韻見長筌子、王吉昌詞。上片多用四六句法,下片多用五七句法,聲情清新悠遠。此調與《新雁過妝樓》別名《百寶裝》不同,《詞譜》卷二十七將《百寶裝》附列於《新雁過妝樓》後不當。

【體略】

雙片一百四字,上片五十一字十句四平韻,下片五十三字九句四平韻,晁端禮。

【圖譜】

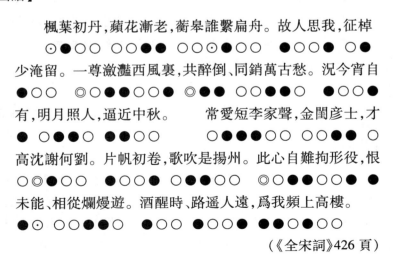

楓葉初丹,蘋花漸老,蘅皋誰繫扁舟。故人思我,征棹
少淹留。一尊瀲灩西風裏,共醉倒、同銷萬古愁。況今宵自
有,明月照人,逼近中秋。　　常愛短李家聲,金閨彥士,才
高沈謝何劉。片帆初卷,歌吹是揚州。此心自難拘形役,恨
未能、相從爛熳遊。酒醒時、路遙人遠,爲我頻上高樓。

（《全宋詞》426 頁）

【注釋】

此調今始見此詞，兩宋金元現存五首。長筌子二詞、王吉昌詞字數與此全同，用韻、字聲微異，《高麗史·樂志》無名氏詞與此句拍小異。此體上片自"蘋花"至"萬古愁"，與下片自"金閨"至"爛熳遊"相同。句中可平可仄即參長筌子詞及無名氏詞句法相同者。

又一體

【體略】

雙片一百八字，上片五十四字十二句四平韻，下片五十四字九句四平韻，《高麗史·樂志》無名氏。

【圖譜】

一抹絃器，初宴畫堂，琵琶人把當頭。髻雲腰素，仍占
●●○● 　○●●○ 　○○○●○ 　●○○● 　○●

絕風流。輕攏慢撚，生情豔態，翠眉黛顰，無愁謾似愁。變
●○○ 　○●●○ 　○○●● 　●○●○ 　○○●○ 　●

新聲曲，自成獲索，共聽一奏梁州。　　彈到遍急敲穎，分
○○●● 　●○●● 　●○●●○ 　　　○●●●○○ 　○

明似語，爭知指面纖柔。坐中無語，惟斷續金虬。曲終暗會
○●●● 　○○●●○○ 　●○○● 　○●●○○ 　●○●●

王孫意，轉步蓮、徐徐卸鳳鈎。捧瑶觴、爲喜知音，勸佳人、
○○● 　●●○ 　○○●●○ 　●○○ 　●●○○ 　●○○

沉醉遲留。
○●○○

【注釋】

此與晁詞相校，上片第六、七句添二字作四字三句、五字一句，第八、九、十句添一字作四字兩句、六字一句。下片結句添一字作七字折腰句。

按此詞上片第六、七、八、九句《詞譜》作："輕攏慢撚生情態，翠眉顰、無愁漫似愁。"上片結韻作："變新聲、自成濩索，還共聽、一奏梁州。"

又一體

【體略】

雙片一百四字，上片五十一字十句五平韻，下片五十三字九句五平韻，長筌子。

【圖譜】

榴蕊濃芳。簾幕半捲，清閑白晝偏長。院宇無塵，微雨
〇●〇〇　〇●●　〇〇●〇〇　●●〇〇　〇●

過池塘。幽軒細細風披竹，欹石枕、藤牀分外涼。看雲峰偃
●〇〇　〇〇●●〇〇●　〇●●　〇〇〇●〇　〇〇〇●

仰，高眠晃然，已到羲皇。　　休休塵世俱忘。真常妙用，
●　〇〇●〇　●●〇〇　　〇〇〇●〇〇　〇〇●●

安排黃卷爐香。莫羨俗情，如蟻慕膻腸。清虛淡素甘貧樂，
〇〇〇●〇〇　●●●〇　〇●●〇〇　〇〇●●〇〇●

縱酷暑、難侵道哲堂。好棲心、見素家風，洞中別是仙鄉。
●●●　〇〇●●〇　●〇〇　●●〇〇　●〇●●〇〇

（《全金元詞》588頁）

【注釋】

　　此與晁詞相校，惟上下片首句均用韻異。又上下片第四句均用仄起平收律句，亦爲詞人有意爲之。

<h1 style="text-align:center">又一體</h1>

【體略】

　　雙片一百四字，上片五十一字十句四入聲韻，下片五十三字九句四入聲韻，長筌子。

【圖譜】

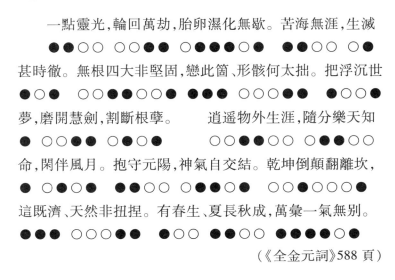

　　　　　一點靈光，輪回萬劫，胎卵濕化無歇。苦海無涯，生滅
　　　　　●●○○　○○●●　○●●○○●　　●●○○　○●

甚時徹。無根四大非堅固，戀此箇、形骸何太拙。把浮沉世
●○●　　○○●●○○●　●●●、○○○●●　　●○○●

夢，磨開慧劍，割斷根孽。　　　逍遙物外生涯，隨分樂天知
●　　○○●●　●●○●　　　　　○○●●○○　○●●○○

命，閑伴風月。抱守元陽，神氣自交結。乾坤倒顛翻離坎，
●　　○●○●　　●●○○　○●●○●　　○○●○○○●

這既濟、天然非扭捏。有春生、夏長秋成，萬彙一氣無別。
●●●、○○○●●　　●○○、●○○○　●●●●○●

　　　　　　　　　　　　　　　　（《全金元詞》588頁）

【注釋】

　　此與晁詞相校，惟用仄韻，下片第二、三句作六字一句、四字一

句，字聲亦異。王吉昌詞正與此同。按王吉昌詞《全金元詞》斷句多誤，當依此體句拍斷句。

金盞子

【調釋】

　　此調用仄韻，首見晁端禮詞，《夢窗詞》注雙調。夢窗二詞聲情皆清新明快，當屬本調。《高麗史・樂志》無名氏詞與此同名異調。

【體略】

　　雙片一百一字，上片五十字十句五仄韻，下片五十一字十句五仄韻，晁端禮。

【圖譜】

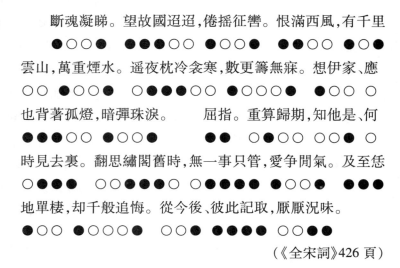

【注釋】

此調兩宋現存近十首,金元無存詞。此體《詞律》、《詞譜》不載。此詞上片首句用韻,作平起仄收律句,檢宋人詞無有與之同者,不作正體。此體上片自"有千里"至"無寐",與下片"無一事"至"追悔"句拍相同,但"有千里雲山"與"無一事只管"字聲小異,亦不嚴謹。

又一體

【體略】

雙片一百一字,上片五十一字十句四仄韻,下片五十字九句五仄韻,史達祖。

【圖譜】

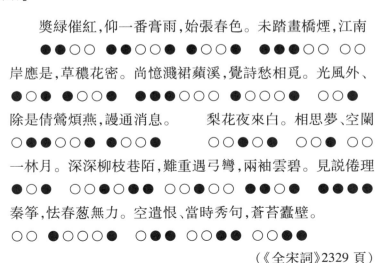

獎綠催紅,仰一番膏雨,始張春色。未踏畫橋煙,江南
岸應是,草穠花密。尚憶濺裙蘋溪,覺詩愁相覓。光風外、
除是倩鶯煩燕,謾通消息。　　　梨花夜來白。相思夢、空闌
一林月。深深柳枝巷陌,難重遇弓彎,兩袖雲碧。見説倦理
秦箏,怯春葱無力。空遣恨、當時秀句,蒼苔蠹壁。

【注釋】

此與晁詞相校，上片首句不用韻，作仄起平收律句，第四句添一字作五字一句，換頭不用短韻，減一字作五字一句，其他均同。按趙以夫詞與史詞相校惟下片起句不用韻異，注出不另列。又上片第五、六句，下片第四、五句《詞譜》皆斷作三字一句、六字一句，綜合考量此調宋人作品，今皆斷作五字一句、四字一句。

又按下片第八句"當時秀句"，《歷代詩餘》、《詞譜》、《全宋詞》皆作"當時留秀句"，《詞律》又以此句本當爲六字一句："查《梅溪詞》落去一字，故本譜不收一百二字體。"觀晁端禮、趙以夫、王沂孫等詞，此句作四字並不誤，"當時留秀句"之"留"當爲衍字。

正　　體

【體略】

雙片一百三字，上片五十一字十句四仄韻，下片五十二字十句六仄韻，吳文英。

【圖譜】

賞月梧園，恨廣寒宮樹，曉風搖落。[一]莓砌掃珠塵，空
●●○○　▼●○○●　●○○●　　⊙●○○　⊙

腸斷熏鑪，燼銷殘蕚。[二]殿秋尚有餘花，鎖煙窗雲幄。[三]新
○●○○　●○○●　◎○●●○○　●○○⊙●　　⊙

雁又、無端送人江上，短亭初泊。[四]　　籬角。夢依約。人
◎◎　○○●●○○　●○○●　　　⊙●　●○●　⊙

一笑、惺忪翠袖薄。[五]悠然醉魂喚醒，幽叢畔淒香，霧雨漠

◎●　〇〇●●●　　　〇〇〇●〇●　⊙〇●〇〇　●◎◎

漠。晚吹乍顫秋聲，早屏空金雀。明朝想、猶有數點蜂黃，

●　◎〇〇●●〇　●〇〇●　〇〇⊙●　⊙⊙●●●◎〇〇

伴我斟酌。^[六]

●●〇●

（《全宋詞》2909 頁）

【注釋】

〔一〕此調當以此詞爲正體。此與晁詞、史詞相校，下片第九句添二字作上三下六式九字折腰一句，吳詞別首、蔣捷詞皆與此同（陳著詞三聲通叶，近曲體用韻，不參校）。然此調詞作較少，各首字聲又多有異同，律拗參差，字聲尚未定型，填者選其一種可也。"恨"作領字，宜用去聲，"廣寒宮樹"晁端禮詞作仄起平收律句，陳著詞作"老來如何"，用拗句。按《詞譜》以蔣捷詞此韻第二、三句斷作"夢乍醒、黃花翠竹庭館"列又一體，當依正體斷句，無需另列。句中可平可仄除注明外，皆見所列別體句法相同者。

〔二〕"空腸斷"以下二句、與下片"幽叢畔"以下二句《詞譜》斷作三字一字、六字一句，今前後作五字一句、四字一句，與晁詞、史詞斷法相同。"空腸斷熏鑪"與"幽叢畔淒香"，皆作上三下二句法，字聲前後一致，可堪效法，他首如晁詞、史詞多前後不一，不參校。

〔三〕"殿秋尚有餘花"字聲與晁詞、史詞不同，趙以夫詞及吳文英別首與此同。"殿"趙以夫詞作"亭"。"鎖"與下片"早"字皆爲領字，與晁詞、史詞同。"雲"蔣捷詞作"一"。

〔四〕"無端送人江上"作平起拗句，蔣捷、陳著、晁端禮詞作仄起拗句，吳詞別首、趙以夫詞作平起平收律句，史達祖、王沂孫詞作仄起仄收律句，填者任選一種可也，但以前後一致爲佳。"亭"吳詞別首作"一"，以入代平。

　　〔五〕換頭用短韻。吴詞別首換頭《全宋詞》作“臨酒論深意”，《大鶴山人詞話》以“酒”爲“醉”之訛，亦爲用韻（345頁）。“惺忪翠袖薄”史達祖詞、陳著詞、蔣捷詞作拗句，餘詞皆作平起仄收律句。

　　〔六〕“悠然醉魂喚醒”一句作拗句，吴詞別首、史達祖、王沂孫、蔣捷詞皆與之同，晁端禮、趙以夫詞作平起平收律句，不參校。“雨”吴詞別首作“雲”。“晚吹乍顫秋聲”作律句。“晚”趙以夫詞作“殷”。“屏”趙以夫詞作“玉”，“金”吴詞別首作“緑”。“點”蔣捷詞作“籋”。“伴我斟酌”蔣捷詞同吴詞亦作拗句，餘詞皆作平起仄收律句，宜作後者，與上片結句字聲相同爲佳。

又一體

【體略】

　　雙片一百字，上片五十字十句四仄韻，下片五十字九句六仄韻，王沂孫。

【圖譜】

雨葉吟蟬，露草流螢，歲華將晚。對静夜無眠，稀星散
●●○○　●●○○　●○○●　　●●●○○　○○●

時度，絳河清淺。甚處畫角淒涼，引輕寒催燕。西樓外、斜
○●　●○○●　　●●●●○○　●○○●●　　○○●　○

月未沈風急，雁行吹斷。　　此際怎消遣。要相見、除非待
●●●○○●　●○○●　　　　●●●○●　●○●　○○●

夢見。盈盈洞房淚眼。看人似冷落，過秋紈扇。痛惜小院
●●　○○●○●●　●○●●●　●○○●　●●●●

桐陰,空啼鴉零亂。厭厭地、終日爲伊,香愁粉怨。
○○　○○○○●　○○●　○○●●○　○○○●●

【注釋】

此與史詞相校,惟上片第二句減一字作四字一句,下片第三句添一韻異。初疑"露草流螢"一句脫漏一字,然玩味前後句意及字聲,當未脫漏,或爲詞人有意減字。又此詞上片"引輕寒催燕"、下片"空啼鴉零亂"皆作上三下二句法,與他詞不同。又按上片第九、十句《全宋詞》斷作"西樓外,斜月未沈,風急雁行吹斷",下片第四、五句作上三下六句式,今依正體斷句。

又一體

【體略】

雙片一百二字,上片五十字十一句四平韻,下片五十二字十一句六平韻,《高麗史》無名氏。

【圖譜】

麗日舒長,正葱葱瑞氣,遍滿神京。九重天上,五雲開
●●○○　●○○●●　●●○○　●○○●　●○○

處,丹樓碧閣崢嶸。盛宴初開,錦帳繡幕交橫。應上元佳
●　○○●●○○　●●○○　●●●●○○　●●○○

節,君臣際會,共樂昇平。　　廣庭。羅綺紛盈。動一部、
●　○○●●　●●○○　　　　●○　○●○○　●●●

笙歌盡新聲。蓬萊宮殿神仙景,浩蕩春光,邐迤王城。烟收
○○●○○　○○○●○○●　●●○○　●●○○　　○○

雨歇，天色夜更澄清。又千尋火樹，燈山參差，帶月鮮明。

●●　○●●●○○　　●○○●●　○○○○　●●○○

（《全宋詞》3823 頁）

【注釋】

　　此調平韻詞僅此一首，無他詞可校。句拍與仄韻詞小異。換頭用短韻，與晁端禮仄韻詞同，《詞譜》以"庭"未用韻不當。

慶壽光

【調釋】

　　此爲晁氏大觀年中自度曲。其詞序云："叔祖母黄氏，年九十一歲。其長嘗齒仕籍，大觀赦恩，例許叙封，事在可疑，有司難之。次子論列於朝，特封壽光縣太君。誥詞蘊仁積善之襃，因采繪方以名所居之堂曰'積善'，日與親舊歌酒爲壽於其間，命族孫端禮作《慶壽光》曲，以紀一時之美。"此爲壽詞，賦本意，用平韻，句長韻疏，聲情明快歡暢。

【體略】

　　雙片一百一字，上片四十九字九句四平韻，下片五十二字十句四平韻，晁端禮。

【圖譜】

丹宸疏恩，慶闈受命，聖朝廣孝非常。大邑高封，名兼

○●○○　●○●●　●○●●○○　　●●○○　○○

壽考輝光。閭巷相傳盛事，焕絲五色成章。崇新棟、天語榮

●●○○　○●○○●●　●○●●○○　○○●　○●○

誇，共瞻積善華堂。　　靈龜薦祉，紫鸞稱壽，千鍾汎酒，百
○　●○●●○○　　　　○○●● ●○○● ○○●● ●

和焚香。況有新教歌舞，妙選絲篁。餘慶從今沓至，看兒
●○○　　●●○○○● ●○○○　○●○○●● ●○

孫、朱紫成行。聞説道、賢德陰功，姓名仍在仙鄉。
○　○●○○　　○●● ○●○○ ●○●●○○

（《全宋詞》427 頁）

【注釋】

此調兩宋金元僅此一首，無他詞可校。

黃鸝繞碧樹

【調釋】

此調有平韻、仄韻二體。平韻見晁端禮、仄韻見周邦彥詞，《片
玉集》注雙調。周詞與晁詞相比句法小異，屬同調異體。晁、周二
詞或祝壽、或詠春，聲情皆明快歡暢。

【體略】

雙片九十九字，上片五十一字十一句四平韻，下片四十八字九
句四平韻，晁端禮。

【圖譜】

鴛瓦霜輕，玳簾風細，高門瑞氣非煙。積厚源深，有長
○●○○　●○○● ○○●○○　　●●○○　●○

庚應夢，喬嶽生賢。妙齡秀發，慶謝庭、蘭玉爭妍。名動縉
○●●　○ ○●○　 ●○○● ○○○ ○●○○　　○●●

紳,況文章政術,俱是家傳。　　別有陰功厚德,向東州、治
○　●○○●●　●●○○　　　●●○○●●　●○○　●

獄平反。玉函高篆,仙風道骨,錫與長年。最好素秋新霽,
●○○　●○○●　○○●●　●○○　　●●●○○●

對畫堂、高啟賓筵。何妨縱樂笙歌,剩舉觥船。
●●○　○●○○　　○○●●○○　●●○○

(《全宋詞》427 頁)

【注釋】

此調兩宋金元現僅存二詞。此用平韻,僅此一首。上片第五、
十句作上一下四式五字句,填者宜遵。

<h2 align="center">又一體</h2>

【體略】

雙調,雙片九十七字,下片五十字十一句四仄韻,下片四十七
字八句五仄韻,周邦彥。

【圖譜】

雙闕籠嘉氣,寒威日晚,歲華將暮。小院閒庭,對寒梅
○●○○●　○○●●　●○○●　　●●○○　●○○

照雪,淡煙凝素。忍當迅景,動無限、傷春情緒。猶賴是,上
●●　●○○●　●○●●　●○●、○○○●　　○○●　●

苑風光漸好,芳容將煦。　　草莢蘭芽漸吐。且尋芳、更休
●○○●●　○○○●　　　●●○○●●　●○○　●○

思慮。這浮世、甚驅馳利禄,奔競塵土。縱有魏珠照乘,未
○●●　●○●、●○○●●　○●○●　　●●○○●●　●

買得流年住。爭如盛飲流霞,醉偎瓊樹。
●●○○●　　○○●●○　●○○●

【注釋】

《清真集校注》以此詞於建中靖國元年(1101)至大觀四年
(1110)寫於汴京。此用仄韻,僅此一詞,無他首可校。從句拍上
與晁詞相校,上片首句添一字作五字一句,第三句減二字作四字一
句,第九、十句作三字一句,六字一句;下片首句押韻,第三、四句作
上三下五式折腰句,第七句減一字作六字一句異。按上片第九、十
句《全宋詞》原作上三下六式折腰句,今從《詞牌格律》斷句。《詞
牌格律》:"二結前句的前二字,即'上苑'、'爭如'亦屬領格。這些
領格字後的八字均作成對子。"(1318 頁)

春　晴

【調釋】

晁詞詞意雖與春相關,但無關春晴,賦傷春懷人,當非本調,用
上去韻,聲情幽怨感傷。

【體略】

雙片八十七字,上片四十四字九句四上去韻,下片四十三字九
句五上去韻,晁端禮。

【圖譜】

燕子來時,清明過了,桃花亂飄紅雨。倦客淒涼,千里
●●○○　○○●●　○○●○○●　●●○○　○●

雲山將暮。淚眸回望，人在玉樓深處。向此多應念遠，憑欄

○○○●　　●○○●　○○●●○●　　●●○●○●　○○

無語。　　芳菲可惜輕負。空鞭弄遊絲，帽衝飛絮。恨滿

○●　　　○○●●○●　○○●○○　●○○●　●●

東風，誰識此時情緒。數聲啼鳥，勸我不如歸去。縱寫香

○○　○●○○○●　●○○●　●●●○●　●●○

牋，仗誰寄與。

○　●○●●

（《全宋詞》428 頁）

【注釋】

此詞上片自"倦客"至"深處"與下片自"恨滿"至"歸去"相
同。此調兩宋金元現僅存此詞，無別首可校。

脫銀袍

【調釋】

銀袍即雪，晁詞賦本意，用平韻，多用折腰句法，聲情明快婉
轉。此與曹組同名詞調不同。

【體略】

雙片六十四字，上片三十三字六句五上去韻，下片三十一字六
句四上去韻，晁端禮。

【圖譜】

纖條綠沁。春色爲伊難禁。傳芳意、東君信任。燕愁

○○●●　○●●○●　○○●　○○●●　●○

鶯懶,怕輕寒猶噤。護占得、幽香轉甚。　　粉面初勻,冰
○●　●○○○●　●●●　○○●●　　　●●○○　○

肌未飲。何須愛、妖桃勝錦。夜闌人静,任月華來浸。待抱
○●●　○●●　○○●●　●○○●　●●○○●　●●

著、花枝醉寢。
●　○○●●

(《全宋詞》436 頁)

【注釋】

此調兩宋金元現僅存此詞,無別首可校。

玉葉重黄

【調釋】

晁詞非關本意,當非始詞。此調以七、六字句爲主,多用折腰
句法,用上去韻,聲情頓挫婉轉。

【體略】

雙片五十三字,上片二十六字,下片二十七字,各四句三上去
韻,晁端禮。

【圖譜】

玉纖初撚梅花蕊。早憶著、上元天氣。重尋舊曲聲韻,
●○○●○○●　●●●　●○○●　○○●●●

收拾放燈歡計。　　況人生、百歲能幾。任東風、笑我雙鬢
○●●○○●　　●○○　●●○●　●○●　●●○●

裏。重來花下醉也，不減舊時風味。

●　　○○○●●●　●●●○○●

（《全宋詞》436 頁）

【注釋】

此調兩宋金元現僅存此詞，無別首可校。

並蒂芙蓉

【調釋】

《填詞名解》卷三：“《並蒂芙蓉》，杜詩：‘並蒂芙蓉本自雙。’”晁詞用上去韻，賦本意，聲情明媚歡暢。此爲大晟樂新調，《能改齋詞話》卷一：“政和癸巳，大晟樂成。嘉瑞既至，蔡元長以晁端禮次膺薦於徽宗。詔乘驛赴闕。次膺至都，會禁中嘉蓮生。分苞合跗，復出天造，人意有不能形容者。次膺效樂府體屬詞以進，名《並蒂芙蓉》。上覽之稱善，除大晟府協律郎，不克受而卒。”

【體略】

雙片九十八字，上下片各四十九字九句五上去韻，晁端禮。

【圖譜】

太液波澄，向鑑中照影，芙蓉同蒂。千柄綠荷深，並丹

●●○○　　●●○●　○○○●　　○●●○○　●○

臉爭媚。天心眷臨聖日，殿宇分明敞嘉瑞。弄香嗅蕊。願

●○●　　○○●○●●　●●○○●●●　○○●●　　●

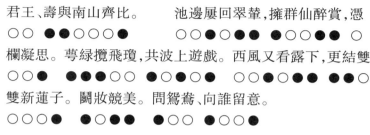

君王、壽與南山齊比。　　池邊屢回翠輦，擁群仙醉賞，憑
○○、●●○○○● 　　○○●●● ●○○●● ○
欄凝思。萼緑攬飛瓊，共波上遊戲。西風又看露下，更結雙
○○○。●●○○ ●○○●● 　○○●●○● ●●○
雙新蓮子。鬪妝競美。問鴛鴦、向誰留意。
○○○● 　●●○● 　●○○、●○○●

（《全宋詞》438 頁）

【注釋】

《唐宋詞彙評》考此詞作於政和三年（1113）（649 頁）。此調
兩宋金元僅存此詞，無他首可校。《詞繫》卷十四：“前後段第五句
是一領四句法……‘弄香嗅蕊’、‘鬪妝競美’用去平去上聲，必不
可易。”《詞律辭典》：“此調爲晁端禮之應制詞，内容是歌功頌德，
於形式上整齊對稱。全詞上下片除下片起句添二字，作六字句，結
句減二字，作上三下四式七字句外，餘皆同。”（1408 頁）《詞牌格
律》：“上下片第二句第一字爲領格，第五句屬一四句式。”（1027 頁）

壽星明

【調釋】

《宋史》卷一百零三：“壽星，南極老人星也。《爾雅》云：‘壽
星，角亢也。’注云：‘數起角亢，列宿之長，故名壽星。’”此調爲大
晟樂新調，與《沁園春》别名《壽星明》不同。晁詞用上去韻，賦本
意，聲情歡快嫵媚。明李維楨《壽星明》又與晁端禮詞不同。

【體略】

雙片一百字，上片五十字十一句四上去韻，下片五十字十句四

上去韻,晁端禮。

【圖譜】

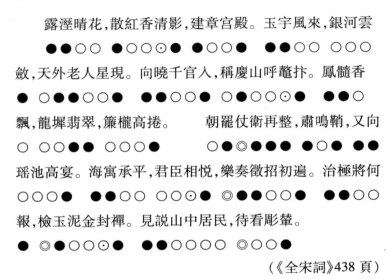

露溼晴花,散紅香清影,建章宮殿。玉宇風來,銀河雲斂,天外老人星現。向曉千官入,稱慶山呼鼇抃。鳳髓香飄,龍墀翡翠,簾櫳高捲。　朝罷仗衛再整,肅鳴鞘,又向瑤池高宴。海寓承平,君臣相悦,樂奏徵招初遍。治極將何報,檢玉泥金封禪。見説山中居民,待看彤輦。

(《全宋詞》438 頁)

【注釋】

《大晟樂府年譜匯考》考此詞作於政和三年(1113)(224頁)。此調兩宋金元現僅存二詞,譜內平仄悉參莫蒙詞句法相同者。

又一體

【體略】

雙片九十九字,上片四十九字十一句五上去韻,下片五十字十一句六上去韻,莫蒙。

【圖譜】

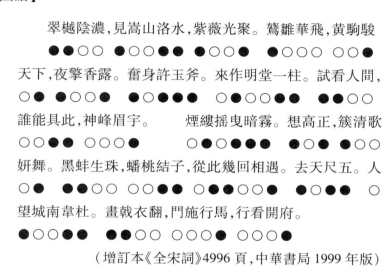

翠檻陰濃，見嵩山洛水，紫薇光聚。鶯雛華飛，黃駒駿
天下，夜擎香露。奮身許玉斧。來作明堂一柱。試看人間，
誰能具此，神峰眉宇。　　　　煙縷搖曳暗霧。想高正，簇清歌
妍舞。黑蚌生珠，蟠桃結子，從此幾回相遇。去天尺五。人
望城南韋杜。畫戟衣翻，門施行馬，行看開府。

（增訂本《全宋詞》4996 頁，中華書局 1999 年版）

【注釋】

此與晁詞相校，多用移字變改句拍。上片第五句添一字作五字一句，第六句減二字作四字一句，下片第三句減一字作五字一句，第七句減一字作四字一句，第九句添二字作四字兩句；且上片第七句，下片第一、七句俱押韻異。

黃河清

【調釋】

《詞譜》卷二十六：“《鐵圍山叢談》云：宣和初，燕樂初成，八音告備，有曲名《黃河清》，音調極韶美，天下無問遐邇大小，皆爭唱之。”晁詞用上去韻，賦本意，詞云：“夜來連得封章奏，大河徹底清

泚。”聲情明快歡暢。金人王喆有詞，賦道情，聲情與晁詞相近。

【體略】

　　雙片九十八字，上片四十九字八句五上去韻，下片四十九字八句四上去韻，晁端禮。

【圖譜】

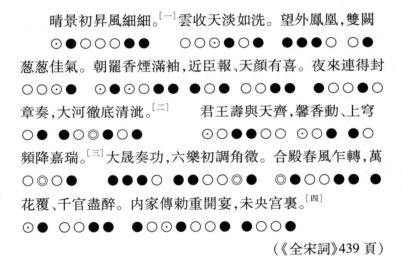

晴景初昇風細細。[一]雲收天淡如洗。望外鳳凰，雙闕
⊙●○○○●●　　○○○⊙●○●　●○○○　○○●

葱葱佳氣。朝罷香煙滿袖，近臣報、天顏有喜。夜來連得封
○○○●　○○○○●●　○○●、○○●●　　●○○○●

章奏，大河徹底清泚。[二]　　　　君王壽與天齊，馨香動、上穹
○●　●○●●○●　　　　　　○○●●○○　○○●、●○

頻降嘉瑞。[三]大晟奏功，六樂初調角徵。合殿春風乍轉，萬
○○◎●　　●●●○　●●○○●●　　◎○○●●　●

花覆、千官盡醉。內家傳勅重開宴，未央宮裏。[四]
○●、○○●●　●○○⊙○○●　●○○●

（《全宋詞》439頁）

【注釋】

　　[一]《唐宋詞彙評》考此詞作於政和三年（1113）（650頁）。此調兩宋現僅存此詞和丘崈詞，金有王喆、馬鈺四詞。“晴”丘詞作“鼓”。按王喆“九鞠黃河”一首與晁詞相校，惟首句不用韻異，注出不另列。

　　[二]“天”王喆“九鞠黃河”詞作“大”。“望外”二句作四字一句、六字一句，丘崈、王喆、馬鈺詞皆然，《詞譜》、《詞繫》、《全宋詞》皆斷作六字一句、四字一句不當。《詞繫》卷十四：“‘望外鳳凰’、

‘大晟奏功’用去去去平，均不可易。”丘崈詞亦然，但王喆“根固源澄”詞作“轉加溫暖”，“九曲黃河”詞作“九江共同”，字聲又異。“佳”丘詞作“日”。“朝”、“香”馬鈺“師父專專”詞作“爲”（去聲）、“愚”。上片結韻《詞譜》、《詞繫》、《全宋詞》皆斷作“夜來連得封章，奏大河、徹底清泚”，此亦不當，丘崈、王喆、馬鈺諸詞皆無如此斷法，且“奏”字當連上“封章”，今依他詞斷作七字一句、六字一句。“徹”丘詞作“三”。又，馬鈺“師父專專”一首上片第七句《全金元詞》作“等待子自悟知其愚”，或有衍字，注出不另列。按上片第二句丘詞《全宋詞》作“喜邊塵、今度還静”，此偶用，“喜”爲襯字，注出不另列。

　　［三］“君”王喆“九鞠黃河”詞作“九”，“馨”王喆作“九”。下片二句《詞譜》、《全宋詞》皆斷作“馨香動上穹，頻降嘉瑞”，不妥，丘崈、王喆、馬鈺諸詞皆無如此斷法，且“上穹”宜連下，今依他詞從《詞繫》斷作上三下六式九字折腰句。

　　［四］“大晟”兩句，馬鈺“九曲黃河”一首《全金元詞》斷作“九玄神，先要救，攀仙肩並”，此調亦無此種句拍，或有訛誤，注出不另列。“角”丘詞作“佳”。又，“角徵”，《詞繫》作“宮徵”，《全宋詞》原作“清徵”，今從《高麗史·樂志》及《詞譜》。“合”丘詞作“勳”。“花”丘詞作“整”。“傳”丘詞作“恰”。下片結韻二句馬鈺“師父專專”一首《全金元詞》作“赴蓬萊島，仙童遠遠來迎迓”，或有訛誤，注出不另列。

舜韶新

【調釋】

　　“韶”爲虞舜時樂名。《書·益稷》：“《簫韶》九成，鳳皇來儀。”此調亦爲大晟樂徵調曲。《詞譜》卷二十九：“宋王應麟《玉

海》：政和中，曹棐製徵調《舜韶新》。”晁詞用上去韻，聲情歡快明媚。按《詞譜》未收此詞，以南宋郭子正詞爲譜，郭詞與晁詞同名異調。

【體略】

　　雙片一百字，上片四十九字，下片五十一字，各八句四上去韻，晁端禮。

【圖譜】

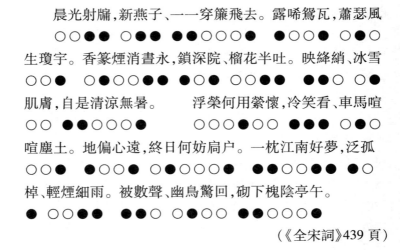

（《全宋詞》439 頁）

【注釋】

　　《大晟府及其樂詞通考》以此詞作於政和三年（1111）（281頁）。此調兩宋金元僅此一詞，無他首可校。此詞上片自“新燕子”以下，與下片自“冷笑看”以下相同。

吴音子

【調釋】

此調當采自吳地民間。晁詞用平韻,寫戀情相思,聲情俚俗明快。按賀鑄有《吳音子》(更名《擁鼻吟》),與此迥異。

【體略】

雙片一百二字,上片五十一字八句五平韻,下片五十一字九句四平韻,晁端禮。

【圖譜】

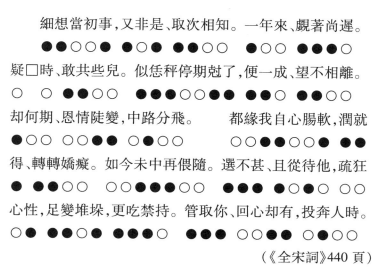

細想當初事,又非是、取次相知。一年來、覷著尚遲。

疑□時、敢共些兒。似恁秤停期尅了,便一成、望不相離。

却何期、恩情陡變,中路分飛。　　都緣我自心腸軟,潤就

得、轉轉嬌癡。如今未中再偎隨。選不甚、且從待他,疏狂

心性,足變堆垛,更吃禁持。管取你、回心却有,投奔人時。

(《全宋詞》440 頁)

【注釋】

此調兩宋金元現僅存二詞,惟有無名氏詞可校。按下片第四、

五句《全宋詞》原斷作"選不甚,且從待他疏狂心性",結韻《全宋
詞》斷作"管取你回心,却有投奔人時"。

又一體

【體略】

　　雙片一百二字,上片五十字八句五平韻,下片五十二字八句六
平韻,《鳴鶴餘音》無名氏。

【圖譜】

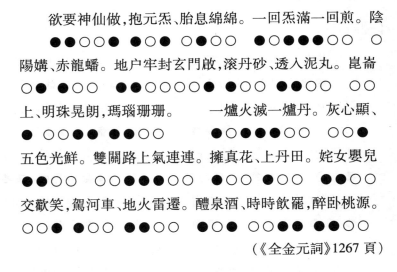

（《全金元詞》1267 頁）

【注釋】

　　此與晁詞相校,惟上片第四句減一字作六字折腰句,下片首句
添一韻,第四句減一字作六字折腰句,且添一韻,第五、六、七句添二
字作七字一句、上三下四式折腰句異。此體前後嚴謹,《詞律辭典》:

"除換頭句過變較首句多二字添一韻外,上下片同。"(1607頁)

遍地花(錦)

【調釋】

晁詞用上去韻,賦戀情相思,非關本意。此調句式全爲七字句,不過除首句外其他皆用折腰句法,用上去韻,聲情婉轉頓挫。同期毛滂有詞。《詞譜》卷十二:"調見毛滂《東堂詞》,孫守席上詠牡丹花作也。《花草粹編》注小石調。"

【體略】

雙片五十六字,上片二十八字四句三上去韻,下片二十八字四句二上去韻,晁端禮。

【圖譜】

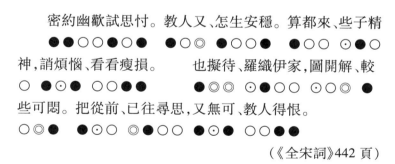

密約幽歡試思忖。教人又、怎生安穩。算都來、些子精
●●○○●●⊙　●○○、●●○●　●●○○、⊙●○
神,誚煩惱、看看瘦損。　　也擬待、羅織伊家,圖開解、較
○　●⊙●、○○●●　　　●◎○○、⊙●○○　⊙○◎　●
些可悶。把從前、已往尋思,又無可、教人得恨。
○◎●●　●⊙○○、◎●○○　●⊙●、○○●●

　　　　　　　　　　　　　　　　　(《全宋詞》442頁)

【注釋】

此調兩宋僅有毛滂及無名氏詞可校,金元無存詞。毛滂詞字句韻與之全同,字聲微異。上片第二句"又"毛詞作"頭",第三句"些"作"繡";下片第一句"擬待"毛詞作"風前",第二句"可"作

“分”，第三句“從”、“已”作“與”、“西”，第四句“無”作“枉”。句中可其他可平可仄皆見無名氏句法相同者。

又一體

【體略】

小石調，雙片五十三字，上片二十七字四句三上去韻，下片二十六字四句二上去韻，《花草粹編》無名氏。

【圖譜】

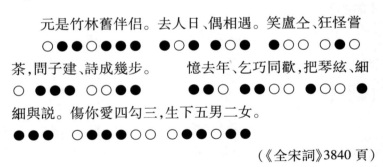

（《全宋詞》3840 頁）

【注釋】

此與晁詞相校，上片第二句減一字作六字折腰句，下片第三、四句皆減一字作六字句異。又此詞上片首句用律句，下片第二句“細細與説”用拗句，與晁、毛詞字聲皆不同。

李元膺一調

李元膺(生卒年不詳),東平(今屬山東)人,南京教官。紹聖二年乙亥(1095)間,曾爲李孝美作《墨譜法式》序。趙萬里《校輯宋金元人詞》輯爲《李元膺詞》,共九首,《全宋詞》據以録入。

茶瓶兒

【調釋】

《詞譜》卷十二:"調見《花庵詞選》,始自北宋李元膺,至南宋趙彦端、石孝友二家,又攤破兩結句法,減去兩起句字,自成新聲。"李詞用上去韻,非關本意,聲情感傷怨歎。

【體略】

雙片五十六字,上片二十八字,下片二十八字,各五句四上去韻,李元膺。

【圖譜】

去年相逢深院宇。海棠下、曾歌金縷。歌罷花如雨。
●○○○●●　●○●　○○○●　○●○○●

翠羅衫上,點點紅無數。　今歲重尋携手處。空物是、人
●○○●　●●○○●　　○●○○○●●　○●●　○

非春暮。回首青門路。亂紅飛絮，相逐東風去。

○○●　　○●○○●　　●○○●　○●○○●

【注釋】

　　此詞作重頭曲，前後對應，十分謹嚴。《詞譜》："此詞無別首可校。後采趙、石二詞，其源雖出於此，然句讀不同，音律亦變，未可參校。舊譜混注平仄者誤。《詞律》以後結'絮'字非韻，不知前句不押韻，後句押韻者，詞中盡多，若在換後結更多，蓋詞以韻爲拍，過變曲終，不妨多加拍也。"按"絮"字偶用韻，當從《詞律》爲是。

又一體

【體略】

　　雙片五十四字，上下片各二十七字四句四上去韻，趙彥端。

【圖譜】

　　澹月華燈春夜。送東風、柳煙梅麝。寶釵宮髻連嬌馬。

　　●●○○●●　●○○　●○○●　　●○○●○○●

似記得、帝鄉游冶。　　悦親戚之情話。況溪山、坐中如

●●●、●○○●　　　　●○○○○●　●○○、●○○

畫。凌波微步人歸也。看酒醒、鳳鸞誰跨。

●　○○○●●○●　　●●●、●○○●

【注釋】

　　此亦爲重頭曲,與李詞相比,以移字法變改句拍。《詞譜》:
"此詞兩起句,照李詞各減去一字,其第三、第四、第五句,又破作兩
句,雖字數同,而句法已不同矣。"

<h1 style="text-align:center">又 一 體</h1>

【體略】

　　雙片五十四字,上片二十七字四句四上去韻,下片二十七字五
句五上去韻,石孝友。

【圖譜】

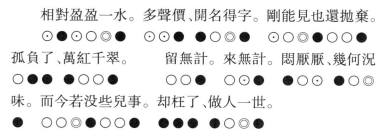

相對盈盈一水。多聲價、開名得字。剛能見也還拋棄。
　⊙●⊙○◎●　　⊙○●　●○○●　　⊙○○◎●○●
孤負了、萬紅千翠。　　留無計。來無計。悶厭厭、幾何況
　○●●　●○○●　　　○○●　○○●　●○⊙　●○◎
味。而今若没些兒事。却枉了、做人一世。
●　　○○○◎○●　　●●●　●○○●

(《詞譜》卷十二)

【注釋】

　　此詞《全宋詞》多有脱漏,仍據《詞譜》。《詞譜》:"此詞舊多
脱誤,今照《詞緯》本校正。《花草粹編》有梁意孃詞,與此同。梁
詞,前段第一句'滿地落花鋪繡','滿'字、'落'字俱仄聲,'鋪'字
平聲;第二句'正麗色、著人如酒','正'字、'麗'字俱仄聲,'如'
字平聲;第三句'曉鶯窗外啼楊柳','曉'字仄聲,'窗'字平聲;後

段第二句‘音信悄’，‘信’字仄聲；第三句‘那堪是、昔年時候’，‘是’字仄聲，‘時’字平聲；第四句‘盟言孤負知多少’，‘孤’字平聲；結句‘對好景、頓成消瘦’，‘消’字平聲。譜內可平可仄據此。”

　　按梁意孃詞，《花草粹編》明萬曆刻本上片第二句本作六字一句“麗色著人如酒”，或有脫漏，注出不另列，又梁詞“麗色”《全宋詞》作“春色”。

趙頊一調

趙頊(1048—1085),即宋神宗,英宗長子,生母高皇后。治平四年(1067)即位,先後建元熙寧、元豐。在位十八年。《全宋詞》據《能改齋漫錄》錄存其《瑤臺第一層》一首,然此首《全宋詞》又作朱雍詞。

瑤臺第一層

【調釋】

《填詞名解》卷四:"《瑤臺第一層》,《離騷經》:'望瑤臺之偃蹇兮,見有娀之佚女。'注:'偃蹇,高貌。'第一層,亦言高也。"趙詞賦仙道之情,聲情清麗灑脫。此或爲宋神宗創調,《後山詩話》云:"武才人出慶壽宮,色最後庭,裕陵得之,曾教坊獻新聲,爲作詞,號《瑤臺第一層》。"

【體略】

雙片九十六字,上片四十七字十句四平韻,下片四十九字十一句六平韻,趙頊。

【圖譜】

西母池邊,宴罷贈、南枝步玉霄。緒風和扇,冰華發秀,

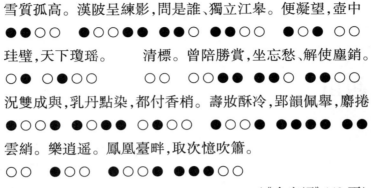

雪質孤高。漢陂呈練影，問是誰、獨立江皋。便凝望，壺中
● ● ○ ○　　● ○ ○ ● 　● ● ○ 　● ● ○ ○　　 ● ○ ● 　○ ○

珪璧，天下瓊瑤。　　　　清標。曾陪勝賞，坐忘愁、解使塵銷。
○ ● 　○ ● ○ ○　　　　○ ○　　● ○ ● ● 　● ○ ○ 、● ● ○ ○

況雙成與，乳丹點染，都付香梢。壽妝酥冷，鄆韻佩舉，麝捲
● ○ ○ ● 　● ○ ● ● 　○ ● ○ ○　● ○ ○ ● 　● ● ● ● 　● ●

雲綃。樂逍遙。鳳凰臺畔，取次憶吹簫。
○ ○　● ○ ○　● ○ ○ ● 　● ● ● ○ ○

（《全宋詞》449 頁）

【注釋】

《唐宋詞彙評》考此詞乃於元豐五年（1082）武賢妃進封才人
時作（662 頁）。此詞《全宋詞》又別作朱雍詞，於朱雍詞條下注：
“按此首別作無名氏撰，見《能改齋詞話》卷二。《後山詩話》，又似
趙頊作。”當依《後山詩話》，作趙頊詞。按此詞《詞譜》未收，此與
此調其他作品相校，上片最後一韻作三字一句，四字兩句，他首皆
作三字一句、五字一句、四字一句，“壺中珪璧”一句當脫漏一字
（《全宋詞》載朱雍詞作“認壺中圭璧”）。又下片結韻作四字一句、
五字一句，亦與他首不同（下片結句《全宋詞》載朱雍詞作“憶取吹
簫”）。

正　　體

【體略】

雙片九十七字，上片四十八字十句五平韻，下片四十九字十一
句六平韻，黃庭堅。

【圖譜】

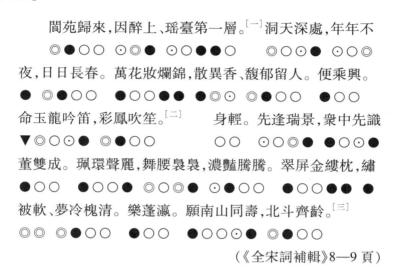

閬苑歸來，因醉上、瑤臺第一層。^[一]洞天深處，年年不夜，日日長春。萬花妝爛錦，散異香、馥郁留人。便乘興。命玉龍吟笛，彩鳳吹笙。^[二]　　身輕。先逢瑞景，衆中先識董雙成。珮環聲麗，舞腰裊裊，濃豔騰騰。翠屏金縷枕，繡被軟、夢冷槐清。樂蓬瀛。願南山同壽，北斗齊齡。^[三]

（《全宋詞補輯》8—9頁）

【注釋】

〔一〕此調兩宋金元現存十餘首詞，《詞律》卷十五、《詞譜》卷二十五皆以張元幹“寶曆祥開”一首爲正體，不當。此體上片自“洞天”以下，與下片自“珮環”以下相同。金元丘處機詞，王丹桂“歲運推遷”、“陰極陽生”詞，姬翼詞等，正同此體。“醉”張元幹“江左風流”詞作“間”，“瑤臺第一層”一句王丹桂“歲運推遷”詞作仄起平收律句，其別二首又作平起拗句，不參校。句中可平可仄除注明外，俱見所列別體句法相同者。

〔二〕“深”王丹桂“陰極陽生”詞作“此”，“年”王丹桂“歲運推遷”詞作“玉”。“異”王丹桂“陰極陽生”詞作“弧”，“香”史浩詞作“馥”。按姬翼詞上片第六句、下片第七句皆作平起平收律句，不參校，注出不另列。“命”作領字，宜用去聲。“吟”王丹桂“時令相催”詞作“寶”。按“興”字平仄兩讀，此處讀平聲，爲韻脚，正與下

片“瀛”字對應，丘處機、王丹桂、王吉昌、姬翼等人詞皆與黃詞用
韻相同。

　　[三]“身輕”用二字短韻，爲此調定格。“先”、“瑞”張元幹
“寶曆祥開”詞作“五”、“深”，“先”作“獨”。“裊”張元幹“寶曆祥
開”詞作“師”，“濃”作“萬”。“被”王丹桂“時令相催”詞作“刀”。

又一體

【體略】

　　雙片九十七字，上片四十八字十句五平韻，下片四十九字十一
句六平韻，趙仲御。

【圖譜】

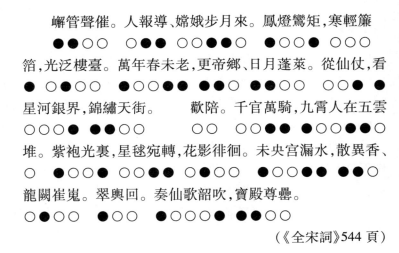

　　　　　　　　　　　　　　　　　（《全宋詞》544 頁）

【注釋】

　　此與黃詞相校，上片首句多用一韻，史浩詞、丘處機、王丹桂、

姬翼等人首句用韻正與此同。又上片第八句“從仙仗”又少押一韻，且“仗”讀去聲，與黃詞及金元詞不同。按趙仲御爲宗室子，其體當承趙項“西母池邊”一首，張元幹二詞上片第八句不用韻正同此詞。按此亦可證趙項爲此調創者。

　　按上片第六句“萬年春未老”，《詞譜》作“萬年正春未老”，不當。又按姬翼詞上片前二句《全金元詞》斷作：“一點元真被妄想，招來幻化身。”亦誤。

又一體

【體略】

　　雙片九十七字，上片四十八字十一句五平韻，下片四十九字十二句六平韻，王吉昌。

【圖譜】

暑往寒來，被日月、循環進退忙。春秋更變，枯榮迭運，
●●○○　●●○　○○●○●　　○○●●　○○●●

幾換風光。人生催促，斷送沈腰，潘貌俱尪。至無常。有滿
●●○○　　○○●●　○●○○　○●○○　●○○　　●●

籛金玉，救護無方。　　參詳。輪迴猛悟，豁開心地養元
●○●　●●○○　　　○○　○○●●　●○○●●○

陽。手搏天地，身生萬化，空界遊颺。死生揮斷，跳出世網，
○　●○○●　○○●●　○●○○　　●○○●　●○●●

真相清涼。道情昌。證三時了了，千古堂堂。
○●○○　●○○　●○○●●　○●○○

【注釋】

　　此即黄庭堅詞體,惟上片第六、七句,下片第七、八句,俱攤破作四字三句異,爲詞人有意爲之。無名氏"一氣才交"詞正與此同。又,下片第四句"搏"、第八句"出"皆以入代平。

丁注一調

丁注(生卒年不詳),字葆光,吳興(今浙江湖州)人。熙寧六年(1073)進士。《直齋書錄解題》卷十七著錄其《丁永州集》三卷(今不傳),並謂其"喜爲歌詞,世所傳催雪《無悶》及重午《慶清朝》,皆有承平閑雅氣象"。《陽春白雪》入選其詞一首,《全宋詞》據以錄入。

無　悶

【調釋】

此調最早見丁注詞,調用上去韻,催雪詞。此調《全宋詞》中共五首詞,作者分別是丁注、周邦彦、程垓、吳文英、王沂孫。其中除程垓詞外,其他四詞皆爲催雪、賦雪詞,四詞句法、用韻也基本相同。而程垓詞寫閨怨,與丁注詞同調異體。《詞譜》將丁注詞誤爲姜夔詞,又將此調定爲《催雪》,而將程垓詞定爲《無悶》,皆誤。《催雪》只能作《無悶》的別名。丁注詞見宋人趙聞禮編《陽春白雪》卷一。陳振孫《直齋書錄解題》卷十七載《丁永州集》三卷,言丁注"元豐中余中榜進士,喜爲歌詞,世所傳'催雪'《無悶》及'重午'《慶清朝》,皆有承平閑雅氣象"。其中《無悶》和《慶清朝》爲詞調名,"催雪"、"重午"爲題名,顯然。《丁永州集》已佚。《詞譜》編者也未見《陽春白雪》。此調清人多以《催雪》爲詞調,而與

《無悶》並列。其實萬樹《詞律》已有查考,萬樹録吳文英"催雪"詞:"此或夢窗以前調(按指《無悶》)賦催雪之詞,後傳其題而逸其調名耳。初稿中竟列此調,偶因夜長不寐,於枕上背吟,覺有相仿佛者。因憶與《無悶》正同,急起呼童吹爐火,燃燭改之,不然幾分兩調矣。既以自幸,又復慮譜中,尚有類此者,不及檢點,未免詒譏。惟望閲者,摘出而駁正之,幸甚幸甚。"對此,《詞譜》以"《催雪》前結四字三句,已自不同,後段句讀押韻,尤爲迥別,特爲分列",不當。

【體略】

　　雙片一百字,上片五十字十句四仄韻,下片五十字十句六仄韻,丁注。

【圖譜】

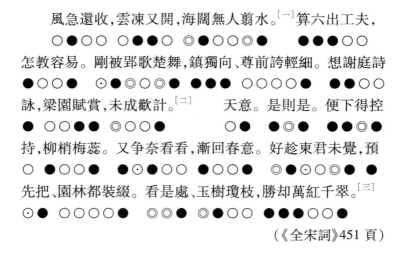

(《全宋詞》451頁)

【注釋】

　　[一]此調兩宋現存五首,金元無存詞。吳文英、王沂孫詞與丁

詞相同,周邦彥、程垓詞小異,此調可用上去、入聲韻。"雲凍又開"一句,吳文英、程垓詞作拗句,"開"字分別作"玉"、"與"。"海"王沂孫詞作"西"。句中可平可仄除注明外,皆見所列別體句法相同者。

[二]"算六出工夫,怎教容易"作五字一句、四字一句,"算"與下片"便"皆爲領字。此二句周邦彥詞《全宋詞》斷作"更聽得、悲鳴雁度空闊",不當。上片結韻作三句拍。按《詞譜》無"想"字。周邦彥詞《全宋詞》斷作:"洞户悄,時見香消翠樓,獸煤紅熱。"當依此體斷作五字一句,四字兩句。又,"想謝庭詩詠"一句王沂孫詞《全宋詞》作四字一句,當脱漏一字,注出不另列。《詞繫》卷十四:"前後第七句(按後段應爲第八句),宜仄仄仄、平平平平仄,各家體格皆如此,不可移易。"

[三]"天意"用短韻。"則"王沂孫詞作"無"。"得"吳文英詞作"簾"。"爭"王沂孫詞作"幾"。"看"吳詞作"還"。

又一體

【體略】

雙片一百字,上片四十九字十句四仄韻,下片五十一字十句五仄韻,周邦彥。

【圖譜】

雲作輕陰,風逗細寒,小溪冰凍初結。更聽得悲鳴,雁
○●○○ ○●○○ ●○○●●● ●○○●○ ●
度空闊。暮雀喧喧聚竹,聽竹上、清響風敲雪。洞户悄時
●○● ●○○●●● ○●● ○○○●● ●●●○
見,香消翠樓,獸煤紅熱。 凄切。念舊歡聚,舊約至此,
● ○○●● ●○○● ○● ●●○● ●●●●

方惜輕別。又還是離亭,楚梅堪折。暗想鶯時似夢,夢裏
○●○●　　●○○●　　●○○●　　●●○○●●　●●

又、却是似鶯時節。要無悶、除是擁爐,對酒共譚風月。
●　●●○○●　　●○●　○●○●　●●○○●

(《全宋詞》621 頁)

【注釋】

此與丁詞相校,上片句拍相同,第三、五、七、九句平仄小異;下片第二句作四字句且不用韻,第三句減一字作四字句,第八句添一字作九字折腰句,又下片第四句字聲與丁詞亦異。

又一體

【體略】

雙片九十九字,上片五十字十句五仄韻,下片四十九字十句七仄韻,程垓。

【圖譜】

天與多才,不合更與,殢柳憐花情分。甚總爲才情,惱
○●○○　●●●●　●●○○○●　　●●○○●　●

人方寸。早是春殘花褪。也不料、一春都成病。自失笑因
○○●　●●○○●　　●●●、●○○○●　　●●●○

甚,腰圍半減,珠淚頻搵。　　難省。也怨天,也自恨。怎
●　○○●●　○○●　　　　○●　●●○　●●●　●

免千般思忖。倩人説與,又却不忍。拼了一生愁悶。又只
●○○○●　●○○●　●●●●　　○●●○○●　●●

恐、愁多無人問。到這裏、天也憐人，看他穩也不穩。

● 〇〇〇〇● ●●● 〇●〇〇 ●〇●●●●

（《全宋詞》1994 頁）

【注釋】

此亦丁注詞變體。此與丁詞相校，上片第六句添一韻，其他相同；下片第二、三句作兩個三字句，第四句作六字一句，第五句減一字，第七句添一韻，與上片第六句添韻呼應。《詞譜》以此詞單列，認爲宋人僅此一首，不當。

按上片結韻《詞譜》等書斷作："自失笑、因甚腰圍半減，珠淚頻搵。"不當。又，此詞下片第五句"倩人説與"一句，《詞牌格律》以"倩"字前脱漏一字，當是。

劉弇四調

劉弇(1048—1102),字偉明,吉州安福(今屬江西)人。元豐二年(1079)進士。《宋史》有傳。有《龍雲集》三十二卷,存詞七首,《彊邨叢書》別出刻作《雲龍先生樂府》一卷,《全宋詞》據以録入。

内家嬌

【調釋】

此與敦煌詞及柳永同名《内家嬌》者皆不同,當借舊名另造新聲。此調除劉弇外,兩宋僅劉辰翁有詞。調用平韻,多用四字短句,聲情流轉明快。

【體略】

雙片一百十字,上片五十九字十三句四平韻,下片五十一字十一句四平韻,劉弇。

【圖譜】

綽約群芳裏,陽和意、偏向一枝濃。向南國驟驚,動人
●●⊙○● ○○● ○●○●○ ●○●● ●○

奇豔,未饒西洛,百本千叢。斬新弄,曉來無比格,半坼斷腸
⊙● ○○⊙● ○●○○ ⊙○● ●○○●● ●●○○

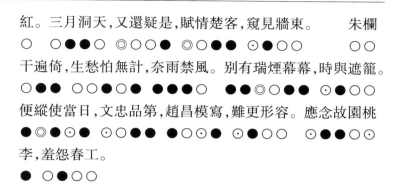

【注釋】

此調兩宋僅存二詞，金元無存詞。句中可平可仄者參以下劉辰翁詞。上片第三句《全宋詞》原無"向"字，從《龍雲集》（民國豫章叢書本）補。又上片第六句"百本"，《龍雲集》作"百奔"，注云："'奔'，疑'卉'字誤。"又，下片第一、二、三句《詞譜》、《全宋詞》斷作："朱欄干、遍倚生愁，怕無計、奈雨禁風。"誤，參劉辰翁詞當作五字兩句、四字一句。明人俞彥"朝來紅雨過"詞亦應斷作："畫圖春風裏，腸斷處種種，密約佳期。"（《全明詞補編》757頁）

又一體

【體略】

雙片一百十字，上片五十九字十三句五平韻，下片五十一字十一句五平韻，劉辰翁。

【圖譜】

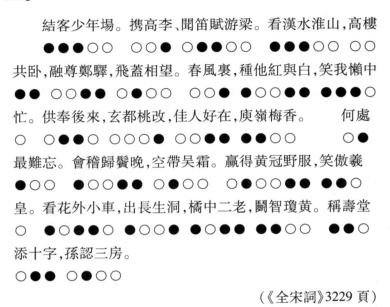

結客少年場。携高李、聞笛賦游梁。看漢水淮山,高樓
●●●○○　○○●　○●●○○　●●●○○　○○

共臥,融尊鄭驛,飛蓋相望。春風裏,種他紅與白,笑我懶中
●●　○○●●○　○○○●　○○●　○○●●●　●●●●

忙。供奉後來,玄都桃改,佳人好在,庾嶺梅香。　　何處
○　○○●○　○○○●　○○●●　●●○○　　　○●

最難忘。會稽歸鬢晚,空帶吳霜。贏得黃冠野服,笑傲羲
●○○　●○○●●　○●○○　○○○●●●　●●●

皇。看花外小車,出長生洞,橘中二老,鬪智瓊黃。稱壽堂
○　●○●●○　●○○●　●○●●　●●○○　　○●○

添十字,孫認三房。
○●●　○●○

（《全宋詞》3229 頁）

【注釋】

此與劉弇詞相校,上下片首句各添一韻異,字聲亦不同。

寶鼎現

【調釋】

《填詞名解》卷三:"《寶鼎現》,《東觀漢記》云:永平六年,廬江太守獻寶鼎,出王雒山。班固《東都賦》:'寶鼎見兮色紛紜。''見'亦讀'現',詞名昉諸此。又吳赤烏十二年,有寶鼎出臨平湖云。"《詞譜》卷三十八:"李彌遜詞名《三段子》,陳合詞名《寶鼎

兒》。"此調上去韻、入聲韻均可,篇長韻疏,宜於鋪叙展衍,題材宜賦祝頌,聲情典重、歡暢、明媚。《魏氏樂譜》卷三以范周"夕陽西下"詞爲譜。

【體略】

三片一百五十七字,上片五十三字十句四仄韻,中片五十五字九句四仄韻,下片四十九字九句五仄韻,劉弇。

【圖譜】

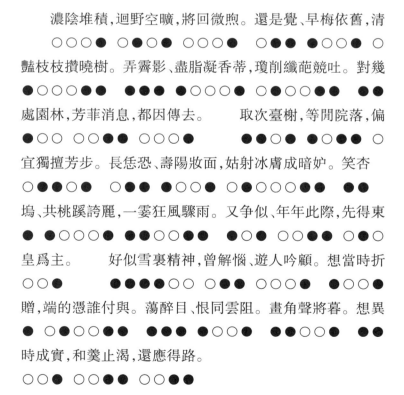

濃陰堆積,迴野空曠,將回微煦。還是覺、早梅依舊,清
○○○● ○○●● ○○○● ○○●、●○○● ○

豔枝枝攢曉樹。弄霽影、盡脂凝香蒂,瓊削纖葩競吐。對幾
●○○○●○● ○●●、●○○○● ○●○○●● ●●

處園林,芳菲消息,都因傳去。　　取次臺榭,等閒院落,偏
●○○ ○○●● ○○○● 　　●●○● ○○●● ○

宜獨擅芳步。長恁恐、壽陽妝面,姑射冰膚成暗妒。笑杏
○○●●○● ○●●、●○○● ○●○○○●● ●●

塢、共桃蹊誇麗,一霎狂風驟雨。又爭似、年年此際,先得東
● ○○○●● ○●○○●● ○○●、○○●● ○●○

皇爲主。　　好似雪裏精神,曾解惱、遊人吟顧。想當時折
○○●　　●●●○○ ○●●、○○○● ●○○●

贈,端的憑誰付與。蕩醉目、恨同雲阻。畫角聲將暮。想異
● ○○○○●● ●●●、●○○● ●●○○● ●●

時成實,和羹止渴,還應得路。
○○● ○○●● ○○●●

（《全宋詞》451頁）

【注釋】

此調兩宋存詞近二十首,金元無存詞。雖以此詞爲早,然上片結韻句拍、中片前三句句拍及下片結韻句拍與諸家不同,不作正體。

正　　體

【體略】

三片一百五十七字,上片五十三字九句四仄韻,中片五十五字八句六仄韻,下片四十九字八句五仄韻,范周。

【圖譜】

夕陽西下,暮靄紅隘,香風羅綺。^[一]乘麗景、華燈争放,
◎○⊙●　◎●○●　○○○●　　　⊙●●　⊙○○●

濃焰燒空連錦砌。睹皓月、浸嚴城如畫,花影寒籠絳蕊。^[二]
⊙●○⊙○●●　●◎◎　▼⊙○●●　○●○○●●

漸掩映、芙蓉萬頃,迤邐齊開秋水。^[三]　　太守無限行歌
●●●　○○●●　●●○○○●　　　　●◎⊙●●○

意。^[四]擁麾幢、光動珠翠。傾萬井、歌臺舞榭,瞻望朱輪駢
●　　◎○○　⊙●○●　　○●●　○○●●　○●○○○

鼓吹。控寶馬、耀貔貅千騎。銀燭交光數裏。似亂簇、寒星
●●　◎●●　▼○○○●　⊙○○○●　●●◎　○○

萬點,擁入蓬壺影裏。^[五]　　來伴宴閣多才,環豔粉、瑶簪
◎●　◎●○○●●　　　　●●●○○　○●●　⊙○

珠履。^[六]恐看看丹詔,催奉宸游燕侍。^[七]便趁早、占通宵
⊙●　　●○○⊙●●　○●○○●●　　　●◎●　●○○

醉。^[八]莫放笙歌起。任畫角、吹老寒梅,月落西樓十二。^[九]

●　　　●●○○●　　●●◎　⊙○●○○　◎●○○○◎●

（《全宋詞》734 頁）

【注釋】

　　[一]《詞律》卷二十、《詞譜》皆以此詞爲正體,當是,然誤作康
與之詞。今依《全宋詞》作范周詞:“按此首原見《樂府雅詞拾遺》
卷下,題康伯可(與之)作。據《吳中紀聞》卷五此首乃范周作。”
“西”趙長卿詞作“盡”。“暮靄紅隘”用拗句,宋人趙長卿詞作“碧
落輝騰”,陳合詞作“幾千年再”,無名氏“東君著意”詞作“化工恩
被”,偶用不參校,《詞譜》以“隘”本仄可平不當。“香”、“羅”惟無
名氏“天高良月”詞作“綺”、“燦”,不參校。首句陳郁二詞及無名
氏“天高良月”詞添一韻,注出不另列。句中可平可仄除注明外,
皆見所列別體句法相同者。

　　[二]“乘”石孝友詞作“想”,“爭”史浩詞作“雨”。“燒”石孝
友詞作“燭”。“皓月”劉辰翁詞作“簫聲”。“浸嚴城如畫”作上一
下四句法,“浸”宜用去聲。“嚴”劉辰翁詞作“彩”,“如”趙長卿詞
作“寶”。按無名氏“天高良月”一首“睹皓月、浸嚴城如畫”一句,
《全宋詞》作“九萬里俱在下”,減二字作六字一句,當有脫漏,注出
不另列。

　　[三]此韻此體作七字一句、六字一句,宋人亦有作五字一句、
四字兩句者。“映”趙長卿詞作“來”,偶用不參校。“芙蓉萬頃”一
句,趙長卿詞作“巷陌連甍”、程珌詞作“於變雍熙”,用仄起平收,
檢宋人詞,僅趙、程如此使用,不參校,《詞譜》以此四字皆可平
可仄,不當。“迤”吳潛詞作“恰”。“齊”、“秋”無名氏“天高良月”
詞作“赭”、“袞”。

　　[四]此句范詞作拗句,宋人亦有用律句者,如陳著詞作“五行
俱下流光電”、李彌遜詞作“並遊不見鞭鸞侶”、陳合詞作“天衣細

意從頭補", 以拗句爲常用, 填者識之。

[五]"光動珠翠"宜用拗句。陳合詞、無名氏"東君著意"詞偶作律句, 不參校。"瞻"李邴遜詞作"小"。"寶"趙長卿詞作"歡"、程珌詞作"清", 偶用不參校。"控"劉辰翁詞作"簾", "耀"爲領字, 宜用去聲。"千"陳允平詞作"月"。"簇"陳允平詞作"家"。中片自"控寶馬"以下, 與上片自"睹皓月"以下相同。按中片第五句"騎"字《詞譜》未注韻, 然李彌遜、石孝友、劉辰翁諸人詞皆於此用韻, 當非偶用。

[六]"來伴宴閣多才"《全宋詞》作"宴閣多才", 今從《詞譜》補。又按陳合詞作"赤鳥繡裳", 用四字句, 或亦有脱漏。按史浩、吳潛和詞皆作六字句, 六字句當是。陳合詞注出不另列。又按, 史浩詞此韻首句依文意或可斷作六字折腰句:"清警蹕、忽登樓。"從此調句拍角度看並無此體, 注出不另列。又按, 趙長卿詞此韻首句《詞譜》作四字一句"綺席成行"而列又一體,《全宋詞》作:"排備綺席成行。"仍爲六字一句, 無需另列。

[七]此韻《詞譜》斷作:"恐看看、丹詔歸春, 宸游燕侍。"且注云:"此詞後段第三、四句, 七字一句、四字一句, 查各家俱作上五下六句法, 疑此有誤。又汲古閣本及《詞律》, 第四句作'催奉宸游燕侍', 未知所本, 今姑仍舊, 亦闕疑之意也。"《全宋詞》斷作:"恐看看、丹詔催奉, 宸游燕侍。"今依《詞律》斷句。"燕"李彌遜詞作"愁"。按此韻劉辰翁詞《全宋詞》作:"等多時春不歸來, 到春時欲睡。"或作者偶誤, 或傳抄有誤, 注出不另列。

[八]"趁"陳郁詞作"長"。按此韻作七字折腰句, 檢宋人詞亦有作普通七字句者, 如程珌詞作"且説總是三千歲", 以折腰句爲妙。

[九]"莫放笙歌起"《全宋詞》作"緩引笙歌妓"。按史浩、吳潛和范周詞皆用"起"韻, 今仍作"起"。"角"陳合詞作"盤", "吹老寒梅"作仄起平收律句, 史浩詞作"今宵宴賞"、趙長卿詞作"恁

時恁節",用平起仄收,偶用不參校。"月"陳合詞作"龍"。按《詞譜》以陳允平詞結句作"立馬金門待玉漏"而另列別體,《全宋詞》作"立馬金門玉漏",當從後者,無需另列。又,陳郁詞結韻《全宋詞》斷作:"問寢日,俟雞鳴舞拜,龍樓深處。"不當,應作:"問寢日、俟雞鳴舞,□拜龍樓深處。""拜"字前當脫漏一字。

又一體

【體略】

三片一百五十七字,上片五十三字十一句四仄韻,中片五十五字九句五仄韻,下片四十九字八句四仄韻,《梅苑》無名氏。

【圖譜】

東君著意,化工恩被,灼灼妖豔。裊嫩梢輕蓓,縈風惹
○○●● ●○○● ●●○○ ●○○● ○○

露,偏早香英綻。似向人、故矜誇標致,倚闌全如顧盼。尚
● ○●○○● ●○○ ●○○○● ●○○○●● ○

困怯餘寒,柔情弱態,天真無限。　　斷橋壓柳時非淺。先
●●○○ ○○●● ○○○● 　●○●●○○● ○

百花、風光獨占。當送臘初歸,迎春欲至,芳姿偏婉孌。料
●○ ○○●● ○●●○○ ○○●● ○○○●● ●

碎翦、就繒紉輝麗,更把胭脂重染。自賦得、一般容冶,宛勝
●● ●○○○● ●●○○○● ●●● ●○○● ●●

神仙妝臉。　　折送小閣幽窗,酷愛處、令親几硯。儘孜孜
○○○● 　●●●○○○ ●●● ●○●● ●○○

觀賞,不枉人稱妙選。待密付、如膏雨澤,金玉仍妝點。任
○● ●●○○●● ●●● ○○●● ○○○●● ●

擾擾、百卉千花,掩跡一時羞見。

●● ●●○○ ●●●●○○●

(《全宋詞》3613 頁)

【注釋】

此與范詞相校,上片第四、五句攤破作五字一句、四字一句、五字一句,第八、九句攤破作五字一句、四字兩句;中片第三、四句攤破作五字一句、四字一句、五字一句;下片第五句少押一韻。

又 一 體

【體略】

三片一百五十八字,上片五十三字十句四仄韻,中片五十五字,下片五十字九句五仄韻,張元幹。

【圖譜】

山莊圖畫,錦囊吟詠,胸中丘壑。年少日、如虹豪氣,吐

○○○● ●○○● ○○○● ●●○ ○○○● ●

鳳詞華渾忘却。便袖手、向巖前溪畔,種滿煙梢霧籜。想別

●○○○● ●● ●●● ●○○○● ●●○○●● ●●

墅平泉,當時草木,風流如昨。　　瘦藤閒倚看鋤藥。雙芒

●○○ ○○●● ○○○● ●○○●●○● ○○

鞋、雨後常著。目送處、飛鴻滅没,誰問蓬蒿爭燕雀。乍霽

○ ●●○● ●●● ○○●● ○●○○○●● ●●

月、望松雲南渡,短艇敲沙夜泊。正萬里青冥,千林虛籟,從

● ●○○○● ●●○○●● ●●●○○ ○○○● ○

渠繒繳。　　携幼尚有筇丁,誰會得、人生行樂。岸幘綸巾
○○●　　●●●●○　○○● 、○○○● 　●●○○

歸去,深户香迷翠幕。恐未免、上凌煙閣。好在秋天鶚。念
○● 　○●○○●● 　●●● 、●○○● 　●●○○● 　●

小山叢桂,今宵狂客,不勝杯勺。
●○○● 　○○○● 　●○○●

(《全宋詞》1080 頁)

【注釋】

《唐宋詞彙評》考此詞於紹興十一年(1141)作(1641 頁)。
《詞譜》:"此詞三段結韻俱作五字一句、四字兩句,又後段第三句
添一字,作六字句,與諸家異。"

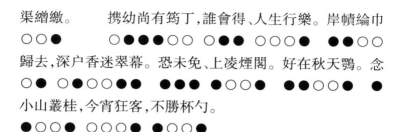

金明春(池)

【調釋】

《填詞名解》卷三:"《金明池》,宋汴京遊幸地也。《情史》載
趙應之池上遇當壚女事,近委巷語,且無關詞名,故不詳,然池名略
見於此。南渡後,壽皇每奉德壽三宫出遊,往往修舊京金明池故
事,以安太上之心。"劉詞云"共賞金明春意",當即金明池春之意,
用上去韻,句長韻疏,聲情明朗歡快。《詞譜》卷三十六以此調見
秦觀"瓊苑金池"一首:"調見《淮海詞》,賦東京金明池,即以調爲
題也。李彌遜詞名《昆明池》,僧揮詞名《夏雲峰》。"《詞譜》所録
秦觀之作,《全宋詞》以之作無名氏詞,今從後者。《魏氏樂譜》卷
三以僧揮詞爲譜。

【體略】

雙片一百二十一字,上片五十九字十一句四上去韻,下片六十一字十一句五上去韻,劉弇。

【圖譜】

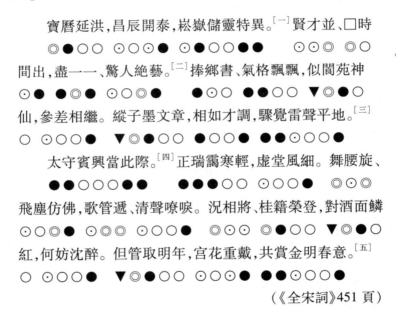

寶曆延洪,昌辰開泰,崧嶽儲靈特異。[一]賢才並、□時
間出,盡一一、驚人絕藝。[二]捧鄉書、氣格飄飄,似閬苑神
仙,參差相繼。縱子墨文章,相如才調,驟覺雷聲平地。[三]
　　太守賓興當此際。[四]正瑞靄寒輕,虛堂風細。舞腰旋、
飛塵仿佛,歌管遞、清聲嘹唳。況相將、桂籍榮登,對酒面鱗
紅,何妨沈醉。但管取明年,宮花重戴,共賞金明春意。[五]

(《全宋詞》451頁)

【注釋】

[一]此調除劉詞外,兩宋另存詞四首,分別爲仲殊、李彌遜、趙崇蟠及無名氏,皆用上去韻,金元無存詞。上片自"賢才並"以下,與下片"舞腰旋"以下相同。"昌"趙詞作"瘴"。句中可平可仄除注明外,俱見所列無名氏詞句法相同者。

[二]"賢"趙崇蟠詞作"羨"。"並"(去聲)李詞作"紅","□"爲缺字,從另外三首詞來看,無名氏作"天"、李彌遜作"蜂"、趙崇

蟠作“島”，此字可平可仄。“驚”、“絶”趙詞作“剪”、“裁”。按此韻二句皆作七字折腰句法，《詞譜》以無名氏詞爲正體，第二句斷作“過三點兩點細雨”不當。

　　[三]“鄉”趙詞作“歲”，“閫”趙詞作“妝”。“參”趙崇蟠詞作“盡”。“子”李詞作“簾”，“雷”李詞作“一”。似”、“縱”作領字，皆宜用去聲。“驟覺雷聲平地”，仲殊詞作“起來韶華都盡”，字聲小異，注出不參校。

　　[四]此句劉詞、李詞、仲詞皆作仄起仄收律句，無名氏詞作“怎得東君長爲主”，用拗句，趙詞與之相同，填者任選其一可也。

　　[五]“腰”趙詞作“未”，“旋”李詞作“華”。“飛”、“仿”趙詞作“衆”、“題”。“歌”、“遞”李詞作“訝”、“樓”。“況”李詞作“功”，“相”趙詞作“等”，“將”李詞作“事”，“桂”李詞作“於”。“酒”趙詞作“簹”，“何”李詞作“滿”。“管”李詞作“棠”，“宮”李詞作“鵲”。“金”趙詞作“未”。“對”、“但”皆用領字，宜用去聲。

又一體

【體略】

　　雙片一百二十字，上片五十九字十句四上去韻，下片六十一字十一句五上去韻，無名氏。

【圖譜】

　　瓊苑金池，青門紫陌，似雪楊花滿路。雲日淡、天低畫
　　〇●〇〇　〇〇●●　●●〇〇●●　　〇●●　〇〇●

　　永，過三點、兩點細雨。好花枝、半出牆頭，似悵望、芳草王
　　●　●〇●　●●●●　●〇〇　●●〇〇　●●●　〇〇●

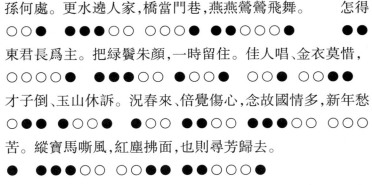

孫何處。更水遠人家,橋當門巷,燕燕鶯鶯飛舞。　　怎得
○○●　●●●○○　○○○●　●●○○○●　　　●●

東君長爲主。把緑鬢朱顏,一時留住。佳人唱、金衣莫惜,
○○○●●　●●○○　●○○●　○○●、○○●●

才子倒、玉山休訴。況春來、倍覺傷心,念故國情多,新年愁
○●●、●○○●　●○○、●●○○　●●●○○　○○○

苦。縱寶馬嘶風,紅塵拂面,也則尋芳歸去。
●　●●●○○　○○●●　●●○○○●

（《全宋詞》3737 頁）

【注釋】

此與劉詞相校,上片第七、八句作上三下六式九字折腰句異,
字聲亦不相同。李彌遜詞正與此同。又按,李彌遜詞上片第七句
作"春去也、把酒南山誰伴","春"字用平聲,屬偶用、誤用,又李詞
下片結句作"莫厭尊罍頻來見",添一襯字,亦屬偶用,注出不
另列。

安平樂慢

【調釋】

劉詞用平韻,賦戀情,上片多用四六句法,聲情流美圓轉,下片
句法多變,聲情活潑跳躍。《詞譜》以此調見万俟詠《大聲集》誤。

【體略】

雙片一百四字,上片五十三字十一句六平韻,下片五十一字九
句五平韻,劉弇。

【圖譜】

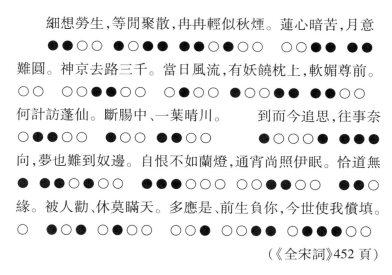

細想勞生，等閒聚散，冉冉輕似秋煙。蓮心暗苦，月意
●●○○　　●○●●　　●●○●○○　○●●●　●●
難圓。神京去路三千。當日風流，有妖饒枕上，軟媚尊前。
○○　○○●●○○　○●○○　●○○●●　●●○○
何計訪蓬仙。斷腸中、一葉晴川。　　到而今追思，往事奈
○●●○○　●○○、●●○○　　　　●○○○○　●●●
向，夢也難到奴邊。自恨不如蘭燈，通宵尚照伊眠。恰道無
●　●●○○○○　●●●○○○　○○●●○○　●●○
緣。被人勸、休莫瞞天。多應是、前生負你，今世使我償填。
○　●○●、○●○○　○○●、○○●●　○●●●○○

（《全宋詞》452 頁）

【注釋】

此調兩宋金元除劉詞外，僅存万俟詠及曹勛詞。此詞上片第
五句用韻，下片第六句用韻，與萬、曹詞不同，又下片第二句用拗
句，第四、五句雖與万俟、曹詞總字數相同，但句拍有異。

按此詞《詞譜》等書不收，下片前兩句《全宋詞》斷作："到而今、
追思往事，奈向夢也難到奴邊。"不當，當參照万俟、曹二詞斷句。

又一體

【體略】

雙片一百三字，上片五十二字十一句五平韻，下片五十一字九
句四平韻，万俟詠。

【圖譜】

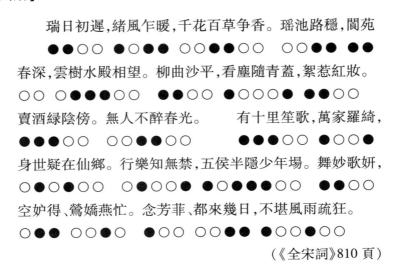

瑞日初遲，緒風乍暖，千花百草争香。瑶池路穩，閬苑
●●○○　●●●●　○○●●○○　○○●●　●●

春深，雲樹水殿相望。柳曲沙平，看塵隨青蓋，絮惹紅妝。
○○　●●●●○●　●●○○　●●○○●　●●○○

賣酒緑陰傍。無人不醉春光。　　　有十里笙歌，萬家羅綺，
●●●○○　○○●●○○　　　●●●○○　●○○●

身世疑在仙鄉。行樂知無禁，五侯半隱少年場。舞妙歌妍，
○●○●○○　○○○○●　●○●●●○○　●●○○

空妒得、鶯嬌燕忙。念芳菲、都來幾日，不堪風雨疏狂。
○●●　○○●○　●○○　○○●●　●○○●○○

（《全宋詞》810 頁）

【注釋】

此調《詞律》、《詞譜》皆以万俟詞爲體，因未見劉詞，所定字聲有誤。特別是上片結句作六字一句，或爲偶用，或有脱漏，不當作正體。劉詞上片結句作"斷腸中、一葉晴川"，曹詞作"漸嵩呼、均慶彤闈"，万俟詞"無人不醉春光"亦當爲七字折腰句，"無人"前當脱漏一字。然諸本皆作"無人不醉春光"，仍存其舊，不作正體。

正　　體

【體略】

雙片一百四字，上片五十三字十一句五平韻，下片五十一字九句四平韻，曹勛。

【圖譜】

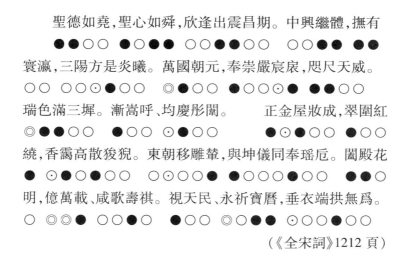

聖德如堯，聖心如舜，欣逢出震昌期。中興繼體，撫有

寰瀛，三陽方是炎曦。萬國朝元，奉崇嚴宸宸，咫尺天威。

瑞色滿三墀。漸嵩呼、均慶彤闈。　　正金屋妆成，翠圍紅

繞，香靄高散狻猊。東朝移雕輦，與坤儀同奉瑤卮。閶殿花

明，億萬載、咸歌壽祺。視天民、永祈寶曆，垂衣端拱無爲。

（《全宋詞》1212 頁）

【注釋】

　　此詞題"聖節"。此調當以此詞爲正體，且多用律句。句中可平可仄即參劉、万俟二詞句法相同者（万俟、劉詞拗句不參校）。按下片第五句，《詞譜》、《全宋詞》等書斷作："與坤儀、同奉瑤卮。"今依万俟詞斷作普通七字一句。

秦觀三調

秦觀(1049—1100),字少游、太虚,別號邗溝居士、淮海居士,高郵(今屬江蘇)人。元豐八年(1085)進士。《宋史》、《東都事略》有傳。存《淮海集》四十卷。葉夢得《避暑録話》謂其"善爲樂府,語工而入律,知樂者謂之作家歌。元豐間盛行於淮、楚"。其詞集名《淮海居士長短句》,又名《淮海詞》。《全宋詞》據宋乾道刻紹熙重修本增補,收詞八十七首,殘句三則。秦觀用調多用唐五代小令,其慢詞調明顯受蘇軾、柳永影響。

夢揚州

【調釋】

《填詞名解》卷三:"《夢揚州》,秦觀詞云:'佳會阻,離情正亂,頻夢揚州。'詞取以名。唐杜牧之詩:'十年一覺揚州夢。'"秦詞用平韻,賦詠本意,句短韻密,聲情急促幽怨。明冒襄此調與秦觀字句小異,詞末韻云:"元夜後,匡峰梅好,肯戀并州。"亦本調之作。

【體略】

雙片九十九字,上片四十九字,下片五十字,各十句五平韻,秦觀。

【圖譜】

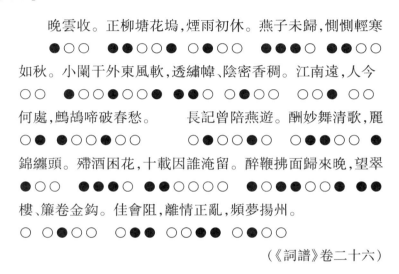

晚雲收。正柳塘花塢,煙雨初休。燕子未歸,惻惻輕寒
●○○　　●●○○●　○●○○　　●●●●　●●○○

如秋。小闌干外東風軟,透繡幃、陰密香稠。江南遠,人今
○○　　●○○●○○●　●●○　●●○○　○○●　○○

何處,鷓鴣啼破春愁。　　　長記曾陪燕遊。酬妙舞清歌,麗
○●　●○○●○○　　　　　○●○○●○　○●●○○　●

錦纏頭。殢酒困花,十載因誰淹留。醉鞭拂面歸來晚,望翠
●○○　　●●●○　●●○○○○　●○●●○○●　●●

樓、簾卷金鈎。佳會阻,離情正亂,頻夢揚州。
○　○●○○　○●●　○○●●　○●○○

(《詞譜》卷二十六)

【注釋】

　　《唐宋詞彙評》考此詞當元祐間在京懷揚州而作(694頁)。此
調兩宋金元只此一首,無別詞可校。上片"燕子"至"何處",與下
片"殢酒"至"正亂"相同。《詞繫》卷十五:"(前後)第四、五句,用
去上去平、入仄平平平平,宜恪守。"《詞牌格律》:"上下片第二句,
第一字屬領格,上片用去聲、下片用平聲。"(596頁)

<h1 align="center">夜遊宮</h1>

【調釋】

　　《填詞名解》卷一:"《夜遊宮》,古詩:'晝短苦夜長,何不秉燭
遊。'《拾遺記》:漢武帝於太液池旁,起宵遊宮。又隋煬帝好以月

夜,從宮女數千騎,遊西苑,作《清夜遊》曲,於馬上奏之。詞名蓋
取諸此。"《于湖詞》注般涉調。《詞譜》卷十二:"金詞注般涉調。
賀鑄詞,有'江北江南新念別'句,更名《新念別》。"賀鑄"流水蒼
山"一首有"可憐許、彩雲漂泊"之句,又名《念彩雲》。此調爲換頭
曲,上下片第二、三句皆作七字折腰一句和普通七字一句,結韻作
三個三字句,題材多賦戀情相思,聲情婉轉怨歎。《校正》:"用仄
聲韻,又以陰聲之仄聲韻爲主,故音節有凝塞低沉之效應。兩結之
三個短句,語意必須連貫,有一再頓挫之感,則最能體現此調之特
色。"(185 頁)《魏氏樂譜》卷四以陸游"獨夜寒侵翠被"詞爲譜。

【體略】

　　雙片五十七字,上片二十九字,下片二十八字,各六句四上去
韻,秦觀。

【圖譜】

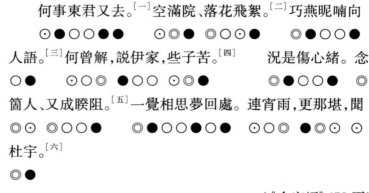

（《全宋詞》470 頁）

【注釋】

　　[一]此調兩宋金元現存近三十首,除賀鑄"江面波紋"、"流水

蒼山"、"湖上蘭舟"三詞和張元幹詞押入聲韻外，別詞均押上去韻，宜押上去韻。此調以此詞爲早，亦爲正體。"何"張元幹詞作"半"。句中可平可仄除注明外，俱見所列別體句法相同者。

〔二〕"落"吳文英"春語鶯迷"詞作"晴"。此句例作折腰句法，賀鑄"湖上蘭舟"一首偶作"揚州夢斷燈明滅"，《詞譜》列又一體，今注出不另列。又《詞譜》以周邦彥"客去車塵"一首亦作普通七字句："空階暗雨苔千點。"此句《全宋詞》作："古簾暗、雨苔千點。"今從後者。按金馬鈺詞上片第一、二句《全金元詞》作："識破塵勞苦。苦樂清閒，恣情歌舞。"《詞律辭典》："按此二句，恐句讀有誤。首句似應作'識破塵勞苦苦。'"（746頁）當從後者。

〔三〕此句與下片第三句皆宜作拗句，亦有律句者（見律句體），前後一致爲善。"巧"周邦彥"葉下斜陽"詞作"橋"。

〔四〕此韻上下片例作三個三字句。"曾"辛棄疾詞作"奈"，偶用仄聲不參校。"家"辛棄疾詞作"說"，偶以入代平。"些子"吳文英"窗外捎溪"詞作"月邊"。

〔五〕"況"賀鑄"江面波紋"詞作"心"。"念箇人"陳允平"愁厭眉峰"詞作"珠簾動"，"又"毛滂詞作"山"。按金馬鈺詞下片第二句作"時時姹嬰相聚"，偶脫一字，不另列。

〔六〕"一"毛滂詞作"何"。"那堪"方千里"城上昏煙"詞作"雲鬢"，"聞杜"吳文英"窗外捎溪"詞作"酒初"。

又一體

【體略】

雙片五十七字，上片二十九字，下片二十八字，各六句四上去韻，張孝祥。

【圖譜】

聽話危亭句景。芳郊迥、草長川永。不待崇岡與峻嶺。
○●○○●●　　○○● ●○○● ●●○○●●

倚欄杆,望無窮,心已領。　　　萬事浮雲影。最曠闊、鷺閒
●○○ ●○○ ○●●　　　●●○○● ●●● ●○

鷗静。好是炎天煙雨醒。柳陰濃,芰荷香,風日冷。
○● ●●○○○●● ●○○ ●○○ ○●●

（《全宋詞》1717 頁）

【注釋】

　　此與秦觀詞相校,上下片第三句皆用仄起仄收律句異。陸游
"雪曉清笳"詞、辛棄疾"幾個相知"詞,正與此同。按如上片作律
句而下片作拗句,或反之,終不協美,即如周邦彥"客去車塵"一
首,上片作"月皎風清在處見",下片作"明日前村更荒遠",不足
效法。

又一體

【體略】

　　雙片五十七字,上片二十八字,下片二十九字,各五句五上去
韻,《夷堅支志》無名氏。

【圖譜】

因被吾皇手詔。把天下、寺來改了。大覺金仙也不小。
○●○○●● ●○● ●○○● ●●○○●●

德士道。却我甚頭腦。　　道袍須索要。冠兒戴、恁且休
●●●　　●●○○●　　　●○○●●　　○○●　●●○

笑。最是一種祥瑞好。古來少。葫蘆上面生芝草。
●　●●●●○○●　○○●　○○●●○○●

（《全宋詞》3666 頁）

【注釋】

此與秦詞相校,上片第五、六句減一字作五字一句,下片第五、六句添一字作七字一句,且上下片第四句均押韻異。明萬曆刻本《捧腹篇》,上片第三句"也"作"他",下片第二句"恁"作"你",結句"葫蘆"作"青廬"。

添春色(醉鄉春)

【調釋】

《填詞名解》卷一:"宋秦觀謫嶺南。一日,飲於海棠橋野老家,遂臥醉。次早,題詞於柱而去。末句云:'醉鄉廣大人間小。'此調遂名《醉鄉春》。"《詞譜》卷七:"宋惠洪《冷齋夜話》云:少游在黃州,飲於海棠橋,橋南北多海棠,有書生家於海棠叢間。少游醉宿於此,題詞壁間。按此則知此調創自秦觀,因後結有'醉鄉廣大人間小'句,故名《醉鄉春》;又因前結有'春色又添多少'句,一名《添春色》。"此調用上去韻,上片句式爲六、六、三三六,下片句式爲六、六、三三七,聲情風流灑脫。明人查容有題畫詞,亦賦本調。

【體略】

雙片四十九字,上片二十四字,下片二十五字,各五句三上去

韻,秦觀。

【圖譜】

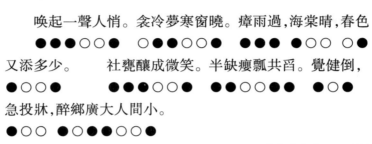

喚起一聲人悄。衾冷夢寒窗曉。瘴雨過,海棠晴,春色
●●●○○●　　○○●○○●　　●●●　●○○　○●

又添多少。　　　　社甕釀成微笑。半缺瘦瓢共舀。覺健倒,
●○○●　　　　●●●○○●　　●●●○○●　　●○●

急投牀,醉鄉廣大人間小。
●○○　●○●●○○●

(《全宋詞》469 頁)

【注釋】

　　《詞譜》:"按《廣韻》上聲三十'小'部有'舀'字,以沼切,正與'悄'字押。若'覺顛倒'句,與前'瘴雨過'句同,其'倒'字非韻,《圖譜》注韻者誤。"《全宋詞》注:"按此首原無調名,據《全芳備祖前集》卷七海棠門。"

　　明代查容詞錄於下(題劉繹庵少府浮園)供參考:"不數謝家棋墅。不羨王家花塢。天上坐,鏡中行,未礙焚香公務。　　六幅蒲帆開處。歷歷江南煙樹。四五尺,兩三人,笑他杜老西川住。"(《全明詞》2713 頁)

北宋詞譜

下册

田玉琪 編著

中華書局

【圖譜】

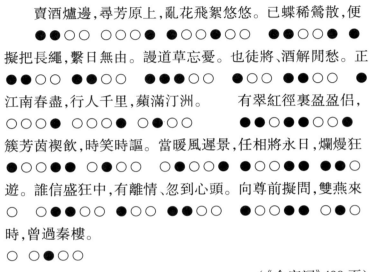

賣酒爐邊，尋芳原上，亂花飛絮悠悠。已蝶稀鶯散，便
●●○○　○○○●　●○○●○○　　●●○○　●

擬把長繩，繫日無由。謾道草忘憂。也徒將、酒解閒愁。正
●●○○　●●○○　　●●○○　　○○●　●○○○　　●

江南春盡，行人千里，蘋滿汀洲。　　　　有翠紅徑裏盈盈侶，
○○○●　○○○●　○●○○　　　　　●●○○●○○

簇芳茵褉飲，時笑時謳。當暖風遲景，任相將永日，爛熳狂
●○○●●　○●○○　●●○○●　●○○●●　●●○

遊。誰信盛狂中，有離情、忽到心頭。向尊前擬問，雙燕來
○　○○●○○　●○○　●●○○　　●○○●●　○●○

時，曾過秦樓。
○　○●○○

(《全宋詞》490 頁)

【調釋】

　　此調兩宋金元僅存此詞，無他首可校。上片自"已蝶稀"以
下，與下片自"當暖風"以下相同，惟"行人千里"、"雙燕來時"字聲
不同。又，上片第四句、下片第五句皆作上一下四句法。換頭三句
《全宋詞》原作："有翠紅徑裏，盈盈似簇，芳茵褉飲，時笑時謳。"
《詞譜》作："有翠紅徑裏、盈盈侶，簇芳茵褉飲，時笑時謳。"《詞繫》
卷十六作："有翠紅徑裏盈盈侶，簇芳茵褉飲，時笑時謳。"今從《詞
繫》。清人屈大均"五穀山肴"詞（《全清詞（順康卷）》5666 頁），正
當如此斷句。又上下片第五、六句《詞譜》皆作上三下六式句法，
亦當從《詞繫》斷句。

望雲涯引

【調釋】

　　《詞譜》卷二十從《詞緯》本增定下片第六句"危樓静倚"句,當是。李詞用入聲韻,重頭曲,句法錯落,聲情綿遠悠長,又頓挫婉轉。以"引"爲名,或爲琴曲。

【體略】

　　雙片八十三字,上片四十一字,下片四十二字,各十句四入聲韻,李甲。

【圖譜】

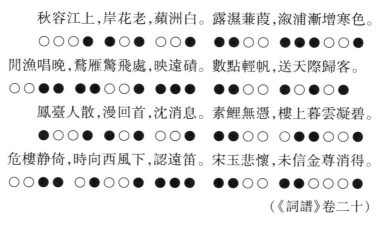

　　　　　　　　　　　　　　　　　　　　　（《詞譜》卷二十）

【注釋】

　　《詞譜》:"《樂府雅詞》、《花草粹編》載此詞,皆脱落後段第六句,今從《詞緯》本增定。此調只有此詞,亦無別首宋詞可校。"

吊嚴陵

【調釋】

此調《樂府雅詞》、《花草粹編》、《詞譜》作《吊嚴陵》,《歷代詩餘》、《詞律補遺》、《詞繫》作《暮雲碧》。《詞譜》卷三十六:"調見《樂府雅詞》,李甲作,因詞有'嚴光釣址空遺迹'及'離觴吊古寓目'句,取以爲名。又結句有'回首暮雲千古碧'句,名《暮雲碧》。"李詞賦本意,用入聲韻,上片多用四字短句,下片多用六七字長句,句拍由平緩而激揚,聲情激越哀怨。

【體略】

雙片一百一十九字,上片六十七字十四句七入聲韻,下片五十二字十句六入聲韻,李甲。

【圖譜】

　　　蕙蘭香泛,孤嶼潮平,驚鷗散雪。迤邐點破,澄江秋色。
　　　●○○● ○●○○ ○○●● 　○●●○ ○○○●

　　　暝靄向斂,疏雨乍收,染出藍峰千尺。漁舍孤煙鎖寒磧。畫
　　　●●●● ○●●○ ●●○○○● 　○●○○●○● 　●

　　　鸂翠帆旋解,輕艤晴霞岸側。正念往悲酸,懷鄉慘切。何處
　　　●●○○● ○●○○●● 　●●●○○ ○○●● 　○●

　　　引羌笛。　　追惜。當時富春佳地,嚴光釣址空遺迹。華
　　　●○● 　　○● 　○○●○○● ○○●●○○● 　○

　　　星沈後,扁舟泛去,瀟洒閒名圖籍。離觴吊終寓目。意斷魂
　　　○○● ○○●● ○●○○○● 　○○●○●● 　●●○

消淚滴。漸洞天曉，回首暮雲千古碧。

○●●　　●●○●　○●●○○●●

(《全宋詞》489 頁)

【注釋】

此調兩宋金元僅有此詞，無他詞可校。

夢玉人引

【調釋】

《詞譜》卷二十一："此調有平韻、仄韻兩體，字句大同小異。"此調仄韻皆用入聲韻，平韻僅呂渭老一詞。題材多賦戀情相思，聲情多怨欹感傷。

【體略】

雙片八十四字，上片四十一字，下片四十三字，各八句四入聲韻，李甲。

【圖譜】

漸東風暖，隴梅殘、霽雲碧。嫩草柔條，又迴江城春色。

●○○●　●○○　●○●　　●○○●　●○○○○●

乍促銀籤，便篆香紋蠟有餘迹。愁夢相兼，儘日高無力。

●●○○　●●○○●●○○●　○●○○　●●○○●

這些離恨，依然是、酒醒又如織。料伊懷情，也應向人

●○○●　○○●　●●●○○　●○○○　●○●○

端的。何故近日，全然無消息。問伊看、伊教人，到此如何

○●　　○●●●　○○○○●　●○●　○○○　●●○○

休得。

○●

（《全宋詞》489 頁）

【注釋】

　　此調兩宋存詞八首，金元無存詞。此調《詞譜》以始見沈蔚詞，未知何據。此詞句拍與沈蔚、朱敦儒詞同，然如"料伊懷情"、"也應向人端的"等多用拗句，與後來創作不合，不作正體。

　　按《詞譜》、《詞繫》卷十六上片第二句斷作兩句，下片結韻《詞譜》斷作："問伊看伊，教人到此，如何休得。"《詞繫》斷作上三下五式八字折腰一句、四字一句。今參校他詞，上片第二句均作六字折腰句，下片結韻均作六字折腰一句、六字一句。

正　　體

【體略】

　　雙片八十四字，上片四十一字，下片四十三字，各八句四入聲韻，沈蔚。

【圖譜】

　　舊追遊處，思前事、儼如昔。[一]過盡鶯花，橫雨暴風初

　　●○○●　⊙○○●　●○●　　　◎●○○　◎●●○○

息。[二]杏子枝頭，又自然別是般天色。好傍垂楊，繫畫船橋

●　　　◎●○○　●●○●◎●○⊙○●　　◎●○○　●○○○

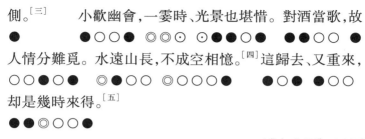

【注釋】

[一]此爲八十四字正體，《詞譜》以此詞爲譜，然字聲多參校李甲拗句，以致所定字聲多不當。首句"舊追遊處"以作一二一句法爲妙，宋人惟陳三聘作"別來何處"、朱敦儒作"浪萍風梗"，屬偶用。"前"陳三聘"倚欄干久"詞作"不"偶以入代平。句中可平可仄除注明外，俱見所列別體句法相同者。

[二]"橫雨暴風初息"一句作仄起仄收律句，李甲、朱敦儒詞皆作拗句，以律句爲善。按此句陳三聘"別來何處"一首作"清曉便掛帆席"，亦偶用不參校。

[三]"杏"范成大詞作"從"。"又自然別是般天色"作上一下七句法，李甲、朱敦儒詞皆同。《詞譜》以沈詞爲譜，以此句作上三下五句法，不妥。結句"繫"字必作領字，觀宋人他作皆然，"畫"朱敦儒詞作"兒"。

[四]"對酒當歌"、"水遠山長"二句宋人惟李甲詞用拗句，不參校。"故人情分難覓"例作平起仄收拗句，李甲詞作"也應向人端的"，與他人字聲不同，偶用不參校。"不成空相憶"宜作拗句，朱敦儒詞、陳三聘"別來何處"詞仄起仄收律句，不參校。

[五]"又重來"三字《樂府雅詞》、《詞譜》、《詞繫》、《全宋詞》諸書皆作"重來又"，斷句亦多不同。今觀宋人其他詞作，朱敦儒作"向花前"，吕渭老作"强開懷"，范成大兩首分別作"盡相忘"、

"望江南",陳三聘兩首分別作"没心情"、"踏溪橋",則"重來又"
必爲"又重來"之誤也。按此調結韻皆應斷作六字折腰一句、六字
一句,並無他種句拍。

又一體

【體略】

　　雙片八十五字,上片四十二字九句四入聲韻,下片四十三字八
句四入聲韻,范成大。

【圖譜】

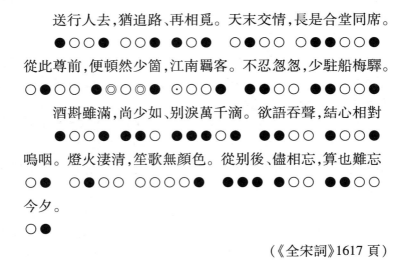

（《全宋詞》1617 頁）

【注釋】

　　此與沈詞相校,上片第六句添一字作五字一句、四字一句異,
范成大別首及陳三聘二詞正與之同。"頓"陳三聘"倚欄干久"詞

作"空"，"少"范詞別首作"如"，"江"范詞別首作"雪"。

又一體

【體略】

　　雙片八十一字，上片四十字，下片四十一字，各八句四平韻，吕渭老。

【圖譜】

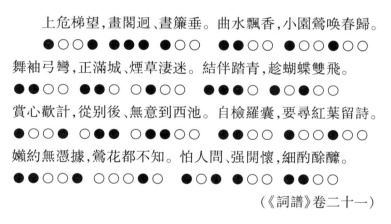

　　　　　　　　　　　　　　　　　　　　　　（《詞譜》卷二十一）

【注釋】

　　《詞譜》："此調押平聲韻者，只此一體，無別首宋詞可校。按此調起句，各家皆四字，此詞'上危梯望'，正與仄韻詞同，《詞律》認"梯"字爲韻，遂以三字爲起句者誤。"

帝臺春

【調釋】

《詞譜》卷二十五：“唐教坊曲名，《宋史・樂志》，琵琶曲有《帝臺春》，屬無射宮。”李詞用入聲韻，賦戀情相思，上片句法錯綜，下片開始連用五個三字句，且句句用韻，甚有特點，聲情激越感傷。

【體略】

雙片九十九字，上片四十六字十句五入聲韻，下片五十三字十二句七入聲韻，李甲。

【圖譜】

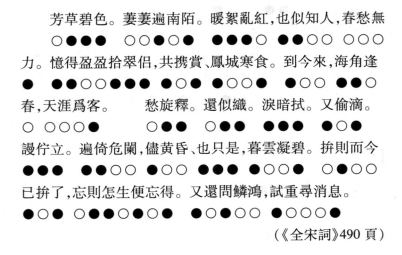

芳草碧色。萋萋遍南陌。暖絮亂紅，也似知人，春愁無
○●●● 　○○●● 　●●●○ ●●○○ ○○○

力。憶得盈盈拾翠侶，共携賞、鳳城寒食。到今來，海角逢
● 　●●○○●●● 　○○● ●○○●● 　●○○ ●●○

春，天涯爲客。　　愁旋釋。還似織。淚暗拭。又偷滴。
○ 　○○●● 　●○● 　○●● 　●●● 　●○●

謾佇立。遍倚危闌，儘黃昏、也只是，暮雲凝碧。拚則而今
●●● 　●●○○ ●○○ ●●● 　●○○● ●●○○

已拚了，忘則怎生便忘得。又還問鱗鴻，試重尋消息。
●●● 　○○●○●●● 　●○●○○ ●○○○●

（《全宋詞》490 頁）

【注釋】

此調兩宋金元只此一詞，無他首可校。《詞律》卷十五：“宋人

作此調者絕少,向來譜圖相傳,俱首作三字句,以'碧'字起韻,'色萋萋'作一句,'遍南陌'作一句,不知後有'暮雲凝碧',斷無複韻之理。況'春草碧色',乃江文通《別賦》中語,此正用之,其爲'色'字起韻無疑。《詞綜》於'飛'字作'暖'字,'也似知人'句,無'似'字,必有所考。但從來舊刻如右,故仍之……又'天涯行客'句,'行'作'倦',此字宜去聲,應遵改。又按《樂府雅詞》,'謾遍倚危闌'句,'謾'字下有'佇立'二字,宜增。"

　　按下片自"謾"至"碧"字,《詞律》作:"謾遍倚危欄,儘黃昏也,只是暮雲凝碧。"《詞譜》字句同《詞律》,惟斷句稍異(《詞繫》卷十六同《詞譜》)。《全宋詞》原作:"謾佇立、遍倚危闌,儘黃昏,也只是、暮雲凝碧。"今字句依《全宋詞》,斷句改之,以"立"字仍作韻看。

望春回

【調釋】

　　此調爲換頭曲。李詞用入聲韻,詞云"東風暗回暖律",仍賦本調,言戀情相思,聲情激切怨抑。

【體略】

　　雙片一百二字,上片五十字十句四入聲韻,下片五十二字十句五入聲韻,李甲。

【圖譜】

霽霞散曉,射水村漸明,漁火方滅。灘露夜潮痕,注凍
●○●●　●●○○●　○○○●　○●●○○　●●

瀨淒咽。征鴻來時應有信,見疏柳、更憶伊同折。異鄉憔
●○●　○○○○●●●　●○●　●●○○●　●○○

悴,那堪更值,歲窮時節。　　東風暗回暖律。算坼遍江
●　●○●● ●○○●　　　　○○●○● ●●●○

梅,消盡巖雪。惟有這愁腸,恁依舊千結。私言竊語曾誓
○　○●○● ○●●○○ ●○●○● ○○●○●●

約,便眠思、夢想無休歇。這些離恨,除非對著,説似明月。
●　●○○、●●○○● ●○○● ○○●● ●●○●

(《詞譜》卷三十)

【注釋】

《詞譜》卷三十:"此調只此一詞,無他作可校。此詞前後段第四、五句,俱五字,第五句上一下四句法,填者審之。"此詞上片第六句《全宋詞》作"征鴻來時應負書"、第九句作"那堪更逢",下片第二句"坼"作"折"、第五句"恁"作"也"、第六句"曾"作"些"。

擊梧桐

【調釋】

此與柳永詞中名《擊梧桐》者爲同名異調。調用入聲韻,篇長韻疏,李詞賦離別相思,聲情淒苦怨抑。

【體略】

雙片一百十字,上片五十六字十句五入聲韻,下片五十四字十句四入聲韻,李甲。

【圖譜】

杳杳春江闊。收細雨、風麼波聲無歇。雁去汀洲暖,岸
◎●○○● 　○●● ●○○●○● ●●○○● ●

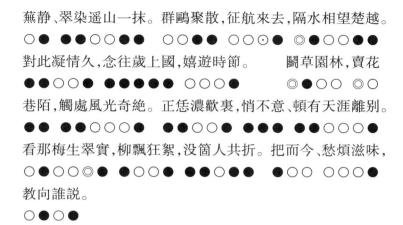

蕉静、翠染遥山一抹。群鷗聚散，征航來去，隔水相望楚越。

對此凝情久，念往歲上國，嬉遊時節。　鬭草園林，賣花

巷陌，觸處風光奇絕。正恁濃歡裏，悄不意、頓有天涯離別。

看那梅生翠實，柳飄狂絮，没箇人共折。把而今、愁煩滋味，

教向誰説。

（《全宋詞》490 頁）

【注釋】

此調兩宋金元僅有李珏詞可校。《詞譜》卷三十四：“按李珏詞，前段起句‘楓葉沈於染’，‘楓’字平聲；第六句‘朝生暮落’，‘暮’字仄聲；第七句‘人似吴潮輾轉’，‘人’字平聲；後段第一、二句‘雙屐行春，扁舟嘯晚’，‘雙’字、‘扁’字俱平聲；第六句‘惆望明朝何處’，何’字平聲。譜内可平可仄據此。”按上片第八句“對此凝情久”，《詞譜》作“對此、凝情久”不當。

按上片第九句“念往歲上國”，李珏詞作“奈短笛唤起”，皆用五仄聲。《詞律》卷十九注李珏詞“笛”字可平，不當。“念”、“奈”皆作領字，“往歲上國”、“短笛唤起”正用拗句。又按李珏詞下片第二句偶多用一韻，注出不另列。

米芾一調

米芾（1051—1107），字元章，號襄陽漫士、海岳外史、鹿門居士。祖籍山西太原。著名書畫家。有《寶晉英光集》、《寶晉長短句》，《全宋詞》錄存其詞十七首。

醉太平

【調釋】

此調用平韻，聲情歡快流轉。《校正》："此調用平韻，每句用韻，以四字句爲主，配合六字句與五字句，故音節明亮，調勢平穩，而又頗爲流暢，適於寫疏淡之景，亦宜抒發輕快之情。"（30頁）《詞譜》卷三："一名《凌波曲》。孫惟信詞，名《醉思凡》。周密詞，名《四字令》。《太平樂府》注南呂宮。《太和正音譜》注正宮，又入仙呂宮、中呂宮。"《魏氏樂譜》卷二以顏奎"茶邊水經"詞爲譜。此調與《高麗史·樂志》所載《醉太平》同名異調。又元明南戲、傳奇有流行曲牌《醉太平》，用韻三聲通叶，與詞體亦迥異。

【體略】

雙片三十八字，上下片各十九字四句四平韻，米芾。

【圖譜】

　　風爐煮茶。霜刀剖瓜。^[一]暗香微透窗紗。是池中藕
　　　○○●●　　○○●●　　◎◎⊙●○○　　●●○○●

花。^[二]　　　高梳髻鴉。濃妝臉霞。玉尖彈動琵琶。問香醪
○　　　　　　　⊙○○●　⊙○●○　◎◎○●○○　　●⊙○

飲麼。^[三]
●○

（《全宋詞》488 頁）

【注釋】

　　[一]此調兩宋及金元現存十餘首詞,惟此一體。《詞譜》卷三以劉過詞爲譜:"宋沈伯時《樂府指迷》,論詞中有用去聲字者,不可以別聲替,蓋調貴抑揚,去聲字,取其激越也。如此調前後段起二句第三字,孫惟信詞'吹簫跨鸞'、'香銷夜闌'、'衣寬帶寬'、'千山萬山',周密詞'眉消睡黃'、'春凝淚妝'、'箏塵半床'、'綃痕半方',俱用去聲。"按《詞譜》此說不確,編者未見米詞。米詞上下片第二句第三字皆非去聲。"爐"、"刀"周密"殘月半籬"詞作"月"、"雪",偶用不參校。

　　[二]"暗"、"微"戴復古詞作"無"、"惹"。"是池中藕花"與下片結句皆作上一下四句法。

　　[三]"高"、"濃"彥奎詞皆作"小"。"玉"、"彈"周密詞作"愁"、"欲"。"香"劉過詞作"那",偶用不參校,《詞譜》以本仄可平不當。

賀鑄二十四調

賀鑄(1052—1125),字方回,號慶湖遺老,衛州共城(今河南輝縣)人。有《慶湖遺老集》、《東山詞》、《賀方回詞》,《全宋詞》輯存其詞二百八十三首。其詞集又稱《東山寓聲樂府》,陳振孫釋之曰:"以舊譜填新詞而别爲名以易之,故曰'寓聲'。"(《直齋書録解題》卷二十一)賀鑄是北宋用調、創調大家,其用詞調喜改調名,以創作樂府詩方式爲詞,抒發强烈主觀之情。又深受民間曲體影響,不少詞調采自民間,用韻亦時有三聲通叶。因其詞集《詞律》、《詞譜》編者皆未見全貌,很多新調及體式往往漏收。

簇水近

【調釋】

調名不詳。賀詞賦戀情相思,用上去韻,聲情幽怨纏綿。南宋趙長卿詞名《簇水》者,與賀詞同調異體。

【體略】

雙片八十三字,上片四十字七句四上去韻,下片四十三字八句五上去韻,賀鑄。

【圖譜】

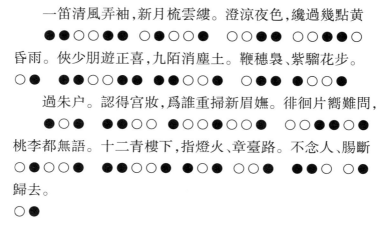

一笛清風弄袖，新月梳雲縷。澄涼夜色，纔過幾點黃
昏雨。俠少朋遊正喜，九陌消塵土。鞭穗裊、紫騮花步。
過朱戶。認得宮妝，爲誰重掃新眉嫵。徘徊片餉難問，
桃李都無語。十二青樓下，指燈火、章臺路。不念人、腸斷
歸去。

（《全宋詞》542 頁）

【注釋】

《東山詞》校注本繫此詞於神宗熙寧元年（1068）（464 頁）。此調兩宋金元惟存賀鑄、趙長卿二詞，二詞句拍字聲多異，不相互參校。按上片第五、六句《全宋詞》原作四字一句、六字一句，今參趙詞斷句。

又 一 體

【體略】

雙片八十五字，上片四十字七句四上去韻，下片四十五字八句五上去韻，趙長卿。

【圖譜】

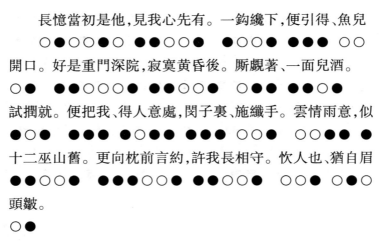

長憶當初是他，見我心先有。一鈎纔下，便引得、魚兒
○●○○●●　●●○●●　○○●●　●●●　○○

開口。好是重門深院，寂寞黃昏後。厮覰著、一面兒酒。
○●　●●○○○●　●●○○●　○●●　●●○●

試摑就。便把我、得人意處，閔子裏、施纖手。雲情雨意，似
●○●　●●●、●○●●　○○●　○○●●　●

十二巫山舊。更向枕前言約，許我長相守。忟人也、猶自眉
●●○○●　●●●○○●　●●○○●　○○●　○●○

頭皺。
○●

（《全宋詞》1813 頁）

【注釋】

此與賀詞相校，下片差異較大，然總觀全詞，與賀詞仍屬同調。

琴調相思引

【調釋】

此以"琴調"、"引"名調，當爲琴曲。又以三字句爲主，句句用韻，且字句韻多重複，聲情淒抑怨歎。此與周邦彥、趙彥端等人名《相思引》者不同。

【體略】

雙片七十三字，上片三十四字九句六入聲韻三疊韻，下片三十

九字十一句五入聲韻六疊韻,賀鑄。

【圖譜】

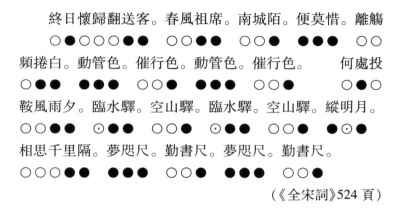

終日懷歸翻送客。春風祖席。南城陌。便莫惜。離觴

○●○○○●●　　○○●●　　○○●　　●●●　　○○

頻捲白。動管色。催行色。動管色。催行色。　　何處投

○●●　●●●　●○●　●●●　●○●　　　　　○●○

鞍風雨夕。臨水驛。空山驛。臨水驛。空山驛。縱明月。

○○●●　○●⊙　○○●　○●⊙　○○●　●⊙●

相思千里隔。夢咫尺。勤書尺。夢咫尺。勤書尺。

○○○●●　●●●　○○●　●●●　○○●

(《全宋詞》524頁)

【注釋】

此詞題"送范殿監赴黃岡"。《東山詞》校注本繫此詞於神宗熙寧八年(1075)至元豐八年(1085)間(274頁)。此調兩宋金元現僅存賀鑄二詞。下片第六句"縱明月","月"字用韻,《全宋詞》將第六句和第七句並作一句不當。句中可平可仄即參賀鑄別首。

又一體

【體略】

雙片七十三字,上片三十四字八句五入聲韻三疊韻,下片三十九字十一句五入聲韻六疊韻,賀鑄。

【圖譜】

團扇單衣楊柳陌。花似春風□無跡。賴白玉。香奩供
○●○○●● ○●○● ○● ●●● ○○○

粉澤。借秀色。添春色。借秀色。添春色。 雲幕華燈
●● ○●● ○○● ●●● ○○● ●○○

張綺席。半醉客。留醒客。半醉客。留醒客。漸促膝。傾
○●● ●●● ○○● ●●● ○○● ○●● ○

鬢琴差拍。問此夕。知何夕。問此夕。知何夕。
○○●● ●●● ○○● ●●● ○○●

(《全宋詞》537 頁)

【注釋】

此與"終日懷歸"一首相校,惟上片第二、三句作七字一句異,
且有缺字,前四字"花似春風"字聲亦迥異,頗疑傳抄有誤。按上
片"玉"、下片"膝"《全宋詞》均未作韻處理不當。

石州引(慢)

【調釋】

《宋史·樂志》有越調大曲《石州》,此調或即采自大曲。《碧
雞漫志》卷二作《石州慢》:"賀方回《石州慢》,予舊見其稿:'風色
收寒,雲影弄晴'改作'薄雨收寒,斜照弄晴'。又'冰垂玉箸,向午
滴瀝簷楹,泥融消盡牆陰雪'改作'煙橫水際,映帶幾點歸鴻,東風
消盡龍沙雪'。"《詞譜》卷三十亦名《石州慢》:"《宋史·樂志》:越
調。賀鑄詞有'長亭柳色纔黃'句,名《柳色黃》。謝懋詞名《石州

引》。"賀詞用入聲韻,詞云:"還記出關來,恰而今時節。"亦屬本調,
聲情感傷怨歎。《校正》:"此調爲換頭曲,過變用短韻;前段自第六
句、後段自第七句起句式相同,前後段結句爲上一下四句法。此調
頗爲流暢,句式富於變化,尤宜於表達激烈感慨之情。"(510頁)

【體略】

雙片一百二字,上片五十一字十句四仄韻,下片五十一字十一
句五仄韻,賀鑄。

【圖譜】

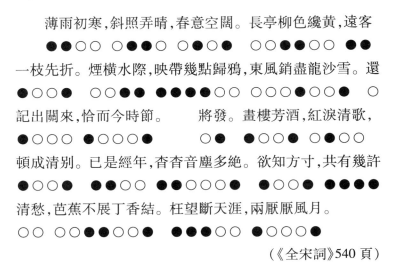

(《全宋詞》540頁)

【注釋】

《東山詞》校注本疑此詞作於神宗熙寧九年(1076)(448頁)。
此調兩宋金元現存近三十首,可用上去韻,亦可用入聲韻。此調以
此詞爲早,然其上片第七句、下片第八句皆作拗句,兩宋惟張元幹
"寒水依痕"詞、章謙亨詞與之同,《詞譜》以此詞爲正體,不妥。又

按謝懋詞上片第七句作拗句,下片第八句作平起平收律句,前後不一,亦不可效法。

又一體

【體略】

雙片一百字,上片五十一字十句四仄韻,下片四十九字十句五仄韻,胡松年。

【圖譜】

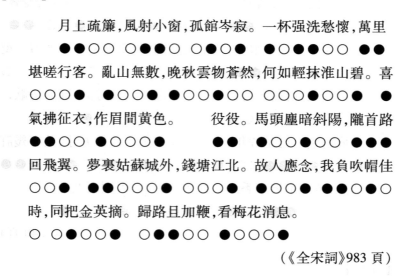

月上疏簾,風射小窗,孤館岑寂。一杯強洗愁懷,萬里
堪嗟行客。亂山無數,晚秋雲物蒼然,何如輕抹淮山碧。喜
氣拂征衣,作眉間黃色。　　役役。馬頭塵暗斜陽,隴首路
回飛翼。夢裏姑蘇城外,錢塘江北。故人應念,我負吹帽佳
時,同把金英摘。歸路且加鞭,看梅花消息。

(《全宋詞》983 頁)

【注釋】

此與賀詞相校,下片第二、三、四句作兩個六字句,第五、六句作六字一句、四字一句,第九句減二字作五字一句異。胡松年別首"歌闋陽關"一首正與此同。按此詞下片第六、七句《全宋詞》斷

作：“故人應念我，負吹帽佳時。”胡詞別首亦斷作：“一尊誰念我，苦憔悴天涯。”皆當依正體句拍斷句。

正　體

【體略】

雙片一百二字，上片五十一字十句四仄韻，下片五十一句五仄韻，張元幹。

【圖譜】

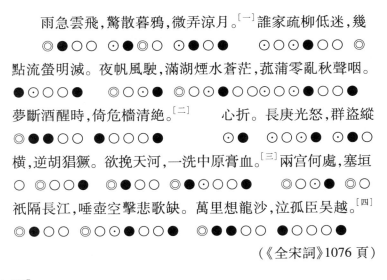

（《全宋詞》1076 頁）

【注釋】

[一]此詞題“己酉秋興舟中作”，按“己酉”即高宗建炎三年（1129）。此與賀詞相校，上片第七句、下片第八句皆用律句，後之詞人創作與此詞相同者最多，當爲正體。“雲”王之道“磔攘送寒”

詞作"送"，偶用不參校。"驚"白樸詞作"一"，"暮"趙文詞作
"風"。"驚散暮鴉"惟王之道"天迥樓高"詞作平起仄收律句，不參
校。"微"趙文詞作"不"。"微弄涼月"當作拗句，此句惟王之道二
詞作平起仄收律句，不參校。按張雨詞首韻《詞譜》斷作："落日空
城禾黍，夜深砧杵才歇。"以句法不同而另列別體，此無需斷作兩個
六字句，注出不另列。句中可平可仄除注明外，皆見所列別體句法
相同者。

　　［二］"家"惟謝懋詞作"雪"，偶用不參校。"滿"姚燧詞作
"清"，"菰"蔡松年"雲海蓬萊"詞作"海"。"蒲"惟張炎詞作"搦"，
不參校。"倚危檣清絕"與下片結句"泣孤臣吳越"皆作上一下四
句法，填者識之。

　　［三］"群"謝懋詞作"滿"。按"群盜縱橫"一句作仄起平收律
句，亦可作平起仄收律句，如王之道"天迥樓高"詞作"夜來花柳"，
金元人詞多與王之道詞同，填者任選一種可也。"逆"王之道"礫
攘送寒"詞作"無"。"欲"、"一"、"中"謝懋詞作"京"、"因"、
"幾"。按《詞譜》以張元幹別首下片第五、六句斷作"辜負枕前雲
雨，尊前花月"另列別體，此二句亦當依正體斷作四字一句、六字一
句，無需另列。

　　［四］"兩宮何處"惟王之道二詞作仄起平收律句，不參校。
"兩"、"何"張元幹別首作"心"、"切"。"塞"元好問"擊筑行歌"詞
作"蕭"。"孤"張炎、張雨詞皆作"一"，偶以入作平。

又一體

【體略】

　　雙片一百字，上片四十九字十一句四仄韻，下片五十一字十二
句五仄韻，王之道。

【圖譜】

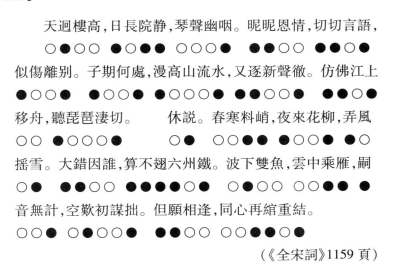

天迴樓高,日長院靜,琴聲幽咽。昵昵恩情,切切言語,
○●○○　●○○●　○○○●　●○○●　●●○○

似傷離別。子期何處,漫高山流水,又逐新聲徹。仿佛江上
●○○●　○○○●　●○○○●　●●○○●　○●○○

移舟,聽琵琶淒切。　　　　休説。春寒料峭,夜來花柳,弄風
○○　○○○●●　　　　　○●　○○●●　●○○●　●○

搖雪。大錯因誰,算不翅六州鐵。波下雙魚,雲中乘雁,嗣
○●　●●○○　●●●●○●　○●○○　○○○●　●

音無計,空歎初謀拙。但願相逢,同心再縮重結。
○○●　○●○○●　●●○○　○○●●○●

(《全宋詞》1159 頁)

【注釋】

　　此與賀詞相校,句拍多不相同:上片第四、五句攤破作四字三句,第七、八句減三字作兩個五字句,第九句添一字作六字一句;下片第八、九句作兩個四字句、一個五字句,結韻作四字一句、六字一句。按王之道別首"磲攘送寒"詞正與此同,惟上片第八句作"時當傾否"少一字(當有脱漏),注出不另列。

<h1 align="center">又一體</h1>

【體略】

　　雙片一百二字,上片五十一字十句四仄韻,下片五十一字十句五仄韻,蔡松年。

【圖譜】

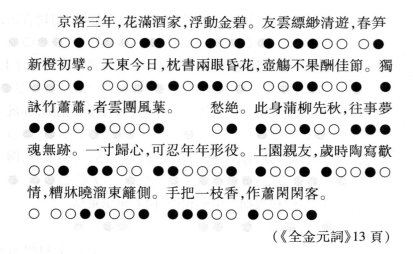

京洛三年，花滿酒家，浮動金碧。友雲縹緲清遊，春笋

新橙初擘。天東今日，枕書兩眼昏花，壺觴不果酬佳節。獨

詠竹蕭蕭，者雲團風葉。　　　愁絶。此身蒲柳先秋，往事夢

魂無跡。一寸歸心，可忍年年形役。上園親友，歲時陶寫歡

情，糟牀曉溜東籬側。手把一枝香，作蕭閑閑客。

（《全金元詞》13 頁）

【注釋】

　　此與張詞相校，惟下片第二、三、四句作六字兩句異。趙文詞、
蔡松年別首“雲海蓬萊”詞、元好問二詞、許有壬二詞正與之同。

風流子

【調釋】

　　此與孫光憲令詞體不同。此調經周邦彥創作，南宋中後期成
爲流行詞調。《片玉集》、《夢窗詞》皆注大石調。此調句長韻疏，
用平韻，題材宜詠物、言情，聲情清麗婉媚。

【體略】

　　雙片一百九字，上片五十八字十二句五平韻，下片五十一字十

一句五平韻,賀鑄。

【圖譜】

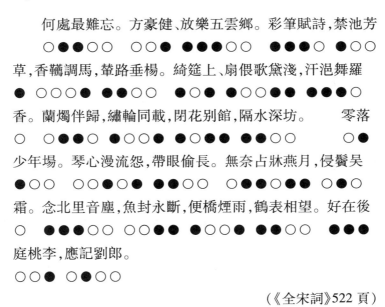

何處最難忘。方豪健、放樂五雲鄉。彩筆賦詩,禁池芳
○　●○○　　○○●　●○○　　　●●●○　●○○
草,香韉調馬,輦路垂楊。綺筵上、扇假歌黛淺,汗浥舞羅
●　○○○●　●●○○　　○○●●　○●●○　●●●○
香。蘭燭伴歸,繡輪同載,閉花別館,隔水深坊。　　零落
○　○●●○　●○○●　●○●●　●○○○　　　　○●
少年場。琴心漫流怨,帶眼偷長。無奈占牀燕月,侵鬢吳
●○○　○○●○●　●●○○　　○●●○○●　○●○
霜。念北里音塵,魚封永斷,便橋煙雨,鶴表相望。好在後
○　●●●○○　○○●●　●○○●　●○○●　●●●
庭桃李,應記劉郎。
○○●●　○●○○

(《全宋詞》522 頁)

【注釋】

　　《東山詞》校注本繫此詞於神宗元豐三年(1080)(259 頁)。
此詞上下片首句均用韻,上片第三句作四字一句,下片第二、三句
作五字一句、四字一句。初疑上片第三句當脫漏一字,然蔡伸、康
與之詞俱作四字句,當確有此體。按《詞譜》以下片"念北里音塵"
一句亦作四字一句,作"北里音塵",今從《全宋詞》,蔡伸、康與之
詞亦皆作五字一句。上片第三句《歷代詩餘》卷八十六作"記彩筆
賦詩"。

　　按吳激詞,上下片首句用韻正同賀鑄詞,上片第三句加一領字
同周邦彥詞。又吳詞下片第二、三句《詞譜》作"年芳但如霧,鏡髮

已成霜",以與衆詞迥異而列又一體,此二句《全金元詞》作"年芳但如霧,鏡髮成霜",今從後者,不另列。

正　體

【體略】

大石調,雙片一百一十字,上片五十九字十二句四平韻,下片五十一字十句四平韻,周邦彦。

【圖譜】

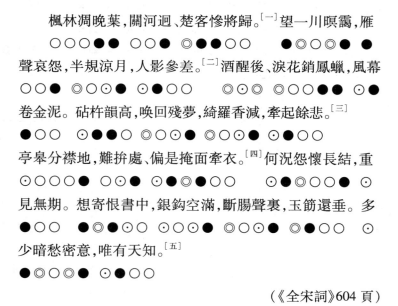

楓林凋晚葉,關河迥、楚客慘將歸。[一]望一川暝靄,雁聲哀怨,半規涼月,人影參差。[二]酒醒後、淚花銷鳳蠟,風幕卷金泥。砧杵韻高,喚回殘夢,綺羅香減,牽起餘悲。[三]

亭皋分襟地,難拚處、偏是掩面牽衣。[四]何況怨懷長結,重見無期。想寄恨書中,銀鈎空滿,斷腸聲裏,玉筋還垂。多少暗愁密意,唯有天知。[五]

（《全宋詞》604 頁）

【注釋】

[一]《唐宋詞彙評》:"王國維《清真先生遺事》定此詞爲元祐

三年(1088)至八年之間,客游荆州時作。"(947 頁)《清真詞校注》
以此詞熙寧七年(1074)秋於長安作。此調兩宋金元現存五十餘
詞,均押平韻。此調正體有二:一爲首句不用韻,一爲首句用韻。
首句不用韻者,《詞譜》以此詞爲正體,當是,然所定字聲多誤。
《詞譜》:"此詞前後段第一句俱不用韻,後段第二句作三字一讀、
六字一句,宋元詞多如此填。"此詞題爲"秋怨"。此與賀詞相校,
上片第三句添一領字,下片第二、三句作上三下六式九字折腰
句,後人所填多遵周詞。首句用韻者多爲仄起律句,首句不用韻
者多爲平起律句,故字聲不混校。"楓"、"河"方岳詞作"小"、
"正",偶用不參校。句中可平可仄除注明外,俱見所列別體句法
相同者。

　　[二]"望"字爲領字,領下四字四句,宜用去聲。其中"一川暝
靄"爲平起仄收律句,然周詞別首此句又作"金屋去來",爲仄起平
收句,後人創作兩種句型都有,填者任選其一可也。"一"朱敦儒
詞作"危","涼"羅志仁詞作"野","人"張元幹詞作"滿"。《詞譜》
以"影"、"參"二字皆可平可仄,不當,"影"只洪咨夔詞作"蔭",偶
用不參校。又"參"字必用平聲,《詞譜》以可仄誤。

　　[三]"後"朱敦儒詞作"湖"。"喚"王千秋"夜久燭花暗"詞作
"雲","綺"無名氏"淑景皇州滿"詞作"花"。

　　[四]"亭皋分襟地"一句可作平起拗句,亦可作平起仄收律
句,如葛立方詞作"泛金溪上好"等,亦可仄起仄收律句,如朱敦儒
詞作"有客愁如海",宜遵周詞。"拚"曹勛詞作"賞"。"偏是掩面
牽衣"當用拗句,方岳詞作"迷樓春緑迢迢",趙必璩詞作"爐薰香
透春衣",偶用不參校。"偏"、"掩"劉克莊詞作"驀"、"飛"。按王
千秋"夜久燭花暗"一首,此韻《詞譜》斷作:"塵埃盡,留白雪,長黄
芽。"此當依正體斷句。

　　[五]"何"、"怨"王千秋"夜久燭花暗"詞作"解"、"芝"。
"想"作領字,下領四字四句,與上片"望一川"以下相同,其中"寄

恨書中"作仄起平收律句,宋人亦多有平起仄收者,填者任選一種可也。"寄"、"書"趙以夫詞作"騷"、"宿"。"銀鈎空滿"一句,秦觀詞作"奈何綿綿",偶用拗句。"斷腸聲裏"作平起仄收律句,宋人只四五例作拗句,不參校。"暗"趙以夫詞作"孤","唯"作"後"。

又一體

【體略】

雙片一百一十字,上片五十九字十二句四平韻,下片五十一字十一句四平韻,張耒。

【圖譜】

木葉亭皋下,重陽近、又是擣衣秋。奈愁入庾腸,老侵
●●○○● 　○○● ●●●○○ 　●○●○○ ●○

潘鬢,謾簪黃菊,花也應羞。楚天晚、白蘋煙盡處,紅蓼水邊
○● 　●○○● 　○●○○ 　○○● ●○○●● 　○●○○

頭。芳草有情,夕陽無語,雁橫南浦,人倚西樓。　　　玉容
○ 　○●●○ 　●○○● 　●○○● 　○●○○ 　　　●○

知安否,香牋共錦字,兩處悠悠。空恨碧雲離合,青鳥沈浮。
○○● 　○○●●● ●●○○ 　○●●○○● 　○●○○

向風前懊惱,芳心一點,寸眉兩葉,禁甚閒愁。情到不堪言
●○○●● 　○○●● ●○●● 　○○○○ 　○●●○○

處,分付東流。
● 　○●○○

【注釋】

　　此與周詞相校,下片第二句作五字一句、四字一句,字聲亦異。《詞譜》卷二:"按張元幹詞'秦箏弄哀怨,雲鬟分行',史達祖詞'尋芳縱來晚,尚有他年',正與此同。"按張詞、史詞字聲又同賀詞。

又一體

【體略】

　　雙片一百一十一字,上片六十字十二句四平韻,下片五十一字十一句四平韻,王之道。

【圖譜】

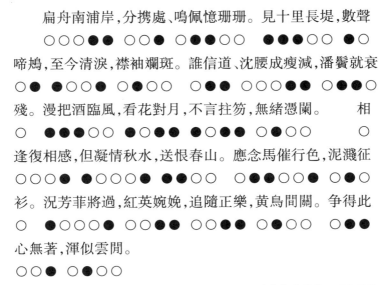

扁舟南浦岸,分携處、鳴佩憶珊珊。見十里長堤,數聲
○○○●● ○●● ○●○○○ ●●●○○ ●●

啼鴂,至今清涙,襟袖斓斑。誰信道、沈腰成瘦減,潘鬢就衰
○● ●○○● ○○○● ○●● ○○○●● ○●●○

殘。漫把酒臨風,看花對月,不言拄笏,無緒憑闌。　　相
○ ●●●○○ ○○●● ●○●● ○●○○ ○

逢復相感,但凝情秋水,送恨春山。應念馬催行色,泥濺征
○○●○● ●○○○● ●●○○ ○●●○○● ○●○

衫。況芳菲將過,紅英婉娩,追隨正樂,黃鳥間關。爭得此
○ ●○○○● ○○●● ○○●● ○●○○ ○●●

心無著,渾似雲閒。
○○● ○●○○

【注釋】

此詞題爲"和桐城魏宰"。《詞譜》卷二:"此與'楓林凋晚葉'詞同,惟前段第九句多字,後段第二句作五字一句、四字一句異。"按上片結韻宋人葛立方"夜半春陽啟"詞、王之望詞、劉克莊詞皆多一領字,正與此同。

正　　體

【體略】

大石調,雙片一百九字,上片五十八字十二句五平韻,下片五十一字十句四平韻,周邦彥。

【圖譜】

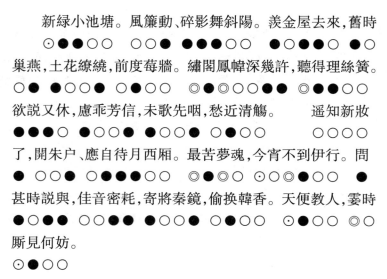

新綠小池塘。風簾動、碎影舞斜陽。羨金屋去來,舊時
⊙●●○○　　○○●、●●○○　　●○●●○　●○
巢燕,土花繚繞,前度莓牆。繡閣鳳幃深幾許,聽得理絲簧。
○●　●○○●　○●○○　◎●○○○●●　○○●○○
欲説又休,慮乖芳信,未歌先咽,愁近清觴。　　遥知新妝
●●●○　●○○●　●○○●　○●○○　　○○○○
了,開朱户、應自待月西厢。最苦夢魂,今宵不到伊行。問
●　○○●、○●●●○○　●●○○　○○●●○○　●
甚時説與,佳音密耗,寄將秦鏡,偷換韓香。天便教人,霎時
●○○●　○○●●　●○○●　○●○○　○●○○　●○
厮見何妨。
⊙●○○

【注釋】

此與"楓林凋晚葉"一首相校,首句用韻,句拍不同,字聲亦異。《詞譜》:"此詞前段起句用韻,後段起句不用韻。其前段第七句七字,後段第三句四字,第四句六字,第九句四字,結句六字,俱與諸家小異。"

按周詞二首雖同爲大石調,樂譜當小有變化。宋人洪咨夔、仇遠、趙孟堅、劉克莊等人詞與此同。上片第一、七、八句及下片第三、四、九、十句可平可仄即參洪咨夔等人詞。上片首句"新"趙詞作"望",第七句趙孟堅作平起平收律句,別詞均作仄起仄收律句,"繡"、"鳳"劉詞作"曾"、"先",第八句"聽"仇詞作"明"。下片第三句"最"趙詞作"懷","夢"洪詞作"東",第四句"今"、"不"陳允平"殘夢繞林塘"詞作"一"、"煙",第九句"天"劉詞作"俗",第十句"霎"、"厮"劉詞作"安"、"國"。

按上片第八句,《百家詞》、《全宋詞》等皆作"曾聽得理絲簧",然宋人方君遇等人與周詞句拍同者皆作五字一句,今從《詞譜》。

又按孫惟信"三疊古陽關"詞、吳文英"金谷已空塵"詞,上片同周詞"新綠小池塘",下片同周詞"楓林凋晚葉",注出不另列。

又一體

【體略】

雙片一百一十一字,上片六十字十三句五平韻,下片五十一字十一句四平韻,張元幹。

【圖譜】

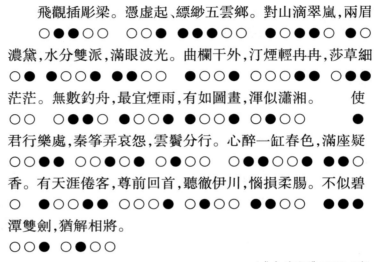

飛觀插彫梁。憑虛起、縹緲五雲鄉。對山滴翠嵐,兩眉
〇●●〇〇　　〇〇●　●●●〇〇　　●〇●●〇　●〇
濃黛,水分雙派,滿眼波光。曲欄干外,汀煙輕冉冉,莎草細
〇●　●〇〇●　●●〇〇　　●〇〇●　〇〇〇●●　〇〇●
茫茫。無數釣舟,最宜煙雨,有如圖畫,渾似瀟湘。　　　　使
〇〇　〇●●〇　●〇〇●　●〇〇●　〇〇〇〇　　　　　●
君行樂處,秦箏弄哀怨,雲鬟分行。心醉一缸春色,滿座疑
〇〇●●　〇〇●〇●　〇〇〇〇　〇●●〇〇●　●〇●
香。有天涯倦客,尊前回首,聽徹伊川,惱損柔腸。不似碧
〇　●〇〇●●　〇〇〇●　〇●〇〇　●●〇〇　●〇●
潭雙劍,猶解相將。
〇〇●　〇●●〇

(《全宋詞》1080頁)

【注釋】

　　此詞序爲“政和間過延平,雙溪閣落成,席上賦”。《唐宋詞彙
評》考此詞於政和六年(1116)作(1640頁)。此與周詞“新綠小池
塘”相校,上片第七、八句添二字作四字一句、五字二句,下片第二
句作五字一句、四字一句,第三、四句作六字一句、四字一句,結韻
作六字一句、四字一句且字聲小異(正與“楓林凋晚葉”相同)。

玉京秋

【調釋】

　　此調與南宋周密名《玉京秋》者同名異調,《詞律》、《詞譜》僅

載周密詞。賀詞用入聲韻,賦本意,聲情凄切怨歎。

【體略】

雙片一百三字,五十一字十二句四入聲韻,下片五十二字十一句六入聲韻,賀鑄。

【圖譜】

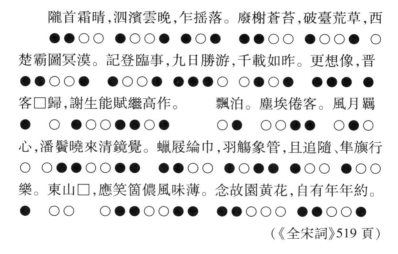

隴首霜晴,泗濱雲晚,乍摇落。廢榭蒼苔,破臺荒草,西楚霸圖冥漠。記登臨事,九日勝游,千載如昨。更想像,晋客□歸,謝生能賦繼高作。　　飄泊。塵埃倦客。風月羈心,潘鬢曉來清鏡覺。蠟屐綸巾,羽觴象管,且追隨、隼旗行樂。東山□,應笑箇儂風味薄。念故園黄花,自有年年約。

(《全宋詞》519 頁)

【注釋】

《東山詞》校注本繫此詞於神宗元豐五年(1082)至八年(1085)(228 頁)。此調兩宋金元現僅存此詞,無別首可校。

怨三三

【調釋】

《詞譜》卷八云此調見李之儀詞,然李之儀詞爲和賀鑄詞,此

調自當以賀詞爲先。賀詞憶三月三之情事,賦調名本意,重頭曲,聲情幽怨感傷。《填詞名解》卷一:"《怨三三》,古怨詞有'狂喚醉裏三三'之句,《花草粹編》作'喚狂裏,醉重三'。遂取以名。按《舊唐書志》載童謠云:'打麥麥打三,三三,舞了也'。爲武元衡被害之應。疑作者取此。"

【體略】

雙片五十字,上片二十四字四句四平韻,下片二十六字五句四平韻,賀鑄。

【圖譜】

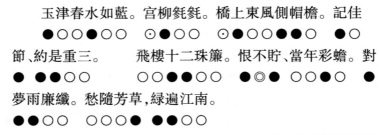

（《全宋詞》531 頁）

【注釋】

《東山詞》校注本繫此詞於哲宗元祐三年(1088)(343 頁)。此調惟有李之儀和詞可校,句中可平可仄即參李詞句法相同者。初疑首句或缺字,然第四句亦與李詞不同,和詞而字句不同,暫存疑。

又一體

【體略】

雙片五十字,上片二十四字四句四平韻,下片二十六字五句四

平韻,李之儀。

【圖譜】

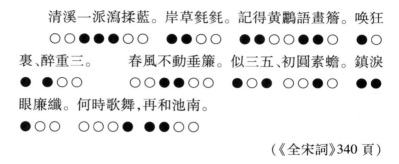

（《全宋詞》340 頁）

【注釋】

《唐宋詞彙評》考此詞作於崇寧五年（1106）春（539 頁）。此詞題"登姑熟堂寄舊游,用賀方回韻",然與賀詞相校,上片首句添一字,第四句減一字異。

兀　令

【調釋】

《詞譜》卷二十一："調見《東山集》。"賀詞本名《想車音》,下注《兀令》,顯非其創調。調名不詳。賀詞用上去韻,重頭曲,聲情風流嫵媚。

【體略】

雙片八十四字,上下片各四十二字八句六上去韻,賀鑄。

【圖譜】

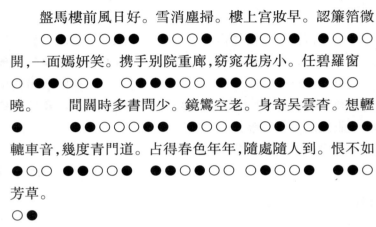

盤馬樓前風日好。雪消塵掃。樓上宮妝早。認簾箔微
○●○○●●　●○○●　○●○○●　●○○
開，一面嫣妍笑。携手別院重廊，窈窕花房小。任碧羅窗
○　●●○○●　○●●○○●　●○○●　●●○○
曉。　　間闊時多書問少。鏡鸞空老。身寄吳雲杳。想轆
●　　●●○○●●　●○○●　○●○○●　●
轆車音，幾度青門道。占得春色年年，隨處隨人到。恨不如
●○○　●●○○●　○●○●○○　○●○○●　●●○
芳草。
○●

（《全宋詞》515 頁）

【注釋】

　　《東山詞》校注本疑此詞作於哲宗元祐六年（1091）（191 頁）。
此調兩宋金元僅存此詞，無他首可校。《詞繫》卷十六："兩結句是
一領四字句法。"《詞律辭典》："上下片同，其第四句及結句，俱作
上一下四式五字句，填者辨之。"（1164 頁）
　　按清人丁紹儀、沈傳桂等人有詞，今錄丁詞於下供參考（丁詞
題"春日同陸東蘿吳禮堂散步晴郊賦此志興用賀方回韻"）："旖旎
風光南陌好。絲楊低掃。春色今年早。映曲曲青溪，幾樹花含笑。
遥指鈿閣珠樓，紅亞迴闌小。正錦屏妝曉。　　花事年年晴意少。
東風易老。流水愁雲杳。問轆轆車塵，歷遍長安道。誰似閒地閒
人，信步尋春到。醉一堤芳草。"（《國朝詞綜補》卷三十五）

海月謠

【調釋】

此調或采自民間。賀詞云："瞰瀛海、波三面。碧雲掃盡,桂輪
滉玉,鯨波張練。"亦賦本意。賀詞用上去韻,聲情清麗飄逸。

【體略】

雙片六十四字,上下片各三十二字七句四上去韻,賀鑄。

【圖譜】

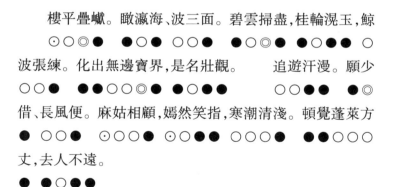

（《全宋詞》522 頁）

【注釋】

《東山詞》校注本疑此詞作於哲宗紹聖元年(1094)(256 頁)。
此調兩宋除賀鑄外,僅韓淲有詞,金元無存詞。句中可平可仄即據
韓詞校定。上片第一句"樓"、"疊"韓詞作"晚"、"煙",第三句
"掃"作"清",第六句"寶"作"留";下片第二句"少"作"風",第三

句“麻”作“酒”,第四句“嫣”作“自”。

　　按賀詞下片第四句“嫣”字《全宋詞》作缺字,今據清光緒三十四年繆荃孫藝風堂抄本《宋金元人詞·東山寓聲樂府》補。又韓淲詞上下片結二句《全宋詞》皆斷作四字一句、六字一句不當。

侍香金童

【調釋】

　　《詞譜》卷十四:“金詞注黃鐘宮,又黃鐘調。按《開天遺事》:王元寶常於寢帳床前,雕矮童二人,捧七寶博山爐,自暝焚香徹曉,調名取此。無名氏詞,即詠其事也。”《詞譜》以無名氏“寶臺蒙繡”詞詠本意,爲正體,當是。無名氏詞或早於賀鑄詞。此調用上去韻,換頭曲,聲情婉轉流美。

【體略】

　　雙片六十三字,上片三十一字,下片三十二字,各六句四仄韻,賀鑄。

【圖譜】

　　　　楚夢方回,翠被寒如水。尚想見、揚州桃李。姿秀韻閒
　　　　●●○○　●●○●●　○○●　○○○●　○●●○

何物比。玉管秋風,漫聲流美。　　　燕堂開雙按,秦弦呈素
○●●　　●●○○　●○○●　　　　●○○○●　○○○●

指。寶雁參差飛不起。三五彩蟾明夜是。屈曲闌干,斷腸
●　●●○○○●●　○○●○○●●　●○○○　●○

○千里。
○●

【注釋】

《東山詞》校注本繫此詞於哲宗紹聖二年（1095）（222頁）。此調兩宋金元現存七首。此詞上片第三句作七字折腰句，兩宋金元無與之相同者，不作正體。頗疑"揚州桃李"一句脫漏一字，當作"揚州□桃李"。按下片第一、二句《詞譜》、《全宋詞》等書皆斷作："燕堂開，雙按秦弦呈素指。"不當，當參正體斷句。

正　　體

【體略】

雙片六十四字，上片三十一字，下片三十三字，各六句四仄韻，《梅苑》無名氏。

【圖譜】

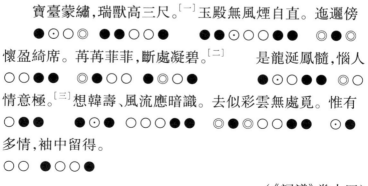

寶臺蒙繡，瑞獸高三尺。[一]玉殿無風煙自直。迤邐傍懷盈綺席。苒苒菲菲，斷處凝碧。[二]是龍涎鳳髓，惱人情意極。[三]想韓壽、風流應暗識。去似彩雲無處覓。惟有多情，袖中留得。

（《詞譜》卷十四）

【注釋】

［一］《詞譜》："此調有蔡伸、趙長卿二詞可校。此詞後段第三

句八字，蔡伸詞則前段第三句八字，趙長卿詞則前後段第三句皆八字，餘俱同。可平可仄，即參二詞。按金詞注黃鐘宮者，本此填，惟換頭仍作四字一句、五字一句。"按此調除《詞譜》所提四詞外，兩宋金元尚有賀鑄、王喆、姬翼及《苕溪漁隱叢話》所載無名氏詞。此詞首句作平起仄收律句，檢此調他人作，多作仄起平收律句，宜用後者。句中可平可仄除注明外，皆見所列別體句法相同者。

　　[二]上片第三句作七字一句，王喆及姬翼詞皆與之同。"無"王喆詞作"黑"。"斷處凝碧"一句惟無名氏"喜葉之地"詞作拗句同，餘詞皆作平起仄收律句，宜用後者，填者識之。

　　[三]換頭此韻作五字兩句爲此調通例。按姬翼詞，《全金元詞》等書斷作："炯茅堂、澹炷漫爐香味馥。"應如正體斷句。

又一體

【體略】

　　雙片六十五字，上片三十二字，下片三十三字，各六句四仄韻，《苕溪漁隱叢話》無名氏。

【圖譜】

喜葉之地，手把懷兒摸。甚恰恨、出題厮撞著。内臣過
●●○● 　●●○○● 　●●● 　●○○●● 　●○●

得不住腳。忙裏只是，看得斑駁。　　　駭這一身冷汗，都如
●●●● 　○●●● 　●●○● 　　　●●●○●● 　○○

雲霧薄。比似年時頭勢惡。待檢又還猛想度。只恐根底，
○●● 　●●○○○●● 　●●●○●●● 　●●○●

有人尋着。
●○○●

【注釋】

此無名氏詞爲政和年間作。《苕溪漁隱叢話》卷四十:"《上庠録》云:政和元年,尚書蔡爲知貢舉,尤嚴挾書,是時有街市詞曰《侍香金童》方盛行,舉人因其詞加改十五字作懷挾詞,云……"此與"寶臺蒙繡"一首相校,上片第三句作八字折腰句、下片首句添一襯字、第三句減一字作七字一句異。此體多用拗句,不可效法。

又一體

【體略】

雙片六十五字,上片三十二字,下片三十三字,各六句四仄韻,趙長卿。

【圖譜】

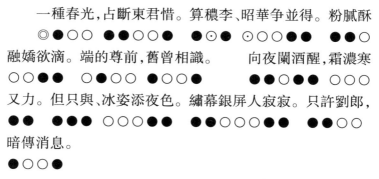

一種春光,占斷東君惜。算穠李、昭華爭並得。粉膩酥
融嬌欲滴。端的尊前,舊曾相識。　　向夜闌酒醒,霜濃寒
又力。但只與、冰姿添夜色。繡幕銀屏人寂寂。只許劉郎,
暗傳消息。

（《全宋詞》1822頁）

【注釋】

此與"寶臺蒙繡"相校,上下片第三句皆作八字折腰句,前後

對稱,頗可效仿。按蔡伸詞下片第二句諸本作:"更柳下、人家似
織。"作七字一句,"人家似織"必脱漏一字,或爲"人家煙似織",注
出不另列(趙長卿詞或即依蔡伸詞體創作,因蔡詞脱漏,故以趙詞
爲譜)。上片首句"一"姬翼詞作"天"。

吴音子

【調釋】

　　賀詞名"擁鼻吟",下注"又《吴音子》",《吴音子》當爲詞調本
名。按此調與晁端禮名《吴音子》者不同。賀詞云:"擁鼻微吟,斷腸
新句。"寫相思之情,用上去韻,多用三字、四字短句,聲情淒苦感傷。

【體略】

　　雙片七十九字,上片三十八字八句四上去韻,下片四十一字十
句六上去韻,賀鑄。

【圖譜】

別酒初銷,憮然弭櫂兼葭浦。回首不見高城,青樓更
●●○○　●●○○○●●　　○●●○○○　○○●

何許。大艑軻峨,越商巴賈。萬恨龍鍾,篷下對語。　　指
○●　●○○○　●○○●　●●○○　○●●●　　　　●

征路。山缺處。孤煙起,歷歷聞津鼓。江豚吹浪,晚來風轉
○●　○○●　○○●　●●○○●　　○○○●　●○○

夜深雨。擁鼻微吟,斷腸新句。粉碧羅箋,封淚寄與。
●○●　●●○○　●●○○　　●●○○　○●●●

(《全宋詞》526 頁)

【注釋】

《唐宋詞彙評》考此詞乃紹聖三年（1096）四月，自金陵赴江夏寶泉監任，江行舟中作（775頁）。此調兩宋金元現僅存此詞，無別首可校。此詞下片第二句“處”《全宋詞》未注韻不當。

金鳳鈎

【調釋】

“鳳鈎”爲女子繡鞋，吳文英《掃花遊》：“惜鳳鈎塵汙。”賀詞用上去韻，重頭曲，詞云：“不見莫愁歸路。”亦爲本調，聲情幽怨感傷。同期晁補之有詞。

【體略】

雙片五十五字，上片二十七字，下片二十八字，各五句五上去韻，賀鑄。

【圖譜】

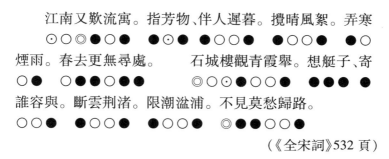

（《全宋詞》532頁）

【注釋】

《東山詞》校注本繫此詞於哲宗紹聖三年（1096）（356頁）。

此調兩宋金元現僅存賀鑄、晁補之三詞。《詞譜》未見賀詞,以晁
詞爲正體。今以賀詞爲正體,句中可平可仄即參下列晁詞句法相
同者。

又一體

【體略】

雙片五十五字,上片二十七字五句三上去韻,下片二十八字五
句四上去韻,晁補之。

【圖譜】

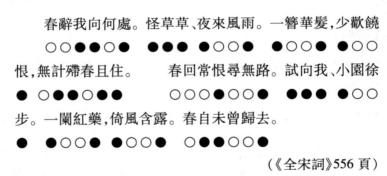

春辭我向何處。怪草草、夜來風雨。一簪華髮,少歡饒
○○●●○● ●●● ●○○● ●○○● ●○○

恨,無計殢春且住。　　春回常恨尋無路。試向我、小園徐
● ○●●○● ○○○●○● ●●● ●○○

步。一闌紅藥,倚風含露。春自未曾歸去。
● ●○○● ●●●● ○●●○●

(《全宋詞》556 頁)

【注釋】

此與賀詞相校,上片第三、四句,下片第三句皆不用韻異。按
首句《詞譜》斷作"春辭我、向何處"不當,檢賀詞及晁詞別首,此詞
首句無需斷作折腰句法,此句於文意可以理解爲前兩字一頓、後四
字一頓。又《詞譜》卷十一:"或以此詞近《夜行船》史達祖詞體,然
前段起句,作三字兩句,實與史詞不同。"按史達祖《夜行船》首句
爲七字句,第三句字聲亦迥異。

又一體

【體略】

雙片五十四字,上片二十六字,下片二十八字,各四句三上去韻,晁補之。

【圖譜】

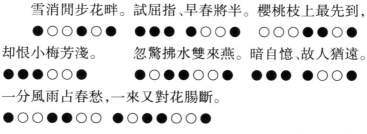

雪消閒步花畔。試屈指、早春將半。櫻桃枝上最先到,
●○○●○○● ●●● ●○○● ○○○●●●○

却恨小梅芳淺。 忽驚拂水雙來燕。暗自憶、故人猶遠。
●●●○○● ●○○●○○● ●●● ●○○●

一分風雨占春愁,一來又對花腸斷。
●○○●●○○ ○●●●○○●

（《全宋詞》556 頁）

【注釋】

此與晁詞"春辭我向"詞相校,上下片第三、四句減一字作七字一句,下片結句添一字作七字一句異。《詞譜》:"或以此詞近《夜行船》毛滂詞體,然前段結句六字,實與毛詞不同。"

厭金杯

【調釋】

《詞繫》卷十六作《獻金杯》。賀詞用上去韻,重頭曲,賦戀情相思,多用三四字短句,聲情愁苦激揚。

【體略】

　　雙片六十六字,上下片各三十三字七句四上去韻,賀鑄。

【圖譜】

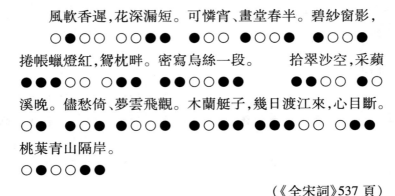

　　　　　　　　　　　　　　　　　　　　　（《全宋詞》537 頁）

【注釋】

　　《東山詞》校注本繫此詞於哲宗紹聖三年(1096)(407 頁)。
此調兩宋金元現僅存此詞。《詞譜》卷十四:"此詞無他首可校。
按,《花草粹編》,後段'采蘋溪晚'句,誤刻'拾翠沙空'句上,今從
《詞緯》本訂正。"

　　按清人沈謙、陳維崧有存詞,今録陳詞於下供參考(陳詞題
"戲詠螢燈"):"小似香囊,空於湘水。映疎螢、紗痕逾翠。墨花幾
幅,面面小徐熙,涼夜戲。茉莉梢頭輕綴。　　頻吹難滅,不剝長
鮮。耿耿處、無情有思。樓昏月黑,嫌煞燭籠明,冰簟底。窺見一
星星事。"(《全清詞(順康卷)》3966 頁)

感皇恩

【調釋】

賀鑄詞名《人南渡》，下注《感皇恩》。此與敦煌詞名《感皇恩》者不同。《宋史・樂志》（卷一百四十二）言教坊龜兹部有雙調《感皇恩》。同期毛滂、晁補之有詞，毛滂賦本意，字句韻與賀詞稍異，屬同調異體。此調爲兩宋金元流行詞調，題材以言情、詠懷爲多；上去韻、入聲韻均可，多用二字、三字短韻，聲情嫵媚婉轉。張先有慢詞體《泛清苕》，自注一名《感皇恩》，又與此不同。

【體略】

雙片六十七字，上片三十四字，下片三十三字，各八句六仄韻，賀鑄。

【圖譜】

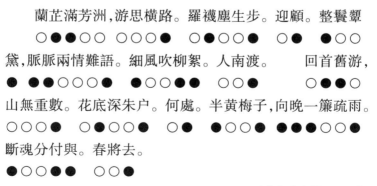

【注釋】

《東山詞》校注本疑此詞作於哲宗紹聖四年（1097）或元符元年（1098）（163頁）。此調兩宋金元現存一百七十餘首，雖以此詞爲早，然此詞上下片第三句藏二字短韻，且第七句各多押一韻，宋元詞作皆無與之相同者，不爲正體。按賀鑄別首下片第三、四句作"蘭葉猶堪向誰采"，其餘皆同，注出不另列。

按晁沖之"蝴蝶滿西園"一首，上下片用短韻正與此同，惟下片第七句未用韻異，注出不另列。《詞譜》以晁詞上片第七句亦未用韻不當。

又一體

【體略】

雙片六十七字，上片三十四字，下片三十三字，各七句四仄韻，晁端禮。

【圖譜】

蜀錦滿林花，三年重到。應被花枝笑人老。半開微謝，
◎●●○○　◎○○●　○●○○●●　◎○○●

占得幾多時好。便須拼痛飲，花前倒。[一]　　醉中但記，紅
◎●●○⊙　◎○○●●　○○●　　　　○⊙○○　⊙

圍綠繞。人面花光鬪相照。繚牆重院，愛惜遮藏須早。免
○○●●　⊙●○○●●○　⊙○○●　◎●⊙○○●　◎

如攀折柳，臨官道。[二]
○⊙●●　○○●

【注釋】

[一]此與賀詞相校,上下片第三、四句作七字一句各減一韻,第七句均不押韻,後之宋元詞作與此詞相同者最多,當以之爲正體。《詞律》卷九以趙長卿詞爲譜、《詞譜》卷十五以毛滂"綠水小河亭"詞爲正體,皆不妥。"應被花枝笑人老"作拗句,程大昌"池館足名花"詞作"就裏梅春春到速",偶用不參校。按《詞譜》以汪莘詞上片首句減一字作"年少尋芳"而另列別體,此句《全宋詞》作"年少好尋芳",當從後者。上片第五句"時"魏了翁詞作"舊",第六句"便"晁沖之"蝴蝶滿西園"詞作"秋"。句中可平可仄除注明外,俱見別體句法相同者。

[二]"醉中但記"作平起仄收律句,亦可作仄起平收律句,如王之道詞作"莫問窮通",填者選其一可也。"人面花光鬬相照"宜作拗句,程大昌"畫舸白蘋洲"詞、晁補之"常歲海棠時"詞、周紫芝"無事小神仙"詞、鄧肅詞作仄起平收律句,偶用不參校。"攀"程大昌"措大做生朝"詞作"錯"。"臨官"周紫芝"無事小神仙"詞作"只此",偶用不參校。按趙孟堅"一百二十年"詞下片第五句添二字作"尚有五十八生朝裏",注出不另錄。又按周紫芝"無事小神仙"詞下片第二句偶添一襯字作"與片閒田地",《詞譜》列又一體,今注出不列。

又一體

【體略】

雙片六十八字,上下片各三十四字七句四仄韻,周邦彥。

【圖譜】

露柳好風標,嬌鶯能語。獨占春光最多處。淺顰輕笑,

未肯等閒分付。爲誰心子裏，長長苦。　　洞房見説，雲深
●●●○○●　　●○○●●　○○●　　　　●○●●　○○

無路。憑仗青鸞道情素。酒空歌斷，又被濤江催去。怎奈
○●　○●○○●○●　　●○○●　●●○○○●　　●●

向、言不盡，愁無數。
○　○●●　○○●

（《全宋詞》618 頁）

【注釋】

　　此與晁端禮詞相校，惟下片第六句添一字作六字折腰句異。
按馬子嚴詞正與此同，馬詞上片第四、五句《全宋詞》斷作"入春準
備了，到今朝團聚"，不妥，當依此體斷作"入春準備，了到今朝團
聚"。

又一體

【體略】

　　雙片六十八字，上下片各三十四字七句四仄韻，晁沖之。

【圖譜】

小閣倚晴空，數聲鐘定。斗柄寒垂暮天净。向來殘酒，
●●●○○　●○○●　●●○○●●　　●○○●

盡被曉風吹醒。眼前還認得，當時景。　　舊恨與新愁，不
●●●○○●　●○○●●　○○●　　　●●●○○　●

堪重省。自歎多情更多病。綺窗猶在，敲遍闌干誰應。斷
○○●　●●○○●○●　●○○●　●●○○○●　●

腸明月下,梅搖影。
○○●● ○○●

【注釋】

此與晁端禮詞相校,惟下片起句添一字作五字一句異。此體前後一致,爲重頭曲,字聲亦十分嚴謹。鄧肅詞正與之同。

又 一 體

【體略】

雙片六十七字,上片三十四字,下片三十三字,各七句五仄韻,張元幹。

【圖譜】

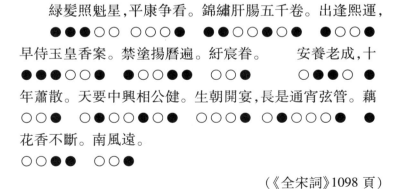

緑髮照魁星,平康争看。錦繡肝腸五千卷。出逢熙運,
●●●○○ ○○○● ●●○○●●● ●○○●

早侍玉皇香案。禁塗揚曆遍。紆宸眷。　安養老成,十
●●●○○● ●●○○● ○○● ○●●○ ●

年蕭散。天要中興相公健。生朝開宴,長是通宵弦管。藕
○○● ○●○○○○● ○○○● ○●○○○● ●

花香不斷。南風遠。
○○●● ○○●

【注釋】

此與晁端禮詞相校,惟上下片第六句各添一韻異。按此詞上

片第六句“遍”、下片第六句“斷”《全宋詞》皆未注韻，不妥。程大昌“畫舸白蘋洲”、“措大做生朝”二詞正與此同。

又一體

【體略】

雙片六十八字，上片三十四字七句四仄韻，下片三十四字八句四仄韻，葛郯。

【圖譜】

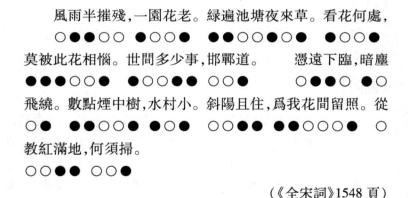

（《全宋詞》1548 頁）

【注釋】

此與晁端禮詞相校，惟下片第三句添一字作五字一句、三字一句異。葛郯別首“花似鏡中人”詞、馬鈺詞正與此同。

又一體

【體略】

雙片六十五字,上片三十三字,下片三十二字,各六句四仄韻,趙長卿。

【圖譜】

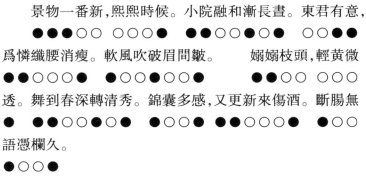

景物一番新,熙熙時候。小院融和漸長晝。東君有意,
●●●○○　○○○●　●●○○●●●　○○●●

爲憐纖腰消瘦。軟風吹破眉間皺。　　嫋嫋枝頭,輕黃微
●○○○○●　●○○○●○●　　　●●○○　○○○

透。舞到春深轉清秀。錦囊多感,又更新來傷酒。斷腸無
●　●●○○●○●　●●○●　●●○○○●　●○○

語憑欄久。
●○○●

(《全宋詞》1778 頁)

【注釋】

此與晁端禮詞相校,惟上下片結韻各減一字作七字一句異。趙長卿別首"碧水浸芙容"詞正與此同。

又一體

【體略】

雙片六十九字,上片三十五字,下片三十四字,各七句四仄韻,

張鎡。

【圖譜】

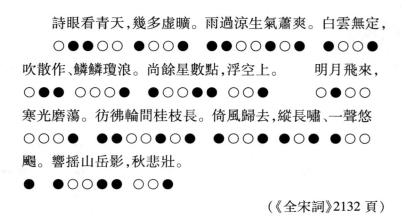

詩眼看青天，幾多虛曠。雨過涼生氣蕭爽。白雲無定，
○●●○○，●○○● 　●●○○● 　●○○●

吹散作、鱗鱗瓊浪。尚餘星數點，浮空上。　　明月飛來，
○●● 、○○○● 　●○○●● 　○○● 　　○●○○

寒光磨蕩。彷彿輪間桂枝長。倚風歸去，縱長嘯、一聲悠
○○○● 　●●○○○●○ 　●○○● ，●○● 、●○○

颺。響搖山岳影，秋悲壯。
● 　●○○●● 　○○●

（《全宋詞》2132 頁）

【注釋】

　　此與晁端禮詞相校，惟上下片第五句各添一字作上三下四式
七字折腰句異。

又一體

【體略】

　　雙片六十七字，上片三十四字，下片三十三字，各七句四仄韻，
李俊明。

【圖譜】

啼鳥怨春歸，一聲聲切。蓂莢初生兩三葉。征鞍何處，
○●●○○，●○○● 　○○○●●○● 　○○○●

撩亂楊花如雪。鵲聲頭上,喜來時節。　　香篆半消,壽波
○●○○●　●○○●　●○○●　　　　○●●○　●○

重酌。玉帶金魚坐中客。幕天席地,便是仙家日月。試從
○●　　●●○●○●　　●○○●　●●○○●●　　●○

今後,數蟠桃結。
○●　●○○●

(《全金元詞》65 頁)

【注釋】

　　此與晁端禮詞相校,惟上下片結韻均作四字兩句異。李俊明
別二首、無名氏"明夜月團圓"詞皆與之同。

又一體

【體略】

　　雙片六十九字,上片三十五字,下片三十四字,各八句五仄韻,
王喆。

【圖譜】

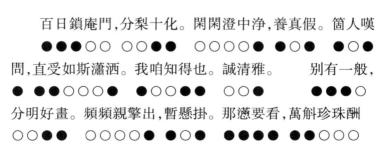

百日鎖庵門,分梨十化。閑閑澄中淨,養真假。箇人嘆
●●●○○　○○●●　　○○○●●　●○●　　●○●

問,直受如斯瀟洒。我咱知得也。誠清雅。　　別有一般,
●　●●○○●　　●○○●●　　○○●　　　●●●○

分明好畫。頻頻親擎出,暫懸掛。那懣要看,萬斛珍珠酬
○○●●　　○○○●●　●○●　　●○●●　●●○○○

價。恁時傳説下。些兒話。

●　　●○○●●　　○○●

（《全金元詞》265 頁）

【注釋】

此與張元幹詞相校,惟上下片第三句添一字作五字一句、三字一句異。按此詞上片第三、四句《全金元詞》斷作"閑閑澄中,净養真假",當斷作五字一句、三字一句。又劉處玄二詞同此體,惟上下片第七句皆不押韻,注出不另列。

勝勝(聲聲)慢

【調釋】

此調不始自賀鑄,同期晁補之、曹勛有詞,賀鑄、晁補之、曹勛等人詞皆名《勝勝慢》,此調通用名《聲聲慢》,當由音近而變。《填詞名解》卷三:"《聲聲慢》,宋蔣捷詞賦秋聲,俱用'聲'字收韻,故名之。"顯誤。賀鑄詞更名《寒松歎》、《鳳求凰》。此調爲宋代及後世流行詞調,有平、仄聲韻兩體,又以平韻詞爲多。此調無論平韻還是仄韻,題材宜詠物、登臨、交遊、祝頌等等,聲情宜明快歡暢,代表詞人有辛棄疾、吳文英等。李清照詞聲極哀怨,當爲變調。《校正》:"此調有仄韻與平韻兩體。李清照詞用仄韻,仄聲字約占三分之二,後段第六、七、八句共十七字,即有十四個仄聲字,形成特殊的拗句,因此音節徐緩而低沉,形成悲咽之聲情。李清照詞構思纖細,善用白話,詞意綿密,最富藝術特色。此調適於抒情、詠物、寫景、祝頌、贈酬。"(417—419 頁)

【體略】

雙片九十七字,上片四十九字十句四平韻,下片四十八字八句四平韻,賀鑄。

【圖譜】

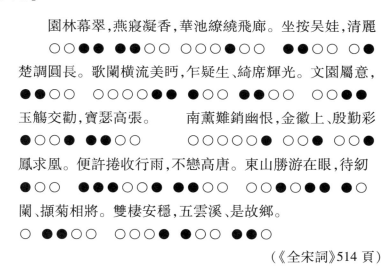

園林幕翠,燕寢凝香,華池繚繞飛廊。坐按吳娃,清麗
○○●● ●●○○ ○○○●○○ ●●○○ ○●

楚調圓長。歌闌橫流美眄,乍疑生、綺席輝光。文園屬意,
●●○○ ○○○○●● ●○○ ●●○○ ○○●●

玉觴交勸,寶瑟高張。　　南薰難銷幽恨,金徽上、慇懃彩
●○○○ ●●○○ ○○○○○● ○○● ●○●

鳳求凰。便許捲收行雨,不戀高唐。東山勝游在眼,待紉
●○○ ●●●○○● ●●○○ ○●●○○● ●○

闌、擷菊相將。雙棲安穩,五雲溪、是故鄉。
○ ●●○○ ○○○● ○○○ ●●○

(《全宋詞》514 頁)

【注釋】

此調賀鑄存二詞,一名《寒松歎》,一名《鳳求凰》,《東山詞》校注本繫前詞於哲宗元符二年(1099)(343 頁),繫後詞於徽宗建中靖國元年(1101)(175 頁),因前詞脫漏甚多,不錄。此調兩宋金元現存近一百一十首(其中仄韻詞十餘首)。此詞上片結韻作四字三句,下片結韻作四字一句、六字折腰一句,惟賀鑄別首、曹組詞與之相同,不爲正體。按上片第二句"香"屬偶用韻,遍檢宋金元詞於此處皆不用韻。按下片第六句《詞譜》作普通七字句,今參正體斷作上三下四式折腰句,結句《詞譜》斷作三字兩句,《全宋詞》作

普通六字句,宜斷作六字折腰句。又曹組詞下片結韻《全宋詞》斷作"豐年樂,歲熙熙、且醉太平",此或仍當斷作四字一句、六字折腰一句,注出不另列。

又一體

【體略】

雙片九十九字,上片四十九字十句四平韻,下片五十字九句四平韻,晁補之。

【圖譜】

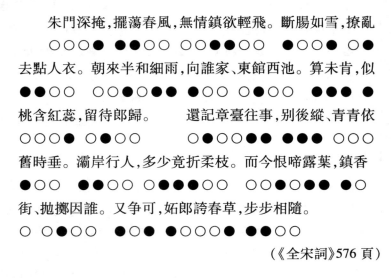

(《全宋詞》576 頁)

【注釋】

此與賀詞相校,惟上片第八、九句作三字一句、五字一句,下片第三、四句作四字一句、六字一句,結韻添二字作三字一句、五字一

句、四字一句異。王之道“魯雲書瑞”、“凌雲氣節”二詞、周密“瓊壺歌月”詞、黃人傑詞等皆與之同。此詞上片第九句、下片第八句皆作上一下四式五字句,填者識之。按王之道“凌雲氣節”詞下片第二句偶添一字作六字一句、四字一句:“朱衣點額終在,休歎淹徊。”注出不另列。

按上片第四、五句《詞譜》斷作“斷腸如雪撩亂,去點人衣”,當從《全宋詞》斷句,又下片第二句《全宋詞》斷作五字一句、四字一句,當依《詞譜》斷句。下片第三、四句《詞譜》、《全宋詞》皆斷作“灞岸行人多少,竟折柔枝”,今參正體斷作四字一句、六字一句。

正　體（平　韻）

【體略】

雙片九十七字,上片四十九字十句四平韻,下片四十八字八句四平韻,張閎。

【圖譜】

想,歎塵蹤、杳隔仙鰲。無聊意、强當歌,對酒怎消。^[五]

● ●⊙⊙ ◎●○○　⊙⊙● ●⊙○ ◎◎●○

(《全宋詞》660 頁)

【注釋】

　　[一]此與晁詞相校,下片結韻減二字作六字折腰一句、四字一句,後之宋元詞作與此詞相同者最多,當爲平韻正體。按此調平韻正體以下片第二句句法分爲二體,上三下六式以此詞爲正體,作五字一句、四字一句者以吳文英詞爲正體,字聲不同,不混校。《詞律》卷十以吳文英"雲深山塢"詞爲譜,《詞譜》以晁補之詞爲正體,所定字聲多不當。此體上片自"長記"至"揮毫",與下片"帝語"至"仙鰲"相同。"長天霞散"宜作平起仄收律句,李曾伯"修潔孤高"詞、周密"妝額黃輕"詞作仄起平收律句,偶用不參校。"遠浦潮平"宜作仄起平收律句,曹勛詞、李曾伯"修潔孤高"詞、周密"妝額黃輕"詞作平起仄收律句,偶用不參校。"遠"姜特立詞作"楓","危"林正大詞作"水"。"危闌注目江皋"用律句,辛棄疾"開元盛日"詞作"月殿桂影重重",偶用不參校。句中可平可仄除注明外,皆見所列別體句法相同者。

　　[二]"長記年年"當作仄起平收律句,如晁補之詞作"斷腸如雪",偶用不參校。前"年"字林正大詞作"態"、王之道"凌雲氣節"詞作"一",偶用不參校。"榮遇同是今朝"與下片第四句"曾被華衮親褒"皆作仄起平收拗句,此句亦可作平起平收律句,如李彌遜詞作"人家千里須知",然當與下片第四句句法相同,前後一致。"榮"張炎詞作"一"。

　　[三]"金鑾兩回命相"當作平起仄收拗句。"金"林正大詞作"繡","清"作"甕"。"正"爲領字,宜用去聲。"茶"、"初"李彌遜詞作"勝"、"末"。按《詞譜》以石孝友詞上片第九句少一領字作"殷勤密約"而另列別體,《全宋詞》以此處脱字;又《詞譜》以元好

問"林間雞犬"詞上片第九句少一字作"風雲氣少",《全宋詞》作"甚風雲氣少",今皆從後者,不另列別體。

[四]"歸去玉堂深夜"宜作仄起仄收律句。"去"賀鑄"園林幕翠"詞作"薰"、趙功可詞作"來",偶用不參校。又,《詞譜》以周密"妝額黃輕"詞下片起句添一字作"三十六宮秋色好"而另列別體,今從《全宋詞》作"三十六宮秋好",不另列。

[五]"帝"趙長卿"濃芳滿地"詞作"悃"。"如今謾勞夢想"當作平起拗句,與上片第六句同。"如"、"謾"朱敦儒詞作"直"、"聽"。"塵"吳潛詞作"翠","蹤"姜特立詞作"卧"。"當"、"對"吳文英"寒筍驚墜"詞作"十"、"釵"。按此調結韻《詞律》、《詞譜》等皆作三字一句、上三下四七字一句,今作六字折腰一句、四字一句。

又一體

【體略】

雙片九十七字,上片四十八字,下片四十九字,各十句四平韻,曹勛。

【圖譜】

素商吹景,西真賦巧,桂子秋借蟾光。層層翠葆,深隱
●○○●　○○●●　●●○○●○　○○●●　○●

幽豔清香。占得秀巖分種,天教薇露染嬌黃。珍庭曉,透肌
○●○○　●●●○○●　○○○●●○○　○○●　●○

破鼻,細細芬芳。　　應是月中倒影,喜餘葉婆娑,灝色迎
●●　●●○○　　○●●○●●　●○●○○　●●○

涼。移根上苑,雅稱曲檻回廊。趁取蕊珠密綴,與收花霧著
〇　　〇〇●● ●●●●〇〇　 ●●●〇●● ●〇〇●●
宮裳。簾櫳静,好圍四坐,對賞瑶觴。
〇〇　　〇〇● ●〇●● ●●〇〇

【注釋】

此與晁詞相校,惟上下片第九句皆減一領字作四字一句,且上
下片第七句皆不作折腰句異。又此詞字聲多與正體相異,如上片
第二、三、四、六句,下片第三、五句皆不同,當爲詞人有意爲之,後
人亦有同曹勛者,但終屬偶用,不與正體參校。

又一體(正體)

【體略】

雙片九十七字,上片四十九字十句四平韻,下片四十八字九句
四平韻,吳文英。

【圖譜】

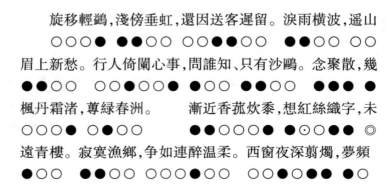

旋移輕鷁,淺傍垂虹,還因送客遲留。淚雨橫波,遥山
〇〇〇● 〇●〇〇 〇〇●●〇〇 ●〇●● 〇〇
眉上新愁。行人倚闌心事,問誰知、只有沙鷗。念聚散,幾
●●〇〇 〇〇●〇●● ●〇〇、●●〇〇 ●●● ●
楓丹霜渚,尊緑春洲。　　漸近香菰炊黍,想紅絲織字,未
〇〇〇● 〇●〇〇　　●●〇〇〇● ●〇⊙●● ◎
遠青樓。寂寞漁鄉,争如連醉温柔。西窗夜深翦燭,夢頻
●〇〇 ●●〇〇 〇〇〇●〇〇 〇〇●〇●● ●〇

生、不放雲收。共悵望、認孤煙，起處是州。

○　●○○　　●●●　●○○　●●●○

（《全宋詞》2921 頁）

【注釋】

此亦爲平韻正體。此與張詞相校，惟下片第二句攤破作上一下四式五字一句、四字一句，其他均同。此體於南宋頗爲盛行，吳文英另九首詞正與此全同。"紅"、"織"吳詞別首"六銖衣細"詞作"一"、"平"，"未"周密"橙香小院"詞作"千"。按此體北宋曹組、南宋辛棄疾等人已經使用，但因其他字聲不嚴謹，今以吳詞爲正體。

正體（入聲韻）

【體略】

雙片九十七字，上片四十九字十句四入聲韻，下片四十八字八句四入聲韻，《梅苑》無名氏。

【圖譜】

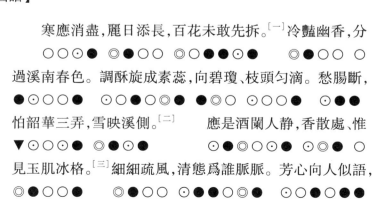

寒應消盡，麗日添長，百花未敢先拆。[一]冷豔幽香，分

○○○●　◎●○○　○○●○●　　◎●○○　○

過溪南春色。調酥旋成素蕊，向碧瓊、枝頭勻滴。愁腸斷，

●⊙○○●　⊙○○○◎●　●○○　⊙○○●　⊙●●

怕韶華三弄，雪映溪側。[二]　　　應是酒闌人静，香散處、惟

▼○○○●　◎●○●　　　⊙●●○○●　○●●　○

見玉肌冰格。[三]細細疏風，清態爲誰脈脈。芳心向人似語，

◎●○○●　　◎●○○　⊙○○○●●　⊙○●●○●

也相憐、風流詞客。待宴賞、伴嬌娥，和月共摘。[四]

●○○　⊙○○●　　●●●　●○○　○●●●

（《全宋詞》3602 頁）

【注釋】

[一]此調仄韻《詞律》、《詞譜》皆以高觀國詞爲正體。仄韻兩宋金元僅存十餘首詞（又以入聲爲多），其中北宋三首，一首爲吳則禮詞，兩首爲《梅苑》無名氏詞，吳則禮詞上片第七句字聲不妥，且下片第六句作六字一句與他人皆異，或有脱漏，注出不另列。而《梅苑》無名氏此詞字句韻及字聲十分嚴謹，聲情亦爲正宗，當以此爲正體。"麗"辛棄疾"東南形勝"詞作"人"。"百花未敢先拆"用拗句，如高觀國詞作"光風蕩搖金碧"，拗句形式不同，雖宋金人亦有用者，但屬偶用，不參校。按何夢桂詞上片第二、三句《詞譜》斷作"好是王母瑶池，吹下冰雪"，當依正體斷句。句中可平可仄除注明外，皆見所列别體句法相同者。

[二]"調酥旋成素蕊"用拗句，如李清照詞作"三杯兩盞淡酒"，拗句形式不同，偶用不參校。"枝頭勻滴"作平起仄收律句，吳則禮作"閑倚歌扇"，偶用不參校。"怕"作領字，宜用去聲。"雪映溪側"與下片結句"和月共摘"皆作拗句。"雪"、"溪"辛棄疾"東南形勝"詞作"胸"、"萬"。

[三]"香"高觀國詞作"最"，"散"陳郁詞作"時"。"惟見玉肌冰格"作律句，李商英"香浮椒柏"詞、陳郁等人詞正與此同，然"見"宜用平聲，填者識之。按何夢桂詞下片第二句減二字《全宋詞》作"爭戲舞、緑袍環玦"，當有脱漏，注出不另列

[四]"芳"劉辰翁"西風墜緑"詞作"那"。"憐"趙長卿詞作"泛"，偶用不參校。"風流詞客"可作平起仄收律句，亦可作拗句，如《梅苑》無名氏別首作"樽俎狼藉"等。"待"蔡松年詞作"人"，"嬌娥"陳著詞作"夢裏"，皆偶用不參校。"和月共摘"作拗句，如

陳郁詞作"與民同樂"，屬偶用。

<h1 style="text-align:center">又一體</h1>

【體略】

雙片九十七字，上片四十九字十句五入聲韻，下片四十八字八句五入聲韻，李清照。

【圖譜】

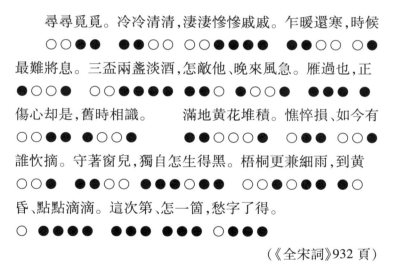

尋尋覓覓。冷冷清清，淒淒慘慘戚戚。乍暖還寒，時候
○○●● ●●○○ ○○●●○○ ●●○○ ○●

最難將息。三盃兩盞淡酒，怎敵他、晚來風急。雁過也，正
●○○● ○○●●●● ●○○ ●○○● ●●● ●

傷心却是，舊時相識。　　滿地黃花堆積。憔悴損、如今有
○○●● ●○○● ●●○○○● ○●● ○○●

誰忺摘。守著窗兒，獨自怎生得黑。梧桐更兼細雨，到黃
○○●● ●●○○ ●●●○●● ○○●○●● ●○

昏、點點滴滴。這次第、怎一箇，愁字了得。
○ ●●●● ●●○ ●●● ○●●●

（《全宋詞》932 頁）

【注釋】

《李清照集箋注》繫此詞於紹興十七年（1147）（163 頁）。此與無名氏詞相校，上下片首句用韻異。李演、何夢桂、劉辰翁等人詞正與之同。此詞上片第六句"兩盞淡酒"、下片第六句"點點滴滴"連用四仄，字聲與兩宋金元詞人多不同，不必效法。《詞律》卷

十：“用仄韻，從來此體，皆收易安所作。蓋其遒逸之氣，如生龍活虎，非描塑可擬。其用字奇橫，而不妨音律，故卓絕千古。人若不及其才，而故學其筆，則未免類狗矣。觀其用上聲、入聲，如‘慘’字、‘戚’字、‘盞’字、‘點’字、‘滴’字等，原可作平，故能諧協。非可泛用仄字，而以去聲填入也。”《詞律》以李詞用上去聲代平聲之論，終爲不妥。

　　按上片第四、五句《全宋詞》斷作六字一句、四字一句，當從《詞譜》斷句。又上片第九、十句《詞律》、《詞譜》、《詞繫》均斷作“正傷心、却是舊時相識”，不當。遍檢兩宋金元詞作，此處皆當斷作五字一句、四字一句。

又一體

【體略】

　　雙片九十九字，上片四十九字，下片五十字，各十句四入聲韻，趙長卿。

【圖譜】

金風玉露，綠橘黃橙，商秋爽氣飄逸。南斗騰光，應是
○○●●　●○○○　○○●●○●　　○●○○　○●

間生賢出。照人紫芝眉宇，更仙風、誰能儔匹。細屈指，到
●○○●　●○○●○○　●○○　○○○●　●●●　●

小春時候，恰則三日。　　莫論早年富貴，也休問、文章有
●○○●　●●○●　　●●●○○●　●○●　○○○

如椽筆。堯舜逢君，啓沃定知多術。而今且張錦幄，麝煤
○○●　○●●○　●●○○●●　○○●○●●　●○

泛、暖香鬱鬱。華堂裏,聽瑤琴輕弄,水仙新律。

● ●○●● 　○○● ●○○○● ●○○●

【注釋】

此與無名氏詞相校,惟下片結韻添二字作三字一句、五字一句、四字一句異。此詞上下片第九句皆作上一下四式五字句,填者識之。

蕙清風

【調釋】

賀詞用上去韻,重頭曲,非賦本意,聲情激健灑脱。

【體略】

雙片七十字,上下片各三十五字七句四上去韻,賀鑄。

【圖譜】

何許最悲秋,淒風殘照。臨水復登山,莞然西笑。車馬

○●●○○ ○○●● 　○○●○○ ○○○● 　○●

幾番塵,自古長安道。問誰是、後來年少。　飛集兩悠

●○○ ●●○○● 　●○○ ●○○● 　　○●○

悠,江濱海島。乘雁與雙鳧,强分多少。傳語酒家胡,歲晚

○ ○○●● 　○●●○○ ○○○● 　○●●○○ ●●

從吾好。待做箇、醉鄉遺老。

○○● 　●●● ●○○●

【注釋】

《東山詞》校注本繫此詞於徽宗建中靖國元年（1101）（232頁）。此調兩宋金元僅存此詞，無別首可校。

青玉案

【調釋】

《詞譜》卷十五："漢張衡詩'何以報之青玉案'，調名取此。"《青玉案》調不始自賀鑄，但今存詞當始見於賀鑄，賀詞以"梅子黃時雨"成爲絕唱。《于湖詞》注正平調。此調爲兩宋及後世流行詞調。句式簡明，正體上片爲七、六、七、四四、五句式，下片爲七、七、七、四四、五句式，六字句用折腰，韻腳較密，聲情婉媚風流。《校正》："此調作者甚衆，適應之題材廣泛，凡抒情、寫景、叙事、祝頌、詠物、酬贈皆宜。此調前後段結尾三句，必須語意連貫，意象優美，語意生動，可體現此調之藝術個性。"（243—244頁）此調有六十字、六十八字、六十九字體，金人王喆在六十六字體基礎上於上下片尾句各加三字，作七十二字體，名《帶馬行》，賦道情。《魏氏樂譜》卷一以辛棄疾"東風未放"詞爲譜。另曲牌有《青玉案》，《中原音韻》作雙調。《全元散曲》收無名氏雙調《青玉案》詞，與詞體迥異。

【體略】

雙片六十七字，上片三十三字，下片三十四字，各六句四上去韻，賀鑄。

【圖譜】

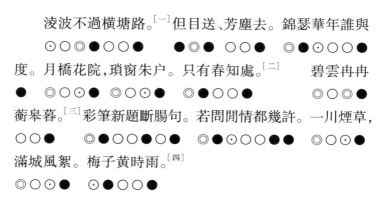

　　　　　凌波不過橫塘路。^[一]但目送、芳塵去。錦瑟華年誰與

　　　　　度。月橋花院，瑣窗朱户。只有春知處。^[二]　　碧雲冉冉

　　　　　蘅皋暮。^[三]彩筆新題斷腸句。若問閒情都幾許。一川煙草，

　　　　　滿城風絮。梅子黃時雨。^[四]

（《全宋詞》513 頁）

【注釋】

　　[一]《唐宋詞彙評》：“（此詞）作年疑爲建中靖國元年
（1101）。”（765 頁）此調兩宋金元現存近一百七十首，爲流行詞
調。《詞譜》：“此調以賀詞、蘇詞及毛詞、史詞爲正體，若張炎詞之
疊韻，李彌遜、吳潛、胡銓詞之添字，李清照詞之句法小異，曹組詞
之句法小異、又添字，毛詞別首之攤破句法，趙長卿詞之減字，趙詞
別首之句讀參差，皆變體也。”句中可平可仄除注明外，皆見所列別
體句法相同者。

　　[二]“誰”向滈詞作“説”，偶用不參校。“錦瑟華年誰與度”
可作仄起仄收律句，亦可作拗句（見別體）。“瑣”、“朱”陳亮詞作
“彈”、“玉”。按上片結句惠洪“凝祥宴罷”一首作六字一句：“陸
海龍龕山對。”偶用不參校。

　　[三]《詞譜》：“此調後段起句，宋詞俱仄平仄仄平平仄，惟黃
庭堅‘煙中一線’詞‘別恨朝朝連暮暮’，‘恨’字、上‘暮’字俱仄
聲，‘朝朝’二字俱平聲。”按黃庭堅此句《全宋詞》作“憂能損性休

朝暮”。又按“碧雲”《全宋詞》原作“飛雲”,從《詞譜》。

　　[四]“彩”向滈“別時拭淚”詞作“人”。《詞譜》:“此調後段第二句,例作拗句,如歐陽修詞‘爭似家山見桃李’,程垓詞‘別後誰吟倚樓句’,高觀國詞‘入畫遙山翠分黛’,吳文英詞‘不忍輕飛送殘照’,南北宋人皆然。”按此句宋人亦偶有作律句者,如趙以夫詞作“我欲卿卿卿且住”、惠洪詞作“暗憶丁寧千萬句”等,不參校。“若問閒情都幾許”可作仄起仄收律句,亦可作拗句(見拗句體),填者選其一宗之,前後一致可也。

又一體(正體)

【體略】

　　雙片六十七字,上片三十三字,下片三十四字,各六句四上去韻,李之儀。

【圖譜】

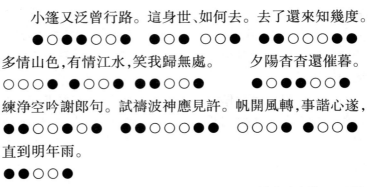

　　　小篷又泛曾行路。這身世、如何去。去了還來知幾度。
　　　●○●●○●● 　●○● 如何去 　●○○○●●
　　　多情山色,有情江水,笑我歸無處。　　夕陽杳杳還催暮。
　　　○○○● ●○○● ●●○● 　　　●○●●○●
　　　練凈空吟謝郎句。試禱波神應見許。帆開風轉,事諧心遂,
　　　●●○○●○● ●○○○○●● 　○○○● ●○○●
　　　直到明年雨。
　　　●●○○●

(《全宋詞》347 頁)

【注釋】

此詞題“用賀方回韻，有所禱而作”。此與賀詞相校，上下片第五句均未用韻。此體兩宋及後世填者甚多，亦爲正體。

按，此體《詞譜》以蘇軾詞“三年枕上”一首爲譜，題“和賀方回韻，送伯固歸吳中故居”。此詞《百家詞》、《詞譜》、《全宋詞》等作蘇軾詞，《樂府雅詞拾遺》卷上作蔣燦詞，《苕溪漁隱叢話前集》卷五十九引《桐江詩話》作姚進道詞，《陽春白雪》卷五作姚志道詞。今錢建狀、胡小林等考證皆非蘇軾作，今從後者。按向滈“多情賦得”一首上下片結句分別作“便佛也、須教恨”、“便死也、誰能問”，偶填一襯字“也”，注出不另列。

又一體

【體略】

雙片六十八字，上片三十三字，下片三十五字，各六句四上去韻，晁補之。

【圖譜】

十年不向都門道。信匹馬、羞重道。玉府驂鸞猶年少。
●○●●○○● 　○●● ○○● 　●●○○○○●

宮花頭上，御爐煙底，常日朝回早。　　霞觴翻手群仙笑。
○○○● ●○○● ○●○○● 　　○○○●○○●

恨塵土、人間易春老。白髮愁占彤庭杳。紅牆天阻，碧濠煙
●○● ○○●○● 　●●○○○○● 　○○○● ●○○

鎖，細雨迷芳草。

● ●●○○●

（《全宋詞》569 頁）

【注釋】

　　《唐宋詞彙評》考晁補之於紹聖元年（1094）離京出知齊州，至崇寧元年（1102）罷職，凡歷九年，此詞乃待命國門外作（827 頁）。此與李詞相校，下片第二句添二字作八字折腰句，又上下片第三句、下片第二句之"人間易春老"皆作拗句異。晁補之此調現存共三首，別二首皆與此同。按上下片第三句確有拗句一體，除晁詞外，毛滂"今宵月好"一首、曹勛二詞、王質"中央自有"一首及石孝友詞皆作拗句，均有意爲之。《詞譜》云："前後段第三句，宋詞俱仄仄平平平仄仄，惟石孝友詞，'翦翦霜風落平野'、'別後知他爲何也'，'落'字、'爲'字俱仄聲，'平'字、'何'字俱平聲。"此說不當。

又 一 體

【體略】

　　雙片六十六字，上下片各三十三字六句四上去韻，毛滂。

【圖譜】

芙蕖花上濛濛雨。又冷落、池塘暮。何處風來搖碧戶。

○○○●○○● ●●● ○○● ○●○○○●●

卷簾凝望，淡煙疏柳，翡翠穿花去。 玉京人去無由駐。

●○○● ●○○● ●●○○● ●○○●○○●

恁獨坐、憑闌處。試問綠窗秋到否。可人今夜，新涼一枕，
●◎●　○○●　●●●○○●●　●○○●　○○●●

無計相分付。
○●○○●

（《全宋詞》680 頁）

【注釋】

此與李詞相校，下片第二句減一字作六字折腰句，與上片第二
句相同。此體前後一致，爲重頭之曲。毛滂“玉嬰初有”、“玉人爲
我”二詞及呂渭老、王炎等人詞皆同此體。下片第二句“獨”，王炎
詞作“寥”。

又一體

【體略】

雙片六十八字，上片三十三字，下片三十五字，各五句五上去
韻，毛滂。

【圖譜】

今宵月好來同看。月未落、人還散。把手留連簾兒畔。
○○●●○○●　●●●　○○●　●●○○○●●

含羞和恨轉嬌盼。恁花映、春風面。　　相思不用寬金釧。
○○●●●○●　●○●　○○●　　○○●●○○●

也不用、多情似玉燕。問取嬋娟學長遠。不必清光夜夜見。
●●●　○○●●●　●●○○●○●　●●○○●●●

但莫負、團圓願。
●●●　○○●

【注釋】

此調毛滂現存共四首,此詞字句變化較大。此與晁補之詞相校,上下片第四、五、六句作七字一句、六字折腰一句,且添一韻,又下片第二句之"多情似玉燕"亦字聲小異。此體當爲毛滂嘗試創作,宋人未有與此體相同者。

又一體

【體略】

雙片六十八字,上片三十三字,下片三十五字,各六句四上去韻,曹組。

【圖譜】

碧山錦樹明秋霽。路轉陡、疑無地。忽有人家臨曲水。
●○●●○○●　●●●　○○●　●●○○○●●

竹籬茅舍,酒旗沙岸,一簇成村市。　淒涼只恐鄉心起。
●○○●　●○○●　●●○○●　　○○●●○○●

鳳樓遠、回頭謾凝睇。何處今宵孤館裏。一聲征雁,半窗殘
●○●　○○●●　○○○○○●●　○○●●　●○○

月,總是離人淚。
●　●●○○●

【注釋】

此與晁詞相校，上下片第三句皆用律句，爲律句之體。李彌遜、胡銓詞，史浩"湧金斜轉"、"年來減却"二詞，吳泳"玉驄已響"詞及無名氏"一年春事"詞等，正與此同。按朱敦儒詞上片第三句作"也不論蘭體比蕙"，下片第三句作"莫道衰翁都無意"，前後不一，不可效法。又按李彌遜詞上下片第五句分別作"雨濕孤村"、"分付眉尖"，皆用仄起平收律句，宋人僅此，偶用不參校，亦不另列。

按上片第二句《詞譜》不作折腰句，並以曹組別首第二句"在家縱、貧亦好"亦當作普通六字一句，不當。此調第二句若爲六字，皆當斷作折腰句，若從文意角度看不能斷作折腰句者，亦屬偶用，不可效仿。《詞譜》以李清照詞上片第二句"莫便匆匆歸去"不作折腰句而列又一體，李詞《全宋詞》作無名氏詞，作"莫便匆匆去"。

又一體

【體略】

雙片六十八字，上下片各三十四字六句四上去韻，史浩。

【圖譜】

玉姬曾向瑤池舞。輕擲霓裳忤王母。從此煙霄飛鶴
●○○●○○●　◉●○○●●●　○●○○●●

馭。一來人世，有緣相遇，得得爲鴛侶。　　年年此際霞觴
●　○●○●　○○○●　●●○○●　　　○○●●○○

舉。彩筆香箋染新句。休餌靈砂奔月去。齊眉不老，直須
●　●●○○●●●　○●●○○●●　○○●●　●○

携手，同上青冥路。
○●　○●●○●

（《全宋詞》1265 頁）

【注釋】

　　此與李詞相校，上片第二句添一字作普通七字一句，上下片對應成重頭之曲。陳著二詞及趙長卿"梅黃又見"、"東門楊柳"二詞與此正同。"輕"陳著"青山流水"詞作"總"。按趙長卿"梅黃又見"詞上片結韻《詞譜》斷作"勸人歸去早思家，轉聽得、聲聲苦"，而列別體，今從《全宋詞》斷作"勸人歸去，早思家轉，聽得聲聲苦"，即同此體。

又一體

【體略】

　　雙片六十六字，上片三十二字，下片三十四字，各六句五上去韻，王質。

【圖譜】

浮萍不礙魚行路。細數魚來去。静倚溪陰深覓句。碧
○○●●○○●　●●○○●　●●○○○●●　●

鮮清潤，影搖香度。易覺闌干暮。　　鳧雛深傍蘋根住。
○○●　●○○●　●●○○●　　　○○○●○○●

浴罷紅衣褪殘縷。一寸江湖無可付。渚蘭汀草，卧煙骹雨。
●●○○●○●　●●○○○●●　●○○●　●●○●

荒了垂綸處。

○●○○●

【注釋】

此與賀詞相校,上片第二句減一字作五字一句,王質別首及趙長卿"結堂雄占"、"恍如遼鶴"等詞正與此同。不過,王質別首上下片第三句分別作"萬點秋芳灑飛露"、"萬歲千秋奉明主",又皆作拗句異。

又一體

【體略】

雙片六十六字,上下片各三十三字六句五上去韻,史達祖。

【圖譜】

蕙花老盡離騷句。綠染遍、江頭樹。日午酒消聽驟雨。

●○○●○○● ●●● ○○● ●●●●○●●

青榆錢小,碧苔錢古。難買東君住。　官河不礙遺鞭路。

○○○● ●○○● ○●○○● 　○○●●○○●

被芳草、將愁去。多定紅樓簾影暮。蘭燈初上,夜香初炷。

●○○、○○● ○●○○○●● ○○○● ●○○●

猶自聽鸚鵡。

○●●○●

【注釋】

此與毛滂"芙蕖花上"詞相校,惟上下片第五句各添一韻異。

又一體

【體略】

雙片六十七字,上片三十三字,下片三十四字,各六句六上去韻,劉辰翁。

【圖譜】

里中上大人誰大。人上大、仁難作。八十六翁閒處坐。
●○●●○●　　○●●　○○●　　●●●○●●

小生懶惰。近來高臥。忘却今朝賀。　甲申還是連珠
●○●●　●○○●　●●○○●　　●○○●○○

麼。勝有老人星一箇。白髮朱顏堪婆娑。靈光殿火。昆明
●　●●●○○●　●●○○●○○　○●●　○○

劫過。角綺園黃我。
●●　●●○○●

【注釋】

此與賀詞相校,惟上下片第四句各添一韻異。又劉辰翁"無腸可斷"一首上下片亦用六韻,惟上片第二句添一字作七字一句又同史浩詞體;又,張炎"萬紅梅裏"詞亦與此同,惟張炎上下片第二句均作六字折腰句又同毛滂"芙蕖花上"詞體,皆注出不另列。

又 一 體

【體略】

　　雙片七十二字,上下片各三十六字七句六上去韻,王喆。

【圖譜】

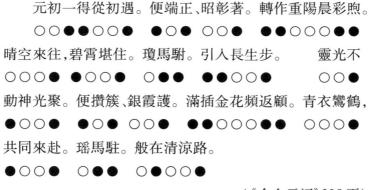

　　　　　　　　　　　　　　　　　　　（《全金元詞》235 頁）

【注釋】

　　此與史達祖詞相校,惟上下片結句皆添三字作三字一韻、五字一韻。王喆別首"亘初獨許"詞正與之同。

又 一 體

【體略】

　　雙片六十六字,上下片各三十三字五句四上去韻,馬鈺。

【圖譜】

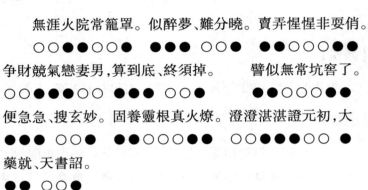

無涯火院常籠罩。似醉夢、難分曉。賣弄惺惺非要俏。
〇〇●●〇〇●　　●●●　〇〇●　　●●〇〇〇●●

争財競氣戀妻男,算到底、終須掉。　　譬似無常坑窖了。
〇〇●●●〇〇　●●●　〇〇●　　　●●〇〇〇●●

便急急、搜玄妙。固養靈根真火燎。澄澄湛湛證元初,大
●●●　〇〇●　●●〇〇〇●●　〇〇●●●〇　●

藥就、天書詔。
●●　〇〇●

（《全金元詞》344 頁）

【注釋】

　　此與毛滂"芙蕖花上"詞相校,惟上下片結韻作七字一句、六字折腰一句異。此詞上下片第四句《全金元詞》斷作四字一句、三字一句不當。

<h1 style="text-align:center">又一體</h1>

【體略】

　　雙片七十二字,上片三十五字,下片三十七字,各六句五上去韻,譚處端。

【圖譜】

　　師真引入修行路。默默無言句。慢慢持修歸真素。般
　　〇〇●●〇〇●　　●●〇〇●　　●●〇〇〇〇●　　〇

般返照盡成空，馬兒悟。證内外、無塵慮。　　真清真凈投
○●●●○○　●○●　●●●　○○●　　　　○○○●○

真處。細細搜尋妙玄趣。勘破浮華清虛做。降魔劍斷孽緣
○●　●●○●●○●　○●○○○●●　　○○●●●○

休，馬兒度。步步入、長生户。
○　●○●　●●●　○○●

（《全金元詞》410 頁）

【注釋】

此與王質詞相校，惟上下片第四、五、六句各添三字作七字一句、三字一句、六字折腰一句，且三字句皆押韻異。

又一體

【體略】

雙片六十四字，上下片各三十二字六句四上去韻，王處一。

【圖譜】

上天容許清貧漢。隨處香風散。萬禍千災真不亂。寧
●○○●○○●　○●○○●　●●○○○●●　○

心行教，普開心月，了悟迴光看。　　太清宫下重遊翫。萬
○○●●　●○○●　●●○○●　　●○○●○○●　●

事俱無絆。仰答皇恩酬本願。逍遥回步，密州安化，復隱元
●○○●　●●○○○●●　○○○●　●○○●　●●○

居觀。
○●

（《全金元詞》442 頁）

【注釋】

此與毛滂"芙蕖花上"詞相校,惟上下片第二句皆減一字作五字一句異。按王處一別二首正同此體,"奉宣請住"一詞上片第四句押韻,"自從得遇"一詞上片第五句押韻,皆偶用,注出不另列。又無名氏"無爲大道"一首與此同,惟下片第二句偶添一字作六字一句,亦注出不另列。

惜奴嬌

【調釋】

此調爲大曲《惜奴嬌曲破》之摘遍,《高麗史・樂志》載《惜奴嬌曲破》第五遍正與之相同。調用上去韻,多六字、七字折腰句,聲情風流嫵媚。《校正》:"句式複雜而富於變化,調勢曲折而活潑,故多用於諧謔,且有俚俗之特點。"(265頁)按此調《全宋詞》將《高麗史・樂志》詞分作兩首不當,應從《詞譜》作雙片。《全宋詞》第五册據《夷堅乙志》卷十三收巫山神女《惜奴嬌》九首,九詞用韻平上去入通押,且不分片,應視爲曲體,非詞調。

【體略】

雙片七十二字,上下片各三十六字七句五上去韻,賀鑄。

【圖譜】

玉立佳人,韻不減、吳蘇小。賦深情、華年韶妙。[一]疊
◎●○○　●●●　◎○●　○⊙　○⊙●　　　　◎

鼓新歌,最能作、江南調。[二]縹緲。似陽臺、嬌雲弄曉。[三]
●○○　●⊙●　○○●　　◎●　　◎○⊙　○⊙●

有客臨風,夢後擬、池塘草。竟裝懷、滑愁多少。^[四]綠
◎●○○　●●●　○○●　◎⊙⊙　◎○○⊙●　　　◎

綺芳尊,映花月、東山道。正要。個卿卿、嫣然一笑。^[五]
●○○　●⊙●　○○●　◎●　◎○○　⊙○◎●

（民國雙照樓抄本《賀方回詞》卷二）

【注釋】

［一］《東山詞》校注本疑此詞作於徽宗建中靖國元年（1101）
九月前（332頁）。此調兩宋金元現存十餘首。《詞律》卷十以史達
祖詞爲譜。此調當以此詞爲正體,前後片相同,爲重頭曲。其他如
晁補之減字、王之道添字等皆爲變體。“年”趙長卿詞作“付”,偶
用不參校。句中可平可仄除注明外,皆見所列別體句法相同者。
按石孝友“我已多情”詞第二句添一襯字作“更撞著多情底你”,注
出不另列。

［二］“疊”王之道“不廝知名”詞作“千”,“南”石孝友“我已多
情”詞作“有”。按石孝友“合下相逢”詞此韻第二句添一襯字作
“枉駝我、許多時價”,注出不另列。

［三］“縹緲”與下片“正要”皆用短韻。“縹”史達祖詞作
“人”。“似”石孝友“我已多情”詞作“風”,“臺”作“我”。“嬌”、
“弄”王之道“不廝知名”詞作“轎”、“難”。

［四］“裝”王之道“不廝知名”詞作“一”,“多”石孝友“我已多
情”詞作“似”。按“滑”音“古”,滑愁即亂愁,然此語古詩詞中罕
用,或有訛誤,《全宋詞》“滑”作缺字。

［五］“綠”王之道“不廝知名”詞作“花”。“映花月、東山道”
一句趙長卿詞偶添一字作“捧出金盞銀臺笑”,注出不另列。“個”
石孝友“合下相逢”詞作“休”。“嫣”、“一”辛詞作“一”、“消”。

又一體

【體略】

　　雙片七十一字,上片三十五字,下片三十六字,各七句五上去韻,晁補之。

【圖譜】

（《全宋詞》571 頁）

【注釋】

　　《詞譜》編者未見賀詞,以此調始於晁詞,且以此詞爲正體不當。此與賀詞相校,惟上片第二句作五字句異。按下片第六句"最苦"與第五句"苦"字疊韻,此爲偶用,非爲定格。

又一體

【體略】

　　雙片七十一字,上片三十五字,下片三十六字,各七句五上去

韻,《高麗史·樂志》無名氏。

【圖譜】

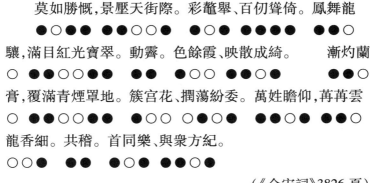

莫如勝慨,景壓天街際。彩氊翠、百仞簷倚。鳳舞龍
驤,滿目紅光寶翠。動霽。色餘霞、映散成綺。　　漸灼蘭
膏,覆滿青煙罩地。簇宮花、摶蕩紛委。萬姓瞻仰,苒苒雲
龍香細。共稽。首同樂、與衆方紀。

　　　　　　　　　　　　　　　　　　（《全宋詞》3826 頁）

【注釋】

　　此與晁詞相校,上片第五句,下片第二、五句皆不作折腰句異。又此詞多用拗句,字聲與諸家多不相同。按上下片第六句"霽"、"稽"《詞譜》諸書皆未視作韻,上片斷作:"動霽色,餘霞映,散成綺。"下片斷作:"共稽首,同樂與,衆方紀。"此以意斷而未以韻斷,不當。

又一體

【體略】

　　雙片七十二字,上下片各三十六字七句五上去韻,蔡伸。

【圖譜】

　　隔闊多時，算彼此、難存濟。咫尺地、千山萬水。眼眼
　●●○○　●●●　○○●　　●●●　○○●●　●●

相看，要説話、都無計。只是。唱曲兒、詞中認意。　　　雪
○○　●●●　○○●　●●　○●○　○○●●　　　●

意垂垂，更刮地、寒風起。怎禁這、幾夜意。未散癡心，便指
●○○　●●●　○○●　●○●　●●●　●●○○　●●

望、長偎倚。只替。那火桶兒、與奴暖被。
●　○○●　●●　●●○●　●○●●

　　　　　　　　　　　　　　　　（《全宋詞》1026 頁）

【注釋】

　　此與賀詞相校，下片第三句減一字作六字折腰句，結句添一襯
字異。

又一體

【體略】

　　雙片七十字，上下片各三十五字七句五上去韻，王之道。

【圖譜】

　　甚麼因緣，恰得一年相聚。和閏月、更無剩數。説著分
　●○○○　●●●○●　　○●●　●○●●　　●●○

飛，背面偷彈玉筯。好去。記取許時言語。　　　舊愛新人，
○　●●○○●●　●●　●●○○○○●　　　●●○○

後夜一時分付。從前事、不堪回顧。怎奈冤家,抵死牽腸惹
●●●○○●　○○●●○●●　●●○○　●●○○●

肚。愁苦。夢斷五更風雨。
●　○●　●●●○○●

(《全宋詞》1142 頁)

【注釋】

　　此與賀詞相校,上下片第二、五句皆不作折腰句法(與《高麗
史》載無名氏詞同),且上下片第七句皆減一字作六字句,又下片
"愁苦"之"愁"用平聲,與諸家皆異。按王詞別首"不厮知名"詞正
與此同,惟結句添一字作"尚隔個、嬌兒難近",其中"個"當爲襯
字,注出不另列。

梅花引（小梅花）

【調釋】

　　此調賀鑄詞名《小梅花》,又名《將進酒》。此調不始自賀鑄,
但最早見賀詞。原調雙片五十七字,賀鑄將原調重複一倍,改爲雙
片一百一十四字。此調以三字句爲主節奏,間以五六七字句,平仄
韻急速變換(非三聲通叶),聲情激健昂揚,婉轉跌宕。《校正》:
"此調僅此一體,句式組合極有規律,可平可仄之字較多,多用三字
句與七字句,韻密而頻繁換韻,故音韻響亮,節奏快速而跳躍,因頻
繁換韻而致詞意不斷變化,調勢奔放而難於控制。此調最適於抒
寫豪放之情,亦適於抒寫强烈多變之複雜心情,是宋詞中特色顯著
的詞調之一。用此調者需有用韻及填詞之嫻熟技巧,尤需有奔放
熱烈之情緒。"(618 頁)按《詞譜》將賀鑄"城下路"一首分作兩首,
影宋本《東山詞》作一首,《全宋詞》從影宋本當是。南宋蔣捷有越

調《翠羽吟》,即源出《小梅花引》,通篇用平韻,聲情與賀詞稍異。《填詞名解》卷一:"《梅花引》,本笛曲名,唐詩:'羌笛《梅花引》。'"

【體略】

雙片一百十四字,上下片各五十七字十三句五仄韻六平韻,賀鑄。

【圖譜】

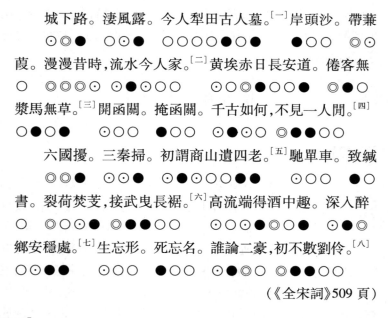

（《全宋詞》509 頁）

【注釋】

[一]《東山詞》校注本疑賀鑄二詞均作於徽宗崇寧元年(1102)至大觀二年(1108)(98—104 頁)。此調兩宋金元現存二十餘首,其中一百十四字體有十餘首,五十七字體亦有十餘首。宋

人諸作,句拍相同,然句型多有差異,多不一致,填者任選其中一種可也。万俟詠、王炎等五十七字體,字聲用韻與此不同,不參校。"城"賀鑄"縛虎手"詞作"縛"。"今人犁田古人墓"作拗句,又可作平起仄收律句,如向子諲詞作"小時笑弄階前月"。句中可平可仄除注明外,皆見所列別體句法相同者。

[二]"帶蒹"賀鑄"思前別"詞作"天一"。"漫漫昔時"作仄起平收律句,朱雍詞正與之同,亦可作平起仄收律句,如賀鑄"縛虎手"詞作"不知我輩",填者任選一種可也。"流水今人家"作律句,惟無名氏詞作"伊家苦相催"用拗句,偶用不參校。"流"賀鑄"縛虎手"詞作"可","今"賀鑄"思前別"詞作"滿"。

[三]"黄"、"赤"向子諲詞作"十"、"空"。"倦客無漿馬無草"一句作仄起仄收拗句,賀鑄別首作仄起仄收律句:"天若有情天亦老。"朱雍作平起仄收律句:"而今一任花零落。""倦"劉均國詞作"風"。

[四]"千古如何"作仄起平收律句,賀鑄"思前別"詞作"覺來珠淚",句型不同,填者任選一種可也。"千"朱雍詞作"竹","如"劉均國詞作"挺"。"不見一人閒"作仄起平收律句,亦可作拗句,如賀鑄"縛虎手"詞作"美酒斗十千",亦可作平起平收律句,如高憲詞作"情知不可圖"。"不"向子諲詞作"中"。按"開函關。掩函關"兩句用疊韻,可疊可不疊,填者可不拘。

[五]"六國"、"三秦"賀鑄"思前別"詞作"愁無"、"奏綠"。"初謂商山遺四老"作仄起仄收律句,賀鑄別首作"歷歷高山與流水"用拗句,向子諲詞作"千愁一醉都推却"用平起仄收律句。"初"劉均國詞作"莫","商"高憲詞作"百"。

[六]"裂荷焚芰"作平起仄收律句,亦可作仄起平收律句,如朱雍詞作"無奈水遥"。"接武曳長裾"作仄起平收律句,向子諲詞作"偷憐不成憐",用拗句。"接"朱雍詞作"天"。按賀鑄別首下片第六、七句《全宋詞》斷作:"不知暮雨朝雲、何山岑。"仍應斷作四字一句、五字一句。

　　〔七〕“高流端得酒中趣”作平起仄收律句,亦可作拗句,如賀鑄“思前別”詞作“相思無計堪可比”。“深”、“醉”賀鑄“縛虎手”詞作“事”、“千”。“深入醉鄉安穩處”作仄起仄收律句,亦可作平起仄收律句,如朱雍詞作“此心無限憑誰説”,填者任選一種可也,賀鑄“思前別”一首又作拗句,可不效法。

　　〔八〕“誰”、“二”賀鑄“思前別”詞作“一”、“梅”。“誰論二豪”作仄起平收律句,亦用平起仄收律句,如向子諲詞作“鴛鴦翡翠”。“初”賀鑄“縛虎手”詞作“一”。“初不數劉伶”作仄起平收律句,亦可作平起平收律句,如賀鑄“思前別”詞作“忽開疑是君”。按賀鑄“思前別”結句《全宋詞》斷作:“一夜梅花忽開、疑是君。”不當。

又一體

【體略】

　　雙片一百十四字,上片五十六字十四句六仄韻六平韻,下片五十八字十二句五仄韻六平韻,《梅苑》無名氏。

【圖譜】

　　　　園林静。蕭索景。寒梅漏泄東君信。探春回。探春
　　　　○○●　○●●　○○●●○○●　●○○　　●○
　　回。四時却被,伊家苦相催。江村畔。開爛熳。看看又近
　　○　●○●●　○○●○　○○●　○○●　○○●●
　　年光晚。綻芬芳。噴清香。壽陽宮裏,愛學靚梳妝。
　　○○●　●○○　●○○　●○○●　●●●○○
　　夭桃紅杏誇顏色。争似情懷雪中拆。冒嚴寒。冒嚴寒。遊
　　○○○●○○●　○●○○●○●　●○○　●○○　○

蜂戲蝶,莫作等閒看。故人別後知何處。春色嶺頭逢驛使。
○●● ●●●○○　●○●●○○●　○●●○○●●

贈新詩。折高枝。樓上一聲,羌管不須吹。
●○○　●○○　○●●　○●○○吹

（《全宋詞》3609 頁）

【注釋】

此與賀鑄詞相校,上片第八句減一字作三字兩句,且添一韻,下片起句添一字作七字一句,且減一韻異。此詞即五十七字體重疊。

又一體

【體略】

雙片五十七字,上片二十八字七句六平韻,下片二十九字六句兩仄韻三平韻,万俟詠。

【圖譜】

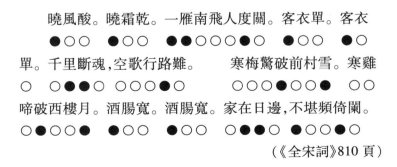

曉風酸。曉霜乾。一雁南飛人度關。客衣單。客衣
●○○　●○○　●●○○○●○　●○○　●○

單。千里斷魂,空歌行路難。　　寒梅驚破前村雪。寒雞
○　●●●○　○●○●○　　○○○●○○●　○○

啼破西樓月。酒腸寬。酒腸寬。家在日邊,不堪頻倚闌。
○●●○○●　●○○　●○○　○●●○　●○○●○

（《全宋詞》810 頁）

【注釋】

此詞上片起三句皆押平韻,宋元惟王炎詞與之同。

又一體

【體略】

雙片五十七字,上片二十八字七句三仄韻三平韻,下片二十九字六句兩仄韻三平韻,蔡松年。

【圖譜】

春陰薄。花冥漠。金街三月初行樂。[一]碧紵春。玉盦
⊙⊙●　⊙⊙●　⊙○○●●○○　　　　●◎○　●○

人。蟬飛霧鬢,風前立畫裙。[二]　　浮生酒浪分餘瀝。嬌
○　⊙⊙●●　⊙○○◎●○　　　　　⊙⊙◎●⊙○●　⊙

甚春愁生遠碧。[三]犀心通。暖芙蓉。此時不恨,蓬山千萬
●⊙○○●●　　⊙○○　⊙○○　　◎○◎●　⊙○○●

重。[四]
○

(《全金元詞》25 頁)

【注釋】

[一]此與万俟詞相校,上片起三句皆押仄韻異。元人詞作皆與之同,當以之爲五十七字體正體。劉辰翁詞亦同此體,惟上片第六句、下片第五句各添一平韻,注出不另列。此體南宋及元人諸作,句拍相同,然字聲多有差異,填者任選其中一種句法可也。"春

陰"劉辰翁作"酒未","花"王喆"少無福"詞作"早"。"金街三月初行樂"可作平起仄收律句,亦可作仄起仄收律句,如王喆"爲人福"詞作"衣飯陰公注定祿"。

[二]"蟬飛霧鬢"可作平起仄收律句,亦可作仄起平收律句,如王喆"少無福"詞作"此事分明"。"蟬"蔡詞別首作"水"。"風前立畫裙"可作平起平收律句,亦可作仄起平收律句,如劉辰翁詞作"八十是開年"。

[三]"浮生酒浪分餘瀝"可作平起仄收律句,亦可作仄起仄收律句,如馬鈺"脱塵子"詞作"逗引蛟龍歸虎兕"。"浮"蔡詞別首作"蠟","分"王喆"爲人福"詞作"草"。"嬌甚春愁生遠碧"可作仄起仄收律句,亦可作平起仄收律句,如万俟詠詞作"寒雞啼破西樓月"。"嬌"、"春"劉辰翁詞作"石"、"米","生"王喆"爲人福"詞作"不"。按王喆"少無福"一首下片換頭《全金元詞》減一字作"見遠促。見遠促",注出不另列。

[四]"此時不恨"可作平起仄收律句,亦可作仄起平收律句,如万俟詠作"家在日邊"。"此"蔡詞別首作"無","不"王喆"隨緣過"詞作"高"。"蓬山千萬重"可作平起平收律句,亦可作仄起平收律句,如劉辰翁詞作"福曜萃高門"。"千"蔡詞別首作"送"。

天門謡

【調釋】

李白《望天門山》:"天門中斷楚江開,碧水東流至此回。"《詞譜》卷五:"賀鑄詞,有'牛渚天門險'句,因取爲調名。李之儀《姑溪詞》注:賀方回登采石娥眉亭作也。"賀詞用上去韻,賦天門之險,亦爲本意,聲情雄健激昂。同期李之儀有和詞。

【體略】

雙片四十五字,上片二十字,下片二十五字,各四句四上去韻,賀鑄。

【圖譜】

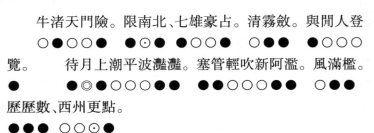

(《全宋詞》537 頁)

【注釋】

《唐宋詞彙評》考此詞作於崇寧四年(1105)至大觀二年(1108)間(546 頁)。此調兩宋金元僅有李之儀和詞可校,僅數字平仄不同。《詞譜》:"按,李之儀詞前段第二句'盡遠目、與天俱占','遠'字仄聲;後段第一句'正風静雲閑平激灧','風'字平聲;末句'杳杳落沙鷗數點','數'字仄聲。譜内可平可仄據此。"《詞繫》卷十六:"前結句是一領四字,後起句一領七字,句法勿誤。"

銅人捧露盤引(金人捧露盤)

【調釋】

此調今最早見賀詞,賀詞更名《凌歊》,别首作《天寧樂》,兩首

皆注原名爲"銅人捧露盤引"。《詞譜》卷十八名《金人捧露盤》：
"一名《銅人捧露盤》；程垓詞，名《上平西》；張元幹詞，名《上西
平》，又名《西平曲》；劉昂詞，名《上平南》。金詞注越調。"金人王
喆、丘處機等人詞名《上丹霄》。調用平聲韻，多用三字句和七字
折腰句，"調勢起伏變化，由奔放而歸於收斂，聲韻諧美，很有特色，
適於懷古、言志、寫景、詠物"（《校正》302 頁）。

【體略】

　　雙片八十一字，上片三十九字八句五平韻，下片四十二字九句
四平韻，賀鑄。

【圖譜】

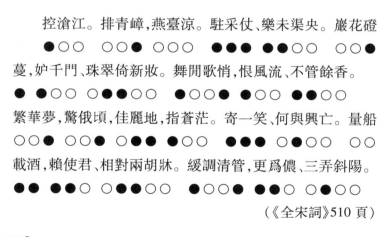

（《全宋詞》510 頁）

【注釋】

　　《唐宋詞彙評》："鍾振振校注《東山詞》本篇當作徽宗崇寧四
年乙酉（1105），至大觀二年戊子（1108）三月前。按詞詠當塗黃山
淩歊臺，又李之儀嘗爲作跋，必作於通判太平，與之儀相過從時。"
（762 頁）此調兩宋現存十六首詞，金代王喆等存詞十詞。此調雖

以賀詞爲早，然賀詞上片第六句、下片第七句皆作上三下五式八字折腰句，後人再無與之相同者，不作正體。

又一體

【體略】

　　雙片七十九字，上片三十八字八句四平韻，下片四十一字九句四平韻，曾覿。

【圖譜】

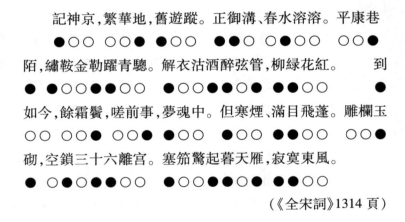

（《全宋詞》1314 頁）

【注釋】

　　此與賀詞相校，上片第六句、下片第七句皆七字一句，宋金詞皆如此填，又上下片結韻作七字一句、四字一句，宋金詞亦多如此。然此詞下片第七句“空鎖三十六離宮”，字聲與上片“繡鞍金勒”一句小異，“鎖”當用平聲，觀宋金其他詞人莫不用平聲。又，上片“解衣沽酒醉弦管”、下片“塞笳驚起暮天雁”皆用平起仄收律句，

王喆、馬鈺、汪元量詞正與此同。

正　　體

【體略】

雙片七十九字，上片三十八字八句五平韻，下片四十一字九句四平韻，程垓。

【圖譜】

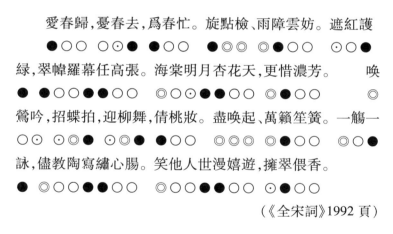

愛春歸，憂春去，爲春忙。旋點檢、雨障雲妨。遮紅護綠，翠幛羅幕任高張。海棠明月杏花天，更惜濃芳。　　喚鶯吟，招蝶拍，迎柳舞，倩桃妝。盡喚起、萬籟笙簧。一觴一詠，儘教陶寫繡心腸。笑他人世漫嬉遊，擁翠偎香。

（《全宋詞》1992 頁）

【注釋】

此與曾詞相校，上片第七句、下片第八句皆用平起平收律句，此體宋金詞人填者最多，最爲正體，《詞譜》以高觀國詞爲譜，不妥。《詞律》卷十一以此詞爲正體，然所定字聲多不當。起韻三個三字句，換頭作四個三字句，爲此調定格。上片第二句“春”辛棄疾“恨如新”詞作“恨”，第五句“遮”張元幹詞作“小”，第七句“海”、“明”吳泳“跨征鞍”詞作“男”、“若”，第八句“更”吳泳詞作

“須”。下片第二句“招”高觀國“楚宮閑”詞作“月”，第七句“儘”
辛棄疾“恨如新”詞作“何”，第八句“笑”劉志淵詞作“靈”。句中
其他可平可仄俱見別體句法相同者。

又一體

【體略】

雙片七十九字，上片三十八字八句五平韻，下片四十一字九句
四平韻，高觀國。

【圖譜】

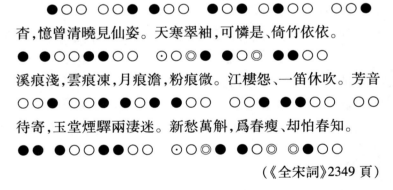

　　　　　　　　　　　　　　　　　　（《全宋詞》2349 頁）

【注釋】

此與程詞相校，惟上下片結韻作四字一句、上三下四折腰句法
一句，仍用賀詞句拍。高詞三首皆然。按辛棄疾詞本同此體，然有
缺漏。其“九衢中”一首，上片結韻《詞譜》作“自憐是，海山頭、種
玉人家”，“恨如新”一首上片結韻作“夜來風雨，春歸似欲留人”，

而分列別體。此調實無此種句拍。《詞律》卷十一:"又《稼軒集》,'九衢中'一首。前結云'自憐是海山頭種玉人家',乃於'自憐是'一句内,落去一字,觀其後段,仍是兩句十一字。"按辛詞兩首上片結韻應分別爲"自□憐是,海山頭、種玉人家"、"夜來風雨,□春歸、似欲留人",皆不另列。

定情曲

【調釋】

《東山詞》校注本:"漢繁欽有《定情詩》,唐喬知之有《定情篇》,施肩吾有《定情樂》,《樂府詩集》收入'雜曲歌辭',此仿其題。"(297頁)賀詞云"定情永爲好",賦詠戀情本意,用上去韻,多用長句,上下片各有一個四字短韻承上啟下,聲情風流嫵媚。

【體略】

雙片一百二字,上片五十六字十句六上去韻,下片四十六字八句五上去韻,賀鑄。

【圖譜】

沈水濃熏,梅粉淡妝,露華鮮映春曉。淺顰輕笑。真物
〇●〇〇　〇●〇●　●〇●〇●● 　●〇〇●　　〇●

外、一種閒花風調。可待合歡翠被,不見忘憂芳草。擁膝渾
●　●●〇〇●● 　●●〇〇●● 　●●〇〇〇● 　●●〇

忘羞,回身就郎抱。兩點靈犀心顛倒。　　念樂事稀逢,歸
●〇　〇〇●●● 　●●〇〇〇●● 　　　●●●〇〇　〇

期須早。五雲聞道。星橋畔、油壁車迎蘇小。引領西陵自
〇〇●　●〇〇●　〇〇●　〇●〇〇●　●●〇〇●

遠,携手東山偕老。殷勤製、雙鳳新聲,定情永爲好。
●　〇●〇〇●　〇〇●　〇●●　●〇〇●●

(《全宋詞》526 頁)

【注釋】

此調兩宋金元現僅存此詞,無別首可校。

<h1 align="center">醉春風</h1>

【調釋】

《填詞名解》卷二:"《醉春風》,李白詩:'絲管醉春風。'"《詞譜》卷十四:"趙鼎詞,名《怨東風》。《太平樂府》、《中原音韻》俱入中吕類;《太和正音譜》,注中吕宫,亦入正宫,又入雙調;蔣氏十三調注中吕調。"調用上去韻,重頭曲,賦戀情相思,上下片各有單字二疊韻,聲情婉轉頓挫。米友仁名《醉春風》詞與之同名異調。《魏氏樂譜》卷四以無名氏"陌上清明近"詞爲譜。

【體略】

雙片六十四字,上下片各三十二字九句四上去韻二疊韻,賀鑄。

【圖譜】

樓外屏山秀。憑闌新夢後。歸雲何許誤心期,候。候。
⊙●〇〇●　〇〇〇●●　⊙〇⊙●●〇●　●　●

候。到隴梅花,渡江桃葉,斷魂招手。　　　楚製汗衫舊。啼
● ◎●○○ ◎○○⊙● ◎○○● 　　　◎●○○● 　⊙

妝曾枕袖。東陽詠罷不勝情,瘦。瘦。瘦。隋岸傷離,渭城
⊙○○● 　◎○○●●○ 　● 　● 　● 　⊙●○○ ◎○

懷遠,一枝煙柳。
⊙● ◎○○●

（《全宋詞》531 頁）

【注釋】

此詞僅此一體,有朱敦儒詞、趙鼎詞、陳德武二詞及無名氏詞可校。《詞譜》以“陌上清明近”一首爲正體,作趙德仁詞,《全宋詞》據《樂府雅詞拾遺》卷下作無名氏詞,今從後者。上片第一句“樓”朱詞作“夜”;第三句“歸”朱詞作“素”,“何”趙詞作“蝶”;第七句“到”陳德武“推枕床羞下”詞作“飛”,第八句“渡”作“昭”;“桃”陳德武“陌上輪蹄滿”詞作“乍”,第九句“斷”作“風”。下片第一句“楚”陳德武“陌上輪蹄滿”詞作“羅”;第二句無名氏詞作“春睡何曾穩”,陳德武二詞亦作仄起仄收律句,填者任選其一可也,“啼”朱敦儒詞作“紫”;第三句“東”、“詠”無名氏詞作“枕”、“珠”;第七句“隋”陳德武“推枕床羞下”詞作“采”,第八句“渭”、“懷”作“牽”、“補”;第九句“一”陳德武“陌上輪蹄滿”詞作“悲”。按《全宋詞》上下片“候。候。候”與“瘦。瘦。瘦”皆斷作三字一句,今依韻斷,各作三句。又,《魏氏樂譜》句拍與《全宋詞》斷句相同。

望湘人

【調釋】

賀詞賦戀情相思,詠本意,用上去韻,聲情怨歎感傷。

【體略】

雙片一百七字，上片五十四字十一句五上去韻，下片五十三字十句六上去韻，賀鑄。

【圖譜】

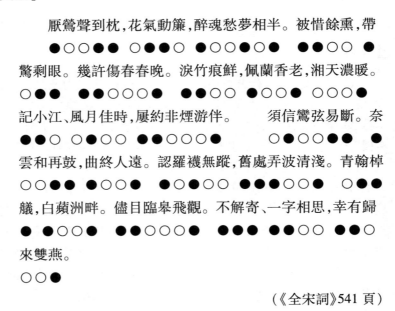

厭鶯聲到枕，花氣動簾，醉魂愁夢相半。被惜餘熏，帶
●○○●● ○●●○ ●○○●○● ●●○○ ●

鶯剩眼。幾許傷春春晚。淚竹痕鮮，佩蘭香老，湘天濃暖。
○●● ●○○○● ●○○○ ○○○● ○○○●

記小江、風月佳時，屢約非煙游伴。　　須信鶯弦易斷。奈
●●○、○●○○ ●●○○○● 　　○●○○●● ●

雲和再鼓，曲終人遠。認羅襪無蹤，舊處弄波清淺。青翰棹
○○●● ●○○● ●○●○○ ●●●○○● ○●●

艤，白蘋洲畔。盡目臨皋飛觀。不解寄、一字相思，幸有歸
● ●○○● ●●○○○● ●●●、●●○○ ●●○

來雙燕。
○○●

（《全宋詞》541 頁）

【注釋】

此調兩宋金元現僅存此詞。上下片僅結韻句拍相同，其他迴
異。上片首句、下片第二、四句皆作上一下四式五字句，填者慎之。
按下片第六、七句《詞譜》、《全宋詞》皆斷作“青翰棹，艤白蘋洲
畔”，當斷作四字兩句。

按明代唐寅、楊基有詞，今録唐寅詞供參考（唐詞題“春日花前
詠懷”）：“想盤鈴傀儡，寒食裏蒸，曾嘗少年滋味。凍勒花遲，香供酒

醒,又算一番春計。鏡裏光陰,尊前明月,眼中時事。有許多、閒是
閒非,我説與君君記。　　道是榮華富貴。恁掀天氣概,霎時搬戲。
看今古英雄,多少葬身無地。名高惹謗,功高相忌。我且花前沈
醉。管甚箇、兔走烏飛,白髮蒙頭容易。"(《全明詞》493 頁)此與
柳詞相校,上片第五句不用韻,下片第六句字聲(用律句)亦異。

薄　幸

【調釋】

　　"薄幸",又作"薄倖",爲薄情、負心之意。杜牧《遣懷》:"十
年一覺揚州夢,贏得青樓薄幸名。"賀詞賦戀情本意,用上去韻,聲
情婉轉嫵媚。清魏際瑞《薄倖》詞與賀詞同名異調。《校正》:"此
調爲換頭曲,前後段句式頗異;調勢較爲流美,多用以寫閨情或離
情。此調後段起句或作折腰之六字句,前後段共有四個上三下四
句法之七字句,又另有兩個七字句,兩結尾均是六字句,故句法富
於變化,音節甚諧美。"(596—597 頁)

【體略】

　　雙片一百八字,上片五十三字九句五上去韻,下片五十五字十
句五上去韻,賀鑄。

【圖譜】

　　　　　　豔真多態。更的的、頻回盼睞。[一]便認得、琴心相許,
　　　　　　◎○○●　●○◎、○○●●　　　●○◎、○○○●
與寫宜男雙帶。記畫堂、斜月朦朧,輕顰微笑嬌無奈。便翡
◎●○○○●　●●○、○●○○　○○◎●○○●　●▼●
翠屏開,芙蓉帳掩,與把香羅偷解。[二]　　自過了、收燈後,
●○○　○○●●　◎●○○●　　　　　●●◎、○○●

都不見、踏青挑菜。^[三]幾回憑雙燕,丁寧深意,往來翻恨重
⊙●● ◎○○● 　　●○○○● ○○⊙● ◎○⊙●○

簾礙。約何時再。正春濃酒暖,人閑晝永無聊賴。厭厭睡
○● ●○○● ▼○○◎● ○○○●●○● ○○●

起,猶有花梢日在。^[四]
● ⊙●○●●

(《東山詞》校注本 164 頁)

【注釋】

[一]此調兩宋現僅存六首,金元無存詞。《詞譜》卷三十五:
"此調以此詞爲正體,毛开詞正與此同。若沈詞之多押一韻、又句
讀小異,韓詞之減字,皆變格也。"按沈端節詞、韓元吉詞皆無需另
列別體。"的"韓元吉詞作"煙"。句中可平可仄除注明外,皆見所
列呂渭老詞句法相同者。

[二]"與"沈端節詞作"梅","宜"仇遠詞作"亂","雙"韓元吉
詞作"自"。上片第七句"便"爲領字,宜用去聲。"帳"仇遠詞作
"涼"。"與"韓元吉詞作"魂","偷"毛开詞作"鬢"。

[三]"自過了、收燈後"仇遠詞作"昨夢行雲何處",於文意不
作折腰句,注出不另列。"都"、"挑"韓元吉詞作"白"、"如"。按
《詞譜》以韓元吉詞下片第二句減一字作"白髮星星如許"而另列
別體,今從《全宋詞》作"白髮漸、星星如許"。

[四]"幾回憑雙燕"作普通五字句。此句賀詞作拗句,呂渭老
作律句;毛开詞、韓元吉詞、仇遠詞作上一下四式五字一句,如毛詞
作"奈當時消息",宜作後者。"往"、"翻"韓元吉詞作"憑"、"目"。
下片第七句"正"爲領字,宜用去聲。"酒"韓元吉詞作"香"。
"猶"仇遠詞作"寄"。

又一體

【體略】

　　雙片一百八字,上片五十三字九句五上去韻,下片五十五字十句五上去韻,吕渭老。

【圖譜】

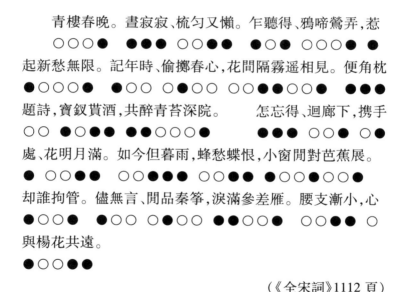

青樓春晚。晝寂寂、梳匀又懶。乍聽得、鴉啼鶯弄,惹
○○○● 　 ●●● ○○●● ●○● ○○○● ●
起新愁無限。記年時、偷擲春心,花間隔霧遥相見。便角枕
●○○○● ●○○ ○○●○ ○○●○○○● ●●●
題詩,寶釵賒酒,共醉青苔深院。　　　怎忘得、迴廊下,携手
○○ ●○●○ ●●○○●● 　 ●●● ○○● ○●
處、花明月滿。如今但暮雨,蜂愁蝶恨,小窗閒對芭蕉展。
● ○○●● ○○●●○ ○○○○ ●○○●○○●
却誰拘管。儘無言、閒品秦筝,淚滿參差雁。腰支漸小,心
●○○● ●○○ ○○○○ ●●○○● ○○●● ○
與楊花共遠。
●○○●●

(《全宋詞》1112 頁)

【注釋】

　　此與賀詞相校,惟下片第七、八句作上三下四式折腰一句、五字一句異。按沈端節詞正與此同,惟下片第四句偶押韻,注出不另列。又沈端節詞下片第六、七句《全宋詞》斷作"細思量、遍倚屏山,挑盡琴心",當依《詞譜》斷作"細思量遍。倚屏山、挑盡琴心"。

王仲甫一調

王仲甫(年里不詳),字明之,號逐客,曾官翰林,有《冠柳集》,其事與王觀相混,詞亦互見。《全宋詞》輯錄其詞七首。

滿朝歡

【調釋】

此與柳永詞名《滿朝歡》者同名異調。王詞用上去韻,重頭曲,上下片均作四四六、七七句法,結句作折腰句,聲情明快活潑。

【體略】

雙片六十字,上下片三十字五句兩上去韻,王仲甫。

【圖譜】

憶得延州,舊曾相見,東城近東下住。被若著意引歸

家,放十分、以上攛掇。　　小樣羅衫,淡紅拂過,風流萬般

做處。怕伊驀地憶人時，夢中來、不要迷路。
●● ●○●●●○○ ●○○ ●●○●

(《全宋詞》270 頁)

【注釋】

此調兩宋金元僅此一首，無他詞可校。

晁補之七調

晁補之(1053—1110),字無咎,號歸來子,巨野(今屬山東)人。神宗元豐二年(1079)進士。有詩文集《雞肋集》和詞集《晁氏琴趣外篇》,《全宋詞》録存其詞一百六十七首。晁詞用調受柳永、晁端禮、蘇軾等人影響,柳永、晁端禮許多偏僻詞調見於晁詞,其中尤受蘇軾影響最大,其《水龍吟》、《摸魚兒》、《滿庭芳》、《洞仙歌》、《八聲甘州》等調的運用對該詞調正體形成都產生了重要影響。

歸田樂

【調釋】

此調與晏幾道、黃庭堅、蔡伸等人名《歸田樂》詞皆不同。晁詞用入聲韻,賦戀情相思,聲情惆悵感傷。

【體略】

雙片五十字,上片二十七字六句三入聲韻,下片二十三字四句二入聲韻,晁補之。

【圖譜】

春又去,似别佳人幽恨積。閒庭院、翠陰滿,添晝寂。

一枝梅最好,至今憶。　　正夢斷、爐煙裊,參差疏簾隔。

●○○●● ●○● 　　●●● ○○● ○○○○●

爲何事、年年春恨,問花應會得。

●○● ○○○○● ●○●●

(《全宋詞》556頁)

【注釋】

此調兩宋金元現僅存此詞。《詞譜》卷八:"此調名《歸田樂》,無'引'字。惟晁詞、蔡詞二體,然兩詞亦各不同,無別首可校。"

鳳凰臺上憶吹簫

【調釋】

《詞譜》卷二十五:"《列仙傳拾遺》云:蕭史善吹簫,作鸞鳳之響,秦穆公有女弄玉,善吹簫,公以妻之,遂教弄玉作鳳鳴,居十數年,鳳凰來止,公爲作鳳臺,夫婦止其上,數年,弄玉乘鳳、蕭史乘龍去。調名取此。《高麗史·樂志》一名《憶吹簫》。"調用平韻,多賦戀情相思本意,聲情婉轉流美。

【體略】

雙片九十七字,上片四十九字十句四平韻,下片四十八字九句四平韻,晁補之。

【圖譜】

千里相思,況無百里,何妨暮往朝還。[一]又正是、梅初

⊙●○○ ◎○○● ⊙○○●○○ 　　◎●● ○○

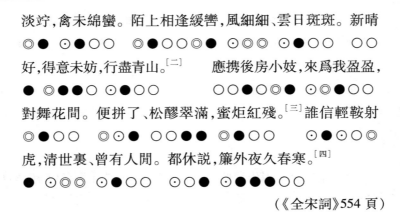

淡竚,禽未綿蠻。陌上相逢緩轡,風細細、雲日斑斑。新晴
◎●　⊙●○○　　◎●●○○●　⊙○○　⊙●○○　　○○

好,得意未妨,行盡青山。^[二]　　　應携後房小妓,來爲我盈盈,
●　⊙●●○　○●○○　　　　○○●○○●　○⊙○○

對舞花間。便拼了、松醪翠滿,蜜炬紅殘。^[三]誰信輕鞍射
◎●○○　　○⊙●　○○●●　○○○○　　　　⊙●⊙○○

虎,清世裏、曾有人閒。都休説,簾外夜久春寒。^[四]
●　⊙○○　⊙●○○　　⊙○●　⊙●●●○○

（《全宋詞》554 頁）

【注釋】

　　[一]《唐宋詞彙評》考此詞乃崇寧二年（1103）罷歸鄉里後作
（808 頁）。此調兩宋金元現存二十餘首。《詞譜》:"此調以晁詞
爲正體,若曹詞以下,或添聲、或減字,皆變體也。此詞前後段第四
句,皆上三下四七字,前結三字一句、四字兩句,後結三字一句、六
字一句,權無染、侯寘、張炎、彭履道詞,俱如此填。"按《詞譜》以張
臺卿"長天霞散"一首作爲此調別體,誤。張詞屬《聲聲慢》調,與
此調異。"況"張翥詞作"春"。句中可平可仄除注明外,皆見所列
別體句法相同者。

　　[二]"又"彭履道詞作"何","梅"、"淡"彭詞作"賞"、"佳"。
"緩"吳元可詞作"西"。"新"惟吳元可詞作"夜",偶用不參校。
"得意未妨"作仄起平收律句,權無染詞、彭履道詞、吳元可詞等作
平起仄收律句,填者任選其一可也。按吳元可詞上片第四句作"似
此心情自可",減一字作六字一句,《詞譜》列又一體,吳詞當有脱
漏,注出不另列。

　　[三]"應携後房小妓"宜作平起拗句,權無染詞、無名氏"紅蓓
珠圓"詞、張雨詞作仄起仄收律句,偶用不參校。按下片第二、三句

《詞譜》、《全宋詞》皆斷作“來爲我，盈盈對舞花間”，今依《詞律拾遺》斷作五字一句、四字一句。“來爲我盈盈”，“來”字作領字，可平可仄，宜用仄聲。“爲”趙文詞作“天”。“爲我盈盈”宜作仄起平收律句，此句彭履道詞作“自佩環飛去”，不參校。“對”晁詞別首作“憂”。“便”張炎詞作“風”。

[四]“輕”趙文詞作“轉”。“清”劉敏中詞作“正”，“裏”白樸詞作“鄉”。“都”彭履道詞作“石”。“簾外夜久春寒”宜作仄起拗句，曹勛“煩暑衣襟”詞、彭履道詞、吳元可詞等作平起平收律句，偶用不參校。“簾”權無染詞作“翠”。

又一體

【體略】

雙片九十五字，上片四十七字十句四平韻，下片四十八字十一句五平韻，李清照。

【圖譜】

香冷金猊，被翻紅浪，起來慵自梳頭。任寶奩塵滿，日
○●○○　●○○●　●○○●○○　●●○○●　●
上簾鈎。生怕離懷別苦，多少事、欲説還休。新來瘦，非干
●○○　○●○○●●　○●●、●●○○　○○●　○○
病酒，不是悲秋。　　　休休。這回去也，千萬遍陽關，也則
●●　●●○○　　　　○○　●○●●　○●●○○　●●
難留。念武陵人遠，煙鎖秦樓。惟有樓前流水，應念我、終
○○　●●○○●　○●○○　○●○○○●　○●●、○

日凝眸。凝眸處,從今又添,一段新愁。
●○○　　○○●　○○●○　●●○○

(《詞譜》卷二十五)

【注釋】

《李清照集箋注》繫此詞於大觀三年(1109)九月(61頁)。《詞譜》:"此與晁詞同,惟前後段第四句各減二字,換頭句藏短韻,後段結句添二字、作四字兩句異。"趙文詞、白樸詞、淩雲翰詞正與之同。

按元人張翥、張雨詞惟換頭不用短韻與李清照詞不同,其他均同李詞,注出不另列。

又一體

【體略】

雙片九十七字,上片四十九字十句四平韻,下片四十八字十句五平韻,曹勛。

【圖譜】

碧玉煙塘,絳羅豔卉,朱清炎馭升暘。正應運、真人誕
●●○○　●○●●　○○○○○○　●●●　○○

節,寶緒靈光。海宇均頒湛露,環佩拱、北極稱觴。歡聲浹,
●　●●○○　●●○○●●　○●●　●●○○　○○●

三十六宮,齊奉披香。　　芬芳。寶薰如靄,仙仗捧椒扆,
○●●○　○●○○　　　　○○　●○○●　○●●○○

秀繞嬪嬙。上萬壽、雙鬟妙舞,一部絲簧。花滿蓬萊殿裏,
●●○○　●●●　○○●●　●●○○　○●○○●●

光照坐、尊俎生涼。南山祝，常對化日舒長。
○●●　○●○○　　○○●　○●●●○○

（《全宋詞》1212 頁）

【注釋】

《詞譜》：“此詞句讀悉同晁詞，惟換頭句藏短韻異。”按無名氏“血灑霜羅”一首正與此同，惟上片第七句減一字作六字一句異，當有脫漏，注出不另列。

又此詞下片第三、四句《詞譜》斷作“仙仗捧，椒扉秀繞嬪嬙”，今從《全宋詞》斷句。

<h1 style="text-align:center">又 一 體</h1>

【體略】

雙片九十三字，上片四十七字十句四平韻，下片四十六字九句四平韻，王惲。

【圖譜】

宮樹春空，御屏香冷，誰遺金椀人閒。愛一枝紫玉，雙
○●○○　●○○●　○○○●○○　●●○●　○

鳳聲蟠。秋月春花客思，把幽情、都付伊傳。驚吹處，籟翻
●○○　○●○○●●　●○○　○●○○　○○●　●○

天吹，鶴怨空山。　　風流貴家公子，記夢裏瓊樓，穩跨蒼
○●　●●○○　　○○●○○●　●●●○○　●●○

鸞。恍露凝銀浦，霜裂琅玕。不見雲閒弄玉，餘音散、赤壁
○　●●○○●　○●○○　●●○○●●　○○●　●●

江寒。秦臺晚，碧雲零亂瑤天。
○○　　　○○●　●○○○●○○

（《全金元詞》659頁）

【注釋】

此與晁詞相校，惟上下片第四句皆減二字作上一下四式五字句異。王惲別首、劉敏中詞皆與之同。

夜合花

【調釋】

《通志》卷七十六："合歡曰合昏、曰青裳、曰夜合，其木似梧桐，枝弱葉繁，互相交結，每一風來，輒似相解，了不相牽，綴植之庭階使人不忿其葉，至暮而合，故曰合昏，今人皆謂之夜合花。"《詞譜》卷二十五："調見《琴趣外篇》。按，夜合花，合歡樹也，唐韋應物詩'夜合花開香滿庭'，調名取此。"調用平韻，賦詠本意，聲情流美感傷。《夢窗詞》注黃鐘商，即大石調。《校正》："此調以四字句和六字句爲主，前後段各插入兩個三字句和一個上三下四句法之七字句，使此調句式富於變化，調勢較爲流暢而諧婉。諸家之作多用於抒情，亦用於詠物與寫景。"（461頁）此調金人王吉昌名《放心閑》，字句小異，屬同調異體。

【體略】

雙片九十七字，上片四十八字十句五平韻，下片四十九字十句六平韻，晁補之。

【圖譜】

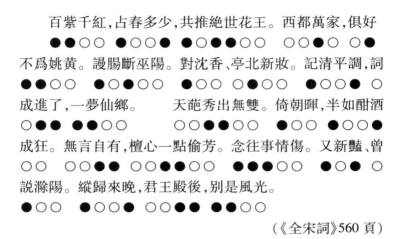

百紫千紅，占春多少，共推絕世花王。西都萬家，俱好
●●○○　●○○●　●○●●○○　　○○●●　○●

不爲姚黄。謾腸斷巫陽。對沈香、亭北新妝。記清平調，詞
●●○○　●○●○○　●○○　○●○○　●○○●　○

成進了，一夢仙鄉。　　天葩秀出無雙。倚朝暉，半如酣酒
○●●　●●○○　　　○○●●○○　●○○　●○○●

成狂。無言自有，檀心一點偷芳。念往事情傷。又新豔、曾
○○　○○●●　○○●●○○　●●●○○　●●○　○

説滁陽。縱歸來晚，君王殿後，別是風光。
●○○　●○○●　○○●●　●●○○

（《全宋詞》560 頁）

【注釋】

此調兩宋現存十首，金詞二首。《詞譜》卷十二五："此調始於
此詞，前後段第六句俱五字，換頭第二句三字，第三句六字，宋人如
此填者，止此一詞，無別首可校，故可平可仄，詳注於添字之史詞之
下。此詞前後段第八句，俱作上一下三句法，如史詞之'向銷凝
裏'、'把間言語'，曹詞之'慶天申旦'、'獻南天壽'，最爲合法。"
按此詞上片第四、五句《詞譜》作"西都萬户，擅名不爲姚黄"，《全
宋詞》作"西都萬家俱好，不爲姚黄"，今皆依正體斷作四字一句、
六字一句。

又一體

【體略】

雙片一百字，上片四十九字，下片五十一字，各十句五平韻，曹勛。

【圖譜】

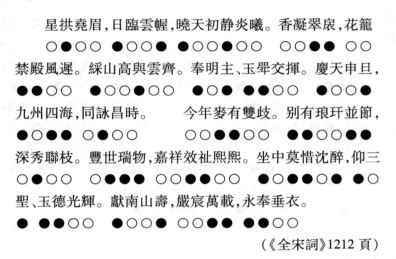

　　　　星拱堯眉，日臨雲幄，曉天初靜炎曦。香凝翠扆，花籠
　　　　○●○●　　●○○●　　●○○●○○　　　○○●●　　○○

禁殿風遲。綵山高與雲齊。奉明主、玉斝交揮。慶天申旦，
●●○○　　●○○●○○　　●○●、●●○○　　●○○●

九州四海，同詠昌時。　　　　今年麥有雙歧。別有琅玕並節，
●○●●　　○●○○　　　　　○○●●○○　　●●○○●●

深秀聯枝。豐世瑞物，嘉祥效祉熙熙。坐中莫惜沈醉，仰三
○○○○　　○●●●　　○○●●○○　　●○●●○●　　●○

聖、玉德光輝。獻南山壽，嚴宸萬載，永奉垂衣。
●、●●○○　　●○○●　　○○●●　　●●○○

（《全宋詞》1212 頁）

【注釋】

　　此與晁詞相校，惟上下片第六句皆添一字作六字一句，下片第
二、三句添一字作六字一句、四字一句，第六句不押韻異。按此詞
下片第六句不押韻，宋人詞作皆無與之相同者，亦不爲正體。

又 一 體

【體略】

　　雙片一百字，上片四十九字十句五平韻，下片五十一字十句六
平韻，史達祖。

【圖譜】

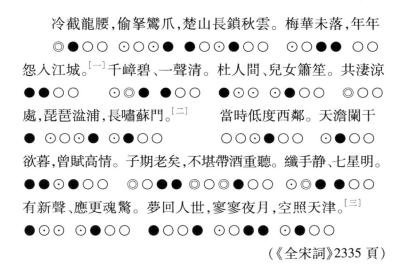

冷截龍腰，偷挐鸞爪，楚山長鎖秋雲。梅華未落，年年
◎●○○　⊙○○⊙●　●○○⊙●○○　⊙○●●　○○

怨入江城。[一]千嶂碧、一聲清。杜人間、兒女簫笙。共淒涼
●●○○　　⊙◎○⊙　○●○　●○⊙　○⊙○○　◎○○

處，琵琶溢浦，長嘯蘇門。[二]　當時低度西鄰。天澹闌干
●　⊙○○●　⊙●○○　　　　　○○○●○○　○●○○

欲暮，曾賦高情。子期老矣，不堪帶酒重聽。纖手靜、七星明。
●●⊙○○○　　◎○○○　⊙◎○○　●○○●○○　○⊙○●　●○○

有新聲、應更魂驚。夢回人世，寥寥夜月，空照天津。[三]
●○⊙　○●○○　●○○⊙　⊙○●●　⊙○○○

（《全宋詞》2335 頁）

【注釋】

　　[一]此即曹勳詞之變體。此與曹勳詞相校，惟上下片第六句
皆作六字折腰句，且下片第六句押韻異，史達祖別首、高觀國詞、周
密詞皆與之同。此調《詞律》卷十五以周密詞爲譜，《詞譜》以史詞
爲正體，當從後者。"鸞"高觀國詞作"雨"。"年年怨入江城"宜作
平起平收律句，晁補之詞、周密詞作拗句。句中可平可仄除注明
外，皆見所列別體句法相同者。
　　[二]"嶂"史詞別首作"前"。按此詞上下片第六句，《詞律》、
《詞譜》皆斷作三字兩句。觀全詞他處再無三字句拍，此處宜斷作
六字折腰句。"人間"丘宻詞作"滿意"。"共"周密詞作"梨"。
　　[三]"當時低度西鄰"宜作平起平收律句，孫維信詞、丘宻詞
作仄起拗句，偶用不參校。按《詞譜》以高觀國詞下片起句"人生
好景難並"，以"人生"藏二字短韻而另列別體，遍檢宋人詞作，皆

未有與之相同者,偶用不另列。"曾"周密詞作"素"。"期"惟曹勛
詞作"世",偶用不參校。"帶"周密詞作"猶"。"纖"高觀國詞作
"念","手"史詞別首作"扶"。"新"史浩詞作"夜"。

又一體

【體略】

雙片九十九字,上片四十九字十句五平韻,下片五十字十句六
平韻,孫惟信。

【圖譜】

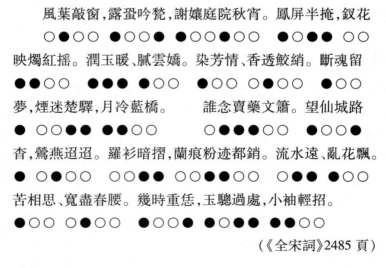

風葉敲窗,露蛩吟甃,謝孃庭院秋宵。鳳屏半掩,釵花
○●○○　●○○●　●○○●●○○　●○●●　○○

映燭紅搖。潤玉暖、膩雲嬌。染芳情、香透鮫綃。斷魂留
●●○○　●●●　●○○　●○○　○●○○　●○○

夢,煙迷楚驛,月冷藍橋。　　　誰念賣藥文簫。望仙城路
●　○○●●　●●○○　　　○●●●○○　●○○●

杳,鶯燕迢迢。羅衫暗摺,蘭痕粉迹都銷。流水遠、亂花飄。
●　○●○○　○○●●　○○●●○○　○●●　●○○

苦相思、寬盡春腰。幾時重恁,玉驄過處,小袖輕招。
●○○　○●○○　●○○●　●○○●　●●○○

（《全宋詞》2485 頁）

【注釋】

《詞譜》:"此亦史詞添字體,惟後段第二句減一字異。"吳文英
詞、史浩詞、丘崈詞正與此同。按史浩詞上下片第六句均作普通六

字句,丘崈詞上片第六句作六字折腰句,下片第六句作普通六字句,均不另列。

又一體

【體略】

雙片一百二字,上片五十字,下片五十二字,各十句四平韻,王吉昌。

【圖譜】

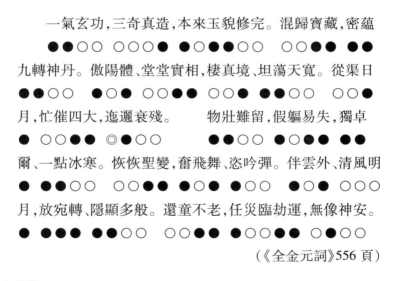

（《全金元詞》556 頁）

【注釋】

此詞調名《放心閑》。《詞律辭典》:"此調與《夜合花》相近,或爲王吉昌另起別名詞,因與《夜合花》有些差異,故另列以存疑。"(1608 頁)按此即《夜合花》別體無疑。此與史詞相校,上下

片第六句各添一字作七字折腰句且各減一韻,下片第一、二、三句減一字作四字兩句、七字折腰一句且減一韻,第九句添一字作五字一句,其他均同。又王吉昌別首“地水火風”一首惟首句用韻與此詞異,注出不另列。

紫玉簫

【調釋】

陳暘《樂書》卷一百三十六:“唐咸寧中張毅塚中得紫玉簫,古有紫玉簫曲是也。”《宋史·樂志》太宗“制曲”中有林鐘商曲《紫玉簫》。此當即依太宗“制曲”填詞而成。調用平韻,詞中用“襄王”、“瑤臺”、“飛瓊”事,賦戀情相思,聲情纏綿幽怨。明王翃此調寫遊天台山,詞末韻云:“仙根在,更宜獨居,雙闕瓊臺。”亦屬本調。

【體略】

雙片九十九字,上片四十九字,下片五十字,各十一句四平韻,晁補之。

【圖譜】

羅綺叢中,笙歌叢裏,眼狂初認輕盈。無花解比,似一
○●○○　○○○●　●○○●○○　　○○●●　●●

鈎新月,雲際初生。算不虛得,都占與、第一佳名。輕歸去,
○○●　○●○○　●●○●　○●●、●●○○　○○●

那知有人,別後牽情。　　襄王自是春夢,休謾說東牆,事
○○●○　●●○○　　　　○○●●○●　○●●○○　●

更難憑。誰教慕宋,要題詩曾倚,寶柱低聲。似瑤臺曉,空
●○○　○○●●　●○○○●　●●○○　●○○●　○

暗想、衆裏飛瓊。餘香冷,猶在小窗,一到魂驚。
●●　●●○○　　○○● 　○●○　●●○○

(《全宋詞》579 頁)

【注釋】

此調兩宋金元現僅存此詞。《詞律》卷十六:"'無花'以下,與後'誰教'以下同。"上片第五句、下片第二句皆作上一下四式五字句,"似"、"休"皆爲領字,宜用去聲。"休"《詞譜》作平聲,不妥。又,上下片第七句均作上一下三句法,"算"、"似"皆爲領字。明人王翃詞下片第七、八句《全明詞》斷作:"煮胡麻,一杯飯屑,暫息饑懷。"(1848 頁)當依柳詞斷句。

鬭百草

【調釋】

與唐人名"鬭百草"詞不同。晁詞一首用上去韻,一首用入聲韻,賦寫戀情相思,聲情怨欷感傷。

【體略】

雙片一百二字,上片五十字十句四仄韻,下片五十二字十句五仄韻,晁補之。

【圖譜】

別日常多,會時常少天難曉。正喜花開,又愁花謝,春
●●○○　●●○○●○○○　●○○○　●○○●　○

也似人易老。慘無言、念舊日朱顏,清歡莫笑。便苒苒如
●●○●○　●○○　●●●○○　○○○◎●　●●●○

雲,霏霏似雨,去無音耗。　　追想牆頭梅下,門裏桃邊,
○　○○●●　●○⊙●　　　　○●○○⊙●　○●○○

名利爲伊都忘了。血寫香箋,淚封羅帕,記三日、離腸恨
○●●○○●　　◎●○○　●○○●　●○◎　○●

攬。如今事,十二樓空憑誰到。此情悄。擬回船、武陵路杳。
●　○○●　◎●○○⊙○●　●○●　●○○、●○○

(《全宋詞》579頁)

【注釋】

　　《詞譜》卷三十:"此調只晁詞二首,故可平可仄,即參下詞。"上片第六句"念舊日朱顏"、第八句"便苒苒如雲"皆作上一下四式句法,填者慎之。

又一體

【體略】

　　雙片一百二字,上片五十字十句三仄韻,下片五十二字十句六仄韻,晁補之。

【圖譜】

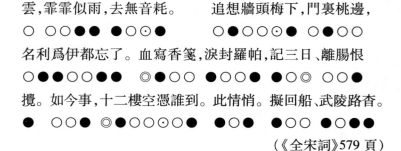

往事臨邛,舊遊雅態羞重憶。解賦才高,好音情慧,琴
●●○○　●○●●○○●　●●○○　●○○●　○

裏句中暗識。正當年、似閬苑瓊枝,朝朝相倚,便滌器何妨,
●●○○●　●○○、●○○○　○○○●　●○○

當爐正好,鎮同比翼。　　誰使褰裳佩失。推枕雲歸,惆悵
○○●●　●○●●　　　　○●○○●●　○○○●　○●

至今遺恨積。雙鯉書來，大刀詩意，縱章臺、青青似昔。重
●○○●●　　○●○○　●○○●　●○○　○○●●　　○
尋事，前度劉郎轉愁寂。謾贏得。對東風、對花歎息。
○●　○●○○●○●　●○●　　●○○　●○●●

（《全宋詞》579 頁）

【注釋】

《詞譜》：“此與前詞同，惟前段第七句少押一韻，後段第一句
多押一韻異。”按此詞上片第七句“倚”《全宋詞》注韻，下片首句
“失”不注韻，當從《詞譜》。

憶少年

【調釋】

《詞譜》卷六：“万俟詠詞，有‘上隴首、凝眸天四闊’句，名《隴
首山》。朱敦儒詞，名《十二時》。元劉秉忠詞，有‘恨桃花流水’
句，更名《桃花曲》。”此調用入聲韻，晁詞云：“劉郎鬢如此，況桃花
顏色。”賦本意。上片先由三個四字句領起，隨後兩個五字句結，下
片兩個七字句起，再兩五字句結，結句均用上一下四句法，聲情激
越頓挫。

【體略】

雙片四十六字，上片二十二字五句二入聲韻，下片二十四字四
句三入聲韻，晁補之。

【圖譜】

無窮官柳，無情畫舸，無根行客。^[一]南山尚相送，只高
⊙○⊙●　⊙○◎●　⊙○○●　　○○●○●　●○

城人隔。^[二]　　　罨畫園林溪紺碧。算重來、盡成陳迹。^[三]
○○●　　　　　●●○○○●●　◎○○　●○○●

劉郎鬢如此，況桃花顏色。^[四]
⊙○●⊙●　●●○○⊙

（《全宋詞》568 頁）

【注釋】

　　[一]此調兩宋金元現存十餘首詞，以此詞早，且後之宋人詞
作與此詞相同者最多，《詞律》卷四、《詞譜》皆以此詞爲正體，當
是。首韻三“無”字万俟詠詞均作“隴”。“畫”謝懋詞作“芳”。
“行”無名氏“疏疏整整”詞作“脈”。句中可平可仄除注明外，皆見
所列別體句法相同者。

　　[二]“南山尚相送”作拗句，惟曹組詞、万俟詠詞作平起仄收
律句，不參校。“只”與下片結句“況”皆爲領字，宜用去聲。“高”
万俟詠詞作“不”。

　　[三]“算重來”龀仙詞作“菱鑒古”，“盡成陳迹”惟万俟詠詞、
朱敦儒詞作拗句，偶用不參校。

　　[四]“劉郎鬢如此”作拗句，惟万俟詠詞、龀仙詞作平起仄收
律句，不參校。“劉”趙彥端詞作“與”。“桃”無名氏“疏疏整整”
詞作“一”。

又一體

【體略】

雙片四十七字,上片二十二字五句二入聲韻,下片二十五字四句三入聲韻,万俟詠。

【圖譜】

隴雲溶洩,隴山峻秀,隴泉嗚咽。行人暫駐馬,已不勝
● ○ ○ ●　 ● ○ ○ ●　● ○ ○ ●　 ● ○ ● ○ ●　 ○ ○ ● ● 　● ● ○

愁絕。　　上隴首、凝眸天四闊。更一聲、塞雁淒切。征書
○ ●　　　　● ● ●　○ ○ ○ ● ●　 ● ● ○　 ● ● ○ ●　 ○ ○

待寄遠,有知心明月。
● ● ●　 ● ○ ○ ○ ●

(《全宋詞》811 頁)

【注釋】

此與晁詞相校,換頭添一字作八字一句異,又上下片結韻第一句分別作"行人暫駐馬"、"征書待寄遠"字聲與晁詞異,亦爲詞人有意爲之。

按《詞譜》以曹組詞爲譜:"此即晁詞體,惟換頭句添一字,作八字句異。万俟詠詞'上隴首、凝眸天四闊',孫道絢詞'正雨後、梨花幽豔白',並與此同。《詞律》謂無第二首可訂,非也。"按曹組詞上片結韻第一句作"清明又近也",下片結韻第一句作"登臨恨無語",前後不一,當以万俟詞爲譜。

少年游

【調釋】

　　此與宋人常調《少年游》不同。晁詞用上去韻，詞云：“當年携手，是處成雙，無人不羨。”亦賦本意，聲情怨歎感傷。

【體略】

　　雙片四十九字，上片二十五字，下片二十四字，各五句二上去韻，晁補之。

【圖譜】

　　　　　當年携手，是處成雙，無人不羨。自間阻、五年也，一夢
　　　　　○○○●　●●○○　○○●●　　●●●　●○●　●●

　擁、嬌嬌粉面。　　　柳眉輕掃，杏腮微拂，依前雙靨。盛睡
　●　○○●●　　　　●○○●　●○○●　○○○●　　●●

　裏、起來尋覓，却眼前不見。
　●　●○○●　●●○●●

（《全宋詞》576頁）

【注釋】

　　此調兩宋金元現僅存此詞。《詞律》、《詞譜》均將此詞列於宋人常調《少年游》之後，但亦均未將之相混。《詞律》云：“此詞全與本調不似，未審果是《少年游》否。今姑依原集題名載此，故另列於後。”《詞譜》云：“此詞用仄韻，宋、元人無填此者，因見《琴趣外篇》，采之以備一體。”

周邦彦五十三調

　　周邦彦（1056—1121），字美成，號清真居士，錢塘（今浙江杭州市）人。宋神宗時因獻《汴京賦》爲太學正。哲宗時任廬州教授、知溧水縣、國子主簿、秘書省正字。徽宗時先後爲校書郎、議禮局檢討、大晟府提舉，爲朝廷制禮作樂。有《清真集》，又名《片玉詞》、《片玉集》，《全宋詞》録存其詞一百八十六首。周邦彦工音律，能自度曲，詞作富豔精工，善於融化前人字句。周邦彦在詞體建設方面做出了重大貢獻，主要表現在：一、大量創調，其創調有五十餘調，爲兩宋詞史上僅次於柳永創調的詞人；二、在詞調犯調、詞體結構方面做出了重要發展創新，犯調雖然在柳永的創作中已有不少，但大量的犯調還是在周邦彦筆下完成，而雙拽頭等結構也多首見周詞；三、在句法、聲韻方面對前人如柳永、黄庭堅、蘇軾等人詞調進行改進，從而規範詞調體式，如《一寸金》、《看花回》、《三部樂》、《過秦樓》等，周詞成爲後人創作定式。周詞創調、用調對後人影響甚大，錢鴻瑛《周邦彦研究》指出："吳文英所作，與清真詞同者五六十調，音律悉依清真；南宋末年方千里《和清真詞》九十三首，楊澤民《和清真詞》九十二首，陳允平《西麓繼周集》一百二十五首，他們幾乎遍和《清真集》的詞調，謹守其句讀字聲，完全奉清真詞爲圭臬，可見影響之大。《詞源雜論》記楊纘有《圈法周美成詞》。所謂'圈法'，即指以圈示作法，重在指示和發明周詞的字聲和句法……因此具有詞譜

的性質,可惜此書久已亡佚。"(廣東人民出版社 1990 年版, 131 頁)

丁香結

【調釋】

丁香,常綠喬木,又名雞舌香、丁子香,種仁由兩片形狀似雞舌的子葉抱合而成,即"丁香結"。《詞譜》卷二十七:"調見《清真集》,古詩有'丁香結恨新',調名本此。"《片玉集》注商調,《夢窗詞》注夷則商。夷則商亦即商調。按周邦彥詞集影宋本《詳注周美成片玉集》直稱《片玉集》,吳訥《百家詞》本亦稱《片玉集》,毛晉《宋六十名家詞》本稱《片玉詞》,三者均注宮調,前二者完全相同,毛晉本所注宮調與之校多有失。今言周詞宮調皆依影宋本《片玉集》。按《片玉集》所用宮調術語與柳永《樂章集》同。朱祖謀刻本、《全宋詞》所注周詞宮調時誤。調用上去韻,多用四字句,題材多詠物懷人,聲情怨歎感傷。《校正》:"此調低沉壓抑,宜於抒寫鬱結之離情別緒。"(442 頁)

【體略】

商調,雙片九十九字,上片五十二字十一句五上去韻,下片四十七字十句五上去韻,周邦彥。

【圖譜】

　　蒼蘚沿堦,冷螢粘屋,庭樹望秋先隕。漸雨淒風迅。澹
　　○●○○　●○○●　○●●○○●　●●○○●　●

暮色,倍覺園林清潤。漢姬紈扇在,重吟翫、棄擲未忍。登
●●　●●○○○●　●○○●●　○○●　●●●●　○

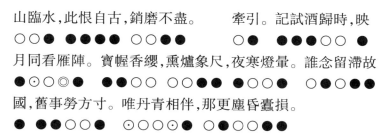

山臨水，此恨自古，銷磨不盡。　牽引。記試酒歸時，映
○○● ●●●● ○○●●　　　○● ●●●○○ ●

月同看雁陣。寶幄香纓，熏爐象尺，夜寒燈暈。誰念留滯故
●⊙○◎● ●●○○ ○●●● ●○○●　○●○●●

國，舊事勞方寸。唯丹青相伴，那更塵昏蠹損。
● ●●○○● ⊙○○⊙● ○○○●●

（《全宋詞》606 頁）

【注釋】

《清真詞校注》以此詞作於熙寧六年（1073）秋天於長安。此調兩宋現僅存五首，金元無存詞。《詞譜》："此調只有此體，吳文英及方千里、楊澤民、陳允平和詞，俱如此填。"此調吳、方、楊、陳四詞僅數字與此詞字聲小異：下片第三句"同"、"雁"陳詞作"柳"、"花"，第九句"唯"陳詞作"念"、"相"吳詞作"不"。上片第三句"庭樹"方千里詞作"爲誰"，按方和周詞多十分嚴謹，頗疑"爲誰"當爲"誰爲"之誤，第八句"擲"吳詞作"園"，萬樹疑"園"爲"國"之誤，以上三處皆不注可平可仄。又按下片結句"那"《詞譜》作本仄可平，檢其他四人詞皆作平聲，"那"平仄兩讀，此處當讀平聲爲是。

早梅芳

【調釋】

此與柳永詞名《早梅芳》者不同。《片玉集》注正宮。調用上去韻，句法多用三字句與五七字句結合，聲情婉轉感傷。《梅苑》卷四載無名氏《早梅芳》與周詞調同，賦本意。呂渭老詞名《早梅芳近》。按《早梅芳》或爲北宋大曲，柳詞爲"慢"體，周詞等爲"近"體。

【體略】

正宮,雙片八十二字,上片四十二字,下片四十字,各九句五上去韻,周邦彥。

【圖譜】

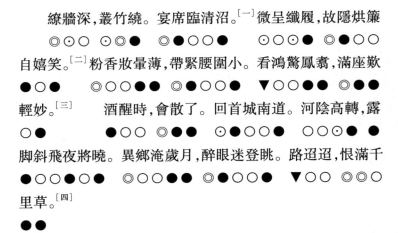

繚牆深,叢竹繞。宴席臨清沼。[一]微呈纖履,故隱烘簾
◎○⊙　⊙◎●　◎○○◎●　⊙○○●　○◎○●

自嬉笑。[二]粉香妝暈薄,帶緊腰圍小。看鴻驚鳳翥,滿座歡
●○●　　◎○○◎●　◎○○◎●　▼○○●●　◎○○

輕妙。[三]　　酒醒時,會散了。回首城南道。河陰高轉,露
○●　　　　●●○　◎◎●　⊙◎○○●　○○○⊙●　●

腳斜飛夜將曉。異鄉淹歲月,醉眼迷登眺。路迢迢,恨滿千
●○○○●●　◎○○◎●　◎●○○●　▼○○　◎◎○

里草。[四]
●●

（《全宋詞》617 頁）

【注釋】

[一]《清真詞校注》以此詞作於熙寧七年(1074)暮春。此調兩宋現僅存八詞,金元無存詞。"繚牆"周詞別首作"花竹","叢竹"無名氏詞作"玉唯"。"宴"無名氏詞作"清"。句中可平可仄除注明外,皆見所列別體句法相同者。《詞譜》卷十九:"此詞前後段第五句例作拗句,第六、七句例作對偶,填者仍之。"

[二]"纖"呂渭老詞作"約","故"作"暝"。此韻第二句無名氏詞作"自然清潤傳香粉",爲平起律句,與諸家不同,不參校。

[三]"粉"陳允平詞作"風","帶"呂渭老詞作"勻"。"看"爲

領字,宜用去聲,"滿"周詞別首作"門"。

　　〔四〕"高"周詞別首作"宿"。"異"、"醉"吕渭老詞作"犀"、"珠"。"路"字宜用去聲,"恨滿"陳允平詞作"瓊簫"。"恨滿千里草"李之儀詞作"弄影無人見",用平起仄收律句,偶用不參校。結韻無名氏"冰唯清"一首《詞譜》斷作:"向雪中月下,吟未盡。"而列又一體,當依正體斷句,無需另列。結韻二句吕詞有脱漏,注出不另列。

又一體

【體略】

　　雙片八十二字,上片四十二字,下片四十字,各九句五上去韻,李之儀。

【圖譜】

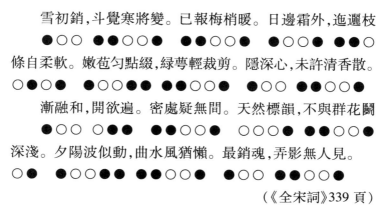

雪初銷,斗覺寒將變。已報梅梢暖。日邊霜外,迤邐枝
●○○　●●○○●　●●○○●　●○○●　●●○
條自柔軟。嫩苞勻點綴,綠萼輕裁剪。隱深心,未許清香散。
○●○●●　●○○●●　●○○●●　●○○　●●○○●
漸融和,開欲遍。密處疑無間。天然標韻,不與群花鬬
●○○　○●●　●●○○●　○○○●　●●○○●
深淺。夕陽波似動,曲水風猶懶。最銷魂,弄影無人見。
○●　●○○●●　●●○○●　●○○　●●○○●

(《全宋詞》339 頁)

【注釋】

　　此體上片第二句添二仄聲字,第八句減二仄聲字,上下片最後三字俱作平平仄,其他與周詞體同。《詞繫》卷十五:"'自柔軟'、

‘闥深淺’，必用去平仄。前後六、七兩句對偶，勿誤。”

四（西）園竹

【調釋】

　　此調影宋本注：“官本作《西園竹》。”“西園竹”當是，“四園竹”無解。《片玉集》注小石。小石即小石調。調用平韻，宜詠物、抒懷，聲情幽怨感傷。《魏氏樂譜》卷三即以周詞爲譜。

【體略】

　　小石，雙片七十七字，上片三十七字八句三平韻一叶韻，下片四十字八句四平韻一叶韻，周邦彥。

【圖譜】

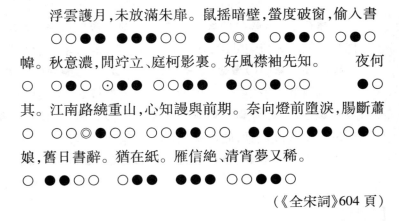

浮雲護月，未放滿朱扉。鼠搖暗壁，螢度破窗，偷入書
○○●● 　●○○●● 　●○●● 　○●●○ 　○●○

幃。秋意濃，閒竚立、庭柯影裏。好風襟袖先知。　　夜何
○ 　○●○ 　○●●、○○●● 　●○○●○ 　　　●○

其。江南路繞重山，心知謾與前期。奈向燈前墮淚，腸斷蕭
○ 　○○●◎○○ 　○○●●○○ 　●●○○●● 　○●○

娘，舊日書辭。猶在紙。雁信絕、清宵夢又稀。
○ 　●●○○ 　○●● 　●●●、○○●●○

（《全宋詞》604 頁）

【注釋】

　　《清真詞校注》以此詞熙寧七年（1074）仲秋作於歸荊州途中。

此調除周詞外,兩宋僅存方千里、楊澤民、陳允平三首和詞,金元無存詞。《詞譜》卷十八:"此調以此詞爲正體,方千里和詞,正與此同。若楊詞之句讀小異,陳詞之攤破句法、又少押一韻,皆變格也。此詞前後段第七句,各叶一仄韻,平韻四支、五微,仄韻四紙,亦即本部三聲叶也。方千里、楊澤民、陳允平和詞悉同。"上片第三句"暗"陳允平詞作"風",第七句"聞"方千里詞作"那",下片第二句"路"陳允平詞作"時",句中可平可仄據此。

又一體

【體略】

　　雙片七十七字,上片三十七字八句三平韻一叶韻,下片四十字八句四平韻一叶韻,楊澤民。

【圖譜】

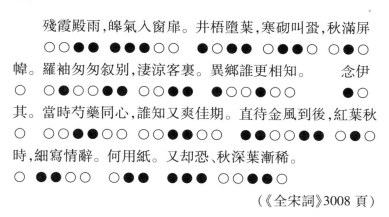

（《全宋詞》3008 頁）

【注釋】

　　《詞譜》:"此與周詞同,惟前段第六、七句,作六字一句、四字

一句異。"按楊澤民詞下片第五句"時"字偶多押一韻。陳允平詞上片第六、七句正與楊詞相同,惟下片第六句偶失韻異,注出不另列。《詞譜》以陳詞下片第六句未用韻而將第六、七句連爲一句作"粉淚盈盈先滿紙",不當,"盈"字雖未用韻,句拍仍當斷作"粉淚盈盈,先滿紙",與周詞句拍相同。

慶春宮

【調釋】

　　此調有平韻、入聲韻兩體,字句相同,字聲多異。《片玉集》注越調,《夢窗詞》注无射商。无射商即越調之律名。此調爲南宋末較流行詞調,題材以傷春爲多,聲情流美、感傷。《校正》:"此調以偶句爲主,其中四字句多處可爲對偶句,故調勢極平緩,雖用平韻而音節低沉。諸家之作多用於抒情和叙事。"(513—514頁)王沂孫、周密詞用入聲韻,聲情鬱塞淒切,當爲變調。

【體略】

　　越調,雙片一百二字,上片五十一字十一句四平韻,下片五十一字十一句五平韻,周邦彦。

【圖譜】

　　雲接平岡,山圍寒野,路回漸轉孤城。[一]衰柳啼鴉,驚
　　⊙●○○　○○○●　●○○◎●○　　　⊙●○　⊙

風驅雁,動人一片秋聲。[二]倦途休駕,澹煙裏、微茫見星。塵
○○⊙●　●○○◎●○　　●○○●　○○●　○○○○　○

埃顦顇,生怕黄昏,離思牽縈。[三]　　　華堂舊日逢迎。花豔
○⊙●　○●○○　⊙●○○　　　　⊙○●●○　　⊙●

參差,香霧飄零。弦管當頭,偏憐嬌鳳,夜深簧暖笙清。眼波

傳意,恨密約、忽忽未成。許多煩惱,只爲當時,一餉留情。[四]

（《全宋詞》606 頁）

【注釋】

[一]《清真詞校注》以此詞熙寧七年（1074）重陽節於襄陽作。此調兩宋金元現存近二十首,其中押平韻者十二首。平韻以周邦彥詞爲正體。起二句宜用對句。“雲”楊澤民詞作“曲”。句中可平可仄除注明外,皆見平韻體句法相同者。

[二]此韻三句聲韻重複前三句,前兩句宜用對句。“衰”仇遠詞作“落”,“驚”陳德武詞作“水”。“一”吳文英“殘葉翻濃”詞作“人”。按“動人一片秋聲”和下片第六句“夜深簧暖笙清”二句,張炎“蟾窟研霜”詞有意作拗句,《詞譜》混校不當。

[三]“煙”吳文英“春屋圍花”詞作“惜”,偶以入代平。“微茫見星”當用拗句。“顆”陳德武詞作“寶”。“黄”字宋人惟張樞詞作“遠”,偶用,《詞譜》以本平可仄不當。

[四]“花豔參差”一句,宋人惟陳允平詞作平起仄收律句“最憐堤柳”,偶用不參校。“夜”、“簧”楊澤民詞作“誰”、“客”。“密”吳文英“春屋圍花”詞作“鴉”。“忽忽未成”當用拗句。“許”、“煩”張炎“波蕩蘭觸”詞作“梨”、“落”。“只”吳文英“春屋圍花”詞作“猶”。“當”《詞譜》以本平可仄誤。“一”陳德武詞作“春”。

又 一 體

【體略】

雙片一百二字,上片五十一字十一句四平韻,下片五十一字十

一句五平韻,張炎。

【圖譜】

蟾窟研霜,蜂房點蠟,一枝曾伴涼宵。清氣初生,丹心
○●○○　○○●●　●○○●○○　○●○○　○●

未折,濃豔到此都消。避風歸去,貯金屋、妝成漢嬌。栗肌
●●　○●●●○○　●○○●　●○●、○○●○　●○

微潤,和露吹香,直與秋高。　　小山舊隱重招。記得相
○●　○●○○　●●○○　　　　●○●●○○　●●○

逢,古道迢遙。把酒長歌,插花短舞,誰在水國吹簫。餘音
○　●●○○　●●○○　●○●●　○●●●○○　○○

何處,看萬里、星河動搖。廣庭人散,月淡天心,鶴下銀橋。
○●　●●●、○○●○　●○○●　●●○○　●●○○

(《全宋詞》3483 頁)

【注釋】

此與周詞相校,上下片第六句用拗句,爲詞人有意爲之,不與
律句體相混。

又一體(入聲韻)

【體略】

雙片一百二字,上片五十一字,下片五十一字,各十一句四入
聲韻,姜夔。

【圖譜】

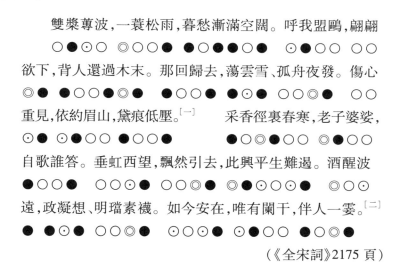

雙槳蓴波，一蓑松雨，暮愁漸滿空闊。呼我盟鷗，翩翩
○●○○　◎○○●　●○○●●○●　　⊙●○●　○○

欲下，背人還過木末。那回歸去，蕩雲雪、孤舟夜發。傷心
◎●　●○○●●○●　●○○●　●○●、○○●●　○○

重見，依約眉山，黛痕低壓。[一]　　　采香徑裏春寒，老子婆娑，
⊙●　○●○○　●○○●　　　　　　●○◎●○○　●●○○

自歌誰答。垂虹西望，飄然引去，此興平生難遇。酒醒波
●○○●　○○○●　○○●●　◎●⊙○○●　　◎○⊙

遠，政凝想、明璫素襪。如今安在，唯有闌干，伴人一霎。[二]
●　●○●、○○●●　　○○⊙●　⊙○⊙●　●●○◎

（《全宋詞》2175 頁）

【注釋】

［一］《唐宋詞彙評》考此詞於寧宗慶元二年（1196）作（2747
頁）。此調入聲韻以姜夔詞爲正體，字句與平韻者相同，但除尾韻
字聲，句中字聲尚多有差異。此體今兩宋金元共存五詞。"一"周
密詞作"微"。"暮愁漸滿空闊"一句與平韻詞相校作拗句。"欲"
周密詞作"搖"。"木"周密詞作"烏"。"雲"周密詞作"百"，"孤舟
夜發"一句作平起仄收律句。"重"周密詞作"換"。

［二］"老"王沂孫詞作"烟"。"西"周密詞作"在"，"引"作
"休"，"平"作"舊"。按"垂虹西望"一句，王沂孫詞作"花惱難
禁"，如從前後對應來看，正與上片第四句字聲相同，然宋人五詞之
中，僅此一例，其他四人詞皆作平起仄收律句，王詞注出不參校，亦
不另列。"素"周密詞作"輕"。"安"王沂孫詞作"獨"，"一"王易
簡詞作"蛾"。

又一體

【體略】

雙片一百二字，上片五十一字，下片五十一字，各十一句四入聲韻，劉瀾。

【圖譜】

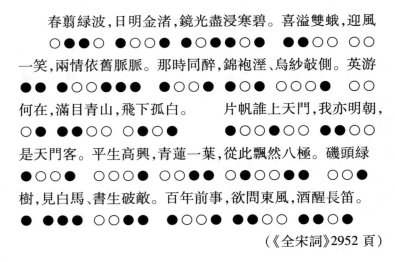

春翦綠波，日明金渚，鏡光盡浸寒碧。喜溢雙蛾，迎風
○●○　●○○　●○○●○　●○○●　○○

一笑，兩情依舊脈脈。那時同醉，錦袍湮、烏紗敧側。英游
●●　●○○○●●　●○○●　●○　○○○●　○○

何在，滿目青山，飛下孤白。　　片帆誰上天門，我亦明朝，
○●　●●○○　○●○●　　●○○●○○　●●○○

是天門客。平生高興，青蓮一葉，從此飄然八極。磯頭綠
●○○●　○○○●　○○●●　○●○○●●　○○●

樹，見白馬、書生破敵。百年前事，欲問東風，酒醒長笛。
●　●●●、○○●●　●○○●　●○○○　●●○●

（《全宋詞》2952 頁）

【注釋】

此與姜夔詞相校，字句及韻位均相同，惟上下片結句"飛下孤白"、"酒醒長笛"皆用拗句異，亦爲詞人有意爲之，不與姜詞混校。

解蹀躞

【調釋】

蹀躞,佩帶上的飾物名。司馬光《涑水記聞》卷九:"元昊遣使戴金冠,衣緋,佩蹀躞,奉表納旌節告敕。"《片玉集》注商調,《夢窗詞》注夷則商。夷則商即商調。此調添頭曲,調用上去韻,句法錯落不齊,題材多賦離情相思,聲情怨歎傷悲。

【體略】

商調,雙片七十五字,上片三十六字七句三上去韻,下片三十九字八句五上去韻,周邦彦。

【圖譜】

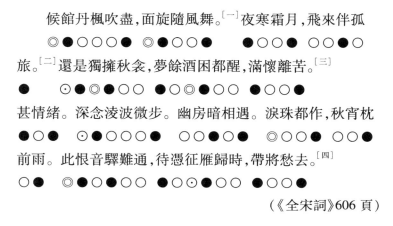

候館丹楓吹盡,面旋隨風舞。[一]夜寒霜月,飛來伴孤旅。[二]還是獨擁秋衾,夢餘酒困都醒,滿懷離苦。[三]甚情緒。深念凌波微步。幽房暗相遇。淚珠都作,秋宵枕前雨。此恨音驛難通,待憑征雁歸時,帶將愁去。[四]

（《全宋詞》606 頁）

【注釋】

[一]《清真詞校注》以此詞熙寧七年(1074)仲秋作於歸荊州

途中。此調兩宋現存九詞,金元無存詞,惟楊无咎"金谷樓中"一首用入聲韻,其他皆用上去韻。《詞律》、《詞譜》皆以周詞爲正體,當是。《詞譜》卷十七:"此調始見《清真集》,應以此詞爲正體,若楊詞之多押一韻,吳詞之少押一韻,方詞及楊詞別首之句讀參差,曹詞之句讀小異,皆變格也。但楊、吳、曹三體,字句整齊,方詞及楊詞別首,則采以備考,不可爲法。"句中可平可仄除注明外,皆見所列別體句法相同者。首句惟吳文英詞作"醉雲又兼醒雨",偶用拗句,不參校,"醉雲"或爲"雲醉"之誤,但又與"醒雨"不對,此或即當文意與聲律相乖時,詞人仍以文意爲主之例。

　　[二]此韻二句《詞律》作九字一句,《詞譜》斷作上四下五式九字折腰一句,今作四字一句、五字一句。曹勛詞與之句拍相同,但第三句律句不同,字聲有異,見曹勛別體。又按吳文英詞上下片亦爲兩句拍,分別爲"倦蜂剛著,梨花惹遊蕩"、"會稀投得,輕分頓惆悵",與周詞正同,無需另列別體。《詞譜》將吳詞斷作上六下三式九字折腰句不當。

　　[三]按此韻後二句方千里詞、楊无咎"迤邐韶華"詞、吳文英詞、楊澤民詞、陳允平詞皆當斷作六字一句、四字一句兩拍。《詞譜》以方千里詞此韻斷作"恨添客鬢,終日子規聲苦"而列又一體;楊澤民詞《全宋詞》斷作"事如橄欖,餘甘卒難回苦",皆不當。然方千里"日"字用仄聲,當屬偶用。

　　[四]"淚"陳允平詞作"如"。下片第四、五句與上片第三、四句相同,《詞譜》斷作上四下五句法不當。"征"陳允平詞作"一"。

又 一 體

【體略】

　　雙片七十五字,上片三十六字七句三入聲韻,下片三十九字八

句五入聲韻,楊无咎。

【圖譜】

　　　金谷樓中人在,兩點眉顰綠。叫雲穿月,橫吹楚山竹。

　　　〇〇●〇〇●　●〇〇●　●〇〇●　〇〇●〇●

怨斷憂憶因誰,坐中有客,猶記在、平陽宿。　　　淚盈目。

●●〇〇〇〇　●〇〇●　〇〇●　〇〇●　　　●〇●

百轉千聲相續。停盃聽難足。謾誇天海,風濤舊時曲。夜

●●〇〇〇●　　〇〇●〇●　　●〇〇●〇●　　　●

深煙慘雲愁,倩君沈醉,明日看、梅梢玉。

〇〇●〇〇　●〇〇●　〇●●　〇〇●

(《全宋詞》1180 頁)

【注釋】

　　此與周詞相校,用入聲韻,上下片結二句作四字一句、六字折腰一句異,且字聲稍異。按下片第四、五句《詞譜》斷作:"謾誇天海風濤、舊時曲。"作上六下三式折腰句,不當。

<h2 align="center">又一體</h2>

【體略】

　　雙片七十五字,上片三十六字七句四上去韻,下片三十九字八句五上去韻,楊无咎。

【圖譜】

　　　迤邐韶華將半。桃杏勻於染。又還撩撥,春心信凄黯。

　　　●●〇〇●　●〇●〇〇●　●〇〇●　〇〇●〇●

準擬劇飲狂吟,可憐無復當年,酒腸文瞻。　　　倦遊覽。憔
●●●●○○　●○○●○○　●○○●　　　　●○●　　○

悴羞窺鸞鑒。眉端爲誰斂。可堪風雨,無情暗亭檻。觸目
●○○○●　○○●○●　●○○●　○○●●○●　●●

千點飛紅,問春争得春愁,也隨春減。
○●○○　●○○●○○　●○○●

(《詞譜》卷十七)

【注釋】

《詞譜》:“此與周詞同,惟前段起句用韻異。按,楊澤民和周詞,前段第一、二句‘一掬金蓮微步。堪向盤中舞’,正與此同。”《詞律辭典》:“除換頭三句外,上下片句式、韻脚全同。更爲整齊可法。”(1054頁)

又一體

【體略】

雙片七十五字,上片三十六字七句三上去韻,下片三十九字八句五上去韻,曹勛。

【圖譜】

雨過池臺秋静,桂影涼清晝。槁葉喧空,疏黄滿堤柳。
●●○○○●　●●○○●　　●●○○　○○●○●

風外殘菊枯荷,憑闌一餉,猶喜冷香襟袖。　　　少歡偶。人
○●○○○●　○○●●　○○●○○●　　　　●○●　　○

道消愁須酒。酒又怕醒後。這般光景，愁懷煞難受。誰念
●○○○●　　●●●○●　　●○○●　○○●●　　○●

千種秋情，乍涼雖好，還恨夜長時候。
○●○○　●○○●　○●●○○●

（《全宋詞》1232 頁）

【注釋】

《詞譜》："此亦周詞體，惟前後兩結，俱作四字一句、六字一句
異。按，周詞前段第二句平仄平平仄，後段第三句平仄仄平仄，此
詞後段第三句，獨用仄仄仄平仄；又，周詞前段第三句及後段第四
句，上四字例用仄平平仄，此詞前段第三句，上四字獨用仄仄平平，
應是偶誤，不必從。"

按此詞調曹勛有兩首，此首上片第三句作仄仄平平，律句形式
與周詞不同，別首作"舍館人家"；此詞下片第三句作"酒又怕醒
後"，別首作"行路漫懷古"。兩首前後整齊劃一，爲詞人有意使
用，並非偶誤。

蕙蘭芳引

【調釋】

《片玉集》注仙呂，調用入聲韻，賦戀情相思，聲情怨抑。周密
《武林舊事》卷八"皇后歸謁家廟"之"賜宴坐次"："賜宴初坐，《蕙
蘭芳引子》。"《夢窗詞》注歇指調（林鐘商），聲情明麗俊爽，與周詞
聲情不同。楊澤民、陳允平、方千里詞雖爲和周詞韻，但聲情與夢
窗詞相近，疑皆爲歇指調。

【體略】

　　仙吕,雙片八十四字,上片四十四字八句四入聲韻,下片四十字九句四入聲韻,周邦彦。

【圖譜】

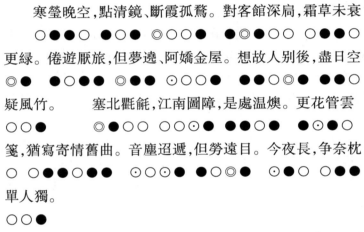

寒瑩晚空,點清鏡、斷霞孤鶩。對客館深扃,霜草未衰
○●●○,　●　○○、●○○●。　●●●○○,　○●●○　●○○

更綠。倦遊厭旅,但夢遶、阿嬌金屋。想故人別後,盡日空
●◎。　●○●●,　●●◎、○○○●。　●●○●●,　●●○

疑風竹。　　　塞北氈毹,江南圖障,是處溫燠。更花管雲
○○●。　　　　●●○○,　○○○●,　●●○●。　●○●○

箋,猶寫寄情舊曲。音塵迢遞,但勞遠目。今夜長,爭奈枕
○,　○●●○●●。　○○◎●,　●○◎●。　◎●○,　○●○

單人獨。
○○●

(《全宋詞》605 頁)

【注釋】

　　《清真詞校注》以此詞熙寧七年(1074)暮秋寫於將至荆州時。此調除周詞外,兩宋僅存方千里、吳文英、楊澤民、陳允平四首,金元僅存張玉孃一首,皆用入聲韻,其中方、楊、陳三人皆爲和周詞。《詞律》卷十二:“瑩、鏡、斷、對、未、更、倦、厭、但、夢、故、後、障、是、處、更、寄、舊、遞、但、夜、奈等字,俱用去聲,妙絕。而‘瑩’下用‘晚’,‘厭’下用‘旅’,‘夢’下用‘遶’,‘奈’下用‘枕’,俱去上。‘草未’、‘想故’、‘寫寄’,又俱上去。且用‘鏡’,則上隔字用‘點’;用‘館’,則上隔字用‘對’;用‘管’,則上隔字用‘更’。此種

乃詞中抑揚發調之處,所以美成爲詞壇宗匠。而製律造腔,稱再世周郎也。"

　　上片第三句"客"楊詞作"風"、第四句"更"作"橫",第六句"但"陳詞作"流";下片第一句"塞"楊詞作"風",第八句"今"陳詞作"但"。句中其他可平可仄見所列別體句法相同者。

　　按下片結韻《詞譜》斷作上三下六式九字折腰句,當依《詞律辭典》斷作兩句拍。又陳允平詞《全宋詞》斷作:"但月明長夜,伴人清獨。"亦當斷作三字一句、六字一句。

又一體

【體略】

　　歇指調,雙片八十四字,上片四十四字八句四入聲韻,下片四十字九句四入聲韻,吳文英。

【圖譜】

空翠染雲,楚山迥、故人南北。秀骨冷盈盈,清洗九秋
○●●○　●○●　●○○○　●●●○○　○●○

潤綠。奉車舊畹,料未許、千金輕價。淺笑還不語,蔓草羅
●●　●○●●　●●●　○○○●　●●○●●　●●○

裙一幅。　　素女情多,阿真嬌重,喚起空谷。弄野色煙
○●●　　　●●○○　○○○●　●●○●　●●●○

姿,宜掃怨蛾澹墨。光風入戶,媚香傾國。湘佩寒,幽夢小
○　○●●○●●　○○●●　●○○●　○●○　○●●

窗春足。
○○●

【注釋】

此與周詞字、句、韻均同,惟宮調不同,聲情亦異,姑暫列一體以供參考。

又一體

【體略】

雙片八十二字,上片四十四字八句四入聲韻,下片三十八字九句四入聲韻,張玉孃。

【圖譜】

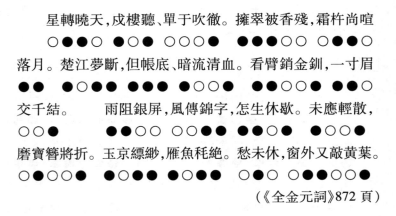

【注釋】

此與周詞相校,惟下片第四句減一字作四字一句,第五句減一字作五字一句異,以移字改變句拍。

齊天樂

【調釋】

《宋史·樂志》(卷一百四十二)有教坊大曲正宮《齊天樂》,此調亦注正宮。《白石道人歌曲》、《夢窗詞》皆注正宮,此調當源自宋教坊大曲。《武林舊事》卷一"天基聖節排當樂次":"上壽第一盞觱篥起舞聖壽《齊天樂慢》"、"第十盞諸部合《齊天樂曲破》"。《詞譜》卷三十一:"周邦彦詞,有'綠蕪凋盡臺城路'句,名《臺城路》;沈端節詞,名《五福降中天》;張輯詞,有'如此江山'句,名《如此江山》。"此調用上去韻爲多,亦用入聲韻,爲南宋流行詞調,特別爲典雅派詞人姜夔、吳文英、周密、張炎等喜用,題材不拘,既可用於祝壽、宴饗,亦可用於登高懷古,在情感表達上愉悦、愁苦均可。句法上以四字句爲主,間以五六七字句,上下片中間各有一個獨立的四字句承上啟下,如周詞之"雲窗静掩"、"憑高眺遠",其中"静掩"、"眺遠"又宜用去上之聲配合,而使聲情婉轉跌宕、激健有力。《魏氏樂譜》卷一以楊无咎"疏疏幾點"詞爲譜。

【體略】

正宮,雙片一百二字,上片五十一字十句五仄韻,下片五十一字十一句五仄韻,周邦彦。

【圖譜】

綠蕪凋盡臺城路,殊鄉又逢秋晚。[一]暮雨生寒,鳴蛩勸
◎○○⊙●○○●　○○●●　○○●
織,深閣時聞裁剪。[二]雲窗静掩。[三]歎重拂羅裀,頓疏花簟。
●　⊙●⊙○○●　　○○●●　　▼⊙●○○　◎○○●

尚有練囊，露螢清夜照書卷。[四]　　　荆江留滯最久，故人相
◎●○○　◎○○⊙●○●　　　　　　⊙○⊙◎●●　●○○

望處，離思何限。[五]渭水西風，長安亂葉，空憶詩情宛轉。憑
●●　⊙○●○　　　◎●○○　⊙○○●　○◎●○○　　○

高眺遠。正玉液新篘，蟹螯初薦。醉倒山翁，但愁斜照斂。[六]
○●●　▼◎●○○　●○○●　　◎●○○　●○○●

（《全宋詞》605 頁）

【注釋】

[一]《唐宋詞彙評》：“周濟謂此詞作於荆南。而王國維《清真
先生遺事》稱作於金陵，當在知溧水前後。陳思撰年譜編入元豐二
年（1079）爲太學生之前，十九歲游荆南作。羅忼烈箋以陳洵之
‘晚年重游荆南之作’爲是。”（952 頁）《清真詞校注》以此詞熙寧
八年（1075）暮秋寫於金陵。此調兩宋現存一百三十餘首，金元現
存三十餘首，爲兩宋金元流行詞調。《詞律》卷十七以王沂孫“一
襟餘恨”詞爲正體，《詞譜》以此詞爲正體，當從後者，然《詞譜》所
定字聲及體式多誤。此詞上片自“暮雨”至“花簟”，與下片自“渭
水”至“初薦”句拍相同。“凋”方岳詞作“夜”，“秋”惟吳文英“芙
蓉心上”、“淩朝一片”、“玉皇重賜”三詞，柴望“淒淒楊柳”詞用入
聲字，皆以入代平，不參校。按“殊鄉又逢”一句作拗句，宋人亦有
作律句者，如劉子寰詞作“柳外行人相語”、史達祖“犀紋隱隱”詞
作“籬落翠深偷見”等，偶用，不依《詞譜》將“鄉”字定本平可仄。
按楊无咎詞及周密“宮檐融暖”詞首句用韻，亦屬偶用，注出不另
列。楊无咎詞《詞譜》誤作周邦彥詞。句中可平可仄除注明外，皆
見所列別體句法相同者。

[二]“暮”張炎“一窗煙雨”詞作“東”。“鳴”哀長吉詞作
“六”，“勸”方岳詞作“煙”，皆偶用不參校，《詞譜》定可平可仄不
當。“時”周密“護春簾幕”詞作“凍”。“裁”翁孟寅詞作“共”，偶

用不參校,吳文英詞作"獨",乃以入代平。

[三]"雲窗"必用平聲,"靜掩"必用仄聲且宜用去上,與下片"憑高眺遠"一句相同。按《詞譜》以張炎作"瀑泉噴薄",將"雲"、"靜"定可平可仄,大誤,"瀑"字《全宋詞》作"流",當從後者,"噴"字平去兩讀,此處當讀去聲。

[四]"歎"與下片"正"皆爲領字,上去均可,宜用去聲。"頓"李曾伯詞作"恩"。"露"劉辰翁"枝頭雨是"詞作"人"。按方衡詞《全宋詞》作"更看旋乾轉坤,煩一指麾力",當依周詞斷作四字一句、七字一句。

[五]"荊"吳文英"三千年事"詞作"寂","最"史達祖"秋風早入"詞作"惟"、李曾伯詞作"相"、姚雲文詞作"無",屬偶用不參校。"離"吳文英"芙蓉心上"詞作"雪"。"離思何限"作拗句,檢宋人如史達祖、吳文英、周密、張炎等衆多詞作,皆作拗句。按宋人亦偶有用律句者,如高觀國詞作"西風吹醒",此或誤認周詞"思"字爲平聲,或有意爲律句,但終屬偶用,不當參校,《詞譜》以"思"字本仄可平,亦大誤。又按王沂孫"一襟餘恨"詞此韻第二句作"歎携盤去遠"作上一下四句法,王詞別首"十洲三島"詞作"算何如趁取"亦然,但終屬偶用,不必效仿。又按吳文英"芙蓉心上"一首,此韻後二句《詞譜》斷作"翠雲開處,共雪面波鏡"而列又一體,《全宋詞》斷作"翠雲開處共,雪面波鏡",當從後者,無需另列。

[六]"渭"周密"槐薰忽送"詞作"枝","長"、"亂"張炎"分明柳上"詞作"竹"、"深"。《詞譜》以"憑"、"眺"可平可仄,誤。"玉液新篘"當作仄起平收律句,惟曹勛詞作"花皶玉側",偶用不參校。"但愁斜照斂"一句作上一下四句法,亦可作普通五字一句,第二、三字當用平聲,曹勛詞作"夜色涼如水",偶用不參校。

又一體

【體略】

　　雙片一百四字,上片五十一字十句五仄韻,下片五十三字十一句五仄韻,呂渭老。

【圖譜】

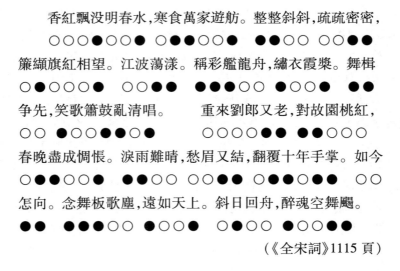

　　　　香紅飄没明春水,寒食萬家遊舫。整整斜斜,疏疏密密,
　　　　○○○●○○● 　○●○●○● 　●●○○ ○○●●
　　　　簾纈旗紅相望。江波蕩漾。稱彩艦龍舟,繡衣霞槳。舞楫
　　　　○●○○● 　○○●● 　●●●○○ ●○○● 　●●
　　　　爭先,笑歌簫鼓亂清唱。　　　　重來劉郎又老,對故園桃紅,
　　　　○○ ●○○●●○● 　　　　○○○○●● ●●○○○
　　　　春晚盡成惆悵。淚雨難晴,愁眉又結,翻覆十年手掌。如今
　　　　○●●○○● ●●○○ ○○●● ○●●○●● 　○○
　　　　怎向。念舞板歌塵,遠如天上。斜日回舟,醉魂空舞颺。
　　　　●● 　●●●○○ ●○○● 　○●○○ ●○○●●

(《全宋詞》1115頁)

【注釋】

　　此與周詞相校,惟下片第三句添二字作六字一句異。方千里詞、衛元卿詞正與此同。按此詞上片結句"笑歌"《全宋詞》作"歌笑",今從《歷代詩餘》改。下片起句"重來劉郎又老"《詞譜》作"重來劉郎老"。又下片第二、三句《詞譜》斷作"對故園、桃紅春晚,盡成惆悵",不當。按金人虞薦發"依依楊柳"詞亦同此體,惟

上片結句減一字作"且自溯洄前渚",下片結句添一字作"移入柳陰深處",偶用,注出不另列。

又一體

【體略】

雙片一百三字,上片五十一字十句五仄韻,下片五十二字十一句六仄韻,曹勛。

【圖譜】

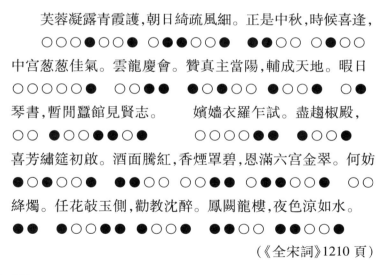

芙蓉凝露青霞護,朝日綺疏風細。正是中秋,時候喜逢,
○○○●○○● ○●●○○● ●●○○ ○●○○

中宮蔥蔥佳氣。雲龍慶會。贊真主當陽,輔成天地。暇日
○○○○○● ○○●● ●○●○○ ●○○● ○●

琴書,暫閒蠶館見賢志。　　嬪嬙衣羅乍試。盡趨椒殿,
○○ ●○○●●○● ○○○○●● ●○○●

喜芳繡筵初啟。酒面騰紅,香煙罩碧,恩滿六宮金翠。何妨
●○○●○● ●●○○ ○○●● ○●●○○● ○○

絳燭。任花敧玉側,勸教沈醉。鳳闕龍樓,夜色涼如水。
●● ●○●●● ●○○● ●●○○ ●●○○●

(《全宋詞》1210頁)

【注釋】

此與周詞相校,用韻惟換頭添一韻,字句惟下片第二句減一字作四字一句,第三句添二字作六字一句,字聲惟上片第二、四、五句,下片第八、十一句不同,乃有意爲之,不與周詞混校。

按陸游"角殘鐘晚"一首下片起句用韻,第二、三句句拍也正與曹勛同,然其他字聲又多同周邦彥。又陸游"客中隨處"一首惟換頭一句不用韻,下片第二、三句亦同曹勛詞,其他字聲亦多同周邦彥,亦注出不另列。

又一體

【體略】

雙片一百二字,上片五十一字十句六仄韻,下片五十一句六仄韻,姜夔。

【圖譜】

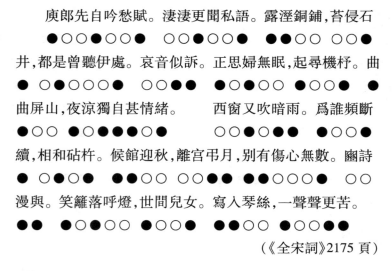

（《全宋詞》2175 頁）

【注釋】

《唐宋詞彙評》考此詞於寧宗慶元二年(1196)作(2749 頁)。

此與周詞相校,惟上下片首句皆用韻異。按張輯詞、劉辰翁三詞、張炎多首正與此同。

又一體

【體略】

雙片一百四字,上片五十一字十一句五仄韻,下片五十三字十一句六仄韻,王丹桂。

【圖譜】

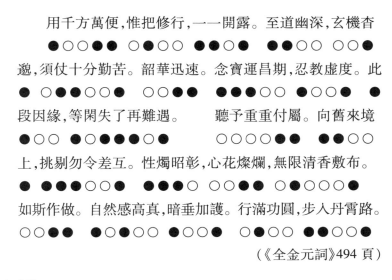

(《全金元詞》494 頁)

【注釋】

此與呂渭老詞相校,惟上片首韻攤破作五字一句、四字兩句,下片首句用韻異。王丹桂別首正與之同(惟下片第九句作“昔年提携”,“携”字平聲不用韻,當有訛誤)。按《全金元詞》所載丘處

機詞上片首韻句拍與此詞同,然下片起句不用韻,第二句減一領字
作"苦志勤心"(或有脱漏),其餘皆同,注出不另列。

鳳來朝

【調釋】

　　《詞譜》卷九:"調見周邦彦《清真詞》。"《片玉集》注越調。此
調用上去韻,賦戀情相思,多用六、七字折腰句,聲情歡快活潑。

【體略】

　　越調,雙片五十一字,上片二十六字,下片二十五字,各四句四
上去韻,周邦彦。

【圖譜】

逗曉看嬌面。小窗深、弄明未辨。愛殘朱宿粉雲鬟亂。
●●◎○● ●○● ●○● ●○○●○○●

最好是、帳中見。 說夢雙蛾微斂。錦衾温、酒香未斷。
●◎● ●○● ●●○○○⊙ ●○○ ◎◎●●

待起又、如何拌。任日炙、晝樓暖。
●●● ○○● ●●● ●○●

　　　　　　　　　　　　　　　　　　　(《詞譜》卷九)

【注釋】

　　《清真詞校注》以此詞元豐五年(1082)至元祐三年(1088)寫於
汴京。此調除周詞外,兩宋僅存史達祖、陳允平詞,元有邵亨貞一
首。陳詞爲和周詞,邵詞亦爲仿周詞而作。上片第三句《詞譜》作上
五下三式八字一句,《詞牌格律》作上一下七式八字句。按"愛"作領

字,當從後者,史詞、邵詞皆然,惟陳允平詞作"玉鶯釵半溜烏雲亂",句法稍異,注出不另列。《詞譜》卷九:"此詞後段第三句,《片玉集》作'待起難捨拌',《清真集》作'待起又如何拌'。按,史達祖詞'扇底弄、團圓影',陳允平和詞'買一笑、千金拌',俱六字折腰,應以六字者爲定本。又,前後段第二句,史達祖詞'掩金閨彩絲未整'、'墮銀瓶脆繩挂井','未'字、'挂'字俱去聲,'井'字、'整'字俱上聲,與此詞兩'未'字去聲,'辨'字、'斷'字俱上聲同。陳允平詞,'鳳簫吹六幺舞遍'、'繡芙蓉香塵未斷',因'舞'字上聲,'遍'字即用去聲,可悟詞中兩仄字連用之法。史詞、陳詞,與此平仄如一,惟史詞前段結句'恨誰踏蘚花徑','誰'字平聲;陳詞換頭句'曲歇弓彎袖斂','袖'字仄聲,譜内參之。"上片第一句"看"陳允平詞作"春",下片第二句"酒"陳允平詞作"香"。下片第三句《全宋詞》作"待起難捨拚"。

意難忘

【調釋】

《片玉集》注中吕。此調用平韻,換頭曲,題材多賦戀情相思,聲情流美明快。《校正》:"此調用平韻,音節較響亮、流暢,宜於敍事與抒情。"(361頁)

【體略】

中吕,雙片九十二字,上片四十五字,下片四十七字,各十句六平韻,周邦彥。

【圖譜】

衣染鶯黄。[一]愛停歌駐拍,勸酒持觴。低鬟蟬影動,私
⊙●○○　　●●○○◎●　◎●○○　○○○●● ⊙

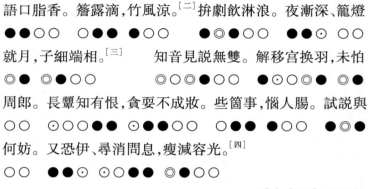

語口脂香。簪露滴,竹風涼。^[二]拚劇飮淋浪。夜漸深、籠燈
●●○○　○●●　●○○　　　●◎●○○　●●●⊙　○○

就月,子細端相。^[三]　　　知音見説無雙。解移宮換羽,未怕
◎●　○●○○　　　　◎○●●○○　●⊙○●●　◎●

周郎。長顰知有恨,貪要不成妝。些箇事,惱人腸。試説與
○○　⊙○○●　○●●○○　●●●　●○○　●◎●

何妨。又恐伊、尋消問息,瘦減容光。^[四]
○○　●●⊙　⊙○●●　◎●○○

（《全宋詞》616頁）

【注釋】

　　[一]《清真詞校注》以此詞元豐五年（1082）至元祐三年
（1088）寫於汴京。此調兩宋現存十餘首詞,元人二首。《詞律》卷
十三以周邦彦詞爲正體,《詞譜》卷二十二以程垓"花擁鴛房"詞誤
屬蘇軾並以此調首見蘇軾。程垓"花擁鴛房"一詞見毛晋汲古閣
刻《書舟詞》,非蘇軾詞,毛晋已考。此調始見周詞,當以周詞爲正
體,宋元人俱如此塡,且多用周詞韻。上片"愛停"以下,與下片
"解移"以下相同。"衣"何夢桂詞作"避"。

　　[二]"愛"爲領字,"愛停歌駐拍"一句張炎作普通五字一句,
偶用。"停"、"駐"劉辰翁詞作"雨"、"燈","勸"陳允平詞作"歌"。
"低"劉壎詞作"亂","私"高觀國詞作"露"。上下片第四韻作兩
個三字句,皆作平仄仄、仄平平,宋人創作字聲整齊劃一。

　　[三]"拚"作領字,讀去聲。檢宋人詞作,"拚劇飮淋浪"一句
宜作上一下四句法,亦有作普通五字句字,如陳允平詞作"羅襪步
滄浪",不參校,亦不另列別體。《詞律》:"若五字句,有上二下三
如五言詩者,亦有以一字領句,而二三兩字相聯者,尤多誤認,但又
不可注豆,學者當自詳之。如此詞'拚劇飮淋浪','待説與何妨'

是也。若誤作五言詩句,則大謬矣。""劇"程垓詞作"親"。"漸"趙必瑑詞作"年",偶用不參校。"深"劉壎詞作"辦","就"劉辰翁詞作"桃","子"何夢桂詞作"孤"。

[四]"知"、"見"程垓詞作"別"、"音"。"解"爲領字,惟劉辰翁詞作"曾",偶用平聲不參校。"移"、"換"林正大"蜀道登天"詞作"子"、"啼"。"未"陳允平詞作"初"。"長"高觀國詞作"燭","貪"程垓詞作"不"。"試説與何妨"作上一下四句法,"試"《詞律》作"待"。陳允平等人此句亦作普通五字一句,不參校。"説"張炎詞作"情"。"恐"趙必瑑詞偶作"灘",不參校。"伊"高觀國詞作"取","尋"劉壎詞作"緑","瘦"林正大"洶洶松風"詞作"安"。

解連環

【調釋】

調名以周詞中"信妙手、能解連環"得名。《詞譜》卷三十四以此調始自柳永誤。關於解連環之本事,《詳注周美成片玉集》:"《莊子》曰:'南方無窮而有窮,今日適越,而昔來連環可解也。'"《戰國策》卷十三:"秦始皇嘗使使者遺君王后玉連環,曰:'齊多知,而解此環不?'君王后以示群臣,群臣不知解。君王后引椎椎破之,謝秦使曰:'謹以解矣。'"張輯詞有"把千種舊愁,付與杏梁語燕"句,又名《杏梁燕》,《梅苑》無名氏詞、陸游等人名《望梅》,羅志仁詞名《菩薩鬘引》。《片玉集》注商調,《夢窗詞》亦同。此調入聲韻、上去韻均可,題材或寫景詠懷,或思鄉懷人,聲情怨欸感傷。《校正》:"調中韻位配置勻稱,其中五個五字句均爲上一下四句法,五個七字句均爲上三下四句法,故最具宋詞句法特點。調勢頓挫之處較多,變化而回環,若用入聲韻則音節沉重而特別諧美。"(579頁)

【體略】

商調一百六字，上片五十三字十一句五仄韻，下片五十三字十句五仄韻，周邦彥。

【圖譜】

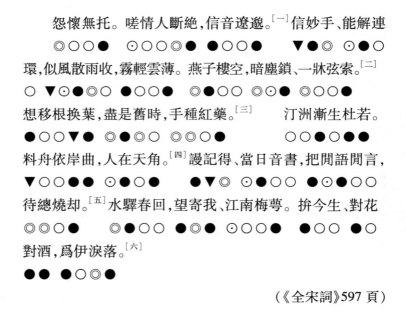

（《全宋詞》597 頁）

【注釋】

［一］《清真詞校注》以此詞元豐六年（1083）春寫於汴京。此調兩宋現存三十餘首詞，金元存二詞，用韻字聲多仿周邦彥。此調《詞律》卷十九以蔣捷詞爲譜，《詞譜》以周詞爲正體，當從《詞譜》。上片自“嗟情人”至“弦索”，與下片自“料舟依”至“梅萼”句拍相同。“怨”劉克莊四詞中三首用平聲。“嗟”爲領字，平仄皆可。領字作平聲者，如方千里詞作“空寒潮浪疊”、吳文英詞作“疑清風動竹”、

黄廷璹詞作"愁燈花正結"等皆與此同。"斷"劉克莊"旁人嘲我"詞作"都"。句中可平可仄除注明外,皆見所列張炎別體句法相同者。

　　[二]"信"宋人僅楊澤民作"感",用上聲,其他人皆作去聲。"手"楊无咎詞作"來"。"似"作領字,宜用去聲,劉克莊"揆余初度"詞作"今",偶用不參校。"風"、"雨"劉克莊"懸弧之旦"詞作"酒"、"愁"。"燕"陸游詞作"風","暗塵"高觀國"露條煙葉"詞作"眉黛"。"一"無名氏詞作"遥"。

　　[三]"想"爲領字。"移"字《詞譜》以吳文英詞作"練",定本平可仄,誤,吳詞此字本爲"練",亦爲平聲。"盡是舊時"當作仄起平收律句,惟張炎"楚江空晚"詞、劉克莊"旁人嘲我"詞作平起仄收律句,不參校。"盡"、"舊"高觀國"露條煙葉"詞作"縈"、"遊"。"手種紅藥"作拗句,亦可作平起仄收律句,如陳允平詞作"兩愁無藥",填者任選其一可也。"手"張輯詞作"移"。按此韻三句楊无咎詞《全宋詞》斷作:"自無心、强陪醉笑,負他滿庭花藥。"不妥,仍當依正體斷作三句拍。

　　[四]"杜"劉克莊"旁人嘲我"一首作"來",偶用不參校。"料"爲領字,宜用去聲,檢宋人詞僅王沂孫詞用上聲。"人"楊澤民詞作"月"。按"人在天角"用拗句,《詞譜》以張炎詞作"錦箏彈怨",而定"在"字本仄可平,宋人僅張炎"楚江空晚"詞及高觀國"浪揺新綠"詞用平聲,屬偶用,不當參校。

　　[五]"記"宜用去聲。"當"方千里詞作"故"。"閒"陸游詞作"不","待"仇遠詞作"人"。"待總燒却"作拗句,亦可作平起仄收律句,如楊无咎詞作"玉纖推却",填者選其一可也。按元人羅志仁詞此韻上句添二襯字作"謾記得、當日心嫁卿卿",《詞律拾遺》卷五:"羅志仁有一百八字《菩薩鬘引》詞,查與一百六字《解連環》句法全同。只第四句多二字,故不收爲又一體。"(《全金元詞》未收羅志仁詞)

　　[六]"水"陸游"淚淹妝薄"詞作"京","寄"張輯詞作"惟"。

"拚"、"生"《詞譜》以本平可仄,不當。"淚"劉克莊"左弧懸了"詞作"陽"。按《梅苑》無名氏《望梅》,《詞律》考證正同《解連環》,當是。其結韻《詞律》、《詞譜》諸書均斷作"等和羹大用,休把翠條謾折",不當,仍當依周詞正體斷句。《詞譜》以張輯詞"把千種、舊愁付與,杏梁雨燕",亦斷作五字一句,六字一句,亦不當。又結韻首句,《梅苑》無名氏詞《全宋詞》作"大用休把"、陸游"壽非金石"詞作"也有斷鴻"、別首作"拼了爲伊"、張炎"楚江空晚"詞作"雙燕歸來",字聲與周詞不同,不參校。

又一體

【體略】

雙片一百六字,上片五十三字十一句五仄韻,下片五十三字十句五仄韻,張炎。

【圖譜】

楚江空晚。悵離群萬里,怳然驚散。自顧影、欲下寒
●○○● ●○○● ●○○● ●○● ●○○

塘,正沙淨草枯,水平天遠。寫不成書,只寄得、相思一點。
○ ●○●○● ○○○● ●●○○ ●○● ○○●●

料因循誤了,殘氈擁雪,故人心眼。　　誰憐旅愁荏苒。謾
●○○●● ○○●● ●○○● 　　○○●○● ●

長門夜悄,錦箏彈怨。想伴侶、猶宿蘆花,也曾念春前,去程
○○●● ●○○● ●●● ○●○○ ●○●○○ ●○

應轉。暮雨相呼,怕驀地、玉關重見。未羞他、雙燕歸來,畫
○● ●●○○ ●●● ●○○● ●○○ ○●○○ ●

簾半卷。
○●●

（《全宋詞》3470頁）

【注釋】

　　此與周詞相校,字數句拍相同,但多處如上片第十句"殘氈擁雪"、第十一句"故人心眼",下片第三句"錦箏彈怨"、第六句"去程應轉"、第九句"雙燕歸來"等,字聲皆不同,當爲詞人有意爲之,不與周詞參校,特另列一體。按張炎此調共存詞二詞,另一首字聲正與周詞相同。

南　浦

【調釋】

　　《教坊記》有《南浦子》曲。江淹《別賦》:"送君南浦,傷如之何。"《片玉集》注中呂。此調用上去韻,上下片四處作上三下六式九字折腰句,題材多詠離別相思本意,聲情纏綿感傷。此調《詞譜》卷三十三首列程垓詞不當。按此調又與孔夷《南浦》詞爲同名異調。

【體略】

　　中呂,雙片一百五字,上片五十二字,下片五十三字,各九句四上去韻,周邦彥。

【圖譜】

淺帶一帆風,向晚來扁舟,穩下南浦。迢遞阻瀟湘,衡

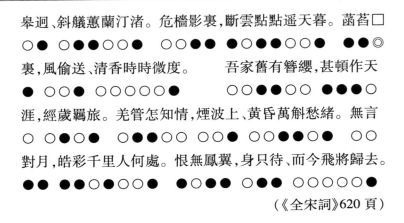

皋迥、斜艤蕙蘭汀渚。危檣影裏,斷雲點點遥天暮。菡萏□
〇●　〇●〇〇●　　　〇〇●●　　〇〇●●〇〇●　　　●●◎

裏,風偷送、清香時時微度。　　　　吾家舊有簪纓,甚頓作天
●　〇〇●　〇〇〇〇〇●　　　　　　〇〇〇●〇〇　●●〇〇

涯,經歲羈旅。羌管怎知情,煙波上、黃昏萬斛愁緒。無言
〇　〇●●●　　〇●〇〇●　〇〇●　〇〇〇●〇●　　〇〇

對月,皓彩千里人何處。恨無鳳翼,身只待、而今飛將歸去。
●●　●●〇〇●〇●　　●〇〇●　〇●●　〇〇〇〇〇●

（《全宋詞》620 頁）

【注釋】

《清真詞校注》以此詞熙寧八年（1075）初秋寫於自荆州歸錢唐時。此調兩宋現存八詞,金元現存三詞。此調前後片句拍相同,字聲小異。此調雖始見此詞,但下片第五句"黃昏萬斛愁緒"及第七句"皓彩千里人何處"與上片第五、七句字聲不同,且宋人無有與之相同者,不作正體。

按此調上下片結韻均當斷作四字一句、上三下六式九字折腰一句兩句拍。此詞上片結韻《詞譜》作:"菡萏裛風斜,偷送清香,時時微度。"《全宋詞》等書作:"菡萏裏風,偷送清香,時時微度。"皆不當。此調檢他人詞作,上片結韻皆爲十三字,十二字當有脫漏,而《詞譜》"裛"、"斜"二字,實爲妄加,不足爲據。明人毛扆校本眉注:"裏字上下脫一字。"毛説當從。今按"裏"字仄聲,檢宋人他作,此句作四字句,最後一字皆用仄聲,而前一字則可平可仄,則脫字當於"裏"字之前。

又下片結韻《詞譜》作:"恨身無鳳翼,只待而今,飛將歸去。"《全宋詞》作:"恨無鳳翼身,只待而今,飛將歸去。"《詞譜》妄改詞,《全宋詞》斷句又誤。又此詞上下片結句"清香時時微度"、"而今

飛將歸去"皆連用五平,程垓詞、史達祖詞正與之同。

又一體

【體略】

雙片一百五字,上片五十二字,下片五十三字,各九句五上去韻,程垓。

【圖譜】

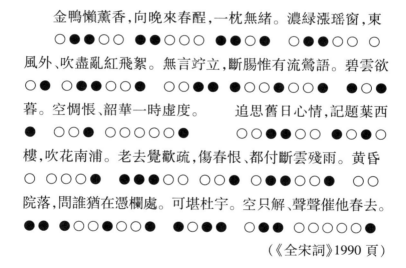

金鴨懶薰香,向晚來春醒,一枕無緒。濃緑漲瑤窗,東
○●●○○　●●○○●　●●○● 　○●●○○　○

風外、吹盡亂紅飛絮。無言竚立,斷腸惟有流鶯語。碧雲欲
○●　○●●○○●　○○●●　●○○●○○● 　●○●

暮。空惆悵、韶華一時虛度。　　　　追思舊日心情,記題葉西
●　○○● 　○○○○○● 　　　　　○○●●○○　●○●○

樓,吹花南浦。老去覺歡疏,傷春恨、都付斷雲殘雨。黃昏
○　○○○● 　●●●○○　○○● 　○●●○○● 　○○

院落,問誰猶在憑欄處。可堪杜宇。空只解、聲聲催他春去。
●●　●○○●○○● 　●○●● 　○●●　○○○○○●

(《全宋詞》1990 頁)

【注釋】

此與周詞相校,字聲較周詞爲嚴謹,上下片第八句各添一韻,由程詞亦可證此調上下片第八句當爲四字一拍,其上下片結句連用五平,正與周詞相同,其中上片"一"字以入代平,不注仄聲。然程詞上下片第八句添一韻,宋人亦無有與之同者,故亦不作正體。

按《詞譜》等書將程詞上下片結句斷作五字一句、四字一句，無端增加一拍不當。

正　體

【體略】

　　雙片一百五字，上片五十二字，下片五十三字，各九句四上去韻，史達祖。

【圖譜】

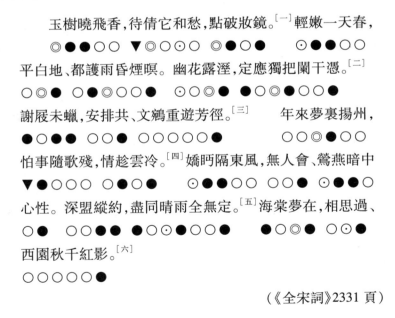

玉樹曉飛香，待倩它和愁，點破妝鏡。[一]輕嫩一天春，
平白地、都護雨昏煙暝。幽花露溼，定應獨把闌干憑。[二]
謝屐未蠟，安排共、文鴛重遊芳徑。[三]　　年來夢裏揚州，
怕事隨歌殘，情趁雲冷。[四]嬌睍隔東風，無人會、鶯燕暗中
心性。深盟縱約，盡同晴雨全無定。[五]海棠夢在，相思過、
西園秋千紅影。[六]

（《全宋詞》2331 頁）

【注釋】

　　[一]此即周詞體，前後段除換頭一句，句拍相同，字聲亦同，

十分嚴謹,當爲正體。首韻作五字兩句、四字一句(此調皆當如此斷句)。"待"作領字,宜用去聲。"倩"、"和"史浩"天氣正晴和"詞作"西"、"釋"。"點"王沂孫"柳外"詞作"低"。"倩它和愁"與"點破妝鏡"皆用拗句,張炎詞皆作平起仄收律句,不參校。句中可平可仄除注明外,皆見所列別體句法相同者。

[二]"輕"史浩"一箭舜弦風"詞作"蝶"。"都"惟陶宗儀詞作"著",以入代平,不參校。按"都護雨昏煙暝"作仄起仄收律句,周詞、程垓及張炎詞皆與之同,史浩二詞及王沂孫二詞皆作拗句,填者任選一種可也。"幽"、"露"王沂孫"柳外碧粼粼"詞作"綠"、"無"。

[三]"展"以入代平,不注仄聲。"文鴛重遊芳徑"前五字連用五平,與周詞同。

[四]"怕"爲領字,宜用去聲。"事隨歌殘"作拗句,史浩"天氣正晴和"詞正與之同,亦可作仄起平收律句,如程垓詞作"題葉西樓",亦可作平起仄收律句,如張炎詞作"年年凈洗"。按史詞"事隨歌殘"、"情趁雲冷"與上片"倩它和愁"、"點破妝鏡"正同,然宋人亦多用律句,填者任選一種可也,用拗句或律句,前後一致爲善。

[五]"鶯燕暗中心性"作仄起仄收律句,程垓、張炎、王沂孫等詞正與之同,周邦彦、史浩二詞作拗句,不混校。"鶯"王沂孫"柳外碧粼粼"詞作"漠"。"晴"史浩"一箭舜弦風"詞作"羽"。按陶宗儀詞下片第六、七句《全金元詞》斷作"水葓搖,晚月明,一笛潮生浦",當依史詞斷句。

[六]此韻兩拍,斷句方式與上片結韻相同,結句連用五平正與周詞相同。"夢"王沂孫"柳下碧粼粼"詞作"幽"。按史浩"天氣正晴和"一首,結句作"且管令、師僧八丈十二",字聲偶用不參校。

又一體

【體略】

雙片一百五字，上片五十二字九句四上去韻，下片五十三字九句五上去韻，張炎。

【圖譜】

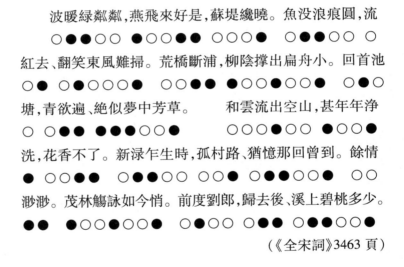

波暖綠粼粼，燕飛來好是，蘇堤纔曉。魚没浪痕圓，流
○●●○○　●○○●　○○○●　　○●●○　○

紅去、翻笑東風難掃。荒橋斷浦，柳陰撑出扁舟小。回首池
○●　○●○○○●　○○●●　●○○●●○●　　○●○

塘，青欲遍、絶似夢中芳草。　　和雲流出空山，甚年年浄
○　○●●　●●●○○●　　　○○○●○○　●○○

洗，花香不了。新渌乍生時，孤村路、猶憶那回曾到。餘情
●　○○●●　○○●○○　○○●　○●●○○●　　○○

渺渺。茂林觴詠如今悄。前度劉郎，歸去後、溪上碧桃多少。
●●　●○○○○○●　　○●○○　○●●　○○●○○●

（《全宋詞》3463 頁）

【注釋】

此與史詞相校，上下片第二、三、八、九句字聲皆異，且前後一致，爲作者有意爲之，特別是結句與正體連用五平不同，頗增激蕩之勢。張翥、邵亨貞、陶宗儀三詞正與之同。

又王沂孫二詞上下片結句正與張詞相同，他處又多與史詞相同，注出不另列。又按此詞上下片結韻兩句拍《詞譜》、《全宋詞》

斷作七字一句、六字一句,於文意似更順,但仍當與正體句拍相同爲妥。

宴清都

【調釋】

梁沈約《遊仙詩》:"朝上閶闔宮,高宴清都闕。"清都乃天上宮闕。《詞譜》卷三十:"調始《清真樂府》,程垓詞名《四代好》。"《片玉集》注中呂。按此中呂即中呂調之省稱,《夢窗詞》注"夾鐘羽,俗名中呂調"。此調爲南宋較流行詞調,題材多賦酒宴歌席祝頌之情,聲情宜歡快活潑。周詞哀怨,當非本調。《校正》:"此調適應於抒情、寫景、酬贈、詠物。"(512頁)

【體略】

中呂調,雙片一百二字,上片五十二字十句五上去韻,下片五十字十句四上去韻,周邦彦。

【圖譜】

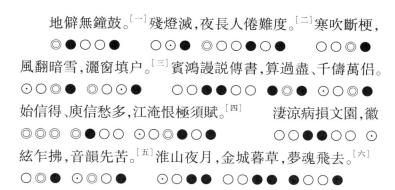

秋霜半入清鏡，歎帶眼、都移舊處。^[七]更久長、不見文君，歸
○○●◎○●　●○●　⊙○◎●　　　●◎○　◎●○○　⊙
時認否。^[八]
○●●

（《全宋詞》604 頁）

【注釋】

[一]《唐宋詞彙評》考此詞於元祐二年（1087）作（950 頁）；
《清真詞校注》考此詞於元祐八年（1093）深冬寫於溧水。此調兩
宋今存二十餘首詞，金元存二詞，皆用上去韻。《詞律》卷十七以
盧祖皋"春訊飛瓊管"詞爲正體，《詞譜》以周詞爲正體，當從後者。
然《詞譜》所定字聲多誤。此調上片自"寒吹"至"萬侶"，下片自"淮
山"至"舊處"，句拍相同，字聲微異。句中可平可仄除注明外，皆見
所列別體句法相同者。

[二]此韻作三字一句、六字一句兩拍，宋人其他作品皆當作
兩句拍。"夜"周密詞作"菲"。"夜長人倦難度"作拗句，宋人惟袁
去華詞作"頓覺秋意如許"、程垓詞作"又被鶯聲驚覺"、吳文英"萬
里關河眼"詞作"渺渺殘照紅斂"，句法字聲不同，偶用不參校。按
袁去華詞此韻二句《詞譜》作"房櫳頓覺，秋意如許"而另列別體，
《全宋詞》作"房櫳□、頓覺秋意如許"，今從後者（但頓號應作逗
號），無需另列。按陳允平詞《詞譜》作"玉壺冰漏遲度"，以少三字
而另列別體，《全宋詞》作"寒宵迥、玉壺冰漏遲度"，亦當爲三字一
句、六字一句。

[三]此韻三個四字句拍，皆用平起仄收律句。"寒"惟程垓詞
作"起"，不參校。"風"趙善括詞作"玉"，"暗"陳允平詞作"青"。
"灑"趙必瑑詞作"青"，"填"胡翼龍詞作"竹"。按"風翻暗雪"一
句，惟曹勛"鳳苑東風軟"詞作"人日應鐘"，律句不同，不參校，《詞
譜》以四字皆可平可仄不當。

　　[四]"賓鴻謾説傳書"一句惟胡翼龍詞作"別來被簀梅潤",字聲不同,不參校。"過"胡翼龍詞作"塵"。"始信"趙必瑑詞作"何時"。"江"陳允平詞作"廣"。"江淹恨極須賦"一句,曹勛"畫幕明新曉"詞、吳文英"萬里關河眼"詞、胡翼龍詞作仄起仄收律句,不參校。按上片結韻周詞作七字折腰一句、六字一句兩拍,何籀等人詞增韻變換句拍,不參校。

　　[五]"淒"惟吳文英"柳色春陰重"詞作"玉",不參校。"乍"周密詞作"花"。"先"惟趙善扛詞作"月",不參校。按"音韻先苦"周密詞作拗句,檢宋人詞,或拗或律,填者任選一種可也。吳文英"萬里關河眼"一首,此韻《詞譜》斷作:"吳王故苑。別來良朋雅集,空歎蓬轉。"以多用一韻另列別體,應依正體斷作:"吳王故苑別來,良朋雅集,空歎蓬轉。"無需另列。

　　[六]"金"、"暮"惟趙必瑑詞作"菊"、"三","夢"、"飛"惟吳文英"萬壑蓬萊路"詞作"千"、"蟄",皆不參校。按趙必瑑詞下片第四句《全宋詞》作"有秫田貳頃","有"當爲衍字,注出不另列。

　　[七]"秋"惟趙善扛詞作"別",以入代平;"半"惟趙必瑑詞作"休","清"程垓詞作"醉"、趙必瑑詞作"俗",皆不參校。"都"、"舊"胡翼龍詞作"近"、"心"。按"秋霜半入清鏡"作拗句,惟袁去華詞作"人言雁足傳書",爲律句,不參校;又吳文英詞"萬壑蓬萊路"詞作"何時地拂龍衣","衣"字當讀去聲。

　　[八]"久"胡翼龍詞作"今"。"長"惟曹勛詞作"載",不參校。"歸"趙善括詞作"一"。"認"惟程垓詞作"花",不參校。

又一體

【體略】

　　雙片一百二字,上片五十二字十二句九上去韻,下片五十字十

一句六上去韻,何籥。

【圖譜】

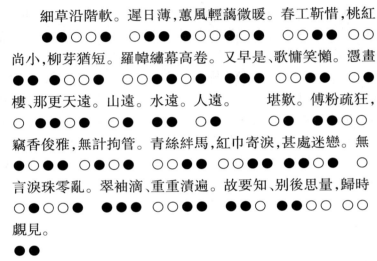

細草沿階軟。遲日薄,蕙風輕藹微暖。春工靳惜,桃紅
尚小,柳芽猶短。羅幃繡幕高卷。又早是、歌慵笑懶。憑畫
樓、那更天遠。山遠。水遠。人遠。　　堪歎。傅粉疏狂,
竊香俊雅,無計拘管。青絲絆馬,紅巾寄淚,甚處迷戀。無
言淚珠零亂。翠袖滴、重重漬遍。故要知、別後思量,歸時
覰見。

（《全宋詞》915 頁）

【注釋】

　　此與周詞相校,惟上片第七句添一韻,結韻二句添三韻作七字
折腰一句添一韻、三個兩字句各重複前韻"遠"字,換頭又用二字
短韻異,頗增回環怨歎之情。按曹勛"野水澄空"一首及程垓詞正
與此同。

又一體

【體略】

　　雙片一百二字,上片五十二字十二句九上去韻,下片五十字十

一句九上去韻,程垓。

【圖譜】

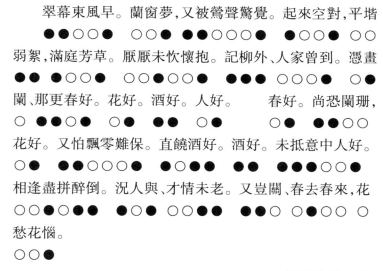

翠幕東風早。蘭窗夢,又被鶯聲驚覺。起來空對,平堦
●●○○●　　○○●　●○○●●●　●○○●　○○

弱絮,滿庭芳草。厭厭未忺懷抱。記柳外、人家曾到。憑畫
●●　○○●●　○○●●○○●　●●●、○○○●　○●

闌、那更春好。花好。酒好。人好。　　春好。尚恐闌珊,
○、●●○●　○●　●●　○●　　　○●　●●○○

花好。又怕飄零難保。直饒酒好。酒好。未抵意中人好。
○●　●●○○○●　●○●●　●●　●●●○○●

相逢盡拼醉倒。況人與、才情未老。又豈關、春去春來,花
○○●●●●　●○●、○○●●　●●○、○●○○　○

愁花惱。
○○●

　　　　　　　　　　　　　　　　　　　　　(《詞譜》卷三十)

【注釋】

　　《詞譜》:"此與何詞同,惟後段第三、四句,第六、七句,各攤破
四字兩句,作二字一句、六字一句異。又後段五疊'好'字韻,亦屬
遊戲之筆,非定格也。"按此詞下片開頭至"人好"處,《全宋詞》作:
"春好尚恐闌珊,花好又怕,飄零難保。直饒酒好□灘,未抵意中人
好。"字有脱漏,斷句亦不妥,當從《詞譜》。

又一體

【體略】

雙片一百二字，上片五十二字十句六上去韻，下片五十字十一
句六上去韻，曹勛。

【圖譜】

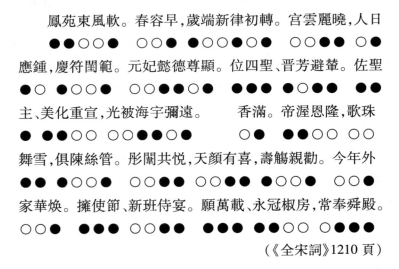

　　　　　　　　　　　　　　　　　　　　　　(《全宋詞》1210頁)

【注釋】

此與周詞相校，惟上下片第七句各添一韻、換頭用二字短韻
異。曹勛別首"畫幕明新曉"詞正與此同。按胡翼龍詞下片換頭
用二字短韻與此同，惟結句偶添二字作"江上楚帆風轉"，注出不
另列。又此詞上片結句"被"《詞譜》作仄聲，不妥，此處當作平聲，
下片第七句《全宋詞》原作"看壽觴親勸"，今從《詞譜》。

又一體

【體略】

雙片一百二字,上片五十二字十二句八上去韻,下片五十字十一句六上去韻,曹勛。

【圖譜】

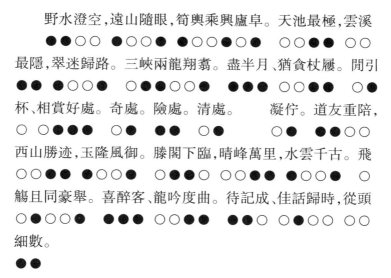

野水澄空,遠山隨眼,筍輿乘興盧阜。天池最極,雲溪
●●○○ ●●○○ ●○○○●○● ○○●● ○○
最隱,翠迷歸路。三峽兩龍翔翥。盡半月、猶貪杖屨。閑引
●● ●○○● ○○●○○● ●●● ○○●● ○●
杯、相賞好處。奇處。險處。清處。 凝佇。道友重陪,
○ ○●●● ○○● ●○● ○● ○● ●○○
西山勝迹,玉隆風御。滕閣下臨,晴峰萬里,水雲千古。飛
○○●● ●○○● ○●●○ ○○●● ●○○● ○
鵠且同豪舉。喜醉客、龍吟度曲。待記成、佳話歸時,從頭
○●○○●● ●●● ○○●● ●●○ ○●○○ ○○
細數。
●●

(《全宋詞》1223 頁)

【注釋】

此與何籀詞相校,惟上片首句減一字不用韻作四字一句,第二句添一字作四字一句。按下片結韻《詞譜》、《全宋詞》作上一下四式五字一句、六字一句,今依正體斷句。

又一體

【體略】

雙片一百二字,上片五十二字十句六上去韻,下片五十字十句五上去韻,盧祖皋。

【圖譜】

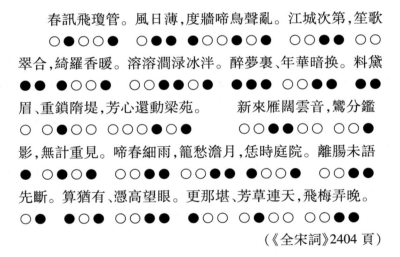

（《全宋詞》2404 頁）

【注釋】

《詞譜》:"此與周詞同,惟前後段第七句,多押兩韻異。"朱晞顏詞、梁寅詞、吳文英"萬里關河眼"詞正與此同。

倒　犯

【調釋】

《片玉集》注仙呂。《夢窗詞》注夾鐘商。按夾鐘商即雙調，雙調與仙呂調皆爲上字住，此調名倒犯，或爲仙呂調犯雙調之類。南宋方千里、陳允平、楊澤民等人有詞，題材宜詠物抒懷，句法多用六、七字折腰句及上一下四式五字句，聲情嫵媚柔婉中寓勁健之勢，亦屬健筆寫柔情之調。

【體略】

仙呂，雙片一百二字，上片四十九字九句六上去韻，下片五十三字十句六上去韻，周邦彥。

【圖譜】

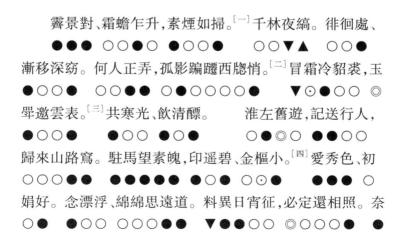

何人自老。^[五]

○○●●

　　　　　　　　　　　　　　　　　　　　　　（《歷代詩餘》卷七十八）

【注釋】

　　[一]《清真詞校注》以此詞於元祐八年（1093）深秋或初冬寫於溧水。此調兩宋僅存周詞及方千里、吳文英、楊澤民、陳允平詞，金元無存詞，其中方、楊、陳均爲和周詞。《詞律》卷十七以方千里詞爲正體，《詞譜》以周詞爲正體，當從後者，然《詞譜》斷句、字聲多不當。此調僅有一體。《詞譜》卷三十："若吳詞、陳詞之句讀或異，皆變格也。"按吳、陳詞句拍與周詞並無不同，詳見下注。楊澤民詞首韻脫漏七字。按此韻首句《詞譜》等書皆斷作"霽景、對霜蟾乍升"，十分拗口，今斷作上三下四式七字折腰一句，以之檢吳詞作"茂苑共、鶯花醉吟"、方詞作"盡日任、梧桐自飛"，皆合拍。惟陳允平詞作"百尺鳳皇樓碧天"普通七字一句。按陳詞首韻《詞譜》、《全宋詞》均斷作："百尺鳳皇樓，碧天暮雲初掃。"以文意割裂句拍，不可取。

　　[二]"千林夜縞"用平平仄仄，宋人詞作整齊劃一，"夜縞"宜用去上。上片第四韻作四字一句、七字一句兩拍，檢宋人他作皆當如此斷句。《詞譜》作上四下七式一句拍，誤。又吳文英詞，《詞譜》斷作："清溪上，慣來往扁舟、輕如羽。"而列又一體，楊澤民詞《全宋詞》斷作："逶巡遽贈詩語，因詢屏幃悄。"皆不當。

　　[三]"冒"爲領字，宜用去聲。"霜"方千里詞作"袖"。"玉"陳允平詞作"飛"。此韻楊澤民詞《全宋詞》斷作："道自有、藍橋美質誠堪表。"不當。

　　[四]"舊"吳文英詞作"詞"。"駐馬望素魄"連用五仄字聲，吳文英詞作"枕水臥漱石"，方千里詞作"曲沼瞰静緑"，楊澤民詞作"下馬叩靖宇"，皆同，惟陳允平詞"素"作"寒"字，當屬偶用。

"樞"吳文英詞作"一"。按陳詞下片第五句《全宋詞》作"覺世山河小",《詞譜》作"覺塵世、山河小",當從後者。

　　[五]"綿綿思遠道"作平起仄收律句,惟陳允平詞作"消息盈虛道",作仄起仄收律句,不參校。"料"作領字,宜用去聲,《詞譜》以吳詞"要未若城南"之"要"讀平聲,而定"料"本仄可平,不當,吳詞"要"字當讀去聲。"必"吳詞作"分"。結句《全宋詞》作"奈何人自衰老",多一字。

隔浦蓮

【調釋】

　　《片玉詞》注大石。《夢窗詞》注黃鐘商。按吳文英以律名言調,俗名亦即大石。調用上去韻,句短韻密,聲情婉轉嫵媚。《校正》:"此調用韻較密,且多短韻,調勢凝重,宜於寫景、詠物與叙事。前後段共四個短韻皆有承上啟下之作用。"(272頁)此調又名《隔浦蓮近》或《隔浦蓮近拍》,《隔浦蓮》或爲宋代大曲。《魏氏樂譜》卷三以周邦彥"新篁搖動"詞爲譜。

【體略】

　　大石,雙片七十三字,上片三十五字七句六上去韻,下片三十八字八句六上去韻,周邦彥。

【圖譜】

新篁搖動翠葆。曲徑通深窈。[一]夏果收新脆,金丸落、
⊙○○○●●　　◎●○○●　　●●○○●　○○◎

驚飛鳥。濃靄迷岸草。蛙聲鬧。驟雨鳴池沼。[二]　　水亭
⊙⊙●　⊙●○●●　○○●　◎●○○●　　　●○

小。浮萍破處,簾花簷影顛倒。綸巾羽扇,困臥北窗清曉。^[三]

●　　○○●● ⊙○○●○● ⊙○○◎● ●●◎○○●

屏裏吳山夢自到。驚覺。依然身在江表。^[四]

⊙●○○●● ⊙● ⊙○⊙●○●

(《全宋詞》602 頁)

【注釋】

[一]《唐宋詞彙評》考此詞作於元祐八年(1093)至紹聖三年(1096)之間周氏任溧水縣令之時(937頁)。此調兩宋金元現存二十餘首,《詞律》、《詞譜》皆以此詞爲正體,當是,然所定字聲多有不當。此調兩宋惟楊无咎、吳潛用入聲韻,其他人均用上去韻,當用上去韻。"新"吳潛"扇荷偷換"詞作"扇"。"搖"史達祖詞作"一"、翁元龍詞作"插",皆以入代平。按此調首句結三字用三仄聲,爲此調定格。"曲"吳文英詞作"愁"。句中可平可仄除注明外,皆見所列別體句法相同者。

[二]上片第三韻兩句拍,後一句作六字折腰句,《詞譜》作三句拍不當。史達祖二詞及吳文英、陳允平詞正與此同。按"金丸落、驚飛鳥"《古今詞統》作"金丸驚落飛鳥",此句宋人亦多有作六字一句者,周詞於宋或有兩種文本,《詞牌格律》以方千里詞作"夷猶終日魚鳥"等即受後者影響(1261頁),或是。"收"彭元遜詞作"試",偶用不參校。"落"史達祖"紅塵飛不"詞作"中","驚飛"史達祖"洛神一醉"詞作"不放"。又趙必瓈詞此句《全宋詞》作"金鈴顫響驚青鳥",多一襯字,注出不另列。"濃"陸游"騎鯨雲路"詞作"震"。"驟"彭元遜詞作"時"。

[三]"水"宋人惟彭元遜、趙必瓈詞作平聲,偶用不參校。"處"惟彭元遜詞作"掏",不參校。"簾"高觀國詞作"玉"。"綸"、"羽"陳允平詞作"月"、"庭"。"北"吳文英詞作"香"。"困"惟陸游"騎鯨雲路"詞作"零",不參校。

　　[四]"夢自到"連用三仄,亦爲此調定格。按"夢"字宋人吳潛"蘭橈環城"詞作"回","回"平去兩讀,此處似亦當讀去聲。"驚"史達祖詞作"耿"。"依"黃載詞作"藕"。"覺"字惟彭元遜詞偶不用韻,注出不另列。

又一體

【體略】

　　雙片七十三字,上片三十五字七句六上去韻,下片三十八字八句六上去韻,曾覿。

【圖譜】

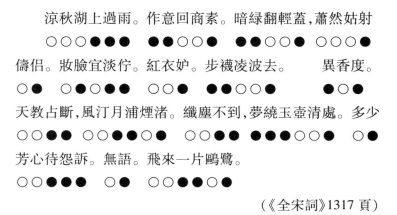

(《全宋詞》1317 頁)

【注釋】

　　此與周詞相校,惟上片第四句作六字一句,且字聲不同(用拗句)。按趙彥端、陸游、方千里、楊澤民等人詞正與此同。又高觀國詞作"涼生一天風露"、翁元龍詞作"一夜海棠中酒",字聲稍異,偶

用不參校,亦不另列。

又一體

【體略】

雙片七十三字,上片三十五字七句五上去韻,下片三十八字八句六上去韻,陸游。

【圖譜】

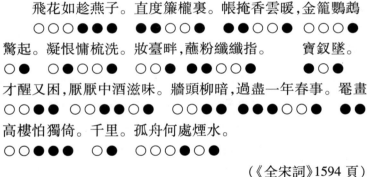

飛花如趁燕子。直度簾櫳裏。帳掩香雲暖,金籠鸚鵡
○○○●●● ●●○○● ●●○○● ○○○●
驚起。凝恨慵梳洗。妝臺畔,蘸粉纖纖指。　　寶釵墜。
○● ○○○●● ○○● ●●○○● 　　●○●
才醒又困,厭厭中酒滋味。牆頭柳暗,過盡一年春事。罨畫
○○●● ○○○●○● ○○●● ●●●○○● ●●
高樓怕獨倚。千里。孤舟何處煙水。
○○●●● ○● ○○○●○●

（《全宋詞》1594 頁）

【注釋】

此即曾覿詞體,惟上片第六句不用韻異,陸游別首及吳文英詞正與此同。又,吳文英詞上片第四句又作六字折腰句與周詞同。

玉燭新

【調釋】

《詞譜》卷二十九:"《爾雅》云:'四時和,謂之玉燭。'取以爲

名。"《片玉集》注雙調,《夢窗詞》亦同(夾鐘商)。調用上去韻,句法多用四五字句和七字折腰句,題材宜節令、詠物、抒情等,聲情清新婉媚。《魏氏樂譜》卷四有此調樂譜,即用周邦彥詞。又無名氏"養高梓里"一首亦名《玉燭新》,與此同名異調。

【體略】

雙調,雙片一百一字,上片五十一字九句五上去韻,下片五十字九句六上去韻,周邦彥。

【圖譜】

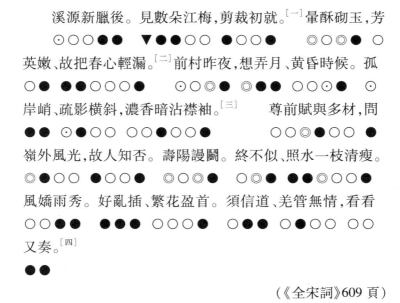

(《全宋詞》609 頁)

【注釋】

[一]《清真詞校注》以此詞於紹聖二年(1095)早春寫於溧水。此調兩宋現存近十首詞,金元僅存許有壬一首。惟趙以夫詞用入

聲韻。《詞律》卷十七以史達祖詞爲譜,《詞譜》以周詞爲正體,當從後者。“溪”方千里詞作“海”。“見”作領字,宜用去聲。“數”惟許有壬詞作“三”,偶用不參校。句中可平可仄除注明外,皆見楊无咎詞句法相同者。

　　[二]“砌”趙文詞作“花”。此韻兩拍,《詞譜》作四字一句、上三下六式九字折腰一句。《全宋詞》於此韻斷作:“暈酥砌玉芳英嫩,故把春心輕漏。”按《魏氏樂譜》斷句與《全宋詞》相同,此韻或可有兩種斷法。然楊无咎詞上下片均於前四字處添一韻,楊詞只能斷作四字一拍、上三下六式九字一拍。

　　[三]“孤”趙以夫詞作“又”。“沾”惟許有壬詞作“部”,偶用不參校。

　　[四]“賦”方千里詞作“宮”。“問嶺外風光”作上一下四句法,“嶺”趙文詞作“堂”。“壽”趙以夫詞作“而”。“風嬌雨秀”四字,趙以夫詞《詞譜》作“酒尊淡薄”,《全宋詞》作“清尊淡薄”,今從後者,不以“風”字本平可仄。下片第七句作七字折腰一句,《詞譜》作普通七字句不當。

又一體

【體略】

　　雙調,雙片一百一字,上片五十一字九句七上去韻,下片五十字九句六上去韻,楊无咎。

【圖譜】

荒山藏古寺。見傍水梅開,一枝三四。蘭枯蕙死。登
○○○●● 　●●●○○ ○●○● 　○○●● 　○

臨處、慰我魂消惟此。可堪紅紫。曾不解、和羹結子。高壓
○●● ●●○○○● ●○○● 　○○●● ○○○● 　○●

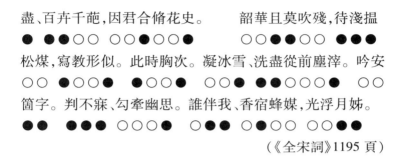

（《全宋詞》1195 頁）

【注釋】

此即周邦彦詞之改進體，上片第四、六句添二韻，上片自"見傍水"至"結子"，與下片自"待淺揾"至"幽思"相同，前後對稱，頗堪效法，元人許有壬和楊詞，正與此同。

西　河

【調釋】

曲名源出自唐代《西河長命女》。《碧雞漫志》卷五："《西河長命女》，崔元範自越州幕府拜侍御史，李訥尚書餞於鑒湖，命盛小叢歌，坐客各賦詩送之，有云：'爲公唱作西河調，日暮偏傷去住人。'《理道要訣》：'《長命女西河》，在林鐘羽，時號平調。'今俗呼高平調也。《脞説》云：'張紅紅者，大曆初，隨父歌乞食。過將軍韋青所居，青納爲姬。自傳其藝，穎悟絕倫。有樂工取古《西河長命女》加減節奏，頗有新聲。未進間，先歌於青。青令紅紅潛聽，以小豆數合記其拍，紿云："女弟子久歌此，非新曲也。"隔屏奏之，一聲不失。樂工大驚，請與相見，歎伏不已。兼云："有一聲不穩，今已正矣。"尋達上聽，召入宜春院，寵澤隆異。宮中號記曲小娘子，尋爲才人。'按此曲起開元以前，大曆間，樂工加減節奏，紅紅又正一

聲而已。《花間集》和凝有《長命女》曲,僞蜀李珣《瓊瑶集》亦有之,句讀各異。然皆今曲子,不知孰爲古製林鐘羽並大曆加減者。近世有《長命女令》,前七拍,後九拍,屬仙吕調,宮調,句讀並非舊曲。又別出大石調《西河》,慢聲犯正平,極奇古。蓋《西河長命女》本林鐘羽,而近世所分二曲,在仙吕、正平兩調,亦羽調也。"

《片玉集》注大石,即王灼所云"別出"者。此調用上去韻,題材多詠史懷古之作,聲情怨欵感傷。《夢窗詞》注中吕商,中吕商爲小石調之律名,聲情嫵媚清新,與周詞聲情不同。

【體略】

大石,三片一百五字,上片三十三字六句四上去韻,中片三十六字六句四上去韻,下片三十六字六句五上去韻,周邦彦。

【圖譜】

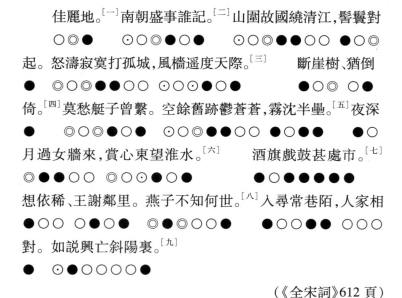

【注釋】

[一]《唐宋詞彙評》:"當作於金陵。羅忼烈箋謂作於溧水任內(1093—1096)。"(1003頁)《清真詞校注》以此詞於元祐三年(1088)夏歸錢塘途經金陵時作。此調兩宋今存十餘首詞,元人邵亨貞一首。周詞二首,《詞律》卷十八以周詞"長安道"一首爲譜,《詞譜》卷三十四以此詞爲正體,當從後者,然《詞譜》所定多誤。《詞譜》列此調共六體。此調實僅有三體。此調兩宋詞,皆用上去韻。句中可平可仄除注明外,皆見所列別體句法相同者。

[二]"南"、"盛"楊澤民詞作"嶽"、"事"。此用拗句,周詞別首作"瀟灑西風時起"用仄起仄收律句。《詞譜》:"前段第二句、中段第三句(當爲第二句),例作平平仄仄平仄,或仄平平仄平仄,周詞別首平仄與諸家不同,辛詞正照此填,當自成一體,不可參校。"

[三]"山"張炎詞作"闊";"髻"惟陳允平詞作"英",偶用不參校。"怒"張炎詞作"駕"。"風"劉一止詞作"掃","遥"陳允平詞作"縹"。

[四]按此韻六字或作六字折腰句,如此詞及吳文英、黃昇等人詞,或作普通六字一句,如楊澤民詞作"半天樓欄翠倚"、陳允平詞作"石頭城上試倚"("上"作平聲)等,後之宋人見解並不一致,然句中第二、四字必用平聲,此句必作一句拍爲是,《詞譜》等書斷作兩句拍不當。又,此句與周詞別首字聲亦迥然不同,不當參校。"斷"王埜詞作"千","倒"辛棄疾詞作"君",皆偶用,《詞譜》以前六字皆可平可仄不當。

[五]"莫"、"艇"王埜詞作"東"、"曾"。"莫愁艇子曾繫"作拗句,周詞別首、丘崈詞、辛棄疾詞作仄起仄收律句,不參校。"空"丘崈詞作"幾"。"霧"惟方千里詞作"衙",偶用不參校。

[六]"賞"《絕妙詞選》、《古今詞統》、《歷代詩餘》、《詞譜》等均作"傷",當依宋本及《百家詞》、《全宋詞》等作"賞"。按此字劉

一止詞作"緑"、張炎詞作"舞",均爲仄聲。"東"辛詞作"鼓"。

[七]"酒旗戲鼓甚處市"作拗句,僅"旗"字平聲,檢宋人詞,惟周詞別首及辛棄疾、丘崈、黃昇詞不同。《詞譜》:"後段起句,連用五仄聲字,陳允平和詞亦然。若周詞別首及辛詞俱作折腰句法,與諸家異。即黃昇詞之'大江東去日西墜'亦未合格,譜内概不校注平仄。不參校。"此説當從。

[八]"想"、"稀"《詞譜》作本平可仄誤。"王謝鄰里"作拗句,《詞譜》以周詞別首作"秋蟾如水"而定"謝"字本仄可平,不當,此字兩宋惟周詞別首作平聲,不參校。"燕"、"不"吳文英詞作"除"、"消"。

[九]"對"字爲韻位,遍檢兩宋詞作,除陳允平和詞不用韻外,無不然。《詞譜》以"對"字未用韻,結二韻斷作:"入尋常、巷陌人家,相對如説興亡,斜陽裏。"(《全宋詞》等書亦然)此大誤,以致諸多分析,亦成誤解。按此調下片結二韻當斷作上一下四式五字一句、四字一句、七字一句。"尋"吳潛詞作"昔"、張炎詞作"脱",偶以入代平。"相"吳文英詞作"一",偶以入代平,不參校。

又一體

【體略】

大石,三片一百五字,上片三十三字六句三上去韻,中片三十六字七句五上去韻,下片三十六字五句五上去韻,周邦彦。

【圖譜】

長安道,瀟灑西風時起。塵埃車馬晚遊行,灞陵煙水。
○○●　○●●○●　○○○●●○　●○○●

亂鴉棲鳥夕陽中,參差霜樹相倚。　到此際。愁如葦。冷
●○○●●○　○○○●○●　　●●●　○○●　●

落關河千里。追思唐漢昔繁華，斷碑殘記。未央宮闕已成
●○○○● 　○○○●●○句 ●○○● 　●○○●●○

灰，終南依舊濃翠。　　　對此景、無限愁思。繞天涯、秋蟾
○ 　○○●●○● 　　　●●● 　●○○● 　●○○ 　○○

如水。轉使客情如醉。算當時萬古，雄名盡是。作後來人
○● 　●●●○●● 　●○○●●● 　○○●● 　●●○○

淒涼事。
○○●

（《詞譜》卷三十四）

【注釋】

此與"佳麗地"詞相校，首句不用韻，又上片第二句，中片第
一、二、三句及下片首句字聲與"佳麗地"詞不同。此詞結韻兩句
《詞譜》斷作："想當時、萬古雄名，盡是作、後來人，淒涼事。"誤，其
句拍與"佳麗地"完全相同。又《詞律》、《歷代詩餘》、《全宋詞》諸
書脫漏"是"字，亦不當。

按首句不用韻劉一止及元人邵亨貞詞正與之同。上片第二
句、中片第三句字聲辛棄疾、丘崟詞正與之同，然二人首句又用韻
同"佳麗地"一首。又下片首句辛詞作"對梅花、更消一醉"，字聲
與周詞稍異，而丘崟詞作"整弓刀、徒御喜"減一字。按丘詞爲和
辛詞韻，當有脫漏，注出不另列。《詞譜》列辛棄疾詞又一體，以其
結句與周詞不同，不當。辛詞下片最後兩拍當斷作："過吾廬定有，
幽人相問。歲晚淵明歸來未。""問"字爲韻，其與周詞兩首句拍、
用韻皆同。《全宋詞》亦未將"問"字作韻。又丘崟詞《全宋詞》斷
作："想天心，注倚方深，應是日日傳宣公來未。"大誤，亦應斷作：
"想天心注倚，方深應是。日日傳宣公來未。"

又按劉一止詞《詞譜》以中片開頭添六字兩句"斷岸樹，愁無

際"列又一體,誤,據《全宋詞》劉詞實未添字。

又此詞第二片"際"字用韻:"到此際。愁如葦。"句拍、字聲與
"佳麗地"詞迥異,當有樂音變化。丘崈、黃昇詞亦於此處用韻,但
字聲却又同"佳麗地"詞,實爲周邦彦二詞之混和體,可視爲偶用,
注出不參校。

又一體

【體略】

三片一百四字,上片三十三字六句四上去韻,中片三十六字六
句四上去韻,下片三十五字五句五上去韻,王埜。

【圖譜】

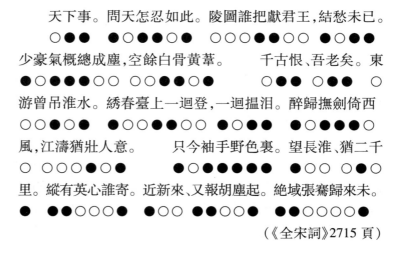

天下事。問天怎忍如此。陵圖誰把獻君王,結愁未已。
○●●　●○○●●●　　○○○●●●○○　●○●●

少豪氣概總成塵,空餘白骨黃葦。　　千古恨、吾老矣。東
●○●●●○○　○○●●○●　　　○●●、○●●　○

游曾吊淮水。綉春臺上一迴登,一迴揾泪。醉歸撫劍倚西
○○●●●　●○○●●●○　●○●●　●○●●●○

風,江濤猶壯人意。　　只今袖手野色裏。望長淮、猶二千
○　○○○●○●　　　●○●●●●●　●○○、○●○

里。縱有英心誰寄。近新來、又報胡塵起。絶域張騫歸來未。
●　●●○○○●　●○○、●●○○●　●●○○○○●

（《全宋詞》2715 頁）

【注釋】

此與"佳麗地"詞相校,下片第四句減一字作八字折腰一句,

樂音小有變化。此非脫漏，曹勛"和王潛齋詞"正與之全同，王潛齋即王埜之號。

紅林檎近

【調釋】

林檎，又名花紅、沙果。《說郛》卷一百零四下"林檎之別六"："蜜林檎、花紅林檎、水林檎……"《片玉集》注雙調。周詞賦寒梅，與本意無關。此調用平韻，多用五、六、七字句，題材多詠物抒懷，聲情明快歡暢。

【體略】

雙調，雙片七十九字，上片四十三字八句五平韻，下片三十六字七句三平韻，周邦彦。

【圖譜】

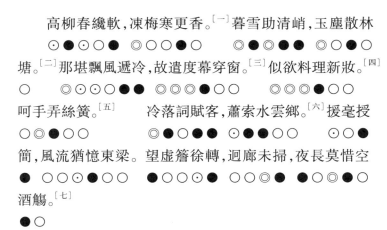

【注釋】

[一]《清真詞校注》以此詞於紹聖二年（1095）早春寫於溧水。此調兩宋現存九詞，金元存邵亨貞二詞。《詞律》以方千里詞爲譜，《詞譜》以周邦彥此詞爲正體，當從後者。"高"方千里"曉起山光慘"詞作"曉"，"春"陳允平"三萬六千頃"詞作"六"，"凍"楊澤民"梅信初回暖"詞作"風"。

[二]"暮"楊澤民"輕有鵝毛體"詞作"瓊"，"助"方千里"曉起山光慘"詞作"衣"。"清"陳允平詞作"的"，以入代平，《詞譜》以本平可仄不當。"玉"袁去華詞作"牆"。

[三]此韻兩個六字句拍，周詞皆用拗句，前句平拗，後句仄拗。然周詞別首上句作"才喜門堆巷積"，又用律句，以致後來作者或拗或律，莫衷一是。"故遣度幕穿窗"一句，楊澤民"梅信初回暖"詞、"輕有鵝毛體"詞及陳允平"三萬六千頃"詞也用律句，填者任選一種可也。"飄"陳允平"飛絮迷芳意"詞作"踏"，"故遣"楊澤民"梅信初回暖"詞作"窗前"，"度"袁去華詞作"顛"。

[四]此句此首亦作拗句，然別首作"漸看低竹翩翻"，"看"字平去兩讀，宋人或視爲拗句，或視爲律句，作律句者如方千里"宛然舞曲初翻"等，填者亦任選一種可也。"似"陳允平"三萬六千頃"詞作"先"。

[五]"呵手弄絲簧"作律句，然周詞別首又作"清池漲微瀾"用拗句。此調周詞兩首，字聲前後多不一，周詞亦頗有草率之處也。

[六]"冷"方千里"花幕高燒燭"詞作"遊"。按"冷落詞賦客"用拗句，宋詞全同，《詞譜》以陳允平用"簾"字而定此字可平可仄，不當，"簾"字平去兩讀，此處當讀去聲。"蕭"周詞別首作"宴"。

[七]"援"陳允平"飛絮迷芳意"詞作"控"，"猶"陳詞作"未"。"望"爲領字，"簪"楊澤民"輕有鵝毛體"詞偶用"木"字，不參校。"徐"袁去華詞作"斗"。"未"方千里"花幕高燒燭"詞作"人"。

“莫”周詞別首作“同”。按下片結句亦用拗句，宋人皆同。

花　犯

【調釋】

此爲犯調，具體所犯情況不詳，周密詞名《繡鸞鳳花犯》。《片玉集》注小石。《夢窗詞》注中呂商，亦即小石調。調用上去韻，題材多詠物懷人，聲情旖旎嫵媚。《唐宋詞通論》：“低聲吟唱。劉辰翁《疏影》：‘香篝素被，聽《花犯》低低，瑤花開未。’”（129頁）《校正》：“全調以五字句和七字句爲主，後段三個七字句均爲上三下四句法，故頓挫之處較多，兼用仄韻，音節低沉凝重，多表現苦澀之情。”（518頁）

【體略】

小石，雙片一百二字，上片四十九字九句六上去韻，下片五十三字九句四上去韻，周邦彥。

【圖譜】

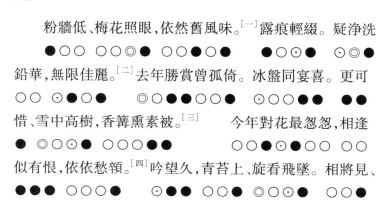

脆丸薦酒，人正在、空江煙浪裏。^[五]但夢想、一枝瀟灑，黃

●○●●　⊙◎●　⊙○○●●　　　◎●●　◎○○●　⊙

昏斜照水。^[六]

○○●●

（《全宋詞》609 頁）

【注釋】

　　［一］《唐宋詞彙評》："羅忼烈箋定此詞作於紹聖二年（1095）
冬或三年春初梅開之後。"（983 頁）《清真詞校注》以此詞於紹聖
三年（1096）仲春寫於溧水。此調兩宋現存十餘首詞，金元存韓奕
一詞，皆用上去韻。《詞律》卷十七以王沂孫詞爲譜，《詞譜》以周
詞爲正體，當從後者。《詞譜》卷二十："此調以此詞爲正體，宋人
皆如此填。若吳文英詞之少押一韻、或多押一韻，周密詞之減字，
皆變格也。"按吳詞並未減韻，周詞亦未減字，詳見下注。"照"韓
奕詞作"亭"。按首韻《詞律》、《詞譜》斷作三句，今作七字折腰一
句、五字一句，檢宋人他作，此種斷句當更爲合理。句中可平可仄
除注明外，皆見吳文英詞句法相同者。

　　［二］"輕"王沂孫詞作"十"。"疑净洗鉛華"，"疑"作領字。
按作領字通常用仄聲，"疑"字平仄兩讀，然檢宋人詞作，多用平
聲，周詞亦當用平聲，此字宋人亦有用仄聲者，不盡一致。"净"陳
允平詞作"姑"。"無限佳麗"宜作拗句，惟韓奕詞作"畫闌雕砌"，
不參校。

　　［三］"去"周密詞作"凌"。"冰"劉辰翁"甚天花"詞作"角"。
"雪"、"高"吳文英"翦橫枝"詞作"黃"、"驛"。"香"惟韓奕詞作
"石"，以入代平，不參校。

　　［四］"今年"一句用拗句，檢宋人詞作或律或拗，"花"字如
《詞譜》所定可平可仄，填者任選一種可也。"今"、"相"惟韓奕詞
作"夜"、"有"，皆偶用不參校。按吳文英"翦橫枝"一首《詞譜》斷

作:"行雲夢中認瓊娘,冰肌瘦,窈窕風前纖縞。"而列又一體,吳詞句拍當依周詞斷,無需另列。

　　[五]"吟"劉辰翁"甚天花"詞作"奈","旋"、"飛"劉辰翁"海山昏"詞作"塵"、"熱"。"人正"周密詞作"小窗"。按"煙浪裏"三字《詞律》、《詞譜》以必用平去上不當,編者所見宋詞有限,以至誤下斷論,此三字劉辰翁詞作"愛晴早"、趙文詞作"風雪路"、黃公紹詞作"楊柳怨",都未用平去上。按"空江煙浪裏"一句,惟劉辰翁二詞作拗句,偶用不參校。

　　[六]"但"、"黃"周密詞作"幽"、"一"。按"照水"二字《詞譜》認同《詞律》"結句'照水'二字,必須用去上,細校宋詞皆然,填者審之"。此說亦不當。此二字吳文英詞作"滿引"、王沂孫詞作"翠被"、黃公紹詞作"醉伴",不必強求定用去上二聲。

又一體

【體略】

　　中呂商,雙片一百二字,上片四十九字九句六上去韻,下片五十三字九句五上去韻,吳文英。

【圖譜】

小娉婷、清鉛素靨,蜂黃暗偷暈。翠翹敧鬢。昨夜冷中
●○○ 、○○●● ○○●○○ ●●○○ ●●●○

庭,月下相認。睡濃更苦淒風緊。驚回心未穩。送曉色、一
○ ●●○● ○○●●○○● ○○○●● ●●● 、●

壺葱蒨,纔知花夢準。 湘娥化作此幽芳,淩波路古岸,
○○● ○○○●● 　　○○●●●○○ ○○●●●

雲沙遺恨。臨砌影，寒香亂、凍梅藏韻。熏鑪畔、旋移傍枕。

○○○● 　○●● 　○○● 　●○○● 　　○○● 　●○○●

還又見、玉人垂紺鬢。料喚賞、清華池館，臺杯須滿引。

○●● 　●○○●● 　　●●● 　○○○● 　○○○●●

（《全宋詞》2893 頁）

【注釋】

《唐宋詞彙評》："此詞亦見《鐵網珊瑚》，依鄭文焯説，當同作於淳祐三年（1243）。任銘善以爲非是。"（3387 頁）此與周詞相校，惟下片第六句添一韻異。周密、趙文等人詞正與此同。按下片第二、三句，《詞譜》等書斷作："淩波路，古岸雲沙遺恨。"不當，當與周詞句拍相同。又周密詞下片第五句《詞譜》作"誰賞國香風味"，以減一字另列別體。此句《全宋詞》作："誰歡賞、國香風味。"與正體相同。

瑞龍吟

【調釋】

影宋本《詳注周美成片玉集》："揮犀云：'盧藏用夜聞龍吟，聽其聲清越，乃真瑞龍吟也。'"此調以"龍吟"爲名，當爲笛曲。《片玉集》注大石。《夢窗詞》注黃鐘商，俗名大石調、犯正平調。黃昇《花庵詞選》卷七："按此調自'章臺路'至'歸來舊處'是第一段，自'黯凝佇'至'盈盈笑語'是第二段，此謂之雙拽頭，屬正平調。自'前度劉郎'以下即犯大石，係第三段，至'歸騎晚'以下四句再歸正平。"此調題材寫景、言情均可，聲情跌宕轉折，柔婉中寓勁健之氣。《校正》："此調以四字句和六字句爲主，偶插入五字句。縱

觀全調之各句式,均多用律句,故調勢紆徐和婉而又波瀾起伏,音節諧美。此調以叙事與抒情結合之結構爲宜。"(645 頁)

【體略】

大石,三片一百三十三字,上、中片各二十七字六句三上去韻,下片七十九字十六句九上去韻,周邦彦。

【圖譜】

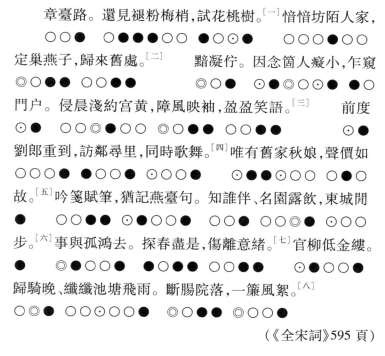

（《全宋詞》595 頁）

【注釋】

[一]《唐宋詞彙評》:"陳思《清真居士年譜》及龍榆生《清真詞叙論》皆以爲此詞乃紹聖四年(1097)周邦彦還京任國子主簿時

作。"（884頁）《清真詞校注》以此詞於元符元年（1098）寫於長安。
此調兩宋金元現存十餘首詞，皆用上去韻。《詞律》卷二十以張翥
"艫溪路"詞爲譜，《詞譜》以周邦彦此詞爲正體，當從《詞譜》，然
《詞譜》所定字聲多不當。《詞律》以此調當作四段："此調以清真
'章臺路'一曲爲鼻祖。向讀千里和詞，愛其用字相符。今此蛻巖
詞，亦和周韻者，平仄亦復字字俱和，信知樂府之調板如鐵，古賢之
心細如髮也。花庵云：前兩段屬正平調，謂之雙拽頭。後屬大石，
尾十七字，再歸正平，故近刻周詞，皆分三段。愚謂既以尾爲再歸
正平，則該分四疊，而清真及此詞應在'縷'字再分一段矣。"今仍
作三疊。"桃"吳文英"黯分袖"詞作"繫"。句中可平可仄除注明
外，皆見所列別體句法相同者。

　　［二］"坊"翁元龍詞作"一"，偶以入代平。"人"吳文英"大溪
面"詞作"六"，偶用不參校。"定"吳文英"大溪面"詞作"鮫"。
"燕"王義山詞作"南"，偶用不參校。

　　［三］"黯"王義山詞作"神"。"因"、"箇"劉辰翁詞作"女"、
"如"。"門"吳文英"大溪面"詞作"雪"。"淺"陳允平"長安路"詞
作"猶"。"障"方千里詞作"消"。

　　［四］"劉"陳允平"雙溪墅"詞作"月"，偶用不參校。"尋"吳
文英"大溪面"詞作"不"，偶以入代平。"歌"劉辰翁詞作"晝"，偶
用不參校。

　　［五］"唯"楊澤民詞作"可"。按此韻作六字一句、四字一句二
拍，《全宋詞》據文意將王義山及劉辰翁詞斷作四字一句、六字一
句，皆不妥，二人詞皆無需另列別體。

　　［六］"吟箋賦筆"楊澤民詞作"猶殢香玉"，偶用拗句，或傳抄
有誤，不參校。"知"翁元龍詞作"十"，偶以入代平。"露"楊澤民
詞作"羅"。"聞"吳文英"大溪面"用"不"，偶以入代平。按"名園
露飲"，"飲"字未用韻，吳文英詞此句作"千紅妝靨"，《詞譜》以
"靨"字用韻，並翁元龍詞"影"字亦用韻，皆不當。"靨"字音兩讀，

吳詞當依周詞，不作用韻處理。

　[七]"事"王義山詞作"文"。按下片第十一、十二句陳允平詞《詞譜》斷作："眩醉眼，盡遊絲亂緒。"而另列別體。《全宋詞》斷作："眩醉眼盡，遊絲亂緒。"當從後者斷句，無需另列。《詞譜》："此詞後段第十一句'探春盡是'，'探'字有平仄兩音，歷查宋、元諸詞，此處俱用仄聲字填，不可誤作平聲。"

　[八]"官"王義山詞作"若"。下片第十四句作上三下六式九字折腰句，《詞譜》作三字一句、六字一句兩拍不當。"騎"楊澤民詞作"桃"。"池"劉辰翁詞作"向"。按楊澤民詞於句意或斷作："憶桃李春風，梧桐秋雨。"此亦偶用，注出不另列。又按吳文英"大溪面"一詞《詞譜》斷作："猶自有玉龍，黃昏吹怨。"當依正體句拍斷句。"斷"、"一"吳文英"大溪面"詞作"重"、"春"。

又一體

【體略】

　三片一百三十二字，上、中片各二十七字六句三上去韻，下片七十八字十五句九上去韻，翁元龍。

【圖譜】

清明近。還是遞趲東風，做成花訊。芳時一刻千金，半
○○● 　○●●○○ ○○○● ○○○○● ●

晴半雨，酬春未準。　雁歸盡。離字向人欲寫，暗雲難認。
○●● ○○●● 　●○● ●●○○●● ●○○●

西園猛憶逢迎，翠紈障面，花間笑隱。　曲徑池蓮平砌，
○○●●○○ ●○●● ○○●● 　●●○○○●

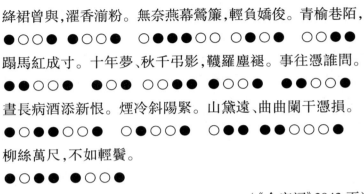

絳裙曾與,濯香湔粉。無奈燕幕鶯簾,輕負嬌俊。青榆巷陌,
●○○● ●○○● ○●●○○ ○●○● ○○●●

蹋馬紅成寸。十年夢、秋千弔影,轆羅塵裾。事往憑誰問。
●●○○● ●●○ ○○○● ○○○● ●●○●

晝長病酒添新恨。煙冷斜陽緊。山黛遠、曲曲闌干憑損。
●○●●○○● ○●○○● ○●● ●●○○○●

柳絲萬尺,不如輕鬢。
●○●● ●○○●

（《全宋詞》2943 頁）

【注釋】

　　此與周詞相校,第三片第十一、十二句減一字作七字一句異。《詞律拾遺》卷六:"第三段'晝長'句七字,與萬氏所收張詞四字兩句異,句法、去聲字略同……又劉基一首與此詞全同,惟'無奈'下十字作'門外遠山,青青常帶斜照'上四下六稍異。"按劉基詞"無奈"下十字,亦當斷作六字一句、四字一句,與翁詞並無不同。

解語花

【調釋】

　　《開元天寶遺事》卷下:"明皇秋八月,太液池有千葉白蓮數枝盛開,帝與貴戚宴賞焉。左右皆嘆羨。久之,帝指貴妃示於左右曰:'爭如我解語花?'"唐李涉《遇湖州妓宋態宜二首》(其一):"陵陽夜會使君筵,解語花枝出眼前。"《片玉集》注高平。高平即高平調。《夢窗詞》亦同。《詞譜》卷二十八以此調首見秦觀詞,秦觀詞《全宋詞》考作明張綖詞。此調於南宋爲較流行詞調,題材多

詠物懷人,用上去韻,且多用四字短韻,聲情婉轉嫵媚。周密有羽調《解語花》,用入聲韻,字聲、聲情與之有異。《校正》:"此調以四字句與六字句爲主,四個七字句皆作上三下四句法,兩個九字句皆作上三下六句法,故調勢極平緩,低沉而和諧,宜用於叙事、寫景、節序、詠物。"(471—472 頁)

【體略】

　　高平,雙片一百字,上片四十九字十句六上去韻,下片五十一字十句七上去韻,周邦彥。

【圖譜】

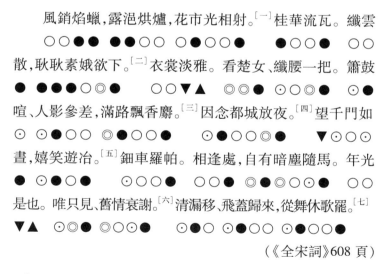

　　風銷焰蠟,露浥烘爐,花市光相射。[一]桂華流瓦。纖雲散,耿耿素娥欲下。[二]衣裳淡雅。看楚女、纖腰一把。簫鼓喧、人影參差,滿路飄香麝。[三]因念都城放夜。[四]望千門如晝,嬉笑遊冶。[五]鈿車羅帕。相逢處,自有暗塵隨馬。年光是也。唯只見、舊情衰謝。[六]清漏移、飛蓋歸來,從舞休歌罷。[七]

(《全宋詞》608 頁)

【注釋】

　　[一]《清真詞校注》以此詞於元符二年(1099)建中靖國元年(1101)之間寫於睦州。此調兩宋今存十餘首詞,金元無詞。此調惟周密詞用入聲韻,餘詞皆用上去韻。此調《詞律》卷十六以吳文

英“門橫皺碧”詞爲正體,《詞譜》以秦觀詞爲正體,然秦觀詞爲偶
作,今以周詞爲正體。此調上片自“桂華”以下與下片自“鈿車”以
下句拍相同。首韻二句惟張艾不用對句,宜用對仗。“花市光相
射”一句宋人惟施岳作“樓臺共臨眺”,偶用拗句不參校。句中可
平可仄除注明外,皆見所列別體句法相同者。

　　[二]“桂華流瓦”一句與下片“鈿車羅帕”相同,然“桂”字宋
人皆作去聲,“鈿”字宋人多用平聲,前後字聲稍異。上片第五、六
句《詞譜》作上三下六式九字折腰句一拍,今作兩拍。“素”惟張艾
詞作“西”,不參校。按劉子寰詞上片第五、六句《全宋詞》斷作:
“裝珠樹滿眼,買春無價。”當依周詞體斷句。

　　[三]“衣裳淡雅”四字宋人皆作平平仄仄,“淡雅”又多用去
上。“纖”、“一”吳文英“門橫皺碧”詞作“暗”、“平”。“簫”趙以夫
詞作“倒”,“人”張炎詞作“可”。

　　[四]“放”吳文英“簮花舊滴”詞作“葱”。按此句惟周密詞作
“餘寒猶掩翠户”,作平起仄收拗句,不參校,《詞譜》以前五字皆可
平可仄,誤。

　　[五]“望”作領字,宜用去聲。“千”張炎詞作“玉”。按“嬉笑
遊冶”作拗句,宋人楊澤民、張艾、張炎三詞又用律句,填者任選一
種可也。按趙以夫詞此韻《全宋詞》作“當時携手,煙水深處”,減
一字,而《宛委別藏》本《名家詞》作“憶當時携手,煙水深處”,正與
周詞同。

　　[六]“暗”、“隨”張艾詞作“汀”、“倦”。“年光是也”與上片
“衣裳淡雅”字聲全同,均爲平平去上,後二字宋人亦多用去上二
聲。“唯”趙以夫詞作“莫”。“衰”吳文英“簮花舊滴”詞作“緑”。

　　[七]“清”趙以夫詞作“待”,“飛”、“從”張炎詞作“懶”、
“畢”。按周詞下片結句作上一下四句法,吳文英詞作“宜晝陰庭
館”、“和酒香宜睡”,楊澤民詞作“到曉鐘才罷”等皆然;亦可作二
三句法,如趙以夫詞作“爲作芙蓉主”、張炎詞作“畢竟如今老”等,

字聲無異。

又一體

【體略】

雙片九十八字,上片四十九字十句六上去韻,下片四十九字十句七上去韻,施岳。

【圖譜】

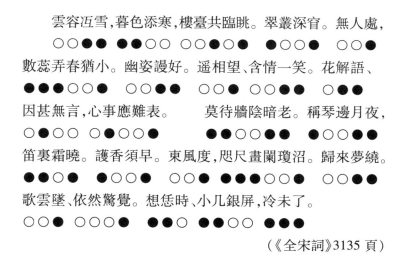

雲容冱雪,暮色添寒,樓臺共臨眺。翠叢深窅。無人處,
〇〇●● ●●〇〇 〇〇●●● ●●〇● 〇〇●

數蕊弄春猶小。幽姿謾好。遥相望、含情一笑。花解語、
●●●〇〇● 〇〇●● 〇〇● 〇〇●● 〇●●

因甚無言,心事應難表。　　莫待牆陰暗老。稱琴邊月夜,
〇〇〇〇 〇●〇〇● 　　●●〇〇●● ●〇〇●●

笛裏霜曉。護香須早。東風度,咫尺畫闌瓊沼。歸來夢繞。
●●〇● ●〇〇● 〇〇● ●●●〇〇● 〇〇●●

歌雲墜、依然驚覺。想恁時、小几銀屏,冷未了。
〇〇● 〇〇〇● ●●〇 ●●〇〇 ●●●

（《全宋詞》3135 頁）

【注釋】

此與周詞相校,下片結句減二字異。此詞下片結韻《全宋詞》斷作:"想恁時,小几銀屏冷未了。"按此詞結韻疑有脫漏,暫依《詞譜》列又一體。

又一體

【體略】

羽調,雙片一百一字,上片五十字,下片五十一字,各十句五入聲韻,周密。

【圖譜】

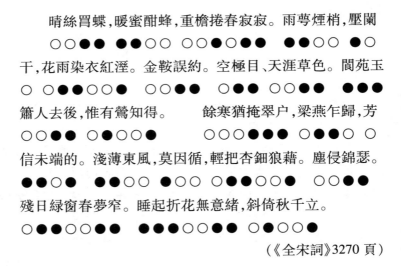

晴絲罥蝶,暖蜜酣蜂,重檐捲春寂寂。雨萼煙梢,壓闌
○○●●　●○○●　○○●○●　●○○●　●○
干,花雨染衣紅浥。金鞍誤約。空極目、天涯草色。閬苑玉
○　○●●○●　○○●●　○●●、○○●●　●●●
簫人去後,惟有鶯知得。　　餘寒猶掩翠户,梁燕乍歸,芳
○○○●●　○○●○●　　○○○●●●　○●●○　○
信未端的。淺薄東風,莫因循,輕把杏鈿狼藉。塵侵錦瑟。
●●○●　●●○○　●○○　○●●○○●　○○●●
殘日綠窗春夢窄。睡起折花無意緒,斜倚秋千立。
○●●○○●●　●●●○○●●　○●○○●

(《全宋詞》3270 頁)

【注釋】

此押入聲韻,用羽調,惟有此詞。此與周詞相校,上片第三句添一字作六字一句,下片第二、三句作四字一句、五字一句,且上片第四句、下片第一、四句皆不押韻,上下片第九句皆作普通七字句(字聲亦異),又上下片第五句“壓闌干”、“莫因循”及換頭一句字聲皆與周詞迥異,不得與周詞混校。此詞序云:“羽調《解語花》,

音韻婉麗,有譜而無其詞。連日春晴,風景韶媚,芳思撩人。醉撚
花枝,倚聲成句。"

垂絲釣

【調釋】

　　《片玉詞》注商調,《夢窗詞》亦同。調用上去韻,多用短韻,五
字句用上一下四句法,聲情怨歎感傷。《校正》:"此調韻密,但音
節低沉。"(240 頁)

【體略】

　　商調,雙片六十六字,上片二十六字七句六上去韻,下片四十
字九句九上去韻,周邦彥。

【圖譜】

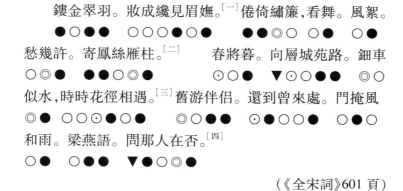

(《全宋詞》601 頁)

【注釋】

　　[一]《清真詞校注》以此詞於元符元年(1098)春天寫於汴京。

此調兩宋現存十餘首詞,金元無存詞。《詞律》卷九以吳文英"聽風聽雨"一首爲正體,《詞譜》卷十五以周詞爲正體,當從後者。關於此詞分片,《詞律》、《詞譜》、《詞繫》以"鈿車似水"爲下片首句。《詞譜》:"《花草粹編》,以'春將暮'句作結,似語氣未完;汲古閣本以'鈿車似水'句分段,則又非韻。今照楊无咎詞體校正。"《全宋詞》以"向層城苑路"爲下片首句。周邦彥此調分段各家多有不同,今依宋刻本及《百家詞》以"春將暮"爲下片首句。"鏤"、"翠"二字宋人惟袁去華詞用平聲,不參照,不從《詞譜》定本仄可平。上片首句惟吳文英詞偶不用韻,不另列。"妝"惟袁去華詞作"曉",不參校。句中可平可仄除注明外,皆見所列別體句法相同者。

[二]"倦倚繡簾"惟陳允平作"憑闌看花",用拗句,偶用不參校。上片第四、五句"舞"用韻,檢宋人詞,吳文英詞作"旋翦。夭豔"、趙彥端"莫愁有信"詞作"衣粉。堪認"皆用韻,當非偶然。不過方千里、陳允平、楊无咎等人詞又皆未用,當對周詞認識不同所致。"寄"爲領字,宜用去聲。

[三]"春"趙彥端詞作"想"。"向"爲領字,宜用去聲。"層"丘崈詞作"柳"。"苑"惟丘崈詞作"花",不參校。按下片第二句袁去華詞、陳亮詞不用韻。第三句方千里詞、楊无咎"玉纖半露"詞、陳允平詞添一韻。

[四]"門"惟陳亮詞作"短",偶用不參校。"問"爲領字,宜用去聲,"在"陳亮詞作"深"。下片第八句"梁燕語"《全宋詞》原作"梁間燕語",從《詞譜》改。按陳亮詞下片第八句偶不用韻,注出不另列。

又一體

【體略】

雙片六十六字,上片二十六字六句五上去韻,下片四十字九句

八上去韻,楊无咎。

【圖譜】

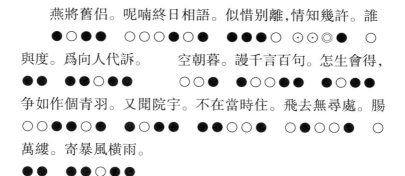

燕將舊侶。呢喃終日相語。似惜別離,情知幾許。誰
與度。爲向人代訴。　　空朝暮。謾千言百句。怎生會得,
爭如作個青羽。又聞院宇。不在當時住。飛去無尋處。腸
萬縷。寄暴風橫雨。

(《全宋詞》1179 頁)

【注釋】

此與周詞相校,上片第四、五句作四字一句,且不用短韻異。
按《全宋詞》此詞上片第三、四句作“似惜別離情,知幾許”,又將
“空朝暮”屬上片,皆不當。此詞上片第四句“情知幾許”作平起仄
收律句,楊无咎別首、丘崈詞、陳允平詞皆同,而趙彥端“短篷醉
艤”詞、陳亮詞、楊冠卿詞又分別作“風柳絲委”、“風致如許”、“眉
黛還斂”,用仄起仄收拗句,後者顯然以周詞“看舞。風絮”爲四字
一句。此體填者於上片第四句任選一種句型可也。又楊詞別首於
下片第三句偶添一韻,注出不另列。

<h2 style="text-align: center;">又一體</h2>

【體略】

雙片六十七字,上片二十七字六句五上去韻,下片四十字九句

七上去韻,袁去華。

【圖譜】

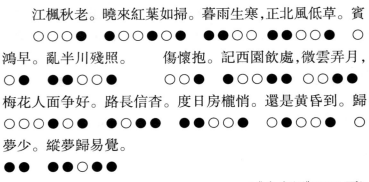

江楓秋老。曉來紅葉如掃。暮雨生寒,正北風低草。賓
○○○●　●○○●○●　●●○○　●●○●○●　　○

鴻早。亂半川殘照。　　　傷懷抱。記西園飲處,微雲弄月,
○●　●●○○●　　　　○○●　●○○●●　○○●●

梅花人面爭好。路長信杳。度日房櫳悄。還是黃昏到。歸
○○○●○●　●○○●　●●○○●　○●○○●　　○

夢少。縱夢歸易覺。
●●　●●○●●

(《全宋詞》1500頁)

【注釋】

　　此與周詞相校,上片第四、五句添一字作上一下四句法,不用
短韻,下片第二句減一韻異。按此詞《全宋詞》原將"傷懷抱"置於
上片,今依周詞正體分片。

又一體

【體略】

　　雙片六十六字,上片二十六字六句五上去韻,下片四十字九句
九上去韻,陳允平。

【圖譜】

鬢蟬似羽。輕紈低映嬌嫵。憑闌看花,仰蜂黏絮。春
●○●●　○○○●○●　○○●○　●○○●　　○

未許。寶箏閒玉柱。　　　東風暮。武陵溪上路。娉婷婀娜。
●●　●●○●●　　　　○○●　●○○●●　　○○○●

劉郎依約曾遇。鴛儔鳳侶。重記相逢處。雲隔陽臺雨。花
○○○●○●　○○●●　○○○●●　○●○○●　○

解語。舊夢還記否。
●●　●●○●●

　　　　　　　　　　　　　　　　　　（《全宋詞》3134 頁）

【注釋】

　　此與周詞相校,上片第四、五句作四字一句、不用短韻,下片第
三句添一韻,且上片結句、下片第二句、結句俱不作上一下四句法
異。按此詞《全宋詞》將"東風暮"置於上片,今依周詞正體分片。
又上片第三、四句《詞譜》作"憑闌看花柳,蜂黏絮"。

側　犯

【調釋】

　　側犯,本指宮調犯羽調。姜夔《淒涼犯》序云:"凡曲言犯者,
謂以宮犯商、商犯宮之類。如道調宮上字住,雙調亦上字住。所住
字同,故道調曲中犯雙調,或於雙調曲中犯道調,其他準此。唐人
《樂書》云:'犯有正、旁、偏、側。宮犯宮爲正,宮犯商爲旁,宮犯角
爲偏,宮犯羽爲側。'此説非也。十二宮所住字各不同,不容相犯,
十二宮特可犯商、角、羽耳。"《片玉集》注大石。此調句法上長句
有七、八字句(八字句均用折腰句),短句有二、三字句,交錯反復,
用上去韻,頗顯妖嬈婉轉。

【體略】

　　大石，雙片七十七字，上片四十一字八句六上去韻，下片三十六字八句五上去韻，周邦彦。

【圖譜】

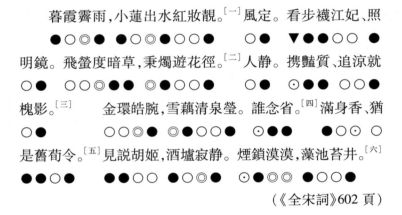

（《全宋詞》602 頁）

【注釋】

　　［一］《清真詞校注》以此詞作者離開睦州（建中靖國元年之後）後數年間寫於汴京。此調兩宋現存近十首詞，金元無存詞，皆用上去聲韻。《詞律》卷十一以方千里詞爲譜，《詞譜》卷十八以周詞爲正體，當從後者，然所定字聲多誤。《詞譜》：“坊本刻此詞，後段第七句（按應爲第六句）作‘酒壚寂静’，‘静’字押韻重出，按方千里、楊澤民和詞，無不押‘迥’字韻者，因爲改定。”“出”袁去華詞作“殘”。按姜夔詞首句偶用韻，注出不另列。句中可平可仄除注明外，皆見後列趙文詞。

　　［二］“風定”用二字短韻。“看步襪江妃、照明鏡”作上五下三式八字折腰句，宋人此句皆當如此斷句。“看”作領字，宜用去聲。

按“飛螢度暗草”陳允平作“輕紈笑自拈”，《詞譜》以“拈”讀平聲，誤，“拈”字平仄兩讀，此處當作上聲。

　　[三]“人静”用二字短韻。按陳允平詞《全宋詞》作“嬌懶”，“懶”字未用韻，《歷代詩餘》作“閒静”，“静”字用韻，同周詞，陳詞當從《歷代詩餘》。“携豔質、追凉就槐影”作上三下五式折腰句，《詞譜》斷作兩句不當。又姜夔詞《全宋詞》作“漸半脱宫衣笑相顧”，《詞譜》作“漸半脱宫衣、笑相顧”。按姜詞不妨與周詞同斷作上三下五句式。

　　[四]“皓”《詞譜》定仄聲不當，此字譚宣子詞作“何”，非偶用。按“誰念省”用三字短韻，姜夔詞作“誰念我”，《全宋詞》以“我”字未用韻。《詞譜》：“按，古韻魚、虞、歌、麻屬角音，皆可通押，故御、遇、駕、過亦可通押，此詞後段第三句‘我’字押韻，正用古韻也。”當從《詞譜》。

　　[五]此韻作八字折腰一句，如方千里詞作“點吴霜、憔悴愧潘令”，袁去華詞作“最堪恨、歸雁過多少”等皆同。《詞譜》作兩句拍不當。“香”袁去華詞作“恨”。

　　[六]“酒壚寂静”一句“静”字與上片“人静”之“静”重韻，周詞或偶重，而楊澤民、陳允平詞則依樣填寫。“煙鎖漠漠”作拗句，袁去華詞作“睡起依然”，姜夔詞作“寂寞劉郎”，用律句，填者任選一種可也。下片結韻方千里詞作“愁聽葉落，轆轤金井”，《詞譜》以“聽”字爲韻，斷爲兩字一句、六字一句，而列又一體，不當。方千里爲和周詞，“聽”字屬偶用韻，宋人詞亦再無此處用韻者。

又一體

【體略】

　　雙片七十七字，上片四十一字八句六上去韻，下片三十六字八

句四上去韻,趙文。

【圖譜】

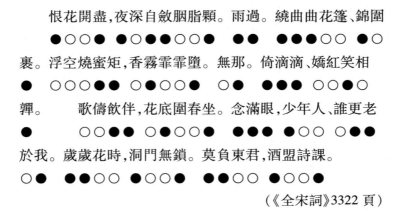

恨花開盡,夜深自斂胭脂顆。雨過。繞曲曲花篷、錦圍
●　●　●　●　●　●●●●　　●●　　●●●●○　●○

裏。浮空燒蜜矩,香霧霏霏墮。無那。倚滴滴、嬌紅笑相
●　　○○●●　○●○●　●●　　○●　　●●●　○○●○

鞾。　　歌儔飲伴,花底圍春坐。念滿眼,少年人、誰更老
●　　　○○●●　●●○○●　●●●　●○○　○○●

於我。歲歲花時,洞門無鎖。莫負東君,酒盟詩課。
○●　●●○○　●○○●　●●○○　●○○●

(《全宋詞》3322 頁)

【注釋】

此與周詞相校,下片第三句未用韻異。按下片第三、四、五句,
《全宋詞》斷作:"念滿眼、少年人,誰更老於我。"誤,"眼"字雖未用
韻,句拍仍當依周詞而斷。

綺寮怨

【調釋】

綺寮,有交錯花紋之窗。李商隱《明日》:"知處黃金鎖,曾來
碧綺寮。"《片玉集》注中呂。調用平韻,多用七、八字折腰句法,題
材多賦戀情相思,聲情頓挫感傷。《校正》:"此調句式複雜,前後
段句群組合變化很大。前段三個上三下四句法之七字句,兩個上
三下五句法之八字句;後段兩個折腰之六字句,結句爲上五下三之

八字句。故頓之處較多,而又歸於流暢。此調自周邦彥起,多表達悲切之情,調之音節瀏亮而優美,甚有特色。"(559頁)

【體略】

中呂,雙片一百四字,上片五十四字八句四平韻,下片五十字九句七平韻,周邦彥。

【圖譜】

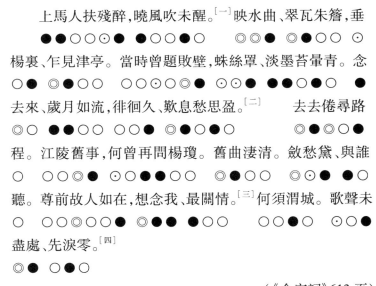

上馬人扶殘醉,曉風吹未醒。[一]映水曲、翠瓦朱簷,垂
楊裏、乍見津亭。當時曾題敗壁,蛛絲罩、淡墨苔暈青。念
去來、歲月如流,徘徊久、歡息愁思盈。[二]　去去倦尋路
程。江陵舊事,何曾再問楊瓊。舊曲淒清。斂愁黛、與誰
聽。尊前故人如在,想念我、最關情。[三]何須渭城。歌聲未
盡處、先淚零。[四]

（《全宋詞》613頁）

【注釋】

[一]《清真詞校注》以此詞於大觀三年(1109)寫於蘇州。此調除周詞,兩宋另有陳允平、趙文、劉辰翁等六人詞,金元無存詞。《詞譜》卷三十三以此詞爲正體,當從。"人"劉辰翁詞作"十",偶以入代平,不參校。"殘"趙功可詞作"又"。句中可平可仄除注明

外,皆見陳允平詞句法相同者。

　　[二]"映水"劉辰翁詞作"何須","翠"、"垂"、"乍"趙功可詞作"茶"、"斷"、"梅"。"曾"、"敗"劉辰翁詞作"數"、"啼"。"蛛絲"趙功可詞作"睡未"。"去"趙文詞作"人"。"歡"趙文詞作"天"。按"歡息愁思盈"作拗句,石正倫詞作"夜泉流恨深"、趙功可詞作"落花如雪深",用律句,不參校。

　　[三]"去"、"倦"趙功可詞作"千"、"囊"。"何"趙功可詞作"不"。"舊曲淒清"與下片第八句"何須渭城"宋人詞中除陳允平未押韻外,皆用四字短韻。"舊"趙功可詞作"當"。"愁"趙功可詞作"化"。"故"趙功可詞作"丘","想"劉辰翁詞作"無"。

　　[四]"歌"趙功可詞作"問","盡"劉辰翁詞作"芳"。按此韻劉辰翁詞《全宋詞》斷作"綠楊外、芳草庭院深",趙功可詞斷作"問何似、啼鳥枝上音",皆應依正體斷句。又按鞠華翁詞《詞譜》、《全宋詞》等皆作:"何人正聽隔壁聲。"頗疑"正"字前脫漏一字,當爲:"何人□正聽、隔壁聲。"注出不另列。

又一體

【體略】

　　雙片一百四字,上片五十四字八句四平韻,下片五十字九句四平韻,陳允平。

【圖譜】

　　　滿院荼蘼開盡,杜鵑啼夢醒。記曉月、綠水橋邊,東風
　　　●●○○○●　●○○●●　●●●　●●○○　○○

　又、折柳旗亭。蒙茸輕煙草色,疏簾淨、亂織羅帶青。對一
　　●　●●○○　○○○●●●　○○●　●○○●○　●●

尊、別酒初斟,征衫上、點滴香淚盈。 幾度恨沈斷雲,飛
○ ●●○○ ○○● ○○●○○ ●●●○●○ ○

鶯何處,連環尚結雙瓊。一曲琵琶,溢江上、慣曾聽。依依
○○● ○○●○●○ ●○○● ○○●○○ ○○

翠屏香冷,聽夜雨、動離情。春深小樓,無心對錦瑟、空涕零。
●○○● ○●●○○ ○○●○ ○○●●● ○●○

（《全宋詞》3124 頁）

【注釋】

　　此雖爲和周韻詞,然於下片第一、四、八句皆未用韻。按上片
第七句《詞譜》作"對一尊別酒",無"初斟"二字。

拜星月（慢）

【調釋】

　　曲名源自唐教坊曲《拜新月》,因"新"與"星"音近而傳誤,與
《雲謠集雜曲子》中詞不同。《宋史·樂志》(卷一百四十二)太宗
"制曲"中有般涉調《拜新月》。《片玉集》注高平,《夢窗詞》詞亦
同。調用上去韻,多用四六句法及八字折腰句,上下片結句均作上
一下四句法,題材宜節序、詠物、懷人等,聲情迷離幽怨。

【體略】

　　高平,雙片一百二字,上片四十七字九句四上去韻,下片五十
五字八句六上去韻,周邦彥。

【圖譜】

　　　　夜色催更,清塵收露,小曲幽坊月暗。[一]竹檻燈窗,識
　　　　●●○○ ⊙○⊙● ●●●○◎● ●●○○ ●

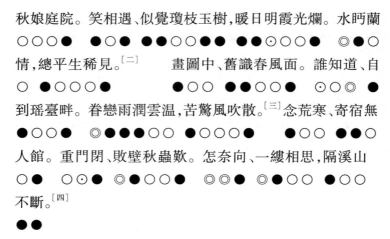

秋娘庭院。笑相遇、似覺瓊枝玉樹，暖日明霞光爛。水盼蘭

○○○●　　●○●●　●●○○●●　●●⊙○○●　　◎●○

情，總平生稀見。^[二]　　　畫圖中、舊識春風面。誰知道、自

○　●○○○●　　　　　●○○●●○●　●○●　⊙○◎　●

到瑤臺畔。眷戀雨潤雲温，苦驚風吹散。^[三]念荒寒、寄宿無

●○○●　◎●●○○○　●○○○●　　　●○○　●○●

人館。重門閉、敗壁秋蟲歎。怎奈向、一縷相思，隔溪山

○●　○○⊙●　◎●○●●　◎◎●　◎●○○　●○○

不斷。^[四]

●●

（《全宋詞》613頁）

【注釋】

[一]《清真集校注》以此詞於政和元年（1111）十月寫於離開汴京知河中府時。此調周詞外，兩宋僅吳文英、陳允平、周密、彭泰翁有詞，金元無存詞。其中陳、彭詞與周詞句拍全同，吳、周二詞於上片增字。"收"陳詞作"倦"。"小"《詞譜》以周密詞作"迤"而定此字本仄可平，"迤"當讀仄聲，且此處他詞亦均用仄聲。句中可平可仄除注明外，皆見後列吳詞句法相同者。

[二]"識秋娘庭院"作上一下四句法，惟陳允平詞作普通五字一句，偶用。"笑相遇"兩句，《詞譜》添二字斷作"笑相遇，似覺、瓊枝玉樹相倚，暖日明霞光爛"，以"似覺"處當頓，此説沿自《詞律》，實爲誤説。今檢宋刻本、明《百家詞》等皆無"相倚"二字，又陳允平、彭泰翁詞與周邦彦詞句拍正同，可證周詞並不缺字，而從周詞文意看，上片全寫夜晚，"似覺瓊枝玉樹，暖日明霞光爛"，其意爲"瓊枝玉樹"如同"暖日明霞光爛"，如加上"相倚"二字，則"暖日明霞"未知所云，"相倚"二字實爲好事者添加。"明"彭詞作

"玉"。"水"周密詞作"芳"。結句"總"與下片結句"隔"均爲領字。

[三]"誰"、"道"陳允平詞作"想"、"波"。"眷"陳允平詞作"重"。按"溫"字《詞譜》以周密詞作"鳩"而定本平可仄,周詞《全宋詞》作"鵑",當從後者。

[四]"敗"彭泰翁詞作"花"。按彭詞此二韻上韻《全宋詞》作七字一句:"多生不得丹青意。""多生"前必脱漏一字,當爲:"□多生、不得丹青意。"注出不另列。"奈"周密詞作"千","一"彭詞作"笙"。下片結句惟彭詞作"月明天似水",用普通五字句,偶用。按周密詞下片第七句《全宋詞》作"幾千萬縷垂楊",《詞譜》作"幾千萬、絲縷垂楊",當從後者。

又一體

【體略】

雙片一百四字,上片四十九字十句四上去韻,下片五十五字八句六上去韻,吳文英。

【圖譜】

絳雪生涼,碧霞籠夜,小立中庭蕪地。昨夢西湖,老扁
●●○○　●○○●　●●○○○●　●●○○　●○

舟身世。歡遊蕩、暫賞吟花酌露,尊俎冷玉,紅香疊洗。眼
○○●　●○●　●●○○●●　○●●●　○○○●　　●

眩魂迷,古陶洲十里。　　翠參差、澹月平芳砌。甆花滉、
●○○　●○○●●　　　●○○　●●○○●　○○●

小浪魚鱗起。霧盎淺障青羅,洗湘娥春膩。蕩蘭煙、麝馥濃
●●○○●　●●●●○○　●○○○●　●○○　●●○

侵醉。吹不散、繡屋重門閉。又怕便、綠減西風,泣秋槃燭外。
○●　　○●● ●●○○●　　●●● ●●○○　●○○●●

【注釋】

《唐宋詞彙評》:"鄭文焯《夢窗詞校議》謂與《瑞鶴仙》壽方蕙
巖寺簿詞同作於淳祐三年(1243)。任銘善《鄭大鶴校夢窗詞手稿
箋記》以爲非是。"(3345 頁)此與周詞相校,上片第七句添二字作
兩四字句異。周密詞此韻正與吳詞同。按上片第六、七句《詞
律》、《詞譜》、《全宋詞》等諸書皆斷作:"歡遊蕩,暫賞、吟花酌露尊
俎,冷玉紅香疊洗。"不當。

掃花遊

【調釋】

《片玉詞》注雙調,《夢窗詞》亦同。周詞用上去韻,賦本意。
《填詞名解》卷三:"《掃地花》,一名《掃地遊》,一名《掃花遊》。"
《詞譜》卷二十四名"掃地遊":"因詞有'占地持杯,掃花尋路'句,
取以爲名,又名《掃花遊》。"《全宋詞》據吳訥《百家詞》作《掃地
花》。此調爲南宋典雅詞人如吳文英、周密、王沂孫等喜用,多賦傷
春惜春之情,聲情怨歡感傷。《校正》:"此調以四字句與五字句爲
主,韻位恰當,調勢平穩和緩、宜於叙事、寫景、抒情、詠物。"(386 頁)

【體略】

雙片九十五字,上片四十八字十一句六上去韻,下片四十七字
十句七上去韻,周邦彦。

【圖譜】

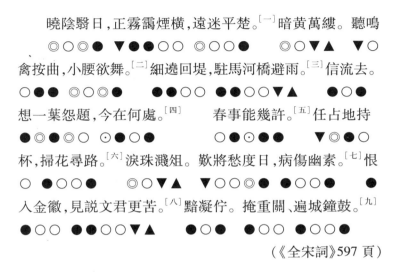

【注釋】

[一]《清真詞校注》以此詞於政和二年(1112)初春寫於河中府。此調兩宋金元現存二十餘首。《詞律》卷十四以方千里"野亭話別"詞爲譜,《詞譜》以周詞爲正體,當從後者,然《詞譜》所定字聲多誤。此調上片自"正霧靄"至"信流去",與下片"任占地"至"黯凝佇"相同。"曉"劉辰翁詞作"春","靄"陳允平"蕙風揚暖"詞作"揚"。"正"爲領字,宜用去聲。"遠"劉辰翁詞作"雞"。此韻楊无咎詞起四字即用韻,較周詞偶多一韻,注出不另列。

[二]"暗"周密"江蘺怨碧"詞作"孤"。"萬縷"宜用去上搭配,宋人罕有例外者。按此調多用去上搭配,《詞律》以方千里詞爲例説明:"千里和周……其中'恨縷'、'淚雨'、'似俎'、'浪森'、'調苦'諸去上字,並諸仄字,俱是定例。"按《詞律》所指去上搭配者中"浪森"對應周詞"度日",而周詞"日"字爲入聲,萬樹所言有

誤，其他四處可從萬樹所定。"聽"爲領字，宜用去聲。"小"、"欲"吳文英"水雲共色"詞作"章"、"春"。

[三]"回"宋人惟張炎詞作"不"，乃以入代平，《詞譜》以此字本平可仄不當。"河"宋人惟張半湖作"酒"用仄聲，《詞譜》定本平可仄不當。"避"宋人惟張半湖作"歌"用平聲，不參校。

[四]"想"爲領字。"一"、"怨"張炎"煙霞萬壑"詞作"喬"、"荒"。"葉"惟吳文英"水雲共色"詞作"陰"、"暖波印日"詞作"湖"，偶用不參校。"今"劉辰翁詞作"萬"。"今在何處"作拗句，"在"《詞譜》以吳文英詞作"看"，用平聲，定此字本仄可平，誤，吳詞"看"亦當讀仄聲。又第十句王沂孫詞《詞譜》作"一別漢南"，以減一字而列又一體，《全宋詞》作"□一別漢南"，當從後者，無需另列。

[五]"春事能幾許"宜作拗句，陳允平"蕙風揚暖"、王沂孫"滿庭嫩碧"、張炎"煙霞萬壑"三詞作平起仄收律句，偶用不參校。"能"吳文英"水園沁碧"詞作"雪"。

[六]"任"宋人惟王沂孫"滿庭嫩碧"一首作"且"，用上聲，其他均爲去聲。"占"劉辰翁詞作"宮"。"掃花尋路"宜作平起仄收律句，惟吳文英"水雲共色"、張炎"煙霞萬壑"二詞作拗句，不參校。"尋"吳文英"暖波印日"詞作"曲"，偶用不參校。

[七]"淚"張炎"煙霞萬壑"詞作"山"。"歎"爲領字，宜用去聲。"將愁度日"一句惟張半湖詞作"石鼎烹茶"，律句不同，不參校。《詞譜》以"將愁"、"日"皆定爲可平可仄，誤。"度"王沂孫"商飆乍發"作"孤"。

[八]"見"宋人惟趙文、張半湖作平聲，"文"張炎作"不"以入代平，"更"宋人惟張半湖作"低"用平聲。以上諸字《詞譜》皆定可平可仄，誤。

[九]"黯"宋人惟張半湖作"涼"，不參校。"鐘"吳文英"水園沁碧"一首作"不"，以入代平，《詞譜》定本平可仄誤。

繞佛閣

【調釋】

《片玉集》注大石,《夢窗詞》亦同。調用上去韻,多用四字句,調式舒緩平和,題材宜詠物抒懷,聲情感傷幽怨。

【體略】

大石,雙片一百字,上片五十字十二句八仄韻,下片五十字十句六仄韻,周邦彥。

【圖譜】

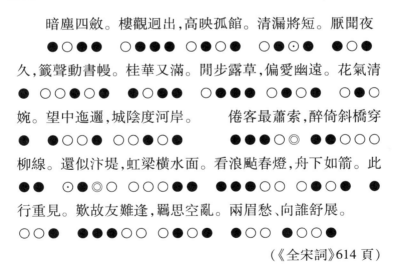

暗塵四斂。樓觀迥出,高映孤館。清漏將短。厭聞夜
久,籤聲動書幔。桂華又滿。閒步露草,偏愛幽遠。花氣清
婉。望中迤邐,城陰度河岸。　　倦客最蕭索,醉倚斜橋穿
柳線。還似汴堤,虹梁橫水面。看浪颭春燈,舟下如箭。此
行重見。歎故友難逢,羈思空亂。兩眉愁、向誰舒展。

（《全宋詞》614 頁）

【注釋】

《清真詞校注》以此詞於政和二年(1112)仲春寫於長安。此

調兩宋現僅存五詞，金元無存詞。按上片第五、六句與下片第三、四句《詞律》卷十六皆作普通九字一句，《詞譜》卷二十八皆作九字折腰一句，今分別作兩句拍。此調除周詞外有吳文英二首及陳允平、張艾詞，張艾詞句拍用韻稍異，爲變格。《詞譜》未見張艾詞，且字聲所定多誤。《詞繫》卷十七："‘厭聞’句、‘望中’句、‘還似’句，皆九字，是二字領起下七字。"

上片第四句"將"，吳詞"蒨霞豔錦"一首作"萬"。"花氣清婉"一句，《詞譜》以吳詞作"賦情縹緲"而定四字皆可平可仄，誤。"賦情縹緲"四字《全宋詞》屬下句，上句四字作缺字，當從《全宋詞》。第十二句"陰"字《詞譜》以吳詞作"絮"而定可仄，誤，吳詞《全宋詞》作"風"。下片第一句"索"陳詞作"人"，第二句"醉"字《詞譜》以吳詞作"人"而定本仄可平，誤，此字吳詞本作"向"。第三句"堤"陳允平詞作"積"，偶以入代平，不參校，《詞譜》以陳詞作"漬"，不可從。第六句"下"字《詞譜》以陳允平詞作"駒"用平聲而定本字可平，亦誤，"駒"平仄兩讀，此處必讀去聲。句中可平可仄除注明外，皆見下列張艾詞句法相同者。

又一體

【體略】

大石，雙片一百字，上片五十字十一句八仄韻，下片五十字十句七仄韻，張艾。

【圖譜】

渚雲弄淰，烟縷際晚，江國遙碧。鴻過無迹。怕聞野

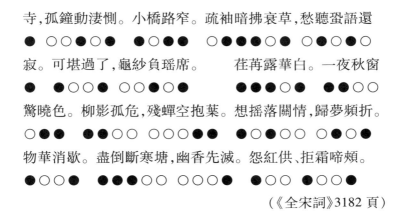

寺,孤鐘動淒惻。小橋路窄。疏袖暗拂衰草,愁聽蛩語還
● ○○●○● ●○●● ○●●○○● ○●●○
寂。可堪過了,蟫紗負瑤席。　　荏苒露華白。一夜秋窗
● ●○●● ○○●●● ●●●○● ●●○○
驚曉色。柳影孤危,殘蟬空抱葉。想搖落關情,歸夢頻折。
○●● ●●○○ ○○○●● ●○●○○ ○●○●
物華消歇。盡倒斷寒塘,幽香先滅。怨紅供、拒霜啼頰。
●○○● ●●●○○ ○○○● ●○○ ●○○●

（《全宋詞》3182 頁）

【注釋】

　　此用入聲韻,與周詞相校,上片第八、九、十句作六字兩句且減
一韻,換頭添一韻異,其他均同。按此詞字聲與周詞十分相近(惟
下片第九句作律句不同),當亦仿周詞而作,或此詞上片兩個六字
句亦可斷作:"疏袖暗拂,衰草愁聽,蛩語還寂。"如此句拍與周詞
相同,但終少一韻。

瑣窗寒（月下笛）

【調釋】

　　"瑣窗",有繪畫或鏤刻連環圖案的窗户。《詞律》卷十六名
《鎖窗寒》。《詞譜》卷二十七:"一名《鎖寒窗》,調見《片玉集》,蓋
寒食詞也。因詞有'静鎖一庭愁雨'及'故人剪燭西窗雨'句,取以
爲名。"《片玉集》注越調,《夢窗詞》注"無射商,俗名越調,犯中呂
宫,又犯正宫"。此調周詞别首《百家詞·片玉集抄補》作《月下
笛》,《詞律》、《詞譜》皆以《月下笛》與《瑣窗寒》視爲兩調而分列,

《宋七家詞選》、《詞繫》等視爲一調。《詞繫》卷十六："《七家詞選》云：'此調諸本皆作《月下笛》，細按之，實是《鎖窗寒》也。換頭與結句稍異，乃一調異體者，説本淩廷堪。'《填詞名解》云：'此詞由彭巽吾'江上行人'詞得名。'愚按：彭巽吾名無遜，姜、張皆在其前，此語固不足據。遍考諸家，周作而後以姜詞爲最先，此詞體格實與《鎖窗寒》無二。"今按周邦彦詞《月下笛》當視爲《瑣窗寒》，而姜夔等人《月下笛》句拍五處與周詞不同，當視爲新調。張炎兩首《瑣窗寒》與周詞同，兩首《月下笛》與姜詞同，應非偶然。此調題材以戀情相思爲多，宜健筆寫柔情，聲情怨欷激揚。《校正》："此調以四字句爲主，配以六字句，又有兩個上一下四句法之五字句，三個上三下四句法之七字句和兩個七字句，且過變處連續兩個短韻，故句式複雜而多變化，調勢於平穩和緩中又含流暢，因而表情頗爲曲折而變化。此調適應於抒情、寫景、詠物、悼亡、叙事等題材，注意處理好過變處之兩個短韻。"（444 頁）

【體略】

越調，雙片九十九字，上片四十九字十句五上去韻，下片五十字十句六上去韻，周邦彦。

【圖譜】

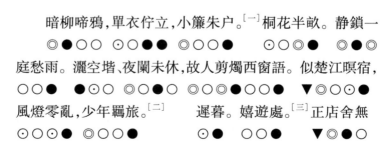

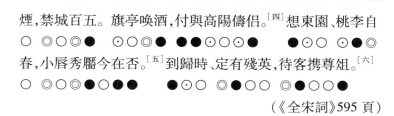

煙,禁城百五。旗亭喚酒,付與高陽儔侶。[四]想東園、桃李自

春,小脣秀靨今在否。[五]到歸時、定有殘英,待客携尊俎。[六]

(《全宋詞》595 頁)

【注釋】

[一]《清真詞校注》以此詞於政和二年(1112)寒食寫於長安。此調兩宋現存二十餘首,金元僅存錢霖一詞,惟周邦彥別首及仇遠詞用入聲韻,他詞皆用上去韻,宜用上去聲韻。《詞律》、《詞譜》均以此詞爲正體,當是。"暗"蘇茂一詞作"雲","單"張輯詞作"洞","小"劉辰翁詞作"今"。句中可平可仄除注明外,皆見所列別體句法相同者。

[二]"桐"、"半"張輯詞作"夜"、"如"。"靜"張輯詞作"人"。"夜"陳允平詞作"紅"。"夜闌未休"劉辰翁詞、楊无咎詞、蕭允之詞等作仄起平收律句,不參校。"故"劉辰翁詞作"行"。"似"作領字,宜用去聲。"風"王沂孫"趁酒梨花"詞作"不","零"陳允平詞作"倦","少"張輯詞作"悲"。按此調結韻作三拍:五字一句、四字兩句,並無他種句拍。按上片第四句"畝"字用韻,周詞別首、方千里詞、楊澤民詞、劉辰翁詞、張炎"斷碧分山"詞皆同。

[三]"遲暮"作二字短韻,"遲"陳允平詞作"日"。"嬉遊處"作三字短韻,"嬉遊"二字必用平聲。按曾隸詞,換頭三句《全宋詞》斷作"凝見。窗留篆影,六曲雕闌",誤,當作"凝見。窗留篆。影六曲雕闌"。又,蘇茂一詞下片第二句不用韻,蕭允之詞正與之同,注出不另列。

[四]"正"爲領字,宜用去聲。"店舍無煙"張炎"亂雨敲春"詞作"移燈剪韭",偶用不參校。"禁"劉辰翁詞作"風"。"旗"、"喚"彭正大詞作"百"、"家"。"旗亭喚酒"一句王沂孫"趁酒梨

花”詞作“撲蝶花陰”,用仄起平收律句,偶用不參校。

　　[五]“桃”、“自”陳允平詞作“九”、“香”。“小”陳允平詞作“倡”,“秀”彭正大詞作“騷”。“小唇秀靨今在否”一句,檢宋人諸詞,惟楊无咎作“寂寞細撚酴醾嗅”用仄起拗句,偶用不參校。又吳文英作“冷薰沁骨悲鄉遠”、劉辰翁作“故園夢裏能歸否”用平起律句,亦偶用不參校。

　　[六]“歸”劉辰翁詞“作“數”。待”黃廷璹詞作“春”。此韻結句張炎二詞分別作“候蛩愁暗葦”、“待教潮信穩”,律句不同,注出不參校。

又一體

【體略】

　　越調,雙片九十九字,上片四十九字十句五入聲韻,下片五十字九句四入聲韻,周邦彥。

【圖譜】

小雨收塵,凉蟾瑩徹,水光浮璧。誰知怨抑。静倚官橋
●●○○　○○●●　●○○●　○○●●　●●○○

吹笛。映宮牆、風葉亂飛,品高調側人未識。想開元舊譜,
○●　●○○　●●●○　●○○●○●●　●○○●●

柯亭遺韻,盡傳胸臆。　　闌干空四繞,聽折柳徘徊,數聲
○○○●　●●○●　　　　○○○●●　○●●○○　●○

終拍。寒鐙陋館,最感平陽孤客。夜沈沈、雁啼正哀,片雲
○●　○○●●　●●○○○●　●○○、●○●○　●○

盡卷清漏滴。暗凝魂、但覺龍吟，萬壑天籟息。

●●○●●　●○○　●●○○　●●○●●

（《詞譜》卷二十七）

【注釋】

此名《月下笛》，亦爲越調。此與"暗柳啼鴉"詞相校，惟換頭作五字一句減二韻，下片第七句"雁啼正哀"作拗句（吳文英詞與之同），其他皆同。換頭一句"闌干空四繞"《全宋詞》作"闌干四繞"。又，"暗凝魂、但覺龍吟，萬壑天籟息"《全宋詞》作三字一句、九字一句，今依正體斷句。按仇遠詞用入聲韻正同此體，惟換頭用短韻又同"暗柳啼鴉"詞體，注出不另列。仇詞換頭《全宋詞》原作"遊劇歸來"，"劇"字正用韻，"歸來"後當脫漏一仄聲字。

又一體

【體略】

雙片一百字，上片四十九字十句四上去韻，下片五十一字十句七上去韻，楊无咎。

【圖譜】

柳暗藏鴉，花深見蝶，物華如繡。情多思遠，又是一番

●●○○　○○●●　●○○●　○○●●　●●○○

清瘦。憶前回、庭樹來春，個人預約同携手。恨遲留載酒，

○●　●○○　○●○○　●○●●○●●　●○○●●

期程孤負，踏青時候。　　搔首。雙眉暗鬭。況無似今年，

○○○●　●○○●　　○●　○○●●　●●●○○

一春晴畫。風傔雨傸。直得恁時迤逗。想閒窗、針線倦拈，
●○○●　　○○●●　　●●●○○○●　　●○○　○●●○

寂寞細撚酴醾嗅。待還家、定自冤人，淚粉盈襟袖。
●●●●●○●　　●○○　●●○○　●●○●○

（《全宋詞》1193 頁）

【注釋】

此與"暗柳啼鴉"詞相校，下片第二句添一字作四字一句異。
關於此詞字句，《詞譜》："汲古閣刻，換頭句作'忽雙眉暗鬭'，脱
'搔首'二字，多一'忽'字；第七句（應爲第六句）'直得迤逗'，脱
'恁時'二字，今依《詞緯》校正。後段第五句，'傔'字仄聲，恐是誤
用，不注入譜。"按"傔"字平仄兩讀，這裏當讀平聲。

又按此詞上片結韻《詞譜》斷作："恨遲留、載酒期程，孤負踏
青時候。"不當。《詞譜》、《全宋詞》於此調此韻亦往往有此種斷
法，如張炎"亂雨敲春"詞斷作："最憐他、樹底嫣紅，不語背人吹
盡。"楊澤民詞斷作："似向人、欲説離愁，因念未歸行旅。"等等，皆
不當。

又 一 體

【體略】

雙片九十九字，上片四十九字十句四上去韻，下片五十字九句
五上去韻，程先。

【圖譜】

雨洗紅塵，雲迷翠麓，小車難去。淒涼感慨，未有今年
●●○○　○○●●　●○○●　　○○●●　●●○○

春暮。想曲江、水邊麗人,影沈香歇誰爲主。但兔葵燕麥,
〇●　　●●〇　●〇〇●〇〇　●〇〇●〇〇　●●〇●●

風前搖蕩,徑花成土。　　空被多情苦。歎嘉會難逢,少年
〇〇〇●　●〇〇●　　　〇●〇〇●　●〇〇●〇〇　●〇

幾許。紛紛沸鼎,負了青陽百五。待何時、重享太平,典衣
●●　　〇〇〇●　●〇〇〇●●　　●〇〇　〇●●〇　●〇

貰酒相爾汝。算蘭亭、有此歡娛,又却悲今古。
●●〇●●　　●〇〇　●●〇〇●　●●〇〇●

(《詞綜》卷十四)

【注釋】

　　此與"暗柳啼鴉"詞相校,惟換頭不用短韻異,張輯詞正與之
同。按《詞譜》諸書多將此詞下片第二句減一字作四字一句,今從
《詞綜》。按彭正大詞亦同此體,惟下片首句偶作"憑欄凝望處",
字聲小異。

又一體

【體略】

　　雙片九十九字,上片四十九字十句五上去韻,下片五十字十句
七上去韻,方千里。

【圖譜】

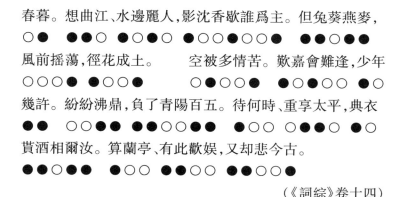

燕子池塘,黃鸝院落,海棠庭戶。東君暗許。借與輕風
●●〇〇　〇〇●●　●〇〇●　　〇〇●●　　●●〇〇

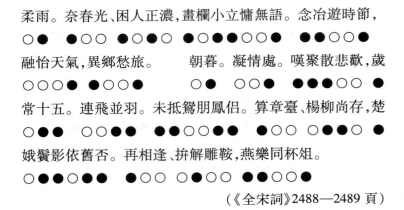

柔雨。奈春光、困人正濃,畫欄小立慵無語。念冶遊時節,
○●　　●○○　●○●●　●○○●○○●　　●●○○●

融怡天氣,異鄉愁旅。　　　朝暮。凝情處。嘆聚散悲歡,歲
○○○●　●○○●　　　　○●　○○●　●●●○○　●

常十五。連飛並羽。未抵鴛朋鳳侶。算章臺、楊柳尚存,楚
○○●●　○○●●　●●○○●●　●○○　○●●○　●

娥鬢影依舊否。再相逢、抦解雕鞍,燕樂同杯俎。
○○●●○●●　●○○　○●○○　●●○○●

（《全宋詞》2488—2489 頁）

【注釋】

此與“暗柳啼鴉”詞相校,惟上片第四句、下片第五句皆用韻
異,前後一致。張炎“斷碧分山”詞正與之同,惟下片結句作“候蛩
愁暗葦”,字聲小異。上片第四句“許”、下片第五句“羽”字《全宋
詞》皆未注韻,當從《詞牌格律》注韻。按張炎詞下片第六句,《詞
譜》等書作七字折腰句“料應也、孤吟山鬼”,《歷代詩餘》作六字
“料應孤吟山鬼”,當從後者。

還京樂

【調釋】

曲名見《教坊記》。《新唐書》卷二十一:“民間以帝自潞州還
京師,舉兵夜半誅韋皇后,製《夜半樂》、《還京樂》二曲。”《詞譜》
卷三十一:“宋詞蓋借舊曲名,另翻新聲也。”《片玉集》、《夢窗詞》
皆注大石調。調用上去韻,聲情幽怨感傷。《校正》:“此調句式組
合甚有特點,有九字句及上三下四句法之七字句,句式富於變化,

音節較流暢而歸於收斂。"（536頁）

【體略】

雙片一百三字,上片四十八字,下片五十五字,各十句五上去韻,周邦彥。

【圖譜】

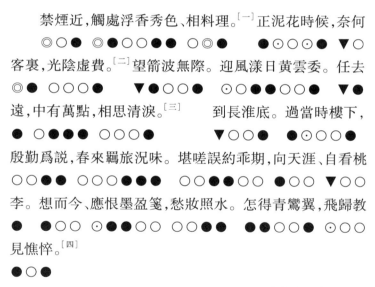

【注釋】

　　[一]《清真詞校注》以此詞於政和二年(1112)仲春寫於長安。此調兩宋現僅存六詞,金元無存詞。此調《詞律》卷十八以方千里"歲華慣"爲譜,第二句作上二下七式九字一句,《詞譜》卷三十一、《詞牌格律》均作泛九字一句,《大鶴山人詞話》以當在"色"字逗,應從後者。今作上六下三九字折腰句法,以此觀宋人其他詞作均

十分通暢。“禁”楊澤民作“春”，“料”吳文英作“繁”。句中可平
可仄除注明外，皆見所列張炎別體句法相同者。

　　［二］“正泥花時候”作上一下四句法。“時”楊澤民詞作
“燕”。“奈”字宜用去聲。按楊澤民詞此韻《詞譜》斷作“念鶯輕
燕怯媚容，百斛明珠須費”，而列又一體，當依正體斷句，無需另列。

　　［三］“望”作領字，宜用去聲。“迎”陳允平詞作“落”。上片
此韻作三字一句、四字兩句，爲此調定格。結韻三句方千里詞
《詞律》、《詞譜》斷作“悵畫燭搖影，易積銀盤紅淚”，不當，仍當
依周詞斷句，“搖影易積”四字相連於文意亦通。“萬點”《詞譜》
以陳允平作“濺濺”作本仄可平，誤，按“濺”平仄兩讀，陳詞必讀
仄聲。

　　［四］“到長淮底”作一二一句法，“到”宜用去聲。下片第二、
三、四句方千里詞《詞譜》斷作“問何人、能道平生，聚合歡娛，離別
興味”，吳文英詞斷作“轉銅壺敲漏，瑤床二八青娥，環佩再整”，而
分列別體，方、吳詞皆當依周詞體斷句，無需另列。“春來羈旅況
味”張炎偶作“修竹依依日暮”，用仄起仄收律句，不參校。“羈”當
定平聲，《詞譜》以之爲本平可仄誤。

又一體

【體略】

　　雙片一百三字，上片四十八字九句六上去韻，下片五十五字十
句四上去韻，張炎。

【圖譜】

　　　　醉吟處。多是琴尊竟日、松下語。有筆牀茶竈，瘦筇相
　　　　●○●　　○●○○●●　○●●　　●●○●●　●○○

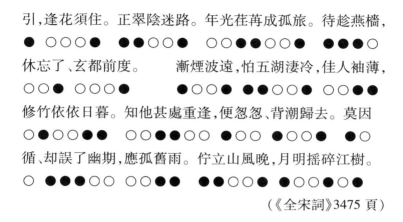

引，逢花須住。正翠陰迷路。年光荏苒成孤旅。待趁燕檣，
休忘了、玄都前度。　　　漸煙波遠，怕五湖淒冷，佳人袖薄，
修竹依依日暮。知他甚處重逢，便忽忽、背潮歸去。莫因
循、却誤了幽期，應孤舊雨。佇立山風晚，月明搖碎江樹。

（《全宋詞》3475 頁）

【注釋】

此詞首句用韻，楊澤民詞正與之同；又上片結韻作四字一句、上三下四式七字折腰一句，下片首句未用韻與周詞異。下片第七句《全宋詞》無"却"字，從《詞譜》補。

渡江雲

【調釋】

《填詞名解》卷三："《渡江雲》，小石調曲，取唐人詩：'唯驚一行雁，沖斷渡江雲。'"《片玉集》、《夢窗詞》皆注小石調。調用平韻，聲情風流嫵媚。《校正》："前後段句式頗異。前段因有三個五字句爲韻句，故較流暢；後段略有收斂，但音節仍瀏亮和諧。"（474頁）周密詞作《三犯渡江雲》，此調當亦爲犯調。《詞譜》卷二十八："此調後段第四句，例用仄韻，亦是三聲叶，乃一定之格，宋、元人俱如此填。"此調下片第四句用仄韻，或與犯調有關。南宋陳夢協《渡江雲》與之同名異調。

【體略】

　　小石，雙片一百字，上片五十一字十句四平韻，下片四十九字十句一叶韻四平韻，周邦彦。

【圖譜】

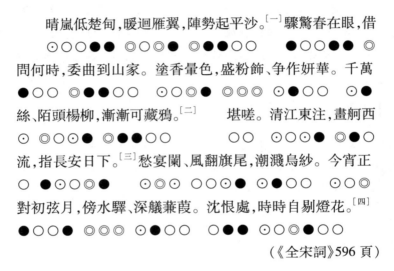

晴嵐低楚甸，暖迴雁翼，陣勢起平沙。[一]驟驚春在眼，借問何時，委曲到山家。塗香暈色，盛粉飾、爭作妍華。千萬絲、陌頭楊柳，漸漸可藏鴉。[二]　　堪嗟。清江東注，畫舸西流，指長安日下。[三]愁宴闌、風翻旗尾，潮濺烏紗。今宵正對初弦月，傍水驛、深艤蒹葭。沈恨處，時時自剔燈花。[四]

（《全宋詞》596 頁）

【注釋】

　　[一]《唐宋詞彙評》：“王國維《清真先生遺事》定此詞作於周邦彦少年客荆州時，即元祐三年（1088）至八年（1093）之間。而陳思所作《清真居士年譜》則定此詞爲政和六年（1116）自明州還京之作。”（894 頁）《清真詞校注》以此詞於政和二年（1112）仲春寫於離開河中府入長安途中。此調兩宋金元現存二十首。《詞律》卷十六以張炎“山空天入海”詞爲譜，《詞譜》以此詞爲正體，當從後者。《詞譜》：“此調以此詞爲正體，若陳詞之全押平韻、全押仄韻，皆變體也。”“晴”盧祖皋詞作“錦”，“雁”作“橫”，“陣”作

"浮"。句中可平可仄除注明外,皆見所列別體句法相同者。

　　[二]"驟驚春在眼"一句,《詞譜》以張炎詞作"亂水流花外",以"驚"、"在"二字可平可仄。張炎詞《彊邨叢書》本作"亂花流水外",當從後者。按"借問何時"作仄起平收律句,檢宋人此句,既有多同周詞者,亦有如盧祖皋等作平起仄收律句者,如盧詞作"晚涼池閣"、陳允平"三神山路杳"詞作"翠臺如鼎"等,宜遵周詞。"委"周密詞作"曾"。"塗"盧祖皋詞作"柄"。"盛"周密詞作"芳"。"千"周密詞作"共","絲"蕭元之詞作"懶"。

　　[三]"堪嗟"用二字短韻,二字皆用平聲。檢宋人詞,惟陳允平"三神山路杳"一首作"遙看寒光金鏡",未用短韻,注出不另列。"清"盧詞作"露"。"畫"周密詞作"山"。"指長安日下"作上一下四句法,"長"盧詞作"晚"。按元人朱晞顏詞下片第四句偶不叶仄韻(韻字仍用仄聲),注出不另列。

　　[四]"風"惟陳允平"風流三徑遠"詞作"月",偶用不參校。"旗"周密詞作"倚"。"潮"周密詞作"袖"。"今"、"正"吳澄詞作"問"、"春","水驛"張炎"江山居未定"詞作"情深"。"深"張炎詞作"足"。"時"、"自"詹玉詞作"洛"、"沽"。下片結韻《詞譜》作上三下六式九字折腰句,今從《全宋詞》作三字一句、六字一句。

又一體

【體略】

　　雙片一百字,上片五十一字十句四平韻,下片四十九字十句五平韻,陳允平。

【圖譜】

桐花寒食近,青門紫陌,不禁綠楊煙。正長眉仙客,來
○○○●● ○○●● ●●●○○ ●○○○● ○

向人間，聽鶴語溪泉。清和天氣，爲栽培、種玉心田。鶯晝
●○○　●●●○○　　○○○●　●○○　●●○○　　○●

長、一尊芳酒，容與看芝山。　　　　庭閒。東風榆莢，夜雨苔
○　●○○●　○●○○○　　　　○○　○○○●　●●○

痕，滿地欲流錢。愛牆陰、成蹊桃李，春自無言。殷勤曉鵲
○　●●●○○　●○○　○○○●　○●○○　○○●●

憑簷喜，丹鳳下、紅藥階前。蘭砌曉，香飄舞袖斕斒。
○○●　○○●　○●○○　○●●　○○●●○○

（《全宋詞》3109 頁）

【注釋】

此與周詞相校，全押平韻。上片第四、六句皆作上一下四句
法。此詞上片第五句"間"與韻偶合，不注韻。

又　一　體

【體略】

雙片一百字，上片五十一字十句四入聲韻，下片四十九字十句
五入聲韻，陳允平。

【圖譜】

風流三徑遠，此君淡薄，誰與伴清足。歲寒人自得，傍
○○○●●　●○●●　○●○●●　　●○○●●　●

石鋤雲，閒裏種蒼玉。琅玕翠立，愛細雨、疏煙初沐。春晝
●○○　○●●○●　　○○●●　●●●　○○○●　　○●

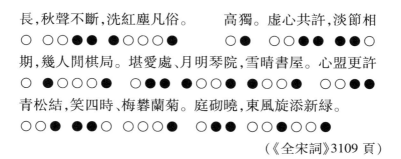

長,秋聲不斷,洗紅塵凡俗。　　高獨。虛心共許,淡節相
○　○○●● ●○○○●　　○● ○○●● ●●○

期,幾人閒棋局。堪愛處、月明琴院,雪晴書屋。心盟更許
○,●○○○● ○●● ●○○● ●●○● ○○●●

青松結,笑四時、梅礬蘭菊。庭砌曉,東風旋添新綠。
○○● ●●○ ○○○● ○●● ○○○●○○●

(《全宋詞》3109 頁)

【注釋】

此詞全押入聲韻,聲情灑脱曠遠。除韻用入聲外,句内平仄與
周詞體同。

六　醜

【調釋】

《浩然齋雅談》卷下:"既而朝廷賜酺,師師又歌《大酺》、《六
醜》二解。上顧教坊使袁綯問,綯曰:'此起居舍人新知潞州周邦
彦作也。'問'六醜'之義,莫能對。急召邦彦問之,對曰:'此犯六
調,皆聲之美者,然絕難歌。昔高陽氏有子六人,才而醜,故以比
之。'"《片玉集》注中吕。調用入聲韻,句法參差錯雜,極富變化,
聲情激越怨抑。《填詞名解》卷三:"《六醜》,明楊慎易名《個儂》。
隋煬帝嘲宫婢羅羅詩:'個儂無賴是橫波。'帝自達廣陵,宫中多效
吴言,故稱個儂。"

【體略】

中吕,雙片一百四十字,上片六十九字十四句八入聲韻,下片
七十一字十三句九入聲韻,周邦彦。

【圖譜】

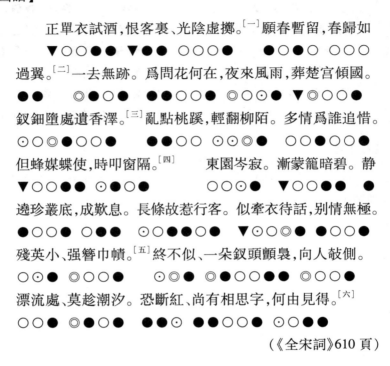

正單衣試酒，恨客裏、光陰虛擲。[一]願春暫留，春歸如
　▼○○●　▼●●　○○○●　　●○●○　○○○
過翼。[二]一去無跡。爲問花何在，夜來風雨，葬楚宮傾國。
　●●　　◎●○○　●●○○●　◎○○●　▼◎○○●
釵鈿墮處遺香澤。[三]亂點桃蹊，輕翻柳陌。多情爲誰追惜。
　⊙○○●○○●　　●●○○　○○◎●　○○⊙○○●
但蜂媒蝶使，時叩窗隔。[四]　東園岑寂。漸蒙籠暗碧。靜
　▼○○●　⊙○●　　　○○○●　▼○○●　●
遶珍叢底，成歎息。長條故惹行客。似牽衣待話，別情無極。
　●○○●　○○●　⊙○●○○●　▼○◎●　●○○●
殘英小、强簪巾幀。[五]終不似、一朵釵頭顫裊，向人欹側。
　○⊙●　◎○○●　　⊙○●　◎●○○●●　◎○○●
漂流處、莫趁潮汐。恐斷紅、尚有相思字，何由見得。[六]
　○○●　●○○●　●●○●　●●○○●　⊙○●●

（《全宋詞》610頁）

【注釋】

[一]此詞題"落花"。《清真詞校注》以此詞於政和二年（1112）暮春前後寫於河中府。按此調除周詞外，兩宋僅存方千里、吳文英、楊澤民、陳允平、劉辰翁、彭元遜詞，多爲和周詞，字聲差異很小，其中除彭元遜詞用上去聲韻，其他均用入聲韻。《詞律》卷二十以方千里詞爲譜，《詞譜》卷三十八以周詞爲正體，當從後者。"正"作領字，宜用去聲，"恨"字亦宜用去聲。句中可平可仄除注明外，皆見吳詞句法相同者。

[二]"願春暫留"作拗句，《詞譜》以詹正（當爲彭元遜）詞作

"有情不定"而定"留"字本平可仄,按此句《全宋詞》作"有情不
收",當從後者。"春歸如過翼"惟劉辰翁詞作"怕西州墮策",用上
一下四式五字句。

　　[三]"一"劉辰翁詞作"歸"。"夜"、"風"劉辰翁詞作"千"、
"立"。"葬"作領字,宜用去聲。"楚"楊澤民詞作"留"。"釵"、
"墮"劉辰翁詞作"素"、"推"。

　　[四]"輕"陳允平詞作"燕","翻"劉辰翁詞作"水","柳"彭元
遜詞作"微"。"但"作領字,宜用去聲。"時"彭元遜作"不"。

　　[五]"漸"作領字,宜作去聲,陳允平詞作"空",亦當作去聲
讀。"長"劉辰翁詞作"去"。"似"作領字,宜用去聲。"牽"劉辰
翁詞作"故","待"彭元遜詞作"湖"。"英"、"强"劉辰翁詞作
"漢"、"全"。

　　[六]下片第九、十句《全宋詞》作"終不似一朵,釵頭顫裊,向
人敧側",今從《詞譜》作九字折腰一句、四字一句,以之衡宋人他
作,皆可如此斷句;《詞譜》此韻句拍於不同詞人時作九字折腰一
句、四字一句,時作七字折腰一句、六字一句等,十分混亂。"一"
彭元遜詞作"豐","向"劉辰翁詞作"梨"。"何"彭元遜詞作"爲"。

又一體

【體略】

　　雙片一百四十字,上片六十九字十四句八入聲韻,下片七十一
字十三句九入聲韻,吳文英。

【圖譜】

　　　漸新鵝映柳,茂苑鎖、東風初掣。館娃舊遊,羅襦香未

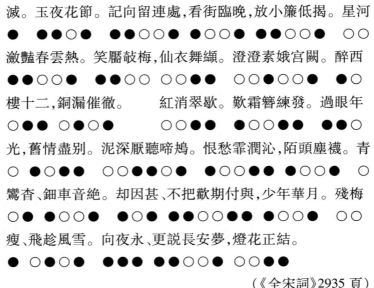

滅。玉夜花節。記向留連處，看街臨晚，放小簾低揭。星河

激豔春雲熱。笑靨敲梅，仙衣舞纈。澄澄素娥宮闕。醉西

樓十二，銅漏催徹。　　　紅消翠歇。歎霜簪練發。過眼年

光，舊情盡別。泥深厭聽啼鳩。恨愁霏潤沁，陌頭塵襪。青

鸞杳、鈿車音絕。却因甚、不把歡期付與，少年華月。殘梅

瘦、飛趁風雪。向夜永、更說長安夢，燈花正結。

（《全宋詞》2935 頁）

【注釋】

《唐宋詞彙評》考此詞於淳祐二年（1242）作（3469 頁）。此與
周詞相校，惟下片第三、四句作兩個四字句異，移字改變句拍。按
劉辰翁、彭元遜詞正與此同。又按彭元遜詞（《詞譜》誤作詹正詞）
下片結韻，《詞譜》、《詞繫》及《全宋詞》斷作："點點搏作，雪綿鬆
潤，爲君裹淚。"此韻亦當如周詞斷作："點點搏、作雪綿鬆潤，爲君
裹淚。"無需另列別體。

玲瓏四犯

【調釋】

"玲瓏"言結構精巧，"四犯"即四犯詞調，至於犯何詞調，已不

可考。《片玉集》注大石。此調用上去韻,題材以言情爲主,聲情幽怨感傷。《校正》:"此調爲換頭曲,前後段變化極大。後段結尾三句,句法特殊,將全詞情緒推向高潮。此調宜於抒情、敘事、寫景。"(438—439 頁)姜夔《玲瓏四犯》詞與之同名異調。

【體略】

　　大石,雙片九十九字,上片四十九字九句五上去韻,下片五十字九句五上去韻,周邦彥。

【圖譜】

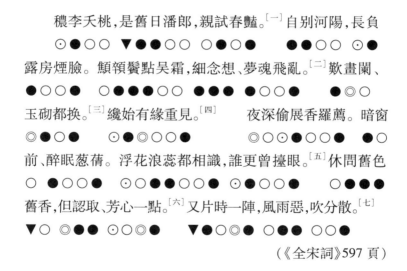

(《全宋詞》597 頁)

【注釋】

　　[一]《清真詞校注》以此詞於政和二年(1112)仲秋寫於長安。此調兩宋存十餘首詞,金元存邵亨貞一詞。《詞律》卷十五、《詞譜》卷二十七皆以周詞爲正體,當是。此調惟曹邍詞用入聲韻,他詞均用上去韻,宜用上去韻。"是"爲領字,宜用去聲。"親"張炎

詞作"一"、曹邍詞作"獨"，皆以入代平，不依《詞譜》定本平可仄。句中可平可仄除注明外，皆見所列別體句法相同者。

　　[二]"自"劉之才詞作"秋"，偶用不參校。"憔"宋人惟高觀國作"不"，乃以入代平，不依《詞譜》定本平可仄。按高觀國詞上片第七句《詞譜》作"問著小桃無語"，《全宋詞》作"每問著、小桃無語。"當從後者。"夢"惟邵亨貞詞作"琶"，偶用不參校。

　　[三]此韻雖可從《詞譜》斷作上一下六式七字一句，然檢宋人他作，皆可作七字折腰句，當從《詞律》斷句。"畫"方千里詞作"平"。此句史達祖、高觀國、曹邍、周密詞不押韻。按周密詞此句不押韻，且"玉砌都換"作"蝶舞蜂喧"，字聲亦異，偶用，注出不另列。

　　[四]按"纔始有緣相見"一句作仄起仄收律句，史達祖"闊甚吳天"詞作"不離澹煙衰草"，《詞譜》以史詞作"離"字而定"始"字本仄可平，按"離"字平去兩讀，此處當讀去聲，即讀平聲，亦爲孤例。

　　[五]"夜"陳允平詞作"鷺"，《詞譜》定仄聲不當。"醉"惟劉之才詞作"縈"，偶用不參校。"誰"陳允平詞作"不"。

　　[六]"休"高觀國詞作"此"，偶用不參校。"舊"宜用去聲，《詞譜》以周密詞作"憑問柳陌情人"而定"舊"本仄可平，不當，按周詞"情人"《全宋詞》作"舊鷺"，當從後者。"香"李從周詞作"幕"，偶用不參校。"取"高觀國詞作"腸"，偶用不參校。"芳"翁元龍詞作"玉"。

　　[七]此詞結韻《詞律》、《詞譜》均作三句，當從。遍檢宋人此調，皆當斷作三句拍。"又"宜用去聲。"惡"張炎詞作"頭"，偶用不參校。此韻翁元龍詞《全宋詞》斷作"怕驟晴，無事消遣，日長清夢"，依律仍應斷作"怕驟晴無事，消遣日，長清夢"。又，邵亨貞詞下片結韻《全金元詞》斷作："最惱人，沙上孤雁，落寒成陣。"亦不當。

又一體

【體略】

雙片一百一字,上片四十九字,下片五十二字,各九句四上去韻,史達祖。

【圖譜】

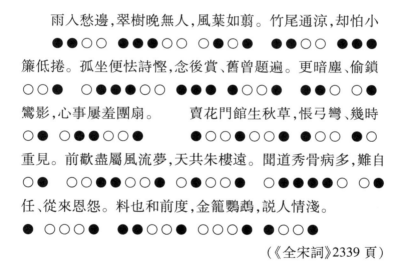

（《全宋詞》2339 頁）

【注釋】

此與周詞相校,上片第八句不押韻,下片首句不押韻,下片第八、九句各添一句作四字兩句異。曹邃及高觀國、李從周等人詞正與此同。按李從周詞上片第八句、下片首句各添一韻又同周詞,注出不另列。

按上片第二、三句《全宋詞》斷作"翠樹晚,無人風葉如翦",下片

結韻《詞譜》、《全宋詞》均斷作"料也和、前度金籠鸚鵡,說人情淺",皆不當。

又一體

【體略】

雙片一百一字,上片四十九字九句四上去韻,下片五十二字十句四上去韻,史達祖。

【圖譜】

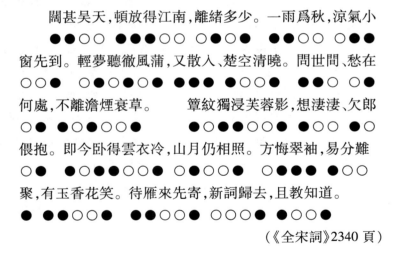

闊甚吳天,頓放得江南,離緒多少。一雨爲秋,涼氣小
●●○○　●●●○○　○●○● 　●●○○　○●●

窗先到。輕夢聽徹風蒲,又散入、楚空清曉。問世間、愁在
○○● 　○●○●○○　●●● 、○○○● 　●●○ 、○●

何處,不離澹煙衰草。　　簟紋獨浸芙蓉影,想凄凄、欠郎
○● 、●○○○○● 　　　●○●●○○● 　●○○ 、●○○

偎抱。即今臥得雲衣冷,山月仍相照。方悔翠袖,易分難
○● 　○○●●○○● 　○●○○● 　○●●● 　●○○

聚,有玉香花笑。待雁來先寄,新詞歸去,且教知道。
● 　●●○○● 　●●○○● 　○○○● 　●○○●

（《全宋詞》2340 頁）

【注釋】

此與"雨入愁邊"詞相校,下片第五、六句攤破作四字兩句、五字一句異。劉之才詞正與之同。按劉之才詞《全宋詞》原作:"算誰念、臥雲衣冷,香壓金蟾小。"當爲:"算□誰念,臥雲衣冷,香壓金蟾小。"按上片第二、三句,下片結韻三句,《全宋詞》分別斷作:

"頓放得、江南離緒多少。""待雁來、先寄新詞歸去,且教知道。"今皆依正體斷句。

又一體

【體略】

　　雙片一百字,上片四十九字九句五上去韻,下片五十一字九句五上去韻,張炎。

【圖譜】

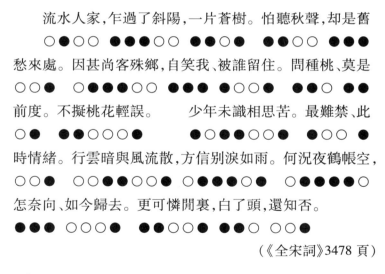

流水人家,乍過了斜陽,一片蒼樹。怕聽秋聲,却是舊
○●○○　●●●○○　●●●●　●●○○　●●

愁來處。因甚尚客殊鄉,自笑我、被誰留住。問種桃、莫是
○○●　○●●●○○　●●●　●○○●　●○○　●●

前度。不擬桃花輕誤。　　少年未識相思苦。最難禁、此
○●　●●○○○●　　　●○●●○○●　●○○　●

時情緒。行雲暗與風流散,方信別淚如雨。何況夜鶴帳空,
○○●　○○●●○○●　○●●●○●　　○●●●●○

怎奈向、如今歸去。更可憐閒裏,白了頭,還知否。
●●●　○○○●　●●○○●　●●○　○○●

　　　　　　　　　　　　　　　　　　(《全宋詞》3478 頁)

【注釋】

　　此與周邦彥詞相校,下片第四句添一字作六字一句異。下片第八句"頭"字偶用平聲,又與諸家異。

夜飛鵲（慢）

【調釋】

《填詞名解》卷三：“《夜飛鵲》，采曹孟德‘月明星稀，烏鵲南飛’語。一作《夜飛鵲慢》，道宮調曲也。”盧祖皐詞名《夜飛鵲慢》。《片玉集》注道宮。此調用平韻，題材多賦相思離別，聲情感傷怨歎。《校正》：“前後段句式頗異，音節較爲流暢，適用於離情、寫景、詠物、叙事。”（548 頁）《夢窗詞》注黃鐘商，字句韻與周詞全同。

【體略】

道宮，雙片一百六字，上片五十三字十句五平韻，下片五十三字十句四平韻，周邦彦。

【圖譜】

河橋送人處，涼夜何其。斜月遠墮餘輝。[一] 銅盤燭淚
○○●○● ⊙●○○ ○●◎●○○ ○○○●
已流盡，霏霏涼露霑衣。相將散離會，探風前津鼓，樹杪參
◎○● ⊙○○●○○ ○○●○● ▼○○●○ ◎●○
旗。華驄會意，縱揚鞭、亦自行遲。[二]　　苕遞路回清野，
○ ⊙○◎● ●○○ ◎●○○ ⊙●◎○○●
人語漸無聞，空帶愁歸。何意重紅滿地，遺鈿不見，斜逕都
⊙●●○○ ○●○○ ○○◎●◎● ○○○● ⊙○○
迷。[三] 兔葵燕麥，向殘陽、欲與人齊。但徘徊班草，欷歔酹
○ ◎○○● ●○○ ●○○ ▼○○⊙● ○○●

酒，極望天西。[四]

● ◎●○○

（《全宋詞》617 頁）

【注釋】

[一]《清真詞校注》以此詞於政和二年（1112）仲秋寫於離開河中府時。此調兩宋現存詞九首，金元無存詞，《詞律》卷十九、《詞譜》卷三十四皆以此詞爲正體，當從。"遠"胡翼龍詞作"無"。"斜月遠墮餘輝"作拗句，陳允平和詞作"雲陰未放晴暉"用律句，張炎詞亦作"都緣水國秋清"，注出不參校。句中可平可仄除注明外，皆見趙詞別體句法相同者。

[二]"燭"吳文英詞作"曾"。"銀盤燭淚已流盡"一句，張炎詞作"綠房一夜迎向曉"用拗句，不參校。"霏"劉辰翁詞作"斷"，"涼"陳允平詞作"幾"。按"相將散離會"一句，劉辰翁詞添一字《全宋詞》作"何堪更嗟遲暮"，注出不另列。"探"作領字，宜用去聲。"風"胡翼龍詞作"紫"。"華"胡翼龍詞作"返"。"鞭"吳文英詞作"竹"，以入代平。"亦"張炎詞作"依"。

[三]"迢"、"路"張艾詞作"未"、"西"。"人"劉辰翁詞作"遍"。"人語漸無聞"作仄起平收律句，惟劉辰翁詞作"籌塵想都暗"，用拗句，不參校。"何"、"滿"盧祖皋詞作"一"、"迢"。"遺"、"不"吳文英詞作"襪"、"微"。"斜"張艾詞作"却"。

[四]"兔"盧祖皋詞作"新"。"欲"盧詞作"簾"。"但"爲領字，宜用去聲。"班"劉辰翁詞作"夢"。"歌"胡翼龍詞作"玉"。"極"吳文英詞作"縈"。又，陳允平詞下片結韻《全宋詞》斷作："更何時，重與論文渭北，翦燭窗西。"當依周詞斷句。

又一體

【體略】

雙片一百六字,上片五十三字十句五平韻,下片五十三字十一句四平韻,趙以夫。

【圖譜】

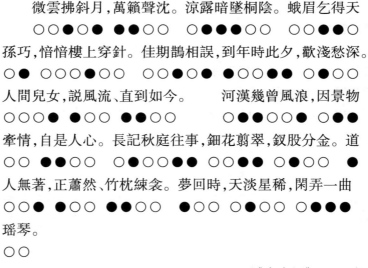

微雲拂斜月,萬籟聲沈。涼露暗墜桐陰。蛾眉乞得天
○○●　○●　●　●●○　　○●●○○　　○○●●○

孫巧,愔愔樓上穿針。佳期鵲相誤,到年時此夕,歡淺愁深。
○●　○○○●○○　　○●○○●　●○○●●　○●○○

人間兒女,說風流、直到如今。　　河漢幾曾風浪,因景物
○○○●　●○○　●●○○　　　　○●●○○●　○●●

牽情,自是人心。長記秋庭往事,鈿花翦翠,釵股分金。道
○○　●●○○　　○●○○●●　○○●●　○●○○　●

人無著,正蕭然、竹枕練衾。夢回時,天淡星稀,閑弄一曲
○○●　●○○　●●○○　○○○　○●○○　○●●●

瑤琴。
○○

（《全宋詞》2663 頁）

【注釋】

此詞題"七夕和方時父韻"。此與周詞相校,結韻"夢"非領字,作三字一句、四字一句、六字一句異。

氏州第一

【調釋】

楊慎《丹鉛總錄》卷二：“月氏，一作氐，又作月支，唐僑置羈縻曰氏州，氏音支，樂府有《氏州第一》、《氏州第二》，即此地也。”《填詞名解》卷三：“《氏州第一》，商調曲，唐樂府有《氏州歌第一》，蓋歌頭也。”此爲大曲之摘遍曲。《片玉集》注商調。調用上去韻，多用四字短句，題材多賦羈旅相思，聲情幽怨傷悲。

【體略】

商調，雙片一百二字，上片五十一字十一句四上去韻，下片五十一字九句五上去韻，周邦彦。

【圖譜】

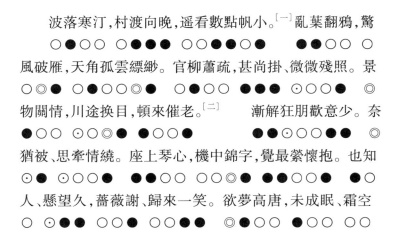

又曉。^[三]

●●

（《全宋詞》606 頁）

【注釋】

[一]《清真詞校注》以此詞於政和二年（1112）仲秋寫於將別長安時。此調除周詞外，兩宋現存七詞，大多爲和周詞，金元無存詞。《詞律》卷十七、《詞譜》卷三十一皆以周詞爲正體。按“村渡向晚”作拗句，檢宋人他作，陳允平詞作“涼生半臂”，“生”字平仄兩讀，此處當讀仄聲，《詞譜》定“渡”本仄可平不當。

[二]“破”陳允平詞作“煙”，“縹”趙文詞作“高”。“微”陳允平詞作“夕”。按陳允平詞上片第七、八句《詞譜》斷作：“潮帶離愁去，冉冉夕陽空照。”而列又一體，《全宋詞》斷作：“潮帶離愁，去冉冉，夕陽空照。”當從後者，無需另列。“景”楊澤民詞作“情”，“川”、“換”陳允平詞作“白”、“人”。

[三]“狂”方千里詞作“自”。“奈”陳允平詞作“孤”，“猶”趙文詞作“獵”，“思”方千里詞作“夢”。“錦”趙功可詞作“荒”。“懸”楊澤民詞作“強”。按陳允平詞下片第六、七句《全宋詞》作“待南枝、春信早，巡簷對、梅花索笑”，“早”字偶用韻，注出不另列。“欲”趙功可詞作“敲”。

華胥引

【調釋】

《詞譜》卷二十一：“按《列子》：黃帝晝寢而夢，遊於華胥，既寤，怡然自得。又二十八年，天下大治，幾若華胥國矣，調名取此。詞見《清真集》。”《片玉集》注黃鐘。黃鐘當黃鐘宮之省稱，《片玉

集》皆以俗名言宮調。調用入聲韻,聲情怨歎頓挫。《校正》:"此
調以四字句爲主,配以六字句及七字句,用仄韻,後段之句式較富
於變化,調勢亦平緩。"(334頁)

【體略】

　　黃鐘,雙片八十六字,上片四十四字九句四入聲韻,下片四十
二字八句四入聲韻,周邦彦。

【圖譜】

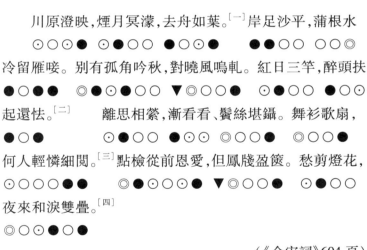

（《全宋詞》604頁）

【注釋】

　　[一]《清真詞校注》以此詞於政和二年(1112)深秋作。此調
兩宋現存九首詞,金元無存詞,惟丁默詞用上去韻,他詞皆用入聲
韻。《詞律》卷十三以方千里詞爲正體,《詞譜》卷二十一以周詞爲
正體,當從《詞譜》。"川"張炎"碧浮春蓋"詞作"碧","澄"張炎
"溫泉浴罷"詞作"浴"。句中可平可仄除注明外,皆見所列別體句

法相同者。上片第三句"如",《詞譜》作"似"。

　　[二]"水"張炎"碧浮春蓋"詞作"高",《詞譜》定此字當仄,不當。"別"趙必瓛詞作"煙","孤"張炎"碧浮黃蓋"詞作"宿"。"曉"張炎"溫泉浴罷"詞作"東"。"對曉風鳴軋"與下片"但鳳牋盈篋"皆作上一下四句法,"對"、"但"宜用去聲。"紅"趙必瓛詞作"要"。"扶"張炎"溫泉浴罷"詞作"玉"。

　　[三]"離"張炎"溫泉浴罷"詞作"只","看看"作"忘却"。"歌"《詞譜》以此字本平可仄不當。"何"方千里詞作"那"。"何人輕憐細閱"作拗句,陳允平詞、丁默詞、張炎"溫泉浴罷"詞作仄起仄收律句,填者任選其一可也。

　　[四]"點"、"從"、"恩"張炎"溫泉浴罷"詞作"誰"、"一"、"淡"。"鳳"張炎"碧浮春蓋"詞作"蕭"。按趙必瓛詞下片第五句減二字《全宋詞》作"盟言誓語",趙詞爲和周詞,和詞而減字,傳抄當脫漏,注出不另列。又楊澤民詞下片第五、六句《全宋詞》斷作:"藥餌衣衾,愁頓放、一番行篋。"誤。"夜"、"和"趙必瓛詞作"琴"、"寸"。

又一體

【體略】

　　雙片八十六字,上片四十四字十句四入聲韻,下片四十二字八句四入聲韻,奚減。

【圖譜】

　　澄空無際,一幅輕綃,素秋弄色。翦翦天風,飛飛萬里,
　　〇〇〇● ●●〇● ●〇〇● 〇〇〇● 〇〇●●
　　吹净遙碧。想玉杵芒寒,聽珮環無迹。圓缺何心,有心偏向
　　〇●〇● ●●〇〇 〇●〇● 〇〇〇● ●〇〇●

歌席。　　多少情懷,甚年年、共憐今夕。蕊宮珠殿,還吟
○●　　　○●○○　●○○　●○○●　●○○●　○○

飄香秀筆。隱約霓裳聲度,認紫霞樓笛。獨鶴歸來,更無清
○○●●　●●○○●○●　●○○○●　●○○　●○○

夢成覓。
●○●

（《全宋詞》3159 頁）

【注釋】

此與周詞相校,第二韻添一字作三個四字句,第三韻減一字作
兩個五字句,樂音當小有變化。

又一體

【體略】

雙片八十七字,上片四十四字九句四上去韻,下片四十三字八
句四上去韻,丁默。

【圖譜】

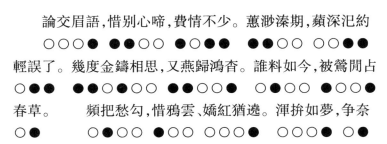

論交眉語,惜別心啼,費情不少。蕙渺溱期,蘋深汜約
○○○●　●●○○　●○○●　●●○○　○○●●

輕誤了。幾度金鑄相思,又燕歸鴻杳。誰料如今,被鶯閒占
○●●　●●○○○○　●○○○●　○●○○　●○●●

春草。　　頻把愁勻,惜鴉雲、嬌紅猶邈。渾拚如夢,爭奈
○●　　　○●○○　●○○　○○○●　○○○●　○●

枕醒屏曉。欲寄芙蓉香半握,怕不禁秋惱。重是親逢,片帆

●○○●　　●●○○○●●　●●○○●　　○●○○　●○

雙度天杪。

○●○●

(《全宋詞》3170 頁)

【注釋】

此用上去韻,兩宋惟有丁默詞,此與周詞字數句拍相校,惟下片第五句添一字作七字一句異。

西平樂

【調釋】

《詳注周美成片玉集》:“《後漢》注曰:‘平樂,觀名,在城之西。’”《片玉詞》注小石,《夢窗詞》亦同。調用平韻,多連用四字句拍,聲情舒緩怨歎。《校正》:“此體韻稀,故雖用平韻而音節仍低緩,但有波瀾起伏之感,宜於表達世事滄桑之情。”(502 頁)此與柳永《西平樂》同名異調。

【體略】

小石,雙片一百三十七字,上片六十七字十三句四平韻,下片七十字十五句三平韻,周邦彥。

【圖譜】

穉柳蘇晴,故溪歇雨,川迴未覺春賒。[一]駝褐寒侵,正

●●○○　●○◎●　○●●●○○　　⊙●○○　◎

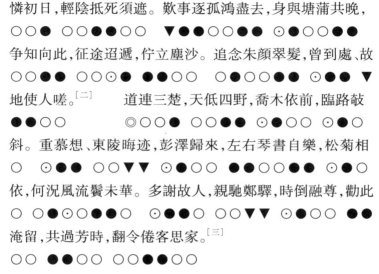

憐初日,輕陰抵死須遮。歎事逐孤鴻盡去,身與塘蒲共晚,

爭知向此,征途迢遞,佇立塵沙。追念朱顏翠髮,曾到處、故

地使人嗟。[二]　　　　道連三楚,天低四野,喬木依前,臨路攲

斜。重慕想、東陵晦迹,彭澤歸來,左右琴書自樂,松菊相

依,何況風流鬢未華。多謝故人,親馳鄭驛,時倒融尊,勸此

淹留,共過芳時,翻令倦客思家。[三]

（《全宋詞》598 頁）

【注釋】

[一]《唐宋詞彙評》考此詞乃宣和三年辛丑(1121)自揚州赴南京鴻慶宮途中所作(914 頁)。此調兩宋除周詞外,惟有吳文英、方千里、楊澤民、陳允平詞可校,金元無存詞。《詞律》卷十七、《詞譜》卷三十皆以此詞爲譜。此調周詞如"歎事"、"故地"、"晦迹"、"鄭驛"等連用去聲,宜遵。"歇"陳允平詞作"登"。句中可平可仄除注明外,皆見方千里詞句法相同者。

[二]"駝"陳允平詞作"漠","正"陳允平詞作"依"。"歎"作領字,宜用去聲,此字楊澤民詞作"應",亦當讀去聲,《詞譜》作平聲不當。"身"陳允平詞作"夢"。"迢"陳允平詞作"遠"。按上片第九、十、十一句作三個四字句,惟陳允平詞與之相同,方千里、吳文英、楊澤民詞皆少二字。又周詞此三句《詞譜》作:"爭知向此征途,區區佇立塵沙。""曾"吳文英作"十"。

　　[三]"道"楊澤民詞作"連"。"臨"陳允平詞作"破"。"重"陳允平詞作"憶"。"彭"吳文英詞作"菊"。"松"陳允平詞作"舊","風"作"薦"。按《詞譜》以陳允平詞下片第五句減一字作"幾度微吟馬上",《全宋詞》作"憶幾度、微吟馬上",與周詞正同,當從後者。"時"吳文英詞作"冷"。

又一體

【體略】

　　雙片一百三十五字,上片六十五字十二句四平韻,下片七十字十五句三平韻,方千里。

【圖譜】

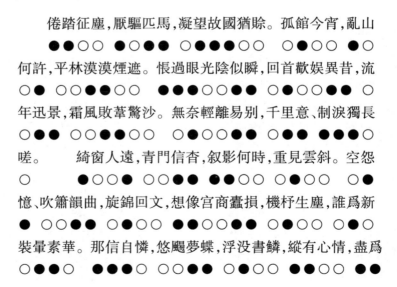

相思,争如傍早歸家。

○○　○○●●○○

(《全宋詞》2491 頁)

【注釋】

此爲和周詞,然與周詞相校,上片第九、十、十一句減二字作四字一句、六字一句,吳文英、楊澤民詞與之全同。按周詞此調此韻當時應有兩個不同文本存在,不然不應和詞字句不同。按楊澤民詞上片第八、九、十句《詞譜》、《全宋詞》均斷作"高揖淵明,下視林逋,到此如何,又走風沙",此偶用,或仍當依此體斷作六字一句、四字一句、六字一句。

法曲獻仙音

【調釋】

此與柳永《法曲獻仙音》同名異調。周詞當脱胎於柳詞,但移換宮調,且句韻大異。《片玉集》注大石,《白石道人歌曲》、《夢窗詞》宮調亦同。此調兩宋詞人多寫戀情,聲情纏綿悱惻。《校正》:"此調前段以四字句和六字句爲主,第一、二句,第四、五句之四字句以對偶爲工。後段句式極富變化,句法亦複雜,語意頓挫之處較多。全調音韻凝塞而低沉,宜於抒寫抑鬱之情,亦宜寫景、叙事、詠物。"(354 頁)

【體略】

大石,雙片九十二字,上片三十九字八句四上去韻,下片五十三字九句五上去韻,周邦彦。

【圖譜】

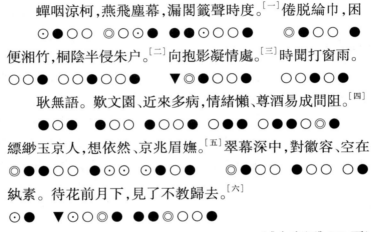

蟬咽涼柯，燕飛塵幕，漏閣籤聲時度。^[一]倦脱綸巾，困
⊙●○○　◎◎●●　●●○○●　　　◎●○○　●

便湘竹，桐陰半侵朱户。^[二]向抱影凝情處。^[三]時聞打窗雨。
○○●　○○●●●　　▼◎●○○●　　○○●●●

耿無語。歎文園、近來多病，情緒懶、尊酒易成間阻。^[四]
●○●　●○○　●○○●　○●●　○●●○◎●

縹緲玉京人，想依然、京兆眉嫵。^[五]翠幕深中，對徽容、空在
◎●●○○　●⊙○　⊙●○●　　◎●○○　●○○　○●

紈素。待花前月下，見了不教歸去。^[六]
⊙●　　▼⊙○○●　●●◎○○●

（《全宋詞》602 頁）

【注釋】

[一]此調兩宋金元現存二十首，均用上去韻。《詞譜》卷二十
二：“大石調獻仙音詞，以此詞及姜詞二首爲正體，若李詞之句讀小
異，乃變格也。”“蟬”吳文英“落葉霞翻”詞作“落”，“燕”、“塵”王
沂孫詞作“纖”、“皎”。句中可平可仄除注明外，皆見所列別體句
法相同者。

[二]“倦”張炎“雲隱山暉”詞作“篝”。“桐陰半侵朱户”作拗
句，檢宋人詞此句多同周詞，惟姜夔詞作“湖山盡入尊俎”、王奕詞
作“那復斷碑殘礎”、張炎“梅失黃昏”一首作“此景正宜舒嘯”，句
法不同，皆偶用不參校。“半”字《詞譜》以本仄可平誤。

[三]此句《詞律》卷十三以吳文英“落葉霞翻”詞爲譜，作三字
兩句；《詞譜》以周詞爲正體，作六字一句；《詞繫》卷九作六字折腰
句。今從《詞譜》，作六字一句。此句宜作上一下五句法，“向”宜

用去聲。又此句有不用韻者,如方千里詞、吳文英"風拍波驚"詞、楊澤民詞、周密詞皆不用韻,注出不另列。

[四]"耿無語"毛晉刻本屬上片,《詞律辭典》亦同。今從《詞譜》、《全宋詞》屬下片。"多"字,《詞譜》以本平可仄,誤,檢宋人詞無有用仄聲者。"緒"陳允平詞作"期"。"尊"吳文英詞作"玉",偶用不參校。姜夔"風竹吹香"詞下片第二句偶添一韻,陳允平"風籟晴暄"詞與之同,注出不另列。

[五]"想"惟李彭老詞作"嗟",偶用不參校。"依然"周密詞作"廢緑","京"姜夔"風竹吹香"詞作"九"。"京兆眉嫵"周密、李彭老詞作平起仄收律句,不參校。

[六]"容"張炎詞作"得"以入代平,此字另有李彭老詞偶用仄聲,今不依《詞譜》定本平可仄。"空"惟姜夔"虛閣籠寒"詞、張玉孃二詞作"不",以入代平,不參校。"在"宋人僅李彭老詞作平聲,不依《詞譜》作本仄可平。"待"字宜用去聲。"花前月下"一句楊澤民詞偶作"別後恁久",不參校。

又一體

【體略】

雙片九十二字,上片三十九字八句三上去韻,下片五十三字十句五上去韻,李彭老。

【圖譜】

雲木槎枒,水葓搖落,瘦影半臨清淺。翠羽迷空,粉容

○●○○　●○○●　●●●○○　　●●○○　●○

羞曉,年華柱弦頻換。甚何遜、風流在,相逢共寒晚。

○●　○○●○○●　　●○●　○○●　○○●○●

總依黯。念當時、看花遊冶,曾錦纜移舟,寶箏隨輦。池苑
●○●　　●○○　●○○●　○●○●○　●○○●　　○●

鎖荒涼,嗟事逐、鴻飛天遠。香徑無人,甚蒼蘚、黃塵自滿。
●○○　○●●　○○○●　　○●○○　○●●　○○●●

聽鴉啼春寂,暗雨蕭蕭吹怨。
●○○○●　●●○○○●

(《全宋詞》2969 頁)

【注釋】

　　《詞譜》:"此亦周詞體,惟後段第三句,攤破上三下六句法,作
五字一句、四字一句異。按此詞後段第三句,句讀既異,其平仄亦
不同,故不與周詞參校。"按周密詞正與之同。

又一體

【體略】

　　雙片九十二字,上片三十九字八句三上去韻,下片五十三字九
句五上去韻,張玉孃。

【圖譜】

　　天捲殘雲,漏傳高閣,數點螢流花徑。立盡屏山無語,
　　○●○○　●○○●　●○○○●　　●●○○●

新竹高槐,亂篩清影。看畫扇、羅衫上,光凝月華冷。
○●○○　●○○●　○○●　○○●　○○○●

夜初永。問蕭娘、近來憔悴,思往事、對景頓成追省。低轉
●○●　　●○○　●○○●　○●●　●●○○●　　○●

玉繩飛,澹金波、銀漢猶耿。簟展湘紋,向珊瑚、不覺清倦。

●○○　●○○　○●○●　　●●○○　●○○　●●○●

任釵橫鬢亂,慵自起來偷整。

●○○○●●　○●●○○●

(《全金元詞》870頁)

【注釋】

此與周詞相校,惟上片第二韻作六字一句、四字兩句,且字聲不同,又第七句不押韻異。

丹鳳吟

【調釋】

《詳注周美成片玉集》:“丹穴出鳳,故名丹鳳。”《片玉集》注越調,《夢窗詞》注無射商,亦即越調。調用入聲韻,句長韻疏,上片多用四六句法,下片多用五七句法,聲情婉轉激蕩。《魏氏樂譜》卷四以周詞為譜。元人張翥《丹鳳吟》詞與此同名異調。

【體略】

越調,雙片一百十四字,上片五十六字十二句四入聲韻,下片十一句五入聲韻,周邦彥。

【圖譜】

迤邐春光無賴,翠藻翻池,黃蜂遊閣。[一]朝來風暴,飛

●●○○○●　●○○●　○○⊙●　　○○⊙●　⊙

絮亂投簾幕。生憎暮景,倚牆臨岸,杏靨夭斜,榆錢輕薄。[二]

●●○○●　　○○▼▲　◎○○●　●●○○　○⊙○●

晝永惟思傍枕,睡起無憀,殘照猶在亭角。^[三]　　　況是別離
●●○○▼▲　●●○○　○●○●○●　　　　◎●○○

氣味,坐來但覺心緒惡。痛引澆愁酒,奈愁濃如酒,無計銷
◎●　●○●●○▼●　　◎●●○○　●○○○●　⊙●○

鑠。^[四]那堪昏暝,蔌蔌半簷花落。弄粉調朱柔素手,問何時
●　　○○○●　●●●○○　　●●⊙○●●　▼○○

重握。此時此意,長怕人道著。^[五]
○●　　●○●●　○●○●●

(《全宋詞》597 頁)

【注釋】

[一]此調兩宋現僅存五詞,金元無存詞。《詞律》卷十九以方千里詞爲譜,《詞譜》卷三十六以此詞爲正體,當從後者,然《詞譜》所定字聲多不當。"迤"《詞譜》以本平可仄,誤。"迤"此處讀仄聲,宋人他作亦無用平聲者。"黃"吳文英詞作"結"。

[二]"風"吳文英詞作"雪"。"飛"楊澤民作"遍"。"暮景"二字他作皆用去上聲,填者識之。"倚"陳允平詞作"還"。"榆"楊澤民詞作"枕"。

[三]"傍枕"二字他作皆作去上聲。按此韻《詞譜》以吳文英詞斷作"怕遺花蟲蠹粉,自采秋芸纖架,香泛纖碧"而列別體,不當,仍當依周詞斷句,無需另列。

[四]"況"楊澤民詞作"先","別"吳文英詞作"新","氣"陳允平詞作"花"。"痛"楊澤民詞作"雖"。"奈"爲領字,宜用去聲。"如"楊澤民詞作"豔","無"楊澤民詞作"故"。按陳允平詞下片第二韻《全宋詞》斷作:"可煞東風,甚把夭桃豔杏,故故淩鑠。"不當,當依周詞斷句。《詞律》:"讀詞非僅探其菁華,須觀其格律之嚴整和協處。然人見其嚴整,便以爲拗句,不知其拗句,正其和協

處。但多吟詠數遍，自覺其妙，而不見其拗矣。字之平仄，人知辨
之，不知仄處上去入，亦須嚴訂。如千里和清真平上去入無一字相
異者，此其所以爲佳，所以爲難。若徒論平仄，則對客揮毫，小有才
者，亦優爲之矣。即此詞可見，‘風浪惡’，時本刻‘風波惡’，誤，美
成用‘心緒惡’，夢窗用‘城外色’，夢窗詞與此平仄亦同。但‘容易
雕鏤’作‘燕曾相識’，不合，未審傳訛乎？抑夢翁偶誤也。”按萬氏
言“千里和清真平上去入無一字相異”，不當。又“無計消鑠”作拗
句，吳文英詞作“燕曾相識”，偶用不參校。

　　［四］“調”吳文英詞作“月”。“問”作領字，宜用去聲。按陳
允平詞結韻二句《全宋詞》斷作：“漸芳草，恨畫欄，休傍著。”當依
周詞句拍斷句。“長怕人道著”用拗句，陳允平詞作“畫欄休傍
著”，用律句，偶用不參校。

憶舊遊

【調釋】

　　《填詞名解》卷三：“《憶舊游》取顧況詩‘終身憶舊遊’。”《詞
譜》卷三十：“調始《清真樂府》，一名《憶舊遊慢》。”《片玉集》注越
調。周詞賦本意，聲情怨歎感傷。《校正》：“此調前段第一句、第
五句、第九句，後段之第三句、第十句，均爲上一下四之五字句……
此調使用領字之處較多，多用於追述與轉折處。”（516 頁）

【體略】

　　越調，雙片一百二字，上片五十一字十一句四平韻，下片五十
一字十一句五平韻，周邦彦。

【圖譜】

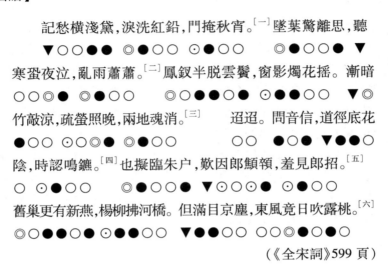

記愁橫淺黛，淚洗紅鉛，門掩秋宵。[一]墜葉驚離思，聽

　▽○○●●　◎●○○　⊙●○○　　　◎●○○●　▽

寒蛩夜泣，亂雨蕭蕭。[二]鳳釵半脫雲鬢，窗影燭花搖。漸暗

○○●●　○○○○●　●○○●　⊙●○○　　▽◎

竹敲涼，疏螢照晚，兩地魂消。[三]　　　迢迢。問音信，道徑底花

●○○　⊙○●●　●○○　　　　○○　●○●　▽●○

陰，時認鳴鑣。[四]也擬臨朱戶，歡因郎顑頷，羞見郎招。[五]

○　⊙●○○　　◎●○○●　▽○○⊙●　⊙●○○

舊巢更有新燕，楊柳拂河橋。但滿目京塵，東風竟日吹露桃。[六]

◎○●●○○　○○●○○　　▽●○○　○○◎●○●○

（《全宋詞》599頁）

【注釋】

[一]此調兩宋金元現存近三十首。《詞律》卷十七以張炎詞
爲正體，《詞譜》卷三十以周詞爲正體，當從後者，不過《詞譜》所定
字聲多有不當。此體上片自"墜葉"至"花搖"與下片自"也擬"至
"河橋"相同。"記"作領字，宜用去聲。"愁"、"淺"《詞譜》定本平
可仄，不當。按宋人惟劉將孫作"落"、"時"，偶用不參校。句中可
平可仄除注明外，皆見所列別體句法相同者。

[二]"墜葉驚離思"一句，劉辰翁詞作"甚相思衹在"，吳文英
詞作"片紅都飛盡"，偶用不參校。"聽"與下片"歡"皆爲領字，宜
用去聲。"寒"張炎詞作"綠"，偶用不參校。"夜"劉應幾詞作
"如"。按仇遠詞此韻《全宋詞》斷作："落葉牽離思，到秋來，夜夜
夢入長安。"應依周詞斷句。

[三]"鳳釵半脫雲鬢"作拗句。周密"念芳鈿滿路"詞作"東

君護香情薄”，張炎“問蓬萊何處”詞作“笑我幾番醒醉”，字聲不同，皆爲詞人有意變化，不參校（見別體）。“漸”爲領字，宜用去聲，此字彭元遜詞作“還”，偶用不參照，另“還”字亦可讀去聲，彭詞或當作去聲。

〔四〕“道”作領字，宜用去聲。“徑底花陰”用仄起仄收律句，張炎“記瓊筵卜夜”詞作“長歌裊裊”，別首作“百年誰在”，偶用不參校。

〔五〕“也擬臨朱户”一句，作二三句法，宋人詞中亦有作上一下四句法者，或因時人對周詞理解有異。“也擬臨朱户”劉將孫詞作“匆匆那忍別”，偶作平起仄收律句，不參校。“顦”楊澤民詞作“伴”。

〔六〕“舊巢更有新燕”一句與上片第七句同作拗句。“舊”彭泰翁詞作“丁”。“楊”仇遠“憶寒煙古驛”詞作“牛”。“但”作領字，宜用去聲。“滿”宋人惟劉辰翁詞作“行”、彭泰翁詞作“花”用平聲，偶用不參校。“東”惟張炎“看方壺擁翠”詞作“鶴”，偶用不參校。“竟”方千里詞作“當”。

又一體

【體略】

雙片一百二字，上片五十一字十一句四平韻，下片五十一字十句四平韻，吳文英。

【圖譜】

送人猶未苦，苦送春隨，人去天涯。片紅都飛盡，正陰
●○○●●　●●○○　○●○○　●○○●●　●○

陰潤綠，暗裏啼鴉。賦情頓雪雙鬢，飛夢逐塵沙。歡病渴淒
○●●　●●○○　●○●●○●　○●●○○　○●●○

涼,分香瘦減,兩地看花。　　　西湖斷橋路,想繫馬垂楊,依
○　○○●●　●●○○　　　　　○○●○●　●●○○　○

舊敧斜。葵麥迷煙處,問離巢孤燕,飛過誰家。故人爲寫深
●○○　○●○●●　●○○○●　○●○○　●●○●○

怨,空壁掃秋蛇。但醉上吳臺,殘陽草色歸思賒。
●　○○●○○　●●●○○　○○●●○●○

(《全宋詞》2939 頁)

【注釋】

此與周詞相校,惟換頭不用短韻異,張翥等人詞正與之同。按吳文英詞首韻《詞譜》、《全宋詞》諸書斷作:"送人猶未苦,苦送春、隨人去天涯。"作兩句拍,不當,此調並無此種句拍,應依周詞句拍斷句。按此詞上片第四句作拗句,不必效法。

又一體

【體略】

雙片一百二字,上片五十一字十一句四平韻,下片五十一字十句四平韻,周密。

【圖譜】

念芳鈿委路,粉浪翻空,誰補春痕。竚立傷心事,記宮
●○○●●　●●○○　○●○○　●●○●●　●○

檐點鬢,候館沾襟。東君護香情薄,不管徑雲深。歎金谷樓
○●●●　○●○○　○○●○○●　●●●○○　●○○●

危,避風臺淺,消瘦飛瓊。　梨雲已成夢,謾蝶恨淒涼,人
○　●○○●　○●○○　　○○●○●　●●●○○　○

怨黃昏。撚殘枝重嗅,似徐娘雖老,猶有風情。不禁許多芳
●○○　●○○○●　●○○○●　○●○○　　●○○●○

思,青子漸成陰。怕酒醒歌闌,空庭夜月羌管清。
●　○○●○○　　●●○●○　○○●●○○●○

（《全宋詞》3272 頁）

【注釋】

　　此與周詞相校,換頭不用短韻,且上下片第七句拗句類型與周
詞不同,爲詞人有意爲之,字聲不混校。

又一體

【體略】

　　雙片一百四字,上片五十二字十一句四平韻,下片五十二字十
二句五平韻,周密。

【圖譜】

記花陰剪燭,柳影飛梭,庭户東風。彩筆爭春豔,任香
●○○●●　●○○○　○○○○　　●●○○●　●○

迷舞袖,醉倒歌叢。畫簾静捲春晝,雲剪玉玲瓏。奈恨絕冰
○●●　●●○○　　●○●●○●　○●●○○　●●●○

弦,塵侵翠譜,别鳳引離鴻。　鴛籠。怨春遠,但翠冷閒
○　○○●●　●●●○○　　○○　●○●　●●●○

埵,墜粉飄紅。事逐年華換,歎水流花謝,燕去樓空。繡鴛
暗老薇徑,殘夢遶雕櫳。恨寶瑟無聲,愁痕沁碧,江上孤峰。

(《歷代詩餘》卷八十二)

【注釋】

　　此與周詞相校,上片結句添一字作五字句,下片結韻添一字作五字一句、四字兩句異。又周密別首"記移燈翦雨"詞亦爲一百四字體,惟換頭不用短韻、上下片第七句拗句形式又與"念芳鈿委路"詞相同,注出不另列。按周密"記移燈翦雨"詞,上片結句《全宋詞》作四字一句,當從《詞律拾遺》卷五作五字一句。又,此詞上片結句《全宋詞》作四字一句:"別鳳離鴻。"

又一體

【體略】

　　雙片一百二字,上片五十二字十一句四平韻,下片五十一字十句四平韻,張炎。

【圖譜】

問蓬萊何處,風月依然,萬里江清。休説神仙事,便神
仙縱有,即是閒人。笑我幾番醒醉,石磴掃松陰。任狂客難

招，采芳難贈，且自微吟。　　俯仰成陳迹，歎百年誰在，闌
　○　●○○● ●●○●　　　　　●●○○● ●●○○● ○
檻孤凭。海日生殘夜，看臥龍和夢，飛入秋冥。還聽水聲東
●●○●　　●●○○● ●●○○● ○●○○　　○○●○○
去，山冷不生雲。正目極空寒，蕭蕭漢柏愁茂陵。
●　○●●○○　　●●●○○　○○●●○●○○

（《全宋詞》3470 頁）

【注釋】

此與周邦彥詞相校，換頭不用短韻且字聲不同、上下片第七句
均作律句、下片第二句字聲亦異，皆爲作者有意爲之，不與正體混
校。按張炎別首“記凝妝倚扇”上片云“忘了牡丹名字”，下片云
“怕有舊時歸燕”，正與此同，然換頭又用短韻與周邦彥詞同，注出
不另列。

又一體

【體略】

雙片一百三字，上片五十一字十一句四平韻，下片五十一字十
句四平韻，劉將孫。

【圖譜】

正落花時節，憔悴東風，綠滿愁痕。悄客夢驚呼伴侶，
　●●○○● ○●○○ ●●○○　●●●○○●●
斷鴻有約，回泊歸雲。江空共道惆悵，夜雨隔篷聞。儘世外
●○●● ○●○○　○○●●○● ●●●○○　●●●

縱橫，人間恩怨，細酌重論。　　嘆他鄉異縣，渺舊雨新知，
○○　○○○●　●●○○　　　●○○●●　●●●○○

歷落情真。忽忽那忍別，料當君思我，我亦思君。人生自非
●●○○　　○○●○●　●○○○●　●●○○　　○○●○

麋鹿，無計久同群。此去重銷魂，黃昏細雨人閉門。
○●　○●●○　　●●●○○　○○●○●○

（《全宋詞》3529 頁）

【注釋】

此與周邦彥詞相校，上片第四句添二句作七字一句，第五句減一字作四字一句，換頭不用短韻異。又第下片第九句"魂"字偶用韻。按此詞上片第四句《詞譜》斷作上三下四折腰句法："悄客夢、驚呼伴侶。"

塞翁吟

【調釋】

《詞譜》卷二十二："調見《清真樂府》，取《淮南子》塞上叟事爲調名。"《片玉集》注大石，《夢窗詞》注黃鐘商（亦即大石調）。關於此調聲情，楊守齋《作詞五要》："第一要擇腔，腔不韻則勿作。如《塞翁吟》之衰颯，《帝臺春》之不順，《隔浦蓮》之寄煞，《鬭百花》之無味是也。"周邦彥、方千里、陳允平、張炎等人詞皆作愁苦之音，當即"衰颯"之意。吳文英二詞，皆作祝頌之語，輕鬆歡快，當爲變調。《校正》："此調前段多短句，較流暢；後段句式變化，有四個上三下四句法之七字句連用，形成一再頓挫之情，結尾則是三個四字句而趨於含蓄與平穩。此調宜於抒情、寫景、敘事。"（358頁）《魏氏樂譜》卷三以周詞爲譜。

【體略】

　　雙片九十二字,上片四十六字九句六平韻,下片四十六字九句四平韻,周邦彥。

【圖譜】

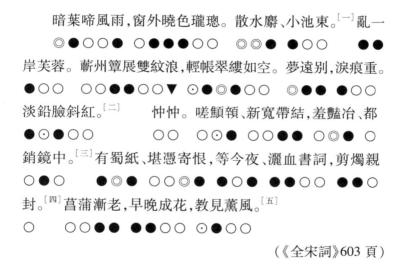

　　　　　　　　　　　　　　　　　　　（《全宋詞》603頁）

【注釋】

　　[一]此調兩宋今存十餘首詞,金元無存詞。《詞律》卷十三以吳文英"有約西湖去"一首爲正體,《詞譜》以此詞爲正體,當從《詞譜》,但《詞譜》所定字聲多誤。"暗"張炎詞作"交"。"窗"宋人惟陳坦之詞作"楚"、張炎詞作"出"以入代平,不參校。"曉"惟趙文"坐對梅花笑"詞作"初",皆偶用不參校。"窗外曉色瓏璁"作拗句,宋人惟楊澤民詞作"橋邊繞水朧朣",偶用律句不參校。"散"陳允平作"荷","水"吳文英"有約西湖去"詞作"才"。上片第三句《詞律》、《詞譜》皆作兩個三字句,今參仇遠詞將此調皆斷作六

字折腰句。按仇遠“短綠抽堤草”詞作“尚留凍梗冰枝”，只能斷普通六字一句（於歌唱最多只能斷作折腰句，不能作兩句拍），仇詞不另列。

　　〔二〕“亂一岸芙蓉”作上一下四句法，檢宋人詞作，作二三句法亦可，如吳文英作“冷菊最香濃”。“浪”宋人僅仇遠作“冷”用上聲，此字宜用去聲。“輕”張炎詞作“物”，“翠”方千里詞作“爐”。“輕帳翠縷如空”作拗句，陳坦之詞作“裁雲刀尺猶香”、楊澤民詞作“高如弄玉淩空”，偶用不參校。其中楊詞中“如”平仄兩讀，或讀去聲。“夢”陳允平詞作“山”。“鉛”張炎詞作“影”。按上片第七句《全宋詞》原作“夢念遠別”，此句宋人他作皆作三字句，從《百家詞》、《詞譜》改。

　　〔三〕“嗟”《詞譜》以此字本平可仄，誤，此字宋人無用仄聲者。“顋”陳坦之詞作“掩”。“帶”惟趙文“坐對梅花笑”一首作“飛”，不參校。“豔”陳允平詞作“香”。

　　〔四〕“蜀”吳文英“草色新宮綬”詞作“春”，“寄”陳允平詞作“無”。“灑血書詞”作仄起平收律句，惟陳坦之詞作“香梅醞藉”，不參校。“剪”惟張炎詞作“都”，不參校。

　　〔五〕“菖”宋人惟趙文作“百”，偶用不參校。“教”陳允平作“立”。此韻楊澤民詞《全宋詞》斷作“年年對賞美質，朝朝披玩香風”，當依周詞體斷句。

大　酺

【調釋】

　　《填詞名解》卷三：“《大酺》，越調曲也。漢、唐制皆有賜酺，詞取以名。唐教坊曲有《大酺樂》。按《東苑》云：《大酺樂》，商調曲，唐張文收造。”《詞譜》卷三十七：“唐教坊曲有《大酺樂》，《羯鼓

録》亦有太簇商《大酺樂》。宋詞蓋借舊曲名,自製新聲也。”《片玉集》注越調,《夢窗詞》亦同。周詞賦人生失意之感,非關本意。此調用入聲韻,題材宜詠物抒懷,聲情勁健激越。《校正》:“此調以四字句、五字句、六字句爲主要句式,穿插上三下四之七字句,調勢紆徐流動,適於寫景、詠物、節序、祝頌。”(642 頁)

【體略】

越調,雙片一百二十三字,上片六十八字十五句五仄韻,下片六十五字十一句八仄韻,周邦彥。

【圖譜】

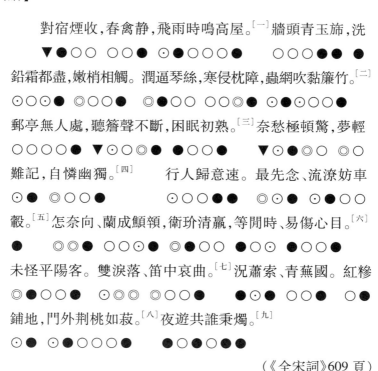

對宿煙收,春禽静,飛雨時鳴高屋。[一]牆頭青玉旆,洗鉛霜都盡,嫩梢相觸。潤逼琴絲,寒侵枕障,蟲網吹黏簾竹。[二]郵亭無人處,聽簷聲不斷,困眠初熟。[三]奈愁極頓驚,夢輕難記,自憐幽獨。[四]　　行人歸意速。最先念、流潦妨車轂。[五]怎奈向、蘭成顦顇,衛玠清羸,等閒時、易傷心目。[六]未怪平陽客。雙淚落、笛中哀曲。[七]況蕭索、青蕪國。紅糝鋪地,門外荊桃如菽。[八]夜遊共誰秉燭。[九]

【注釋】

[一]此調兩宋今存十餘首詞,金元僅存胡炳文一詞。《詞律》卷二十以方千里詞爲正體,《詞譜》以此詞爲正體,當從後者,然《詞譜》所定字聲多誤。"對"作領字,宜用去聲。首句吳文英詞作"峭石帆收"作普通四字句,偶用。"飛"周密詞作"寂","時"《詞譜》以吳文英詞作"半"而定可平可仄,吳詞《全宋詞》作"年",今從後者。

[二]"洗鉛霜都盡"作上一下四句法。"鉛"、"都"李曾伯詞作"日"、"夕"。"嫩"李曾伯詞作"風"。"潤"劉辰翁詞作"冰"。"枕"周密詞作"聲"。"蟲"、"吹"顏奎詞作"怎"、"此"。"潤逼琴絲"一句,胡炳文詞偶添二字作"却笑幾載京華",注出不另列。

[三]"郵亭無人處"作拗句。檢宋人詞,惟顏奎作"天上知音杳"、吳文英作"滄波耕不碎",偶用不參校。按吳文英詞"不"字當以入代平,《詞譜》以"亭"、"人"本平可仄,誤。"郵亭無人處"一句前四字宜用四平聲。"郵"李曾伯詞作"景","無"劉辰翁詞作"燕",皆偶用不參校。"聽簷聲不斷"作上一下四句法,"聽"宜用去聲。"簷"、"不"周密詞作"剩"、"猶"。按"簷聲不斷",周密詞作"剩寒猶凝",《詞譜》以"凝"讀平聲,而以"斷"本仄可平,誤。"凝"平去兩讀,周密詞當讀去聲。"困"惟李曾伯詞作"奚",偶用不參校。

[四]"奈"爲領字,宜用去聲。"愁"、"頓"李曾伯詞作"自"、"常","夢"方千里詞作"閑","難"李曾伯詞作"鬭"。"自"劉辰翁詞作"朱"。

[五]"行"周密詞作"最"。按"行人歸意速"作律句,宋人惟劉辰翁作"少年慣羈旅",偶用拗句,不參校。"最先"趙文詞作"重訪","流"顏奎詞作"遠"。"妨"惟劉辰翁詞作"喚",偶用不參校。按陳允平"霧幕西山"詞下片第二句《全宋詞》斷作八字一句"歡美

景虚擲如飛轂”，不當。

［六］“怎”陳允平“漸入融和”詞作“民”，“奈”陳允平“霧幕西山”詞作“孤”。“顋”吳文英詞作“菊”，“衛”作“逓”；“時”陳著“問大江東”詞作“裹”。按下片第五句《詞譜》斷作上三下四折腰句法，今檢李曾伯、吳文英、楊澤民、顏奎、周密諸家詞，皆作普通七字句，此或宋人於周詞理解有異，周詞亦可斷作普通七字一句，但意思有變化，填者任選一種可也，。

［七］“未”陳著“自有乾坤”詞作“無”，“陽”《詞譜》作本平可仄誤。《詞譜》據周密詞“但兔葵燕麥”一句而定，周詞《全宋詞》作“燕麥兔葵恨”，當從後者。“雙淚”周密詞作“倩誰”。“落”吳文英詞作“裳”，“笛”作“西”。按“客”字當注韻，《詞譜》疑是韻，但未注不當，此調此處宋人用韻甚多，最是純正。

［八］“蕭”陳允平“霧幕西山”詞作“不”。“紅糝鋪地”宜作拗句，檢宋人偶有作律句者，如周密詞作“相如老去”，不參校。“門”陳允平“霧幕西山”詞作“試”。

［九］“夜”劉辰翁詞作“而”。按“夜遊共誰秉燭”作拗句，檢宋人詞，趙以夫作“極暮水雲漠漠”、楊澤民作“寸心天上可燭”，字聲小異，皆偶用不參校，《詞譜》以“夜遊共”三字皆可平可仄，不當。

又一體

【體略】

雙片一百二十三字，上片六十八字十五句五仄韻，下片六十五字十一句八仄韻，方千里。

【圖譜】

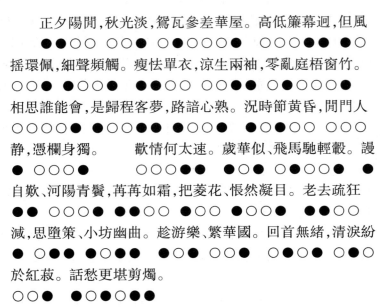

　　　　正夕陽閒，秋光淡，鴛瓦參差華屋。高低簾幕迥，但風
　　　　●●○○　○○●　●○●●○●　○○○●●　●○
搖環佩，細聲頻觸。瘦怯單衣，涼生兩袖，零亂庭梧窗竹。
○○●　●○●　●○○○　○○●●　○●○○○●
相思誰能會，是歸程客夢，路諳心熟。況時節黃昏，閒門人
○○○●●　●○○●●　●○○●　●○●○○　○○○
静，憑欄身獨。　　　歡情何太速。歲華似、飛馬馳輕轂。謾
●　○○○●　　　○○○●●　●○○　○○○●●　●
自歎、河陽青鬢，苒苒如霜，把菱花、悵然凝目。老去疏狂
●●　○○○●　●●○○　●○○　●○○●　●●○○
減，思墮策、小坊幽曲。趁游樂、繁華國。回首無緒，清淚紛
●　○●●　●○○●　●○●　○○●　○●○●　○○●
於紅菽。話愁更堪剪燭。
○○●　●○●●○●

　　　　　　　　　　　　　　　　　　（《全宋詞》2502 頁）

【注釋】

　　此本和周邦彥詞，然下片第六句未用韻，趙以夫、李曾伯詞正
與之同，姑列一體，《詞律》以此詞爲譜不當。按胡炳文詞下片第
六、七句《全金元詞》作"笑殺渠癡，曉鐘未動，眼無交睫"，此亦偶
用，注出不另列。

蘭陵王

【調釋】

　　《碧雞漫志》卷四："《蘭陵王》，《北齊史》及《隋唐嘉話》稱：齊

文襄之子長恭封蘭陵王,與周師戰,嘗著假面對敵,擊周師金塘城下,勇冠三軍。武士共歌謠之,曰《蘭陵王入陣曲》。今越調《蘭陵王》,凡三段二十四拍,或曰遺聲也。此曲聲犯正宮,管色用大凡字,大一字,勾字,故亦名大犯。又有大石調《蘭陵王慢》,殊非舊曲。周、齊之際,未有前後十六拍慢曲子耳。”《片玉集》注越調。《詞譜》以此調始於秦觀詞,《全宋詞》疑秦觀詞爲張綖詞。此調爲笛曲,宋毛开《樵隱筆錄》載:“紹興初,都下盛行周清真詠柳《蘭陵王慢》,西樓南瓦皆歌之,謂之《渭城三疊》。以周詞凡三換頭,至末段聲尤激越,唯教坊老笛師能倚之以節歌者。”龍榆生《清真詞叙論》云:“此越調《蘭陵王》,疑爲當時大晟府因舊曲創新聲之一,而又謂爲‘九重故譜’,則非坊曲流行之曲可知。其詞雖叙離情,而以聲之激越,讀之使人慷慨。清真詞之高者,如《瑞龍吟》、《大酺》、《西河》、《過秦樓》、《氏州第一》、《尉遲杯》、《繞佛閣》、《浪淘沙漫》、《拜星月慢》之屬,全以健筆寫柔情,則王灼以‘奇崛’評周詞,蓋爲獨具隻眼矣。”(《龍榆生詞學論文集》321頁)此調兩宋三十餘首詞,絕大部分用入聲韻,聲情與周詞相近。《校正》:“調用仄聲韻,但諸家多用入聲韻,以其有激越之音響效果。此調共用六個三字句,一個短韻,五個七字句,韻位時稀時密,三段句式組合各異,句式變化極大,故音節由紆徐而逐漸急促,結句爲兩個三字句“仄仄仄,仄仄仄”使全調激越之情達於頂點。此調適用於詠物、節序、叙事、抒情、贈酬,宜於表達複雜、纏綿而又激烈之情。”(640頁)

【體略】

越調,三片一百三十字,上片四十八字九句七入聲韻,中片四十二字八句五入聲韻,下片四十字十句六入聲韻,周邦彥。

【圖譜】

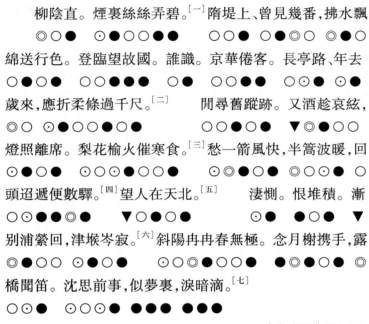

柳陰直。煙裏絲絲弄碧。[一]隋堤上、曾見幾番，拂水飄綿送行色。登臨望故國。誰識。京華倦客。長亭路、年去歲來，應折柔條過千尺。[二]閒尋舊蹤跡。又酒趁哀絃，燈照離席。梨花榆火催寒食。[三]愁一箭風快，半篙波暖，回頭迢遞便數驛。[四]望人在天北。[五]淒惻。恨堆積。漸別浦縈回，津堠岑寂。[六]斜陽冉冉春無極。念月榭携手，露橋聞笛。沈思前事，似夢裏，淚暗滴。[七]

（《全宋詞》611頁）

【注釋】

[一]此調兩宋現存三十餘首，金元現存六詞，宋人僅葛長庚"桃花瘦"詞、劉辰翁"送春去"詞、彭履道"章臺路"詞用上去韻，其他皆用入聲韻，當用入聲韻。《詞律》卷二十以史達祖詞爲正體，《詞譜》卷二十七以周詞爲正體。《詞譜》又錄秦觀一詞："此調始於此詞，應以此詞爲定格，但後段結句作七字句，宋人無如此填者，故以周詞作譜，仍采此詞以溯其源。"《全宋詞》以秦觀詞"疑亦張綖作"，今不錄秦觀詞。此詞題"柳"。《詞譜》："此調以此詞爲正體，宋元人俱如此填。若辛詞、劉詞之添韻，陳詞之句讀小異，皆變

格也。按此詞有葛郯、張元幹、曹冠詞及譜中陳詞可校。趙必瓅詞，平仄不同者多至二十四字，譜內劉詞中段起句，添用一韻，辛詞後結用疊韻，另爲一體，俱不參校。"按此調句拍《詞律》、《詞譜》斷句多誤，王灼《碧雞漫志》已言凡三段二十四拍，吳熊和於《唐宋詞通論》指出："周邦彦《蘭陵王》正三段二十四拍（'隋堤上'、'長亭路'二小讀，'誰識'、'凄惻'二句中韻不計在內）。"（63 頁）今將句中短韻計入，上片九句拍，中片八句拍，下片十句拍。"柳"葛長庚"桃花瘦"詞作"桃"。句中可平可仄除注明外，皆見所列別體句法相同者。

〔二〕"登臨望故國"一句，葛長庚"桃花瘦"詞作"梅粒今如豆"等，偶用不參校。"誰識"爲二字短韻。除周詞外，方千里詞、張元幹"卷朱箔"詞、黃廷璹詞、劉辰翁詞等於此處亦押韻。"長"辛棄疾"恨之極"詞作"十"，以入代平，劉辰翁詞作"亂"，偶用不參校。"亭"葛長庚"三峰碧"詞作"紫"。按陳允平和周詞，上片第三、四句於文意可斷作："東風路、還是舞煙眠露，年年自春色。"楊澤民正與其同，此亦偶用，於歌唱無關，注出不另列。

〔三〕"又"爲領字，宜用去聲。"燈"曹冠詞作"彩"。"梨"、"榆"葛長庚"一溪碧"詞作"忽"、"一"。"催"惟陳允平二詞分別作"駐"、"又"，偶用不參校。

〔四〕"愁"爲領字，平仄皆可。"一箭風快"宜作拗句，高觀國二詞、葛長庚"一溪碧"、"三峰碧"二詞、施岳詞等作平起仄收律句。"一"袁去華"小橋直"詞作"虛"，"波"作"竹"。"回頭迢遞便數驛"作平起拗句，高觀國"鳳簫咽"詞用仄起仄收律句，作"羞倚東風翠袖怯"，葛長庚"一溪碧"詞作平起仄收律句，作"詩情酒思正豪逸"，偶用不參校。"愁一箭風快"句，彭履道詞《全宋詞》作"掩面鳴箏"，今從《歷代詩餘》卷九十七作"喚鳴箏掩面"。

〔五〕"望人在天北"作上一下四式五字句，"望"宜用去聲，此句亦有作普通五字句者，如劉辰翁"送春去"作"斜日未能度"，不

必效法。"在"袁去華"小橋直"詞作"南",楊澤民詞作"南",均偶用不參校。

[六]施岳詞下片起句《全宋詞》作"鱗鴻",不押韻,《歷代詩餘》作"鱗翼",與周詞同。"漸"爲領字,宜用去聲。"別"方千里詞作"鶯"。"別浦縈回"作仄起平收律句,張鎡詞作"太華峰頂",劉辰翁二詞分別作"一番青青"、"江令恨別",皆偶用不參校。"津堠岑寂"宜作拗句,高觀國"灑虛閣"詞、葛長庚"一溪碧"詞、劉辰翁"雁歸北"詞、趙必瓈詞作平起仄收律句,偶用不參校。

[七]"冉"方千里詞作"何"。"念"爲領字,宜用去聲。"月榭携手"宜作拗句,高觀國"鳳簫咽"詞、葛長庚"三峰碧"詞、李曾伯"甚天色"詞作律句,不參校。"露"李曾伯"甚天色"詞作"漁","聞"方千里詞作"塞"。"橋"惟劉辰翁"送春去"詞作"記",偶用不參校。"似"曹邍詞作"吟","暗"彭履道詞作"寒",皆偶用不參校。結二句連用六仄字,爲此調定格。《詞律》:"自有《蘭陵王》以來,即便六仄字,無一平者。"萬樹所言雖稍誇張,但六仄當遵。

又一體

【體略】

三片一百三十字,上片四十八字八句六入聲韻,中片四十二字八句五入聲韻,下片四十字十句五入聲韻,辛棄疾。

【圖譜】

　　　　一丘壑。老子風流占却。茅簷上、松月桂雲,脈脈石泉
　　　　●○●　●●○○●　○○●　○●●○　●●○○

逗山脚。尋思前事錯。惱殺晨猿夜鶴。終須是、鄧禹輩人,
●○●　○○○●●　●●○○●●　○○●　●●●○

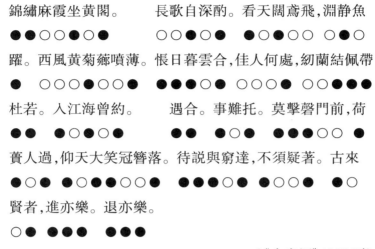

錦繡麻霞坐黃閣。　　長歌自深酌。看天闊鳶飛,淵静魚
●●○○●● ●　　○○●○● ●○○●○● ○○○
躍。西風黃菊薌噴薄。　　恨日暮雲合,佳人何處,紉蘭結佩帶
● ○○○●○●●　　●●●○● ○○○● ○●●○●●
杜若。入江海曾約。　　遇合。事難托。莫擊磬門前,荷
●● ●○●○●　　●● ●○● ●●○○ ○
蕢人過,仰天大笑冠簪落。待說與窮達,不須疑著。古來
●○● ●○●●○●● ●●○○● ●○○● ●○
賢者,進亦樂。退亦樂。
○● ●●● ●●●

（《全宋詞》1910 頁）

【注釋】

此詞題"賦一丘一壑"。《稼軒詞編年箋注》以此詞紹熙三年（1192）三月作（304 頁）。與周詞相校,上片第六句不押二字短韻作六字一句,下片第四句不押韻,第九句添一韻異。按下片第十句添一韻,劉辰翁"雁歸北"詞、施岳詞、曹邍詞、李昂英詞正與之同。又《詞譜》以下片首句"合"字未用韻,不當,宋詞中"合洽"與"覺藥"部多有通押者,《全宋詞》作押韻,當是。

又 一 體

【體略】

三片一百三十字,上片四十八字十句六上去韻,中片四十二字九句七上去韻,下片四十字十句六上去韻,劉辰翁。

【圖譜】

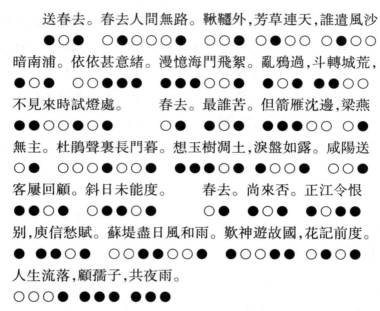

送春去。春去人間無路。鞴轆外，芳草連天，誰遣風沙
●○●　　○●○○●　　○○●　○●○○　○●○○

暗南浦。依依甚意緒。漫憶海門飛絮。亂鴉過，斗轉城荒，
●○●　　○○●●●　　●●○○○●　　●○●　●●○○

不見來時試燈處。　　春去。最誰苦。但箭雁沈邊，梁燕
●●○○●●●　　　　○●　　●○●　　○●●○○　○●

無主。杜鵑聲裏長門暮。想玉樹凋土，淚盤如露。咸陽送
○●　○○○●○○●　　●●●○●　●○○●　　○○●

客屢回顧。斜日未能度。　　春去。尚來否。正江令恨
●●●○●　○●●○●　　　　○●　　○●●　　●●○●

別，庾信愁賦。蘇堤盡日風和雨。歎神遊故國，花記前度。
●　●●○●　○○●●○○●　　●○○●●　○●○●

人生流落，顧孺子，共夜雨。
○○○●　●●●　●●●

　　　　　　　　　　　　　　　　（《全宋詞》3213 頁）

【注釋】

　　此詞用上去韻，題"丙子送春"。"丙子"即端宗景炎元年
（1276）。此即辛詞體，與之相校，此詞中片換頭處添二字短韻、下
片第九句不押韻異，劉辰翁別首正與此同。

紅羅襖

【調釋】

　　曲名見《教坊記》。《片玉集》注大石。調用平韻，題材賦戀情

相思,聲情幽怨感傷。

【體略】

大石,雙片五十三字,上片二十七字六句二平韻,下片二十六字四句四平韻,周邦彥。

【圖譜】

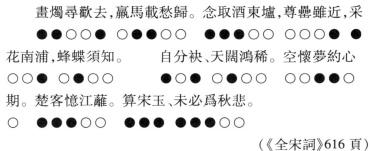

畫燭尋歡去,嬴馬載愁歸。念取酒東壚,尊罍雖近,采
● ● ○ ● ● ○ ● ● ○ ● ● ○ ● ● ○ ○ ○ ● ●
花南浦,蜂蝶須知。　　自分袂、天闊鴻稀。空懷夢約心
○ ○ ● ● ○ ○ ●　　● ○ ● ● ○ ○ ● ○ ○ ● ● ○
期。楚客憶江蘺。算宋玉、未必爲秋悲。
○ ● ● ● ○ ○ ● ● ● ○ ● ● ○ ○

(《全宋詞》616 頁)

【注釋】

此調兩宋金元僅存周詞及陳允平和詞。《詞譜》卷十:"汲古閣本,後段第二句'空懷乖夢約心期',多一'乖'字,今從《花草粹編》改正。此詞前段第一、二句及三、四、五、六句,例作對偶。陳允平和詞亦然,其平仄亦如一,惟前段起句'別來書漸少','來'字平聲,'漸'字仄聲,與此小異。"按陳允平和詞首句與周詞字聲不當參校。又其結韻《全宋詞》作"更皓月照影傷悲",依周詞"傷"字前當脱漏一字,《詞牌格律》作"更皓月、照影自傷悲"(445頁)。

玉團兒

【調釋】

《百家詞·片玉集抄補》注雙調。調用入聲韻,重頭曲,題材多賦戀情相思,聲情歡快活潑。仲并有《大聖樂令》詞,字句韻位等與《玉團兒》相同,但用上去韻,且句中字聲多有不同,《詞律辭典》以是別調,當從。

【體略】

雙調,雙片五十二字,上下片各二十六字五句三入聲韻,周邦彥。

【圖譜】

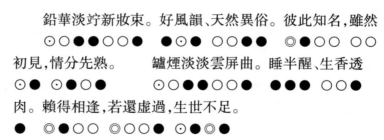

（《全宋詞》618 頁）

【注釋】

《詞譜》卷十:"調見周邦彥《片玉詞》,因《清真集》不載,故方千里、楊澤民、陳允平俱無和詞,宋惟盧炳、袁去華兩詞可校。"此調《全宋詞》中除盧炳、袁去華二詞外,尚存周邦彥別首及張鎡一首,金元無存詞。上片第五句"情"袁去華詞作"緑";下片第一句"鑪"周詞

別首作"夕",第四句"若"袁去華詞作"清",第五句"生"周詞作
"比","不"袁去華詞作"相"。句中其他可平可仄見張鎡詞句法相
同者。

又一體

【體略】

雙片五十二字,上下片各二十六字五句三入聲韻,張鎡。

【圖譜】

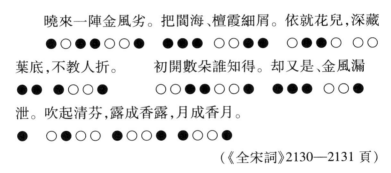

曉來一陣金風劣。把閬海、檀霞細屑。依就花兒,深藏
●○●●○● ●●● ○●○● ○●●○ ○○

葉底,不教人折。 初開數朵誰知得。却又是、金風漏
●● ●○○● ○○●●○○● ●○●● ○○●

泄。吹起清芬,露成香露,月成香月。
● ○●●○ ●○●● ●○○●

(《全宋詞》2130—2131 頁)

【注釋】

此詞題"香月堂古桂數十株著花,因賦",與周詞相校,上下片
結句皆用律句,字聲不同,爲詞人有意爲之,與周詞不相混校。

粉蝶兒慢

【調釋】

《詞譜》卷二十六:"調見《片玉詞》。"周詞用上去韻,賦本意,

聲情清麗明朗。

【體略】

雙片九十八字，上片四十九字九句四上去韻，下片四十九字九句六上去韻，周邦彥。

【圖譜】

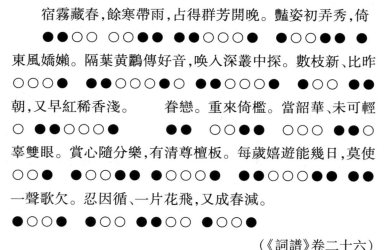

宿霧藏春，餘寒帶雨，占得群芳開晚。豔姿初弄秀，倚
東風嬌嬾。隔葉黃鸝傳好音，喚入深叢中探。數枝新、比昨
朝，又早紅稀香淺。　　　眷戀。重來倚檻。當韶華、未可輕
辜雙眼。賞心隨分樂，有清尊檀板。每歲嬉遊能幾日，莫使
一聲歌欠。忍因循、一片花飛，又成春減。

（《詞譜》卷二十六）

【注釋】

此調兩宋金元現僅存此詞，無別首可校。《詞譜》：“汲古閣刻，前段第四句脫一字，後結脫一字，今從《詞緯》本增入。此調只此一首，方千里、楊澤民、陳允平皆無和詞，故平仄無可校。”按此調，上片第四至七句與下片第四至七句句拍相同，字聲亦近，《詞律》卷十以上片第六句“音”字爲“語”之誤，可從。

上片第四句《百家詞》、《全宋詞》皆作“豔初弄秀”，下片結韻二句《全宋詞》作“忍因循、片花飛、又成春減”，注云：“案‘春’字

原無,據毛扆校汲古閣本《片玉詞》補。"又,上片第八、九句《詞譜》、《全宋詞》皆斷作:"數枝新,比昨朝、又早紅稀香淺。"今參清初聶先、錢芳標等人詞斷句。按聶、錢詞上片第三四句、下片結韻二句又皆與《詞譜》不同,所見周詞當即汲古閣刻本。

紅窗迥

【調釋】

《百家詞·片玉集抄補》注仙吕。調用上去韻,換頭曲,聲情柔婉輕快。此與柳永、曹豳同名詞皆屬異調。

【體略】

仙吕,雙片五十三字,上片二十六字六句四仄韻,下片二十七字五句三仄韻,周邦彥。

【圖譜】

幾日來,真箇醉。早窗外亂紅,已深半指。花影被風搖
●●○,⊙●●。 ●⊙●◎⊙, ●○◎●。 ○●●○⊙

碎。擁春酲乍起。　　有箇人人生濟楚,向耳邊問道,今朝
● ●⊙○●● 　　◎●⊙○○●●, ●●○●●, ○○

醒未。情性慢騰騰地。惱得人越醉。
●● ⊙●●◎○● ●●○●●

　　　　　　　　　　　　　　　　　　　　（《詞譜》卷十）

【注釋】

此調兩宋除周詞外,僅有無名氏一首,金元現存王喆十首。按此詞《全宋詞》所載與《詞譜》多有不同:"幾日來、真個醉。不知

道、窗外亂紅,已深半指。花影被風搖碎。擁春醒乍起。　　有個
人人,生得濟楚,來向耳畔,問道今朝醒未。情性兒、慢騰騰地。惱
得人又醉。”(619頁)又按,王喆詞字聲與此詞多異,譜內平仄悉參
無名氏詞。

又一體

【體略】

雙片五十三字,上片二十六字六句五仄韻,下片二十七字五句
四仄韻,無名氏。

【圖譜】

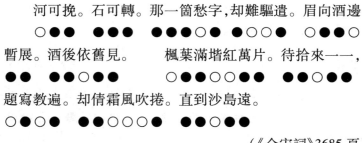

河可挽。石可轉。那一箇愁字,却難驅遣。眉向酒邊
○●●　　●●●　　●●●●●　●○●●　　○●●○

暫展。酒後依舊見。　　楓葉滿堦紅萬片。待拾來一一,
●●　　●●○●●　　　　○●●○○●●　　●●○●●

題寫教遍。却倩霜風吹捲。直到沙島遠。
○●●●　　●●○○○●　　●●○●●

（《全宋詞》3685頁）

【注釋】

《詞譜》:“此與周詞同,惟前後段起句,多押一韻,後段第二、
三句,作九字一句異。”按此詞《詞譜》作歐良詞,《全宋詞》作無名
氏詞,今從後者。又下片第二、三句《詞譜》、《全宋詞》均斷作上三
下六式折腰句,今仍依周詞正體斷句。

又一體

【體略】

　　雙片五十五字,上片二十七字六句三仄韻,下片二十八字五句三仄韻,王喆。

【圖譜】

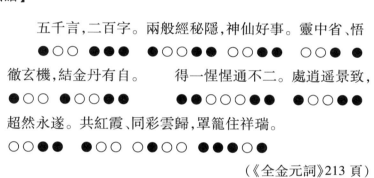

五千言,二百字。兩般經秘隱,神仙好事。靈中省、悟

徹玄機,結金丹有自。　　得一惺惺通不二。處逍遥景致,

超然永遂。共紅霞、同彩雲歸,罩籠住祥瑞。

(《全金元詞》213頁)

【注釋】

　　此與周詞相校,惟上片第五句、下片第四句各添一字作上三下四式折腰句,且各減一韻,又下片首句添一韻,與無名氏詞同。按王喆"七十三"、"觀貌好"二詞同此體,然上片第五句減一字作六字一句異。王喆"到明年"一首下片第四句減一字作六字一句,"把兄嫂"一首上片第三句添二字作七字折腰句,"但爲人"一首下片結句減一字作四字一句,"這王三"一首下片結句添一字作六字一句,均注出不另錄。又,此詞《全金元詞》斷句多不當,如上片第三、四句斷作"兩般經秘,隱神仙好事",下片第一、二句斷作"得一惺惺,通不二處,逍遥景致"。

又一體

【體略】

　　雙片五十三字,上片二十六字六句三仄韻,下片二十七字五句三仄韻,王喆。

【圖譜】

　　　　磨著墨,木硯瓦。窗前竹我看,真箇瀟灑。試問點茶人
　　　　○●● ●●● 　○○●●● ○●○● 　●●●○○

　　人,得行行行者。　　　慈悲慈悲不可捨。作善緣敲盞,何須
　　○ ●○○○● 　　　○○○○●●● ●●○○● ○○

　　音啞。試問自在逍遥,教積善得也。
　　○● ●●●○○ ●●●○●

　　　　　　　　　　　　　　　　　　　(《全金元詞》229 頁)

【注釋】

　　此與王喆"五千言"詞相校,惟上片第五句、下片第四句各減一字作六字一句異。按此詞上下片第三、四句,下片第二、三句,《全金元詞》均斷作上三下六式折腰句,今依周詞正體斷句。

琴調相思引

【調釋】

　　此與賀鑄《琴調相思引》同名異調,當亦爲琴曲,與《梅苑》載無名氏名《相思引》者亦迥異。此爲重頭曲,上下片皆作七、七、四

五句法,用平聲韻,題材多賦相思離別,聲情怨歡感傷。《詞譜》卷六以調名作"相思引",以袁去華詞爲譜,或未見周詞。

【體略】

雙片四十六字,上片二十三字四句三平韻,下片二十三字四句二平韻,周邦彦。

【圖譜】

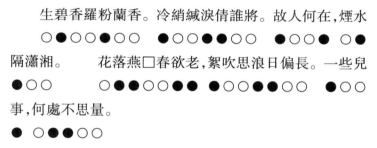

生碧香羅粉蘭香。冷綃緘淚倩誰將。故人何在,煙水隔瀟湘。　　花落燕□春欲老,絮吹思浪日偏長。一些兒事,何處不思量。

（《全宋詞》621 頁）

【注釋】

此調兩宋現存近二十首詞,金元存劉中尹一首。此調或以此詞爲早,但下片起句缺一字,且首句字聲與後之宋人多不同,不作正體。下片第二句《全宋詞》注:"按'思'疑'魚'誤。"

正　　體

【體略】

雙片四十六字,上片二十三字四句三平韻,下片二十三字四句二平韻,趙彥端。

【圖譜】

拂拂輕陰雨麪塵。小庭深幕墮嬌雲。好花無幾,猶是
◎●○○◎●○　◎○○⊙●●○　◎○⊙●　⊙●

洛陽春。　　燕語似知懷舊主,水生只解送行人。可堪詩
●○○　　　◎●◎○○●●　◎○○●●○○　◎○○

墨,和淚漬羅巾。
●　⊙●●○○

(《全宋詞》1450 頁)

【注釋】

《唐宋詞彙評》考此詞於孝宗乾道四年 (1168) 作 (1934 頁)。
《詞律》卷四以此詞爲正體,《詞譜》卷四以袁去華"曉監燕脂"爲正
體,當從《詞律》。上片第一句"拂"、"雨"趙詞別首作"曾"、"城",
"麪"惟周邦彥詞作"蘭",偶用不參校。第二句"小"、"深"趙與仁
詞作"晴"、"不"。第三句"好"袁去華"皓齒清歌"詞作"東","無"
趙詞別首作"徙"。第四句"猶"趙詞別首作"月"。下片第一句
"燕"、"似"袁去華"曉監燕脂"詞作"春"、"菖"。第二句"水"劉仲
尹詞作"輕","只"趙詞別首作"殘"。第三句"可"、第四句"和"劉
仲尹詞作"鳴"、"過"。

<h1 align="center">一剪梅</h1>

【調釋】

周詞見《百家詞・片玉集抄補》。此調用平韻,重頭曲,句法
由七、四字句組成,題材多詠物抒懷,聲情明快流美。《校正》:"此
體爲重頭曲,平韻,用韻較稀,四字句共八句,前後段各兩結句均爲

'仄仄平平'式,音節和婉明亮。蔣捷詞與李清照體同,只是每句用韻,因韻位極密,故音節更爲流暢和響亮,音韻最爲諧美,甚爲南宋以來詞人喜用。"(204—205 頁)《魏氏樂譜》卷三以劉克莊"陌上行行"詞爲譜。此調曲牌用詞體之單片,見《康熙曲譜》卷八。

【體略】

雙片六十字,上下片各三十字六句三平韻,周邦彥。

【圖譜】

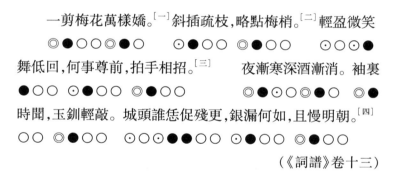

一剪梅花萬樣嬌。[一]斜插疏枝,略點梅梢。[二]輕盈微笑舞低回,何事尊前,拍手相招。[三]

夜漸寒深酒漸消。袖裏時聞,玉釧輕敲。城頭誰恁促殘更,銀漏何如,且慢明朝。[四]

(《詞譜》卷十三)

【注釋】

[一]此調兩宋金元現存一百餘首,以此詞爲早,且字聲諧穩,當爲正體。《詞律》卷九以李清照詞爲譜,《詞譜》卷十三以此詞爲正體,當從後者,然所定字聲多不當。此詞上下片第二、四、五句俱不押韻,宋人周紫芝詞、李清照詞、李綱詞與之同。"萬"石孝友詞作"無"。此句作仄起平收律句,李曾伯詞、劉辰翁"人生總受"詞、楊僉判詞等作平起平收律句,偶用不參校。句中可平可仄除注明外,皆見所列別體句法相同者。

[二]"斜插疏枝"四字《詞譜》皆注可平可仄,不妥,此句宜作仄起平收律句,宋人亦有偶作平起仄收律句者,如韓玉詞作"小眉

幽恨”,不混校,貴前後一致。

　　[三]“舞”、“回”惟趙長卿詞作“三”、“雨”,偶用不參校。此韻第一句惟楊僉判、醴陵士人作仄起平收律句,不參校。“何”周紫芝詞作“酒”,“拍”作“情”。按上片結二句《全宋詞》作“何事尊前拍誤招”,今從《詞譜》。

　　[四]下片首句作仄起平收律句,徐似道詞、劉克莊二詞、李曾伯詞等作平起平收律句,不參校。“裏”、“聞”《詞譜》皆注可平可仄,不妥,“袖裏時聞”宜作仄起平收律句,宋人亦偶有作平起仄收律句者,如韓玉詞作“玉香花瘦”,不混校,貴前後一致。“袖裏時聞,玉釧輕敲”二句《全宋詞》作“袖裏時聞玉釧敲”。“且”韓玉詞作“風”。

又一體(正體)

【體略】

　　雙片六十字,上下片各三十字六句四平韻,蔡伸。

【圖譜】

　　　堆枕烏雲墮翠翹。午夢驚回,滿眼春嬌。嬝嬝一嫋楚
　　　○●●○○●○。●●○○,●●○○。　○○●●○
　　宮腰。那更春來,玉減香消。　　　柳下朱門傍小橋。幾度
　　○○。●●○○,●●○○。　　　●●○○●●○。○●
　　紅窗,誤認鳴鑣。斷腸風月可憐宵。忍使懨懨,兩處無聊。
　　○○,●●○○。●○○●●○○。●●○○,●●○○。

(《全宋詞》1027頁)

【注釋】

　　此亦爲宋人常體，《詞譜》以吳文英“遠目傷心”詞爲體，不妥。此與周詞相校，惟上下片第四句俱押韻異。按蔡伸“夜永虛堂”一首上片結韻《全宋詞》作“尊酒相逢且自寬”，缺一字。今檢《百家詞·友古詞》，此韻作“尊酒相逢，姑且自寬”。又趙師俠“雪裏盈盈”詞上片結韻《全宋詞》作“獨露春妍誰似他”，今檢《百家詞·坦菴詞》作“獨露春妍，問誰似他”，今皆從後者，與此體正同。

又一體

【體略】

　　雙片五十八字，上下片各二十九字五句三平韻，鄭剛中。

【圖譜】

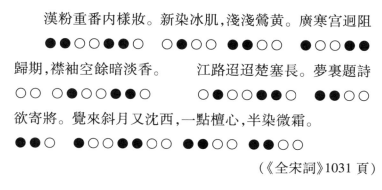

（《全宋詞》1031 頁）

【注釋】

　　此與周詞相校，惟上片結二句減一字作七字一句，下片第二、三句減一字作七字一句異。宋元惟李石二詞、蔡松年詞與之同。

又一體

【體略】

雙片五十六字,上下片各二十八字四句三平韻,鄧肅。

【圖譜】

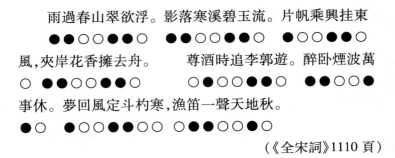

雨過春山翠欲浮。影落寒溪碧玉流。片帆乘興挂東

風,夾岸花香擁去舟。　　尊酒時追李郭遊。醉臥煙波萬

事休。夢回風定斗杓寒,漁笛一聲天地秋。

(《全宋詞》1110 頁)

【注釋】

此與周詞相校,惟上下片第二韻皆減一字作七字一句,結二句亦皆減一字作七字一句異。按曹勛詞正與此詞同,惟結韻二句仍同周邦彥詞,注出不另列。

又一體

【體略】

雙片五十九字,上片二十九字五句三平韻,下片三十字六句三平韻,趙長卿。

【圖譜】

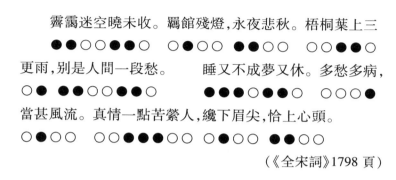

霽靄迷空曉未收。羈館殘燈，永夜悲秋。梧桐葉上三
更雨，別是人間一段愁。　　睡又不成夢又休。多愁多病，
當甚風流。真情一點苦縈人，纔下眉尖，恰上心頭。

（《全宋詞》1798 頁）

【注釋】

　　此與周詞相校，惟上片結二句減一字作七字一句異。《詞譜》：“此詞前段結句七字。按李清照詞‘雁字來時月滿樓’，又《樂府雅詞》‘明日從教一線添’，皆作七字句，與此同。蓋《一剪梅》之變體也，舊譜謂李詞脫去一字者非。”

<h2 style="text-align:center">又一體</h2>

【體略】

　　雙片六十字，上下片各三十字六句四平韻二疊韻，辛棄疾。

【圖譜】

記得同燒此夜香。人在回廊。月在回廊。而今獨自睡
昏黃。行也思量。坐也思量。　　錦字都來三兩行。千斷

人腸。萬斷人腸。雁兒何處是仙鄉。來也恓惶。去也恓惶。

○○　　●●○○　　●○○○●○○　　○●○○　　●●○○

（《全宋詞》1907 頁）

【注釋】

　　此體《詞譜》以張炎詞爲譜，不妥。此與蔡伸詞相校，惟上下片第二、三句，第五、六句俱疊韻異。《詞譜》："此詞（按指張炎詞）前後段第二、三句，第五、六句，俱疊韻，有程垓、劉克莊、劉擬、方岳、歐良、虞集諸詞可校，但劉克莊詞，換頭句'階銜免得管兵農'，與此平仄全異；又宋無名氏詞，前後段第二、三句，第五、六句，俱用'量'字韻者，係獨木橋體，因詞俚不錄。"又，辛棄疾別首"歌罷尊空"，僅上下片第五、六句疊韻，注出不另列。

又一體

【體略】

　　雙片六十字，上下片各三十字六句六平韻，蔣捷。

【圖譜】

　　　　一片春愁待酒澆。江上舟搖。樓上帘招。秋娘度與泰

　　　　●●○○●●○　　○●○○　　○●○○　　○○●●

娘嬌。風又飄飄。雨又蕭蕭。　　　　何日歸家洗客袍。銀字

○○　　○●○○　　●●○○　　　　○●○○●●○　　○●

笙調。心字香燒。流光容易把人抛。紅了櫻桃。綠了芭蕉。

○○　　○●○○　　○○○●●○○　　○●○○　　●●○○

（《全宋詞》3441 頁）

【注釋】

此與周詞相校,惟上下片六句皆押韻異。《詞譜》:"此詞每句
用韻,與第二、三句,第四、五句用疊韻者不同。""舟搖"《詞譜》作
"船搖","度與"《詞譜》作"容與","何日歸家洗客袍"《詞譜》作
"何日雲帆卸浦橋","笙調"《詞譜》作"箏調"。

雙頭蓮

【調釋】

《古今事文類聚後集》卷三十二引《宋起居注》:"雙頭蓮,兩蓮駢
生,蓮房分體。"《片集詞》注雙調。此調用入聲韻,前兩片爲雙拽頭,
起韻六句二十六字,後接三字短韻,聲情由緩轉急,轉折跌宕。《詞
牌格律》:"本調節奏短促,聲調甚硬。"(31頁)按此調與陸游同名詞
爲同名異調,無名氏"觸目庭臺"一首亦名"雙頭蓮",亦與周詞不同。
趙師俠又有《雙頭蓮令》。《雙頭蓮》或爲宋代大曲。《武林舊事》卷
十"官本雜劇段數"有《小雙頭蓮》、《大雙頭蓮》雜劇。

【體略】

雙調,三片一百三字,上片二十九字七句二入聲韻,中片二十
八字七句二入聲韻,下片四十六字十句四入聲韻,周邦彥。

【圖譜】

一抹殘霞,幾行新雁,天染斷紅,紅迷陣影,隱約望中,
●●○○ ●○○● ○●●○ ○○●● ○○●○
點破晚空澄碧。助秋色。　　門掩西風,橋橫斜照,青翼未
●●●○○● ●○● ○●○○ ○○○● ○●●

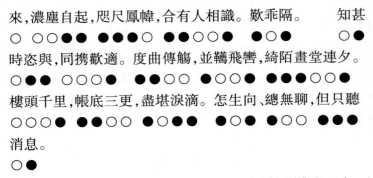

來，濃塵自起，咫尺鳳幰，合有人相識。歡乖隔。　　　知甚
○　○○●●　○●●○　●●○○●　●○●　　　　　○●
時恣與，同携歡適。度曲傳觴，並轡飛鸞，綺陌畫堂連夕。
○●●　○○○●　　●●○○　○○○○　●●●○○●
樓頭千里，帳底三更，盡堪淚滴。怎生向、總無聊，但只聽
○○○●　●○○○　●○●●　●○●　●○○　●●●
消息。
○●

（《詞譜》卷三十一）

【注釋】

　　此調兩宋金元現僅存此詞。此詞三片，《詞譜》卷三十一斷爲兩片誤：“此詞《清真集》不載，故方千里、楊澤民、陳允平皆無和詞，或疑前段直至第六句始用韻，似有譌脱，不知宋人以韻少者爲慢曲子，韻多者爲急曲子。細玩此詞，文法甚順，決無譌脱，但無他詞援證耳。”今從《大鶴山人詞話》作三片。

　　《大鶴山人詞話》：“‘合有人相識’句‘人’字疑脱一‘個’字。考宋本柳耆卿《曲玉管》一闋，起排亦分兩排，即以三字句結，是調正合。宋譜例，凡曲之三迭者謂之雙曳頭，是亦‘雙頭連’曲名之一證也。又《劍南詞》亦有是調，字句碩異，當別是一格。”（61頁）

　　按上片第三句“斷紅”，《全宋詞》作“紅斷”。下片結句《全宋詞》少一字作兩拍：“怎生向，無聊但只聽消息。”又《詞譜》結韻斷爲三句，今作六字折腰一句，五字一句。

大　有

【調釋】

　　《片玉集》注小石。周詞調用上去韻，賦戀情相思，句長韻疏，

聲情舒徐婉媚。

【體略】

　　小石,雙片九十九字,上片五十字九句四上去韻,下片四十九字十句六上去韻,周邦彦。

【圖譜】

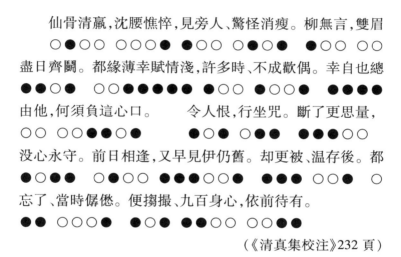

　　　　　　　　仙骨清羸,沈腰憔悴,見旁人、驚怪消瘦。柳無言,雙眉
　　　　　　　　○●○○　○○○●　●○○、○●○●　●○○　○○
　　盡日齊鬭。都緣薄幸賦情淺,許多時、不成歡偶。幸自也總
　　●●○●　○○●●●○●　●○○、●○○●　●●●○●
　　由他,何須負這心口。　　　　令人恨,行坐兒。斷了更思量,
　　○○　○○●●○●　　　　●○●、○●○　●●●○○
　　沒心永守。前日相逢,又早見伊仍舊。却更被、溫存後。都
　　●○●●　○○○●　●●●○○●　●●●、○○●　○
　　忘了、當時俙傉。便搊撮、九百身心,依前待有。
　　●●、○○○●　●○●、●●○○　○○●●

（《清真集校注》232 頁）

【注釋】

　　此調兩宋現僅存二首,金元無存詞。周詞多用拗句,且詞語俚俗,不作正體。按上片第三句"旁"《全宋詞》作"傍",換頭一句作"行坐兒斷了更思量",不從。又按下片第七句《清真集校注》原作普通六字一句,今作六字折腰句。

又一體

【體略】

雙片九十九字，上片五十字九句四上去韻，下片四十九字十句五上去韻，潘希白。

【圖譜】

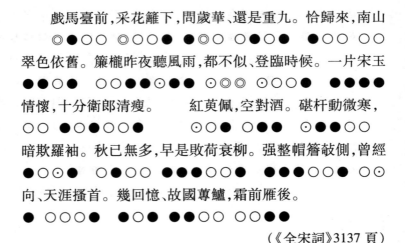

戲馬臺前，采花籬下，問歲華、還是重九。恰歸來，南山翠色依舊。簾櫳昨夜聽風雨，都不似、登臨時候。一片宋玉情懷，十分衛郎清瘦。　　紅萸佩，空對酒。碪杆動微寒，暗欺羅袖。秋已無多，早是敗荷衰柳。強整帽簷攲側，曾經向、天涯搔首。幾回憶、故國尊鑪，霜前雁後。

（《全宋詞》3137 頁）

【注釋】

《詞譜》卷二七以此詞爲正體，當是。此與周詞相校，上片結句拗句形式與周詞不同，不相參校，下片第七句用普通六字一句，且不押韻異。句中可平可仄即參周詞，不再另注。

萬里春

【調釋】

王維《送友人南歸》:"萬里春應盡,三江雁亦稀。"杜甫《喜觀即到復題短篇二首》(其一):"巫峽千山暗,終南萬里春。"周詞賦詠本意,用上去韻,上片作四、五、七五句法,下片作五、七、七五句法,七字句皆爲折腰句,聲情活潑明快。

【體略】

雙片四十五字,上片二十一字,下片二十四字,各四句三上去韻,周邦彦。

【圖譜】

（《全宋詞》627頁）

【注釋】

此調兩宋金元現僅存此詞,無別首可校。上下片結句五字句當作三二句式,填者慎之。上片第二句《詞律》卷四、《詞譜》卷五皆作"簇清明天氣"。毛晉《宋六十名家詞》、《詞繫》卷十七、《全宋詞》作"簇定清明天氣"。今從後者。按清人鄒祗謨"臨邛綠綺"

詞第二句作"何事琴心在裏"(《全清詞(順康卷)》3036 頁),正作
六字一句。

浣溪沙慢

【調釋】

調名取西施浣沙故事,與唐宋流行令詞調《浣溪沙》無涉。周
詞用上去韻,賦戀情相思,聲情風流嫵媚。

【體略】

雙片九十三字,上片四十五字九句五上去韻,下片四十八字十
句五上去韻一叶韻,周邦彥。

【圖譜】

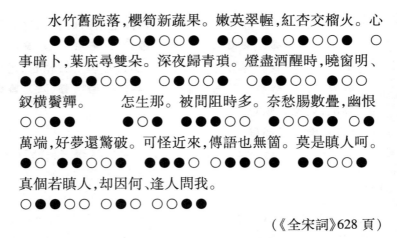

(《全宋詞》628 頁)

【注釋】

此調除周詞外,另有馬子嚴詞,馬詞《詞律》、《詞譜》、《詞繫》

編者均未見。《詞律》卷三："'紅杏'以下,與後'好夢'以下同。按'多'字,乃以平叶仄。不然,直至'破'字方韻矣。且語意亦在此頓住。下'奈愁腸'三句,是一串而下也,是此詞亦爲平仄同叶之體。但無第二首可對,恐人不信,故不敢竟注,識者當自辨之。"又云:"按《胡仔苕溪詩話》'櫻筍新蔬果'句作'鶯引新雛過'。又'青鎖'作'青瑣'。又按此詞起句五字全仄,與卷十七史梅溪作《壽樓春》詞首句'裁春衫尋芳'五字全平者相對待,皆定律也。"《詞律》所言甚是,馬子嚴詞首句亦連用五仄聲,下片第二句"轤"亦用平聲押韻。

又一體

【體略】

　　雙片九十四字,上片四十四字九句六上去韻,下片四十字八句五上去韻一叶韻,馬子嚴。

【圖譜】

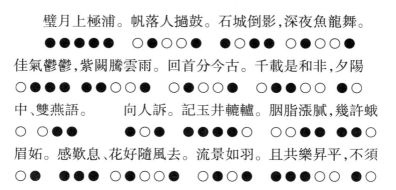

璧月上極浦。帆落人搗鼓。石城倒影,深夜魚龍舞。

佳氣鬱鬱,紫闕騰雲雨。回首分今古。千載是和非,夕陽

中、雙燕語。　　向人訴。記玉井轆轤。胭脂漲膩,幾許蛾

眉妬。感歎息、花好隨風去。流景如羽。且共樂昇平,不須

後庭玉樹。

●○●●

（《全宋詞》2071 頁）

【注釋】

此與周詞相校，上片除結句減一字外，其他完全相同，下片首句、次句相同，"胭脂"以下句拍、字數多有變化，惜無別詞可校。此詞或多有脱漏，《詞牌格律》以馬詞當如下："璧月上極浦。帆落人搥皷。石城倒影，深夜魚龍舞。佳氣鬱鬱，紫闕騰雲雨。回首分今古。千載是和非，夕陽中、□雙燕語。　　向人訴。記玉井轆轤。□□□□□，胭脂漲膩，幾許蛾眉妒。感歎息□，花好隨風去。流景□如羽。且共樂升平，不須□，後庭玉樹。"（88—89 頁）

芳草渡

【調釋】

此與張先《芳草渡》同名異調。周詞用上去韻，賦離別相思，亦爲本意，聲情幽怨感傷。

【體略】

雙片八十九字，上片四十四字九句五上去韻，下片四十五字九句五上去韻，周邦彦。

【圖譜】

昨夜裏，又再宿桃源，醉邀仙侣。聽碧窗風快，珠簾半
◎●●　●●○●　◎○⊙●　●●○●　○○●

卷疏雨。多少離恨苦。方留連啼訴。鳳帳曉、又是忽忽，獨
●○●　⊙●○●●　○○○●●　●●●　●●○○　●

自歸去。　　　愁睹。滿懷淚粉,瘦馬衝泥尋去路。謾回首、
●○●　　　⊙●　●○●●　●●○○○●●　●○●

煙迷望眼,依稀見朱户。似癡似醉,暗惱損、憑闌情緒。澹
○○●●　○○●○●　●○●●　●●●、○○○●　●

暮色,看盡栖鴉亂舞。
●●　●●○○●●

(《全宋詞》618 頁)

【注釋】

此調兩宋金元僅有陳允平一首和詞可校。上片首句"昨"陳詞作"芳",第三句"醉"、"仙"作"鴛"、"鳳",第六句"多"作"惜";下片首句"愁"作"遠",第七句"憑"作"少"。

按陳允平詞《詞譜》列又一體,換頭二字短韻"遠顧"脱漏,今從《全宋詞》,陳詞字句與周詞全同,無需另列。

品　　令

【調釋】

此與歐陽修、黄庭堅詞名《品令》者不同。周詞用上去韻,其中又多用去聲韻,賦相思離別,聲情愁苦而不柔弱,亦屬健筆寫柔情之類。

【體略】

雙片五十五字,上片二十七字五句四上去韻,下片二十八字五句五上去韻,周邦彥。

【圖譜】

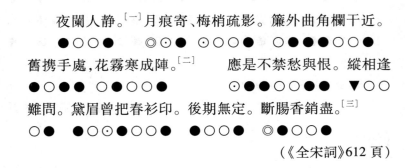

　　　　夜闌人静。[一]月痕寄、梅梢疏影。簾外曲角欄干近。
　　　　●○○●　　　◎⊙●　⊙○○●　○●●●○○●

　　　　舊携手處，花霧寒成陣。[二]　　　應是不禁愁與恨。縱相逢
　　　　●○○●　○●○○●　　　　　⊙●○●○●　　▼○○

　　　　難問。黛眉曾把春衫印。後期無定。斷腸香銷盡。[三]
　　　　○●　●○○⊙●　●○○●　◎●○○●

（《全宋詞》612 頁）

【注釋】

　　[一]此調兩宋金元有陳允平、楊澤民、方千里和詞及劉辰翁詞可校。《詞譜》卷九又以元明之際王行詞與之參校，所定字聲多有不當。

　　[二]"月"陳允平詞作"蟾"。"痕"劉辰翁詞作"昨"，"梅"作"落"。上片第三句作拗句，陳允平、楊澤民、方千里詞皆然。劉辰翁詞作律句"緑陰正似人懷抱"，注出不參校。"花霧寒成陣"《全宋詞》作"花發霧寒成陣"，今從《詞譜》改。

　　[三]"應"劉辰翁詞作"幸"。"縱"爲領字宜用去聲，"縱相逢難問"例作上一下四句法，劉辰翁詞作普通五字句"寂寞如相惱"，偶用。"曾"楊澤民詞作"喝"。元人王行詞下片第三句作"綽約仙姿真絶世"，律句不同，不參校。第四句陳允平未用韻，既爲和韻，當屬偶誤，注出不另録。"斷"陳允平詞作"枝"。

孔夷一調

　　孔夷(生卒年不詳),字方平,汝州龍興(今屬河南寶豐)人,哲宗元祐間隱士,自號滄皋漁父,又隱名爲魯逸仲。曾輯詞選《蘭畹曲會》,不傳。《全宋詞》據《梅苑》卷一、《唐宋諸賢絕妙詞選》卷八輯録其詞三首。

南　浦

【調釋】

　　此與周邦彦等人名《南浦》者同名異調。調用平韻,多用六、七、八字長句,聲情幽怨感傷。《魏氏樂譜》卷四即以此詞爲譜。

【體略】

　　雙片一百二字,上片五十一字九句四平韻,下片五十一字八句四平韻,孔夷。

【圖譜】

　　　　風悲畫角,聽單于、三弄落譙門。投宿駸駸征騎,飛雪
　　　　○○●●　●○○　○●●○○　　○●○○●●　○●

　　滿孤村。酒市漸聞燈火,正敲窗、亂葉舞紛紛。送數聲驚
　　●○○　●●●○○　●○○　●●●○○　●●○○

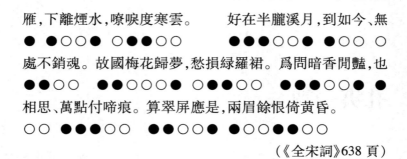

雁，下離煙水，嘹唳度寒雲。　　好在半朧溪月，到如今、無
● ●○○● ○●●○　　　　●●●○○● ●○○ ○

處不銷魂。故國梅花歸夢，愁損綠羅裙。爲問暗香閒豔，也
● ●●○○　 ●●○○○● ○●●○○　 ●●●○○● ●

相思、萬點付啼痕。算翠屏應是，兩眉餘恨倚黃昏。
○○ ●●●○○　 ●●○○● ●○○○●○○

（《全宋詞》638 頁）

【注釋】

　　此調兩宋金元惟有此詞，無他首可校。上片自“聽單于”至
“驚雁”，與下片“到如今”至“應是”相同，“送”、“算”皆作領字。
換頭一句“溪”字，《詞譜》作“淡”。按上下片第二句《詞牌格律》
斷作上一下七式八字一句。此調明人喻綜、王夫之皆有詞作。

晁沖之一調

晁沖之(生卒年不詳),字叔用,巨野(今山東巨野縣)人。補之從弟。有《晁叔用詞》,不傳。趙萬里《校輯宋金元人詞》有輯本,《全宋詞》據以錄入十六首。

傳言玉女

【調釋】

《詞譜》卷十七:"高拭詞注黃鐘宮。按《漢武内傳》:帝閑居承華殿,忽見一女子曰:'我墉宮玉女王子登也。'至七月七日,王母暫來,言訖,不知所在,世所謂傳言玉女也。調名取此。"此或爲大晟府詞調。換頭曲,題材多寫遊春、賞春,聲情歡快明媚。汪元量詞寫亡國之情,聲極哀怨,當爲變調。《魏氏樂譜》卷二以晁沖之詞爲譜。

【體略】

雙片七十四字,上下片各三十七字八句四仄韻,晁沖之。

【圖譜】

一夜東風,吹散柳梢殘雪。御樓煙暖,正鼇山對結。簫

鼓向晚，鳳輦初歸宮闕。千門燈火，九街風月。　　繡閣人
●●● ●●○○○● 　○○○● ●○○● 　　　●●○

人，乍嬉遊、困又歇。笑勻妝面，把朱簾半揭。嬌波向人，手
○ ●●○ ●●● 　●○○● ●○○●● 　○○●○ ●

撚玉梅低説。相逢常是，上元時節。
●●○○● 　○○○● ●○○●

（《全宋詞》654 頁）

【注釋】

　　此調兩宋現存十餘首詞，元人姬翼存一詞，入聲韻、上去韻均可。此調雖以此詞爲早，然上片第五句"簫鼓向晚"用拗句，與下片"嬌波向人"一句不對應，字聲尚不嚴謹，不作正體。《詞律》、《詞譜》皆以此詞爲正體，不妥。

正　　體

【體略】

　　雙片七十四字，上下片各三十七字八句四仄韻，楊无咎。

【圖譜】

　　料峭寒生，知是那番花信。[一]算來都爲，惜花人做恨。[二]
　　●●○○ ⊙●●○● 　◎○○⊙● ●○○◎●

看猶未足，早覺枝頭吹盡。曲欄幽榭，亂紅成陣。[三]　　醺
◎○●● ◎●○○● 　○○○● ◎○○● 　　　◎

酒花前，試停杯、與細問。褪香銷粉，問東君怎忍。韶華過
●○○○ ●○○ ●●● 　◎○○● ●○○●● 　○○●

半,贏得幾場春困。厭厭空自,爲花愁損。^[四]

● ◎●◎○○● 　○○⊙● ●○○●

（《百家詞·逃禪詞》）

【注釋】

[一]此調當以此詞爲正體。上片自"算來"以下,與下片自"褪香"以下相同。"料"惟袁綯詞作"眉",偶用不參校。"知"袁綯詞作"慣"。句中可平可仄除注明外,皆見所列晁、汪詞句法相同者。

[二]"算來都爲"作平起仄收律句,與下片"褪香銷粉"同,曾覿詞作"萬點星球",偶用不參校,《詞律》《詞譜》以第二字平仄不拘,不當。"惜"與下片"問"字皆作領字。"算"、"都"黃機詞作"紋"、"玉"。"做"曾覿詞作"寒"。"惜花人做恨"例作上一下四句法,黃機詞作"磔磔敲春晝",偶用。按元人姬翼詞此韻第二句《全金元詞》作"遥山寸碧",當脱漏一領字,注出不另列。

[三]"看猶未足"作平起仄收律句,與下片"韶華過半"同。"看"吳潛詞作"紅","枝"何夢桂詞作"此"。"早"黃機詞作"花"。"曲"吳潛詞作"連"。

[四]"醲"趙善扛詞作"油"。下片第二句袁綯詞,《詞譜》、《全宋詞》等均作五字一句"御風跨皓鶴",當脱漏一字,注出不另列。"褪"、"銷"郭應祥詞作"歸"、"漸"。"韶"袁綯詞作"一"。"贏"吳潛詞作"且","幾"趙善扛詞作"升"。"厭"、"空"黃機詞作"那"、"又"。按下片第六句《全宋詞》"謾贏得、幾場春困",今從《百家詞》。

又一體

【體略】

雙片七十四字,上下片各三十七字八句四仄韻,汪元量。

【圖譜】

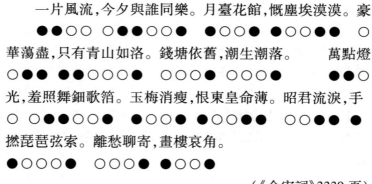

一片風流,今夕與誰同樂。月臺花館,慨塵埃漠漠。豪
●●○○　○●●○●　　●○○●　●○○●●　　○

華蕩盡,只有青山如洛。錢塘依舊,潮生潮落。　　萬點燈
○●　●　●●○○●　　○○○●　○○○●　　　　●●○

光,羞照舞鈿歌箔。玉梅消瘦,恨東皇命薄。昭君流淚,手
○　○●●○○●　　○○○●　●○○●●　　○○●●　●

撚琵琶弦索。離愁聊寄,畫樓哀角。
●○○○●　　○○○●　●○○●

(《全宋詞》3339 頁)

【注釋】

此與吳詞相校,惟下片第二句不作折腰句法異,曾覿詞作"不
似少年懷抱"正與此同。按曾覿詞前後字聲不嚴謹,故以汪詞爲
譜。此宋亡後作品,聲情與諸人詞不同。

毛滂四調

　　毛滂(1061—?),字澤民,號東堂,衢州江山(今屬浙江)人。毛滂工詩善文,尤長樂府,有《東堂詞》一卷。《全宋詞》輯録二百一首,附録三首。

上林春令

【調釋】

　　調釋參見晁端禮《上林春慢》。毛滂詞用上去韻,換頭曲,句法皆用六、七字句,七字句又多用折腰句,聲情跌宕有力。

【體略】

　　雙片五十三字,上片二十六字四句三上去韻,下片二十七字四句三上去韻,毛滂。

【圖譜】

　　　　蝴蝶初翻簾繡。萬玉女、齊回舞袖。落花飛絮濛濛,長
　　　　○●○○○●　●●● ○○○●　◎○○●○○ ⊙
　　　憶著、灞橋別後。　　濃香斗帳自永漏。任滿地、月深雲厚。
　　　●● ●○○●　　⊙○○●●○○●　●○● ○○○●

夜寒不近流蘇，祇憐他、後庭梅瘦。

◎○●○○　◎○⊙　●○○●

（《全宋詞》676 頁）

【注釋】

此調兩宋金元惟楊无咎詞可校。《詞譜》卷十："《詞律》録楊
无咎詞四十字一體，脱去前段第三、四句兩句，今按楊本集作'穠李
夭桃堆繡。正暖日、如熏芳袖。流鶯恰恰嬌啼，似爲勸、百觴進
酒。　　少年不用稱遐壽。願來歲、如今時候。相將得意皇都，同
携手、上林春晝。'即毛詞五十三字體也。譜內可平可仄參之。"

八 節 長 歡

【調釋】

調名不詳。調用平韻，前後片句法參差迥異，毛滂二詞賦寫隱
逸情懷，聲情清新明快。

【體略】

雙片九十八字，上片四十六字九句五平韻，下片五十二字八句
五平韻，毛滂。

【圖譜】

名滿人間。記黄金殿，舊賜清閒。才高鸚鵡賦，風懷惠

⊙●○○　●○○●　●●○○　○○⊙●　○●●

文冠。濤波何處試蛟鼉，到白頭、猶守溪山。且做龔黄樣度，

○○　　○○○●●○○　◎○○　⊙●○○　●●⊙●●

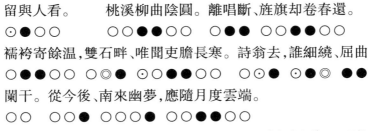

留與人看。　　桃溪柳曲陰圓。離唱斷、旌旗却卷春還。
⊙●○○　　○○●●○○　○●● ○○○●○○

襦袴寄餘溫,雙石畔、唯聞吏膽長寒。詩翁去,誰細繞、屈曲
○●●○○　○◎● ⊙○○●○○　○○⊙● ⊙●◎　●●

闌干。從今後、南來幽夢,應隨月度雲端。
○○　○○●● ○○○●　○○●●○○

（《全宋詞》671頁）

【注釋】

此調兩宋金元惟毛滂二詞。毛詞別首,《詞譜》以上片第八句爲"杜陵老、兩峰秀處"另列一體,《全宋詞》作"杜老兩峰秀處",當從後者,無需另列。上片第一句"名"毛詞別首作"澤",第四句"鸚鵡"作"繞尊",第七句"白"、"猶"作"寒"、"一",第八句"龔"作"兩",第九句"留"作"短";下片第四句"石"作"籬"、"唯"作"却",第五句"翁"作"但",第六句"誰"、"繞"作"莫"、"他"。句中可平可仄據此。

按下片第八句"隨"毛詞別首作"的",以入代平。又,《詞律》卷十五:"'溫'字宜叶,此借韻耳。"杜文瀾注:"按澤民別首用真文韻,此句用'妍'字,亦不叶也。"當從杜說。

粉蝶兒

【調釋】

毛詞云:"粉蝶兒,這回共花同活。"或以此名調。毛詞用入聲韻,其他兩宋及金元詞人皆用上去韻。此調多用三字句和七字折腰句。宋人題材多詠春情,金元詞人多詠道情,聲情風流嫵媚。《校正》:"此調爲重頭曲,每段各有三個三字句,但與四字句、六字

句和上三下四句法之七字句相配,故調勢平穩。”（268 頁）此調後
又入散曲,《中原音韻》注中吕,爲元代流行曲牌,與詞體單片相
近,用韻三聲通叶。

【體略】

　　雙片七十二字,上下片各三十六字七句四入聲韻,毛滂。

【圖譜】

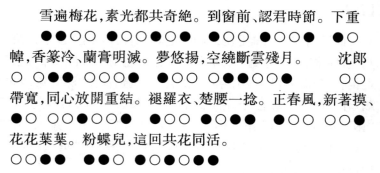

　　　　　雪遍梅花,素光都共奇絕。到窗前、認君時節。下重
　　　　　●●○○　●○○○●○●　●○○　●○○●　●○
　　　幃,香篆冷、蘭膏明滅。夢悠揚,空繞斷雲殘月。　　沈郎
　　　○　○　●●　○○○●　●○○　●○●○○●　　　○○
　　　帶寬,同心放開重結。褪羅衣、楚腰一捻。正春風,新著摸、
　　　●●　○○●○○●　●○○　○○●●　●○○　○○●
　　　花花葉葉。粉蝶兒,這回共花同活。
　　　○○●●　●●○　●○○○●

（《全宋詞》688 頁）

【注釋】

　　此調兩宋現存詞七首,金元五首。毛詞雖字句前後一致,但此
詞押入聲韻,後人用韻且字聲無全同毛詞者,不作正體。按辛棄疾
詞句拍與毛詞相同,用上去韻,上下片第二句、下片結句字聲皆與
毛詞不同,注出不另列。

<h2 style="text-align:center">正　　體</h2>

【體略】

　　雙片七十四字,上下片各三十七字七句四上去韻,史浩。

【圖譜】

一箭和風，穠熏許多春意。[一]鬧蛾兒、滿城都是。向深
◎　●○○　⊙○○●○●　　●○○　●○○●　　●○

閨，爭䰀碎、吳綾蜀綺。點妝成，分明是、粉鬚香翅。[二]
○　○　●●　○⊙○●　　●○○　⊙○○◎　●●○●

玉容似花，全勝故園桃李。最相宜、鬢雲秋水。[三]怎教他，
◎○○○　○⊙●○○●　　●○○　●○○●　　　●○○

却去與、莊周同睡。願年年，伴星毬、爛遊燈市。[四]
○●●　⊙○⊙●　　●○○　●○○、●○○●

（《全宋詞》1272 頁）

【注釋】

〔一〕此與毛詞相校，從句拍看，惟上下片結句添一字作上三下四式折腰句異。然此詞前後字句、用韻及字聲均一致，最爲純正，當爲正體。史浩“一盞陽和”詞及元人姬翼三詞正與此全同，其他句法、字聲，宋金詞人亦多有相同。《詞律》卷十一以蔣捷詞爲譜，《詞譜》以毛滂詞爲正體，皆不當。“一”蔣捷詞作“啼”，“穠”辛棄疾詞作“十”。“穠熏”一句作拗句，曹冠詞作律句，毛滂詞拗句形式不同，皆偶用不參校。句中可平可仄除注明外，俱見別體句法相同者。

〔二〕“向深閨”作仄平平，“爭䰀碎”作平仄仄。“吳”姬翼“嚼蠟塵情”詞作“夢”。“分”、“是”史詞別首作“恁”、“區”。

〔三〕“玉”、“似”姬翼“薄利浮名”詞作“風”、“晨”。“全勝”一句作拗名句與上片第二句同，宋金詞偶有不同者，不參校。

〔四〕“怎教他”、“却去與”與上片“向深閨”、“爭䰀碎”同，惟

"却"字此處用入聲異,觀他人詞作,此字皆用平聲,此字當偶以入代平,不注仄聲。"莊"史浩"玉屑輕盈"詞作"供"。按史浩"玉屑輕盈"一首結句《全宋詞》作"得我這些方便",《鄮峰真隱漫録》(乾隆刻本)作"得成全、這些方便",當從後者。

又 一 體

【體略】

雙片七十二字,上下片各三十六字七句四上去韻,曹冠。

【圖譜】

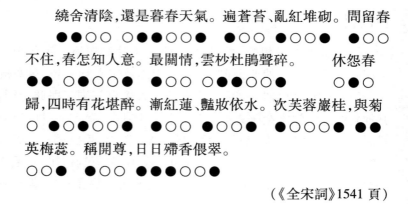

（《全宋詞》1541 頁）

【注釋】

此與毛詞相校,上下片第四、五句均作五字一句異,且多處字聲不同。

又一體

【體略】

雙片七十四字，上片三十八字七句四上去韻，下片三十六字七句四上去韻，長筌子。

【圖譜】

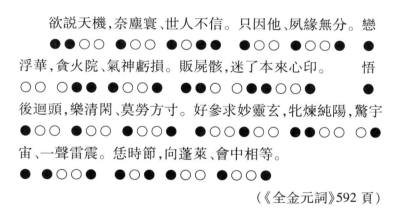

(《全金元詞》592 頁)

【注釋】

此與史詞相校，上下片第二句皆添一字作上三下四式七字折腰句法，下片第三句減一字作六字一句，第四句添一字作四字一句。

最高樓

【調釋】

白居易《寄遠》："坐看新落葉，行上最高樓。"此調主要用平

韻,通常下片前兩句押兩仄韻,以三字句爲主,間以五七字句,明快流暢,換頭仄韻的使用又頗增婉轉跌宕之勢,題材詠史、詠物、抒懷皆可。《校正》:"此調多三字句;後段第一、二句爲上三下五句法之八字句,此兩句用仄聲韻,使韻律變化,形成格律與聲韻之特點。詞中前後段各兩個七字句,可不對偶,但以對偶爲工。此調紆徐而流暢,後段首兩句換韻,再回復原部平韻,使音節忽抑又揚,曲折變化,但整體之聲韻甚爲諧美。宋代詞人用以抒情、詠物,且多壽詞。此調既可達婉約之情,亦可寫豪放之致,其適宜範圍較廣。"(309頁)《魏氏樂譜》卷四以辛棄疾"長安道"詞爲譜。

【體略】

雙片八十二字,上片三十七字八句四平韻,下片四十五字八句二仄韻三平韻,毛滂。

【圖譜】

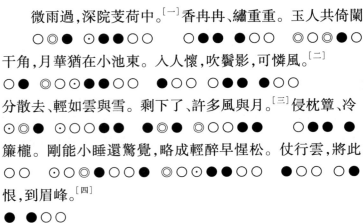

(《詞譜》卷十九)

【注釋】

［一］此調兩宋金元現存共五十餘首詞,僅無名氏一首通篇押仄韻,其他均主要用平韻。此調正體有二:一爲毛滂此體,二爲辛棄疾詞體。辛詞與毛詞相校,僅上片第二句減一字而已。《詞譜》所列體式十分混亂。此詞上片第三句作六字折腰一句,毛詞別首及陳亮、馬子嚴等人詞正與之同。此體上片"香冉冉"以下,與下片"侵枕簟"以下相同,前後十分嚴謹。句中字聲除注明外,俱見別體句法相同者。

［二］"香冉冉、繡重重"兩句作"平仄仄、仄平平",爲此調定格。結韻三句"仄平平,平仄仄,仄平平"亦爲定格。

［三］換頭兩韻換用仄聲韻,兩宋金元後來創作多依此體。按"雪"《全宋詞》作"夢",《詞律》卷十二:"愚意謂'夢'字乃是'雪'字,與下'月'字爲叶也。"《詞譜》、《詞繫》均從之。

［四］"侵枕簟、冷簾櫳"字聲與上片第三句同。按"侵枕"劉辰翁"非是雪"一首作"怪疏",偶用不參校,《詞譜》以"侵枕"二字可平可仄不當。

又一體

【體略】

雙片八十二字,上片三十七字八句四平韻,下片四十五字八句三平韻,毛滂。

【圖譜】

新睡起,熏過繡羅衣。梳洗了、百般宜。東風淡蕩垂楊

院,一春心事有誰知。苦留人,嬌不盡,曲眉低。　　　漫良
● ●○○●● ●○○ ○●● ●○○　　　●○

夜、月圓空好意,恐落花、流水終寄恨,悲歡往往相隨。鳳臺
● ●○○●● ○●○ ○●○●● ○○●○○ ●○

癡望雙雙羽,高唐愁著夢回時。又爭如,遵大路,合逢伊。
○●○○● ○○○●●○ ●○○ ○●● ●○○

(《全宋詞》688 頁)

【注釋】

此詞題《春恨》。此與前詞相校,惟下片第一、二句不用韻,且第三句作普通六字句異,餘同。《詞譜》:"此即前一首毛詞體,惟換頭處不押韻,諸家從無此體,恐有錯誤,姑錄以備參考。"

又一體

【體略】

雙片八十字,上片三十七字,下片四十三字,各八句四平韻,向子諲。

【圖譜】

無雙亭下,瓊樹正花敷。玉骨瑩雲腴。已知傾國無能
○○○● ○●○○ ●●○○ ●○○●○○

比,除非天上有仙姝。到揚州,纔見是,處俱無。　　　比碧
● ○○○●●○ ○●○ ○●● ●○○　　　●●

桃、也無二朵,算丹桂、止是一株。千萬卉、盡花奴。天教芍
○ ●○●● ●○● ●●●○ ○●● ●○○ ○○●

藥來駸乘，一春桃李作先驅。儘紅遮，□綠擁，駐江都。
●○○● ●○○○●●● ●○○ ●● ●○○

(《全宋詞》977—978 頁)

【注釋】

《唐宋詞彙評》考此詞於宣和三年(1121)作(1498 頁)。此與毛滂"微雨過"詞相校，上片第一句添一字作四字句，第三句減一字作五字句，下片第一、二句均減一字作上三下四式折腰句法，第二句用平韻異。

此詞上片結句《全宋詞》斷作"到揚州纔見，是處俱無"，下片結句《全宋詞》作"儘紅遮綠擁駐江都"八字一句，按此調無此種句拍。上片結韻今依正體斷作三句拍，下片結韻亦當作三字三句，今於"綠擁"上作脫漏一字。又按柳富詞正與此體同，惟上片第三句添一字作六字折腰句、下片首二句作普通七字句、第五句減一字作六字折腰句。又，徐架圖詞及無名氏"中和節過"詞與此相校，除上片第三句添一字作六字折腰句異外，其他皆同。以上注出不另列。

又一體

【體略】

雙片八十三字，上片三十八字，下片四十五字，各八句四平韻，史浩。

【圖譜】

當年尚父，一箇便興周。今十倍、更何憂。沖融道貌丹
○○●● ●●●○○ ○●● ●○○ ○○○●○

爲臉，扶疏漆髮黑盈頭。世方知，非熊老，聚吾州。　　有
○●　○○●●●　　●○○　○○●　●○○　　　　●

智略、可從茲日用，有志願、可從茲日酬。天付我、怎教休。
●●　●○○●●　●○○●　●○○　　○●●　○○

瓊漿且共飛千斛，蟠桃應得見三偷。諒吾皇，恢復後，盡
○○●●○○●　○○○●●○○　　●○○　○●●　●

封侯。
○○

（《全宋詞》1269 頁）

【注釋】

　　《唐宋詞彙評》考此詞於淳熙四年（1177）作（1767 頁）。此毛
詞與向詞之混合體。此與毛詞、向詞相校，上片第一句添一字與向
詞相同，第三句作六字一句與毛詞相同，下片第一、二句作兩個八
字折腰句與毛詞相同，但用韻又與向詞相同。無名氏詞"春有序"
一首及崔木詞正同此體。

又一體

【體略】

　　雙片八十三字，上片三十八字八句四平韻，下片四十五字八句
二仄韻三平韻，程垓。

【圖譜】

舊時心事，説著兩眉羞。長記得、憑肩遊。緗裙羅襪桃
●○○●　●●●○○　　○●●　●○○　　○○○●○

花岸，薄衫輕扇杏花樓。幾番行，幾番醉，幾番留。　　也
○●　●○○●●○○　　●○○　●○●　●○○　　　　　　●

誰料、春風吹已斷。又誰料、朝雲飛亦散。天易老、恨難酬。
○●　○○○●●　　●○●　○○○●●　○●●　●○○

蜂兒不解知人苦，燕兒不解説人愁。舊情懷，消不盡，幾時休。
○○●●○○●　●○●●●○○　●○○　○●●　●○○

（《全宋詞》1990 頁）

【注釋】

此與史浩詞相校，惟換頭仍押兩仄韻異。《詞譜》以此詞作起句四字者"正體"，殊無必要。

正　　體

【體略】

雙片八十一字，上片三十六字八句四平韻，下片四十五字八句二仄韻三平韻，辛棄疾。

【圖譜】

　金閨老，眉壽正如川。七十且華筵。樂天詩句香山裏，
　○○●　○●●○○　●●●○○　●○○●●○○

杜陵酒債曲江邊。問何如，歌窈窕，舞嬋娟。　　更十歲、
●○●●●○○　●○○　○●●　●○○　　　　●●●

太公方出將。又十歲、武公才入相。留盛事、看明年。直須
●○○●●　●●●　●○○●●　○●●　●○○　●○

腰下添金印，莫教頭上欠貂蟬。向人間，長富貴，地行仙。

○●○○● ●○○●●○○　　●○○ ○●● ●○○

【注釋】

此與毛詞"微雨過"相校，惟上片第三句減一字作五字一句異。辛棄疾現存此調八首，字、句、韻、聲皆一致，對當時及金元人創作影響甚大，後人創作即多依辛詞。按此調下片"留盛事、看明年"，《詞譜》於毛詞斷作兩句，於辛詞斷作六字折腰一句，較爲混亂，皆當斷作六字折腰句。又按元好問"商於路"詞，下片前二韻《全金元詞》作："問華屋、高貲誰不戀。問美食、大官誰不羨。"《詞譜》作："問華屋高貲、誰不戀。美食大官、誰不羨。"而列又一體，當從前者。按金人段克己詞下片換頭二句《全金元詞》作"白髮青衫，是人所惡。金印碧幢，是人所慕。"偶用，注出不另列。

又一體

【體略】

雙片八十五字，上片三十八字八句四平韻，下片四十七字八句二仄韻三平韻，方岳。

【圖譜】

秋崖底，雲臥欲生苔。無夢到公台。有月鋤、曉帶烏犍

○○●　○●●○○　　○●●○○　　●●○ ●○○●

去，與煙蓑、夜釣白魚來。問誰能，供酒料，辦詩材。　　君

●　●○○ ●●●○○　　●○○ ○●● ●○○　　　　○

莫笑、閒忙棋得勢。也莫笑、浮湛漁得計。胸次老、雪崔嵬。

●● ○○○●● ●●● ○○○●● ○●● ●○○

付老夫、小小鸀鶒杓，儘諸公、袞袞鳳凰臺。且容儂，多種

●●○ ●●○○● ●○○ ●●●○○ ●○○ ○●

竹，剩栽梅。

● ●○○

（《全宋詞》2848 頁）

【注釋】

　　此與辛詞相校，惟上下片第四、五句各添一字作上三下五式八字一句異，爲詞人有意爲之。

又一體

【體略】

　　雙片八十二字，上片三十八字八句四仄韻，下片四十四字八句六仄韻，《梅苑》無名氏。

【圖譜】

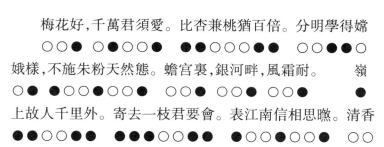

梅花好，千萬君須愛。比杏兼桃猶百倍。分明學得嫦

○○● ○●○● ●○○○●● ○○●●○

娥樣，不施朱粉天然態。蟾宮裏，銀河畔，風霜耐。　　嶺

○●● ●○○●○○● ○○● ○○● ○○● ●

上故人千里外。寄去一枝君要會。表江南信相思曀。清香

●●○○●● ●●●○○●● ●○○●○○● ○○

素豔應難對。滿頭宜向尊前戴。歲寒心，春消息，年年在。
●●○○● 　●●○●○○● 　●○○ 　○○● 　○○●

（《全宋詞》3612 頁）

【注釋】

此體全押仄韻，與辛詞相校，上片第三句添二字作七字句，下片第一、二句各減一字作七字句，第三句添一字作七字句。此體只此一首，當屬偶然嘗試。

劉因一調

劉因(生卒年不詳),字無言,號靜修,長興(今屬浙江)人。元祐三年(1088)進士。周泳先《唐宋金元詞鉤沉》輯有《靜修樂府》十一首,《全宋詞》據之録入。

八寶妝

【調釋】

《詞譜》卷三十五:"仇遠詞名《八寶玉交枝》,與《新雁過妝樓》別名《八寶妝》者不同。"仇遠詞爲"八犯玉交枝",知此調亦爲犯調。調用上去韻,賦離別相思之情,聲情淒苦怨歎。

【體略】

雙片一百一十字,上片五十四字十句四上去韻,下片五十六字九句五上去韻,劉因。

【圖譜】

門掩黃昏,畫堂人寂,暮雨乍收殘暑。簾卷疎星庭户悄,
○●○○　●●○○　●○●○●　○●○○○●●●

隱隱嚴城鐘鼓。空堦煙暝,半開斜月朦朧,銀河澄淡風悽
●●○○○●　○○○●　●○○●○○　○○○●○○

楚。還是鳳樓人遠,桃源無路。　　惆悵夜久星繁,碧雲
●　　○●○○　●　○○○●　　⊙◎●●⊙○　●○

望斷,玉簫聲在何處。念誰伴、茜裙翠袖,共携手、瑤臺歸
●●　◎○○●●　●　●○　◎○○◎●　●○○　○○○

去。對修竹、森森院宇。曲屏香暖凝沈炷。問對酒當歌,情
●　●○●　○○●●　●○○●○○●　●●○○　○

懷記得劉郎否。
○●●○○●

(《詞譜》卷三十五)

【注釋】

此調以此詞爲正體,只仇遠詞可校。譜內可平可仄即參仇詞句法相同者。上片第六、七句《全宋詞》作六字一句、四字一句,參校仇遠詞,今從《詞譜》作四字一句、六字一句。

《詞譜》以此詞作者爲李甲,《全宋詞》注:"按此首誤入李呂《灃軒集》卷四,別又誤作李甲詞,見《詞綜》卷十。"今從《全宋詞》。

又一體

【體略】

雙片一百一十字,上片五十四字十句五上去韻,下片五十六字九句七上去韻,仇遠。

【圖譜】

滄島雲連,綠瀛秋入,暮景欲沈洲嶼。無浪無風天地
○●○○　●○○●　●●●○○●　○●○○●

白,聽得潮生人語。擎空孤柱。翠倚高閣憑虛,中流蒼碧迷

● ●●●○○○● 　○○○● ●●○●○○ ○○○●○

煙霧。惟見廣寒門外,青無重數。　　　不知是水是山,不知

○● 　○●●○○● ○○○● 　　　●○●●○ ●○

是樹。漫漫知是何處。倩誰問、凌波輕步。謾凝睇、乘鸞秦

●● 　○○○●○● ●○● ○○○● 　●○●○○○

女。想庭曲、霓裳正舞。莫須長笛吹愁去。怕喚起魚龍,三

● ●○● ○○○● ●○○●○○● ●○●●○ ○

更噴作前山雨。

○●●○○●

　　　　　　　　　　　　　　（《詞譜》卷三十五）

【注釋】

　　此詞題爲"招寶山觀月上"。與劉燾詞相校,惟上片第六句,下片第二、四句押韻異。

韓嘉彥一調

韓嘉彥（？—1129），韓琦第四子，字師茂。元祐七年
（1092）娶宋神宗第三女齊國公主，拜駙馬都尉，終瀛海軍承
宣使。《花草粹編》卷九録其詞一首，《全宋詞》據以録入。

玉漏遲

【調釋】

《夢窗詞》注夷則商。調用上去韻，題材多相思懷人，感物抒
懷，聲情哀怨感傷。《校正》："此調以六字句和四字句爲主，用仄
韻，調勢平穩委婉，適於寫景、敘事、抒情、詠物、節序、祝頌。"（374
頁）此調爲南宋末流行詞調。

【體略】

雙片九十四字，上片四十七字十句五上去韻，下片四十七字九
句五上去韻，韓嘉彥。

【圖譜】

杏香飄禁苑，須知自昔，皇都春早。[一]燕子來時，繡陌

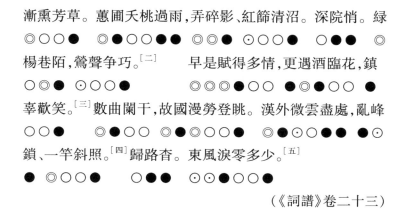

【注釋】

　　[一]此調兩宋金元現存三十餘首詞,除程垓、李齊賢押入聲韻外,其餘均押上去韻,宜押上去韻。《詞譜》以此詞作者爲宋祁,《全宋詞》注云:"按《草堂詩餘前集》卷上,此首作無名氏。《類編草堂詩餘》卷三誤作宋祁詞。別又誤入吳文英《夢窗詞集》。"今從《全宋詞》作韓嘉彥詞。《詞譜》:"此詞前段起句不押韻,北宋詞俱照此填。"此體上片自"燕子"至"深院悄",與下片自"數曲"至"歸路杳"相同。"杳"葛立方詞作"窗"。句中可平可仄除注明外,俱見別體句法相同者。按滕賓"問誰爭乞巧"詞,上片第二、三句《全金元詞》斷作八字一句"誰知七巧處成煩惱",仍當斷作兩句。

　　[二]"漸"張炎作"聞"。"紅篩清沼"之"清"《全宋詞》作"碧",遍檢宋詞,均作平聲,今從《詞譜》。"深院悄"與下片"歸路杳"三字短韻,皆用"平仄仄",爲此調定格。"綠楊巷陌"句爲平起仄收律句,惟張炎詞作"詩夢正迷",偶用不參校。

　　[三]"早是賦得多情"爲拗句,參校別詞,此句拗律均可,如葛立方詞作"須臾風卷還晴"。"更"爲領字,領兩四字句。此韻換頭處惟吳文英於文意可作六字折腰一句,與其他諸家不同,注出不另

列。又滕賓詞此韻第二、三句《詞譜》作"似瓜果、絲縈繞",《全金元詞》作"似瓜果登盤,情絲縈繞",當從後者。

　　[四]"故"葛立方詞作"珠"。"亂峰"一句蔣捷"翠鴛雙穗冷"詞《詞譜》作六字一句列又一體,《全宋詞》作"□一點、溫柔情性",以脫漏一字,今從《全宋詞》。"一竿斜照"句《全宋詞》作"一竿修竹","竹"字失韻,當從《詞譜》。

　　[五]"歸路杳"句《全宋詞》作"間琅玕",失韻,不當,今從《詞譜》。"東風"一句李流謙詞作"遠送往趨天陛"、齊子寰詞作"休怪暮年多病",用律句,於兩宋屬偶用,但在金元則多爲律句,填者識之。

又一體

【體略】

　　雙片九十六字,上片四十七字,下片四十九字,各十句五入聲韻,程垓。

【圖譜】

　　一春渾不見,那堪又是,花飛時節。忍對危闌數曲,暮
　　●○○●●　　○○●●　　○○○●
雲千疊。門外星星柳眼,看誰似、當時風月。愁萬結。憑誰
○○●　　●●○○●●　　○○●　○○○●　○○●　○○
問我,殷勤低説。　　不是慣却春心,奈新燕傳情,舊鶯饒
●●　○○○●　　　　　●●●●○○　●○●○○　●○○
舌。冷篆餘香,莫放等間消歇。縱使繁紅褪盡,猶自有、酴
●　●●○○　●●●○○●　●●○○●●　○○●　○

醸堪折。魂夢切。如今不耐，飛來蝴蝶。
○○●　　○●●　　○○●●　　○○○●

（《詞譜》卷二十三）

【注釋】

此與韓詞相校，惟上片第四句六字、第五句四字（此爲偶用），下片結句添二字作兩個四字句異。

又一體

【體略】

雙片九十四字，上片四十七字十句五上去韻，下片四十七字十句六上去韻，何夢桂。

【圖譜】

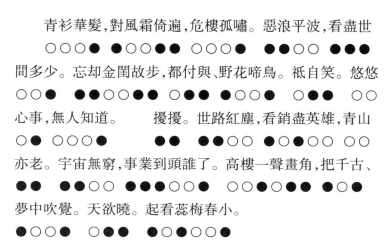

青衫華髮，對風霜倚遍，危樓孤嘯。惡浪平波，看盡世
○○○●　●○○●●　○○○●　●●○○　●●●

間多少。忘却金閨故步，都付與、野花啼鳥。祇自笑。悠悠
○○●　　●●○○●●　○●●　●○○●　●●●　　○○

心事，無人知道。　　　擾擾。世路紅塵，看銷盡英雄，青山
○●　○○○●　　　　●●　●●○○　○○●○○　○○

亦老。宇宙無窮，事業到頭誰了。高樓一聲畫角，把千古、
●●　●●○○　●●●○○●　○○●○○●　●○●

夢中吹覺。天欲曉。起看蕊梅春小。
●○○●　○●●　●○○○○●

（《全宋詞》3154 頁）

【注釋】

　　此詞題爲“自壽”。此與韓嘉彦詞相校，惟首韻作四字一句、五字一句、四字一句，又換頭用短韻異。此用移字法改變句拍，其中“對”爲領字，領下兩四字句。何夢桂“自憐翠袖”詞首韻作“自憐翠袖，向天寒獨倚，孤篁吟嘯”，正與此同。

又一體

【體略】

　　雙片九十四字，上片四十七字十句六上去韻，下片四十七字九句五上去韻，趙聞禮。

【圖譜】

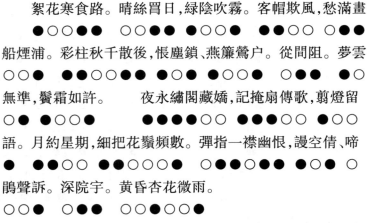

【注釋】

此與韓詞相校,惟上片首句押韻異。《詞譜》:"按,南宋人詞,俱如此填。"此詞《詞譜》作吳文英詞,《全宋詞》注云:"按上闋《絕妙好詞》卷四引作樓采詞,又誤入《夢窗詞集》。《陽春白雪》五有林表民《玉漏遲》(和趙立之韻),韻與此同,此詞非趙作不可。"今從《全宋詞》。按史深"綠樹深庭院"詞,下片第五句《全宋詞》作"似翠蕉難展",作五字一句,當有脫漏,注出不另列。

又一體

【體略】

雙片九十四字,上下片各四十七字十句六上去韻,元好問。

【圖譜】

浙江歸路杳。西南仰羨,投林高鳥。升斗微官,世累苦
●○○●●　　○○●●　○○○●　　○●○○　●●●

相縈繞。不入麒麟畫裏,又不與、巢由同調。時自笑。虛名
○○●　　●●○○●●　●●●、○○○●　　○●●　　○○

負我,平生吟嘯。　　擾擾。馬足車塵,被歲月無情,暗消
●●　○○○●　　　　●●　●●○○　●●●○○　●○

年少。鐘鼎山林,一事幾時曾了。四壁秋蟲夜語,更一點、
○●　○○○○　●●●○○●　　●●○○●●　●●●、

殘燈斜照。青鏡曉。白髮又添多少。
○○○●　　○●●　●●●○○●

【注釋】

此詞題"壬辰圍城中,有懷淛江別業"。此詞換頭用短韻,正與何夢桂詞相同,且同用"擾擾",其他句拍又同趙聞禮詞,結句作律句異。按換頭用短韻,金元人創作大多如此。《詞譜》以張翥詞爲譜不當。

潘汾二調

潘汾,生平不詳,字元質,金華(今屬浙江)人。其人及其詞六首,見《唐宋諸賢絕妙詞選》卷七、《陽春白雪》卷二、卷三,《全宋詞》據以録入。

醜奴兒慢

【調釋】

《詞譜》卷二十二以"采桑子慢"爲名:"一名《醜奴兒慢》。潘元質詞,有'愁春未醒'句,亦名《愁春未醒》,辛棄疾詞名《醜奴兒近》,《花草粹編》無名氏詞名《疊青錢》。"調用平韻,換頭曲,賦相思之情。此調吴文英有三詞,注黃鐘商,即大石調,聲情皆風流蘊藉。

【體略】

雙片九十字,上片四十四字九句三平韻一叶韻,下片四十六字十句四平韻,潘汾。

【圖譜】

愁春未醒,還是清和天氣。[一]對濃緑陰中庭院,燕語
〇〇●● 〇●●〇● ▼⊙●〇〇●● ●●

鶯啼。數點新荷，翠鈿輕泛水平池。一簾風絮，才晴又雨，
○○　　◎●○○　●○○●●○○　　◎○○●　○○●●

梅子黃時。[二]　　　忍記那回，玉人嬌困，初試單衣。共携手、
⊙●○○　　　●●○○　◎○⊙●　⊙●○○　●○●

紅窗描繡，畫扇題詩。怎有如今，半牀明月兩天涯。章臺何
○○○⊙●　◎●●○○　●●○○　●○○●●○○　○○○

處，多應爲我，蹙損雙眉。[三]
●　⊙○○●　◎○●○○

（《全宋詞》1039頁）

【注釋】

[一]此調兩宋現存近十首詞，金元無存詞。《唐宋詞彙評》考此詞作於元豐五年（1082）之後（706頁）。此詞上片首韻用仄韻，其他均押平韻，《詞律》、《詞譜》皆以潘詞爲此調正體，當是。盧祖皋及吳文英三詞皆與此同（盧詞數句字聲與之不同，見別體）。上片自"對濃綠"以下，與下片自"共携手"以下相同。吳文英"空濛乍斂"一首首句偶用韻，注出不另錄。句中可平可仄除注明外，皆見別體句法相同者。

[二]"濃"吳文英"銅敲露井"詞作"玉"，"對濃綠陰中庭院"《詞律》、《詞譜》作上一下七句法，當從。"對"字宜用去聲。"輕"吳文英"銅敲露井"詞作"小"。"一"、"風"吳文英"銅敲露井"詞作"樓"、"莫"。"梅"吳文英"東風未起"詞作"客"。

[三]"玉"、"嬌"吳文英"東風未起"詞作"倡"、"冶"；"描"、"畫"作"一"、"天"；"多"作"越"，"爲"作"臺"。"蹙"吳文英"銅敲露井"詞作"新"。"多應爲我"《全宋詞》作"應是爲我"，從《詞譜》改。

又一體

【體略】

雙片九十字,上片四十四字九句三仄韻一平韻,下片四十六字
十句一仄韻三平韻,蔡伸。

【圖譜】

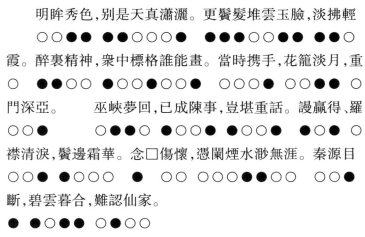

明眸秀色,別是天真瀟灑。更鬢髮堆雲玉臉,淡拂輕
○○●● ●●○○○● ●●○○●● ●●○

霞。醉裏精神,衆中標格誰能畫。當時携手,花籠淡月,重
○ ●●○○ ○●○○○●● ○○○● ○○●● ○

門深亞。　　　巫峽夢回,已成陳事,豈堪重話。謾贏得、羅
○○● ○○●● ●○○● ●○○● ●○●、○

襟清淚,鬢邊霜華。念□傷懷,憑闌煙水渺無涯。秦源目
○○●● ●○○● ●　○○ ○○○●○○ ○○●

斷,碧雲暮合,難認仙家。
● ●○○● ○●○○

　　　　　　　　　　　　　　（《全宋詞》1009 頁）

【注釋】

蔡詞平仄韻互押,近於曲體。《詞譜》:"此與潘詞、辛詞、無名
氏詞(按《詞譜》收《花草粹編》無名氏"夏日正長"詞,《全宋詞》、
《全金元詞》皆未收,今從後者),俱用三聲叶韻,但潘詞與無名氏
詞,於平聲中叶一去聲韻,辛詞於上、去聲中叶一平聲韻,此則平聲
與上、去聲各半,各自成一體,其平仄不必參校。"下片第六句"念

□傷懷",《詞譜》作"懷念傷嗟"。

<h1 style="text-align:center">又一體</h1>

【體略】

　　雙片九十字,上片四十四字九句三平韻一叶韻,下片四十六字十句四平韻,盧祖皋。

【圖譜】

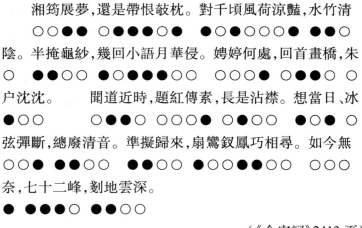

　　湘筠展夢,還是帶恨敧枕。對千頃風荷涼豔,水竹清
　　○○●●　○●●●○●　●○●○○●●　●●○

陰。半掩龜紗,幾回小語月華侵。娉婷何處,回首畫橋,朱
○　●●○○　●○●●●○○　○○○●　○○●●　○

戶沈沈。　　聞道近時,題紅傳素,長是沾襟。想當日、冰
●○○　　　○●●○　○○○●　○●○○　●○●　○

弦彈斷,總廢清音。準擬歸來,扇鸞釵鳳巧相尋。如今無
○○●●　●●○○　●●○○　●○○●●○○　○○○

奈,七十二峰,劚地雲深。
●　●●●○　●●○○

(《全宋詞》2413 頁)

【注釋】

　　此亦潘詞體,惟上片第二句、第八句及下片第九句字聲不同,爲詞人有意爲之。

又一體

【體略】

雙片九十字,上片四十四字八句三仄韻一叶韻,下片四十六字十句四仄韻,辛棄疾。

【圖譜】

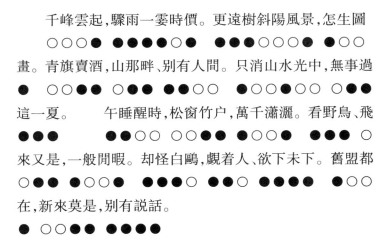

千峰雲起,驟雨一霎時價。更遠樹斜陽風景,怎生圖畫。青旗賣酒,山那畔、別有人間。只消山水光中,無事過這一夏。　　午睡醒時,松窗竹户,萬千瀟灑。看野鳥、飛來又是,一般閒暇。却怪白鷗,覷着人、欲下未下。舊盟都在,新來莫是,別有説話。

(《全宋詞》1879 頁)

【注釋】

此詞題"博山道中效李易安體",《稼軒詞編年箋注》考此詞乃淳熙間家居上饒作(171 頁)。《詞譜》:"此詞於上、去聲韻中,叶一平韻,與諸家不同。其前段第六句、後段第七句,俱作上三下四句法,前段第七、八句,作六字兩句,亦與諸家微異。"

《詞譜》、《全宋詞》將上下片第二韻皆斷作五字一句、六字一

句,當依正體斷句。下片第四句《全宋詞》無"看"字,從《詞譜》補。

又一體

【體略】

雙片九十字,上片四十四字九句五平韻,下片四十六字九句五平韻,吳禮之。

【圖譜】

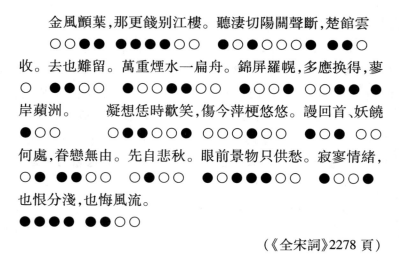

（《全宋詞》2278 頁）

【注釋】

此詞題爲"秋別",與潘詞相校,上下片第五句多押一韻,且全用平韻,最爲正宗。

孟家蟬

【調釋】

此調據時俗風尚而作詞曲。《中興小紀》卷五:"紹聖間,宮掖造禁纈,有匠者姓孟,獻新樣,兩大蝴蝶相對,繚以結帶,曰'孟家蟬',民間競服之。"潘詞云:"記那人小扇,撲得歸來,繡在羅襟。"正詠本意。"孟家蟬"又爲南宋一歌妓藝名,《武林舊事》卷六:"前輩如賽觀音、孟家蟬、吳憐兒等甚多,皆以色藝冠一時,家甚華侈。"調用平韻,上下片用三字短韻,換頭處用二字短韻,聲情頗爲柔媚婉轉。

【體略】

雙片九十七字,上片四十八字十句五平韻,下片四十九字十一句六平韻,潘汾。

【圖譜】

向賣花擔上,落絮橋邊,春思難禁。正暖日溫風裏,鬥
●●○●●　●●○○　○○○韻　●●●○○●　●

采遍香心。夜夜穩棲芳草,還處處、先彈春禽。滿園林。夢
●●○○韻　●●●○○●　○●●、○○○○韻　●○○韻　●

覺南華,直到如今。　　　　情深。記那人小扇,撲得歸來,繡
●○○　●●○○韻　　　　　○○韻　●●○●●　●●○○　●

在羅襟。芳意贈誰,應費萬線千針。謾道滕王畫得,枉謝
●○○韻　○●●○　○●●○○韻　●●○○●●　●●

客、多少清吟。影沈沈。舞入梨花,何處相尋。
● 　○●○○　　●○○　　●●○○　○●○○

(《全宋詞》1038 頁)

【注釋】

　　《詞律拾遺》卷四:"'夜夜'下與後'謾道'下同。"此調兩宋金元僅有此詞,無他首可校。下片第二句《全宋詞》原作九字一句,從《詞律拾遺》作五字一句、四字一句。

李重元一調

李重元,生卒年及生平不詳,徽宗年間在世。《唐宋諸賢絕妙詞選》卷七入選其詞四首,《全宋詞》據以錄入。

憶王孫

【調釋】

《填詞名解》卷一:"《憶王孫》,漢劉安《招隱士》辭:'王孫兮歸來,山中不可以久留'。詩人多用此語。《北里志》:天水光遠題楊萊兒室詩曰:'萋萋芳草憶王孫。'宋秦觀《憶王孫》詞,全用其句,詞名或始此。徽宗北狩,謝克家作《憶君王》詞,即其調也。又名《豆葉黃》,又名《闌干萬里心》。"《詞譜》卷二:"此詞單調三十一字者,創自秦觀,宋元人照此填。《太平樂府》注黃鐘宮。《太和正音譜》注仙呂宮。《梅苑》詞名《獨脚令》,謝克家詞名《憶君王》,呂渭老詞名《豆葉黃》,陸游詞有'畫得蛾眉勝舊時'句,名《畫蛾眉》,張輯詞有'幾曲闌干萬里心'句,名《闌干萬里心》。雙調五十四字者,見《復雅歌詞》,或名《怨王孫》,與單調絕不同。坊刻又有仄韻單調《憶王孫》,查係《漁家傲》一段。故譜內不收。"

《填詞名解》、《詞譜》、《詞繫》皆以此調最早見秦觀,秦觀詞《全宋詞》考作李重元詞,今從後者。詞云:"萋萋芳草憶王孫。柳外樓高空斷魂。"賦本意,李重元此調共四詞,皆思婦懷人之作。金

元人用此調多賦道情,風流灑脱。《校正》:"此調每句用韻,五句中有四個七字句,其中三個句式均爲律句'仄仄平平仄仄平',構成獨特格律,音節却並不急促,因嵌入一個平韻三字句而使詞調和婉。"(12 頁)此調或源自唐曲,張元幹詞注云:"唐腔也。"《魏氏樂譜》卷二即以李詞爲譜。此調又入元散曲,又名《一半兒》,用韻三聲通叶,《中原音韻》注仙吕調。又李清照雙片《怨王孫》(亦名《憶王孫》),與此不同。

【體略】

單片三十一字五句五平韻,李重元。

【圖譜】

萋萋芳草憶王孫。柳外樓高空斷魂。杜宇聲聲不忍
⊙○⊙●●○○　　◎●○○⊙●○　　◎●○○◎●
聞。欲黃昏。雨打梨花深閉門。
○　●○○　　◎●○○○⊙●○

(《全宋詞》1039 頁)

【注釋】

此調兩宋金元現存七十餘首詞。《詞譜》:"宋元人詞悉與此同。按姜夔詞,第一句'冷紅葉葉下塘秋','冷'字、'葉'字俱仄聲;第二句'長與行雲共一舟','長'字平聲,'共'字仄聲;李甲詞,第三句'沉李浮瓜冰雪涼','沉'字、'冰'字俱平聲;結句'針線慵拈午夢長','針'字平聲、'午'字仄聲。譜内可平可仄據此。"

按馬鈺"麻衣紙襖"一首,第三句《全金元詞》作"認正些兒理端的","的"未用韻,檢兩宋金元人詞,此處未再有用仄聲或不用韻者。馬詞偶用,或有訛誤,注出不另列。

曾紆一調

曾紆(1073—1135)，字公袞，號空青。曾布子，以蔭入仕，爲太常寺主簿、左司諫。《全宋詞》錄其詞九首。

秋 霽

【調釋】

《詞譜》卷三十四："一名《春霽》。按此調始自胡浩然，賦春晴詞，即名《春霽》，賦秋晴詞，即名《秋霽》。"此調用入聲韻，前後句拍多異，多用拗句，聲情明郎勁健。《校正》："此調用韻時稀時密，前段四句連用韻，後段起數句與結數句皆韻稀。全詞共有三個七字句，一個九字句，故調勢甚爲流暢而富於變化。"（577頁）胡浩然生平全然無考，就《草堂詩餘》所列作者順序而言亦無頭緒，《詞譜》以此調始自胡氏，當爲臆測。今姑將此調繫於曾紆名下。

【體略】

雙片一百三字，上片五十字十句六入聲韻，下片五十三字十句四入聲韻，曾紆。

【圖譜】

木落山明，暮江碧，樓倚太虛寥廓。素手飛觴，釵頭笑

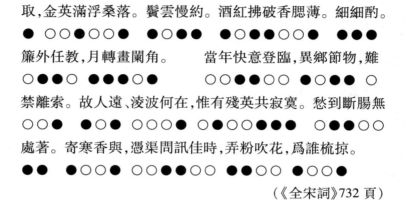

取，金英滿浮桑落。鬢雲慢約。酒紅拂破香腮薄。細細酌。
● 　○○●○●● 　●○●● 　●○●●○○● 　●●●

簾外任教，月轉畫闌角。　　當年快意登臨，異鄉節物，難
○●●○ 　●●●○● 　　　　○○●●○○ 　●●●● 　○

禁離索。故人遠、凌波何在，惟有殘英共寂寞。愁到斷腸無
○○● 　●○● 　○○○● 　○●○●●○○ 　○●●○○

處著。寄寒香與，憑渠問訊佳時，弄粉吹花，爲誰梳掠。
●● 　●○○● 　○○●●○○ 　●●○○ 　●○○●

（《全宋詞》732 頁）

【注釋】

　　此調兩宋存詞十首，金存詞一首，除吳潛詞用上去韻外，他詞皆用入聲韻。此調此曾詞爲早，但曾詞上片第二、三句作三字一句、六字一句，下片首韻作六字一句、四字兩句，宋人詞無與之同者，不作正體。

正　　體

【體略】

　　雙片一百五字，上片五十字十一句六入聲韻，下片五十五字十一句四入聲韻，史達祖。

【圖譜】

　　江水蒼蒼，望倦柳愁荷，共感秋色。[一]廢閣先涼，古簾
　　⊙●○○ 　▼●●○○ 　●●○● 　　◎●○○ 　●○

空暮，雁程最嫌風力。故園信息。愛渠入眼南山碧。念上
○● 　◎○○●○○ 　●●○● 　●○◎●○○● 　●●

國。誰是鱠鱸，江漢未歸客。[二]　　　還又歲晚，瘦骨臨風，

● 　○●●○ ○ ●●○● 　　　　○●● ● ●●○○

夜聞秋聲，吹動岑寂。[三]露螿悲、清燈冷屋，翻書愁上鬢毛

●○○○ ⊙●●● ○●○ ○○●● ○●○○●○

白。年少俊遊渾斷得。但可憐處，無奈苒苒魂驚，采香南

● ⊙●●○○●● ●○○ ○●⊙⊙○○ ●○○

浦，翦梅煙驛。[四]

● ●○⊙●

（《全宋詞》2343 頁）

【注釋】

　　[一]此調《詞律》、《詞譜》皆以此詞爲正體，當從，但《詞譜》所定字聲多與偶用相混校。“望”爲領字，宜用去聲。“倦柳愁荷”宜用仄起平收律句，周密詞、王丹桂詞作平起仄收律句，無名氏“壬戌之秋”詞作拗句，皆偶用不參校。“共感秋色”作拗句，諸家皆同，惟無名氏“壬戌之秋”詞作律句，不參校。句中可平可仄除注明外，俱見別體句法相同者。

　　[二]“雁程最嫌風力”作拗句，惟胡浩然“遲日融和”詞作“妝點上林秋色”、無名氏“虹影侵階”詞作“遠狀水鄉秋色”，偶用不參校。“故”周密詞作“年”，偶用不參校。“念上國”用三字短韻、連用三仄，此調定格。結韻兩句《詞律》、《詞譜》、《全宋詞》皆斷作“誰是、鱠鱸江漢未歸客”，不當。此調結韻作四字一句、五字一句，並無他種句拍。

　　[三]“還又歲晚”作拗句，作平仄仄仄。盧詞作“淒涼漫有”、周密詞作“殘蛩露草”，偶用不參校。“夜聞秋聲”作拗句，無名氏“壬戌之秋”詞作“到今空有”，偶用不參校。“吹動岑寂”亦例作拗句，無名氏詞作“當時蹤跡”，周密詞作“又成陳跡”，偶用不參校。

“吹”王丹桂詞作“百”。

[四]“清”陳允平詞作“凊”，“冷”曾紆詞作“何”，皆偶用不參校。“上鬢毛白”必用仄仄平仄。“年”吳文英詞作“也”。“但可憐處”例作拗句，周密詞作“舊遊空在”、曾紆詞作“寄寒香與”，偶用不參校。“無奈苒苒魂驚”作拗句，檢宋人詞，律拗均可，填者可選其一。“采香南浦”用平起仄收律句，惟曾紆詞及無名氏“壬戌之秋”詞作仄起平收律句，偶用不參校。

又一體

【體略】

雙片一百五字，上片五十字十一句五入聲韻，下片五十五字十一句四入聲韻，盧祖皋。

【圖譜】

虹雨纔收，正抱葉殘蟬，漸老雲木。銀漢飛星，玉壺零
○●○　●●●○　●●○●　　○●○○　●○○

露，萬里素秋如沐。倚欞抱獨。盼嬌曾記郎心目。向豔歌，
●　●●●○○　●○●●　○●○○○●　　●●○

偏愛賦情，多處寄衷曲。　　凄涼漫有，舊月闌干，夜涼無
○●●○　○●●○●　　○○●●　●●○○　●○○

因，重照頹玉。扇紈收、鸞孤蠱損，一番愁緒黯相觸。回首
○　●●○●　●○○、○○●●　●○○●●○●　　○●

寒雲空雁足。露井零亂，已是負了桐陰，可堪輕誤，滿籬種菊。
○○○●●　●●○●　●●●●○○　●○○●　●○●●

（《全宋詞》2417頁）

【注釋】

　　此與史詞相校,上片第九句不押韻,且字聲不同。陳允平詞正
與之同,《詞譜》以陳允平詞爲譜不妥。

又一體

【體略】

　　雙片一百五字,上片五十字十一句五上去韻,下片五十五字十
一句四上去韻,吳潛。

【圖譜】

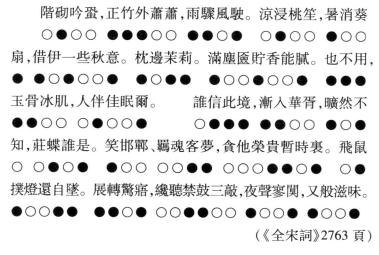

　　階砌吟蛩,正竹外蕭蕭,雨驟風駛。涼浸桃笙,暑消葵
扇,借伊一些秋意。枕邊茉莉。滿塵匲貯香能膩。也不用,
玉骨冰肌,人伴佳眠爾。　　誰信此境,漸入華胥,曠然不
知,莊蝶誰是。笑邯鄲、羈魂客夢,貪他榮貴暫時裏。飛鼠
撲燈還自墜。展轉驚寤,纔聽禁鼓三敲,夜聲寥闃,又般滋味。

（《全宋詞》2763 頁）

【注釋】

　　此與史詞相校,惟上片第九句不用韻異。金人王丹桂詞正與
之同。

吳則禮二調

吳則禮(？—1121)，字子富，富川（今湖北陽新）人。晚號豫章，自號北湖居士。以父蔭入仕，曾布之婿。有《北湖集》，詞附其中。《全宋詞》錄存二十五首，《全宋詞補輯》另輯十四首。

江樓令

【調釋】

調用上去韻，重頭曲。吳詞登臨抒懷，亦關本意，上下片均作七、七、七、五句法，第二句均作折腰句，結句均作上一下四句式，聲情頓挫婉轉。

【體略】

雙片五十二字，上下片各二十六字四句四上去韻，吳則禮。

【圖譜】

憑欄試覓紅樓句。聽考考、城頭暮鼓。數騎翩翩度孤
〇〇●●〇《●　●●●　〇〇●●　●●〇●〇

戍。盡雕弓白羽。　　平生正被儒冠誤。待閒看、將軍射
●　●〇〇●●　　〇〇●●〇〇●　●〇〇　〇〇●

虎。朱檻瀟瀟過微雨。送斜陽西去。

● ○●○○●○● ●○○○●

（《全宋詞》735 頁）

【注釋】

此調兩宋金元僅存此詞，無他首可校。

紅樓慢

【調釋】

吳詞賦邊塞，非關本意，用上去韻，多用六字以上長句，聲情激越慷慨。

【體略】

雙片一百二字，上片五十一字九句四上去韻，下片五十一字九句五上去韻，吳則禮。

【圖譜】

聲慴燕然，勢壓橫山，鎮西名重榆塞。干霄百雉朱闌
○●○○ ●●○○ ●○○○●○● ○○●●○○

下，極目長河如帶。玉壘涼生過雨，簾捲晴嵐凝黛。有城
● ●●○○●● ●●○○●● ○○○○●● ●○

頭、鐘鼓連雲，殷春雷天外。　　長嘯疇昔馳邊騎。聽隴
○ ○●○○ ●○○○● 　　○●○●○○● ●●

底鳴笳，風搴雙斾。霜髯飛將曾百戰，欲擄名王朝帝。錦帶
●○○ ○○○● ○○○●○●● ●●○○○● ●●

吳鈎未解，誰識憑欄深意。空沙場，牧馬蕭蕭晚無際。
○○●●　○●○○●　○○○　●●○○●○●

（《全宋詞》738 頁）

【注釋】

　　此調兩宋金元僅存此詞，無他首可校。《詞律辭典》：“‘干霄’
至‘凝黛’與下片‘霜髯’至‘深意’相同。”（1594 頁）按下片首句
《全宋詞》將“長嘯”斷爲一句，殊無必要。

王安中一調

王安中(1076—1134),字履道,中山曲陽(今屬河北)人。哲宗元符三年(1100)進士。有《初寮集》、《初寮詞》,《全宋詞》録存詞五十五首。

徵招調中腔

【調釋】

大晟樂徵調曲,中腔即中管。《詞譜》卷十一:"唐段安節《樂府雜録》云:徵音,有其聲而無其字。宋大晟樂府始補《徵招調》,凡曲有歌頭,有中腔,此徵招調之中腔也。"調用入聲韻,句式以七字句爲主,聲情明快歡暢。《詞譜》:"按宋姜夔製《徵招調》,今周密、張炎集中有之,然與此詞不同。"

【體略】

雙片五十五字,上片二十七字,下片二十八字,各四句三入聲韻,王安中。

【圖譜】

紅雲蒨霧籠金闕。聖運叶、星虹佳節。紫禁曉風馥天

香,奏九韶帝心悦。　　　瑶堦萬歲蟠桃結。睿算永、壺天風
○　●●○●●　　　　　○○●●○○●　●●●　○○○

月。日觀幾時六龍來,金縷玉牒告功業。
●　●●●○●○○　○●●●●○●

(《全宋詞》750 頁)

【注釋】

此調兩宋金元現僅存兩詞,此詞押入聲韻,無名氏詞押平韻,
平仄不相混校。

又一體

【體略】

雙片五十五字,上片二十七字四句三平韻,下片二十七字四句
四平韻,《高麗史·樂志》無名氏。

【圖譜】

彤雲映彩色相映,御座中、天簇簪纓。萬花鋪錦滿高
○○●●○●　●●○　○○○○　●○○●○

庭。慶敞需宴歡聲。　　　千齡啟統樂功成。同意賀、元珪
○　●●○●○●　　　　○○●●●○○　○●●　○○

豐擎。寶觴頻舉俠群英。萬萬載樂昇平。
○○　●○○●○○　●●●○○

(《全宋詞》3824 頁)

【注釋】

《大晟府及其樂詞通考》以此調創於政和三年(1113)(312

頁）。此調名《壽延長中腔令》,用平韻。此與王詞字句相校,惟下片結句作六字一句異。按王安中詞上片結句、此詞下片結句皆可斷作折腰句。

張繼先三調

張繼先(生卒年不詳),字嘉聞。崇寧四年(1105),賜號虛靖先生。有《虛靖真君詞》,多言道情,《全宋詞》錄存其詞五十六首。

雪夜漁舟

【調釋】

張詞云:"晚風歇。漫自棹孤舟,順流觀雪。"賦詠本意,調用入聲韻,多用四字短句,張詞寫隱逸情懷,聲情飄逸灑脱。

【體略】

雙片一百字,上片四十九字十一句六入聲韻,下片五十一字十一句六入聲韻,張繼先。

【圖譜】

晚風歇。漫自棹孤舟,順流觀雪。山聳瑶岑,林森玉
●○● ●●●○○ ●○○● ○●○○ ○○●

樹,高下盡無分別。襟懷澄澈。更沒箇、故人堪説。恍然塵
● ○●●○● ○○○● ●●● ●○○● ●○○

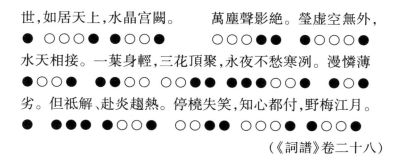

世,如居天上,水晶宮闕。　　萬塵聲影絕。瑩虛空無外,

水天相接。一葉身輕,三花頂聚,永夜不愁寒冽。漫憐薄

劣。但祇解、赴炎趨熱。停橈失笑,知心都付,野梅江月。

(《詞譜》卷二十八)

【注釋】

此調兩宋金元惟有此詞,無他首可校。上片自"山聳"以下,與下片自"一葉"以下相同。按《全宋詞》所載與《詞譜》多異,今仍從後者。

春從天上來

【調釋】

此調最早見張繼先《虛靖詞》,《詞譜》卷三十三以此調見《中州樂府》吳激詞誤。此調用平韻,爲換頭曲,題材多賦道情,句法多用四六字句,間以五七字句,七字句皆用折腰句,上下片又皆用三字短韻承上啓下,結韻兩句作上一下四式五字一句與四字句相配,調式舒緩富於變化,聲情明朗歡快。張炎"海上回槎"一首,哀怨感傷,悼思故國,當爲變調。另曲牌有《春從天上來》,《全元散曲》收王伯成仙呂宮調一首,與詞體迥異。

【體略】

雙片一百四字,上片五十一字十一句六平韻,下片五十三字十一句五平韻,張繼先。

【圖譜】

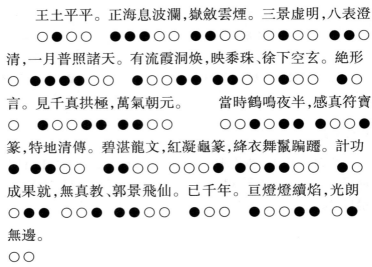

王土平平。正海息波瀾，嶽斂雲煙。三景虛明，八表澄
清，一月普照諸天。有流霞洞焕，映黍珠、徐下空玄。絶形
言。見千真拱極，萬氣朝元。　　當時鶴鳴夜半，感真符寶
篆，特地清傳。碧湛龍文，紅凝龜篆，絳衣舞鸞蹁躚。計功
成果就，無真教、郭景飛仙。已千年。亘燈燈續焰，光朗
無邊。

（《全宋詞》759頁）

【注釋】

此調兩宋存詞三首，金元存二十餘首詞，均押平韻。此調雖以
此詞爲早，然此詞如上下片第二、五、六句字聲不一致，較爲隨意，
後人無有與之全同者，不作正體。

又一體

【體略】

雙片一百四字，上片五十一字十一句六平韻，下片五十三字十
一句五平韻，吳激。

【圖譜】

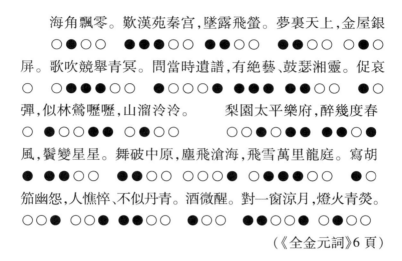

海角飄零。歎漢苑秦宮,墜露飛螢。夢裏天上,金屋銀
○●○○　　●●●○○　　●●○○　　●○●
屏。歌吹競舉青冥。問當時遺譜,有絕藝、鼓瑟湘靈。促哀
○　　○●●○○　　●○○●●　　●●○○　　●○
彈,似林鶯嚦嚦,山溜泠泠。　　梨園太平樂府,醉幾度春
○　●○○●●　　○●○○　　　○○●○●●　●●●○
風,鬢變星星。舞破中原,塵飛滄海,飛雪萬里龍庭。寫胡
○　●●○○　　●●○○　　○○●●　　○●●●○○　　●○
笳幽怨,人憔悴、不似丹青。酒微醒。對一窗涼月,燈火青熒。
○○○●　　○○●、●●○○　　●○○　　●●○○●　○●○○

【注釋】

　　此調《詞譜》以此詞爲正體,不當,且所定字聲多誤。此體與
張繼先詞相校,字聲確實嚴謹很多,然上下片第五句,一作"金屋銀
屏"用韻,一作"塵飛滄海"不用韻,上下片第九句,一不用韻,一用
韻,雖金元人有與之同者,但終少見,不作正體。

正　　　體

【體略】

　　雙片一百零六字,上片五十二字十一句六平韻,下片五十四字
十二句六平韻,白樸。

【圖譜】

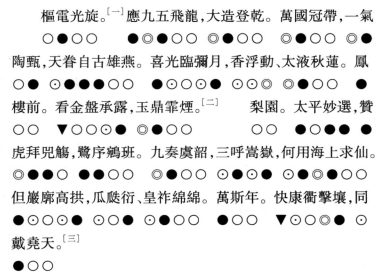

　　樞電光旋。[一]應九五飛龍，大造登乾。萬國冠帶，一氣
　　○●○旋　　●○●○○　●○○　◎●○○　◎●
陶甄，天眷自古雄燕。喜光臨彌月，香浮動、太液秋蓮。鳳
○●　⊙●●●○　●○○●●　○⊙●、●○○○　●
樓前。看金盤承露，玉鼎霏煙。[二]　　　　梨園。太平妙選，贊
○○　▼○●○○　◎●○○　　　　○○　●○●●　●
虎拜兕觥，鷺序鵷班。九奏虞韶，三呼嵩嶽，何用海上求仙。
◎●●○　●●○○　◎●○○　○⊙○　⊙●◎●○○
但巖廊高拱，瓜瓞衍、皇祚綿綿。萬斯年。快康衢擊壤，同
●⊙○⊙●　○○●、⊙●○○　●○○　▼○○◎●　⊙
戴堯天。[三]
●○○

（《全金元詞》624 頁）

【注釋】

　　[一]此詞題"至元四年，恭遇聖節，真定總府請作壽詞"，至元四年即公元 1267 年。此調當以此詞爲正體，觀換頭用"梨園"一詞，即吳激詞之改進體。此體上片自"應九五"以下，與下片自"贊虎拜"以下句拍、聲韻相同，最爲純正。《詞律》卷十八以王惲詞爲譜，亦不妥。此調首句用韻爲通例，王丹桂"既悟塵緣"一詞，偶首句未用韻，注出不另列。句中可平可仄除注明外，俱見所列別體句法相同者。

　　[二]"應"與下片"贊"皆爲領字，"九"張翥詞作"聲"。按"九五飛龍"宜作仄起平收律句，金元二十餘詞皆與之相同，宋張炎詞作"舊時鷗鷺"，偶用不參校。"一氣陶甄，天眷自古雄燕"與下片

“三呼嵩嶽,何用海上求仙”皆作拗句,前後一致,填者慎之,此二句宋金人多有前後不一者,不必效法。“鳳樓前”之“前”字檢宋金人詞,或用韻,或不用韻,以用韻爲佳,與下片“萬斯年”一句相一致。“看”與下片“快”皆作領字,宜用去聲。

[三]“梨園”用二字短韻。“虎拜兕觥”宜作仄起平收律句,與上片“九五飛龍”相同,金元詞作正多與之相同。“康”、“擎”王惲詞作“五”、“何”。

又一體

【體略】

雙片一百零二字,上片五十字十一句六平韻,下片五十二字十一句四平韻,周伯陽。

【圖譜】

浩蕩青冥。正涼露如洗,萬里虛明。鼓角悲健,秋入重
●●○○　　●○●●　　●●○○　　●●●●　　○●●
城。彷彿石上三生。指蓬萊雲路,渺何許、月冷風清。倚南
○　　●●●●○○　　●○○●　●○●　●●○○　　○●
樓,一聲長笛,幾點殘星。　　　西風舊年有約,聽候蛩語夜,
○　●○○●　●●○○　　　　　○○●○●●　○●○●●
客裏心驚。紅樹山深,翠苔門掩,想見露草疏螢。便乘風歸
●●○○　　○●○○　　●○○●　　●●●●○○　　●○○○
去,闌干外、河漢西傾。笑淹留,劃然孤嘯,雲白天青。
●　○○●、○●○○　　●○○　●○○●　○●○○

【注釋】

　　此詞題"武昌秋夜"。此與白詞相校,上片第五句多押一韻(與吳詞相同),上下片第九句均不押韻,上下第十句均減一字作四字句異。

又一體

【體略】

　　雙片一百零六字,上片五十二字十一句六平韻,下片五十四字十二句六平韻,張炎。

【圖譜】

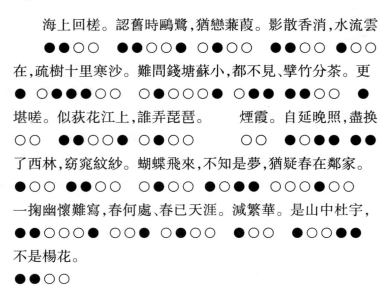

海上回槎。認舊時鷗鷺,猶戀蒹葭。影散香消,水流雲

在,疏樹十里寒沙。難問錢塘蘇小,都不見、擘竹分茶。更

堪嗟。似荻花江上,誰弄琵琶。　　煙霞。自延晚照,盡換

了西林,窈窕紋紗。蝴蝶飛來,不知是夢,猶疑春在鄰家。

一掬幽懷難寫,春何處、春已天涯。減繁華。是山中杜宇,

不是楊花。

【注釋】

　　此詞序：“己亥春，復回西湖，飲静傳董高士樓，作此解以寫我憂。”此詞作於宋亡之後，聲情與前列諸詞不同。此即白樸詞體，惟上片第二、五句，下片第六、七句字聲小異。

度清霄

【調釋】

　　此當張氏自度曲，全詞七言八句，句句用韻。此調僅張氏有六詞，爲同調聯章體，皆賦道情，聲情明快灑脱。

【體略】

　　雙片五十六字，上下片各二十八字四句四平韻，張繼先。

【圖譜】

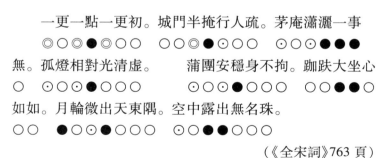

（《全宋詞》763 頁）

【注釋】

　　此調張繼先六詞，四首押平韻，一首平仄韻轉換，一首通押仄韻。四首平韻詞爲一體，另兩首詞爲別體。四首平韻詞字聲亦不

一致,此詞句中可平可仄即以四首平聲詞句法相同者相校。上片首句,張詞別首作"三更三點三更初"。第三句"茅"、"瀟","三更"詞作"月"、"迸"。第三句此詞作拗句,"二更"詞作仄起平收律句,"三更"、"四更"二詞均作平起平收律句,音樂當無變化,詞人創作尚未有意統一。第四句"孤"、"相","三更"詞作"四"、"上"。下片第一句"蒲"字"二更"詞作"起","安"字"三更"詞作"遍","不"字觀其他三詞皆用平聲,此當以入代平,不注仄聲。第二句"趺"字"三更"詞偶作"古",不參校。第三句"微"字"四更"詞作"倒"。第三句此詞作拗句,"二更"詞作"琴罷獨歌還獨吟"仄起平收律句,填者任選其一可也。第四句"空"字"三更"詞作"倒"。

又一體

【體略】

雙片五十六字,上下片各二十八字四句四平韻,張繼先。

【圖譜】

五更五點五更殘。青冥風露逼人寒。扶桑推出紅銀
●○●○●○○　　○○○●●○○　　○○○●●○

盤。城門依舊聲塵喧。　　明暗二景交相轉。生來死去紛
○　○○○●●○○　　　　○●●●○○●　○○●●○

易換。道人室中天宇寬。日出三竿方啟關。
●●　●○●○○●○　●●○○○●○

【注釋】

此體上片四句押平韻,下片四句前兩句押仄韻,後兩句轉平韻。

又一體

【體略】

雙片五十六字,上片二十八字四句四仄韻,下片二十八字四句四平韻,張繼先。

【圖譜】

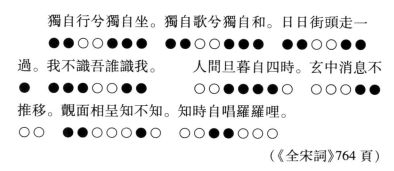

獨自行兮獨自坐。獨自歌兮獨自和。日日街頭走一
● ● ○ ○ ● ● ●　● ● ○ ○ ● ● ●　● ● ○ ○ ● ●
過。我不識吾誰識我。　　人間旦暮自四時。玄中消息不
●　● ● ● ○ ○ ●　　○ ○ ● ● ● ● ○　○ ○ ○ ● ●
推移。覷面相呈知不知。知時自唱羅羅哩。
○ ○　● ● ○ ○ ○ ● ○　○ ○ ● ● ○ ○ ●

(《全宋詞》764 頁)

【注釋】

此詞上片通押平韻,下片通押仄韻。上片仄聲甚多,下片平聲甚多,特點鮮明。

李德載一調

李德載(生卒年不詳),《全宋詞》據《永樂大典》録存其詞三首。今暫依《全宋詞》作者順序將其置於北宋。

眼兒媚

【調釋】

《填詞名解》卷一:"《眼兒媚》,一名《秋波媚》。"李詞未賦調名本意,賦戀情相思,亦爲本調。《于湖詞》注中吕調。此調爲兩宋較流行詞調,句式簡明,題材節令抒懷、詠物思人皆宜,聲情清新明媚。《校正》:"每段由一個七字句,一個五字句,三個四字句組成,音節極爲柔婉,宋人多用以寫戀情。前後段各三個四字句,應爲一個意群,須語意連貫,意象優美,富於詩情畫意。"(96頁)

【體略】

雙片四十八字,上片二十四字五句三平韻,下片二十四字五句兩平韻,李德載。

【圖譜】

雪兒魂在水雲鄉。猶憶學梅妝。玻璃枝上,體薰山麝,

色帶飛霜。　　　水邊竹外愁多少,不斷俗人腸。如何伴我,
◎●○○　　　◎○◎●○○　●　○●●○○　　⊙○○●

黃昏携手,步月斜廊。
⊙○○⊙●　◎●●○○

(《全宋詞》739 頁)

【注釋】

　　此調兩宋金元現存約一百首,均押平韻。《詞律》卷五以王雱 "楊柳絲絲" 詞爲譜,所定字聲多不當,且王雱詞《全宋詞》考作無名氏詞。《詞譜》卷七以賀鑄詞(實爲張孝祥詞)爲正體,亦誤。此調首句諸家大多作律句,王質詞之 "雨潤梨花雪未乾" 作仄起平收律句,阮閱詞之 "樓上黃昏杏花寒"、方岳詞之 "雁帶新霜幾多愁" 等作拗句,偶用不參校。又楊无咎 "柳腰花貌" 詞首句未用韻,遍檢宋金人作品,無有與之同者,注出不另列。下片第一句 "水" 張孝祥詞作 "須",第四句 "黃" 洪适詞作 "只","携" 楊无咎詞作 "瘦"。句中其他可平可仄俱見別體句法相同者。

又一體

【體略】

　　雙片四十八字,上下片各二十四字五句三平韻,趙長卿。

【圖譜】

南枝消息杳然間。寂寞倚雕欄。紫腰豔豔,青腰裊裊,

風月俱閒。　　　佳人環珮玉闌珊。作惡探花還。玉纖撚
〇●〇〇　　　　〇〇〇〇●●〇〇　●●●〇〇　●〇〇

粟，櫻脣呵粉，愁點眉彎。
●　〇〇〇●　〇●〇〇

（《全宋詞》1822 頁）

【注釋】

此與李詞相校，換頭多押一韻異，金人許古詞正與之同。此體
前後對稱，爲重頭之曲。

又 一 體

【體略】

雙片四十八字，上片二十四字四句三平韻，下片二十四字五句
兩平韻，程垓。

【圖譜】

一枝煙雨瘦東牆。真個斷人腸。不爲天寒日暮，誰憐
●〇〇●●〇〇　〇●●〇〇　●●〇〇●●　〇〇

水遠山長。　　　相思月底，相思竹外，猶自禁當。只恐玉樓
●●〇〇　　　　〇〇●●　〇〇●●　〇●〇〇　●●●〇

貪夢，輸他一夜清香。
〇●　〇〇●●〇〇

（《全宋詞》1996 頁）

【注釋】

此詞與李詞相校，上片第三、四、五句作兩個六字句，下片第

一、二句作三個四字句,結韻作六字兩句,句拍有意變化。

又一體

【體略】

雙片四十八字,上片二十四字四句三平韻,下片二十四字四句兩平韻,《京本通俗小說·碾玉觀音》無名氏。

【圖譜】

深閨小院日初長。嬌女綺羅裳。不做東君造化,金針
○○●●○○　　○●●○○　　●●○○●●　○○

刺繡群芳。　　　斜枝嫩葉包開蕊,唯只欠馨香。曾向園林
●●○○　　　○○●●○○●,○●●○○。○●○○

深處,引教蝶亂蜂狂。
○●　●○●●○○

（《全宋詞》3747 頁）

【注釋】

此即程垓詞體,惟下片第一、二句又同李詞正體異。按此詞上片第四句《全宋詞》本作"金針刺繡群芳樣",衍出一字,檢《警世通言》卷八作"金針刺繡群芳",從後者改。

江緯一調

　　江緯(生卒年不詳)，字彥文，衢州常山(今屬浙江)人。元符三年(1100)進士。《全宋詞》據《花草粹編》錄其詞一首。

向湖邊

【調釋】

　　《詞譜》卷三十三："江緯自製曲，因詞有'向湖邊柳外'之句，取以爲名。"調用上去韻，賦本意，句長韻疏，聲情感慨蒼涼。

【體略】

　　雙片一百零四字，上片四十九字十句四上去韻，下片五十五字十一句六上去韻，江緯。

【圖譜】

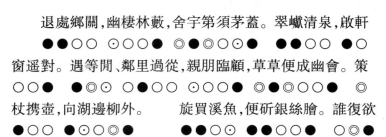

退處鄉關，幽棲林藪，舍宇第須茅蓋。翠巘清泉，啟軒
窗遥對。遇等閒、鄰里過從，親朋臨顧，草草便成幽會。策
杖携壺，向湖邊柳外。　　旋買溪魚，便斫銀絲膾。誰復欲

痛飲，如長鯨吞海。共惜醺酣，恐歡娛難再。矧清風明月非
●●　○○○⊙●　◎●○○　●○○○●　●○○⊙●○

錢買。休追念，金馬玉堂心膽碎。且鬮尊前，有阿誰身在。
○●　○⊙○●　⊙●◎○○●●　◎●○○　●○○○●

（《全宋詞》788 頁）

【注釋】

《詞譜》："此詞前段第五句、結句，後段第四句、第六句、結句作上一下四句法，填者辨之。此調只有江緯自製詞及張栻和詞一首，故此詞可平可仄，悉參張詞。"下片第七句作上一下七句式，"矧"爲領字。

此調兩宋金元只有張拭（《詞譜》作張栻，今從《全宋詞》改）和韻詞可校。上片第二句"幽"張詞作"百"，第三句"舍"、"第"、"茅"張詞作"遊"、"翮"、"羽"，第六句"等閒"張詞作"門外"，第七句"親"張詞作"日"，第八句"草"、"便"張作"猶"、"當"，第九句"策"張詞作"廊"，第十句"湖"、"柳"張詞作"卜"、"交"。下片第一句"魚"張詞作"率"，第三句"復"張詞作"蕭"，第四句"吞"張詞作"北"，第五句"共"張詞作"佳"，第七句"風"、"明"、"非"張詞作"月"、"不"、"一"，第八句"休"張詞作"但"，第九句"金"、"玉"張詞作"七"、"堂"，第十句"且"張詞作"千"。按下片第八、九句《詞律》、《詞譜》、《全宋詞》皆斷作上三下七式十字折腰句。今以詞體句拍最長者爲九字，皆斷作三字一句、七字一句。

劉一止二調

劉一止(1078—1160),字行簡,號苕溪,湖州歸安(今浙
江湖州)人。宣和三年(1121)舉進士。有《苕溪集》,其詞造
語清新,尤以《喜遷鶯·曉行》詞最著名。《全宋詞》錄存其詞
四十二首。

望明河

【調釋】

《詞譜》卷三十四:"調見《苕溪集》。"調用入聲韻,賦詠建功立
業豪情,亦關本意,聲情灑脫飄逸。

【體略】

雙片一百六字,上片五十二字十句四入聲韻,下片五十四字十
句五入聲韻,劉一止。

【圖譜】

華旌耀日,報天上使星,初辭金闕。許國精忠,試此日
〇〇●● ●〇〇● 〇〇● ●●〇〇 〇〇●

傅巖,濟川舟楫。向來雞林外,況傳詠、篇章誇雄絕。問人
●〇 ●〇〇● ●〇〇〇 ●〇● ●〇 〇〇〇〇● ●〇

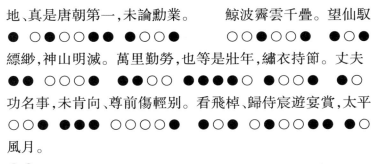

地、真是唐朝第一，未論勳業。　　　鯨波霽雲千疊。望仙馭
●　○●○○●●　●○●　　　　　○○●○○●　●○●

縹緲，神山明滅。萬里勤勞，也等是壯年，繡衣持節。丈夫
●●　○○○●　●●○○　●●●○○　●○○●　　●○

功名事，未肯向、尊前傷輕別。看飛棹、歸侍宸遊宴賞，太平
○○●　●●●　○○○●　●●●　○●○○○●●　●○

風月。
○●

（《詞譜》卷三十四）

【注釋】

此詞題"贈路侍郎使高麗"。此調兩宋金元僅有此詞，無他首可校。上片第八句"篇章誇雄絕"，《全宋詞》作"篇章雄絕"，當從《詞譜》。此詞上片自"許國"以下，與下片"萬里"以下相同。按下片結韻《詞譜》、《全宋詞》等均斷作"看飛棹、歸侍宸遊，宴賞太平風月"，當依上片結韻斷句。

夢橫塘

【調釋】

《詞譜》卷三十四："調見《苕溪集》。""橫塘"，古堤名，據《漢語大辭典》，其地有二，一爲三國吳大帝時於建業（今南京市）南淮水（今秦淮河）南岸修築，亦爲百姓聚居之地。唐崔顥《長干曲》："君家何處住，妾住在橫塘。"二在江蘇吳縣西南，賀鑄《青玉案》："凌波不過橫塘路。"調用入聲韻，劉詞詠物傷懷，聲情怨歇凄抑。

【體略】

　　雙片一百五字，上片五十二字十一句四入聲韻，下片五十三字十句四入聲韻，劉一止。

【圖譜】

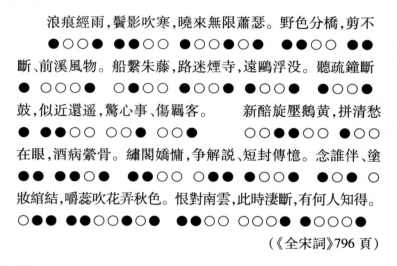

　　　　浪痕經雨，鬢影吹寒，曉來無限蕭瑟。野色分橋，剪不
　　　　●○○●　●●○○　●○○○●　　●●○○　●●
斷、前溪風物。船繫朱藤，路迷煙寺，遠鷗浮没。聽疏鐘斷
●　○○○●　●○○●　●○○●　　●○○●
鼓，似近還遥，驚心事、傷羈客。　　　新醅旋壓鵝黃，拼清愁
●　●●○○　○○●、○○●　　　○○○●○○　●○○
在眼，酒病縈骨。繡閣嬌慵，爭解説、短封傳憶。念誰伴、塗
●●　●○○●　●●○○　●●●、●○○●　●○●、○
妝綰結，嚼蕊吹花弄秋色。恨對南雲，此時淒斷，有何人知得。
○●●　●○○●○●　●●○○　○○○●　●○○○●

（《全宋詞》796 頁）

【注釋】

　　此調兩宋金元僅有此詞，無別首可校。按此調清人曹亮武等人有詞。

曹組四調

曹組(生卒年不詳),字元寵,穎昌(今河南禹縣)人。曹勛之父。宣和三年(1121),詔赴殿試,賜進士第,召試中書換武階。曹組擅長詩詞,而以滑稽下俚之詞行於世。王灼《碧雞漫志》卷二:"組潦倒無成,作《紅窗迥》及雜曲數百解,聞者絕倒。"《全宋詞》錄存其詞三十七首。其用調對金元詞人影響較大,《婆羅門引》一首亦因曹詞成爲金元流行詞調。

相思會(千年調)

【調釋】

《詞譜》卷十七:"曹組詞名《相思會》,因詞有'剛作千年調'句,辛棄疾改名《千年調》。"此調用上去韻,多用短句,聲情滑稽詼諧。馬鈺詞名《平等會》。南宋王義山名《千年調》者與此不同。

【體略】

雙片七十七字,上片三十八字九句五仄韻,下片三十九字九句四仄韻,曹組。

【圖譜】

人無百年人，剛作千年調。待把門關鐵鑄，鬼見失笑。
○○●○○　○●○○●　　●●○○●●　●○○●

多愁早老。惹盡閒煩惱。我惺也，枉勞心，漫計較。　　　粗
○○●●　●●○○●　　●○●　○○○　●○●　　　　○

衣淡飯，贏取暖和飽。住箇宅兒只要，不大不小。常教潔淨，
○●●　○●●○●　　●●●○○●　●●○●　○○●●

不種閒花草。據見定，樂平生，便是神仙了。
●●○○●　●○●　●○○　●○●●○●

（《詞譜》卷十七）

【注釋】

　　此調雖以此詞爲早，與他詞相比，結句有二襯字，不作正體。
《全宋詞》"多愁早老"之"老"字注韻，當是。馬鈺詞題"繼古韻"，
亦用"老"字韻。

正　　　體

【體略】

　　雙片七十五字，上片三十八字，下片三十九字，各九句四仄韻，
辛棄疾。

【圖譜】

厄酒向人時，和氣先傾倒。[一]最要然然可可，萬事稱
⊙●●○○　⊙●⊙○●　　◎●○○◎●　●●⊙

好。滑稽坐上，更對鴟夷笑。寒與熱，總隨人，甘國老。[二]
● 　◎○●● 　●●○●　 ●●● 　●⊙○ 　⊙○◎●

　　　少年使酒，出口人嫌拗。此箇和合道理，近日方曉。學
　　　◎○●● 　●○⊙●　 ●●○○●● 　●●⊙○ 　◎

人言語，未會十分巧。看他門，得人憐，秦吉了。[三]
○⊙○● 　●●○◎●　 ◎○⊙　 ●○○ 　⊙○●

（《全宋詞》1957 頁）

【注釋】

　　[一]此詞題"蔗菴小閣名厄言，作此以嘲之"。《稼軒詞編年箋注》以詞作於和鄭舜舉《水調歌頭》之後，淳熙十二年（1185）（160 頁）。此詞兩宋共存三詞，金人馬鈺存詞一首。《詞譜》以辛棄疾詞爲正體，當是。"厄"辛棄疾"左手把青霓"詞作"左"，"和"、"先"辛詞別首作"右"、"挾"。首句辛棄疾二詞及馬鈺詞皆作仄起平收律句，不與曹詞混校。句中可平可仄除注明外，俱見曹詞句法相同者。

　　[二]"最"、"可"辛詞別首作"吾"、"前"。"萬事稱好"作拗句，曹詞、馬詞皆然，辛詞別首作"叫開閶闔"，不參校。"隨"辛詞別首作"斛"。"甘國"馬詞作"細勘"。

　　[三]"合"字以入代平，不注仄聲。《詞譜》："《詞律》……至論'合'字平聲，按《中原雅音》，'合'音'呵'，《中原音韻》歌戈部，入聲作平聲，有'合'字，此亦金元曲譜所用北言之音，不可以律宋詞，故參辛詞別首及曹詞作譜。"按《詞譜》即有以入代平之論，則"合"字作平聲並無不可。又馬鈺詞"此箇"一句，作"鍛煉神丹"，當脫漏二字，注出不另列。"看"辛詞別首作"余"。"秦"馬詞作"道"。

憶瑤姬

【調釋】

調用上去韻,多用長句。曹詞賦戀情本意,風流嫵媚。按《詞譜》將此調與万俟詠《別瑤姬慢》類列不當,又以此調押仄韻僅曹組一詞,亦誤,王質名《別素質》者即爲此調。南宋史達祖名《憶瑤姬》者與此同名異調。

【體略】

雙片一百三字,上片五十一字九句五上去韻,下片五十二字九句六上去韻,曹組。

【圖譜】

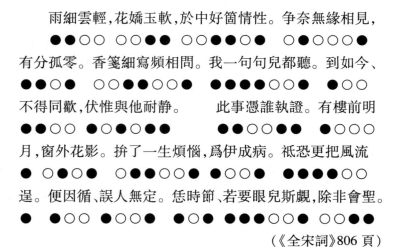

(《全宋詞》806 頁)

【注釋】

　　此調除曹詞,兩宋僅有王質一詞,金元無存詞。而曹詞與王質詞律拗句法多有不同,不相混校。

又一體

【體略】

　　雙片一百四字,上片五十二字九句六上去韻,下片五十二字九句六上去韻,王質。

【圖譜】

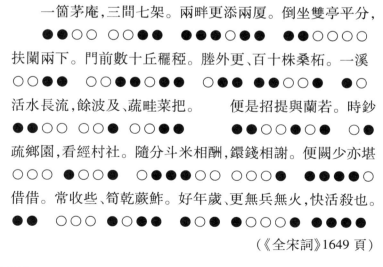

　　　　　　　一箇茅庵,三間七架。兩畔更添兩厦。倒坐雙亭平分,
　　　　　　　●●○○　○○●●　●●●○●○●　●●○○○

扶闌兩下。門前數十丘穉秜。塍外更、百十株桑柘。一溪
○○●●　○○●●●○●○●　●●●　●○○●●　●○

活水長流,餘波及、蔬畦菜把。　　便是招提與蘭若。時鈔
●●○○　○○●　○○●●　　　●●○○●○●　○●

疏鄉園,看經村社。隨分斗米相酬,鐶錢相謝。便闕少亦堪
○○○　●●○●　○●●●○○　○○○●　●○●●○

借借。常收些、筍乾蕨鮓。好年歲、更無兵無火,快活殺也。
●●　○○○　●●○●　●○●　●○○○●　●●●●

【注釋】

　　此詞名《別素質》,題爲"請浙江僧嗣宗住庵"。此與曹詞字句

相校,上片第七句添一字作八字一句,結韻作六字一句、上三下四式折腰一句;下片第一句添一字作七字一句,第八句減一字作上三下五式折腰句異。

婆羅門引

【調釋】

《宋史·樂志》有"婆羅門"舞隊,柳永詞有《婆羅門令》,此調或爲婆羅門舞曲摘遍歌詞。此調用平韻,題材詠物抒懷、戀情相思皆可,聲情風流婉轉。《校正》:"此調適用於言情、節序、詠物。此調前後段句式相異,句式複雜,且其中有上一下四之五字句、折腰之六字句、上三下四之七字句、上三下五之八字句,故雖平韻而頓挫之處頗多,但聲韻甚諧美。"(288頁)《夢窗詞》注羽調,羽調爲無射均之羽,於宋詞宮調中音較高。此調於金元爲流行詞調,又名《望月婆羅門》等。

【體略】

雙片七十六字,上片三十七字七句四平韻,下片三十九字七句五平韻,曹組。

【圖譜】

漲雲暮捲,漏聲不到小簾櫳。[一]銀河淡掃澄空。皓月
◎○○●　●○○●●○○　　◎○○●○○　◎●

當軒高掛,秋入廣寒宮。正金波不動,桂影朦朧。[二]　　佳
⊙○⊙●　⊙●●○○　▼⊙○◎●　◎●○○　　　　⊙

人未逢。嘆此夕、與誰同。望遠傷懷對景，霜滿愁紅。^[三]南
○●○　●◎● ●○○　◎●⊙○◎● ⊙●○○　　⊙
樓何處，想人在、長笛一聲中。凝淚眼、泣盡西風。^[四]
○⊙● ●○◎　◎ ⊙⊙○⊙　⊙◎● ◎●○○

（《全宋詞》806 頁）

【注釋】

［一］此調兩宋金元存詞五十餘首，爲金元流行詞調。《詞律》卷十一、《詞譜》卷十八皆以此詞爲正體，當是。《詞譜》：“此曹組《望月》詞也，故金詞改名《望月婆羅門引》。此調以此詞爲正體，宋蔡仲、嚴仁、辛棄疾、吳文英，金元好問、李晏、段成己、段克己、李俊民，元張翥諸詞，俱與此同。”“暮”辛棄疾“龍泉佳處”詞作“佳”。此調四字以上句法皆用律句。“漏”王惲“星屯落落”詞作“當”。句中可平可仄除注明外，俱見別體句法相同者。

［二］“銀”、“淡”辛棄疾“落花時節”詞作“未”、“文”。“當”辛棄疾“緑陰啼鳥”詞作“海”。“正”爲領字，宜用去聲。

［三］“傷”嚴仁詞作“等”。“霜滿”一句，元人姬翼“洞天物外”詞偶添一字作“幾度變桑田”，注出不另列。按李俊明詞下片換頭作“大家露頂”，偶不用韻，字聲亦異，注出不另列。

［四］“凝淚”王惲“秋懷索寞”詞作“杜陵”。按“南樓何處”用平起仄收律句，爲此調常格，金元人皆如此填，宋人偶用拗句者，如吳文英詞作“分蓮調郎”、“堂空露涼”，不參校。又“長笛一聲中”爲仄起平收律句，觀宋人十餘首大多與曹組詞同，然檢金元人詞又絕大部分作平起仄收律句，如王寂詞作“窮愁九曲腸”、王惲詞作“秋煙總是愁”，不再另列譜，填者任選一種律句可也。

又一體

【體略】

雙片七十六字,上片三十七字七句四平韻,下片三十九字七句五平韻,吳文英。

【圖譜】

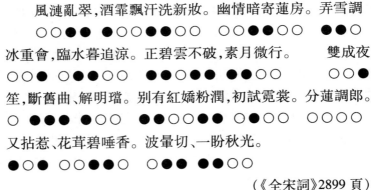

風漣亂翠,酒霏飄汗洗新妝。幽情暗寄蓮房。弄雪調
○○●● ●○○●○○ ○○●○○ ●●○

冰重會,臨水暮追涼。正碧雲不破,素月微行。　　雙成夜
○○● ○●●○○ ●●○●● ●●○○ ○○●

笙,斷舊曲、解明璫。別有紅嬌粉潤,初試霓裳。分蓮調郎。
○ ●●● ●○○ ●●○○●● ○●○○ ○○○○

又拈惹、花茸碧唾香。波暈切、一盼秋光。
●○● ○○●○○ ○●● ●●○○

(《全宋詞》2899 頁)

【注釋】

此詞序爲"郭清華席上爲放琴客而新有所盼,賦以見喜"。《詞譜》:"此與曹詞同,惟換頭句不押韻,第五句又多押一韻異。"按下片第五句"分蓮調郎"即用韻,字聲亦與曹詞不同,吳詞別首作"堂空露涼"字聲亦與此詞同,樂音或小有變化,其他又與曹詞同。

又一體

【體略】

雙片七十六字,上片三十七字八句三平韻,下片三十九字七句五平韻,陳允平。

【圖譜】

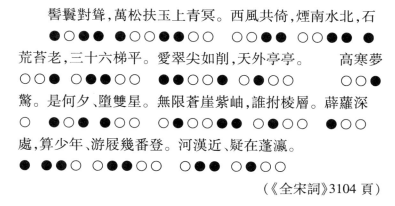

髻鬟對聳,萬松扶玉上青冥。西風共倚,煙南水北,石
● ○ ● ●　○ ○ ● ● ● ○ ○　　○ ○ ● ●　○ ○ ● ●　●

荒苔老,三十六梯平。愛翠尖如削,天外亭亭。　　高寒夢
○ ○ ●　○ ○ ● ○ ○　　● ● ○ ○ ●　○ ● ○ ○　　　　　○ ○ ●

驚。是何夕、墮雙星。無限蒼崖紫岫,誰拊棱層。薜蘿深
○　● ○ ●　● ○ ○　○ ● ○ ○ ● ●　○ ● ○ ○　● ○ ○

處,算少年、游屐幾番登。河漢近、疑在蓬瀛。
●　● ● ○　○ ● ● ○ ○　○ ● ●　○ ● ○ ○

(《全宋詞》3104 頁)

【注釋】

此與曹詞相校,上片第三、四、五句作三個四字句且減一韻,與諸詞異,為詞人偶然使用,不必效法。

又一體

【體略】

雙片七十七字,上片三十八字,下片三十九字,各七句五平韻,熊禾。

【圖譜】

秋宵倦起，起來風露淫人衣。休休未是早行時。旋摘
○○●● ●○○●○○ ○○●●○○ ○●

青蔬炊飯，煖酒就爐圍。值青山有意，且把詩題。　　興闌
○○○● ●●●○○ ●○○●● ●○○○ ●○

便歸。忽邂近、故人期。道是游山正叔，消息曾知。茶煙午
●○ ●●● ●○○ ●●○○●● ○●○○ ○○●

灶，聽擊棹、歌聲笑語遲。雲靄散、皓月呈輝。
● ● ●●● ○○●●○ ○●● ●●○○

（《全宋詞》3414 頁）

【注釋】

此詞題"送張監察出閩"，與曹組詞相校，上片第三句添一字作
七字句異。又按宋代無名氏"江南地暖"一詞，上片第三句作七字句
正與此同，下片第六句減一字作七字一句："却望雕鞍無故人。"《詞
譜》列又一體，此調下片無此種句拍，當脱漏一字，注出不另列。

又一體

【體略】

雙片七十四字，上片三十七字七句四平韻，下片三十七字七句
五平韻，汪元量。

【圖譜】

一生富貴，豈知今日有離愁。錦帆風力難收。望斷燕
●○●● ●○○●●○○ ○○●●○○ ●●○

山薊水,萬里到幽州。恨病餘雙眼,冷淚交流。　　行年已
○●● ●●●○○　●●●●● ●●○○　　○○●

休。歲七十、又平頭。夢破銀屏金屋,此意悠悠。幾度見青
○　●●● ●○○　●●○○○● ●●○○　●●●○

塚,虛名不足留。且把酒、細聽箜篌。
● ○○●●○　●●● ●●○○

(《全宋詞補輯》88 頁)

【注釋】

此詞序爲"四月八日謝太后慶七十",爲宋亡後作。此與曹組
詞相校,下片第五、六句減二字作五字兩句異。此詞或有脫漏,姑
列一體。

脫銀袍

【調釋】

調用上去韻,非關本意,聲情諧噱歡快。此與晁端禮《脫銀
袍》詞同名異調。

【體略】

雙片七十一字,上片三十七字七句四上去韻,下片三十四字七
句五上去韻,曹組。

【圖譜】

濟楚風光,昇平時世。端門支散,碗遂逐旋温來,吃得
●●○○ ○○○● 　○○○● ●●●●○○ ●●

過、那堪更使金器。分明是。與窮漢、消災滅罪。　　又没
● ●○●●○● 　○○● 　●○● ○○●● 　　　●●

支分,猶然遞滯。打篤磨槎來根底。換頭巾,便上弄交番廝
○○ 　○○●● 　●●○○○● 　●○○ 　●●●○○○

替。告官裏。馳逗高陽餓鬼。
● 　●○● 　○●○●●

(《全宋詞》806 頁)

【注釋】

此調兩宋金元僅存此詞,無他首可校。

万俟詠十一調

　　万俟詠(年里不詳)，字雅言，自號詞隱、大梁詞隱。哲宗元祐時已以詩賦見稱於時。徽宗政和初年，召試補官，授大晟府製撰。王灼《碧雞漫志》卷二："万俟詠雅言，元祐詩賦科老手也。三舍法行，不復進取，放意歌酒，自稱大梁詞隱。每出一章，信宿喧傳都下。政和初，召試補官，置大晟樂府製撰之職，新廣八十四調，患譜弗傳，雅言請以盛德大業及祥瑞事迹制詞實譜。有旨依月用律，月進一曲，自此新譜稍傳。"又云："雅言初自集分兩體，曰雅詞，曰側豔，目之曰《勝萱麗藻》。後召試入官，以側豔體無賴太甚，削去之。再編成集，分五體，曰應制、曰風月脂粉、曰雪月風花、曰脂粉才情、曰雜類。周美成目之曰《大聲》。"其詞今存二十九首，趙萬里《校輯宋金元人詞》輯爲《大聲集》，《全宋詞》據以錄入。万俟詠用調字聲嚴謹，頗可效法，其現存新調多爲大晟樂府應制詞調，於考察大晟樂具有十分重要的價值。

雪明鳷鵲夜慢

【調釋】

　　此當爲大晟樂應制詞，賦詠天下太平，調用上去韻，多用上一下四式五字句及七字折腰句法，聲情清新明快。

【體略】

雙片九十四字,上片四十八字九句四上去韻,下片四十六字八句四上去韻,万俟詠。

【圖譜】

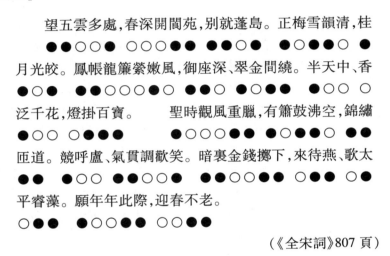

望五雲多處,春深開閬苑,別就蓬島。正梅雪韻清,桂
●●○●● ○○○●● ●●○● ●○●○ ●

月光皎。鳳帳龍簾縈嫩風,御座深、翠金間繞。半天中、香
●○● ○●○○○●○ ●●○ ●○○● ●○○ ○

泛千花,燈掛百寶。　　聖時觀風重臘,有簫鼓沸空,錦繡
●○○ ○●●● 　　●○○○○● ●○●○ ●●

匝道。競呼盧、氣貫調歡笑。暗裏金錢擲下,來待燕、歌太
●● ○○○ ●●○○● ●●○○●● ○●● ○●

平睿藻。願年年此際,迎春不老。
○●● ○●○○● ○○●●

(《全宋詞》807 頁)

【注釋】

此調兩宋金元僅存此詞,無他首可校。此詞上片第一、四句,下片第二、七句皆作上一下四句法。按此詞《詞譜》、《歷代詩餘》、《詞律拾遺》等作宋徽宗詞,《全宋詞》采《歲時廣記》卷十一引《復雅歌詞》作万俟詠詞。又《詞譜》上片結韻作三句拍,當從《詞律拾遺》卷三作七字折腰一句,四字一句。按上片第一、二、三句《全宋詞》斷作:"望五雲多處春深,開閬苑、別就蓬島。"今依《詞譜》斷句。"春深"《詞譜》作"探春"。

鳳凰枝令

【調釋】

　　此當亦即大晟樂新調,又名"鳳皇枝令"。然万俟氏此詞當作於北宋亡國之後,詞云:"一從鸞輅北向。舊時寶座應蛛網。"調用上去韻,換頭曲,七字句與三五字短句交錯,聲情激健頓挫。

【體略】

　　雙片五十四字,上片二十六字,下片二十八字,各五句四上去韻,万俟詠。

【圖譜】

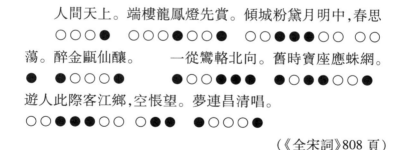

　　人間天上。端樓龍鳳燈先賞。傾城粉黛月明中,春思
　　○○○● 　○○○○○● 　○○○○●○○ 　○○
　　蕩。醉金甌仙釀。　　 一從鸞輅北向。舊時寶座應蛛網。
　　● 　●○○○● 　　　●○○●●● 　●○●●○○●
　　遊人此際客江鄉,空悵望。夢連昌清唱。
　　○○●●●○○ 　○○● 　●○○○●

（《全宋詞》808 頁）

【注釋】

　　此調兩宋金元僅有此詞,無他首可校。按此詞《全宋詞》據《歲時廣記》卷十一引《復雅歌詞》,前有長序:"景龍門,古酸棗門也。自左掖門之東爲夾城南北道,北抵景龍門。自臘月十五日放燈,縱都人夜遊。婦女遊者,珠簾下邀住,飲以金甌酒。有婦人飲酒畢,輒懷金甌。左右呼之,婦人曰:妾之夫性嚴,今帶酒容,何以

自明。懷此金甌爲證耳。隔簾聞笑聲曰：與之。其詞曰……"此序
與詞作下片內容並不相符，或爲後人添加。又，此詞上下片結句均
作上一下四句式，填者愼之。

明月照高樓慢

【調釋】

　　此亦當爲大晟樂新調。万俟詞云："樓觀壯麗附霽雲，耀紺碧
相望。"又云："還是共唱御製詞，送御觴。"賦本意，用平韻，聲情明
朗歡快。

【體略】

　　雙片一百一字，上片五十一字十一句六平韻，下片五十字十一
句七平韻，万俟詠。

【圖譜】

平分素商。四垂翠幕，斜界銀潢。顥氣通建章。正煙
○○●○　●○○●　●○○○　●●○○　●○

澄練色，露洗水光。明映波融太液，影隨簾掛披香。樓觀壯
○●●　●●●○　○●○○●●　●○○●○○　○●●

麗附霽雲，耀紺碧相望。　　宮妝。三千從赭黃。萬年世
●●●○　●●●○○　　　○○　○○○●○　●○●

代，一部笙簧。夜宴花漏長。乍鶯歌斷續，燕舞回翔。玉座
●　●●○○　●●○●○　●○○●●　●●○○　●●

頻燃絳蠟，素娥重按霓裳。還是共唱御製詞，送御觴。
○○●●　●○○●○○　○●●●○○○　●●○

【注釋】

此調兩宋金元僅存此詞,無他首可校。此詞上片"四垂"至
"霽雲",與下片"萬年"至"製詞"同。上片結句作上一下四句法。
按上片結二句《全宋詞》原斷作:"樓觀壯麗,附霽雲、耀紺碧
相望。"

鈿帶長中腔

【調釋】

万俟氏詞云:"鈿帶長。簇真香。"《詞譜》卷十五:"調見《大聲
集》,即詠鈿帶香囊本意。"調用平韻,上片起二句用兩個三字短
韻,十分流美,後隨以六字折腰句,再四字三句、五字一句,結以六
字句,下片起韻以六四字句拍承上,隨以七字折腰、四五句拍展開,
結仍用六字句,聲情極爲舒緩嫵媚。

【體略】

雙片六十七字,上片三十五字八句六平韻,下片三十二字六句
四平韻,万俟詠。

【圖譜】

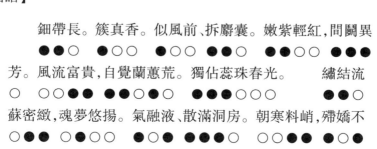

易當。著意要待韓郎。

　●○　　●●●●○○

（《詞譜》卷十五）

【注釋】

　　《詞譜》:"《花草粹編》少起句'鈿帶長'三字,今從本集校正。此調只有此詞,無別首可校。"

春草碧

【調釋】

　　《詞譜》卷二十六:"調見《大聲集》,自注中管高宮。按《唐書・禮樂志》有中管之名,而不詳其義,至宋仁宗《樂髓新經》始云大呂宮爲高宮,太簇宮爲中管高宮,蓋以太簇宮與大呂宮同字譜,故謂之中管也,俗譜以中管高宮爲調名者誤。姜夔集有太簇宮《喜遷鶯》詞,自注:俗呼中管高宮。"據張炎《詞源》,十二均中太簇、姑洗、蕤賓、南呂、應鐘五均俗名皆稱中管。此當亦爲大晟樂新調,用上去韻,賦本意,多用五字句和七八字折腰句法,聲情清新綿長。金人完顏璹《春草碧》詞與之同名異調(即韓玉名《番槍子》調)。

【體略】

　　中管高宮,雙片九十八字,上片四十九字九句四上去韻,下片四十九字十句五上去韻,万俟詠。

【圖譜】

　　又隨芳緒生,看翠霧連空,愁遍征路。東風裏、誰望斷

　　●○○●○　●●●○○　○●○●　　○○●　○●●

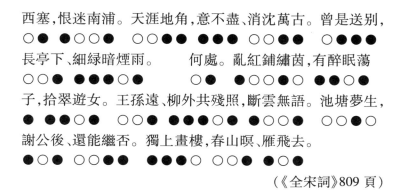

西塞,恨迷南浦。天涯地角,意不盡、消沈萬古。曾是送別,
○● ●○○● 　○○●● ●●○ ○○○● 　○●●○
長亭下、細緑暗煙雨。　　　　何處。亂紅鋪繡茵,有醉眠蕩
○○● ●●●○● 　　　　○● ●○○●○ ●●○●
子,拾翠遊女。王孫遠、柳外共殘照,斷雲無語。池塘夢生,
● ●●○● ○○● ●●●○● ●○○● 　○○●○
謝公後、還能繼否。獨上畫樓,春山暝、雁飛去。
●○○● ○○●● ●●●○ ○○● ●●●

(《全宋詞》809 頁)

【注釋】

　　此詞題“春草”。此調兩宋金元僅有此詞,無別首可校。上片
第二句“看翠霭連空”,《詞譜》作“看翠連霭空”,下片換頭“何
處”,《詞律》(卷十一) 不作短韻。上下片結韻《詞譜》作三句拍,
今從《詞律》皆作兩句拍。

　　上片第一、二、三句,《詞律》作:“又隨芳渚。坐看翠連霭空,
愁遍征路。”並云:“‘坐’字一作‘生’字。‘角’字、‘別’字以入作
平,蓋此句即後段之‘池塘夢生’、‘獨上畫樓’也。或云‘坐’字,應
從‘生’字爲是。首句五字,當於‘生’字讀斷。蓋此後之‘亂紅鋪
繡茵’五字,平仄吻合。而下以‘看’字領下二句,即如後之以‘有’
字領下二句也。”按此詞上片“看翠霭”至“萬古”,與下片自“有醉
眠”至“繼否”句拍相同,字聲小異。萬樹以上片“角”、“別”二字
均以入代平,不當從。

三　臺

【調釋】

　　曲名見《教坊記》。《唐音癸簽》卷十三:“唐曲有《三臺》,《急

三臺》、《宮中三臺》、《上皇三臺》、《怨陵三臺》、《突厥三臺》。《三臺》爲大曲,馮鑒《續事始》曰:漢蔡邕三日之間,周歷三臺,樂府以邕曉音律,爲製此曲。《劉禹錫嘉話録》曰:鄴中有曹公銅雀、金虎、冰井三臺,北齊高洋毀之,更築金鳳、聖應、崇光三臺,宮人拍手呼上臺送酒,因名其曲爲《三臺》。李氏《資暇録》曰:《三臺》,三十拍促曲名,昔鄴中有三臺,石季龍常爲宴遊之所,而造此曲以促飲。《樂苑》云:唐《三臺》,羽調曲。"此詞題"清明應制",爲大晟樂新調。調用上去韻,賦詠清明時節春色人事,聲情嫵媚歡暢。

【體略】

三片一百七十一字,各五十七字八句五上去韻,万俟詠。

【圖譜】

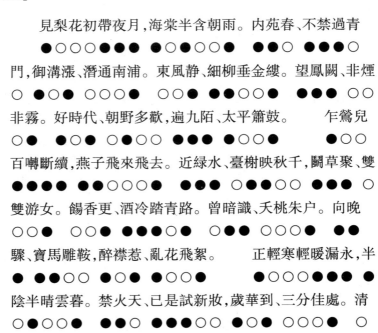

見梨花初帶夜月,海棠半含朝雨。內苑春、不禁過青
門,御溝漲、潛通南浦。東風靜、細柳垂金縷。望鳳闕、非煙
非霧。好時代、朝野多歡,遍九陌、太平簫鼓。　　乍鶯兒
百囀斷續,燕子飛來飛去。近綠水、臺榭映秋千,鬥草聚、雙
雙游女。餳香更、酒冷踏青路。曾暗識、夭桃朱户。向晚
驟、寶馬雕鞍,醉襟惹、亂花飛絮。　　正輕寒輕暖漏永,半
陰半晴雲暮。禁火天、已是試新妝,歲華到、三分佳處。清

明看、漢宮傳蠟炬。散翠烟、飛入槐府。斂兵衛、閶闔門開，
○●　●○○●●　　●●○　○●○●　　●○●　○●○○
住傳宣、又還休務。
●○○　●○○●

（《全宋詞》809 頁）

【注釋】

　　此調兩宋金元現僅存此詞，無他首可校。此調三段，字句聲韻
嚴謹。《詞律》卷一：“從來舊刻，此篇俱作雙調。於‘雙雙游女’分
段，余獨斷之改爲三疊。人莫不疑且怪者，余爲解之曰：首段‘見’
字以下，‘梨花’、‘海棠’兩句，各六字相對。次段‘乍’字以下，
‘驚見’、‘燕子’兩句，各六字相對。三段‘正’字以下，‘輕寒’、
‘半陰’兩句，各六字相對。字句明整，對仗工嚴。而‘見’、‘乍’、
‘正’三字，皆以一去聲虛字領起，句末三字，皆仄。而‘夜’、‘斷’、
‘漏’，俱用去聲，非三段吻合乎？‘内苑春’八字句、‘御溝漲’七字
句，與中段‘近綠水’八字、‘鬭草聚’七字，後段‘禁火天’八字、
‘歲華到’七字，同也。而‘内’、‘近’、‘禁’皆去聲，‘苑’、‘綠’、
‘火’亦皆用仄，‘禁’、‘過’、‘榭’、‘映’、‘是’、‘試’用六去，
‘御’、‘漲’、‘鬭’、‘聚’、‘歲’、‘到’又用六去，下皆以平平平仄接
之，豈非三段吻合乎？‘東風靜’八字句、‘望鳳闕’七字句，與中段
‘餳香更’八字、‘會暗識’七字，後段‘清明看’八字、‘散翠煙’七
字，同也。而‘東風靜’等三字，俱用平平去，下接以仄仄平平仄。
‘望鳳闕’等三字，俱用去去平，下接以平平平仄，豈非三段吻合
乎？‘好時代’七字句、‘遍九陌’七字句，與中段‘向晚驟’七字、
‘醉襟惹’七字，後段‘斂兵衛’七字、‘住傳宣’七字，同也。而‘好
時代’等三字，俱仄平去，‘遍’、‘醉’、‘住’三去，‘太’、‘亂’、
‘又’三去，豈非三段吻合乎？如此堂堂正正，每段五十七字，一字
不苟，豈非是三疊調乎？詞隱領大晟府，爲詞壇主盟，他作皆精緻

絕倫,如此長篇流麗瓌弘,其下字真有千椎百煉之力。而五百年
來,爲流俗人草草讀過,不能知其調之段落,又安能知其語之義趣,
字之和協乎?"萬氏所言甚是。按明俞彥有"詠南都"一詞,正與
此同。

戀芳春慢

【調釋】

　　《詞譜》卷三十一:"調見万俟詠《大聲集》。崇寧中,詠充大晟
府製撰,依月用律製詞,多應制之作。此詞自注寒食前進,故以《戀
芳春》爲名也。"此亦大晟樂新調,調用平韻,賦寫本意,多用四字
句,間以七字句或七字折腰句,聲情明麗歡快。

【體略】

　　雙片一百二字,上片五十字九句四平韻,下片五十二字十句四
平韻,万俟詠。

【圖譜】

　　　　　蜂蕊分香,燕泥破潤,暫寒天氣清新。帝里繁華,昨夜
　　　　　○●●　　○●●　　●○○○○　　　●●○○　　●●
　　　　　細雨初勻。萬品花藏四苑,望一帶、柳接重津。寒食近、蹴
　　　　　●●○○　　●●○○●●　　○●●　●●○○　　○●●　●
　　　　　鞦秋千,又是無限遊人。　　　　紅妝趁戲,綺羅夾道,青帘賣
　　　　　●○○　　●●○●○○　　　　　　○○●●　　●○●●　　○○●
　　　　　酒,臺榭侵雲。處處笙歌,不負治世良辰。共見西城路好,
　　　　　●　　○●○○　　●●○○　　●●●●○○　　●●○○●●

翠華定、將出嚴宸。誰知道、仁主祈祥,爲民非事行春。

●○● ○●○○　○○● ○●○○ ●○○●○○

(《全宋詞》809 頁)

【注釋】

此調兩宋金元僅存此詞,無他首可校。此詞上片"帝里"以下,與下片"處處"以下相同。按下片結韻二句《詞譜》、《全宋詞》斷作:"誰知道、仁主祈祥爲民,非事行春。"此調清人鄒祗謨"巫寸朝飛"詞,下片結韻二句作:"斜陽處、寶屧初回,餘香猶染湘裙。"(《全清詞(順康卷)3014 頁)今參考斷句。上片第六句"四苑"《詞綮》作"西苑"。

卓牌兒

【調釋】

万俟詞題"春晚"。調用上去韻,上片字多韻疏,下片字少韻急,聲情上片和緩歡愉,下片急切怨歎。按以"卓牌兒"名調者另有楊无咎詞雙片五十六字,袁去華有《卓牌兒近》雙片七十一字,互不相同,《卓牌兒》當爲宋代大曲。

【體略】

雙片九十七字,上片五十七字十一句四上去韻,下片四十字八句七上去韻,万俟詠。

【圖譜】

東風緑楊天,如畫出、清明院宇。玉豔淡泊,梨花帶月,

○○●○○　○ ●●● ○○●● ◎●●● ○○●●

胭脂零落，海棠經雨。單衣怯黃昏，人正在、珠簾笑語。相
○○○●　●○○●　　○○●○○　○●◎　○○●●　　○

並戲蹴秋千，共携手、同倚闌干，暗香時度。　　翠窗繡戶。
●●●○○　●○●、○○○○　●○●●　　　　●○●●

路繚繞、潛通幽處。斷魂凝佇。嗟不似飛絮。悶悶閒愁難
●⊙●、○○○●　●○○●　○◎●○　○⊙●○○

消遣，此日年年意緒。無據。奈酒醒春去。
○●　●●○○●●　○●　●●○○●

（《全宋詞》810 頁）

【注釋】

　　此調《詞譜》卷十二名《卓牌子慢》。《詞譜》："此詞名《卓牌子慢》，宋元詞家填者甚少，惟《樂府雅詞》有無名氏詞一首，大同小異，平仄可以參校。"

又 一 體

【體略】

　　雙片九十三字，上片五十三字十一句四上去韻，下片四十字八句六上去韻，《樂府雅詞》無名氏。

【圖譜】

當年早梅芳，曾邂逅、飛瓊侶。肌雲瑩玉，顏開嫩桃，腰
○○●○○　○●●、○○●　●○●●　○○●○　○

支輕褭，未勝金縷。佯羞整雲鬟，頻向人、嬌波寄語。湘佩
○○●　●○○●　○○●○○　●○●、○○●●　　○●

笑解,韓香暗傳,幽歡後期難訴。　　夢魂頓阻。似一枕、
●●　○○●○　○○○●○●　　　○●●●　●●●

高唐雲雨。蕙心蘭態,知何計重遇。試問春蠶絲多少,未抵
○○○●　●○○●　○○●○●　●○○○○●●　●●

離愁半縷。凝竚。望鳳樓何處。
○○●●　○●　●●○○●

(《全宋詞》3657 頁)

【注釋】

　　《詞譜》:"此詞與万俟詞大同小異。前段第二句,校万俟詞少
一字;前結校万俟詞少三字,句讀亦異。後段則全與万俟詞同,惟
第三句少押一韻異。"

快活年近拍

【調釋】

　　《詞譜》卷十八:"金詞注黃鐘宮,《太和正音譜》:雙調。"万俟
詞賦寫太平景象,調用上去韻,聲情歡快激揚。《全元散曲》有《快
活年》曲牌,與詞體迥異。

【體略】

　　雙片七十九字,上片三十八字八句三上去韻,下片四十一字九
句四上去韻,万俟詠。

【圖譜】

　　千秋萬歲君,五帝三皇世。觀風重令節,與民樂盛際。

　　○○●●○　●●○●●　　○○○●●　●○●●●

蕊闕長春,洞天不老,花豔蟾輝,十里照春珠翠。　　　鬧羅
●●○○　●○●●　○●○○　●●●○○●　　　　●○

綺。遙望太極光,一簇通明裏。鈞臺奏壽曲,蓬山呈妙戲。
●　○●●○　●●○○●　○○●●●　○○○●●

天上人來,五雲樓近,風送歌聲,依約睿思新製。
○●○○　●○○●　○●○○　○○●●○●

(《詞譜》卷十八)

【圖譜】

《詞譜》:"此調無別首宋詞可校,惟金、元套數樂府中有之。金詞無換頭三字句,元詞字句與此同,只前段第六句第四字、後段第七句第四字平聲,與此小異。但万俟詞,當時被之管弦,其審音必精,又金、元樂府所注宮調各不同,故不參校平仄。"《花草粹編》、《全宋詞》下片第二句無"光"字、第四句無"曲"字。

芰荷香

【調釋】

《詞譜》卷二十六:"調見《大聲集》,金詞注雙調。"此調用平韻,題材宜詠物抒懷,歡樂愁苦之情皆宜。

【體略】

雙片九十八字,上片四十七字十句六平韻,下片五十一字十句五平韻,万俟詠。

【圖譜】

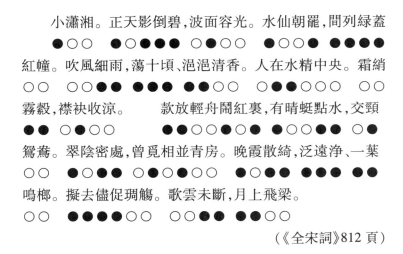

小瀟湘。正天影倒碧，波面容光。水仙朝罷，間列綠蓋
●○○　　●●●●　●○●○　●○●○　　●○○●　●●●●

紅幢。吹風細雨，蕩十頃、泡泡清香。人在水精中央。霜綃
○○　　○○●●　●●●●　●●○○　○●●○○○　　○○

霧縠，襟袂收涼。　　　款放輕舟鬧紅裏，有晴蜓點水，交頸
●●　○●○○　　　　　●●○○●○●　●○○●●　○●

鴛鴦。翠陰密處，曾覓相並青房。晚霞散綺，泛遠浄、一葉
○○　●○●●　○●○●○○　●○●●　●●●●●●

鳴榔。擬去盡促瑚觴。歌雲未斷，月上飛梁。
○○　●●●●○　　○○●●　●●○○

（《全宋詞》812 頁）

【注釋】

此調兩宋現存七首，金丘處機存一詞，均押平韻。此調雖以此
詞爲早，但多用拗句，且前後多不一致，字聲不嚴謹，不作正體。

正　　　體

【調釋】

雙片九十八字，上片四十七字十句六平韻，下片五十一字十句
五平韻，朱敦儒。

【圖譜】

遠尋花。正風亭霽雨，煙浦移沙。緩提金勒，路擁桃葉
●○○　　●○○◎●　⊙○○○　　●○⊙●　●○◎⊙●

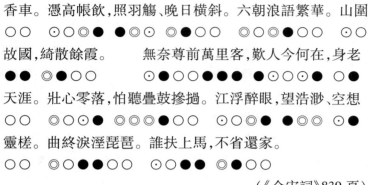

香車。憑高帳飲，照羽觴、晚日橫斜。六朝浪語繁華。山圍
故國，綺散餘霞。　　無奈尊前萬里客，歎人今何在，身老
天涯。壯心零落，怕聽疊皷摻撾。江浮醉眼，望浩渺、空想
靈槎。曲終淚溼琵琶。誰扶上馬，不省還家。

（《全宋詞》839 頁）

【注釋】

《樵歌校注》以此詞作於高宗建炎元年（1127）（93 頁）。此調
《詞律》以趙彥端詞爲正體，《詞譜》以万俟詠爲正體，今以朱敦儒
詞爲正體。此詞上片自"正風"以下，與下片自"歎人"以下全同，
字聲十分嚴謹。"正"、"歎"皆作領字。上片第四句"金"史浩詞作
"有"，第六句"憑"、"帳"史浩詞作"一"、"高"，下片第四句"零"趙
以夫詞作"往"。句中其他可平可仄俱見別體句法相同者。

按此詞上下片第五句"路擁桃葉香車"、"怕聽疊皷摻撾"中
"擁"與"聽"二字，平仄兩讀。檢万俟詠、曹勛、史浩皆作拗句，朱
詞爲早，亦當視爲拗句，二字皆讀去聲。按趙以夫"倚晴空"詞，與
朱詞相校，上下片第五句皆作律句，從而全詞皆用律句。今注
"擁"、"聽"二字本仄可平，填者於此二句任選一種句型可也。又
趙以夫詞換頭一句《全宋詞》作"天上菖蒲五色"，當脫漏一字，今
檢《四部叢刊》三編影宋鈔本《虛齋樂府》卷下，乃爲"天上菖蒲五
色縷"。

又一體

【體略】

雙片九十八字,上片四十七字十句六平韻,下片五十一字十句五平韻,仲幷。

【圖譜】

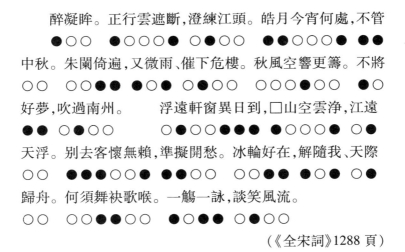

（《全宋詞》1288 頁）

【注釋】

此詞序爲"中秋在毗陵,不見月,作數語未成。後一日來澄江,途中先寄趙智夫"。此與朱詞相校,上下片第四、五句皆作六字一句、四字一句異。按下片第二句諸本皆作四字一句,當脫漏一領字。此體字聲除上下片第四、五句外,正與朱詞相同。

又一體

【體略】

雙片九十八字,上片四十七字十句六平韻,下片五十一字十句五平韻,趙彥端。

【圖譜】

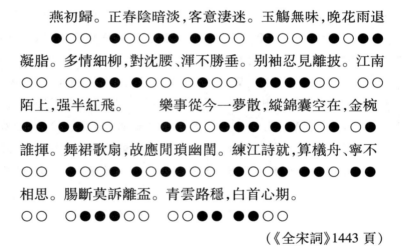

燕初歸。正春陰暗淡,客意淒迷。玉觴無味,晚花雨退凝脂。多情細柳,對沈腰、渾不勝垂。別袖忍見離披。江南陌上,强半紅飛。　　樂事從今一夢散,縱錦囊空在,金椀誰揮。舞裙歌扇,故應閒瑣幽閨。練江詩就,算艤舟、寧不相思。腸斷莫訴離盃。青雲路穩,白首心期。

（《全宋詞》1443 頁）

【注釋】

此與朱詞相校,上下片第五句用律句、上下片第八句用拗句異。按宋人詞字聲無與之全同者,《詞律》以趙詞爲譜不當。

別瑤姬慢

【調釋】

李白《感興》其一：“瑤姬天帝女，精彩化朝雲。”李珣《巫山一段雲》：“楚王曾此夢瑤姬，一夢杳無期。”調名或取巫山神女事。万俟詞賦戀情相思，聲情惆悵感傷。此調蔡伸、史達祖詞名《憶瑤姬》，王質、曹組詞名《憶瑤姬》者與之同名異調。

【體略】

雙片一百五字，上片五十二字十一句五平韻，下片五十三字十一句四平韻，万俟詠。

【圖譜】

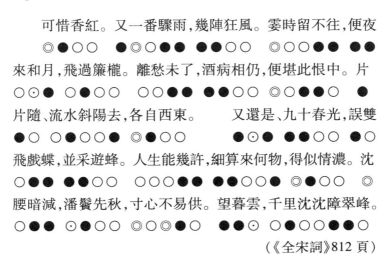

（《全宋詞》812 頁）

【注釋】

此調兩宋現僅存三首,金元無存詞。上下片第二句"又"、"誤"皆爲領字。按下片結韻《詞譜》、《詞繫》、《全宋詞》均作上三下七式一句拍,今斷作兩句拍。句中可平可仄悉參下列蔡伸詞及史達祖詞。

又一體

【體略】

雙片一百五字,上片五十二字,下片五十三字,各十一句六平韻,蔡伸。

【圖譜】

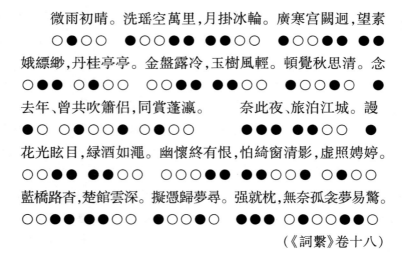

（《詞繫》卷十八）

【注釋】

此與万俟詞相校,惟上片第八句,下片第一、八句均押韻異。按上片第八句"輕"、下片第八句"深"《詞譜》均不注韻,《全宋詞》、《詞繫》均注叶韻,今從後者。又下片第九句《全宋詞》作"擬憑歸夢去",《詞律》與之同,《詞譜》卷三十一作"擬憑歸夢輕",然"輕"字與上片第八句"輕"字重韻,今從《詞繫》。《詞繫》:"前後段第八句叶韻。前結一三、一五、一四字,與前異。'深'、'尋'二字閉口韻,雜入庚青,不可從。《汲古》、《詞律》列《憶瑤姬》內,又缺'迴'、'頓'、'路'三字,大誤。今從《歷代詩餘》訂正。'頓'字,葉《譜》作'倍'。'怕綺窗',《汲古》作'恨綺窗','尋'字作'去'。'思'去聲。"此詞上下片第五句均作上一下四句法,"望"、"怕"皆爲領字。上片第九句"覺"以入代平。

又一體

【體略】

雙片一百九字,上片五十四字,下片五十五字,各十一句五平韻,史達祖。

【圖譜】

嬌月籠煙。下楚領香分,兩朵湘雲。花房時漸密,弄杏
○●○○　●●●○○　●●○○　○○○●●　●●
箋初會,歌裏殷勤。沈沈夜久,西窗屢隔,蘭燈幔影昏。自
○○●　○●○○　○○●●　○○●●　○○●●○　●
彩鴛、飛入芳巢,繡屏羅薦粉光新。　　十年未始輕分。念
●○　○●○○　●○○●●○○　　　●○●●○○　●

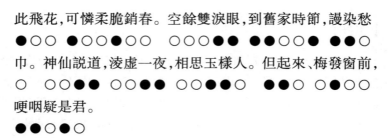

此飛花,可憐柔脆銷春。空餘雙淚眼,到舊家時節,謾染愁
●○○　●○○●○○　　○○○●●　●●○○●　●●○
巾。神仙説道,凌虚一夜,相思玉樣人。但起來、梅發窗前,
○　　○○●●　○○●●　○○●○○　　●●○　○●○○
哽咽疑是君。
●●○●○

(《詞譜》卷三十一)

【注釋】

　　此與万俟詞相校,惟上片結韻添二字作上三下四式折腰一句、
七字一句,下片第一、二、三句攤破作六字一句、四字一句、六字一
句,且首句添一韻,結韻添二字作上三下四式七字一句、五字一句
異。又此詞上片第二、八句,下片第八句字聲與万俟詞異,不混校。
按此詞上片首句"煙"《詞譜》、《詞繫》、《全宋詞》均未注韻,不當。
第二、三句《詞譜》、《詞繫》斷作三字一句、六字一句,第七、八、九
句《詞譜》、《詞繫》、《全宋詞》均斷作"**沈沈夜久西窗,屢隔蘭燈幔
影昏**",下片第七、八、九句斷作"**神仙説道凌虚,一夜相思玉樣
人**",均不妥,今均依正體斷句。又上片第四句《全宋詞》作"**花房
漸密時**",下片第五句作"**到舊家時郎**",第七句作"**袖止説道**"。

徐伸一調

徐伸(生卒不詳),字幹臣,三衢(今浙江衢州)人。政和
初,以知音律爲大晟府典樂。有《青山樂府》,不傳。《樂府雅
詞》入選其詞一首,《全宋詞》據以録入。

轉調二郎神

【調釋】

《揮塵餘話》卷二:"政和初以知音律爲太常典樂,出知常州,
嘗自製《轉調二郎神》之詞。"此調脱胎於《二郎神》,又與之不同,
吴文英詞名《十二郎》。此調詞人亦多名《二郎神》,參見《二郎神》
調釋。此調句長韻疏,聲情怨歎感傷。《校正》:"句式富於變化,
調勢波折而歸於凝塞,適於抒情、寫景、詠物等題材。"(553頁)

【體略】

雙片一百五字,上片五十三字十句四仄韻,下片五十二字十二
句五仄韻,上去韻,徐伸。

【圖譜】

悶來彈雀,又攪破、一簾花影。[一]謾試著春衫,還思纖
● ○ ⊙ ●　◎ ● ● ●　◎ ○ ○ ●　　▼ ● ● ○ ○　○ ○ ⊙

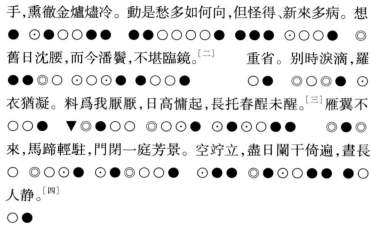

手，熏徹金爐燼冷。動是愁多如何向，但怪得、新來多病。想
● ⊙●○○●● ●●○○○○● ●●● ⊙○○● ◎
舊日沈腰，而今潘鬢，不堪臨鏡。[二]　　　　重省。別時淚滴，羅
●●◎○ ⊙○○● ●●○○● ○● ◎○○● ⊙
衣猶凝。料爲我厭厭，日高慵起，長托春醒未醒。[三]雁翼不
○●○● ▼◎●○○ ●○○● ⊙●○●○● ◎●
來，馬蹄輕駐，門閉一庭芳景。空竚立，盡日闌干倚遍，晝長
○ ◎○○⊙● ⊙●●○○● ⊙●● ◎●⊙○●● ●○
人靜。[四]
○●

（《全宋詞》814頁）

【注釋】

[一]此調兩宋現存十餘首詞，金元存王喆一詞。《詞律》卷十五以湯恢"瑣窗睡起"詞爲正體，《詞譜》卷三十二以此詞爲正體，當從後者，但《詞譜》所定字聲多有不當。"彈"讀平聲，又張孝祥詞作"無"、劉克莊詞作"官"，此字實本平可仄，《詞譜》定仄聲且以例作去聲誤。"又"湯恢"瑣窗睡起"詞作"閒"。此韻後句吳潛詞作"是六十五翁生日"，於文意偶不作折腰句，注出不另列。句中可平可仄除注明外，俱見別體句法相同者。

[二]"謾"與下片第四句"料"皆用領字，宜用去聲。"纖"劉克莊"人言官冗"詞作"跛"。"爐"字，《詞譜》以當用去聲，不當。"動是愁多如何向"例用拗句。"而"趙以夫"一江淥淨"詞作"落"。按"熏徹"一句，諸家皆作六字一句，湯恢"瑣窗睡起"詞用"徐幹臣韻"，湯詞此句《詞譜》、《全宋詞》作"杯泛梨花冷"，減一字作五字一句，《詞律》、《歷代詩餘》皆作"杯泛梨花凍冷"，當從後者，不再另列。又，劉克莊詞上片第五句減二字《全宋詞》作"秀才

下省”,或有脱漏,亦不另列。

　　[三]此調換頭作短韻,宋人無例外。《詞譜》以趙以夫“野塘暗碧”詞作“曾倩雁傳鵲報”未用短韻而列又一體,不當,“倩”字此處屬“敬”韻,仍用短韻。“涙”劉克莊“近來塞上”詞作“來”。“爲”劉克莊“人言官冗”詞作“三”。

　　[四]“雁”湯恢“瑣窗睡起”詞作“清”。“輕”趙以夫“野塘暗碧”詞作“柘”。“一”楊无咎詞作“民”,“闌”吳潛“小樓向晚”詞作“寸”。“竚”字,劉克莊“黃粱夢覺”一首作“茅”、“一笻兩屨”一首作“留”,“立”字劉克莊“抽還手版”一首作“身”,皆屬偶用,不參校,《詞譜》以之均當用仄聲,當是。此調結韻皆需斷作三句拍,《詞譜》等書時斷三句拍,時斷兩句拍,頗爲隨意。

又一體

【體略】

　　雙片一百字,上片五十字九句五仄韻,下片五十字十句五仄韻,呂謂老。

【圖譜】

　　　　　西池舊約。燕語柳梢桃萼。向紫陌、秋千影下,同縮雙
　　　　　○○●●　●●●○○●●　●●●　○○●●　○●○
　　雙鳳索。過了鶯花休則問,風共月、一時閒却。知誰去喚
　　○●●　●●○○○●●　○●●　●○○●　○○●●
　　得,秋陰滿眼,敗垣紅葉。　　　飄泊。江湖載酒,十年行樂。
　　●　○○●●　●○○●　　　○●　○○●●　●○○●
　　甚近日、傷高念遠,不覺風前涙落。橘熟橙黃堪一醉,斷未
　　●●●　○○●●　●●○○●●　●●○○○●●　●●

負、晚涼池閣。只愁被,撩撥春心煩惱,怎生安著。

●　●○○●　　●○●　○●○○○●　●●○○●

(《全宋詞》1125 頁)

【注釋】

《詞譜》:"此與徐詞校,前段第二句減一字,第三、四句減二字,後段第四、五句減二字,句讀參差,不便校注。前後段第五句(按後段應爲第六句),'則'字、'一'字亦是以入作平。"按《詞譜》、《全宋詞》上下片結韻分別斷作"知誰去、喚得秋陰,滿眼敗垣紅葉"、"只愁被、撩撥春心,煩惱怎生安著",今皆依正體斷句。又,馬子嚴"日高睡起"詞,上片第三、四句減二字正與此同,其他又同徐詞,注出不另列。

又一體

【體略】

雙片一百三字,上片五十三字十句五仄韻,下片五十字十二句五仄韻,曹勛。

【圖譜】

半陰未雨。霽曉寒、輕煙薄暮。乍過了挑青,名園深

●○●●　　●●●　○○●●　　●●●○○　○○○

院,把酒偏宜細步。滿檻梅花,繞堤溪柳,徑暖遷鶯相語。

●　●●○○●●　●●○○　●○○●　●●○○○●

春澹澹、漸覺清明,相傍小桃纔吐。　　凝竚。山村水館,

○●●　●●○○　○●●○○●　　　　○●　　○○●●

難堪羈旅。甚覷著花開,頻驚屈指,謾寫奚奴麗句。幸有家

○○○●　●●●○○　○○●●　●●○○●●　●●○

山,青鸞應報,爲我整齊歌舞。一任待,醉倚群紅,花沾酒污。

○　○○●●　●●●○○●　●●●　●○○●●　○○●●

（《全宋詞》1225 頁）

【注釋】

《詞譜》:"此詞與徐詞校,前段起句多押一韻,第六、七句作四字兩句、六字一句,結作七字一句、六字一句,後結減二字,作七字一句、四字一句異。"按下片結韻仍作三句拍。楊无咎"炎光欲謝"詞正與此同,下片結韻有缺字,諸家所補多有不同,注出不另列。

又一體

【體略】

雙片一百四字,上片五十二字十句四仄韻,下片五十二字十二句五仄韻,劉克莊。

【圖譜】

一筇兩屨,導從比、在京差省。更不草白麻,不批黃敕,

●○●●　●○●●●　●○●●○　●●○●

稍覺心清力省。幸有善和書堪讀,何必然藜芸省。且閣起

○●○○●●　●●●○○○●　○●○○●●　●●●

莊騷,專看老易,課程尤省。　　夢境。槐陰禁苑,藥翻綸

○○　●○●●　●○○●　　　●●　○○●●　●○○

省。紙裹裹有青，銅錢三百，送與酒家展省。弔李白墳，挂
●　●●●●○　○○○●　●●●○●●　　●●●○　●

徐君劍，零落端平同省。僅留得，老子婆娑怎不，拂衣華省。
○○●　○●○○○●　　●○●　●●○○●●　●○○●

（《全宋詞》2610 頁）

【注釋】

　　此與徐伸詞相校，上片第七句減一字作六字一句。劉克莊別
首"近來塞上"詞上片第七句作六字一句正與此同。

田爲五調

　　田爲(生卒年不詳)，字不伐。善琵琶，通音律。政和末，充大晟府典樂。宣和元年，罷典樂，爲大晟府樂令。有《洋嘔集》，不傳。王灼《碧雞漫志》卷二謂其"才思與万俟詠抗行"，詞善寫人意中事，雜以俗言俚語，曲盡要妙。趙萬里《校輯宋金元人詞》有輯本，《全宋詞》錄存其詞六首。在其現存新調中，以《探春》、《惜黃花慢》、《黑漆弩》影響較大，尤以《黑漆奴》調，更爲金元流行詞調。

探　春

【調釋】

　　此調始自田爲詞，賦調名本意。調用上去韻，以四六句法爲主，題材多寫節序、詠懷，聲情婉轉明媚。按趙佶有《探春令》，《探春》及《探春令》當均爲大晟樂曲調。吳文英名《探春慢》者與此不同。

【體略】

　　雙片一百三字，上片五十二字十句四上去韻，下片五十一字十句五上去韻，田爲。

【圖譜】

小雨分山，斷雲鏤日，丹青難狀清曉。柳眼窺晴，梅妝
●●○○　●○●●　○○○●○●　●●○○　○○

迎暖，林外幽禽啼早。烟徑潤如酥，正濃淡、遥看堤草。望
○●　○●○○○●　○○●○○　●○●　○○○●　●

中新景無窮，最是一年春好。　　　　驕馬黃金絡腦。争探得
○○○●○○　●●●○○●　　　○○○○●●　○○●

東君，何處先到。萬琖飛觴，千金倚玉，不肯輕辜年少。桃
○○　○●○●　●●○○　○○●●　●●○○○●　○

李怯殘寒，□半吐、芳心猶小。謾教蜂蝶，多情未應知道。
●●○○　□●●　○○○●　●○○●　○○●●○●

（《全宋詞》813 頁）

【注釋】

　　此調兩宋現存近十首詞，元人存陸文圭一詞。此調以此詞爲
早。下片第八句《全宋詞》作六字一句，餘詞皆作上三下四式折腰
句。按此句必於“半吐”前脫漏一字。因有脫漏，不作正體。又上
片第八句“正濃淡、遥看堤草”，《全宋詞》斷作“正濃淡遥看堤草”，
今參校他詞斷作七字折腰句。又按下片結韻“謾教蜂蝶，多情未應
知道”，《全宋詞》斷作“謾教蜂蝶多情，未應知道”，今參校他詞斷
作四字一句，六字一句。

正　　體

【體略】

　　雙片一百三字，上片五十二字，下片五十一字，各十句四上去

韻，姜夔。

【圖譜】

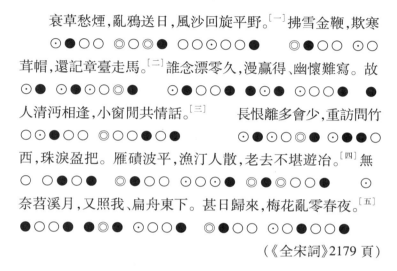

　　　衰草愁煙，亂鴉送日，風沙回旋平野。[一]拂雪金鞭，欺寒
　　　⊙●○○　◎○○●　●○⊙○⊙●　　◎●○○　○○
　　　茸帽，還記章臺走馬。[二]誰念漂零久，漫贏得、幽懷難寫。故
　　　⊙●　⊙●⊙●◎　　⊙●○○●　●⊙○●　○○●　●
　　　人清泗相逢，小窗閒共情話。[三]　　　長恨離多會少，重訪問竹
　　　○⊙●○○　◎●◎○○●　　　　　⊙●○○●●　○●●○
　　　西，珠淚盈把。雁磧波平，漁汀人散，老去不堪遊冶。[四]無
　　　○　○●○●　◎○○○　◎○○●　●●●○○●　　⊙
　　　奈苕溪月，又照我、扁舟東下。甚日歸來，梅花亂零春夜。[五]
　　　●○○●　●◎●　○○○●　◎●○○　⊙○●○●●

　　　　　　　　　　　　　　　　　（《全宋詞》2179頁）

【注釋】

　　［一］《唐宋詞彙評》考此詞於孝宗淳熙十三年（1186）作（2763
頁）。此調雖非始自此詞，但後之宋人詞作，與此詞相同者最多，當
爲正體，姜詞上片寫秋景，下片結韻"甚日歸來，梅花零亂春夜"，
仍關本意。此調惟趙以夫"寶勝賓春"詞押入聲韻，餘詞皆押上去
韻，宜用上去韻。《詞律》卷六以張炎"銀浦流雲"詞爲譜，所定字
聲多不當。《詞譜》卷三十二以姜詞爲正體，當是，然所定字聲亦
多誤。此體上片"拂雪"至"難寫"，與下片"雁磧"至"東下"相同。
又姜詞多處字聲與田詞不同，後人或遵姜詞，或祖田詞，不可混校。
"送"周密詞作"消"，"回"趙以夫"屑璐飄寒"詞作"水"。"風沙回
旋平野"作拗句，"旋"字平仄兩讀，如讀仄聲，便爲仄拗，如平聲，
便爲平拗，此處當讀平聲，《詞譜》作仄聲不當。檢此句此字趙以

夫三首、周密詞及和張炎"銀浦流雲"詞,皆用平聲,皆當依姜詞填;又此句又有如田爲作仄拗者,不混校。句中可平可仄除注明外,皆見別體句法相同者。

[二]此韻上下片三句皆作四字兩句、六字一句。"拂"趙以夫"屑璐飄寒"詞作"飛","欺"作"散";"茸"周密詞作"笑","還"、"章"作"景"、"總"。

[三]"誰"趙以夫"屑璐飄寒"詞作"粉"。"誰念飄零久"一句,作仄起仄收律句,惟周密詞作"愁鬢妒垂楊"與田爲詞同,不參校,《詞律》作本仄可平誤。"贏"趙以夫"寶勝賓春"詞作"喜"。"難"惟張炎"銀浦流雲"詞作"一",以入代平,《詞律》作本仄可平誤。按"幽懷"一句張炎"列屋烘爐"詞《全宋詞》作"數聲柔艣",《歷代詩餘》卷八十作"數聲柔櫓",當從後者。"清"、"小"張炎"銀浦流雲"詞作"不"、"東"。上片結句作平起仄收拗句,田爲詞作"最是一年春好"、陳允平詞作"趁取過湖人少"、周密詞作"畢竟爲誰消瘦"、張炎詞作"試托醉鄉分付",作律句,不混校,見陳允平詞體。

[四]"離"張炎"銀浦流雲"詞作"似","重"趙以夫"屑璐飄寒"詞作"倩"。《詞譜》注"訪"可平可仄,不妥。《詞譜》:"張詞,後段第二句'休忘了盈盈','忘'字平聲。""忘"平仄兩讀,此處當爲仄聲。又按"重訪問竹西"一句,檢宋人他作,皆作仄起平收律句,姜夔"竹"字當以入代平,不注仄聲,《詞譜》以之爲仄聲作本仄可平不當。又"珠淚"一句,作拗句,田爲詞作"何處先到"、張炎詞作"端正窺户"、陸文圭詞作"棚曉人散",皆同,餘詞皆作平起仄收的律句,不混校。"雁"趙以夫"屑璐飄寒"詞作"鯨","老"趙以夫詞作"贏"。

[五]"無"趙以夫"寶勝賓春"詞作"靜"。"無奈苕溪月"與上片"誰念飄零久"相同,宋人惟周密、陳允平詞同田爲詞字聲,填者識之。"照"、"扁"張炎"銀浦流雲"詞作"橋"、"蕙"。"甚"趙以夫

“南國收寒”詞作“簫”。此韻第一句惟田爲“謾教蜂蝶”和陳允平
“畫闌閑立”二詞作平起仄收律句,餘詞皆作仄起平收的律句,不
混校。“梅”趙以夫“屑璐飄寒”詞作“且”。按結句“梅花亂零春
夜”《詞譜》、《全宋詞》皆作“梅花零亂春夜”,檢宋人他詞,例作拗
句,惟張炎“列屋烘爐”詞作“恰有梅花一樹”,實偶用。“零亂”今
從《花草粹編》作“亂零”。又元人陸文圭詞結句“淚痕濕、春衫短”
偶於文意作折腰句,字聲同張炎“列屋烘爐”詞,不另列。

又一體

【體略】

　　雙片一百三字,上片五十二字十句四上去韻,下片五十一字十
句五上去韻,陳允平。

【圖譜】

上苑烏啼,中洲鷺起,疏鐘繚度雲窈。篆冷香籌,燈微
●●○○　○○●●　○○○●○　●●○○　○○

塵幌,殘夢猶吟芳草。搔首捲簾看,認何處、六橋煙柳。翠
○●　○○●○○●　○○●○○　○○●、●○○●　●

橈纔艤西泠,趁取過湖人少。　　　掠水風花繚繞。還暗憶
○○○○○　●●●○○●　　　●●○○○●　○●●

年時,旗亭歌酒。隱約春聲,鈿車寶勒,次第鳳城開了。惟
○○　○○○●　●●○○　○○●●　●●●○○●　○

有踏青心,縱早起、不嫌寒峭。畫闌閑立,東風舊紅誰掃。
●●○○　●●●、●○○●　●○○●　○○●○○●

（《全宋詞》3102 頁）

【注釋】

此詞爲《西湖十詠》之一,題"蘇堤春曉"。此與姜詞相校,用韻惟下片起句押韻異,字聲多有差異:上下片第七句用仄起平收律句,上片第十句、下片第三句皆作律句。

又按《詞譜》將張炎"銀浦流雲"詞和周密"彩勝宜春"詞皆另列別體不當。按張炎詞與周密詞皆換頭用韻,正同陳詞體,於字聲上,張炎詞多同姜夔,周密詞多同陳允平,無需另列。

惜黄花慢

【調釋】

田詞詠菊抒懷:"黄金籬畔白衣人,更誰會、淵明深意。"調用上去韻,聲情幽怨感傷。吳文英二詞用平韻,注夷則羽,聲情與田爲詞相近而增流美之姿。

【體略】

雙片一百八字,上片五十四字十一句五上去韻,下片五十四字十句五上去韻,田爲。

【圖譜】

雁空浮碧,印曉月露洗,重陽天氣。[一]望極樓外,淡煙
●○○● ●●●○● ○○○● ●●○◎ ●○

半隔疏林,掩映斷橋流水。黄金籬畔白衣人,更誰會、淵明
◎●○○ ●●◎○● ⊙○○⊙●○○ ●⊙● ○○

深意。晚風底。落日亂鴻，飛起無際。[二]　　　情多對景淒
○●　　●○●　　●●○●　　○●○●　　　　　○○●●○

涼，念舊賞步屧，登高迢遞。興滿東山，共携素手持杯，勸泛
○　●●●●●　　○○○●　　●●○○　　◎○⊙●○　●●

玉漿雲蕊。此時霜鬢欲歸心，謾老盡、悲秋情味。向醉裏。
●○○●　◎○○⊙●●　　●◎●　○○○●　　◎●●

免得又成憔悴。[三]
●●●○○●

（《全宋詞》813 頁）

【注釋】

[一]此調兩宋現存五首，其中上去韻三首，平韻二首。仄韻除田詞外，另有楊无咎和趙以夫詞可校，田爲詞前後字聲較爲嚴謹，當爲正體。《詞譜》卷三十五以楊无咎詞爲譜，未見田爲詞，所定字聲多不當。此詞上片"印曉月"至"晚風底"，與下片"念舊賞"至"向醉裏"相同。此詞上片首句未押韻，楊詞、趙詞皆用韻。按上下片第二、三句"印曉月露洗，重陽天氣"、"念舊賞步屧，登高迢遞"《全宋詞》皆斷作三字一句，六字一句。"印曉月露洗"與下片"念舊賞步屧"，皆連用五仄。楊詞上片作"襯落木墜紅"、下片作"更碎揉泛入"，前後不一。句中可平可仄除注明外，俱見趙詞句法相同者。

[二]"望極樓外"作拗句，趙詞亦然，楊詞作"獨立閑階"用律句。觀田詞下片作"興滿東山"之句，"外"字宜用平聲。"半"楊詞作"蟬"。

[三]"素"、"持"楊詞作"人"、"百"。"老"楊詞作"佳"。按楊无咎詞下片第五句《全宋詞》作"願人壽百千"，《詞譜》作"願教人壽百千"，當從後者。

又一體

【體略】

雙片一百八字,上片五十四字十一句七上去韻,下片五十四字十句六上去韻,趙以夫。

【圖譜】

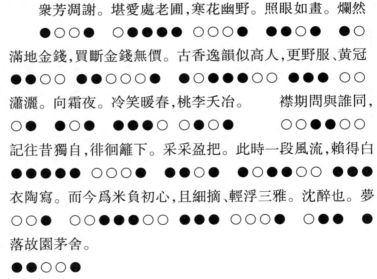

衆芳凋謝。堪愛處老圃,寒花幽野。照眼如畫。爛然
滿地金錢,買斷金錢無價。古香逸韻似高人,更野服、黃冠
瀟灑。向霜夜。冷笑暖春,桃李夭冶。　襟期問與誰同,
記往昔獨自,徘徊籬下。采采盈把。此時一段風流,賴得白
衣陶寫。而今爲米負初心,且細摘、輕浮三雅。沈醉也。夢
落故園茅舍。

（《全宋詞》2664 頁）

【注釋】

此詞題"菊"。此與田詞相校,上片第一四句、下片第四句俱押韻異。又上片第二句"堪"字作平聲,不可效法。又上下片第四句"照眼如畫"、"采采盈把"皆用拗句,前後一致,也與田詞小異。

又一體

【體略】

夷則羽,雙片一百八字,上片五十四字十二句六平韻,下片五十四字十一句六平韻,吳文英。

【圖譜】

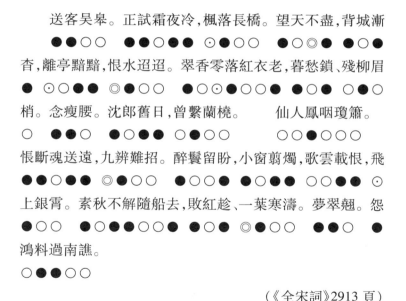

送客吳皋。正試霜夜冷,楓落長橋。望天不盡,背城漸
●●○○　　●●●●　○○●○　　●○●◎　●○●

杳,離亭黯黯,恨水迢迢。翠香零落紅衣老,暮愁鎖、殘柳眉
●　⊙○●●　◎○○○　　●○○●○○●　●○●、○○○

梢。念瘦腰。沈郎舊日,曾繫蘭橈。　　仙人鳳咽瓊簫。
○　●●○　○○●●　○●○○　　○○●○○○

恨斷魂送遠,九辨難招。醉鬟留盼,小窗剪燭,歌雲載恨,飛
●●○●●　●●○○　●○○●　●○●●　○○●●　○

上銀霄。素秋不解隨船去,敗紅趁、一葉寒濤。夢翠翹。怨
●○○　●○●●○○●　●○●、●●○○　●●○　●

鴻料過南譙。
○●●○○

（《全宋詞》2913 頁）

【注釋】

此詞序爲:"次吳江小泊,夜飲僧窗惜別,邦人趙簿携小妓侑尊,連歌數闋,皆清真詞。酒盡,已四鼓,賦此詞餞尹梅津。"吳文英此調二首,皆用平韻,與田詞句拍相校亦有變化。《詞譜》:"此調

押平韻者,只有此詞及吳詞別首,故此詞可平可仄,悉參'粉匳金裳'詞。"此詞中"楓"、"不"、"離"、"恨"、"零"、"九"、"飛"、"一"吳詞別首分別作"舊"、"高"、"一"、"偏"、"只"、"深"、"百"、"風"。上片第八句中"衣"吳詞別首作"不",以入代平,故不注可仄。

《詞律》卷十:"夢窗詞七寶樓臺,拆下不成片段。然其用字精審處,嚴確可愛。如此調有二首,其所用'正'、'試'、'夜'、'望'、'背'、'漸'、'翠'、'念'、'瘦'、'舊'、'繫'、'鳳'、'悵'、'送'、'醉'、'載'、'素'、'夢'、'翠'、'怨'、'料'諸去聲字,兩篇皆相合。律呂之學,必有不可假借如此。"

江神(城)子慢

【調釋】

此調用入聲韻,句法上三字短韻句與長句結合,宋人詞多賦寫離別相思,聲情幽怨淒切,金元道教詞賦詠神仙情懷,聲情高亢激揚。此調又名《江城子慢》,《詞譜》以此調出自《呂渭老集》誤。

【體略】

雙片一百十字,上片五十五字九句七入聲韻,下片五十五字十句六入聲韻,田為。

【圖譜】

玉臺掛秋月。[一]鉛素淺、梅花傳香雪。冰姿潔。金蓮
◎○●○● 　　⊙●●●○● 　●○● 　　○⊙

襯、小小凌波羅襪。[二]雨初歇。樓外孤鴻聲漸遠,遠山外、
● 　◎●○○○● 　　●○● 　⊙●○○○●● ◎○●

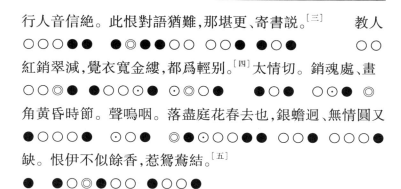

行人音信絶。此恨對語猶難,那堪更、寄書説。[三]　　教人

紅銷翠減,覺衣寬金縷,都爲輕別。[四]太情切。銷魂處、畫

角黄昏時節。聲嗚咽。落盡庭花春去也,銀蟾迥、無情圓又

缺。恨伊不似餘香,惹鴛鴦結。[五]

（《全宋詞》814頁）

【注釋】

［一］此調兩宋金元現存八首,以此詞爲早,且字聲、句拍、用韻諧穩,應爲正體。此調現存詞皆用入聲韻。《詞譜》以吕渭老“新枝媚斜日”詞爲正體,且僅以蔡松年詞可校,誤。此詞上片“冰姿潔”至“音信絶”,與下片“太情切”至“圓又缺”相同。“玉”吕渭老詞作“新”。句中可平可仄除注明外,俱見別體句法相同者。

［二］“鉛”王吉昌“谷神死不作”詞作“蟄”。“梅花傅香雪”作拗句,惟吕渭老詞作“晚碧泛紅滴”,偶用律句不參校。“蓮”吕渭老詞作“蝶”,“小”姬翼“玉童報朝徹”詞作“灰”,“凌”吕渭老詞作“一”。按長筌子詞上片第二句於文意可斷作“點檢現前、真個消息”,注出不另列。

［三］“此恨對語猶難”作拗句,吕詞亦然,然蔡松年等金元人詞皆作律句,填者選其一可也。又此調上片結句《詞譜》斷作六字一句,當依《詞牌格律》斷作六字折腰句(1371頁)。

［四］“覺”爲領字。“翠”王吉昌“修真萬緣擎”詞作“無”。此韻第三句,此詞、吕渭老詞、蔡松年詞和姬翼二詞作拗句,餘詞皆作平起仄收律句,填者可任選其一也。“都”姬翼“蓮塘雨初歇”詞作“出”。

　　[五]"魂"長筌子"掃除六塵跡"詞作"劫","畫"呂渭老詞作
"榆"。"庭"王吉昌"谷神死不作"詞作"玉"。按此調結韻諸家皆
作六字一句,四字一句,且結句作上一下三句法,惟呂渭老詞作"想
伊不整啼妝影簾側",此必脫漏一字。《詞律》《詞譜》編者因未見
金元道教詞,以致未察。《詞牌格律》以"簾側"前脫一字,可從。

又一體

【體略】

　　雙片一百十字,上片五十五字九句七入聲韻,下片五十五
句七入聲韻,蔡松年。

【圖譜】

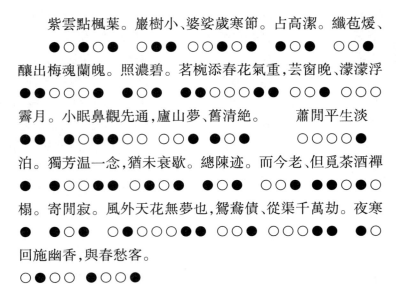

紫雲點楓葉。巖樹小、婆娑歲寒節。占高潔。纖苞煖、
●○●●○　　○●●　○○●●●　●○●　　○○●
釀出梅魂蘭魄。照濃碧。茗椀添春花氣重,芸窗晚、濛濛浮
●●○○○●　●○●　●○○○○●●　○○●　○○○
霄月。小眠鼻觀先通,盧山夢、舊清絕。　　　蕭閒平生淡
○●　●○●●○○　○○●　●○●　　　　○○○○●
泊。獨芳温一念,猶未衰歇。總陳迹。而今老、但覓茶酒禪
●　●○○●●　○●○●　●○●　○○●　●●○○○
榻。寄閒寂。風外天花無夢也,鴛鴦債、從渠千萬劫。夜寒
●　●○●　○●○○○●●　○○●　○○○●●　●○
回施幽香,與春愁客。
○●○○　●●○●

（《全金元詞》24頁）

【注釋】

此詞題"賦瑞香"。此與田詞相校,惟下片換頭一句押韻,上片第八句作律句異。

上片結句《詞譜》作"廬山舊夢清絕",下片第四句"總陳迹"作"種種陳迹",結句"與春愁客"少一"春"字,今皆從《全金元詞》,斷句則依正體。

黑漆弩

【調釋】

歐陽修《太常因革禮》:"鐙杖,黑漆弩柄也。以金銅爲鐙及飾,其末紫絲絛繫之。"此或與"黑漆弩"調名本意相關。此調今最早可知見田爲詞,然其詞不傳。元人盧摯詞序云:"晚泊采石,醉歌田不伐《黑漆奴》,因次其韻……"此調於元代又名《鸚鵡曲》,《詞譜》卷十即以白賁《鸚鵡曲》列調,云:"一名《黑漆弩》,又名《學士吟》。白无咎詞,有'儂家鸚鵡洲邊住'句,故名《鸚鵡曲》。《太平樂府》注正宮。"此調用上去韻,題材多寫隱逸出世情懷,聲情明快灑脱,爲元代流行詞調。按此調作品《全金元詞》全收,《全元散曲》亦全收,《詞譜》等書視此調爲"元人小令",今皆視作詞體。

【體略】

雙片五十四字,上片二十七字四句三上去韻,下片二十七字四句二上去韻,《陽春白雪》無名氏。

【圖譜】

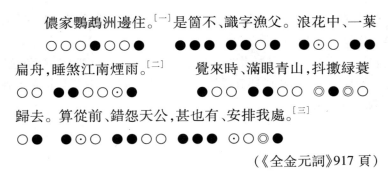

儂家鸚鵡洲邊住。^[一]是箇不、識字漁父。浪花中、一葉
○○○○○○● 　　●●● ●●○○ ●⊙● ●●

扁舟,睡煞江南煙雨。^[二]　　覺來時、滿眼青山,抖擻綠蓑
○○ ●●○● ⊙● 　　●○○ ●●○○ ◎○◎

歸去。算從前、錯怨天公,甚也有、安排我處。^[三]
○● 　●●⊙ ●●○○ ●●● ⊙○◎●

（《全金元詞》917 頁）

【注釋】

此調田爲詞不存,惟元代現存五十餘首(包括四十餘首別名
《鸚鵡曲》者),除王惲一詞外,皆用上去韻。關於此詞作者,《陽春
白雪》作無名氏,元人馮子振、張可久、呂濟民等以爲白无咎作(《詞
譜》等書亦然),今據李昌集《中國古代散曲史》(華東師範大學出版
社 1991 年版)及黃敏《〈黑漆弩〉考析》(田玉琪等主編《詞體聲律研
究與詞譜編纂》,河北人民出版社 2017 年版)仍作無名氏作。此詞
早於劉敏中、王惲詞,爲現存最早此調作品。從劉敏中、盧摯等人創
作來看,此即用田爲韻。此調於元代主要有兩正體,換頭七字一句
者以此爲正體,馮子振詞正與此皆同。換頭六字一句者以盧摯詞
爲正體。句中可平可仄除注明外,俱見別體句法相同者。

　　[二]"是箇不、識字漁父"句法奇拗,全句僅一平聲字,爲此調
定格。此句亦可不斷作七字折腰句,但總觀元人詞作,皆斷作折腰
句爲宜,更顯頓挫拗怒之感。

　　[三]換頭一句馮子振偶用不作折腰句者,如"嵯峨峰頂"一首
可作普通七字句:"故人曾喚我歸來。"亦偶用,然仍可斷作:"故人
曾、喚我歸來。""甚也有"連用三仄,亦爲定格。"綠"王惲"不官彭

澤"詞作"浮"。"安"王惲"蒼波萬頃"詞作"鳳"。

又一體

【體略】

　　雙片五十二字,上片二十七字四句三上去韻,下片二十五字四句二上去韻,劉敏中。

【圖譜】

（《全金元詞》777 頁）

【注釋】

　　此詞作於至元二十七年(1290)秋作者辭官歸鄉時(黃敏《〈黑漆弩〉考析》),同時創作二首,字句韻一致。此亦爲和田爲詞韻。與"儂家鸚鵡"一詞相校,換頭和結句均用六字句。

又一體

【體略】

　　雙片五十四字,上片二十八字四句三入聲韻,下片二十六字四

句二入聲韻，王惲。

【圖譜】

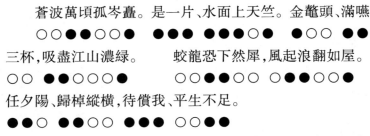

　　　蒼波萬頃孤岑矗。是一片、水面上天竺。金鼇頭、滿嗛
　　　○○●●○●　●●●　●●●●○●　●○○、●●

三杯，吸盡江山濃綠。　　　蛟龍恐下然犀，風起浪翻如屋。
○○　●●○山○●　　　○○●●○　○●●○●

任夕陽、歸棹縱橫，待償我、平生不足。
●●○、○●○○　●○●、○○●●

（《全金元詞》683 頁）

【注釋】

　　此詞題"遊金山寺"，序爲："鄰曲子嚴伯昌嘗以《黑漆弩》侑酒，省郎仲先謂予曰：詞雖佳，曲名似未雅，若就以'江南煙雨'目之，何如？予曰：昔東坡作《念奴曲》，後人愛之，易其名曰《酹江月》，其誰曰不然。仲先因請予效顰，遂追賦'遊金山寺'一闋，倚其聲而歌之。昔漢儒家畜聲妓，唐人例有音（朱校云'音'疑'樂'誤）學，而今之樂府，用力多而難爲工，縱使有成，未免筆墨勸淫爲俠（朱校云'俠'誤）耳。渠輩年少氣銳，淵源正學，不致費日力於此可也。"

　　此與劉詞相校，上片第二句添一字作上三下五式八字折腰一句，下片結句添一字作七字折腰句異，王惲別首正與此同。然此詞押入聲韻，元人創作中僅此一首，不可效法。又，張可久"想從一月"詞句拍亦與此體同，惟下片換頭添一字作"想梅花、夢到孤山"，注出不另列。

正　體

【體略】

雙片五十三字,上片二十七字四句三上去韻,下片二十六字四句二上去韻,盧摯。

【圖譜】

（《全金元詞》725 頁）

【注釋】

此詞序:"晚泊采石,醉歌田不伐《黑漆弩》,因次其韻,寄蔣長卿僉司、劉燕湖巨川。"此詞作於大德七年(1303)(黃敏《〈黑漆弩〉考析》)。此詞換頭作六字一句,亦爲此調正體。按"儂家鸚鵡"詞、劉敏中及盧摯詞皆爲和田爲韻,但字句不同,其原因應即田爲詞於歌唱傳播過程中個別字句出現了細微變化,而衍生了不同版本。

卓牌子慢

【調釋】

　　此調現存最早詞爲作楊无咎詞,然楊詞題"中秋次田不伐韻",知此調田爲詞更早,田爲此調詞雖不傳,今仍將此調繫於田爲名下。此調爲重頭曲,上下片均爲五、七、六六四句法,聲情婉轉頓挫。此與万俟詠、袁去華名《卓牌子》詞皆不同,《卓牌子》當爲北宋大曲。

【體略】

　　雙片五十六字,上下片各二十八字五句三上去韻,楊无咎。

【圖譜】

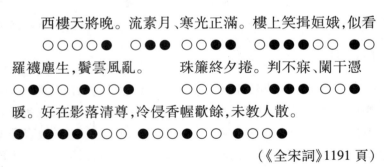

西樓天將晚。流素月、寒光正滿。樓上笑揖姮娥,似看
○○○○●　　○●●　○○●●　　○●●●○○　●○
羅襪塵生,鬢雲風亂。　　　珠簾終夕捲。判不寐、闌干憑
○●○○　●○○●　　　　○○○●●　●●●　○○●
暖。好在影落清尊,冷侵香幄歡餘,未教人散。
●　●●●●○○　●○○●○○　●○○●

　　　　　　　　　　　　　　　　　　　　（《全宋詞》1191 頁）

【注釋】

　　此調兩宋金元僅有此詞,無他首可校。下片結韻《詞律》、《詞譜》、《全宋詞》斷作六字一句、四字一句、六字一句,今依上片結韻斷句。

王庭珪一調

王庭珪(1080—1172),字民瞻,號瀘溪、盧溪,安福(今屬
江西)人。政和八年(1118)進士。有《盧溪集》、《盧溪詞》,
《全宋詞》錄存其詞四十三首。

寰海清

【調釋】

《宋史·樂志》太宗"制曲"有琵琶獨彈曲破《寰海清》,大石調。
此調或源出宮廷。王詞寫天下承平,亦賦本意。調用平韻,上片多
用四六字句,下片多用六七字句,七字句多爲折腰句,聲情流美歡快。

【體略】

雙片八十七字,上片三十七字八句四平韻,下片五十字八句五
平韻,王庭珪。

【圖譜】

畫鼓轟天。暗塵隨馬,人似神仙。天恁不教晝短,明月
●●○○　●○○●　○○○○　○○●●●●　○○

長圓。天應未知道,天知道,須肯放、三夜如年。　　流酥
○○　○○●●●　○○●　○●●、○●○○　　○○

擁上香軿。爲個甚、晚妝特地鮮妍。花下清陰,乍合曲水橋
●●○○　　●●●　●○○●○○　　○●○○　●●●●○

邊。高人到此也乘興,任橫街、一一須穿。莫言無國豔,有
○　　○○●●●○●　●○○　●●○○　　●○○○●●　●

朱門、鎖嬋娟。
○○　●○○

（《詞譜》卷二十）

【注釋】

此調兩宋金元僅存此詞,無他可校。按此調清人錢芳標等人
有詞,錢芳標"玉蛹爲蛾"詞平仄字聲與之完全一致。上片第二句
《全宋詞》作"暗塵隨寶馬",第七句作"天天"。

朱敦復一調

朱敦復(生卒不詳),洛陽人,朱敦儒之兄。《全宋詞》據《過庭録》録其詞一首。

雙雁兒

【調釋】

《詞譜》卷十:"此調微近《醉紅妝》,但《醉紅妝》後段第三句不用韻,此則前後俱用韻也。"朱詞非賦本意,句法皆爲六七字句,六字句均爲折腰句,用平韻,聲情清新明快。此調與張先名《雙燕兒》詞不同。

【體略】

雙片五十二字,上下片各二十六字四句四平韻,朱敦復。

【圖譜】

尚志服事跂神仙。辛勤了、萬千般。一朝身死入黄泉。
●●●●●○○　　○○●　●○○　　●○○●●○

至誠地、哭皇天。　　旁人苦苦叩玄言。不免得、告諸賢。
●○●　●○○　　　⊙○●●●○○　●●●　●○○

禁法蝎兒不曾傳。喫畜生、四十年。

●●●○●○○　　●●○　●●○

(《全宋詞》832 頁)

【注釋】

　　此調兩宋僅有楊无咎一詞可校，金元王喆存二詞。楊詞字聲較朱詞嚴謹，當以楊詞爲正體。下片第三句《全宋詞》注："'蝎'疑'偈'字之誤。"

正　　體

【體略】

　　雙片五十二字，上下片各二十六字四句四平韻，楊无咎。

【圖譜】

　　　窮陰急景暗推遷。減綠鬢、損朱顏。利名牽役幾時閒。

　　　○○●●○○　　●●●　⊙○○　　●○⊙●●○○

又還驚、一歲圓。　　勸君今夕不須眠。且滿滿、泛觥船。

●○○　●●○　　◎○⊙●○○　　●●●　●○○

大家沈醉對芳筵。願新年、勝舊年。

●○○⊙●○○　●○○　●○○

(《全宋詞》1194 頁)

【注釋】

　　此詞前後字聲嚴謹，頗堪效法。句中可平可仄參校朱詞句法相同者，如上片首句、第二句、結句，下片第三句、結句皆不參校朱

詞。按王喆"奉勸伊家"詞,除首句字聲與楊詞不同,其他皆同。

又一體（仄韻）

【體略】

　　雙片五十二字,上下片各二十六字四句四入聲韻,王喆。

【圖譜】

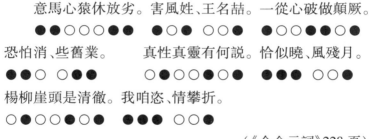

意馬心猿休放劣。害風姓、王名喆。一從心破做顛厥。
●●○○○●●　　●●○　○●●　　●○○●●○●

恐怕消、些舊業。　　真性真靈有何說。恰似曉、風殘月。
●●○　○　●●　　○●○●○○●　　●○●　○○●

楊柳崖頭是清徹。我咱恣、情攀折。
○●○○●●●　　●●●　○○●

(《全金元詞》228 頁)

【注釋】

　　此押入聲韻,字句、韻位與平聲韻體式相同,無他首可校。

朱敦儒七調

朱敦儒（1081—1159），字希真，號巖壑，洛陽人。靖康、建炎間，屢召不起。紹興三年（1133），以薦補右迪功郎，五年，賜進士出身爲秘書省正字。致仕，居嘉禾。有詞三卷，名《樵歌》，一名《太平樵唱》，《全宋詞》録存其詞二百四十六首。朱敦儒詞多賦詠隱逸生活，詞品高潔，尤以令詞調擅長，如《清平樂》、《如夢令》、《好事近》、《減字木蘭花》、《臨江仙》、《鷓鴣天》等調，爲詞人所愛，格調明快流美，清雅脱塵，多有妙趣，慢詞調如《水調歌頭》、《念奴嬌》等亦多清曠勁遠，豪邁灑脱。

聒龍謡

【調釋】

《詞譜》卷二十七：“調見朱敦儒《樵歌詞》，因詞有‘聒龍嘯’句，取以爲名。”“聒龍”或爲喧鬧之龍之意，《詞譜》以朱敦儒“憑月携簫”詞有“聒龍嘯”一句而名調，《百家詞》、《全宋詞》等皆作“聽龍謡”。此調現存四詞，題材皆寫天上神仙事，風流灑脱。《校正》：“此調前後段各有三個上三下四句法之七字句連用，形成詞意不斷頓挫之勢；且前段結句與過變各連用兩個三字句，使音節略有急促變化，故宜於描述變化多端之夢境。”（448頁）

【體略】

　　雙片九十九字。上片五十字,下片四十九字,各九句四仄韻,
朱敦儒。

【圖譜】

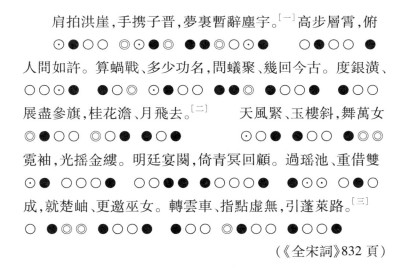

　　　　　　肩拍洪崖,手携子晋,夢裏暫辭塵宇。[一]高步層霄,俯

　　人間如許。算蝸戰、多少功名,問蟻聚、幾回今古。度銀潢、

　　展盡參旗,桂花澹、月飛去。[二]　　　　天風緊、玉樓斜,舞萬女

　　霓袖,光搖金縷。明廷宴闋,倚青冥回顧。過瑶池、重借雙

　　成,就楚岫、更邀巫女。轉雲車、指點虚無,引蓬萊路。[三]

　　　　　　　　　　　　　　　　(《全宋詞》832 頁)

【注釋】

　　[一]此調兩宋僅存四詞,除朱敦儒二詞,有趙佶、汪莘詞可
校,汪詞用入聲韻,其他三詞皆用上去聲韻,金元無存詞。“肩”、
“手”汪莘詞作“夢”、“神”。“手携子晋”一句,趙佶詞作“紺宇邃
深”,律句不同,填者選一種可也。“暫”、“塵”汪莘詞作“塵”、
“久”。第二句朱詞別首作“溯空秉羽”,《詞譜》以“羽”字用韻而
列別體,此偶用,無需另列。
　　[二]“俯”爲領字。“如”汪莘詞作“帝”。“戰”、“多”朱詞別
首作“官”、“蕊”,“聚”趙佶詞作“簾”。“展”趙佶詞作“秋”,“桂”

汪莘詞作"天"。"桂花澹、月飛去"《詞譜》作兩個三字句,今作六字折腰一句,結韻宜作兩拍。

[三]"天風緊、玉樓斜"《詞譜》作兩個三字句,今作六字折腰句。"舞"爲領字。"天"汪莘詞作"故"。"萬女"汪莘詞作"壺觴"。"霓"趙佶詞作"引"。"倚"爲領字。"瑤池"朱詞別首作"阿母"。"重"字,《詞譜》以朱詞別首"偏與金桃"一句中"偏"作"遍",今從《全宋詞》,不注本平可仄。"楚岫"汪莘詞作"鴻濛"。"指"趙佶詞作"前"。按結句作一二一句法,四詞皆然。

踏　歌

【調釋】

《東京夢華録》卷九"天寧節"條"宰執、親王、宗室、百官入内上壽":"第八盞御酒,歌板色一名,唱《踏歌》。"調用入聲韻,前兩片以兩字短韻起調,其他多用八字長句,題材寫戀情相思、詠物抒懷,聲情壯闊激揚。《校正》:"此調三段,又稱三疊,前兩段句式相同,第三段句式相異,是爲雙拽頭體。前兩段之每段一個短句外爲三個八字句,後段更富於變化。此調韻密,皆用入聲韻,乃很有特色之調,惜乎作者甚少,且乏名篇。"(324頁)

【體略】

三片八十三字,上、中片各二十六字四句四入聲韻,下片三十一字五句四入聲韻,朱敦儒。

【圖譜】

宴闌。　散津亭鼓吹扁舟發。離魂黯、隱隱陽關徹。更
◎●　　●○○●●○○●　　●○○◎　●●○●●　　●

風愁雨細添淒切。　　　恨結。歎良朋雅會輕離訣。一年
○○●●○○●　　　　●●　●⊙○○◎●○●　　◎○

價、把酒風花月。便山遥水遠分吳越。　　　書倩雁、夢借
●　●●○⊙○●　○⊙○○◎●○●　　　○●○　○◎

蝶。重相見、且把歸期説。只愁到他日，彼此萍蹤別。總難
●　◎○●、●○○○●　○○◎○●○●　○○○○●　◎⊙

如、前會時節。
○　⊙◎○●

(《全宋詞》840 頁)

【注釋】

此調現存三首，皆用入聲韻，《詞譜》未參校辛棄疾詞。前兩
片第二、四句皆作上一下七式八字一句，第三句作上三下五式八字
折腰句。句中可平可仄俱見辛棄疾和無名氏詞。

中片第三句"風花月"《詞譜》作"對花月"。下片第三句"他
日"《詞譜》作"他時"，結句"前會"《詞譜》作"再會"。

又一體

【體略】

三片八十四字，上、中片各二十六字四句四入聲韻，下片三十
二字五句四入聲韻，《梅苑》無名氏。

【圖譜】

帶雪。向南枝一朵江梅坼。許多時、甚處收香白。占
●●　●○○●●○○●　●○○、●●○○●　　　●

千葩百卉先春色。　　　擬瑩潔。正廣寒宮殿人窺隔。銷魂
○○●●○○●　　　　●●●　●●○○○○●　　○○

處、畫角數聲徹。暗香浮動黃昏月。　　　最瀟灑處最奇絕。
●　●●●○●　　●○○●○●　　　　●○●●●○●

孤標迥、不與群芳列。吟賞竟連宵，痛飲無休歇。輸有心、
○○●　●●○○●　○●●○○　●●○○●　　○●●

牧童偷折。
●○○●

（《全宋詞》3628 頁）

【注釋】

此與朱詞相校，惟中片第一句添一字作三字短韻，第四句減一字作七字句，下片第一句添一字作七字句異。按此詞《全宋詞》原作兩片，"帶雪"至"數聲徹"爲上片，"暗香"至"牧童偷折"爲下片，不妥，當從《詞譜》分爲三片。

中片第一句"擬瑩潔"《詞譜》作"瑩潔"，第四句《詞譜》多一"勝"字作"勝暗香浮動黃昏月"。

又一體

【體略】

三片八十一字，上、中片各二十六字四句四入聲韻，下片二十九字四句四入聲韻，辛棄疾。

【圖譜】

擷厥。看精神壓一龐兒劣。更言語、一似春鶯滑。一
○●　●○○●●○●○●　●○●　●●○○●　●

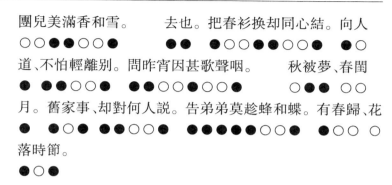

團兒美滿香和雪。　　去也。把春衫換却同心結。向人
○○●●○○●　　　●●　●○○●●○○●　●○

道、不怕輕離別。問昨宵因甚歌聲咽。　秋被夢、春閨
●　●○○○●　●○○○○○●　　○●●　○○

月。舊家事、却對何人説。告弟弟莫趁蜂和蝶。有春歸、花
●　●○●　●●○○●　●●●●○○○●　●○○　○

落時節。
●○●

（《全宋詞》1883 頁）

【注釋】

　　此與朱詞相校,惟下片第三、四句減二字作八字一句異。此或
有脱漏。按“告弟弟”,《彊邨叢書·稼軒詞補遺》作“告第一”。按
中片“去也”之“也”字偶借用入聲韻。

杏花天

【調釋】

　　《詞譜》卷十:“辛棄疾詞名《杏花風》。此調微近《端正好》,
坊本頗多誤刻,今以六字折腰者爲《端正好》,六字一氣者爲《杏花
天》。”此調爲兩宋較流行詞調,調用上去韻,以七、六字句爲主,七
字句又多用折腰句,題材多寫惜春懷人,聲情跌宕婉轉。《白石道
人歌曲》名《杏花天影》,注越調,有樂譜傳世。又《魏氏樂譜》卷一
亦有樂譜,用高濂詞,爲同調異體。

【體略】

　　雙片五十四字,上下片各二十七字四句四上去韻,朱敦儒。

【圖譜】

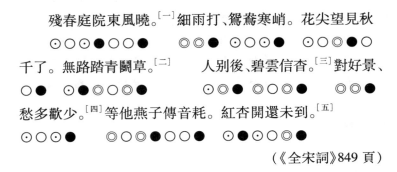

殘春庭院東風曉。^[一]細雨打、鴛鴦寒峭。花尖望見秋
千了。無路踏青鬪草。^[二]　　人別後、碧雲信杳。^[三]對好景、
愁多歡少。^[四]等他燕子傳音耗。紅杏開還未到。^[五]

（《全宋詞》849頁）

【注釋】

　　[一]此調兩宋現存四十餘首，元人邵亨貞一首，以此詞爲早，且字聲諧穩，後之作者與此詞相同者最多。《詞律》卷八以周密詞爲譜，《詞譜》以朱詞爲正體，當從後者，但所定聲多不當。此調爲換頭曲，除上下片首句不同，其他均同。首句必作平起仄收律句，宋人詞惟汪莘作"殘雪林塘春意淺"，不參校，《詞譜》除"東"、"曉"二字，餘皆注可平可仄，不當。句中可平可仄除注明外，皆見所列別體句法相同者。

　　[二]"打"江開詞作"人"、辛棄疾"牡丹比得"詞作"中"，偶用不參校，《詞律》定本仄可平不當。"鴛"史達祖"扇香曾靠"詞作"月"。"無"、"踏"、"鬪"張孝忠"看花隨柳"詞作"酒"、"詩"、"心"。按無名氏"畫堂簾幕"一詞，第二句《全宋詞》作"鬱鬱南陽佳氣"，"鬱鬱"前當脱漏一字，注出不另列。

　　[三]"人別"張孝忠"看花隨柳"詞作"玉關"。"碧雲信杳"作平起仄收律句，惟康與之詞作"玉佩鈿車"，律句不同，不參校。康與之詞下片首句偶不用韻，注出不另列。

　　[四]"對"趙彥端"風韶雨潤"詞作"襟"。"對好景"三字，高

觀國"遠山學得"詞《詞譜》作"怕行人",《全宋詞》作"怕行入",當
從後者。按無名氏"弟兄舊説"一首此句偶添一字作"管取早葉、
熊羆吉夢",注出不另列。

　　〔五〕"等他"一句必作平起仄收律句,宋人惟周密"金池瓊苑"
詞偶作"一色柳煙三十里",不參校,《詞譜》除"傳"、"耗"二字餘
皆注可平可仄,不當。"開"、"未"汪莘"美人家在"詞作"落"、
"歸"。"還"《全宋詞》作"也",此字餘詞皆作平聲,今從《詞
譜》改。

又一體

【體略】

　　雙片五十五字,上片二十八字,下片二十七字,各四句四上去
韻,侯寘。

【圖譜】

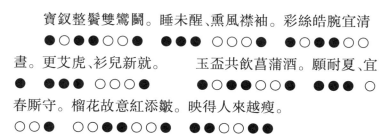

寶釵整鬟雙鸞鬬。睡未醒、熏風襟袖。彩絲皓腕宜清
書。更艾虎、衫兒新就。　　玉盃共飲菖蒲酒。願耐夏、宜
春厮守。榴花故意紅添皺。映得人來越瘦。

　　　　　　　　　　　　　　　　　　　（《全宋詞》1438 頁）

【注釋】

　　《詞譜》:"此與朱詞同,惟前段結句添一襯字,換頭七字,不作
上三下四句法異。"上片第二句"睡未醒"《詞譜》作"睡才醒"。按

呂勝己"當年悔我"詞下片結句添一字,作上三下四式折腰句,其
他與朱詞相同,注出不另列。

又一體

【體略】

　　雙片五十六字,上下片各二十八字四句四上去韻,盧炳。

【圖譜】

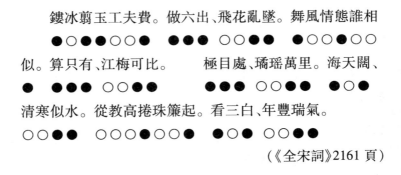

　　　　　　　　　　　　　　　　　　　　　　（《全宋詞》2161 頁）

【注釋】

　　《詞譜》:"此亦與朱詞同,惟前後段兩結句各添一字異。"

又一體

【體略】

　　越調,雙片五十八字,上片二十九字五句四上去韻,下片二十
九字六句五上去韻,姜夔。

【圖譜】

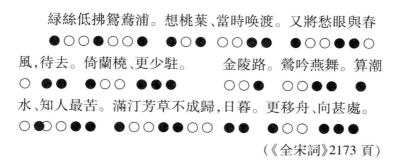

綠絲低拂鴛鴦浦。想桃葉、當時喚渡。又將愁眼與春
風,待去。倚蘭橈、更少駐。 金陵路。鶯吟燕舞。算潮
水、知人最苦。滿汀芳草不成歸,日暮。更移舟、向甚處。

(《全宋詞》2173 頁)

【注釋】

《唐宋詞彙評》考此詞於孝宗淳熙十四年(1187)作(2742
頁)。此詞名《杏花天影》,序爲:"丙午之冬,發沔口。丁未正月二
日,道金陵。北望淮楚,風日清淑,小舟掛席,容與波上。"此與朱詞
相校,惟上下片第三句均添二字作七字一句、二字一句,結句均作
六字折腰句,且下片換頭添一韻異。元邵亨貞詞題"擬白石,垂虹
夜泊",正與此同。

春曉曲

【調釋】

朱詞賦本意,或爲始詞。《詞譜》卷一:"朱敦儒詞有'西樓月
落雞聲急'急句,又名《西樓月》。"朱詞春曉抒懷,調用入聲韻,聲
情激越昂揚。

【體略】

單片二十七字,四句三仄韻,朱敦儒。

【圖譜】

西樓落月雞聲急。夜浸疏香淅瀝。玉人酒渴嚼春冰，
○○●●○○● 　●●○○● 　●○◎●●○○

曉色入簾橫寶瑟。
●●◎○○●●

（《全宋詞》868 頁）

【注釋】

此調兩宋除此詞外，另有張元幹詞，字數相同，金元無存詞。此詞爲入聲韻，張詞用去聲韻。句中可平可仄即參下列張詞。《詞譜》：“此詞見《花草粹編》，第二句本六字，乃舊譜於‘香’字下增一‘寒’字，作七言四句，名《阿那曲》。自明楊慎以唐詩絶句傴託爲詞，今正之。”

又一體

【體略】

單片二十七字，四句三仄韻，張元幹。

【圖譜】

瑶軒倚檻春風度。柳垂煙、花帶露。半閒鴛被怯餘寒，
○○●●○○● 　●○○　○●● 　●○○●●○○

燕子時來窺繡户。
●●○○○●●

（《全宋詞》1104 頁）

【注釋】

此與朱詞相校,惟第二句用六字折腰句異。按《詞譜》第二句作三字兩句,不妥,當作一句拍爲是。

沙塞子

【調釋】

"沙塞",即沙漠邊塞。《舊唐書》卷八十:"神兵北指,蕩平沙塞。"唐盧照鄰《隴頭水》:"關河別去水,沙塞斷歸腸。"此曲本出自邊塞,《教坊記》有曲名《沙磧子》。朱氏詞云:"萬里飄零南越,山引淚、酒添愁。"亦賦本調。此調兩宋僅存朱氏二詞,調用平韻,重頭曲,聲情淒切哀怨。鄧子勉《樵歌校注》以此詞作於朱氏南奔至兩廣後,當是。不過此調本出於北宋,參見周紫芝《沙塞子》。

【體略】

雙片四十二字,上下片各二十一字三句兩平韻,朱敦儒。

【圖譜】

萬里飄零南越,山引淚、酒添愁。不見鳳樓龍闕、又驚
◎●○○○●　○●●　●○○　　●●○○●　●○
秋。　　九日江亭閒望,蠻樹繞、瘴雲浮。腸斷紅蕉花晚、
○　　　●●○⊙○●　○○◎　●○○　　○●○○●
水西流。
●○○

【注釋】

此調兩宋金元僅存朱敦儒二詞。《詞譜》卷四："此詞前後段字句相同,朱詞二首皆然。《花草粹編》刻此詞,後段第二句落一"遠"字,今從《詞緯》增定。朱詞別首,後段第二句'莫作楚囚相泣','楚'字仄聲;第二句'傾銀漢','銀'字平聲。""萬"朱詞別首作"蠻"。下片第二句"繞"《詞譜》作"遠"。又按,《詞譜》上下片第二句均作兩個三字句,從全調句拍角度考量,今皆作六字折腰句。

雙瀄鶒

【調釋】

瀄鶒,水鳥名,形大於鴛鴦,多紫色,俗稱紫鴛鴦。《詞譜》卷七:"調見朱敦儒《樵歌詞》,因詞有'一對雙飛瀄鶒'句,故名。元高拭詞注正宮。"此調爲六字齊言歌詞,重頭曲,調用入聲韻,句句用韻,詠物抒懷,聲情感慨激揚。

【體略】

雙片四十八字,上下片各二十四字四句四入聲韻,朱敦儒。

【圖譜】

拂破秋江煙碧。一對雙飛瀄鶒。應是遠來無力。相偎
●●○○●　　●●○○●　　○●●○○●　　○○

梢下沙磧。　　小艇誰吹橫笛。驚起不知消息。悔不當時
○●○●　　●●○○●　　○●●○○●　　●●○○

描得。如今何處尋覓。
○●　　○○○●○●

（《全宋詞》866 頁）

【注釋】

　　此調兩宋金元僅存此詞，無他首可校。按清人楊夔生等人有詞，可參看。

戀繡衾

【調釋】

　　朱詞用平韻，賦羈旅漂泊之情，無關本意，聲情哀怨，當爲變調。朱氏此詞當作於南宋，但調或仍始於北宋，今仍將此調姑置於北宋。此調於南宋爲較流行詞調，其中辛棄疾、史達祖等人詞賦本意，風流香豔，當爲本調。《校正》："此調前後段之後半韻稀，以一個折腰六字句與一個折腰之七字句爲結，語氣較爲流暢。"（160頁）《魏氏樂譜》卷三以李太古詞爲譜。

【體略】

　　雙片五十四字，上片二十七字四句三平韻，下片二十七字四句二平韻，朱敦儒。

【圖譜】

木落江南感未平。雨蕭蕭、衰鬢到今。甚處是、長安
●●○○●●○　　●○○、○●●○　　●●●、　○○

路，水連空、山鎖暮雲。　　老人對酒今如此，一番新、殘夢
●　●○○、○●●○　　　　●○●●○○●　●○○、○●

暗驚。又是灑、黃花淚，問明年、此會怎生。
●○　　●●●　○○●　●○○　●●●○

（《全宋詞》849 頁）

【注釋】

《樵歌校注》以此詞作於南奔途中（195 頁）。此調南宋與元代存詞近四十首，雖以朱詞爲早，但朱詞首句用仄起平收律句，惟南宋陸游"不惜貂裘"、"雨斷西山"二詞及劉學箕詞與之相同，後來宋元人再無有與之同者，當爲偶用，填者慎之。

《詞譜》卷十以朱詞爲正體："按南宋詞前段起句，俱作拗體，如史達祖詞之'黃花驚破九日愁'，又'吳梅初試澗谷春'，陸游詞之'無方能駐臉上紅'，吳文英詞之'頻摩書眼怯細文'，蔣捷詞之'舊金小袖花下行'，陳允平詞之'緗桃紅淺柳褪黃'皆同，至辛棄疾詞之'長夜偏冷添被兒'，張翥詞之'醉鄉殘夢驚喚醒'，句法又變，俱與此詞平仄全異。填詞者，選擇一體宗之，自無混淆之弊。"《詞譜》所言兩點欠妥：一、既然南宋詞人俱作拗體，朱詞便不當作正體；二、元人張翥等人詞此調首句與南宋詞人並無不同，即如"醉鄉殘夢驚喚醒"，並無差異。

正　　體

【體略】

雙片五十四字，上片二十七字四句三平韻，下片二十七字四句二平韻，陸游。

【圖譜】

無方能駐臉上紅。笑浮生、擾擾夢中。平地是、沖霄
⊙○⊙●●○●　　●○○、◎●●○　　⊙◎●、○○

路，又何勞、千日用功。[一]　　飄然再過蓮峰下，亂雲深、吹

● 　●⊙○ ⊙●●○　　　⊙○○◎●○○ ● ●○○ ⊙

下暮鐘。訪舊隱、依然在，但鶴巢、時有墮松。[二]

●●○ 　◎◎●○ ○○● ●◎○ ⊙●●○

（《全宋詞》1598頁）

【注釋】

　　[一]此調《詞律》卷七以吳文英詞爲譜，今以陸游詞爲正體。此體與朱詞相校，首句字聲與朱詞不同，其他宋元詞人多如此填。此調陸游三首，其中兩首首句同朱詞，此首迥異。此體或始自陸游。"能"蔣捷詞作"小"。上片首句宜作拗句，朱敦儒、陸游別二首作仄起平收律句，高觀國詞作"碧梧偸戀小窗明"平起平收律句，均偶用不參校。"笑"劉壎詞作"芙"，偶用不參校。"擾擾夢中"例作仄起平收律句，張榘詞作"人泥晝眠"用拗句，偶用不參校。"地"史達祖"天風入扇"詞作"人"。"沖"惟劉學箕詞作"踏"，偶用不參校。"千"陳著詞作"淡"。按《詞律》以下片第二句後四字"用平仄仄平，乃是定格"，不當，首字實可平可仄。《詞律》參校詞作有限，多有武斷之處。句中可平可仄除注明外，俱見別體句法相同者。

　　[二]下片首句"飄然再過蓮峰下"作平起仄收律句，宋元人惟劉辰翁"困如宿酒"詞作"肉色似花難可得"，偶用不參校。"深"趙時奚"迢迢江路"詞作"忽"。"暮"劉壎詞作"淒"、劉辰翁"困如宿酒"詞作"妖"，偶用不參校。"訪舊"劉學箕詞作"人間"。"巢"辛棄疾詞作"席"，偶以入代平。又，《詞譜》以韓淲"歡濃雨點"詞下片第二句作"把珊瑚枕、側過又移"，多一字而列又一體，"把珊瑚枕"《全宋詞》作"把珊枕"，當從後者，無需另列。

又一體

【體略】

　　雙片五十五字,上片二十八字四句三平韻,下片二十七字四句二平韻,辛棄疾。

【圖譜】

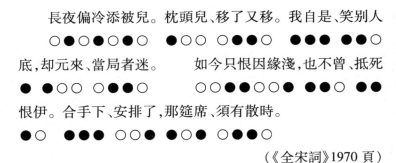

　　長夜偏冷添被兒。枕頭兒、移了又移。我自是、笑別人
　　○●○●○●○　　●○○　○●●○　　●●●　●●○
　　底,却元來、當局者迷。　　如今只恨因緣淺,也不曾、抵死
　　●　●○○　○●●○　　　　○○●●○○●　●●○　●●
　　恨伊。合手下、安排了,那筵席、須有散時。
　　●○　●●●　○●●　●○●　○●●○

(《全宋詞》1970 頁)

【注釋】

　　此與陸詞相校,上片第三句添一字作七字折腰句異,首句字聲亦不相同。下片第二句“也不曾”《詞譜》作“也不會”。

又一體

【體略】

　　雙片五十六字,上片二十八字四句三平韻,下片二十八字四句二平韻,趙汝茪。

【圖譜】

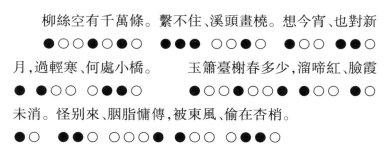

　　柳絲空有千萬條。繫不住、溪頭畫橈。想今宵、也對新
　　●○○●○●○　　●●●　○○●○　　●○○　●●○

月,過輕寒、何處小橋。　　　玉簫臺榭春多少,溜啼紅、臉霞
●　●○○　○●●○　　　　●○○●○○●　●○○　●○

未消。怪別來、胭脂慵傳,被東風、偷在杏梢。
●○　●●○　○○○●　●○○　○●●○

(《全宋詞》3165 頁)

【注釋】

　　此與辛詞相校,下片第三句亦添一字異。此詞上片第二句"溪
頭畫橈"、下片第二句"臉霞未消",字聲與諸家不同,但似更嚴謹。
上下片除首句字聲不同外,其他全同。惜宋元人無有與之全同者。
上片起句"千萬"《詞譜》作"萬千",下片第二句"臉霞"《詞譜》作
"盈臉"。

<h1 align="center">又 一 體</h1>

【體略】

　　雙片五十四字,上片二十七字四句三平韻,下片二十七字四句
二平韻,周密。

【圖譜】

　　粉黃衣薄沾麝塵。作南華、春夢乍醒。活計一生花裏,
　　●○○●○●○　　●○○　○●●○　　●●●○○●

恨曉房、香露正深。　　　芳蹊有恨時時見，趁遊絲、高下弄
●●○　○●●○　　　　○○●●○○●　●○○　○●●
晴。生怕被春歸了，趁飛紅、穿度柳陰。
○　　○●●○○●　●○○　○●●○

（《全宋詞》3273 頁）

【注釋】

　　此詞題《賦蝶》。此與陸詞相校，上下片第三句皆作普通六字一句。《詞譜》：“《詞律》駁《圖譜》，於此調第三句，誤注六字，若此詞則六字一氣，原不折腰也，但可謂之變體，不可爲正體耳。”按劉辰翁“困如宿酒”詞句拍正與此同。

周紫芝二調

周紫芝(1082—1155),字少隱,號竹坡居士,宣城(今屬安徽)人。紹興十二年(1142)進士。有《太倉稊米集》、《竹坡詩話》、《竹坡詞》。其《鷓鴣天》(樓上縅桃)自注云:"予少時酷愛小晏詞,故其所作,時有似其體制者。"《全宋詞》用毛斧季校紫芝漫鈔本《竹坡詞》,又從《太倉稊米集》增補六首,共收一百五十六首。

沙塞子

【調釋】

此調與朱敦儒詞名《沙塞子》者不同,但亦有相近之處。朱氏詞或爲此調減字之體。此調有平仄韻兩體,重頭曲,題材離別相思、詠物抒情皆宜,聲情幽怨感傷。

【體略】

雙片五十字,上片、下片各二十五字四句三平韻,周紫芝。

【圖譜】

玉溪秋月浸寒波。忍持酒、重聽驪歌。不堪對、綠陰飛
◎○○●●○○　◎⊙●　⊙●○○　●○●　⊙○○

閣，月下羞蛾。　　　　夜深驚鵲轉南柯。慘別意、無奈愁何。
● ●●○○　　　　　◎○○●●○○　◎●● ○●○○

他年事、不須重問，轉更愁多。
⊙○● ●○○● ●●○

（《全宋詞》874 頁）

【注釋】

此詞題"席上送趙成叔，時東南方擾"，《唐宋詞彙評》考此詞
作於宣和三年（1121）冬（1343 頁）。此調平韻僅周紫芝二詞和葛
立方一詞。上片第一句"玉"周詞別首作"秋"。第二句"忍"周詞
別首作"雲"，"重"作"月"。第三句"綠"周詞別首作"嫦"。下片
第二句"慘"周詞別首作"人"，第三句"他"作"却"。句中其他可
平可仄見葛立方詞句法相同者。

又一體

【體略】

雙片四十九字，上片二十四字，下片二十五字，各四句三平韻，
葛立方。

【圖譜】

天生玉骨冰肌。瘦損也、知他爲誰。寒澗底、傲霜凌
○○●●○○　●●● ○○○● 　○●● ●○○

雪，不教春知。　　　　高樓橫笛試輕吹。要一片、花飛酒卮。
● ●●○○　　　　　○○○●●○○　●●● ○○●

拌沈醉、帽簷斜插,折取南枝。
○○●　●○○●　●●○○

（《詞譜》卷四）

【注釋】

此與周詞相校,惟上片首句作六字句,又上片第二句"知他爲誰"、下片第二句"花飛酒厄"用拗句不同。"寒澗底",《全宋詞》作"□寒底"。《詞譜》卷四:"《詞律》於前段第三句,脫去"澗"字,今從《詞緯》增定。"

又一體

【體略】

雙片四十九字,上片二十四字,下片二十五字,各四句三仄韻,趙彥端。

【圖譜】

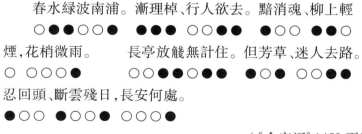

春水綠波南浦。漸理棹、行人欲去。黯消魂、柳上輕
○●●○○●　●●●　○○○●　●○○　●●○

煙,花梢微雨。　　長亭放觴無計住。但芳草、迷人去路。
○　○○○●　　　　○●●○○●●　●○●　○○●●

忍回頭、斷雲殘日,長安何處。
●○○　●●○●　○○○●

（《全宋詞》1453 頁）

【注釋】

《詞譜》:"此詞用仄韻,其字句與葛立方平韻詞同。"

西地錦

【調釋】

　　“西地”當指蜀地。元稹《估客樂》：“炎洲布火浣，蜀地錦織成。”清毛奇齡《囉嗊曲》：“君買西地錦，應須到蜀城。”此調宜用入聲韻，句法多用上一下四式五字句，聲情幽怨感歎。

【體略】

　　雙片四十六字，上下片各二十三字四句三入聲韻，周紫芝。

【圖譜】

雨細欲收還滴。[一]滿一庭秋色。闌干獨倚無人共，説

◎●○○●　　●○◉●　　○○●●○●　●

這些愁寂。[二]　　手把玉郎書跡。怎不教人憶。看看又是

◎○○●　　　◎●◎○◉●　●◎○○●　○○●●

黃昏也，歛眉峰輕碧。[三]

○○●　●◉○○●

　　　　　　　　　　　　　　　　　（《全宋詞》880 頁）

【注釋】

　　[一]此調兩宋存詞六首（其中三首無名氏詞），金元無存詞。除蔡伸一詞用上去韻外，其他皆用入聲韻。《詞律》卷四以此詞爲譜，《詞譜》卷六以蔡伸詞爲正體，當從《詞律》。周詞爲重頭曲，前後字句聲韻十分嚴謹，頗堪效法。此即北宋詞體，《梅苑》無名氏二詞正與此體相近。“還”無名氏“重過黃粱”作“古”。句中可平

仄除注明外,俱見下列別體句法相同者。

　　[二]上下片第二句皆作上一下四句法,"滿"、"怎"作領字。上下片結句亦做上一下四句法,"說"、"斂"作領字。上片結二句《詞律》、《全宋詞》皆斷作:"闌干獨倚,無人共說,這些愁寂。"不當。按此詞上下片第三句分別作"闌干獨倚無人共"、"看看又是黃昏也",皆作平起仄收律句,無名氏"不與群花"一首上片第三句作平起平收律句,下片第三句作拗句,偶用不參校。

　　[三]"手"、"書"無名氏"不與群花"詞作"羌"、"一"。"眉"無名氏"不與群花"詞作"這"。按《梅苑》無名氏"不與群花"一首下片第二句添一字作"送月夜、猶芬馥",又《梅苑》無名氏"嶺上初消"一首下片第二句添二字作"暗香浮、疏影橫斜"(且"斜"未用韻),第三句減一字作六字一句,當有訛誤,注出皆不另列。

又一體

【體略】

　　雙片四十六字,上下片各二十三字五句三上去韻,蔡伸。

【圖譜】

　　寂寞悲秋懷抱。掩重門悄悄。清風皓月,朱闌畫閣,雙
　　●●○○○● 　●○○●● 　○○●● ○○●● ⊙

鴛池沼。　　　不忍今宵重到。惹離愁多少。蓬山路杳,藍
○○● 　　　●●○○○● 　●○○●● 　○○●● ⊙○●● 　○

橋信阻,黃花空老。
○○● 　○○○●

【注釋】

　　此用上去韻,與周詞相校,上下片結韻攤破作四字三句異。無名氏"重過黃粱"一首正與此同。上片結句"雙"無名氏詞作"不",下片第三句"蓬"無名氏詞作"紫"。

又 一 體

【體略】

　　雙片四十八字,上下片各二十四字五句三入聲韻,石孝友。

【圖譜】

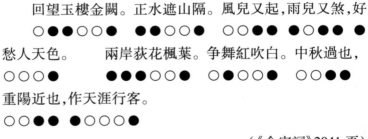

　　　　　回望玉樓金闕。正水遮山隔。風兒又起,雨兒又煞,好愁人天色。　　兩岸荻花楓葉。爭舞紅吹白。中秋過也,重陽近也,作天涯行客。

(《全宋詞》2041 頁)

【注釋】

　　此體即周詞、蔡詞之混合體。此與周詞相校,上下片第三句各添一字作四字兩句,與蔡詞相校,上下片結句添一領字異。

趙佶三調

　　趙佶(1082—1135),即宋徽宗,宋神宗十一子,哲宗弟。元符三年(1100)即位,在位二十五年,靖康二年(1127)國亡被擄北方,終年五十四歲,卒於五國城。擅書畫,自成一家,能詩詞,尤工長短句。在位期間,成立大晟樂府,統一雅樂和教坊樂律,增廣八十四調,推動了宋詞的繁榮發展。近人曹元忠有《宋徽宗詞》,《全宋詞》據之刪補,輯録十二首,斷句二則。被擄北上途中所作《燕山亭》於後來影響較大。

金蓮繞鳳樓

【調釋】

　　《詞譜》卷三十一:"調見《花草粹編》,此宋徽宗觀燈詞也,故名《金蓮繞鳳樓》。"換頭曲,調用上去韻,賦詠承平景象,聲情歡快明媚。

【體略】

　　雙片五十五字,上片二十八字,下片二十七字,各四句四上去韻,趙佶。

【圖譜】

絳燭朱籠相隨映。馳繡轂、塵清香襯。萬金光射龍軒

●●○○○○●　　○●●　○○○●　　●○○●○○

瑩。繞端門、瑞雷輕振。　　　元宵爲開勝景。嚴黼座、觀

●　●○○、○●○●　　　　○○○●○●　○●●、○

鐙錫慶。帝家華燕乘春興。襄珠簾、望堯瞻舜。

○●●　●○○●○○●　○○○、●●○●

（《詞譜》卷十一）

【注釋】

此調兩宋金元僅存此詞。《詞譜》：“前後段字句整齊，惟後段起句，較前段起句減一字，所謂換頭者，非添字、即減字也。平仄無別詞可校。”下片第三句“燕”《全宋詞》本作“英”，《歷代詩餘》、《詞譜》作“燕”，從後者，又《詞律拾遺》作“宴”。

探春令

【調釋】

《詞譜》卷九：“此調宋人俱詠初春風景，或詠梅花，故名《探春》。韓淲詞，有‘景龍燈火昇平世’句，名《景龍燈》。”此調用上去韻，句短韻疏，聲情歡快明媚。《校正》：“此調爲換頭曲，句式富於變化，起頭三句一韻，結尾一個上三下四之七字句和一個七字句用一韻，中間連續四句每句用韻，且用仄韻。故調勢由紆徐至暢達，再歸於平緩，聲情雍容而和諧。最適於寫景，尤宜寫春景；亦用詠物，尤宜詠梅。”（137 頁）

【體略】

雙片五十一字,上片二十五字,下片二十六字,各五句三上去韻,趙佶。

【圖譜】

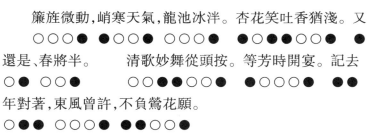

簾旌微動,峭寒天氣,龍池冰泮。杏花笑吐香猶淺。又
○○○● ●○○● ○○○● ●○○●●○● ●
還是、春將半。　　清歌妙舞從頭按。等芳時開宴。記去
○● ○○● 　　○○●●○○● ●○○○● ●●
年對著,東風曾許,不負鶯花願。
○●● ○○○● ●●○○●

（《詞律》卷六）

【注釋】

《詞譜》:“此調有兩體,或前段四字三句起,或前段七字一句、
五字一句起。”此調雖以此詞爲早,但遍檢宋人詞作,字句無有與之
全同者,不作正體。《詞譜》以此詞爲譜不當。按下片第三、四句
《詞譜》、《全宋詞》皆無“對著”二字,作上三下四式一句拍,然檢
《能改齋漫録》、《花草粹編》、《歷代詩餘》、《詞律》諸書,皆有“對
著”二字,今從《詞律》。

正　　體

【體略】

雙片五十二字,上片二十六字六句二上去韻,下片二十六字五
句三上去韻,楊无咎。

【圖譜】

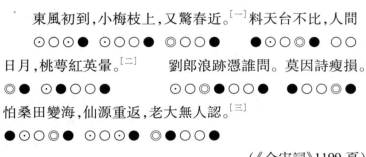

東風初到，小梅枝上，又驚春近。[一]料天台不比，人間
⊙○○● ⊙○○● ◎○○●　　●⊙○○◎ ○○

日月，桃萼紅英暈。[二]　　　劉郎浪跡憑誰問。莫因詩瘦損。
◎● ⊙●○●　　　⊙○◎○○● ●⊙○◎●

怕桑田變海，仙源重返，老大無人認。[三]
●○○◎● ⊙○○● ◎●○○●

（《全宋詞》1199 頁）

【注釋】

　　[一]此調兩宋金元現存三十餘首詞，除趙長卿有二詞偶用入
聲韻外，其他皆用上去韻。此調上片首韻作四字三句者，以此體創
作最多，當以此詞爲正體，沈端節詞及趙長卿多首正與此同。《詞
律》卷六以蔣捷詞爲譜不當。此體之關鍵在於上下片結韻三句皆
作五字一句、四字一句、五字一句，且字聲相同。“小”沈端節詞作
“追”。按趙長卿“去年元夜”詞，此韻《全宋詞》斷作：“去年元夜，
正錢塘，看天街燈燭。”誤，當斷作三個四字句拍。句中可平可仄除
注明外，皆見別體句法相同者。

　　[二]“料天台不比”與下片“怕桑田變海”皆作上一下四句法。
按“天台不比”例作平起仄收律句。又，此韻首二句，《詞譜》諸書
多有斷作上三下六式九字折腰句法者，如趙長卿“清江平淡”一首
斷作“漸枝上、也學楊花柳絮”等，皆當斷作五字一字、四字一句兩
句拍。又按趙長卿“冰簧垂箸”一首，結句作“怎生敢誇紅緑”，此
體上下片結句均爲五字句，並無六字句者，“生”字當爲襯字，注出
不另列。又按沈端節詞此韻前二句《全宋詞》作“被那懑、引得滴
流地”，據《四庫全書》本《張氏拙軒集》卷五，當作：“被那懑引得，

滴流流地。"正與此體同。

　　[三]"誰"趙長卿"溪橋山路"詞作"拾",偶以入代平。"莫因詩瘦損"作上一下四句法。結韻三句拍,前兩句此詞及別首均不可斷作上三下六式九字折腰句。"仙"趙長卿"而今風韻"詞作"好"。按趙長卿"雕牆風定"詞下片第三句作"更那堪得",當脫漏一字,注出不另列。

又一體

【體略】

　　雙片五十二字,上片二十六字五句三上去韻,下片二十六字四句四上去韻,楊无咎。

【圖譜】

　　　梅英粉淡,柳梢金軟,蘭芽依舊。見萬家、燈火明如晝。
　　　○○●● ●○○● ○○●● ●●○、●○○●○●
　　正人月、圓時候。　　挨香傍玉偷携手。儘輕衫寒透。聽
　　●○● ○○● 　　○○●●○○● ●○○○● 　●
　　一聲、畫角催殘漏。惜歸去、頻回首。
　　●○、●●○○● ●○● ○○●

　　　　　　　　　　　　　　　　　　（《全宋詞》1198 頁）

【注釋】

　　此與"東風初到"詞相校,上片第四五六句、下片第三四句皆攤破作八字折腰一句且添一韻,上下片結句皆作六字折腰句異,前後齊整,配合井然,亦頗堪效法。按楊无咎"搦兒身分"詞與此同,惟上片第四句、下片第三句不押韻異,注出不另列。

又一體

【體略】

　　雙片五十二字,上片二十六字五句三上去韻,下片二十六字五句四上去韻,楊无咎。

【圖譜】

　　　　雪梅風柳,弄金勻粉,峭寒猶淺。又還近、三五銀蟾滿。
　　　　●○○● 〇●〇● ●○〇● ●○●、○●○●●

　　漸玉漏、聲初短。　　　　尊前重約年時伴。揀燈詞先按。便
　　●●●、〇〇● 〇〇〇●〇〇● ●〇〇〇● 〇

　　直饒心似,蛾兒撩亂。也有春風管。
　　●○〇● 〇〇〇● ●●○●

　　　　　　　　　　　　　　　　　　　　　（《全宋詞》1199 頁）

【注釋】

　　此爲"東風初到"詞與"梅英粉淡"詞之混和體,上片同"梅英粉淡"詞,下片同"東風初到"詞,下片於"亂"處且又添一韻。趙長卿"疏籬橫出"詞、"新元才過"詞、"數聲回雁"詞及無名氏"綠楊枝上"詞正與此同。按無名氏"綠楊枝上"一詞,《詞譜》作晏幾道詞,《全宋詞》作無名氏詞,然首三句皆斷作兩句:"綠楊枝上曉鶯啼,報融和天氣。"當依正體斷作三個四字句:"綠楊枝上,曉鶯啼報,融和天氣。"

又一體

【體略】

雙片五十二字,上下片各二十六字五句四上去韻,趙長卿。

【圖譜】

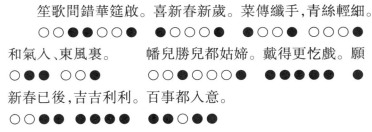

   笙歌間錯華筵啟。喜新春新歲。菜傳纖手,青絲輕細。
   ○○●●○○● ●○○○● ●○○● ○○○●

和氣入、東風裏。 幡兒勝兒都姑婥。戴得更忔戲。願
○●● ○○● ○○○○○● ●●●●● ●

新春已後,吉吉利利。百事都入意。
○○●● ●●●● ●●○●●

(《詞律》卷六)

【注釋】

此體與以上諸體不同,上片第一、二句作七字一句、五字一句,
且添一韻,第三、四句作兩個四字句又異。下片拗句甚多("得"、
"吉"或可看作以入代平),不可效法。按"菜傳纖手,青絲輕細",
《全宋詞》等書作"菜傳纖手青絲細",今從《詞律》。

又一體

【體略】

雙片五十二字,上片二十六字四句三上去韻,下片二十六字四
句四上去韻,韓淲。

【圖譜】

　　　　暗塵明月小桃枝，舊家時情味。問而今、風轉蛾兒底。
　　　　●○○●○●○　●○○○●　　●○○　○●○○●

有誰把、春衫試。　　景龍燈火昇平世。動長安歌吹。這
●○●　○○●　　　●○○●○○●　●○○○●　●

山城、不道人能記。甚村酒、偏教醉。
○○　●●○○●　●○●　○○●

　　　　　　　　　　　　　　　　　　（《全宋詞》2248 頁）

【注釋】

　　此與楊无咎"梅英粉淡"詞相校，惟上片首韻作七字一句、五
字一句異。上片自"舊家時"以下，與下片"動長安"以下相同，亦
頗堪效法，蔣捷詞及《鳴鶴餘音》卷五載無名氏"草堂三鼓"一首正
與此同。按上下片第二句皆作上一下四句法，"舊"、"動"皆爲
領字。

又一體

【體略】

　　雙片五十字，上片二十五字六句二上去韻，下片二十五字五句
三上去韻，王喆。

【圖譜】

　　　　兀然真性，杳杳默默，無微無大。一團瑩寶，光明圍繞，
　　　　●○○●　●●●●　○○●●　●○○●　○○○●

五彩同隨那。　　逍遥自在堪經過。有玉童相賀。滿空馥

●●●○●　　　○○●●○○●　●●○○●　●○●

郁,盈盈裏面,來伴神仙坐。

● ○○●● ○●○○●

【注釋】

　　此與楊无咎"東風初到"詞相校,上片第四句、下片第三句皆減一字作四字一句異,王喆另兩首詞正與此同(其中"美醪奇饌"一首上片結句作四字一句,當脱漏一字)。按上片第二句"杳杳默默"作仄仄仄仄,王詞另外二首亦然,有意作拗體。

又 一 體

【體略】

　　雙片五十一字,上片二十六字,下片二十五字,各五句三上去韻,馬鈺。

【圖譜】

洞天幾陣清清雨。遥指瓊林堪睹。一條玉杖,隨行探

●○●●○○●　○●●○○●　●○●●　○○●

得,性内金蓮吐。　　嬰嬌女妊來相聚。更有真龍虎。自

●　●●○○●　　　○●●○○●　●●○○●　●

然顯出,祥光覆載,一箇靈明主。

○●●● ○○●● ●●○○●

【注釋】

此爲趙長卿與王喆詞體之混合體,上片僅第二句添一字作六字一句、結句作五字一句與趙詞不同,下片則全同王喆詞體(第二句句法稍異)。

燕(宴)山亭

【調釋】

《詞律》卷十五:"又此調本名《燕山亭》,恐是燕國之燕,《詞彙》刻作《宴山亭》,非也。"《詞譜》卷二十七:"'燕'或作'宴',然與《山亭宴》無涉。"按此調王之道、張鎡皆作《宴山亭》,此當北宋原有之調,非趙佶創調。《唐宋詞彙評》據無名氏《朝野遺記》,定此詞爲徽宗絶筆,作於紹興五年(1135)(1357頁)。詞云:"憑寄離恨重重,這雙燕何曾,會人言語。"趙詞賦本意。此調上下片皆有二字短韻,宋人王之道、毛开、曾覿等人皆有詞,喜樂愁苦之情皆宜。《校正》:"此調多用以詠物,亦用於節序、祝頌。"(447頁)《魏氏樂譜》卷二以趙佶詞爲譜。

【體略】

雙片九十九字,上片五十字十一句五上去韻,下片四十九字十句五上去韻,趙佶。

【圖譜】

裁翦冰綃,打疊數重,冷淡燕脂匀注。新樣靚妝,豔溢

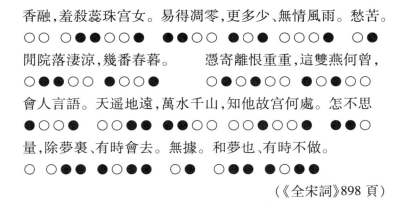

香融,羞殺蕊珠宮女。易得凋零,更多少、無情風雨。愁苦。
○○　○●●○○●　●●○○　●○●　○○○●　　○●

閒院落淒涼,幾番春暮。　　　憑寄離恨重重,這雙燕何曾,
○●●○○　●○○●　　　　○○●●○○　●○●●○

會人言語。天遥地遠,萬水千山,知他故宮何處。怎不思
●○○●　○○●●　●●○○　○○●○○●　●●○

量,除夢裏、有時會去。無據。和夢也、有時不做。
○　○●●　●○●●　○●　○●●　●○●●

（《全宋詞》898 頁）

【注釋】

此調宋人現存八詞,金元僅存張雨一詞,皆用上去韻。趙詞爲最早,此詞上片自"新樣"至"愁苦",與下片自"天遥"至"無據"句拍相同,惟"新樣靚妝"與"天遥地遠"字聲不同,且上片第十句"閒院落淒涼"作三二句法,宋人無有與之同者,不作正體。《詞律》卷十五以"天遥地遠"當爲"天遠地遥",或是,但無此文本,今仍依舊本。下片第二、三句《全宋詞》原作三字一句、六字一句,當依正體斷句。

正　　體

【體略】

雙片九十九字,上片五十字十一句五上去韻,下片四十九字十句五上去韻,曾覿。

【圖譜】

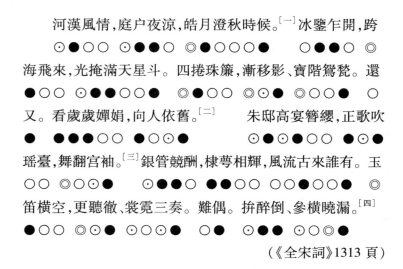

河漢風情，庭户夜涼，皓月澄秋時候。^[一]冰鑒乍開，跨

海飛來，光掩滿天星斗。四捲珠簾，漸移影、寶階鴛甃。還

又。看歲歲嬋娟，向人依舊。^[二]　　朱邸高宴簪纓，正歌吹

瑶臺，舞翻宮袖。^[三]銀管競酬，棣萼相輝，風流古來誰有。玉

笛橫空，更聽徹、裳霓三奏。難偶。拚醉倒、參橫曉漏。^[四]

（《全宋詞》1313 頁）

【注釋】

　　[一]此調《詞律》以曾覿"玉立明光"詞爲正體，《詞譜》以曾覿此詞爲正體，當從《詞譜》，但後者所定字聲往往律拗混校，多有不妥之處。"河"曾覿別首作"玉"，"皓"毛开詞作"簾"。按"庭户夜涼"一句，張鎡詞作"重陰未開"、曹邍詞作"柔風鏤刻"、張雨詞作"豐肌粟聚"，律句不同，注出不參校。句中可平可仄除注明外，皆見別體句法相同者。

　　[二]"冰"張鎡詞作"竹"，偶以入代平。"光"曾覿別首作"紫"。"光掩滿天星斗"一句作仄起仄收律句，宋人惟毛开詞作"亭亭萬枝開遍"，用拗句，偶用不參校。"四"無名氏"風雨無情"詞作"長"。"看歲歲嬋娟"作上一下四句法，"歲歲嬋娟"用仄起平收律句，宋人惟王之道詞作"佳時媚景"，不參校。"依"無名氏詞作"日"。按"看"雖爲領字，平仄可不拘，如趙佶詞用"閒"、張雨詞

作“曾”等，皆用平聲。

　　［三］“朱邸高宴簪纓”用拗句。檢宋人詞王之道詞作“曾約小桃新燕”，用仄起仄收律句，曹邍詞作“唐昌仙觀風流”，用平起平收律句（張雨詞與之同），不參校。“高”毛开詞作“趁”。“正歌吹瑤臺，舞翻宮袖”作兩句拍，“正”爲領字。“歌”曾覿別首作“舉”，“舞”毛开詞作“貪”，“宮”曹邍詞作“玉”。按張鎡詞下片第二、三句《全宋詞》斷作“念誰伴、秋千采繩芳柱”，不妥。又按無名氏“風雨無情”詞“正歌”二句《全宋詞》作“先要吹個，六幺曲破”，“先”字前當脫漏一字，注出不另列。

　　［四］“銀管競酬”作仄起平收律句，曾覿二詞、王之道、毛开及無名氏詞皆同。張鎡、曹邍詞同趙佶，不過曹詞上下片此句皆用平起仄收律句，又有意前後一致，曹詞注出不另列。“棣萼相輝”一句惟王之道詞律句不同，不參校。“風流古來誰有”作拗句，王之道詞作“道也道應難盡”用仄起仄收律句，不參校。“玉”毛开詞作“銀”。“拚”、“曉”張鎡詞作“直”、“歸”。按毛开詞結韻《全宋詞》作：“愁酒醒、霏千片。”《宋元名家詞》作：“愁酒醒、緋桃千片。”當從後者。

又一體

【體略】

　　雙片九十九字，上片五十字十一句五上去韻，下片四十九字十句五上去韻，王之道。

【圖譜】

微雨斑斑，暈涅海棠，漸覺燕脂紅褪。遲日短垣，嬌怯

和風，搖曳一成春困。玉軟酥酥，扶不起、晚妝慵整。愁恨。
○○　○●○○●　●●○○　○●●　●○○●　　○●

對佳時媚景，可堪重省。　　　曾約小桃新燕，有蜂媒蝶使，
●○○●●　●○○●　　　　　○●●○○　●○○●●

爲傳芳信。西蜀杜郎，東坡蘇老，道也道應難盡。一朵風
●○○●　○○●●　○○○●　●●●○○●　　●●○

流，雅稱且、鳳翹雲鬢。相映。眉拂黛、梅頤弄粉。
○　●●●　●○○●　○●　○●●　○○●

（《全宋詞》1138 頁）

【注釋】

　　此詞字數、句拍、韻位皆同趙佶詞，惟多句如"對佳時媚景"、
"曾約小桃新燕"、"有蜂媒蝶使"、"東坡蘇老"、"道也道應難盡"
等字聲與趙佶及宋人諸家不同，或爲詞人有意爲之，故特列一體，
不與正體字聲混校。

陳東一調

　　陳東（1086—1127），字少陽，丹陽（今屬江蘇）人。著有
《少陽集》。《全宋詞》自《少陽集》録存其詞四首。

秦刷子

【調釋】

　　此曲或出陝西、甘肅等地。調用入聲韻，多用長句，聲情激越
勁健。

【體略】

　　雙片四十五字，上片二十三字，下片二十二字，各四句二入聲
韻，陳東。

【圖譜】

　　　　誰斫碧琅玕，影撼半庭風月。尚有歲寒心在，留得數
　　　　○●●○　　●●●○●　　○●●○○●　　○●●

根華髮。　　　　龍孫受戲碧波濤，喜動清風發。到得浪花深
○○●　　　　　○○●●●○○　　●●○○●　　●●●○○

處，□一甌香雪。

　●　　●○○●

（《全宋詞》981 頁）

【注釋】

　　此調兩宋金元僅存此詞。按下片結句，《全宋詞》注："原無空格，據律補。"按此"律"不知所據何"律"，如依上片結句，當補兩空格。

李持正一調

李持正(生卒年不詳),字季秉,莆田(今屬福建)人。政和五年(1115)進士。吳曾《能改齋漫録》卷十六:"樂府有《明月逐人來》詞,李太師撰譜,李持正製詞。持正又作《人月圓》令,尤膾炙人口。近時以爲王都尉作,非也。"《全宋詞》據《能改齋漫録》録存其詞二首。

明月逐人來

【調釋】

此爲李持正創調。李詞調賦本意,用上去韻,換頭曲,聲情歡快明媚。

【體略】

雙片六十二字,上片三十字六句五上去韻,下片三十二字六句四上去韻,李持正。

【圖譜】

星河明淡。春來深淺。紅蓮正、滿城開遍。禁街行樂,

暗塵香拂面。皓月隨人近遠。　　天半鼇山，光動鳳樓兩
◎⊙○◎●　●●⊙○●●　　⊙●○○　⊙●◎○○⊙

觀。東風静、珠簾不捲。玉輦待歸，雲外聞弦管。認得宮花
●　○⊙●　○○●●　●◎●⊙　⊙●○○●　◎●○○

影轉。
◎●

（《全宋詞》983 頁）

【注釋】

　　此調除此詞外，另有張元幹和史浩詞，字數、句拍、韻位皆同，《詞譜》卷十四未參校史浩詞。上片第一句"星"史詞作"莫"，第二句"深"史詞作"俱"，第四句"行"張詞作"影"。第五句張詞作"誰會王孫意"、史詞作"把雪霜掃斷"，字聲不同。第六句"隨"史詞作"德"。下片第一句"天"史詞作"爲"，第二句"光"、"鳳"、"兩"史詞作"正"、"名"、"蕃"。第四句"玉輦待歸"張、史詞分別作"鳳幃未暖"、"兼資勳業"，皆作平起仄收律句。第五句"雲"史詞作"已"。第六句"認"史詞作"清"，"影"張詞作"天"。句中可平可仄據此。

江致和一調

　　江致和(生卒年不詳)，崇寧間爲太學生。《全宋詞》據《古今詞話》録其詞一首。

五福降中天

【調釋】

　　漢桓譚《新論》："五福：壽、富、貴、安樂、子孫衆多。"《填詞名解》卷四："《五福降中天》，《洪範》：向用五福，一曰壽，二曰富，三曰康寧，四曰攸好德，五曰考終命。"《歲時廣紀》十二引《古今詞話》："崇寧間，上元極盛。太學生江致和，在宣德門觀燈。會車輿上遇一婦人，姿質極美，恍然似有所失。歸運毫楮，遂得小詞一首。明日妄意復遊故地，至晚車又來，致和以詞投之。自後屢有所遇，其婦笑謂致和曰：'今日喜得到蓬宮矣。'"調用平韻，賦相思戀情，聲情風流嫵媚。另，沈端節《五福降中天》詞爲《齊天樂》別名，與之異調。

【體略】

　　雙片八十六字，上下片各四十三字八句四平韻，江致和。

【圖譜】

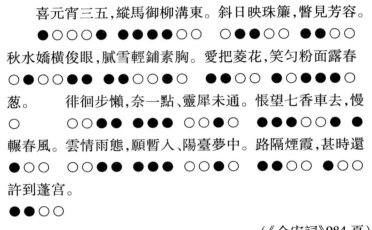

喜元宵三五，縱馬御柳溝東。斜日映珠簾，瞥見芳容。
●○○○● ●●●●○○　○●●○○ ●●○○

秋水嬌橫俊眼，膩雪輕鋪素胸。愛把菱花，笑勻粉面露春
○●○○●● ●●○○●○　●●○○ ●○●●●○

葱。　　　徘徊步懶，奈一點、靈犀未通。悵望七香車去，慢
○　　　　○○●● ●●●、○○●○ ●●●○○● ●

輾春風。雲情雨態，願暫入、陽臺夢中。路隔煙霞，甚時還
●○○ ○○●● ●●●、○○●○ ●●○○ ●○○

許到蓬宮。
●●○○

（《全宋詞》984 頁）

【注釋】

此調兩宋金元僅存此詞，無他首可校。按下片第六句《詞
譜》、《全宋詞》作普通七字一句，當作上三下四折腰句法。

袁絢一調

　　袁絢(年里不詳),政和中爲教坊官。存詞二首,分別見《宣和遺事‧亨集》、朱弁《續骫骳說》,《全宋詞》據以録入。

撒金錢

【調釋】

　　《山堂肆考》卷六:"宋宣和六年上元,徽宗鰲山觀賞與民同樂,撒金錢,賜御酒。"此調即詠此事,詞云:"喜昇平又逢,元宵佳致。鰲山高聳翠。"又云:"恩露匀施,憑御欄、聖顏垂視。撒金錢,亂抛墜。萬姓推搶没理會。"調用上去韻,多用短句及六七字折腰句法,聲情詼諧歡快。

【體略】

　　雙片六十八字,上下片各三十四字七句五仄韻,袁絢。

【圖譜】

　　　頻瞻禮。喜昇平又逢,元宵佳致。鰲山高聳翠。對端

門、珠璣交製。似嫦娥、降仙宮,乍臨凡世。　　　恩露勻施,
○　○○○●　　●○○　●○○　●○○●　　　　○●○○

憑御欄、聖顏垂視。撒金錢,亂拋墜。萬姓推搶没理會。告
○●○　●○○●　　●○○　●○●　　●●○●●●　　●

官裏。這失儀、且與免罪。
○●　　●●○　●●●●

(《全宋詞》986 頁)

【注釋】

此調兩宋僅存此詞,無他首可校。詞多用拗句,類俳諧之體。

趙耆孫一調

趙耆孫(生平不詳),北宋人。《梅苑》卷二入選其詞一首,《全宋詞》據以錄入。

遠朝歸

【調釋】

《詞譜》卷二十二:"調見《梅苑》詞。"調用上去韻,聲情怨歎感傷。此調《全宋詞》另有無名氏"新律才交"一首,與趙詞爲和韻之作。

【體略】

雙片九十二字,上片四十六字十句五上去韻,下片四十六字九句五上去韻,趙耆孫。

【圖譜】

金谷先春,見乍開江梅,晶明玉膩。珠簾院落,人静雨
〇●〇〇　●●〇〇　〇〇●● 〇〇●● 〇●●●
疏煙細。橫斜帶月,又別是、一般風味。金尊裏。任遺英亂
〇〇● 〇〇●● ●〇◎●〇 ◎〇〇● 〇〇● ●〇〇●

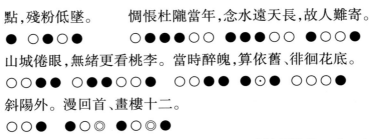

點，殘粉低墜。　　惆悵杜隴當年，念水遠天長，故人難寄。
● 〇●● 　　〇●●〇〇 ●●●〇〇 ●〇〇●

山城倦眼，無緒更看桃李。當時醉魄，算依舊、徘徊花底。
〇〇●● 〇●●〇● 〇〇●● ●⊙● 〇〇〇●

斜陽外。漫回首、畫樓十二。
〇〇● ●〇◎ ●〇〇●

　　　　　　　　　　　　　　　　　（《詞譜》卷二十二）

【注釋】

　　《詞譜》："此調只有趙詞及無名氏'新律才交'詞，故此詞可平可仄，悉參無名氏詞。《花草粹編》本，此詞第三句脫去'晶明'二字，今從《梅苑》詞本校正。"上片第五句"人"無名氏詞作"恰"，第七句"別"作"他"、"一"作"酸"，下片第七句"依"作"莫"，第九句"首"、"十"作"壺"、"三"。按無名氏詞上片第四句作"煙籠淡妝"、第九句作"伴玉簪鳳釵"，下片第三句作"竟日何際"，句法字聲不同，注出不參校。

　　此調上片"珠簾"至"金尊裏"與下片"山城"至"斜陽外"相同。《詞律》卷十三："'裏'字用韻，則'斜陽外'句亦宜叶。此用'外'字，非韻，或曰：永叔《踏莎行》云'行人更在春山外'，亦以'外'字叶'細'、'薺'等字，通用處，北宋人時有之耳。"《詞譜》："前後段第八句，'金尊裏'、'斜陽外'，俱押韻，無名氏詞'多應是'、'拌沉醉'，亦然。或疑'外'字非韻，不知古韻以支、微、齊、佳、灰五韻爲徵音同用，故紙、真、尾、未、薺、霽、蟹、泰、卦、賄、隊等韻，皆可通用。"今從《詞譜》。又下片結韻《詞譜》未斷作折腰句，不當。

權無染一調

　　權無染(生平不詳),北宋人,《全宋詞》據《梅苑》輯錄其詞五首。

孤館深沉

【調釋】

　　權詞賦詠梅花,非關本意。調用平韻,聲情舒徐感傷。

【體略】

　　雙片五十字,上片各二十五字五句三平韻,下片二十五字四句兩平韻,權無染。

【圖譜】

　　瓊英雪豔嶺梅芳。天付與清香。向臘後春前,解壓萬
　　○○●●●○　　○●●○○　　●●●○○　　○●●
花,先占東陽。　　　擬待折、一枝相贈,奈水遠天長。對妝
○　○●○○　　　　　●●●　●○○●　●●●○○　　●○
面、忍聽羌笛,又還空斷人腸。
●　●●○●　●○○●○○

【注釋】

此調兩宋金元僅存此詞，無他首可校。

蔡伸四調

蔡伸(1088—1056),字伸道,號友古居士,興化軍仙遊（今屬福建）人。徽宗政和五年(1115)進士。有《友古居士詞》,《全宋詞》録存其詞一百七十五首。蔡伸詞用調以唐五代及北宋令詞調爲主,如《菩薩蠻》、《清平樂》、《浣溪沙》、《虞美人》、《卜算子》等,聲律嚴謹;其中如北宋調《小鎮西》、《柳梢青》、《琴調相思引》、《極相思》等,又皆當以蔡詞爲正體。

飛雪滿群山

【調釋】

《詞譜》卷三十四:"調見《友古詞》。因詞有'長記得、扁舟尋舊約'句,更名《扁舟尋舊約》。張榘詞名《飛雪滿堆山》。"調用平韻,蔡詞兩首賦戀情相思,張榘詞感物抒懷,篇長韻疏,聲情舒徐怨歎。

【體略】

雙片一百七字,上片五十三字十一句四平韻,下片五十四字十句四平韻,蔡伸。

【圖譜】

冰結金壺，寒生羅幕，夜闌霜月侵門。翠筊敲韻，疏梅
⊙●○○　○○○●　●○⊙○●○　　○○⊙●　○○

弄影，數聲雁過南雲。酒醒敲綵枕，愴猶有、殘妝淚痕。繡
◎●　●○⊙●○○　●○○●●　○○●、○○○○　●

衾孤擁，餘香未減，猶是那時燻。　　　長記得、扁舟尋舊約，
○○●　○○●●　○○●●○　　　　　○●●、○○○●●

聽小窗風雨，燈火昏昏。錦裯縱展，瓊簽報曙，寶釵又是輕
●●○○●　○○○○　●○○●　○○◎●　●○●●○

分。黯然携手處，倚朱箔、愁凝黛顰。夢回雲散，山遥水遠
○　●○○●●　○○●、○○●○　◎○○●　○○●●

空斷魂。
⊙◎○

（《全宋詞》1006 頁）

【注釋】

　　此調兩宋除蔡伸二詞外，僅存張榘一詞，金元無存詞。上片第
一句“冰”蔡伸別首作“絶”，下片第三句“燈”作“事”，第五句“報”
作“來”。句中其他可平可仄見張榘詞句法相同者。

　　上片第四句“敲韻”，《全宋詞》原作“敲竹”，今據《詞綜》、《詞
譜》改。又上片第八句“殘妝淚痕”，蔡伸別首諸刻皆作“渾如夢
裏”，以“裏”字爲韻，此或傳抄訛誤，或偶借上聲作平聲。

又一體

【體略】

雙片一百六字,上片五十三字十一句四平韻,下片五十三字十句四平韻,張榘。

【圖譜】

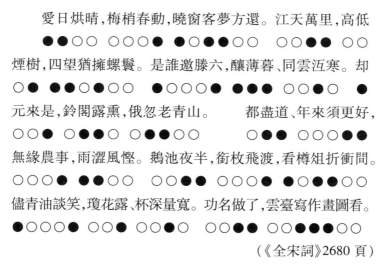

愛日烘晴,梅梢春動,曉窗客夢方還。江天萬里,高低
●●○○　○○○●　●○●○○○　○○●●　○○
煙樹,四望猶擁螺鬟。是誰邀勝六,釀薄暮、同雲泛寒。却
○●●　●●○○○　●○○●●　○○●●　●
元來是,鈴閣露熏,俄忽老青山。　　都盡道、年來須更好,
○○●　○●●○　○●●○○　　○●●　○○○●●
無緣農事,雨澀風慳。鵝池夜半,銜枚飛渡,看樽俎折衝間。
○○○●　●●○○　○○●●　○○○●　●○●●○○
儘青油談笑,瓊花露、杯深量寬。功名做了,雲臺寫作畫圖看。
●○○○●　○○●●○○　　○○●●　○○●●○○

（《全宋詞》2680 頁）

【注釋】

此詞名《飛雪滿堆山》,題爲"次趙西里尚行喜雪韻"。《詞譜》:"此與蔡詞同,惟後段第二句減一字異。前後段第七句,俱作上一下四句法,與蔡詞亦不同。"

《詞律》卷十九:"'江天'至'泛寒',與後'鵝池'至'量寬'同。'看樽俎'句,三字一豆,與前'四望'句稍異。然觀後蔡詞,自宜從

前段爲是。'圖畫'汲古誤刻'畫圖'。題名本集作《飛雪滿堆山》，然查《友古詞》，'堆'作'群'，調本相同而'群'字較'堆'字爲妥。"

上陽春

【調釋】

　　"上陽"，唐代宮名，在洛陽，唐詩詠上陽宮者甚多。此曲或傳自唐代。調用上去韻，賦相思離別，重頭曲，上下片皆用六、四、七六句法，結六字作折腰句，聲情頓挫感傷。

【體略】

　　雙片四十六字，上片二十三字四句三仄韻，下片二十三字四句三仄韻，蔡伸。

【圖譜】

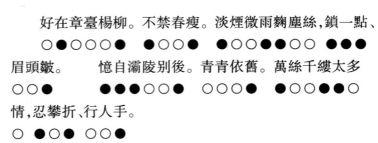

（《全宋詞》1025 頁）

【注釋】

　　此調兩宋金元僅存此詞，無他首可校。

蒼梧謠(歸字謠、十六字令)

【調釋】

即《歸字謠》，又名《十六字令》。《于湖詞》注高平調。《詞譜》卷一以《歸字謠》列調："蔡伸詞名《蒼梧謠》，周玉晨詞名《十六字令》，袁去華詞亦名《歸字謠》。有刻《歸梧謠》者誤。"按蔡伸以地名名調，或爲本名。調用平韻，僅四句，四句分別爲一、七、三、五句式，節奏明快，聲情短促有力。《校正》："此調全用奇句，音節短促，尤其一字句極難處理；宜抒寫瞬間的一小點内心感受。"（3頁）

【體略】

單片十六字，四句三平韻，蔡伸。

【圖譜】

天。休使圓蟾照客眠。人何在，桂影自嬋娟。

（《全宋詞》1030頁）

【注釋】

此調兩宋共存六詞，金元無存詞。《詞律》卷一以蔡詞爲正體，《詞譜》以張孝祥詞爲正體，當從《詞律》。"休"、"照"張孝祥"歸。十萬人家兒樣啼"詞作"十"、"兒"，"桂"張孝祥詞作"何"。

《詞律》："此調舊刻收周美成作'明月影穿窗白玉錢'一首，《詞綜》校正之，謂此係周晴川詞，'明'字，乃'眠'字之誤，本一字句。'月影'以下，爲七字句。蔡詞亦'天'字起韻，今作三字起句

者,非也。"

歸田樂

【調釋】

此與晏幾道、黄庭堅等人名《歸田樂》詞不同。調用上去韻,重頭曲,上下片均爲七、六、五七句式,賦戀情相思,聲情婉轉嫵媚。

【體略】

雙片五十字,上下片各二十五字四句三上去韻,蔡伸。

【圖譜】

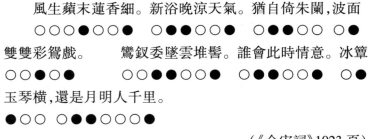

風生蘋末蓮香細。新浴晚涼天氣。猶自倚朱闌,波面
○○○●○○●　○●●○○●　○●●○○　○●
雙雙彩鴛戲。　　鶯釵委墜雲堆髻。誰會此時情意。冰簟
○○●○●　　　○○●●○○●　○●●○○●　　○●
玉琴橫,還是月明人千里。
●○○　○●●○○○●

(《全宋詞》1023 頁)

【注釋】

《詞譜》卷八:"此詞前後段字句相同,極爲整齊,然亦無他詞可校。"上片第三句"猶自"《詞譜》作"獨自"。

王灼一調

王灼(生卒年不詳),字晦叔,號頤堂,遂寧(今屬四川)人。著有《碧雞漫志》等。存詞二十一首,《全宋詞》據《彊邨叢書》本《頤堂詞》錄入。

恨來遲

【調釋】

《詞譜》卷十:"《梅苑》詞名《恨歡遲》。"調用平韻,以四字句爲主,聲情風流明媚。金王喆、丘處機名《恨歡遲》者與此不同。

【體略】

雙片五十二字,上片二十五字六句二平韻,下片二十七字五句三平韻,王灼。

【圖譜】

正洞裏桃花，盈盈一笑，依舊憐才。
● ● ● ○ ○　⊙ ○ ○ ◎ ●　⊙ ● ○ ○

（《全宋詞》1035 頁）

【注釋】

　　此調兩宋僅張燾詞可校，金元無存詞。句中可平可仄即參張
燾詞句法相同者。上下片後三句相同，"似"、"正"皆作領字。

<h1 align="center">又 一 體</h1>

【體略】

　　雙片五十三字，上片二十五字六句二平韻，下片二十八字五句
三平韻，張燾。

【圖譜】

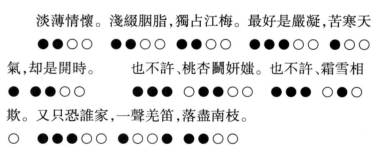

淡薄情懷。淺綴胭脂，獨占江梅。最好是嚴凝，苦寒天
● ● ○ ○　● ● ○ ○　● ● ○ ○　　● ● ● ○ ○　● ○ ○

氣，却是開時。　　也不許、桃杏鬭妍嫱。也不許、霜雪相
●　● ● ○ ○　　　● ● ●　○ ○ ● ○ ○　● ● ●　○ ○ ○

欺。又只恐誰家，一聲羌笛，落盡南枝。
○　● ● ● ○ ○　● ● ○ ○　● ● ○ ○

（《全宋詞》1111 頁）

【注釋】

　　此與王詞相校，惟首句添一韻，下片第二句添一襯字"也"字
異。按此詞《梅苑》作無名氏詞，前三句作"獨占江梅。淡薄情懷。

淺綴胭脂"。《詞譜》亦同。《花草粹編》卷五原題張尚書,《全宋詞》作張燾,今從後者。又上下片結韻當依《詞律拾遺》斷作三句拍,《詞譜》、《全宋詞》斷句兩句拍誤。下片第三句《全宋詞》原作"雪霜",從《歷代詩餘》、《詞譜》作"霜雪"。

花仲胤妻一調

花仲胤(年里不詳),曾爲相州録事。其妻生平不詳,有詞二首贈夫,《全宋詞》據《彤管遺編》後集卷十二録入。

伊川令

【調釋】

唐教坊曲有《伊州令》。王灼《碧雞漫志》卷三:"《伊州》見於世者,凡七商曲:大石調、高大石調、雙調、小石調、歇指調、林鐘商、越調,第不知天寶所製七商中何調耳。"現存宋詞中,與此調名相關者,尚有趙師俠《伊州三臺》、無名氏《伊州曲》。此調用入聲韻,詠離別相思,聲情怨抑感傷。

【體略】

雙片四十九字,上片二十四字四句四入聲韻,下片二十五字四句三入聲韻,花仲胤妻。

【圖譜】

西風昨夜穿簾幕。閨院添消索。最是梧桐零落。迤邐

秋光過却。　　　人情音信難托。魚雁成耽閣。教奴獨自守
〇〇●●　　　　〇〇〇●〇●　〇●●〇〇●　　〇〇●●●

空房，淚珠與、燈花共落。
〇〇　●●〇●　〇〇●●

【注釋】

　　此調兩宋金元僅有此詞，無他首可校。

劉濬一調

劉濬（生卒年不詳），潞州（今山西長治）人，《全宋詞》據《綠窗新話》引《古今詞話》録存其《期夜月》一詞。

期夜月

【調釋】

楊湜《古今詞話》："濬潞州人，最有才名。樂部中惟杖鼓鮮有能工之者，京師官妓楊素娥最工，酷愛之。其狀妍態，作《期夜月》。"調用入聲韻，亦屬健筆寫柔情，上下片各有一個二字短韻，與長句韻搭配，聲情激越昂揚。

【體略】

雙片一百一十三字，上片五十八字十二句八入聲韻，下片五十五字十一句六入聲韻，劉濬。

【圖譜】

金鈎花綬繫雙月。腰肢軟低折。揎皓腕，縈繡結。輕
〇〇〇●●● 〇〇●●● 〇●● 〇〇● 〇

盈宛轉，妙若鳳鷰飛越。無別。香檀急扣轉清切。翻纖手
〇●● ●●●〇〇● 〇● 〇〇●●●● 〇〇●

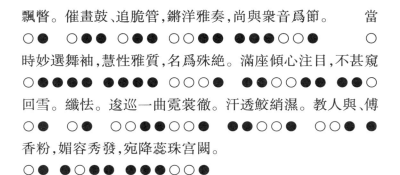

(《詞譜》卷三十六)

【注釋】

　　此調兩宋金元僅有此詞,無他首可校。《詞譜》:"《花草粹編》載此詞,後段脫第六句及結句,又第八句'汗透鮫綃濕'作'汗透鮫綃肌潤',第九、第十句'教人與,傅香粉'作'教人傅香粉'一句,今照《詞緯》本校正。"

　　上片"無別"以下,與下片"纖怯"以下相同。上片"催畫鼓、追脆管"與下片"教人與、傅香粉"《詞譜》皆作兩句,今作六字折腰一句。下片"教人與、傅香粉"《古今詞話》、《花草粹編》、《歷代詩餘》、《全宋詞》皆作"教人傅香粉"。又下片第六句"纖怯"《全宋詞》不作二字短韻,不當。

吕渭老七調

　　吕渭老(生卒年不詳),一作濱老,字聖求,檇李(今浙江嘉興)人。宣和間以詩名世。有《聖求詞》,《全宋詞》據之録入一百三十四首。吕渭老詞,唐五代詞調與北宋詞調兼而用之,於北宋前人詞調,或增字減字、變化句拍等,如《齊天樂》、《賀新涼》、《菊花新》、《好事近》、《過秦樓》、《薄幸》、《夢玉人引》等,往往多作變體,於聲律相當嫻熟。趙師岋序其詞云:"婉媚深窈,視美成、耆卿伯仲耳。"於用調可略窺一二。

情久長

【調釋】

　　調用上去韻,吕詞賦相思離別本意,篇長韻疏,聲情怨歎感傷。

【體略】

　　雙片一百三字,上片五十三字,下片五十字,各九句四上去韻,吕渭老。

【圖譜】

　　鎖窗夜永,無聊盡作傷心句。甚近日、帶紅移眼,梨臉
　　◎○●● ○○●●●○● ●●● ●○●● ○●

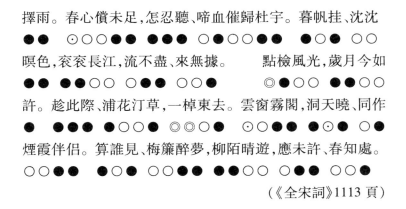

擇雨。春心償未足,怎忍聽、啼血催歸杜宇。暮帆挂、沈沈
暝色,袞袞長江,流不盡、來無據。　　點檢風光,歲月今如
許。趁此際、浦花汀草,一棹東去。雲窗霧閣,洞天曉、同作
煙霞伴侶。算誰見、梅簾醉夢,柳陌晴遊,應未許、春知處。

（《全宋詞》1113 頁）

【注釋】

此調兩宋金元現僅存吕渭老二詞,無他詞可校。《詞譜》卷三十二:"此調只有此體,吕渭老集中二首,字句悉同,故此詞可平可仄,悉參'冰梁跨水'詞。按,吕詞別首,前段第一句'冰梁跨水','冰'字平聲;第五句'夜寒侵短髪','夜'字仄聲;後段第一句'雞咽荒郊','雞'字平聲;第四句'清吟無味','清'字、'吟'字俱平聲;第五句'想伊睡起','想'字仄聲;第六句'又念遠、樓閣橫枝對倚','念'字仄聲。譜内可平可仄據此。"

握金釵

【調釋】

《詞譜》卷十四:"《梅苑》無名氏詞,名《戛金釵》。"調用上去韻,吕詞賦離情別緒,屬本調,上下片均爲五五、六七、三三三句式,聲情婉媚清俊。

【體略】

雙片六十四字,上下片各三十二字七句四上去韻,呂渭老。

【圖譜】

　　　　風日困花枝,晴蜂自相趁。晚來紅淺香盡。整頓腰肢
　　　　⊙●●○○　○○●●○　●●○●●●　◎●○○

量殘粉。弦上語,夢中人,天外信。　　青杏已成雙,新尊
●○●　●○●　○○○　○●●　　○●●○○　○○

薦櫻筍。爲誰一和銷損。數著佳期又不穩。春去也,怎當
●○●　●○◎●○●　◎●○○●◎●　○●●　●○

他,清晝永。
○　○●●

(《全宋詞》1120 頁)

【注釋】

　　此調兩宋金元現僅存呂渭老二詞、《梅苑》無名氏一詞。《詞
譜》:“此詞前後段第二、三、四句,例作拗句,呂詞二首皆然。若《梅
苑》詞,則惟第四句作拗體,故不參校平仄。按,呂詞別首前段起句
‘向晚小妝勻’,‘向’字仄聲;第四句‘開盡繁花又春晚’,‘開’字平
聲;後段第三句‘見來無計拘管’,‘無’字平聲;第四句‘心似芭蕉乍
舒展’,‘心’字、‘舒’字俱平聲。譜內可平可仄據此。”

又 一 體

【體略】

雙片六十四字,上下片各三十二字六句四上去韻,《梅苑》無名氏。

【圖譜】

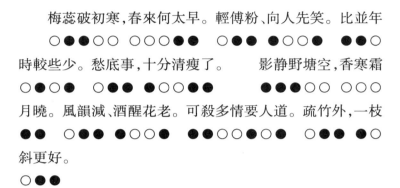

梅蕊破初寒，春來何太早。輕傅粉、向人先笑。比並年
○●●○○　○○●●　　○●●　●○○●　　●●○

時較些少。愁底事，十分清瘦了。　　　影静野塘空，香寒霜
○●○●　○●●　○○○●●　　　　●●●○○　○○○

月曉。風韻減、酒醒花老。可殺多情要人道。疏竹外，一枝
●●　○●●　●○○●　●●○○●○●　○●●　●○

斜更好。
○●●

(《全宋詞》3632 頁)

【注釋】

《詞譜》:"此與吕詞同，惟前後段第三句俱添一字，作上三下四句法，第六、七句俱減一字，作五字一句異。"按此詞與吕詞於樂音自當小有變化。

百宜嬌

【調釋】

調用上去韻，吕詞賦秋日相思，仍屬本調，聲情清新綿遠。姜夔《眉嫵》詞，注"一名《百宜嬌》"，句拍字聲與吕詞相校有較大變化，當從《詞律》、《詞譜》，將二者視爲異調。

【體略】

雙片一百四字，上片五十二字十句四上去韻，下片五十二字十

句五上去韻，呂渭老。

【圖譜】

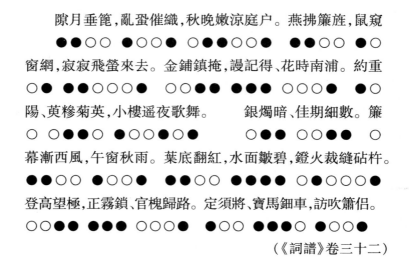

隙月垂篦，亂蛩催織，秋晚嫩涼庭户。燕拂簾旌，鼠窺
●●○○　●●○●　○●○○○●　　●●○○　●○

窗網，寂寂飛螢來去。金鋪鎮掩，謾記得、花時南浦。約重
○●　●●○○●　　○●○●　●●●　○○○●　　●○

陽、茰糝菊英，小樓遥夜歌舞。　　銀燭暗、佳期細數。簾
○　○●●○　●○○●○●　　　　○○●　○○●●　　○

幕漸西風，午窗秋雨。葉底翻紅，水面皺碧，鐙火裁縫砧杵。
●●○○　●○○●　●●○○　●●●●　●○○○●

登高望極，正霧鎖、官槐歸路。定須將、寶馬鈿車，訪吹簫侶。
○○●●　●●●●　○○○●　　●○○●　●●○○　●●○●

（《詞譜》卷三十二）

【注釋】

　　此調兩宋金元只有此詞，無他首可校。《詞律》卷十八：“‘燕
拂’至‘菊英’，與後‘葉底’至‘鈿車’同。按《眉嫵》，亦作《百宜
嬌》，實與此調全異，不可混也。此調微似《氐州第一》。”下片第九
句《全宋詞》作“定須相將，寶馬鈿車”，當從《詞譜》。

<h1 align="center">醉思仙</h1>

【調釋】

　　《詞譜》卷二十一：“調見呂渭老詞，因詞有‘怎慣不思量’及
‘當時醉倒殘缸’句，取以爲名。”《宋詩紀事》卷十六“劉敞”條：

“飲子華家,醉翁不來,令蕊仙彈《醉思仙》:‘翠眉紅袖拜尊前,撩亂春聲入四弦。坐少車公還不樂,爲君重奏《醉思仙》。’”《醉思仙》或爲琵琶曲。調用平韻,多用三字短句,聲情急切歡快。

【體略】

　　雙片八十七字,上片四十四字十一句五平韻,下片四十三字十句四平韻,呂渭老。

【圖譜】

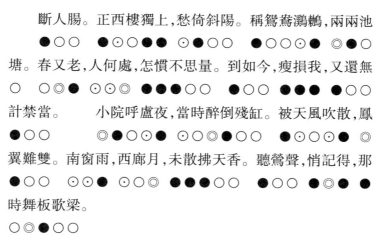

（《百家詞·聖求詞》）

【注釋】

　　此調兩宋金元現僅存呂渭老、朱敦儒、曹勛、孫道絢四詞。此調當以此詞爲正體,前後句拍、字聲謹嚴。按下片第七句“未散拂天香”,《百家詞》本外諸本皆作“尚未散拂天香”,當從《百家詞》。《詞律》卷十三以此詞爲譜:“‘被天風’以下,與前‘稱鴛鴦’以下皆同。‘尚未’句,不應比‘怎慣’句多一字,非‘散’字羨,則‘拂’字羨也。

蓋'春又老'兩句俱三字,而'怎慣'句用五字住,'到如今'兩句亦三字,而'又還'句用六字住,後段亦然。若皆用六字,便句法雷同,再加後疊,則四段皆三三六,必無是理也。故知'怎慣'句爲是,而'尚未'句爲多一字耳。"按萬樹所言有理,但不依萬樹所定"拂"字爲衍字。今據《百家詞》作"未散拂天香","未散"指"南窗雨","拂天香"指"西廊月",語意正合。此詞上片第二、四句,下片第三句均作上一下四式五字句。譜內平仄,悉參所列別體句法相同者。

又一體

【體略】

雙片九十一字,上片四十六字十一句五平韻,下片四十五字十句四平韻,朱敦儒。

【圖譜】

倚晴空。正三洲下葉,七澤收虹。歎年光催老,身世飄
●○○　　●○○●●　●○○　　●●○○●　○○

蓬。南歌客,新豐酒,但萬里、雲水俱東。謝故人,解繫船訪
○　○○●　○○●　●●●　○●○○　●●○　●●○●

我,脫帽相從。　　人世歡易失,尊俎且更從容。任酒傾波
●　●●○○　　　○●○●●　○●●○○　●○○

碧,燭剪花紅。君向楚,我歸秦,便分路、青竹丹楓。恁時
●　●●○○　○●●　●○○　●○●、○●○○　●○

節,漫夢憑夜蝶,書倩秋鴻。
●　●●●○●　○●○○

(《全宋詞》848 頁)

【注釋】

《樵歌校注》以此詞作於高宗建炎元年（1127）秋（184 頁）。此與吕詞相校，惟上片第八句、下片第七句添二字，皆作上三下四式折腰句，又上下片兩結句作五字一句、四字一句且字聲亦異。此體自上片"歎年光"以下，與下片"任酒傾"以下相同。按曹勛"記華堂"詞正與此同。曹詞下片第七句《全宋詞》作"但夢裏、也思量"，《詞譜》作"但夢裏、也自思量"，當從後者。

又一體

【體略】

雙片八十九字，上片四十五字十一句五平韻，下片四十四字十句四平韻，孫道絢。

【圖譜】

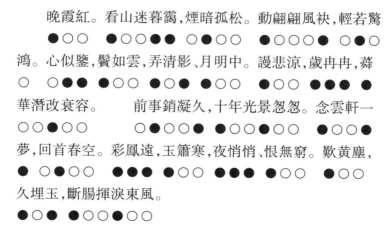

【注釋】

　　此與呂詞相校,惟上片第八句添一字作六字折腰句異。此體上片自"動翩翩"以下,與下片"念雲軒"以下全同。

傾杯令

【調釋】

　　調用上去韻,呂詞賦宴飲本意,聲情活潑歡快。

【體略】

　　雙片五十二字,上片二十六字五句三上去韻,下片二十六字四句三上去韻,呂渭老。

【圖譜】

隔座藏鈎,分曹射覆,燭豔漸催三鼓。箏按教坊新譜。
◎●○○　○○●●　●●●○○●　　○●◎○●
樓外月生春浦。　　徘徊爭忍忙歸去。怕明朝、無情風雨。
○●◎○○●　　　○○⊙●○●　●○○　○○●
珍花美酒團坐,且作尊前笑侶。
○○●●○○●　●●○○●●

（《全宋詞》1126 頁）

【注釋】

　　此調兩宋金元僅存呂氏二詞。"隔"、"教"、"月"、"爭"呂詞別首作"楓"、"蟾"、"啼"、"又"。

西江月慢

【調釋】

此與流行令詞調《西江月》無關,調名不詳,或本借《西江月》舊名另造新聲,吕詞或非始詞。吕詞用入聲韻,賦節令懷人,句長韻疏,聲情清新頓挫。

【體略】

雙片一百三字,上片五十一字十句四入聲韻,下片五十二字九句五入聲韻,吕渭老。

【圖譜】

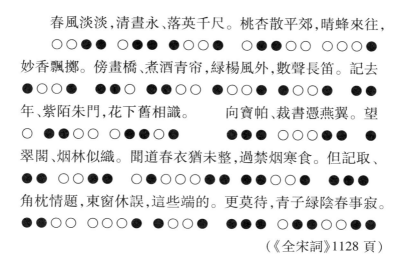

（《全宋詞》1128頁）

【注釋】

此調兩宋金元只有此詞,《詞譜》卷三十二將《梅苑》無名氏《西江月慢》類列,二詞差異甚大,當視爲異調。下片第五句"情題"《詞譜》作"題情"。又下片結韻《詞律》、《詞譜》、《全宋詞》等皆斷作上三下七式折腰句,今作三字一句、七字一句。

戀香衾

【調釋】

此與流行令詞調《戀繡衾》不同。調爲重頭曲,呂詞賦戀情本意,用平韻,聲情嫵媚風流。

【體略】

雙片九十二字,上下片各四十六字八句四平韻,呂渭老。

【圖譜】

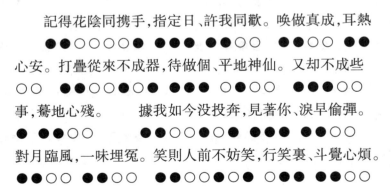

怎生分得煩惱, 兩處勻攤。

(《全宋詞》1131 頁)

【注釋】

此調兩宋金元現僅存此詞。《詞譜》卷二十二:"此亦謔詞,因其調僻,采以備體。按金、元曲子仙呂調者,前後段第二句皆六字,較此詞各減一字,在宋詞中無別首可校。"

林季仲一調

林季仲(生卒年不詳),字懿成,永嘉(今浙江温州)人。徽宗宣和三年(1121)上舍釋褐,調婺州司兵參軍,遷仁和令。《全宋詞》自《截江網》卷六輯存其詞一首。

滿庭芳

【體略】

此調《全宋詞》注云:"按調名原作《滿庭芳》,據律改。"據何律未言,此調與柳永等人名《傾杯》或《傾杯樂》皆不相同。或當即名《滿庭芳》,不過與常用名《滿庭芳》同名異調耳。今仍用原名作《滿庭芳》。調用上去韻,祝壽詞,句長韻疏,聲情婉轉嫵媚。

【體略】

雙片一百七字,上片五十三字十二句四上去韻,下片五十四字十一句四上去韻,林季仲。

【圖譜】

璧月初圓,彩雲輕護,散雪疊冰凉館。張眉競巧,趙瑟

新成,整頓戲衫歌扇。壽酒殷勤,嬌語溫柔,只愁杯淺。正
○○　●●●○○●　●●○○　○●○○　●○●　●
連山玉枕,迴波瑤席,漏長更款。　　　良會久、細擁香肩,瑤
○○●●　○○○●　●○○●　　　○●●　●○○○　○
庭閒步,共指渡河星點。今朝此日,同祝卿卿,福壽禄星齊
○○●　●●●○○●　○○●●　○●○○　●●●○○
轉。但願與君,歌舞常新,歡娛無算。看河橋鵲架,重會雙
●　●●●○　○●○○　○○○●　●○○●●　○○○
星嬈婉。
○●●

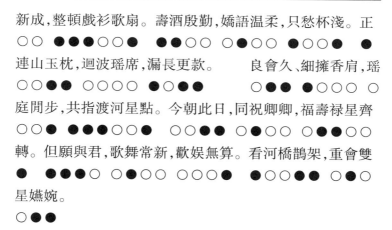

　　　　　　　　　　　　　　　　（《全宋詞》1135 頁）

【注釋】

　　《全宋詞》:"又此首原題竹軒作,宋號竹軒者不僅林季仲一
人,此首或非林氏作,姑列於此。"

王之道二調

王之道(1093—1169),字彥猷,宣和六年(1124)進士。有《相山集》、《相山詞》,《全宋詞》録存其詞一百八十六首。

折丹桂

【調釋】

調用入聲韻,重頭曲。王詞云:"家書須辦寫泥金,報科名、題淡墨。"賦本意,聲情激揚歡快。

【體略】

雙片五十字,上下片各二十五字四句三入聲韻,王之道。

【圖譜】

風漪欲皺春江碧。我寄江城北。子今東去赴春官,挽
⊙○○●●○● ○●○○● ○○○⊙●●○ ●

不住、摶風翼。　　修程好近天池息。何處堪留客。預知
●○ ○⊙● ⊙○○●○○● ⊙●○○● ○○

仙籍桂香浮,語祝史、休占墨。
○●●○○ ●○● ○○●

(《詞譜》卷八)

【注釋】

此詞題"用前韻送彥開弟省試"。此調兩宋共存七詞,金人王喆、馬鈺、元好問等人共存六詞。此調當以此詞爲正體,王詞別首、宋人諸作及王喆、馬鈺詞皆與此同。《詞譜》以此詞爲正體,但參校之詞太少。上片第一句"風"、"欲"王之道別首作"照"、"何"。第二句"我"張鎡詞作"秋"。第三句"子"、"東"程大昌詞作"雙"、"帶"。第四句"住"王喆"氣財酒色"詞作"言"、"風"張鎡詞作"萬"。下片第一句"修"、"好"王之道別首作"晚"、"江"。第二句"何"程大昌詞作"桂"。第三句"預"程大昌詞作"詩"。第四句"祝史"王喆"氣財酒色"詞作"勾追"。

按王之道別首下片第二句作"算不是新豐客",偶添一襯字"算",注出不另列。

又一體

【體略】

雙片五十四字,上下片各二十八字四句三入聲韻,元好問。

【圖譜】

秋風秋露清秋節。秋雨過、秋香初發。二仙生日好秋
○○○●○○● 　○●● ○○○● 　●○○●○

天,氣節與、秋霜爭裂。 　　　秋宵開宴群仙列。秋娘唱、秋
○ ●●● ○○● 　　　○○○●○○● 　○○● ○

雲低遏。壽杯雙勸祝千秋,鎮長似、中秋皓月。
○○● 　●○○●●○○ ●○● ○○●●

【注釋】

此與王詞相校,上下片第二、四句各添一字皆作七字折腰一句異,亦爲重頭曲。

憶東坡

【調釋】

東坡,即蘇軾。此詞題作"追和黄魯直",則調不始自王之道可知。《詞譜》卷二十六以之爲王之道自度曲,顯誤。此調或爲黄庭堅創調。調用上去韻,以五、六、七字句爲主,句長韻疏,聲情風流灑脱。

【體略】

雙片九十八字,上片五十字,下片四十八字,各九句四上去韻,王之道。

【圖譜】

雪霽柳舒容,日薄梅搖影。新歲換符來,天上初見頒
◎◎●○●　●●○○●　○○○●○　○◎◎○●

桃梗。試問我酬君唱,何如博塞歡娛,百萬呼盧勝。投珠報
○●　●●◎○⊙●　○○●●○○　●◎●○●　○○●

玉,須放騷人遣春興。　　詩成談笑,寫出無窮景。不妨時
●　○●○○●○●　　○○○●　●●○○●　●◎◎○

作顛草,馳騁張芝聖。誰念杜陵野老,心同流水必東,與物
●○◎　○⊙●○●　⊙○●○◎●　○○○●●○　●●

初無競。公侯應有種哉，傾否由天命。

○ ○ ●　　⊙ ○ ○ ○ ● ◎ ○ ○　⊙ ● ● ⊙ ○ ●

【注釋】

　　此調兩宋僅存王之道二詞，句中可平可仄即參王詞別首。上片第一句"雪霽"王之道別首作"虛堂"，第四句"上"作"紅"，第五句"我"、"君"作"光"、"麗"，第七句"百"作"青"；下片第三句"不"、"草"作"誰"、"君"，第四句"馳"作"遠"，第五句"誰"、"杜"、"陵"作"富"、"吾"、"所"，第六句"心"、"同"、"水"作"宰"、"相"、"來"，第八句"公"、"種"作"欲"、"詩"，第九句"傾"、"由"作"得"、"且"。王詞二首，上片首句及下片第三、五句律句不同，正體未成，填者任擇一種可也。

關注一調

關注(生卒不詳),字子東,自號香嚴居士。錢塘(今浙江杭州)人。《全宋詞》輯録其詞三首。

桂華明

【調釋】

此調關注詞最早,當以關注詞名名調。據張邦基《墨莊漫録》卷四,此調爲關注宣和年間感夢而作。《詞譜》卷八以"四犯令"名調:"調見侯寘《嬾窟詞》,李處全詞更名《四和香》,關注詞又名《桂華明》。"此説不當,《詞譜》倒置了此調作者先後順序。關注詞用上去韻,重頭曲,笛曲,賦詠相思戀情,聲情清新明快。侯寘詞名《四犯令》,金人侯善淵亦有詞,名《四塊玉》,賦道情。《中原音韻》、《輟耕録》有南吕曲《四塊玉》,爲元代流行曲調,與詞體不同。《全金元詞》另收無名氏《四塊玉》一詞,用三聲通叶,亦當視爲曲體。

【體略】

雙片五十字,上下片各二十五字四句四仄韻,關注。

【圖譜】

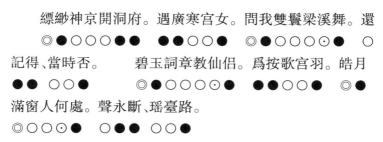

縹緲神京開洞府。遇廣寒宮女。問我雙鬟梁溪舞。還
◎●○○○●●　　●●○○●　　◎●○○○⊙●　　○

記得、當時否。　　碧玉詞章教仙侶。爲按歌宮羽。皓月
●●　○○●　　◎●○○○⊙●　　●●○○●　　◎●

滿窗人何處。聲永斷、瑤臺路。
◎○○○⊙●　　○●●　○○●

（《全宋詞》1295 頁）

【注釋】

《詞律》卷六以關注詞爲正體，當是。此調兩宋金元現存近十首詞，此調可用上去韻，亦可用入聲韻。上片第一句“縹”李處全詞作“香”，第三句“問”、“溪”李詞作“華”、“有”；下片第一句“碧”、“仙”侯寘詞作“明”、“草”，第三句“皓”李詞作“眉”，“滿”、“何”侯寘詞作“酴”、“獨”。句中可平可仄據此。

江衍一調

江衍(生卒年不詳),字巨源,蘭溪(今屬浙江)人。仁宗嘉祐六年(1061)進士。《全宋詞》據《見聞總録》卷二録入其詞一首。

錦纏絆(道)

【調釋】

江詞據《異聞總録》卷二,爲徽宗建中靖國元年(1101),江衍過建陽江屯里,夢中得詞。調爲黃鐘宮,用上去韻,賦詠天下承平,聲情富貴纏綿。馬子嚴、無名氏詞名《錦纏道》。

【體略】

黃鐘宮,雙片六十四字,上片三十三字六句三仄韻,下片三十一字六句三仄韻,江衍。

【圖譜】

屈曲新堤,占斷滿村佳氣。畫簷兩行連雲際。亂山疊
●●○○　●●●○●　　●○●○○○●　　●○●

翠水迴還,岸邊樓閣,金碧遥相倚。　　柳陰低,豔映花光
●●○○　●○○●　○●○○●　　　●○○　●●○○

美。好昇平、爲誰初起。大都風物只由人，舊時荒壘，今日
● ●○○ ●○○● ●○○●○○ ●○○● ○●

香烟地。
○○●

【注釋】

此調兩宋僅存三詞，金元無存詞。《詞譜》卷十四以宋祁"燕
子呢喃"一首爲正體，宋祁詞《全宋詞》作無名氏詞，今從後者。

正　體

【體略】

雙片六十六字，上片三十三字六句四上去韻，下片三十三
句三上去韻，《草堂詩餘》無名氏。

【圖譜】

燕子呢喃，景色乍長春晝。睹園林、萬花如繡。海棠經
●●○○ ●●●○○● ●○⊙ ◎○○● ◎○⊙

雨臙脂透。柳展宮眉，翠拂行人首。　　向郊原踏青，恣歌
●○○● ●●○○ ●●○○● ●○○○ ●○

携手。醉醺醺、尚尋芳酒。問牧童、遥指孤村道，杏花深處，
○● ●○○ ●○○● ●○○ ⊙●○○● ●○○●

那裏人家有。
●●○○●

【注釋】

　　此詞《全宋詞》注:"按此首別又誤作宋祁詞,見《類編草堂詩餘》卷二,別又誤作歐陽修詞,見《草堂詩餘》正集卷二宋祁詞注。"此與江詞相校,上片第三句作上三下四式七字折腰句、第四句添一韻,下片第一、二句添一字作五字一句、四字一句,第四句添一字作上三下五式八字折腰一句異。按馬子嚴"雨過園林"詞,與此體正同,惟下片結韻二句《全宋詞》作"是那裏唱道秋胡曲",此必脱一字,依律當爲:"是那裏唱,□道秋胡曲。"注出不另列。上片第三句"林"、"萬"馬詞作"葉"、"新",第四句"海"作"嬌"。其他可平可仄俱見江衍詞。

無名氏七十二調

奉禋歌

【調釋】

宫廷鼓吹曲詞,宋仁宗時增設。《宋史·樂志》(卷一百四十):"景祐二年,郊祀減《導引》第二,增《奉禋歌》。初李照等撰警嚴曲,請以《振容》爲名,帝以其義無取,故更曰'奉禋'。"此調用正宫,通常爲皇帝"籍田"、"郊祀"、"祫享太廟"時與《導引》、《十二時》、《六州》等曲一起使用。《全宋詞》所載此調作品皆屬同調。此調正體通用平韻,多用三字短句,句短韻密,聲情活潑歡快。

【體略】

正宫,雙片一百四十字,上片六十六字十四句七平韻三叶韻,下片七十四字十八句十平韻兩叶韻,《宋會要輯稿》無名氏。

【圖譜】

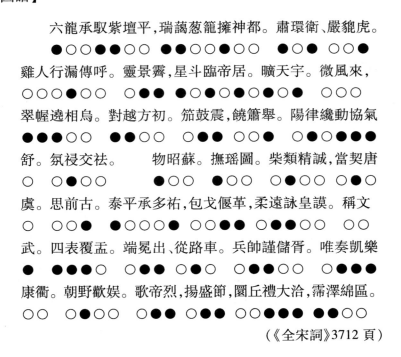

六龍承馭紫壇平,瑞藹葱籠擁神都。肅環衛、嚴貔虎。
雞人行漏傳呼。靈景霽,星斗臨帝居。曠天宇。微風來,
翠幄遶相烏。對越方初。箹鼓震,饒簫舉。陽律纔動協氣
舒。氛祲交祛。　　物昭蘇。撫瑤圖。柴類精誠,當契唐
虞。思前古。泰平承多祐,包戈偃革,柔遠詠皇謨。稱文
武。四表覆盂。端冕出、從路車。兵帥謹儲胥。唯奏凱樂
康衢。朝野歡娛。歌帝烈,揚盛節,圜丘禮大洽,霈澤綿區。

(《全宋詞》3712 頁)

【注釋】

　　此調兩宋現存八首。此爲"明道二年"(1033)"籍田"四曲之
一。原文"物昭蘇"前有"和聲"二字,《全宋詞》據以分爲上下片,
當從。按此調皆當如此分片。此詞三聲通叶,且字句後來創作無
全與之同者,不作正體。

又一體

【體略】

雙片一百三十五字,上片六十六字十五句二平韻六叶韻,下片六十九字十七句兩平韻八叶韻,《宋史·樂志》無名氏。

【圖譜】

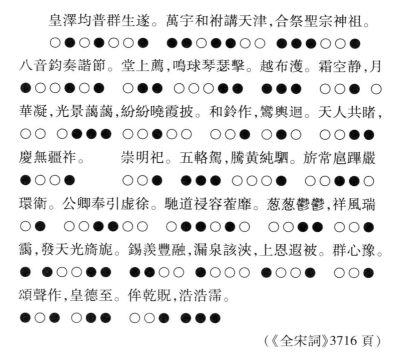

皇澤均普群生遂。萬宇和祔講天津,合祭聖宗神祖。
○●○○○●● ●●○●○○ ●○●●○●
八音鈞奏諧節。堂上薦,鳴球琴瑟擊。越布濩。霜空靜,月
●○○●○● ○●● ○○○●● ●●● ○○● ○
華凝,光景藹藹,紛紛曉霞披。和鈴作,鸞輿迴。天人共睹,
○○ ○●●● ○○●○○ ○○● ○○● ○○●●
慶無疆祚。　　崇明祀。五輅駕,騰黃純駟。旂常扈蹕嚴
●○○● ○○● ●●● ○○○● ○○●●○
環衞。公卿奉引虛徐。馳道褖容萑靡。葱葱鬱鬱,祥風瑞
○● ○○●●○○ ○●○○○● ●○●● ○○●
靄,發天光旖旎。錫羨豐融,漏泉該浹,上恩遝被。群心豫。
● ○○○●● ●○○○ ●○○● ●○●● ○○●
頌聲作,皇德至。侔乾睨,浩浩霈。
●○● ○●● ○○● ●●●

(《全宋詞》3716 頁)

【注釋】

此爲嘉祐三年(1058)祫享太廟曲。用韻三聲通叶,且以仄韻

爲主。此調斷句《全宋詞》多不當，部分參照《詞律辭典》斷句。按《全宋詞》、《詞律辭典》皆未分片，今參"六龍馭"及他詞於"祚"字處分片。《全宋詞》、《詞律辭典》皆將"慶無疆祚。崇明祀"斷作"慶無疆、祚崇明祀"，不妥。

按此調句拍上片與"六龍馭"相近，下片差異較大，或有脫漏，或調不同，待考。

又一體

【體略】

雙片一百三十七字，上片六十四字十五句十平韻，下片七十三字十七句十平韻，《宋史·樂志》無名氏。

【圖譜】

皇天眷命集珍符。上聖膺期起天衢。環紫極鴻樞。此
○○○●○○●　●○○○●○○　○●●○○　●

時朝野歡娛。樂于于。似住華胥。和氣至，嘉生遂，豆實正
○○●●○　●○○　●●○○　○●●　○○●　●●●

芬敷。禮與誠俱。風飄洒，靈來下，喜怡愉。斗隨車轉，月
○○　●●○○　○○●　○○●　●○○　●○○●　●

上壇觚。　　奉禋初。至誠孚。如山岳，福委祥儲。車旋
●○○　　　●○○　●○○　○○●　●●○○　○○

軌、雲間雙闕峙，百尺朱繩到地，兩行雉扇排虛。仙鶴銜書。
●　○○○●●　●●○○●●　●○●●○○　○●○○

珍袍上笏相趨。共歡呼。號令崇朝，遍滿寰區。陽動春噓。
○○●●○○　●○○　●●○○　●●○○　○●○○

躬盛事,受多祉,千萬祀,天長地久皇圖。
○●● ●○● ○●● ○○○●○○

【注釋】

此爲治平二年(1065)"南郊鼓吹歌曲"詞。此體與前兩首相校,雖有仄韻相雜,但主要用韻位置皆用平韻,已爲詞體之正宗。

又 一 體

【體略】

雙片一百三十九字,上片六十六字十六句九平韻,下片七十三字十五句九平韻,《宋史·樂志》無名氏。

【圖譜】

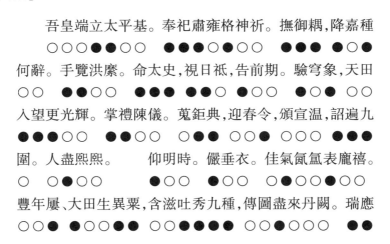

昌時。享運正當攝提。佇見詠京坻。躬稼穡，重耘籽。盛禮
○○　●●●○●○　●●●○○　○●● ●○○　●●

興行先百姓，崇本業，憂勤如禹稷，播在聲詩。
○○○●● ●●● ○○○●● ○●○○

（《全宋詞》3728 頁）

【注釋】

此詞爲"親耕籍田"五首之一，《兩宋鼓吹歌曲考述》考此詞作於高宗紹興十六年(1146)。此與"皇天眷命"詞相校，惟個別句拍略有不同。按下片第六句"闕"偶以入代平，不注仄聲。又此詞雖取自《全宋詞》，斷句多有不同，皆參正體斷句。

正　　體

【體略】

雙片一百三十九字，上片六十六字十五句十平韻，下片七十三字十七句九平韻，洪适。

【圖譜】

吹葭緹龠氣潛分。[一]雲采宜書壤效珍。長日至、一陽
○○⊙⊙●○○　　⊙●○○●●○　○◎● ●○

新。四時玉燭和勻。物欣欣。造化轉洪鈞。[二]郊之祭，孤竹
○　●○○●○○　●○○　◎◎●○○　　○⊙● ⊙○

管，六變舞雲門。自古嚴禋。犧牲具，粢盛潔，豆籩陳。衮龍
● ●●●○○　⊙●○○　○○● ●○● ●○○　◎○

陟降,幣玉紛綸。[三]　　徹高閣。靈之旂,神哉沛,排曆昆

◎●　◎●○○　　　　　●○○　⊙●　○○●　⊙●○

侖。九歌畢、盈郊瞻橅燎,斗轉參橫將旦,天開地闢如春。[四]

○　◎○●　○○○●　◎●○　○⊙　⊙●○○　○

清蹕移輪。閴然鼓吹相聞。籲祥雲。歡臚八陛,鼇逆三神。

⊙●○○　●○●●○○　●○○　◎●⊙●　⊙●○○

聖矣吾君。華封祝、慈宮萬壽,椒掖多男,六合同文。[五]

◎●○○　○○●○　⊙●○○　●●○○

（《全宋詞》1390頁）

【注釋】

[一]此爲洪适"隆興二年南郊鼓吹曲",爲"嚴更警場作"(《盤州集》卷十八),隆興二年即公元 1164 年。此調當以此詞爲正體,無名氏"蒼蒼天色"、"葭飛璇籥"二詞,正與此全同,以此體檢校他詞,最爲純正。此即"皇天眷命"及"吾皇端立"詞之改進體。《全宋詞》未分段,今據"六龍承馭"一首分段。句中可平可仄除注明外,俱見別體句法相同者。

[二]"日"無名氏"蒼蒼天色"(下省稱"無名氏")一首作"元"。"造化轉洪鈞"無名氏"葭飛璇籥"(下省稱"無名氏別首")作"庭壺樂無疆"。

[三]"之"無名氏作"本"。"牲"無名氏別首作"鉅"。"袞"無名氏作"車","幣"無名氏別首作"人"。

[四]"旂"無名氏作"霽"。"排"無名氏別首作"鳳"。"橅"無名氏作"袞"。"斗"無名氏別首作"鏞","將"無名氏作"迭"。按無名氏別首"九歌"以下數句,《全宋詞》斷作:"靈燕喜,錫符仍降嘏,鏞管琳琅。歡亮神之出,袯蘭堂。"當依正體斷句。

[五]"清"無名氏別首作"輦"。"歡臚八陛"無名氏作"風馬

雲車"、別首作"受釐宣室"。"椒"無名氏別首作"寶"。

降仙臺

【調釋】

宮廷鼓吹曲詞。調用正宮,平韻,聲情威武壯嚴。按《宋史·樂志》載無名氏"升煙既罷"、"星芒收采"詞及洪适"漏殘柝静"詞,與此皆爲同調異體。

【體略】

正宮,雙片九十六字,上片四十八字十句五平韻,下片四十八字十句六平韻,《宋史·樂志》無名氏。

【圖譜】

清都未曉,萬乘並駕,煌煌擁天行。祥風散瑞靄,華蓋
○○●●　●●●●　○○●○○　○○●●●　○●

聋、旄常建,耀層城。四列兵衛,燋火映、金支翠旌。衆樂警
●　○○●　●○○　●●○○　●●●　○○●○　●●●

作充宮庭。皦繹成。　　紺幄掀,袞冕明。妥帖壇陛,霄升
●○○○　●●○　　　●○○　●●○　●●○○　○○

振珩璜,神格至誠。雲車下冥冥。儲祥降貺莫可名。御端
●○○　○●●○　○○●○○　○○●●●○　●○

闕、盼號敷榮。澤翔施溥,茂祉均、被含生。
●　●○○○　●○○●　●●○　●○○

（《全宋詞》3720 頁）

【注釋】

此詞題"熙寧十年南郊皇帝歸青城用降仙臺一首",熙寧十年即公元 1077 年。此調兩宋現僅存四詞,雖以此詞爲最早,然此詞上片第五、六句作六字折腰一句、三字一句,結句作三字一句,其他詞作皆無與之相同者,不爲正體。按此詞下片第三、四、五句《全宋詞》斷作"妥帖壇陛霄升。振珩璜、神格至誠",不妥,今依下列正體斷句。

<h2 style="text-align:center">正　　體</h2>

【體略】

雙片九十八字,上片五十字十句五平韻,下片四十八字十句七平韻,《宋史・樂志》無名氏。

【圖譜】

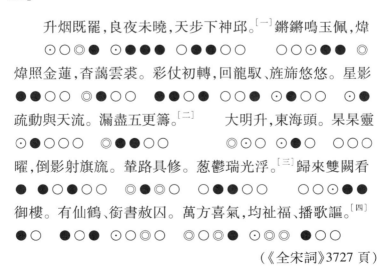

（《全宋詞》3727 頁）

【注釋】

[一]此爲紹興十三年（1143）"學士院撰曲"五首之一（《中興禮書》卷一百六十三）。此調當以此詞爲正體。此詞《全宋詞》原未分片，今依"清都未曉"於"大明升"前分片。"升"洪适詞作"漏"。"良夜未曉"作拗句，無名氏"星芒收采"詞、洪适詞作平起仄收律句。"天步下神邱"作仄起平收律句，無名氏"清都未曉"詞、洪适詞作拗句。按洪适詞此韻《全宋詞》斷作"漏殘柝静雞聲遠，到高燎。入層霄"，誤，當斷作"漏殘柝静，雞聲遠到，高燎入層霄"。句中可平可仄除注明外，皆參所列別體句法相同者。

[二]"彩仗初轉"作拗句，無名氏"星芒收采"詞、洪适詞作平起仄收律句。"旌"洪适詞作"氣"。按洪适詞上片第七、八句《全宋詞》斷作"黃麾列仗貔貅整，氣壓江潮"，當依此體斷句。

[三]"杲"無名氏"清都未曉"詞作"帖"，以入代平，不參校。"倒影射旗旒"洪适詞作"底處不潛消"，不參校。"葱鬱瑞光浮"作仄起平收律句，無名氏"清都未曉"詞作拗句。

[四]"歸來雙闕"一句作拗句，無名氏"清都未曉"詞與之同，無名氏"星芒收采"詞、洪适詞作平起平收律句。"衘書赦囚"作拗句，無名氏"星芒收采"、洪适詞作仄起平收律句。

又 一 體

【體略】

雙片九十九字，上片五十字十句六平韻，下片四十九字十句七平韻，《宋史·樂志》無名氏。

【圖譜】

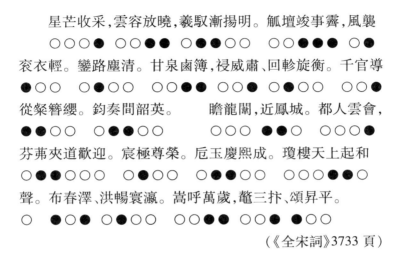

星芒收采，雲容放曉，羲馭漸揚明。觚壇竣事霽，風襲
○○○● ○○●● ○●○○ ○○●●● ○●

袞衣輕。鑾路塵清。甘泉鹵簿，祗威肅、回軫旋衡。千官導
●○○ ○●○○ ○○●● ○○●、○●○○ ○○●

從粲簪纓。鈞奏間韶英。　　　瞻龍闕，近鳳城。都人雲會，
●●○○ ○●●○○　　　●○● ●○○ ○○○●

芬苬夾道歡迎。宸極尊榮。厄玉慶熙成。瓊樓天上起和
○○●●○○ ○●○○ ●●●○○ ○○○●●○

聲。布春澤、洪暢寰瀛。嵩呼萬歲，鼇三抃、頌昇平。
○ ●●● ○●○○ ○○●● ○○●、●○○

(《全宋詞》3733 頁)

【注釋】

《兩宋鼓吹歌曲考述》考此詞作於寧宗嘉定五年（1212）。此
與無名氏"升煙既罷"詞相校，惟上片第五句添一韻，下片第四句
添一字作六字一句異。按此詞上片第四、五句《全宋詞》斷作"觚
壇竣事，霽風襲、袞衣輕"，當依正體斷作兩個五字句。

十二時

【調釋】

宮廷鼓吹曲詞。此與和峴、范祖禹、柳永等人名《十二時》者
皆同名異調。正平調，用平韻，哀曲。

【體略】

正平調,雙片一百四十六字,上片七十一字十八句九平韻,下片七十五字十九句十平韻,《宋史・樂志》無名氏。

【圖譜】

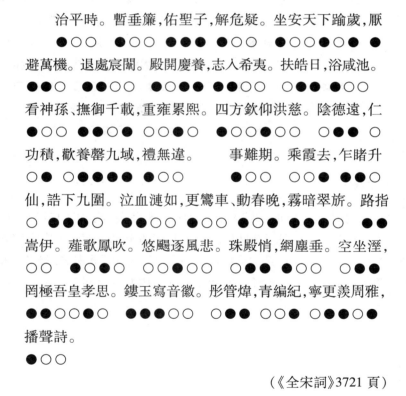

治平時。暫垂簾,佑聖子,解危疑。坐安天下踰歲,厭
●○○　　●○○,●●●,●○○。●○○●○●　●

避萬機。退處宸闈。殿開慶養,志入希夷。扶皓日,浴咸池。
●●○。●●○○。●○●●,●○○。○●●,●○○。

看神孫、撫御千載,重雍累熙。四方欽仰洪慈。陰德遠,仁
●○○、●●○●,○○●○。●○○●○○。○●●,○

功積,歡養馨九域,禮無違。　　事難期。乘霞去,乍睹升
○●,○●●●○●,●○○。　　●○○。○○●,●●○

仙,詣下九圍。泣血漣如,更鸞車、勃春晚,霧暗翠旂。路指
○,●●●○。●●○○,●○○、●○●,●●●○。●●

嵩伊。雍歌鳳吹。悠颺逐風悲。珠殿悄,網塵垂。空坐涇,
○○。○○●●。○●●○○。○●●,●○○。○●●,

罔極吾皇孝思。鏤玉寫音徽。彤管煒,青編紀,寧更羨周雅,
●●○○●○。●●●○○。○○●,○○●,○●●○●,

播聲詩。
●○○。

【注釋】

此爲"元豐二年慈聖光獻皇后發引詞"四首之一,元豐二年即公元 1079 年。此調兩宋現僅存一首。此詞與無名氏"太平時"二

詞字數雖同,但字聲、句拍、用韻多有差異,且宮調不同,不視爲同調。按此詞《全宋詞》未分片,今依《詞律辭典》於“事難期”前分片。

又上片第三句“子”、第五句“歲”、第十六句“積”,下片第十六句“燁”、第十七句“紀”《詞律辭典》皆視爲叶仄韻,今皆不作韻看。下片“空坐淫,罔極吾皇孝思”,《詞律辭典》作“空坐淫罔極。吾皇孝思”,今仍從《全宋詞》。

導　引

【調釋】

宮廷鼓吹曲詞。此與和峴郊祠《導引》同名異調。平韻,哀曲。南宋洪邁有高宗梓宮發引《導引》詞,與此亦同名異調。

【體略】

單片四十八字,十句八平韻,《宋史·樂志》無名氏。

【圖譜】

（《全宋詞》3720 頁）

【注釋】

此爲元豐二年(1079)慈聖光獻皇后發引詞。此調僅此一首,

無他詞可校。

袝陵歌

【調釋】

宮廷鼓吹曲詞。正平調,平韻,哀曲。

【體略】

正平調,雙片一百三十字,上片六十五字十五句十平韻,下片六十五字十二句十平韻,《宋史·樂志》無名氏。

【圖譜】

真人地,瑞應待聖時。鞏原西。滎河會,潤洛與瀍伊。
○○●　●○○●　●○○　○○●　●●●○○

眾水縈回。嵩高映抱,幾疊屏幃。秀嶺參差。遥山群鳳隨。
●●○○　○○●●　●○○　○○●●　○○○●

共瞻陵寢浮佳氣,非煙朝暮飛。龜筮告前期。奠收玉甹,筵
●○○●○○●　○○○○○　○●●○○　●●○　○

卷時衣。　　鑾輅曉駕載龍旂。路逶遲。鈴歌怨、畫翣引
●○○　　　○●●●●○○　●○○　○○●　●●●

華芝。霧薄風微。真遊遠、閉寶閣金扉。侍女悲啼。玉階
○○　●○○●　○○●　●●●○○　●●○○　●○

春草滋。露桃結子靈椿翠,青車何日歸。銜恨望西畿。便
○●○　●○●●○○●　○○○●○　○●●○○　●

房一鎖,夜臺曉無期。
○●●　●○●○○

【注釋】

　　此爲元豐二年（1079）慈聖光獻皇后發引詞。此調兩宋現僅存此詞，無別首可校。此詞《全宋詞》原不分片，今按《詞律辭典》分片。

六　州

【調釋】

　　宮廷鼓吹曲詞，與和峴等人《六州》不同，平韻，多用短句，哀曲，主要用於皇帝、皇后等發喪、陵寢警場之用，淒切悲傷。

【體略】

　　雙片一百三十五字，上片六十七字十四句十平韻，下片六十八字十五句十二平韻，《宋史·樂志》無名氏。

【圖譜】

慶深恩。寶曆正乾坤。前帝子，後聖孫。援立兩儀軒。
●○○　●●●○○　○●●　●○○　●●●○○

西宮大母朝寢門。望椒闈常溫。芳時媚景，有三千宮女，相
○○●●○●○　●○○○○　○○●●　●○○○●　○

將奉玉輦金根。上林紅英繁。縹緲鈞天奏梨園。望絶瑤
○●●●○○　●○○○○　●●○○●○○　●●○

池，影斷桃源。　　恨難論。開禁闥。春風丹旒翩翩。飛
○　●●○○　　　　●○○　○●●　○○○○○○　○

翠蓋，駕雕輻。容衛入西原。管簫動地清喧。陵上柏煙昏。
●●●　●○○　○●●○○　●●●●○○　○●●○○

殘霞弄影,孤蟾浮天外,行人觸目是銷魂。問蒼天。塵世光
○○●● ○○○○● ○○●●●○○ ●○○ ○●○

陰去如奔。河洛潺湲。此恨長存。
○●○○ ○●○○ ●●○○

(《全宋詞》3722 頁)

【注釋】

　　此調兩宋現僅存三首。此爲元豐三年(1080)慈聖光獻皇后
虞主回京《警場內三曲》之一。此詞下片第七句作六字一句,無名
氏"承聖緒"詞及范祖禹詞皆不與之同。按此詞上片第十二句與
下片第十三句對應,且"承聖緒"詞和范祖禹詞皆未間韻,"天"字
屬偶叶韻。

又 一 體

【體略】

　　雙片一百三十八字,上片六十七字十四句十平韻,下片七十一
字十七句八平韻,《宋史·樂志》無名氏。

【圖譜】

　　　　承聖緒,垂意在升平。驅貔虎,策豪英。號令肅天兵。
　　　　○●● ○●●○○ ○○● ●○○ ●●●○○

四方無復羽書征。德澤浸群生。睿謀雄俊,紬漢高狹陋,慕
●○○●●○○ ●●●○○ ●○○● ●●○○●● ●

三皇二帝登閎。緝樂綴文明。將升岱嶽告功成。玉牒金
○○●●○○ ●●●○○ ○○●●●○○ ●●○

繩。騰寶飛聲。　　　　事難評。軒鼎就,清都一夢俄頃。飛
○　○●○○　　　　●○○　○●● ○○●●○○　○

霞佩,乘龍馭,羽衛入高清。祥光浮動五色迎。鸞鳳雜簫
○●　○●●　●●●○○　○○●●●○○　○●●○

笙。因山功就,同軌人至,銘旌畫翠,行背重城。楚笳凝咽,
○　○○○●　○●○● ○○●● ○●○○　●●○○

漢儀雄盛,攀慕傷情。惟餘內傳,知向蓬瀛。
●○○● ○●○○　○○●● ○●○○

(《全宋詞》3724 頁)

【注釋】

此爲元豐八年(1085)神宗皇帝虞主回京四首之一。此與“慶深恩”詞相校,上片首句不押韻,十三句添一韻,下片第二、五、十四句不押韻,第七句添一字作七字一句,第十、十一句作四字三句,第十二、十三句添二字作四字三句異。又此詞上片第六、七、十一、十二句字聲亦與“慶深恩”詞異。按此詞上片第十、十一句《全宋詞》原斷作“慕三皇二帝,登閟緝樂綴文明”,下片第二、三句斷作“軒鼎就、清都一夢俄頃”,第七、八句斷作“祥光浮動五色,迎鸞鳳,雜簫笙”,皆不當。

又一體(正體)

【體略】

雙片一百三十八字,上片六十七字十四句十平韻,下片七十一字十五句十二平韻,范祖禹。

【圖譜】

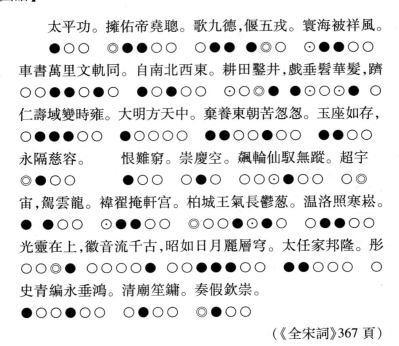

太平功。擁佑帝堯聰。歌九德,偃五戎。寰海被祥風。
車書萬里文軌同。自南北西東。耕田鑿井,戲垂髫華髮,躋
仁壽域變時雍。大明方天中。棄養東朝苦忽忽。玉座如存,
永隔慈容。　　恨難窮。崇慶空。飆輪仙馭無蹤。超宇
宙,駕雲龍。褘翟掩軒宮。柏城王氣長鬱葱。温洛照寒崧。
光靈在上,徽音流千古,昭如日月麗層穹。太任家邦隆。彤
史青編永垂鴻。清廟笙鏞。奏假欽崇。

（《全宋詞》367 頁）

【注釋】

此爲紹聖元年（1094）宣仁聖烈皇后虞主回京四首之一。此調當以此詞爲正體。此與"慶深恩"詞相校,惟下片第七句添一字作七字一句（與"承聖緒"詞同）,第十二句添二字作五字一句異。此詞除下片第七、十二句外,字聲皆同"慶深恩"詞。按此詞上片第七、九句作上一下四句法。譜内平仄,悉參無名氏二詞。

十二時

【調釋】

　　宮廷鼓吹曲詞。此調與無名氏名《十二時》之"治平時"詞有相近之處,但並不同調。大石調,平韻,哀曲。

【體略】

　　大石調,雙片一百四十六字,上片七十一字十八句十二平韻,下片七十五字十九句十一平韻,《宋史·樂志》無名氏。

【圖譜】

太平時。御華夷。躬聽斷,破危疑。春秋鼎盛,絀聲樂
●○○　●○○　○○●,●○○　○○●●,●○●

遊嬉。日昇繁機。長駕遠馭垂。意在軒羲。恢六典,斥三
○○　●○○○　○○●●○　●●○○　○●●,●○

垂。有殊尤絕迹,盛德魄周施。方將綴緝聲詩。擴皇綱,明
○　●○○●●,●●●○○　○○●●○○　●○○,○

帝典,紹累聖重熙。高拱無爲。　　事難知。春色盛,逼千
●●,●●●○○　○●○○　　　　●○○　○●●,●○

秋嘉節,忽聞玉几。頒命彤闈。厭世御雲歸。翊翠鳳,駕文
○○●,●○●●　○●○○　●●●○○　●●●,●○

螭。縹緲難追。侍臣宮女,但攀慕號悲。玉輪動,指嵩伊。
○　●●○○　●○○●,●○●○○　●○●,●○○

龍鑣日益遠空游,漢廟冠衣。惟盛德巍巍。鏤玉册,傳青史,
○○●●●○○,●●○○　○●●○○　●●●,○○●,

昭示無期。
○●○○

（《全宋詞》3725 頁）

【注釋】

此爲"虞主回京"四首之一,《兩宋鼓吹歌曲考述》考此詞作於元豐八年(1085)。《全宋詞》未分片,今依《詞律辭典》於"事難知"前分片。按《詞律辭典》:"'迹'字以入作上(按:"上"當爲"平"字之誤)。"今"迹"字從《全宋詞》,非用韻。又下片第二、三句《詞律辭典》以"'逼'字以入作平"作韻處理,斷作"春色盛逼,千秋嘉節",不妥,從句意角度看更宜斷作三字一句、五字一句,"逼"作領字,今仍從《全宋詞》。又下片第十八句"史"《詞律辭典》視爲叶仄韻,今不作韻看。

永裕陵歌

【調釋】

宮廷鼓吹曲詞。此爲"神宗靈駕發引"詞,正平調,平韻,哀曲。

【體略】

正平調,雙片一百三十四字,上片六十六字十四句十平韻,下片六十八字十四句十平韻,《宋史·樂志》無名氏。

【圖譜】

升龍德,當位富春秋。受天球。膺駿命,玉帛走諸侯。

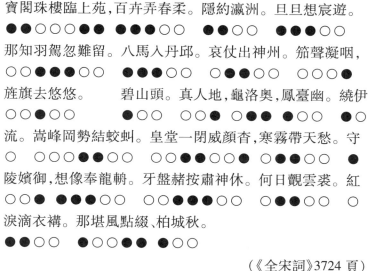

寶閣珠樓臨上苑，百卉弄春柔。隱約瀛洲。旦旦想宸遊。
●●○○○●● 　●●○○○ 　●●○○ 　●●●○○

那知羽駕忽難留。八馬入丹邱。哀仗出神州。笳聲凝咽，
○○●●●○ 　●●○○ 　○○●○○ 　○○●●

旌旗去悠悠。　　碧山頭。真人地，龜洛奧，鳳臺幽。繞伊
○○●○○ 　　●○○ 　○○● 　○●● 　●○○ 　●○

流。嵩峰岡勢結蛟虯。皇堂一閉威顏杳，寒霧帶天愁。守
○ 　○○○●●○○ 　○○●●○○● 　○●●○○ 　●

陵嬪御，想像奉龍輈。牙盤赭按蕭神休。何日覿雲裘。紅
○○●● 　●●●○○ 　○○●●○○ 　○○●○○ 　○

淚滴衣褲。那堪風點綴、柏城秋。
●●○○ 　●○○●● ○○

　　　　　　　　　　　　　　　（《全宋詞》3724頁）

【注釋】

此爲"八年神宗靈駕發引四首"之一，"八年"即元豐八年
（1085）。此調兩宋現僅存此詞，無別首可校。此詞《全宋詞》原不
分片，今參《詞律辭典》分爲兩片。

獻天壽

【調釋】

調見《高麗史·樂志》，爲《獻仙桃》大型舞曲歌詞。調用平
韻，賦本意，聲情清新明媚。

【體略】

雙片四十七字，上片二十三字四句四平韻，下片二十四字五句

三平韻,《高麗史・樂志》無名氏。

【圖譜】

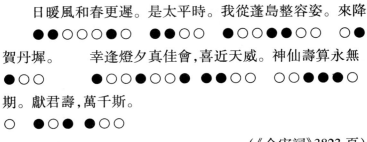

　　　日暖風和春更遲。是太平時。我從蓬島整容姿。來降
　　　●●○○○●○　　●●○○　　●○○●●○○　　○●

賀丹墀。　　　幸逢燈夕真佳會,喜近天威。神仙壽算永無
●○○　　　　●○○●○○●　●○○　　○○●●●○

期。獻君壽,萬千斯。
○　●○● ●○○

(《全宋詞》3823 頁)

【注釋】

此調兩宋金元現僅存此詞,無他首可校。

獻天壽令

【調釋】

調見《高麗史・樂志》,爲《獻仙桃》大型舞曲歌詞。調用平
韻,賦本意,聲情清新明媚。

【體略】

雙片五十二字,上片二十五字,下片二十七字,各四句三平韻,
《高麗史・樂志》無名氏。

【圖譜】

　　　閬苑人間雖隔,遙聞聖德彌高。西離仙境下雲霄。來
　　　●●○○○●　○○○●○○　　○○○●●○○　　○

獻千歲靈桃。　　　　上祝皇齡齊天久,猶舞蹈、賀賀聖朝。梯

●○●○○　　　　　　●●○○○○●　○●●　●●●○　　○

航交湊四方遥。端拱永保宗桃。

○○●●○○　　○●●●○○

(《全宋詞》3823 頁)

【注釋】

　　此調兩宋金元現僅存此詞,無他詞可校。

金盞子

【調釋】

　　調見《高麗史・樂志》,爲《獻仙桃》大型舞曲歌詞。調用平
韻,聲情清新明媚。

【體略】

　　雙片四十七字,上片二十四字,下片二十三字,各五句兩平韻,
《高麗史・樂志》無名氏。

【圖譜】

　　　東風報暖,到頭嘉氣漸融怡。巍峨鳳闕,起鼇山萬仞,

　　　○○●●　●○○○●○○　　○○●●　●○○●●

争聳雲涯。　　梨園弟子,齊奏新曲,半是塡篪。見滿筵、

○●○○　　　　○○●●　○●○●　●●○○　　●●○

簪紳醉飽,頌鹿鳴詩。

○○●●　●●○○

(《全宋詞》3824 頁)

【注釋】

此調兩宋金元現僅存此詞，無他首可校。

瑞鷓鴣慢嶉子

【調釋】

調見《高麗史・樂志》，爲《獻仙桃》大型舞曲歌詞。調用平韻，聲情清新明媚。

【體略】

雙片四十八字，上片二十二字，下片二十六字，各四句三平韻，《高麗史・樂志》無名氏。

【圖譜】

```
北暴東頑，納款慕義争來。日新君德更明哉。歌詠載
●　●○　　●●●○○　　●○●○○　　　○●●
衢街。　　清寧海宇無餘事，樂與民同燕春臺。一年一度
○○　　　○○●●○●　●●○○●○○　　●○●●
上元回。願醉萬年杯。
●○○　　●●●○○
```

（《全宋詞》3824 頁）

【注釋】

此調兩宋金元現僅存此詞，無別首可校。

壽延長破字令

【調釋】

調見《高麗史・樂志》，爲《壽延長》大型舞曲歌詞。調用上去韻，聲情清新明媚。

【體略】

雙片五十二字，上下片各二十六字四句四上去韻，《高麗史・樂志》無名氏。

【圖譜】

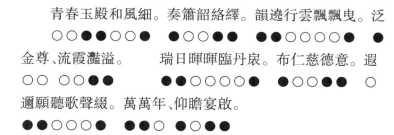

（《詞譜》卷十）

【注釋】

此調兩宋金元現僅存此詞。《詞譜》卷十：「此高麗壽延長舞隊曲也，因其雜用唐樂，故采之。」按此詞上下片第二句均作上一下四式五字句，填者慎之。

步虛子令

【調釋】

　　調見《高麗史・樂志》,爲《五羊仙》大型舞曲歌詞。調用平韻,聲情清新明媚。

【體略】

　　雙片五十七字,上片二十八字六句四平韻,下片二十九字七句三平韻,《高麗史・樂志》無名氏。

【圖譜】

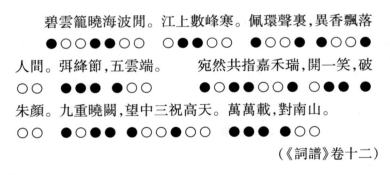

碧雲籠曉海波閒。江上數峰寒。佩環聲裏,異香飄落
●○○●●○○　○●●○○　●○○●　●○○●

人間。弭絳節,五雲端。　　宛然共指嘉禾瑞,開一笑,破
○○　●●●　●○○　　　●○○●○●●　○●●　●

朱顏。九重曉闕,望中三祝高天。萬萬載,對南山。
○○　●●●●　●○○●○○　●●●　●○○

　　　　　　　　　　　　　　　　　　(《詞譜》卷十二)

【注釋】

　　《大晟府及其樂詞通考》考《五羊仙》大曲載《步虛子令》爲徽宗朝賀天寧節之曲(313頁)。此調兩宋金元現僅存此詞,無他首可校。

五羊仙破字令

【調釋】

調見《高麗史・樂志》,爲《五羊仙》大型舞曲歌詞。《全宋詞》此調名《破字令》。調用上去韻,聲情激健有力。

【體略】

雙片五十字,上片二十四字四句三上去韻,下片二十六字五句三上去韻,《高麗史・樂志》無名氏。

【圖譜】

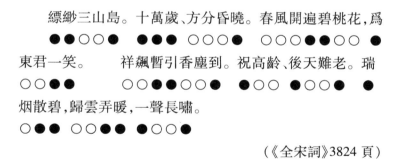

縹緲三山島。十萬歲、方分昏曉。春風開遍碧桃花,爲
●●○○● 　●●● 　○○●● 　○○○●●○● 　●
東君一笑。　　祥飆暫引香塵到。祝高齡、後天難老。瑞
○○●● 　　　○●●●○● 　○○○ 、●○○● 　●
烟散碧,歸雲弄暖,一聲長嘯。
○●● 　○○●● 　●○○●

(《全宋詞》3824 頁)

【注釋】

此調兩宋金元現僅存此詞,無別首可校。

折花令

【調釋】

調見《高麗史・樂志》,爲《拋球樂》大型歌舞歌詞。調用上去

韻,聲情活潑歡快。

【體略】

雙片五十二字,上片二十六字五句三上去韻,下片二十六字五句四上去韻,《高麗史・樂志》無名氏。

【圖譜】

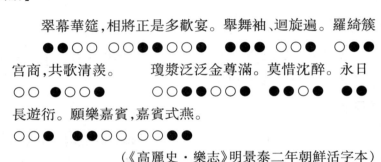

(《高麗史・樂志》明景泰二年朝鮮活字本)

【注釋】

此調兩宋金元現僅存此詞,無別首可校。下片"永日長遊衍"、"願樂嘉賓"二句,《詞譜》分別作"當永日、長遊衍"、"願燕樂嘉賓"。

清平令破子

【調釋】

調見《高麗史・樂志》,爲《抛球樂》大型歌舞歌詞。此調上片用上去韻,下片用入聲韻,聲情激揚歡快。

【體略】

　　雙片五十二字,上片二十六字四句四上去韻,下片二十六字四句四入聲韻,《高麗史·樂志》無名氏。

【圖譜】

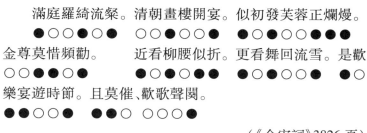

　　滿庭羅綺流粲。清朝畫樓開宴。似初發芙蓉正爛熳。
　　●○○●○● 　○○●○● 　●○●○○●●

　　金尊莫惜頻勸。　　近看柳腰似折。更看舞回流雪。是歡
　　○○●●○● 　●○○○●● 　●○●○○● 　●○

　　樂宴遊時節。且莫催、歡歌聲闋。
　　●●○○●● 　●●○、○○●●

　　　　　　　　　　　　　　　　　（《全宋詞》3826 頁）

【注釋】

　　此調兩宋金元現僅存此詞,無別首可校。

萬年歡

【調釋】

　　調見《高麗史·樂志》,大曲《萬年歡》摘遍曲。按《宋史·樂志》有大曲中呂宮《萬年歡》,《高麗史·樂志》所載四詞即大曲歌詞,當皆用中呂宮。其中“禁籞初晴”一首雙片一百字,與宋人常用體相同。另三詞皆爲孤調。此調用平韻,賦本意,聲情清新歡快。

【體略】

　　雙片四十九字,上片二十四字五句二平韻,下片二十五字五句

三平韻,《高麗史・樂志》無名氏。

【圖譜】

　　　當今聖主,理化感四塞,永滅狼煙。太平朝野無征戰,
　　　○○●● ●●●●● ●●○○　　●○○●○○●

國內晏然。　　　　風調雨順歌聲喧。簫韶韻,九奏鈞天。願
●●○○　　　　　○○●●○○○　　○○● ●●○○　　●

王永壽,比南山、更奏延年。
○●● ●○○、●●○○

　　　　　　　　　　　　　　　　　　　　（《全宋詞》3827 頁）

【注釋】

　　　此調兩宋金元現僅存此詞,無別首可校。

萬年歡

【調釋】

　　　大曲《萬年歡》摘遍曲。調用上去韻,詠舞者,聲情清新歡快。

【體略】

　　　雙片五十三字,上片二十八字四句三上去韻,下片二十五字六
句兩上去韻,《高麗史・樂志》無名氏。

【圖譜】

　　　婥妁要肢輕婀娜。學內樣、深深梳果。如五鳳雙鸞相
　　　●●○○○●● 　　●●● ○○○● 　　○●●○○○

對舞,隨腰帶、乍遊瑣。　　鶯幕,滿頭花,見綠楊摸薪。金
● ●　○ ○ ●　● ○ ●　　　○ ●　● ● ○ ○　● ● ○ ● ●　　○

階獻,一庭細管繁弦裏,誰把撥抛過。
○ ●　● ○ ● ○ ● ○ ●　○ ● ○ ○ ●

(《全宋詞》3827 頁)

【注釋】

此調兩宋金元現僅存此詞,無別首可校。

萬年歡

【調釋】

大曲《萬年歡》摘遍曲。調用平韻,詠舞者,聲清新歡快。

【體略】

雙片五十二字,上片二十五字六句四平韻,下片二十七字六句三平韻,《高麗史·樂志》無名氏。

【圖譜】

舞鶯雙鷥,香獸低。散瑞景煙微。投袂翩翩,趁拍遲
● ○ ○ ●　○ ○ ●　● ● ● ○ ●　○ ● ○ ○　● ● ○

遲。按曲度瑤池。　　曲遍新聲,斂繡衣跪。彩袖高捧瓊
○　● ● ● ○ ○　　● ● ○ ○ ●　● ○ ○ ●　● ● ○ ● ●

卮。指月中丹桂,春難老,祝仙壽維祺。
○　● ● ○ ○ ●　○ ○ ●　● ● ○ ○ ○

(《全宋詞》3827 頁)

【注釋】

　　此調兩宋金元僅存此詞,無別首可校。此詞上片第三、六句,下片第四、六句皆作上一下四式五字句。

月華清

【調釋】

　　調見《高麗史·樂志》。《詞譜》卷二十七:"調見《空同詞》。"誤。《空同詞》作者洪瑹,南宋理宗時人。此調朱淑真、馬子嚴皆有詞,體式完全相同。《校正》:"此調爲換頭曲,自前後段第四句起句式相同;調勢平穩和婉。此調宜於節序、詠物、抒情、寫景。"(457頁)

【體略】

　　雙片九十九字,上片四十九字十句五仄韻,下片五十字十句六仄韻,《高麗史·樂志》無名氏。

【圖譜】

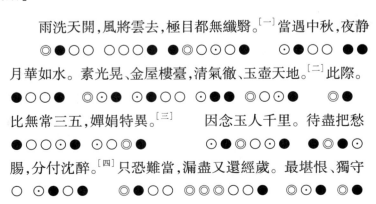

雨洗天開,風將雲去,極目都無纖翳。[一]當遇中秋,夜静
月華如水。素光晃、金屋樓臺,清氣徹、玉壺天地。[二]此際。
比無常三五,嬋娟特異。[三]　　因念玉人千里。待盡把愁
腸,分付沈醉。[四]只恐難當,漏盡又還經歲。最堪恨、獨守

書幃,空對景、不成歡意。[五]除是。問姮娥覓取,一枝仙桂。[六]
○○ ⊙●● ◎○○⊙●　　⊙● ●○○○◎● ◎○○⊙●

（《全宋詞》3827 頁）

【注釋】

[一]此調兩宋金元現存六詞。除朱淑真一首押入聲韻外,其餘均押上去韻。《詞譜》以洪瑹詞爲正體:"此調只有一體,宋、元人俱照此填。"今以此詞爲正體。"雨"洪瑹詞作"花"。"極目都無纖翳"作仄起仄收律句,惟蔡松年詞與之同,餘詞皆作拗句,如馬子嚴詞作"滿庭搖落空翠",填者任選一種可也。

[二]上片第四、五句《全宋詞》斷作:"當遇中秋夜,静月華如水。"不當。"當"馬子嚴詞作"數"。"中"蔡松年詞作"别",以入代平,不參校。"素"馬子嚴詞作"人","光"洪瑹詞作"魄","金"朱淑真詞作"宿","清"洪瑹詞作"皓","玉"、"天"朱淑真詞作"寒"、"寂"。

[三]"此"馬子嚴詞作"遥"。"比無常三五"作上一下四式句法。"無"蔡松年詞作"白",以入代平。"三"洪瑹詞作"溈"。"嬋"、"特"馬子嚴詞作"碧"、"無"。

[四]"因"、"玉"、"千"洪瑹詞作"況"、"風"、"夜"。"待盡把愁腸"作上一下四句法。"盡"、"愁"蔡松年詞作"年"、"玉"。"分付沈醉"宜作拗句,惟洪瑹詞作"海棠微綻",用平起仄收律句,不參校。

[五]下片第四、五句《全宋詞》斷作:"只恐難當漏盡,又還經歲。"不當。"只"朱淑真詞作"深","漏"朱淑真詞作"端","盡"洪瑹詞作"離"。"最堪"馬子嚴詞作"心裏","獨"朱淑真詞作"妝","空"朱淑真詞作"對","不"、"歡"蔡松年詞作"人"、"適"。

[六]"除"馬子嚴詞作"怕"。"覓"洪瑹詞作"摧","一"馬子嚴詞作"蘭","仙"朱淑真詞作"獨"。"問姮娥覓取"句朱淑真詞

作"向花時取",當脱漏一字,注出不另列。

醉太平

【調釋】

　　調見《高麗史·樂志》,與米芾名《醉太平》者不同。調用上去韻,賦戀情相思,南宋辛棄疾詞與之全同。《太平樂府》收無名氏詞,作南呂宫。

【體略】

　　雙片四十六字,上片二十字,下片二十六字,各四句三仄韻,《高麗史·樂志》無名氏。

【圖譜】

厭厭悶着。厭厭悶着。奴兒近日聽人咬,把初心忘
⊙○●●　　○○●●　　⊙○◎●⊙○●　●○○●

却。　教人病深謾摧拙。憑誰與我分説破。仔細思量
●　　　○○◎⊙○◎●　○○●●○◎●　●●○○

怎奈何,見了伏些弱。
●●○　●●◎●●

(《全宋詞》3828 頁)

【注釋】

　　此調與米芾等人《醉太平》相校,上片前兩句完全相同,其他句法、用韻迥異。此調或借原《醉太平》另造新聲。此調除無名氏外,惟辛棄疾有詞。句中可平可仄即參下列辛詞。

又一體

【體略】

　　雙片四十六字,上片二十字,下片二十六字,各四句四仄韻,辛棄疾。

【圖譜】

(《全宋詞》1969頁)

【注釋】

　　此詞題"春晚"。此與無名氏詞相校,惟上下片第三句各添一韻異。下片第二句《詞譜》卷三作:"香徑裏,榆錢滿。"

慶春澤

【調釋】

　　調見《高麗史・樂志》,與張先同名者不同,亦與《高陽臺》之別名《慶春澤》無涉。詞賦本意,用上去韻,聲情明快嫵媚。

【體略】

雙片九十八字,上片四十八字,下片五十字,各十句四上去韻,《高麗史‧樂志》無名氏。

【圖譜】

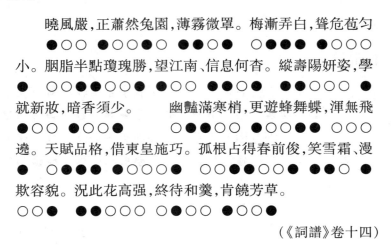

曉風嚴,正蕭然兔園,薄霧微罩。梅漸弄白,聳危苞勻
小。胭脂半點瓊瑰勝,望江南、信息何杳。縱壽陽妍姿,學
就新妝,暗香須少。　　幽豔滿寒梢,更遊蜂舞蝶,渾無飛
遶。天賦品格,借東皇施巧。孤根占得春前俊,笑雪霜、漫
欺容貌。況此花高強,終待和羹,肯饒芳草。

(《詞譜》卷十四)

【注釋】

此調兩宋金元現僅存此詞,無別首可校。上片第五、六句《全宋詞》作:“聳危苞、勻勝胭脂,半點瓊瑰小。”當從《詞譜》斷句。按此詞上片第二句以下與下片第二句以下同,且上下片第二、五、八句皆作上一下四式五字句,填者慎之。

愛月夜眠遲慢

【調釋】

調見《高麗史‧樂志》。調用平韻,篇長韻疏,多用四六句法,

聲情清新悠遠。

【體略】

雙片一百四字,上片五十一字十一句三平韻,下片五十三字十句四平韻,《高麗史·樂志》無名氏。

【圖譜】

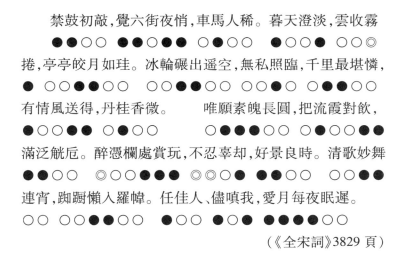

禁鼓初敲,覺六街夜悄,車馬人稀。暮天澄淡,雲收霧捲,亭亭皎月如珪。冰輪碾出遥空,無私照臨,千里最堪憐,有情風送得,丹桂香微。　　唯願素魄長圓,把流霞對飲,滿泛觥厄。醉憑欄處賞玩,不忍辜却,好景良時。清歌妙舞連宵,踟蹰懶入羅幃。任佳人、儘嗔我,愛月每夜眠遲。

（《全宋詞》3829 頁）

【注釋】

此調兩宋除無名氏詞外,僅有仇遠詞可參校,金元亦無詞。按此詞上片第八至十一句《詞譜》卷三十三斷作:"照臨千里無私。最堪憐、有情風,送得丹桂香微。"《全宋詞》斷作:"無私照臨千里。最堪憐、有情風,送得丹桂香微。"又下片第四、五、六句《詞譜》斷作:"醉憑欄處,賞玩不忍,辜負好景良時。"《全宋詞》斷作:"醉憑欄處、賞玩不忍,辜却好景良時。"皆不當。句中可平可仄即參仇遠詞。

又一體

【體略】

雙片一百三字,上片五十一字十一句三平韻,下片五十二字十句五平韻,仇遠。

【圖譜】

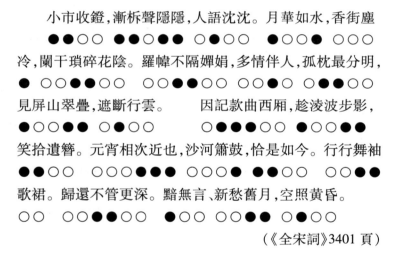

【注釋】

此與無名氏詞相校,惟下片第七句添一韻,結韻減一字作上三下四式折腰一句、四字一句異。按上片第九句"明"《全宋詞》作韻,不從。

風中柳令

【調釋】

調見《高麗史·樂志》。調用上去韻，無名氏詞賦戀情，聲情風流嫵媚。李石詞《風中柳令》，與之同調異體，陸游《謝池春令》與李石詞體全同。《詞譜》卷十五以《高麗史·樂志》中無名氏詞《風中柳令》即陸游令詞《謝池春》，當是，但將此調名更爲《謝池春》不當。陸游此調三詞寫建功立業之情，格調豪邁，當爲變調。《魏氏樂譜》卷一以明陳繼儒"燕燕于飛"詞爲譜。

【體略】

雙片六十五字，上片三十一字，下片三十三字，各六句四仄韻，《高麗史·樂志》無名氏。

【圖譜】

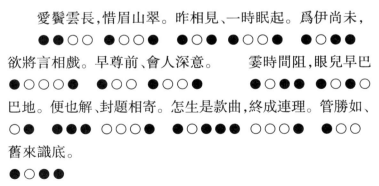

（《詞譜》卷十五）

【注釋】

　　此調兩宋金元現存近十首,雖以此詞爲早,然此詞下片第四、五句作五字一句、四字一句,後之詞作無與之相同者,不作正體。此詞《全宋詞》與《詞譜》字句略有不同,上片第二、三句《全宋詞》作“惜眉山,尋乍相見,一時眠起”,今從《詞譜》。又上片第四、五句《全宋詞》斷作“爲伊尚驗,未欲將言相戲”,《詞譜》斷作“爲伊尚未欲,將言相戲”,皆不妥。又下片第二句《詞譜》斷作六字折腰句,亦不當。

又一體

【體略】

　　雙片六十六字,上下片各三十三字六句四仄韻,李石。

【圖譜】

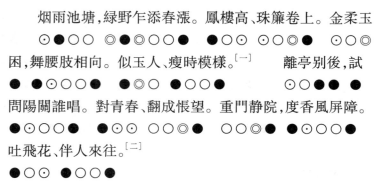

(《全宋詞》1302 頁)

【注釋】

[一]此調當以此詞爲正體。《詞譜》以陸游"賀監湖邊"詞爲正體不當。此詞上片"鳳樓高"以下,與下片"對青春"以下相同。"綠"陸游"賀監湖邊"詞作"初","乍"洪希文詞作"陰"。"樓"洪希文詞作"決",偶以入代平。"舞腰肢相向"一句與下片第五句"度香風屏障"皆宜作上一下四式句法。"腰"洪希文詞作"硃"。句中可平可仄除注明外,皆參所列別體句法相同者。

[二]"離亭別後"惟洪希文詞作"德耀當年",律句不同,偶用不參校。"香"洪希文詞作"欲"。"花"孫夫人詞作"負"。"來"無名氏詞作"識",偶以入代平。

又一體

【體略】

雙片六十四字,上下片各三十二字六句五仄韻,劉因。

【圖譜】

我本漁樵,不是白駒空谷。對西山、悠然自足。北窗疎
●●○○　●●●○○●　　●○○　○○●●　○○○

竹。南窗叢菊。愛村居、數間茅屋。　　　　風煙草爲,滿意一
●　○○○●　●○○　●○○●　　　　　　○○●●　●●●

川平綠。問前溪、今朝酒熟。幽禽歌曲。清泉琴築。欲歸來、
○○●　●○○　○○●●　○○○●　○○○●　●○○

故人留宿。
●○○●

【注釋】

　　此與李石詞相校，惟上下片第四句均押韻，且第五句均減一領字作四字一句異。明陳繼儒等人詞正與此同。

荔子丹

【調釋】

　　調見《高麗史·樂志》。調用平韻，非賦本意，聲情清新歡快。

【體略】

　　雙片五十三字，上片二十七字，下片二十六字，各四句三平韻，《高麗史·樂志》無名氏。

【圖譜】

（《詞譜》卷十）

【注釋】

　　此調兩宋金元現僅存此詞，無他詞可校。《詞律拾遺》卷二："前後同，惟後結只四字，與前結異，恐是'會'字上訛脫一字也。"

太平年（慢）

【調釋】

調見《高麗史・樂志》。調用上去韻，句句用韻，上片作七、五、七、五句法，下片作七、五、五、四句法，聲情勁健激揚。

【體略】

雙片四十五字，上片二十四字，下片二十一字，各四句四上去韻，《高麗史・樂志》無名氏。

【圖譜】

皇州春滿群芳麗。散異香旖旎。罷宮開宴賞佳致。舉
〇〇〇●〇〇●　●●〇〇●　〇〇〇●●〇●　●

笙歌鼎沸。　永日遲遲和風媚。柳色烟凝翠。唯恐日西
〇〇●●　　　●●〇〇〇〇●　●●〇〇●　〇●●〇

墜。且樂歡醉。
●　●●〇●

（《全宋詞》3829 頁）

【注釋】

此調兩宋金元現僅存此詞，無他詞可校。上片第二、四句皆作上一下四句式。

金殿樂慢

【調釋】

調見《高麗史·樂志》。調用平韻，賦本意，聲情清新歡暢。《金殿樂》調名最早見於《樂府詩集·近代曲辭》（卷八十），爲五言絕句體："入夜秋砧動，千門起四鄰。不緣樓上月，應爲隴頭人。"

【體略】

雙片四十八字，上片二十一字，下片二十七字，各四句三平韻，《高麗史·樂志》無名氏。

【圖譜】

（《全宋詞》3829 頁）

【注釋】

此調兩宋金元現僅存此詞，無別首可校。

安平樂

【調釋】

調見《高麗史·樂志》。調用平韻,壽詞,聲情清新歡暢。

【體略】

雙片五十八字,上片二十八字六句三平韻,下片三十字五句四平韻,《高麗史·樂志》無名氏。

【圖譜】

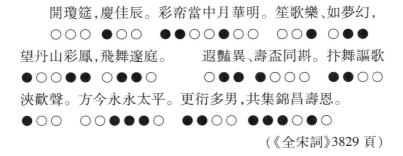

　　　　開瓊筵,慶佳辰。彩帟當中月華明。笙歌樂、如夢幻,
　　　　○○○　●○○　●●○○●○○　　○○●　○●●

　　　　望丹山彩鳳,飛舞遶庭。　　　遐豔異、壽盃同斟。抃舞謳歌
　　　　●○○●●　○●○　　　　　○●●　●○○○　●●○○

　　　　浹歡聲。方今永永太平。更衍多男,共集錦昌壽恩。
　　　　●○○　○○●●●○○　　●●○○　●●●○●○○

　　　　　　　　　　　　　　　　　　　　　　(《全宋詞》3829 頁)

【注釋】

此調兩宋金元現僅存此詞,無別首可校。

行香子慢

【調釋】

調見《高麗史·樂志》。調用平韻,祝頌之詞,聲情熱烈歡快。

【體略】

雙片九十六字,上片四十七字十句五平韻,下片四十九字十一句六平韻,《高麗史・樂志》無名氏。

【圖譜】

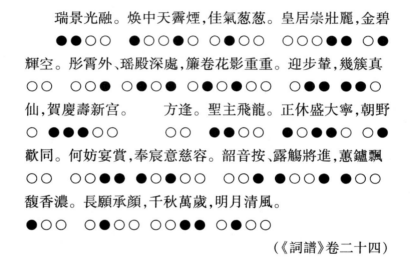

瑞景光融。煥中天霽煙,佳氣蔥蔥。皇居崇壯麗,金碧
輝空。彤霄外、瑤殿深處,簾卷花影重重。迎步輦,幾簇真
仙,賀慶壽新宮。　　方逢。聖主飛龍。正休盛大寧,朝野
歡同。何妨宴賞,奉宸意慈容。韶音按、露觴將進,蕙鑪飄
馥香濃。長願承顏,千秋萬歲,明月清風。

(《詞譜》卷二十四)

【注釋】

《大晟府及其樂詞通考》以此詞作於熙寧元年(1068)(308頁)。此調兩宋金元現僅存此詞,無別首可校。

遊月宮令

【調釋】

調見《高麗史・樂志》。此調通篇無叶韻,《詞律辭典》以爲

"很可能爲藝人'即興'之作,臨時胡編幾句歌功頌德之套辭以墊場應急,故來不及顧及押韻與不押韻"(477 頁)。

【體略】

雙片四十七字,上片二十二字四句,下片二十五字六句,《高麗史·樂志》無名氏。

【圖譜】

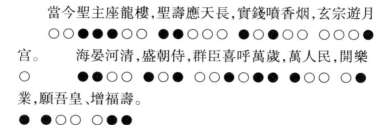

當今聖主座龍樓,聖壽應天長,實錢噴香烟,玄宗遊月
○○●●●●○　●●○○○　●○○○●　○○○●
宮。　　海晏河清,盛朝侍,群臣喜呼萬歲,萬人民,開樂
○　　　●●○○　●○●　○○○●○●　●○○　○●
業,願吾皇、增福壽。
●　●○○　○●○●

(《全宋詞》3832 頁)

【注釋】

此調兩宋金元現僅存此詞,無別首可校。

惜花春起早

【調釋】

調見《高麗史·樂志》。調用入聲韻,賦本意,聲情清越悠揚。此調南宋張樞有殘句。

【體略】

雙片一百字,上片四十九字十句四入聲韻,下片五十一字九句

四入聲韻,《高麗史・樂志》無名氏。

【圖譜】

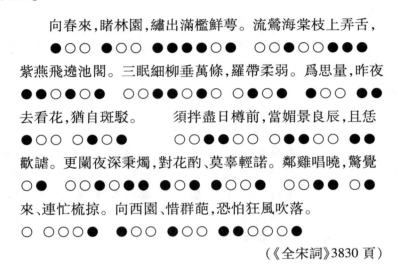

向春來,睹林園,繡出滿檻鮮蕚。流鶯海棠枝上弄舌,
●○○　●○○　●●●●○●　　○○●○●●●

紫燕飛遶池閣。三眠細柳垂萬條,羅帶柔弱。爲思量,昨夜
●●○○●●　○○●●○●○　○●○●　●○○　●●

去看花,猶自斑駁。　　須拌盡日樽前,當媚景良辰,且恁
●○○　○●○●　　　○○●●○○　○●●○○　●●

歡謔。更闌夜深秉燭,對花酌、莫辜輕諾。鄰雞唱曉,驚覺
○●　○○●○●●　●○●　●○○●　○○●●　○●

來、連忙梳掠。向西園、惜群葩,恐怕狂風吹落。
○　○○○●　●○○　●○○　●●○○○●

【注釋】

此調兩宋金元現僅存此詞,無別首可校。

水龍吟慢

【調釋】

調見《高麗史・樂志》,與流行詞調《水龍吟》不同。調用上去韻,賦詠歌舞,聲情歡快清新。

【體略】

雙片一百一字,上片五十字八句五上去韻,下片五十一字八句

四上去韻,《高麗史·樂志》無名氏。

【圖譜】

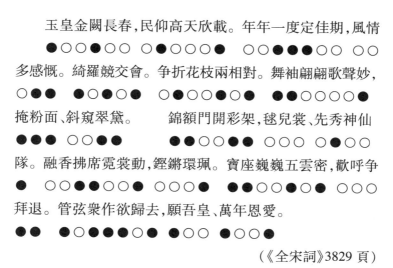

玉皇金闕長春,民仰高天欣載。年年一度定佳期,風情
多感慨。綺羅競交會。爭折花枝兩相對。舞袖翩翩歌聲妙,
掩粉面、斜窺翠黛。　　錦額門開彩架,毬兒裳、先秀神仙
隊。融香拂席霓裳動,鏗鏘環珮。寶座巍巍五雲密,歡呼爭
拜退。管弦衆作欲歸去,願吾皇、萬年恩愛。

(《全宋詞》3829 頁)

【注釋】

《大晟府及其樂詞通考》以此詞作於元祐七年(1092)(309
頁)。此調兩宋金元現僅存此詞,無別首可校。《詞譜》:"此見《高
麗史·樂志》,名《水龍吟慢》,與蘇詞、秦詞,句讀全異,采入以備
一體。"

西江月慢

【調釋】

此與呂渭老詞名《西江月慢》者不同。調用上去韻,賦離別相
思,聲情幽怨感傷。

【體略】

雙片一百六字，上片五十二字八句四仄韻，下片五十四字八句五仄韻，《高麗史·樂志》無名氏。

【圖譜】

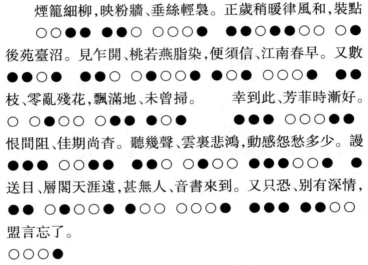

煙籠細柳，映粉牆、垂絲輕裊。正歲稍暖律風和，裝點
後苑臺沼。見乍開、桃若燕脂染，便須信、江南春早。又數
枝、零亂殘花，飄滿地、未曾掃。　　幸到此、芳菲時漸好。
恨間阻、佳期尚杳。聽幾聲、雲裏悲鴻，動感怨愁多少。謾
送目、層閣天涯遠，甚無人、音書來到。又只恐、別有深情，
盟言忘了。

（《全宋詞》3831 頁）

【注釋】

《詞譜》卷三十二："此見《高麗史·樂志》，亦宋詞也，惟前後段起二句，與呂詞同，餘俱異。"按此詞上片第三句《詞譜》作"正歲首、暖律風和"，第五句《詞譜》作八字一句，結句斷作三字兩句，下片第五句斷作三字一句、五字一句，今皆從《全宋詞》。

魚游春水

【調釋】

《詞譜》卷二十一:"《復齋漫録》:政和中,一中貴使越州回,得詞於古碑,無名無譜,録以進御,命大晟府填腔,因詞中語,賜名《魚游春水》。"此調用上去韻,多用長句,題材多賦春景春情,聲情愁苦憂傷。《校正》:"此調七字句與四字句配合恰當,頗有流暢之美,而又含蓄能留,適於抒情、言志、寫景。"(343頁)《魏氏樂譜》卷三即以無名氏"秦樓東風裏"爲譜。曲牌有《魚游春水》,乃另造新聲,《中原音韻》作雙調,《全元散曲》録無名氏雙調曲詞,與詞體迥異。

【體略】

雙片八十九字,上片四十四字,下片四十五字,各八句五上去韻,無名氏。

【圖譜】

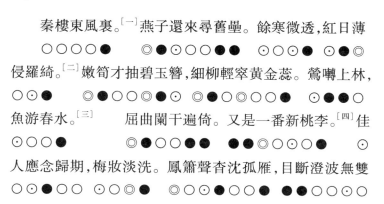

秦樓東風裏。[一]燕子還來尋舊壘。餘寒微透,紅日薄

侵羅綺。[二]嫩筍才抽碧玉簪,細柳輕窣黃金蕊。鶯囀上林,

魚游春水。[三]　屈曲闌干遍倚。又是一番新桃李。[四]佳

人應念歸期,梅妝淡洗。鳳簫聲杳沈孤雁,目斷澄波無雙

鯉。^[五]雲山萬重，寸心千里。^[六]

●　　○○●○　◎○○●

（《全宋詞》3651 頁）

【注釋】

[一]此調兩宋金元現存十詞，以此詞爲最早。《詞律》卷十三、《詞譜》皆以此詞爲正體。《詞譜》："此調以此詞爲正體，張元幹、馬莊父、盧祖皋詞，悉與之同，若趙詞之多押兩韻，乃變格也。"句中可平可仄除注明外，皆參所列別體句法相同者。首句作拗句，呂勝己、盧祖皋、趙聞禮詞作平起仄收律句，吳泳、朱晞顏作仄起平收律句，不參校。《詞律》以"首句起用四平定格"，當從。

[二]"還"盧祖皋詞作"別"。"微"呂勝己詞作"浩"，"薄"、"羅"張元幹詞作"花"、"點"。"餘寒微透"《詞譜》作"餘寒猶峭"。

[三]"嫩"張元幹詞作"清"，"筍"、"抽"、"玉"《詞譜》皆注可平可仄，不妥。此韻首句惟盧祖皋詞作"軟紅塵裏鳴鞭鐙"，律句不同，不參校。"細"張元幹詞作"新"。此韻第二句字聲多有異，張元幹詞作"新恨誰傳紅綾寄"，盧祖皋詞作"拾翠叢中句伴侶"，吳泳詞作"看花君子非年少"，律拗句型皆不一致。"嫩筍才抽碧玉簪"《詞譜》作"嫩草方抽碧玉茵"，"細柳"《詞譜》作"媚柳"，今從《全宋詞》。"鶯"梁寅詞作"帶"。"鶯囀上林"惟呂勝己詞作"山童野老"，律句不同，不參校。

[四]"屈曲"《詞譜》作"幾曲"。"一"吳泳詞作"春"，"新"朱晞顏詞作"故"。"又"、"桃"《詞譜》皆注可平可仄，不妥。"又是一番"一句作拗句，吳泳詞、朱晞顏詞、梁寅詞正與之同，此句李劉詞作上三下四式折腰句，注出不另列。

[五]"佳"呂勝己詞作"渭"。"梅"、"淡"梁寅詞作"別"、"天"。"鳳"李劉詞作"功"，"聲"盧祖皋詞作"拂"。"鳳簫"一句惟吳泳、張元幹詞作拗句，呂勝己、趙聞禮詞作仄起仄收律句，不混校。"無"張

元幹詞作"夕"。"目斷"一句作拗句,張元幹、馬子嚴、朱晞顔、梁寅詞皆與之同,餘詞作仄起仄收律句,不混校。"聲杳"《詞譜》作"聲絕","目斷"《詞譜》作"望斷","澄波"《詞譜》作"清波"。

　　[六]"山"、"重"《詞譜》皆注可平可仄,不當。此韻首句作拗句,惟吳泳、盧祖皋詞作仄起平收律句,不參校。"寸"李劉詞作"年"。

又一體

【體略】

　　雙片八十九字,上片四十四字,下片四十五字,各八句六上去韻,趙聞禮。

【圖譜】

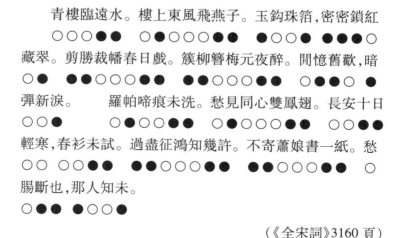

　　青樓臨遠水。樓上東風飛燕子。玉鈎珠箔,密密鎖紅
　　○○○●●　　○●○○○●●　　●○○●，●●●○
藏翠。剪勝裁幡春日戲。簇柳簪梅元夜醉。閒憶舊歡,暗
○●　●●○○○●●　　●●○○○●●　　○●●○　●
彈新淚。　　羅帕啼痕未洗。愁見同心雙鳳翅。長安十日
○○●　　　○●○○●●　　○●○○○●●　　○○●●
輕寒,春衫未試。過盡征鴻知幾許。不寄蕭娘書一紙。愁
○○　○○●●　　●●○○○●●　　●●○○○●●　　○
腸斷也,那人知未。
○●●　●○○●

（《全宋詞》3160 頁）

【注釋】

　　《詞譜》:"此與無名氏詞同,惟前後段第五句俱押韻異。"又此

詞爲律句體,上片首句、第六句,下片第二、五、六句皆用律句,字聲
與無名氏詞異。

轉調賀聖朝

【調釋】

　　詞見《古今詞話》,與《賀聖朝》常體不同。調用平韻,無名氏
詞賦戀情相思,聲情愁苦,金元人賦道情,明快灑脱。

【體略】

　　雙片四十九字,上片二十四字五句二平韻,下片二十五字五句
二平韻,《古今詞話》無名氏。

【圖譜】

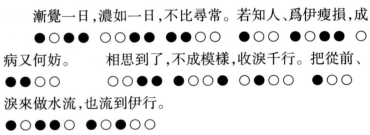

渐覺一日,濃如一日,不比尋常。若知人、爲伊瘦損,成

●○●● ○○●● ●●○○ ●○○ ●○●● ○

病又何妨。　　　相思到了,不成模樣,收淚千行。把從前、

●●○○ ○○●● ●○○● ○●○○ ●○○

淚來做水流,也流到伊行。

●○●●○ ●○●○○

(《全宋詞》3839 頁)

【注釋】

　　此調兩宋金元現存十餘首,雖以此詞爲早,然上片結韻作上三
下四式折腰一句、普通五字一句,後之金元詞作無與之相同者,故
不以此詞爲正體。上片首句“覺”以入代平,不注仄聲。按下片結
韻《全宋詞》斷作“把從前淚,來做水流,也流到伊行”,《詞譜》斷作

"把從前、淚來做水,流也流到伊行",皆不妥,後之金元詞人皆可斷作上三下五式折腰一句、五字一句,宜參金元詞人創作斷句。

又 一 體

【體略】

　　雙片四十九字,上片二十四字六句二平韻,下片二十五字五句二平韻,王喆。

【圖譜】

（《全金元詞》254 頁）

【注釋】

　　此與無名氏"漸覺一日"相校,惟上片第二韻作四字三句異,後之金元詞作亦無與之相同者,亦不爲正體。按結韻《全金元詞》斷作"把明珠祥艷,瑞光迎在,雲外騰騰",不妥。

又 一 體

【體略】

　　雙片五十字,上下片各二十五字五句二平韻,丘處機。

【圖譜】

野僧歸後，漁舟纜纜，綠檜生煙。[一]對寒燈、瀟洒枕書
◎○○●　⊙○○●　◎●○○　　　●○○　⊙●●

眠，聽石漱流泉。[二]　　　丹爐火滅，琴房人靜，風自調絃。
○　▼◎●○　　　　⊙○○●　⊙○○●　⊙●○○

待孤峰、頂上月明時，正一夢遊仙。[三]
●⊙○　◎●●○　▼◎●○

（《全金元詞》1295 頁）

【注釋】

[一]此詞爲重頭曲，前後片相同，字聲諧穩，後之金元詞作與
此詞相同者最多，當爲正體。《全金元詞》注云：“此首前尚有《賀
聖朝》‘夕陽沉後’一首亦未注名氏，按此乃丘處機詞，見《磻溪
集》。”“野”長筌子“春光明媚”詞作“春”。此韻首句惟無名氏“漸
覺一日”作拗句，不參校。句中可平可仄除注明外，皆見所列別體
句法相同者。

[二]“瀟”尹志平“夜深人靜”詞作“逸”。“聽”爲領字，宜用
去聲。此韻結句惟無名氏“漸覺一日”詞作普通五字句，不參校。
按上片第四句“眠”偶用韻，不注。又按丘詞別首“夕陽沉後”，結
韻《全金元詞》斷作：“向南溪獨坐，順風長聽，一派鳴泉。”不當，當
依正體斷句。另丘處機“斷雲歸岫”詞、“洞天深處”詞，皆當依此
體斷句。又無名氏“草堂初寐”詞，此韻前一句《全金元詞》作“抱
瑤琴、高枕夢遊仙島”，偶添一襯字，注出不另列。

[三]“滅”惟丘處機“洞天深處”詞作“輝”，偶用不參校。
“人”長筌子“春光明媚”詞作“緊”。“上”惟無名氏“漸覺一日”詞
作“來”，不參校。“正”爲領字，宜用去聲。

又一體

【體略】

雙片五十字,上下片各二十五字五句三平韻,尹志平。

【圖譜】

古宜緣重,善根深種,志士心堅。感吾門、洪教廣開緣。
●○○● ●○○● ●○○ ●○○ ●○○●○

共談論功圓。 中宵不寐,雲朋高會,參透玄玄。向五
●○○●○ ○○●● ○○○● ●○○ ●●

千、文內契忘筌。見自己神仙。
○ ○○●●○○ ●●○○

（《全金元詞》1189頁）

【注釋】

此與無名氏"野僧歸後"詞相校,惟上下片第四句俱押韻異。尹志平別首正與之同。按上下片第四句《全金元詞》皆作八字一句不妥。

古陽關

【調釋】

《填詞名解》卷三:"《古陽關》,用王維《送元二》詩,加入襯語,至一百三字,調似北曲,不類詞,今《詞譜》載之,云無名氏作。"調見《古今詞話》,與《陽關引》不同,平仄韻轉換,多用和聲。《詞

律辭典》："從此詞之音響聲律上看,似更接近於唐人常用之'三疊陽關'。在長亭祖餞、灞橋折柳之時詠唱,和聲反復,更增強依依惜別之氣氛。"(1631 頁)

【體略】

　　雙片一百三字,上片三十六字七句四平韻二疊韻,下片六十七字十二句四仄韻一平韻二疊韻,無名氏。

【圖譜】

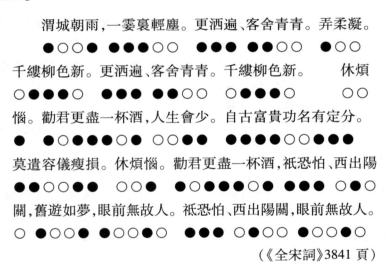

（《全宋詞》3841 頁）

【注釋】

　　此調兩宋金元僅存此詞,無他詞可校。《詞律拾遺》卷五:"平仄互叶兼通叶體。前後用五平韻,四仄韻。平聲真文三韻,係唐王維詞原韻,'新'、'人'二字疊青蒸二韻,'青'字疊。仄聲小皓二韻,'惱'字疊。混問二韻不疊。青蒸小皓,是換韻互叶,混問與真文同部,是以仄聲通叶,又微有不同也。前段疊二句,俱叶韻句;後

段疊四句,兩叶兩不叶,可爲奇格。"

　　按此詞《全宋詞》和《詞律》俱作雙片處理,惟《詞律辭典》於下片"瘦損"後斷作兩片,作三片處理,今從前者。又按《全宋詞》於"凝"字處用頓號,作上三下五式折腰句,"凝"字未注叶韻,不妥。又,《全宋詞》於上片第六句"青"字、下片第六句"惱"字皆未注叶韻。

檐前鐵

【調釋】

　　《詞譜》卷十六:"調見《古今詞話》,因詞中有'檐前鐵馬戛叮噹'句,故名。"調用入聲韻,句短韻疏,聲情怨抑凄切。《校正》:"此雖孤調,但體制特點突出,字聲平仄甚有規律,短句多,用入聲韻,詞意流暢自然,聲韻諧美。"(261頁)

【體略】

　　雙片七十一字,上片三十七字八句三入聲韻,下片三十四字七句三入聲韻,《古今詞話》無名氏。

【圖譜】

悄無人,宿雨厭厭,空庭乍歇。聽檐前、鐵馬戛叮噹,敲
破夢魂殘結。丁年事,天涯恨,又早在心頭咽。　　誰憐
我、綺簾前,鎮日鞋兒雙趺。今番也,石人應下千行血。擬

展青天，寫作斷腸文，難盡説。
●○○　●●●○○　○●●

（《全宋詞》3842 頁）

【注釋】

此調兩宋金元現僅存此詞，無別首宋詞可校。

嬌木笪

【調釋】

調見《曲律》引《樂府混成》。調用入聲韻，聲情激切怨歎。

【體略】

單片二十八字，四句三入聲韻，《樂府混成》無名氏。

【圖譜】

酒入愁腸，誰信道、都做淚珠兒滴。又怎知道恁他憶。
●●○○　○●●　○●●○●　●●○●●○

再相逢、瘦了纔信得。
●○○　●●○●●

（《全宋詞》3843 頁）

【注釋】

此調兩宋金元現僅存此詞，無別詞可校。此或僅爲殘句，並非全貌。

林鐘商小品

【調釋】

調見《曲律》引《樂府混成》。調用平韻,聲情幽怨感傷。

【體略】

單片十九字,四句兩平韻,《樂府混成》無名氏。

【圖譜】

正天氣淒涼,鳴幽砌,向枕畔、偏惱愁心。盡夜苦吟。

(《全宋詞》3843 頁)

【注釋】

此調兩宋金元現僅存此詞,無別首可校。首句作上一下四式五字句。此或僅爲殘句,並非全貌。

林鐘商小品

【調釋】

調見《曲律》引《樂府混成》。調用上去韻,聲情柔媚歡快。

【體略】

單片二十一字,五句兩上去韻,無名氏。

【圖譜】

戴花殢酒,酒泛金樽,花枝滿帽。笑歌醉拍手,戴花殢酒。
●○●● ●●○○ ○○●● ●○●●● ●○●●

(《全宋詞》3843 頁)

【注釋】

　　此調兩宋金元現僅存此詞,無別首可校。此或僅爲殘句,並非全貌。

花前飲

【調釋】

　　《填詞名解》卷一:"《花前飲》,《古今詞話》載此曲,中云:'告你休看書,共我花前飲'。"調見《花草粹編》引《古今詞話》。調用上去韻,聲情俚俗戲謔。

【體略】

　　雙片五十字,上下片各二十五字四句三上去韻,《古今詞話》無名氏。

【圖譜】

雨餘天色漸寒滲。海棠綻、胭脂如錦。告你休看書,且
●○○●●●● ●○● ○○○● ●●○○ ●

共我、花前飲。　　皓月穿簾未成寢。篆香透、鴛鴦雙枕。
●● ○○● ●●○○●●● ●○● ○○○●

似恁天色時,你道是、好做甚。
●●○●○　●●●　●●●

（《詞譜》卷八）

【注釋】

　　此調兩宋金元僅存此詞,無別首可校。《詞譜》:"亦近謔詞,以其調僻,采以備體。"上片第四句《全宋詞》無"且"字,參校上下片,當從《詞譜》。《詞律拾遺》卷一:"句調與《海棠春》極相似,恐是一調。以前後結各多一字,《花草粹編》另列一體,今仍是。"

傾杯序

【調釋】

　　調見《歲時廣紀》卷三十五。此調《全宋詞》作三片,《詞律辭典》作四片,四片當是。《傾杯》爲北宋大曲,此調暫置北宋。調用上去韻,檃括王勃《滕王閣序》故事,拍節頗碎,聲情跌宕頓挫。

【體略】

　　四片二百七字,一片五十二字十二句四上去韻,二片四十五字十句四上去韻,三片五十一字十一句七上去韻,四片五十九字十二句七上去韻,《歲時廣紀》無名氏。

【圖譜】

　　昔有王生,冠世文章,嘗隨舊遊江渚。偶爾停舟寓目,
　　●●○○　●●○○　●●●○○●　●●○○●●

遙望江祠,依依陌上閒步。恭詣殿砌,稽首瞻仰,返回歸路。
○●○○　○○●●○●　○●●●　○●○●　●●○●

遇老叟,坐于磯石,貌純古。　　　因語□,子非王勃是致,生
●●●　●○○●　●○●　　　　○●　　●○○●●　○

驚詢之,片餉方悟。子有清才,幸對滕王高閣,可作當年詞
○○○　●○○●　●●○○　●●○○○●　●●○○○

賦。汝但上舟,休慮。迢迢仗清風去。　　　到筵中、下筆華
●　●●●○○　○●　○○●○○●　　　　●　●●●　●●○

麗,如神助。會俊侶。面如玉。大夫久坐覺生怒。報雲落
●　○○●　●●●　○○●　●○●○●○●　●○●

霞並飛孤鶩。秋水長天,一色澄素。閻公竦然,復坐華筵,
○●○○●　○●○○　●●○●　○○●●　●●○○

次詩引序。　　　道鳴鸞佩玉。鏘鏘罷歌舞。棟雲飛過南
●○●●　　　　●○○●●　○○●○●　●○○●

浦。暮簾捲向西山雨。閑雲潭影,淡淡悠悠,物換星移,幾
●　●○○●●○○●　○○○●　●●○○　●●○○

度寒暑。閣中帝子,悄悄垂名,在於何處。算長江、儼然自
●○●　●○●○　●●○○　●○○●　●○●　●○●

東去。
○●

【注釋】

此調兩宋金元現僅存此詞,無別首可校。《詞律辭典》:"此詞
原分三片,上片自首句至'如神助',中片自'會俊侶'至'罷歌舞',
下片自'棟雲'至尾句。按此篇本爲敷陳王勃《滕王閣序》故
事……此詞上片由夢水神改爲謁江祠、遇水神所化之老叟。二片
插入老叟之言及助風。三片爲作序。四片櫽括滕王閣詩。段落甚
爲分明。"(1888 頁)

十月梅

【調釋】

　　調見《梅苑》,詞云:"千林凋盡,一陽未報,已綻南枝。"賦本意,用平韻,聲情明快清新。此調當以此詞最早。張元幹詞名《十月桃》,據王兆鵬《兩宋詞人叢考・張元幹年譜》,張詞作於紹興十四年(1144),同時李彌遜有詞,同爲與富直柔交遊作。

【體略】

　　雙片九十八字,上片四十七字十句四平韻,下片五十一字十句五平韻,《梅苑》無名氏。

【圖譜】

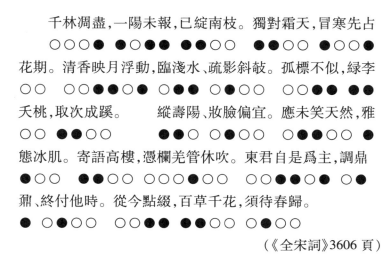

【注釋】

此調兩宋現存六詞,金元無存詞。雖以此詞爲早,但此詞上片第二句缺一領字(或有脫漏),與其他諸詞異,故不作正體。按此詞下片第二、三句,《詞譜》、《全宋詞》均斷作"應未笑、天然雅態冰肌",當依正體斷句。

正　　體

【體略】

雙片九十九字,上片四十八字十句四平韻,下片五十一字十句五平韻,李彌遜。

【圖譜】

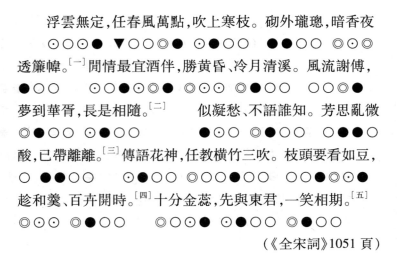

浮雲無定,任春風萬點,吹上寒枝。砌外瓏璁,暗香夜
透簾幃。[一]閒情最宜酒伴,勝黃昏、冷月清溪。風流謝傅,
夢到華胥,長是相隨。[二]　　似凝愁、不語誰知。芳思亂微
酸,已帶離離。[三]傳語花神,任教橫竹三吹。枝頭要看如豆,
趁和羹、百卉開時。[四]十分金蕊,先與東君,一笑相期。[五]

(《全宋詞》1051 頁)

【注釋】

[一]此調以此詞爲正體,此體上下片第三句以下全同。"浮"李彌遜別首作"一","無"無名氏"東籬菊盡"詞作"菊"。"任"爲領字,宜用去聲。"萬"張元幹"蟠桃三熟"詞作"吹"。"暗香夜透簾幄"宜作平起平收律句,惟張元幹二詞作拗句。"暗香"張元幹"蟠桃三熟"詞作"時候"。句中可平可仄除注明外,皆參所列無名氏"千林凋盡"詞句法相同者。

[二]"聞"張元幹"蟠桃三熟"詞作"洛"。"冷"張元幹"蟠桃三熟"詞作"雲"。"謝"李彌遜別首作"空","夢"張元幹"蟠桃三熟"詞作"熊"。

[三]按此詞下片首句宜作上三下四式折腰句,《詞譜》作七字一句,不妥。"芳思亂微酸"作普通五字句,惟張元幹二詞作上一下四式五字句,如"蟠桃三熟"一首作"記名著金甌",注出不另列。按張元幹詞體,上下片第二句句法一致,頗堪效法。

[四]按《詞譜》以無名氏"東籬菊盡"下片第四、五句斷作"恰似凝酥襯玉,點綴裝裁"而另列別體,不妥,此二句當依正體斷作"恰似凝酥,襯玉點綴裝裁"。"看"、"如"張元幹"年華催晚"詞作"妝"、"素"。"枝頭要看如豆"宜作拗句,惟張元幹"蟠桃三熟"詞作仄起仄收律句,不參校。

[五]"先與東君"宜作仄起平收律句,惟李彌遜別首作"勸春莫交"用拗句,不參校。

泛蘭舟

【調釋】

此調與《新荷葉》別名《泛蘭舟》不同。調有入聲韻和平韻二

體,入聲聲情較激揚頓挫,平聲聲情舒徐流美。

【體略】

雙片八十三字,上片四十字八句三入聲韻,下片四十三字九句四入聲韻,《梅苑》無名氏。

【圖譜】

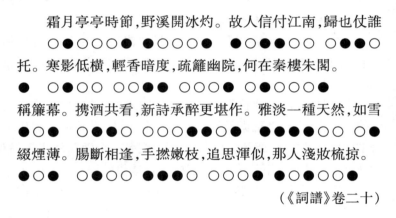

霜月亭亭時節,野溪開冰灼。故人信付江南,歸也仗誰
○●○○○● ●○○●● ●○○●○○ ○●●○
托。寒影低橫,輕香暗度,疏籬幽院,何在秦樓朱閣。
● ○●○○ ○○●● ○○○● ○●○○○●
稱簾幕。携酒共看,新詩承醉更堪作。雅淡一種天然,如雪
●○● ○○●○ ○○○●●○● ●●●●○○ ○●
綴煙薄。腸斷相逢,手撚嫩枝,追思渾似,那人淺妝梳掠。
●○● ○●○○ ●●●○ ○○○● ●○●○○●

(《詞譜》卷二十)

【注釋】

此調兩宋現僅存二詞,王質詞押平韻,平仄不混校。《詞律拾遺》卷三:"'故人'下,與後'雅淡'下同。""稱簾幕"句《全宋詞》作上片結句。《詞譜》:"換頭句'稱簾幕'三字,舊刻俱作前段結句,今從《詞緯》本改定,其平仄亦無別詞可校。"今從《詞譜》。上片第七、八句《全宋詞》斷作:"疏籬幽院何在,秦樓朱閣。"下片第三句之"新詩"《全宋詞》作"依依",從《詞譜》。

又一體

【體略】

　　雙片八十二字,上片四十字八句五平韻,下片四十二字九句四平韻,王質。

【圖譜】

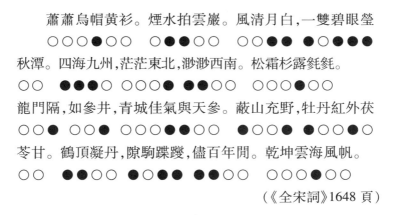

蕭蕭烏帽黃衫。煙水拍雲巖。風清月白,一雙碧眼瑩
○○○●○○　○●○○　○○●●　○○●●○

秋潭。四海九州,茫茫東北,渺渺西南。松霜杉露氃氃。
○○　●●●○　○○○●　●●○○　○○○●●

龍門隔,如參井,青城佳氣與天參。蔽山充野,牡丹紅外茯
○○●　○○●　○○○●●○○　●○○●　●○○●●

苓甘。鶴頂凝丹,隙駒蹀躞,儘百年閒。乾坤雲海風帆。
○○　●●○○　●○●●　●○○○　○○○●○○

(《全宋詞》1648 頁)

【注釋】

　　此押平韻,與無名氏詞相校,句拍惟上片第三、四句作四字一句、七字一句,下片第一、二句減一字作三字兩句,第四、五句作四字一句、七字一句異。此詞上片"風清"以下,與下片"蔽山"以下相同。

真珠髻

【調釋】

調見《梅苑》。調用入聲韻，詠梅，非賦本意，聲情激越勁健。

【體略】

雙片一百五字，上片五十二字十句四入聲韻，下片五十三字十句五入聲韻，《梅苑》無名氏。

【圖譜】

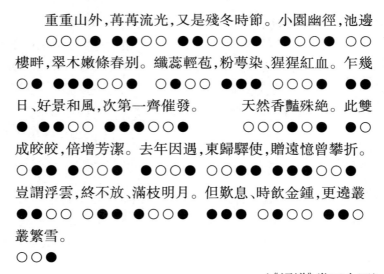

　　重重山外，苒苒流光，又是殘冬時節。小園幽徑，池邊
　　○○○●　●●○○　●●○○○●　●○○●　○○
　　樓畔，翠木嫩條春別。纖蕊輕苞，粉萼染、猩猩紅血。乍幾
　　○●　●●●○○●　○○○○　●●●　○○○●　●●
　　日、好景和風，次第一齊催發。　　　天然香豔殊絕。此雙
　　●　●●○○　●●●○●　　　　○○○●○●　●○
　　成皎皎，倍增芳潔。去年因遇，東歸驛使，贈遠憶曾攀折。
　　○●●　●●○●　●○○●　○○●●　●●○○●
　　豈謂浮雲，終不放、滿枝明月。但歎息、時飲金鍾，更遠叢
　　●●○○　○○●　●○○●　●○●　○○○○　●●○
　　叢繁雪。
　　○○●

（《詞譜》卷三十四）

【注釋】

此詞題"紅梅"。此調兩宋金元現僅存此詞。《詞譜》："《花草

粹編》此詞後段第三句脱'增'字,第四、五、六句作'去年因遇東歸使,指遠恨意曾攀折',今從《梅苑》詞訂正。"按《詞律拾遺》卷五以此詞爲晏幾道詞,今從《詞譜》、《全宋詞》作無名氏詞。《詞律拾遺》:"'小園'下,與後'去年'下同。此調與《百宜嬌》略相似。"

玉梅香慢

【調釋】

　　《詞譜》卷二十四:"調見《梅苑》,與《梅香慢》、《早梅香》、《雪梅香》不同。"調用入聲韻,賦本意,聲情淒切怨抑。

【體略】

　　雙片九十五字,上片五十字十一句五入聲韻,下片四十五字八句五入聲韻,《梅苑》無名氏。

【圖譜】

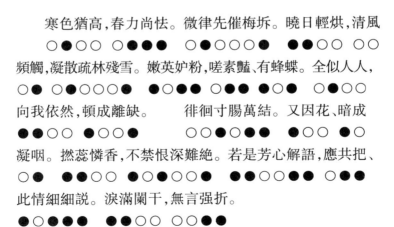

【注釋】

此調兩宋金元現僅存此詞，無別首可校。

胃馬索

【調釋】

調見《梅苑》。"胃"，絆也。調用入聲韻，詠梅，非賦本意，聲情激越勁健。

【體略】

雙片一百九字，上片五十字九句四入聲韻，下片五十九字十一句五入聲韻，《梅苑》無名氏。

【圖譜】

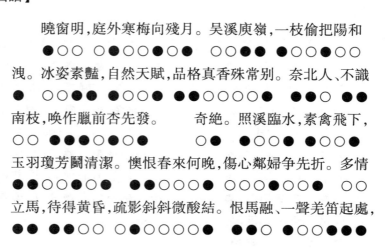

曉窗明，庭外寒梅向殘月。吳溪庾嶺，一枝偷把陽和
洩。冰姿素豔，自然天賦，品格真香殊常別。奈北人、不識
南枝，喚作臘前杏先發。　　　奇絕。照溪臨水，素禽飛下，
玉羽瓊芳鬬清潔。懊恨春來何晚，傷心鄰婦爭先折。多情
立馬，待得黃昏，疏影斜斜微酸結。恨馬融、一聲羌笛起處，

紛紛落如雪。

○　○　●　○　●

【注釋】

　　此調兩宋金元現僅存此詞。《詞譜》卷三十五："《花草粹編》載此詞,後段第五、六句作'懊恨春工來何晚,傷臨媚眉先折',今從《梅苑》本訂正,其平仄無他詞可校。"

落梅風

【調釋】

　　調見《梅苑》。調用平韻,重頭曲。此調上下片句式爲七、六、七、三,句句用韻,聲情急促明快。

【體略】

　　雙片四十六字,上片二十三字四句四平韻,下片二十三字四句三平韻,《梅苑》無名氏。

【圖譜】

　　　宮烟如水溼芳晨。寒梅似雪相親。玉樓側畔數枝春。
　　　○　○　○　●　●　○　○　　○　○　●　●　○　○　　●　○　●　●　●　●　○

惹香塵。　　　壽陽嬌面偏憐惜,妝成一面花新。鏡中重把
●　○　○　　　●　○　○　●　●　○　●　　○　○　●　●　○　○　　●　○　○　●

玉纖勻。酒初醺。
●　○　○　　●　○　○

【注釋】

此調兩宋金元現僅存此詞。《詞譜》卷六：“此詞見《梅苑》，字多脫誤，今照《詞鵠》訂定，其平仄無別首可校。”

早梅香

【調釋】

《詞譜》卷二十五：“調見《梅苑》，因詞中有‘探得早梅’及‘亂飛香雪’句，故名。”調用入聲韻，賦本意，句短拍促，聲情激越。

【體略】

雙片九十八字，上片四十七字十一句四入聲韻，下片五十一字十一句四入聲韻，《梅苑》無名氏。

【圖譜】

北帝收威，又探得早梅，漏春消息。粉蕊瓊苞，擬將胭
●●○○　●●●●●　●○○●●　●●○○　○○

脂，輕染顏色。素質盈盈，終不許、雪霜欺得。奈化工，偏宜
○　○●○●　●○○○　●●●、●○○●　●●○　○○

賦與，壽陽妝飾。　　獨自逞冰姿，比夭桃繁杏，迥然殊別。
●●　●○○●　　　●●●○○　●○○○●　●○○●

爲報山翁，逢此有花，樽前且須攀折。醉賞吟戀，莫辜負、好
●●○○　○●●○　○○●○○●　●●○○　●○●、●

天風月。恐笛聲悲，紛紛便似，亂飛香雪。
○○●　●●○○　○○●●　●○○●

（《全宋詞》3620頁）

【注釋】

此調兩宋金元現僅存此詞，無別首可校。按下片第二、三句《詞譜》作“比夭桃繁杏殊別”。

馬家春慢

【調釋】

調見《梅苑》。調用上去韻，賦本意，聲情嫵媚清麗。

【體略】

雙片一百一字，上片五十字九句四上去韻，下片五十一字十句四上去韻，《梅苑》無名氏。

【圖譜】

珠箔風輕，繡簾浪捲，乍入人間蓬島。鬭玉闌干，漸庭
○●○○　●○○●●　●●○○○●　●●○○　●○

館簾櫳春曉。天許奇葩貴品，異繁杏夭桃輕巧。命化工傾
●○○○●　○●○○●●　●○●○○○●　●●○

國風流，與一枝纖妙。　　　樽前五陵年少，縱丹青異格，難
●○○　●●○○●　　　○○●○○●　●○○●●　○

別顏貌。悲露凝煙，困紅嬌額，微顰低笑。須信濃香易歇，
●○●　○●○○　●○○●　○○○●　○●○○●●

更莫惜、醉攀吟遠。待舞蝶遊蜂，細把芳心都告。
●●●　●○○●　●●○○　●○○○○●

【注釋】

此調兩宋金元現僅存此詞，無他首可校。《詞律拾遺》卷四："'天許'至'輕巧'，與後'須信'至'吟遠'同。"

春雪間早梅

【調釋】

《詞譜》三十六："調見《梅苑》詞，驤括韓愈《春雪間早梅》長律詩，即以題爲調名。"調用平韻，多用長句，聲情典雅清新。

【體略】

雙片一百二十五字，上片六十字十句六平韻，下片六十五字十一句五平韻，《梅苑》無名氏。

【圖譜】

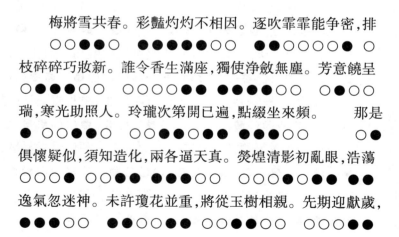

更同歌酒占茲辰。六花臘蒂相輝映，輕盈敢自珍。
●○○●●○○　　●○●●○○● ○○●●○

【注釋】

此調兩宋金元現僅存此詞。《詞譜》：“此詞采之《梅苑》與劉伯壽《梅花曲》，隱括王安石詩者，同一體制，編入以備一體。”

枕屏兒

【調釋】

調見《梅苑》。調用上去韻，重頭曲。無名氏詞詠梅，與本意無涉。此調以三字句爲主，間以四六等字句，急舒相間，聲情婉轉嫵媚。

【體略】

雙片七十四字，上下片各三十七字九句四上去韻，《梅苑》無名氏。

【圖譜】

江國春來，留得素英肯住。月籠香，風弄粉，詩人盡許。
○●○○　○●●○●● ●○○ ○●● ○○●●

酥蕊嫩，檀心小，不禁風雨。須東君、與他做主。　　繁杏
○●● ○○● ●○○● ○○○ ●○●● 　　○●

夭桃，顏色淺深難駐。奈芳容，全不稱，冰姿伴侶。水亭邊，
○○ ○●●○○●● ●○○ ○●● ○○●● ●○○

山驛畔，一枝風措。十分似、那人淡泞。
○●●　●○○●　　●○●　●○●●

（《詞譜》卷十七）

【注釋】

《詞譜》："此調惟《梅苑》有此一詞，無宋、元人他作可校。"《詞律拾遺》卷二："前後第六、七句及結句，平仄稍異，餘同。《粹編》後結作'那人澹佇'。"

掃地舞

【調釋】

調見《梅苑》。唐《教坊記》有曲名《掃市舞》，《詞譜》以二者相同。從調名看，此爲模仿掃地勞動時舞蹈歌曲。無名氏詞詠梅，與本意無涉。此調上片用入聲韻，下片用上去韻，以三字句爲主，聲情急切跌宕。

【體略】

雙片五十八字，上下片各二十九字七句六仄韻一疊韻，《梅苑》無名氏。

【圖譜】

酥點萼。玉碾萼。點時碾時香雪薄。才折得。春力弱。
○●●　●○●　　●○●時●●　　○●●　○●●

半掩朱扉垂繡幕。怕吹落。　撚一晌。嗅一晌。撚時嗅
●●○○○●●　●○●　　●●●　●○●　●○○

時宿酒忘。春筍上。不忍放。待對菱花斜插向。寶釵上。
○●●●　　○●●　　●●●　　●●○○○●●　　●○●

（《詞譜》卷十三）

【注釋】

　　此調兩宋金元現僅存此詞。《詞譜》卷十三："此調無別詞可校，前後段兩起句疊韻，當是定格，填者宜依之。"《詞律拾遺》卷二："前用入聲韻，後換去聲韻，'春筍上'上字是偶合，非叶。蓋此句與前'才折得'句同，六字一氣，不分句也。'忘'一作'惡'，未的。"按"上"當爲韻。上片第五句"力"《全宋詞》作"方"，下片第四句"筍"作"爭"。

玉樓人

【調釋】

　　調見《梅苑》。調用上去韻，重頭曲。無名氏詞賦本意，聲情明快清麗。

【體略】

　　雙片五十四字，上下片各二十七字四句三上去韻，《梅苑》無名氏。

【圖譜】

去年尋處曾持酒。還是向、南枝見後。宜霜宜雪精神，
●○○●●○●　　○●●　○○●●　　○○○●○○

没些兒、風味減舊。　　先春似與群芳鬭。暗度香、不待頻
●○○　○●●●　　　　○○●●○○●　　●●○　●●○

嗅。有人笑折歸來，玉纖長、儘露羅袖。
● 　●○●○●● 　●○○ 　●●○●

【注釋】

此調兩宋金元現僅存此詞。《詞譜》卷十："此詞前段第二句，
《花草粹編》本多一'又'字，今照《梅苑》詞校正。"

相思引

【調釋】

此與賀鑄及周邦彥名《琴調相思引》者皆不同。調用上去韻，
換頭曲，聲情幽怨感傷。《古今詞話》無名氏詞名《鏡中人》。

【體略】

雙片四十九字，上片二十四字五句四上去韻，下片二十五字四
句四上去韻，《梅苑》無名氏。

【圖譜】

笑盈盈，香噴噴。姑射仙人風韻。天與肌膚常素嫩。
●○○ ○●● ○●○○● ○●○○○●●

玉面猶嫌粉。　　斜倚小樓凝遠信。多少往來人恨。只
◎●○○● 　⊙●●○○●● ⊙●○●○● 　◎

恐乘雲春雨困。迤邐嬌容褪。
●○○○●● ◎●●○●

【注釋】

此調兩宋僅《梅苑》無名氏二詞和《花草粹編》引《古今詞話》無名氏"柳煙濃"一詞,金元無存詞。上片第五句"玉"《梅苑》別首作"芳"。下片第一句"斜"《梅苑》別首作"不",第二句"多"作"欲",第三句"只"《古今詞話》無名氏詞作"何",第四句"迤"《梅苑》別首作"何"。又,《梅苑》別首上片第四句作"花塢風來幾陣",《詞譜》以減一字另列別體,此當有脫漏,注出不另列。

鞓 紅

【調釋】

調見《梅苑》。《詞律》卷九:"鞓紅乃牡丹名。"調用上去韻,重頭曲。無名氏詞詠梅,非關本意,聲情婉轉嫵媚。《校正》:"此調前後段各四個四字句;兩個七字句均爲上三下四句法,且前三字均爲仄聲,其體制與樂曲諧協,表情壓抑。這是一支很有宋詞典雅風格之詞調。"(209 頁)

【體略】

雙片六十字,上下片各三十字六句四上去韻,《梅苑》無名氏。

【圖譜】

粉香猶嫩,衾寒可慣。怎奈向、春心已轉。玉容別是,

一般閒婉。悄不管、桃紅杏淺。　月影簾櫳,金堤波面。

漸細細、香風滿院。一枝折寄，故人雖遠。莫輕使、江南信斷。

●●● 〇〇●● ●〇●● ●〇〇● ●●● 〇〇●●

（《詞譜》卷十三）

【注釋】

　　此調兩宋金元只此一首，無別首可校。《詞譜》：“此調起結近《鵲橋仙》詞，然中三句句讀，實與《鵲橋仙》不同。”

鬢邊華

【調釋】

　　《詞譜》卷十：“調見《梅苑》詞，因詞中有‘映青鬢、開人醉眼’句，取以爲名。”調用上去韻，換頭曲（下片首句未用韻）。無名氏詞詠梅，無關本意，聲情清新嫵媚。

【體略】

　　雙片五十四字，上片二十七字四句三上去韻，下片二十七字四句兩上去韻，《梅苑》無名氏。

【圖譜】

小梅香細豔淺。過楚岸、尊前偶見。愛閒談、天與精

●〇〇●●● ●●● 〇〇●● ●〇〇 〇〇

神，映青鬢、開人醉眼。　　如今拋擲經春，恨不見、芳枝寄

〇 ●〇● 〇〇●● 〇〇〇●〇● ●●● 〇〇●

遠。向心上、誰解相思，賴長對、妝樓粉面。

● ●〇● 〇●〇● ●〇● 〇〇●●

（《詞譜》卷十）

【注釋】

　　此調兩宋金元現僅存此詞。《詞譜》："前後段字句悉同,惟後段起句不押韻,換頭過變,例須如此。"

二色宮桃

【調釋】

　　《詞譜》卷十二:"調見《梅苑》,其句讀近《玉闌干》,而平仄不同。"調用入聲韻,無名氏詞詠梅,無關本意,聲情激越勁健。

【體略】

　　雙片五十六字,上下片各二十八字四句三入聲韻,《梅苑》無名氏。

【圖譜】

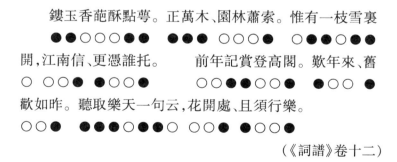

（《詞譜》卷十二）

【注釋】

　　此調兩宋金元現僅存此詞。《詞譜》："此與《玉闌干》異者,在前段起句平仄全異,及第二句上三下四句法耳。填此體者辨之。"

《詞律拾遺》卷二：“此與《柳搖金》俱與《思歸樂》相似，雖字句微有不同，恐是一調，列於《思歸樂》後，依原書《廳前柳》、《亭前柳》例也。”

東風第一枝

【調釋】

　　調見《梅苑》，本爲詠梅詞調，調名取二十四番花信風第一信“梅”也。此調宜用上去聲韻，題材多詠梅花或賦春景，上片多用四六句法，下片多用七字折腰句法，聲情風流婉轉。《夢窗詞》注黃鐘商。

【體略】

　　雙片一百字，上片五十字九句四入聲韻，下片五十字八句四入聲韻，《梅苑》無名氏。

【圖譜】

　　　　　臘雪猶凝，東風遞暖，江南梅早先拆。一枝經曉芬芳，
　　　　　●●○○　○○●●　○○○●○●　●○○●○○

幾處漏春信息。孤根寒豔，料化工、別施恩力。迥不與、桃
●●●○○●　○○○●　●●○　●●○●　●●●　○

李爭妍，自稱壽陽妝飾。　　　雪爛熳、怨蝶未知，嗟燕孤、畫
●○○　●●●○○●　　　●●●　●●●○　○○○　●

樓綺陌。暗香空寫銀箋，素豔謾傳妙筆。王孫輕顧，便好
○●●　●○○●○○　●●●○●●　○○○●　●●

與、移栽京國。更免逐、羌管凋零,冷落暮山寒驛。

● ○○○● ●●● ○●○○ ●●●●○○●

(《全宋詞》3618 頁)

【注釋】

　　此調兩宋金元現存二十餘首,惟此首及元人張雨、張翥詞用入聲韻,其他詞均用上去韻,當用上去韻。此調或以此詞爲早,然此詞下片首句不用韻,且“怨蝶未知”作仄起平收律句,後之宋元詞作無與之全同者,不爲正體。

又 一 體

【體略】

　　雙片一百字,上片五十字十句四上去韻,下片五十字八句三上去韻,《梅苑》無名氏。

【圖譜】

溪側風回,前村霧散,寒梅一枝初綻。雪豔凝酥,冰肌

○●○○ ○●●● ○○●○○● ●●○○ ○○

瑩玉,嫩條細軟。歌臺舞榭,似萬斛、珠璣飄散。異衆芳、獨

●● ●○● ○●●● ○○●●○○● ●○○ ●

占東風,第一點裝瓊苑。　　　　青萼點、絳唇疏影,瀟灑噴、紫

●○○ ●●●○○● 　　　　○●● ●○○● ○●● ●

檀龍麝,也知青女嬌羞,壽陽懶匀粉面。江梅臘盡,武陵人、

○○● ●○○●● ○○●●○○● ○○●● ●○○

應知春晚。最苦是、皎月臨風，畫樓一聲羌管。

○○○●　●●●　●●○○，●○●○●

（《全宋詞》3618 頁）

【注釋】

此與"臘雪猶凝"詞相校，惟上片第四、五句攤破作四字三句，字聲亦異，下片首句"絳唇疏影"作平起仄收律句，第二句亦不押韻。後之宋元詞作亦無全同此體者，不作正體。

又一體

【體略】

雙片一百字，上片五十字十句四上去韻，下片五十字九句五上去韻，曹勛。

【圖譜】

寶苑明春，青霞射晚，六幕雲閒風静。茂林修竹昂霄，

●●○○　○○●●　●●○○●　　●○○●○○

素月照人澄瑩。梅花十頃，遞暗香、瓊瑶真景。散萬斛金

●●●○○●　○○●●　○○○　○○●　　●●●○

蓮，崇山秀嶺，盡開花徑。　　　真箇好、月燈相映。真箇樂、

○　○○●●　●○○●　　　　○●●　●○○●　　○●●

聖駕遊幸。四部簫韶群仙，奏樂，萬光耀境。玉華不夜，向

●●○●　●●○○○○　●●　●○●●　●○●●　○

洞天、暖煙回冷。好大家、酒色醺醺，任教漏移花影。

●○　●○○●　●●○　●●○○　●○●○○●

（《全宋詞》1214 頁）

【注釋】

　　此與"臘雪猶凝"詞相校,惟上片結韻作五字一句、四字兩句,字聲亦不同,下片首句添一韻異。按下片第三、四句《全宋詞》作四字三句,今仍依正體斷句。

正體(律句)

【體略】

　　雙片一百字,上片五十字九句四上去韻,下片五十字八句五上去韻,史達祖。

【圖譜】

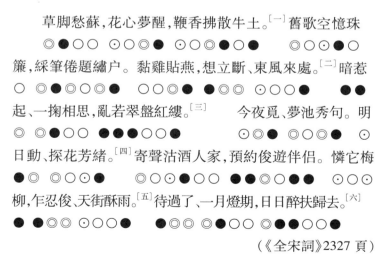

（《全宋詞》2327 頁）

【注釋】

　　[一]此與"臘雪猶凝"詞相校,下片首句添一韻,"夢池秀句"

作平起仄收律句(與“溪側風回”詞同)。宋元詞作與此詞相同者
最多。《詞譜》以此詞爲正體,當從,然所定字聲多誤。此詞上片
自“舊歌”以下,與下片自“寄聲”以下相同。“花”王之道詞作
“絳”。“鞭香拂散牛土”宜作拗句,曹勛詞、姬翼二詞作仄起仄收
律句,趙崇霄詞作“遊絲輕揚新霽”,無名氏“溪側風回”詞作“寒梅
一枝初綻”,拗句類型不同,皆偶用不參校。“鞭”張雨詞作“寶”。
句中可平可仄除注明外,皆見所列別體句法相同者。

[二]“舊”王之道詞作“嫣”。“綵筆倦題繡戶”與下片第四句“預
約俊遊伴侶”均作仄起仄收律句,此二句史達祖別二首皆作拗句,填者
任選一種可也,當以前後一致爲宜。“綵”、“倦”王之道詞作“消”、
“東”。“想”張燾詞作“誰”,偶用不參校。“立”王之道詞作“凡”。

[三]上下片結韻作上三下四式折腰一句、六字一句,宋元詞
作皆當如此斷句。按吳則禮詞此韻第一句《全宋詞》作“對一百五
日風光”,朱晞顏詞《全金元詞》作“看碧油沙際,陳兵”,均不妥。
“亂”張燾詞作“霜”,偶用不參校。

[四]“今夜”王之道詞作“寓心”。“覓”惟吳文英詞作“風”,
偶用不參校。“夢池秀句”宜作平起仄收律句,高觀國詞作“玉潔
生英”,偶用不參校。“探花芳緒”惟曹勛詞作“聖駕遊幸”,用拗句
不參校。

[五]“寄”王之道詞作“情”。“俊”王之道詞作“含”。“乍”惟
張雨詞作“誰”,用平聲,不參校。按史達祖“巧沁蘭心”詞下片第
三、四句《全宋詞》斷作“廣樂初出,層霄壽斝,旋頒紫葉”,當依正
體斷作“廣樂初出層霄,壽斝旋頒紫葉”。又吳詞下片第四句不押
韻,第五句添一韻,注出不另列。

[六]“過”黃載詞作“春”。“日”黃載詞作“腸”。“日日醉扶
歸去”作仄起仄收律句,與上片結句“亂若翠盤紅縷”字聲相同。
此句無名氏“溪側風回”詞作“畫樓一聲羌管”,吳文英詞作“看取
宋玉詞賦”,用拗句,偶用不參校。

正體（拗句）

【體略】

　　雙片一百字，上片五十字九句四仄韻，下片五十字八句五仄韻，史達祖。

【圖譜】

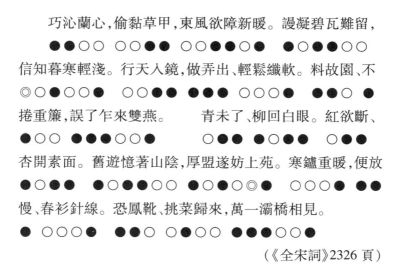

　　巧沁蘭心，偷黏草甲，東風欲障新暖。謾凝碧瓦難留，
　　●●○○　○○●●　○○●●○●　　●○●●○○

　　信知暮寒輕淺。行天入鏡，做弄出、輕鬆纖軟。料故園、不
　　◎○●○●　○○●●　●●●　○○○●　●●○　●

　　捲重簾，誤了乍來雙燕。　　　　青未了、柳回白眼。紅欲斷、
　　●○○　●●●○○●　　　　○●●　●○●●　○●●

　　杏開素面。舊遊憶著山陰，厚盟遂妨上苑。寒鑪重暖，便放
　　●○●●　●○●●○○　○○●○●◎●　　○○○●　●●

　　慢、春衫針線。恐鳳靴、挑菜歸來，萬一灞橋相見。
　　●　○○○●　●●○　○●○○　●●●○○●

　　　　　　　　　　　　　　　　（《全宋詞》2326頁）

【注釋】

　　此與史達祖“草脚愁蘇”詞相校，惟上片第五句、下片第四句均作拗句異，亦爲此調正體。史達祖“酒館歌雲”詞、張雨詞、張翥詞、邵亨貞“亂雨敲窗”詞等正與之同。按上片第五句、下片第四句字聲當統一，高觀國“燒色回青”詞上片第五句作拗句，下片第四句作仄起仄收律句；“玉潔生英”詞上片第五句作仄起仄收律

句,下片第四句作拗句,不足效法,注出不另録。上片第五句"信"
張雨詞作"依"。下片第四句"上"張雨詞作"羅"。

又一體

【體略】

　　黄鐘商,雙片一百字,上片五十字九句五仄韻,下片五十字八
句六仄韻,吳文英。

【圖譜】

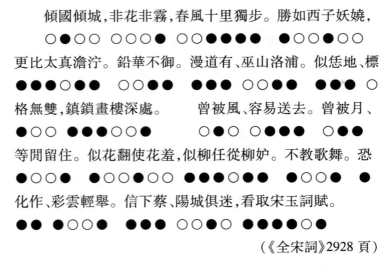

(《全宋詞》2928 頁)

【注釋】

　　此與史達祖"草脚愁蘇"詞相校,惟上片第五句、下片第四句各
添一韻異。按《詞譜》以上片第二句"霧"字用韻,《全宋詞》不注韻,
今從後者,視爲偶用。又下片第七句《詞譜》作普通七字句不當。

又一體

【體略】

雙片一百三字，上片五十一字八句三仄韻，下片五十二字八句四仄韻，姬翼。

【圖譜】

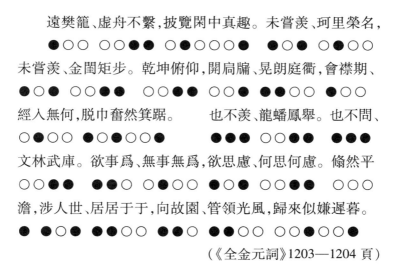

遠樊籠、虛舟不繫，披覽閑中真趣。未嘗羨、珂里榮名，
●○○　○○●●　○●○●○●　●○●　○●○○

未嘗羨、金閨矩步。乾坤俯仰，開肩膞、晃朗庭衢，會襟期、
●○●　○○●●　○○●●　○○●　●●○○　●○○

經入無何，脱巾奮然箕踞。　　也不羨、龍蟠鳳舉。也不問、
○●○○　●○●○○●　　　●●●　○○●●　●●●

文林武庫。欲事爲、無事無爲，欲思慮、何思何慮。翛然平
○○●●　●●●　○●○○　●●●　○○●●　○○○

澹，涉人世、居居于于，向故園、管領光風，歸來似嫌遲暮。
●　●○●　○○○○　●●○　●●○○　○○●○●●

（《全金元詞》1203—1204 頁）

【注釋】

此與史達祖"草腳愁蘇"詞相校，上片第一、二句減一字作上三下四式七字折腰句，第四、五句各添一字作上三下四式七字折腰句，下片第三、四句亦各添一字作上三下四式七字折腰句與上片第四、五句相同，又上片第七句、下片第六句均不押韻異。按姬翼別首正與之同。

夏日宴黌堂

【調釋】

"黌堂",學堂、學校。宋余靖《興國軍重修文宣王廟記》:"筵開黌堂,以登師儒。局列校室,以來雋秀。"調見《樂府雅詞》,平韻,換頭曲,聲情清新雅麗。

【體略】

雙片九十八字,上片四十八字,下片五十字,各十句五平韻,《樂府雅詞》無名氏。

【圖譜】

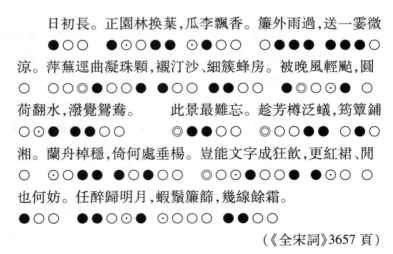

日初長。正園林換葉,瓜李飄香。簾外雨過,送一霎微涼。萍蕪逕曲凝珠顆,襯汀沙、細簇蜂房。被晚風輕颱,圓荷翻水,潑覺鴛鴦。　　此景最難忘。趁芳樽泛蟻,筠簞鋪湘。蘭舟棹穩,倚何處垂楊。豈能文字成狂飲,更紅裙、閒也何妨。任醉歸明月,蝦鬚簾篩,幾線餘霜。

(《全宋詞》3657 頁)

【注釋】

此調兩宋金元現僅存此詞與趙必璩詞,以此詞爲早,且字聲諧

穩,當爲正體。句中可平可仄悉參下列趙詞。此詞上下片第二、
五、八句皆作上一下四式五字句,填者慎之。按此詞上片第六句
《全宋詞》斷作"萍蕪逕,曲凝珠顆",今從《詞譜》。

又一體

【體略】

　　雙片九十九字,上片四十九字,下片五十字,各十句五平韻,趙
必瑑。

【圖譜】

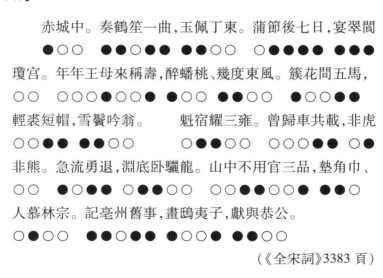

(《全宋詞》3383 頁)

【注釋】

　　《詞譜》卷二十六:"此與無名氏詞同,惟前段第四句添一字
異。"此詞下片第五句作普通五字句,亦與無名氏詞異,不必效法。

瀟湘静

【調釋】

調見《樂府雅詞拾遺》。調用上去韻,非賦本意,聲情嫵媚風流。

【體略】

雙片一百三字,上片五十三字十句五上去韻,下片五十字十句四上去韻,《樂府雅詞拾遺》無名氏。

【圖譜】

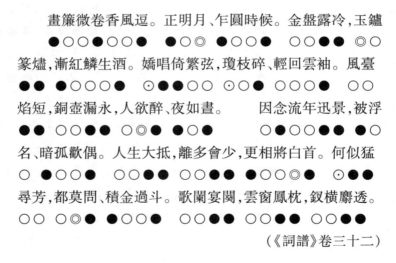

畫簾微卷香風逗。正明月、乍圓時候。金盤露冷,玉鑪篆爐,漸紅鱗生酒。嬌唱倚繁弦,瓊枝碎、輕回雲袖。風臺焰短,銅壺漏永,人欲醉、夜如晝。　　因念流年迅景,被浮名、暗孤歡偶。人生大抵,離多會少,更相將白首。何似猛尋芳,都莫問、積金過斗。歌闌宴闋,雲窗鳳枕,釵橫麝透。

(《詞譜》卷三十二)

【注釋】

此調兩宋金元現僅存此詞與史達祖詞,以此詞爲早,字聲諧穩。《詞譜》以史達祖詞爲正體,今以無名氏詞爲正體。句中可平

可仄悉參史詞句法相同者。此詞上片首句作平起律句,史詞作仄
起律句,第九句作平起仄收律句,史詞作拗句,皆不參校。此詞上
片"正明月"至"漏永",與下片"被浮名"至"鳳枕"同。上下片第
五句皆作上一下四式五字句。"篆燼"《全宋詞》作"篆消"。

<h1 style="text-align:center">又 一 體</h1>

【體略】

　　雙片一百三字,上片五十三字,下片五十字,各十句五上去韻,
史達祖。

【圖譜】

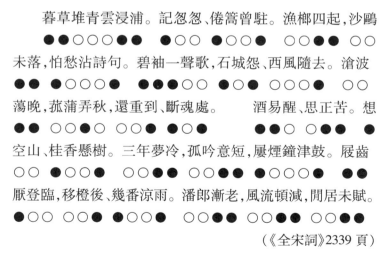

(《全宋詞》2339 頁)

【注釋】

　　此與無名氏詞句拍、用韻相校,惟下片換頭句作六字折腰句且
押韻異。按此詞下片換頭《詞譜》、《全宋詞》均斷作三字兩句,當作

一句拍。

九張機

【調釋】

《樂府雅詞》卷上：“《醉留客》者，樂府之舊名；《九張機》者，才子之新調。憑戞玉之清歌，寫擲梭之春怨。章章寄恨，句句言情。恭對華筵，敢呈口號。”此調平上去韻通押（轉換）。此調非爲大曲歌詞，十一首歌詞體式相同，應視作同調聯章。《詞譜》以《九張機》爲大曲不當；《詞律》、《歷代詩餘》將之視爲小曲，當從。此調明末清初多有詞人創作。

【體略】

單片三十字，六句三平韻一叶韻，《樂府雅詞》無名氏。

【圖譜】

一張機。織梭光景去如飛。蘭房夜永愁無寐。嘔嘔軋
◎○○　◎○○⊙●○○　⊙○◎●○○●　○○◎

軋,織成春恨,留著待郎歸。
●　◎○○⊙●　⊙●●○○

（《全宋詞》3649 頁）

【注釋】

此調兩宋現存二十首，以此詞爲早，且字聲諧穩，當爲正體。句中可平可仄除注明外，皆參所列別體句法相同者。首句“一”無名氏“三張機”詞作“三”。第三句“蘭”、“夜”無名氏“七張機”詞作“莫”、“容”。第三句“寐”字《詞譜》、《全宋詞》皆注韻，《詞律》未注

韻,今從前者,視爲平仄韻通押。《詞律辭典》:"此調之基本句式爲'三七七四四五',首句有作二句者,如第十、十一首('輕絲'、'春衣'),其基本韻脚爲三平韻間入一仄韻,間入之仄韻落於第三句,用同部三聲叶。但亦有用以入作上去叶者,如'四張機'中之'頭先白','遣隊'中之'凝碧'、'顏色'。'白'、'碧'、'色'屬入聲四質、十一陌。周德清《中原音韻》,分質、陌韻字入四支。故仍屬同部叶。"(1901頁)

又一體

【體略】

單片三十字,六句三平韻兩叶韻,《樂府雅詞》無名氏。

【圖譜】

　　兩張機。月明人静漏聲稀。千絲萬縷相縈繫。織成一

段,回紋錦字。將去寄呈伊。

　　　　　　　　　　　　　　　　　　(《全宋詞》3649頁)

【注釋】

此與"一張機"詞相校,惟第五句叶仄韻異。無名氏"八張機"詞、"五張機"詞正與此同。按無名氏"九張機"詞第四句叶仄韻,注出不另列。

又一體

【體略】

單片三十字,六句三平韻,《樂府雅詞》無名氏。

【圖譜】

兩張機。行人立馬意遲遲。深心未忍輕分付,回頭一
●○○　○○●●○○　○○●●○●○●　○○●

笑,花間歸去,只恐被花知。
●　○○○●　●●●○○

【注釋】

此與"一張機"詞相校,惟第三句不叶仄韻異。無名氏"三張機"詞、"七張機"詞正與此同。

又一體

【體略】

單片二十九字,六句三平韻一叶韻,無名氏。

【圖譜】

輕絲。象牀玉手出新奇。千花萬草光凝碧。裁縫衣著,
○○　●○●●○○　○○●●○○●　○○○●

春天歌舞，飛蝶語黃鸝。
○○○●　○●●○○

（《全宋詞》3650 頁）

【注釋】

此與"一張機"詞相校，惟首句作二字短韻異。按無名氏"春衣"詞與此同，惟第五句叶仄韻，注出不另列。

江亭怨（荊州亭）

【調釋】

《詞譜》卷六："《花庵詞選》名《清平樂令》。按《冷齋夜話》云黃魯直登荊州亭，見亭柱間有此詞，夜夢一女子云有感而作，魯直驚悟曰：'此必吳城小龍女也。'因又名《荊州亭》。"調用上去韻，重頭曲，上下片均爲六、六、五六句法，聲情綿遠悠長。

【體略】

雙片四十六字，上下片各二十三字四句三上去韻，無名氏。

【圖譜】

簾卷曲闌獨倚。江展暮雲無際。淚眼不曾晴，家在吳頭
○●●○○●　○●●○○●　●●●○○　○●○○

楚尾。　　數點落花亂委。撲漉沙鷗驚起。詩句欲成時，没
●●　　　●●●○○●　●●○○○●　○●●○○　●

入蒼煙叢裏。
●○○○●●

（《詞譜》卷六）

【注釋】

此調兩宋金元現僅存此詞。《詞律》卷四："此原無調名,因題在荆州江亭,故以名之。"此調清人鄒祇謨、陳維崧等人均有詞,皆名《荆州亭》。

攧芳詞(惜分釵、釵頭鳳)

【調釋】

此調今最早見《古今詞話》無名氏詞。楊湜《古今詞話》："政和間,京都妓之姥曾嫁伶官,常入内教舞,傳禁中《攧芳詞》以教其妓……人皆愛其聲,又愛其詞,類唐人所作也。張尚書帥成都,蜀中傳此詞競唱之。却於前段下添"憶憶憶"三字,後段下添"得得得"三字,又名《摘紅英》。其所添字又皆鄙俚,豈傳之者誤耶。攤芳英之名,非擅爲之,蓋禁中有攧芳園、攤景園也。"吕渭老詞與無名氏詞相比上下片尾句各加兩疊韻,史達祖詞正與吕氏詞相同,《詞譜》將史氏詞列前,吕氏詞列後,不當。此調流傳至蜀,尾句作三疊,吳熊和考證陸游《釵頭鳳》即在蜀中創作(《陸游〈釵頭鳳〉詞本事質疑》)。另金人王喆、南宋史浩《迎仙客》詞,與無名氏詞同調異體。《詞學十講》："這個曲調,上下闋各疊用四個三言短句,兩個四言偶句,一個三字疊句,而且每句都用仄聲收脚,儘管全闋四換韻,但不使用平仄互換來取得和婉,却在上半闋以上換入,下半闋以去換入,這就構成整體的拗怒音節,顯示一種情急調苦的姿態,是恰宜表達作者當時的苦痛心情的。"(39頁)《校正》:"此體前後段各四個三字句,三個一字疊句,斷句較多,仄韻交互變化,音節急促。縱觀各家所作,前後段第一、二、三句所用之仄韻宜用上去聲韻,前後段應同一韻部;自第四句以下換韻當用入聲韻,亦前後段應同一韻部。此是重頭

曲,雖用韻富於變化,但前後段之仄韻與入聲韻乃同一韻部,故有回環之藝術效果。此宜抒發激切與熱烈之情,且最宜表達孤獨、悲傷或沉痛之情。"(162 頁)

【體略】

雙片五十四字,上下片各二十七字七句六仄韻,《古今詞話》無名氏。

【圖譜】

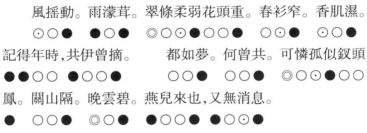

（《詞譜》卷十）

【注釋】

此調兩宋金元現存二十餘首。《詞譜》:"此詞每段六仄韻,上三句一韻,下四句又換一韻,後段即同前段押法,但上三韻用上、去聲,下三韻必用入聲。如此詞上三韻,前段用上聲之一董、二腫,後段即用去聲之一送、二宋,下三韻則用入聲之十一陌、十三職。合觀程垓、陸游、曾覿、史達祖、無名氏諸詞,莫不皆然。惟張鎡詞,上用入聲韻,下用上、去聲韻,與此小異。其後段第三句'殘香剩粉那禁得',結二句'晚風又起,倚闌怎忍',平仄亦與此詞小異。"按張鎡詞下片第三句及結二句與此詞字聲僅一、三、五或一、三字不同,實並無異。句中可平可仄俱見所列別體句法相同者。

按此體於句拍、用韻爲重頭曲,上片第六句"記得年時"與下片

“燕兒來也”律句不同,觀宋元詞人,亦莫一致,填者任選一種律句可也(不可作拗句,句型前後一致爲善)。

又一體

【體略】

　　雙片五十八字,上下片各二十九字九句三仄韻四平韻一疊韻,呂渭老。

【圖譜】

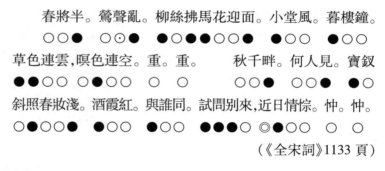

（《全宋詞》1133 頁）

【注釋】

　　此詞上下片第三句以下換平韻,呂詞別首正與此同。《詞譜》:“宋沈伯時《樂府指迷》云:入聲字,可以平聲替。此調每段下三韻,例用入聲,此詞換平聲,亦無不可也。”句中可平可仄除注明外,皆參所列別體句法相同者。此詞上片第二句“聲”史達祖詞作“夢”。下第七句“近”呂詞別首作“清”。按此體上下片結韻處添兩字並添兩韻,應早於填三字三韻者。

又一體

【體略】

雙片五十六字,上下片各二十八字七句六仄韻,史浩。

【圖譜】

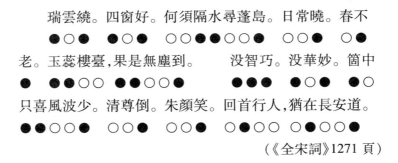

瑞雲繞。四窗好。何須隔水尋蓬島。日常曉。春不
老。玉蕊樓臺,果是無塵到。　　沒智巧。沒華妙。箇中
只喜風波少。清尊倒。朱顏笑。回首行人,猶在長安道。

（《全宋詞》1271 頁）

【注釋】

史詞名《迎仙客》。此與無名氏詞相校,惟上下結句均添一字作五字一句異,前後句拍、字聲嚴謹,可堪效法,金代王喆、馬鈺等人詞即依此體小有變化。

又一體

【體略】

雙片六十字,上下片各三十字十句七仄韻二疊韻,曾覿。

【圖譜】

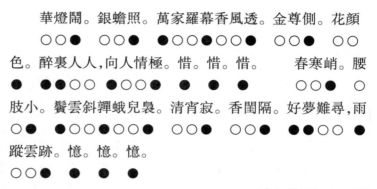

　　　華燈鬧。銀蟾照。萬家羅幕香風透。金尊側。花顏
　　　○○●　○○●　●○○○○○●　　○○●　　○○
　　色。醉裏人人，向人情極。惜。惜。惜。　　春寒峭。腰
　　●　●●○○　○○○○●　●　●　●　　　○○●　○
　　肢小。鬢雲斜嚲蛾兒裊。清宵寂。香閨隔。好夢難尋，雨
　　○●　●○○●○○●　○○●　○○●　●●○○　●
　　蹤雲跡。憶。憶。憶。
　　○○●　●　●　●

（《全宋詞》1316 頁）

【注釋】

　　曾覿此詞名《清商怨》。此與無名氏詞相校，惟上下片尾句各添
三疊韻異。陸游詞、程垓詞、史達祖詞正與此同。按《詞譜》以史達
祖詞上下片尾句各少一疊韻而另列別體，史詞上下片結處《全宋詞》
分別作"憶。憶。憶"、"得。得。得"，今從後者，不另列別體。

又 一 體

【體略】

　　雙片六十字，上下片各三十字十句三仄韻四平韻二疊韻，
唐婉。

【圖譜】

　　　世情薄。人情惡。雨送黃昏花易落。曉風乾。淚痕
　　　●○●　○○●　●●○○○●●　●○○　　●○

殘。欲箋心事,獨語斜闌。難。難。難。　　人成各。今
○　●○○●　●●○○　○　○　○　　　○○●　○

非昨。病魂嘗似秋千索。角聲寒。夜闌珊。怕人尋問,咽
○●　●○○●○○●　●○○　○●○　○○○●　●

淚裝歡。瞞。瞞。瞞。
●○○　○　○　○

(《全宋詞》1602 頁)

【注釋】

此詞見《古今詞統》卷十(《詞譜》以見於《齊東野語》誤)。據吳熊和考證,非唐婉作,乃爲後人僞託。姑列於此。此與呂詞相校,惟上下片尾句各添一疊韻異。《詞譜》:"即呂渭老平仄換韻詞體,兩結又添一字,惟前段第三句,仄仄平平平仄仄,與各家異。"

又一體

【體略】

雙片五十六字,上下片各二十八字七句四仄韻,王喆。

【圖譜】

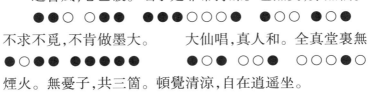

這害風,心已破。咄了是非常持課。也無災,亦無禍。
●●○　○●●　●●●○○●●　●○○　●○○

不求不覓,不肯做墨大。　　大仙唱,真人和。全真堂裏無
●○●●　●●●●●　　　　●○●　○○●　○○○●○

煙火。無憂子,共三箇。頓覺清涼,自在逍遙坐。
○●　○○●　●○●　●●○○　●●○○●

(《全金元詞》191 頁)

【注釋】

此與史浩詞相校,惟上下片第一、四句均不押韻異。王喆"做修持"詞、馬鈺詞正與此同。按王喆"五句五"詞上片第五句不押韻,注出不另列。

大聖樂

【調釋】

曲調當源於宋初教坊大曲"大聖樂"。《宋史・樂志》注道調宮。此詞《詞譜》作康與之詞,《全宋詞》考作無名氏詞,今從後者。詞云:"幸太平無事,擊壤鼓腹,携酒高歌。"當視作北宋詞調。此調有平韻、仄韻兩體,平韻尚有劉辰翁等人詞,仄韻見周密及張炎詞。此調聲情明快灑脱,蔣捷詞以此調祝壽,亦屬本調,劉辰翁詞聲情哀怨,當爲變調。按源於"大聖樂"大曲的尚有詞調《大聖樂令》,陸游《沁園春》亦名《大聖樂》,或亦與此曲有關。《魏氏樂譜》卷一即以無名氏"千朵奇峰"詞爲譜。

【體略】

雙片一百十字,上片五十六字,下片五十四字,各十一句四平韻,無名氏。

【圖譜】

　　　千朵奇峰,半軒微雨,曉來初過。漸燕子、引教雛飛,
　　　○●○○　◎◎◎● ●○⊙○　　●○●● ●●○○

　　　菡萏暗薰芳草,池面涼多。[一]淺斟瓊卮浮綠蟻,展湘簟、雙
　　　●●●●○○　○●○○　　◎○○○●●● ●⊙●● ○

紋生細波。輕紉舉，動團圓素月，仙桂婆娑。^[二]　　　臨風對
○○●○　　○○● ▼○○●● ⊙●○● 　　　　○○●

月恣樂，便好把、千金邀豔娥。幸太平無事，擊壤鼓腹，携酒
●○○ ◎●● 　○○○○○ ●●○○● 　●●●● ◎● ⊙●

高歌。^[三]　富貴安居，功名天賦，爭奈皆由時命呵。休眉鎖，
○○ 　 ◎●○○ ○○○● ●⊙○○○○ 　○○●

問朱顏去了，還更來麽。^[四]
▼⊙○●● ○●●○

（《全宋詞》3740頁）

【注釋】

［一］此調兩宋金元現存七詞，其中用平韻者，除此詞外，尚有劉辰翁詞、蔣捷詞和朱晞顏詞。"初"蔣捷詞作"曲"。句中可平可仄除注明外，皆見劉辰翁詞體句法相同者。

［二］"淺斟"句蔣捷詞作"主翁樓上披鶴氅"，拗句形式不同，不參校。"雙紋"句劉辰翁詞作"行不得也哥哥"，有襯字，不參校。"動"作領字，宜用去聲。"仙"朱晞顏詞作"淺"。

［三］"好"蔣捷作"曾"。"邀"朱晞顏詞作"換"。"幸"爲領字。"無"朱晞顏詞作"酌"。"擊壤鼓腹"作拗句，劉辰翁詞與此同，蔣捷詞、朱晞顏詞作平起仄收律句，填者任選一種可也。

［四］"富"朱晞顏詞作"霜"。"爭"蔣捷詞作"淡"。"休眉鎖"《全宋詞》注叶韻，今從《詞譜》。"問"作領字，宜用去聲。"朱"蔣捷詞作"碧"。

又一體

【體略】

雙片一百九字，上片五十七字，下片五十二字，各十一句四平

韻，劉辰翁。

【圖譜】

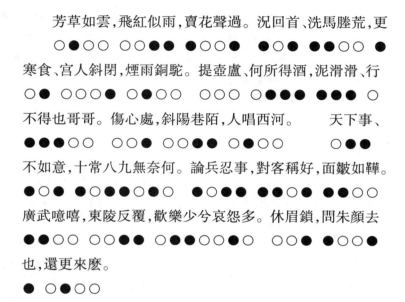

芳草如雲，飛紅似雨，賣花聲過。況回首、洗馬塍荒，更

○●○● ○●○● ●○○● 　●○● ●●○○ ●

寒食、宮人斜閉，煙雨銅駝。提壺盧、何所得酒，泥滑滑、行

○● ○○○● ○●○● 　○○○ ○●●○● ●●○ ○

不得也哥哥。傷心處，斜陽巷陌，人唱西河。　　　天下事、

●●○●○○ ○○● ○○●● ○●○○ 　　　○○●

不如意，十常八九無奈何。論兵忍事，對客稱好，面皺如鞾。

●○○● ●○○●○○○ ●○●● ●●○○ ●●○○

廣武噫嘻，東陵反覆，歡樂少兮哀怨多。休眉鎖，問朱顏去

●●○○ ○○●● ○●●○兮○●○ 　○○● ●○○●

也，還更來麼。

● ○○●○

（《全宋詞》3214 頁）

【注釋】

此詞從首韻及結韻來看，當爲"千朵奇峰"詞之和作，然詞情
悲苦，當爲宋亡之後作品。此與"千朵奇峰"詞相校，上片第五句
添一字作上三下四式七字折腰句，第七句作上三下四式七字折腰
句，第八句添一字作上三下六式九字折腰句，第十句減一領字作四
字一句，下片首句作三三式六字折腰句，第二句減一字作七字一
句，第三句減一領字作四字一句。

按換頭《全宋詞》斷作："天下事，不如意十常八九，無奈何。"
今依正體斷句。

又一體

【體略】

雙片一百八字,上片五十六字十一句四上去韻,下片五十二字九句五上去韻,周密。

【圖譜】

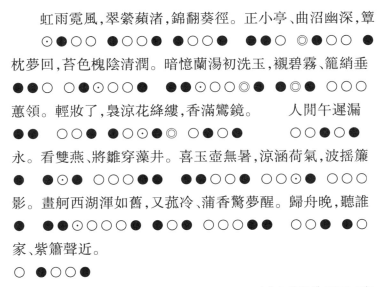

虹雨霓風,翠縈蘋渚,錦翻葵徑。正小亭、曲沼幽深,簟枕夢回,苔色槐陰清潤。暗憶蘭湯初洗玉,襯碧霧、籠綃垂蕙領。輕妝了,裊涼花絳縷,香滿鸞鏡。　　人閒午遲漏永。看雙燕、將雛穿藻井。喜玉壺無暑,涼涵荷氣,波搖簾影。畫舸西湖渾如舊,又菰冷、蒲香驚夢醒。歸舟晚,聽誰家、紫簫聲近。

(《全宋詞》3271 頁)

【注釋】

此押上去韻,有周密別首及張炎詞可校。此詞《全宋詞》所錄與《詞譜》多有不同,但與字聲相關不大,故不詳注。上片第六句"槐"字周詞別首作"碧",第八句"碧"字別首作"前",餘參下錄張

炎詞。首句"霓風"《全宋詞》作"霉風",據《百家詞》及《詞譜》改。

又一體

【體略】

　　雙片一百十字,上片五十六字十一句五上去韻,下片五十四字九句六上去韻,張炎。

【圖譜】

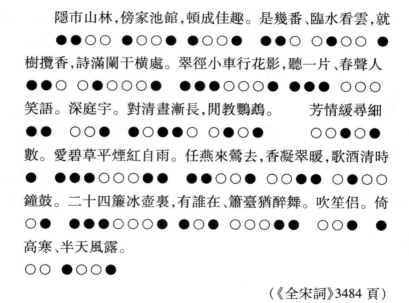

隱市山林,傍家池館,頓成佳趣。是幾番、臨水看雲,就
●●○○　●●○○　●○○●　●○○　○●○○　●

樹攬香,詩滿闌干橫處。翠徑小車行花影,聽一片、春聲人
●●○　○●○○●　●●●○○○●　●○●　○○○

笑語。深庭宇。對清晝漸長,閒教鸚鵡。　　　芳情緩尋細
●●　○○●　●○●○○　●○○●　　　○○●○○

數。愛碧草平煙紅自雨。任燕來鶯去,香凝翠暖,歌酒清時
●　●●●○○●●●　●○○○●　○○●●　○●○○

鐘鼓。二十四簾冰壺裏,有誰在、簫臺猶醉舞。吹笙侶。倚
○●　●●●○○●●　●○●、○○○●●　○○●　●

高寒、半天風露。
○○、●○○●

(《全宋詞》3484 頁)

【注釋】

　　《詞譜》卷三十五:"此詞與周詞校,前段第九句、後段第八句俱押韻,後段第五句添二字作六字句異。"《詞律辭典》:"上片第六

至九句,下片第五至八句句式、用韻、平仄相同。其中'一片'之'一'字應爲以入作平。下片第三句'去'字偶合,非韻。上片一二句構成對偶。"(1730頁)按《全宋詞》上片第八句、下片第七句皆不作折腰句,今依《詞譜》點斷。

誤桃源

【調釋】

詞見張耒《名道雜志》。調用平韻,非賦本意,聲情明快清新。《花草粹編》作《夢桃源》。

【體略】

雙片三十六字,上片十八字四句三平韻,下片十八字四句二平韻,《名道雜志》無名氏。

【圖譜】

砥柱勒銘賦,本贊禹功勳。試官親處分。贊唐文。

秀才冥子裹,鑾駕幸并汾。恰似鄭州去,出曹門。

（《全宋詞》3601頁）

【注釋】

此調兩宋金元現僅存此詞。《詞譜》:"'冥'字上聲,冥子裹,俗謂昏也。此詞平仄,無他首可校。"按上片第三句"分"字《全宋詞》未注韻,《詞譜》、《詞律》皆注韻,今從後者。

賀聖朝

【調釋】

調見《大宋宣和遺事·亨集》。此與馮延巳《賀聖朝》、無名氏《轉調賀聖朝》皆不同。明張醜《真蹟日録》卷二："崇寧二年元宵前,都下與盧平父觀燈預賞,聞歌此詞,字多訛舛,今特爲校正,其詞名《賀聖朝》,襄陽米芾元章書。"調用上去韻,賦本意,聲情清新嫵媚。曲牌有《賀聖朝》,乃另造新聲,《中原音韻》入黃鐘宮,《全元散曲》録無名氏黃鐘宮一詞,與詞體迥異。

【體略】

雙片八十九字,上片四十七字八句五上去韻,下片四十二字九句五上去韻,《大宋宣和遺事·亨集》無名氏。

【圖譜】

太平無事,四邊寧静狼烟眇。國泰民安,謾説堯舜禹湯
●○○●　●○○●○●　●●○○　●●○●●○

好。萬民翹望彩都門,龍燈鳳燭相照。只聽得、教坊雜劇歡
●　●○○●●○○　○○●●○○　●○●　●○○●○○

笑。美人巧。　　寶籙宮前,咒水書符斷妖。更夢近,竹林
●　●○●　　●●○○　●●○○●○　●●●　●○

深處勝蓬島。笙歌鬧。奈吾皇,不待元宵景色來到。只恐
○●●○●　○○●　●○○　●●○○●●○●　●○

後月,陰晴未保。
●●　○○●●

【注釋】

此調兩宋金元現僅存此詞,無他詞可校。按此詞上片第七句《全宋詞》作九字一句,下片第三、四句斷作上三下七式折腰一句,第六、七句斷作上三下八式折腰句,皆不妥。

一萼紅

【調釋】

《填詞名解》卷三:"《一萼紅》,太真初妝,宮女進白牡丹,妃捻之,手脂未洗,適染其瓣。次年,花開,俱絳其一瓣。明皇爲製《一捻紅》曲。詞名沿之,曰《一萼紅》。"調見《樂府雅詞》,用上去韻。詞云:"向此際會,未教一萼,紅開鮮蕊。"賦本意,聲情清新嫵媚。此調南宋姜夔等人詞用平聲韻,聲情幽怨感傷,當爲變調。《校正》:"此調爲換頭曲,前後段第四、五、六、七、八句之句式相同。此調諧婉而較流暢,宜於詠物、寫景、抒情、懷古等題材。"(600頁)

【體略】

雙片一百八字,上片五十四字十一句四上去韻,下片五十四字十句五上去韻,《樂府雅詞》無名氏。

【圖譜】

斷雲漏日,青陽布,漸入融和天氣。糝綴夭桃,金綻垂
●○●●　○○●　○●○○○●　●●○○　○●○

楊,妝點亭臺佳致。曉露染、風裁雨暈,是牡丹、偏稱化工美。
○　○●○○○●　●●●　○○●●　●●○　○●●○●

向此際會,未教一萼,紅開鮮蕊。　　　迤邐漸成春意。放秀色
●●●● ●○●● ○○○● 　　　○●○○● ●●●

妖豔,天真難比。粉惹蝶翅,香上蜂鬚,忍把芳心縈碎。爭
○● ○○○● ●●●● ○ ●● ●●○○● ○

似便、移歸深院,將綠蓋青幄護風日。恁時節,占斷與、偎紅
●● ○○○● ○●●○●●○● ●○● ●○○ ○○

倚翠。
●●

(《全宋詞》3842 頁)

【注釋】

此調兩宋金元現存近二十首,雖以此詞爲早,但此調惟此詞押
上去韻,且此詞上片首韻和下片結韻的句拍俱與後之宋人詞作皆
異,不作正體。《詞譜》卷三十五:"此調押仄聲韻者,只有此詞,見
《雅詞拾遺》,係北宋人作,與姜詞押平韻者不同,采入以備一體。"

按下片起句中"迤邐"《全宋詞》作二字短韻,《詞律》、《詞譜》皆
未斷作兩韻,作六字一韻,今從後者。第七句《全宋詞》斷作"爭似
便,移歸深院",今從《詞譜》斷句。"金綻"《詞譜》作"金妝","是牡
丹"《詞譜》作"是絶豔","秀色妖豔"《詞譜》作"妖容秀色","粉惹
蝶翅,香上蜂須"《詞譜》作"香上蜂須,粉沾蝶翅",今皆從《全宋
詞》。

正　　體

【體略】

雙片一百八字,上片五十四字十一句五平韻,下片五十四字十

句四平韻,姜夔。

【圖譜】

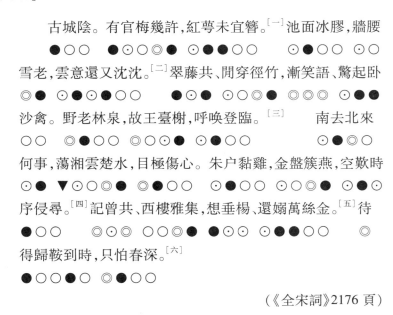

古城陰。有官梅幾許,紅萼未宜簪。[一]池面冰膠,牆腰
雪老,雲意還又沈沈。[二]翠藤共、閒穿徑竹,漸笑語、驚起臥
沙禽。野老林泉,故王臺榭,呼喚登臨。[三]　　　南去北來
何事,蕩湘雲楚水,目極傷心。朱戶黏雞,金盤簇燕,空歎時
序侵尋。[四]記曾共、西樓雅集,想垂楊、還嫋萬絲金。[五]待
得歸鞍到時,只怕春深。[六]

(《全宋詞》2176頁)

【注釋】

[一]《唐宋詞彙評》考此詞於孝宗淳熙十三年(1186)作(2754
頁)。此調《詞律》以周密詞爲正體,《詞譜》以此詞爲正體,當從後
者,但《詞譜》所定字聲多誤。"有官梅幾許"作上一下四式句法,
此句惟詹玉詞作"月鈎兒掛浪",不參校。"紅"周密詞作"雪"。句
中可平可仄除注明外,皆見所列別體句法相同者。

[二]"雪"周密詞作"煙"。"雲"、"還"張炎"倚闌干"詞作
"翠"、"不",此韻第三句尹濟翁詞、張炎"製荷衣"詞作平起平收律
句,偶用不參校。

[三]"漸"李彭老詞作"燈","語"張炎"艤孤篷"詞作"來"。

“驚”鄭熏初作“好”。

[四]“蕩”爲領字,宜用去聲。“湘”張炎“倚闌干”詞作“玉”。“目”鄭熏初詞作“紅”。“金”、“簇”張炎“倚闌干”詞作“不”、“梨”。“空”、“時”張炎“製荷衣”詞作“老”、“却”。“空歎”句李彭老詞、尹濟翁詞、梁棟詞、張炎“倚闌干”詞、陶宗儀詞作平起平收律句,不混校。

[五]“共”、“雅”周密詞作“他”、“妝”。“想”惟劉天迪詞作“空”,不參校。“還”張炎“艤孤篷”詞作“祇”。“垂楊”《詞譜》作“垂柳”。

[六]“待”詹玉詞作“聞”,“待得”一句,《詞譜》除“得”、“鞍”二字外皆注可平可仄,不妥。此韻首句作拗句,鄭熏初詞、詹玉詞、梁棟詞和劉天迪詞正與之同,李彭老、尹濟翁等詞作仄起仄收律句,填者任選一種可也,不混校。“只”李彭老詞作“飛”。按此韻結句朱晞顏詞添二襯字作“且論笛裏平生”,不另列。

又一體(律句)

【體略】

雙片一百七字,上片五十四字十一句五平韻,下片五十三字十句四平韻,尹濟翁。

【圖譜】

玉搔頭。是何人敲折,應爲節秦謳。棐几朱弦,剪燈雪
●○○　　●○○●　○○●○○　●●○○　●○●
藕,幾回數盡更籌。草草又、一番春夢,夢覺了、風雨楚江秋。
●　●○●●○○　●●●　●○○●　●●●　○●●○○
却恨閒身,不如鴻雁,飛過妝樓。　　　　又是山枯水瘦,歎回
●●○○　●○○●　○●○○　　　　　●●○○●●　●○

腸難貯，萬斛新愁。懶復能歌，那堪對酒，物華冉冉都休。江
○○● ●●○○　●●○○　●●○○　●○●●○○　○
上柳、千絲萬縷，惱亂人、更忍凝眸。猶怕月來弄影，莫上
●● ○○●● ○○○ ●○○○　○○●○●● ●●
簾鈎。
○○

（《全宋詞》3257 頁）

【注釋】

　　此與姜詞相校，惟下片第八句減一字作上三下四式七字折腰句異。按《詞譜》以李彭老詞下片第八句減一字作"數菖蒲老是來期"而另列別體，此句《全宋詞》作"數菖蒲、花老是來期"，今從後者，不另列。

　　又此詞上下片第六句、下片第九句皆用律句，爲作者有意爲之，填者識之。

又一體

【體略】

　　雙片一百八字，上片五十四字十一句四平韻，下片五十四字十句四平韻，劉天迪。

【圖譜】

　　擁孤衾，正朔風淒緊，氈帳夜生寒。春夢無憑，秋期又
　　●○○ ●●○○● ○●●○○　○○○● ○○●
誤，迢遞煙水雲山。斷腸處、黃茅瘴雨，恨驄馬、憔悴只空
● ○○●●○○ ●○● ○○●● ●○● ○●●○

還。揉翠盟孤，啼紅怨切，暗老朱顏。　　　堪歎揚州十里，
○　　○●○●　○○●●　○●○○　　　　　○●○○●●

甚倡條冶葉，不省春殘。蔡琰悲笳，昭君怨曲，何預當日悲
●○○●●　●●○○　●●○○　○○●●　○○●○○

歡。謾贏得、西鄰倦客，空惆悵、今古上眉端。夢破梅花角
○　　●●●　○○●●　○○●●○○　　●●○○●

聲，又報春闌。
○　　●●○○

（《全宋詞》3561 頁）

【注釋】

此與姜詞相校，惟上片首句不押韻異。按此詞結韻《詞譜》、《全宋詞》皆斷作"夢破梅花，角聲又報春闌"，不妥，當依正體斷作六字一句、四字一句。

白　苧

【調釋】

《白苧》，本古清商曲。《樂府詩集・舞曲歌辭》卷五十五有《白苧》歌辭，調名有考，所載《晉白苧舞歌詩》云："質如輕雲色如銀，愛之遺誰贈佳人。製以爲袍餘作巾，袍以光軀巾拂塵。"以此觀之，"白苧"本爲以苧麻織成白色舞衣。清商曲《白苧》，中唐樂譜尚存（杜佑《通典》卷一百四十六）。《通志・樂略》："《白紵歌》有《白紵舞》、《白鳧歌》，有《白鳧舞》，並吳人之歌舞也。吳地出紵，又江鄉水國自多鳧鷖，故興其所見以寓意焉。始則田野之作，後乃大樂氏用焉。其音入清商調，故清商七曲有《子夜》者即《白紵》

也,在吳歌爲《白紵》,在雅歌爲《子夜》。"宋代《白苧》當亦屬江南清商樂。如周紫芝《品令》云:"黄花香滿。記《白苧》、吳歌軟。"仇遠《思佳客》云:"閑將窗下紅蘭夢,寫入江南《白苧》詞。"此調於宋代今最早見無名氏作,王灼《碧雞漫志》以此詞"世傳紫姑神作",用正宫。《全宋詞》作無名氏詞。此調或借舊名另造新聲。調用入聲韻,聲情俊爽激揚,南宋史浩、蔣捷有詞,聲情相近。

【體略】

雙片一百二十五字,上片六十二字十四句七仄韻,下片六十三字十五句六仄韻,無名氏。

【圖譜】

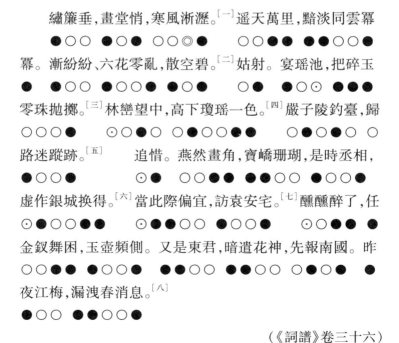

（《詞譜》卷三十六）

【注釋】

　　〔一〕此調兩宋現僅存三首，金元無存詞。此調以此詞爲早，且字聲諧穩，當爲正體。《詞律》、《詞譜》、《詞繫》皆以此詞爲柳永詞，《全宋詞》作無名氏詞，今從後者。句中可平可仄除注明外，皆見史浩詞體句法相同者。

　　〔二〕“漸紛紛”一韻《詞譜》和《全宋詞》皆斷作“漸紛紛、六花零亂散空碧”，不妥。此韻史浩詞作“江南探春獨步。恨無侶”，故宜斷作七字折腰一句、三字一句。按蔣捷詞“旋安排、一雙銀蒜鎮羅幕”亦當依從正體斷作“旋安排、一雙銀蒜，鎮羅幕”。

　　〔三〕“射”《全宋詞》未注韻，將“姑射”連下“宴瑤池”作五字一句，不妥，《詞律》、《詞譜》皆注韻，當從後者。蔣捷詞和史浩詞於此處亦作二字短韻。“把碎玉”一句《全宋詞》斷作“把碎玉、零珠拋擲”，今從《詞譜》作七字一句。

　　〔四〕“林巒望中”蔣捷詞作“惜惜門巷”，不參校。“一色”《全宋詞》作“一白”。

　　〔五〕此韻《詞譜》斷作“嚴子陵、釣臺歸路迷蹤跡”，應斷作五字兩句。按蔣捷詞“知甚時，霽華烘破青青萼”亦當斷作“知甚時霽華，烘破青青萼”。此韻《全宋詞》作“嚴子陵釣臺迷蹤跡”，今檢《類編草堂詩餘》等書皆有“歸路”二字，從《詞譜》。

　　〔六〕“燕然畫角”四字《詞譜》皆注可平可仄不妥，蔣捷詞於此處缺四字，宜參校史浩詞。“寶嶠珊瑚”蔣捷詞作“引蝶花邊”，史浩詞作“月淡黃昏”，皆同，《詞譜》注“嶠”、“瑚”可平可仄，不當。“寶嶠”《全宋詞》作“寶鑰”。按《詞譜》以蔣捷詞“換頭短韻下，減四字一句異”，另列別體，不妥。蔣捷詞下片第二句《全宋詞》注缺。《詞律》卷二十：“按別刻，後起‘憶昨’下有‘聽鶯柳畔’四字，與下句相偶，且字數與下柳詞相同，應增入。”又云：“按蔣詞增‘聽鶯柳畔’四字與此互參，蓋本是一體。”今從《全宋詞》，蔣捷詞不另列。

［七］"當"蔣捷詞作"問"。此韻《全宋詞》斷作"當此際、偏宜訪袁安宅",《詞律》:"'當此際'九字宜上五下四,乃分上三下六,'偏宜'即蔣之'眉山'也。"今從《詞譜》、《詞律》斷作五字一句、四字一句。

［八］"任"爲領字。"任金釵舞困"《全宋詞》作"任他金釵舞困"。

又一體

【體略】

雙片一百二十三字,上片五十八字十四句八仄韻,下片六十五字十五句六仄韻,史浩。

【圖譜】

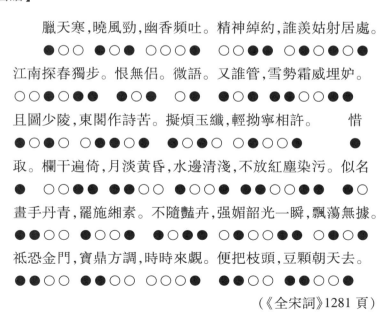

臘天寒,曉風勁,幽香頻吐。精神綽約,誰羨姑射居處。
●○○　●○●　○○○●　○○●●　○●○●○●

江南探春獨步。恨無侶。微語。又誰管,雪勢霜威埋妒。
○○○○●●　●○●　○●　●○●　●●○○○●

且圖少陵,東閣作詩苦。擬煩玉纖,輕拗寧相許。　　惜
●○●○　○●●○●　●○●○　○●○○●　　　　●

取。欄干遍倚,月淡黃昏,水邊清淺,不放紅塵染污。似名
●　○○●●　●●○○　●○○●　●●○○●●　●○

畫手丹青,罷施縑素。不隨豔卉,强媚韶光一瞬,飄蕩無據。
●●○○　●○●●　●○●●　○●○○●●　○●○●

祇恐金門,寶鼎方調,時時來覬。便把枝頭,豆顆朝天去。
●●○○　●●○○　○○○●　●●○○　●●○○●

【注釋】

此與無名氏詞相校,惟上片第六句減一字作六字一句且添一韻,第十句減一字作六字一句,第十二句減一字作五字一句,第十三句減一字作四字一句,下片第六句添一字作六字一句,第九句添一字作六字一句異。

按此詞上片第九、十句《全宋詞》斷作上三下六式折腰句,第十一、十二句作九字一句,結韻《全宋詞》斷作"擬煩玉纖輕拗、寧相許",今皆依正體分別斷作兩句拍。

滿朝歡

【調釋】

此調與柳詞《滿朝歡》不同。調見《花草粹編》,賦本意,用入聲韻,聲情明快激揚。

【體略】

雙片一百字,上片四十九字八句五入聲韻,下片五十一字九句六入聲韻,《花草粹編》無名氏。

【圖譜】

一點箕星近天邊,光彩輝耀南極。竹馬兒童,盡道使
●●○○●○○　○●○●○○●　●●○○　●●●

君生日。元是鳳池仙客。曾曳履、持荷簪筆。稱觴處、晚節
○○●　○●●○○●　○●●、○○○●　○○●、●●

花香,月周猶待五夕。　　　誰道久拘禁掖。任雙旌五馬,暫
○○　●●○○●●　　　○●●○○●　●○○●●　●

從遊逸。九棘三槐，都是等閒親植。見說玉皇側席。但早
○○●　　●●○○　○●●○○●　　●●●○●●　　●●

晚、促歸調燮。功成了、笑傲南山，壽如南山松柏。
●　●○○●　　○○●　○●●○　　●○○○○●

　　　　　　　　　　　　　　　　　（《花草粹編》卷十二）

【注釋】

　　此調兩宋金元現僅存此詞，無別首可校。《詞譜》卷二十九作
者署名李劉，與柳詞類列：“此與柳詞句讀迥別，因調名同，故爲類
列，亦無他首宋詞可校。”《全宋詞》作無名氏詞，今從後者。此詞
首句《詞譜》斷作“一點箕星，近天邊”，不妥。

慶清朝

【調釋】

　　此與王觀等人詞名《慶清朝》者迥異。調見《夢粱錄》，賦本
意，用上去韻，上片多用四、七句法，七字句多用折腰句，下片多用
六字句和七字折腰句，聲情明快清新。

【體略】

　　雙片八十五字，上片四十九字八句五上去韻，下片三十六字六
句三上去韻，《夢粱錄》無名氏。

【圖譜】

　　　　銀漏花殘，紅消燭淚。九重魚鑰歡聲沸。奏萬乘、祥曦
　　　　○●○○　○○●●　●○○●○○●　　●●●　○○

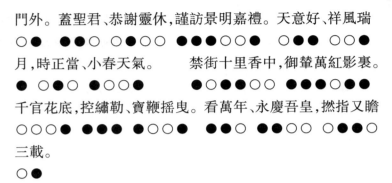

門外。蓋聖君、恭謝靈休,謹訪景明嘉禮。天意好、祥風瑞
月,時正當、小春天氣。　　禁街十里香中,御輦萬紅影裏。
千官花底,控繡勒、寶鞭搖曳。看萬年、永慶吾皇,撚指又瞻
三載。

（《全宋詞》3681 頁）

【注釋】

此調兩宋金元僅存此詞,無他首可校。

詞調索引

A

《愛月夜眠遲慢》 1852
《安公子》(般涉調) 131
《安公子》(中吕調) 231
《安平樂》 1861
《安平樂慢》 1276

B

《八寶妝》 1617
《八寶裝》 525
《百寶裝(妝)》 1222
《八節長歡》 1602
《八聲甘州》 194
《白苧》 1934
《百寶裝(妝)》 1222
《百媚娘》 536
《百宜嬌》 1797
《拜星月(慢)》 1501
《寶鼎現》 1266
《碧牡丹》 482
《遍地花(錦)》 1247
《別瑶姬慢》 1697
《鬢邊華》 1898
《並蒂芙蓉》 1238
《薄幸》 1391
《卜算子》 585
《步蟾宫》 1146
《步虚子令》 1842

C

《采蓮令》 308
《采明珠》 826
《彩雲歸》 328
《蒼梧謡(歸字謡、十六字令)》 1785
《側犯》 1495
《茶瓶兒》 1249
《長生樂》 627
《長壽樂》 412
《長相思(慢)》 281
《朝玉階》 827

《朝中措》　689

《醜奴兒慢》　1627

《楚宮春》　1195

《傳花枝》　349

《傳言玉女》　1597

《垂絲釣》　1491

《春草碧》　1684

《春從天上來》　1649

《春晴》　1235

《春曉曲》　1739

《春雪間早梅》　1892

《促拍滿路花》　419

《簇水近》　1302

D

《大酺》　1558

《大聖樂》　1922

《大有》　1586

《丹鳳吟》　1547

《倒犯》　1463

《導引》（和峴）　1

《導引》（無名氏）　1829

《滴滴金》　77

《笛家弄》　148

《氐州第一》　1535

《帝臺春》　1296

《鈿帶長中腔》　1683

《吊嚴陵》　1290

《丁香結》　1416

《定風波》（林鐘商）　177

《定風波》（雙調）　324

《定情曲》　1387

《東風第一枝》　1900

《洞天春》　708

《洞仙歌》　86

《洞仙歌令》　742

《鬭百草》　1409

《鬭百花（近拍）》　141

《杜韋娘》　821

《度清霄》　1655

《渡江雲》　1519

《端正好》　818

《多麗》　62

《奪錦標》　1197

E

《二郎神》　381

《二色宮桃》　1899

F

《法曲獻仙音》（大石）　1543

《法曲獻仙音》（小石調）　159

《翻香令》　1077

《泛蘭舟》　1883

《泛清波摘遍》　933

《泛清苕》　505

《芳草渡》　1592

《飛雪滿群山》　1781

《粉蝶兒》　1603

《粉蝶兒慢》　1571

《風流子》　1312

《風入松》　942

《風中柳令》　1855

《奉禋歌》　1817

《鳳孤飛》　949

《鳳歸雲》（林鐘商）　295

《鳳歸雲》（仙呂調）　327

《鳳凰閣》　460

《鳳凰臺上憶吹簫》　1397

《鳳凰枝令》　1681

《鳳來朝》　1442

《鳳銜杯》　152

《鳳簫吟（芳草）》　875

《拂霓裳》　629

《衬陵歌》　1830

G

《甘草子》　34

《甘露歌》　903

《甘州令》　432

《感皇恩》　1335

《高陽臺》　984

《隔簾聽》　391

《隔浦蓮》　1465

《更漏子》　824

《孤館深沉》　1779

《古傾杯》　253

《古陽關》　1873

《鼓笛令》　1172

《鼓笛慢（水龍吟）》　721

《歸朝歡》　155

《歸去來》　410

《歸田樂》（蔡伸）　1786

《歸田樂》（晁補之）　1396

《歸田樂（引）》（晏幾道）　935

《歸田樂令》　1151

《桂華明》　1812

《桂枝香》　898

《郭郎兒近拍》　433

《聒龍謠》　1730

《過澗歇（近）》　256

《過秦樓》（大石調）　1287

H

《海月謠》　1325

《漢宮春》　574

《撼（感）庭秋》　637

《撼庭竹》　1032

《好女兒》　1175

《好女兒（令）》　773

《好事近》　499

《喝火令》　1153

《合宮歌》　839

《合歡帶》　279

《荷華媚》　1038

《賀聖朝》　1928

《賀新涼（郎）》　1059

《鶴沖天》　218

《黑漆弩》　1719

《恨春遲》　533

《恨來遲》　1787

《紅窗迥》（柳永）　458

《紅窗迥》（周邦彦）　1573

《紅窗聽》　252

《紅林檎近》　1477

《紅樓慢》　1643

《紅羅襖》　1568

《紅芍藥》　996

《胡搗練》　639

《花發沁園春》　1028

《花發狀元紅慢》　891

《花犯》　1479

《花前飲》　1878

《花心動（慢）》　880

《華清引》　1036

《華胥引》　1536

《畫堂春》　560

《寰海清》　1725

《還京樂》　1516

《浣溪沙慢》　1590

《黃河清》　1241

《黃鶴引》　931

《黃鸝繞碧樹》　1233

《黃鶯兒》　334

《蕙蘭芳引》　1431

《蕙清風》　1355

J

《擊梧桐》（柳永）　408

《擊梧桐》（李甲）　1298

《極相思（令）》　1113

《芰荷香》　1692

《祭天神》（歇指調）　437

《祭天神》（中吕調）　188

《佳人醉》　361

《家山好》　837

《剪牡丹》　558

《減字木蘭花》　475

《江城梅花引》　988

《江樓令》　1642

《江神（城）子慢》　1716

《江亭怨（荆州亭）》　1915

《降仙臺》　1824

《絳都春》　1104

《嬌木笪》　1876

《解愁（無愁可解）》　893

《解蹀躞》　1427

《解連環》　1445

《解佩令》　968
《解仙佩》　772
《解語花》　1486
《金殿樂慢》　1860
《金鳳鈎》　1331
《金蕉葉》　347
《金蓮繞鳳樓》　1755
《金明春(池)》　1273
《金人捧露盤》　1213
《金盞倒垂蓮》　1218
《金盞子》(晁端禮)　1226
《金盞子》(無名氏)　1839
《錦纏絆(道)》　1814
《錦堂春》　171
《錦香囊》　766
《九張機》　1912
《菊花新》　510
《倦尋芳慢》　1128
《胃馬索》　1888

K

《看花回》(大石調)　344
《看花回》(越調)　736
《快活年近拍》　1691

L

《蠟(臘)梅香》　905
《蘭陵王》　1562

《浪淘沙慢》　165
《離別難》　228
《離亭宴》　506
《荔枝香(近)》　373
《荔子丹》　1858
《戀芳春慢》　1688
《戀香衾》　1804
《戀繡衾》　1743
《梁(涼)州令》　441
《兩同心》　222
《林鐘商小品》(無名氏)　1877
《林鐘商小品》(無名氏)　1877
《臨江仙》　415
《臨江仙引》　213
《玲瓏四犯》　1526
《留春令》　938
《留客住》　180
《柳初新》　250
《柳垂金》　1208
《柳梢青》　1200
《柳腰輕》　339
《六醜》　1523
《六幺令》　206
《六州》(和峴)　8
《六州》(無名氏)　1831
《六州歌頭》　657
《輪臺子》(柳永)　320
《輪臺子》(柳永)　321

《落梅風》　1889

《落梅花》　1018

《蕠山溪》　696

《木蘭花慢》　233

M

《馬家春慢》　1891

《滿朝歡》（柳永）　262

《滿朝歡》（王仲甫）　1394

《滿朝歡》（無名氏）　1938

《滿江紅》　116

《滿庭芳》（林季仲）　1806

《滿庭芳》（晏幾道）　953

《慢卷紬》　105

《梅花曲》（劉几）　888

《梅花曲》（劉几）　889

《梅花曲》（劉几）　890

《梅花引（小梅花）》　1375

《孟家蟬》　1633

《夢還京》　96

《夢橫塘》　1665

《夢仙鄉》　538

《夢揚州》　1280

《夢玉人引》　1291

《迷神引》　202

《迷仙引》（關詠）　642

《迷仙引》（柳永）　363

《明月照高樓慢》　1682

《明月逐人來》　1771

《摸魚兒》　709

N

《南浦》（孔夷）　1595

《南浦》（周邦彥）　1449

《内家嬌》　1264

《念奴嬌》　802

《女冠子》（大石調）　346

《女冠子》（仙吕調）　212

《女冠子》（中吕調）　449

P

《抛球樂》　392

《品令》（黃庭堅）　1161

《品令》（歐陽修）　760

《品令》（周邦彥）　1593

《婆羅門令》　365

《婆羅門引》　1672

《破陣樂》　277

《撲蝴蝶（近）》　964

Q

《七娘子》　1142

《戚氏》　297

《期夜月》　1792

《齊天樂》　1435

《綺寮怨》　1498

《千秋歲》 547

《千秋歲引》 672

《秦刷子》 1769

《琴調相思引》（賀鑄） 1304

《琴調相思引》（周邦彥） 1576

《沁園春》 861

《青門引》（般涉調） 583

《青門引（飲）》 1124

《青玉案》 1356

《清平令破子》 1844

《清商怨》 684

《傾杯》（柳永大石調） 138

《傾杯》（柳永大石調） 340

《傾杯》（柳永散水調） 139

《傾杯》（柳永水調） 107

《傾杯（樂）》（柳永黃鐘羽） 216

《傾杯令》 1802

《傾杯序》 1879

《傾杯樂》（張先） 512

《傾杯樂》（柳永大石調） 151

《傾杯樂》（柳永仙呂宮） 287

《情久長》 1794

《慶春宮》 1422

《慶春澤》（張先） 554

《慶春澤》（周邦彥） 1851

《慶佳節》 535

《慶金枝（令）》 513

《慶清朝》 1939

《慶清朝（慢）》 980

《慶壽光》 1232

《秋霽》 1637

《秋蕊香》 632

《秋蕊香引》 366

《曲玉管》 307

《勸金船》 909

《鵲橋仙》（歐陽修） 775

《鵲橋仙》（柳永） 227

R

《繞佛閣》 1507

《人月圓》 1025

《如魚水》 247

《瑞鶴仙》 1179

《瑞龍吟》 1482

《瑞鷓鴣》（柳永般涉調） 435

《瑞鷓鴣》（柳永南呂調） 330

《瑞鷓鴣慢嘽子》 1840

《睿恩新》 633

S

《撒金錢》 1775

《塞孤》 215

《塞翁吟》 1556

《塞垣春》 477

《三部樂》 1073

《三臺》 1685

《散天花》　1092

《掃地舞》　1894

《掃花遊》　1504

《掃市舞》　42

《沙塞子》（朱敦儒）　1741

《沙塞子》（周紫芝）　1749

《山亭柳》（杜安世）　820

《山亭柳》（晏殊）　607

《山亭宴慢》　493

《賞南枝》　860

《上林春》　1210

《上林春令》　1601

《上陽春》　1784

《少年游》（晁補之）　1414

《少年游》（楊億）　53

《少年游慢》　557

《哨遍》　1047

《聲聲令》　928

《勝勝（聲聲）慢》　1344

《師師令》　516

《十二時》（范祖禹）　1097

《十二時》（和峴）　21

《十二時》（柳永）　454

《十二時》（無名氏）　1827

《十二時》（無名氏）　1835

《十月梅》　1881

《石州引（慢）》　1306

《侍香金童》　1326

《受恩深》　343

《壽星明》　1239

《壽延長破字令》　1841

《霜天曉角》　44

《霜葉飛》　787

《雙聲子》　326

《雙頭蓮》　1585

《雙鸂鶒》　1742

《雙雁兒》　1727

《雙燕兒》　545

《雙韻子》　556

《水調歌頭》　644

《水龍吟慢》　1864

《舜韶新》　1243

《思歸樂》　333

《四（西）園竹》　1420

《送征衣》　246

《訴衷情（令）》　603

《訴衷情近》　389

《鎖窗寒（月下笛）》　1509

T

《踏歌》　1732

《踏青遊》　1020

《踏莎行》　37

《踏莎行慢》　770

《太平年（慢）》　1859

《探春》　1707

《探春令》　1756

《桃源憶故人》　783

《剔銀燈》　462

《殢人嬌》　302

《天門謠》　1381

《天香》　974

《添春色（醉鄉春）》　1285

《調笑令》　1191

《輭紅》　1897

《銅人捧露盤引（金人捧露盤）》
　　1382

《透碧霄》　258

《脫銀袍》（曹組）　1677

《脫銀袍》（晁端禮）　1236

W

《萬里春》　1589

《萬年歡》（王安禮）　999

《萬年歡》（無名氏）　1845

《萬年歡》（無名氏）　1846

《萬年歡》（無名氏）　1847

《望（憶）漢月》　73

《望春回》　1297

《望海潮》　794

《望江東》　1159

《望梅花》　912

《望明河》　1664

《望南雲慢》　813

《望仙門》　626

《望湘人》　1389

《望遠行》（黃庭堅）　1167

《望遠行》（柳永）　183

《望雲涯引》　1289

《尾犯》（林鐘商）　405

《尾犯》（正宮）　93

《尉遲杯》　351

《握金釵》　1795

《吳音子》（晁端禮）　1245

《吳音子》（賀鑄）　1330

《無悶》　1259

《五福降中天》　1773

《五羊仙破字令》　1843

《武陵春》　593

《兀令》　1323

《誤桃源》　1927

X

《西地錦》　1752

《西河》　1471

《西江月慢》（呂渭老）　1803

《西江月慢》（無名氏）　1865

《西平樂》（小石）　162

《西平樂》（中呂商）　1540

《西施》　285

《惜春郎》　348

《惜春令》　817

《惜芳時》　692

《惜花春起早》　1863

《惜黃花》　1087

《惜黃花慢》　1712

《惜奴嬌》　1370

《惜瓊花》　573

《惜雙雙》　519

《惜餘歡》　1160

《熙州慢》　503

《喜長新》　858

《喜朝天》　495

《喜遷鶯》　845

《喜團圓》　951

《下水船》　1155

《夏日宴饗堂》　1908

《夏雲峰》　367

《獻天壽》　1837

《獻天壽令》　1838

《相思會(千年調)》　1667

《相思引》　1896

《向湖邊》　1662

《逍遙樂》　1150

《瀟湘逢故人慢》　1011

《瀟湘靜》　1910

《小鎮西》　417

《小鎮西犯》　232

《擷芳詞(惜分釵、釵頭鳳)》　1916

《謝池春慢》　517

《行香子》　565

《行香子慢》　1861

《杏花天》　1735

《宣清》　387

《選冠子(過秦樓)》　1133

《雪花飛》　1154

《雪梅香》　311

《雪明鳷鵲夜慢》　1679

《雪夜漁舟》　1648

Y

《檐前鐵》　1875

《鹽角兒》　767

《眼兒媚》　1658

《宴(燕)春臺(夏初臨)》　529

《宴清都》　1455

《宴瓊林》　1116

《宴瑤池》　771

《厭金杯》　1333

《燕(宴)山亭》　1764

《燕歸梁》　612

《陽關曲》　1042

《陽關引》　39

《陽臺路》　170

《陽臺夢》　785

《瑤池(臺)月》　1118

《瑤臺第一層》　1253

《夜半樂》　113

《夜飛鵲(慢)》　1532

《夜合花》　1402

《夜厭厭(夜行船)》　539

《夜遊宮》　1281

《一叢花令》　526

《一寸金》　314

《一尊紅》　1929

《一剪梅》　1578

《伊川令》　1790

《意難忘》　1443

《憶帝京》　128

《憶東坡》　1810

《憶故人(燭影搖紅)》　1013

《憶黃梅》　973

《憶舊遊》　1549

《憶悶令》　950

《憶秦娥》　705

《憶少年》　1411

《憶王孫》　1635

《憶瑶姬》　1670

《引駕行》(柳永仙吕調)　323

《引駕行》(柳永中吕調)　110

《迎春樂》　468

《迎新春》　342

《映山紅慢》　835

《應天長》　397

《永遇樂》　270

《永裕陵歌》　1836

《遊月宮令》　1862

《于飛樂令》　597

《魚游春水》　1867

《虞神(主)歌》　1100

《雨霖鈴》　97

《雨中花令》　618

《雨中花慢》　914

《玉蝴蝶》　189

《玉京秋》　1320

《玉闌干》　815

《玉聯環(一落索)》　485

《玉樓人》　1895

《玉樓宴》　1212

《玉漏遲》　1620

《玉梅香慢》　1887

《玉女搖仙佩》　83

《玉山枕》　254

《玉堂春》　634

《玉團兒》　1570

《玉葉重黃》　1237

《玉燭新》　1468

《御帶花》　704

《御街行》　263

《遠朝歸》　1777

《怨春郎》　766

《怨三三》　1321

《月華清》　1848

《越江吟》　30

《越溪春》　706

Z

《早梅芳（慢）》（柳永）　332
《早梅芳》（周邦彥）　1417
《早梅香》　1890
《皂羅特髻》　1057
《占春芳》　1035
《昭君怨》　1039
《爪茉莉》　447
《折丹桂》　1808
《折紅梅》　679
《折花令》　1843
《折新荷引（新荷葉）》　830
《鷓鴣天》　438
《真珠髻》　1886
《枕屏兒》　1893
《征部樂》　360
《徵招調中腔》　1645
《晝夜樂》　145

《竹馬子》　200
《祝英臺近》　1078
《駐馬聽》　109
《轉調醜奴兒（攤破南鄉子）》　1176
《轉調二郎神》　1701
《轉調賀聖朝》　1870
《卓牌兒》　1689
《卓牌子慢》　1724
《紫玉簫》　1408
《最高樓》　1607
《醉垂鞭》　498
《醉春風》　1388
《醉紅妝》　546
《醉花陰》　1093
《醉蓬萊》　289
《醉思仙》　1798
《醉太平》（米芾）　1300
《醉太平》（無名氏）　1850
《醉翁操》　1043

人名索引

爲便於查檢，於此附詞調體式相關的人名索引（古今詞學研究者人名不列），同一人名同頁出現多次者僅列一次。

A

哀長吉　1188,1436

B

白賁　1719

白樸　109,194,717,1197,1199,1200,1310,1399,1400,1651,1655

C

蔡伸　39,120,209,418,588,591,690,724,731,736,739,741,850,935,1041,1114,1115,1133,1136,1137,1143,1189,1204,1205,1313,1327,1328,1330,1373,1396,1580,1581,1584,1629,1697,1698,1752,1753,1781-1782,1784-1786

蔡松年　353,355,359,760,914,1026,1027,1310-1312,1352,1380,1581,1717,1718,1849

蔡挺　845-846,849-850,852-854,856

蔡襄　495,496

曹豳　458,1477,1573

曹冠　37,49,519,529-532,577,853,1047,1050,1051,1055,1565,1605,1606

曹勛　62-64,160,200,201,237,238,259,261,266,318,366,368,370,372,405-407,420,422,425,569,570,725,811,812,877,882,884,885,928,929,982,983,1080,1136,

1137,1198,1200,1219,1221,
1277,1278,1315,1344,1348-
1350,1360,1399,1400,1403,
1405,1406,1428,1430,1431,
1437,1439,1440,1456-1458,
1460,1461,1582,1667,1694,
1704,1799,1801,1902,1904

曹邍　1527-1529,1566,1567,
1766,1767

曹組　591,727,760,763,764,
965, 966, 1125, 1126, 1236,
1345,1346,1351,1357,1362,
1363,1412,1413,1667,1670,
1672-1673,1676-1677,1697

長筌子　71,287,382-387,393,
395,396,886,887,894,895,
923, 975, 977 - 979, 1017,
1106,1107,1110,1111,1222-
1225,1607,1717,1718,1872

晁補之　39,40,53,57,68,88,
90, 92, 110 - 112, 120, 121,
133,135,136,141-144,163,
196,203-205,256,258,271,
272,275,336,337,352,353,
359,389,390,405,406,442,
444-447,483,485,495-497,
506,508,509,522-524,526,
527,550,566,567,699,709,

711,724,744,746-748,750-
752,767-769,798,832,877,
953, 999, 1005 - 1010, 1146,
1152,1155,1157,1158,1191,
1210-1212,1218,1219,1221,
1331-1333,1335,1337,1344,
1346,1348,1359,1360,1362,
1371,1372,1396,1397,1402,
1405,1408-1411,1414

晁沖之　575,577,579,580,1210-
1212,1336-1338,1597,1599

晁端禮　59,61,67,80,83-85,
99, 100, 119, 121, 131, 135 -
137, 250, 251, 274, 292, 306,
347,348,442,488,489,519-
521, 528, 550, 552, 595, 605,
649,698-700,731,732,744,
746, 776, 778, 780, 847, 862,
916-918,955,958,1147,1149,
1210- 1214, 1219 - 1220, 1222,
1226, 1228 - 1230, 1232 - 1233,
1235-1240,1242,1244-1245,
1247,1330,1336,1338-1343,
1396,1601,1677

陳德武　158,186,191,675,676,
798,1136,1389,1423

陳東　1769

陳合　1266,1269-1271

陳濟翁　698,699,1022

陳亮　81,500,576,580,757,
758,900,901,903,1028 –
1030,1069,1074 – 1076,1143,
1166,1167,1357,1492,1493,
1609

陳夢協　1519

陳人傑　862

陳三聘　551,1293,1294

陳師道　587,590

陳恕可　901

陳坦之　1557,1558

陳維崧　321,329,340,448,517,
546,932,935,1058,1334,1916

陳韡　1049,1050

陳偕　956

陳郁　1269 – 1271,1352

陳允平　50,58,61,168,210,271,
276,316,335 – 337,353,356,
357,373,375,376,379,380,
402,403,427,429,430,471,
472,480,686,698,790,791,
812,813,901,988,992,994,
1085,1086,1111,1112,1136,
1201,1270,1271,1283,1319,
1415,1417 – 1419,1421 – 1423,
1428,1431 – 1433,1442 – 1445,
1447,1456,1457,1463 – 1466,

1473,1474,1478,1480,1484,
1485,1492 – 1494,1497,1499,
1500,1502,1503,1505,1506,
1508,1511,1512,1518,1521,
1522,1524,1525,1528,1533,
1536,1538,1541,1542,1545,
1548,1549,1556 – 1558,1560,
1561,1565,1569,1570,1572,
1586,1593,1594,1640,1641,
1675,1710 – 1712,1744

陳愷　893,894,896

陳著　555,856,1016,1229,1230,
1269,1352,1364,1561,1745

程珌　122,288,289,292,663,
806,1017,1269,1270

程大昌　373,576,577,657,1006 –
1009,1150,1337,1340,1809

程垓　44 – 48,263,483,489,
527,623,625,698,711,714,
869,870,955,988 – 992,1081,
1176 – 1178,1259,1261,1262,
1358,1383,1385,1444,1445,
1449,1451,1453,1455 – 1459,
1584,1612,1621,1622,1660,
1661,1917,1920

程先　1514

褚生　1081

崔敦詩　20,23,24

D

戴復古　121,803,1081,1084,
　1301
鄧剡　195,1017,1178
鄧肅　1337,1339,1582
丁默　1537-1540
丁仙現　1104
丁注　1259-1261,1263
杜安世　38,61,73,76,131,133,
　136,137,152,154,155,218-
　220,222,279,280,462-464,
　510-512,565-567,586-588,
　607,613,614,639,640,680,
　690,815,817-821,823-829
杜龍沙　104
段成己　572,1673
段克己　649,1614,1673

F

范成大　46,119,120,553,680,
　807,1293,1294
范純仁　440
范仲淹　116,263,265,462,463,
　465
范周　236,1267-1270
范祖禹　6,1097,1099-1101,
　1103,1827,1832,1833

方衡　1437
方君遇　1319
方千里　168,210,373,375,376,
　378,379,419,427,429,472,
　479,480,686,699,791-793,
　1073,1075-1077,1136,1283,
　1415,1417,1421,1428,1431,
　1432,1438,1446,1447,1463,
　1464,1466,1467,1470,1473,
　1478,1484,1492,1496,1497,
　1505,1511,1515,1517,1518,
　1524,1528,1536-1538,1541,
　1542,1545,1548,1551,1556,
　1558,1560,1561,1565,1566,
　1570,1572,1586,1594
方味道　721
方岳　779,810,882,1017,1018,
　1050-1052,1057,1181,1188,
　1315,1436,1584,1614,1659
方資　931
馮取洽　866,1066
馮去非　852,853
馮子振　1720
傅按察　71
傅大詢　171,175,176,569,648

G

高觀國　46,191,267,748,852,

853,857,881,882,918,939,
940,1017,1065,1066,1205,
1206,1352,1358,1385,1386,
1405,1406,1437,1444,1445,
1447,1466,1467,1528,1529,
1565,1566,1736,1745,1904,
1905

高憲　1377

葛長庚　49,159,420,425,458,
510,709,717,718,758,759,
871-873,901,956,958,1070,
1119,1120,1122,1564-1566

葛立方　171,173,176,177,729,
919,953,1315,1318,1621,
1622,1750,1751

葛郯　191,1340,1565

關詠　364,642

關注　1812,1813

郭祥正　1044,1045

郭應祥　44,500,1007,1599

H

韓淲　290,438,439,475,499,
527,528,689,692,783,803,
942,954,1061,1079,1081,
1084,1146-1148,1200,1325,
1326,1745,1756,1761

韓絳　875

韓奕　450,452,453,1480

韓玉　944,945,1069,1579,1580,
1684

韓縝　875-876,879

何澹　784

何夢桂　196,712,746,866,1352,
1353,1444,1445,1599,1623,
1624,1626

何籀　1457,1458,1461

和峴　1-4,9,11,22,1097,1827,
1829,1831

賀鑄　30-33,37,65,70,119,210,
218-221,352-354,438,439,
468,471-474,490,519,522,
594,595,597-600,602,622,
650,652,657,660,661,684-
686,696,700,762,773-775,
825,862,884,907,918,974-
977,979,1000-1002,1004,
1015,1124,1143,1155,1156,
1205,1214,1245,1282,1283,
1302,1303,1305-1307,1313,
1321-1323,1325-1326,1328,
1330-1332,1334-1336,1344-
1345,1349,1355-1356,1370,
1375-1379,1381-1383,1387-
1388,1390-1391,1576,1659,
1665,1896

洪皓　240,988-990

洪适　556,1136,1193,1659,1822-
　1824,1826

洪邁　1829

洪璟　1191,1848,1849

洪希文　584,727,757,1130,1131,
　1857

洪咨夔　530,531,692,866,976,
　1315,1319

侯善淵　475,708,1167,1168,
　1170,1171,1176,1812

侯寘　833,1041,1133,1398,1737,
　1812

胡炳文　1560,1562

胡浩然　999,1005,1007,1637,
　1639

胡松年　1308

胡翼龍　754,956,1456,1457,
　1460,1533

花仲胤妻　1790,1791

黃機　44,50,245,293,542,664,
　724,810,866,1066,1080,1599

黃昇　1031,1473,1474,1476,
　1482

黃廷璹　1446,1512,1565

黃庭堅　84,128,129,145,146,
　222,226,227,425,440,487,
　506,508,509,550,562,586,

589,603,605,644,649,651,
　699,700,736,738-741,746,
　773,777,783,802,862,867,
　893,924,925,933,935-937,
　939-942,1032,1033,1142,
　1146,1147,1149-1151,1153,
　1155-1157,1159-1161,1163-
　1169,1171-1173,1175-1177,
　1179-1181,1183,1185,1187,
　1189,1191,1193,1254,1258,
　1357,1396,1415,1593,1786,
　1810

黃載　1467,1904

黃子行　883

惠洪　687,688,924,1285,1357,
　1358

J

姬翼　85,704,922,1207,1208,
　1213,1214,1216,1217,1255-
　1257,1328,1330,1598,1599,
　1605,1673,1717,1904,1907

江緯　1662,1663

江衍　1814,1816

江致和　1773

姜夔　58,116,126,159,160,274,
　544,574,580,711,721,724,
　734,803,805,807,808,810,

851,852,855,934,992,993,
1259,1424-1426,1435,1440,
1495-1497,1510,1527,1544,
1545,1636,1645,1684,1709,
1710,1712,1738,1797,1929,
1931

姜特立　124,1348,1349

蔣捷　45,51,95,234,235,238,
346,347,402,449,450,452-
454,615,735,856,882,969,
970,972,985,987,989,992,
1083,1147,1149,1181,1229,
1230,1344,1375,1446,1579,
1584,1605,1622,1744,1745,
1758,1762,1922,1923,1935-
1937

京鏜　578,869,870,920,921,
1106,1187

K

康與之　398,401,402,404,449,
450,576,580,755,758,759,
851,944,946,992,1269,1313,
1736,1922

孔夷　1136,1449,1595

寇準　34-35,38-40

L

黎廷瑞　1081

李邴　449-451,754,755

李訦　659,663

李持正　1026,1771

李處全　1812,1813

李從周　1528,1529

李德載　332,1658,1659,1661

李綱　99,101,191,845,852,
1579

李冠　644,657-661,663,667,
671-673,675

李宏模　983

李洪　124

李甲　59,105,106,409,1133,
1287,1289-1291,1293,1295-
1299,1618,1636

李居仁　976

李珏　1299

李萊老　235,986,988,1131

李琳　127

李流謙　304,554,601,1622

李劉　871,1868,1869,1939

李昂英　118,866,1567

李彌遜　80,317,886,1205,1266,
1269,1270,1273,1274,1276,
1348,1357,1363,1881-1883

李弸　945,946

李彭老　235,976,985－987,1081,
　　1545,1931－1933

李祁　689

李齊賢　1621

李清照　66,67,70,263,270,274,
　　413－415,500,501,569,594,
　　596,831,832,982,983,1093,
　　1095,1096,1344,1352,1353,
　　1357,1363,1399,1400,1579,
　　1583,1636

李石　195,1581,1855,1856,1858

李太古　1743

李演　1353

李晏　1673

李元膺　438,489,747,750,751,
　　1249,1251

李曾伯　123,293,294,647,852,
　　866, 871, 957, 1049 － 1052,
　　1181,1188,1348,1437,1560－
　　1562,1566,1579,1580

李之儀　191,192,437,518,550－
　　552, 588, 621, 622, 689, 690,
　　697－699,725,939,940,1002,
　　1003,1321－1323,1358,1381－
　　1383,1419

李致遠　482,559

李仲光　781

李重元　1635,1636

利登　1136

厲寺正　1007,1008

梁棟　1932

梁意娘　938

梁寅　100,191,1017,1462,1868,
　　1869

廖剛　420

廖行之　421,554

廖正一　32

林表民　1625

林逋　44－49,51

林季仲　1806,1807

林外　315,756,938,1050,1664,
　　1708

林正大　527,871,872,1348,1445

凌雲翰　178

劉昂　1383

劉褒　663,665,921

劉秉忠　1411

劉敞　1798

劉辰翁　195,196,270,274,530,
　　570, 576, 580, 709, 712, 724,
　　871, 900, 901, 1059, 1081,
　　1176,1177,1188,1189,1264,
　　1265,1269,1270,1352,1353,
　　1366,1380,1381,1437,1441,
　　1444,1445,1479－1481,1484,

1485,1499,1500,1505,1506,
1511,1512,1524-1526,1533,
1550,1551,1560,1561,1564-
1568,1579,1594,1609,1745,
1748,1922-1924

劉處玄　611,636,637,1088,1089,
1167,1168,1170,1171,1344

劉燾　882,883,963,964,1617,
1619

劉過　46, 195, 197, 501, 659,
663,664,669,726,727,862,
864, 866, 914, 1071, 1083,
1301

劉几　888-893

劉將孫　664,1550,1551,1555

劉涇　529,531

劉均國　1377

劉濬　1792,1793

劉克莊　460,461,576,578,580,
585, 587, 709, 805, 809, 862,
866,1017,1040,1048-1052,
1059,1060,1315,1318,1319,
1446-1448,1579,1580,1584,
1702,1703,1705,1706

劉敏中　672,1399,1402,1720,
1721,1723

劉潛　644-649,651,653,655,
657,659

劉述　837

劉學箕　571,784,1050,1051,
1744,1745

劉壎　210, 282, 284, 714, 976,
994, 1016, 1017, 1068, 1139,
1444,1445,1745

劉弇　362,363,519,521,1264,
1267,1274,1276

劉一止　294,539,541-544,748,
749, 776, 797, 1205, 1473,
1475,1664-1666

劉因　652,1857

劉應雄　244

劉鎮　555,984,985,1064,1106,
1107,1109,1203

劉志淵　735,736,1386

劉子寰　294,748,1031,1436,
1488

柳富　1611

柳永　22, 35 - 37, 53, 58 - 61,
74, 82 - 89, 91, 93 - 99, 101,
103, 105, 107 - 110, 113 - 114,
116 - 122, 124 - 125, 127 - 129,
131 - 143, 145 - 149, 151 - 153,
155 - 156, 159 - 162, 165, 167,
169 - 173, 175, 177, 179 - 181,
183 - 186, 188 - 191, 193 - 195,
197, 199 - 207, 209 - 225, 227,

229,231-239,241,243,245-257,259,262-265,267,269,271-275,277-283,285-291,293,295,297-298,301-305,307-309,311-315,319-327,329-337,339-343,345-349,351-353,355,357,359-360,362-366,368,371,373-374,381,388-389,391-393,394,396-399,405,408-414,416-417,419-420,433-437,439-440,442-443,445,448-449,451,455,458-460,463,468,475,477,510,512,603,604,612-617,632,642,692,736,742,775,794,795,915,1105,1146,1167,1264,1280,1298,1394,1396,1415-1417,1445,1540,1543,1573,1672,1806,1827,1936

樓槃 50

盧炳 70,777,1070,1570,1738

盧摯 671,990,995,1719,1720,1723

盧祖皋 438,711,714,1130,1131,1456,1462,1520,1521,1532,1533,1628,1630,1640,1868,1869

陸凝之 921

陸文圭 1708,1710,1711

陸游 120,133,137,191,502,527,528,686,687,698,775,783,862,866,869,870,1115,1282,1284,1440,1445,1447,1448,1466-1468,1585,1635,1744,1745,1855,1857,1916,1917,1920,1922

呂濟民 1720

呂勝己 123,124,196,235,420,424,1188,1189,1202,1737,1868

呂同老 975,977

呂渭老 119,123-125,240,420,423,463,486,492,501,617,721,724,797,964,965,967,1066,1081,1114,1115,1138,1139,1165,1291,1293,1295,1361,1392,1393,1417-1419,1438,1441,1635,1716-1718,1794-1799,1801-1805,1865,1916,1918,1921

呂直夫 753,756

羅志仁 1315,1445,1447

M

馬鈺 34-37,78,79,83-86,

228－231,350,351,382,384,
386,439,469,474,475,614,
636,637,694,962,963,1088,
1090,1150,1207,1208,1242,
1243,1283,1340,1367,1381,
1385,1636,1667－1669,1763,
1809,1919,1922

馬子嚴　156,158,584,784,882,
1067,1068,1338,1590,1591,
1609,1704,1814,1816,1848,
1849,1869

毛开　633,647,1063,1185,1392,
1563,1764,1766,1767

毛滂　304－306,462,463,465,
490,519,522－525,540,594,
595,597,600,601,619,623,
624,644,647,955,976,1013,
1015,1017,1095,1107,1108,
1112,1143,1192,1210,1247,
1283,1333,1335,1337,1360－
1362,1366,1368,1370,1601－
1605,1608－1609,1611

米芾　1300,1850,1928

米友仁　803,809,1093,1388

莫蒙　1240

万俟詠　294,352,353,358,596,
701,988,1040,1041,1276,
1277,1377,1379,1381,1411－

1413,1670,1679－1684,1686,
1688－1689,1691－1692,1694,
1697,1707,1724

N

倪偁　690

倪君奭　545

聶冠卿　62,63,65,67,69,71

O

歐陽修　30,37,38,60,73,75,
76,79,86,218,263,266,293,
344,420,440,442－445,468,
469,475,476,485,488,526,
534,539－541,547－549,552,
585,586,594,595,597,605,
614,619,637,638,684,685,
689,693,696,704－709,711,
721－722,736－737,739－740,
743－744,746,748,760,764,
766－773,775－776,783,784,
815,1044,1045,1161,1175,
1179,1358,1593,1719,1816

P

潘汾　1064,1129,1627,1629,
1631,1633

潘閬　42,43

潘希白　1588

彭芳遠　127

彭履道　1398,1399,1564-1566

彭耜　457,458

彭泰翁　1502,1503,1551

彭元遜　127,1466,1467,1524-
1526,1551

彭正大　1511,1512,1515

彭止　940,941

彭子翔　553

蒲宗孟　912,913

Q

錢霖　1511

秦觀　93,94,119,120,239-241,
266,282-284,294,295,419,
426,427,431,440,468,470,
487,490,499,527,528,549,
560,561,583,721,723,724,
726,730,761,764,765,776,
796-798,802,868,869,917,
924,1041,1042,1124-1126,
1146,1191,1202,1273,1280,
1282,1284-1286,1316,1486,
1488,1563,1564,1635

秦湛　585

琴操　587,589,1039

丘崈　580,604,727,747,751,

965, 966, 990, 1081, 1203,
1242,1243,1405-1407,1473-
1476,1492,1493

丘處機　181-182,211,297-298,
301, 475, 800, 1119 - 1120,
1167-1168,1170,1255-1256,
1383,1693,1787,1871-1872

仇遠　93,94,193,226,280,316,
461,490,640,641,687,718,
773-775,882,883,935,950,
951, 969, 972, 983, 1093,
1115,1319,1392,1423,1447,
1511,1513,1550,1551,1557,
1558,1617,1618,1853,1854,
1935

權無染　1398,1399,1779

R

任昉　916,917

阮逸女　880,881,883,885-887

S

三于真人　896

邵亨貞　790,791,1083,1442,
1454,1473,1475,1478,1527,
1528,1736,1739,1905

邵叔齊　965,966

僧仲殊(仲殊)　142-143,145,

293,347-348,519-521,605,
698, 752, 810, 812, 1096,
1148,1149,1195,1198,1201-
1202,1208,1274,1275

沈端節　754,939,957,1392,1393,
1435,1758,1773

沈邈　462,463,466,467,478

沈唐　787,789,791,793-794,
802,806,814

沈蔚　250,251,577,605,686,
687, 701, 1094, 1208, 1209,
1292

沈瀛　109,476,652,802,805,
942

施翠岩　900

施樞　712

施岳　1488,1489,1565-1567

石孝友　553,567,592,593,701,
703,761,765,797,955,1249,
1251,1269,1270,1348,1360,
1371,1579,1754

石正倫　1500

史達祖　190,542,577,579,597,
599, 614, 617, 721, 848, 853,
880,939,940,970-972,981,
1007,1008,1065,1070,1079,
1080,1083,1087,1088,1187,
1227,1229,1230,1317,1332,

1365,1367,1371,1404,1405,
1436,1437,1442,1443,1451,
1452, 1466, 1467, 1470, 1528-
1530, 1564, 1638, 1670, 1697-
1699, 1736, 1743-1745, 1903-
1907, 1910, 1911, 1916-1918,
1920

史浩　309, 310, 562, 728, 799,
800, 832, 882, 884, 965, 966,
982, 983, 1087, 1088, 1091,
1188, 1255, 1256, 1269, 1270,
1363,1366,1406,1453,1604-
1606,1611,1613,1694,1772,
1916,1919,1922,1935-1937

史深　883,1625

舒亶　489, 500, 585, 588, 776,
779,1092-1096

舒頔　948,1066

宋褧　572

宋祁　440,499,500,1621,1815,
1816

宋先生　863,1087,1088

蘇洞　914

蘇茂一　1085,1086,1511

蘇軾　3, 6, 31, 32, 39, 53, 56-
58, 86, 116, 118, 120, 155,
158, 194, 270, 271, 273, 274,
291-293, 297, 298, 304, 476,

500,526-528,548-554,561,
566,568,585,588,603,645,
647-649,651,721,723,724,
732,743,746-748,750,752,
753,802-806,808,837,862,
864-866,874,893,894,909-
911,915-917,924,928,953-
955, 957, 1020, 1021, 1023,
1035-1045,1047-1049,1051-
1052,1054,1057-1061,1064,
1066,1073,1075,1077,1079,
1084,1146,1195,1280,1359,
1396,1415,1444,1810
蘇舜欽　30,646,647,651,652,
654,655,858
蘇庠　604
蘇易簡　30,31,33,634
蘇轍　647
孫道絢　53,79,81,1413,1799,
1801
孫浩然　508,541
孫惟信　724,1017,1168,1300,
1301,1319,1406

T

太尉夫人　1113-1114
譚處端　572,583,1368
譚宣子　1497

譚意哥　282,1115
湯恢　198,1130,1702,1703
唐珏　900
唐婉　1920,1921
唐藝孫　975
陶宗儀　1453,1454,1932
滕賓　1200,1621,1622
田爲　1707,1710-1713,1716,
1719-1721,1723,1724
田中行　944

W

汪存　1146-1148,1150
汪莘　784,1049-1051,1337,
1731,1732,1736,1737
汪元量　523,588,661,666,743,
748, 1025, 1026, 1385, 1597,
1600,1676
汪晫　866
王安禮　999,1001-1003,1005,
1007,1009,1011,1012
王安石　100,603,673-675,888-
891,898,899,902-904,1893
王安中　67,190,490,1047,1049,
1050,1053,1645,1647
王處一　573,703,704,1369,1370
王從叔　633
王大烈　777

王觀　585,587,591,592,618,621,623,624,973,975,980,983-985,987-993,996-997,1394,1939

王珪　5,6

王吉昌　70-71,102,181,212,801,895,945-946,1207-1208,1222-1223,1226,1256-1257,1402,140-1408,1717-1718

王寂　1027,1673

王邁　1184

王雱　1128-1132,1659

王琪　680,1080

王千秋　606,701,852,971,1187,1188,1315

王詵　335-337,560,799,883,885,887,1013-1015,1019-1021,1025,1027,1029-1030,1032

王十朋　382

王庭珪　99,100,304,776,778,784,970,1096,1205,1725

王旭　781

王埜　659,670,1473,1476,1477

王沂孫　176,402,713,974,977,982,984,986,987,992,1228-1230,1259-1261,1422,1425,1436,1437,1447,1453,1454,1480,1481,1504,1506,1511,1544

王奕　44,1071,1544

王益柔　858,859

王義山　1484,1485,1667

王嵎　542,1081

王惲　439,801,802,1200,1401,1402,1652,1653,1673,1720-1722

王喆　83-86,94,95,99,102,104,146,181,183,184,186-188,203,204,212,216,228-231,264,291,297-299,302,311-313,334,336,337,344,347,368,371,382,393,394,434,463,469,473,474,572,573,582,585,608-612,614,636,637,693-696,720,886,895,922,938,960,970-972,996-998,1017,1088-1091,1108,1120,1123,1124,1150,1159,1194,1208,1242,1243,1328,1343,1356,1367,1381,1383,1384,1573-1576,1702,1728,1729,1762-1764,1787,1809,1871,1916,1919,1921,1922

王之道　125,157,293,294,476,

490,530,553,653,664,784,
797,798,806,871,878,955,
956, 982, 983, 1064, 1149,
1150,1309-1311,1317,1337,
1347,1348,1371,1374,1764,
1766,1767,1808-1811,1904
王之望　525,1095,1318
王志謹　1214,1215,1217
王質　79, 120, 149, 150, 584,
647, 766, 870, 1002 - 1004,
1130-1132,1360,1364,1365,
1369,1659,1670,1671,1697,
1884,1885
王仲甫　262,276,698,1394,1395
王重　1015
王灼　97, 206, 231, 373, 490,
629, 644, 973, 1143, 1472,
1563,1565,1667,1679,1707,
1787,1789,1790,1935
韋驤　867,871
魏了翁　592,673,675,677,710,
714, 715, 852, 856, 870, 1065,
1337
翁孟寅　711,1436
翁元龍　1017,1106,1131,1466,
1467,1484,1485,1528
鄔慮　1078
吳澄　1521

吳感　679-683
吳瓘　1206
吳激　1025, 1313, 1649, 1650,
1652
吳禮之　915,1632
吳潛　44, 195, 274, 606, 712,
853, 900, 901, 954, 1048 -
1051,1059,1065,1269,1270,
1349,1357,1466,1467,1474,
1599,1638,1641,1702,1703
吳申　1144
吳師孟　905,907
吳淑姬　524
吳文英　38,44,48,94,95,127,
168, 169, 191, 194, 207, 210,
234-236,273,293,316,352,
353, 356, 357, 373, 375, 376,
381, 402, 477, 480, 482, 499,
542, 576, 617, 731, 734, 784,
790, 791, 807, 845, 852, 853,
882, 943, 947, 954, 974, 976,
977,984-987,993,1013,1017,
1064, 1074 - 1077, 1079 - 1081,
1083, 1087, 1105 - 1107, 1130,
1131, 1136, 1180, 1187, 1189,
1228,1229,1259 - 1261,1283,
1319,1331,1344,1348-1351,
1358,1406,1415,1417,1423,

1428,1432,1433,1435-1437,
1446,1447,1456,1457,1462,
1464-1466,1468,1473,1474,
1480,1481,1484,1485,1487,
1488,1492,1502-1504,1506,
1508,1512,1513,1518,1524,
1525,1533,1541-1545,1548-
1552,1556-1558,1560,1561,
1581,1621,1625,1627,1628,
1640,1673,1674,1701,1707,
1712,1715,1744,1745,1904,
1906

吴泳　120,714,718,748,866,
867,870,1064,1081,1204,
1363,1385,1868,1869

吴淵　123

吴元可　1398,1399

吴則禮　240,725,1108,1352,
1642,1643,1904

伍梅城　712

X

奚滅　30,771,879,1538

夏竦　439,440

夏元鼎　655,656,866,871

向滈　594,1176,1178,1179,1357-
1359

向子諲　55,57,121,195,304,

306,439,486,690,747,776,
955,1143,1377,1378,1610

蕭烈　199

蕭允之　1511

解昉　785

謝絳　540

謝克家　1635

謝懋　562,755,1306,1308,
1310,1412

謝逸　594,613,881,1143,1205

謝應芳　781,988

辛棄疾　45-47,69,119,155-
158,191,194,233,234,241,
243-245,264,270,274,419,
427,430,438,485,489,547,
570,574,576,577,579,580,
585,648,649,663,691,709,
712,713,722,734,763,764,
779,780,782,805,807,833,
852,862,866,1044,1045,
1048-1051,1056,1059,1060,
1066-1068,1079,1081-1083,
1188,1202,1203,1283,1284,
1344,1348,1351,1352,1356,
1385,1386,1473-1475,1565,
1566,1583,1584,1604,1605,
1608,1609,1613,1614,1627,
1631,1667-1669,1673,1733-

1736,1743-1746,1850,1851

熊禾　1675

徐寶之　901

徐俯　587,589,591

徐介軒　475

徐鹿卿　580

徐伸　381,1701,1703,1705,1706

許古　571,1660

許將　1087,1089,1091

許有壬　1312,1469-1471

Y

嚴仁　67,157-159,489,607,
724,1065,1673

晏幾道　37-39,53,55,56,58,
209,222,225,438,440,442,
445,483,484,595,597,599,
603,613,633,640,641,684,
686,745,752,773,774,933-
934,936,939-940,943-945,
949-951,954,964-965,969,
972,1175,1396,1760,1786,
1887

晏殊　37,38,53,54,56,59,75,
78,152-155,252,253,302-
305,366,435,436,468,469,
486,595,603-608,611-613,
618-619,622,626-633,635,

637,639-641,685,820,821,
933

楊冠卿　44,46,1493

楊无咎　36,79,81,222-225,264,
274,282,284,287-289,293,
304,306,471,527,542,543,
545,618,624,625,728,732,
818-820,1027,1028,1148,
1149,1184,1188,1201,1202,
1205,1211,1428,1429,1435,
1436,1447,1466,1470,1492,
1493,1505,1511-1513,1598,
1602,1659,1689,1703,1705,
1713,1724,1728,1757,1759,
1760,1762,1763

楊炎正　38,119,120,549,605,
1070

楊億　53-55,57,59,61

楊載　727

楊澤民　56,58,168,373,374,
377,379,380,402,427-430,
472,480,490,633,686,790-
792,1073,1076,1077,1189,
1415,1417,1421-1423,1428,
1430-1432,1447,1463,1464,
1467,1473,1478,1484,1485,
1488,1496,1497,1511,1514,
1518,1519,1524,1525,1536,

1538,1541-1543,1545,1548,
1551,1557,1558,1561,1565,
1566,1570,1572,1586,1594

姚勉　1067

姚述堯　746,803

姚燧　663,1017,1310

姚雲文　196,1437

葉夢得　120,196,199-201,290,
293,398,399,402,550,551,
649, 651, 805, 812, 1059,
1061,1280

易袚　700

尹濟翁　1931,1932

尹志平　1872,1873

俞國寶　698,942

虞集　780,1136,1141,1584

喻陟　906

元好問　717,990,995,1013,1025,
1094,1176,1177,1310,1312,
1348,1614,1625,1673,1809

元絳　835

袁去華　135,136,282,284,347,
373,378,379,668,1188,1206,
1456,1457,1478,1492,1494,
1496,1497,1565,1566,1570,
1571,1577,1578,1689,1724,
1785

袁綯　1523,1599,1775

岳珂　664,1082

Z

則禪師　956,962

曾布　644

曾覿　37, 287 - 289, 721, 803,
853, 1175, 1183, 1201, 1206,
1384,1467,1468,1599,1600,
1764-1767,1917,1919,1920

曾鞏　860-863,865-871,873

曾乾曜　1176-1178

曾協　784,805,1080

曾紆　748,1164,1165,1211,1212,
1637,1639-1641

查荎　259,260

詹無咎　781

詹玉　67, 900, 903, 981 - 983,
1521,1931,1932

章楶　724,928-930

章耐軒　1149

章謙亨　712,1149,1307

張艾　1488,1508,1533

張半湖　1506

張伯端　957,969,972

張才翁　914,915,917-925,927

張燾　1788,1789

張端義　1130,1131

張方仲　304

張綱　67,70,1001,1004,1005,
　　1026,1027,1125,1126
張閣　1347
張輯　45,242,499,803,805,899,
　　900, 903, 1079, 1082, 1435,
　　1441,1445,1447,1448,1511,
　　1515,1635
張繼先　652,693,694,848,850,
　　852, 853, 945, 1119, 1120,
　　1648,1649,1651,1653,1655-
　　1657
張景修　1133-1135,1137-1139,
　　1141
張榘　644,714,1017,1081,1084,
　　1108,1781-1783
張可久　44,943,1720,1722
張擴　304
張耒　633,1146,1316,1927
張杕　1663
張淑芳　427
張樞　1189,1423,1745,1863
張先　60,116,156,157,159,263,
　　264, 266, 277-279, 468, 469,
　　475,477-478,480,482-486,
　　493-495,498-500,502,504-
　　508,510,512-514,516,518-
　　521,525-526,528-530,533-
　　542,544-550,555-559,560-
　　562,564,573-576,579,583,
　　585,587-588,590,592-601,
　　604, 612, 613, 620, 673, 775,
　　783,784,815,837,863-865,
　　867, 873, 909, 911, 1124,
　　1160,1335,1592,1727,1851
張孝祥　46,67,274,293,382,
　　384, 561, 587, 612, 617, 645,
　　648,654,657,660,662,664-
　　667,672,698,700,724,729,
　　802, 918, 945, 947, 1201,
　　1203,1204,1283,1659,1702,
　　1785
張炎　95,96,191,193-195,234,
　　235, 460, 461, 580, 743, 790,
　　791,805,808-810,900,901,
　　982, 983, 986, 988, 1013,
　　1015,1080,1083,1084,1310,
　　1348,1357,1366,1398,1399,
　　1423,1424,1435-1437,1441,
　　1444,1445,1447-1449,1453,
　　1454,1473,1474,1488,1506,
　　1510-1512,1514,1516,1518,
　　1520,1521,1527,1528,1531,
　　1533,1537,1538,1544,1545,
　　1550,1551,1554-1558,1584,
　　1621,1645,1649,1652,1654,
　　1684,1709-1712,1922,1925,

1926,1931,1932

張埜   954,1200

張幼謙   588

張雨   1200,1202,1310,1398,
1400,1765-1767,1901,1904-
1906

張玉孃   84,85,1432,1434,1545,
1546

張元幹   67,121,369,370,591,
603,607,653,697,728,798,811-
813,845,881,1040,1064,1081,
1083,1184,1255-1257,1272,
1283,1307,1309,1310,1315,
1317,1319,1339,1344,1383,
1385,1565,1636,1740,1772,
1868,1869,1881,1883

張震   701

張翥   67,69,70,177-179,711,
803,1398,1400,1454,1484,
1547,1552,1626,1652,1673,
1744,1901,1904,1905,1917

張鎡   1014,1150,1188,1341,
1566,1570,1571,1764,1766,
1767,1809

趙必瑑   1016-1017,1315,1445,
1456-1457,1466,1538,1565-
1566,1908-1909

趙抃   830,831,833,864

趙秉文   1176

趙磻老   121,290

趙才卿   616

趙長卿   46,50,274,293,349,
368,440,527,528,540,542,
544,563,564,570,589,592,
595,606,625,692,702,724,
732,733,748,753,757,764,
765,805,806,833,853,854,
882,886,887,920,959,961,
1016,1040,1068,1082,1084,
1096,1162,1163,1165,1176-
1178,1188,1204,1205,1269,
1270,1302,1303,1327-1330,
1337,1341,1349,1352,1354,
1357,1364,1365,1371,1580,
1582,1659,1758-1761,1764

趙崇嶓   1136,1287

趙崇霄   1904

趙鼎   118,616,747,783,883,
1026,1388,1389

趙功可   900,901,1349,1499,
1500,1536

趙佶   1707,1731,1732,1755,
1757,1759,1761,1763-1768

趙令畤   32,438

趙孟堅   700,883,887,1319,1337

趙孟頫   235,728,999,1010,1011,

1140

趙耆孫　1777

趙汝莣　992,1746

趙善扛　852,1017,1457,1599

趙善括　1456,1457

趙師俠　49,273,274,419,420,
423,425,426,461,577,597,
685,686,746,758,781,965,
966, 968, 985, 1003, 1004,
1581,1585,1790

趙文　797, 1189, 1310, 1312,
1399,1400,1470,1481,1482,
1496,1498-1500,1506,1536,
1557,1558,1560

趙聞禮　1259,1624,1626,1868,
1869

趙項　1253-1255,1257

趙彥端　79,81,119,123,525,
736,740-742,784,832-834,
943, 945, 946, 965, 1105 -
1107,1184,1206,1249,1250,
1304,1412,1467,1492,1493,
1577,1694,1696,1736,1751

趙以夫　93-95,327,328,379,
490,530,805,806,866,900,
976,1065,1087,1228-1230,
1316,1358,1469,1470,1488,
1534,1561,1562,1694,1702,
1703,1709-1711,1713,1714

趙雍　1013

趙與洽　716,992,994

趙與仁　1578

趙元　571,572

趙軏　625

趙禎　839-844

趙仲御　1256,1257

趙子發　525

鄭剛中　1581

鄭僅　1192

鄭獬　500

鄭熏初　1932

鄭子玉　196

仲并　806,1183,1570,1695

周邦彥　57,59,160,162,166-
169,180,181,207,218,282,
314, 315, 332, 352, 353, 356,
373, 375, 377, 378, 380, 397,
398,401,419,427-430,451,
455,458,468,471,472,477-
480,482,613,633,684-687,
699, 703, 736, 737, 739, 740,
787,789,880,884,953,1013,
1014, 1016, 1021, 1073, 1074,
1133,1135,1136,1180-1182,
1184,1186-1189,1233,1234,
1259,1261,1283,1284,1304,
1312-1314,1318,1337,1415-
1416,1418,1420,1422-1423,

1427,1432,1435-1436,1439-
1444,1446,1449,1453,1455,
1463,1465,1469,1471-1472,
1474,1476-1479,1483-1484,
1487,1491-1493,1496,1499,
1501-1502,1504,1507,1510-
1512,1517,1520,1523,1527,
1531-1532,1535,1537,1540,
1543,1547,1549,1555-1557,
1559,1562-1563,1565,1569-
1570,1572-1573,1577-1579,
1582,1585,1587,1589-1590,
1592-1593,1595,1896

周必大　2,31,843

周伯陽　1653

周密　159,194,209-211,234,
235,250,270,477,478,481,
482,542,817,900,901,938,
964,974,976,984-986,988,
992,994,1013,1136,1195,
1196,1201,1300,1301,1320,
1321,1347-1349,1351,1405,
1406,1422,1425,1431,1435-
1437,1456,1457,1479-1482,
1487,1488,1490,1502-1505,
1519,1521,1528,1545,1546,
1550,1552-1554,1560,1561,
1639,1640,1645,1709,1710,
1712,1736,1737,1747,1922,
1925,1931,1932

周文謨　806

周玉晨　1785

周紫芝　440,577,619,1041,1061,
1064,1163,1165,1337,1579,
1580,1741,1749-1750,1752,
1935

朱敦復　545,1727,1729

朱敦儒　128-130,234,241-243,
585,615,647,648,689,690,
701,702,746,751,777,784,
798,805,900,902,917,1137,
1140,1141,1173,1174,1176,
1178,1201,1205,1292,1293,
1315,1349,1363,1389,1411,
1412,1693,1694,1727,1730-
1732,1735,1739,1741-1743,
1745,1749,1799,1800

朱耆壽　1183,1184

朱淑真　1848,1849

朱希真　1041,1042

朱晞顏　976,977,1051,1462,
1521,1868,1869,1904,1923,
1932

朱雍　83-85,148,149,163,164,
204,205,216,456,1253,
1254,1377,1378

卓田　500,1167

後　記

　　對詞調、詞譜的關注，在作博士論文《吳文英詞研究》時對《夢窗詞》所用詞調結合《詞譜》作了一個對比清理，發現不少問題，同時也將吳詞的接受影響史與《詞律》、《詞譜》對吳詞的聲律分析結合起來，得到導師陸堅先生的大力肯定。當時已有對詞調研究、詞譜整理的初步想法。一次拜訪吳熊和老師時，先生特別談到詞律中一些問題，也談及了海外某位學者最新整理的詞譜著作。臨別杭州，和沈松勤老師再次請教《詞譜》一書。沈老師説該書錯誤太多，準備退休以後對詞調和體式逐一進行全面清理，一首一首詞進行比對，現在還没有時間顧及這個事情。我當時大著膽和沈老師説："您别退休再做了，學生想這些年把新詞譜編出來。"沈老師鼓勵我説："好啊！"又説："這個工作比較難出成果，要坐冷板凳，得要有心理準備。"

　　畢業後來到河北大學，於 2005 年做了古代文學學科首届博士後。劉崇德老師手把手傳授詞曲樂理使學生眼前一亮，對詞調的研究也增添了不少信心。而後來因一些具體的詞樂問題，也是經常和老師電話聯繫。在電話中劉師一説常常滔滔不絶，各個宫調如數家珍，給學生開啟甚多。而當初在做《詞調史研究》時，詹福瑞老師特别提出對唐宋每一個詞調詳加梳理的思路，也爲詞譜的編撰直接打下了基礎。

　　回顧多年來詞調、詞譜的研究整理，得到了太多前輩、同仁的關愛、幫助和支持。2008 年在内蒙古舉辦的國際詞學大會上，鄧

喬彬、劉尊明先生多次表示對我研究方向的肯定。當時應該說詞調、詞譜的研究在學界未受到應有重視,鄧先生還特別在總結大會上提到我的文章,一直心存感激。而在具體研究工作中,對詞調本調、變調的處理方式,則是沈松勤老師在 2008 年我博士後出站時特別提出的。同一詞調的不同聲情甚至迥異的情況,涉及宮調、句拍甚至詞韻的變化,有時也可能就現有文獻來說完全看不出任何變化。這一直是困惑我的一個難題,沈老師所言如拈花示人。而對不同版本異文的處理,鍾振振老師也提出了切實可行的意見。在相關文本資料方面,王兆鵬老師很早就將唐宋詞相關文獻惠贈學生,在書稿校樣校對時,還收到南京鄧子勉兄、武漢陳水雲兄惠寄的海外學者關於《詞律》、《詞譜》研究整理的著作,十分感動。在書稿後期整理校對中,研究生黃敏同學給了我很大的協助,而在整個書稿編輯、排版、校訂過程中,責編李碧玉老師一絲不苟的工作精神,糾正諸多瑕疵,得以讓此書順利出版,也深表感謝。

謝桃坊先生的文章、著作幾十年前就已拜讀,但相見恨晚,恩師陸堅先生畢業後一直有著密切的聯係。此次兩位先生並賜大序,更是感激不盡。

這裏還要特別提到我的愛人官曉琳女士,多年來她一直默默的支持著我。詞調、詞譜的整理,工程龐大,內容瑣細,有時很有樂趣,但有時也讓人不勝其煩,特別是身心狀態不佳時候。其中快樂和煩惱很多時候就和她一人講。她具體內容可能不很理解,但當我快樂時她和我一起分享,當我煩悶時,她幫我開導疏解。雖然對她我不用言謝,但還是要說一聲:謝謝!

其實,要感謝老師、朋友,最好還是應當有美酒。校樣初步訂正完畢,恰逢中秋佳節,萬家歡聚團圓。就暫填大宋《秋霽》一曲,以詞代酒,恭祝天下師友歡樂吉祥:

環宇蒼茫,又桂魄初升,共歡良夕。西子橋頭,琴臺澤畔,高樓最宜噴笛。清商舊曲。漫隨流水千山碧。夜透剔。咫尺

天涯，光信傳南北。　　　瀟灑師友，玉殿清風，暗送幽香，誰問端的。露華濃、蛩吟自在，長庚悄轉映天白。歲歲年年長不息。但捧金盞，邀來一抹紅霞，與君黃鶴，與君陶菊。

　　　　　　　　丁酉年八月十六日於藍田書室

　　還有一點需要特別指出，詞體聲律的研究涉及方方面面。若單就詞譜而言，《北宋詞譜》只是將北宋詞調及相關體式作了梳理，終非完備之作。然以個人當初設想和後來具體工作量來看，全部工作完成尚需多年。如今先將《北宋詞譜》面世，其他工作再由同仁切磋協力完成，還請師友、同道察而諒焉，而書中諸多鄙陋亦請正之爲謝。

　　　　　　　　　　　　　八月十八日補記